James A. Michener

Karibik

Deutsch von Thomas Stegers

ECON Verlag
Düsseldorf · Wien · New York

Titel der amerikanischen Originalausgabe:
Caribbean
Originalverlag: Random House, New York
Übersetzt von Thomas Stegers
Copyright © 1989 by James A. Michener

CIP-Titelaufnahme der Deutschen Bibliothek
Michener, James A.:
Karibik / James A. Michener. [Übers. von Thomas Stegers]. –
2. Auflage – Düsseldorf; Wien; New York: ECON Verl., 1990
Einheitssacht.: Caribbean ‹dt.›
ISBN 3-430-16701-9

2. Auflage 1990
Copyright © 1990 der deutschen Ausgabe by ECON Verlag GmbH,
Düsseldorf, Wien und New York.
Alle Rechte der Verbreitung, auch durch Film, Funk und Fernsehen, fotomechanische
Wiedergabe, Tonträger jeder Art, auszugsweisen Nachdruck oder Einspeicherung und
Rückgewinnung in Datenverarbeitungsanlagen aller Art, sind vorbehalten.
Lektorat: Wolfgang Drescher
Gesetzt aus der Aldus, Linotype
Satz: Fotosatz Froitzheim, Bonn
Papier: Papierfabrik Schleipen GmbH, Bad Dürkheim
Druck und Bindearbeiten: Bercker Graphischer Betrieb GmbH, Kevelaer
Printed in Germany
ISBN 3-430-16701-9

Inhalt

Dichtung und Wahrheit ⸻ 7

1.	Kapitel:	Die Crotonhecke	13
2.	Kapitel:	Der bluttrinkende Gott	41
3.	Kapitel:	Der Schatten des toten Admirals	84
4.	Kapitel:	Die spanische See	137
5.	Kapitel:	Schwere Stürme in Klein-England	221
6.	Kapitel:	Der Freibeuter	271
7.	Kapitel:	Die Zuckerbarone	389
8.	Kapitel:	Seeheld und Mitgiftjäger	451
9.	Kapitel:	Kreolenliebe	497
10.	Kapitel:	Das gequälte Land	555
11.	Kapitel:	Kriegsrecht	626
12.	Kapitel:	Empfehlungsschreiben	687
13.	Kapitel:	Der ewige Student	761
14.	Kapitel:	Der Rastafari	820
15.	Kapitel:	Die Zwillinge	886
16.	Kapitel:	Das goldene Meer	943

Dichtung und Wahrheit

1. Kapitel: Die Crotonhecke

Die friedliebenden Arawaks wurden tatsächlich um 1300 von den kriegerischen Kariben erobert. Es gibt historisch gesicherte Daten, daß sich das Leben beider Stämme in etwa so abgespielt hat, wie hier dargestellt. Alle Personen sind frei erfunden.

2. Kapitel: Der bluttrinkende Gott

Tulum, Cozumel, Chichen Itza und Palenque sind historische Stätten, die hier getreu beschrieben werden. Die Personen sind frei erfunden.

3. Kapitel: Der Schatten des toten Admirals

Christoph Kolumbus, König Ferdinand, Francisco Bobadilla und der tapfere Diego Méndez sind aus der Geschichte bekannte Gestalten. Die übrigen sind erfunden. Die Amtsführung des Kolumbus wurde tatsächlich eingehend untersucht, er selbst in Ketten nach Hause geschickt.

4. Kapitel: Die spanische See

Sir John Hawkins und Sir Francis Drake sind historische Gestalten, ebenso Vizekönig Martin Enriquez, ihr spanischer Gegenspieler in San Juan de Ulua. Alle anderen Spanier sind frei erfunden. Die Raubzüge von Francis Drake werden exakt so wiedergegeben, wie sie sich abgespielt haben.

5. Kapitel: Schwere Stürme in Klein-England

Lord Francis Willoughby, Sir George Ayscue und Prinz Rupert sind historische Charaktere, alle anderen frei erfunden. Die diversen Ereignisse haben sich wirklich zugetragen und werden detailgetreu geschildert.

6. Kapitel: Der Freibeuter

Henry Morgan und seine Kaperfahrten hat es tatsächlich gegeben, sie werden hier historisch genau dargestellt. Alle anderen Personen sind frei erfunden. Die Umseglung Südamerikas hat sich wie beschrieben zugetragen, nur mit echten Freibeutern, aber entlang derselben Route und innerhalb derselben benötigten Zeitperiode wie hier geschildert.

7. Kapitel: Die Zuckerbarone

Admiral Edward Vernon, General Thomas Wentworth und den spanischen Seehelden Don Blas de Lezo hat es wirklich gegeben; die Schlacht, die sie sich in Cartagena lieferten, wird historisch getreu geschildert. Das Portrait der bedeutenden Pflanzerfamilien Beckford und Dawkins entspricht der Wirklichkeit. William Pitt, der Ältere, ist aus der Geschichte bekannt, ebenso überliefert sind die dänischen Gesetze zur Züchtigung von Sklaven. Alle übrigen Personen sind Phantasieprodukte.

8. Kapitel: Seeheld und Mitgiftjäger

Der britische Seeheld Horatio Nelson, Admiral Sir Edward Hughes und Mrs. Nisbet sind als geschichtliche Größen bekannt. Alle anderen Personen in diesem Kapitel sind erfunden, aber das, was über Nelson und seine übereifrige Suche nach einer wohlhabenden Frau gesagt wird, entspricht den Tatsachen.

9. Kapitel: Kreolenliebe

Victor Hugues hat es wirklich gegeben, aber während die Quellen übereinstimmend über seine Umtriebe während der französischen Revolution berichten – sowohl in Frankreich als auf den Karibischen Inseln –, unterscheiden sie sich in der Darstellung seiner Jahre davor. Manche leugnen gar, er sei jemals Friseur auf Haiti gewesen. Alle anderen Personen sind frei erfunden. Die abscheulichen Vorkommnisse auf Guadeloupe aber sind historisch belegbar, und Hugues selbst starb tatsächlich als ausgesprochen reaktionärer Beamter in Amt und Würden.

10. Kapitel: Das gequälte Land

Der schwarze General Toussaint L'Ouverture, Napoleons General Charles LeClerc und seine Frau Pauline Bonaparte, der englische General Thomas Maitland und der schwarze Voodoopriester Boukman sind historische Gestalten, auch das glücklose polnische Bataillon hat tatsächlich gekämpft. Alle übrigen Personen sind erfunden. Die mal zugunsten der einen, mal zugunsten der anderen Seite ausschlagenden Kriegsgeschicke sowie der endgültige Sieg der schwarzen Truppen werden historisch getreu geschildert.

11. Kapitel: Kriegsrecht

Nur die beiden Plantagenbesitzer Jason Pembroke und Oliver Croome sind frei erfunden. Gouverneur Edward John Eyre und alle anderen Personen sind historische Gestalten, besonders bekannt unter den Eyre-Anhängern sind natürlich Tennyson und Carlyle, unter den Gegnern John Stuart Mill. Ihre Haltungen in der Sklavenfrage werden hier exakt wiedergegeben. Das Vorgehen der beiden blutrünstigen Scharfrichter des Kriegsrechts, Hobbs und Ramsay, läßt sich historisch belegen.

12. Kapitel: Empfehlungsschreiben

Die Insel All Saints, so wie sie hier geschildert wird, ist der Phantasie entsprungen. Sie ist ein Konglomerat aus mehreren real existierenden Inseln. Alle Personen sind erfunden, mit Ausnahme des großen schwarzen Kricketspielers Sir Benny Castian, in dessen charakterlicher Ausgestaltung auf vier schwarze Sportler zurückgegriffen wird, die es zu einigem Ruhm gebracht hatten.

13. Kapitel: Der ewige Student

Alle Ereignisse und die darin verwickelten Personen sind frei erfunden. Die beiden Universitäten, West Indies und Miami, werden wirklichkeitsgetreu geschildert. Die Praktiken im Zusammenhang mit Heiratsschwindel sind durch die Einwanderungsbehörden bestätigt und offensichtlich weit verbreitet.

14. Kapitel: Der Rastafari

Alle Personen sind frei erfunden, aber die Darstellung der Eigenschaften der Rastafaris und ihrer Religion beruhen auf sorgfältigen Nachforschungen und Interviews.

15. Kapitel: Die Zwillinge

Fidel Castro – wer kennt ihn nicht? Alle anderen Personen sind frei erfunden, aber keine in ihrem Charakter übertrieben. Die Angaben über das Leben in Miami und Havanna sind authentisch, nur das Interview mit Castro beruht auf Berichten von dritter Seite.

16. Kapitel: Das goldene Meer

Thérèse Vaval ist frei erfunden, ebenso ihr Boot, die »Galante«, die Kreuzfahrt, die sie unternimmt, und die Personen, denen sie unterwegs begegnet. Jedoch laufen wöchentlich zehn bis zwölf Boote derselben

Klasse aus Miami oder San Juan aus und folgen einer ganz ähnlichen Route, nur legen sie nicht in Trinidad an. Die allgemeinen Bedingungen, die die Hauptperson vorfindet, sind keine Seltenheit, und ihre Schlußfolgerungen werden von vielen geteilt.

1. Kapitel

Die Crotonhecke

Hauptperson dieser Erzählung ist das Karibische Meer, eines der verlockendsten Wassergebiete der Welt, ein wahres Juwel unter den Ozeanen, umsäumt im Norden und Osten von Inseln, die sich wie aufgereihte Perlen aneinanderschmiegen. Obwohl im Süden und Westen von kontinentalen Landmassen begrenzt, sind es die Inseln, die der Karibik ihren unverwechselbaren Charme verleihen: im Norden die Großen Drei, das imposante Trio, Puerto Rico, Hispaniola (Haiti und die Dominikanische Republik) und Kuba; im Osten jene kleinen paradiesischen Inseln, von Künstlerhand gesetzte Farbtupfer auf blauem Grund, Antigua, Guadeloupe, Martinique, All Saints, Trinidad und, weiter abliegend, Barbados. Die südliche Uferbank bilden auf dem südamerikanischen Kontinent Venezuela und Kolumbien, in Mittelamerika die Ostküste Panamas. Die westliche Uferbank wird oft übergangen, sie setzt sich zusammen aus den Republiken Mittelamerikas, Costa Rica, Nicaragua und Honduras und aus der seltsam geheimnisvollen Halbinsel Yucatán, auf der einst die Kultur der Mayas blühte und die heute zu Mexiko gehört.

Die Bahamas und Florida werden nicht zur Karibik gerechnet, die sich von Barbados bis Yucatán annähernd 3 000 Kilometer ausdehnt, aber fast im Mittelpunkt dieser Wasserflächen befindet sich eine Insel, die in Abständen immer wieder eine bedeutendere Rolle gespielt hat als die Nachbarinseln, nämlich Jamaika mit seiner turbulenten Geschichte.

In den Jahrhunderten nach der Entdeckung durch Kolumbus im Jahre 1492 übten europäische Nationen die Vorherrschaft in der Karibik aus, angezogen von ihrem natürlichen Reichtum, dem unwiderstehlichen Charme und der strategisch wichtigen Bedeutung in Seekriegen. Spanien, Holland, England, Frankreich, für kurze Zeit auch

Dänemark und Schweden, alle diese Staaten waren auf die eine oder andere Weise so in die Angelegenheiten der Karibik verstrickt, daß man annehmen mußte, das weitere Schicksal des Gebietes hinge nicht davon ab, was in der Karibik geschah, sondern davon, was sich in Europa ereignete. Umgekehrt, und dieses Phänomen wurde ein entscheidender Faktor in der Weltgeschichte, entschied sich das Schicksal vieler europäischer Nationen bei großen Seeschlachten in der Karibik, vor allem denen, die zwischen Spanien, Holland, England und Frankreich ausgetragen wurden.

Die wichtigste Tatsache im Zusammenhang mit dem Karibischen Meer und seinen Inseln darf man jedoch nie aus dem Auge verlieren: Die vorherrschenden Siedler des Gebietes wurden letzten Endes die schwarzen Sklaven, die in so großer Zahl aus Afrika herüberkamen, daß sie im Laufe der Zeit die größte Gruppe stellten und allen anderen zusammengenommen überlegen waren. Viele Inseln wurden später zu autonomen schwarzen Republiken erklärt, die entscheidenden Positionen, Generalgouverneur, Premierminister und Polizeipräsident, von Schwarzen besetzt.

Im 19. Jahrhundert übten aus Indien eingewanderte Hindus und Muslims einen einzigartigen Einfluß aus, der auf bestimmten Inseln und in manchen Regionen die schon bestehende bunte Mischung noch stärker anreicherte, während sich in den letzten Jahrzehnten immer mehr Geschäftsleute, vornehmlich aus Kanada und den Vereinigten Staaten, breitgemacht haben, Know-how und Kapital investieren und alle Anstrengungen unternehmen, die Inseln in Touristenparadiese und internationale Bankenzentren zu verwandeln.

Die Karibik wird fälschlicherweise oft als das Mittelmeer Amerikas bezeichnet. Rein geographisch gesehen, mag der Vergleich zutreffen: Beides sind Binnenmeere, beide sind fast gleich groß (Mittelmeer 2 509 969 Quadratkilometer, Karibik 2 515 926 Quadratkilometer), und beide haben in der Geschichte eine wichtige Rolle gespielt. Damit hören die Ähnlichkeiten aber auch schon auf. Die am Mittelmeer gelegenen Länder ermöglichten die Entwicklung und den Aufstieg vieler außergewöhnlicher Kulturen und drei großer Religionen, während die einzige herausragende Kultur, die auch in der Karibik beheimatet war, die Kultur der Maya in Yucatán, bereits im Aussterben begriffen war, noch bevor die Eroberer aus Europa kamen.

Was die Karibik allerdings zu bieten hatte, und das in reichem Maße, war ein Meer von paradiesischer Schönheit, eine Inselgruppe von unübertroffener Anmut und unter seinen fremdländischen Besetzern eine ganze Reihe schillernder Persönlichkeiten. Über Mangel an Abwechslung oder gar über Langeweile brauchte sie sich jedenfalls nicht zu beklagen. Vor allem aber bietet sie die Theaterbühne für eines der bewegendsten Schauspiele der Natur, die gigantischen Hurrikans, die sich auf geheimnisvolle Weise vor der Küste Afrikas bündeln und dann mit dämonischer Kraft quer durch den südlichen Atlantik stürmen. Jedes Jahr im Sommer wüten einige dieser schrecklichen Dämonen in dem Archipel, manchmal verschonen sie die Inseln allesamt, manchmal richten sie in wenigen Sekunden verheerende Verwüstungen an, entwurzeln Palmenbäume, decken Häuser ab und töten Tausende von Menschen. Die Hurrikans toben in der Regel nur in einem eng begrenzten Gebiet, brechen kaum weiter südlich aus als Trinidad oder Cartagena, streifen nur gelegentlich weiter nördlich als die Bermudas, aber Barbados und Jamaika müssen damit rechnen, mindestens einmal alle zehn Jahre heimgesucht zu werden, und manch kleinere Insel trifft es noch häufiger. Sonnige Strände, weißer Sand und kristallklares Wasser, das ist die Zierde der Karibik, die Hurrikans sind die Hölle.

Wie herrlich die See auch sein mag, die Geschichten über das Los des Menschen ranken sich um die verstreuten Inseln, so wie sich im Weltmaßstab Geschichte auf die besiedelten Kontinente beschränkt. Wir haben nicht die Zeit und auch nicht den Raum, uns mit allen Inseln zu beschäftigen, von denen jede einzelne gesondert betrachtet werden müßte, aber es sind immerhin über ein Dutzend, denen wir einen Besuch abstatten und die wir uns genauer ansehen wollen, in dessen Verlauf wir unvergleichlichen Kulturen begegnen werden, dominiert von den verschiedensten Mutterländern – Spanien, Holland, England, Frankreich, Dänemark und den Vereinigten Staaten – sowie den nichteuropäischen Volksstämmen – Arawaks, Kariben, Maya, Afrikaner, Ostinder. Es ist ein reichgewirkter Teppich, den wir da betreten werden.

Unsere Geschichte setzt im Jahr 1310 ein und spielt auf einer Insel – später Dominica benannt –, die sich in der Mitte der östlichen bogenförmigen Inselkette befindet.

Tiwanee befürchtete gleich, daß es zu Auseinandersetzungen kommen würde, sobald sie hörte, daß sich auf der anderen Seite der Insel Siedler niedergelassen hatten. Überbringer dieser beunruhigenden Nachricht war der Mann im Lager der Arawaks, der ihr höchstes Vertrauen genoß, ihr Lebensgefährte Bakamu, der die drei Kanus der Fremden auf einem seiner Streifzüge von der Spitze eines Hügels aus erspäht hatte, gerade als er dabei war, den Bau eines Goldhasen auszuheben. Die Kanus waren breiter als die auf seiner Insel verwendeten und die Menschen in ihnen größer und dunkelhäutiger.

Er gab die Jagd auf den Goldhasen, der sich tiefer als gewöhnlich eingegraben hatte, auf, lief, so schnell er konnte, zurück, huschte unter den Zweigen der hohen, dichtstehenden Bäume, die den Hügel bedeckten, durch und rief schon von weitem seiner Gefährtin zu: »Sie sind gekommen! Sie sind gekommen!«

Die drei Worte standen für eine ganze Welt voller Rätsel und Ahnungen, denn nie zuvor waren Fremde auf der Insel gelandet, noch nie hatte Bakamu die Möglichkeit gehabt, sich irgendeine Vorstellung davon zu machen, was geschehen würde, wenn sie kamen, ja, er konnte nicht einmal wissen, daß sie existierten. Aber Bakamu war kein gewöhnlicher Mensch, wie schon sein Name verriet – er bedeutete »derjenige, der gekämpft hat« –, und den hatte er sich verdient, denn als junger Bursche, noch unter seinem Geburtsnamen Marabul, hatte er einen riesigen Baumstamm ausgehöhlt, ein stabiles Kanu gefertigt und war damit zu anderen Inseln gepaddelt, die niemand aus seinem Stamm vorher betreten hatte. Gen Norden fuhr er über das offene Meer zu der Insel, die Jahrhunderte später Guadeloupe genannt werden sollte, im Süden besuchte er die Insel Martinique, wobei er herausfand, daß seine eigene Insel zwischen zwei größeren gelegen war, die beide unbewohnt zu sein schienen.

Lange hatte er über die Frage gegrübelt, warum auf seiner Insel Menschen lebten und nicht auf den beiden größeren Nachbarinseln, aber war zu keiner Lösung des Rätsels gekommen. Er schwieg sich über seine Entdeckung aus, auch noch, als er sich schon längst für Tiwanee als Lebensgefährtin entschieden hatte und sie die Hütte teilten, die er für sie beide gebaut hatte. Sie ist von großer Weisheit, dachte er, und eines Tages werde ich es ihr erzählen. Er wußte, daß sein Weib ein seltenes Wissen hatte und besser als andere Frauen spürte, wann Maniok und Süßkartoffeln ausgesät werden mußten und wo im Wald Sternäpfel, Guajava und vor allem die nahrhaften, süßlichen Cashewnüsse wuchsen. Und wenn ihr Mann ein- oder zweimal im Jahr einen Leguan erlegt hatte, dann wußte sie, wie man das Fleisch für eine erste festliche Mahlzeit bereitete und den Rest trocknete und für später aufhob.

Tiwanees herausragendes Können wurde von allen im Dorf respektiert, und die beiden bildeten das anziehendste Paar, das auf der dem Sonnenuntergang zugewandten Seite der Insel lebte, er ein Mann von robustem Körperbau und auf seine Art schwerfällig, sie ein flinker, kleiner Vogel, der in alles seine Nase steckte. Da er bei allen körperlichen Tätigkeiten, an denen er sich versuchte – Laufen, Springen, Schwimmen, Ballspiele –, außergewöhnliche Fähigkeiten an den Tag legte, brachten ihm seine Gefährten Achtung entgegen, und seine Stimme hatte in der Öffentlichkeit viel Gewicht, obwohl alle wußten, daß er zu Hause auf das Kommando seiner Frau hörte und ihr gehorchte. Die Männer fanden sie nicht sonderlich schön im üblichen Sinne, der sonderbar aufmunternde Ausdruck jedoch, den ihr freches kleines Gesicht annahm, wenn sie redete oder lachte, erregte besonderes Aufsehen. Wenn sie gemeinsam am Strand entlangschlenderten oder nur einfach durchs Dorf, sie in ihrem hellfarbenen Sarong, er nur mit einem graubraunen Lendenschurz bekleidet, ging sie stets ein paar Schritte vor ihm her, als wollte sie mit ihren schnell hin und her springenden Augen und der ihr angeborenen Neugier den Weg für ihn erkunden. Wo immer sie auch waren, was sie auch taten, sie lachten viel, und alle sahen, daß sie ein glückliches Paar waren.

Es war leicht zu erkennen, wo Bakamu und seine Frau lebten, denn ihre runde Hütte, errichtet aus Holzpfählen, geflochtenen Zweigen und Lehm, ähnelte zwar allen anderen, die jeweils zu mehreren kreisförmig angeordnet waren, aber das Stück Land, auf dem sie stand, war von einer auffallenden Hecke eingefaßt, die zu leuchten schien, wenn sich die Sonne darin spiegelte.

Bei ihrer Einpflanzung hatte Tiwanee nur Crotonsamen ausgesät, eine tropische Pflanze, deren große, flächigen Blätter eine blendende Farbenvielfalt hervorbringen konnten. Man sah Rottöne, Gelb, Blau, Violett, Dunkelbraun und noch vier oder fünf weitere Farben, alle besprenkelt mit winzigen schillernden Goldflecken. Manche Stöcke, ohne sichtlichen Grund, hatten nur Blätter von einer einzigen Farbe, andere wiederum zeigten die seltensten Farbzusammenstellungen, und gelegentlich, als wollte sie ihre Mannigfaltigkeit unter Beweis stellen, waren die Blätter derselben Pflanze auf der oberen Seite von einer hellen Farbe, auf der unteren von einer dunkleren Tönung.

Eine Crotonhecke rief stets Erstaunen und viel Freude hervor, denn die einzelnen Stöcke waren kaum zu bändigen; sie bildeten einen verschwenderischen Wildwuchs, gehorchten keinem der vernünftigen Gesetze, denen gewöhnliche Pflanzen in der Regel folgten. Hätte Tiwanee eine jener herrlichen roten Blumen für ihre Hecke verwendet – jene Pflanzen, denen man später die Namen Weihnachtsstern, Blütenschweif oder Hibiskus gab –, hätte sie gewußt, was sie erwartete; diese Sträucher wuchsen bis zu einer bestimmten Höhe, führten sich gesittet auf und klammerten sich aneinander, als wären sie nur von dem einen Gedanken beseelt, von ihrer Bestimmung nicht abzuweichen, das Auge des Menschen zu erfreuen.

Croton dagegen stand als ein Außenseiter da. Immer wieder stutzte Tiwanee ihre Hecke zurecht, nur um am nächsten Morgen entdecken zu müssen, daß zwei Sträucher ausgebrochen waren – wie zwei Seevögel, die ihre Bucht verließen und sich zum Himmel emporschwangen. Sie wuchsen schnell wie selbstbewußte kleine Bäume, bis sie so aus der Proportion geraten waren, daß Tiwanee sie ausreißen mußte, denn sie hätten den Rest der Hecke vernichtet. Oder sie hatte in einer Ecke nur Schößlinge einer bestimmten Farbe ausgesetzt, nur gelbe, eine herrliche Pflanze, und dann schoß aus dem Nichts plötzlich ein Strauch, der von dunkelvioletter Farbe war, und wieder einmal war ihr sorgfältig ausgedachter Entwurf zerstört.

Niemand konnte einen Crotonstrauch zur Vernunft bringen, weder was die Größe betraf noch die Farbe oder gar das allgemeine Erscheinungsbild. Das seltsamste Verhalten offenbarte sich, wenn eine besonders hübsche Pflanze, zum Beispiel eine, die vier Farben kombinierte, von einem auf den anderen Tag nicht mehr in die Höhe wuchs, sondern seitlich wucherte, wobei ihre Blätter noch prächtiger gediehen, je mehr die Hecke an Form verlor.

Eines Abends, im Glühen des Sonnenuntergangs, als Tiwanee und ihr Mann vor ihrer Hütte saßen und sich ihre herrliche, aber ungestüme Hecke besahen, sagte sie zu Bakamu: »Croton ist die Pflanze, die dem Menschen am nächsten ist. Sie kann mal groß, mal klein sein, diese oder jene Farbe annehmen, hell oder dunkel sein. Sie gehorcht dir einfach nicht, denn sie lebt nach ihren eigenen Gesetzen, und wenn man sie in Ruhe läßt, entwickelt sie sich prächtig. Sieh mal!« Sie besahen sich ein herrlich gleichmäßig gewachsenes Stück Hecke, in dem alle Stöcke dieselbe Größe hatten und von gleicher Farbe waren, ein funkelndes Rot, alle Stöcke, mit Ausnahme des mittleren, der das ganze Bild zerstörte: Er war von aufdringlich violetter Farbe, doppelt so hoch wie die anderen und schien fest entschlossen, noch größer zu werden.

»Sie erinnert mich an dich«, sagte sie, »du gehst auch deine eigenen Wege.«

Sie hatte recht mit ihrer Ahnung, daß Bakamu nach seinen eigenen Gesetzen handelte, und als er sie schließlich in sein Wissen um die anderen Inseln, die er entdeckt hatte, einweihte, fuhr sie ihn an: »Das hättest du mir gleich sagen können! Ist doch klar, wenn wir hier leben, warum sollen dann nicht auch welche drüben leben?« Sie wollte unbedingt auf der Stelle mit ihm zurückkehren und sich die Inseln aus der Nähe ansehen, was natürlich ganz unmöglich war, denn Bakamu glaubte fest, wenn eine Frau sein Kanu, das dem männlichen Glied nachgeformt war, auch nur berührt hätte, wäre der Zauber zerstört, und wenn sie das Kanu tatsächlich bestiegen und sich auf die Reise gemacht hätte, wäre die Fahrt ihr sicheres Verderben gewesen.

Ihren sprunghaften Geist konnte das jedoch nicht davon abhalten, noch weiter zu wandern, als er gekommen war, und sie überlegte: »Du kennst die Sage, die man sich erzählt, Bakamu? Daß wir einst von einem großen Wasser im Süden gekommen sind, und als wir hier landeten, erst auf der anderen Seite der Insel siedelten, der Seite, auf der die Sonne aufgeht und auf der die Wellen so hoch schlagen? Dort widerfuhr uns nur Schlechtes, bis wir mit unseren Kanus zur anderen Seite fuhren, auf der die Sonne untergeht. Dann erst blühte unser Volk auf.«

Bakamu nickte, denn was sie sagte, war die allgemein anerkannte Überlieferung, und seine eigene Erfahrung bestätigte die alte Geschichte, denn als er das erstemal mit seinem Kanu aufs Meer gepaddelt war, hatte er die Insel umfahren und auf der anderen Seite nur Abweisendes gefunden, mörderischen Wellengang und abschreckende Klippen. Er besaß genug Klugheit, um daraus zu schließen, daß der Ozean, der später einmal der Atlantik genannt werden sollte, über stärkere Zauberkräfte gebot als das Meer, das den Namen Karibik erhielt. »Dort gibt es keinerlei Schutz. Nur mächtige Wellen. Außerdem ist es dunkler«, sagte er und fügte noch eine Beobachtung hinzu, die die andere Seite der Insel endgültig für unbewohnbar erklärte: »Keine Fische!« Daraufhin gaben sie sich mit der Seite zufrieden, die dem Sonnenuntergang zugewandt war.

Bakamu war in seinem Dorf ein vielbewunderter Mann, aber auch in anderen Küstensiedlungen auf ihrer Seite, weil er ein erfolgreicher Fischer war, der die Geheimnisse der Tiefe kannte. Er verbrachte Stunden in seinem Kanu, den langen Speer immer wurfbereit, wartete auf den nächsten Fischschwarm, und gewöhnlich wußte er im voraus, aus welcher Richtung er kam. Jetzt war er weit nach Westen gepaddelt, verfolgte eine riesige Seekuh, die sich in diesen Gewässern verirrt hatte, und blieb, selbst als die Küste nicht mehr zu sehen war, auf der Spur des großen Meerestieres, denn er spürte, daß es ihm gelingen würde, das Ungeheuer an Land zu bringen – alle Dorfbewohner auf seiner Seite der Insel hätten genügend Fleisch für zahllose Feste.

Während Bakamu das plumpe Geschöpf weiterjagte, das Tier hatte fast die Größe eines Wals, braute sich einer der Stürme zusammen, die gelegentlich gegen die Insel peitschten, einer der gefürchteten Hurrikans. Drei Tage schlugen die Wellen so heftig, daß auch die Seekuh Unterschlupf suchte, während Bakamus Kanu in den Wellentälern trudelte und schlingerte. Sein Paddel einlegend und sich selbst flach auf den Boden ausstreckend, dankte er dem Großen Geist, der ihn geführt hatte:»Mach, daß dein Kanu standhafter ist als die anderen, standhaft gegen den Sturm«, aber in manchen Momenten, wenn die Wellen gewaltig über ihm zusammenschlugen, glaubte er schon, er sei verloren. Er schrie nicht aus Verzweiflung, noch zitterte er vor Angst, aber mit dem Gesicht zum Boden klammerte er sich an sein Kanu und murmelte:»Der Mensch kommt, der Mensch geht. Auf See wie an Land.« Dann dachte er an seine Frau, allein in ihrer gemeinsamen Hütte, und seine Sorge galt ihr, denn in einem Hurrikan auf See kam der Tod schnell, wurde das Kanu durch einen einzigen vernichtenden Schlag zerstört, aber an Land kam der Tod langsamer, war mit größeren Qualen verbunden, wenn Behausungen vom Sturmwind auseinandergerissen wurden oder große Bäume umknickten und nicht selten Menschen auf dem Boden aufspießten, sie so lange einklemmten, bis ihr Ende gekommen war.

Während er auf See diesen aufwühlenden Gedanken nachhing, saß Tiwanee in ihrer Hütte, geschützt durch die Crotonhecke, und stellte angstvolle Überlegungen an, was wohl mit ihrem Mann geschehen sein mochte; und wie alle anderen Dorfbewohner schaute auch sie, als der Hurrikan vorbeigezogen war, auf die endlose, leere, noch immer unruhige See und sagte zum Schluß:»Oime! Der große Fischer, der wagemutige Kundschafter, er ist tot.« Als die anderen die Toten bestattet hatten, die an Land umgekommen waren, halfen sie Tiwanee bei der Vorbereitung einer Trauerzeremonie für Bakamu, der auf See umgekommen war.

Zwei Tage nachdem sich der fürchterliche Sturm gelegt hatte, spielten zwei kleine Jungen am Strand, als sie ein Kanu näher kommen sahen. Sie riefen, so laut sie konnten, und alle strömten ans Wasser, um den erstaunlichen Anblick nicht zu versäumen: ihr Gefährte Bakamu, der sein Kanu heil durch die Wellen paddelte, im Schlepptau die Seekuh, auf die er nach dem Sturm die Jagd wiederaufgenommen hatte. In diesem Moment der Freude sagte ein alter Mann: »Er hat sich durchgekämpft!«, und der Name Bakamu gewann noch mehr an Ansehen.

Jetzt, als sie sich über die Fremden in ihren großen Kanus unterhielten und er Tiwanee daran erinnerte, wie einsam und verlassen die andere Seite der Insel gewesen war, fragte sie bedächtig: »Ist es dort drüben wirklich so schlimm, wie man sich erzählt?«

»Schlimmer.«

»Aber wenn unsere Vorfahren es schon unfreundlich fanden, werden dann nicht auch die Neuangekommenen den Wunsch haben, es zu verlassen?«

»Kann sein.«

An dieser Stelle setzte sie mit der strengen Befragung ein, die sie immer trieb, wenn ihr mißtrauisches Wesen ihr nahelegte, daß es mehr zu erfahren galt.

»Du meinst, sie wären dunkler im Gesicht als wir?«

»Ja.«

»Und ihre Frauen wären wie verschreckte Tiere herumgekrochen?«

»Ja.«

Sie fuhr mit den Fragen fort, ihr Gesicht, von dem der wißbegierige Ausdruck nicht wich, dicht an dem seinen, und erfuhr zwei Dinge, über die sich Bakamu näher unterhalten wollte, denn er selbst war viel zu gespannt, die Fremden zu verstehen und ihre Absichten zu erfahren. Aus diesem Grund gab er freiwillig noch mehr preis: »Ihr Anführer, ein größerer und robusterer Mann als der Rest, trug eine riesige Keule mit sich, die er öfters über seinem Kopf schwang und die anderen damit zurückhielt. Einmal sah ich, wie er so in Wut geriet, daß er einen Mann traf.«

»Hat er ihn getötet?«

»Ich glaube, ja. Andere haben ihn fortgetragen.«

Es folgte eine angstvolle Pause, denn Bakamu wollte seiner Frau auch den schrecklichen Verdacht mitteilen, den er hegte, aber kaum wagte, vor sich selbst einzugestehen.»Tiwanee, ich muß dir noch etwas sagen. Kurze Zeit später kamen diejenigen, die den Toten fortgeschleppt hatten, wieder und brachten schwere Fleischbrocken mit. Es war kein Goldhase, auch nicht das Fleisch einer Seekuh, und sie warfen es in einen Topf und bereiteten ein Mahl.«

Tiwanee hörte sich die grauenhafte Erzählung an, zog den Atem ein und fragte dann leise:»Willst du damit sagen, sie haben ihren eigenen Bruder gegessen?« Als Bakamu nicht antwortete, brach sie in ein Wimmern aus und jammerte:»Böse Zeiten sind das, in denen wir leben«, und beide befiel Angst.

Ihre Fragen waren so methodisch erfolgt und die Enthüllungen so aufschlußreich, daß sie noch am selben Nachmittag umsichtig Schritte einleitete, die sie in die Lage versetzen sollte, ihre Familie und sich selbst vor den grausamen Fremdlingen zu schützen, wenn sie über die Berge kamen, was sie mit Sicherheit tun würden.

Die Worte»wenn sie über die Berge kommen« beherrschten in den folgenden Tagen ihr Denken. Sie sprach sie, als sie Zweige pflückte, um damit die deutlich sichtbaren Wege zu ihrer Hütte zu verstecken, und sie wiederholte sie noch einmal, als sie Bakamu schickte, ihr aus dem Wald einen besonders kräftigen Zweig zu holen.»Was hast du vor?« fragte er und folgte mit erstaunten Blicken, wie sie das Holz in Armeslänge schnitt, dann ein Ende scharf anspitzte und es in die Kohle ihrer Feuerstelle legte, um es zu härten. Die empfindliche Spitze verbrannte, doch Tiwanee schnitzte das übrige Ende erneut zurecht, diesmal war die Spitze härter, bis sie zu guter Letzt einen kurzen, feuergehärteten, tödlichen Dolch in der Hand hielt.

Bakamu war vollkommen verwirrt, als er sah, was sie da tat. Die Arawaks dieser und anderer Inseln waren eines der friedliebendsten Völker der Erde: Sie kannten kein Wort für»Krieg«, denn sie brauchten keins, und ihre Kinder wuchsen mit überschwenglicher Liebe auf. Den Alten brachten sie Verehrung entgegen und begleiteten sie auf ihrer Reise durch die Jahre, brachten ihnen Schalen mit Mais, sammelten Wasserbrotwurzeln für sie oder gaben ihnen von dem saftigen Fleisch eines Kaninchens ab, wenn es so unvorsichtig gewesen war, sich vor seinem Bau zu sonnen, und man es leicht fangen konnte. Sie lebten in Eintracht mit ihrem kleinen Universum, erfreuten sich an dem Überfluß und an der Schönheit ihrer Insel und nahmen auch die Hurrikans hin, wenn sie heranstürmten und sie mahnten, daß die Natur allmächtig ist, nicht aber der Mensch.

Ihr Leben teilte sich nach dem Lauf der Sonne ein. Es war üblich, am Ende eines langen Tages abends an der Küste zu sitzen und das herrliche Rund der Sonne zu verfolgen, die majestätisch in die fernen Wellen tauchte. In solchen Augenblicken mußten Mütter ihren Kindern versichern: »Aber sie kommt doch wieder.« Wenn die Sonne verschwand, erneuerten die Arawaks ihren Glauben und zogen sich dann in der einbrechenden Dunkelheit friedlich in ihre freundlichen Runddörfer zurück, um zu Abend zu essen.

Tiwanee, als Mutter eines kleinen Mädchens namens Iorotto, nach dem Kolibri benannt, spürte, daß sie besondere Verantwortung trug für den Schutz und die Entwicklung ihres Kindes, das einmal sehr schön zu werden versprach. Die Arawaks waren einer der zahlreichen Volksstämme in der Welt, die glaubten, daß das menschliche Antlitz besonders anziehend war, wenn sich die Stirn von den Augenbrauen ab scharf nach hinten bog; ein Gesicht, das sich von der Nasenbrücke gerade aufwärts reckte, wurde als häßlich, ja abstoßend empfunden. In dem geduldigen Bemühen, Iorottos Schönheit noch zu steigern, band ihre Mutter daher jeden Abend ein breites flaches Stück Holz an die Stirn, das den vorderen Schädel allmählich nach hinten drückte, bis die erwünschte Form erreicht war. In dieser Lage schlief das Mädchen jede Nacht, denn Schönheit war bei den Arawaks erwünscht und wurde hochgeschätzt.

Während die Sonne unterging und die kleine Iorotto friedlich in den Schlaf sank, richteten sich die Fremden auf der anderen Seite der Insel ein. Es waren Kariben, Indianer, die von den großen Flüssen des südamerikanischen Kontinents nach Norden aufgebrochen waren, und sie unterschieden sich gewaltig von den friedliebenden Arawaks. Sie waren leidenschaftliche Kämpfer und unterwarfen ihre Gemeinschaft den Prinzipien der Kriegführung; ein grausames, schreckliches Volk, Kannibalen, die gegen alles Fremde kämpften, um ihre Gefangenen nicht allein zu unterwerfen, sondern sie auch zu fressen.

Wie Tiwanee vorausgesehen hatte, waren sie erst kurze Zeit auf der dem offenen Meer zugewandten Seite der Insel, als in dem Anführer, einem gewissen Karuku, ein brutaler Mensch Mitte Zwanzig mit einer schwarzen Mähne, die ihm tief ins Gesicht fiel, der Entschluß reifte, seinen Klan quer über die Insel auf die andere Seite zu führen, wo er ein sanfteres Klima, mehr Nahrung und vor allem reichere Fischvorkommen erwartete. Dazu kam, daß die Küste, an der sie gelandet waren, unbewohnt war und sich kein Angriffsziel für seinen Kampfeswillen bot, die Eigenschaft, die ihn vor allen anderen auszeichnete. Er sehnte sich danach, seine Soldaten in Kämpfe gegen ein Volk verwickelt zu sehen, an dem sie ihre Kriegskunst erproben und von dem sie Gefangene machen konnten. Doch es gab außerdem einen ganz persönlichen Grund: Während der Fahrt durch die Dschungelgebiete des Orinoko Richtung Norden war seine Frau umgekommen, und da die anderen Frauen in den drei Kanus alle vergeben waren, stand er ohne eigenes Weib da und war zutiefst unglücklich über diesen Zustand. Weil er sich von der anderen Seite ein milderes Klima versprach und sie außerdem vermutlich bewohnt sein würde, gab er an seine karibischen Krieger die Weisung aus, sich für Spähtrupps in die Berge bereitzuhalten, um Siedlungen auszuspähen, von denen er sich ein Weib rauben konnte.

Frauenraub nahm einen wichtigen Platz in der Kultur der Kariben ein, es war ein Brauch, der bereits seit Jahrhunderten praktiziert wurde. Die Krieger aßen ihre männlichen Gegner, die sie im Verlauf einer Schlacht gefangennahmen, kastrierten die jungen heranwachsenden Knaben, um sie wie Kapaune zu mästen und sie später als Festmahl zu verspeisen; Frauen dagegen blieben verschont, sie waren zu wertvoll als Gebärerinnen zukünftiger Soldaten.

Ähnliche Beutezüge, die ähnliche Ziele verfolgten, wurden zu dieser Zeit in vielen Teilen der Erde durchgeführt, immer dort, wo Menschen in Gruppen zusammenlebten, es als unmöglich erachteten, das Land mit Menschen anderer Hautfarbe oder Religion zu teilen, und zu dem Schluß kamen, daß deren Vernichtung die einzige Lösung wäre. Diese Überzeugung wirkte wie ein Krebsgeschwür auf die ganze Welt, die nächsten 800 Jahre und vermutlich noch länger.

Karuku der Karibe war ein furchterregender Gegner, der seine Talente in der Kriegführung schon auf vielen Raubzügen entlang den Orinoko demonstriert und die freundliche Flußgegend hauptsächlich deswegen verlassen hatte, um sich ein neues Gebiet zu suchen, das er beherrschen konnte. Er war nicht nur begabt im Kampf von Mann zu Mann, wie wild seine gewaltige Schlachtkeule schwingend und alles zerschmetternd, was ihm in die Quere kam; Vater und Großvater, beide ebenfalls Soldaten, hatten ihm außerdem einen ausgeprägten Sinn für Taktik und Strategie beigebracht.

Das Erbe der Kariben war Gewalt und die Lust am Kampf, wenig mehr. Sie hinterließen der Welt ein Vokabular des Schreckens: Kannibale, Hurrikan, das Kriegskanu, die virile Zigarre und schließlich das englische Wort Barbecue, Bezeichnung für die grausame Folter, bei der ihre Gefangenen auf dem Rost gegrillt wurden. Beim Marschieren schlugen sie Kriegstrommeln, aber sangen keine Kampflieder, und Liebeslieder waren ihnen gänzlich unbekannt. Ihre Essensgewohnheiten waren vollkommen primitiv und konnten sich nicht mit der Kultiviertheit messen, die die Arawaks und andere Stämme entwickelt hatten. Die Kariben aßen, indem sie mit dreckigen Händen nach den auf einer großen Platte ausgebreiteten Fleischfetzen langten, wobei die Männer den Frauen stets ihre Portionen wegschnappten, die Frauen mußten sich mit dem Übriggebliebenen begnügen. Ihre Kanus waren schwer und plump, nicht die fliegenden, elegant geschwungenen Pfeile, die andere hervorbrachten, und sogar in ihrem Körperschmuck kam ihr kriegerisches Wesen zum Ausdruck; es waren immer nur die Männer, nie die Frauen, die sich mit den gebleichten Knochen ihrer Opfer schmückten.

Als Karuku und drei Begleiter eines Morgens die dem Sonnenaufgang zugewandte Seite verließen, um die von ihnen entdeckte Insel zu erforschen, bewegten sie sich wie heimliche Eindringlinge; und nachdem sie einige Stunden durch Waldgebiete gewandert waren, ohne ein Zeichen menschlicher Behausung zu entdecken, erklommen sie die hohe Bergkette, die sich längs über die Insel zog. Sie wurden von der Dunkelheit überrascht, noch ehe sie irgend etwas ausmachen konnten, was sie jedoch nicht beunruhigte. Sie waren es gewohnt, im Freien zu schlafen, und was die Nahrung betraf, so hatten sie kleine Brocken Fisch und Fleisch mitgebracht, mit denen sie sparsam umgingen, denn sie konnten ja nicht vorhersagen, auf wen oder was sie stoßen würden, bevor sie zu ihrem eigenen Volk zurückkehren konnten.

Am Nachmittag des zweiten Tages erblickten sie etwas, das ihr Herz schneller schlagen ließ: Es war eine Lichtung im Wald, und sie kamen zu dem Schluß, daß sie von Menschen zu einem bestimmten Zweck angelegt sein mußte, denn die knollenartigen Manioksträucher, eine Hauptnahrungsquelle, waren in einem eindeutigen Muster angepflanzt. »Hier sind sie!« brüllte Karuku, und sein Ton verriet seine grimmige Genugtuung, daß sich sein Stamm in Kürze wieder mit einem Volk über den Besitz eines neuen Gebietes schlagen würde.

Den Rest des Tages über schlichen die Späher vorsichtig weiter nach Westen, bis sie an ein Hochplateau kamen, von dem aus sie auf das Dorf, das sie gesucht hatten, herunterschauen konnten. Da lag es vor ihnen, im hellen Sonnenlicht eines Spätnachmittags, eine Ansammlung stabil gebauter Hütten, die man beziehen konnte, waren die augenblicklichen Besitzer erst mal vertrieben, fein geformter Kanus und, nicht weit entfernt, Felder, auf denen sich Nahrung anbauen ließ. Dann war da noch die ruhige See, soviel sanfter als der stürmische Ozean im Osten; und als an diesem ersten Abend die Sonne unterging, waren die Kariben überzeugt, ein Paradies gefunden zu haben, reizvoller als alles, was sie entlang den Orinoko und während ihrer Fahrt nach Norden gesehen hatten.

»Wir kehren um«, sagte Karuku, »sammeln unsere Männer und kommen zurück, um das Dorf einzunehmen.« Noch während er diesen Befehl weitergab, schaute er hinunter auf die von der farbenprächtigen Crotonhecke umgebenen Hütte und sagte sich: »Die ist für mich« und führte darauf seine Männer festen Schrittes, als könnte er es kaum erwarten, das schlafende Dorf zu überfallen, zurück auf die finstere Seite der Insel.

Wegen ihrer für alle wertvollen Erfahrung nahmen Bakamu und seine Frau in ihrem Dorf eine besondere Stellung ein, er als Athlet mit ungewöhnlichen Fähigkeiten und großer Kraft, sie als Hüterin eines Geheimnisses, dem ihr Stamm viel von seinem Glück verdankte.

Tiwanee verstand viel vom Wachsen und Werden der Maniokfrucht, sie hatte das Wesen der Pflanze erfaßt, die zu vier Fünfteln Haupternährungsquelle ihres Volkes darstellte und zu den eigenartigen Gewächsen gerechnet wurde, die Gutes und Böses gleichermaßen anrichten konnten. Wie bei Yamswurzeln und Rüben reifte auch beim Maniokstrauch im Erdboden ein knollenartiges Gebilde heran, das, geerntet und in Streifen geschnitten, eine kartoffelartige Frucht abgab, die appetitlich aussah und vorzüglich schmeckte. In diesem Reifestadium jedoch enthielt die Frucht in ihren Fasern einen dickflüssigen, giftigen Saft, der ausgepreßt werden mußte, bevor die Rückstände zu einem Mehl weiterverarbeitet werden konnten, aus dem sich wiederum hervorragend ein nahrhaftes und äußerst schmackhaftes Brot backen ließ.

Lange bevor Tiwanee auf die Welt kam, hatten ihre Vorfahren bereits über eine Lösung dieses Problems nachgedacht: Wie läßt sich der giftige Saft aus der Maniokfrucht entfernen und von der tödlichen Wirkung befreien? Eine weise Frau aus dem Stamm der Arawaks fand schließlich die Antwort, als sie sich im Dschungel unter einen Baum kauerte und eine Boa constrictor beobachtete, die mit ihren scharfen

Zähnen ein verängstigt quiekendes Nagetier in ihren Rachen schob und es langsam schluckte, wobei das Tier noch immer wild um sich trat. Dann sah sie, wie die Schlange anfing, ihr üppiges Mahl zu verdauen, indem sie die kräftigen Bauchmuskeln abwechselnd anspannte und wieder entspannte, bis alle Knochen des Beutetiers gebrochen waren und die Verdauung einsetzen konnte. »Wenn ich nur die Kraft dieser Schlange nutzen könnte – ich wüßte, wie sich das Gift aus der Maniok herauspressen ließ.« Sie war so besessen von dieser Idee, daß sie wochen-, ja monatelang darüber grübelte, wie sie sich selbst eine Schlange anfertigen könnte; und schließlich fand sie die Lösung: »Ich suche mir die besten und kräftigsten Palmenwedel und die dünnsten Pflanzenfasern und webe mir daraus eine lange, dünne, enge Schlange, deren Seiten sich genauso zusammenziehen und wieder entspannen wie bei einer lebenden Schlange. Damit vertreibe ich das Gift aus meiner Pflanze.«

Sie machte sich an die Arbeit, fertigte eine künstliche Schlange an, genannt Matapi, über zwei Meter lang, sehr eng geknüpft, sehr fest, und stopfte in ihr unersättliches Maul alle Maniokfrüchte, die sie und ihre Nachbarn an dem Morgen geraspelt hatten. In diesem Augenblick zeigte sich ihr wahres Genie, denn nachdem sie die Schlange eine ganze Weile mit der Hand zusammengedrückt hatte, stellte sie zwei Dinge fest: Die Idee funktionierte, denn der giftige Saft kam herausgespritzt, aber es war eine höllisch schwere Arbeit. »Ich werde verrückt, wenn ich das den ganzen Tag machen soll!«

Sie erfand nun ein Gerät, mit dessen Hilfe sie die Schlange so stark zusammenpressen konnte, daß sich das Gift relativ einfach herauspressen ließ. Dazu knüpfte sie zunächst das obere Ende der zwei Meter langen Schlange an einen Balken, der höher angebracht war. Dann suchte sie sich einen Steinhaufen als Drehpunkt, legte ein langes Holzbrett darüber und hatte so eine Wippschaukel und plazierte auf der einen Seite zwei kleine Mädchen, auf der anderen eine erwachsene Frau. An die Wippe befestigte sie das untere Ende der Schlange und stellte ein Holzgefäß auf, um die Flüssigkeit aufzufangen. Wenn die erwachsene Frau mit ihrem Gewicht die eine Seite herunterdrückte, quetschte sich das Gift aus dem Flechtwerk der Schlange, dann lief die Frau auf den Drehpunkt zu, so daß die beiden Mädchen die andere Seite herunterdrücken konnten und sich das Gewebe der Schlange entspannte.

Wenn das Ganze vorbei war, ließ sich der getrocknete Inhalt der

Schlange zum Backen verwenden. Das getrocknete Maniokmehl wurde Cassava genannt, und man buk flache, brotartige Pfannkuchen daraus.

Im Dorf der Arawaks war Tiwanee eine der Frauen, die für die Verarbeitung der Maniokfrucht Verantwortung trugen, und nur ihrem unruhigen, wißbegierigen Geist war es zu verdanken, daß sie sich während der anstrengenden Arbeit eine erschreckend kühne Neuerung ausgedacht hatte. In all den Jahren vorher wurde die giftige Flüssigkeit, die aus der künstlichen Schlange gepreßt wurde, als unbrauchbarer und gefährlicher Abfall weggeschüttet. Eines Tages jedoch fiel ihr auf, als sie aus Versehen die Tonschale mit dem Saft in der prallen Sonne stehengelassen hatte, daß die enorme Hitze die Flüssigkeit in eine dicke goldfarbene Masse verwandelt hatte, die so verlockend aussah, daß sie ihrem Mann sagte: »Was so gut aussieht, muß auch gut schmecken!«

»Tiwanee!« schimpfte er. »Sei nicht töricht!« Aber trotz seiner warnenden Bitte tauchte sie einen Finger in die veränderte Substanz und führte ihn behutsam in den Mund. Das erste vorsichtige Probieren beruhigte sie. Wie erwartet war der Geschmack salzig, scharf und verlockte sie, das Experiment zu wiederholen, was sie auch tat, offenbar ohne daß ihr etwas Schlimmes passierte. Auch an den folgenden Tagen probierte sie immer wieder das Gebräu, das ihr zunehmend besser schmeckte; schließlich, ohne ihren Mann über den kühnen Schritt zu informieren, den sie zu tun gedachte, schüttete sie eine so große Menge der neuen Flüssigkeit in sich hinein, daß sie auf der Stelle tot umgefallen wäre, wenn es sich tatsächlich um Gift gehandelt hätte. Sie starb nicht, im Gegenteil, sie fühlte sich ausgezeichnet, und nachdem zwei Tage vergangen waren ohne ein Anzeichen von Erkrankung, sagte sie zu Bakamu: »Es ist ungefährlich, und es schmeckt gut.«

Bald hatten alle Frauen des Dorfes einen Topf mit der ehemals als giftig geglaubten Flüssigkeit in einer Ecke der Feuerstelle stehen, wo sie still vor sich hin kochte, und schnippelten in das Getränk Gemüse und Fisch und zu den seltenen Gelegenheiten, wenn man eines der Tiere gefangen hatte, auch das saftige Fleisch eines Goldhasen. Wenn dann noch scharfer Würzpfeffer in die Mischung gestreut wurde, hatte man ein herrlich schmackhaftes und obendrein nahrhaftes Schmorgericht, dank Tiwanee, die mit allgemeiner Zustimmung zur Seherin der Gemeinschaft erklärt wurde, nicht als Rivalin zu dem alten Schamanen, der die Geister besänftigte, sondern als Beschützerin der Feuerstelle, an der die Männer und Frauen des Dorfes ihre Speisen in Empfang nahmen und Kräfte sammelten.

Diese Auszeichnung bewirkte eine starke Veränderung in Tiwanee. Ihre Weisheit wuchs deutlich, als wären seit langem schlummernde Talente plötzlich in ihr erwacht, als erblühte in aller Stille angehäuftes Wissen auf geheimnisvolle Weise neu und bringe unerwartet Frucht hervor. Sie wurde Seherin und Anführerin ihres Volkes. In der damaligen Welt fanden sich nicht selten solch wundervolle Wandlungen: Ein eher gewöhnlicher Mensch, ob Mann oder Frau, wurde in ein Amt gewählt und steigerte unbegreiflicherweise seine Fähigkeiten bei der Ausführung seiner Pflichten, und so wurde am Ende ein mittelmäßiger Charakter in ein Genie verwandelt.

Trotz der Erfahrung dieser Metamorphose fand Tiwanee wenig Gefallen an ihrer herausragenden Stellung. Sie freute sich zwar, daß sie ihrem Dorf als weise Führerin vorstand, aber sie mußte auch erkennen, daß ihr mit der neuen Position auch eine neue Verantwortung auferlegt war, und sie grübelte besorgt über die möglichen Gefahren nach, die sich ergeben könnten, sollten sich auf der anderen Seite ihrer Insel tatsächlich Fremde niedergelassen haben.

Eine der Pflichten als Vorsteherin des Dorfes bestand darin, die Entscheidung zu treffen, wann die Zeit der Maniokaussaat gekommen war. Sie war von solch enormer Wichtigkeit für das Dorf, eine Frage des Überlebens, daß die Entscheidung darüber nicht ihr allein überlassen werden konnte. Sie teilte sich die Verantwortung mit dem alten Schamanen, dessen Rat die Mächte der anderen Welt ihrem Dorf gegenüber stets günstig gesinnt hatten. Zum Glück fiel Tiwanee die Zusammenarbeit mit dem alten Mann leicht, er kümmerte sich um alles, was die andere Welt betraf, sie befaßte sich mit den Bewegungen der Sonne, sorgte sich um Regen und das Herannahen des Sommers, und beide ließen die Maniokfrucht reifen, wenn sie am dringendsten benötigt wurde. Hätten sie im Streit gelegen, hätte ihr Volk darunter leiden müssen, und das war beiden bewußt.

An einem günstigen Tag, noch bevor die Hitzeperiode einsetzte und Hurrikans drohten, kamen die beiden Beschützer überein, daß der Zeitpunkt gekommen war, die Maniokstecklinge auszusetzen; und kaum hatte der Schamane verlauten lassen: »Die Aussaat kann beginnen!«, übernahm Bakamu die Leitung. Er lief hinunter zum Wasser und rief erfreut: »Ballspiel! Zur Maniokfeier!«, worauf alle zu dem Spielfeld rannten, das mit großen Steinbrocken eingefaßt war, flachen Quadern, die einen Wall um den rechteckigen Platz bildeten, an dessen Enden deutlich eingezeichnet Ziellinien zu erkennen waren. Erstaunlicherweise hatten die Ballfelder der Arawaks sowie die ihrer entfernten Verwandten, den Mayas im Westen, dieselben Ausmaße wie die Sportplätze, auf denen später in Europa und Amerika Soccer, Fußball, Rugby oder Lacrosse gespielt wurde, etwa 73 Meter lang und 27 Meter breit, als hätte sich durch die Jahrhunderte hindurch ein inneres Meßsystem erhalten:»Ein Mensch kann soundso weit laufen und nicht weiter, wenn andere hinter ihm her sind.«

Das Spielfeld des Dorfes lag an einem majestätischen Platz, parallel zur Küste verlaufend, und war so sorgfältig ausgerichtet, daß keine Mannschaft Vorteile aus der wechselnden Position der Sonne genießen konnte. Es war ein herrliches Feld, grüner kurzgeschnittener Rasen, im Osten geschützt durch purpurfarbene Berge. Ein Feld, das Spiele von ungeheurer Spannung und mit beachtlicher Leistung der Teilnehmer gesehen hatte, Spiele, die in der Erinnerung weiterlebten; und die besten Spiele waren an solchen Tagen ausgetragen worden, wenn das gesamte Dorf zusammenströmte, um die Erneuerung des menschlichen Lebens zu feiern. In diesem Dorf jedenfalls lösten die großen Ballspiele stürmische Begeisterung aus, wildes Gejohle, und Sieger waren alle Beteiligten, auch die Verlierer, die wußten, daß sie zu einem erfreulichen Anlaß eine Niederlage erlitten.

Für das Spiel brauchte man einen dicken Gummiball, aber es gab keine Kautschukbäume auf den Inseln, und von einem Handel zwischen ihnen konnte keine Rede sein. Bakamu war der einzige, der Erkundungsfahrten Richtung Norden und Süden unternommen hatte. Kautschukbäume wuchsen nur in den Dschungelgebieten auf dem Festland; dennoch waren Gummibälle, notwendiges Requisit für den in dieser Region fast wie ein religiöser Akt betriebenen Sport, selbst auf den abgelegensten Inseln im Umlauf. Es war, als wußten die Arawaks sehr genau, was für ihr Leben von Bedeutung war, und jeder Gummiball, der seinen Weg auf ihre Insel gefunden hatte, wurde als Nationalheiligtum wertgeschätzt. Bakamus Dorf jedenfalls hatte schon eine stattliche Anzahl Gummibälle in seinem Besitz gehabt; ein neuer war immer dann eingetroffen, wenn der Vorgänger auseinanderzufallen drohte, und wurde sogleich der Obhut des Schamanen übergeben, denn er stellte einen unschätzbaren Wert dar – er war sozusagen die Seele der Gemeinschaft, ohne ihn konnten die wilden Spiele nicht ausgetragen werden, und ohne die Spiele würden die Maniokpflanzen eingehen und das Volk ebenso.

In Bakamus Dorf bildeten je vier Spieler eine Mannschaft; in anderen Siedlungen, die ein größeres Feld hatten, konnten bis zu sechs Spieler einer Mannschaft angehören, aber für diesen kleinen Platz schienen vier die richtige Anzahl zu sein. Jede Mannschaft hatte ein Tor zu verteidigen, aber die Teilnehmer konnten sich frei auf dem gesamten Feld bewegen, nur mußten sie jederzeit darauf gefaßt sein, zurückstürmen zu müssen, um ihr eigenes Tor zu verteidigen. Das Ziel bestand darin, den Ball über die Torlinie des Gegners zu bringen, und immer wenn das Spiel in die Nähe dieser Linie rückte, wurden die Anfeuerungsrufe der Zuschauer am Rande des Feldes lauter.

Mit den Händen durfte nicht gespielt werden. Wenn man den Ball berührte, wurde der Spieler hinter die Linie geschickt, denn der Ball durfte nur mit der Schulter oder mit der Hüfte weitergestoßen werden; nicht einmal die Ellbogen durften eingesetzt werden, auch nicht der Kopf oder die Fersen, aber auch mit diesen Beschränkungen wurden die Spieler wahre Meister darin, den Ball zu bewegen. Strategie wurde großgeschrieben, und sie verlangte von den Spielern, daß sie bereit waren, sich auf den Boden zu werfen, um einen Gegner aufzuhalten, oder nach dem Ball zu hechten; die Männer trugen daher Knie- und Ellbogenstutzen, jeweils auf der rechten Seite, nur der Mannschaftskapitän hatte noch zusätzlich ein auffallendes Kleidungsstück an. Es war eine Art Steinreifen, völlig geschlossen im Rund, mit einer Öffnung, die gerade so weit war, daß man hineinsteigen und den Reifen über Knie und Hüfte ziehen konnte, bis er bequem in der Mitte des Körpers, am Bauch, zu liegen kam. Der Steinreifen wog über zwanzig Pfund und erhöhte die Schlagkraft ungeheuer, wenn der Kapitän den Ball damit aus der Hüfte heraus von sich stieß.

Als die Mannschaften Aufstellung bezogen, begaben sich die beiden Kapitäne, jeder mit einem Steinreifen um die Taille, ins Tor, um den Ball, wenn er sich in ihre Richtung verirrte, mit einem einzigen kraftvollen Stoß weit in die gegnerische Hälfte zu befördern.

An solch einem Tag drängten sich die Zuschauer auf den Tribünen hinter den beiden Toren wie auch entlang den Seitenlinien zwischen den großen aufrechtstehenden Steinen. Blumen schmückten den Rand des Feldes, junge Männer schlugen auf Trommeln ein und veranstalteten ein Höllenspektakel. Vor Beginn des Spiels stimmten Frauen ein Lied an, und Männer tanzten dazu in einem würdevollen Rhythmus – in der Absicht, die Geister zu besänftigen, die das Wachstum der Maniokfrucht bestimmten. Wenn die Spannung unerträglich wurde, blies ein älterer Mann, der als eine Art Schiedsrichter fungierte, auf einer

Schneckenmuschel das Signal, die Feiernden räumten das Feld, das Spiel konnte beginnen.

Den Gummiball hochwerfend, daß er zwischen zwei gegnerischen Spielern aufprallte, leitete der Schiedsrichter das Spiel ein, und die Bewegungen der beiden Männer waren so geschickt, der eine schleuderte den Ball mit der Hüfte vor, der andere stieß ihn mit der Schulter zurück, daß das Spiel sofort einen lebhaften Anfang nahm. Hin und her fegte der Ball, die beiden Torhüter schickten ihn jedesmal weit zurück, wenn er ihnen zu nahe kam, aber die spannendsten Augenblicke waren die, wenn sich ein mutiger Spieler im Mittelfeld wie toll auf den harten Boden warf, ein Stück auf seinen Schutzpolstern rutschte und mit der Schulter oder der Hüfte dem Ball einen kräftigen Stoß versetzte. Dann tobte die Menge.

Im Verlauf des Spiels sah es zunächst so aus, als würde Bakamus Mannschaft geschlagen, denn jedesmal wenn sie den Ball im Tor des Gegners gelandet hatte, schlug dieser drei- bis viermal zurück. Doch Bakamu bewegte sich so flink, daß er den Gegner immer dann ablenken konnte, wenn die Situation für sie am aussichtslosesten zu sein schien, und erreichte so, daß seine Mannschaft wenigstens im Spiel blieb.

Dann plötzlich nahm er einen gegnerischen Schuß mit der Hüfte auf, streifte den Ball mit dem Steingürtel und traf geschickt einen der Steinpfeiler am Rand, worauf der Ball zurückprallte und Bakamu, der ein Stück weitergerannt war, ihn ein zweites Mal schoß und wieder einen Pfeiler traf. Insgesamt fünfmal wiederholten sich diese erstaunlichen Querschläger, bis Bakamu den Ball weit ins Feld vorangetrieben hatte und er ihn dort mit einem kräftigen Schwung seines Hüftgürtels ins Tor des Gegners einschoß.

Es war eine erstaunliche Meisterleistung, ein Spurt mitten durch die feindlichen Linien – dank Bakamus unglaublichem Geschick, die Steinpfeiler für sein Spiel zu nutzen. Nicht viele junge Männer in der damaligen Welt hätten dieses erstaunliche Zusammenwirken von Beweglichkeit, Geschick, Zielgenauigkeit und Ausdauer wiederholen können, und als er seine Tour de force zu Ende gebracht hatte, brach die Menge in überschwengliche Hochrufe aus, worauf der alte Schamane in die Mitte des Platzes schritt und ihn beglückwünschte: »Dieses Jahr wird der Maniokstrauch besonders gut gedeihen.«

Früher war es bei den Arawaks Sitte gewesen, nach solch einem Triumph den Kapitän der Verlierermannschaft, Hüter des gegnerischen Tors, ebenfalls Träger eines Steingürtels, zu enthaupten und sein Blut anschließend auf dem Spielplatz zu verstreuen, um sicherzustellen, daß die Grasnarbe an der Stelle auch für die kommenden rituellen Spiele grün blieb, aber nachdem jahrhundertelang dieses Opfer gebracht worden war, hatten die sehr praktisch orientierten Arawaks folgende Überlegung angestellt: »Eigentlich ist es doch unsinnig und bringt keinen Gewinn, nach jeder Aussaat den zweitbesten Spieler in unseren Reihen zu töten.« Nachdem man darüber hinaus festgestellt hatte, daß die Grasnarbe außerhalb der Spielfläche ohne die Düngung mit menschlichem Blut genauso grün wurde, traf man die Entscheidung, mit den Enthauptungen Schluß zu machen. Seitdem mußte der Kapitän der Verlierermannschaft nur noch die Schmach erdulden, ein wichtiges Spiel nicht für sich entschieden zu haben, aber nicht mehr den wohl größeren Schmerz, seinen Kopf hinhalten zu müssen, und das ganze Dorf begrüßte die neue Regel, denn sie schien vernünftiger, weil gute Kämpfer für nachfolgende Spiele verschont blieben.

Im ersten Jahr nach Abschaffung der Opferungen jedoch trat ein Schamane im Dorf auf, ein mächtiger Mann, dem das Wohl der Gemeinschaft am Herzen lag, und obwohl er mehr oder weniger gezwungen war, die Beendigung der Enthauptungen nach den Spielen gutzuheißen, bestand er darauf, das blutige Ritual zu einem späteren Zeitpunkt auszutragen, am Abend der Wintersonnenwende, jenem beängstigenden Tag, an dem die Sonne ihren tiefsten Stand im Süden erreicht und die Welt im unklaren läßt, ob sie jemals im Norden wiederkehren wird, um ihr einzigartiges Geschenk mitzubringen.

»Wir müssen der Sonne etwas Wertvolles opfern, um sie zurückzulocken. Es ist unsere Pflicht.«

Zu jener Zeit lebte im Dorf Tiwanees Ururgroßmutter, eine Frau von schneidender Urteilskraft, und sie entgegnete dem Schamanen: »Manche sind der Ansicht, wir müßten auch weiter Menschen enthaupten, um zwei große Probleme zu lösen: zu gewähren, daß die Maniokpflanzen gedeihen, und zu gewähren, daß die Sonne zurückkehrt. Manchmal geht die Aussaat tatsächlich nicht auf, vielleicht brauchen wir also das Opfer, damit sie doch noch Früchte trägt. Aber es ist noch nie vorgekommen, daß die Sonne mal nicht zurückgekommen ist. Das Opfer dafür ist also nicht nötig. Außerdem, wir haben bereits festgestellt, daß die Maniokpflanze sowieso wächst, ob wir das Opfer nun bringen oder nicht – warum also weiter Männer opfern, wenn wir wissen, daß die Sonne ja doch immer zurückkommt?«

Sie trug den Sieg davon, worauf der erboste Schamane ihr prophezeite, sie würde innerhalb eines Jahres nach der Aufgabe der Sonnenopfer den Tod finden. Sie lebte aber noch weitere sechzig Jahre.

In diesem Jahr also ging der ruhmreiche Tag des Ballspiels zu Ehre des Maniokstrauchs in seliger Eintracht zu Ende. Nach Bakamus unvergleichlicher Meisterleistung, den Ball fünfmal hintereinander gegen die Steinpfosten gestoßen und ihn jedesmal im Lauf erwischt zu haben, wurden noch zwei weitere Spiele ausgetragen, wobei seine Seite zwei zu eins gewann.

Es folgte ein Festmahl, bei dem Tiwanee persönlich darauf achtete, daß auch jeder ein Stück von dem Cassavakuchen bekam und eine Schüssel von ihrem scharfgewürzten Eintopf aus der Masse, die früher als unschmackhaft und giftig gegolten hatte. Mädchen und Jungen tanzten, sie gaben sich der Liebe hin, und es wurde bis spät in die Nacht gesungen. Dieses überaus praktisch veranlagte Volk, das menschliche Opferungen seit langem aufgegeben hatte, liebte das Leben. Es achtete die wundervollen Geheimnisse, die sich mit dem Untergang der blutroten Sonne offenbarten, am Ende eines vollendeten Spiels und mit dem sanften Nahen der Nacht, es achtete den goldenen Mond, der sich am Himmel erhob und das Ufer anstrahlte, es achtete das Meer und die Berge, die auf alles ihr wachsames Auge hielten.

An dem Tag, an dem das Spiel stattgefunden hatte, gab es noch einen Zuschauer, versteckt in den Bergen hinter dem Dorf, der zunehmend bestürzt alles verfolgt hatte, was sich auf dem Platz unter ihm ereignete. Es war Karuku der Karibe, und was seine finsteren, drohenden Augen da erblickten, überraschte ihn: »Erwachsene Männer! Spielen mit einem Ball! Nirgendwo Soldaten! Keine Barrieren, die den Zugang zum Dorf blockieren. Alle scheinen anwesend zu sein, aber ich kann keine Waffen entdecken. Die Männer auf dem Feld sehen kräftig aus, aber selbst sie tragen keine Waffen, soweit ich erkennen kann. Was hat das zu bedeuten?«

Es war ihm unverständlich, daß Männer im besten Soldatenalter nicht ständig kampfbereit waren und daß ein Dorf in einer so günstigen Lage keine Maßnahmen zum Schutz gegen Eindringlinge getroffen hatte. »Was sind das für Menschen da unten? Haben die keine Armee? Keine Waffen? Keine Verteidigungsanlagen? Woraus, glauben sie, besteht das Leben?« Für ihn kam nur eine Schlußfolgerung in Frage: »Straff geführt, können meine Leute das Dorf einnehmen und alle gefangensetzen, ohne auch nur einen einzigen Mann dabei zu verlieren.«

Dann zählte er mit den Fingern der Linken die leichte Kriegsbeute auf, die ihn dort unten erwartete: »Frauen für unsere Vermehrung. Knaben zum Mästen. Männer zum Fressen.« Und als sich die Sonne über das friedliche, einträchtige Bild senkte, lachte er grimmig und fing an, einen Plan zu entwerfen, wie er sein Volk auf die Aufgabe vorbereiten konnte, die es zu erfüllen galt, eine Aufgabe, so schien es ihm, die leicht zu bewältigen war.

Als Karuku in sein provisorisch errichtetes Lager an der atlantischen Küste nördlich der Felsen zurückkehrte, teilte er seinem Volk die Ergebnisse seiner Beobachtung mit und eröffnete ihm seinen mit List und Gerissenheit ausgedachten Plan, die nichtsahnenden Dorfbewohner von drei Seiten zu überrumpeln: »Ich führe meine Männer von Norden her und mache Lärm. Dann greifst du von der Mitte her an, Narivet, und wenn sie völlig verwirrt sind, in Panik hierhin und dorthin laufen, startet Ukale von Süden her die eigentliche Attacke. Ich warte so lange, bis sie an die Front gerannt sind, dann stürme ich rein, ohne Halt, und töte sie von hinten.«

Dreimal ließ er seine Kadersoldaten exerzieren, verabredete Zeichen mit ihnen und bleute ihnen ein, daß es seine Absicht war, mit seinen Männern bis ins Zentrum des Dorfes vorzustürmen, auch wenn die Arawaks nachträglich Schritte zur Verteidigung einleiten sollten. »Sollte jemand von unserer Seite zurückweichen, bedeutet das den Tod für ihn. Auch wenn sie Feuer legen, um uns zu hindern, laufen wir bis zu ihnen vor. Alle!« Und der Zorn in seiner Stimme deutete an, daß er sich selbst in dieses Kommando mit einschloß.

Beim dritten Manöver hielt er in der Rechten den Kommandostab, einen langen Knüppel, aus äußerst hartem graugrünem Holz gearbeitet, in den mit starkem Gummiharz Stein- und Muschelsplitter eingelegt waren. Aus welcher Richtung die Keule auch auftraf, sie riß tiefe Fleischwunden und pflanzte in die offene Verletzung das Maniokgift, mit dem die messerscharfen Schneiden bestrichen waren. Es war ein fürchterliches Gerät, als Kostbarkeit dem Wesen der Kariben angemessen, denn als sie mit ihren Kanus vom Orinoko gekommen waren, hatten sie keine Statuen von Hausgöttern oder ähnliche für ihren Stamm wertvollen Heiligtümer mitgebracht, sondern allein diese gräßliche Schlachtkeule, die sie zu einem ausgereiften Tötungsinstrument entwickelt hatten. Sie symbolisierte den Unterschied zwischen den beiden Völkern: Die Arawaks schätzten die goldene Muschelschnecke als einen Gegenstand, aus dem sich Werkzeuge und Schmuck fertigen ließ, die Kariben, um daraus die lebensgefährlichen Dornen an ihren Keulen zu formen; die Arawaks nutzten den Manioksaft als Bereicherung ihrer Nahrung, die Kariben als tödliches Gift gegen Feinde; die Arawaks verehrten einen Gummiball als Totem, die Kariben ihre mörderischen Keulen. Am bezeichnendsten jedoch war die Tatsache, daß die Arawaks in der Entwicklung ihrer Kultur so weit fortgeschritten waren, daß sie Menschen beiderlei Geschlechts dieselbe Achtung entgegenbrachten, ihre Frauen verehrten und verteidigten, während die Kariben ihre Frauen wie Lasttiere behandelten und in ihnen nur die Gebärerinnen neuer Soldaten sahen. Der bevorstehende Kampf zwischen diesen beiden unterschiedlichen Gruppen mußte ungleich ausfallen, denn nackte Gewalt ist auf kurze Sicht immer der Sieger, während friedliches Zusammenleben als oberstes Ziel mehr Zeit benötigt.

Die erste Schlacht ließ ahnen, welche Kriege noch folgen sollten. Sie alle hinterließen grausame Spuren auf den einzigartigen Inseln. In den ausgedehnten Gebieten im Westen vernichteten Truppen von Zentralmexiko aus die friedliebende Kultur der Mayas. Eroberer aus Spanien würden die unkriegerischen Indianer ausrotten, auf die sie während ihrer Raubzüge stießen. Engländer von der weit entfernten Insel Barbados aus sollten unbewaffnete Frachtschiffe plündern und deren Besatzungen abschlachten. Und auf jeder Insel würden weiße Plantagenbesitzer ihre schwarzen Sklaven mit unvorstellbarer Grausamkeit behandeln. Der Übergriff der kriegerischen Kariben auf die friedlichen Arawaks stellte nur das erste Glied einer Kette von Gewaltakten dar, die bis zum heutigen Tag andauern.

Am Tag des Angriffs schlugen die Kariben getreu ihrem Plan zu, wobei die erste Gruppe unter Karukus Führung von Norden her anstürmte und einen fürchterlichen Tumult veranstaltete, der die aufgeschreckten Arawaks wie beabsichtigt in diesen Teil ihrer Siedlung trieb. Noch während sie dorthin rannten, lief der zweite Soldatentrupp mit noch lauterem Kriegsgeheul in die Mitte des Dorfes vor, und es herrschte heilloses Durcheinander.

In diesem Augenblick raste von Süden her die dritte Abteilung an, Schlachtkeulen schwingend und wild grölend, und jegliche Verteidigung brach zusammen. Karukus Triumph sollte jedoch nicht unangefochten bleiben, wie er es erhofft hatte. Bei der letzten Attacke rief der großgewachsene Mann, den er während des Spiels so bewundert hatte, der Torhüter, der den Steingürtel umgeschnallt hatte, junge Männer aus seiner Mannschaft zu sich, und diese vier, denen sich noch Männer der Verlierermannschaft anschlossen, versammelten sich auf dem Spielfeld, auf dem sie sich vorher so tapfer geschlagen hatten, und verteidigten sich mit Stöcken und behelfsmäßigen Keulen, wie man es von guten Athleten erwarten konnte.

Ermutigt durch Bakamus wilde Entschlossenheit und angefeuert durch sein Geschrei, lieferten sie dem Gegner ein so erbarmungsloses Gefecht, daß sie ihn vom Schlachtfeld drängten, woraufhin Karuku, in äußerste Rage versetzt, vier seiner Männer befahl, den Anführer zu ergreifen und ihn kampfunfähig zu machen. Als der Befehl ausgeführt war – unter größter Gefahr für die Angreifer, die alle Schlagkraft der Verteidigungslinie der Arawaks zu spüren bekamen –, stürmte Karuku vor, spuckte dem Gefangenen, dessen Hände bereits in Fesseln lagen, ins Gesicht, holte mit der Keule aus, schwang sie einmal über seinen Kopf und schmetterte sie so heftig gegen Bakamus Schädel, daß die Knochen splitterten und der Anführer der Arawaks auf der Stelle tot zu Boden fiel.

Dann ließ er, wie es das Schlachtritual der Kariben forderte, große Zweige herbeiholen, und als man sie ihm reichte, breitete er sie über die Brust des getöteten Helden und rief: »Er war der Tapferste. An ihm werden wir uns erlaben!«

Als nächstes befahl er, während er am Rande des Spielfeldes Platz nahm, alle Gefangenen an ihm vorbeimarschieren zu lassen, damit er sein Urteil fällen konnte: »Diese drei Knaben kastrieren und mästen. Die vier Mädchen, zu jung, um für irgend etwas nützlich zu sein, tötet sie. Die älteren Frauen, überflüssig. Tötet sie. Diese Frauen, ja, verschont sie.« Dann fiel sein Blick auf Tiwanee, die noch schreckensbleich war und über ihren hingerichteten Mann weinte. Sie sah sehr begehrenswert aus, und so brüllte er: »Die ist für mich!«, worauf sie zur Seite gestoßen wurde.

Es nahm kein Ende. Er befahl seinen Männern, die alten Menschen zu töten, Männer wie Frauen, ebenso die ganz jungen Mädchen, die jahrelange Aufzucht benötigt hätten, bevor sie als Gebärerinnen zu gebrauchen gewesen wären; nur die jungen Frauen verschonte er für seine eigenen Männer. Die Männer vom Stamm der Arawaks wurden meist auf der Stelle erschlagen, noch auf dem Spielfeld, auf dem sie sich einst ausgezeichnet hatten, nur etwa sechzehn besonders Robuste wurden für spätere Festmahle aufgehoben. Die Knaben wurden kastriert, ebenfalls umgehend.

Tiwanee, gezwungen, neben Karuku Platz zu nehmen, verfolgte mit Schrecken, wie seine Befehle in die Tat umgesetzt wurden. Die Erdrosselung ihrer schönen Tochter Iorotto, deren Stirn schon begonnen hatte, sich nach hinten zu wölben – dieser Anblick war mehr, als sie ertragen konnte, und sie fühlte sich einer Ohnmacht nahe. In diesem Augenblick tastete sie unter ihrem dünnen Wollkleid nach dem Dolch aus feuergehärtetem Holz, den sie zu Beginn des Überfalls dort versteckt hatte. »Ich werde mich ihnen nie überlassen«, murmelte sie vor sich hin, während das Schlachten vor ihren Augen weiterging. »Entweder sie töten mich, oder ich töte mich selbst.«

Als es soweit war, daß der Kummer ihr fast den Verstand geraubt hätte, geschahen Dinge, die mit einemmal ihr Bewußtsein schärften, so daß Tiwanee nicht nur die Schrecken des heutigen Tages sah, sondern auch eine Ahnung davon bekam, was für eine grauenhafte Zukunft diese abscheuliche neue Menschenrasse zu errichten gedachte.

Das erste war eine Schändung ohnegleichen, als Karuku in Siegerpose zur Mitte des Platzes stolzierte und rief: »Los, stoßt diese albernen Steine um!«, worauf kräftige Kariben die Steinpfeiler umwarfen, die das Feld umfaßten, auf dem das herrliche, lebhafte Spiel ausgetragen worden war. »Das wird ein Aufmarschplatz für unsere Soldaten«, rief er, und Tiwanee weinte, als der Ort, wo soviel Gutes geschehen war, unkenntlich gemacht wurde. Hier hatten junge Männer ihre Kräfte gemessen, ohne einander Schaden zuzufügen, hier waren Wettkämpfe ausgetragen worden, bei denen es keine Verlierer gab, und nun wurde das Feld dem Tod geweiht. Sie fühlte eine dumpfe Erstarrung, als wäre die Welt dem Wahnsinn verfallen. Als die blutrote Sonne sich anschickte, im Westen zu versinken, schwang Karuku seine Keule, und die Soldaten fingen an, schwere Holzlasten heranzuschleppen und sie in der Mitte des Feldes aufzutürmen, um damit ein loderndes Feuer anzuzünden.

Plötzlich fiel Karukus Blick auf einen Gegenstand, der ihn gehörig zu reizen schien, der Gummiball, den die Arawaks in ihrem Spiel verwendet hatten, und voller Verachtung rief er: »Zertrümmert dieses Kinderspielzeug! Das Dorf ist ab heute von Männern bewohnt!« Soldaten droschen auf den Ball ein, vierteilten ihn und warfen die Stücke ins Feuer. Die Flammen züngelten sogleich an dem neuen Material, dunkler Rauch stieg vom Scheiterhaufen auf, und der Ball, der auf so rätselhafte Weise auf die Insel gekommen war, löste sich für immer auf.

Es war jedoch die dritte obszöne Tat, die in gewisser Weise die schlimmste war, denn sie bedeutete nicht nur die Zerstörung eines kleinen Kunstwerks, mit ihr warf auch die neue Welt ihre Schatten voraus.

Als sich Karuku für die Hütte, die Bakamu und Tiwanee einst bewohnt hatten, als sein neues Domizil entschieden hatte, handelten einige von seinen Männern auf eigene Faust und fingen an, die Crotonhecke auf der Vorder- und Rückseite auszureißen, aber Karuku protestierte und rief:»Laßt sie stehen!« Ein höherer Offizier dagegen erklärte:»Hinterhältige Angreifer könnten sich in den Sträuchern verstecken und einen Mordanschlag verüben.« Karuku mußte einsehen, daß es ratsam war, die Umgebung der Hütte zu räumen, und nickte.»Raus damit!« Und die Crotonhecke wurde bis auf die Wurzeln zerhackt.

Während die Sträucher einer nach dem anderen umknickte, erkannte Tiwanee, daß der Tyrann nicht aus Stärke, sondern aus Angst gehandelt hatte, und sie hatte nichts als Verachtung für ihn übrig:»Trotz seiner ungeheuren Macht hat er keinen Mut bewiesen. Er wird von Dämonen verfolgt. Er handelt nicht wie ein Held, sondern wie ein Feigling. Er muß vor seinen eigenen Männern Angst haben! Er hat Angst vor Schattenbildern! Bakamu dagegen, als freier Mensch, brauchte nichts zu fürchten.«

Als sie mit dumpfem Schmerz im Herzen zusah, wie die Hecke verschwand, die sie so liebevoll gepflegt hatte, redete sie wie in Trance zu ihren Pflanzen, denn sie wußte, daß sie eines Tages wieder erblühen würden:»Wachse, Croton, wachse. Bis in die höchsten Höhen des Himmels. Ungebändigt, zur Freiheit entschlossen. Rot, Gelb, Blau, Dunkelviolett, Leuchtendgrün, mit Goldpunkten übersät und schillernd. Erlaube niemandem, dich zu bezwingen, bleib frei. Halt dich fest an deinen Wurzeln. Niemals aufgeben! Wachse, Croton, wachse!«

Als sie Abschied von ihren Crotonsträuchern nahm, fiel ihr auf, daß zu den Geschehnissen, die sie am meisten abgestoßen hatten, nicht die Tötung menschlichen Lebens gehörte, wohl aber die brutale Zerstörung dieser drei geliebten Dinge, so daß sie bereit war, den Kampf selbst gegen die Mächte der Hölle aufzunehmen, um der neuen Ordnung zu widerstehen.

Die Feierlichkeiten für das Siegesmahl nahmen nun ihren Lauf. Ehrerbietig hoben vier Frauen, dazu auserkoren, die im Kampf gefallenen Helden zu ehren, Bakamus Leiche hoch, beförderten sie an den Rand des Feuers und entfernten die über seinen Brustkorb gelegten Zweige. Sie übergaben sie Karuku, der sie in Empfang nahm, sie feierlich zurück zum Scheiterhaufen trug und sie als Dankopfer den Flammen übergab. Dann, mit den hochgestreckten Armen wedelnd, rief er: »Sieg! Sieg! Auf unser neues Zuhause!«

Das Feuer prasselte, in den Flammen schmorte das Menschenfleisch, und das Mahl konnte beginnen, aber Karuku sollte die Lust am Fraß nicht vergönnt sein. Beim Anblick der züngelnden Flammen stieß Tiwanee einen tief verzweifelten Seufzer aus, als könnte sie das Zeugnis dessen, was sie heute alles hatte miterleben müssen, nicht länger ertragen. Doch umgehend brach ihr früherer Mut wieder durch, und sie rief: »Ich kann die Greueltaten nicht mehr mit ansehen!« Aus den Falten ihres Kleides zückte sie den feuergehärteten Dolch, in der Absicht, sich zu töten, statt sich der Gewalt zu unterwerfen, die nun ihr Dorf beherrschte. Doch dann fiel ihr Blick auf Karuku, der ausgelassen mit seinen siegreichen Kameraden lärmte, und sie fühlte sich so tödlich verletzt, daß sie sich mit ungeahnter Kraft von ihren Aufpassern losriß, von hinten auf den Anführer der Kariben zulief und den Dolch mitten durch den Rücken bis tief in sein Herz stieß.

2. Kapitel

Der bluttrinkende Gott

Am 9. Juli des Jahres 1489 nach christlicher Zeitrechnung – in dem wesentlich genaueren Kalender der Mayas als 11.13.8.15.6. notiert – sah sich auf der abgelegenen Insel Cozumel im äußersten Westen der Karibik die 37jährige Witwe des Hohenpriesters, Dienerin des Fruchtbarkeitstempels, einer schweren Krise gegenüber.

Der Name der Priesterin lautete Ix Zubin, wobei der erste das weibliche Geschlecht bezeichnete. Sie schien wie geschaffen für das, was sich noch schemenhaft am Horizont abzeichnete, war von robuster Gesundheit, knapp anderthalb Meter groß, und ihr Körper sah aus, als setzte er sich aus drei Kugeln zusammen: Hinterteil, Brust und an der Spitze einen großen runden Kopf. Ihr pechschwarzes Haar fiel in einer geraden Linie bis zu den Augenbrauen hinab, was den Eindruck erweckte, sie liefe ständig mit einem finsteren Gesichtsausdruck herum, aber ihre Züge konnten sich ganz unerwartet zu einem großzügigen, warmherzigen Lachen erweitern, als hätte sie eine freudige Nachricht ereilt und diese Stimmung ihren ganzen Körper ergriffen. Ihre scharfen durchdringenden Augen waren beherrschend, sprangen hierhin und dorthin, wollten alles erfahren, was um sie herum geschah, denn Ix Zubin war eine Frau von außergewöhnlichem Scharfsinn.

Die Krise ergab sich aus der unglücklichen Situation, in der sich Insel und Tempel befanden. Cozumel war ein wunderschönes Eiland, nur zu klein, außerdem am äußersten Rand des früher einmal riesigen Mayareiches gelegen, das sich über den südlichen Teil des Landes erstreckte, das später als Mexiko bekannt wurde. Die Hauptstadt des Reiches, von dem nur noch ein Bruchteil existierte, Mayapan, lag weiter westlich und war so sehr mit ihrem eigenen Zusammenbruch beschäftigt, daß sie weder Zeit noch Geld für Cozumel verschwenden konnte.

Mit ihren Problemen allein gelassen, sahen die Inselbewohner schwarz für die Zukunft. »Jetzt, wo alles auf dem Festland auseinanderfällt, kommen schwangere Frauen nicht mehr in Scharen zu uns, um unsere Dienste in Anspruch zu nehmen. Den Tempel weiter zu unterhalten ist teuer. Die Welt hat sich verändert, und ein solches Zentrum wie unseres dient keinem nützlichen Zweck mehr.« Es ging das Gerücht, daß ein neuer Hoherpriester erst gar nicht mehr ernannt werden sollte, der Tempel folglich den vom Meer her wehenden salzigen Winden ausgesetzt sein würde. Andere sahen noch mehr Probleme: »Die Fährmänner sind faul geworden und haben keine Lust mehr, Reisende vom Festland auf unsere Insel rüberzusetzen.« Ein Zyniker faßte die Situation so zusammen: »Man hat uns vergessen. Es kommen nicht mehr genug Pilger, von denen wir leben können. Die Entvölkerung der Insel steht bevor.«

Wenn die Gerüchte zutrafen, würde Ix Zubin einen doppelten Verlust erleiden, denn nicht nur liebte sie das Ritual, das die Geburt starker, überlebensfähiger Kinder garantierte, sie hegte auch die Hoffnung, ihr Sohn Bolon möge dereinst in die Stellung des Hohenpriesters aufrücken. Insofern war mit der Religion auch ihre Familie bedroht.

Ix Zubin war keine gewöhnliche Frau. Aufgrund ihrer herausragenden Position zu Lebzeiten ihres Großvaters und ihres Mannes hatte sie sich während der vergangenen drei Jahre davon überzeugen können, daß ihr Sohn Bolon der beste Kandidat war, das Erbe der Priesterschaft anzutreten. Wenn der Vater des Jungen vier Jahre länger gelebt hätte, bis der Junge zwanzig war, dann wäre es ihr mit Sicherheit gelungen, ihn für das Amt des Hohenpriesters vorzuschlagen, damit hätte sie die Existenz des wertvollen Tempels und seiner Schriften sichergestellt. Aber der zu frühe Tod ihres Mannes hatte diesem Plan ein tragisches Ende bereitet.

Die besondere Stellung, deren sie sich unter der Einwohnerschaft von Cozumel erfreute, hatte mit ihrem Großvater seinen Anfang genommen. Cimi Xoc war ein vornehmer Mann voller Weisheit gewesen, der die Sterne wie seine Brüder kannte, einer der angesehensten Hohenpriester war und dessen Ruf als Kenner des Kalenders und des geordneten Verlaufs der Gestirne sogar bis zu den Herrschern nach Mayapan gedrungen war. Doch mußte er erkennen, daß sein Sohn, Ix Zubins Vater, nie die Fähigkeit besitzen würde, die komplizierten Gesetze der Astronomie der Mayas zu beherrschen, von denen das Wohl der Welt abhing. Betrübt über das Versagen seines Sohnes, fand er

Trost in der Tatsache, daß seine Enkelin Ix Zubin, ein erstaunliches Kind, diese besondere Gabe besaß, die nur wenigen innerhalb einer Generation verliehen wird, die Gabe, ein geradezu intuitives Verständnis aufzubringen für das Mysterium der Zahlen und des Kalenders, der Phasen des Mondes und der Wanderungen der Planeten.

Sie war erst fünf Jahre alt, als ihr Großvater eines Tages hoch erfreut ausrief:»Dieses Kind birgt viel Weisheit in sich!« Und er gestattete ihr von da an, ihm bei der Aufzeichnung der Bewegung des strahlenden Morgen- und Abendsterns zu helfen, des Sterns, der von Wissenschaftlern in anderen Teilen der Welt den Namen Venus erhalten hatte. Ja, wäre da nicht der Makel gewesen, keine auffallende Schönheit zu sein, hätte sie selbst den Namen Venus verdient, so gut wußte sie über den Planeten Bescheid.»Großvater! Wenn sie sich zwischen Morgen- und Abendstern versteckt, dann ist sie wie eine Frau, die sich verzieht, wenn sie ein Kind erwartet.« Und von dem Augenblick an begriff sie die enge Verwandtschaft des Planeten mit dem Tempel der Fruchtbarkeit in Cozumel, dessen Geschicke die männlichen Mitglieder ihrer Familie lenkten.

Diese Einsicht führte zu ihrer weiteren Ausbildung, denn normalerweise wurden Frauen bei den Mayas von jeglichem Kontakt mit dem heiligen Wissen ausgeschlossen. Das Mysterium der Astronomie blieb ihnen verborgen; es war ihnen nicht gestattet, an den heiligen Riten der Sühneopferungen teilzunehmen, die die Götter gnädig stimmen sollten; und in jedem Tempel gab es eine Unmenge geheimer Orte, zu denen Frauen keinen Zutritt hatten. Zahllose Gesetze und Regeln wurden aufgestellt, um sie in Abhängigkeit zu halten.

Als Cimi Xoc daher beschloß, seine hochbegabte Enkelin müsse in den Gesetzen der Mathematik unterwiesen werden, war das ein Schritt von ungeheurer Bedeutung, denn er stellte eine Mißachtung des alten Glaubens dar, Frauen sollten in diese heiligen Dinge nicht einbezogen werden. Wie alle Hüter unschätzbaren Wissens war er jedoch entschlossen, dafür zu sorgen, daß die Kenntnisse, die sich anzueignen er sein ganzes Leben gebraucht hatte, auch für kommende Generationen bewahrt blieben, denn in seiner Vorstellung bildeten sie eine innere Brücke zwischen Vergangenheit, Gegenwart und Zukunft.

Ix Zubin hatte diese fast leidenschaftliche Hochachtung vor der Geschichte ihres Volkes geerbt und unternahm wiederholt Anstrengungen, auch ihrem Sohn Wertschätzung vor seinen Vorfahren beizubringen.»Unser Volk ist das klügste«, sagte sie zu ihm.»Es gibt andere, die sind besser, was Kriegführung betrifft, offensichtlich, denn wir wurden von Fremden aus dem Westen überfallen, die andere Götter an die Stelle von unseren setzten, aber in allen anderen Dingen sind wir überlegen.« Ihre Bemerkungen zur Geschichte bezogen sich fast ausnahmslos auf die Einwanderung von Westen her, manchmal auf eine gewisse Verwandtschaft mit dem Süden und gelegentlich auf die von Norden einströmenden Einflüsse, aber der Osten, wo sich die großen Wassermassen wälzten, wurde nie erwähnt.

Und doch waren die Mayas dort nicht unbekannt. Die großen Schmuckgegenstände aus Jade, von den Frauen der Arawaks wie denen der Kariben gleichermaßen geschätzt, und die bei ihren Männern so beliebten Gummibälle müssen vom Land der Mayas dorthin gelangt sein, denn auf den kleinen Inseln weit draußen im Karibischen Meer gab es weder Kautschukbäume noch Jadevorkommen. Es gab ferner den Brauch, mit Hilfe umgebundener dicker Holzleisten die Stirn bei Neugeborenen, vor allem bei Mädchen, vom Nasenbein an nach hinten zu drücken. Wie diese Dinge jedoch auf jene entfernten Inselchen gelangt waren, das vermochten weder Ix Zubin noch ihr bewanderter Großvater, noch sonst ein Chronist der Geschichte der Mayas zu erklären.

Auf anderen Gebieten dagegen waren die Kenntnisse der Mayas erstaunlich, sowohl was den Umfang als auch die Genauigkeit betrifft. 2 000 Jahre bevor der Alte seine Berechnungen anstellte, hatten Astronomen der Mayas, immer darauf bedacht, ihre Messungen zu verfeinern, bereits herausgefunden, daß ein Jahr nicht 365 Tage lang war, sondern 365,24. Europa, das zu einer solch präzisen Berechnung nicht in der Lage war, richtete sich mehr schlecht als recht nach seinem eigenen Kalender und verstrickte sich mit jedem Jahr noch tiefer in den Irrtum. Erst 1582, fast 200 Jahre nach Cimi Xocs Tod, holten europäische Astronomen ihren Wissensrückstand gegenüber den Mayas auf, die außerdem festgestellt hatten, daß die Venus für ihre Reise durch die Gestirne genau 583,92 Tage benötigte.

Diese grundlegenden Fakten wurden seit Jahrhunderten in Tabellen zusammengefaßt, die auf papyrusartigen Bögen gemalt waren, über die Hohepriester eifersüchtig wachten und die durch kleinste Ergänzungen ihrerseits immer genauer wurden. Die wissenschaftliche Leistung Cimi Xocs und seiner Kollegen jedoch, die nachfolgende Zivilisationen am meisten begeisterte, waren ihre Vorhersagen der Sonnenfinsternisse; als der alte Mann seiner Enkelin die Tabellen zum erstenmal vorführte, zeigte er zufällig auf ein Datum, das erst in 500 Jahren eintrat und besagte, daß am Sonntag, dem 29. März 1987, eine völlige Sonnenfinsternis stattfinden würde. Zu Ix Zubins Erstaunen reichte die Tabelle mit den Vorhersagen sogar noch 200 Jahre weiter.

Lange vor Christi Geburt hatten die Mayas ein vielteiliges numerisches System erfunden, das es ihnen ermöglichte, Tage, die 10 000 Jahre oder noch weiter zurück- beziehungsweise in einer zeitlich gleich weit entfernten Zukunft lagen, mit unglaublicher Genauigkeit zu bestimmen. In ihrem aus insgesamt fünf Zahlenangaben bestehenden Datierungssystem stellte die erste Zahl einen sehr hohen Wert dar, die zweite einen etwas niedrigeren, die dritte eine unserer Jahresangabe vergleichbare Größe, die vierte die Anzahl der Einheiten, die etwa unserem Monat entsprach, und die fünfte die Anzahl der Tage.

Als europäische Wissenschaftler Anfang des 20. Jahrhunderts das Rätsel des Mayakalenders lösten, stellte man fest, daß sich für jede Zeitangabe, die bis 3 000 Jahre in die Vergangenheit reichte, der genaue Wochentag ergänzen ließ; das gleiche galt für Zeitangaben, die in die Zukunft reichten. Jede fünfteilige Zahlengruppe im Mayakalender bezeichnete einen eindeutigen Tag in einem bestimmten Monat eines bestimmten Jahres. Entscheidender jedoch war die Bedeutung des Kalenders als Ausdruck einer vitalen Bindung an die Vorfahren.

Die Chronik wurde auf seltsame Weise aufbewahrt und dokumentiert. Vor jedem Tempel und anderen öffentlichen Gebäuden wurden Stelen aufgestellt, Bildsäulen aus Steinquadern, über einen Meter im Durchmesser und nicht selten fünf bis sechs Meter hoch, in der Regel aber mannshoch. Auf diese Weise ergaben sich vier lange schmale Flächen, aus denen Bildhauer von seltener künstlerischer Begabung komplizierte Hieroglyphen herausschlugen – Antlitze von Göttern, Beamte in prächtigem und reichverziertem Ornat, Tiere und magische Symbole als Mahnung an Pilger und Betende, daß geheimnisvolle Mächte unser tägliches Leben bestimmen. Für Cimi Xoc und seine Enkelin jedoch war der wertvollste Abschnitt jeder Bildersäule der, auf dem die Zeitangaben der Periode eingemeißelt waren. Ix Zubin sollte niemals jenen Tag vergessen, an dem, gegen die Sitte verstoßend, ihr Großvater sie zum erstenmal mit nach Coba nahm, einer Stadt auf dem Festland, wo er ihr, die noch ein kleines Mädchen war, die prächtigen, verstreut stehenden Bildersäulen zeigte, auf denen die ruhmreiche Geschichte der Gegend dargestellt war.

»Diese hier erzählt von Ereignissen, die sich vor über tausend Jahren zutrugen«, sagte er ehrfürchtig. »Ein Priester aus unserer Linie half diesem Regenten«, wobei er auf den König wies, der in der weit zurückliegenden Periode herrschte, »seine Macht zu festigen. Hier kannst du die vor ihm knienden Sklaven erkennen.« Dann zeigte er ihr die Symbole, die das abgebildete Ereignis auf Freitag, den 9. Mai 755 – 9.16.4.1.17 7 Imix 14 Tzec–, datierten, und diese genaue Zeitangabe war es, die ihr Interesse an dem Zahlensystem der Mayas weckte. Schon bald war sie in der Lage, andere Bildersäulen zu lesen, eine erzählte von Ereignissen im November 955, andere von noch nicht so lange zurückliegenden, im Februar 1188.

Nach diesem Anfang, den sie mit Leichtigkeit gemeistert hatte, brachte er ihr die weit komplizierteren Zahlensysteme bei, die sein Sohn, ihr Vater, hätte beherrschen müssen, hätte er die Verantwortung für die Berechnungen des Tempels gehabt, aber die der junge Mann wegen seiner minderen geistigen Fähigkeiten zu lernen nicht imstande war. Mit der Zeit übernahm Ix Zubin alle Berechnungen ihres Vaters und arbeitete sich in erstaunlich kurzer Zeit auch in die Astronomie ein, dann in die Berechnungen für den Planeten Venus und schließlich in die Formeln für die Vorhersagen der Sonnenfinsternisse.

»Nur weniges in der Kunst, die wir als Priester ausüben«, hatte ihr Großvater gesagt, »bringt uns mehr Nutzen und flößt dem Volk, die Herrscher eingeschlossen, mehr Schrecken ein als unsere Befähigung zu warnen: ›Im nächsten Monat wird die Sonne untergehen, und wenn ihr uns bei der Errichtung eines neuen Raumes im Tempel nicht helft, wird die Sonne nicht wiederkehren, und wir alle werden den Tod finden.‹ Die Drohung hat ihren Nutzen, denn wenn die Sonne tatsächlich verschwindet, wie wir geweissagt haben, dann werden sie auf uns hören, sogar die Herrscher. Und so können wir unser Haus vervollständigen.«

Fünfzehn Jahre lang, von 1474 bis Anfang 1489, stand Ix Zubin im Schatten, führte für ihren Vater die heiligen Berechnungen durch, die zur Ausübung seiner Pflichten gehörten, und seine Ergebnisse wurden wegen ihrer Genauigkeit so sehr geschätzt, daß er Berühmtheit auf der Insel erlangte, ein Priester wurde, dem man Gehör schenkte. Die beiden bildeten ein Familiengespann – der Hohepriester, der vor den Massen zelebrierte, und seine kluge kleine Tochter, die im Hintergrund ihre magischen Zahlen auswertete. Das Paar erfüllte eine ehrenvolle Rolle in Cozumel, und als sich die Tochter mit einem jungen Tempelpriester vermählte, half sie ihm, sich auf den Tag vorzubereiten, an dem er die Stellung des Hohenpriesters übernehmen sollte.

In jenen frühen Jahren, als Ix Zubin zum erstenmal zu Bewußtsein kam, daß große Veränderungen anstanden, die das Reich der Mayas bedrohten, es vielleicht sogar verschlingen würden, war sie – obwohl gänzlich unbekannt im übrigen Teil der Welt – eine der erfolgreichsten Astronomen in dem Gebiet des späteren Mexiko und allen überlegen, die in Europa oder Asien wirkten, denn ihr tiefgründiges Wissen über den Lauf der Jahreszeiten auf der Erde und den Lauf der Gestirne am Firmament war unübertroffen, ihre Beherrschung der Zahlen und Zeitberechnungen suchte ihresgleichen.

Es waren Jahre der Zufriedenheit für sie. Oft dachte sie, ihr Vater, ihr Mann und sie selbst müßten die drei glücklichsten Menschen in Cozumel sein, und als ihr Sohn Bolon auf die Welt kam, war das Glück vollständig. Auch als dann kurz darauf ihr Vater starb und die äußerlichen Insignien eines Hohenpriesters auf ihren Mann übergingen, war sie es, die für das Amt die astronomischen Kalkulationen anstellte. Gleichzeitig strebte sie danach, ihr Wissen zu erweitern, pickte sich heimlich die wenigen Informationsbrocken über Experimente, die in anderen Landesteilen des Reiches durchgeführt wurden, heraus, aber immer näher rückte der Zeitpunkt, an dem sie ihr angehäuftes Wissen an ihren Sohn weitergeben mußte, und aus diesem Instinkt heraus, eher wissenschaftlicher als mütterlicher Natur, hatte sie angefangen, Bolon in ihre Geheimnisse einzuweihen.

Er war bereits vierzehn Jahre alt zu der Zeit, und sie begriff schnell, daß er keinesfalls den Scharfsinn hatte, den sie bereits, mit fünf bewiesen hatte, denn schon in dem frühen Alter hatte sich gezeigt, daß sie ein Genie war, eines jener Wunderkinder, die im Einklang mit dem Universum und seinen verborgenen Entwicklungen stehen, und diese Art Wissen konnte keine Mutter ohne weiteres an ihren Sohn weitergeben; solche Genies kommen nur in unregelmäßigen Abständen auf die Welt, und ihre Ankunft läßt sich nicht vorhersehen. Wenn sie Bolon schon nicht ihre sagenhafte Macht antragen konnte, dann konnte sie ihn wenigstens zu einem soliden Mathematiker erziehen und ihm beibringen, wie man die Tafeln benutzte, die ihre Vorfahren entwickelt und über dreißig Jahrhunderte verfeinert hatten, und genau das tat sie.

Während der Junge in die auf Manipulation beruhenden Geheimnisse der Priesterschaft eingeweiht wurde, beobachtete sein Vater zufrieden, daß sein Sohn alle Qualitäten besaß, ihm als Hoherpriester des Cozumel-Tempels nachzufolgen, und er begann, ihm die praktischen Aspekte dieser Rolle beizubringen. »Deine Mutter hat dich gelehrt, die

Leitsätze zu lesen und zu begreifen, auf denen unser Tempel beruht. Sie sind sehr alt, sehr mächtig, und sie verdienen den Respekt, den die weiblichen Pilger ihnen entgegenbringen. Aber um den Tempel zu schützen, mußt du aufmerksam jede kleinste Machtverschiebung bei denen, die an der Regierung sind, beobachten, denn wir existieren nur nach ihrem Belieben.« Und zum erstenmal vernahm der Junge die beiden klangvollen Namen, die für so vieles in der Geschichte der Mayas standen – Palenque und Chichen Itza.

»Vor sehr langer Zeit, an einem Ort, den ich selbst nie betreten habe, in Palenque, weitab im Westen«, wobei er undeutlich in die Richtung wies, in der die Sonne unterging, »enthüllten gelehrte Priester und mächtige Herrscher die Rätsel, die den Ort schließlich zu der prächtigsten Stadt unseres Volkes machten. Viel später, sehr viel später, drangen aus noch weiter westlich gelegenen Tälern Feinde in unser friedliches Land ein und unterwarfen uns einer grausamen neuen Religion, zu deren Hauptsitz sie Chichen Itza und später die große Stadt Mayapan erklärten.«

An dieser Stelle unterbrach Ix Zubin ihren Mann mit einer bemerkenswerten Feststellung: »Erst als diese fürchterlichen Fremden mit ihren blutrünstigen Göttern auftauchten, fing auch unser Volk an, Menschenopfer zu bringen. Der Regengott Chac Mool ist unersättlich. Er verlangt die Opferung zahlloser Sklaven, und – was noch schlimmer ist – er will auch die Jungen. Früher standen uns die wohlmeinenden Mayagötter bei, sie garantierten, daß die Felder richtig bestellt wurden, die Frauen starke Kinder gebaren und unser Zusammenleben friedlich verlief. Wir haben niemals menschliches Leben geopfert – und wenn, dann nicht einer Statue aus Stein.«

»Zubin! Hör auf!« rief ihr Mann entsetzt. »Du sollst nicht gegen die Opferungen reden! Ich habe dich schon hundertmal gewarnt.« Und sich wieder seinem Sohn zuwendend, fügte er hinzu: »Vergiß einfach, was deine Mutter da gesagt hat. Wenn die Priester, die den Opferzeremonien vorstehen, das gehört hätten...« Er machte eine vielsagende Pause. »Reinige deinen Geist, und halte ihn sauber, sonst wirst du es niemals zum Priester bringen.«

Sobald Ix Zubin wieder allein mit ihrem Sohn war, flüsterte sie: »Mein Großvater, der klügste von allen Priestern und der einzige auf der ganzen Insel, der jemals in Palenque gewesen ist, hat mir ausdrücklich versichert: Bevor die Menschen aus dem Westen hierherkamen, gab es in unserem Volk keine Opferungen der besten unter den Jungen.

Auch ohne diesen blutigen Beistand kehrte die Sonne jeden Morgen zurück und fing jedes Jahr zur festgesetzten Zeit ihre Reise nach Norden an. Aber neue Herrscher bringen neue Gesetze, und die Vernünftigen gehorchen.«

An diesem Tag zeigte sich, daß Bolon sich möglicherweise nicht als glühender Anhänger dieser neuen, vom Westen übernommenen und nun in Chichen Itza beheimateten Religion erweisen würde, denn er stellte die Frage:»Gab es unseren Tempel schon, bevor die neue Religion kam?« Und seine Mutter antwortete:»Ja.« Und mehr wurde zu diesem Thema nicht gesagt. Aber sie erinnerte sich noch gut an den Tag, an dem sie ihrem Großvater die gleiche Frage gestellt und die gleiche einsilbige Antwort erhalten hatte:»Ja.«

In den beiden Monaten nach dem Tod seines Vaters sahen sich der neue Hohepriester, aber auch Bolon, jetzt sechzehn Jahre alt, und Ix Zubin einer Reihe großer Schwierigkeiten gegenüber, denn offenkundig waren die Machthaber in Cozumel ohne jede Anweisung aus Mayapan über die Zukunft des Baus fest entschlossen, den Tempel der Fruchtbarkeit zu schließen. Das einzige, was sie daran hinderte, den Entschluß augenblicklich in die Tat umzusetzen, war der unaufhörliche Ansturm von Frauen, die vom Festland übersetzten und von den Göttern das Versprechen erbaten, sie mögen sie schwanger werden lassen. Man einigte sich, so lange zu warten, bis man Schritte zur Unterbindung dieses Reisestroms einleiten konnte, und widmete sich statt dessen ganz der Vorbereitung der großen rituellen Zeremonie, mit der den Anbetungen im Tempel ein für allemal ein Ende gesetzt werden würde.

Die Sache sollte einen doppelten Zweck erfüllen: zum einen Götter die alten Mayas vom Sockel stoßen und andererseits die der neuen Religion mit einer prunkvollen Feier inthronisieren. Um die Sache besonders wirkungsvoll zu gestalten, verfügten die Zivilbehörden, daß Chac Mool, dem mächtigen Regengott, dessen Wohlgesinntheit zur Wachstumsperiode sichere Erntemengen erwarten ließ, ein Opfer dargebracht werden sollte. Als Ix Zubin von diesem Dekret erfuhr, war sie betroffen, denn keinen anderen Gott im Pantheon verachtete sie mehr als Chac Mool. Aus gutem Grunde war sie der Ansicht, daß dessen barbarische Riten den Tempel entweihten, dessen edle Tradition von den männlichen Mitgliedern ihrer Familie seit Generationen geschützt und zur Geltung gebracht worden waren.

Sowohl in seinem äußeren Erscheinungsbild als auch in seiner Funktion gehörte Chac Mool zu den häßlichsten Göttern, die die Herrscher aus dem Westen den Mayas aufgedrängt hatten, eine Gottheit aus einem fremden Land, das fremdartige Opfer verlangte. Man begegnete ihm zuhauf im Reich der Mayas – als gigantische Steinstatue, ein grimmig dreinblickender Soldat, auf dem Rücken ausgestreckt liegend, den Brustkorb durch aufgestützte Ellbogen in die Höhe gereckt, die Knie entspannt, die Füße auf dem Boden ruhend. Aus dieser unnatürlichen Körperhaltung ergab sich auf dem eingeklemmten Bauch, eine ausgedehnte Fläche, in die eine von beiden Händen des Götzenbildes gehaltene Schale gemeißelt war. Das Gefäß war natürlich dazu gedacht, die Gaben der Frauen aufzunehmen, die gekommen waren, die Hilfe der Götter zu erflehen, und bei festlichen Gelegenheiten wurde es mit Blumen ausgelegt, mit Jade und Goldstücken gefüllt, eine Form der Verehrung, gegen die Ix Zubin nichts einzuwenden hatte.

Die Zivilbehörden, nicht die Priester, ordneten jedoch an, daß Chac Mool, diese scheußliche Gestalt, die in so unbequemer Haltung auf dem Rücken lag, an bestimmten Tagen größere Geschenke als nur Jadesplitter empfangen sollte. Bei der Verkündigung dieses Edikts wurden die männlichen Sklaven in Cozumel, ja, alle jungen Männer auf der Insel hellhörig, denn sie ahnten bereits, welcher Art die Gabe sein sollte, die in die Schale auf dem Bauch der Gottesstatue gelegt werden sollte, und daß er sich mit nichts weniger zufriedengeben würde: das Herz eines Menschen, bei lebendigem Leib herausgerissen.

Als Ix Zubin die Nachricht von dem nahe bevorstehenden Regenfest vernahm, brachte sie ihren Sohn leise in den Tempel, achtete strikt darauf, ihren Fuß auf keinen Fall in die für Frauen verbotenen Zonen zu setzen, und führte den Jungen zur Statue. »Sieh her!« flüsterte sie. »Hast du jemals ein grausameres Gesicht gesehen?« Mit ihrem üblichen Scharfblick hatte sie den wahren Schrecken Chac Mools erkannt, denn schon in der unbeholfenen Haltung verharrend, war der Steinkopf auch noch um eine Vierteldrehung nach links geneigt, so daß sein soldatisches Gesicht mit dem über den Kopf gestülpten, die Haare verbergenden Helm und mit den aus den Ohren wuchernden Warzen jeden, der sich ihm näherte, wütend anstarrte und sich durch die heruntergezogenen Mundwinkel zu einer noch häßlichen Grimasse verzerrte.

Es war eine rohe, entstellende Darstellung des menschlichen Körpers, aber sie mußte anerkennen, daß sie Macht besaß: diese Gestalt eines rachsüchtigen Gottes, der seine Opfer forderte. Und wo er auch

50

im Reich der Mayas auftauchte, immer war er leicht zu erkennen, denn seine seltsame Haltung war unverwechselbar, außer daß sein häßliches Gesicht manchmal zur rechten statt zur linken Seite gewandt war. Chac Mool war eine Gottheit, die im Herzen des Betrachters Schrecken erzeugen sollte, und genau das war das Ansinnen derer, die sie dem Volk aufgezwungen hatten.

»Er wartet auf ein menschliches Herz«, flüsterte Ix Zubin. »Aber zu diesem Zweck ist dieser Tempel nie errichtet worden. Er ist ein Betrüger.«

»Wann ist er hierher zu uns gekommen?«

»Zu Lebzeiten meines Großvaters. Sie stellten zwei Statuen von Chac Mool auf der Insel auf, aber keine in unseren Tempel; dann wurden die Opferungen immer verbreiteter, normalerweise nahmen sie Sklaven, aber wenn nötig auch unsere eigenen Söhne, aber Großvater sprach sich gegen diese Praxis aus.«

»Was geschah dann?« fragte Bolon, die Statue anstarrend.

»Etwas, das Großvater niemals für möglich gehalten hätte. Als zufällig eine für die Jahreszeit ungewöhnliche Dürre einsetzte, befanden sie, es müßte noch eine Statue von Chac Mool aufgestellt werden, und zwar in unserem Tempel. Trotz Großvaters starker Einwände wurde das häßliche Ding hier reingeschleppt und aufgestellt, wie du siehst.« Und jetzt starrte auch sie das unnachgiebige Steingesicht an. »An dem Tag, als es auf den endgültigen Standort gerückt wurde, als fünfzig Mann den riesigen Brocken an diese Stelle rückten, nahmen sie Großvater plötzlich fest, zerrten ihn dort rüber zu dem Steinaltar, drückten ihn quer rüber nach hinten und schlitzten ihm mit einem scharfen Dolch aus Obsidian den Bauch auf. So.« Zitternd den Brustkorb ihres Sohnes entlangfahrend, deutete sie mit dem Zeigefinger an, wie die Messerspitze den Leib aufgeschnitten hatte, und fügte dann in einer die aufkommende Trauer unterdrückenden Stimme hinzu: »Der Priester, der das Messer gelenkt hatte, hielt ein, ließ es zu Boden fallen, reichte mit der Hand in die klaffende Wunde, wühlte nach dem noch schlagenden Herz, riß es aus dem Leib des Sterbenden und schleuderte es hier hinauf.«

Sie zeigte auf die Steinschale, die die Statue in den Händen hielt. Von welcher Seite man sie auch betrachtete, sie war häßlich, und Ix Zubin führte ihren Sohn aus dem Tempel, wobei Chac Mools böser Blick ihnen folgte.

Die beiden noch verbleibenden Monate vor der drohenden Opferzeremonie verbrachte Ix Zubin mit dem Niederschreiben von zwei weiteren Seiten der auf Papyrus festgehaltenen Aufzeichnungen der Stadt Cozumel, und auf diesen Seiten faßte sie die Leistungen ihres berühmten Großvaters und die weniger rühmlichen Erfolge seines Sohnes zusammen. Mit Bolon, ihr zur Seite sitzend, die Richtigkeit der Symbole bestätigend, fügte sie die genauen Zeitangaben hinzu, wann beide jeweils die Macht in den Händen gehalten hatten, und als sie fertig war, schauten Mutter und Sohn voll Stolz auf die Rollen.
»Das wollen wir überliefern«, sagte sie. »Deine Vorfahren waren Menschen, die man nicht vergessen darf.« Dann drückte sie die Hand ihres Sohnes. »Und dich auch nicht. Du wirst uns durch die stürmische Zeit führen, die jetzt vor uns liegt.«
Kaum hatte sie diese Vorhersage getroffen, zogen sich dunkle Wolken am Himmel zusammen; drei Boten kamen geritten, von den Inselherrschern geschickt, um die Rollen zu beschlagnahmen. »Sie sollen von denen aufbewahrt werden, die das Recht dazu haben.« Und zum erstenmal seit Jahrhunderten verließen die Rollen die Tempelräume. Als die Boten wieder verschwanden, rief sie ihnen nach: »Warum das?« Und einer brüllte zurück: »Sie glauben, alles, was dein Großvater getan hat, war falsch. Deswegen wollen sie das schließen hier, was sie als ›seinen Tempel‹ bezeichnen.«
Wie betäubt von dieser Schändung der heiligen Rollen irrte Ix Zubin zwei Tage lang auf ihrer geliebten Insel umher, nickte freundlich den nach langer Überfahrt aus ihren Kanus steigenden Schwangeren zu. Vom Gipfel eines Hügels aus betrachtete sie das grenzenlose Meer, wie es gegen das östliche Ufer klatschte, aber immer wieder kehrte ihr Blick zu der hübschen Gruppe aus neun Gebäuden zurück, die den Schrein bildeten, den mit weißen Kieselsteinen ausgelegten Pfaden, den hochgewachsenen Bäumen und den schattigen, blumenverzierten Nischen. Das alles bildete eine prächtige Kulisse, deren Anblick das Herz erfreute, und sie war nicht bereit, sie Menschen auszuliefern, denen es an visionärer Kraft und Sinn für Schönheit mangelte. Ix Zubin faßte einen Entschluß.
Sie suchte ihr Quartier auf, das im hinteren Teil des Haupttempels gelegen war, und sagte zu ihrem Sohn: »Wir müssen sofort aufbrechen und unsere Bitte persönlich in Mayapan vorbringen.« Die letzten Entwicklungen auf der Insel hatten Bolon so aufgewühlt, auch war ihm ihre Bedeutung so deutlich bewußt, daß er jetzt seine Mutter nicht erst

52

fragen mußte: Warum der plötzliche Aufbruch? Was sie dann jedoch äußerte, darauf war er nicht vorbereitet: »Wir machen uns auf eine Mission von größter Wichtigkeit – für dich, für mich, für Cozumel. Wenn du unseren Tempel retten und Dienst in ihm verrichten willst, mußt du die ganze Herrlichkeit dessen erfassen, was wir hervorgebracht haben. Du mußt erkennen, was wir einst gewesen sind und was wir dereinst wieder werden können.«

Jetzt allerdings sah sich Ix Zubin mit einem schier unüberwindlichen Widerspruch konfrontiert, denn nach Mayasitte war es undenkbar, daß eine Frau, nur von einem Sechzehnjährigen begleitet, überhaupt eine Reise unternahm, und geradezu anmaßend, wenn es sich auch noch um eine Reise in die an Macht verlierende Stadt Mayapan handelte, um ihrem Protest Ausdruck zu verleihen. Es war unerläßlich, daß sie sich an einen ihr an Alter überlegenen Mann wandte, der die Führung der Expedition übernahm; sie mochte die tapferste Frau von ganz Yucatán sein, aber die Tradition besagte, daß sie ohne männlichen Schutz eine solche Reise nicht unternehmen durfte.

Die nächsten beiden Tage verbrachte sie damit, die Lage mit ihrem Sohn Bolon zu erörtern, überprüfte mögliche Kandidaten und ließ sie wieder fallen. »Der ist zu ängstlich. Springt ihm ein Hund zwischen die Beine, schreit er gleich nach Hilfe.« – »Zu dumm. Dem könnte ich nie erklären, worum es geht.« – »Zu unterwürfig gegenüber den Machthabern, egal, wie sie gerade heißen.« Irritiert durch ihr Unvermögen, einen vertrauenswürdigen Mann zu finden, verfiel sie in Schweigen. Just in dem Augenblick, als Mutter und Sohn still unter einem Baum nahe dem Tempel saßen, sah sie, zwischen den Blumensträuchern wandelnd, den Mann, der die Antwort auf alle ihre Fragen war: Ah Nic – Ah deutete auf das männliche Geschlecht–, ihren ergrauten Onkel, ein Priester niederen Ranges im Tempel von Cozumel, der nur für wenig Dinge im Leben wahres Interesse zeigte, für seine Blumen etwa, die er liebevoll pflegte, oder für Waisenkinder, denen er zärtliche Aufopferung entgegenbrachte. Als Mann, der einen gezierten Gang hatte und noch ein Lächeln übrig hatte, wenn die Dinge mal nicht so liefen, wie er es sich gewünscht hatte, kanzelten ihn andere, ehrgeizigere Männer zwar schnell ab, tolerierten ihn jedoch wegen seiner Sanftmut. Ah Nics Begleitung würde keinen Anlaß zu irgendwelchen Kommentaren bieten, also rief sie: »Onkel. Bitte. Ich brauche deine Hilfe!«

Doch als sie ihm ihren Plan erläuterte, die Behörden in Mayapan aufzusuchen, antwortete er gelassen: »Wenn du unbedingt deine Zeit damit vergeuden willst, an diesen verfallenden Ort zu reisen, dann will ich dich begleiten. Aber ich glaube, zuerst müssen wir deinem Sohn ein echtes Monument zeigen – Chichen Itza.«

Bei der Erwähnung dieser einst so bedeutenden Stadt wich sie zurück, denn in ihrer Familie herrschte der Glaube, daß, wenn die fremden Invasoren ihre neue Religion dort ausriefen, die Macht der Mayas bald gebrochen sein würde. »Ein abweisender Ort«, sagte sie, aber ihr Onkel beharrte darauf: »Seine Götter sind grausam, seine Tempel erhaben.«

Mit diesen Worten hatte er eine Erinnerung in seiner Nichte wachgerufen, und sie wandte sich an ihren Sohn: »Bolon, als junges Mädchen in deinem Alter nahm mich mein Großvater mit auf eine Reise nach Chichen Itza, und als ich den tiefen Brunnenschacht sah, in den sie junge Mädchen warfen, um die Götter zu besänftigen, war ich zutiefst erschrocken.«

»Warum willst du dann zurück an den Ort?« fragte Bolon, und sie erklärte ihm: »Ich sah auch andere Dinge, große Dinge, und lange nachdem sich die gräßlichen Götter aus meinen Träumen davongemacht hatten, kamen mir wieder die stattlichen Tempel und die herrlichen Innenhöfe ins Gedächtnis. Und du hast ein Recht darauf, sie auch einmal zu sehen, Bolon. Dann erst weißt du, was wahre Größe ist.«

In finsterer Nacht, ohne ein Licht anzuzünden, um keine unnötige Aufmerksamkeit auf sich zu lenken, packten die drei die Kleider und die Sachen ein, die sie für den Marsch brauchten: feste Überkleider aus Wolle, die Ix Zubin selbst gewebt und genäht hatte, ein zweites Paar Stiefel, mit dickem Fell gefüttert, Regenumhänge aus dichtgeflochtenem Schilfrohr und dünnstrebigen Lianen und, das Wichtigste, drei verschiedene Zahlungsmittel, die sie unbedingt brauchten, um unterwegs etwas zu essen zu kaufen: Jade, Gold und Kakaobohnen.

Aus diversen kleinen Verstecken kramte Ix Zubin die Jadesplitter hervor, die sie dort im Laufe der Jahre beiseite gelegt hatte; manche, soviel wußte sie, gehörten dem Tempel, nicht ihr persönlich, aber vor ihrem Sohn rechtfertigte sie ihre Handlung, die nichts anderes als Diebstahl war, mit den Worten: »Dein Vater und ich haben für diese Jade gearbeitet. Es ist also nur recht.« Bolon selbst hatte einen Reichtum ganz anderer Art angehäuft, der ihm rechtens außerdem zustand; vor seiner Mutter breitete er jetzt kostbare Kakaobohnen aus, jede eine Mahlzeit wert, die die Mayas als Geld benutzten. Kakaobohnen waren wohl das kurioseste Geldmittel, das jemals auf der Welt verwendet

54

wurde, denn nachdem es ein, zwei Jahre im Umlauf war, fiel es in die Hände eines ohnehin schon Begüterten, der die Bohnen zerkleinerte, um daraus den köstlichen Kakaotrunk herzustellen, der bei den Mayas so beliebt war. Bolon hütete den Beutel mit den Bohnen wie ein Schatz; er hatte ihn anhäufen können, weil er bedeutenden Familien als Priester des öfteren einen Gefallen getan hatte, und jetzt beruhigte er seine Mutter: »Damit kommen wir hin und zurück.« Beide jedoch, Mutter und Sohn, waren erstaunt, als Ah Nic mit einem kleinen Haufen Gold ankam, das er durch all die Jahre Stück für Stück von den Gaben an den Tempel hatte abzweigen können. Um die Mitternachtsstunde schließlich brachen sie auf.

Die Besitzer des großen Kanus, mit dem sie den ersten großen Abschnitt ihrer Reise zurückzulegen gedachten, waren nicht gerade begeistert von der Idee, bei Dunkelheit Richtung Süden zu paddeln, aber da sie vorher schon zweimal ähnliche Fahrten unternommen hatten, wußten sie, daß Gefahren nie ganz auszuschließen waren, und als Bolon aus seinem Beutel vier Kakaobohnen holte, nahmen die Kanuten sie dankend an und paddelten los.

Während sich die Ruderer in die Riemen legten und das Boot durch die ruhige Nacht schoben, sich das Wasser des Karibischen Meeres an den Seiten kräuselte, eröffnete Ix Zubin den beiden Männern ihren Plan: »Es gibt da etwas sehr Wichtiges, das ich euch in Tulum zeigen möchte.« Sie erklärte ihnen, daß sie südlich, nach Tulum, fahren würden, dann nach Chichen Itza, bevor es weiter nach Mayapan gehen sollte.

Bolon hörte eigentlich gar nicht hin, denn ihre Gründe waren so persönlich und verworren, daß er ihr nicht mehr folgen konnte; seine Aufmerksamkeit richtete sich auf die See, die singende, geheimnisvolle See, jenes fremde Meer, das er vorher noch nie befahren hatte und das ihn jetzt gänzlich gefangennahm. »Warum bauen wir nicht übergroße Kanus und erforschen dieses riesige Meer?«

Aber Ah Nic kannte die Antwort, die bei den Mayas seit 2 000 Jahren gegeben wurde. »Wir sind ein Volk, das mit dem Land verwurzelt ist. Von Gewässern wie diesem verstehen wir nichts«, und dann erläuterte er Bolon, was für eine Abenteuerreise es schon gewesen war, als vor vielen Generationen Mayas das Land, mit dem sie vertraut waren, verlassen und den großen Sprung übers Wasser nach Cozumel gewagt hatten – eine Entfernung von nicht ganz siebzehn Kilometern und jederzeit Land in Sichtweite. »Es war eine tapfere Tat, aber viele aus der ersten Generation starben, noch immer fest davon überzeugt, daß sie eines Tages die Katastrophe einholen würde, weil sie mit der Tradition gebrochen und das Wasser überquert hatten.« Ah Nic konnte sich an solchen Erzählungen geradezu berauschen.

Ix Zubin verstärkte diese Angst noch: »Als Großvater mich zum erstenmal mit nach Tulum nahm in so einem Kanu wie diesem, vier Männer an den Rudern, da war ich festen Glaubens, wir führen bis ans Ende der Welt. Und ich kann euch versichern, ich war erleichtert, als wir wieder Land unter den Füßen hatten.«

Es waren nur etwa 64 Kilometer von ihrer Anlegestelle in Cozumel nach Tulum, und da der Wellengang hoch und das Fortkommen mühsam war, näherten sie sich erst bei Dämmerung des zweiten Tages dem Tempelgebiet. Als die beiden Kanufahrer ihr Boot an den Strand zogen, erblickten die Fahrgäste etwa zwölf Meter oberhalb von ihnen die finsteren Umrisse einer Festung, die mit nichts zu vergleichen war, was sie von Cozumel her kannten. Über dem Meeresrand schwebend, schien sie denen da unten zur Begrüßung eine Warnung zuzuschreien: »Versucht nicht, die Stadt, die ich bewache, zu überfallen. Wir sind uneinnehmbar!«

Nachdem sie Abschied von den Bootsleuten genommen hatten und den steilen Abhang zur Stadt hinaufgestiegen waren, bestätigte sich noch einmal der Eindruck eines ausgeprägten Verteidigungswillens. Sie standen einem Bau gegenüber, wie Bolon ihn noch nie gesehen hatte: Das gesamte Areal in der Stadtmitte, bestehend aus Befestigung und Tempeln, war noch einmal von einer massiven, zwei Mann hohen, gleichmäßigen Steinmauer eingefaßt. Mehrere Tore waren in die Mauer eingelassen, und als die Pilger das ihrem Landeplatz am nächsten gelegene passierten, betraten sie die von Osten nach Westen verlaufende Hauptstraße, gesäumt von zahlreichen Tempeln, was einen nachhaltigen Eindruck von Ordnung vermittelte. Die Häuser der einfachen Bürger lagen weit verstreut außerhalb der Mauer.

Die drei hatten erst einen Tempel besichtigt, als Ix Zubin ihrer Empörung über die nachlässige, von sowenig Kunstverständnis zeugende Bauweise Ausdruck verschaffte: »Sie sind genauso plump und häßlich wie unsere Chac-Mool-Statuen.«

Tulum wurde erbaut in der Zeit, als der Glanz der Mayas bereits im Schwinden begriffen war, als sich die Architekten schon mit der Verwendung unverarbeiteter Steinblöcke zufriedengaben und keinen Wert darauf legten, die Quader zu schleifen. Die Gebäude zeigten Fassaden von einer geradezu natürlichen Häßlichkeit und waren so ausgerichtet, daß sich keine hübschen Ausblicke ergaben. Einige wenige schlitzartige Öffnungen zeigten zum Meer, aber sie waren sehr schmal, als hätten die Priester Angst, der bedrohlichen See ins Auge zu blicken, und zögen statt dessen den Wald aus Gestrüpp und Sträuchern vor, der von Westen her einfiel und mit dem sie vertraut waren.

Der Haupttempel allerdings diente einem nützlichen Zweck: Er war eine bequeme Herberge für diejenigen Pilger, die sich die weiteren Anreisen nach Cozumel oder Chichen Itza nicht leisten konnten, aber die Männer, die sie unterhielten, waren so ungehobelt wie die Häuser, die sie bewohnten. Der Tempel besaß als gepriesenes Schmuckstück eine besonders gräßliche Statue von Chac Mool, dessen zurückgelehnter Körper so verkrampft und entstellt dalag, daß er kaum mehr als ein menschlicher zu erkennen war, und dessen brutaler Blick einem Furcht einflößte. Es gab auch sonst kaum etwas, das spirituelle Erkenntnis hätte erwecken können, und Ix Zubin war gnadenlos, als sie ihrem Sohn dabei behilflich war, das Geschehene richtig zu beurteilen:»Es ist ein einziges Durcheinander. Keine Schönheit. Keine erhebenden Gefühle. Kein inneres Verständnis von Erhabenheit beseelte die Architekten und Bildhauer bei ihrer Arbeit. Kein Grund, warum die Tempel überhaupt stehen, außer vielleicht, für den Teil der Bevölkerung, der sich die Reise zu einem echten Tempel nicht leisten kann.«

Ihr Sohn, der nur die Tempel von Cozumel kannte, mochte dem nicht zustimmen:»Tulum ist doppelt so groß wie alles, was wir haben. Mir gefällt es, wie es zum Meer ausgerichtet ist. Außerdem liegt es hoch, auf einem Felsen, viel höher als irgendein Tempel bei uns.«

Ix Zubin konnte bei so begrenztem Verstand nur ungeduldig werden:»Größe allein ist kein Maß, Bolon. Sieh dir diesen Chac Mool an. So gräßlich unsere Statue auch ist, im Vergleich zu dieser ist sie ein Kunstwerk. Unsere ist gut aus dem Stein gemeißelt, sauber bearbeitet, und auch die Stiefel und der Kopfschmuck sind hübsch gelungen. Es ist eine echte Statue, und wenn man Chac Mool als Gott hinnehmen kann, was ich nicht vermag, dann muß unsere als sehr wirkungsvoll bezeichnet werden. Aber dieser hier–«, und sie machte sich nun über die Schwächen in der Ausführung lustig.»Was vor allem ärgerlich ist, Bolon, er leistet nicht, was er eigentlich leisten soll.«

»Was soll das sein?«

»Er soll Ehrfurcht in einem hervorrufen... eine intuitive Kraft.«

»Wenn ich die Steinschale auf seinem Bauch sehe und mir vorstelle, was dort hineingetan wird, dann habe ich Ehrfurcht«, entgegnete Bolon.

Aber diesen Einwurf wollte sie nicht gelten lassen: »Bolon, sieh dir diesen abscheulichen Stein doch einmal genauer an. Er löst nur einen Schock aus, mehr nicht«, worauf sie sich länger über die Prinzipien ausließ, die ihren Großvater und sie selbst im Dienst an den Inseln geleitet hatten. »Wenn du irgend etwas anpackst, dann erfülle erst die wesentlichen Dinge, die zur Aufgabe gehören, aber füge noch etwas hinzu, damit es ein Gewicht bekommt, das es sonst nicht hätte. Ich hasse unseren Chac Mool, wie du weißt, aber ich bewundere die Mühe, die sich der Künstler gemacht hat, um die Stiefel so vollendet zu formen, den Helm so genau zu treffen. Laß dir das gesagt sein, wenn du einmal Hoherpriester unseres Tempels werden wirst.«

Als sie die Vorbereitungen für die Weiterfahrt nach Chichen Itza trafen, hatte Ix Zubin Gelegenheit, ihren Sohn genauer zu beobachten, und je länger sie ihn betrachtete, der an der Schwelle zum Mannesalter stand, desto mehr Gefallen fand sie an ihm. »Sieh ihn dir an!« flüsterte sie sich selbst zu, während er vorneweg marschierte. »Was für ein hübscher Körper und was für ein scharfer Geist – auf seine Art.« Mit mütterlicher Genugtuung stellte sie fest, daß die zahllosen Nächte, an denen sie Holzleisten an den Schädel gebunden hatte, doch etwas genutzt hatten, denn in ungebrochener Linie fiel das Gesicht des Jungen vom Nasenbein an nach hinten ab, wie man es von einer echten Mayastirn erwartete. Nicht ein Stirnknochen ragte aus dem makellosen Bogen hervor, mit einem solchen Profil würde ihr Sohn sicher in jeder Gemeinschaft als einer der schönsten jungen Männer gelten. Sie verstand nicht, warum es manchen Müttern, und von den höherstehenden Familien Cozumels hätte sie gleich mehrere benennen können, nicht gelang, die Köpfe ihrer Söhne richtig zu formen, es erforderte nur Geduld und in den ersten sechs Lebensjahren jeden Abend den regelmäßigen Druck auf die Stirn.

Vom Tempel in Tulum zu dem Ensemble riesenhafter Bauten in Chichen Itza führte nur ein kaum erkennbarer, schlecht gepflegter Pfad, nichts, was den Namen Straße verdient hätte. Trotzdem begegnete man ab und zu bedeutenden Persönlichkeiten, die in Sänften reisten, bedeckt mit Webmatten und geschultert von vier Sklaven. Als wieder einmal ein solches Gefolge vorbeischwirrte, die der Sänfte folgenden Diener im Laufschritt hinterher, raunte Bolon seiner Mutter zu: »So

58

würde ich auch gerne reisen«, aber sie rügte ihn:»Was für ein hochmütiges Ansinnen! Auf dem Rücken anderer zu sitzen«, worauf er sich gleich für seine Überheblichkeit schämte.

Die niedrigen Bäume entlang dem schmalen Pfad spendeten den Wanderern genügend Schutz vor der blendenden Sonne, aber die Luftfeuchtigkeit war so hoch, daß sie in Schweiß gebadet waren; Ix Zubins Wollkleid war die meiste Zeit feucht, und obwohl Bolon mit nacktem Oberkörper ging, war sein knapper Lendenschurz klatschnaß. Immer wenn sie unterwegs an ein kleines Dorf kamen, meist in einer Lichtung gelegen, machten sie halt, ungeduldig jede Erfrischung auskostend, die der Ort anzubieten hatte. Nur zögerlich und nach langem Nachrechnen und oftmaligem Zählen der Kakaobohnen beschloß Ix Zubin dann, daß sie ein winziges Stück Jade oder einen von Ah Nics Goldsplittern aus der Handvoll für die notwendige Nahrung wohl erübrigen könnte. Aber sie war beruhigt, als Bolon in der Gegend herumstreunte und Nahrung auftrieb, die sie, ohne weitere Schätze opfern zu müssen, verzehren konnten: einen Affen, mit einem spitzen Speer erlegt und überm offenen Feuer gebraten, einen Truthahn, im Netz gefangen, fleischige junge Baumsprossen, einen Fisch, den Ah Nic in einem träge fließenden Bach fing, Wurzeln von erwiesener Nahrhaftigkeit und sogar kleine, sorgfältig gesammelte Blätter von Sträuchern am Wegesrand. Des Nachts schlugen sie unter Bäumen ihr Lager auf und schliefen auf großflächigen Blättern und den Kleidern, die sie mitgebracht hatten.

Als sie aus dem Dickicht des Waldes hervortraten, sahen sie vor sich die weite Ebene Yucatáns ausgestreckt daliegen, hier und da aufgebrochen durch einsame dünne Baumgerippe. Die Sonne brannte so erbarmungslos auf sie nieder, daß sie fürchteten, das Bewußtsein zu verlieren. Ihr Glück verließ sie jedoch auch jetzt nicht, denn eines Tages, als sie sich erschöpft unter einen schattenspendenden Baum fallen ließen, trafen sie auf eine Pilgergruppe, die den Wald von einer anderen Richtung her durchquert hatte. Die Männer und Frauen trugen leichte Flechtmatten bei sich, die sie, an je zwei Astgabeln befestigt, als bequemen Sonnenschutz über ihre Köpfe hielten, und da sie mit noch mehr dieser Matten unterwegs zu einem Handelsposten nahe Chichen unterwegs waren, gestatteten sie Ix Zubin und seinen Begleitern, sich ein paar auszuleihen, damit sie sich selbst eine Kopfbedeckung daraus machen konnten.

Die Fremden zog nichts nach Chichen, und so setzten sie sich ein gutes Stück vor der alten Kultstätte von Ix Zubin und ihrer Gruppe ab. Ah Nic, der nur widerwillig auf seinen Kopfschutz verzichtet hätte, führte sich auf wie ein kleines Kind: »Ich will meinen aber behalten!« Und als Ix Zubin den Händlern ein kleines Stück Jade für die drei Matten anbot, war der Handel perfekt. Als die Fremden außer Sichtweite waren, bemerkte Ix Zubin: »Ich bin froh, daß wir wieder unter uns sind, denn unser Marsch ist eine feierliche Sache.« Und als Bolon fragte, warum, erklärte sie ihm den Grund: »Wenn man unterwegs ist, soll man nicht nur hierhin und dahin schauen, man soll auch nachdenken.« Sie ließen sich unter ihren gerade erworbenen Schattenspendern nieder, und sie sprach mit ihrem Sohn über den vergangenen Ruhm des Volkes, dem sie angehörten. Wie erfreut war sie, als sie sah, daß er jedem ihrer Worte andächtig lauschte, und am Abend, auf dem Boden ausgestreckt liegend, auf den Schlaf wartend, dachte sie: »Er ist auf dem Wege, ein Priester zu werden. Wenn man ihm Zeit läßt, wird er es schaffen.«

Am Tag darauf setzten sie ihr Gespräch fort. »Wer auch immer Hoherpriester unseres Tempels werden wird, und ich bin sicher, du bist der Auserwählte, der muß stark sein in der Verteidigung der alten Glaubensregeln. Er muß die überlieferten Traditionen unseres Volkes kennen, anders kann er seiner Verantwortung nicht gerecht werden.« Und dann erzählte sie von ihrer ersten Begegnung mit der Pracht der Mayas: »Als mein Vater erkannte, daß ich mit meinen fünf Jahren das Rechnen und die Rätsel der Zahlenwelt besser beherrschte als die zwanzigjährigen Männer, die Priester werden wollten, sagte er zu mir: ›Cozumel ist nicht groß genug für deine Träume‹ und ließ augenblicklich alles liegen und stehen, um das Wasser zum Großen Land zu überqueren und mich über die verschlungenen Dschungelpfade nach Tulum zu führen, wo er mir zeigte, wie armselig der Tempel dort ist; dann ging es weiter finstere Wege entlang, bis wir an ungefähr diese Stelle hier kamen, wo er mir sagte: ›Jetzt wirst du die Überlegenheit unseres Volkes erkennen.‹ Ich fragte ihn, warum er so weit mit mir gegangen war, und er sagte: ›Wenn du nicht einmal gesehen hast, was wahre Größe ist, wirst du sie niemals selbst erreichen. Wenn du die Papyrusrollen in unserem Tempel studierst, dann lies sie nicht als einmaliges Zeugnis, sondern als eins unter Tausenden, wie sie in Hunderten von Tempeln, verstreut über das ganze weite Land, zu finden sind, jedes einzelne alle anderen bestätigend. Deshalb reisen wir nach Chichen Itza.‹ Und dir, Bolon, sage ich, aus demselben Grund sind auch wir beide, du und ich, hierhergekommen, so viele Jahre danach.«

Als sie sich dem riesigen Komplex unterschiedlichster Gebäude näherten, die jetzt alle leerstanden, weil die führende Stellung im Reich auf Mayapan übergegangen war, mußte Ix Zubin feststellen, daß die Tempel, die ihr so lebhaft im Gedächtnis geblieben waren und mit denen sie schreckliche Erinnerungen verband, jetzt sogar noch furchteinflößender aussahen, denn Kletterpflanzen hatten sich ihrer bemächtigt, die sich wie Greifer um sie klammerten. Angesichts dieses geheimnisvollen Schauspiels, wie die Erde die Tempel wieder ihrem Besitz einverleibte, veränderte sich ihr Wesen: Sie wurde die selbstgeweihte Priesterin, beflügelt durch Erinnerungen an Träume und Alpträume. Sie wurde wieder zu jenem kleinen Mädchen mit durchdringendem Verstand, die verwegene junge Frau, die das Andenken an ihr Volk der Mayas bewahren mußte. Ihr erster Besuch in Chichen Itza hatte ein derart starkes Bewußtsein für die Schrecken und den Ruhm der Mayas wachgerufen, so daß sie jetzt danach hungerte, ihrem Sohn ein ähnliches Verständnis beizubringen. Mit diesem Vorsatz ging sie an der Statue von Chac Mool vorbei und tauchte mit ihrem Sohn in die Pracht der Ruinen von Chichen Itza ein.

Bolon war überwältigt von den riesigen Ausmaßen der Bauten, dem architektonischen Können, das aus ihnen sprach, der Vielfalt und der Art, wie sie miteinander verbunden waren, wodurch große offene Plätze für Volksversammlungen entstehen konnten, Spielfelder für Ballspiele und geheimnisvolle tiefe Brunnen, genannt Cenotes, in die nach der Ankunft der Fremden mit ihrer neuen Religion junge Mädchen geworfen wurden, denen man vorher die Kehle durchgeschnitten hatte, um die Götter zu besänftigen.

Als sie sich über einen der Cenotes beugten, erzählte Ix Zubin Bolon: »Immer wenn sich die Stadt in einer kritischen Lage befand, die nach dem unmittelbaren Rat der Götter verlangte, brachten die Priester zwölf nackte Jungfrauen im Morgengrauen hierher und stießen sie eine nach der anderen über den Brunnenrand in die Tiefe. Gegen Mittag kamen sie mit langen Stangen zurück und versuchten, die Frauen herauszufischen, die überlebt hatten, und von denen, die das Glück hatten, glaubte man, sie würden nun genaue Anweisungen von den Göttern mitbringen.«

»Und wenn keine überlebt hatte?«

»Das bedeutete, daß die Stadt in Schwierigkeiten steckte.«

»Ich glaube, es waren die Mädchen, die in Schwierigkeiten steckten«, warf Ah Nic ein, aber seine Nichte tadelte ihn, weil er es gewagt hatte, sich über einen religiösen Brauch, und wenn er noch so abscheulich war, lustig zu machen.

Es waren zwei ganz unterschiedliche Merkmale, die Bolon später am längsten in Erinnerung behalten sollte: die anmutigen, dem Verfall preisgegebenen Pyramiden, die noch immer auf der Spitze einen Tempel trugen, und die künstlerische Kraft der Chac-Mool-Statuen, die mit ihren geöffneten Mündern gleichenden Opferschalen auf den Bäuchen besser gearbeitet schienen als die, die er aus Cozumel kannte oder die er kurz in Tulum gesehen hatte.

Seine Mutter jedoch lenkte seine Aufmerksamkeit auf etwas ganz anderes:»Sieh doch bloß, wie diese Tempel gebaut sind, diese magischen Steine, wie perfekt sie miteinander verfugt sind.« Und während sie diese Einzelheiten genauer betrachtete, fuhr sie mit geradezu mystischer Monotonie fort:»Diese Tempel wurden von Menschen errichtet, die eine Sprache mit den Göttern hatten, die die Vision einer besseren Welt hatten.« An einer besonders eindrucksvollen Stelle, vor ihnen der Anblick von vier Tempeln, deren Fassaden miteinander verschlungen schienen, ergriff Ix Zubin die Hand ihres Sohnes und rief:»Trotz der Schrecken, die ich hier vorgefunden habe – hätte ich die Pracht von Chichen nicht gesehen, ich wäre als Blinde gestorben.«

Drei Tage verbrachten sie bei den verfallenen Tempeln, aber sie schienen die Fülle des gesamten Ortes kaum erfassen zu können, denn gerade als Bolon meinte, er hätte wohl alles Sehenswerte bis zur Erschöpfung inspiziert, gelangte er an ein Spielfeld, um einiges kleiner als das von beeindruckender Größe, das er zuerst entdeckt hatte, aber dieser Platz lag so wunderbar eingefügt zwischen den überragenden Gebäuden, daß diese ihn zu schützen schienen. Der Platz war ein Juwel, und Bolon ließ sich dazu hinreißen, bis zur Mitte zu laufen, zu hüpfen und sich zu drehen, als wäre er vertieft in ein lebhaftes Spiel, schließlich rief er sogar etwas, als wollte er seine unsichtbaren Mannschaftskameraden anfeuern. Seine Mutter beobachtete ihn, an einen der kunstvoll behauenen Pfosten gelehnt, und sagte sich:»Er hat Feuer gefangen. Er ist bereit für das Priesteramt.« Und am Abend, nachdem sie nahe dem kleinen Spielfeld ihr Lager aufgeschlagen hatten, sagte sie zu ihm:»Du wirst Priester, auf deine Weise vielleicht gar ein so großer Priester, wie mein Großvater einer war. Was wir noch nicht wissen: Bist du auch als Mann soweit? Wenn wir in Mayapan sind, werden wir sehen, wie du gegen die herrschenden Mächte kämpfst.« Dann legten sie sich schlafen, hungrig, aber zufrieden, denn die Pracht der Tempel war Nahrung genug gewesen.

Am nächsten Morgen war Bolon schon früh auf den Beinen, ungeduldig drängend, den Marsch nach Mayapan fortzusetzen, um sich dort beweisen zu können, aber ehe sie aufbrechen konnten, wurden sie von der Ankunft einer Gruppe trübsinnig dreinblickender Frauen und Männer überrascht, elf an der Zahl, offenbar entmutigt und ohne Anführer. Bolon lief auf sie zu, um Näheres zu erfahren, und einer antwortete mürrisch: »Wir kommen aus Mayapan.« Und Bolon entgegnete: »Da wollen wir gerade hin!«, worauf alle durcheinander sprachen: »Geht nicht dahin!« Und: »Es hat keinen Sinn!« Und: »Wir haben die Stadt gerade erst verlassen, es herrscht große Verwirrung.«

Ix Zubin kam hinzu und fragte die erschöpften Ankömmlinge: »Was ist passiert?« Und ein Mann mit einem schwarzen Gamsbart bekannte unter Tränen: »Als unsere Führer sahen, daß die Macht ihnen aus den Händen glitt, Mayapan im Staub zu versinken drohte, erfaßte sie Panik, und sie machten lauter verkehrte Dinge. Erließen törichte Gesetze, schlugen den Bürgern, die ihnen nicht gehorchten, den Kopf ab; überall Aufstände, Brände, die Häuser in Schutt und Asche, auch die Tempel. Das ist das Ende der Welt.«

Als sich die drei aus Cozumel weiter unter den Neuankömmlingen umhörten, wurde ihnen das eben Gehörte weitgehend bestätigt: »Ja, Mayapan war viele Jahre lang in Aufruhr. Als alles im Chaos lag, kamen neue Eindringlinge aus dem Süden, mit neuen Göttern und neuen Gesetzen. Es gab viele Versprechungen...« Der Sprecher, ein Arbeiter, zuckte mit den Schultern, und seine Frau, ihre Tochter in die Arme nehmend, vervollständigte seine Beobachtungen: »Versprechungen, alles Versprechungen... Und jetzt... Wer weiß?«

»Schon der Versuch, dorthin zu gehen«, warnte der Bärtige, »hieße, sein Leben und seinen Verstand aufs Spiel zu setzen.«

»Wo wollt ihr denn jetzt hin?« unterbrach Ah Nic, und ein sehr alter weißhaariger Mann hob zu einer ausweichenden Antwort an, unterbrochen von Klagen: »Ach, ich Armer, wenn die Himmel zürnen, kauern sich die Weisen am Boden, damit die Blitze sie nicht treffen.«

»Ein guter Rat«, antwortete Ix Zubin ungehalten, »aber wo wollt ihr den Schutz der Erde finden?« Und der Alte, nach weiterem Lamentieren, gab wieder eine Antwort an, die zu nichts führte. »An Tagen wie diesen suchen wir Trost... Mut... die Weisheit derer, die von uns gegangen sind.« Und eine Frau, entnervt durch seine Abschweifungen, unterbrach ihn mit der deutlichen Erklärung: »Wir sind auf dem Weg nach Palenque, wo uns die Götter schon einmal unter ihren Schutz genommen haben.« Bei der Erwähnung dieses fast geheiligten Namens hielten Ix Zubin und Ah Nic den Atem an, denn dieser ehrwürdige Ort hatte sich tief in ihr Gedächtnis eingegraben. Jetzt plötzlich die einmalige Gelegenheit zu erhalten, den Ort zu sehen, war verführerisch. Ohne ihre beiden Begleiter um Rat zu fragen, rief Ix Zubin: »Dürfen wir mitkommen?« Und bevor noch jemand antworten konnte, äußerte auch Bolon flehentlich: »Können wir mitkommen?«

Der wortgewaltige alte Mann schmunzelte und sagte dann in herablassendem Ton: »Es sind viele Tagesreisen bis dorthin, westlich und südlich. Als Frau würdest du das unmöglich. . .«

Herausfordernd unterbrach ihn Ix Zubin: »Ich bin die Enkelin von Cimi Xoc!« Und kaum hatte der Mann diesen erlauchten Namen vernommen, streckte er beide Arme zur Begrüßung aus. Doch dann stellte er gezielte Fragen, deren Antworten belegen sollten, in welcher Beziehung sie zu dem verehrten Astronomen gestanden hatte. Ihre Antworten waren natürlich richtig, ja sie übertrafen die Erwartungen noch und zeichneten sie als jemand aus, der gewisse Kenntnisse hatte, die Rätsel der Planeten betreffend, und über beachtliche Informationen verfügte, wie früher das Verwaltungs- und Regierungssystem der alten Mayas ausgesehen hatte.

Der Frager war ein besonnener Mensch, der seiner Gruppe keine Schwächlinge aufbürden wollte, und so zeigte er, bevor eine endgültige Entscheidung fiel, gen Himmel, wo ein abnehmender Mond selbst bei Tageslicht deutlich zu erkennen war, und sagte: »Palenque ist weit. Bis wir dort ankommen, wird der Mond wieder an derselben Stelle stehen, wo er heute steht. Und bis wir zurückkommen, wird er zweimal dort gestanden haben.«

Ix Zubin wandte sich jetzt an ihre beiden männlichen Begleiter und befragte sie, ob sie sich der Aufgabe gewachsen fühlten, und als Ah Nic, den sie zuerst angesprochen hatte, die Zurückhaltung zeigte, die sie erwartet hatte, hörte sie, wie die Leute von Mayapan anfingen zu murren, ihn nicht in ihrer Gruppe aufzunehmen. Es beunruhigte sie, denn schon sah sie heimliche Feindschaften gären, die ihrer gemeinsamen Expedition ein Ende bereiten würden, und so griff sie mit scharfen Worten ihren Onkel an: »Du bist Priester des Tempels der Fruchtbarkeit in Cozumel. Diese Frauen aus Mayapan nehmen eine weite Reise in Kauf, nur um deine Segnung zu erhalten. Du bist das Gewissen unseres Volkes, der Hüter des Guten. Reiß dich zusammen, und übernimm die Führung. Dein Rang berechtigt dich dazu.«

Ihre Ansprache hatte eine doppelte Wirkung. Die Frauen unter den Neuankömmlingen, die sich plötzlich wieder bewußt wurden, wieviel sie den Riten von Cozumel verdankten, und jedem Priester, der sie praktizierte, fingen an, aufgeregt zu flüstern, während Ah Nic selbst nur bestätigen konnte, daß seine Nichte die Wahrheit gesprochen hatte. Seinen ganzen Mut zusammennehmend, sagte er ruhig: »Ich bin euer Priester, und es ist meine Pflicht, dafür zu sorgen, daß ihr alle unbeschadet in Palenque ankommt. Bolon und ich werden den Unbilden des Marsches schon trotzen, und was Ix Zubin betrifft, sie hat ein stärkeres Herz als wir alle hier. Laßt uns losmarschieren.« Und der Treck nach Palenque setzte sich in Bewegung.

Die Männer aus Mayapan waren tief beeindruckt von dem festen Willen des Alten, das Kommando zu übernehmen, aber verlangten noch zwei zusätzliche Sicherheiten. »Das wird vielleicht die letzte Reise für uns alle sein«, sagten sie, »wir müssen also sichergehen. Auf dem Weg von hier nach Palenque durchqueren wir Dschungelgebiete, Sumpfland, Flüsse, die plötzlich Hochwasser führen . . . Tagelang werden wir die Sonne nicht zu Gesicht bekommen . . . Millionen von Insekten, Schlangen . . . Kaum ein Dorf unterwegs . . .« Die angehenden Mitreisenden anstarrend, fragte ihr Sprecher sie : »Werdet ihr das aushalten?«

Und Ah Nic antwortete großspurig: »Ja.«

Dann folgte die entscheidende Frage: »Viele Dinge werden wir unterwegs kaufen müssen . . . wenn sich die Gelegenheit bietet. Habt ihr irgend etwas von Wert bei euch?«

Bolon fing gerade an zu antworten, ja, sie hätten genug, sogar . . . als Ah Nic sanft seine Hand auf den Arm des Jungen legte, den Leuten aus Mayapan zulächelte und versicherte: »Ja«, worauf sie, sein Widerstreben, die genaue Summe zu nennen, billigend, nur einfach nickten und sagten: »Wenn dem so ist – laßt uns losziehen.« Und die vierzehnköpfige Truppe begann ihren 33 Tage währenden Marsch nach Palenque.

Es war eine märchenhafte Reise, und früher, als Ix Zubin erwartet hatte, tauchte der schmale Weg, sonst nur gelegentlich von unerschrockenen Wanderern genutzt, in dichtes Dschungelgebiet ein, in dem die oberen Zweige der hochragenden Bäume so miteinander verflochten waren, daß sie einen Baldachin bildeten, der Sonne und Himmel verdunkelte. Von da an bewegten sich die Reisenden in ewigem Dämmerlicht zwischen parasitischen, armdicken Lianen, die von den

Bäumen herabhingen und versuchten, sich wie windende Schlangen um sie zu legen. Vögel kreischten auf, wenn die Männer die Kletterpflanzen beiseite schlugen, um sich wieder ein paar Schritte weiter vorzuwagen, und die Luft war so schwer, daß die Leiber vor Schweiß glänzten.

Onkel Ah Nic war ganz in seinem Element, denn als Mensch, der sich der Natur verschrieben hat, wußte er immer sofort, welche Blätter und Wurzeln eßbar waren, er wußte, in welche Richtung die Jäger aus der Gruppe von Mayapan ausschwärmen sollten, um ein Tier zu zerlegen, dessen Fleisch genug Nahrung abgab, und er wußte, in welchen Bäumen sich möglicherweise Honigwaben versteckten, die Bolon einsammeln konnte. Sobald der Schrei des Jungen zu hören war:»Bienen!«, war Ah Nic als erster zur Stelle, das Feuer zu entfachen, dessen Rauch die Insekten vertreiben würde und das den Männern die Gelegenheit gab, den Honig zu holen. Und er war es auch, der die Vorräte an die Köchinnen verteilte und ihnen Anweisungen gab, wie die Nahrung zuzubereiten sei. Er war ein Pedant, aber der Kopf der ganzen Expedition.

Bolon war überrascht, daß der Hauptweg zu einer so bedeutenden Stätte, wie sie Palenque einst gewesen war, zu einem kaum mehr begehbaren Wildpfad mitten durch den Dschungel heruntergekommen war. Ix Zubin wiederum war der Ansicht, daß die Begegnung mit der elementaren Gewalt des Dschungels die beste Vorbereitung sein würde für das, was ihren Sohn in Palenque erwartete, vorausgesetzt, es war so geblieben, wie ihr Großvater es einst beschrieben hatte. Sie bezweifelte allerdings, daß die alte Stadt irgend etwas zu bieten hatte, das dem gleichkam, was Bolon bereits in dem Dürregebiet von Chichen Itza gesehen hatte.

Es gab ein paar kleine Dörfer unterwegs, wo die Pilger Wasser und Nahrung bekommen konnten, aber sie waren so ärmlich, daß Bolon einem weißhaarigen Mann die Frage stellte:»Wie kommt es, daß Chichen Itza so großartig ist und diese Orte so schäbig?« Und der Alte entgegnete voller Trauer:»Menschen und Städte erheben sich nur für kurze Dauer zur Größe, dann geraten sie in Verfall.«

»Warum macht Ihr diese lange Reise?«

»Um noch einmal vor meinem Tod die Größe zu sehen, zu der sich mein Volk einst aufgeschwungen hatte, und um die Vergänglichkeit zu beklagen.«

Der Mann zeigte Bolon gegenüber so viel Geduld, daß der Junge ihm immer auf den Fersen blieb, mit ihm über Glaubensgrundsätze und Tempelbauten sprach und ihm voll Stolz von der wichtigen Stellung erzählte, die seine Familie im Tempel der Fruchtbarkeit in Cozumel einnahm. Der alte Mann hörte aufmerksam zu, aber was ihn neugierig machte, war Bolons beharrlich vorgebrachte Behauptung, seine Mutter kenne sich in den Geheimnissen der Astronomie und im Umgang mit Zahlen aus, denn er war in seinem ganzen Leben noch nie einer Frau begegnet, die in diesen Dingen bewandert war. Als er hörte, wie Ix Zubin vorher einmal beiläufig erwähnt hatte, sie verstünde etwas von Astronomie, hatte er angenommen, das beschränke sich nur auf die Position der Sternenkonstellationen am Firmament. Aber richtige Astronomie? Niemals! Als er jetzt erfuhr, daß sie tatsächlich bewandert war, forschte er sie aus.

Die beiden führten lange Gespräche während des Marsches und sogar während der Pausen, und der Mann konnte nur staunen über die Kenntnisse dieser Frau. Als sie einmal auf die Ruinen eines kleinen Tempels stießen, führte er sie zu der zerstörten Bildersäule, deren unteres Drittel noch aus dem Boden ragte, und bat sie, die Glyphen und eingeritzten Zeichen für ihn zu entziffern, was sie mühelos bewältigte und ihm die lang zurückliegenden Ereignisse plastisch vor Augen führte, die das Volk, das diesen Tempel einst aufsuchte, bewegt hatten, diese Bildersäule hier aufzustellen.

»Ich frage mich, was uns wohl der fehlende Teil erzählt hätte«, aber um das zu rekonstruieren, reichte selbst Ix Zubins Weisheit nicht aus.

Während der langen Tagesstunden, wenn es nichts anderes zu tun gab, als langsam durch den Dschungel weiterzustapfen, gingen Ix Zubin und ihr Sohn ihre eigenen Wege: Der Junge lief den anderen Jägern nach, Nahrung zu suchen oder Tiere zu fangen, während sich Ix Zubin mit der zwei Frauen unterhielt, die ihre Männer beim Auszug aus Mayapan begleitet hatten. Vor allem eine der beiden weckte ihr Interesse. Diese energische Frau hatte eine vierzehnjährige Tochter, Ix Bacal mit Namen, der ihre Mutter ein auffälliges Schielen antrainiert hatte, nach Mayawertbegriffen ein außergewöhnliches Schönheitsmerkmal. »Als sie gerade vier Tage alt war, ließ ich im fingerlangen Abstand eine Feder vor ihren Augen baumeln, und als sie sie Tag für Tag anstarrte, fingen ihre Augen bald an, recht hübsch zu schielen. Als sie dann älter war, bat ich ihren Vater, uns ein Stück von einer hellen weißen Muschel zu besorgen; und das half auch, die Augen nach innen zu richten, so wie man es sich als Mutter wünscht. Schließlich, als sie schon laufen konnte, stellte ich mich vor sie hin und führte meinen Finger langsam von weitem bis an ihre Nasenspitze heran, und mit der Zeit wurden ihre Augen so, wie sie heute sind.«

Dann entschuldigte sich die Mutter dafür, daß ihre eigenen Augen nicht so anziehend waren.»Meine Eltern haben sich nicht die Mühe gegeben, und du siehst ja, meine Augen schielen kaum, und starr blikken tun sie schon gar nicht. Augen, die nach innen gerichtet sind, bringen der Seele Erleuchtung, und wie du siehst, hat Ix Bacal solche Augen.« Die beiden Frauen beglückwünschten sich gegenseitig, während sie mitten im Dschungel bei einer Pause zusammensaßen, daß ihre mütterliche Sorge den gewünschten Erfolg erzielt hatte – Bolons elegant geschwungene Stirn und Ix Bacals schielende Augen.

Zu Ix Zubins Enttäuschung schien ihr Sohn das hübsche Mädchen noch gar nicht bemerkt zu haben, und da er bald seinen siebzehnten Geburtstag feiern würde, fragte sie sich, ob er das andere Geschlecht jemals entdecken würde. Einem unverheirateten Priester die Leitung des Fruchtbarkeitstempels anzuvertrauen wäre unannehmbar, wenn nicht widersinnig.

Nachdem sie etwa zwei Drittel des Weges nach Palenque zurückgelegt hatten, wobei ihnen der tropische Mond jeden Abend ihr Fortkommen für den Tag bestätigte, erreichten sie eine Lichtung, die von einer Horde gräßlicher, schmutziger Männer bewohnt war, die wildwachsende Gummibäume anzapften und den wertvollen Dicksaft aufsammelten, der sich auf vielfältigste Weise verarbeiten ließ. Bolon fiel auf, daß die schwarze Färbung an Händen und Füßen nicht von gewöhnlichem Dreck herrührte, sondern von dem Ruß, der sich bei der langsamen Erhitzung des Saftes überm offenen Feuer bildete, wenn die Masse ausgehärtet und zu dem Gummi geformt wurde, den er von den Ballspielen her kannte.

Bolon beobachtete außerdem, daß die Pilger aus Mayapan diesen Arbeitern mit ziemlicher Hochachtung begegneten, und doch hielt diese ihnen entgegengebrachte Anerkennung die abscheulichen Gesellen nicht davon ab, nach Ix Zubin zu grapschen, denn sie hatten seit Wochen keine Frau mehr gesehen. Ah Nic schrie sofort um Hilfe, und Bolon sprang vor, um seine Mutter zu verteidigen. Die Gesten der Männer waren jedoch nur ein Trick, denn worauf sie tatsächlich aus waren, das war die kleine Vierzehnjährige, Ix Bacal, aber ihr Versuch, sie zu verschleppen, scheiterte kläglich, als Bolon die Hilfeschreie des

Mädchens hörte und er mit zwei Helfern die Angreifer stellte und sie in die Flucht schlug. Hastig scharten Ix Zubin und der Spitzbärtige die Pilgerschar um sich und flohen aus dem Gebiet der böswilligen Gummisammler, deren höhnisches Lachen ihnen noch lange im Ohr klang.

Zurück auf dem sicheren blätterüberspannten Dschungelpfad, sah sich Bolon plötzlich einem ganz besonderen, ihm ganz neuen Problem gegenüber: Was hätten die Ungeheuer mit Ix Bacal angestellt, wenn sie sich mit ihr davongemacht hätten? Von nun an sah er das Mädchen mit ganz anderen Augen. Keine Unterhaltungen mehr mit dem alten Mann, keine Beratungen mehr mit seiner Mutter. Mit seinem spontanen Einsatz zur Verteidigung erst seiner Mutter, dann des Mädchens hatte er unmerklich den heiklen Schritt vom Knaben zum Mann getan, eine Entwicklung, die seine Mutter begrüßte. Sie wußte nur zu gut, daß sein späterer Erfolg als Priester ihres Tempels zum Teil auch von der Frau abhing, die er sich als Lebensgefährtin wählte. Ihr berühmter Großvater zum Beispiel hatte durch seine gutmütige Frau viel geschickte Hilfe erfahren, und sie selbst war ihrem Mann von unschätzbarem Wert gewesen; ihre Hoffnung, daß auch Bolon eine ihm ebenbürtige Gefährtin fand, war also durchaus berechtigt.

Sie zeigte folglich genausoviel Interesse an dem jungen Mädchen wie ihr eigener Sohn. Was die äußerliche Erscheinung betraf, war Ix Bacal schon jetzt Gleichaltrigen überlegen und versprach als Frau noch anziehender zu werden, aber als Ix Zubin sie einmal in eine Unterhaltung verwickelte, spürte sie schnell, daß die Kleine ungebildet war und sich für nichts in der Lebensweise der Mayas begeistern konnte, nicht einmal für ihre Rolle als Mutter. Sie war ein hübsches Ding, aber für einen vielversprechenden jungen Mann wie Bolon nicht genug.

Ix Zubin war eine kluge Frau – eine Astronomin, die nicht nur die Regungen am Firmament verstand, sondern auch die des menschlichen Herzens –, und ihr war klar, daß sie Ix Bacal auf keinen Fall öffentlich entgegentreten durfte, denn Bolon hatte das Alter, in dem man anfing, eigene Entscheidungen zu treffen, und als sie beobachtete, wie ihr Sohn das Mädchen in einen dunklen Winkel des Waldes führte, war sie so vernünftig, ihn in Ruhe zu lassen. Trotzdem fragte sie sich, wie sie Bolon wohl dabei behilflich sein könnte, nach ihrer Rückkehr nach Cozumel die richtige Frau für ihn zu finden.

Nach vielen Tagen erreichte die Pilgerschar endlich den Stadtrand von Palenque, des einstmals bedeutenden religiösen und politischen Zentrums, und Ah Nic und Ix Zubin, die Ernüchterung ahnend, die die Gruppe erleben würde, versuchten alles, den bevorstehenden Schlag zu mildern. Ix Zubin ging neben ihrem Sohn her, aber es nutzte nichts, denn als er in Richtung Palenque blickte, sah er nichts als Bäume in einem üppig wachsenden Dschungel. Rundherum war auf sechs Längen nichts zu erkennen.

»Wo ist Palenque?« fragte er seine Mutter gereizt, denn dafür hätte sich der lange Marsch nicht gelohnt, wenn sie am Ende nichts zu sehen bekommen hätten.

Aber seine Mutter sagte: »Kletter auf den Baum, und schau dich um!«

Und als er oben in den Ästen saß, rief er ihr zu: »Ich sehe immer noch nichts.«

»Bolon, du mußt nach überwachsenen Erdwällen Ausschau halten!« rief sie zurück.

Und dann erkannte er langsam, daß die Fläche vor ihm mit Flecken übersät war, an denen die Bäume kerzengerade in die Höhe wuchsen, als wollten sie etwas in der Erde verbergen, und er rief herunter: »Sieht aus wie die Wellen auf dem Meer bei Tulum.« Große Tempel lagen unter seinen Füßen und Unmengen aufschlußreicher Bildersäulen und prachtvoller Paläste, aber nicht einer war zu sehen. Die Menschen hatten das Gebiet schon tausend Jahre zuvor aufgegeben und dem Dschungel überlassen, der es sich ganz und gar einverleibt hatte.

Palenque, so wie Bolon es von seinem Baumsitz aus an jenem Oktobertag des Jahres 1489 sah, war nichts als eine gigantische Ansammlung von Erdhügeln unter einem Meer von Bäumen, verschlungenen Wurzelsträngen und Kletterlianen. Nicht eine Spur der Pracht, die diese Stätte einst gekennzeichnet hatte, war mehr zu erkennen, und als er von seinem Baum zu den zwischen üppig überwachsenen Erdwällen wartenden Pilgern herunterkletterte, befiel alle Trauer über den vergangenen Ruhm.

Dann fing der Mann mit dem Spitzbart in einer Flüsterstimme an zu erläutern, was geschehen war. »Zu seiner Zeit, Tausende von Monden her, nahm dieser Ort eine ehrenvolle Stellung ein, aber dann hatte er ausgedient. Die Bewohner verloren die Begeisterung. Die stolze Botschaft, die der Ort einst verkündete, ging über auf andere Orte, und dieser hier war dem Untergang geweiht.«

»›Warum sind wir dann hierhergekommen?‹ fragt ihr? Um uns zu vergegenwärtigen, woher wir stammen, und um unsere Vergangenheit auszugraben. Ja, ganz richtig, auszugraben.« Er erzählte, wie er und seine Gruppe bei seinem letzten Besuch vor Jahren sich einen Erdwall ausgesucht und Bäume und Schlingpflanzen ausgerissen hätten, um die darunter versteckten Schätze freizulegen, und daß sie morgen dasselbe tun würden. Er zeigte auf zwei Männer und auf Bolon und sagte:»Ihr sollt den Hügel aussuchen, und dann wollen wir sehen, was er verbirgt.« Und stundenlang streiften die drei zwischen den Wällen umher, unter denen die Monumente der Geschichte schliefen. Als sie sich anschickten, sich für einen Hügel von beeindruckender Größe zu entscheiden, unter dem sich bestimmt etwas Lohnendes finden ließe, kam der Bärtige mit der Warnung.»Er soll nicht zu groß sein. Wir müssen sonst zu tief graben, ehe wir auf Mauern stoßen.« Also fiel ihre Wahl auf einen kleinen, markant geformten Hügel, der auch nicht zu bewachsen mit Bäumen war.

Am nächsten Morgen machten sie sich voll Spannung an die Arbeit, aber sie hatten erst eine Stunde gegraben, als allen klar wurde, daß sie unmöglich den ganzen Hügel abtragen konnten – das hätte einen Tag Schwerstarbeit gekostet –, doch sie konnten wie andere schon vor ihnen einen Tunnel graben, breit genug, um wenigstens einen ausreichenden Eindruck von einem Teil dessen zu bekommen, was da unter ihnen verborgen lag. Und an diese bescheidenere Arbeit machten sich denn auch die Schatzgräber.

Am zweiten Tag stieg Bolon in den tiefen Tunnel, riß ein paar Wurzeln aus, die sich hartnäckig um irgendein verstecktes Teil geschlungen hatten und rief:»Hier ist es!« Die anderen kamen sogleich angerannt, den Durchgang zu erweitern, so daß auch der Rest der Arbeiter gebeugt hindurchkriechen und endlich diesen Überrest von Palenques früherer Größe sehen konnte. Als wenig später noch mehr von der Oberfläche des versunkenen Tempels freigelegt war, konnten alle die hervorragende handwerkliche Qualität betrachten, die die Bauten der Mayas in ihrer Blütezeit gekennzeichnet hatte.

»Seht nur!« rief der Bärtige, seine Augen vor Staunen leuchtend. »Seht, wie genau jeder Stein auf den anderen paßt und wie genau er an den Seiten abschließt. Und wie glattgeschmirgelt die Oberfläche ist. Wenn wir jetzt noch eine Bildersäule entdeckten, dann könnten wir wahre Wunder erleben.«

Diese Herausforderung spornte Bolon und die beiden Arbeiter dermaßen an, daß sie in dem Schutt herumwühlten, tiefer gruben, den Dreck nach oben transportierten, bis sie nicht nur eine der traditionellen Säulen freilegten, sondern den mit Kritzeleien übersäten Teil einer Wand, und als man sie reinigte, erkannten die Pilger, was ihnen der alte Mann prophezeit hatte: eine so fein ausgeführte Meißelarbeit, daß die Gestalt eines alten Häuptlings, der sich soeben offenbar hohe Verdienste erworben hatte, geradezu aus der Wand herauszuspringen schien, um das Kommando zu übernehmen.

»Warum haben sie immer diesen ausladenden Kopfschmuck angelegt?« fragte Bolon, während er auf die phantastische Märchenkrone starrte – aus Schlangen, Blättern, Blumen und dem Kopf eines zähnefletschenden Jaguars.

»Unsere Vorfahren wußten sehr genau, daß der Mensch nur ein begrenztes Wesen ist«, erklärte der Bärtige, als hätte er in der damaligen Zeit gelebt, »also erfanden sie einen Kopfschmuck, der sie größer scheinen ließ, der alle Kräfte sinnbildlich in sich vereinte.« Dann lächelte er und fügte hinzu: »Außerdem machte es Eindruck auf die einfachen Leute, ja bereitete ihnen sogar Angst.« Er wandte sich den anderen zu und fragte: »Oder könnt ihr euch vorstellen, vor so einen Richter zu treten, wenn Schlangen und Tigerzähne auf euch herabblicken, und nicht zuzugeben, daß ihr einen Fehler begangen habt?« Der Kopfschmuck der lebensgroßen Figur war fast einen Meter hoch.

Nur eine Ecke des Tempels war von den Erdarbeitern freigelegt worden, aber Bolon und ein Helfer beschlossen, noch ein Stück weiter zu graben, und stießen dabei auf den blockierten Eingang zu einem Innenraum. Nachdem dieser geöffnet war und man Fackeln entzündet hatte, führte Ah Nic sie ins Innere zu dem wahren Wunderwerk von Palenque, denn in der trüben Düsternis, gegen die hartnäckig vorstoßenden Wurzelstränge geschützt durch dicke Außenwände, erhob sich eine Innenmauer, über zwei Meter hoch und dreieinhalb Meter lang, vollständig bedeckt mit Glyphen, Zeichen und Figuren von filigraner Beschaffenheit, manche eingeritzt, manche aufgemalt, aber alle erzählten die Geschichte einer heroischen Tat, die sich in einer längst vergangenen Zeit zugetragen haben mußte.

Es war ein erhabenes Kunstwerk, eine Art Mitteilung vom Herzland der Mayas, entworfen in den Tagen, ehe die neue Religion vom Westen her einfiel, und was Ix Zubin besonders erstaunte, waren Größe und Pracht der Mauer, aber als ihr Sohn fragte: »Was soll das bedeuten?«, mußte sie zugeben, daß weder sie noch Ah Nic, noch sonst irgendein Lebender die alten Schriftbilder lesen konnte. Es war quälend, denn offenbar sollten die Zeichen eine bestimmte Botschaft von bevorstehenden folgenschweren Ereignissen vermitteln, die die Künstler ihrer Nachwelt hinterlassen wollten. »Es ist wirklich ärgerlich«, sagte Ix Zubin mürrisch, »daß keiner von uns in der Lage ist, diese Botschaft zu lesen« aber obwohl enttäuscht, fand sie doch eine gewisse Befriedigung darin, wenigstens das Datum zu entziffern – der heutigen Schreibweise angepaßt –: Donnerstag, den 14. Juni 512.

Bolon stand wie hypnotisiert vor den eingeritzten Bildern, sie waren so einzigartig in ihrer gräulichweißen Reinheit, nur hier und da sparsam mit ein paar Farbtupfern versehen, daß er sich nicht erklären konnte, wie sie wohl entstanden sein mochten. »Was ist das?« wandte er sich an die Umstehenden, wobei er mit der Faust gegen die Mauer klopfte, die aus Stein zu sein schien, aber ein Stein, der ihm unbekannt war.

Ah Nic wußte die Antwort auf seine Frage. »In den Bergen hier in der Umgebung findet sich ein erstaunlicher Stein, leicht zu zerkleinern und mit Sand und Kiesel zu mischen, dazu Leim und etwas Wasser. Daraus bildete sich ein Gips, nicht fest, aber auch nicht flüssig, mit dem sich gut arbeiten ließ. Wenn er trocknet, kann er leicht mit dem Meißel bearbeitet werden, aber wenn er hart wird ...« Er nahm einen kleinen Stein vom Boden auf, warf ihn mit voller Wucht gegen das grimmige Antlitz eines Gottes, und der Stein zersplitterte, während die Gotteswange unverletzt blieb. »Wir nennen das Material Stuck«, erklärte Ah Nic. »Es hat die Schönheit von Palenque erst möglich gemacht.« Als sich Bolon genauer in der kleinen Schatzkammer umsah, entdeckte er, daß alle Wände, die Decke, die Verzierungen und die Statuen aus Stuck waren, und als er widerwillig ins Freie trat, noch einmal zurückschaute, bis das letzte Flackern erloschen war, erinnerte er sich, daß die erste Figur, die er bewundert hatte, ähnlich hergestellt worden war: eine Bildersäule, mit feuchtem Stuck bedeckt, der zu den phantastischsten Gebilden gehauen werden konnte.

Als es Zeit für den Rückmarsch wurde, führte Ah Nic die Truppe durch ein Sumpfgebiet an den Rand eines gigantischen Erdhügels, der hoch in den Himmel ragte und auf dem ein regelrechter Wald von Bäumen wuchs. »Wenn der kleine Raum jenes unbedeutenden Tempels schon solche Wunderwerke offenbart hat, könnt ihr euch vorstellen, welche Schätze zutage träten, wenn diese riesigen Erdhügel erst einmal abgetragen würden?« Dann senkte er die Stimme und flüsterte: »Wie wir gesehen haben, gibt es Hunderte von diesen Erdwällen, Hunderte von Tempeln, die im verborgenen um uns herum verstreut liegen.« Und während der Stille, die folgte, begriff Bolon, warum seine Mutter so auf diese Pilgerreise bestanden hatte, denn er wußte jetzt, daß das Wissen um die Vergangenheit dem Menschen Mut für die Zukunft machte.

Als Ix Zubin und ihr Sohn, der sich während der Reise als Mann bewährt hatte, zurück an die Stelle des Festlandes kamen, von der die Fähre nach Cozumel ablegte, fanden sie seltsame Zustände vor, denn die Männer, die üblicherweise die großen Kanus steuerten, waren nirgends zu sehen, auch ihre Boote nicht. Statt dessen schwärmten hastig zusammengeflickte kleine Boote auf dem Wasser, an den Pinnen Männer, die von Kanus nichts verstanden. Als sich die drei Pilger mit großer Überwindung für eines entschieden, dem sie kaum Seetüchtigkeit zutrauten, erzählte ihnen der junge Fährmann eine traurige Geschichte: »Viel Schlechtes dieses Jahr passiert. Keiner in Mayapan, der Befehle geben kann. Keiner in Cozumel, der Gesetze erläßt.«

»Was ist geschehen?« fragte Ah Nic, der das Gefühl hatte, es sähe merkwürdig aus, wenn sich eine Frau nach den politischen Zuständen erkundigte.

Und der junge Mann, während er ungeschickt mit den Rudern hantierte, entgegnete: »Es hat große Brände in Cozumel gegeben. Viele alte Gebäude sind während der Kämpfe zerstört worden.« Keiner der drei wagte, sich nach dem Schicksal des Fruchtbarkeitstempels zu erkundigen, aber ohne daß einer gefragt hätte, sagte der Junge von sich aus: »Es kommen auch keine Pilger mehr in unsere Tempel. Zuviel Aufruhr in Mayapan. Es gibt keine großen Kanus mehr für den Transport.« Er unterbrach sich kurz, musterte Ah Nic und fügte dann behutsam, weil er den Älteren nicht vor den Kopf stoßen wollte, hinzu: »Die Menschen, vielleicht... glauben sie den Priestern nicht mehr.«

Nachdem sie angelegt hatten, schlugen sie wie benommen die Richtung zum Tempel ein, schoben Menschen beiseite, die sich erkundigen wollten, warum sie über ein halbes Jahr fort gewesen waren, und wo sie auch hinschauten, sahen sie Spuren von Kämpfen und Vernichtung. Bolon lief ein Stück voraus und blieb plötzlich entgeistert stehen, denn der Tempel der Fruchtbarkeit, dessen Erbe er hätte antreten sollen, war mutwillig zerstört, die Wände niedergerissen, die Gruppe der flankierenden Gebäude niedergebrannt. Sogar die abscheuliche Statue von Chac Mool war weggeschafft und an einer exponierteren

Stelle wiederaufgestellt worden, wo Menschenopfer effektvoller in Szene gesetzt werden konnten als im Tempel.

Was Ix Zubin jedoch untröstlich stimmte, war, daß die unschätzbar wertvollen Papierrollen, auf denen ihr Großvater seine Berechnungen zu dem Planeten Venus angestellt hatte, sowie seine Vorhersagen der in den kommenden Jahrhunderten stattfindenden Sonnenfinsternisse verbrannt worden waren. Sie war aufgebracht, als sie von diesem barbarischen Akt erfuhr, aber unterließ es, Bolon ihre Gefühle zu offenbaren, aus Furcht, er könnte die Beherrschung verlieren und sich zu einem spontanen Akt hinreißen lassen. Und sie warnte ihn: »Vielleicht sind wir nicht ganz unschuldig an der Zerstörung des Tempels ... immerhin sind wir ohne ihre Erlaubnis auf eine Pilgerreise gegangen. Hüte dich, mein Sohn. Vielleicht haben sie sich noch andere Strafen für uns ausgedacht. Hüte dich.« Sie verfolgte jeden seiner Schritte, versuchte, ihn von seinen Oberen fernzuhalten, immer in der Hoffnung, er bliebe verschont.

Sehr bald danach richtete sich die allgemeine Aufmerksamkeit auf die Ankunft eines langen Kanus von ungewöhnlicher Breite und Bauart, dessen Ruder in Zeichensprache andeuteten, daß sie von einem großen Land im fernen Osten kamen, ein Land mit hohen Bergen und klaren Flüssen, dem heutigen Kuba. Die Überlieferung besagte, daß sich tatsächlich im Osten eine große Insel befand, allerdings bewohnt von Wilden eines gänzlich anderen Menschenschlags. Die älteren Bürger Cozumels hatten mit diesen seltsamen Inselbewohnern früher Handel getrieben, Gummibälle und Stücke grüner Jade gegen Dinge für den alltäglichen Gebrauch getauscht, daher nahm Bolon jetzt an, diese Ruderer seien die Männer, von denen die Alten des öfteren gesprochen hatten.

Es lag nahe, daß sie genau das Meer überquert hatten, über das er nachgedacht hatte, als er es von dem Turm in Tulum aus erblickte. Bolon schloß sich daher den anderen wißbegierigen jungen Männern an, die versuchten, mit den Fremden ins Gespräch zu kommen. Sie kannten kein Wort der Sprache, die in Cozumel gesprochen wurde, aber wie alle Händler verstanden sie es, ihre Wünsche deutlich zu machen und zu erläutern, welche Waren sie im Austausch anzubieten hatten.

Seinen Oberen setzte Bolon auseinander: »Sie verhalten sich wie die Menschen damals, von denen ihr uns immer erzählt habt. Sie wollen nur zwei Dinge: Jade und Gummibälle für ihre Spiele.«

»Und was haben sie anzubieten?«

»Herrliche Matten, die besten, die ich je gesehen habe«, entgegnete Bolon voller Begeisterung und verriet damit, daß ihr geheimnisvolles unvermutetes Aufkreuzen ihn faszinierte. »Seemuscheln, herrlich bearbeitet. Und Paddel aus einem neuen starken Holz.«

Als die ungebildeten Männer, die Cozumel jetzt regierten, darauf knurrten: »Wir brauchen keine Paddel«, war Bolon so ungeschickt, gegen diese Entscheidung zu protestieren, indem er hevorhob, daß der Zeitpunkt vielleicht nicht mehr fern sei, an dem die Männer von Cozumel die See erkunden wollten, die jene Fremden offensichtlich ohne Mühen überquert hätten.

»Nein!« fauchten die neuen Herrscher zurück. »Die See ist nicht für uns. Wir sind ein Volk, das mit dem festen Land verbunden ist.«

Bolon jedoch war anderer Ansicht, denn er war dem Zauber der See verfallen, die mit solcher Erhabenheit an die östliche Küste seiner Insel rollte, und er fing an, über die Bedeutung des Erlebten nachzudenken: Wenn diese Männer mit ihren großen Kanus bei uns gelandet sind, kommen vielleicht noch andere mit noch größeren Kanus. Solchen Überlegungen nachhängend, spazierte er stundenlang an der Küste entlang, richtete seine Augen nach Osten, als wollte er mit aller Gewalt einen flüchtigen Blick von dem Land erhalten, das er dort in unsichtbarer Ferne vermutete. In besonderen Momenten während seiner Überlegungen offenbarte sich ihm ein plötzliches Begreifen der Geheimnisse des Meeres, und es schien, als hätte der Blitz seine Phantasie getroffen: Könnte es nicht sein, daß die Zukunft Cozumels nicht auf dem Festland im Westen liegt, wo sich alles im Zusammenbruch befindet, sondern vielmehr irgendwo auf diesem unbekannten Meer, wo alles neu und frisch zu sein scheint? Am Ende einer solchen Vision stapfte er ins Wasser und rief: »Ihr Gewässer der Welt, ich umarme euch«, und von da an stand seine Entscheidung fest.

Er hielt sich ständig in der Nähe der Ruderer auf, brachte ihnen Jade aus der Schatzkammer seiner Mutter und ausrangierte Gummibälle seiner Freunde und nutzte diese Dinge, um sie gegen Matten und bemalte Seemuscheln einzutauschen. Bezeichnenderweise behielt er die Dinge nicht selbst, denn er trug sich mit dem Gedanken, sich den Männern anzuschließen, wenn sie Cozumel wieder verließen, und wenn er sie in ihre Heimat begleitete, wäre es töricht, die Dinge mitzunehmen, die sie dort selbst anfertigten.

Die Strafe, die er für diese Großzügigkeit zahlen sollte, war jedoch hoch. Einer seiner ehemaligen Freunde hatte sich zu Spitzeldiensten bereit erklärt und ließ die Behörden wissen: »Bolon treibt trotz eures Verbotes Handel mit den Fremden, und er erwägt möglicherweise, sich mit ihnen abzusetzen.«

Beide Vorwürfe entsprachen der Wahrheit. Bolon hatte der Abstecher nach Palenque so beeindruckt, daß er mit dem sehnsuchtsvollen Wunsch nach Cozumel zurückgekehrt war, etwas dafür zu tun, damit die verlorene Pracht der versunkenen Stadt wiederauferstehen konnte. Jedoch – sein Tempel zerstört und jede Aussicht, Priester zu werden, hinfällig – sah er sich jetzt nach anderen Gebieten um, in denen er seine Energie einsetzen konnte, und verfiel auf den Gedanken, fremde neue Länder mit den Wertvorstellungen der Mayas zu beglücken. Eines Morgens, ohne vorher abgewogen zu haben, was seine Auswanderung für Folgen nach sich ziehen würde, eilte er zu der Stelle, wo das Kanu gerade beladen wurde, und bedeutete den Ruderern in Zeichensprache: »Ich möchte mit euch fahren.« Und ihre Antwort lautete, er wäre herzlich an Bord willkommen.

Am Abend, nach Sonnenuntergang – noch hatte er keinen Verdacht geschöpft, daß die Behörden ihn unter Beobachtung hielten –, sagte Bolon zu seiner Mutter: »Ich habe nachgedacht. Jetzt, wo ich alles hier verloren habe, ist es vielleicht besser, wenn ich mit den Fremden morgen in See steche.«

Einen Augenblick lang war Ix Zubin sprachlos, denn seit dem Aufbruch von Palenque machte sie sich Sorgen um die Zukunft ihres Sohnes. Sie beobachtete Verhaltensweisen an ihm, die ihr nicht geheuer waren, zum Beispiel sein häufiger Umgang mit den Fremden, andere dagegen erfreuten sie – wie seine wachsende Reife und die Bereitschaft, Wichtiges mit ihr zu besprechen. Was sie jedoch am meisten beunruhigte, waren seine ausgedehnten Wanderungen entlang der Küste, denn sie hatte den Verdacht, daß die See ihn verhext hatte. Sie erinnerte sich daran, wie stark das Meer während ihrer gemeinsamen Reise nach Tulum auf ihn gewirkt hatte, und jetzt warnte sie ihn: »Bolon, verlieb dich nicht in eine Fremde. Hol dir keine nassen Füße!«

Hin und her gerissen in ihren Überlegungen, ob ihr Sohn noch ein Junge war oder nicht doch zu einem Mann herangereift war, teilte sie ihm eines Abends ihre Zweifel mit: »In Tulum hast du gesagt, es gefiele dir besser, weil es größer als Cozumel sei. Erinnerst du dich noch an die dumme Bemerkung? Und als uns auf dem Weg die Beamten in der Sänfte entgegenkamen, da sagtest du, es wäre dein Wunsch, auch einmal so getragen zu werden, wenn du groß wärest. Wie töricht. Und dann, auf dem Spielfeld in Chichen, da warst du ein kleiner Junge, der seinen Träumen nachhing.« Dann beruhigte sie ihn.»Beim Ausräuchern der Bienenstöcke unterwegs, da warst du besser als die anderen Männer. Im Kampf gegen die Kautschuksammler, da warst du der Stärkste von allen. Und was die schöne, schielende Ix Bacal betrifft, ihr gegenüber hast du dich so verhalten, wie man es von einem stolzen jungen Mann erwartet. Aber erst bei den Ausgrabungen in Palenque, da hast du wirklich die Führung übernommen – wie du die Schätze geborgen hast, wie du verstanden hast, was da vor dir lag.«

Einen Augenblick lang schaukelte sie mit dem Oberkörper vor und zurück, dann lehnte sie sich zur Seite und umarmte ihren Sohn:»Als wir von Cozumel aufbrachen, warst du ein Junge. Als wir zurückkamen, warst du ein Mann.« Sie ergriff seine Hände und flüsterte:»Man hat mir gesagt, du planst, mit den Fremden in ihren Kanus fortzugehen. Eine Entscheidung, zu der nur ein erwachsener Mensch fähig ist. Also gut, du bist jetzt ein erwachsener Mann. Überleg es dir gut, mein Junge.« Sie führte seine Hände an ihre Lippen und küßte sie, als wollte sie ihm ein letztes Mal ihren Segen erteilen.

Die Erkenntnis, daß er Ix Zubin für immer verlassen würde, überwältigte ihn, und er wußte nicht, was er darauf sagen sollte. Unsicher, seiner Mutter die Liebe zu offenbaren, die er für sie empfand, machte er eine gänzlich unerwartete Bemerkung:»Es ist schwierig für einen, wenn sich die Welt verändert... wenn die alte stirbt, aber keine neue in Sicht ist.«

Stunden blieben die beiden, Mutter und Sohn, die klar erkannt hatten, daß ihre Welt im Auflösen begriffen war und keine bessere ihre Stelle einnahm, in der Finsternis sitzen, getröstet einzig durch die Sterne am Himmel, die sie so gewissenhaft studiert hatten, und trauerten um den Untergang ihrer Städte, Palenque, Chichen Itza, ja sogar Mayapan, das zu seiner Blütezeit einen heiligen, für alle nützlichen Zweck erfüllt hatte. Große Städte, von edlen Motiven getragen, die entweder bereits versunken oder dem Verfall preisgegeben waren.

Auch Cozumel würde dem Schicksal nicht entgehen, war schon tödlich getroffen – wie Tulum –, und bald würde niemand mehr nach Astronomen oder Mathematikern verlangen oder nach Männern, die die Herstellung und Verwendung von Stuck verstanden.»Überall wird sich der

Dschungel das Land zurückerobern«, sagte Ix Zubin, aber zu klagen weigerte sie sich. Die zierliche Schulter reckend, als wollte sie alle ihre Entschlossenheit zusammennehmen, sagte sie: »Eine neue Welt stellt neue Aufgaben«, gleichwohl vermochte sie sich aber nicht recht vorzustellen, welchen Zweck sie oder Bolon in einer neuen Gesellschaft erfüllen sollten.

Die lange Nacht endete befremdlich. Mutter und Sohn saßen schweigend vereint: Bolon, von Einsamkeit erfüllt, da er sich seine Zukunft nicht vorstellen konnte; Ix Zubin, noch schlimmere Seelenqualen leidend, denn mit der Vernichtung der Aufzeichnungen schien auch ihre eigene Vergangenheit erloschen, und beide waren überzeugt, daß die Gegenwart nur noch schlimmer werden konnte.

Wenige Tage darauf war es soweit, Bolon mußte eine Entscheidung treffen, denn die Fremden hatten ihm mitgeteilt: »Morgen früh fahren wir zurück zu unserer Insel.« Nachdem er am nächsten Morgen in aller Frühe aufgestanden war, lustlos etwas gegessen hatte, gab er seiner Mutter einen Kuß, schlenderte, ziellos fast, zur Anlegestelle hinunter, wo das Kanu noch beladen wurde, war aber noch immer unentschlossen, ob er ins Boot springen oder den Fahrern nur ein zärtliches Lebewohl sagen sollte. Als er den Quai erreichte, riefen die Männer schon: »Hola! Hola!«, bedeuteten ihm, daß er willkommen war, sich ihnen anzuschließen, doch im letzten Augenblick trat er einen Schritt zurück und ließ sie fahren.

Ix Zubin, die von Ferne zugeschaut hatte, durchströmte ein unendliches Glücksgefühl, weil sie wußte, daß er bei ihr bleiben würde, aber die Euphorie verschwand ebenso schnell, als sie sich die eine Frage stellte, die sie den Rest ihrer Tage verfolgen sollte: Hätte ich ihn ermutigen, ja, hätte ich ihn nicht auffordern sollen, diesen verfluchten Ort zu verlassen und sich woanders ein besseres Leben zu suchen? Die Befürchtung, daß sie vielleicht falsch gehandelt hatte, wurde vorübergehend gemildert, als ihr Sohn entschlossenen Schrittes vom Ufer zurückkam und mit einer Stimme aus der jeder Wankelmut gewichen war, sagte: »Mein Leben ist hier. Es ist meine Bestimmung, dir zu helfen, unseren Tempel wiederaufzubauen. Diese Insel vor einem furchtbaren Irrtum zu bewahren.« Dann führte er sie fort, die ersten Schritte zu tun, diesen Entschluß in die Tat umzusetzen. Sie folgte ihm, ihr Herz sprang vor Freude: Er ist ein Mann geworden, der Mann, den wir brauchen.

Als sie auf ihr Haus zuschritten, sprangen plötzlich sieben Männer vor und verstellen Bolon den Weg, damit er nicht versuchte, doch noch zu den ablegenden Kanus zu flüchten, fesselten ihm die Hände, rissen ihm die Kleider vom Leib und verkündeten lauthals: »Du bist für das nächste Opfer an Chac Mool vorgesehen. Beim Fest in drei Tagen.« In aller Eile sperrten sie ihn in den Weidenkäfig, in dem alle menschlichen Opfer bis zum Festtag schmachteten.

Von wilder Panik ergriffen, wollte Ix Zubin ihren Sohn vor diesem schrecklichen Ende bewahren, aber sie war machtlos; die Herrscher hielten ihr schwerwiegende Anschuldigungen entgegen, die ihr Flehen um sein Leben null und nichtig machten. Sie hatte sich ohne Erlaubnis auf eine Pilgerreise begeben. Sie hatte ihren Sohn ermuntert, Handel mit den Fremden zu treiben. Und, was am schlimmsten war, in ihrem Besitz fanden sich Papyrusrollen mit geheimnisvollen Berechnungen, die eigentlich nur von Männern aufbewahrt werden durften. Hätte der Brauch es zugelassen, dem Regengott auch Frauen zu opfern, sie hätte den Platz ihres Sohnes in der Todeszelle aus freien Stücken eingenommen. Statt dessen mußte sie ihre Trauer und ihre Wut in Einsamkeit ertragen.

Allein in ihrer Hütte, überdachte sie noch einmal die schreckliche Lage und die Rolle, die sie selbst gespielt hatte: Ich habe mir alle Mühe gegeben, meinen Sohn zu einem ehrbaren Menschen zu erziehen . . . band jeden Abend die Holzleisten an seinen Schädel, um ihm eine edle Form zu geben . . . weihte ihn in die Rituale des Tempels ein . . . erklärte ihm die Sterne . . . brachte ihm bei, verantwortlich zu handeln . . . sprach ihm Mut zu, als er jenem schönen Mädchen begegnete. Was hätte ich noch tun sollen?

Die Antwort gab sie sich selbst: Ich hätte von ihm verlangen können, daß er diese fürchterliche Insel mit jenen Männern im Kanu verläßt. Er wußte, daß jenes Meer im Osten seine Zukunft bedeutete, aber ich drängte mich dazwischen. Und vor ihrem inneren Auge zeichnete sich das letzte Bild von ihm ab, wie er vom Ufer zurücktrat und auf sie zukam, sein Körper sonnengebräunt, Geist und Mut geschmiedet in den Feuern seiner Generation. »Er war der beste von allen Männern hier auf der Insel«, wimmerte sie, »und ich habe mitgeholfen, ihn zu zerstören.« Sie verfluchte die Götter.

Bolon dagegen, in seinen engen Käfig gesperrt, hegte weder Rachegedanken noch Furcht. Die Erlebnisse in dem erhabenen Chichen Itza und dem heiligen Ort von Palenque hatten in ihm ein neues Einvernehmen erzeugt. Er hatte begriffen, daß Kulturen kommen und gehen und daß es sein Unglück war, in eine Epoche hineingeboren worden zu sein, in der alte Werte dem Tod geweiht waren, unwiderruflich dahinschwanden. Er war froh, daß seine Mutter den ursprünglichen Plan, nach Mayapan zu pilgern, aufgegeben hatte, denn er spürte, daß der Besuch eines zum Aussterben verurteilten heiligen Ortes nicht nur unfruchtbar, sondern auch niederdrückend gewesen wäre. Palenque dagegen hatte wie eine Flamme in dunkler Nacht geleuchtet, herrliche Schattenbilder in entfernteste Ecken geworfen, die sonst für immer finster geblieben wären. Er war stolz, das Erbe der Frauen und Männer anzutreten, die Palenque errichtet hatten.

Auch sein unerwartetes Zeugnis von Mut fiel ihm wieder ein, als er damals die Kautschuksammler vertrieben hatte, denn es hatte ihm die Augen geöffnet, jetzt, als er siebzehn Jahre zählte, daß die Welt der Frauen und ihre ganz eigenen Geheimnisse warteten, entdeckt zu werden. Das Leben war auf einmal so kompliziert und verlockend, wie seine früheren Vorstellungen es ihn nie hätten glauben lassen. Dieser Gedanke bereitete ihm blitzartigen Schmerz, er wollte nicht sterben, ehe nicht diese neuen Wege gegangen waren. Er war nicht gewillt abzutreten, ehe er nicht wußte, aus welchem Land die Fremden gekommen waren.

Vor allem aber fühlte er sich als ein Maya, bewandert in den Überlieferungen seines Volkes, und er glaubte fest, wenn er nicht aufrechten Ganges in den Tod ginge, würde er seiner Mutter Schande bereiten und seiner Insel eine wüste Dürreperiode bescheren. Er kauerte in seinem Käfig, verbannte alle Furcht und harrte des Augenblicks, wenn man ihn zu dem Steinaltar zerren würde, neben dem Chac Mools leere, auf seinem Bauch ruhende Schale bereits wartete.

Zur festgesetzten Zeit kamen die Wächter an seinen Käfig, öffneten ihn und schleppten ihn fort, aber der Gefangene ließ sich willentlich führen, Bolon befand sich in einer Art Trauerzustand. Er sah die Ruinen seines Tempels, während er gestoßen und geschubst wurde, aber sie bedeuteten nichts mehr. Er sah den wartenden Chac Mool, aber seine häßlichen Gesichtszüge flößten ihm keine Furcht mehr ein. Er sah seine in Tränen aufgelöste Mutter, aber seine Gefühle waren so erstarrt, daß er nicht einmal zu einer Abschiedsgeste fähig war.

Jetzt stießen die Wärter ihn brutal auf den Steinaltar, das Gesicht zum Himmel, darauf sprangen vier Altardiener vor, griffen seine Arme und Beine und zogen mit aller Kraft daran, bis sich die Brust nach oben reckte. Mit wohlwollender Besorgtheit noch beobachtete Bolon, wie der

Hohepriester, bekleidet in einer mit geheimnisvollen Symbolen in Gold und Blut bemalten Robe und einem übergroßen, mit sich windenden Schlangen und Raubtieren verzierten Kopfschmuck, das Obsidianmesser hob, in die linke Seite des Brustkorbes stieß, die Schneide quer herüberzog, nach dem zitternden Herz griff und es ihm bei lebendigem Leibe aus der Höhle riß. Bolon lebte noch wenige Augenblicke, lang genug, um zu sehen, wie sein eigenes Herz ehrfürchtig auf die Schale Chac Mools gelegt wurde.

Am selben Tag, als auf der Insel Cozumel Bolons Leben gewaltsam ein Ende gemacht wurde, trat in der spanischen Stadt Sevilla ein Rat von wichtigen, hochstehenden Persönlichkeiten zusammen: König Ferdinand und Königin Isabella hörten gespannt zu, als ihnen drei weise Gelehrte sechs Gründe aufzählten, warum der italienische Seefahrer Christoforo Colombo, als Spanier der Bittsteller Christóbal Colón, mit seiner lächerlichen Theorie, Asien ließe sich auf dem Seeweg Richtung Westen von jedem Hafen in Südspanien aus erreichen, jämmerlich scheitern werde.

»Zunächst einmal ist uns bereits bekannt, daß das westliche Meer unendlich ist. Zweitens: Da die Fahrt, die er im Auge hat, mindestens drei Jahre dauert, wird es ihm nicht möglich sein, hin- und zurückzufahren. Drittens: Sollte er die Antipoden auf der anderen Seite des Globus doch erreichen, wie kommt er dann auf der Rückfahrt mit dem Schiff das Gefälle wieder hoch? Viertens heißt es bei Augustinus klar und deutlich: ›Es gibt keine Antipoden, weil es kein Land dort unten gibt.‹ Fünftens: Von den fünf Zonen, in die die Erde unterteilt ist, sind nur drei bewohnbar, wie uns schon die Klassiker lehren. Sechstens schließlich, und das ist wohl das wichtigste Argument: Seit der Schöpfung sind schon so viele Jahrhunderte vergangen, erscheint es da logisch, daß es noch Länder geben soll, die auf Entdeckung warten?«

Nachdem alle Anwesenden die unwiderlegbare Beweisführung der Gelehrten mit gebührendem Beifall bedacht hatten, trat Colón ein paar Schritte vor und brummte, wie eine zähe Bulldogge, die sich hartnäckig sträubt, den ihr einmal gereichten Knochen wieder loszugeben: »Ich weiß, daß Asien dort liegt, wo ich es eingezeichnet habe. Ich weiß, daß ich dorthin gelange, wenn ich westwärts segle. Und bevor ich sterbe, und mit Gottes Hilfe, werde ich es schaffen.«

Die Angehörigen des Hofes lachten. Das königliche Paar schaute mitleidig auf ihn herab und schüttelte den Kopf. Seine Gegner beglückwünschten sich gegenseitig dazu, daß sie Spanien vor einem verhängnisvollen Irrtum bewahrt hatten. Colón dagegen machte kehrt und verließ den Hof, weiterhin fest entschlossen, das große Abenteuer anzupacken, an das ihn unerschütterlicher Glaube band.

3. Kapitel

Der Schatten des toten Admirals

An einem Frühjahrstag des Jahres 1509 warteten im provisorischen Hauptquartier des Königs von Spanien in Segovia, unweit von Madrid, die Höflinge, die für das Wohl ihres Herrschers sorgten, voll Spannung auf einen Reiter, mit dessen Eintreffen man eigentlich schon seit Stunden gerechnet hatte. Als die klappernden Hufe endlich auf den Pflastersteinen des Hofes zu hören waren, eilten sie zu ihm, um dem in einen weiten Umhang Gehüllten vom Pferd zu helfen, aber dieser beachtete sie nicht und stieg allein aus dem Steigbügel.

»Wie kannst du es wagen, den König warten zu lassen?«

»Zigeuner! Hatten ihr Lager unter einer Brücke aufgeschlagen«, sagte er in schroffem Ton. »Setzten die Brücke in Brand, als sie ihr zusammengestohlenes Fleisch braten wollten.«

»Dreimal hat der König nach dir geschickt.«

»Und ich war dreimal nicht da und konnte weder Rede noch Antwort stehen, was?« fuhr er sie an, doch dann, nachdem er sich kurz mit den Händen durchs Haar gegangen war und sich seines Umhangs entledigt und ihn über den Sattel geworfen hatte, löste sich seine zornige Miene in einem sorglosen Lächeln auf. »Er wird schon verstehen«, sagte er und schritt auf das Palasttor zu.

Der Reiter war ein großgewachsener Mann, dessen linkes Auge ein kleiner Flicken aus rotgoldenem Brokat bedeckte und über dessen wettergegerbter Wange sich eine lange, schon verheilte Narbe zog. Es war Don Hernán Ocampo, 47 Jahre alt und ehemaliger Kämpfer der siegreichen Kriege, die Spanien erst kürzlich geführt hatte, um die Mauren aus Europa zu vertreiben. Die militärischen Verdienste, die er sich nun schon regelmäßig auf dem Schlachtfeld erwarb, waren insofern ungewöhnlich, als er in jungen Jahren zum Rechtsgelehrten ausgebildet worden war. Im Anschluß an seine Erfolge als Soldat erwies er sich auch in seinem ursprünglich gewählten Beruf als so erfolgreich, daß er sich als »Licenciado« in Sevilla niederließ, wo er eine Enkeltochter des Herzogs von Alba kennengelernt und später geheiratet hatte. Darüber hinaus war er Ferdinand von Aragón eine so große Hilfe, seine weit verstreute Macht zu konsolidieren, daß dieser schließlich zum König von Spanien aufstieg. Zu guter Letzt hatte Ocampo noch mit einem meisterhaften Plan Ferdinands Heirat mit Isabella von Kastilien arrangiert, und so hatte er allen Grund zu der Vermutung, der König würde ihm seine Säumigkeit heute verzeihen. Als er jetzt in Ferdinands Empfangszimmer geführt wurde, fand er jedoch den König – eigentlich ein schöner Mann, ein Jahr älter als er selbst, doch um einiges korpulenter – in übler Laune vor: »Ich brauche Euch, Ocampo. Ihr müßt eine wichtige Aufgabe in meinem Namen erledigen.«

Ocampo verbeugte sich mit der eleganten Grazie eines Höflings und winkte mit der Linken dem König zu. »Immer zu Euren Diensten, Majestät.« Die Vertrautheit, mit der er sich bewegte und sprach, das Wort König als Anrede vermeidend, war beredter Zeuge genug: Habe ich nicht im Dienst für Euch mein Auge gelassen und mir diese Narbe zugezogen?

Ferdinand nickte ihm leicht zu, als dankte er ihm für seine Freundschaft, aber seine Gereiztheit und die Dringlichkeit seines Anliegens ließen sich nicht verbergen. Er warf die Arme um Ocampos Schulter, führte ihn zu dem mit gold- und violettfarbenen Stickereien ausgelegtem Diwan und zog ihn neben sich auf die Sitzfläche: »Es geht um diese verdammten Erben des Kolumbus. Sie treiben mich noch in den Wahnsinn mit ihren Petitionen und übertriebenen Ansprüchen.«

»Immer noch? Ich dachte, das wäre längst erledigt?«

»Nein. Als ihr Vater vor drei Jahren starb, fingen sie an, mich mit ihren Bitten bis aufs Blut zu peinigen. Sie behaupteten, da er die Neue Welt für Isabella und mich entdeckt habe, schulde ich ihnen als deren Erben riesige Summen Goldes. Mehr, als unser Schatzmeister überhaupt hat!«

»Ich bin zwar Anwalt, Majestät, aber mit Erbstreitigkeiten will ich mir nicht die Finger schmutzig machen.«

»Den Streit laßt meine Sorge sein, Ocampo. Ihr sollt nach Hispaniola fahren und die Wahrheit herausfinden, inwieweit Christoph Kolumbus in meinem Namen seine Pflichten verletzt hat.«

Ocampo rückte ein Stück von dem König ab und fing an, den Daumen der linken Hand unter das Kinn gestützt, mit dem Zeigefinger derselben Hand seine rechte Wange zu streicheln, wobei er das gesunde Auge schloß; in dieser Positur, die er oft einnahm, wenn es galt, eine Entscheidung hinauszuzögern, vermittelte er den Eindruck eines tief in Gedanken versunkenen Menschen. Der König gestattete ihm diese Denkpause, und als Ocampo schließlich das Wort ergriff, überraschte er den Monarchen: »Habt Ihr nicht vor acht oder zehn Jahren einen Inquisitor dorthin geschickt, der genau dasselbe tun sollte, worum Ihr jetzt mich bittet?«

Die Klugheit dieser Bemerkung gefiel dem König, ließ seine Erregtheit etwas abklingen, und gefaßter antwortete er:»Ihr habt ein gutes Gedächtnis. Es stimmt, vor neun Jahren habe ich Francisco de Bobadilla nach Hispaniola entsandt, sich nach Kolumbus zu erkundigen. Stattete ihn mit fünf außergewöhnlichen Vollmachten aus.«

»Und? Hat er gute Arbeit geleistet?«

»Darum geht es ja gerade. Isabella und ich nahmen seinen Bericht entgegen, und wir dachten, damit sei die Sache endgültig ausgestanden. Aber jetzt behaupten die Erben, Bobadilla sei voller Vorurteile gegenüber ihrem Verwandten gewesen und außerdem ein Lügner. Wenn das richtig ist, dann haben ihre Forderungen nach Entschädigung vielleicht doch ihre Berechtigung.«

»Was für ein Mensch war dieser Bobadilla?«

Während der König antwortete, erhob er sich, griff Ocampo am Arm und ging mit ihm hinaus in den Garten des Palastes, wo er ihm eine nicht gerade wohlwollende Einschätzung seines ehemaligen Geheimdiplomaten gab:»So völlig anders als Ihr, Ocampo, wie man nur sein kann. Während Ihr groß seid, war er so fett, es sah geradezu lächerlich aus. Während Ihr über einen umsichtigen, geschulten Geist verfügt, neigte er zu vorschnellen Handlungen. Und während Ihr im Dienst für Euer Vaterland erworbene Narben mit Stolz tragt, schreckte er schon vor einer Maus zurück, und der Lärm einer Kanonenkugel konnte ihn völlig aus dem Gleichgewicht bringen.«

»Warum habt Ihr dann diesen Mann mit einer so wichtigen Mission betraut?«

Und der König entgegnete:»Isabella hatte ihn zum Favoriten erklärt, und ich konnte ihr nichts abschlagen.«

Die letzten Worte hatten eine seltsame Wirkung, denn als der König neben einer Reihe hochgewachsener, dünner Zypressen schritt, die ihn an die Begrenzung des Friedhofs erinnerte, auf dem die Trauerfeierlichkeiten für seine Frau stattgefunden hatten, brach er in Tränen aus. Er drehte sich zu Ocampo um, warf sich dem vertrauten Freund an die Brust und klagte:»Ich fühle mich so einsam seit ihrem Tod, Ocampo. Sie war die schönste Königin, die die Welt jemals hervorgebracht hat. Keine hat jemals ihrem König mit mehr Güte gedient...« Er unterbrach abrupt, dann sagte er, in einem gänzlich anderen Tonfall:»Sie war in vielen Dingen so viel gescheiter als ich. Ich arbeite hart, verliere meine Aufgabe nicht aus den Augen, passe mich den Stürmen um mich herum an. Sie dagegen blieb ruhig und gelassen wie eine Wiese voller Blumen, die sich nach einem Regensturz wieder aufrichtet.«

Sie waren bei ihrem Gang mittlerweile an eine Stelle gekommen, von der aus man jenseits der Felder das berühmte römische Aquädukt von Segovia sehen konnte, und dieser bemerkenswerte Kanalbau, der nach anderthalbtausend Jahren noch immer Wasser in die Stadt leitete, führte ihnen sinnbildlich Macht und Regierungsverantwortung und die großen Dinge vor Augen, die sie selbst in Spanien erreicht hatten.

Der König ließ sich auf eine Holzbank nieder und sagte:»Wir haben dieses Land geeint. Keiner hat je geglaubt, daß es gelingen könnte – bei all diesen zerstrittenen Fürstentümern. Aber wir haben es geschafft.«

»Was ich immer an Euch bewundert habe, Majestät, war Eure Bereitschaft, mutige Schritte zu tun. Gewaltige Unternehmungen einzuleiten, vor denen andere zurückgeschreckt wären.«

»Wie wir die Mohammedaner aus Spanien und Europa geworfen haben, meint Ihr das?«

»Und die Vertreibung der Juden.«

»Das war ein dreistes Stück«, stimmte der König ihm zu.»Aber Ihr dürft nicht vergessen, wir haben ihnen eine faire Chance gelassen. Wenn sie zu unserer Religion übergetreten wären, hätten wir ihnen erlaubt zu bleiben. Anderenfalls...« Er machte eine bedeutungsvolle Pause, dann spielte er mit einem Goldmedaillon, das, mit einer Silberkette versehen, an seiner Brust baumelte.»Auf keines meiner Besitztümer in der ganzen Welt bin ich stolzer als auf diese Medaille. Der Papst hat sie mir verliehen, als er mir den Titel ›El Católico‹ verlieh. Er sagte, ich sei der Oberste Katholik, da ich darauf achte, daß alle meine Gebiete – Kastilien, Aragón, Sizilien – auch so katholisch sind wie ich.«

Mit besonderem Stolz erfüllte die beiden Freunde die Rolle, die sie bei der Einsetzung der Heiligen Inquisition zur Verteidigung der Kirche gespielt hatten. Ihre Aufgabe, versehen mit den Weisungen, die Ferdinand bei Schaffung des Amtes gegeben hatte, bestand darin, jegliche Ketzerei, wo immer sie in der Welt auftrat, auszurotten. »Die Priester haben vorzügliche Arbeit geleistet, Ocampo, und wenn Ihr in Hispaniola ankommt, dann seid Ihr es, der dort die Abtrünnigen auftreiben muß – Atheisten, Heiden, Juden, merzt sie aus!«

Ocampo sah, daß dieser große Mann, der soviel Gutes für Europa getan hatte, jeden Augenblick in Tränen ausbrechen würde, und so drehte er sich anstandshalber um, doch der König beherrschte sich, ergriff Ocampo am Arm und riß ihn herum: »Bitte, treuer Freund, findet die Wahrheit über Kolumbus heraus.«

»Das werde ich. Ich verspreche es Euch. Aber bevor ich aufbreche: Können wir uns nicht darauf verständigen, daß Kolumbus das Wichtigste von dem gehalten hat, was er versprochen hat? Hat er nicht 1492 Land von unermeßlichem Wert entdeckt? Und hat er später nicht drei weitere erfolgreiche Fahrten unternommen, eine 1493, die zweite 1498 und die letzte 1502, und damit den Zweiflern bewiesen, wie leicht es ist, das Meer zu überqueren?«

»Wir wissen, was er auf See geleistet hat. Wir wollen wissen, wie er sich an Land aufgeführt hat.«

»Welches Land? Wenn wir ihm Glauben schenken sollen, dann hat er viele Länder angefahren, vielleicht sogar China, Japan, Indien, aber ganz sicher die Inseln, die er selbst benannt hat, Kuba, Puerto Rico, Jamaika ...«

»Wir sind nur an Hispaniola interessiert. Er war dort als unser Vizekönig eingesetzt, und von dort kommen auch die Vorwürfe gegen ihn.«

Als der König seinem Freund Lebewohl sagte und ihm Gottes Segen für eine schnelle Überfahrt wünschte, fügte er noch mit großer Anteilnahme in der Stimme hinzu: »Findet eine Antwort auf meine Fragen Hernán, und Ihr könnt Euch jede Stellung aussuchen, jeden Titel, den Ihr haben wollt.« Und sie umarmten sich.

Als der Mann im Krähennest seinem Kapitän unten an Deck »Land in Sicht« zurief, zögerte der Seefahrer kurz, um sich zu vergewissern, daß es auch wirklich Hispaniola war, das sich vor ihnen abzeichnete, bevor er seinen wichtigsten Passagier an Bord holen ließ und ihm bestellte: »Da liegt Eure Insel!«

Die nächste Stunde stand Hernán Ocampo breitbeinig im Bug des Schiffes und verfolgte das Wunder, wie sich die Insel langsam aus dem Meer erhob.

Der Kapitän, der anerkennend bemerkte, wie der Einäugige den Horizont absuchte, sagte zu dem Steuermann: »Er erinnert mich an Kolumbus, als er kam, um Insel und Meer zu beherrschen.«

»Warum trägt er diese Augenklappe?«

»Hat sein Auge im Kampf gegen die Mauren verloren.«

»Ich weiß. Aber warum das Rot und Gold?«

»Das habe ich mich auch schon gefragt.«

»Frag ihn doch.«

»Man stellt so einem Mann diese Frage nicht.«

»Ich würde schon.«

»Dann übergib mir solange das Steuer. Ich würde es nämlich auch gerne wissen«, worauf der junge Bursche auf der Stelle zu Ocampo herüberging, sich räusperte, um sich bemerkbar zu machen, und ehrerbietig fragte: »Exzellenz. Darf ich Euch eine Frage stellen?«

»Ich bin keine Exzellenz. Nur ein einfacher Licenciado.«

»Warum ist Eure Augenklappe rot und gold gemustert?«

Ocampo fühlte sich keineswegs beleidigt, im Gegenteil, er schmunzelte dem Seemann zu: »Weißt du das nicht?«

»Ich habe keine Ahnung.«

»Wenn sich eine Armee im Kampf befindet, dann muß sie ein Banner haben, das alle erkennen können, ein Symbol für unsere Seite gegen die andere. Hast du nie das Banner gesehen, mit dem wir Spanier gegen die Mauren gezogen sind? Eine rotgoldene Fahne, zwei herrliche Farben, findest du nicht?«

»Doch.«

»Als ich dann während der Belagerung von Granada mein Auge verlor, da habe ich mir geschworen: ›Ich will bis an mein Lebensende die Farben von Spanien verkünden.‹ Und so kam es.« Sprach's und hielt weiter Ausschau nach dem Land.

Hispaniola war eine weiträumige Insel, die ein hügeliges Profil erkennen ließ, und als sie sich jetzt deutlicher abzeichnete, fiel Ocampo etwas sehr Reizvolles auf: Das Eiland hatte zahlreiche weiße Sandstrände, umgeben von Palmenbäumen, die leise im Wind zu tanzen schienen. Diesen ersten malerischen Eindruck sollte er sein Leben lang nicht vergessen: eine geschwungene Bucht, sauber und einladend, dazu ein Ballett von sich wiegenden Palmen.

»Da ist Eure Stadt, Santo Domingo«, rief ihm der Kapitän jetzt zu, und Ocampo sah die erste Siedlung, die in der Neuen Welt gegründet worden war, Hauptstadt nicht nur dieser Insel, sondern aller Länder, die Kolumbus entdeckt hatte. Während die Stadt langsam aus dem

Meer emporzusteigen schien, sah Ocampo, daß sie eigentlich nur aus einer Ansammlung einstöckiger hölzerner Gebilde bestand, beherrscht von einem offenbar wichtigen Gebäude, das sich über zwei Stockwerke erstreckte. »Wem gehört das?« fragte er, und der Kapitän sagte: »Einem gewissen Pimentel, dem Vizegouverneur. Mann aus vornehmer Familie. Scheint den Ort zu beherrschen.«

Eine kleine Kanuflotte schwärmte vom Ufer aus auf sie zu, in den Kanus saßen Indianer, und Ocampo bemerkte, daß die Männer äußerlich wie Wilde aussahen – niedrige Stirn, pechschwarzes Haar, bräunliche Hautfarbe und nur mit einem Lendentuch bekleidet –, aber zielstrebig und eifrig Handel mit der Schiffsbesatzung trieben. Dann schaute er über die klatschenden Hände und wedelnden Paddel hinweg und hatte mit einemmal die Stadt deutlich im Blickfeld.

Sie war, wie er aus dem ersten unvollständigen Eindruck schloß, von etwa 900 Menschen bewohnt, wies entlang der Uferpromenade eine Reihe rohgezimmerter Häuser sowie eine Art Hauptplatz auf, an dessen Nordseite sich stolz eine Holzkirche erhob, nebst Kirchturm – und auf dessen Spitze ein windfestes Dachkreuz. Sie glich, kam er zu dem Urteil, in jeder Hinsicht den soliden spanischen Städtchen, denen er in dem bergigen Land südlich von Madrid begegnet war, und ihre Erscheinung übte das beruhigende Gefühl auf ihn aus: In dieser Stadt werde ich mich nicht fremd fühlen.

Kaum hatten die Zuschauer, die sich zur Begrüßung des einlaufenden Schiffes am Ufer eingefunden hatten, Ocampo von Bord steigen sehen, in strenger Kleidung, den Kavaliershut leicht schief auf dem Kopf, hochherrschaftlich mit jeder Bewegung, die rotgoldene Augenklappe in der Sonne schimmernd, da begriffen sie, daß sich eine wichtige Persönlichkeit, versehen mit einem Auftrag von einiger Bedeutung, in ihrer Mitte aufhielt. Diejenigen, die dem König Silber gestohlen hatten, fingen an, vor Angst zu zittern, er könnte sie ausfindig machen, aber im nächsten Augenblick überraschte sie ein plötzlicher Umschwung in seinem Gebaren: Er lächelte den stummen Zuschauern zu, verbeugte sich, als wollte er ihnen seine Reverenz erweisen, und ließ sogar von seinem strengen Auftreten ab, denn er wollte ein Signal setzen, das alle verstehen sollten: Ich bin als Freund zu euch gekommen.

Sie waren noch mehr beeindruckt, als er jetzt dem Schiff ein Zeichen gab und zwei Sekretäre entstiegen, Männer in den Zwanzigern, die gewaltige Stöße Papier trugen. Kaum hatten sie ihren Fuß an Land gesetzt, fingen sie an, hastig hin und her zu trippeln, nach einem geeigneten Gebäude Ausschau haltend, das sich als Hauptquartier requirieren ließ. Ziemlich schnell verfielen sie auf das zweistöckige Anwesen, das nach Auskunft des Kapitäns von jenem Pimentel bewohnt war; und als sie darum baten, das Haus in Augenschein nehmen zu dürfen, informierte sie der Besitzer, ihre Mission erahnend, kühl: »Das Haus wäre kaum geeignet. Die Familie meiner Frau bewohnt allein über die Hälfte der Räume, und überall tollen die Enkelkinder herum.«

Ocampo trat zu den beiden Sekretären und fragte: »Was gibt's denn hier?« Aber bevor seine Untergebenen antworten konnten, machte der Hausbesitzer einen Schritt auf Ocampo zu und stellte sich vor: »Alejandro Pimentel y Fraganza, Repräsentant des Königs«, worauf Ocampo sich verbeugte, denn die beiden letzten Namen spielten in der spanischen Geschichte eine bedeutende Rolle.

»Ich bin Hernán Ocampo aus Sevilla, persönlicher Abgesandter des Königs und daran interessiert, ein Quartier zu finden, von dem aus sich die Arbeit dirigieren läßt, die ich in seinem Namen durchzuführen habe.« Auf diese höfische Weise setzte der eine den anderen davon in Kenntnis, daß er eine wichtige Persönlichkeit sei, die man nicht einfach wie jeden anderen auch behandeln könne.

Pimentel, ein ernster Mensch in den Sechzigern, verbeugte sich steif und versicherte dem Neuangekommenen: »Ich werde alles tun, Euch zu helfen, aber wie ich schon Euren Männern gesagt habe, dieses Haus wäre nicht bequem für Euch. Die Familie meiner Frau...« Er wurde mitten im Satz unterbrochen, denn plötzlich erschien im Torweg Señora Pimentel, eine anziehende Person in den Dreißigern, in Begleitung einer älteren Dame, vermutlich ihre ehemalige Dueña in den Jugendjahren vor der Ehe, die ihr jetzt als eine vertraute Magd diente, denn sie rückte augenblicklich näher zu ihrer Herrin, als sie sah, daß fremde Männer anwesend waren. »Ich habe dem Sondergesandten des Königs gerade erklärt, daß Eure Familie den größten Teil des Hauses bewohnt und er daher nicht...«

Seine Frau hatte eine weiche Stimme, aber schien den festen Wunsch zu haben, das Problem zu bereinigen: »Das Haus Escobar am Marktplatz, das dem Meer zu liegt – es wird kaum genutzt.« Neben ihrem Mann schreitend, ihre Dueña wie üblich zwei Schritte hinter ihr, führte sie Ocampo zu einem schlichten, aber geräumigen Holzgebäude mit zwei großflächigen Fenstern, das eine zum Meer hin, das andere zum

91

Platz hin, der Kirche gegenüber, die von den Einwohnern bereits »unsere Kathedrale« genannt wurde.

Nachdem sich Ocampo und seine Männer davon überzeugt hatten, daß das Haus ihren Ansprüchen entsprach, traten die beiden Sekretäre umgehend in Aktion, requirierten Möbelstücke im Namen des Königs und wiesen die Matrosen an, wie die Stücke, die Ocampo selbst aus Sevilla mitgebracht hatte, zu entladen und zu plazieren seien. Wichtigstes Requisit war ein Eichenstuhl mit reichgeschnitzter Lehne und zwei massiven Armstützen, ein Stuhl, in dem jeder, der sich darin niederließ, abweisend und furchteinflößend aussah.

»Stellt ihn so auf, daß ich der abgeschirmten Wand gegenübersitze«, befahl Ocampo, »und den Stuhl für denjenigen, den ich befrage, vor das Fenster, damit das grelle Licht auf ihn fällt. Die beiden Tische könnt ihr hinstellen, wo es euch gefällt.« Aber als alle vier Stühle dort standen, wo sie hingehörten, musterte er das Ganze noch einmal, rückte die Möbel noch ein bißchen hin und her und bat dann um eine Säge.

Nach langem Suchen fand sich schließlich eine Säge, und Ocampo eröffnete ihnen, was er vorhatte: »Sägt von den Vorderbeinen des Zeugenstuhls jeweils ein kleines Stück ab. Ich will entspannt sein und mich bequem in meinem großen Stuhl zurücklehnen können, aber sie sollen aufgeregt sein und unruhig auf ihrem kleinen Stuhl nach vorne rutschen.«

Während der ersten Tage blickten die Einwohner der Insel dem Neuangekommenen mit einer gewissen Scheu nach, denn sie sahen einen Mann vor sich, dessen Eigenschaften nicht so leicht zu beschreiben waren: »Seht her! Groß und aufrecht wie ein echter Grande – mit stechendem Blick und dem Spitzbart eines Gentleman. Aber die Augenklappe und die Narbe hat er sich wohl kaum beim Kartenspiel im Park zugezogen. Wenn man sich ihm nähert, um mit ihm zu sprechen, dann lächelt er und grüßt dich.«

Einer der Sekretäre hatte eine ähnliche Unterhaltung mitbekommen und warnte: »Sanft wie eine Turteltaube, zäh wie ein Falke.« Der Spruch machte die Runde im Dorf. Und noch bevor die erste Woche zu Ende ging, hatten sich Ocampo und seine Männer bereits eine Flut von Zeugenaussagen über das Verhalten und Auftreten des Admirals zur See, des verstorbenen Christoph Kolumbus, geborener Cristoforo Colombo, angehört.

Ocampo führte sich die Zeugen einen nach dem anderen zu Gemüte, versuchte erst gar nicht, eine chronologische Reihenfolge einzuhalten;

er wollte sich den natürlichen Schwall von Klagen anhören mit all seinen Widersprüchen, Lügereien und überprüfbaren Vorwürfen, so wie er aus dem Mund der Leute kam. Erst abends, wenn die beiden Sekretäre ihre Schreibfedern beiseite legten, brachten sie die Unterlagen in eine logische Ordnung, und in dieser Form wurde Ocampos Bericht dem König unterbreitet.

Als Einleitung des Abschlußberichts finden sich die Worte eines gewissen Vicente Céspedes, eines rauhen 39jährigen Seemanns, ansässig in der berüchtigten Hafenstadt Sanlúcar de Barrameda an der Mündung des Guadalquivir, von der aus die Galeonen Sevillas regelmäßig in See stachen. Streitsüchtig wie ein Brummbär erzählte er seinen Verhörern: »Wenn man Euch bereits berichtet hat über mich, und ich bin sicher, jemand hat geplaudert, denn es gibt da ein paar Leute, die wollen mich zum Schweigen bringen, dann wißt Ihr schon, daß ich nicht viel von dem Admiral halte, weil er mein Geld gestohlen hat, jawohl!«

»Wenn damit die Vorenthaltung Ihrer Heuer gemeint ist, darüber wissen wir Bescheid.«

»Das meine ich nicht. Ich spreche davon, was am Dienstag, dem 11. Oktober 1492, geschah.«

Als Ocampo dieses berühmte Datum hörte, schien ihm, als höre er erneut den Befehl des Königs: »Wir wissen, was auf See passiert ist. Wir wollen erfahren, wie er sich an Land aufgeführt hat.« Finsteren Blicks aus seinem gesunden Auge den Matrosen anstarrend, sagte Ocampo: »Ich habe Sie gewarnt. Wir wollen nur wissen, was auf Hispaniola passiert ist.«

»Aber darum geht es doch, wenn Ihr mir nur zuhören wollt und meine rauhe Sprache entschuldigt. Ich kann weder lesen noch schreiben oder mich wie ein feiner Herr ausdrücken . . .«

Ocampo sah ein, daß er diesen Wortschwall nicht aufhalten konnte, und sagte nur: »Fahren Sie fort.«

»An jenem Nachmittag ließ der erste Kapitän alle gemeinen Matrosen aufs Achterdeck rufen. Er wirkte ziemlich beunruhigt und sagte: ›Was habe ich euch gestern versprochen, als ihr beinahe eine Meuterei anzetteln wolltet?‹ Und einer neben mir brüllte: ›Wenn wir innerhalb von drei Tagen kein Land sehen, kehren wir auf kürzestem Wege in unser Heimatland Spanien zurück.‹ Er sagte darauf: ›Das Versprechen gilt noch.‹ Und alle jubelten.

Dann auf einmal spannte sich sein Unterkiefer wie bei einem Verrückten, und er rief uns zu: ›Ich bin absolut sicher, ich schwöre beim

Grabe meiner Mutter, daß Asien direkt vor unserer Nase liegt. Es muß dort drüben sein.‹ Und ich flüsterte meinem Nachbarn zu: ›Er versucht gerade, sich selbst Mut zuzureden.‹ Aber dann erinnerte er uns an etwas: ›Was hat euch die Königin versprochen, als wir aus Palos absegelten?‹ Und diesmal war ich es, der ihm antwortete, denn den Preis wollte ich mir auf keinen Fall entgehen lassen: ›10 000 Maravedis jährlich bis ans Lebensende.‹ Und er darauf: ›Stimmt. Und heute verspreche ich dem Glücklichen noch ein Seidenwams dazu.‹ Und ich spürte förmlich, wie die Seide meinen Rücken liebkoste.

Also gut. Mittlerweile war von Osten eine kräftige Brise aufgekommen und trieb uns vorwärts der chinesischen Küste entgegen, und Kolumbus hatte bei seiner Ansprache so überzeugend gewirkt, daß wir alle glaubten, wir würden noch vor Ablauf der drei Tage China zu Gesicht bekommen. Und ich selbst, ich war fest überzeugt, wie ich es mir oft erträumt hatte, daß ich derjenige sein würde, der es zuerst sah.«

»Wieso waren Sie sich so sicher, daß Land voraus lag?«

»Ich habe mir jeden Tag das Meer genau angesehen. Ich wußte einfach – nach dem Aussehen des Wassers zu urteilen, und wie es sich anfühlte, vielleicht –, daß wir in ein neues Gebiet vorgedrungen waren. Die hohen Wellen waren verschwunden, und die ruhige See sah aus wie ein wertvoller Diamant, den sich Frauen so gerne umhängen.«

»Ihr Traum wurde also wahr?«

»Ja. Irgendwann kurz vor Mitternacht sah ich ein Licht an einem Küstenstreifen. Es mußte eine Küste sein. Und ich rief: ›Land voraus!‹ und freute mich schon darauf, mein Seidenwams überzuziehen und für den Rest meines Lebens die Maravedis einzusacken. Aber stellt Euch vor, was passiert ist, Exzellenz!«

»Ich bin keine Exzellenz. Sagen Sie mir trotzdem, was passiert ist?«

»Kapitän Kolumbus weigerte sich, meine Entdeckung zu würdigen und mir die versprochene Belohnung zu zahlen. Und wißt Ihr, was er sich noch erlaubt hat, was noch gemeiner ist? Am nächsten Morgen brüllt er plötzlich: ›Land voraus!‹ und streicht die Maravedis ein und behält den Seidenwams selbst.«

»Was hat das mit seinem Verhalten auf Hispaniola zu tun?« fragte Ocampo, bemüht, nicht zu ungeduldig zu erscheinen, denn er hatte die Erfahrung gemacht, daß es meist die Zeugen mit den weitschweifendsten Erzählungen waren, die am Ende auf den Kern der Wahrheit zu sprechen kamen und daher besonders wertvoll waren.

»Darauf komme ich noch zu sprechen, und wenn Ihr hört, was ich zu sagen habe, dann werdet Ihr zugeben müssen, daß es Kolumbus keine Ehre macht. Am 5. Dezember, nachdem wir das Gebiet südlich und westlich der Insel ausgekundschaftet hatten, die er später Kuba nannte, landeten unsere drei Karavellen zum erstenmal auf der Insel.« Mit einem angedeuteten militärischen Gruß an Ocampo gerichtet, fuhr er fort: »Jetzt wären wir also endlich auf der Insel Hispaniola angekommen, wo Ihr mich ja hinhaben wolltet.«

Ocampo, die Vertraulichkeit übergehend, nickte nur kurz: »Erzählen Sie weiter.«

»Öde Küste, nichts, absolut nichts, das verlockend aussah, und als ein paar Matrosen fragten: ›Das soll das China von Marco Polo sein?‹, bebte der Kapitän vor Zorn und sprach kein Wort mehr mit uns. Wir umsegelten also die Insel, am Heiligen Abend, einem Montag, glaube ich, denn ich hatte gerade Wache, und solche Dinge behält man. Wir kamen an eine herrliche Bucht an der Nordseite der Insel, und die Männer, die keinen Dienst schoben – wir waren genau vierzig Mann in der Besatzung, die Offiziere mitgerechnet –, fingen an, Weihnachtslieder zu summen, und um Mitternacht, als ich meine Wache übergab, sank ich in den wohlverdienten Schlaf und träumte von den Weihnachtsabenden, die ich in Spanien erlebt hatte.

Und wo war der Kapitän zu der Zeit? In seinem Bett. Und der Zweite Offizier? Und der Dritte? Alle fest eingeschlafen. Und in diesem Zustand lief die ›Santa María‹ leise auf ein Sandriff, und ehe die panisch auf Deck umherlaufenden Männer sie wieder freibekommen konnten, setzte von Norden her plötzlich hoher Wellengang ein und drückte sie noch höher auf das Land. Es war schrecklich. Kolumbus hätte vor Scham im Boden versinken müssen, denn kurz vor Sonnenaufgang war uns allen klar, daß unser Schiff verloren war. Wir stiegen auf die kleinere ›Niña‹ um, die uns kaum alle aufnehmen konnte; die 22 Männer der ständigen Besatzung brauchten ja schon den ganzen Platz für sich, und nun kamen wir noch mit vierzig dazu.«

»Was passierte?«

»Der Kapitän sagte: ›Wir holen uns die Holzplanken von der ‚Santa María‘ und errichten die erste spanische Stadt auf chinesischem Boden.‹ Er meinte immer noch, wir wären in China. Wir bauten zwei Hütten, und Kolumbus und der Priester, jedenfalls der Mann, der als Priester fungierte, lasen eine Messe und tauften den Ort auf den Namen La Navidad, zum Gedenken an den Tag, Weihnachten, als wir landeten. Als es Zeit für die kleine ›Niña‹ wurde, uns zurück nach Spanien zu bringen, mußte er einsehen, daß die 22 Mann Besatzung, dazu die vierzig von unserem Schiff, zuviel für die Fahrt waren. Und so bestimmte er einfach 39 Männer, die als Einwohner des neuen Ortes zurückbleiben sollten. Ich war einer von ihnen. Dann segelte er davon, um seine eigene Haut zu retten.«

Kaum waren die letzten Worte verklungen, wußte Ocampo auch schon, daß alles Lug und Trug war, denn frühere Zeugen hatten keinen Zweifel daran gelassen, daß alle, die im Januar 1493 in La Navidad ausgesetzt worden waren, den Tod gefunden hatten: Es gab keine Überlebenden. Und so erwies sich auch dieser Vicente Céspedes als einer jener zahlreichen Aufschneider, die noch eine alte Rechnung mit dem toten Admiral zu begleichen hatten.

Über den Tisch gebeugt, fragte Ocampo ihn barsch: »Warum kommen Sie mit solchen Lügen zu mir? Sie wissen doch, daß in La Navidad alle umgekommen sind.«

Céspedes, fast wäre er vom Stuhl gerutscht, bemühte sich mit jungenhaftem Eifer, nach einer Erklärung zu suchen. »Es war ein Wunder, Exzellenz. Ich weiß bis heute nicht, wie es möglich war. Als die ›Niña‹ gerade absegelte, rief einer der Matrosen an Bord, ein Freund von mir aus Cádiz: ›Céspedes! Ich will lieber hierbleiben . . . mir die Eingeborenen ansehen.‹ Und so tauschten wir. Er starb, und ich blieb am Leben.«

Ocampos Interesse schien durch die letzte einfache Bemerkung des Matrosen plötzlich geweckt. Sie berührte direkt das Verantwortungsgefühl, das Kolumbus seinen Männern gegenüber gezeigt hatte: »Was hat man unternommen, um das Leben der 39 Zurückgebliebenen zu schützen?«

»Verdammt wenig.« Die Worte waren kaum gefallen, da wich der Matrose zurück und schaute Ocampo ängstlich an. Er entsann sich, daß einige Autoritäten die Benutzung des Wortes »verdammt« als schwere Blasphemie betrachteten und sie mit einem Besuch in den Kerkern der Inquisition ahndeten; Ocampo jedoch, als ehemaliger Soldat, urteilte anders. Céspedes schluckte und nahm seine Erzählung wieder auf: »Um Kolumbus gerecht zu werden, muß ich sagen, es gab kaum etwas, das wir ihnen hätten überlassen können. Als wir lossegelten, waren noch keine brauchbaren Häuser gebaut, und für die wenigen Gewehre, die wir übrig hatten, konnten wir nicht viel Pulver opfern, auch nicht viel Blei zum Kugelgießen, und an Nahrung überhaupt nichts.«

»Nichts?«

»Na ja, vielleicht ein halbes Faß Mehl und ein paar Fetzen Schweine-

fleisch.« Céspedes schüttelte den Kopf, fügte dann fast strahlend hinzu:
»Mein Freund aus Cádiz, der mit mir tauschte, weil es ihm dort gefiel,
der sagte: ›Wir können ja angeln und auf Jagd gehen und die Hilfe der
Eingeborenen in Anspruch nehmen.‹«

»Gab es dort Eingeborene?«

»Viele sogar. Und weil wir gut mit denen ausgekommen waren, nahmen wir an, die 39 könnten sich auf deren Beistand verlassen.«

»Aber der Admiral ließ die Männer doch in einer Art Lager zurück,
oder nicht? Ich meine, es gab angelegte Wege und Latrinen und Plätze
zum Schlafen?«

»Aber ja! Es war der Grundstein einer Stadt. Wenigstens hatte sie
einen Namen, La Navidad.« Céspedes lachte nervös. »Die Männer haben es sich überlegt. Ein Jahr, vielleicht zwei Jahre ohne Frauen. Mein
Freund aus Cádiz meinte: ›Wir holen uns die Frauen von den Eingeborenen, wenn wir welche brauchen.‹«

»Als Sie lossegelten, haben sie geglaubt, die gemeinen Matrosen
meine ich jetzt, daß die 39 überleben würden?«

»Aber ja! Wir wollten gerade in See stechen, da übergab ich meinem
Freund noch schnell mein gutes Messer. ›Ich komme wieder, um es mir
abzuholen‹, rief ich noch. Aber wie gesagt, er starb und ich nicht.« Er
senkte den Kopf, brachte die Hände an die Lippen, starrte Ocampo an
und flüsterte: »Die Eingeborenen haben sie alle umgebracht. Aber obwohl ich Kolumbus nicht ausstehen konnte – dafür kann man ihm
keine Schuld geben.«

»Wie sind Sie zurück nach Hispaniola gelangt?«

»Mit der nächsten Fahrt unter seinem Kommando, 1493. Mittlerweile war er Admiral geworden. Er mochte mich nicht besonders, denn
ich erinnerte ihn daran, daß er mir etwas gestohlen hatte, aber er
schätzte mich als fähigen Seemann. Ich kann Euch sagen, was für ein
Unterschied zwischen den beiden Fahrten! Zunächst einmal hatten wir
diesmal drei kleine Schiffe, dann waren wir weniger Leute und tasteten
uns langsam auf einem freundlich gestimmten Meer voran. Kaum hatten wir die Inselkette passiert, die den Ostrand des Binnenmeeres bewacht, sahen wir auch schon die Schönheit des ›spanischen Meeres‹,
wie es neuerdings auch genannt wird. Es wurde unsere zweite Heimat,
besonders als wir die Insel in der Ferne ausmachten, die wir ja schon
kannten. Unsere Herzen schwollen an vor Freude, und eigentlich hätte
es ein Triumph werden sollen. Aber als wir dann in La Navidad anlegten, fanden wir nichts mehr vor... die Häuser waren niedergeris-

sen... Skelette lagen herum, wo die Eingeborenen das Dorf überfallen hatten. Ich entdeckte Überreste, die von meinem Feund stammen konnten, der Kopf war abgetrennt. Als ich ihn bestattete, sprach ich ein Gebet: ›Du hast dein Leben für mich geopfert. Ich werde auf dieser Insel weiterleben und sie dir zu Ehren zu einem lebenswerten Ort machen.‹ Und so bin ich hier gelandet.«

Eine wichtige Frage blieb noch unbeantwortet, und es war Céspedes, der sie anschnitt. »Sir, werdet Ihr uns einfachen Matrosen das Geld zurückerstatten, das uns der Admiral gestohlen hat?«

»Sie glauben immer noch, er hat es getan?«

»Nicht nur von mir hat er gestohlen, von all den Armen, die in La Navidad verreckt sind.« Als er sah, wie Ocampo ihn wütend anstarrte, dafür, daß er das Gerücht wiederholt hatte, endete er resignierend: »Vielleicht hat er gedacht, so wäre ihr Geld sicherer. Außerdem, was hätten sie in La Navidad auch schon damit anfangen können?«

Nacheinander traten noch ein alter Soldat, eine Witwe und ein verwaister Sohn vor und berichteten, wie den Männern nur ein Teil ihres Lohnes oder überhaupt nichts ausgezahlt worden war, obwohl es allen klar war, daß Gelder für diesen Zweck bereitgestanden hatten.

Ein Ortsansässiger namens Alonso Peraza, dessen Auftreten und Sprachgewandtheit anzeigten, daß er die Bildung, die ihm sein Priester in Salamanca hatte zugute kommen lassen, zu seinem Vorteil nutzte, hielt eine Erklärung parat, warum Kolumbus möglicherweise gezwungen war, so jämmerlich zu handeln: »Der Admiral war verrückt nach Geld. Er sagte, der König und die Königin würden ihm die versprochene Summe nicht zahlen. Er sagte ferner, sie schuldeten ihm ein Zehntel, ein Achtel und ein Drittel.«

»Was bedeuten diese Termini, mir sind sie nicht geläufig.«

»Als Kolumbus von seiner ersten Reise zurückkehrte, dauerte es eine ganze Weile, ehe man in ihm einen Helden sah. König Ferdinand und seine Gemahlin Isabella unterzeichneten daraufhin ein Dokument, auf Pergament geschrieben und in Anwesenheit von Notaren versiegelt, das die Formalitäten eines geradezu grotesken, von Kolumbus gemachten Vorschlags regelte, daß er nämlich auf ewig ein Zehntel des gesamten Vermögens erhalten sollte, das die von ihm entdeckten Länder hervorbrachten.«

»Dieses ›auf ewig‹ in dem Pergament, bedeutet das tatsächlich das, was ich vermute?«

»Ja. Für Kolumbus den Rest seines Lebens und für die Erben auf alle Zeit.«

»Ein Vermögen, was?«

»Kein Schiff wäre groß genug, die Summen nach Hause zu befördern«, ergänzte Peraza. Dann erklärte er, das eine Achtel beziehe sich auf den Teil des Gewinns, den man unterwegs durch den Tauschhandel mit den örtlichen Siedlern mache, wer immer die auch gerade seien.

»Das war vernünftig«, sagte Peraza, »aber Kolumbus fand es schwierig, seinen Anteil einzutreiben, denn es war viel zu kompliziert, über diese Geschäfte Buch zu führen.«

»Was blieb denn noch übrig?« fragte Ocampo mit einem maskenartigen Grinsen. »Ein Drittel, egal, von was, muß ja wohl beträchtlich sein.«

Peraza brach in ein respektloses Lachen aus: »Kolumbus klagte allen Ernstes das Recht für sich ein, Steuern auf jede geschäftliche Transaktion zu erheben, die in Westindien durchgeführt wurde – ein Drittel von allem.«

Ocampo lehnte sich zurück und musterte seine schlanken Finger, während er nachrechnete. »Die drei Anteile zusammengenommen – ein Zehntel, ein Achtel, ein Drittel –, hätte über die Hälfte des gesamten Reichtums ausgemacht, der in der Neuen Welt produziert wird. Das hätte ihn zum reichsten Mann im ganzen Abendland gemacht. Das hätte kein König zugelassen. Und trotzdem wollen Sie behaupten, er hätte diese Forderung aufgestellt?« fragte er und beugte sich dabei über den Tisch.

»Ja, das hat er, und seine Erben wollen diese lächerlichen Ansprüche noch immer durchsetzen. Sie wollen reicher als der König sein.«

In den folgenden Befragungen richtete Ocampo sein Augenmerk auf einen der schwersten Vorwürfe gegen den General. Der Zeuge, der zuerst darauf zu sprechen kam, war ein gewöhnlicher Matrose, ein gewisser Salvador Soriano, der auf der besagten »Niña« gedient hatte und nach Santo Domingo zurückgekehrt war, um dort für den Rest seines Lebens zu bleiben. »Es grenzt an ein Wunder, daß ich überhaupt hier sitze, um Eure Fragen beantworten zu können, Exzellenz.«

»Wissen Sie, eigentlich bin ich keine Exzellenz. Aber was haben Sie mir zu erzählen?«

»Wir haben ihn nur Kolumbus den Killer genannt. Als er Vizekönig war und die Insel unter sich hatte, entwickelte er eine Leidenschaft, Menschen zum Tod durch Erhängen zu verurteilen. Überall waren Galgen aufgestellt... sechs... acht Stück, und an jedem baumelte jemand, tanzten Menschen, ohne den Boden zu berühren. Und das Hängen wäre weitergegangen, wenn der Sonderbeauftragte Bobadilla nicht den Mut gehabt hätte, dem ein Ende zu setzen.«

»Weswegen wurden sie angeklagt? Meuterei?«

»Wegen allem möglichen; was ihm gerade nicht paßte. Jemand hatte vor dem extra eingesetzten Einsammler sein Gold verschwiegen, ein anderer hatte schlecht über den Admiral oder einen Angehörigen seiner Familie gesprochen. Er fuhr zwischenzeitlich immer wieder zurück nach Spanien und brachte seine ganze Familie rüber. Die durfte nicht angetastet werden. Zwei Männer dagegen wurden sogar gehängt, nur weil sie ohne Erlaubnis ein Fischerboot benutzt hatten.«

»Das klingt unglaublich«, sagte Ocampo, aber der Mann überraschte ihn noch mehr, als er jetzt erregt herausplatzte: »Ich wurde auch verurteilt, sollte auch an den Galgen, zusammen mit meinem Neffen, und weswegen? Weil wir Obst gegessen hatten, das für einen anderen Zweck bestimmt war, und wir mit einem von seinen Männern darüber in Streit gerieten, als er uns einen Verweis erteilte. Meuterei, er nannte das gleich Meuterei, und dafür wurden wir zum Galgen geführt.«

»Wie ich sehe, leben Sie noch. Ließ sich der Admiral erweichen?«

»Der doch nicht! Der brachte Hunderte an den Galgen. Schrecklich launisch war er.«

»Wer hat Sie dann gerettet?«

»Bobadilla. Man kann genausogut sagen, er hat die ganze Insel gerettet. Wenn Kolumbus so weitergemacht hätte, dann wäre es sicher zu einem Aufstand gekommen.«

Es war das viertemal, daß der Name Bobadilla fiel – das erstemal hatte der König selbst ihn erwähnt –, und Ocampo kam zu der Überzeugung, daß er sich unbedingt ein Bild von dieser schemenhaften Gestalt machen mußte, denn wo er sich auch hinwandte, immer wieder sah er sich diesem kaum faßbaren Menschen gegenüber, der in Kolumbus' Leben offenbar eine wichtige Rolle gespielt hatte. Er hielt sich einen ganzen Nachmittag frei und beriet sich mit seinen beiden Sekretären. »Also, was wissen wir über diesen Bobadilla? Ein paar Dinge hat mir der König mitgeteilt. Bobadilla war die Wahl der Königin Isabella, nicht seine. Er war ein Mann aus vornehmem Haus, ziemlich übergewichtig und ein ausgemachter Feigling.«

»Hört sich nicht gerade gefällig an«, bemerkte einer der Schreiberlinge.

»Er soll sehr intelligent gewesen sein. Und, was am wichtigsten ist, er kam auf diese Insel, um dem Fehlverhalten des Admirals auf die Spur zu kommen, ausgestattet mit fünf verschiedenen Schreiben, die ihn zu Handlungen ermächtigten, die über meine Vollmachten weit hinausgehen. Der König sagte mir sogar noch: ›Weil Bobadilla diese Schreiben mißbraucht hat, gebe ich Euch nur ein einziges mit.‹«
»Wollt Ihr damit andeuten, Ihr habt keine Vollmacht, Festnahmen vorzunehmen? Jemanden zu zwingen, Beweise zu liefern? Auf der Streckfolter, wenn es sein muß?«
»Ich habe solche Vollmachten nicht, und ich will sie auch gar nicht haben.« Er beendete die Besprechung mit der Anweisung: »Wir wollen unsere ganze Aufmerksamkeit darauf richten, soviel wie möglich über diesen Bobadilla zu erfahren. Wenn wir ihn verstehen, dann verstehen wir vielleicht auch, warum Kolumbus so gehandelt hat.«
Zwei Tage darauf kam der ältere der beiden Sekretäre ins Zimmer gestürmt und rief: »Ich habe einen Mann aufgetrieben, der behauptet, Bobadilla hätte ihm das Leben gerettet«, und Ocampo sagte: »Bringen Sie ihn her.« Minuten später saß ein gewisser Elpidio Díaz, Seemann aus Huelva, nervös in dem abgeschrägten Stuhl, um folgendes auszusagen: »Bobadilla war ein Gentleman, ein feiner Herr. Er wußte, wie man regiert. Stieg vom Schiff, das ihn aus Spanien auf diese Insel gebracht hatte, und das erste, was er hier sah, war, wie ich und mein Vetter darauf warteten, erhängt zu werden, der Strick war schon geknüpft. Er brüllte sofort mit lauter Stimme, ich höre noch heute seine Worte, glaubt mir: ›Laßt die Männer frei!‹ Kolumbus' Leute waren natürlich wütend, wollten nicht gehorchen. Und ich dachte bei mir: ›Jetzt geht's los‹, aber Bobadilla zückte irgendein Schreiben hervor, aus dem hervorging, daß der König ihn geschickt hatte, mit der Schweinerei in Hispaniola aufzuräumen. Danach hörten die Hinrichtungen auf.«
»Sie sagten Hinrichtungen? Mehrere also?«
»Es gab eine Unmenge Verurteilter, die, zerstreut über die ganze Insel, wie ich auf den Tod warteten. In der kleinen Stadt Xeragua zum Beispiel, weiter westlich von hier, wurden sechzehn Gefangene in einen tiefen Brunnenschacht gesperrt, alle zum Tod durch den Strang verurteilt. Bobadilla hat uns allen das Leben gerettet. ›Holt die Männer da raus!‹ rief er. ›Laßt sie alle frei!‹«
»Sie haben eine hohe Meinung von ihm.«
»Die beste. Er war ein Mann mit gesundem Menschenverstand und einem Sinn für Recht und Ordnung.«

Allmählich zeichnete sich für Ocampo das ausgewogene Bild eines Mannes ab, den weder er noch der König gemocht haben würden. Er mochte sich auf dem Schlachtfeld als Feigling erwiesen haben, aber Angst, mit heillosem Durcheinander konfrontiert zu werden, konnte man ihm sicher nicht nachsagen. Er schien offenbar ein solides Urteilsvermögen zu besitzen und war sicher kein grausamer Mensch. Und er war ehrlich, soweit man das erkennen konnte. Doch damit endete die Liste der positiven Eigenschaften auch schon, denn immer wieder ergab sich aus den Zeugenanhörungen auch das Profil eines fettleibigen, gefräßigen, selbstgefälligen Funktionärs, der die fünf königlichen Urkunden auf obszöne Weise einsetzte – wie eine Katze, die mit der Maus erst spielt, bevor sie sie verschlingt.

Die Anhänger des Kolumbus, und deren gab es viele, vor allem diejenigen, die dem Admiral ihre Posten zu verdanken hatten, stellten Bobadilla als einen gefühllosen, rachsüchtigen Menschen hin, der sich daran ergötzte, den großen Eroberer von seinem Sockel zu stoßen; Gemäßigtere dagegen versicherten Ocampo, Bobadilla hätte einen schwierigen Auftrag meisterhaft und menschlich bewältigt. Es war unmöglich auszumachen, wer die Wahrheit sagte, und so wurden die Befragungen fortgesetzt.

An den Spätnachmittagen, wenn die Anhörungen zu Ende waren, ließ Ocampo das Büro gerne hinter sich und machte sich mit den beiden Schreibern auf einen Spaziergang entlang der herrlichen Uferpromenade von Santo Domingo, wobei er es vorzog, drei Schritte vor den beiden vorzugehen. Auf diese Weise bildeten die Spanier aus dem Mutterland ein auffallendes Trio: Ocampo vorneweg, groß und in starrer aufrechter Haltung, die deutlich sichtbare Augenklappe und die Narbe seine Tapferkeit bezeugend; die beiden schwarz gekleideten Schreiber hinter ihm, ordentlich, im Gleichschritt; und alle drei mit dem Auftreten der Grandes, dem vergangenen Jahrhundert entsprungen.

Begegneten sie unterwegs ihnen bekannten Einwohnern der Stadt, vollführte Ocampo jedesmal eine elegante Verbeugung und erkundigte sich nach ihrem Befinden. Den Sekretären fiel auf, daß immer er es war, der sich zuerst verbeugte, und als sie ihn daraufhin ansprachen, erklärte er ihnen: »Der Soldat trägt seine Würde im Herzen. Er kann es sich leisten, anderen gegenüber Großmut zu bezeugen, vor allem wenn diese selbst nicht die geringste Würde haben.«

Als der ältere Sekretär daraufhin sagte: »Aber Ihr seid doch ein Li-

cenciado«, entgegnete er: »Hat ein Spanier einmal unter Waffen gestanden, bleibt er Soldat sein Leben lang.«

Bei seinen Spaziergängen erfuhr Ocampo viel über diese noch keine
zwanzig Jahre alte Stadt der Tropen, denn im Hafen legten alle Schiffe
an, die im Karibischen Meer kreuzten oder weitersegelten zu den Inseln
Puerto Rico oder dem noch unbesiedelten Kuba, und Ocampo erkannte,
daß es Spaniens Los war, diese Inseln zu beherrschen. Aber er zeigte
auch Teilnahme für die Eingeborenen, die allgemein »Indianer« genannt wurden, eine Bezeichnung, die Kolumbus vorgeschlagen hatte,
nachdem er einsehen mußte, daß er nicht in China gelandet war. In
seiner Halsstarrigkeit beharrte er: »Dann muß es eben Indien sein«,
und so bekamen die Eingeborenen, Nachfahren der frühen Arawaks,
die der Vernichtung durch die Kariben entkommen waren, einen Namen, der gänzlich unpassend und irreführend war.

Manchmal lief ihm bei seinem Abendspaziergang Vizegouverneur
Alejandro Pimentel y Franganza über den Weg, und waren beide stolzen Männer auf gleicher Höhe, verbeugten sich beide förmlich, jeder
den anderen argwöhnisch beäugend, mit welchen Geheimvollmachten
von seiten des Königs jener wohl noch ausgestattet sein mochte, wech-
selten kein Wort und setzten ihren Weg fort. Ocampo spürte deutlich,
daß Pimentel Angst hatte, er, Ocampo, sei auf die Insel gekommen, um
Pimentels Gebaren zu untersuchen. Ocampo gestand seinen Untergebenen einmal: »Ich bin so erleichtert, daß wir gut mit dem Burschen
auskommen. Ich bin sicher, er mißtraut uns, aber ich mag ihn trotzdem.«

Bei zwei Zusammentreffen dieser Art konnten die Spaziergänger die
angenehme Beobachtung machen, daß Pimentel in Begleitung seiner
jungen Frau war, aber sie wurde so streng von ihrer Dueña bewacht,
daß sich keine Gelegenheit ergab, mit ihr zu sprechen.

Verschiedentlich trugen die Abendbummel auch unerwartet Früchte,
denn es kam vor, daß fremde Menschen auf Ocampo zukamen und ihm
verstohlen irgendwelche Andeutungen zuflüsterten, bezogen auf Fragen, die zu stellen sich vielleicht lohnen würde. Ein viel wichtigeres
Resultat jedoch war, daß die Frauen von Santo Domingo sich an den
Anblick eines Mannes gewöhnten, den sie für unnahbar gehalten hatten und der statt dessen mit einem charmanten Lächeln und einer herr-
schaftlichen Verbeugung auf sie zutrat. Die Stadt verlor schließlich die
Befangenheit ihm gegenüber, um so überraschter waren einige Personen, vor allem die aus guter Familie, die an dem traditionellen spani-

schen Lebensstil festhielten, als er auch Frauen zu den Anhörungen
vorlud, als wäre es an der Zeit, auch ihre Seite einmal zu hören, und
durch sie erhielt er auch die ungewöhnlichen Einsichten, die schon oft
Licht in dunkle Angelegenheiten gebracht hatten. Zum Beispiel Señora
Bermudez, der er geduldig zuhörte, während sie ihm das vornehme
Erbe schilderte, dem sie entsprang. Es war um etliches hochrangiger als
das ihres Mannes, wie sie behauptete, und von ihr erfuhr Ocampo
einige interessante Informationen: Francisco de Bobadilla war genau
der richtige Mann für diesen Posten, denn er war von altem Geschlecht,
hatte dem König bei vielen ehrenvollen Aufgaben gedient und war Mitglied des militärischen Ritterordens von Calatrava, dem höchsten Orden der damaligen Zeit. Ein Mann, der sich in vielen Dingen ausgezeichnet hatte, der die Geschicke der Welt klug beurteilen konnte und
mehr als sonst jemand in der Lage war, den Unverschämtheiten dieses
Emporkömmlings Kolumbus und der unausstehlichen, zahlreichen
Mitglieder der Familie des Admirals auf die Schliche zu kommen, die
sich hier eingenistet hatten und sich auf Kosten anderer bereichern
wollten.

Ocampo glaubte, er müsse diese grobe Verfälschung korrigieren, bevor sie Eingang in den offiziellen Bericht fand:»Señora Bermudez, ich
bitte Euch, es können unmöglich sieben Mitglieder der Familie Colón
hier gewesen sein, in Spanien gab es ja nicht einmal so viele. Sein
Bruder Bartolomé, sein Bruder Diego, sein eigener Sohn Diego und
vielleicht noch der Sohn eines Bruders. Mit ihm zusammen wären das
fünf Personen, und in seinem Gefolge vier Familienmitglieder in Lohn
und Brot zu bringen ist nichts Ungewöhnliches für das Oberhaupt einer
spanischen Familie.«

Señora Bermudez gab sich nicht so leicht geschlagen, wenn sie erst
einmal losgelegt hatte:»Ihr habt recht, was Eure Aufzählung angeht,
aber das ist nicht alles. Ihr habt nämlich die männlichen Familienmitglieder vergessen, die mit seiner Frau verwandt sind oder mit den
Frauen seiner Brüder oder ihnen sonstwie nahestehen. Sieben?« Und
ihre Stimme schwoll an.»Über ein Dutzend!« Dann schlug sie plötzlich
einen versöhnlichen Ton an:»Aber die Insel entdeckt, das hat er, und
auch die anderen. Es war Kolumbus, der seine Schiffe davon abgehalten
hat umzukehren. Er allein blieb standhaft.«

Doch als sie sich anschickte, Ocampos Arbeitszimmer zu verlassen,
erhob sie sich kurz vom Stuhl, nahm aber wieder Platz und redete, als
hätte das Gespräch gerade erst begonnen:»Das Unschöne an ihm und

seinen zahllosen Verwandten, die alle nur Geld abzogen, das eigentlich uns zustand, war, daß sie Italiener waren. So gar nichts Spanisches an sich hatten. Und die Vorstellung, daß er sich ehrbaren Spaniern gegenüber, wie meinem Mann und mir, die aus den bedeutendsten Familien Spaniens kommen, als der Herr aufspielte – das war unerträglich. Einfach unerträglich!«

Es war eine Frau gänzlich anderen Charakters, die Ocampo mit der wohl wichtigsten Auskunft über den toten Admiral weiterhalf. Als alles bereit war, aus Sevilla abzusegeln, um den Dienst in Hispaniola anzutreten, war ein Edelmann aus hoher Familie heimlich in seine Kabine gedrungen und hatte ihm eine Flasche reinen, von arabischen Duftexperten in Venedig hergestellten Parfüms übergeben, das so kostbar war, daß er ihn anflehte: »Schützt es mit Eurem Leben, Don Hernán, und wenn Ihr drüben ankommt, übergebt es persönlich Señora Pimentel. Ihr Weggang hat mich einsam gemacht.«

Aus diesem etwas heiklen Grund war Ocampo mehr als nur oberflächlich daran interessiert, während seiner Abendspaziergänge die Begegnung der Pimentels zu machen. In den Stunden des Alleinseins hatte er Zeit genug gehabt, darüber zu grübeln, was für eine Frau die junge Señora wohl sein mochte, und aus dem wenigen, das ihm bekannt war, aus der stillen Würde, die er Gelegenheit hatte an ihr zu beobachten, sowie ihrer offensichtlichen Reserviertheit schloß er, daß sie eher zu den leidenschaftlichen Frauen zählte, die ihren Männern kein Sterbenswort über das Vorhandensein eines Verehrers im fernen Sevilla erzählen würden. Er entschied, dem Edelmann die flehentliche Bitte zu erfüllen und das Parfüm in aller Heimlichkeit zu überreichen.

Er schickte daher einen seiner Sekretäre los, um Señora Pimentel davon in Kenntnis zu setzen, er wünsche eine Unterredung mit ihr über den Großadmiral, und nach geraumer Zeit erschien sie auch, wie immer bewacht von ihrer Dueña. Ohne sich seine Unsicherheit anmerken zu lassen, fing Ocampo an, seiner Besucherin Fragen über Kolumbus zu stellen, und konnte es so einrichten, daß er einmal aufstand, der Dueña die Sicht versperrte und im selben Augenblick der Señora die Phiole zusteckte. Er kehrte hinter seinen Schreibtisch zurück und schaute sie einen Moment bedeutungsvoll an. »In Sevilla«, ließ er beiläufig fallen, »bin ich vielen Menschen begegnet, die sich an Euch und Euren Gatten mit Freuden erinnern«, worauf er verabredete, ihr Gespräch ein anderes Mal fortzusetzen.

Bei ihrem zweiten Besuch, wieder ließ die Dueña wie ein Habicht

ihren Schützling nicht aus den Augen, bemerkte Ocampo, daß Señora
Pimentel irgendwo am Kopf oder am Hals einen Tropfen dieses seltenen Parfüms verrieben haben mußte, denn sein weicher Duft erfüllte
sein Arbeitszimmer auf betörende Weise. Diesmal war sie auch bereit,
mehr über den Großadmiral zu erzählen, und ihre scharfsinnigen Folgerungen ergaben mehr Sinn als alles, was er bisher aus dem Munde
seiner Gesprächspartner vernommen hatte.

»Christoph Kolumbus hat mich vom ersten Augenblick an fasziniert.
Es war der Tag meiner Ankunft, als er Dutzende von Männern hängen
ließ. Ich sah damals in ihm ein Ungeheuer, und als ich erfuhr, wie er
die beiden ersten Siedlungen in den Ruin getrieben hatte, La Navidad
und Isabella, eine einsame, verlorene Stadt an der Nordküste, weit entfernt von der anderen, da konnte ich nicht verstehen, wie Seine Majestät so einen Menschen weiter dulden konnte. Mein Mann und ich
haben den Ort kurz vor seinem Untergang besucht. Es war eine gräßliche Bootsfahrt, unsere See hier war spiegelglatt, aber als wir aufs offene Meer kamen, wurde es unvorstellbar stürmisch. Ein herzzerrei-
ßender Ort, dafür, daß er nach unserer großen Königin benannt wurde.
Kein richtiger Hafen für unsere Schiffe, nicht ein einziges Haus aus
Steinen gebaut. Die Felder wurden mitten aus dem Wald gehauen, aber
man hat sie nicht bestellt, und mir wurde gesagt, die letzten Siedler
seien fast verhungert, weil die Indianer ihnen keine Nahrung mehr
gebracht hätten. Das war Kolumbus, von seiner schlechtesten Seite,
unfähig, eine Siedlung zu gründen und sie auch lebensfähig zu machen.

Ich kannte ihn noch nicht sehr lange während dieser Zeit, seiner
schlimmsten, kann man wohl sagen, und ich sah in ihm in erster Linie
einen ungehobelten italienischen Abenteurer. Doch dann fing er an,
seine Mahlzeiten bei uns einzunehmen. Obwohl mein Gatte persönlicher Repräsentant des Königs war, bewohnten wir in der ersten Zeit
wie alle anderen auch nur eine Hütte, aber Kolumbus verstand es, sie
mit seiner ganzen Vitalität auszufüllen, seiner Phantasie, seinem immerwährenden Drang nach Neuem, nach Herausforderungen, und ich
begann, in ihm das Genie zu erkennen, ein schwieriges, zugegeben,
aber eines, das sich am Rand der damalig bekannten Welt bewegte. Ihm
zuzuhören, wenn er uns in seinem Spanisch mit dem starken italienischen Akzent seine Träume erläuterte, bedeutete, Zeuge wirklicher
Größe zu sein, und seine explosive Energie flößte mir Ehrfurcht ein.

Mein Mann und ich erkannten allerdings auch seine Fehler, und die waren ungeheuerlich und ließen ihn gänzlich ungeeignet erscheinen. Er brachte kaum etwas zu Ende, was er einmal angefangen hatte. Er konnte nicht herrschen, aus dem einfachen Grund: Er verstand es nicht, sein Augenmerk auf die Aufgaben zu richten, die zuerst angepackt werden mußten . . . sein Blick war immer in die Zukunft gerichtet. Er konnte ein grausamer Mensch sein, gelegentlich, und willkürlich, so weit, daß er alle hängen ließ, die nicht seiner Meinung waren, und er war sicherlich habsüchtig, unehrlich und kleinlich, sogar im Umgang mit seinen eigenen Leuten. Aber sein größter Fehler war seine geradezu krankhafte Günstlings- und Vetternwirtschaft.

Allerdings, wenn eines Tages alles in die Waagschale des Lebens geworfen und Bilanz gezogen wird, dann ist er es, der uns die Neue Welt geschenkt hat, und ich möchte bezweifeln, daß es jemals einen zweiten Kolumbus geben wird.«

Sie hatte während ihrer Rede keinerlei Unterbrechung von seiten Ocampos geduldet, und als sie endete, bedeutete sie ihrer Dueña, daß sie jetzt gehen müsse, doch als sie den Raum verließ, der Duft ihrer Gegenwart wie die Erinnerung an einen Strauß Blumen in der Luft hängenblieb, sagte sie zu Ocampo: »Es hat mich gefreut zu vernehmen, ' daß Ihr einmal in Sevilla gewesen seid.« Dann war sie fort.

Ocampo vermutete schon, es sei das letztemal gewesen, daß er Señora Pimentel zu Gesicht bekommen hätte, und so war er erstaunt, als nur wenige Tage später einer seiner Sekretäre in sein Studierzimmer trat und einen ungewöhnlichen Besuch ankündigte. »Eine Frau möchte Euch sprechen. Ich glaube, es ist die Dame, die Señora Pimentel begleitet.«

Im selben Augenblick betrat auch schon die Dueña, sich verbeugend und entschuldigend, den Raum. »Exzellenz, Vizegouverneur Pimentel und seine Gattin möchten Euch bitten, ihnen die Ehre zu erweisen und morgen zum Abendessen zu erscheinen. Die verspätete Einladung bitten sie zu entschuldigen.«

Ocampo zeigte ungebührliche Eile bei der Annahme der Einladung, und am nächsten Abend, als er sich gerade auf den Weg zum Haus der Pimentels machen wollte, hielt er in der Tür seines Quartiers noch einmal inne und sann darüber nach, was er da eigentlich im Begriff war zu tun, und die Vorsicht, die er sich auferlegte, war ein Hinweis darauf, wie das koloniale Spanien beherrscht wurde: »Es könnte äußerst unklug sein, das Haus allein zu betreten. Pimentel hat das Parfüm möglicherweise entdeckt und hat nun den Verdacht, es kommt von mir, und daraus den Schluß gezogen, ich habe mich in seine Frau verliebt. Vielleicht mißtraut er auch nur den Motiven für meinen Aufenthalt hier. Auf jeden Fall möchte er mich vielleicht loswerden, es wäre also ratsamer, nicht allein zu kommen.« Er rief nach seinen Sekretären und bat sie, ihn in der üblichen Paradeformation zum Haus der Pimentels zu begleiten. Dort angekommen, sagte er bei der Begrüßung wie beiläufig: »Ach ja, ich habe natürlich noch meine Männer mitgebracht«, worauf der Herr des Hauses erwiderte: »Sie können mit der übrigen Familie speisen«, und die Sekretäre wurden nicht mehr gesehen.

Das Haus, das die Señora »nur eine bescheidene Hütte« zu nennen beliebte, war mittlerweile eine herrschaftliche Kolonialvilla mit der Eleganz, die der Besucher auch in den Landhäusern seiner spanischen Heimat vorfand. Das Mauerwerk war stabil und sauber verfugt, der Fußboden des Hauptraums mit einem tropischen Holz ausgelegt, auf Hochglanz poliert, der Boden der kleineren angrenzenden Räume mit aus Sevilla importierten Kacheln ausgelegt. Das ganze Haus strahlte die stille Würde der Residenz eines spanischen Edelmanns aus. Vieles hatten die Pimentels offenbar von zu Hause mitgebracht, erstklassige Schreiner und Steinmetze eingeschlossen, aber man sah weder reichgearbeitete Webarbeiten noch kostbare Metalle protzig ins Licht gerückt. Wenn überhaupt, dann waren die Räume mit zuwenig Mobiliar bestückt, aber Ocampo fiel angenehm auf, daß nur das Beste aus Spanien in die Hauptstadt der Neuen Welt gelangt war.

»Dieses Haus wird ewig halten«, prophezeite er, worauf Pimentel erwiderte: »Das muß es auch. Spanien muß hier tiefe Wurzeln schlagen, denn schon bald werden Neider in dieses herrliche Gewässer vordringen, um uns die Inseln mit Gewalt zu entreißen.«

Das Essen war ausgezeichnet, vier verschiedene Diener tauchten abwechselnd auf, um die Speisen aufzutragen. »Die Vettern meiner Frau«, gestand Pimentel unerwartet, aber Ocampo sah, daß mindestens einer indianischer Abstammung und die anderen bäuerlichen Ursprungs waren.

Da Señora Pimentel sich mit keinem Wort an der Konversation beteiligte, war er einigermaßen verwirrt, was seine Anwesenheit hier bezwecken sollte, aber als nach dem Essen der schwere Wein gereicht wurde, ließ der Vizegouverneur vernehmen: »Wir haben so lange gezögert, Euch in unser bescheidenes Haus einzuladen, weil wir ehrlich gesagt keine Ahnung hatten, warum man Euch überhaupt hierhergeschickt hat. Nun haben wir Grund zu der Annahme, daß zutrifft, was Ihr gleich zu Anfang sagtet. Daß Ihr gekommen seid, mehr über den verstorbenen Vizekönig herauszufinden und nicht über uns.«

Ocampo rang nach irgendeiner gefälligen Höflichkeit, diesem gütigen Zugeständnis Anerkennung zu verleihen, wobei sein Blick zufällig das einzige größere Ziermöbel im Raum streifte, eine recht hohe eisenbeschlagene Truhe, die aus Toledo importiert sein mußte, der sorgfältigen Schmiedekunst und den beiden großen, komplizierten Verschlüssen nach zu urteilen. »Spanien sitzt in diesem Teil der Welt fest im Sattel, so sicher, wie die Truhe dort an der Wand gegen Diebstahl gesichert ist«, worauf die Pimentels nur mit dem Kopf nickten, ohne sich nach der Truhe umzusehen.

Damit fand dieses seltsame Abendessen mit der vornehmen Familie auch schon sein Ende, ohne daß ein Wort über Kolumbus oder Bobadilla gefallen war, wofür Ocampo dankbar war: »Ich habe in der letzten Zeit soviel über die beiden Widersacher gehört, der heutige Abend war eine richtige Erholung dagegen. Ich danke Euch.«

Auf dem Rückweg zum Quartier sagte er zu seinen Sekretären: »Es wird Zeit, daß wir uns bei den Vorladungen auf ältere Männer mit gesundem Urteilsvermögen beschränken, die uns wahrheitsgemäß über Kolumbus als Verwalter der Insel berichten können. Wir dürfen nicht vergessen, daß er immerhin einige Jahre der allmächtige Vizekönig aller spanischen Besitzungen in diesem Teil der Welt gewesen ist.«

Der nächste Zeuge, den Ocampo daher vorlud, war Gonsalvo Pérez, ein älterer Herr, der unter Vizekönig Kolumbus ein hohes Amt bekleidet hatte und der die Dinge mit dem Scharfsinn betrachtete, der sich manchmal im vorgerückten Alter einstellt. Die tiefen Furchen in seinem Gesicht verrieten den reifen Charakter und die eher leicht amüsierte Einstellung zum Leben, denn in den häufigen Momenten, wenn er über irgendeine von ihm begangene und nun erzwungenermaßen eingestandene Unvernunft lachte, ging ein Leuchten über sein ganzes Gesicht, wobei sich die Falten wie ein Rahmen um seine funkelnden Augen legten, die alle Dummheit der Welt gesehen und ihr Geheimnis erfaßt hatten.

»Mir scheint«, fing er an, nickte dabei den beiden Schreibern zu, während er sich bequem in dem Zeugenstuhl zurücklehnte, »man sollte einen Vizekönig danach beurteilen, wie erfolgreich er die Aufgaben erfüllt hat, die die Grundlage für die Arbeit eines jeden Vizekönigs bilden, wie immer er auch heißen mag. Hat er das neue Land besiedelt,

109

das unter seine Herrschaft gestellt wurde? Hat er das Geld des Königs beschützt? War er gerecht im Umgang mit Untergebenen? Als er wieder ging, stand es da besser oder schlechter um das Land als bei seiner Ankunft?«

»Dieselben Fragen, auf die ich auch versucht habe, eine Antwort zu bekommen.«

»Wollen wir zuerst die wichtigsten Punkte klären. War er ehrlich im Umgang mit dem Vermögen des Königs? Ich würde sagen, übergewissenhaft, und ich muß es wissen, denn meine Stellung erlaubte mir Einblick. Er hat nicht eine Münze für den eigenen Bedarf zur Seite gelegt, nicht eine Maravedi, und ließ auch nicht zu, daß sich einer von uns bereicherte. Was also diesen wesentlichen Punkt betrifft, so könnt Ihr Eure Untersuchung gleich einstellen!«

»Zweite fundamentale Frage: Hat er die Insel in einem besseren oder schlechteren Zustand als bei seiner Ankunft hinterlassen?«

»Weder noch. Unsere Insel war nicht heruntergekommen, aber es hat auch keine Fortschritte gegeben, wie man es hätte erwarten können. Die Schuld lag jedoch nicht bei Kolumbus. Die Schuld lag bei Spanien.«

»Wollt Ihr damit andeuten ... beim König?«

»Nein, ich meine Spanien. Das spanische Naturell. Die angeborene Überheblichkeit der spanischen Männer, vor allem der Männer aus guter Familie.«

»Ich kann Euch da nicht folgen.«

»Als wir vor zwölf Jahren anfingen, diese Insel zu besiedeln, hätten wir Zimmerleute und Weber und Schiffsbauer und fünfzehn oder zwanzig Männer mittleren Alters herbringen sollen, die wissen, wie man einen Laden führt, Bäckereien und Eisenhandel und dergleichen, Männer, die zupacken können.« Er betonte das Wort »zupacken« besonders, fügte dann mit einem leichten Bedauern hinzu: »Statt dessen haben wir die Söhne aus reichem Hause hierhergeholt, junge Kerle, die noch nie in ihrem Leben an etwas wirklich Konstruktivem gearbeitet hatten und die zur Disziplin zu bringen Kolumbus nicht verstanden hat. Er ging mit gutem Beispiel voran. Er konnte arbeiten, glaubt mir. Ich hielt seine Bücher in Ordnung, denn ich verstehe was von Zahlen und kann schreiben. Auch sein Bruder Bartolomé konnte arbeiten, weil er seine Stellung nicht verlieren wollte. Aber die große Mehrheit der Taugenichtse rührte keinen Finger. Sie hatten den Atlantik überquert, um zu kämpfen, das Gold eimerweise aus den Flüssen zu scheffeln und reich nach Hause zurückzukehren.

Das bringt uns schließlich auf den ersten von seinen schweren Fehlern, die er als Vizekönig begangen hat. Er war nicht in der Lage, mit der Art von Menschen, die ihm zu Verfügung standen, Siedlungen aufzubauen. Alle Versuche sind gescheitert. Als er feststellen mußte, daß La Navidad während seiner Abwesenheit zerstört worden war, errichtete er eine zweite Siedlung – er nannte sie Isabella, aus Verehrung für die Königin, die soviel getan hatte, um seine Karriere zu fördern. Es war eine Katastrophe. Ein Ort von unsäglicher Traurigkeit. Ihr solltet unbedingt einen Bericht über das, was sich dort abgespielt hat, in Euer Protokoll aufnehmen. Ich habe ihn selbst aus erster Hand von meinem Vetter.« Er unterbrach seine Anmerkungen und streute kurzerhand folgende abenteuerliche Geschichte ein: »Sein Name war Girolamo, Sohn meines Onkels, und er erzählte mir, er habe vor zwei Jahren die Ruinen von Isabella besichtigt, sei durch die leeren Straßen gezogen und habe in die verlassenen Gebäude geschaut, als er hinter einer Ecke plötzlich zwei Caballeros gegenübergestanden hätte – mit Schwertern, langen Umhängen und Federhüten –, offenbar Männern von Ehre. Erstaunt, noch Siedler vorzufinden, trat mein Vetter auf sie zu und erkundigte sich freundlich: ›Meine Herren, wie ist es Euch ergangen?‹, aber sie antworteten nur mit einer stummen Geste, indem sie die Hand an den Hut legten, als Erwiderung auf seinen Gruß. Und als sie den Federhut lüfteten, hoben sie den Kopf gleich mit ab, und für einen Moment standen sie da ohne Kopf! Schließlich kamen zwei herzerweichende Seufzer aus den Köpfen, als wäre die Last des Lebens in Isabella zu groß gewesen, und bevor mein Vetter sie ausfragen konnte, waren die beiden Männer verschwunden, und er wußte nicht zu sagen, wie.«

»Sehr interessant«, sagte Ocampo, »aber auch wenn seine ersten beiden Siedlungsversuche gescheitert sind – hier in Santo Domingo hatte er offensichtlich doch Erfolg?«

»Da irrt Ihr. Er hat den Ort, sagen wir mal, auf den richtigen Weg gebracht – die Südseite einer Insel ist immer besser –, aber der eigentliche Fortschritt kam, als Bobadilla mit seiner vom König verliehenen uneingeschränkten Vollmacht die Geschäfte übernahm.«

»Wollen Sie sagen, er entriß Kolumbus die Macht?«

»Und zwar keine Sekunde zu früh. Jetzt ist das Wachstum der Stadt gesichert. Bobadilla kümmerte sich auch um Schutz für die Stadt, und wenn ich das sage, dann will das was heißen, ich war nämlich einer von des Admirals Leuten. Ich habe Bobadilla nie richtig gemocht, besonders als ich mitbekam, wie er Kolumbus behandelte.«

Ocampo fiel ihm ins Wort:»Sie sagten da eben etwas Interessantes:
›Ich war einer von des Admirals Leuten.‹ Waren Sie einer von denen,
die von der Schwäche des Admirals für Vetternwirtschaft profitiert haben?«

Pérez setzte ein gewinnendes Lächeln auf, hob beide Hände hoch, die
Handflächen nach außen gerichtet, als wollte er bekennen:»Mea culpa!
Mea culpa!«, und sagte dann:»Eure Exzellenz, der Bruder meiner
Frau, ein echter Taugenichts, heiratete die Schwester...« Er brach in
ein selbstanklagendes Lachen aus und schloß:»Es ist eine Geschichte
ohne Ende, außerdem eine traurige, aber Ihr habt recht. Kolumbus
wußte sehr genau, daß wir Spanier ihn von Grund auf ablehnten, weil
er eben so ein hergelaufener italienischer Emporkömmling war, und so
glaubte er, er müsse sich mit Leuten umgeben, die ihm völlig ergeben
waren, und wer eignete sich da besser für die entscheidenden Stellen als
die eigenen Verwandten... und in meinem Fall, die Verwandten seiner
Verwandten?« Er zuckte mit der Schulter.»Was nun die Verwandten
von Pérez betrifft, zog er eine komplette Niete, den Bruder meiner
Frau, und landete einen echten Treffer, einen harten Arbeiter, einen
Fachmann, der es verstand, alles zusammenzuhalten – den Mann meiner Frau.«

»Man hat mir bestätigt, Sie seien ganz außergewöhnlich gewesen«,
sagte Ocampo und machte dabei eine leichte Verbeugung.»Kommen
wir nun zu den anderen Eigenschaften, die ein guter Vizekönig haben
sollte.«

»Hat er den Landbesitz des Königs erweitert? Und ob! Hat er die
aufständischen Eingeborenen unterworfen und Ordnung geschaffen,
wo vorher Chaos geherrscht hat? Auch das, auch das! Und besonders
wichtig, meiner Meinung nach, er hat streng darauf geachtet, daß den
Eingeborenen die Lehre Christi beigebracht wurde. Doch ja, das war
ihm ein besonderes Anliegen. Er hat mich oft ermahnt: ›Pérez, Königin
Isabella hat mich persönlich gebeten, dafür zu sorgen, daß die Eingeborenen auch zu Christen getauft würden, und das habe ich auch getan.‹«

»Wenn ich also Ihre Aussage richtig verstehe, dann hatte der Admiral in den Bereichen, worauf es ankam, Erfolg, und weniger Erfolg in
bestimmten kleineren Feldern?«

»Genau das wollte ich Euch damit mitteilen.«

Eine der wohl interessantesten Aussagen im Zusammenhang mit den
Untersuchungen wurde allerdings auf einem abendlichen Fest im Haus
des Gouverneurs gemacht, als Ocampo von einer Frau mit einer heise-

ren Stimme und glänzenden Augen zur Seite in den Flur gedrängt
wurde, wo niemand mithören konnte und wo sie ihm eröffnete: »Ich
frage mich die ganze Zeit, ob Ihr nicht den wichtigsten Punkt an der
ganzen Sache übersehen habt, Eure Exzellenz.«

»Ich bin keine Exzellenz, gnädige Frau. Nur ein einfacher Gelehrter,
der versucht, sein Bestes zu geben.«

»Also, was mich betrifft, ist jeder, den der König mit solchen Vollmachten ausstattet und hierherschickt, eine Exzellenz. Aber was ich
Euch ins Gedächtnis zurückrufen möchte, ist etwas, worüber zu sprechen den anderen möglicherweise zu peinlich ist. Ist Euch bekannt, daß
Christoph Kolumbus ein Jude war?«

Nein, das war Ocampo nicht bekannt, und er fühlte sich getroffen
durch die Andeutung, doch die Frau fuhr in ihrem schnarrenden, vertraulichen Geflüster fort: »Aber ja, unzweifelbar ein Jude. Ein ›Converso‹. Trat nur zum Schein zum Christentum über, aber praktizierte
weiter die jüdischen Rituale, und wenn wir, Ihr und ich, den Mann der
Inquisition ausgeliefert hätten, wäre er bei lebendigem Leibe verbrannt
worden.«

»Gnädige Frau. Ich halte es für ausgeschlossen, daß ein Mensch, der
am Hofe so freundschaftlich aufgenommen wurde...«

»Ausgerechnet der Hof! Da wimmelt es doch förmlich von Juden,
und von denen gehören die meisten auch auf den Scheiterhaufen.«

Bestrebt herauszubekommen, wie diese Frau hinter das Geheimnis
gekommen war, stellte er ihr noch in dem Flur mehrere Fragen, aber sie
zog sich stets auf ihre erste Aussage zurück und machte geltend, »daß
doch jeder von seinem kleinen häßlichen Geheimnis gewußt habe«. Als
er sich dann später in der Stadt durchfragte, blieb es dabei, daß außer
der Frau nur einige wenige Unzufriedene etwas von dem angeblichen
Judentum des Kolumbus erwähnten, und er kam zu der Überzeugung,
daß an diesem Vorwurf gegenüber dem toten Admiral nichts Stichhal-
tiges sein konnte.

Ocampos Einstellung zu den Juden glich der, die in der gebildeten
spanischen Oberschicht der damaligen Zeit weit verbreitet war: Er re-
spektierte die Juden, die die Überlegenheit des Christentums anerkann-
ten und zu diesem Glauben konvertierten, und begrüßte ohne Ressentiments, wenn sie sich mitten ins Leben der Spanier einmischten; in
den Jahren seit der großen Judenvertreibung von 1492 hatte er seinen
Freundeskreis auf viele Konvertierte ausgedehnt. Abstoßend dagegen
fand er die Juden, die in aller Öffentlichkeit zum Christentum übertra-

113

ten und im geheimen doch ihre häßlichen Riten fortsetzten; sie standen jenseits der Grenzen des Erlaubten und hatten die harten Strafen der Inquisition verdient. Er hatte zahlreichen öffentlichen Verbrennungen in Sevilla beigewohnt und jedesmal Gottes Walten gespürt.

Ocampo war daher ganz zufrieden, von vielen Inselbewohnern versichert zu bekommen, daß ihnen zwar ein Menge an dem Vizekönig nicht gepaßt hätte, vor allem daß er und seine Brüder italienischer Abstammung waren, aber es sei doch ganz gut zu wissen, daß er nicht auch noch Jude gewesen sei. Ohne Zögern gab er seinen beiden Sekretären deshalb folgende Instruktionen: »Wir werden in unserem Bericht mit keinem Wort die skandalösen Gerüchte erwähnen, der Admiral sei in Wirklichkeit Jude gewesen, praktizierender Jude, was ein Vorgehen der Inquisition rechtfertigen würde«, worauf keine Bemerkung zu diesem heiklen Thema in den Abschlußbericht übernommen wurde.

Dennoch gab es einen anderen Bereich im Leben des Kolumbus, der ein ähnlich schwieriges moralisches Problem aufwarf, auf das Ocampo in keiner Weise vorbereitet war. Vorgetragen wurde es von einem höchst ungewöhnlichen Besucher, der unangemeldet sein Arbeitszimmer betrat, ein junger Priester, 26 Jahre alt, ein etwas fahrig wirkender Bursche mit dünnem Haar, kränklich blasser Hautfarbe und nervösen Händen, dessen seltsames Auftreten nur verriet, daß er sich wissentlich auf ein Feld begeben hatte, das außerhalb seiner Verantwortung lag. Aber da war er nun einmal, saß in dem Zeugenstuhl und gab Anzeichen, so lange dort sitzen zu bleiben, bis er sein Sprüchlein losgeworden war. »Mit Eurer Erlaubnis, Exzellenz...«

Wie üblich lehnte Ocampo den Titel ab: »Ich bin wie Ihr, Pater, nur ein einfacher Arbeiter im Weinberg.« Der Verzicht ermunterte den jungen Priester, und in einem Wortschwall sprudelte es aus ihm heraus: »Sire, mittlerweile wissen wir alle, weshalb Ihr hier seid, und was ich Euch mitzuteilen habe, ist äußerst wichtig, um Euch ein vollständiges Bild des Großadmirals zu ermöglichen.«

»Das ist schön gesagt, Pater. Sehr treffend ausgedrückt. Genau das versuche ich: mir ein Bild von dem Vizekönig zu machen, wie er die wichtigen Geschäfte auf dieser Insel geleitet hat.« Sich vorbeugend, fügte er noch hinzu: »Was wären denn also die Pinselstriche, die ich Eurer Ansicht nach übersehen haben könnte?«

»Die Eingeborenen.«

»Ihr meint die Indianer?« fragte Ocampo.

»Indianer, wenn Ihr wollt, Exzellenz.«

»Nicht so wichtig«, erwiderte Ocampo und lehnte sich zurück.

»Uns Männern der Kirche«, fuhr der Priester fort, »hat man immer gesagt, einer der vorrangigsten Aufträge, vor allem auch zum heiligen Andenken an Königin Isabella, sei die Bekehrung der Indianer zum Christentum . . .«

»Es gibt wohl keinen ehrenvolleren Auftrag auf Erden, Pater. Aber warum erwähnt Ihr das?«

»Weil der Admiral nicht einmal den Versuch unternommen hat, die Indianer zu bekehren . . .«

»Das ist nicht wahr, junger Mann, und ich hoffe sehr, Ihr werdet diese Anschuldigung zurückziehen. Alle haben mir bestätigt, wie fromm Kolumbus war und wie unverdrossen in dem Bemühen, die Seelen der Indianer an Christus heranzuführen. Das Zeugnis ist einmütig.«

»Nicht von Mitgliedern der Kirche«, beharrte der junge Mann, und als Ocampo ihn ein zweites Mal rügte, unterbrach der Priester überraschend: »Bitte, laßt mich meine Ausführung zu Ende bringen.«

Und der Licenciado, allmählich begreifend, daß sich eine schwierige Situation anzubahnen drohte, nickte dem jungen Mann zu, als sei dieser ein Kardinal: »Bitte, fahrt fort.«

»Ich wollte mitteilen, daß Kolumbus die Indianer bekehren sollte – statt dessen schlachtete er sie ab.«

»Eine schreckliche Aussage, die Ihr da macht.«

»Ich möchte mir die Freiheit nehmen und Euch Zahlen vorlegen, über die Eure anderen Geladenen nicht einmal wagen würden zu sprechen.« Der Priester holte ein seidenes Tuch hervor, das an den vier Ecken zusammengeknotet war, entfaltete es und entrollte ein Stück Papier, auf dem in allen Einzelheiten geschildert wurde, was seit der Ankunft des Entdeckers im Jahre 1492 mit den Taino-Indianern geschehen war. Dann fuhr er fort, die bedrückenden Zahlen wie eine Litanei vorzutragen: »1492 lebten auf dieser Insel offenbar 300 000 Tainos.«

»Wie kommt man zu einer derartigen Behauptung?«

»Aus den Kirchenbüchern. Unsere Priester waren überall verstreut. Vier Jahre später, 1496, hatte die Bevölkerung – und diese Angabe gilt als gesichert, denn als junger Priester habe ich selbst bei der Zählung geholfen – um ein Drittel abgenommen und lag jetzt bei 200 000.«

»Was meint Ihr mit ›abgenommen‹?«

»Ich spreche von sinnlosem Abschlachten.« Das abscheuliche Wort schlug wie die Explosion eines achtlos abgestellten Sacks Schwarzpulvers in dem friedlichen Zeugenraum ein, und Ocampo war wie gelähmt. Von diesem Augenblick an nahm das Gespräch eine völlig andere Richtung, wobei Pater Gaspar die Rolle des Anklägers und Ocampo die eines Verteidigers des Großadmirals spielte.

Der Licenciado hüstelte nervös, rückte seinen Stuhl zurecht und fragte noch einmal nach: »Was meint Ihr denn nun genau mit den Worten ›sinnloses Abschlachten‹?«

Unverzagt fuhr der Priester fort: »Überflüssiges, barbarisches Töten.«

Ocampo fuhr ihn an: »Aber wenn unsere Grenzen geschützt werden mußten, hatte der Admiral doch wohl das Recht, des Königs Land zu verteidigen.«

»War es denn das Land des Königs?« fragte Pater Gaspar mit unschlagbarer Naivität. »Die Tainos haben es seit Jahrhunderten bevölkert.«

Ein schwieriges Problem, und Ocampo war die Frage bekannt, aber er hatte eine starke und beruhigende Lehrmeinung, auf die er sich stützen konnte. »Der Papst hat verfügt, daß alle Heiden, die weder Gott noch die Erlösung durch Jesus Christus kennen, von uns zivilisiert und in den sicheren und heiligen Schoß der Mutter Kirche geführt werden sollen.«

»Richtig. Deswegen bin ich hier, und deswegen sind auch die anderen hier, und wir alle mühen uns ab, diese Erlösung zu erlangen.«

»Auch der Admiral. Das haben mir alle bestätigt.«

»Nicht die unter uns, die aus echter Bekehrung handeln.«

»Und was meint Ihr damit?«

»Bekehrung der Seele des Menschen. Licht in die Finsternis zu bringen, auf daß auch die Indianer die Liebe Jesu Christi erfahren können.«

»Arbeiten wir nicht alle für dieses Ziel? Ist das nicht die Mission Spaniens in der Neuen Welt?«

Pater Gaspar, ganze 26 Jahre alt, erlaubte sich die Frechheit, über diese idealistische Darstellung der Absichten Spaniens zu lachen. »Ich würde eher sagen, unsere Mission in der Neuen Welt ist eine vierfache: neues Land zu entdecken, es zu erobern, nach Gold zu suchen und die Wilden zu christianisieren, in *der* Reihenfolge. Die 100 000 Indianer, die in den schlimmen ersten vier Jahren verschwanden, wurden auf Geheiß des Admirals niedergemetzelt.«

Zutiefst aufgewühlt, erhob sich Licenciado Ocampo von seinem reichverzierten Stuhl, ging im Zimmer auf und ab und stellte sich dann vor den Priester hin. »Ich kann einfach das Wörtchen ›sinnlos‹ nicht akzeptieren. Kolumbus hat die Indianer bestimmt nur zu ihrem eigenen Besten bestraft.« Er endete abrupt, weil er erkennen mußte, wie vollkommen töricht diese Aussage war; und da er genug gesunden Menschenverstand besaß, berichtigte er sich: »Ich meine, haben die Wilden unsere Siedlungen denn nicht bedroht?«

Pater Gaspar lachte unsicher: »Exzellenz, hat Ihr Schiff auf der Hinfahrt in Dominica angelegt? Haben Euch die Matrosen berichtet, wie diese kriegerischen Kariben, Kannibalen allesamt, jeden Spanier getötet haben, der versuchte, auf ihrer Insel zu landen? Das ist gemeint, wenn von ›Wilden‹ die Rede ist. Unsere Tainos dagegen sind völlig anders. Sie sind selbst vor den Kariben geflohen. Die sanftmütigsten Menschen sind hier auf den Inseln. Kolumbus hatte zu keiner Zeit irgendeine Rechtfertigung, sie zu vernichten.«

»Einen Augenblick, Pater. Ich sitze hier seit Tagen und muß mir immer wieder anhören, wie Eure friedliebenden Indianer alle 39 Männer masakriert haben, die Kolumbus in La Navidad zurückließ. Und dazu die vielen unserer Männer in Isabella, damals, in den schlimmen Jahren um 1496. Erzählt mir also nicht, Eure feinen Indianer seien friedlich...«

Zu Ocampos Erstaunen unterbrach ihn der junge Priester unhöflich, um ein Argument vorzutragen, das ihm von so großem Belang schien, daß er nicht länger damit warten wollte: »Und was haben wir gemacht? Ihnen erst mal die Lebensgrundlage gestohlen, dann die Frauen«, und Ocampo entsann sich jener einprägsamen Worte des Matrosen Céspedes, als er erzählte, was ihm sein Freund aus Cádiz zugerufen hatte: »Wenn wir Frauen brauchen, können wir uns ja welche von den Eingeborenen holen.«

»Ich darf hoffen, daß spanische Männer mit ein bißchen Selbstachtung so etwas nicht tun würden.«

Wieder unterbrach ihn der glühende junge Priester: »Laßt mich meine Angaben vervollständigen. Letztes Jahr, 1508, haben wir wieder eine Zählung vorgenommen, und diesmal sind nur noch 70 000 Tainos übriggeblieben. Von 300 000 vor nur ein paar Jahren. Wenn wir so weitermachen, sind bald nur noch ein paar hundert am Leben.«

»Ich kann diese Zahlen nicht glauben«, sagte Ocampo, worauf Pater Gaspar mit einemmal ganz bescheiden wurde: »Exzellenz, vergebt mir, ich war sehr grob, und ich schäme mich. Aber Ihr schreibt an einem sehr wichtigen Dokument, und die Wahrheit muß nun einmal respektiert werden.«

»Ich danke Euch, junger Mann. Ich werde dafür beten, daß das, was Ihr mir berichtet habt, nicht der Wahrheit entspricht.«

»Mit Eurer Erlaubnis, Exzellenz. Dürfte ich Euch die ausführliche Darstellung eines Vorfalls vortragen, eines typischen Vorfalls, wie ich meine? Ich diente damals als Kaplan einer Forschergruppe, die von hier aus losgeschickt wurde, und ich selbst bin Zeuge dessen geworden, was in diesem Bericht zu lesen ist.«

»Bitte, fahrt nur fort« war die Antwort des Licenciado, der nachdenklich geworden war und sich jetzt über seinen Schreibtisch beugte, um zu hören, was dieser eifrige junge Mann ihm zu sagen hatte, denn was er bisher vernommen hatte, war nicht nur äußerst beunruhigend, sondern klang leider auch noch überzeugend.

»Im Sommer des Jahres 1503 wurde ich durch meine Vorgesetzten aufgefordert, mich bei Gouverneur Nicolás de Ovando zu melden, der mit seinen Soldaten einen Feldzug plante, angeblich als Maßnahme zur Disziplinierung der Tainos an der Westspitze Hispaniolas. Wir marschierten tagelang, bis wir endlich in dieses abgelegene und gefährliche Gebiet unseres Machtbereichs ankamen, und kaum waren wir angelangt, begann eine systematische Bestrafungsaktion gegen die Kaziken, die Häuptlinge der Eingeborenen, die sich bislang geweigert hatten, den Befehlen unseres Gouverneurs, besagtem Ovando, zu gehorchen.

Immer und immer wieder, bevor das Morden losging, habe ich den Gouverneur angefleht, mir die Erlaubnis zu erteilen, die Tainos aufzusuchen. Ich war mir sicher, ich hätte ihre Befürchtungen zerstreuen, ihnen die neuen Gesetze erklären und sie schließlich dazu bewegen können, die Waffen zu strecken, wie es mir schon des öfteren gelungen war. Aber jedesmal blieb der Gouverneur stur: ›Sie haben meine Ankündigungen mißachtet und müssen bestraft werden.‹

Ohne ihnen jemals den Krieg erklärt oder ihn offiziell eröffnet zu haben, wüteten wir durch die Provinz Xaragua, setzten Dörfer in Brand und erschlugen ihre Bewohner. Im ganzen töteten wir 83 Kaziken, und wenn ich sage ›töteten‹, dann meine ich, wir folterten sie, erdrosselten sie langsam, rissen ihnen Arme und Beine aus und verbrannten sie bei lebendigem Leib. Wenn wir ihnen Gnade erweisen wollten, knüpften wir sie am Galgen auf ohne großes Federlesen. Außer den Kaziken müssen wir an die 40 000 Indianer erschlagen haben.

Unter den Kaziken befand sich auch eine wunderschöne Frau, Anacoana, ich vermute, nicht einmal dreißig Jahre alt, mit langem anmutigen Haar, das ihren ansonsten unbekleideten Körper entlang herunterfiel. Als sie Gouverneur Ovando ihren Hohn spüren ließ und sich standhaft weigerte, seinen Anordnungen in Zukunft Gehorsam zu geloben, befahl er wutentbrannt, sie zu verbrennen, aber während ihn für einen Augenblick andere Dinge ablenkten, wies ich drei Soldaten an, sie auf der Stelle und so schmerzlos wie möglich zu erwürgen. Als sich die Hände um ihren Hals legten, schenkte sie mir ein dankbares Lächeln, und es war ich, der in Tränen ausbrach, nicht sie.«

Der Licenciado hatte der Erzählung aufmerksam zugehört, ließ sofort einen örtlichen Beamten kommen und fragte ihn noch in Anwesenheit von Pater Gaspar aus:»Hat es einen Feldzug gegen die Provinz Xaragua gegeben?« – Ja. – »Hat Gouverneur Ovando diesen Feldzug geleitet?« – Ja. – »Wurden dabei viele Kaziken erschlagen?« – Das mußte wohl sein. – »Wurde eine bildhübsche Kazikin bei lebendigem Leib verbrannt?« – So lautete der Befehl, aber dieser gute Mann hier machte mir und zwei meiner Kameraden ein Zeichen, sie zu erwürgen, was wir auch taten.

Ocampo verharrte eine Weile in Schweigen an seinem Schreibtisch, die Zeigefinger ans Kinn gestützt, während er versuchte, sich ein Bild von dem zu machen, was geschehen war, doch dann räusperte er sich und lehnte sich vor, als wollte er sagen: Also, kommen wir zu den Tatsachen. »Sagt mir, Pater Gaspar, zählt Ihr Euch zu denen, die behaupten, schwarze Menschen und Indianer haben Seelen?«

»Ja, das tue ich.«

»Welche Rechtfertigung gibt es für einen solchen Glauben?«

»Daß alle Wesen, die auf der Welt leben, Menschen sind, daß alle gleich sind, in der Liebe Gottes und der Fürsorge Jesu.«

»Sogar wilde Indianer, die keine Gott kennen... oder Jesus?«

»Jesus gab uns den Auftrag, sie die Wahrheit zu lehren, ihnen das Licht zu zeigen, damit auch sie wissend werden...«

»Dann sagt Ihr also auch, die Weißen handeln falsch, wenn sie Schwarze zu ihren Sklaven machen?«

»Ja. Es wäre besser, sie würden sie als ihre Brüder betrachten.«

»Ihr verurteilt also unseren König und unsere Königin, weil sie Sklaven haben?«

»Ja, das tue ich.«

»Aber wenn wir diese Wilden zu Sklaven machen, führen wir sie doch auch der Herde unseres Guten Hirten zu. Ist das nicht der Pfad der Erlösung?«

Pater Gaspar ließ sich einen Moment Zeit, um eine passende Antwort auf diese schwierige Frage zu finden. »Wenn das der einzige Weg zur Erlösung wäre, ja, dann wäre Sklaverei gerechtfertigt«, räumte er ein, »aber trotzdem meine ich, sobald der Schwarze oder der Indianer zum Christentum bekehrt ist, muß er aus der Knechtschaft befreit werden.«

»Kommen wir auf meine ursprüngliche Frage zurück. Glaubt Ihr allen Ernstes, schwarze Menschen und Indianer hätten Seelen wie Ihr oder ich?«

»Ja, das glaube ich. Wie könnten sie sonst das Licht der Christenheit erkennen? Durch die Augen? Die Ohren? Den Magen? Es läßt sich nur mit der Kraft der Seele begreifen.«

Dieses Argument brachte Ocampo in Verlegenheit, und nach einer Weile fragte er zaghaft: »Ich weiß nicht, aber ich vermute, es gibt viele Professoren der Theologie, die verneinen, daß Wilde über eine Seele verfügen.«

»Das ist mir bekannt, und alle, die diesen Standpunkt vertreten, führen eine Menge Dinge zur Erklärung an.«

»Ich zum Beispiel vertrete ihn. Seitdem ich auf dieser Insel gelandet bin, habe ich unablässig versucht zu begreifen, wie die Indianer, die ich hier tagtäglich vor Augen habe, die unser Großadmiral so hart bestrafen mußte, wie um alles in der Welt diese Wesen eine Seele haben sollen. Man kann sie ja nicht einmal als Menschen bezeichnen!« Den letzten Satz trug er mit einem gewissen Nachdruck vor, dann fragte er: »Und Ihr, nehme ich an, Ihr betrachtet sie als menschliche Wesen?«

»Ja«, und bevor Ocampo etwas erwidern konnte, fügte der Priester noch hinzu: »Und zwar aus folgendem Grund. Ich kann einfach nicht glauben, daß dieser unwissende Indianer, der dort drüben unter dem Baum steht, keine Seele hat – und kommt er rüber zu mir und hört sich meine Belehrungen an und läßt sich gar von mir taufen, dabei soll ich ihm irgendwie eine Seele verleihen? Wie denn? Vielleicht mit dem Wasser, das ich über seinen Kopf gieße? Wohl kaum.«

»An was glaubt Ihr denn?«

Bescheiden antwortete Pater Gaspar: »Exzellenz, offen gesagt: Ich glaube, daß jeder Mensch bei seiner Geburt mit einer von Gott verliehenen Seele auf die Welt kommt, einer Seele, die so lange in Finsternis verharren kann, bis zum Beispiel jemand wie unsere Königin Isabella – möge Gott ihr Frieden im Himmel schenken – einen Menschen wie Admiral Kolumbus schickt, unterstützt durch andere wie Ihr oder

120

mich, die diesen ›Wilden‹ das Christentum und das Seelenheil erklären.«

»Zu Beginn unseres Gesprächs gingt Ihr aber noch sehr hart mit Kolumbus ins Gericht.«

»Er hat die ursprüngliche Mission aus dem Auge verloren. Er gab sich damit zufrieden, ein Mörder zu werden, kein Retter.«

»Ihr bleibt also bei Eurem harten Urteil? Auch nach unserem geistigen Ausflug?«

Als der junge Mann nickte, nicht gewillt, auch nur ein einziges Wort von dem Gesagten zurückzunehmen, sprang Ocampo erregt von seinem Stuhl auf, schritt unruhig im Zimmer hin und her und blieb dann vor einem der Fenster stehen, die nach draußen auf die Straße gingen. Ein seltener und gleichzeitig alarmierender Anblick bot sich seinen Augen: ein großer, hübscher schwarzer Mann, dessen schweißüberströmter Körper im Sonnenlicht glänzte und der ein paar Schritte hinter seinem Herrn hertrottete. Der Sklave war mit einem spanischen Handelsschiff hierher gekommen, nachdem ihn sein Herr in einem portugiesischen Hafen an der afrikanischen Küste gekauft hatte, denn Sklavenhandel war zu der Zeit ausschließlich in portugiesischer Hand. Mit einemmal war es Ocampo, als sähe er mit visionärer Kraft voraus, was die Zukunft bringen würde: stürmische Zeiten, die Straßen der Stadt und die Landstraßen im Innern der Insel überfüllt mit solchen schwarzen Männern und ihren Frauen; eine Aussicht, die ihn fesselte und gleichzeitig erschreckte.

Bestürzt winkte er Pater Gaspar, sich neben ihn zu stellen, und fragte ihn, wobei er auf den Sklaven zeigte: »Pater, glaubt Ihr wirklich, daß der dort, der große schwarze Bursche ... daß der eine Seele hat wie Ihr oder ich?«

»Ja«, antwortete Pater Gaspar, und plötzlich überkam ihn die Gabe der Prophezeiung, denn seit dem Tag, an dem Admiral Kolumbus begonnen hatte, die Tainos niederzumetzeln, hatte der Priester darüber gegrübelt: »Die Geschichte dieser Insel, aller Inseln dieses herrlichen Meeres, die sich Spanien untertan gemacht hat, wird das allmähliche und widerwillige Eingeständnis mit sich bringen, daß auch dieser große schwarze Mann dort unten eine Seele besitzt.«

Ocampo, keineswegs überzeugt von der Vision des Priesters, wandte seine Aufmerksamkeit in den folgenden Wochen dem wohl schwierigsten Teil seiner Untersuchung zu, der schweren Demütigung, die Francisco de Bobadilla, sein berühmter Vorgänger als Ermittlungsbeamter, Kolumbus zugefügt hatte. Als er mit seinen intensiven Nachforschungen begann, fühlte er sich selbst wie Bobadilla, beide waren sie mit ungefähr demselben Auftrag betraut worden; doch war Bobadillas Aufgabe ungleich schwieriger gewesen. Daher ging Ocampo äußerst behutsam vor, und die Aussagen der ersten Zeugen wurden in dem üblich lakonischen Stil der beiden Sekretäre festgehalten.

Melchios Sánchez, ein unangenehmer Mensch und erklärter Feind des Kolumbus, gab zu Protokoll, daß Bobadilla seiner Meinung nach drei Jahre zu spät gelandet sei, mit den chaotischen Verhältnissen erst einmal aufgeräumt und dabei Hervorragendes geleistet habe und den Admiral gerecht, ja, gnädig behandelt habe. Sánchez war der Ansicht, es wäre Kolumbus ganz recht geschehen, wenn Bobadilla ihn aufgehängt hätte; eine Aussage, die sich durch Ocampos Entdeckung relativierte, daß der so Angegriffene – zu Recht – den ältesten Sánchezjungen wegen wiederholten Diebstahls an den Galgen gebracht hatte.

Alvaro Abarbanel, ein solider Kaufmann, der mit Importwaren aus Spanien handelte und dessen Geschäft Kolumbus des öfteren mit dem Transport von Gütern durch staatliche Schiffe einen Dienst erwiesen hatte, äußerte sich kurz und knapp: »Man hätte Bobadilla auspeitschen sollen, einen bedeutenden Mann wie den Vizekönig so erbärmlich zu behandeln. Der Admiral hätte recht getan, ihn zu erschießen, und ich war drauf und dran, es selbst zu tun.«

Und so ging es weiter, hin und her. Nachdem von sechzehn Zeugen neun zugunsten von Bobadilla ausgesagt hatten, sieben eher Kolumbus unterstützten, sagte Ocampo zu seinen Sekretären: »Wir sollten uns jemanden besorgen, der uns endlich mal eine sachliche Darstellung geben kann, was nun wirklich passiert ist; der uns nicht seine Meinung mitteilt oder bloß sein Mütchen kühlen will.« Ein gewisser Paolo Carjaval, ein Mann aus gutem Hause und mit tadellosem Ruf, der als treuer Beamter beiden Gouverneuren gedient hatte, unterbreitete ihnen schließlich die Tatsachen: »Francisco de Bobadilla kam am 23. August 1500 auf dieser Insel an und führte einen ganzen Stapel von Urkunden im Gepäck, die ihm uneingeschränkte Vollmachten verliehen. Das Entscheidende an der Sache allerdings war: Keiner von uns wußte, wie weit seine Macht ging. Und ich muß sagen, er hat sich brillant geschlagen. Kein General, kein Taktiker hätte es besser machen können.

Zunächst einmal ließ er uns alle zu sich kommen, und sein Notar verlas ein Schreiben, das man als die übliche Vollmacht bezeichnen könnte, sich einfach einmal anzusehen, was in dem entsprechenden Gebiet so vor sich geht. Alle spanischen Territorien, hier und zu Hause, werden häufig von solchen Beamten mit ähnlichen Briefen heimgesucht, und so dachten wir uns nichts dabei und halfen ihm bei seinen Routineermittlungen, die sich überhaupt nicht auf den Admiral bezogen. Kolumbus dagegen machte aus seiner Abscheu gegen die ganze Sache keinen Hehl und stolzierte mitten in der Befragung einfach aus der Stadt: ›Ich geh' Tainos jagen‹, verkündete er mit einer Unverschämtheit, die Bobadilla in Rage versetzte.

Was macht dieser daraufhin? Er sinnt nicht auf Rache, aber er läßt wieder alle zusammenrufen, der Verlesung des zweiten Schreibens beizuwohnen. Ich weiß noch, daß ich neben ihm stand, in der Sonne, als sich die Einwohner langsam versammelten, alle 300. Dann stieg der fette Bursche die Kirchentreppe hoch, die war ziemlich wacklig, wir hatten damals noch keinen Kirchturm, und mit einer überraschend festen Stimme las er die Worte, die uns alle einen Schock versetzten. Sie stammten aus der Hand Ferdinands und Isabellas: ›Unser guter, treuer Diener, Francisco de Bobadilla, wird hiermit zum Gouverneur von Hisponiola ernannt.‹

Das löste natürlich einen Sturm aus, aber diese überheblichen Kolumbusbrüder – Ihr müßt bedenken, es waren Italiener – verweigerten ihm den Gehorsam, und wieder bewies Bobadilla zunächst Geduld mit ihnen. Doch dann, am nächsten Tag, ließ er seinen Notar das dritte Schreiben verlesen, das ihm die Verfügungsgewalt über alle militärischen Einrichtungen auf der Insel verlieh. Mit Hilfe dieses Ediktes fing er an, immer mehr Macht um sich herum anzuhäufen. Aber erst die Verlesung des vierten Briefes am Tag darauf gab ihm die Möglichkeit, Kolumbus und seiner Familie an den Kragen zu gehen. Ich höre noch heute die Stimme des Notars, denn die Botschaft betraf auch mich persönlich: ›Unser ergebener und vertrauter Freund und Bruder Francisco de Bobadilla ist hiermit befugt, all die ergebenen Untertanen auszuzahlen, deren regelmäßige Gehälter beschlagnahmt wurden.‹ Ihr versteht, was das bedeutete. Alle, mich eingeschlossen, denen der Admiral ihr Geld vorenthalten hatte, konnten sich nun bei Bobadilla melden und würden umgehend die ganze Summe ersetzt bekommen. Das machte uns natürlich zu unverblümten Anhängern Bobadillas, und als der Admiral zurückkam, mußte er feststellen, daß sich alle gegen ihn gewandt hatten.

Zu guter Letzt kam dann der vernichtende Schlag. Mit der Unterstützung im Rücken, die er nun genoß, verkündete er vor versammelter Menge den Inhalt des letzten, des wirkungsvollsten Schreibens, das ihm weitreichendste Vollmacht verlieh, jede ihm genehme Veränderung in der Verwaltung vorzunehmen und jeden beliebigen festnehmen zu lassen. Noch bevor seine Worte in der tropischen Luft verklungen waren, wurden die drei Kolumbusbrüder festgesetzt, ins Gefängnis geworfen und gezwungen, sich der unwürdigen Prozedur auszusetzen, Arme und Beine auszustrecken, während der Schmied Hand- und Fußgelenke mit eisernen Fesseln versah, verbunden mit schweren Ketten, so daß sich die Männer kaum bewegen konnten.«

»Soll das heißen, er ließ sie wie gemeine Verbrecher in Fesseln legen? Wie Räuber oder Schmuggler oder Mörder?« unterbrach der Licenciado ungläubig.

»Genau das.«

»Aber nicht den Admiral?«

»Gerade den Admiral! In diesem Zustand wurden die drei höchst unsanft zum Wasser geschleppt, auf ein kleines Schiff gestoßen und ihrem Prozeß entgegen nach Spanien geschickt.«

An dieser Stelle legte Carjaval eine kurze Redepause ein, schaute seinen Befrager ernst an und berichtete ihm dann von einem furchtbaren, aber aufschlußreichen Erlebnis während der Überfahrt: »Ich wurde von Bobadilla dazu abkommandiert, die Gefangenen nach Spanien zu begleiten und dafür zu sorgen, daß sie den zuständigen Behörden übergeben würden. Kaum war das Schiff aus dem langen Schatten von Hispaniola heraus, ging ich mit meinem Schmied in den Frachtraum, wo der Großadmiral gegen die Verschalung gekauert hockte, und sagte, auf eigene Verantwortung: ›Mein Admiral, es ist nicht recht, daß ein Mann Eurer Würde, ein Vizekönig immerhin, während der ganzen Fahrt in Ketten liegen muß. Pedro wird sie durchtrennen, und kurz vor Sevilla werden wir sie wieder anlegen.‹ Unter großen Mühen stand Kolumbus vom Boden auf und erwiderte: ›Mein König und meine Königin haben mich in diese Ketten geworfen, und ich werde sie so lange tragen, bis sie persönlich den Befehl geben, sie zu entfernen‹, und Pedro durfte sie nicht einmal anrühren. Als er wieder auf den Boden niedersank, die Ketten dabei klirrten, traten mir Tränen in die Augen, und als er sie sah, sprach er zu mir: ›Ihr tut gut daran zu weinen, Don Paolo, denn vor Euch steht der Mann, der Spanien ganz Japan und China einverleibt hat und unermeßlichen Reichtum für alle Zeit. Und was ist der Dank?‹ Er riß die gefesselten Hände hoch und rief: ›Diese Ketten!‹

Ich ging während der langen Reise noch oft zu ihm hinunter, und mit der Zeit gewöhnte ich mich daran, ihn in Ketten zu sehen, denn er trug seine Fesseln wie eine Ehrenauszeichnung. Ich entwickelte einen gehörigen Respekt vor diesem kampferprobten Helden. Eine Sache jedoch machte mich stutzig und tut sie heute noch.«

Ocampo, innerlich bewegt von dieser Schilderung eines unbeugsamen Helden im Kampf mit der restlichen Welt, fiel ein:»Don Paolo, Ihr sprecht von ihm, als hättet Ihr ihn geliebt.« Carjaval dachte einen Moment nach, bevor er antwortete, und sagte dann langsam und mit ausgesuchten Worten:»Liebe ist hier nicht das richtige Wort, denn liebenswert war Kolumbus nicht.« Er schwieg eine lange Weile und redete dann endlich weiter:»Eines Mittags brachte ich ihm seine Schleimsuppe, aber er stieß sie von sich und sagte fast flehentlich, als wollte er mich mit allen Mitteln überzeugen, mich, der ich nicht überzeugt zu werden brauchte: ›Sie haben es nie kapiert, Carjaval. Sie haben mich nicht geschickt, um als Vizekönig auf Sizilien zu dienen, das seit Tausenden von Jahren besiedelt ist, wo es Straßen gibt und Menschen, die logisch denken können. Nein! Ich wurde dorthin geschickt, wo noch nie ein Mensch gewesen ist.‹ Ich widersprach: ›Außer den Indianern, natürlich‹, aber er schnitt mir das Wort ab: ›Ich spreche von guten Christen!‹«

Als die letzten Worte dieser aufschlußreichen Erzählung gesprochen waren, saßen Ocampo und Carjaval eine Zeitlang schweigend zusammen, den Blick starr auf den Boden gerichtet, als scheuten sie sich, sich in die Augen zu schauen und einräumen zu müssen, daß Christoph Kolumbus, dem Entdecker neuer Welten, neuer Chancen, neuer Ideen, schreckliches Unrecht widerfahren war.

Schließlich sagte Ocampo:»Seltsam, wie das Schicksal uns an der Nase herumführt. Als ich gestern abend an der Ausarbeitung der letzten Seiten meines Berichts saß, quälte mich der Gedanke an das, was mit Bobadilla geschah, als er seinen Bericht fertig hatte, damals, im Jahre 1500. Er war sehr umfangreich und stapelweise ergänzt durch Urkunden und Einzelaussagen. Man hat mir gesagt, es seien allein drei Männer nötig gewesen, um alle Unterlagen auf das Schiff nach Spanien zu tragen. Und kaum hatte es den Hafen verlassen, ging es unter und riß Bobadilla und alle Schriftstücke mit auf den Grund des Meeres. Wer weiß, vielleicht war es Gottes Urteil zu dieser ganzen erbärmlichen Angelegenheit.«

Bevor Ocampo Hispaniola wieder verließ, im Gepäck seinen ausgeglichenen Bericht über das Vorgehen und die Verfehlungen des Großadmirals, führte er noch zwei Gespräche. Beide ergaben sich zufällig, und beide stimmten ihn nachdenklich. Das erste hatte er mit einem gewöhnlichen Seemann, einem Analphabeten, der in Begleitung seines Priesters kam, eines Mannes, der lesen und schreiben konnte, aber dem Ocampo vorher noch nie begegnet war. Der Seemann fing an zu erzählen: »Ich habe gehört, die Leute verbreiten schlechte Dinge über den Admiral, und ich fürchtete schon, Ihr könntet denen glauben. Ich will Euch die ganze Wahrheit sagen. Kolumbus war zuallererst ein Seemann, und einen besseren als ihn hat's nicht gegeben. Ich war bei zwei Fahrten mit ihm dabei, aber die, die ich mein Lebtag nicht vergessen werde, und auch sonst keiner von uns, das war die zweite – nachdem man ihm die Ketten abgenommen hatte, versteht sich.«

»Von den Reisen hat mir niemand erzählt«, sagte der Licenciado, wobei er sich über den Schreibtisch beugte, was er immer tat, wenn er spürte, daß er etwas zu hören bekommen sollte, was mehr als das übliche Interesse weckte.

»Es war eine enttäuschende Fahrt«, sagte der Matrose. »Auf den kleinen Inseln gab es nichts Neues, nur als wir an die Küste Asiens kamen, stießen wir auf ein bißchen Gold, kaum der Mühe wert, und wir verloren viele Männer im Verlauf der Kämpfe.«

Es wurde ein langatmiger, trauriger Bericht über sinnlose Raubzüge und anhaltende Mißerfolge, und Ocampo, der das Interesse verloren hatte, wurde schon unruhig, doch dann sprang der Funke plötzlich über, die Erzählung wurde spannend, und aus der Feuersbrunst der Worte sah der Licenciado schemenhaft die wirkliche Gestalt des Admirals aufsteigen: »Auf der Rückfahrt hierher, wir hatten kaum Erfolge vorzuweisen, trotz aller Mühe gerieten wir in schwere Stürme, die nicht aufhören wollten und unsere beiden alten und knarrenden Schiffe ganz schön beutelten, die Holzplanken auseinanderrissen und hohe Wellen über Bord spülten. Nur mit äußerster Mühe hielt uns der Admiral oben, und in diesem jämmerlichen Zustand torkelten wir der Nordküste Jamaikas entgegen, einer Insel, die wir zwei Jahre vorher entdeckt hatten, die aber immer noch nur von Indianern besiedelt war. Wir ließen die beiden Schiffe auf Grund laufen und bauten eine Art Dach, das uns vor der Sonne und weiteren Stürmen schützen sollte. Es war eine schreckliche Situation, denn jetzt hatten wir keine Möglichkeit mehr, die Fahrt fortzusetzen – die Schiffe waren so schwer beschädigt, daß sie nicht mehr zu reparieren waren. Aber was noch schlimmer war: Wie sollte Hispaniola jemals erfahren, daß wir Schiffbruch erlitten hatten oder wo wir uns überhaupt befanden. Jeden Morgen, wenn wir aufstanden, dasselbe Stöhnen: ›Wie sollen wir hier jemals wieder rauskommen?‹

Wenn ich ehrlich sein soll, Exzellenz, ich dachte schon, wir würden dort zugrunde gehen, und nie würde man draußen erfahren, wo wir gestorben waren, denn nach Jamaika kamen keine Schiffe.«

»Wie sind Sie entkommen?« fragte Ocampo.

Und der Matrose antwortete: »Nur durch den Mut des Admirals. Er ließ nie nach. Jeden Tag aufs neue versicherte er uns: ›Irgendwann werden wir gerettet.‹ Und wenn wir Hunger litten, versprach er: ›Irgendwie werden wir schon Nahrung auftreiben.‹ Und er brachte uns bei, wie man Fischfallen baut. Er war es auch, der das unbekannte Obst, das wir dort vorfanden, zuerst probierte, um zu sehen, ob es genießbar war. Unermüdlich trieb er uns an, die Hütten zu befestigen.«

»Hütten? Wieviel Tage waren Sie denn auf der Insel ausgesetzt?«

Entgeistert schaute der Matrose Ocampo an: »Tage? Exzellenz, es waren Monate! Von Juni bis März. Es war das Ende der Welt, Eure Exzellenz. Niemand konnte wissen, wo wir uns befanden. In Hispaniola hielten sie uns sogar für tot, und es gab manche, die sagten nur: ›Gott sei Dank, den sind wir los‹, denn der Admiral konnte ein schwieriger Mensch sein, vor allem im Umgang mit jungen Adeligen.« Mit dem linken Zeigefinger an seiner Nase vorbeiwischend, beugte er sich zu Ocampo hinüber und sagte: »Exzellenz, wir waren alle wie tot. Die letzten Monate waren die reinste Hölle.«

»Wieso?«

Der Matrose zögerte, unsicher, wie er die schreckliche Abgeschiedenheit und den Verlust jeglicher Hoffnung erklären sollte. Dann räusperte er sich, holte Luft und sagte: »Wenn Ihr jemals in argen Schwierigkeiten stecken solltet, dann findet Ihr Euren zuverlässigsten Freund in Diego Méndez«, wobei er den Namen mit einer solchen Verehrung in der Stimme aussprach, daß sich Ocampo gemüßigt fühlte zu fragen: »Und wer ist das, bitte?«

Der Matrose erwiderte: »Unser Retter.«

Und Ocampo fragte weiter: »Erzählen Sie mir.«

Der Matrose antwortete nicht gleich, denn erst hatte er Wichtigeres über Diego Méndez mitzuteilen, und davon wollte er sich nicht abbringen lassen: »Die meisten jungen adeligen Herren mit uns auf dem

Schiff benahmen sich wie Schweine, vor allem, wenn sie ihre Befehle an Untergebene wie mich weiterreichten. Aber dieser Méndez war anders. Einmal sprach er mich an: ›Die Lecks müssen kalfatert werden. Also los, machen wir uns an die Arbeit.‹ Und an den schlimmsten Tagen, als es so aussah, daß wir untergingen, da bediente er am längsten von uns allen die Pumpe.«

Ocampo nickte leicht mit dem Kopf aus Hochachtung vor einem jungen Adeligen, der ein echtes Vorbild gewesen sein mußte, und was der Seemann als nächstes erzählte, belegte diese Vermutung.

»Méndez war ein Mann, der keine Furcht kannte. Während dem Rest keine Möglichkeit mehr einfiel, wie uns zu helfen war, fing er an, ein Kanu zu bauen. Ich hätte mich nicht mal getraut, einen Fluß damit zu überqueren, aber er sagte: ›Ich werde damit nach Hisponiola paddeln und ein Schiff hierherbringen, das euch alle retten wird.‹ Und er hat es tatsächlich geschafft, mit dieser kleinen Nußschale. Stürme, hoher Wellengang, Pech, das waren seine Begleiter beim ersten Versuch. Er wurde sogar von Indianern bedroht, aber dann paddelte er tapfer ein zweites Mal los in seinem kleinen Kanu, dieser Diego Méndez.« Der Matrose unterbrach sich, schlug ein Kreuz und fuhr fort: »Mit Gottes Hilfe hat er uns gerettet, nachdem wir neun Monate auf Jamaika verbracht hatten. Wir waren sicher, wir würden dort umkommen – in der Fremde und ohne daß uns jemand vermißt hätte.« Er unterbrach sich erneut, wischte sich die feuchten Augen und schloß: »Der Großadmiral, vor dem gemeinen Tod und einem unmarkierten Grab gerettet durch die Heldentat eines einzigen. Méndez paddelte die ganze Strecke bis zu dieser Insel, und dann segelte er zurück nach Jamaika. Als er landete, kamen Admiral Kolumbus und wir alle und schlossen ihn in unsere Arme.«

In der nachfolgenden Stille nahm Ocampo seinen Blick von dem Matrosen, dessen starke Gefühle ihn überwältigten, und sah hinüber zu dem Priester, der in seiner Begleitung gekommen war. »Und was führt Euch hierher, Pater?«

»Als der Großadmiral auf Jamaika gestrandet war, überzeugt, er würde dort sterben, ohne jemals über seine letzte Reise berichten zu können, setzte er einen langen Brief an seinen König und seine Königin auf, in dem er über seine Erlebnisse schrieb und noch einmal die Höhepunkte seines späten Lebens an sich vorbeiziehen ließ. Es war so eine Art Vermächtnis, das jeder gute Mensch abfaßt, wenn er spürt, es geht auf den Tod zu, und er will, daß seine Kinder die groben Umrisse seines Lebensweges erfahren. Ein wirklich bemerkenswertes Dokument.«

»Warum erzählt Ihr mir mir das?« fragte Ocampo, und der Priester erwiderte: »Weil Kolumbus eine Kopie dieses Briefes, datiert vom 7. Juli 1503, hinterließ, als er aus Jamaika auf diese Insel zurückkehrte, und ich finde, bevor Ihr Euren Bericht verfaßt, solltet Ihr erfahren, wie er an der Schwelle des Todes über sich selbst dachte. Wenn dereinst all das Aufsehen um seine Fehler hier und da vergessen ist, dann ist dies hier der Christoph Kolumbus, der weiterleben wird.«

Das Dokument, das der Priester vorzulesen begann, umfaßte mehrere Seiten, und er übersprang beim Vortragen ganze Abschnitte, doch an manchen Stellen hallten die Worte in Ocampos Arbeitszimmer wie das Dröhnen einer Bronzeglocke nach.

»Der schreckliche Sturm wütete die ganze Nacht, alle Schiffe wurden voneinander getrennt und in die letzten, äußersten Weiten verschlagen ohne jede Hoffnung, außer der auf den nahen Tod, und jedem Schiff auch galt der Verlust der übrigen Flotte als sicher. Wer erblickte je das Licht der Welt, Hiob nicht ausgenommen, der nicht aus Verzweiflung über den Zustand, in dem ich mich wiederfand, zu sterben bereit gewesen wäre, dem Landung sowohl als Einfahrt in den sicheren Hafen, den ich selbst einst durch Gottes Gnade für Spanien einnahm, verweigert wurde . . .

Das Elend meines Sohnes bedrückte meine Seele, um so mehr, wenn ich sein zartes Alter bedachte, denn er zählte gerade dreizehn Jahre und mußte schon so lange und soviel Not ertragen. Unser Herrgott jedoch verlieh ihm die Kraft, sogar noch seinen Kameraden Mut zuzusprechen, und er arbeitete wie jemand, der seit achtzig Jahren zur See fährt . . .

Auch mein Bruder befand sich auf dem Schiff, das von allen am schlimmsten mitgenommen und daher der größten Gefahr ausgesetzt war, und wenn ich jetzt Rechenschaft ablege, dann ist mein Kummer über seinen Verlust noch größer, denn ich brachte ihn gegen seinen eigenen Willen mit. Ich habe aus meinem Dienst, zwanzig Jahre Plakkerei und Gefahr, keinen Gewinn gezogen, und im Augenblick habe ich in Spanien nicht mal ein Dach über dem Kopf, das ich mein eigen nennen kann. Will ich etwas essen oder mich ins Bett legen, bleibt mir nur das nächste Wirtshaus oder die nächste Taverne, und meistens fehlt mir dazu noch das nötige Kleingeld . . .

Sollen sich die unter den Lebenden, die sich aus Gewohnheit der Verleumdung und üblen Nachrede bedienen, während sie in den warmen Stuben ihrer Häuser sitzen — sollen sie sich fragen: Warum hast du damals so oder so gehandelt? Ich wünschte, sie wären jetzt Passagiere dieser Reise. Wahrlich, ich glaube, eine Reise ganz anderer Art wartet noch auf sie, dürfen wir unserem heiligen Glauben Vertrauen schenken...

Als ich Indien entdeckte, sagte ich, es stelle das reichste Herrschaftsgebiet der Welt dar, ich berichtete Euch von Gold und Perlen und Edelsteinen, von Gewürzen und von dem Handelsverkehr, der sich dort einrichten ließe. Aber weil diese Reichtümer nicht umgehend flossen, wurde ich beschimpft. Diese Strafe hält mich nun davon ab, mehr als nur das zu berichten, was ich von den Indianern erfahre. In Veraguas jedoch bin ich in den ersten beiden Tagen auf mehr Anzeichen gestoßen, die auf Goldvorkommen hinweisen, als auf Hispaniola in vier Jahren. Die Landschaft könnte nicht herrlicher sein und der Boden nicht besser geeignet zur Bebauung...

Sieben Jahre verbrachte ich an Eurem Hof, und alle, denen von meinen Unternehmungen berichtet wurde, machten sich darüber lustig. Heute dagegen gibt es keinen mehr, die dümmsten Schneidermeister eingeschlossen, der nicht an Euch die Bitte richtet, auf Entdeckungsreise gehen zu dürfen. Es gibt Grund zu der Annahme, daß sie nur auf Fahrt gehen, um zu plündern, und die Genehmigungen, die sie erhalten, bedeuten eine Herabsetzung meiner Ehre und gereichen dem Unternehmen selbst nur zum Nachteil...«

An der Stelle, wo von den Schneidermeistern die Rede war, schnippte Ocampo mit dem Finger und rief:»Stimmt, er hat recht. Ich hab' sie mit eigenen Augen gesehen. Hunderte von Taugenichtsen, die nicht mal ein Segelschiff steuern oder sich Unterkünfte bauen könnten, wenn sie überhaupt angekommen wären, um in Kolumbus' Fußstapfen zu treten.«

Der Priester wartete einen Augenblick, bis er den feierlichen, flehentlichen Schluß des Dokuments vortrug, das der Großadmiral geschrieben hatte, als er sich bereits mit einem Fuß im Grabe glaubte: »Ich war 28, als ich in den Dienst Ihrer Majestät trat, und jetzt habe ich kein Haar mehr auf dem Kopf, das nicht grau wäre. Mein Körper ist gebrechlich, und alles, was mir geblieben war und meinen Brüdern, wurde mir zu meiner Schande genommen und verkauft, sogar der Umhang, den ich trug. Ich hoffe, das geschah ohne Wissen Eurer königlichen Hoheit...

Ich bin ruiniert. Bisher war ich es, der um andere weinte. Möge der Himmel jetzt mir gnädig sein, und möge die Erde Tränen vergießen.

Was irdischen Besitz betrifft: Ich habe nicht eine einzige Münze übrig als Spende für ein Gebet, und hier in Indien kann ich die vorgeschriebene Ausübung unserer Religion nicht einhalten. Allein gelassen in meinen Nöten, krank und in täglicher Erwartung des Todes, umgeben von Tausenden feindlicher Wilder voller Grausamkeiten, fürchte ich, daß meine Seele vergessen ist, wenn sie in diesem fremden Land meinen Leib verläßt. Weine um mich, du, der du barmherzig bist, wahrhaftig und gerecht...

Ich habe diese Reise nicht unternommen um Ehre, Ruhm und Reichtum willen; alle Hoffnung darauf war bereits dahin. Ich kam zu Eurer Majestät mit ehrlichen Absichten, aus dem Grunde meines Herzens und mit Hingabe für Eure Sache. Ich flehe Euch demütigst an, sollte es Gott gefällig sein, mich von diesem Ort zu erretten, gewährt mir gnädigst eine Pilgerreise nach Rom und zu den heiligen Stätten...«

Mit diesem Schrei aus den Abgründen einer menschlichen Seele endete der Priester seinen Vortrag, und eine Weile wagte niemand zu sprechen, denn die Worte beschworen den gequälten Geist des toten Admirals, so daß es schien, er selbst habe den Raum betreten.

Doch dann stieß Ocampo ein leises Lachen aus:»Sehr merkwürdig, wirklich! Da haben wir diesen armen Mann, ein Schiffbrüchiger kurz vor dem Tod, aber er schreibt zuerst über seinen Bruder und seinen Sohn. Ein Kolumbus bis zum bitteren Ende.« Dann griff er abrupt nach dem Brief und las noch einmal die Stelle über die Pilgerreise laut vor.»Noch nicht einmal zurück von seiner verhängnisvollen Reise, und schon plant er die nächste.« Er tippte mit dem Finger auf den Brief, lehnte sich zurück und schaute an die Decke.»Ich sehe ihn förmlich vor mir: Er und seine beiden Brüder und seine beiden Söhne und seine sechs oder sieben Neffen ziehen als Pilger quer durch ganz Europa bis ins Heilige Land und klagen über einfach alles.« Er reichte den Brief zurück und dankte dem Matrosen und dem Priester.

Am Abend vor seiner Abreise aus Hispaniola, alle Dokumente wohlgeordnet und seine endgültigen Schlüsse aus den ganzen Verhören über die Person des Großadmirals wohlformuliert, wurde Ocampo in seinem Quartier noch einmal von Señora Pimentel aufgesucht. Als er sie sah, sprang er auf und ging ihr zu Begrüßung entgegen:»Ihr versteht es, mit Eurer Eleganz meinem langen Besuch hier ein schönes Ende zu bereiten. Es ist mir eine Ehre, aber ich will kein Richter sein, wenn Ihr mir nicht in letzter Sekunde noch eine Offenbarung machen wollt. Ich sehe es Euch an.«

»Ja. Ich verstehe, daß die Aussage Eures Berichtes und das Wohlbefinden der zahlreichen Kolumbusanhänger, die Ansprüche auf das von ihm hinterlassene Vermögen und seine Titel erheben, davon abhängt, wie Ihr über Bobadilla urteilt. Ich denke daher, Ihr solltet noch zwei Dinge erfahren. Als der Großadmiral vor dem Aufbruch zu seiner letzten Reise 1502 hier ankam, kreuzte er mit seinen vier kleinen Schiffen vor unserer Reede, aber Bobadilla war darauf bedacht, Kolumbus auf keinen Fall an Land zu lassen, um seine Autorität nicht in Frage gestellt zu sehen, verweigerte ihm die Einfahrt in den Hafen.

Mein Mann, ein beherzter Mensch, legte dagegen Protest ein: ›Exzellenz, da draußen zieht sich ein Sturm zusammen, und wenn daraus ein Hurrikan wird, müssen wir den Schiffen Schutz gewähren.‹ Der Vizekönig jedoch blieb eisern, und der arme Kolumbus mußte auf See bleiben. In derselben Nacht, wie mein Mann es prophezeit hatte, brach ein Hurrikan aus. Habt Ihr jemals einen Hurrikan erlebt? Sie können schreckliches Unheil anrichten.

Und was, glaubt Ihr, ist passiert? Eine riesige Flotte mit Kurs auf Spanien, für die Bobadilla die Verantwortung trug, wurde durch den Sturm auseinandergerissen – dreißig Schiffe in Seenot gebracht, dreizehn gesunken und mit ihnen 500 Seeleute samt Ladung.«

»Und die vier kleinen Schiffe des Admirals?«

»Großer Navigator, der er war, verstand er es, seine Schiffe richtig zu manövrieren, mitten in die Klauen des Sturms hinein. Sie blieben alle verschont. Aber selbst nach dieser Meisterleistung verweigerte Bobadilla ihm die Einfahrt in den Hafen, also machte sich Kolumbus auf zu seiner letzten Entdeckungsfahrt. Er fand nichts und endete am Strand von Jamaika – kein Gold, keine Schiffe, keine Hoffnung, keine zukünftigen Fahrten mehr und ein Jahr lang täglich im Angesicht des Todes.«

Ocampo, erstaunt über ihren Scharfsinn und ihr reifes Urteilsvermögen, bat um ihre Meinung zu zwei Fragen, die ihn noch immer beschäftigten. Sie schien erfreut, daß er sie als eine ihm geistig Ebenbürtige betrachtete, und nickte. »Haben die engstirnigen Adeligen ihn angegriffen, weil er Italiener war?«, worauf sie mit Nachdruck erwiderte: »Ja. Ein paar eingebildete Idioten. Aber es war lächerlich, denn eigentlich war er überhaupt kein Italiener mehr. Er war Spanier von Kopf bis Fuß. Soweit ich weiß, benutzte er auch kein einziges italieni-

sches Wort mehr, denn Spanisch war jetzt seine Sprache, Spanien seine
Heimat, und gute Menschen – wie mein Gatte – waren stolz, unter ihm
zu dienen.«

»War er Jude?«

»Als ich ihn kannte, nicht.«

»War er möglicherweise ein abtrünniger ›Converso‹, der in ständiger
Angst vor dem Scheiterhaufen lebte?«

»Nachdem die Schiffbrüchigen in Jamaika gerettet waren, wohnte
Kolumbus bei uns und besuchte jeden Tag die Messe, um Gott zu danken.«

Mehr mochte sie nicht sagen, aber als der Licenciado ihr noch eine
letzte Tasse Kaffee anbot, aus Bohnen hergestellt, die auf der Insel angebaut und geröstet wurden, sagte sie: »Er war wirklich ein bedeutender Mann.« Und dann, als sie auseinandergehen wollten, blieb sie im
Türrahmen stehen und sagte: »Ein Mißverständnis muß noch aus dem
Wege geräumt werden. Was diesen Bobadilla betrifft, hat man Euch
irregeführt. Was man Euch über ihn erzählt hat, ist nichts als eine
volkstümliche Legende. Er war überhaupt kein Edelmann. Er ist auch
nie Mitglied des Ritterordens von Calatrava gewesen. Das war jemand
ganz anderes, der denselben Namen trägt, aber 1496 gestorben ist, vier
Jahre bevor Bobadilla hier aufkreuzte.«

»Trotzdem«, sagte Ocampo, »irgendwie angenehm, wenn auch ein
wenig schauerlich, zu wissen, daß Euer Bobadilla gleich dort drüben in
dem Hafen ertrunken ist, dessen Zutritt er dem Admiral während des
Hurrikans verweigerte.«

»Auch so eine Legende. Das Schiff ist zwar gesunken, wie wir alle
wissen, aber Bobadilla war gar nicht an Bord.«

»Und wo ist er geblieben?«

»Er ist zurück nach Spanien. Eine meiner Kusinen hat ihn neulich in
Sevilla gesehen, sehr lebendig – und neue Aufträge von seinem König
erwartend.«

Als Señora Pimentel den Raum verlassen hatte und sich auf den
Heimweg entlang der Uferpromenade begab, blickte Ocampo ihrem
verführerischen Gang hinterher und sagte dann, an seine Sekretäre gerichtet: »Da geht die Seele Spaniens. Eine Frau, die das Beste, was
unser Land zu bieten hat, in die Kolonien herüberrettet. Ihr Heim ist
ein Fanal für unsere Kultur.« Noch bevor er geendet hatte, fingen die
beiden Schreiber an loszuprusten, und als er sie sichtbar irritiert fragte,
was denn an seinen Überlegungen so amüsant sei, erklärte der ältere

133

von beiden: »An dem Abend, als Ihr mit den Pimentels beim Mahl in der großen Stube saßet, unterhielten wir uns mit den Leuten in der Küche, und es wurden gewisse Andeutungen gemacht – keine Vorwürfe, Ihr versteht schon –, daß seine Finanzen einer genauen Prüfung nicht standhalten würden. Sein feines Heim scheint ausschließlich von Gold errichtet, das eigentlich dem König zusteht. Die Steinmetze, die er sich bestellt hat, sollten für die Regierung arbeiten, nicht für ihn. Er benutzt die Schiffe des Königs für seine eigenen Handelsunternehmungen, und als wir ein paar diskrete Fragen stellten, gewannen wir zunehmend den Eindruck, daß er von vorne bis hinten korrupt ist.«

Ocampo war entsetzt über diese Eröffnungen, die er selbst hätte ans Tageslicht bringen müssen, aber ehe er noch etwas sagen konnte, holte der jüngere der beiden Schreiber noch weiter aus: »Pimentel ist ein Dieb, aber die Familienangehörigen seiner Frau sind noch schlimmer. Das sind echte Banditen, und die Señora ermutigt sie auch noch.«

Ocampo schnappte nach Luft, aber die schwerwiegendste Enthüllung sollte erst noch kommen: »Es heißt, die große Truhe, die sie im Speisezimmer, wo Ihr damals gesessen habt, immer verschlossen halten, sei randvoll mit Silber gefüllt, das dem König gehört. Drei Zeugen haben unabhängig voneinander beobachtet, wie Señora Pimentel dort Geld deponierte, mit dem sie sich das Recht, Handel auf der Insel zu treiben, erkauft hatten. Die Truhe muß ein Vermögen enthalten, und wir sind der Auffassung, das sollte dem König gemeldet werden.«

Ocampo bebte vor Zorn: »Warum habt Ihr mir das nicht eher gesagt?«

»Wir wollten ganz sichergehen.«

»Und, seid Ihr jetzt sicher?«

»Ja! Wir haben alles aufgeschrieben.«

Ocampo nahm die Papiere entgegen, las sich ein Blatt durch und warf es zu Boden. »Verbrennt alles.« Sie zündeten ein kleines Feuer auf dem Kachelofen an, und als sie die Anschuldigungen vernichtet hatten, sagte er: »Ich bin Soldat seiner Majestät. Mein Auftrag ist eindeutig. Nachforschungen über Kolumbus anzustellen. Das haben wir ausgiebigst getan, Ihr und ich gemeinsam, und jetzt wird es Zeit, unseren Bericht zu nehmen und nach Hause zu fahren.«

»Damit die Pimentels ihr übles Treiben ungeschoren fortsetzen können?«

»Wenn sie nicht stehlen, dann tun es andere«, rief er zornig und stampfte aus dem Zimmer, trat zum erstenmal allein auf die Straße, während seine Ehrengarde betreten zurückblieb.

Er ging hinunter zum Meer, und gleich das erste Gebäude, das ihm in die Augen fiel, war das Haus der Pimentels. Er mußte über sich selbst lachen. »Ich stand vor der Geldtruhe und vergaß herauszufinden, was drinsteckte.«

Stundenlang spazierte Ocampo am Wasser entlang, grübelte über die widersprüchlichen Zeugenaussagen nach, die er gesammelt hatte, aber sein spontanes Urteil stand fest: »Kolumbus, Bobadilla, Pimentel. Alles ehrenwerte Menschen, wie man es von Spaniern eben erwartet, aber gleichzeitig ausgemachte Schufte und Diebe, wozu Spanier auch neigen. Kolumbus hat sich seinen Ruhm redlich verdient, es gab keinen Rechtschaffeneren auf der Welt als ihn, und der König muß seinen Erben den Lohn gewähren, kein Zweifel. Bobadilla, sollte er tatsächlich noch unter den Lebenden weilen, tut keinem weh, wenn er weiter behauptet, Ehrenritter zu sein. Und Pimentel, mit seinem Silber, wird zum Marquis oder noch höher aufsteigen.«

Er hatte das Gefühl, eine große Enttäuschung erlitten zu haben, wie ein einfacher Soldat, dessen Anständigkeit bislang immer nur auf dem Schlachtfeld auf die Probe gestellt worden war, wo ein Mann entweder seine Pflicht mit Mut versah oder sich feige davonstahl. Die Vielschichtigkeit und die vielen feinen Ränke im politischen Leben stießen ihn eher ab. Er lief zum Rand des Wassers und rief laut: »Diese Stadt in meinem Rücken da; alles in ihr und an ihr ist verkäuflich, alles liegt bereit, den Dieben zur Beute, oder ist bereits gestohlen. Wie gerne wäre ich mit König Ferdinand draußen auf See mit Kurs auf Sizilien und zöge in eine ehrliche Schlacht. Hier Freund, drüben Feind.« Dann fragte er sich: »Ferdinand könnte mir vertrauen, aber würde ich ihm trauen?«

Er lief auf das Wasser zu, wagte sich ein paar Schritte in die Fluten, obwohl seine teuren Schuhe aus Córdoba Schaden nehmen würden, und schaute westwärts in Richtung der Insel Jamaika. »Während der ganzen Untersuchung hatte ich das Gefühl, ich könnte nur einem einzigen wirklich trauen, einem, den ich nie gesehen habe. Diesem Diego Méndez, der mit seinem Kanu das Meer überquerte, um Kolumbus und seine Männer zu retten.« Traurig schüttelte er den Kopf und klagte: »Ach, Spanien! Mein Spanien! Ich wünschte, du würdest Tausende solcher Männer hervorbringen.«

Nachdem er sich wieder beruhigt hatte, fühlte er sich gestärkt für den Rückweg zu seinem Quartier, doch als er losmarschierte, konnte er nicht widerstehen, sich noch einmal umzudrehen und den Blick über die herrliche See schweifen zu lassen, die eines Tages den Namen Karibik erhalten sollte. Eine deutliche Vorahnung überkam ihn von dem, was die kommenden Jahrhunderte bringen sollten: Ich sehe die Männer und Frauen Spaniens, die auf diesen Inseln landen werden, alle Fehler eines Kolumbus oder Pimentel oder wie sie auch heißen mögen, auf ewig wiederholen – sie werden rauben und morden, die Eingeborenen unterdrücken, Verwandte auf die Gehaltsliste des Königs setzen, nur an sich selbst und an ihre Familien, nie an das Wohl der Allgemeinheit denken. Und damit haben wir Spanier hier in Hispaniola einen üblen Anfang gemacht!

4. Kapitel

Die spanische See

In der zweiten Hälfte des 16. Jahrhunderts, von 1567 bis 1597, lieferten sich im Karibischen Meer zwei berühmte Seemänner, Spanier der eine, Engländer der andere, ein erbittertes Duell. Die beiden kämpften am äußersten westlichen Zipfel, in Nombre de Dios, und jenseits der nördlichen Begrenzung, im mexikanischen Veracruz. Sie stritten an der Landenge zu Panama, in kleineren Häfen an der Küste Südamerikas und in einem großen Hafen von San Juan in Puerto Rico. Am häufigsten jedoch standen sich die beiden Kampfhähne in Cartagena gegenüber, der von einem Wall umgebenen Stadt, die Anfang des 15. Jahrhunderts zum Zentrum der spanischen Besitzungen in der Karibik erkoren worden war. Was ihr kulturelles Erbe, ihre Bildung, Religion, ihr Wesen und ihre persönliche Erscheinung betraf, unterschieden sich die beiden auffallend, ihr Heldenmut und die Bereitschaft, ihre Ehre zu verteidigen, waren jedoch dieselben. Der Spanier war ein hochgewachsener, schlanker Aristokrat mit den eingefallenen Wangen und dem asketischen Gesichtsausdruck, mit denen schon El Greco gerne seine finsteren Porträts spanischer Adeliger und Kirchenfürsten ausstattete. Gewöhnlich trug er einen Toledodegen umgeschnallt mit einem eleganten, filigran gearbeiteten Griff, eine tödliche Waffe, die zu ziehen er stets bereit war, für König Philip und die katholische Kirche.

Der Engländer dagegen war ein gedrungener, muskulös gebauter Bursche unbedeutender Abstammung, Besitzer und Kapitän eines kleinen Handelsschiffes, mit dem er kleinere Häfen in Frankreich und den bis an die Zähne bewaffneten Niederlanden ansteuerte, immer darauf bedacht, die Interessen Königin Elizabeths und der neuen protestantischen Religion zu schützen. Die Männer unter seinem Kommando sagten von ihm: »Er besteht nur aus Knorpel und Nerven.«

Der Spanier trug den anmaßenden und wohlklingenden Namen Don Diego Ledesma Paredes y Guzman Orvantes. Wäre er gestandener Engländer gewesen, hätte man ihn schlicht James Ledesma genannt, und dabei wäre es auch geblieben, aber die spanische Form benutzte eine Ausschmückung, die dem Namen zusätzlich einen besonderen Reiz verlieh. Die verschiedenen Bestandteile riefen bei jedem Spanier, der sie vernahm, die große Geschichte ins Gedächtnis; väterlicherseits zum Beispiel waren die Ledesmas immer angesehene Beschützer des Königtums gewesen, und Ledesma in seinem Namen zu führen war ein Zeichen von Ruhm und Ehre. Der männliche Zweig stammte außerdem von der Familie Paredes aus Nordspanien ab, und deren heroischer Beitrag zur endgültigen Niederwerfung der Mauren im Jahre 1492 war keineswegs vergessen; es war ein Name, der erhalten werden mußte.

Der Buchstabe y bedeutete, daß alle nachfolgenden Namen der mütterlichen Seite der Familie entstammten, und in diesem Fall hatten sich die Guzmans mindestens ebenso hervorgetan wie jeder der Vorfahren väterlicherseits, während die Orvantes, zumindest innerhalb der Region, in der sie angesiedelt waren, aufgrund ihrer Tapferkeit bei der Vertreibung der Mauren aus Spanien als die herausragendsten von allen vieren angesehen wurden. Um das Namensgewirr noch undurchschaubarer zu machen, mußten bei der Geburt verehrte und wichtige Familienmitglieder noch einmal gesondert berücksichtigt werden, so daß sein voller Name eigentlich sogar Juan Tomás Diego Sebastian Leandro Ledesma y Guzman Orvantes lautete. Das jedoch bereitete keinerlei Probleme, denn alle nannten ihn nur Don Diego und ließen die übrigen acht Namen einfach fallen, mochten sie noch so ehrerbietig sein.

Don Diego war übermäßig stolz auf die ruhmreiche Vergangenheit seiner Familie und sah in seinen drei unverheirateten Töchtern Juana, Maria und Isabella eine Gelegenheit, diesen Ruhm noch zu vergrößern, wenn es ihm gelang, akzeptable junge Männer aufzutreiben, die gewillt waren, sie zu heiraten; gleichwohl verlor er dabei die höchste Verpflichtung nie aus den Augen: die Macht, die seine Familie augenblicklich in den Händen hielt, noch zu erweitern.

Als junger, ungewöhnlich wagemutiger Marineoffizier hatte er sich bei der Verteidigung der spanischen Kriegsflotte gegen Seepiraten einen schneidenden Ruf erworben. Seine auf Unerschrockenheit beruhenden Erfolge qualifizierten ihn, unverzüglich in den Rang eines Kapitäns aufzusteigen, und 1556, im Alter von nur 24 Jahren, ernannte man ihn zum Gouverneur von Cartagena. Gleich bei seinem Amtsantritt, noch am ersten Tag, erging die Order, die charakteristisch für seine gesamte Amtszeit werden sollte:»Die Karibik ist ein spanisches Meer. Alle Eindringlinge werden vertrieben.« Erster Schritt, dieser stolzen Behauptung Geltung zu verleihen, war der Ausbau seiner neuen Heimatstadt Cartagena zu einer uneinnehmbaren Festung, die kein Feind anzugreifen wagen würde.

Die Natur unterstützte seine Pläne, denn sie erleichterte die Verteidigung: Cartagena erhob sich mitten auf einer seltsam geformten Insel. Zwölf Kilometer in voller Länge, der Küste Südamerikas vorgelagert, eine Seite geradlinig verlaufend, sanft zum Meer hin abfallend, die andere an eine Krake erinnernd, mit zahlreichen, sich wie Gliedmaßen vorschiebenden Ausläufern, mit ausgedehnten, undurchdringlichen Sümpfen und unbesteigbaren Klippen, schien diese Insel von einer außer Kontrolle geratenen Natur ins Meer geworfen zu sein: Die einzige Siedlung dieser Insel, Cartagena, einzunehmen war beinahe unmöglich. Näherte sich ein Gegner allerdings von der Karibik her, fand er eine Landungsmöglichkeit, die von weitem leicht und vielversprechend aussah, denn die Südspitze des Oktopus wartete mit einer herrlichen weiten Einfahrt auf, die weiter in den Hafen und damit zur Stadt führte. Boca Grande wurde sie genannt. Großes Maul. Der Schein jedoch trog, die verlockende Einfahrt enthielt extreme Untiefen; und was noch schlimmer war: Um Angreifer fernzuhalten, hatte Don Diego in der Mitte der Passage Schiffe versenken lassen, so daß nicht einmal ein Ruderboot durchkommen konnte.

Segelte der anrückende Feind ein paar Kilometer weiter südlich, gelangte er zum Boca Chica, zum Kleinen Maul, einer im Vergleich tiefen Einfahrt; aber auch sie gestaltete sich heimtückisch wegen ihrer Enge und einiger in den Kanal hineinreichenden Inseln. Sollte sich ein zu allem entschossener Kapitän dennoch den Weg hindurchbahnen, würde er sich in der ersten von insgesamt vier voneinander getrennten Buchten wiederfinden: der großen Südbucht, die in die kleinere Mittelbucht mündete. Diese ging in die noch kleinere Nordbucht über, welcher sich die winzige Hafenbucht anschloß, oberhalb deren sich die Zinnen der Stadt erhoben. Mit einem Wort, Cartagena war uneinnehmbar.

Im Spätsommer des Jahres 1566 entsandte König Philip von Spanien einen mit Ermittlungsvollmachten ausgestatteten Boschafter nach Cartagena, wie ihn ähnlich achtzig Jahre früher bereits Kolumbus in Hi-

spaniola zu spüren bekommen hatte. Im Gegensatz zu Bobadilla allerdings konnte dieser Mann auch nach eindringlichster Untersuchung Don Diego keine Amtsvergehen nachweisen, obwohl sein kluger Bericht Schwächen erwähnte, die in Zukunft möglicherweise zu Schwierigkeiten führen konnten:
»Don Diego ist ein tapferer, aufrichtiger Mensch, der Eurer Majestät in bewunderungswürdiger Weise dient. Er beschützt Eure Schatzschiffe. Er schlägt die Angriffe von Piraten zurück. Er stiehlt nicht. Und das Wort Feigheit ist ihm fremd. Ihr würdet nur gewinnen, wenn Ihr viele solcher Gouverneure hättet.

Ich konnte nur zwei Schwachpunkte ausmachen. Don Diego bildet sich dermaßen viel ein, daß er die Gewohnheit angenommen hat, sich selbst als Admiral zu bezeichnen, obwohl er nicht berechtigt ist, diesen Titel zu führen. Aber da er seine Schiffe mit größerer Resolutheit befehligt als irgendein wirklicher Admiral Eurer Majestät, erlaube ich mir die Empfehlung, diese Anmaßung zu übersehen.

Seine zweite Schwäche stellt ein größeres Ärgernis dar. Da er nur Töchter hat, keine Söhne, ist er besorgt, der Name Ledesma könnte eines Tages aussterben, also überredet er jedes männliche Glied dieses Namens, ihm nach Cartagena zu folgen, und verschafft ihm umgehend eine Stellung von Macht, ob befähigt oder nicht. Ich fürchte, wenn Eure Majestät ihn noch lange als Gouverneur behält, wird jeder Posten von einem Ledesma eingenommen sein.

In meinem abschließenden Urteil über diesen Mann folge ich einem seiner Untergebenen, aus dessen Munde ich gestern abend folgendes vernahm: ›Don Diego ist eine strenge Person, ein Edelmann, der gerne im militärischen Gewand posiert, aber Gott steh' dem englischen Piraten bei, der sich in sein Meer verirrt, denn dann geht er mit wehenden Fahnen zum Angriff über.‹ Ich hörte, wie er prahlte: ›Cartagena, meine Stadt, kann von keiner Macht der Erde erobert werden.‹ In diesem Punkt gebe ich ihm recht.«

Zur selben Zeit, als König Philip diese beruhigenden Zeilen las, lebte an der kalten Ostküste Englands ein hartgesottener Seemann, 23 Jahre alt und Besitzer eines einzigen, nur kleinen Bootes, der blind vor Wut den Schwur tat: »Solange ich lebe, werde ich den König von Spanien bekämpfen. Für jeden Sklaven, den die ›Dons‹ mir geraubt haben, werde ich volle Entschädigung verlangen. Wenn ich fertig bin, liegt Cartagena in Schutt und Asche.«

Der Seemann, der diesen hitzigen Ausspruch tat, war kein großer, gewalttätiger Mensch; er war gerade 1,62 Meter groß, von untersetzter Statur mit einem kugelrunden Kopf und einem hervorspringenden Kinn, das ein knapp gestutzter Bart schmückte. Sein hervorstechendstes Merkmal waren zwei scharfe blaue Augen, die wie Feuer funkeln konnten. Ältere Seeleute hielten sich von ihm fern, wenn sich Streit abzuzeichnen begann, denn er war es gewohnt, bei jeder Auseinandersetzung seinen Willen durchzusetzen. Ein schwieriger Charakter und zugleich ein fähiger junger Mann, wartete er nicht bloß gespannt darauf, wieder zurück ins Karibische Meer zu fahren, er fieberte dem geradezu entgegen. Die Gründe für dieses brennende Verlangen waren vielfältiger Art, Religion und Sklaven waren nur zwei.

Sein Name lautete Francis Drake, er war der älteste Sohn eines Seefahrers, der noch elf weitere Kinder gezeugt, sich jetzt aber in einem Dorf in Devon, unweit Plymouth, zurückgezogen hatte und überzeugter protestantischer Geistlicher geworden war. Es war eine unruhige Zeit, in der England sich mit der Entscheidung plagte, weiter der altehrwürdigen katholischen Kirche zu folgen oder den neuen protestantischen Glauben anzunehmen, und am Pfingsttag des Jahres 1549 rebellierten die Katholiken in Devon gegen die neue Religion, die ihnen aufgezwungen worden war. Hochwürden Drake und seine Familie entkamen noch einmal mit dem Leben, aber der kleine Francis sollte die fürchterliche Angst, die er in jener Nacht durchlebte, niemals mehr vergessen.

Aus Angst davor, in ihr Heim zurückzukehren, setzten sie sich in einen Marinestützpunkt nahe der Themsemündung ab, wo die vierzehnköpfige Familie unter erbärmlichen Umständen in dem Rumpf eines ausrangierten Schiffes hauste. Aber auch hier mußten sie für ihren Glauben teuer bezahlen, denn als Königin Maria den Thron bestieg, entschlossen, ganz England dem Katholizismus zurückzugewinnen, wurden Freunde der Familie, die sich Marias Befehlen widersetzt hatten, kurzerhand erhängt, während die Drakes der Hinrichtung nur knapp entgingen. Es war dieser zweite unglückselige Zusammenstoß mit der katholischen Kirche, der in dem kleinen Francis jenen tiefen Haß erzeugte, der sein ganzes stürmisch verlaufendes Leben beherrschen sollte.

Gegen Ende des Jahres 1567 erlitt er einen erneuten schweren Verlust, er verlor seinen Freund Christopher Weed, der der Inquisition in die Hände gefallen war, und hatte damit noch mehr Grund, die Spanier zu verachten. Darauf brennend, endlich Rache zu nehmen, eilte er nach Plymouth, um sich Rat bei einem der berühmtesten Schiffskapitäne Englands zu holen, John Hawkins, den er mit Onkel anredete, jedoch wußte niemand zu sagen, wie sie eigentlich miteinander verwandt waren. Die meisten nannten die beiden nur Blutsbrüder und ließen es dabei bewenden.

Hawkins war ein außergewöhnlicher Seemann, wohl einer der größten, die die Welt jemals besitzen sollte, denn in den Zeiten, als Kompasse noch ungenau waren und es keine Möglichkeit zur Bestimmung der Längengrade gab, keine mächtigen Kanonen, verläßliche Arzneimittel oder all die sonstige Ausrüstung, die Kapitäne in den folgenden Jahrhunderten für selbstverständlich hielten, steuerte er seine Schiffe in weite Fernen durch Sturm und feindliche Attacken und führte sie stets in einen sicheren Hafen.

35 Jahre alt, war er von mittelgroßer Statur, hatte einen kleinen Kopf, stahlgraue Augen, die niemals zwinkerten, spärlichen Bartwuchs, aber dafür einen buschigen Schnäuzer, um beeindruckender zu wirken, übergroße Ohren, für die er sich schämte, und eine eiserne Entschlossenheit. Er war ein Mann, der sich nur in Gesellschaft anderer Männer wohl fühlte, und von denen, die unter ihm dienten, erwartete er eine Loyalität, die an Fanatismus grenzte. Mit John Hawkins zur See zu fahren war für jeden Seemann die größte Herausforderung.

Merkwürdigerweise war er von Natur aus gar kein Krieger: Er selbst betrachtete sich eher als Kaufmann und Seefahrer, der alles tun würde, um einer Schlacht auf See aus dem Wege zu gehen. Wenn er von einer karibischen Insel in spanischer Hand zur nächsten segelte, um auf den Marktplätzen seine Sklaven zu verkaufen, dann hatten die Amtsträger nichts zu befürchten, denn sie hatten die Erfahrung gemacht, daß Hawkins nicht gekommen war, um ihre Städte zu plündern oder ihre Anwesen zu brandschatzen.

Als er jetzt mit Francis Drake zusammensaß in einem Haus oberhalb des Plymouth-Sunds, das der Marine als eine Art Hauptquartier diente, glaubte er, die verbohrte Einstellung seines Neffen bremsen zu müssen, doch noch bevor er ein mäßigendes Wort äußern konnte, brach Drakes überschäumende Wut bereits heraus: »Onkel, ich muß mit dir fahren, wenn du das nächstemal in die Karibik segelst. Dringender denn je.«

Hawkins legte eine Hand auf das Knie des Jungen, um ihm Einhalt zu gebieten: »Rachegelüste sind kein guter Ratgeber und sollten nicht

Grundlage deines Handelns sein, Francis. Ich scheue fast, dich mitzunehmen.«

»Aber ich habe einen guten Grund, Onkel. Die Spanier...« Ein irrsinniger Haß wurde in seinen Worten deutlich.

»Wie oft soll ich es dir denn noch sagen? Wenn ich fahre und dich mitnehmen soll, dann nur, um unsere Sklaven an die Spanier zu verkaufen, nicht, um gegen sie zu kämpfen.«

»Ich will ja mit ihnen handeln... mit vorgehaltener Pistole... meiner Pistole.«

»Ich würde dich gerne mitnehmen. Ich brauche mutige Männer, wenn wir an der Sklavenküste entlangsegeln. Es gibt immer wieder Piraten, portugiesische Abenteurer, die hinter unseren Sklaven her sind; das Strandgut der Welt, das englische Schiffe angreift.«

»Das würde mir schon gefallen«, erwiderte Drake ungeduldig, aber wieder rügte ihn sein Onkel: »Um Piraten in Afrika abzuschrecken – ja. Um unsere friedlichen spanischen Kunden in der Karibik zu bedrohen – nein!«

»Friedliche spanische Kunden? Soll ich dir mal was sagen über deine ›friedlichen spanischen Kunden‹? Anfang dieses Jahres, in Río de la Hacha«, Drake spuckte den Namen aus, als ekelte er sich vor ihm, »lockte mich der Gouverneur an Land und versprach mir, meine neunzig Sklaven abzukaufen. Als es dann ans Zahlen ging, pfiff er nach seinen Soldaten. Sie jagten mich zurück auf mein Schiff, aber die Sklaven hat er behalten. Ohne mir einen Penny zu zahlen.«

»So etwas kommt vor, Francis. Auch mir sind des öfteren Sklaven von korrupten Beamten abgenommen worden. Die Sklaven, die noch übrig waren, habe ich dann eben zu höheren Preisen an unbestechliche Beamte verkauft. Bei deiner Auseinandersetzung mit den spanischen Edelmännern bist du doch letztlich als reicher Sieger hervorgegangen, oder nicht?«

»Onkel!« rief Drake und sprang auf. »Von den Sklaven gehörten vierzig Stück mir, mir ganz allein, nicht der Königin! Ich habe für sie gezahlt in Afrika, mit meinem eigenen Geld. Diese feinen Herren haben mir mein Geld gestohlen, meinen Gewinn eingesackt. Und ich habe mir geschworen, ich hole ihn mir zurück.«

Jetzt konnte auch Hawkins nicht mehr an sich halten, und er fuhr ihn an: »Sei doch kein Dummkopf. Laß dir doch durch deine Rachegelüste nicht einen satten Gewinn verderben.«

»Du verstehst nicht, was ich meine«, platzte Drake heraus. Dann

143

pfiff er nach einem jungen neunzehnjährigen Matrosen, er solle eintreten. »Erzähl Kapitän Hawkins, was mit Christopher Weed passiert ist.« Drake drehte sich kurz zu seinem Onkel um und fragte: »Kannst du dich noch an Weed erinnern? Den Sohn von unserem Flottengeistlichen Timothy Weed?«

Und Hawkins nickte: »Ja, ich kenne ihn.«

»Jetzt nicht mehr«, zischte Drake zwischen zusammengepreßten Zähnen hervor. Dann wandte er sich wieder an den Matrosen: »Na los, erzähl ihm, was mit meinem Freund Weed passiert ist!«

»Wir stachen von Plymouth aus in See«, fing der junge Mann an, »um unsere Waren in Venedig zum Tausch anzubieten. Aber als wir entlang der spanischen Küste segelten, wurde unser Schiff gekapert und die Besatzung ins Gefängnis geworfen. Sie verkündeten, weil wir Engländer wären, müßten wir Ketzer sein und entsprechend bestraft werden.«

»Was passierte dann?« fragte Drake, wobei seine Augen Feuer sprühten.

»Die Hälfte der Männer hat ihren Glauben verleugnet – sie sagten, sie seien immer treue Katholiken gewesen und wären es immer noch. Sie wurden ausgepeitscht dafür, daß sie in spanische Gewässer eingedrungen waren, dann wurden sie freigelassen. Die andere Hälfte, ich gehörte auch dazu, weigerte sich zu widerrufen. Wir wurden zum Strafdienst auf die Galeeren geschickt. Sechs Jahre . . . acht Jahre . . . lebenslänglich.«

»Und du? Wieviel Jahre hast du bekommen?«

»Zehn. Aber unser Schiff wurde von Piraten überfallen, und ich konnte entkommen.«

»Gott hat über euch gewacht. Aber was war mit Christopher Weed und den anderen?«

»Irgendwie haben die Spanier herausbekommen, daß ihre Väter protestantische Priester waren.«

»Aber deiner doch auch«, unterbrach Hawkins, und der Matrose antwortete: »Ja, aber das hat ihnen keiner verraten.«

»Erzähl ihm, was sie mit den dreien gemacht haben«, sagte Drake, die Hände so verkrampft zusammengepreßt, daß die Knöchel weiß hervortraten.

»Wir alle, die auf die Dreimaster abgeurteilt waren, aber auch die Freigesprochenen wurden zu einem großen Platz mitten in Sevilla geführt. Vor der Kathedrale und dem herrlichen Turm, ich werde das Bild nie vergessen, wurden Pfähle in den Boden gerammt und Scheiterhaufen drum herum aufgeschichtet. Christopher und seine beiden Kameraden wurden an die Pfähle gebunden und bei lebendigem Leib verbrannt. Einer von uns, er stand direkt neben mir, rief noch: ›Um der Liebe Christi willen, erschießt sie doch!‹ Aber sie ließen sie wie Fackeln abbrennen. Nur um uns eine Lektion zu erteilen.«

»Du kannst gehen«, sagte Drake mit bitterer Stimme.

Als die beiden wieder unter sich waren, sagte Hawkins schroff: »Francis, wenn ich diesen glühenden Haß in deinen Augen sehe, vergeht mir der Wunsch, dich mitzunehmen.« Er seufzte und fuhr dann widerstrebend fort: »Aber ich glaube, ich muß es tun, aus verschiedenen Gründen. Die Schiffe, mit denen ich in See steche, gehören der Königin und müssen beschützt werden. Zwei Drittel aller Sklaven, die wir unterwegs gefangennehmen, gehören ihr, und zwei Drittel des Gewinns, den wir damit machen, gehen auch an sie. Das ist ihre Expedition, und sie hat angeordnet, nur mir vertraute Männer mitzunehmen, denn sie kann es sich nicht leisten, das Vermögen zu verlieren, das dieses Abenteuer einbringen könnte. Sie braucht das Geld dringend.«

»Wofür?«

Mit seiner Antwort offenbarte Hawkins, Vertrauter der Königin, gleichzeitig die seltsame Verstrickung der europäischen Staaten untereinander. »Du weißt, daß unsere Königin Maria seligen Angedenkens«, hob er an und bekreuzte sich, »König Philip von Spanien zum Mann genommen hat, und obgleich Maria tot ist, will Philip weiter angetrauter König von England bleiben. Er bittet Elizabeth, seine Frau zu werden... England wieder der katholischen Kirche zuzuführen. Sie braucht das Geld, um ihn sich vom Halse zu schaffen, jeden Penny, den wir mit unserem Sklavenschiff einnehmen.« Er legte eine Pause ein, brach in ein boshaftes Lachen aus und fügte hinzu: »Erkennst du den Witz an der ganzen Sache, Francis? Du und ich, wir beklauen Philip, um ihm zu schaden... mit seinem eigenen Geld?«

»Und wenn wir Río de la Hacha vorbeikommen, habe ich dann diese Erlaubnis, den Schuft zu erschießen, der mir meine Sklaven geklaut hat?«

»Nein! Aber jetzt will ich dir zeigen, warum ich dich brauche.«

Die beiden Männer verließen das Hauptquartier und gingen hinüber zu einem Ankerplatz, an dem Drake zum erstenmal das riesige Schiff sah, das Königin Elizabeth kürzlich mit ihrem eigenen Geld erworben hatte und das als Flaggschiff bei der Jagd nach Sklaven eingesetzt werden sollte. Es war die »Jesus von Lübeck«, ein Schiff, dessen Anblick das Herz eines jeden Seemanns höher schlagen ließ, mehr noch, wenn er selbst auf ihr dienen und mit ihr in die Schlacht ziehen konnte. Vor dreißig Jahren in Deutschland gebaut, war sie von Anfang an als ein Kriegsschiff gedacht.

»Sieh sie dir nur genau an!« sagte Hawkins, während Drake mit weit offenen Augen dastand. »Über 700 Tonnen, die vier Masten jeweils doppelt so dick wie alles, was du bisher kennengelernt hast. Dann der lange Bugspriet, die mächtigen Aufbauten, die wie Festungen hoch in den Himmel ragen, vorne und hinten. Und die Flaggen!«

An acht hervorstehenden Querverstrebungen flatterte die Fahne Englands im Wind, und auf der Höhe des Oberdecks noch einmal zehn, doch Drake fielen ganz andere Merkmale auf: »Was für ungeheure Kanonen, und dann die unzähligen kleineren... Soviel Platz für Schlafkabinen, für Soldaten und Matrosen!... Und das ganze Oberdeck frei für Gefechte, wenn wir Angreifer zurückschlagen müssen. Wirklich, ein Schiff, das danach schreit, in eine ordentliche Schlacht gesteuert zu werden. Wir sind genau die richtigen dafür.«

Er gab Hawkins zu verstehen, daß er sich geehrt fühlte, auf ihr zu segeln, aber sein Blutsbruder schüttelte den Kopf: »Nein, Francis. Du wirst nicht auf der ›Jesus‹ segeln.« Und als sich Drakes Miene darauf verfinsterte, sprach Hawkins: »Ich will dich immer an meiner Steuerbordseite haben, auf deinem eigenen Schiff, als Kapitän« und zeigte dabei auf ein hübsches kleines Kampfschiff. Es war die »Judith«, und auf ihr, nachdem er sie erworben hatte, fuhr Drake seinem Ruhm, aber auch seiner Schmach entgegen.

Hawkins legte einen Arm um Drakes Schulter: »Ich wußte gleich, daß ich dich mitnehmen muß. Die Königin ist so erpicht darauf, daß ihr teures neues Spielzeug nicht untergeht, daß sie mir Order gab: ›Heuert Euren Neffen an, diesen Drake, einen Mann mit Kampfgeist, wie man mir berichtet hat. Er soll an Eurer Seite segeln und mein Schiff beschützen.‹ Also, du segelst auf ihr Kommando – und auf meinen Wunsch.« Und damit war die Sache entschieden.

Die Wochen darauf verbrachte Drake damit, alle Schiffsausrüster in Plymouth aufzusuchen und die nötige Ausstattung sowie den Proviant für die lange Reise zu bestellen. Die von seiner Hand geschriebene Warenliste verdeutlichte einmal mehr seinen niedrigen Bildungsstand und die Freiheit, die er sich in der Rechtschreibung nahm: »6 Pynassen, Biskwit, Biehr, Flaisch, Khäse, Reitz, Ässig, Speiseöhl, Hamer.« Aber

146

er erwarb auch »Gutzeißen, Glüoven und verschiedene Munitionsgä-
schütze«, denn er bestand darauf, daß auch die kleine »Judith« kriegs-
tüchtig war.

Am 2. Oktober 1567 nahm Hawkins mit seiner kleinen Flotte Kurs
auf die Küste Afrikas, wo sie 500 Sklaven an Bord nahm und diese in
die Karibik verfrachtete. Dort angekommen, fuhren Hawkins und
Drake von Insel zu Insel und verkauften ihre Ware. Auch wenn beide
als Geschäftspartner auftraten, ein großer Unterschied trennte sie deutlich voneinander: Während Hawkins, der umsichtigere Ältere von beiden, Frieden wollte, war Drake, der ungestüme Jüngere, auf Rache aus
gegen Spanier, wo und wie auch immer er sie vorfand.

Im Frühjahr 1568, während Hawkins von der afrikanischen Küste aus
westwärts segelte, die Frachträume seines Schiffes übervoll mit Sklaven, wurde Ledesma, Gouverneur von Cartagena, von dem Kapitän
eines kleinen spanischen Handelsschiffes aus Sevilla ein höchst peinli-
cher Bericht vorgetragen: »Hochgeschätze Exzellenz, als ich Spanien
verließ, wurde ich angewiesen, mich über die äußerste Südroute nach
Indien zu begeben, um über die Zustände auf unserer Insel Trinidad zu
berichten, und wie Ihr wohl wißt – denn sie liegt innerhalb Eures Ho-
heitsgebietes –, hat sich dort bislang keine einzige spanische Niederlassung gebildet, ich konnte auch keine andere ausmachen. Trinidad war
leer und ist vollkommen sicher.

Etwa sieben Leagues weiter westlich dagegen, entlang der Küste
Amerikas, kamen wir zu den großen Verdunstungsbassins unserer
Salzgewinnungsanlagen in Cumaná, und ich und meine Mannschaft
konnten von Glück sagen, daß wir weit draußen auf See waren, denn
eine Horde von ungefähr einem Dutzend Schiffen, die ich, nach ihrem
Äußeren zu urteilen, für holländische Rebellen hielt, hatte dort auf
unserem Salzlager ihre Diebesbanden ausgesetzt und stahl sich ein
Vermögen zusammen.«

Als Don Diego diese bedrückende Nachricht vernahm, konnte er
seine Bestürzung kaum verbergen. Obwohl sehr aufgewühlt, riß er sich
doch zusammen und fragte mit ruhiger Stimme: »Und was habt Ihr
getan, als Ihr die Diebe saht?« Und der Kapitän antwortete ehrlich:
»Ich war froh, daß mein Schiff schneller war als ihres, und habe die
Flucht ergriffen.« Und Don Diego darauf ebenso aufrichtig: »Kluge
Entscheidung. Auch wenn Ihr zwei Schiffe gehabt hättet, wären die
Holländer Euch haushoch überlegen gewesen. Wenn deren Mannschaft

einmal entschlossen ist, sich Salz zu beschaffen...! Und Ihr sagt, es wären mindestens zwölf gewesen!« Der Kapitän nickte abermals, und Don Diego fragte:»Wir sollten unsere Gläser auf Eure gelungene Fahrt heben... und auf Eure Vorsicht.«

Die scheinbare Leichtigkeit, mit der Ledesma den Bericht über den holländischen Überfall auf die Salzbassins entgegennahm, verschleierte nur den gewaltigen Schrecken, den ihm die Nachricht im Grunde bereitet hatte. Nachdem der Kapitän gegangen war, eilte Don Diego zu seiner Frau, sein Gesicht rot vor Erregung:»Liebling, komm mit mir auf die Zinnen. Ich möchte nicht, daß uns jemand belauscht«, worauf sie eine Weile auf dem Verteidigungswall, der das Zentrum ihrer Stadt umgab, hin und her gingen.

»Schlechte Nachrichten. Die Holländer haben schon wieder auf unsere Salzfelder übergegriffen.«

»In Cumaná?«

»Ja. Dieses Mal sind sie mit Verstärkung angerückt.«

»Woher weißt du das?«

»Von einem Kapitän, der gerade aus Sevilla gekommen ist. Er hat beobachtet, wie sie die Bassins ausgeraubt haben. Und wenn er mich gewarnt hat, dann wird er sicherlich auch den König warnen, und Philip wird von mir erwarten, daß ich etwas tue... die Schufte vertreibe.«

»Ist Cumaná nicht sehr weit weg von hier?«

»Ja. Ein Grund mehr, warum wir die Holländer fernhalten müssen.« Und während sie ihren Gang fortsetzten, beschrieb er ihr kurz den wertvollen Ort, der so wichtig für die spanischen Handelsgeschäfte war:»Ein weites sichelförmiges Stück Land, von Osten nach Westen verlaufend, das eine seichte Bucht ausschneidet. Das findet man oft an der Meeresküste. Erinnerst du dich an die kleine Bucht, die wir sahen, als wir an der Südküste vor der Insel Jamaika beidrehten?« Doña Leonora nickte mit dem Kopf.

»Der Golf von Cumaná sieht ähnlich aus, aber ist doch anders. Er ist seicht, und im Sommer, wenn die Sonne hoch steht und das Wasser verdampft, bleibt jedesmal ein riesiges Salzdepot zurück. Es gibt so viel Salz dort, daß man es mit bloßer Schaufel abkratzen kann.«

»Warum haben wir dort keine Soldaten stationiert, zum Schutz des Depots?«

»Weil es zu heiß ist. In Cumaná hält es keiner lange aus. Die Hitze, die einem von dem weißen Salz entgegenschlägt, ist unglaublich, nicht zu vergleichen mit dem, was wir gewöhnt sind, außerdem zerfrißt einem die salzhaltige Luft die Nasenlöcher und erschwert das Atmen. Die Männer haben bei der Arbeit weite Schuhe um die Füße geschnallt mit einem flachen Profil, damit die Salzstöcke, auf denen sie umhergehen, nicht brechen; und von der strahlendweißen Oberfläche scheint ein gnadenloses Flimmern zurück. Ein Arbeitseinsatz in Cumaná ist ein Ausflug in die Hölle. Die holländischen Kapitäne allerdings, die sich auf die Ablagerungen vorwagen, haben einen enormen Vorteil. Die Richter in Holland stellen ihre Kriminellen vor die Wahl: ›Tod oder Arbeit in Cumaná.‹ Das Salz wird also von Männern eingesammelt, die gezwungen sind, dort zu arbeiten; sie beladen die Schiffe, und so kommt es, daß man in ganz Europa gesalzene Heringe kaufen kann.

Ich weiß, was ich tun muß«, sagte Ledesma schließlich zu seiner Frau, »ich werde mit einer Flotte ausrücken, noch bevor mir der König den Befehl dazu erteilt.«

»Kannst du nicht einen deiner Kapitäne damit beauftragen?« fragte sie, aber er antwortete ehrlich: »Das könnte ich wohl tun, aber es sähe nicht gut aus . . .« Er zögerte, denn als Vater von drei unverheirateten Töchtern und Onkel von zwei Neffen mit begrenzten Zukunftsaussichten sah er sich dem gegenüber, was man als »das spanische Problem« bezeichnen könnte: Wie kann ich die Interessen meiner Familie beschützen und zugleich ihren Besitz erweitern?

In der spanischen Gesellschaft hatte ein Mann wie Don Diego enorme Verpflichtungen zu übernehmen: Gott gegenüber, der Kirche, dem König und der eigenen Familie, nur in umgekehrter Reihenfolge, wenn es sich um einen besonnenen Menschen handelte. Es ließ sich darüber streiten, wem mehr gebührte, Gott, der Kirche oder dem König, aber jeder vernünftige Mann mußte zugeben, daß seine Familie an erster Stelle stand. Und Don Diegos Familie war anspruchsvoll. Seine drei Töchter brauchten Ehemänner mit Vermögen und von Stand, und die beiden tüchtigen Neffen seiner Frau verdienten einen guten Posten. Dann waren da noch seine drei Brüder, die keine Ehrentitel führten, aber dafür einen unersättlichen Appetit nach schönen Dingen hatten, und schließlich Doña Leonoras unerschöpfliche Schar von Vettern und Kusinen. Wenn er geschickt vorging und sein Gouverneursamt noch weitere fünfzehn oder gar zwanzig Jahre behielt, hatte er gute Aussichten, alle Verwandte in einträglichen Positionen untergebracht zu haben; ehrenhafter konnte niemand aus den Verpflichtungen seiner Familie gegenüber entlassen werden.

Es war daher ratsam, diesen Feldzug gegen die holländischen Eindringlinge selbst zu leiten, denn so ließ sich der Beförderung der beiden Neffen seiner Frau möglicherweise Vorschub leisten. Gleichzeitig konnte er sich bei einem jungen Hauptmann des Heeres einschmeicheln, einem Mann aus exzellenter Familie, in Saragossa ansässig, den Doña Leonora als einen geeigneten Gatten für ihre Älteste, Juana, auserkoren hatte. Sollte sich im Verlauf der Kampfhandlung eine Gelegenheit ergeben, die für eine Beförderung des jungen Mannes sprach, konnte Don Diego ihn in seinem Bericht an den König lobend erwähnen, was eine anschließende Heirat durchaus wahrscheinlich machte. Die beiden Neffen schon in jungen Jahren in der Marine unterzubringen würde es später einmal gerechtfertigter erscheinen lassen, ihnen das Kommando über eine der Schatzgaleeren anzuvertrauen, die in jedem Frühjahr von Cartagena Richtung Havanna und Sevilla aufbrachen. Je länger Don Diego über die Strafexpedition zur Salzinsel nachdachte, desto verlockender schien sie ihm. Durch einen kühn plazierten Treffer ließen sich gleich mehrere Fliegen mit einer Klappe schlagen.

Aus diesen rein persönlichen Gründen und dem Wunsch, es den holländischen Renegaten endlich einmal zu zeigen, stellte Gouverneur Ledesma im Frühjahr 1568 eine Flotte aus sieben Schiffen zusammen, bestückt mit reichlich Kanonen und angemessener Besatzung, setzte die Segel und brach zum fernen Cumaná auf, einem Fleck, den die meisten Gouverneure nie zu Gesicht bekamen. Als selbsternannter Flottenadmiral fuhr er im größten Schiff mit den stärksten Kanonen, und nachdem man einige Tage auf nordöstlichem Kurs gesegelt war, um die vorspringende Landzunge zu umfahren, die Maracaibo beschützte, ging es strikt ostwärts auf die lange Strecke nach Cumaná. Seinen beiden Neffen übertrug er die Verantwortung für die Flanken back- und steuerbords.

Diese Zuweisungen lösten Empörung aus, und einer der Kapitäne, der seinen Posten räumen mußte, murrte: »Die jungen Spunde sind ja nicht mal 25 und verstehen nichts von der Seefahrt.« Die Bemerkung eines alten Seebären traf den wirklichen Grund: »Stimmt. Aber Ihr dürft nicht vergessen, die beiden sind die Neffen seiner Frau, und das allein zählt.«

Zufrieden mit seinem klugen Schachzug, wandte sich Don Diego jetzt dem jungen Edelmann zu, der Juana Ledesma den Hof gemacht hatte, und schuf für ihn einen neuen Posten, den des Vizeregenten an der Seite des Admirals. Niemand wußte, was damit verbunden war, aber in dem jungen Mann rief es ein warmes Gefühl der Dankbarkeit gegenüber Don Diego und seiner ganzen Familie hervor. Als einer der Kapitäne der alten Schule sich die Frage erlaubte: »Was sind die Aufgaben eines Vizeregenten?«, antwortete Don Diego, ohne zu zögern: »Er gibt meine Befehle an meine Vizeadmiräle weiter.« Als er abends zu Bett ging, weitere drei Mitglieder seiner Familie versorgt, spürte er auch nicht den Anflug von Scham, seine Position so eklatant mißbraucht zu haben. Wenn die Wahrheit ans Tageslicht käme, würde sich zeigen, daß sich die seit langem dahingeschiedenen Träger der ehrenwerten Namen, die auch Don Diego führte, ihren Platz in der Geschichte vermutlich durch ähnliches reges Interesse für das Fortkommen ihrer Söhne, Neffen und Vettern erworben hatten, denn das gehörte sich in Spanien so.

Gegen Ende März näherte sich die Flotte der Insel Cumaná von Westen her und fand an der offenen Seite der Salzlagune einen Verband von drei holländischen Handelsschiffen vor, jedes zum Schutz mit schweren Kanonen bestückt. Ohne ein Anzeichen von Unschlüssigkeit ging Don Diego zum Angriff über, und nach vierzig Minuten war die Schlacht von Cumaná, wie die spanischen Schreiber sie in ihren begeisterten Berichten tauften, entschieden: ein feindliches Schiff versenkt, das zweite schwelend auf ein Riff gesetzt und das dritte als verdiente Beute gekapert.

Sich immer bewußt, selbst auf dem Höhepunkt der Schlacht, daß er ein spanischer Edelmann, an die Gesetze der Ehre gebunden war, wies Don Diego seinen Dolmetscher an, den Überlebenden auf holländisch zuzurufen: »Ihr könnt das Schiff behalten und versuchen, einen Hafen damit anzulaufen. Aber vorher werden wir die Masten kappen, damit ihr uns nicht mehr verfolgen könnt, wenn die Nacht hereinbricht.« Als seine eigenen Männer dann dabei zusahen, wie die geschlagenen Holländer das einzige noch unversehrte Schiff erklommen, ein robustes Gefährt, protestierten sie: »Warum sollen wir denen das gute Schiff überlassen, während wir mit unserem eigenen kleinen auskommen müssen?« Und so rief Don Diego den Männern, die gerade anfangen wollten, die Masten zu zerstören, zu: »Halt! Finger weg von den Masten!« Ohne weiter darüber nachzudenken, befahl er seinen Leuten, die Masten des eigenen Flaggschiffes zu kappen und es den Holländern zu übergeben.

Als die Mannschaft vollständig an Bord des erbeuteten Schiffes versammelt war und sich die Holländer auf dem leckgeschlagenen alten Segler drängten, rief Don Diego runter: »Wie heißt das Schiff?«, worauf sie auf das Heck zeigten, wo sauber in Eichenholz geschnitzt der Name stand: »Stadhou der Mauritz«. Während sich die holländischen Seeleute noch darüber stritten, welche Richtung sie einschlagen sollten, entdeckte ein Schwarm hellgelber Schmetterlinge auf ihrer Suche nach einer Landungsmöglichkeit das Schiff und ließ sich, dieses ganz in Gold einhüllend, auf der Takelage nieder.

»Ein Omen!« rief Don Diego, und noch vor Anbruch der Nacht hatte der Schiffszimmermann ein neues Schild entworfen, auf dem der Name »Mariposa« prangte. Als das endlich angebracht war, wurde jedem Mitglied der Mannschaft eine Flasche des erbeuteten holländischen Biers in die Hand gedrückt, mit dem er dem Admiral zuprostete, als dieser seine eigene Flasche über das neue Namensschild ausgoß und dabei rief: »Wir taufen dich auf den Namen ›Mariposa‹!«

Am selben Abend, im Hochgefühl des Sieges, wies Don Diego seinen Schreiber an, einen Brief an König Philip aufzusetzen und ihn über die Eroberung des holländischen Schiffes in Kenntnis zu setzen. Mit eigener Hand fügte er hinzu: »Ohne die außergewöhnliche Tapferkeit und das überragende strategische Urteilsvermögen des Vizeregenten und der beiden Vizeadmirale wäre der Sieg über diese drei schweren holländischen Schiffe nicht möglich gewesen. Sie haben sich vorzüglich an Deck des feindlichen Schiffes geschlagen und verdienen Anerkennung und Förderung.«

Während der Fahrt – eine lang anhaltende Schönwetterperiode verwöhnte die Heimkehrer, das Karibische Meer wiegte sich in den weiten, eleganten Dünungen, für die es berühmt war – sagte Don Diego zu seinem zukünftigen Schwiegersohn: »Ein feines Schiff haben wir uns da erobert. Wenn es nach Steuerbord oder Backbord schlingert, egal, wohin, es kommt immer in die aufrechte Ausgangslage zurück und bleibt auch lange in dieser Lage. Torkelt nicht andauernd wie ein besoffener Franzose von einer Seite auf die andere.« Er machte ihn noch auf eine zweites, viel entscheidenderes Merkmal aufmerksam. »Sieh dir die Oberfläche an. Klinkerbauweise. Die Außenplanken liegen zur Stärkung dachziegelartig übereinander. Nicht wie bei den meisten spanischen Schiffen, glattgebaut, wobei die Planken direkt aneinanderstoßen und dann bei Sturm eher spleißen.« Am besten jedoch gefiel ihm etwas, was man auf spanischen Schiffen nie antraf: »Der Rumpf ist doppelt verschalt.« Er schnalzte mit der Zunge und sagte dann anerkennend: »Als wir beide, du und ich, uns das Schiff kaperten, da haben wir einen guten Fang gemacht.«

Voller Euphorie setzte Ledesma die lange Strecke westwärts fort und nahm Kurs Richtung Süden, der Heimat entgegen, und als er die Westküste der Insel entlangfuhr, auf der Cartagena lag, und oberhalb der Klippen die sichere befestigte Stadt entdeckte, die er befehligte, ließ er sich dazu hinreißen, sieben Salutschüsse abzufeuern und damit den Einwohnern den Sieg zu verkünden.

Während er sich so in seinem gelungenen Sieg über die Holländer und die erfolgreiche Kaperung des Schiffes sonnte, bewies sein zukünftiger Schwiegersohn, der Vizeregent, was für ein scharfsichtiger junger Mann er war, als er um Erlaubnis bat, zum Admiral vorgelassen zu werden, und als Don Diego ihm die Audienz gewährte, sagte der junge Mann: »Ihr wißt, Exzellenz, daß mein Großonkel einst Gouverneur von Peru war?«

»Natürlich! Einer der Gründe, warum Doña Leonora und ich so stolz sind, Euch bald als ein weiteres Mitglied der Familie ansehen zu dürfen.«

»Dann wißt Ihr auch, was ihm widerfahren ist?«

Don Diegos freudiges Lächeln ging in ein Stirnrunzeln über. »Schrecklich ungerecht. Seine Feinde brachten alle möglichen niederträchtigen Anschuldigungen gegen ihn vor. Die Berichte, die dem König vorlagen, waren voreingenommen.«

»Er wurde gehängt.« Schweigen herrschte in der Kajüte, bis Don Diego endlich fragte: »Warum erinnert Ihr mich an diese dunkle Geschichte?« Und der junge Mann entgegnete: »Weil Ihr mit Eurem Sieg in Cumaná nicht prahlen solltet. Ihn in Eurem Bericht nach Spanien nicht einmal erwähnen solltet, auch nicht in Euren Erzählungen hier in Cartagena.«

»Welche Gefahr würde ich laufen... wenn ich es täte... was ich natürlich... nicht tue?«

»Neid hervorrufen. Den Neid, den Eure Feinde hier und in Spanien empfinden würden.« Die nachfolgende Stille nutzte der junge Mann, seinen ganzen Mut zusammenzunehmen, und fuhr dann fort: »Ihr habt mich in ein hohes Amt gesetzt. Auch Eure beiden Neffen. Und bevor wir lossegelten, habt Ihr noch zwei Eurer Brüder befördert. Das wird Gerede verursachen. Spitzel, selbst an Bord dieses Schiffes, werden ihre eigenen Geheimberichte an den König verfassen.«

Wie sehr wußte Don Diego diese Warnung zu schätzen, hatte er doch damit bereits seine eigenen Erfahrungen gemacht. Jeder spanische Gouverneur, der einem Territorium fern der Heimat vorstand, unterlag fortwährend dem Risiko, zurück nach Spanien beordert zu werden, um sich gegen übelste Verleumdungen zu verteidigen. Die Art seines Auftrages brachte das zwangsläufig mit sich, denn ihm war eine enorme Machtstellung verliehen, schon durch die Verwaltung der Reichtümer, vor deren Ausmaß sich selbst die Habgierigsten keine Vorstellung machen konnten, und trotzdem erhielt er selbst so gut wie keine Entschädigung. Die spanischen Könige waren die schlimmsten Geizhälse, sie rissen jedes noch so kleine Gold- oder Silberstück, das ihre Kolonien produzierten, an sich, aber waren nicht gewillt, ihren Aufsehern ein vernünftiges Gehalt zu zahlen. Von Vizekönigen und Gouverneuren erwartete man geradezu, daß sie sich wie Diebe aufführten, gab ihnen zehn oder fünfzehn Jahre Zeit, sich zu bereichern, und rechnete damit, daß sie mit einem Vermögen nach Spanien zurückkehrten, das ihnen selbst und ihren fruchtbaren Familien bis an ihr Lebensende reichen würde.

Gleichzeitig hielten sich die mißtrauischen Könige eine ganze Reihe von Spitzeln und beauftragten sie, über etwaiges Fehlverhalten ihrer Vizekönige und Gouverneure zu berichten. Das führte dazu, daß jemand – wie zum Beispiel Kolumbus –, der ein solches Amt zehn, zwölf Jahre bekleidet hatte, sicher sein konnte, eines Tages von einem offiziellen Untersuchungsrichter aufgesucht zu werden, der dann durchaus über zwei oder mehr Jahre sein Amtsgebaren beobachtete, seine Feinde aushorchte und sie aufforderte, insgeheim gegen ihn auszusagen, mit dem Ergebnis, daß wiederholt hohe Beamte, die sich irgendwo weitab von der Heimat, in Mexiko, Panama oder Peru, ungewöhnlicher Machtbefugnisse erfreut hatten, ihre glänzende Karriere plötzlich verspielt hatten und in Fesseln nach Hause geschickt wurden, um dort im Kerker zu schmachten. Die, die weniger Glück hatten, wurden gehängt.

Don Diego fühlte sich bemüßigt, an die traurige Liste derjenigen unter den großen spanischen Konquistadoren zu erinnern, die ein bitteres Ende erleben mußten, und während er die Namen und ihre Schicksale aufzählte, nickte sein künftiger Schwiegersohn mit grimmiger Miene. »Kolumbus? Daheim, in Ketten. Cortés? In Mexiko, in Ketten. Núñez de Balboa? Einer der Besten? Enthauptet. Und der große Pizarro in Peru? Von mißgünstigen Untergebenen ermordet.«

Eine verhängnisvolle Tradition hatte sich ja bereits während der Herrschaft Diego Ledesmas in Cartagena durchgesetzt: solange man an der Macht ist, eine relativ gut funktionierende Regierung aufstellen;

soviel rauben, wie Anstand und die Mißgunst anderer erlauben, und dann, weil ja die eigene Position auf tönernen Füßen steht, jeden einträglichen Posten mit Verwandten besetzen, damit auch der sich ein Vermögen erwerben kann. Wird man dann selbst mit Schande aus dem Amt gejagt, bleiben immerhin noch die Mitglieder der eigenen Familie in ihren machtvollen Stellungen, und nach ein paar Jahren werden sie ohne Schwierigkeiten nach Spanien einreisen können, vermögend und mit Titeln überhäuft, um die neuen Vizekönige oder Gouverneure zu werden oder in Familien einzuheiraten, die diese Posten stellten, und so die Möglichkeit zu haben, sich neue Reichtümer anzueignen. Es war ein System, das rücksichtslos alle Ressourcen der Neuen Welt aufzehrte. Mit weit weniger natürlichen Reichtümern gelang es sowohl Frankreich als auch England, stabilere Regierungsformen aufzubauen, als Spanien in seinen äußeren Besitzungen jemals haben sollte. An jenem Tag im Jahr 1568, als Don Diego im Siegestaumel heimwärts segelte, war Spanien bereits seit 1492, also seit über einem dreiviertel Jahrhundert, Hegemonialmacht in der Neuen Welt, wohingegen Frankreich und England erst in den zwanziger und dreißiger Jahren des 17. Jahrhunderts ihre ersten Kolonien in Amerika gründeten. Die Mißwirtschaft der Spanier in ihren Kolonien allerdings hatte bereits tiefe Wunden aufgerissen.

Dennoch erkannte keiner der beiden nachdenklichen Männer, welche bleibenden Schäden ihre Handlungsweise hervorrief: Wenn allgemein bekannt und geduldet war, daß sich ihr Gouverneur öffentliche Gelder aneignete, fühlten sich rangniedrigere Beamte berechtigt, ebenso zu handeln, wenn auch in bescheidenerem Maßstab. Das ermunterte noch niedrigere Beamte innerhalb der Hierarchie, wiederum ihr Glück zu versuchen – und so weiter bis zum untersten Amtsträger. Alle hielten die Hände auf, und auf allen Verwaltungsebenen waren Diebstahl und Bestechung an der Tagesordnung. Ein zweites, ähnlich zerstörerisches Element kam hinzu: Wenn jährlich Tausende solcher Männer wie Don Diego mit reicher Beute nach Europa heimkehrten, blieben die amerikanischen Kolonien verarmt zurück.

Zu dieser Zeit etwa entstand der boshafte Fünfzeiler eines Dichters aus Cartagena, in dem er die Verhaltensregeln wie folgt besingt: »Mein Spanien gegen alle anderen Länder/Seine Religion gegen alle anderen Religionen/Meine Heimatprovinz in Spanien gegen alle anderen Provinzen/Meine Kolonie gegen alle anderen Kolonien/Und meine Frauen und Kinder gegen meines Bruders Frau und Kinder.« Als einer

155

der Begabtesten in dieser Art von individuellem und familiärem Eigennutz verwendete Gouverneur Ledesma neun Zehntel seiner Kraft auf die Beschaffung von Stellen für seine Familie und Geldern für den Eigenbedarf, das übrige Zehntel für die Verteidigung der Karibik gegen Eindringlinge. Sein Sieg über die Holländer aber hatte bewiesen, daß er, wenn gereizt, tapfer zurückschlagen konnte. Geld veruntreuen durfte ein Mann in der spanischen Gesellschaft, doch Feigheit zeigen auf keinen Fall.

Am selben Tag, als John Hawkins und Francis Drake die »Jesus von Lübeck« mit soviel Sklaven beluden, wie der Frachtraum aufnehmen konnte, schrieb Don Diego de Guzman, spanischer Spitzel am Hofe Königin Elizabeths, eine verschlüsselte Botschaft an seinen Herrn und eilte damit zum Themseufer, wo ein schnelles Schiff zur Abfahrt nach Spanien bereitlag. Im Escorialpalast, einem monströsen finsteren Steinhaufen unweit Madrids, fertigten die Hofschreiber geschwind Kopien der von König Philip in kalter Wut aufgesetzten Order an, so daß, schon sechs Stunden nachdem Philip die Nachricht überbracht worden war, ein Reiter nach Sanlúcar de Barrameda, nahe der Mündung des Guadalquivir, unterwegs war. Bei Flut setzten dort drei kleine Boote Segel Richtung Hispaniola, wo die Botschaft gleich an den Gouverneur von Santo Domingo weitergereicht wurde. Dieser schickte umgehend eine Flotte kleiner, flinker Küstenfregatten los, die Neuigkeit an sieben verschiedene Hauptstädte der Karibik weiterzuleiten, so daß am 3. Februar 1568, als Hawkins Afrika verließ, die Inseln der Karibik, die er ansteuern wollte, gerade darüber informiert wurden, daß er sich auf dem Wege zu ihnen befand.

Eine der Fregatten fuhr auch in den befestigten Hafen von Cartagena ein, und der Bote rannte sofort in den Regierungspalast. »Exzellenz, ich habe unheilvolle Nachricht für Euch. John Hawkins ist auf dem Weg hierher, und Guzman in London hat aus sicherer Quelle, jemand aus der nächsten Umgebung der Königin, gehört, daß er Puerto Rico, Ríohacha und Cartagena ansteuert, ferner die Erlaubnis hat, zu landen und alles dem Erdboden gleichzumachen, wenn wir uns ihm in den Weg stellen.«

Don Diego hörte aufmerksam zu, nickte ein paarmal mit dem Kopf, wartete mit der Antwort so lange, bis er selbst die Instruktionen überflogen hatte, und sagte dann scharf und in einem Ton, der keinerlei Furcht verriet: »Mit Engländern kann man fertig werden. Sie sind nicht wie die französischen Piraten, die ohne großes Federlesen morden und brandschatzen, oder die Holländer, die sich an reinen Plünderungen ergötzen.«

Den Boten mißfiel die Gelassenheit, mit der seine Nachrichten aufgenommen wurden, und er schob eine vertrauliche Mitteilung nach, die mündlich überbracht worden war:»Hawkins ist mit einem überlegenen Schiff unterwegs, es gehört der Königin persönlich. Die ›Jesus von Lübeck‹.« Der Name dieses berühmten Kriegsschiffes hing noch in der Luft, da hatte Admiral Ledesma als Kenner der Marine bereits eine genaue Vorstellung von diesem Schrecken der Meere. Die »Jesus«, ihre vielen Kanonen auf die kleineren und schlechter gerüsteten spanischen Schiffe gerichtet, das bot keine Aussicht auf Erfolg, doch es war das, was der Kundschafter dann noch als seine letzte Information hinzufügte, das dem Gouverneur die größte Sorge bereitete.»Hawkins kommt in Begleitung eines zweiten großen Kriegsschiffes, der ›Minion‹, die nicht versenkbar ist, und fünf leichteren Schiffen. Der ›Judith‹, 50 Tonnen, der ›Angel‹, 33 Tonnen«, und als er zum Ende der Auflistung kam, bemerkte er noch:»Den Befehl über die ›Judith‹ hat der junge Francis Drake, ein Blutsbruder von Kapitän Hawkins. Er wird sich ganz auf den Jüngeren stützen, wenn ein Kampf notwendig erscheint.«

Bei der Erwähnung dieses Namens schreckte Ledesma zurück, denn er hatte von der Drohung gehört, die Drake ausgestoßen hatte, als die Spanier ihm im Vorjahr in Ríohacha die vierzig Sklaven entführt hatten.»Wenn ich das nächstemal in diesen Gewässern bin, verlange ich volle Entschädigung für meine Sklaven, und Cartagena werde ich niederbrennen.«

Noch am selben Nachmittag gab Ledesma zahllose Instruktionen zur weiteren Befestigung der Stadt. Tags darauf wurden im Boca Grande noch einmal drei Schiffe versenkt, um die Öffnung gänzlich unpassierbar zu machen, und zum Schutz der Einfahrt im Boca Chica weitere Kanonen in Stellung gebracht. Jeder Landvorsprung, an dem Hawkins vorbeisegeln mußte, falls er es tatsächlich auf den kleinen Binnenhafen abgesehen hatte, wurde mit zusätzlicher Feuerkraft ausgestattet, und die Truppen erhielten taktische Unterweisungen, wie der englische Gegner zurückzuschlagen sei, sollte er versuchen, die Befestigungsanlagen zu stürmen.

»Keinem wird es jemals gelingen, Cartagena einzunehmen«, verkündete Ledesma, als die Arbeiten beendet waren, aber ein paar Wochen später trieb ein kleines Boot aus Ríohacha in den Hafen mit der schrecklichen Nachricht, daß Hawkins nicht allein in die Karibik zurückgekehrt sei, sondern auch den kleinen hartnäckigen Feuerschlucker Drake mitgebracht habe.

»Eure Exzellenz, meine dreiköpfige Mannschaft und ich sind nur durch ein Wunder den englischen Kanonen entkommen, und ich erzähle die Wahrheit, wie meine Männer bestätigen werden. Am fünften Tag des Monats Juni passierte Kapitän Hawkins mit einer Flotte von sieben englischen und einigen unterwegs gekaperten französischen Schiffen, ohne sich lange aufzuhalten, die Salzlager von Cumaná. Er verkaufte lediglich ein paar Sklaven auf der Perleninsel Margarita und in Curaçao und schickte von dort zwei seiner kleineren Schiffe voraus, die ›Angel‹ und die ›Judith‹, letztere unter Befehl von Kapitän Francis Drake, um den Weg für sein großes Schiff frei zu machen, die ›Jesus von Lübeck‹.

Drake war eine gute Wahl für diese Mission, denn er stattete Ríohacha letztes Jahr einen Besuch ab, wie Ihr Euch erinnern könnt. Gleich nach der Ankunft startete er mit den feindlichen Handlungen, beschlagnahmte das Kurierboot von Hispaniola und erklärte die Beamten auf dem Boot als festgesetzt, was bisher noch nie jemand gewagt hatte. Dann feuerte er zwei Schuß auf die Stadt ab, nicht über die Dächer hinweg, wie die Engländer das sonst machen, wenn sie zum Handeln gekommen sind, sondern direkt auf das Haus, das sein großer Feind bewohnt, Schatzmeister Miguel de Catellanos, der ihm letztes Jahr seine Sklaven weggenommen hat. Ich schäme mich, mitteilen zu müssen, daß eine von Drakes Breitseiten glatt durch das Haus des Schatzmeisters schlug und ihn sicher getötet hätte, wenn er gerade im Speisezimmer gesessen hätte.«

»Was hat Castellanos daraufhin gemacht?« fragte Ledesma, und der Kurier antwortete: »Fünf Tage brachte er nichts anderes zustande, als nur fortwährend auf die beiden kleinen Schiffe in seinem Hafen zu starren, ohnmächtig, irgend etwas gegen sie zu unternehmen, aber wenigstens verstand er es, genügend Widerstand zu leisten, so daß Drake und seine Soldaten nicht landen konnten.«

»Soll das heißen, die Attacke auf Ríohacha endete in einem Patt? Sieht Drake gar nicht ähnlich.«

»Stimmt! Aber am sechsten Tag kam Kapitän Hawkins dazu und fuhr mit der schweren ›Jesus von Lübeck‹ in den Hafen ein. Das änderte alles mit einem Schlag. Das erste, was Hawkins tat, nach seiner alten

Devise handelnd, die Spanier niemals zu verärgern, war, das Kurierboot und seine Passagiere wieder freizulassen – als Beweis seiner friedlichen Absichten. Doch dann, um zu zeigen, daß er es doch ernst meinte, marschierte er mit 200 Bewaffneten auf, aber wie Ihr wißt, war der Schatzmeister seit langem entschlossen, den Engländern diesmal bis aufs äußerste Widerstand zu leisten, und das tat er, jedenfalls hat er's versucht.

Es kam zu einem schweren Gefecht, bei dem zwei Engländer getötet wurden, aber ihre Attacken hörten nicht auf. Castellanos' Truppen suchten das Weite, und so sah sich Hawkins am Ende als Besitzer einer Stadt, in der es keine Frauen gab, kein Gold, kein Silber, keine Edelsteine oder sonstigen wertvollen Gegenstände. Hawkins gab dem verstockten Schatzmeister drei Tage Zeit, die Reichtümer rauszurücken und seine Leute zurückzuholen, und als er sich weigerte, drohte Hawkins, die Stadt niederzubrennen. Castellanos entgegnete darauf heldenmütig: ›Lieber sehe ich jede Insel in Westindien in Flammen aufgehen, als Euch nachzugeben.‹ Drake, der diese vergebliche Prahlerei mit angehört hatte, fing schon an, einige Häuser in Brand zu setzen, aber Hawkins hielt ihn noch einmal zurück und sagte: ›Es muß einen besseren Weg geben.‹

Nach fünf Tagen geduldigen Wartens zeigte ein entflohener Sklave Hawkins, wo die Schätze versteckt waren. So gewann Hawkins am Ende alles, worauf er spekuliert hatte.«

»Was meint Ihr damit, er gewann alles?«

»Er verkaufte uns 250 Sklaven, zu einem fairen Preis. Er ließ uns eine Summe für die Hinterbliebenen der beiden gefallenen Soldaten entrichten. Dann bat er uns, die Frauen vorzuführen, die zu den von Drake niedergebrannten Häusern gehörten, und als sie vor ihm standen, erschöpft und schmutzig von den Strapazen im Dschungel, wo sie unseren Schatz bewacht hatten, sagte er: ›Engländer ziehen nicht gegen Frauen zu Felde. Ich gebe jedem von euch vier Sklaven als Entschädigung für eure Verluste‹, und er überließ uns noch einmal sechzig Sklaven, ohne Geld dafür zu nehmen.«

»Sehr großzügig!« sagte der Gouverneur nicht ohne Häme. »Aber unseren Schatz hat er trotzdem, oder nicht?« Und der Bote entgegnete: »Ja. Den ganzen Schatz.«

»Wie hat Kapitän Drake das alles aufgenommen?« fragte Ledesma, und der Mann antwortete: »Er biß sich auf die Zunge und tat, was ihm befohlen. Aber ich stand am Wasser, als er abfuhr, und er knurrte mich an: ›Wenn ich als Kapitän mit eigener Flotte zurückkomme, dann brenne ich in dieser gottverdammten Stadt jedes Haus einzeln nieder.‹«

Der Gouverneur ließ sich alles durch den Kopf gehen, die Demütigung, die einer seiner Städte widerfahren war, der Verlust des Vermögens und das beschämende Verhalten seiner Landsleute. »Unser Schatzmeister, der scheint sich ja noch wie ein Mann aufgeführt zu haben.« Der Kurier nickte. »Aber unsere Soldaten auf dem Schlachtfeld . . . abscheulich.«

»Exzellenz, wenn die ›Jesus von Lübeck‹ in Eurem Hafen liegt, von sechs weiteren englischen und französischen Schiffen flankiert, und alle Kanonen auf die Stadt gerichtet sind – das kann einen schon in Schrecken versetzen.« Er wollte noch hinzufügen: »Wie Ihr in den nächsten Tagen selbst erfahren werdet, wenn Drake und seine Schiffe unten in Eurem Hafen einlaufen«, aber er besann sich eines Besseren und sagte bloß: »Als die englischen Schiffe ausliefen, rief Drake von der ›Judith‹ herüber: ›Auf nach Cartagena!‹«

Am 1. August 1568 lief die englische Flotte in Cartagena ein. Hawkins wollte lediglich seine fünfzig Sklaven mit dem üblichen Gewinn verkaufen und wie gewohnt die sonstigen Waren gegen Lebensmittel tauschen – oder Perlen, wenn die Spanier welche anzubieten hätten, aber Drake hoffte, die Stadt zu überfallen und sie bis zur Zahlung eines Lösegeldes halten zu können. Die Engländer hatten zwar eine große Anzahl an Matrosen, verfügten aber nur über 370 ausgebildete Soldaten, während Ledesma oben auf dem Berg 500 Infanteristen, zwei erfahrene Kavalleriekompanien und nicht weniger als 6 000 Indianer unter Waffen stehen hatte. Als Kapitän Drake ein Kurierboot unter Parlamentärsflagge losschickte, das Ledesma die Bedingungen mitteilen sollte, unter denen die Engländer mit Cartagena zu verhandeln bereit waren, verweigerte der Gouverneur schon die Annahme des Schreibens und riet dem Boten, Kapitän Drake mitzuteilen, die Cartagener kümmere es einen Dreck, was die Engländer tun oder lassen wollten, aber je eher er sich aus dem Staub machte, desto besser für ihn.

Als Drake die beleidigende Antwort vernahm, fuhr er so nah an die Stadt heran, wie er konnte, und befahl seinen Kanonieren, sie zu bombardieren, aber da er immer noch zu weit weg war, blieb der Beschuß harmlos, und die Kugeln verirrten sich wirkungslos in den Straßen. Ledesma, stillvergnügt in sich hineinlachend über die Hilflosigkeit dieses Aufschneiders, gab Befehl, mit den schweren Geschützen zurückzufeuern, aber auch er verfehlte sein Ziel.

Hawkins, entnervt, daß sich die Dinge so schlecht anließen, landete auf der unbewohnten öden Nachbarinsel südlich der Stadt, fand aber nur ein paar große Weinkisten, die er seinen Männern nicht anzurühren befahl. »Wir sind keine Piraten oder Diebe!« Daraufhin ließ Ledesma ihnen bestellen, sie sollten sich ruhig bedienen, der Wein sei ohnehin von so schlechter Qualität, daß wohl nur Engländer ihn trinken würden.

Tatsächlich handelte es sich um einen spanischen Spitzenwein aus einem guten Jahrgang, und die Engländer ergötzten sich an ihm – nur Drake trank keinen Tropfen –, und als Hawkins klar wurde, daß er Cartagena wieder verlassen mußte, ohne auch nur das geringste erreicht zu haben, wies er seine Männer an, neben die leeren Weinkisten erlesene englische Handelsgüter zu legen, die dem Wert entsprachen, »um denen zu zeigen, daß wir gesittete Gentlemen sind«. Aber als sie sich dann mit ihren Schiffen aus dem weiten Südbecken zurückzogen, konnte Drake hören, wie sich die Spanier in den Schießzellen über die Engländer und ihre kleinlaute Flucht lustig machten, und seine Männer mußten ihn davon abhalten, ihnen noch ein paar Schüsse als Abschiedsgruß zu hinterlassen.

Damit waren Ledesma und Drake bereits zweimal aneinandergeraten, ohne sich persönlich getroffen zu haben. Der rauhe kleine Engländer ließ es an Kühnheit nicht fehlen, aber der nüchterne Spanier ließ sich nicht so leicht aus der Ruhe bringen. Seine militärische Überlegenheit und die Informationen seines Agenten in Ríohacha hatten die Spanier befähigt, Drake zurückzuschlagen, aber beide Gegner ahnten auch, daß das nächste Aufeinandertreffen blutig verlaufen und entscheidend sein könnte, auch wenn niemand wußte, wo es stattfinden sollte. Ledesma warnte seine Männer: »Drake wird zurückkommen, da können wir sicher sein.« Und Drake sagte seinen Matrosen: »Eines Tages werde ich diesem überheblichen Spanier seine Demütigung heimzahlen.« Jetzt, wo englische Schiffe ungestraft in der Karibik kreuzten, Handel trieben, wann und wo sie wollten, konnte das Meer nicht mehr als rein spanisches Gewässer angesehen werden. Es war eine allen zugängliche Wasserstraße geworden. Doch Don Diego, beauftragt, sie fest in spanischer Hand zu halten, glaubte, wenn Drake und Hawkins sich in eine große Seeschlacht verwickeln ließen, würde die englische Macht gebrochen werden können, und er verbrachte alle seine wachen Stunden damit, einen entsprechenden Plan zu entwerfen. Er fühlte daher so etwas wie Genugtuung, als eine Kurierfregatte aus Hispaniola mit folgenden Befehlen einlief:

»Wir grüßen den Gouverneur Ledesma Paredes y Guzman Orvantes.

Ein großer Flottenverband, insgesamt zwanzig Schiffe, wird von Sevilla aus nach San Juan de Ulúa aufbrechen, um dort die gesamte Ladung Silber aus Mexiko an Bord zu nehmen. Da sich Kapitän Hawkins in den karibischen Gewässern aufhalten soll, stellt die größtmögliche Flotte in Cartagena zusammen. Sie soll für eine sichere Ankunft meiner Schiffe in San Juan sorgen, für Schutz bei der Beladung mit Silber und eine sichere Abfahrt meiner Schiffe Richtung Havanna und Heimat. Man hat mir mitgeteilt, Ihr hättet Euch den Titel eines Admirals verliehen. Das war nicht rechtens. Aber wegen Eurer Tapferkeit, die Ihr in Cumaná unter Beweis gestellt habt, und Eurer guten Verwaltung von Cartagena wandle ich Eure Admiralität ehrenhalber in eine dauerhafte Benennung zum Admiral um. Im Auftrag König Philips II. in Madrid.«

Nachdem er in aller Eile neun Schiffe unter der Führung der »Mariposa« zusammengestellt hatte, lief Admiral Ledesma aus Cartagena aus und nutzte den Wind, um sich nach San Juan treiben zu lassen, wo er eher als Drake und Hawkins anzukommen hoffte, falls das überhaupt ihr geheimes Ziel war. Wieder hatte er seinen beiden Neffen die Verantwortung der Backbord- und Steuerbordflanken überlassen, während sein neuer Schwiegersohn ihm auf der »Mariposa« als Vizeregent zur Seite stand, eine noch immer nicht näher bestimmte Position. Mit diesen verläßlichen Stützen, davon war Ledesma überzeugt, würde er in der Lage sein, die englischen Piraten erfolgreich zu bekämpfen, sollten sie sich in sein Meer vorwagen.

Während der Reise Richtung Norden, nach Mexiko, versammelte der frisch ernannte Admiral seine Kapitäne um sich und bat einen Offizier, der mit den Gegebenheiten auf San Juan de Ulúa vertraut war, seinen Männern zu erläutern, was sie vorfänden, wenn sie in den wichtigen Hafen einliefen.

Die Insel Ulúa, dem auf dem Festland liegenden Veracruz etwa 800 Meter vorgelagert, diente als eine Art Schutz für den Küstenort, in dem die reichen Ausbeuten der mexikanischen Silberminen zusammengetragen wurden, um auf den Abtransport durch die königlichen Galeonen aus Sevilla zu warten. Aus Felsgestein und vom Meer durch hohe Klippen geschützt, war Ulúa auch für seine höhlenartigen Kerker gefürchtet, in denen Matrosen und Arbeiter schmachteten, die sich der Meuterei schuldig gemacht hatten.

Es war ein aufregender Augenblick, als Admiral Ledesma erkannte, daß er den Hafen vor Hawkins erreicht hatte, und seine Schiffe in den geräumigen Hafen von Ulúa einliefen. »Dort liegt die Festung, absolut uneinnehmbar. Dort drüben die Lagerhäuser von Veracruz, bis oben bepackt mit Silberbarren und auch solchen aus Gold. Und direkt vor uns die sechs spanischen Schiffe, die immer hier stationiert sind, um jeden möglichen Angreifer zurückzuschlagen.« Zusammen mit Ledesmas neun Schiffen aus Cartagena beherbergte der Hafen jetzt insgesamt fünfzehn Kriegsschiffe, aber es gab so viele Liegeplätze, daß er noch immer leer wirkte. Trotzdem behielten zahllose landgestützte Kanonen die Schiffe im Visier – für den Fall, daß es zu einem unvorhergesehenen Angriff kam. Ulúa war nicht zu besiegen, und von Admiral Ledesma, dem ranghöchsten anwesenden Offizier, wurde erwartet, daß er die Verteidigung der Stadt übernahm, bis die leeren Schatzschiffe aus Sevilla eintrafen.

Minuten nachdem die »Mariposa« festgemacht hatte, setzte er in einem kleinen Boot zur Festung über, und schon als er ihre Steinstufen erklomm, erteilte er erste Befehle: »Diese Kanonen immer auf die Hafeneinfahrt gerichtet halten, falls Hawkins und Drake versuchen sollten durchzuschlüpfen. Und rund um die Uhr besetzen und schußbereit bleiben.« Während der Kontrolle der militärischen Anlagen an Land – Schützengräben, fast zwei Kilometer lang, und Schutzeinrichtungen, hinter denen sich Kanonen verbargen – folgten weitere Befehle, und später, bei der Inspektion der drei in Veracruz dauerhaft stationierten Kompanien, übergab er ihnen neue Anweisungen: »Die erste Kompanie hält sich bereit, um jederzeit den Schutz der Küstenkanonen übernehmen zu können, die zweite Kompanie den der Festung, und die dritte verteidigt den Eingang von Veracruz.«

Ledesma legte sich abends nieder, fest davon überzeugt, daß er als Kommandeur, zuständig für die Verteidigung von San Juan de Ulúa, alles menschenmögliche für den Schutz der Hafenanlage getan hatte, so daß es ihn mit Hochstimmung erfüllte, als überraschend die Nachricht eintraf, schon bald werde eine weitere spanische Flotte aus Nombre de Dios einlaufen – einem reichen Vorkommen an der zur Karibik weisenden Seite der Meerenge von Panama –, die Schätze aus Peru geladen hatte. »Wenn sie ankommt, ist das hier der reichste Hafen der Welt«, verkündete er stolz vor seinen Untergebenen, »und der am besten verteidigte.«

Am nächsten Tag lief ein arg lädiertes spanisches Schiff in das Hafenbecken ein und brachte die Nachricht mit sich von einem furchtbaren Hurrikan im Süden der Karibik. Der Wind war so gewaltig gewesen, daß man annahm, daß Hawkins und die englische Flotte, die dem

Sturm ausgesetzt gewesen waren, entweder gesunken oder schwer beschädigt die Flucht nach England angetreten haben müßten.

Ledesma war daher entsetzt, als zwei Tage später ein Beobachtungsposten rief:»Schiffe in Sicht!« Das erste, das kurz darauf in den Hafen einlief, stellte sich als die»Jesus von Lübeck« heraus, nur fehlte einer der beiden charakteristischen Aufbauten. Da kam sie also, eine etwas unförmige Masse, aber noch immer ein furchterregendes Kriegsschiff, gefolgt von der gedrungeneren»Minion« und den fünf kleineren Schiffen. Die englischen Schiffe hatten sich geschickterweise so unter die spanischen gemischt, daß die Küstenartillerie keinen Schuß abzugeben wagte, aus Furcht, ihre eigenen Schiffe zu versenken; und Ledesmas höchsteigene»Mariposa« war durch die mächtigen Kanonen der»Jesus von Lübeck«, die nur wenige Meter entfernt direkt auf sie zeigten, stark bedroht. Ohne einen einzigen Schuß abzufeuern, hatten Hawkins und Drake den Hafen von San Juan de Ulúa besetzt, und Ledesma konnte nichts tun, um die Eindringlinge zu vertreiben.

Wenn Don Diego aus seinem Hauptquartier in der Festung schaute, hatte er diese aufreizende»Jesus« vor Augen, wie sie sich dreist an einen Ankerplatz drängte, längsseits Drakes freche»Judith«, ein Anblick, der seinen Zorn dermaßen erregte, daß sein Verstand fast außer Kraft gesetzt wurde und nahezu alle Bedenken, geboren aus dem gewissen Ehrgefühl, das Edelmänner normalerweise leitete, beiseite räumte. Das alles beherrschende Motiv seines Handelns lautete daher:»Tod den englischen Invasoren«. Aber welche Taktik die gewünschte Vernichtung herbeiführen sollte, vermochte er nicht zu sagen, und so spielte er zunächst auf Zeit, bis sich möglicherweise günstigere Gelegenheiten abzeichneten.

Erst einmal – so seine unzweifelhafte Courage demonstrierend – ließ er sich zur»Jesus« hinüberrudern und stieg an Deck, während das Boot sanft im Wasser schaukelte, trotz der Tatsache, daß der hoch aufragende Turm achtern fehlte. Mit der gebührenden Zeremonie wurde er empfangen und zu Hawkins' Kabine eskortiert, wo er den englischen Kapitän in einer Uniform vorfand, als wollte er sich zu einem Empfang bei Hofe begeben: italienische Halbschuhe mit Silberschnallen, seidenes Hemd mit Rüschen, Jacke aus schwerem Brokat, ebenfalls seidenes Halstuch und auf dem Kopf einen mit einer Kokarde verzierten Hut.

»Endlich stehen wir uns doch einmal gegenüber«, sagte Hawkins freundlich und wies auf einen bequem gepolsterten Sessel, auf dem sein Gast Platz nehmen sollte.

Ledesma wollte wissen, wie sich die Engländer unterstehen konnten, einen für Spanien so bedeutenden Hafen anzulaufen, aber Hawkins entgegnete freimütig:»Der Sturm hat uns hierher verschlagen.«

»Ein noch schwererer Sturm wird Euch wieder vertreiben«, sagte Ledesma und fügte dann entweder aus List oder Dummheit hinzu:»In Kürze trifft nämlich die mächtige Silberflotte aus Spanien mit zwanzig bewaffneten Schiffen hier ein, um das mexikanische Silber nach Sevilla zu transportieren. Sie wird Euch in Minuten vernichten... wenn Ihr dann noch hier seid.«

»Englische Schiffe können Silber genausogut transportieren wie spanische«, sagte Hawkins, worauf Ledesma spottete:»Wenn sie überhaupt rankommen.«

Das Wortgefecht wurde nun durch das unerwartete Eintreten von Hawkins' Erstem Adjutanten unterbrochen, einem kleinen stämmigen Seemann mit einem runden Kopf und kurzgeschorenem Bart. Kaum hatte Don Diego ihn erkannt, erhob er sich aus seinem Sessel, wies mit dem Finger auf ihn und rief, fast vor Freude, endlich einmal einem so berühmten Menschen begegnen zu dürfen:»Ihr müßt Drake sein!«

Und zum erstenmal standen sich die beiden Gegner von Angesicht zu Angesicht gegenüber, nickten sich kurz zu wie feine Herren, jeder darauf lauernd, daß der andere das Gespräch anfing.

Endlich brach Drake das Schweigen:»Eure Männer haben mir vierzig Sklaven in Ríohacha gestohlen«, worauf Ledesma freundlich lächelnd antwortete:»Und wir haben Euch dafür den Wein in Cartagena umsonst überlassen... als Ihr nicht in unsere Stadt konntet.«

Ohne seinen Zorn über diese Beleidigung zu zeigen, erwiderte Drake kalt:»Damals haben wir nicht versucht, uns den Zugang mit Gewalt zu erzwingen. Aber das nächstemal – seht Euch vor.«

Hawkins löste die Spannung, als er eher abwiegelnd bemerkte:»Das war ein guter Wein, den Ihr uns in Cartagena trinken ließet, Don Diego, aber Ihr dürft nicht vergessen, daß wir dafür bezahlt haben«, und alle drei brachen in das kameradschaftliche Lachen aus, was Seefahrer oft auszeichnet. Ermutigt durch dieses befreiende Lachen, fragte Ledesma von Seemann zu Seemann:»Wie habt Ihr Eure Heckaufbauten verloren?« Und Hawkins gab ehrlich Auskunft.»Diese verdammten oberlastigen Schiffe werden bei so einem Hurrikan ganz schön hin und her geschleudert. Wir mußten den Aufbau kappen, damit das Schiff nicht kenterte.« Dann fügte er noch hinzu:»Wenn ich Schiffsbaumeister wäre, gäbe es bei mir keine Aufbauten, weder vorne noch

165

achtern. Niedrig gebaut und schlank müßten die Schiffe sein.« Er hielt einen Moment inne.»Eure ›Mariposa‹ ist da schon eher nach meinem Geschmack.«
Und Ledesma antwortete:»Es war ein holländisches Schiff. Die verstehen was davon.«
Hawkins nannte dann die zumutbaren Bedingungen, unter denen er und Drake Ulúa wieder verlassen würden.»Ich habe noch fünfzig Sklaven übrig, die Ihr mir abkaufen sollt. Ferner stellt ihr uns für die Rückfahrt ausreichend Proviant für meine sieben Schiffe, zu einem fairen Preis natürlich. Und schließlich instruiert Ihr Eure Schützen in der Festung, uns freies Geleit zu gewähren. Das wär's, und alles bleibt, wie's ist.«
Leise, fast im Flüsterton, fügte Ledesma höhnisch hinzu:»Und die Hunderte von Schützen an der Küste, wo Ihr sie nicht sehen könnt. Denen werde ich wohl auch meine Instruktionen geben müssen.« Doch dann wurde er ernst:»Wie Euch meine Männer in Ríohacha sicher schon mitgeteilt haben und wie ich Euch in Cartagena schon sagte, hat mein König den Handel mit Engländern untersagt. Den Proviant, den wir hier lagern, den brauchen wir für die anrückende Silberflotte. Und über eins müßt Ihr Euch im klaren sein, Kapitän Hawkins, Ihr mögt noch so tapfer sein, aber unsere Schützen werden es niemals zulassen, daß Eure ›Jesus‹ so ohne weiteres den Hafen verläßt. Ihr sagt, sie sei der Besitz Eurer Königin. Schade drum, Eure Elizabeth wird sie wohl kaum wiedersehen.«
In der Stille, die auf diese bösen Worte folgte, verbeugten sich die drei Seefahrer zum Abschied, und Ledesma verließ das Schiff.
Nachdem der Gouverneur in die Festung zurückgekehrt war, fing er an, seine Fallen auszulegen. Heimlich brachte er hundert von den entlang der Küste stationierten Soldaten in Stellung, von denen aus die Liegeplätze der Schiffe gut zu überblicken waren, und als sie ihre Posten eingenommen hatten, holte er sich zur Stärkung der Festung noch einmal hundert Soldaten vom Festland. Dann suchte er sich eins der spanischen Schiffe aus, die schon im Hafen lagen, und gab dem Kapitän folgende Anweisungen:»Verwandelt Euer Schiff heimlich in ein Feuerschiff.« Und als der Mann entsetzt fragte:»Soll das heißen, wir sollen es in Brand setzen?«, entgegnete Ledesma kühl:»Genau. Und füllt es bis unters Deck mit leicht entzündbarem Material, daß es innerhalb einer Stunde bis zur Wasserlinie niederbrennt.« Sodann beriet er sich lange mit seinen beiden Neffen sowie dem Vizeregenten, und gemein-

sam entwarfen sie bis in jede Kleinigkeit einen Angriffsplan gegen die feindlichen Schiffe, so daß am Ende ihrer Beratungen jeder Kapitän wußte, welche Rolle er in dem Vernichtungskampf gegen die Engländer zu spielen hatte.

Gerade sollte die erste einleitende Phase dieses ausgetüftelten Plans in die Tat umgesetzt werden, als sich eine Flotte von zwölf riesigen spanischen Schiffen von Süden näherte, die nicht nur die ungeheure Gold- und Silberfracht aus dem Depot in Nombre de Dios mit sich führte, sondern auch den Vizekönig von Mexiko, Don Martin Enriquez, einen verwegenen Mann, immer bereit, komplizierte, verfahrene Situationen auf seine Weise zu klären, weshalb ihn der König auch nach Mexiko geschickt hatte, wo solche draufgängerischen Talente gebraucht wurden.

Enriquez sah sich einer höchst mißlichen Lage gegenüber. Drei Flotten machten sich die Besitzergreifung der Stadt Ulúa streitig: fünfzehn spanische Kriegsschiffe, Admiral Ledesmas eingeschlossen, dreizehn weitere spanische Schiffe außerhalb und John Hawkins' sieben englische Schiffe, die die Ein- und Ausfahrt zum Hafen blockierten. Eiserne Nerven waren jetzt gefragt, und die drei Kommandeure hatten sie.

Hawkins setzte das nun folgende Geschehen in Gang, indem er sein Beiboot mit der förmlichen Einladung zu einem Abendessen zum Schiff des Vizekönigs Enriquez schickte, und als der Spanier die Kajüte des Engländers betrat, war er erstaunt, Hawkins in seinem üblichen maßgeschneiderten Anzug anzutreffen. Die Worte des Engländers waren barsch: »Ehrenwerter Vizekönig, gebt Admiral Ledesmans Männern an der Küste Anweisung, auf die von mir gestellten Bedingungen einzugehen, und wir werden friedlich abziehen... ohne einen Schuß abzugeben.«

»Also, ich bitte Euch, das ist ja lächerlich!« entgegnete der Vizekönig. »Ihr befindet Euch nicht in der Position, irgendwelche Bedingungen zu diktieren.« Hawkins zuckte mit keiner Wimper, statt dessen hob er hervor: »Exzellenz, Eure dreizehn Schiffe führen Schätze und viele Menschenleben mit sich, keines so wertvoll wie das Eure, aber immerhin doch nicht gänzlich ohne Wert für König Philip. Eure Schiffe liegen ungeschützt da draußen. Wenn ein Sturm so schlimm wie der aufzieht, der mir die Heckaufbauten zerstört hat, dann werden Eure Schiffe gegen die Felsen geschleudert, die man sogar von hier aus sehen kann, und in Stücke zerschlagen. Ihr wißt, Ihr seid in tödlicher Gefahr, und Ihr müßt etwas unternehmen.«

Gelassen fing der Vizekönig an zu zählen:»Eins, zwei, drei...«Als er bei sechzig angekommen war, rückte er seinen Stuhl zur anderen Seite und zählte weiter:»61, 62...«bis einhundert. Dann rückte er wieder ein Stück weiter, bis er die spitz zulaufende Landzunge sehen konnte. Die Zählung wurde bis jenseits der 130 fortgesetzt.»So viele Kanonen sind im Augenblick auf Euch gerichtet, Admiral Hawkins.« »Kapitän Hawkins, bitte. Ich werde den Kanonen widerstehen, von denen die meisten ohnehin zu weit entfernt sind, mich zu treffen. Ich werde die Hafeneinfahrt blockieren und zusehen, wie Eure Schiffe beim nächsten Sturm auseinanderbrechen.«

Es war klar, daß man an diesem Tag zu keiner Einigung mehr kommen würde, und so kehrte der Vizekönig wutentbrannt zu seiner Flotte zurück, ließ sich aber von seinen Bootsleuten am späten Nachmittag unbemerkt an die Küste rudern, kam mit Admiral Ledesma in der Festung zu einer Unterredung zusammen und breitete einen Plan aus, der Don Diego einen solchen Schock versetzte, daß er nur noch entgeistert zuhören konnte und anschließend eine ganze Weile keinen Ton herausbekam.»Draußen wartet ein junger Offizier von außergewöhnlicher Tapferkeit und Begabung. Ihr werdet ihn in die Delegation schleusen, die Ihr Drake morgen zu weiteren Verhandlungen schicken werdet. Und im Laufe der Begegnung...«

Er führte den jungen Mann herein, den er als Attentäter bestimmt hatte, und der zeigte Ledesma, wie sich in seinem linken Ärmel ein mit Gift präpariertes Stilett so verstecken ließ, daß man es unmöglich entdecken konnte. Mit einer blitzartigen Bewegung der rechten Hand, so geschickt ausgeführt, daß Ledesma nicht folgen konnte, sprang das Stilett hervor und zeigte mit der Spitze auf Don Diegos Herz.»Und schon ist Hawkins tot«, rief der Mörder.

»Die anderen Mitglieder der Gruppe werden ihn schützen«, erklärte Enriquez,»und unser kleines Boot wird sofort zur Stelle sein und sie aufnehmen, wenn sie ins Wasser springen.«

Atemlose Stille. Einen Augenblick dachte Don Diego über das Komplott nach, und er rief sich ins Gedächtnis zurück, daß er nur wenige Tage zuvor, hier, in demselben Raum, wutentbrannt geschrien hatte: »Mir ist jeder Trick recht, wenn er nur diesen Piraten vernichtet.« Doch jetzt präsentierte man ihm eine List, die ihm seine Familienehre nicht einmal in Erwägung zu ziehen erlaubte, und er spürte, daß er sie als Edelmann, verwerfen mußte:»Mord? Im Schutz der Parlamentärsflagge? Einer Flagge der Ledesmas? O nein, niemals!«

Der Vizekönig, ohne lauter zu werden, bemerkte mit seidenweicher Stimme: »Der König hat mich geschickt, sein Reich zu schützen, sein Gold und seine Schiffe. Ihr könnt Euch vorstellen, was er tun wird, wenn ich ihm berichten muß, ihr hättet mich davon abgehalten, dem Leben dieses Piraten Hawkins ein Ende zu machen.« Und dann, mit dem barschen Befehl: »Packt ihn!«, wies er seine Männer an, Ledesma zu fesseln. »Erschießt ihn, wenn er versucht, uns irgendwie in die Quere zu kommen.«

Zur Unbeweglichkeit verurteilt, hörte Ledesma die Frage des angehenden jungen Attentäters: »Für den Fall, daß ich nur einmal zustechen kann – welchen der beiden Piraten soll ich...?« Nach kurzem Zögern antwortete der Admiral: »Drake ist unser schlimmster Feind, seit jeher. Mit Hawkins wissen wir umzugehen.« Und der Mörder sagte vertraulich: »Also wird es Drake treffen.«

Ledesma, sich gegen seine Gefangennahme auflehnend, rief noch hinter ihm her: »Nein! Wir wollen uns ehrlich mit ihm messen... in einer Schlacht!« Aber seine Wärter brachten ihn zum Schweigen.

Der junge Offizier, als Mitglied der Verhandlungsmannschaft des Admirals getarnt, ließ sich unter einer weißen Flagge zur »Jesus von Lübeck« herüberrudern und nahm an dem Gespräch mit Hawkins teil. Letzterem, immer auf der Hut, war gleich, als der Fremde ihm vorgestellt wurde, aufgefallen, daß der überheblich wirkende Bursche dem Geschehen keinerlei Aufmerksamkeit widmete, doch daß er, als Drake zu den Verhandlungen stieß, mit einemmal hellwach war und sich immer in seiner Nähe aufhielt. Hawkins war daher auf alles gefaßt, und als der junge Mann mit dem Schrei »Muerte!« den vergifteten Dolch zückte und sich auf Drake stürzte, packte der Admiral ihn hart am Arm, bevor er zustechen konnte.

Aschfahl im Gesicht sagte Hawkins: »Sie kamen unter der Flagge des Friedens zu uns. Bringt sie auch so zurück, als Zeichen der ewigen Schande für die, die sie herschickten.«

Als diese scheinheiligen Verhandlungen beendet waren, war den drei Flottenadmiralen Ledesma, Enriquez und Hawkins, klar, daß es von nun an ein Kampf auf Leben und Tod werden sollte. Keine weiteren Unterredungen, keine der unter höheren Marineoffizieren üblichen Höflichkeiten, jetzt gab es nur noch schweres Geschützfeuer und um ihr Leben manövrierende Schiffe. Am Nachmittag des 23. September 1568 entfesselten Ledesma und Enriquez ein wütendes Sperrfeuer, das drei englische Schiffe versenkte, die »Grace of God«, die »Swallow«

und die »Angel«, während Ledesmas Neffen mutig englischen Musketen die Stirn boten, um auf das Feuerschiff zu gelangen, es in Brand
setzten und die Segel hißten, so daß es direkt auf die »Jesus von Lübeck« zutrieb. Wie ein feuerspeiender Vulkan krachte das lodernde
Schiff in die »Jesus«, innerhalb von Minuten griffen die Flammen auf
die trockenen Holzplanken des schon sturmgeschädigten Aufbaus über.
Bald stand das große Schiff – stolzes Flaggschiff der königlichen Marine und persönlicher Besitz der Königin – lichterloh in Flammen, die
alle Quartiere erreichten und das Schiff bis auf die Wasserlinie nieder-
brannten. Noch hätte sie sich den Weg durch den Hafen freikämpfen
können, wenn sich Admiral Ledesma, wieder den Befehl über die »Mariposa« führend, nicht an die Fersen der brennenden »Jesus« gehängt
und ihr eine vernichtende Breitseite verpaßt hätte, die unterhalb der
Wasserlinie traf. Ohne eine Möglichkeit, sein Flaggschiff noch zu retten, rief Hawkins seiner treuen Mannschaft zu: »Sauve que peut!«, das
altehrwürdige französische Kommando: »Rette sich, wer kann!« Über
die Seiten des historischen Schiffes stürzten sich die Seeleute und fielen
an Deck eines englischen Schiffes, das längsseits beigedreht hatte. Der
letzte Matrose, der sprang, rief: »Kapitän Hawkins! Springt!« Und als
das Rettungsschiff schon ablegte, tat Hawkins einen Hechtsprung von
der »Jesus«, erreichte kaum das Deck des anderen Schiffes und wäre
noch rücklings wieder ins Wasser gestürzt, wenn aufmerksame Matrosen die mißliche Situation nicht vorausgesehen und ihn schnell gepackt
hätten, als er das Gleichgewicht zu verlieren drohte.

In dem gespenstischen Licht der Flammen verfolgten die wenigen
überlebenden Engländer, die sich auf ihre beiden einzigen noch
schwimmfähigen Schiffe hatten retten können, die größere »Minion«,
jetzt unter Hawkins' Kommando, und die kleine »Judith« mit Drake als
Kapitän, mit Wut und dem Gefühl der Ohnmacht, wie die »Mariposa«
seewärts anlegte und ihre »Jesus« weiter unter Beschuß nahm, das
edelste Schiff, das jemals in die Karibik vorgedrungen war. Sie brannte
aus, bis alles Holz in Rauch aufgegangen war. Als wollte sie einen letzten verzweifelten Seufzer tun, zischten die Flammen, als sie auf das
Wasser trafen, und die Überreste des Rumpfes verschwanden im Meer.

Was dann geschah, wird englischen Marinehistorikern wohl immer
ein Rätsel bleiben und ein Schandfleck in der Geschichte dieses Seehelden, denn Francis Drake, Kommandant der noch seetüchtigen »Judith«,
mit voller Besatzungsstärke und ausreichend Proviant, nahm den Ruf
»Sauve que peut!« zu wörtlich, flüchtete vom Schlachtfeld und über-

ließ seinen Onkel in seinem hoffnungslos überfüllten größeren Schiff der Gnade der Spanier.

Unter Drakes geschickter Führung setzte die »Judith« ohne weitere Zwischenfälle ihre Heimreise nach Plymouth fort und kam dort unversehrt am 20. Januar 1569 an, mit der schmerzlichen Nachricht von der Niederlage in San Juan de Ulúa und dem Verlust von Kapitän Hawkins und aller seiner Schiffe. Große Trauer erfüllte England, denn eine so völlige Niederlage und der Tod eines so angesehenen Kapitäns wie Hawkins und vieler seiner Männer war nicht leicht zu verkraften. Königin Elizabeth, noch immer unaufhörlichem Druck durch die Spanier ausgesetzt, konnte sich Verschwendung von Schiffen und Seeleuten nicht leisten.

Doch dann, fünf Tage später, am 25. Januar, sichtete der Ausguck auf einem Landvorsprung nahe Plymouth ein englisches Schiff; arg mitgenommen und kaum Fahrt machend, versuchte es, Land zu erreichen, ohne Erfolg. Der Wächter eilte, so schnell er konnte, nach Plymouth, alarmierte die Stadt, worauf Rettungsschiffe losgeschickt wurden, die die »Minion« abfingen, deren Mannschaft sich in einem so erbärmlichen Zustand befand, daß sie nicht einmal mehr die Rahen besetzen konnte. Als sich das gebeutelte Schiff, Veteran zahlreicher Schlachten, schließlich in den Hafen schleppte, lieferte John Hawkins, ohne den Namen seines Blutsbruders auch nur einmal zu erwähnen, seine Darstellung von der Niederlage in Ulúa und schloß mit der bitteren Verurteilung, die noch heute in der englischen Marine zitiert wird, wenn die Rede auf Drake kommt: »Mit der ›Minion‹ allein und der ›Judith‹, einer kleinen Barke von fünfzig Tonnen, konnten wir entkommen, aber noch in derselben Nacht ließ uns die Barke zu unserem großen Schmerz im Stich.«

Von den hundert Männern, die Ulúa in jener feuergetränkten Nacht auf der »Minion« verließen, überlebten nur fünfzehn die Heimfahrt nach Plymouth, von Schrecken und Hunger gezeichnet, wohingegen auf Drakes »Judith«, die ausreichend mit Proviant versorgt war, alle heil davongekommen waren. Von den fünfzig Sklaven, die Hawkins nach Ulúa mitgenommen hatte, ertrank die Hälfte, denn sie lagen angekettet im Frachtraum der »Jesus« und gingen mit ihr unter, während die weißen Matrosen den rettenden Sprung über Bord taten. Die restlichen 25 erreichten England und wurden mit beachtlichem Gewinn an Familien in Devon verkauft.

Als Admiral Ledesma seine sieben Schiffe heil nach Cartagena zurückgeführt hatte, verkündete er irrtümlich, Hawkins und Drake seien beide während der für die Spanier siegreich verlaufenden Schlacht in Veracruz umgekommen, womit die Karibik wieder fest in spanischer Hand sei. Voll Stolz schickte er sogar eine Depesche gleichlautenden Inhalts an den König: »Eure Königliche Hoheit, mit dem Tod der beiden größten englischen Piraten, Hawkins und Drake, bewegen sich im Karibischen Meer nunmehr ausschließlich spanische Schiffe, und Eure Schatzflotten aus Nombre de Dios werden ab jetzt wieder sicher und ohne Furcht vor Übergriffen nach Havanna und weiter nach Sevilla segeln können.«

Er war wie niedergeschlagen, als der König die bissige Antwort schickte, »daß man jetzt offensichtlich sogar die Geister solch wagemutiger Männer wie Hawkins und Drake fürchten muß, denn unsere Spione haben sie in Plymouth, Medway und London gesichtet«, und wenig später ereilte Cartagena die Nachricht, Drake sei bei einem seiner Streifzüge in der Karibik beobachtet worden, aber da er nirgendwo anlegte, keine Siedlungen angriff und auch die spanischen Frachtschiffe in Ruhe ließ, schenkte man den Erzählungen kaum Beachtung.

1571 tauchten diese Gerüchte erneut auf, aber wenn Drake seinem Lieblingsgefilde tatsächlich einen Besuch abstattete, dann verhielt er sich nicht seinem Charakter entsprechend, denn wieder griff er keine spanischen Schiffe an. Dieses undurchsichtige Verhalten hatte bei der Familie Ledesma eine kuriose Redewendung zur Folge. Die drei Töchter hatten den Eltern inzwischen zahlreiche Enkelkinder geschenkt, und wenn sie es während ihrer Spiele zu arg trieben, riefen die Kindermädchen sie zur Ordnung und mahnten: »Wenn ihr nicht brav seid, holt euch El Draque und bringt euch auf sein großes schwarzes Schiff.« Aber Ledesma fiel auf, daß auch Erwachsene in ihren alltäglichen Unterhaltungen von »El Draque« sprachen: »Das heißt, wenn El Draque nicht kommt.« Oder: »Ich glaube, die Zeit von El Draque ist vorbei.«

Dieses Gefühl der Unsicherheit, »Er lebt noch«, »Er ist bestimmt schon tot«, verwirrte Don Diego, der eines Tages sogar zu seinem Vizeregenten sagte: »Ich wünsche fast, er wäre noch am Leben! Um mich noch einmal mit ihm zu schlagen. Und ihn für immer aus diesem Meer zu verjagen.« Dann, im Juni 1572, ließ ihm der König eine Geheimbotschaft zukommen, die eine Menge Aufregung verursachte:

»Am 24. Mai dieses Jahres ist Kapitän Francis Drake, der sehr wohl unter den Lebenden weilt, an der Seite seines Bruders John mit dem

172

Achtzig-Tonnen-Kriegsveteranen ›Pasha‹ als Admiralsschiff von Plymouth aus in See gestochen. Sein Vizeadmiralsschiff ist die ›Swan‹, dreißig Tonnen. Ein häßliches Gerücht, das zur Zeit in London kursiert, besagt, daß er möglicherweise den Plan hegt, die Landenge zu überqueren und Panama niederzubrennen, in der Hoffnung, dabei unsere Silberlieferung aus Peru und die Goldlieferung aus Mexiko abzufangen. Drake hat dafür eine Mannschaft von 73 jungen Burschen zusammengestellt, nur einer ist über dreißig. Brecht daher auf der Stelle nach La Ciudad de Panama auf, und stellt die Passage unserer Gold- und Silberflotte zum Sammelhafen Nombre de Dios sicher.«

Wenn Drakes Schiffe auch nicht groß waren, außerordentlich robust waren sie allemal, und sie mußten mehr Stauraum bieten als auf den ersten Blick erkennbar, denn der König fügte noch ein Postskriptum über ein Detail an, das ihn offensichtlich faszinierte:

»Ein englischer Matrose gestand unter der Folter, daß Kapitän Drake in Plymouth drei komplette Pinassen von beachtlicher Größe hat bauen lassen, jede Planke numeriert, die Boote dann auseinandergenommen und die Bretter irgendwo in den Eingeweiden des Admiralsschiffes verstaut hat, um sie bei Ankunft am Ziel wieder zusammenzusetzen. Ihr seid gewarnt.«

Jedes Wort der geheimen Nachricht des Königs traf zu, denn nach einer schnellen Fahrt von fünf Wochen erreichten die beiden kleinen Schiffe wieder Dominica und fuhren unverzüglich zum Karibischen Meer weiter, wo sie Kurs auf die entfernte Westküste nahmen, an einem kleinen Flecken anhielten, unweit ihres eigentlichen Ziels, Nombre de Dios. Hier beabsichtigten sie, die auf ihre Verschickung nach Sevilla wartenden Gold- und Silbervorräte König Philips zu überfallen.

Aber es gab noch einen anderen erfahrenen Seemann außer Drake, der sich ebenfalls sorgfältig vorbereitet hatte, denn kaum war die Direktive des Königs bei Admiral Ledesma eingetroffen, begann dieser mit der Planung seines Gegenschlages, und nun erwies sich als besonders wertvoll, Mitglieder der eigenen Familie in entscheidenden Positionen zu wissen, denn als er jetzt den vielen Verwandten mit schnarrender Stimme seine Befehle verkündete, konnte er darauf bauen, daß sie befolgt wurden. Zu seinem Schwiegersohn, dem Vizeregenten, sagte er knapp: »Eile, so schnell es geht, nach Nombre de Dios, und bereite alles vor.« Seinen beiden Neffen aus der Familie Amadór befahl er: »Verschanzt euch im Dschungel, und errichtet Barrikaden, um die

Route zwischen Panama und Nombre zu blockieren.« Einem vertrauten Bruder wiederum gab er den Auftrag:»Brich umgehend nach Ríohacha auf, und besetze die Verteidigungsanlagen. Vielleicht macht er da aus purer Rachsucht Station.« Einem anderen Bruder und drei Vettern legte er die Verteidigung Cartagenas in die Hand, während er selbst, dem Befehl des Königs gehorchend, nach Panamastadt eilte, wo er die Führung des gesamten Verteidigungssystems übernahm. Wenn Drake in die westliche Karibik einfuhr, seinem vorgeblichen Ziel, würde er auf nicht weniger als sechzehn Mitglieder der engeren Familie des Gouverneurs Ledesma stoßen, alle bereit, spanische Interessen zu verteidigen.

Am 12. Juli 1572 holte Drake zum Schlag aus. In einem sicheren Hafen unweit von Nombre de Dios, einem Namen, der für immer mit ihm in Verbindung gebracht werden sollte, holte er die Staken Holz und Spieren aus dem Laderaum der »Pasha« hervor und setzte die Fertigteile der drei vorher in Plymouth gebauten Pinassen zusammen. Abends rief er eine Versammlung der Männer ein, die das große Abenteuer wagen wollten. Als einer der Matrosen – fast noch ein Kind – schüchtern fragte:»Woher sollen wir wissen, wie am besten vorzugehen ist, wenn wir in Nombre de Dios eintreffen?«, wandte sich Drake dem Jungen zu und sagte mit sanfter Stimme:»Was, glaubst du wohl, habe ich in den letzten beiden Jahren während der Sommermonate auf meinen Kreuzfahrten in der Karibik gemacht? Meine Zeit vergeudet?«

Mit einem Stöckchen zeichnete er in den weißen Sand, auf dem die drei Pinassen ruhten, die Umrisse der Goldstadt ein, die er auf seinen beiden heimlichen Fahrten ausspioniert hatte.»Wir rudern bis hierher, lassen die großen Schiffe, die auf uns herunterstarren, unbeachtet... die Mannschaften werden schlafen. Hier gehen wir an Land, marschieren direkt auf das Haus des Gouverneurs zu, das sich hier befindet. Wir schnappen uns alle Silberbarren... und nehmen den Gouverneur gefangen. Dann geht's runter in die Schatzkammer, solide gebaut und schwer bewacht, das Lager, hinter dem wir her sind – riesige Mengen Gold und wertvolle Edelsteine.«

»Und was dann?« tönte es zaghaft, und ohne festzustellen, wer da gesprochen hatte, fuhr Drake fort:»Dann werfen wir unseren Schatz in unsere Pinassen und rudern zurück zur ›Pasha‹ und zur ›Swan‹, die uns mit ihren schweren Kanonen Schutz gewähren.« Er zögerte einen Moment, lachte leise und fügte dann hinzu:»Wir müssen verdammt schnell rudern.«

Es war wie jedes von Drake geleitete Unternehmen perfekt geplant und entschlossen durchgeführt. Ja, in der ersten Phase des Übergriffs auf Nombre de Dios schien es sogar so, als erfüllten die Spanier lediglich Rollen in einem Spiel, das Drake mit ihnen einstudiert hatte. Die Matrosen auf den großen Schiffen, die den Hafen bewachten, lagen im Schlaf. Einwohner, die sich auf der Plaza aufhielten, ließen die englischen Angreifer passieren. Und auch der Plan bewährte sich anfänglich, denn im Haus des Gouverneurs stießen Drakes Männer auf Silberbarren im Wert von über einer Million Pesos, die zur Umladung aufs Schiff wie bereit lagen. Allerdings stellte sich ihnen auch ein Hindernis in den Weg, mit dem sie nicht gerechnet hatten. Das Schlafzimmer oberhalb der Schatzkammer bewohnte Admiral Ledesmas mutiger Vizeregent. Aufgewacht von dem Lärm unten, sprang er aus dem Bett, schnallte seinen Degen um, schnappte sich zwei Pistolen und stieg langsam die Treppe hinunter. »Was geht hier vor?« fragte er mit ruhiger Stimme. Dann erkannte er Drake wieder, den er von den Ereignissen in Ulúa her kannte. »Aha, Kapitän Drake! Ihr habt die schwere Niederlage in Veracruz überlebt?«

»Ich überlebe immer«, sagte Drake und richtete seine Pistole auf den jungen Störenfried. Der Vizeregent zeigte keinerlei Furcht, sondern zielte mit seinen beiden Pistolen ebenfalls mitten auf das Herz seines Gegners, so daß die Konfrontation unentschieden blieb. Beide Männer versuchten, ihr Gesicht zu wahren, verhielten sich ausgesucht höflich zueinander, und Drake sagte: »Ich bin gekommen, meine Bezahlung für die Sklaven abzuholen, die Eure Leute mir in Ríohacha gestohlen haben«, wobei er auf die Stapel Silberblöcke zeigte.

»Der König wäre sehr unglücklich, wenn Ihr sein Silber anrührt«, entgegnete der Vizeregent, und Drakes Erwiderung war gleichzeitig die Aufforderung an seine Männer: »Jeder kann so viele Barren einstekken, wie er tragen kann, dann stürmen wir die Schatzkammer, wo die eigentlichen Reichtümer auf uns warten.« Aber alle waren so damit beschäftigt, das Silber zu verstauen, das ja eigentlich nur ein Vorgeschmack auf den großen Schatz war, daß der Vizeregent ungehindert weglaufen konnte.

»Laßt die kleine Beute liegen!« rief Drake verärgert. »Stürmt die Schatzkammer!« Als die Engländer jedoch versuchten, zurück zu ihren wachestehenden Kameraden an der Plaza zu gelangen, rief der Vizeregent, der schnell vorausgelaufen war: »Feuer! Feuer!« Eine Kugel schnitt sich tief in Drakes linkes Bein, was eine heftige Blutung verursachte, die er stillte, indem er seine Hand in die Hosentasche steckte und das Tuch gegen die Wunde drückte.

So kam er schließlich zur Schatzkammer, wo eine zweite Gruppe gerade dabei war, das Eingangstor in die Luft zu sprengen. In der Zwischenzeit hatte der Vizeregent seine Truppen um sich geschart und ging zum Gegenangriff über, der den kleinen englischen Verband aufgerieben hätte, wenn einem Matrosen nicht die unaufhörlich blutende Wunde an Drakes Bein aufgefallen wäre und er ihn nicht gedrängt hätte, den Plan fallenzulassen.

Als Drake noch zögerte, wütend über die Tatsache, unsagbarem Reichtum so nahe zu sein, aber seine Finger nicht drauflegen zu können, zerrten ihn vier seiner Soldaten in letzter Minute vor den angreifenden Spaniern fort und brachten ihn mit den Pinassen in Sicherheit.

Zum Erstaunen der Spanier in Nombre de Dios zogen sich die hochmütigen Engländer auf eine Insel mitten in der Bucht zurück, wo sie ihr Hauptquartier aufschlugen, als wollten sie ihre Gegner bewußt herausfordern: »Werft uns doch raus, wenn ihr es wagt.«

Die Spanier schickten darauf eines ihrer kleinen Boote mit einer weißen Flagge zu der Insel, an Bord der Vizeregent. Er kam an Land und richtete das Wort an Drake, als hätte er einen Diplomaten bei einer formellen Zusammenkunft am Hofe vor sich. »Und wann gedenkt Ihr abzureisen, Kapitän?« fragte der Spanier, aber Drake antwortete: »Nicht eher, als bis wir Eure Schatzkammer von all dem Gold und den Edelsteinen befreit haben«, worauf der Spanier, ohne eine Veränderung im Tonfall, entgegnete: »Ich fürchte, bis dahin wird viel Zeit vergehen, denn unsere Kanonen werden Euch vernichten, wenn Ihr diese Richtung einschlagt.«

»Nur ein leidiger Glückstreffer von Eurer Seite hat mich gestern daran gehindert, Eure Schatzkammer zu plündern«, sagte Drake. Und der Spanier daraufhin: »Unsere Männer haben ein Gespür für Glückstreffer.«

Wie um Drake noch Salz in die Wunde zu streuen, fügte er dann noch hinzu: »Ich bin, wie Ihr Euch vielleicht erinnern werdet, der Schwiegersohn von Don Diego, Gouverneur von Cartagena. Er hat mich hergeschickt, um Euch zuvorzukommen, was mir gelungen ist, und ich bin sicher, es entspricht seinem Wunsch, wenn ich Euch mitteile, daß Ihr allein mindestens zehn Millionen Pesos in der Hand gehabt hättet, wäre es Euch gelungen, nur das Silber einzustecken, das ihr in meinem Haus vorfandet, und weitere hundert Millionen, wenn ihr die Schatzkammer aufgebrochen hättet.« Als Drake keine Miene verzog, fügte der Vizeregent noch hinzu: »Viermal mußten Gouverneur Ledesma und ich Euch nun enttäuschen. Warum segelt Ihr nicht heim nach England und belästigt uns nicht weiter?« Aber Drake antwortete ohne jeden Groll in der Stimme: »Ich werde Eurem Rat gerne Folge leisten und bald heimsegeln, aber Ihr und Euer verehrter Herr Vater werden erstaunt sein, was meine Männer vorher noch anstellen.«

Der Besuch endete in scheinbar liebenswürdigem Einvernehmen, so daß sich der englische Matrose, der die beiden bediente, des Kommentars nicht enthalten konnte: »Man möchte meinen, sie sind Verwandte.« Und als der Vizeregent an Land seinem Boot entstieg, gestand er den Männern, die auf ihn warteten: »Eine wunderbare Zusammenkunft. In meinem ganzen Leben bin ich nicht mit solcher Höflichkeit aufgenommen worden.«

Was Drake als ersten Schritt auf dem Weg zur Befriedigung seiner Rachegelüste tat, kam sowohl für seine eigenen Männer wie für die Spanier überraschend. Er verließ Nombre de Dios, den Schatz unangetastet, machte seine beiden Schiffe wieder flott und setzte, die drei Pinassen im Schlepptau, nach Cartagena über, feuerte ein paar freche Schüsse über die Stadtmauer, lief unverfroren durch Boca Chica in den Hafen ein und kaperte mehrere Frachtschiffe, die genau die Artikel geladen hatten, die er brauchte.

Dann versenkte er in einer für die damalige Zeit beispiellos waghalsigen Geste sein eigenes Schiff, da es ihm zu klein schien, und erklärte seinen Männern: »Wir suchen uns ein besseres.« Sie fanden tatsächlich eins und eroberten ein großes, elegantes spanisches Handelsschiff, das er für den sagenhaften Kraftakt, der kurz bevorstand, prompt zu seinem Admiralsschiff erklärte.

Ein paar letzte Abschiedskugeln auf Cartagena abfeuernd, dessen Bewohner erleichtert aufatmeten, als sie ihn davonziehen sahen, entkam er gerade noch rechtzeitig, um nicht mit einem sehr starken spanischen Flottenverband zusammenzutreffen, der soeben mit Hunderten gutbewaffneter Soldaten an Bord einlief. Befreit von dieser Gefahr, steuerte er westwärts auf die Landenge von Panama zu, wo er seinen erstaunten Männern seinen bislang geheimgehaltenen Plan eröffnete: »Wir überqueren die Landenge und marschieren auf Panamastadt zu, schneiden der mit Gold und Silber beladenen Maultierkarawane den Weg ab und verdienen uns jeder ein Vermögen.« Ihm zur Seite standen 69 junge Männer und Knaben; auf sie mußte er sich nun verlassen bei seiner verwegenen Attacke auf eine Stadt, die Tausende beherbergte.

Die Landenge zu überqueren galt als Strafe; gefährliche Nebel zogen plötzlich auf, es gab unbekannte Tiere, tödliche Schlangen und unsauberes Wasser, auch lebten dort einige der kriegerischsten Indianer der Neuen Welt, bewaffnet mit vergifteten Speeren. Es war ein Stamm, der ganz für sich war, weder Kariben aus dem Osten noch Arawaks aus Hispaniola, keine Inkas aus Peru oder Azteken aus Mexiko; sie wirkten furchterregend und machten die Enge zu einem der gefahrvollsten Landstriche der bis dahin bekannten Welt, aber sie bildete die einzige Verbindungslinie zwischen den Silberminen in Peru und dem sicheren Hafen Nombre de Dios. Es war diese Lebensader, die Drake zu kappen gedachte.

In den Monaten, seit ihm das letztemal geheime Informationen über die Lage in Panama zugänglich gemacht worden waren, hatte allerdings eine entscheidende Veränderung stattgefunden: Gouverneur Ledesma war aus Cartagena angereist, um für die Lagerung der Schätze in Panama und den sicheren Weitertransport durch die Maultierkarawane nach Nombre de Dios, wo sein Schwiegersohn sie erwartete, persönlich die Verantwortung zu übernehmen.

Alle praktischen Schritte dazu waren eingeleitet, er hatte seine Neffen kleine Befestigungen entlang dem Dschungelpfad errichten und sowohl Maultiertreiber als auch die zu ihrem Schutz abkommandierten Soldaten ausbilden lassen. Die Maultierkarawane, die Gouverneur Ledesma anführte, mochte angegriffen werden, aber sie war nicht unvorbereitet.

In der finsteren Nacht des 14. Februar 1573 führte Drake, nachdem er sich, die Blockaden vermeidend, die den regulären Pfad überwachten, einen Weg durch unerforschtes Dschungelgelände freigekämpft hatte, seine zahlenmäßig erbärmlich unterlegene Truppe westlich um ein kleines Dschungeldorf herum, nur wenige Kilometer von Panamastadt entfernt, die Männer ganz in Weiß, um im bevorstehenden Nachtkampf nur ja jede Verwechslung zu vermeiden. Seine Befehle waren streng:»Niemand bewegt sich, bis die Maultierkarawane vorbei und ein gutes Stück vor uns ist. Damit sie, wenn wir angreifen, nicht mehr nach Panama umkehren kann, sondern anhalten und mit uns kämpfen muß. Und denkt daran: Wenn wir sie einnehmen, Tausende Pesos für jeden!«

Der kühne Plan hätte funktioniert, wenn nicht die weise Voraussicht

Gouverneur Ledesmas gewesen wäre, der selbst die Führung übernommen hatte, aufrecht, ruhig und entschlossen.

Kurz bevor die Maultiere den Dschungel betraten, hatte er eine glänzende Idee:»Zugführer! Spannt sechs von unseren Reservetieren getrennt von den anderen an die Spitze. Ohne Lasten, aber mit drei Sträflingen, die als Soldaten gekleidet sind.« Man legte eine Pause ein, um den Befehl auszuführen, aber als die Ködertiere bereit waren loszumarschieren, kam Ledesma ein zweiter guter Gedanke:»Bindet Glöckchen um die Hälse.« Und als auch das geschehen war, hörten sich die sechs Tiere wie eine Karawane von sechzig an.

Der Name des Engländers, den sie mit dieser List zum Narren hielten, Robert Pike, wird in den Annalen als eine Schande der englischen Marine überliefert. Er hörte die nur zum Schein geschickten Maultiere anrücken, ihre Glöckchen bimmeln und die wachsamen Soldaten vorsichtig voranschleichen. Darauf versessen, den Helden zu spielen, sprang Pike vor, als die Tiere auf seiner Höhe waren, und stürmte mit lautem Gebrülle auf die drei Sträflinge los:»Für den Heiligen Georg und England!«

Ledesma hörte den Schlachtruf, er hörte die Maultiere verwirrt herumtrampeln und einen Pistolenschuß, von Pike oder einem der verschreckten Sträflinge abgefeuert. Sekunden später rief er das Kommando:»Umkehren! Flieht!« Und so wurde, in finsterer Nacht, Kapitän Francis Drake durch Robert Pikes unbeherrschte Aktion und Gouverneur Ledesmas vorausschauende Umsicht wieder einmal um seine fünfzehn Millionen Pesos gebracht.

Drake konnte nichts tun. Während er noch seine Männer sammelte, galoppierten Ledesma und seine Maultierkarawane schon zurück nach Panama; Reiter sprengten ihnen voran, um eine Streitkraft zu mobilisieren, die so groß und gut trainiert war, daß sie die Engländer, wenn sie gefolgt wären, vernichtend geschlagen hätte. In seiner Verzweiflung darüber, von Ledesma und seiner Truppe wieder einmal arglistig hinters Licht geführt worden zu sein, blieb Drake nichts anderes übrig, als den Rückmarsch durch den feuchtheißen Dschungel anzutreten und auf seinen wartenden Schiffen Zuflucht zu suchen.

Doch dann, am Tiefpunkt seines selbstquälerischen Jammerns über diesen Fehlschlag erwies es sich, daß er doch einer der bemerkenswertesten Männer seines Zeitalters werden sollte. Er hatte noch keine der Heldentaten vollbracht, die ihm Unsterblichkeit sicherten – die Weltumseglung, den Angriff auf Cádiz und die Demütigung der spanischen

Armada –, und so schien das, was er jetzt tat, in diesem abgelegenen Fleckchen Erde und nur mit einer Handvoll Männer, um so unglaublicher.

Zunächst kehrte er nach Nombre de Dios zurück, aber näherte sich der Stadt nicht auf dem direktesten Wege wie vordem, sondern kroch wie ein Tier durch den Dschungel an sie heran. Vor den Stadtmauern – so dicht, daß seine Männer die Bewohner bei der Arbeit hören konnten –, lauerte er der nächsten Maultierkarawane aus Panama auf und sicherte sich und seinen Männern ein kleines Vermögen. Dann galt es, die Truppe den langen Marsch zurück zu den Schiffen antreten zu lassen, durch den weglosen Dschungel, heimgesucht von Schlangen und Sümpfen, Insekten und Hunger, und als sie schließlich vor ihren Schiffen standen – der ehemaligen »Pasha« und dem von den Spaniern gekaperten Schiff –, mußte er erkennen, daß sie nicht seetüchtig genug waren, ihn und den Schatz bis nach Plymouth zu bringen. Mit einem Trotz, der seinesgleichen suchte, segelte er wieder nach Cartagena, wo in dem geschlossenen Binnenhafen eine große spanische Flotte vor Anker gegangen war. Darauf bauend, daß keins der schweren Schiffe rechtzeitig zum Manöver klar sein würde, fuhr er mitten in den größeren Südhafen ein, passierte unter vollen Segeln die Enge von Boca Chica, sah gleich ein Schiff der Größe, die er brauchte, drehte seitlich bei, sprang an Deck, vertrieb die Seeleute und verließ Cartagena mit einem prächtigen neuen Schiff anstelle von zwei lecken alten Kähnen. Einen letzten Signalschuß auf die Stadt abfeuernd, die ihn bis in seine Träume verfolgte, wiederholte er den Schwur, den er einst vor langer Zeit in Ríohacha geleistet hatte: »Ich komme wieder, Cartagena!« Dann segelte er los, nach England und den großen Abenteuern entgegen, die noch auf ihn warteten.

Nun folgten für Spanien die Jahre, die wie im Leben einer jeden großen Nation einen Wendepunkt markieren, zum Aufstieg oder zum Fall. Zunächst nimmt niemand wahr, daß die Verschiebung der Machtverhältnisse bereits eingesetzt hat, denn die Signale sind so schwach, daß nur ein Genie mit prophetischen Gaben ihre wahre Bedeutung erkennen könnte: In einer kleinen Stadt in den Niederlanden wagen sechs Männer, gegen den spanischen Gouverneur zu opponieren, und werden dafür hingerichtet. Im fernen Celebes kommt unerwartet ein Sultan an die Macht, der beschließt, mit jedem europäischen Schiff Handel zu treiben, das sich in seinem Herrschaftsbereich verirrt. In einer deutschen Kleinstadt erfindet jemand eine bessere Methode, Lettern zu setzen, und in seiner Druckerei können Bücher schneller gedruckt werden als anderswo.

In den achtziger Jahren des 16. Jahrhunderts waren auch England und Spanien von dieser Machtverschiebung betroffen, denn schon seit längerem brütet König Philip II. in den finsteren, traurigen Sälen des Escorials über dem Plan einer gigantischen Operation, die er selbst nur »Unternehmen England« nennt. Seine Absicht ist es, die jahrzehntealte Rivalität zu seiner Schwägerin, Königin Elizabeth, ein für allemal zu beenden.

Aber auch sie vergeudet nicht ihre Zeit und wartet, bis der Feind zuschlägt. Unter der hervorragenden Leitung von John Hawkins stellt sie eine Flotte schneller kleiner, von Grund auf neu konstruierter Schiffe zusammen und schart die großen Helden Englands um sich, diese zu besetzen: Howard, Frobisher, Hawkins – und vor allem Drake. Jedes Land in Europa, das Spione in Spanien oder England hatte, wußte, daß eine Konfrontation zwischen beiden Ländern, zwischen Philip und Elizabeth, unausweichlich war.

Gouverneur Ledesma, sicher aufgehoben in seiner ummauerten Hauptstadt Cartagena, erfuhr auf zwei Wegen von den bevorstehenden Ereignissen, die das Schicksal Europas bestimmen sollten: durch Berichte aus Spanien, die ihn auf die mögliche Gefahr hinwiesen, ihn vor tatsächlichen warnten oder ihm einfach nur den neuesten Klatsch im Reich überbrachten; außerdem unterhielt er einen Informantenring, der von einer spanischen Besitzung zur nächsten fuhr, und diese Frauen und Männer lieferten ihm oft Einsichten, die nicht einmal dem König in Madrid zugänglich waren, denen er wahrscheinlich auch kein Gehör geschenkt hätte.

Anfang Januar des Jahres 1578 lief eine der schnellen Kurierfregatten des Königs in Cartagena ein, mit der Kopie der seltsam widersprüchlichen Instruktionen, die an alle Niederlassungen in der Karibik verschickt wurden:

»Einige Dinge wissen wir mit Sicherheit, andere sind im dunkeln. Am 15. November 1577 ist Kapitän Francis Drake mit fünf Schiffen von Plymouth aus aufgebrochen, der ›Pelican‹, hundert Tonnen, als Admiralsschiff, der ›Elizabeth‹, achtzig Tonnen, als Vizeadmiralsschiff. Die vollzählige Besatzung ist nicht bekannt, aber auf den fünf Schiffen können nicht mehr als 160 Männer, Seeleute und andere, versammelt sein.

Wohin er steuert und wie sein Auftrag lautet, konnten wir nicht in Erfahrung bringen. Unseren Leuten in Plymouth ging einer seiner Soldaten in die Falle, und sie schickten ihn nach Cádiz, aber auch anhaltende Folter brachte nichts zutage, und der Gefängniswärter ist der Ansicht, er und die anderen Seeleute wurden über den Kurs nicht in Kenntnis gesetzt. Aus der Größe der Flotte und der Sorgfalt, mit der sie zusammengestellt wurde, müssen wir jedoch schließen, daß sie irgendein größeres Angriffsziel in Eurem Herrschaftsbereich anläuft. Hispaniola? Puerto Rico? Kuba? Cartagena? Panama? Achtung ist geboten.« Der zeitliche Ablauf der Reaktionen war in allen aufgelisteten Orten derselbe. Im ersten Monat: erhöhte Aufmerksamkeit. Im zweiten Monat: spürbare Erleichterung, daß Drake, falls er sich in der Karibik bewegte, wenigstens nicht die eigene Stadt überfiel. Im dritten Monat: totale Verwirrung. Und alle stellten sich die Frage: »Wo steckt bloß dieser El Draque?«

Fast ein ganzes Jahr verging, bis eine Nachricht aus Spanien das Geheimnis lüftete: »Wir wissen nun mit Sicherheit, daß Kapitän Francis Drake seine Flotte in den Pazifischen Ozean geführt hat, aber bei der Passage durch die Magellanstraße anscheinend alle Schiffe bis auf eins verloren hat, sein Admiralsschiff, auf den Namen ›Pelican‹ getauft, aber jetzt in ›Golden Hind‹ umbenannt.

Drake hat ziemliche Unruhe entlang der chilenischen und peruanischen Küste ausgelöst, hat aber Panama wohl verschont. Niemand weiß, was er als nächstes ansteuert, doch viele unserer treuen Bediensteten, die er zu seinen Gefangenen machte und dann wieder freiließ, bestätigen, daß er sich häufig und freimütig darüber geäußert hat, entweder weit nördlich vorzudringen, um die vergessene Nordwestpassage zu suchen, oder westlich nach China und zu den Mulukken oder zurück über die Magellanstraße, um zu einer großen Attacke irgendwo in der Karibik auszuholen. Seid also vorgewarnt.«

Anfang 1579 jedoch kam aus Panama mit einem der Schatzschiffe aus Nombre de Dios eine gewisse Señora Christóbal nach Cartagena, Schwägerin des berühmten Schiffseigentümers San Juan de Anton, Kaufmann und Regierungsvertreter in Lima, und sie wußte einiges zu erzählen. Als Freundin von Don Diegos Frau logierte sie natürlich in der Residenz der Ledesmas, und während ihres Aufenthalts dort sprach sie unaufhörlich von den großen Dingen, die sich an der Westküste Südamerikas zutrugen, und berichtete von Ereignissen, von denen König Philip offenbar keine Ahnung hatte.

»Lauter Widersprüche! Lauter Widersprüche! Ihr, Admiral Ledesma, wißt sicher besser als sonst jemand, was für ein grausames Ungeheuer dieser El Draque ist, wie er brandschatzt und mordet, so daß man der Kindern Spaniens schon droht, El Draque würde kommen und sie holen, wenn sie nicht gehorsam sind. Abends sitzt man zusammen und erzählt sich Hunderte Geschichten von seinen fürchterlichen Taten. Aber ich, als eine der besten Kennerinnen, denn ich habe es selbst erlebt und bin zahllosen Menschen begegnet, die mit ihm zu tun hatten, ich kann Euch sagen, daß er weder in Chile noch in Peru Häuser in Brand gesteckt oder Menschen niedergemetzelt hat. 200 Seeleute und auch Kaufleute können bezeugen: Als sie gekapert wurden – auf hoher See oder während sie irgendwo in einem versteckten Hafen lagen –, da gab Drake ihnen ihre Schiffe zurück, nachdem alles von Wert auf sein eigenes Schiff gebracht worden war, und sorgte dafür, daß genügend Proviant an Bord blieb, um die Heimat zu erreichen. Natürlich hat er manchmal die Masten kappen lassen, und bei einer Gelegenheit wickelte er alle Segeltücher um die Ankerkette und warf sie auf den Meeresgrund, damit die Schiffe ihm nicht folgen oder sogar vorauseilen konnten, um anderen sein Kommen anzukündigen. Er ist der Schrecken der Karibik, ohne Zweifel, aber er ist kein brutaler Wilder, wie die Franzosen es oft sind, und die Gesetze der See erkennt er ebenfalls an.«

Von Don Diego ermuntert, fuhr sie fort und gab ihre Version dessen, was sich in Santiago de Chile zugetragen hatte, zum besten: »Alle offiziellen Berichte über die Ereignisse stecken voller Unwahrheiten. Drake lief mit seiner ›Golden Hind‹ in Valparaíso ein, der Hafenstadt nahe Santiago. Er kam völlig unerwartet, aus dem heiteren Himmel, und hatte den Ort nach wenigen Minuten eingenommen. Kein Wunder, kaum war das fremdartige englische Schiff gesichtet, flohen alle aus der Hafenstadt in die nahen Berge, und wenn ich sage alle, dann meine ich wirklich alle, denn später habe ich mit vielen darüber gesprochen. Valparaíso wurde vollständig geplündert, jedoch nicht niedergebrannt, und es gab keine Verluste. Aber es wurde bislang immer geheimgehalten, daß Drake aus Valparaíso und den Siedlungen auf dem Weg nach Santiago Schätze aller Art hat mitgehen lassen. Ein englischer Seemann berichtete meinem Schwager, als dieser als Gefangener an Bord von Drakes Schiff war: ›Wir haben so viel Beute in Valparaíso gemacht, daß wir auf der Stelle hätten kehrtmachen können und jeder von uns als reicher Mann nach Hause gekommen wäre.‹ Und zum Scherz gestattete Drake Don San Juan, runter in den Frachtraum der

›Golden Hind‹ zu steigen und sich die wertvollen gestohlenen Waren selbst anzusehen, die sie im Hafen geladen hatten. Mein Schwager sagt, es wäre unvorstellbar viel gewesen, es hätte gereicht, wie er sich ausdrückte, ›ein Dutzend Kathedralen damit auszuschmücken‹. Und Ihr dürft nicht vergessen, Valparaíso war nur eine der vielen Stationen entlang der Küste. Weiß der Himmel, welche anderen Städte der sonst noch ausgeraubt hat.«

Admiral Ledesma lehnte sich in seinem Sessel vor. Er war wie hypnotisiert von dem, was sein Gast zu berichten hatte, denn über das Verhalten seines Erzfeindes konnte er nicht genug hören. »Sagt mir, was geschah, als Drake das Schiff Eurer Familie, die ›Cacafuego‹, kaperte!«

Bei der Erwähnung dieses berühmten Segelschiffes rang Señora Christóbal mit den Händen und tat einen leisen Schluchzer. »Das Schiff, und ich bin sicher, Ihr wißt es besser als ich, war ein edles Schiff, ist es noch, denn obwohl Drake es gekapert hat, übergab er es anschließend wieder Don San Juan. Es war einst und ist es immer noch, glaube ich, als der Stolz des Pazifiks bekannt, es gab kein größeres, stattlicheres neben ihm. Ich bin einigemal auf ihm mitgesegelt, von Lima nach Panama, und meine Kabine war vornehmer ausgestattet als mein Schlafzimmer zu Hause. Drake hat uns, auf dem Weg nach Panama und beladen mit Reichtümern, fünf Tage lang verfolgt...«

Jetzt brach Señora Christóbal endgültig zusammen, aber nahm, nachdem sie sich ein paarmal geschneuzt hatte, ihren Bericht wieder auf: »Ein ziemlich großer Teil von dem, was dieser verdammte Drake aus der ›Cacafuego‹ gestohlen hat... ich will sagen, es hat drei ganze Tage gekostet, das Zeug von unserem Schiff in seins zu verladen... ich sage ›unser‹ Schiff, weil ein recht stattlicher Anteil meinem Mann und mir gehört. Das mit den drei Tagen haben mir unsere Seeleute erzählt, die, wie Ihr vielleicht erfahren habt, von Drake freigelassen wurden und die ›Cacafuego‹ zurück nach Panama brachten, nachdem die Ladung von unserem auf sein Schiff transportiert worden war. Ein Matrose bestätigte mir, als die ›Golden Hind‹ aufbrach, um ihre Suche nach der Nordwestpassage wiederaufzunehmen, sei die Diebesfracht so groß gewesen, daß das Schiff gefährlich tief im Wasser gelegen hätte, und dann hätte er noch die Bemerkung eines von Drakes Matrosen aufgeschnappt: ›Wenn wir es mit diesem Sieb zurück bis nach Plymouth schaffen, können wir uns alle einen Landsitz in Devon leisten.‹ Denn das unermeßliche Vermögen würden sich nicht mal 130 Männer teilen. Mehr Seeleute waren nicht auf Drakes Schiff, und wenn man bedenkt, daß diese kleine Bande über so viele unserer Seehäfen hergefallen ist, so viele von unseren Schiffen gekapert und unser halbes Vermögen erobert hat...«

Nachdem sie sich wieder gefaßt hatte, fuhr Señora Cristóbal fort: »Denkt Euch, Don Diego, als Kapitän Drake die ›Cacafuego‹ kaperte, gab er zuerst ihrem Eigner, meinem Schwager also, eine elegante Kajüte an Bord der ›Golden Hind‹ mit dem ausdrücklichen Befehl an die Mannschaft, Don Diego dieselben Annehmlichkeiten zukommen zu lassen, die sie Drake gewährten. Später gestattete er Anton sogar, wieder seine geräumigeren Quartiere auf der ›Cacafuego‹ zu beziehen, wo die beiden Männer Nacht für Nacht verhandelten. Nun, habt Ihr das gewußt? Wurde das in Euren Berichten erwähnt? Und als für die beiden Schiffe der Zeitpunkt kam, wieder auseinanderzugehen, übergab Drake jedem Matrosen auf der ›Cacafuego‹ eine Art Abschiedsgeschenk, und er war sogar so rücksichtsvoll, die Gaben aus der Beute von Valparaíso zu nehmen und nicht aus der Ladung, die er von ihrem eigenen Schiff gestohlen hatte. Einige der Geschenke waren recht wertvoll, Werkzeuge und andere Dinge, die Männer zu schätzen wissen. Als er Don Diego drei wunderschöne Schmuckstücke für seine Frau überreichte, sagte mein Schwager: ›Ich habe eine Schwägerin, sie besitzt Anteile an diesem Schiff, und sie liebt solche hübschen Dinge.‹ Und mir schickte Drake diese beiden Smaragdbroschen, ebenfalls aus Valparaíso.«

Señora Christóbals weitschweifiger Monolog rief in Don Diego widersprüchliche Empfindungen hervor. Auf der einen Seite war er erleichtert, daß Drake seine dämonischen Kräfte in anderen Teilen des spanischen Reiches zur Schau stellte als dem seinen: Jetzt werden die Gouverneure dort mal am eigenen Leib erfahren, womit wir damals fertig werden mußten. Vielleicht erkennen sie ja nun an, was es heißt, ihn in Grenzen zu halten.

Andererseits aber spürte er fast eine Art widernatürlichen Verlust, wenn er daran dachte, daß Drake diese waghalsigen Überfälle und monströsen Raubzüge in einem anderen Gebiet durchführte, und er fühlte sich der erneuten Gelegenheit beraubt, diesem größten aller englischen Piraten wieder eine Enttäuschung zu bereiten: In unseren Gewässern hätten wir den Raub einer »Cacafuego« niemals zugelassen.

Es war, als hätte das Schicksal sie zu ewigen Duellanten in der Karibik erwählt, und die Bedingungen dieses Kampfes plötzlich zu ändern war nicht gerecht. Ganz in dieser Verwirrung gefangen, sah er sich und Drake manchmal als mittelalterliche Turnierkämpfer, er selbst, der erwählte Held eines großen Königs, Drake, der Krieger einer schönen Königin, aber solche der Phantasie entsprungenen Bilder fielen in sich zusammen, wenn er bedachte, was für ein Kleingeist König Philip war und was für eine ausgemachte Häßlichkeit Königin Elizabeth von England.

Don Diego war begeistert, als er aus Madrid erfuhr, daß Drake seine Weltumseglung beendet hatte. »Scheint so, als sei er der halsstarrige Mensch, als den ich ihn in meinen Botschaften immer dargestellt habe«, sagte er zu den Mitgliedern seiner Regierung. Und zu sich selbst: Ich muß der einzige auf der Welt sein, der Drake viermal geschlagen hat.

Er war noch angenehmer überrascht, als aus Europa große, einseitig bedruckte Flugschriften in der Karibik aufkreuzten, die Königin Elizabeth, mit weiten spitzenbesetzten Halskrausen bekleidet, an Deck der »Golden Hind« zeigten, während Drake vor ihr auf dem Boden kniete und zum Ritter geschlagen wurde. Dieser symbolische Akt, von der englischen Königin in Szene gesetzt, auch um die Spanier zu provozieren, als wolle sie sagen: »Sieh mal, Philip, welche Ehre ich deinem Erzfeind zuteil werden lasse!«, ließ Drake und Ledesma als Ebenbürtige erscheinen, ersterer nun ein englischer Ritter, letzterer ein spanischer Admiral.

In den letzten Augusttagen des Jahres 1585 kreuzten dann wieder die Fregatten König Philips mit einer seltsamen Botschaft durch die Karibik: »Admiral Drake befehligt 21 Schiffe, neun davon über 200 Tonnen, zwei sind Eigentum im Besitz der Königin, viele besetzt mit erfahrenen Seeleuten wie Frobisher, Fenner und Knolly; sie bereiten sich auf ein großes Unternehmen vor, aber wir wissen nicht, was. Aus den Informationen unserer Spione über die Ausstattung besagter Schiffe mit Proviant können wir jedoch schließen, daß sie Kurs auf Eure Gewässer und Eure Städte genommen haben.«

Das war gut geschätzt, denn Ende Januar 1586 tauchte ein junger spanischer Offizier mit einer unglaublichen Geschichte auf, die er, Silbe für Silbe stammelnd, Don Diego im Regierungspalast erzählte: »Am ersten Tag des neuen Jahres segelte Drake mit seiner Flotte, dreist, wie er ist, in unseren Hafen von Santo Domingo auf Hispaniola ein, aber diesmal war alles anders, denn er landete nicht mit Matrosen, die nur auf ein Abenteuer aus waren, sondern mit einer richtigen Armee im Waffenrock. Ich schäme mich, berichten zu müssen, daß unsere Truppen nur einen Blick auf diese grimmigen Engländer warfen, ihre Musketen abfeuerten, meistens in die Luft, und dann flohen, nachdem die Führung der Stadt es ihnen bereits vorgemacht hatte. Bei Einbruch der Nacht lag Santo Domingo schutzlos vor Drake, der am 3. Januar an Land kam, um seinen Anspruch auf die Stadt geltend zu machen und auf alles, was sich in ihr befand.«

Ledesma war erschüttert von dieser entsetzlichen Nachricht, denn sie betraf eine Stadt, die er selbst oft besucht und mit deren Gouverneur er zusammengearbeitet hatte.»Es war keine ärmliche Stadt aus Holzbauten oder Bambushütten, wie Kolumbus und Ocampo sie noch zu Beginn des Jahrhunderts erlebt hatten. Es war eine Stadt aus kunstvollen Steinhäusern und mit prächtigen Alleen. Wenn es Drake gelungen ist, sie zu überwältigen, was hat er dann erst hier in Cartagena vor?« Die Lippen plötzlich trocken, fragte er den Boten:»Soll das heißen, nach nur einem einzigen Kampftag...?«

»Eigentlich nur ein Morgen, Exzellenz.«

»Und Drake hatte alles erobert... Gebäude, Häuser, Kirchen?«

»Alles. Auf die Kirchen hatte er es besonders abgesehen. Schleppte alles fort, was irgendwie wertvoll aussah, und war wütend, als er erfuhr, daß die Priester die Juwelen und andere Schätze tief im Wald draußen vergraben hatten.«

»Aber warum das? Ich kenne den Mann. Es sieht ihm nicht ähnlich.«

Ledesma wollte nicht so sehr Drakes Ruf in Schutz nehmen als vielmehr der schmerzlichen Erkenntnis ausweichen, daß Drake, wenn er sich so verändert hatte, eine noch weit größere Gefahr darstellte als schon zuvor, und der stammelnde Bote goß noch Öl ins Feuer dieses Gedankens:»Einem Stab Militäroffiziere, die in Verhandlungen mit ihm getreten waren, ließ er seine Antwort durch einen kleinen schwarzen Knaben ausrichten, und einer unserer Offiziere geriet darüber so in Wut, daß er schrie:›Ich akzeptiere keine Nigger als Unterhändler‹, und stieß seinen Degen mitten durch die Brust des Jungen. Die Wunde war tödlich, aber der Kleine schleppte sich noch zu Drake und übergab seine Antwort, erst dann starb er.«

»Und wie hat Drake darauf reagiert?«

»Augenblicklich griff er sich aus der Zelle im Frachtraum, gefüllt mit spanischen Gefangenen, zwei Mönche und ließ sie auf der Stelle hängen. Dann schickte er einen Gefangenen los, der den Offizieren mitteilen sollte, solange sie ihm nicht denjenigen aushändigten, der den Jungen umgebracht hatte, würde er jeden Morgen und jeden Nachmittag zwei weitere Mönche hängen.«

»Habt ihr ihm den Mann ausgehändigt?« fragte Ledesma, und der junge Mann antwortete: »Ja, aber Drake weigerte sich, ihn zu hängen. Statt dessen warf er den Ball zurück und sagte zu uns Offizieren: ›Sollt ihr ihn hängen‹, und wir haben ihn gehängt.«

»Aber warum plötzlich diese Bitterkeit gegen unsere Kirche?« fragte Ledesma, und der Offizier antwortete: »Ich hörte, wie Drake sagte: ›Eure Inquisition verbrennt jeden englischen Seemann, den sie in die Hände kriegt, bei lebendigem Leib, wenn er gesteht, daß er dem neuen Glauben in England anhängt. Viele meiner Männer sind auf diese Weise umgekommen.‹«

»Was hat er mit Santo Domingo angestellt, wenn es in den Kirchen keine Schätze gab, kein Lösegeld mehr zu erpressen?«

»Er drohte, er würde drei Tage warten, und wenn bis dahin von den Leuten, die geflüchtet seien, kein Geld eingetroffen wäre, würde er die Stadt niederbrennen... jeden Tag ein kleines Gebiet. Die Häuser aus Stein, die nicht so leicht Feuer fingen, zerstörte er, indem er einfach die Wände niederriß.«

»Wie ist es Euch gelungen zu entkommen?«

»Wir haben unsere Fregatten immer in versteckten Buchten weit außerhalb der Stadt liegen gehabt.«

»Santo Domingo ist also zerstört?«

»Nein. Nach drei Wochen wurde selbst Drake müde. Das Abfackeln hatte ein Ende, bevor ich fliehen konnte. Die Stadt steht etwa noch zur Hälfte.«

»Ruht Euch jetzt etwas aus. Ich wünsche, daß Ihr Euch morgen nach Nombre de Dios aufmacht. Sie zu warnen und ihnen zu sagen, sie sollen sich bereithalten.«

Am Nachmittag des 9. Februar 1586 führte Admiral Sir Francis Drake seine 21 Schiffe entlang der westlichen Stadtmauern von Cartagena und verschwand Richtung Süden, als wollte er die Stadt und die von ihren Festungsanlagen vergeblich auf ihn abgefeuerten Schüsse einfach links liegenlassen. Doch gerade als Gouverneur Ledesma und seine Militärführer sich gegenseitig dazu gratulierten, dem gefürchteten El Draque entkommen zu sein, drehte er scharf nach Backbord bei und steuerte auf Boca Chica zu, deren enge Einfahrt er schon einmal bezwungen

188

hatte. Ohne die Fahrt zu drosseln, gelangte er in die Südbucht, wo er in vertrautem Gewässer vor Anker ging, so als würde er sich ganz wie zu Hause in Plymouth fühlen. Kurze Zeit später lagen auch seine zwanzig Begleitschiffe neben ihm vor Anker, und es war allen klar, daß damit die große Belagerung von Cartagena ihren Anfang genommen hatte.

Gouverneur Ledesma fragte daraufhin die Umstehenden:»Wird es ihm gelingen, in unsere Stadt einzudringen?« Aber sie versicherten ihm, daß der einzige Fußweg viel zu schmal für einen ganzen Trupp Soldaten sei, vor allem wenn die Kanonen auf den Zinnen direkt auf sie gerichtet wären.»Wir sind sicher«, wiederholten seine Männer,»und da wir ausreichend Lebensmittel und tiefe Brunnen innerhalb der Mauern haben, kann Drake nichts ausrichten.«

Er konnte sehr wohl etwas ausrichten. Seine Feldsoldaten dem Kommando jenes energischen Generals unterstellend, der schon Santo Domingo ohne Schwierigkeiten eingenommen hatte, lenkte er seine Schiffe zuerst in die weite Mittelbucht und anschließend in die angrenzende Nordbucht, von wo aus ein paar Fußsoldaten für eine flankierende Attacke auf den Zugang an Land gesetzt werden konnten. Dann steuerte er mit viel Geschick einige der größeren Schiffe in die kleine Innenbucht, von wo aus direkte Zufahrtswege in die Stadt mündeten.

Nie zuvor war Cartagena von so vielen Truppen unter so fähiger Führung angegriffen worden, und noch bevor Ledesmas Generale Zeit fanden, ihre eigenen Truppen in günstigere Stellungen zu bewegen, fielen Drakes Männer schon über sie her. Die Kampfhandlungen wurden von beiden Seiten sehr hart geführt, denn wenn Ledesma die Verteidigung einer Stadt übernommen hatte, dann sollte sie auf keinen Fall in einer so kleinmütigen Übergabe enden wie in Santo Domingo. Englische Soldaten fielen reihenweise, und da Ledesma und seine drei Schwiegersöhne es verstanden, ihre Truppen mal hier, mal dort zu konzentrieren, schien der Ausgang der Schlacht auf der Kippe zu stehen, fiel zuerst zugunsten der Engländer aus, dann zugunsten der Spanier.

Am Ende jedoch brachte Drakes überlegenere Feuerkraft die Entscheidung, und allmählich wurden Ledesmas Männer bis zur Plaza in der Mitte der Stadt zurückgedrängt. Noch schlugen sie sich unter Don Diegos persönlicher Führung mit außergewöhnlicher Tapferkeit, aber die Engländer hatten Blut gerochen, hauptsächlich das ihrer toten Kameraden, und mit unvergleichlicher Heftigkeit drückten sie die Spanier förmlich zurück, Meter für Meter, bis ihr Ansturm den Gegner auf der

Plaza zusammendrängte. Dort schließlich ergaben sich die Spanier, die fünfzehn Männer aus dem Ledesma-Klan, die als Waffenträger fungierten, eingeschlossen.

Früh am nächsten Morgen brachte Drake alle seine Schiffe in die enge Innenbucht, eine Stellung, von der aus die Kanoniere die Stadt unter Kontrolle hatten; erst dann ging er an Land, die Einnahme von Cartagena zu feiern, einer Festung, die nicht zu bezwingen war, wie die Spanier immer geprahlt hatten. Er erkundigte sich nach dem Weg zum Haus des Gouverneurs, um dort die Bedingungen der Übergabe zu diktieren, und wurde zur prächtigen Residenz Ledesmas gegenüber der Kathedrale geführt, wo er auch die sechzehn männlichen Mitglieder der Familie antraf, die ihm soviel Ärger gemacht hatten.

»Admiral Ledesma«, hob er in exzellentem Spanisch an, das ihm spanische Gefangene während seiner Weltumseglung beigebracht hatten, »Eure Männer haben mit löblicher Tapferkeit gekämpft.« Doch bevor Ledesma etwas erwidern konnte, fügte General Carleill, Anführer der englischen Truppen, hinzu: »Nicht nur seine Truppen, Drake. Auch er selbst«, worauf Drake salutierte.

Die bloßen Verhandlungen um die Übergabe dauerten fünf ermüdende Wochen. War Ledesma auf dem Schlachtfeld wegen seiner Zähigkeit berüchtigt, dann erwies sich jetzt seine Unverfrorenheit, indem er alle Forderungen der englischen Eroberer, und waren sie auch noch so vernünftig, ablehnte. Ohne Soldaten im Rückhalt, ohne seine Flotte als Unterstützung und ohne jeden Beistand durch die Würdenträger seiner Kirche, die alle mit ihren Schätzen in die Berge landeinwärts geflüchtet waren, konnte sich Don Diego, hochgewachsen, aufrecht stehend, nur auf den gescheiten Beirat von einigen aus seiner Sippe und die überwiegende Unterstützung seines besiegten Volkes verlassen.

Drake eröffnete die Verhandlung geradeheraus mit einem Vorschlag zur Güte, den er schon des öfteren mit Erfolg bei ähnlichen Unterredungen mit Besiegten gemacht hatte. »Ich werde in Frieden abreisen, ohne auch nur einem Haus die Tür eingeschlagen zu haben − für ein angemessenes Lösegeld, sagen wir eine Millionen Dukaten, von Euren Leuten auf meine Schiffe verladen.«

Don Diego erwiderte darauf nur ruhig: »Aber Admiral, Ihr seht ja, es ist einfach kein Geld in der Stadt. Nichts.«

Ohne seine Stimme zu heben, entgegnete Drake: »Dann wißt Ihr wohl auch, was kürzlich Santo Domingo widerfahren ist. Wird die

Summe nicht gezahlt, werde ich morgen damit anfangen, jeden Tag einen bestimmten Teil der Stadt niederzubrennen, so lange, bis von Eurer schönen Stadt nichts mehr übrig ist.«

Denselben kühlen Ton anschlagend, erlaubte sich Don Diego die Frage:»Admiral, wollt Ihr als der Dschingis-Khan des Westens in die Geschichte eingehen, als die verhaßte Plage Westindiens?«

Während der ersten vier quälenden Wochen, als jeder Spanier, mit dem er sprach, ein paar Mitglieder seiner eigenen Familie eingeschlossen, ihm den Rat gab, Drakes Forderungen nachzugeben, jedenfalls soweit wie möglich, widerstand Ledesma dem Druck, den Drake ihm aussetzte, und konnte den Engländer gleichzeitig dazu überreden, die Stadt nicht niederzubrennen. In den letzten Phasen der Verhandlungen fand er nur noch bei seinen drei Schwiegersöhnen Unterstützung, deren Frauen sich in den Bergen versteckt hielten und heimlich Botschaften in die Stadt schleusten:»Mein Gatte, nicht aufgeben.« Und dank dieser beruhigenden Hilfe hielt er durch.

Diese vier Wochen waren wohl die seltsamsten in der Geschichte Cartagenas, denn Drake und Ledesma teilten sich ein Haus, die Residenz des Gouverneurs, und luden abends die führenden Bürger, die noch geblieben waren, zu verschwenderischen Festessen ein, bei denen sich der Engländer und der Spanier in ihren Liebenswürdigkeiten gegenüber den Gästen gegenseitig überboten. Während Drake Spanisch sprach, Ledesma Englisch, diskutierten sie über Themen von großer Bedeutung für ihre beiden Länder, aber auch für die Karibik im allgemeinen, wobei beide Seiten und ihre jeweiligen Anhänger sich nicht scheuten, ihre Überzeugungen frei vorzutragen und auch zu verteidigen.

An einem Märzabend, als der Frühling bereits aus den Bergen im Osten hervorlugte, kam man auf das Thema Religion zu sprechen, und Don Diego meinte:»Wie einfach wäre doch alles, wenn Eure katholische Königin Maria länger in England gelebt und unseren Philip zu ihrem Mann erwählt und eine einzige große Religion unsere beiden Länder aneinander gebunden hätte. Dann hätten wir als Verbündete gemeinsam der abscheulichen Abtrünnigkeit in den Niederlanden ein Ende setzen können, hätten das Luthertum in Deutschland auslöschen können und würden jetzt mit Frankreich und Italien als unseren katholischen Glaubensbrüdern in Einheit leben, ein Bürgerrecht, ein Glaube.«

»Ich fürchte, dazu sind die Differenzen in Europa zu groß gewor-

den«, sagte Drake, aber dann wandte er sich an seine Gäste: »Auf meiner
Reise um die Welt, auf allen meinen Reisen rufe ich jeden Abend zum
Gebet und halte auch Messen an den Sonntagen, mit meinem eigenen
protestantischen Priester, den ich immer mitnehme. Aber von keinem
meiner Männer habe ich jemals verlangt, an den Gottesdiensten teilzunehmen, wenn er Anhänger des Glaubens von Königin Maria und König
Philip war, und immer wenn unter unseren Gefangenen ein Priester war,
haben wir ihn aufgefordert, Betstunden für die abzuhalten, die das
wünschten.«
    Das ermunterte Ledesma, einen interessanten Vorschlag zu unterbrei-
ten, über den er schon des öfteren nachgedacht hatte: »Wäre es für alle
nicht am besten, wenn sich die Länder darauf verständigen könnten, die
Karibik in spanischen Händen zu lassen, in katholischen, wie es Kolumbus' Absicht gewesen war, als er sie entdeckte? Natürlich würden wir
England, Frankreich und die Niederlande einladen, frei Handel zu treiben,
wo immer sie wünschen.«
    »Und Ihr zögert nicht«, warf Drake ein, »solch einen Vorschlag zu
machen, wissend, daß ich vollständige Macht über Euch habe und Eure
Stadt?« Aber Ledesma erwiderte: »Nein. Denn ich weiß, Ihr mögt viel-
leicht meine Stadt niederbrennen, aber mir würdet Ihr kein Leid antun.«
    Drake lachte. »Obwohl Ihr in Ulúa genau das bei mir versucht habt, als
Ihr jemanden mit einem versteckten Dolch zu mir schicktet?« Und Don
Diego antwortete: »Wir mußten Euch töten, wenn wir an Eure Schiffe
gelangen wollten. Mich braucht Ihr nicht zu töten, wenn Ihr in meine
Stadt wollt.«
    Und dann, zur Überraschung der Gäste, Drake eingeschlossen, sagte
Don Diego: »Sir Francis, könnten wir nicht ein wenig auf den Befestigungsanlagen spazierengehen, nur wir beide?«
    »Nein«, sagte Drake. »Ihr habt schon einmal versucht, mich zu töten;
Ihr werdet es auch ein zweites Mal versuchen.« Ledesma, gedemütigt
durch diese Antwort eines umsichtigen Kämpfers, fing an, Entschuldi-
gungen vorzubringen, als Drake ihn unterbrach: »Ich werde mit Euch
gehen, wenn zehn Soldaten uns begleiten, fünf spanische, um Euch vor
mir zu schützen, und fünf englische, umgekehrt«, worauf die beiden
Widersacher, die sich schon oft in Auseinandersetzungen gegenübergestanden hatten, in die sternenklare Nacht hinausgingen – der gestrenge,
imposante Spanier mit glattrasierter Wange und Adlernase und der gedrungene, nervös umhertänzelnde Engländer mit dem sorgfältig gestutzten Bart.

Die ersten Worte, die gesprochen wurden, kamen von Drake, als er auf die vier Buchten Cartagenas hinunterschaute und auf die zahlreichen, schützend davor aufragenden Inseln. »Ihr habt hier einen der besten Ankerplätze der Welt, Don Diego.« Ledesma jedoch fühlte sich gedrängt, über unheilvollere Punkte zu sprechen, Dinge, die geklärt werden mußten. »Drake, Ihr wißt, daß ich Euch den Mörder nicht auf den Hals geschickt habe«, und der Engländer entgegnete: »Ja, ich wußte, Ihr wart es nicht, konntet es nicht gewesen sein.«

»Woher habt Ihr das gewußt?«

»Ich schloß es aus Eurem Verhalten bei früheren Kämpfen... und ich wußte es, weil meine Männer den infamen Gauner ausgefragt haben, bevor sie ihn laufen ließen. Er sagte uns, man hätte Euren Protest zum Schweigen gebracht und Euch in Arrest genommen.«

Die beiden Männer spazierten zu verschiedenen Abschnitten der noch unvollständigen Befestigungsanlagen, blieben immer wieder an solchen Stellen stehen, von denen man das Karibische Meer überblicken konnte, dieses erhabene, mal sanftmütige, mal von Hurrikans aufgepeitschte Gewässer, für das sich beide Admirale verantwortlich fühlten.

»Wir tragen unsere Schlachten auf einer herrlichen See aus, Don Diego.«

»Manchmal scheint es so, als sei unser schönes Meer wie geschaffen für Seeschlachten – ein spanisches Meer, auf allen Seiten geschützt von Inseln oder gewaltigen Landmassen.«

»Wir sind es, die für die See geschaffen sind, Don Diego. Wir haben mit Ehre und Tapferkeit um sie gestritten. Aber laßt mich Euch warnen. Es ist nicht mehr allein das spanische Meer, wie Ihr sagt. Ab jetzt ist es auch das englische Meer.«

Zu Beginn der fünften Woche dieses abtastenden Geplänkels reifte endlich ein Kompromiß heran, der allerdings für beide Seiten nicht ganz befriedigend war. Nachdem er sich mit seinen Schwiegersöhnen beraten hatte, räumte Don Diego ein, daß er zwar nicht die gewünschte Summe von einer Million Dukaten, aber immerhin 100 000 auftreiben könne; doch Drake konterte: »Ich verlange einen Zuschlag dafür, daß ich das Kloster nicht angerührt habe, und eine zusätzliche Prämie dafür, daß ich Eure Kirchen nicht geplündert habe.« Aber auch seine Schiffskapitäne und Truppengenerale stellten kleinere Forderungen, so daß Ledesma am Ende doch mehr herausrücken mußte als beabsichtigt

193

und Drake sich mit weniger zufriedengeben mußte als ursprünglich verlangt.

Es war ein ehrenvoller Friedensschluß, nur widerwillig von beiden Seiten akzeptiert, aber von allen Spaniern begrüßt, die sich in den Wäldern versteckt gehalten hatten, und ebenso von den englischen Matrosen, die sich nach zu Hause sehnten und endlich ihren Anteil der minder ausgefallenen Beute einstecken wollten. In den letzten Märztagen belud Drake seine Schiffe, lichtete an einem schönen klaren Morgen die Anker und lief durch Boca Chica aus. Gouverneur Ledesma, zutiefst erleichtert, ihn fortsegeln zu sehen – denn nur er selbst und Drake konnten beurteilen, unter welchen Schwierigkeiten ihr Geschäft zustande gekommen war –, befahl den Kanonieren, einen Abschiedsgruß abzufeuern, was unter lautem Jubelgeschrei der Cartagener geschah. Don Diegos Mut hatte ihre Stadt gerettet.

Doch dann, zum Schrecken aller, machte Drakes Flotte in der Morgensonne eine volle Kehrtwende und segelte zurück durch Boca Chica in die Nordbucht, wo sie, wenn es seine Absicht gewesen wäre, die Bombardierung sofort wieder hätte aufnehmen können. »Gnädiger Gott«, betete Don Diego, »tu mir das nicht an«, und wenn sein Schwiegersohn, der Vizegeneral, ihn nicht in seinen Armen aufgefangen hätte, wäre Don Diego Ledesma ohnmächtig zusammengebrochen.

Diesmal jedoch ließ sich Drakes Forderung leicht erfüllen. »Das große französische Schiff, das wir gekapert haben – das Holz ist rissig. Gebt mir ein paar von Euren Männern, sie sollen mir helfen, die Fracht umzuladen.«

»Ja, ja, selbstverständlich!« beeilte sich Don Diego zu sagen und berief seine Schwiegersöhne, alles zu überwachen. Während der acht Tage, die sie für diese schwere Arbeit benötigten – das französische Schiff war bis zur Wasserlinie mit Beutestücken aus spanischen Schiffen und Städten der Karibik beladen –, trafen Drake, Ledesma, die Generale beider Seiten und die Kirchenmänner, zurück aus ihrem Schlupfwinkel in den Bergen, jeden Abend im Haus des Gouverneurs zusammen und führten lange Gespräche bei einem guten Wein, den die Priester vor den Eindringlingen so lange versteckt gehalten hatten.

Bei einem dieser Essen stellte Ledesma auch seine Töchter vor und sagte, zu Drake gewandt: »Diese drei waren es, die Euch geschlagen haben. Sie haben mir jede Nacht aus den Bergen kleine Botschaften zukommen lassen. ›Vater, nicht nachgeben!‹« Und Drake, nachdem er jeder einen Handkuß gegeben hatte, gestand den Umstehenden: »Das

Unglück meines Lebens? Ich war zweimal verheiratet und habe keine Söhne... nicht mal Töchter.« Das waren die letzten Worte, die er in Cartagena äußerte, aber als er auf sein Schiff zurückkehrte, um die endgültige Ausfahrt für den nächsten Morgen vorzubreiten, folgte ihm Ledesma von dem Festungswall aus mit seinen Blicken und tat einen Schwur.»Ich kenne die Sorte Mensch, zu der du gehörst, Francis Drake. Du wirst wiederkommen, da bin ich sicher, und wenn du wiederkommst, das garantiere ich dir, werde ich dir dein Grab schaufeln.«

Während den zwischenzeitlichen Friedensperioden zeigten sich bei den beiden Widersachern, ansonsten in jeder Hinsicht so grundverschieden, doch erstaunliche Ähnlichkeiten in der Art und Weise, wie sie ihre aufbrausende Energie einzusetzen vermochten, wenn sie mal nicht für den Krieg zur See gebraucht wurde. Tatsächlich schienen sie wie Zwillinge, so sehr stimmte ihr Handeln überein.

Drake diente seinem Land als Bürgermeister von Plymouth, Ledesma dem seinen als Gouverneur von Cartagena; Drake sorgte in Plymouth auf eigene Initiative für eine zuverlässige Wasserleitung. Ledesma schenkte Cartagena eine große Stadtmauer, die sie völlig umschloß; Drake diente mehrere Amtsperioden im Parlament, Ledesma in dem inoffiziellen Rat Westindiens; Drake setzte viel Kraft bei der Suche nach einer zweiten Frau und Erbin ein, Ledesma mußte vermögende Männer für seine Enkelinnen finden; und schließlich reichte Drake eine unendliche Vielzahl von Vorschlägen ein, wie England die Herrschaft über die Karibik gewinnen könnte, während Ledesma König Philip beriet, wie das Gewässer noch vollständiger an Spanien angebunden werden könnte.

Da beide im Grunde ihres Wesens die überlegenen Seekapitäne blieben, die sie schon vorher waren, las jeder mit gespannter Aufmerksamkeit einen Bericht, den ein in London wirkender französischer Spion angefertigt und an auswärtige spanische Stellungen wie Cartagena geschickt hatte, der aber auch englischen Spionen in die Hände gefallen war, die wiederum Drake eine Abschrift zukommen ließen:

»Führende Persönlichkeiten in London vermuten, daß König Philip von Spanien in den Häfen seines Landes eine ungeheure Konzentration von Schiffen, Seeleuten und Waffen sammelt, um in der zweiten Hälfte des Jahres 1587 einen großen Angriff auf England zu starten. Königin Elizabeth, falls gefangengenommen, soll nach Rom verschleppt und dort auf einem für diesen Zweck bereits bestimmten öffentlichen Platz bei lebendigem Leibe verbrannt werden; Philip wird versuchen, sich als König von England zu etablieren, und die Anhänger Luthers sollen ausgerottet werden. Schritte, diesen Plan Philips zu durchkreuzen, sind bereits in ganz England eingeleitet.«

Don Diego fand alle Teile dieser bemerkenswerten Meldung einfach grotesk, wie er den Mitgliedern seiner Familie bestätigte:»Spanien hat nicht genügend Schiffe für so eine Unternehmung. Niemals würden sie eine Königin wie einen gewöhnlichen Verbrecher hinrichten. Außerdem hat Philip genug Ärger damit, Spanien, die Niederlande und Österreich zu regieren.« Eine Woche nachdem er diese Einschätzung gegeben hatte, überbrachte jedoch ein Kurier aus San Domingo beziehungsweise aus dem, was davon übriggeblieben war, eine offizielle Mitteilung, die einiges klärte.

»In spanischen Hofkreisen wird es als ›Unternehmen England‹ bezeichnet, und es besteht aus drei Teilen, die in der zweiten Hälfte des Jahres 1587 in Kraft treten sollen. Eine riesige Flotte von Hunderten von Schiffen wird Spanien verlassen und auf die englische Küste zusegeln. In der Zwischenzeit wird sich eine große Armee spanischer Truppen in den Niederlanden für den Transport nach England gesammelt haben. Wird Elizabeth gefangengesetzt, soll sie vernichtet werden; und besteigt Philip den Thron, wird das Luthertum ausgerottet.

Diese Pläne sind in England bereits bekannt, äußerste Geheimhaltung ist also nicht geboten. Wenn darüber gesprochen wird, soll allerdings nur vom ›Unternehmen England‹ die Rede sein; sollen die anderen raten, woraus es genau besteht.«

Noch bevor sich Don Diego länger seiner Vorfreude über Englands Demütigung hingeben konnte, kam aus Madrid eine Korrektur des Zeitplans, und wie viele von König Philips Botschaften war sie sehr vielsagend, aber erklärte wenig:»Das ›Unternehmen England‹ mußte verschoben werden. Es wird nicht 1587, sondern erst 1588 stattfinden.«

Das ließ die Gouverneure der Karibik natürlich allein mit dem Ratespiel, was sich hinter jenen rätselhaften Worten »mußte verschoben werden« verbarg, und Don Diego hatte ein beklemmendes Gefühl: Ich wette, daß Drake irgend etwas damit zu tun hat. Seine Vermutung bestätigte sich, als ein etwa dreißigjähriger Mann mit strengen Gesichtszügen aus Spanien mit einer schockierenden Nachricht angereist kam.»Mein Name ist Roque Ortega, Eure Exzellenz. Ich bin der Sohn Eurer Kusine Euphemia. Das Schicksal hat es nicht gerade gut mit ihr gemeint, wie Ihr wahrscheinlich wißt. Verheiratet mit einem Seekapitän, der beides verloren hat, Schiff und Weib. Nur ein Gutes ist an der Sache: Mein Vaterhaus steht in Sanlucar de Barrameda, an der Mündung des Guadalquivir; über Schiffe weiß ich also Bescheid.«

Ortega sah so hübsch aus, so unwiderstehlich, während er seine kleine Rede hielt, daß Doña Leonora ganz im Gegensatz zu ihrem üblichen Verhalten, wenn ihr Mann politische oder militärische Gäste hatte, im Empfangszimmer blieb. »Was führt Euch in unsere Stadt?« wollte sie von ihm wissen, und er gab die ungewöhnliche Antwort: »Verzweiflung und Hoffnung.« Dann sagte er noch: »Verzweiflung, weil ich bei der Katastrophe in Cádiz eines der königlichen Schiffe befehligte . . .«

»Was für eine Katastrophe?« fragte Don Diego, wobei er fast einen Sprung tat, und Kapitän Ortega berichtete ihm von dem ganzen Ausmaß jener tragischen Affäre. »Im Februar dieses Jahres fing der König damit an, in mehreren Häfen die Schiffe zu sammeln, die er für sein ›Unternehmen England‹ ausgesucht hatte.« Er unterbrach sich mitten im Eifer des Gefechts und fragte: »Ihr habt doch von dem ›Unternehmen‹ gehört?«, worauf beide Ledesmas nickten.

»Ich erhielt den Befehl, meine ›Infanta Luisa‹ nach Cádiz zu steuern, wo ich sie zwischen zwei großen Kriegsschiffen vertäute. Den ganzen Monat März liefen andere wichtige Schiffe ein, bis wir am 1. April eine Flotte von mindestens 66 Schiffen zusammenhatten – holländischen, französischen, türkischen und vier englischen –, die wir alle erst in den vergangenen Monaten gekapert hatten, dazu noch unsere eigenen schwerbewaffneten Kriegsschiffe, mehr als genug, um England zu überfallen. Mit Fug und Recht konnte man Armada dazu sagen.

Am Spätnachmittag des 19. April, ein Datum, ich wünschte, ich könnte es aus meinem Gedächtnis streichen, segelten noch einmal 25 riesige Schiffe, deren Nationalität ich nicht gleich erkennen konnte, direkt in den Hafen ein. Als wir dann ein Lotsenboot aussetzten, um sie willkommen zu heißen, erfuhren die Bootsführer zu ihrem Schrecken, daß es Engländer waren! Jawohl, Kapitän Drake hatte seine Schiffe mitten in unseren sichersten Hafen gesteuert.«

»Was habt Ihr daraufhin gemacht?« fragte Don Diego und trat dicht an Kapitän Ortega heran, um nur ja keine Kleinigkeit zu überhören, und jener sagte bescheiden: »Wie alle anderen Kapitäne auch versuchte ich, meine ›Infanta‹ aus der Vertäuung zu lösen, aber meine Männer hatten noch nicht ein Seil eingeholt, da kam schon ein englisches Schiff auf mich zu, rammte mein Heck und das von den beiden längsseits und schickte Kanonenfeuer auf unsere Wasserlinien, bis wir auf Grund liefen, ohne auch nur eine einzige Salve abgefeuert zu haben. Es war entwürdigend.«

Aus offensichtlicher Abscheu über sich selbst sagte Ortega:»Ich verlor mein Schiff, bevor die Schlacht überhaupt losging.« Momente lang saß er nur da und schüttelte den Kopf, womit er Doña Leonora Gelegenheit gab, seine männlichen Züge einer genaueren Prüfung zu unterziehen, ebenso die Art und Weise, mit der sein hageres Gesicht still zu verkünden schien: Ich bin bereit für jede Schandtat. Dann erzählte er weitere Einzelheiten, die noch mehr Empörung hervorriefen:»Als die Nacht hereinbrach, richtete Drake ein Chaos unter unseren Schiffen an, schlug um sich, stieß mal hier an, mal da an und legte Feuer, aber wir waren machtlos gegen ihn. Unsere Küstenbatterien, auf die wir uns verlassen hatten, konnten nicht auf seine Schiffe schießen, ohne nicht auch unsere zu treffen. Am nächsten Morgen war die Bucht von Cádiz förmlich übersät mit gesunkenen Schiffen, alles unsere, und den Leichen von spanischen Seeleuten.«

Ortega hielt ein, sah zu Gouverneur Ledesma herüber und sagte händeringend:»Nicht ein einziges unserer Schiffe konnte sich losreißen und ihm die Stirn bieten, und die, die es trotzdem versuchten, versenkte er kurzerhand. Die Nacht brach herein, aber keine Dunkelheit, denn die Flammen unserer geschlagenen Schiffe erleuchteten das ganze Gemetzel, und als die Dämmerung aufzog, erledigte Drake auch noch die letzten Krüppel und schickte noch mehr unserer guten Männer ins nasse Grab.«

Die Erinnerung an diesen schrecklichen Verlust war so schmerzlich, daß er für einige Augenblicke nicht weiterreden konnte, doch als er sich wieder gefangen hatte, faßte er die ganze Tragödie in die wenigen Worte zusammen:»Am Morgen des 19. waren wir die mächtigste Flotte in Europa, um Mitternacht desselben Tages praktisch zerstört.«

Erschüttert fragte Don Diego nach:»Wie viele Schiffe haben wir verloren?« Und der Angesprochene antwortete:»So viele, daß das ›Unternehmen‹ nicht fortgesetzt werden kann.«

Nach dieser aufrichtigen Enthüllung sah Doña Leonora ihren Gatten an und runzelte dabei die Stirn, ein geheimes Zeichen zwischen ihnen, was besagte: Warum nicht? Worauf er leicht nickte, als wolle er sein Einverständnis geben: Nun mach schon. Und so sagte sie also mit heller Stimme:»Kapitän Ortega, Ihr müßt bei uns bleiben, bis Ihr ein neues Quartier gefunden habt.« Er täuschte nicht die sonst übliche falsche Bescheidenheit vor und entgegnete: »Das wäre sehr großzügig. Aber ein Kapitän ohne Schiff hat als Gegenleistung wenig anzubieten.« An den folgenden Tagen konnte Doña Leonara mit Befriedigung beobachten, daß ihr Mann und Ortega sich ausnehmend gut verstanden, denn beide waren aktive Menschen, die wenig Worte machen mußten, um festzustellen, daß ihre Standpunkte übereinstimmten. Abends spazierten sie häufig entlang der Befestigungswälle, schauten auf den landumschlossenen Hafen herab. »Hat Cádiz so ähnlich ausgesehen?« fragte Ledesma, und Ortega, zur Veranschaulichung die spanischen Schiffe zwischen die Inseln plazierend, führte ihm vor, wie Drake hereingesegelt kam und das Chaos gestiftet hatte. »Und mein eigenes Schiff? Ich kriegte es nicht mal aus der Vertäuung raus.«

Don Diego dagegen meinte: »Der Verlust eines Schiffes wie das Eure ist kein Grund zur Sorge. Für Euch, ja. Für den König, nein. Was einem wirklich Unbehagen bereitet, ist das Gerücht, daß der gerissene John Hawkins eine große Anzahl Schiffe bauen läßt, um sie gegen uns zu führen. Männer wie Drake werden Mittel und Wege ersinnen, um sich in Schutz zu bringen, wenn wir zuschlagen. Noch mehr englische Schiffe, noch mehr englische Seeleute.«

»Und noch mehr Munition, wenn die Schlacht beginnt«, fügte Ortega hinzu, und Don Diego folgerte: »Als Seemann, der viele Male gegen Drake angetreten ist, mal gewonnen, mal verloren hat, weiß ich, was für ein zäher Bursche er sein kann.«

Schweigend betrachteten sie die See, dann fragte Don Diego: »Werdet Ihr zurückgehen und den Kampf gegen ihn wiederaufnehmen?« Und Ortega antwortete: »Ich würde sogar zurückschwimmen, um diese Chance zu bekommen.«

Es kamen jedoch andere wichtige Dinge in Cartagena dazwischen, und das »Unternehmen England« geriet vorübergehend in Vergessenheit. Und war Don Diego mit der Frage beschäftigt, wie sich das Vermögen seiner Familie noch vergrößern ließe, dann war seine Gattin ebenso entschlossen. Sie startete ihre Kampagne eines Abends, als man zu Tisch saß, und fragte ungeniert: »Kapitän Ortega, seid Ihr verheiratet?« Und seine Antwort war: »Ich war es. Sie ist tot«, worauf nichts mehr zu diesem Thema gesagt wurde.

Señora Ledesma besaß eine Kusine in ihrem Alter, die auf der Insel Hispaniola lebte und eine Tochter mit dem schönen Namen Beatrix hatte, leider nicht mit dem dazu passenden Gesicht. In Santo Domingo,

199

der dortigen Hauptstadt, erst vor kurzem von El Draque geplündert, war auch das übliche gesellschaftliche Leben unterbrochen, so daß die Aussichten für die arme Beatrix, jemals einen Mann zu finden, noch schlechter standen als ohnehin, und Doña Leonora faßte den Entschluß, etwas dagegen zu unternehmen.

So schnell sie konnte, fuhr die Kurierfregatte nach Santo Domingo und zurück und entlud an den Docks von Cartagena eine junge Frau von 22 Jahren und äußerst seekrank von der rauhen Überfahrt. Sie hatte nur den einen Wunsch, sich sofort ins Bett zu legen und ihr Selbstmitleid zu pflegen. Doch davon wollte Leonora nichts wissen, denn es kam darauf an, daß Kapitän Ortega Beatrix so schnell wie möglich und im besten Licht zu Gesicht bekam. Leonora ließ also zwei ihrer verheirateten Töchter in das Schlafzimmer kommen, wo Beatrix sich ausruhen zu können hoffte, und während die Seekranke mit offenem Mund zuhörte, musterten die drei Ledesmas ihre Patientin.

»Zunächst einmal braucht sie etwas Riechsalz«, stellte Leonora fest, und während man das Fläschchen unter ihrer Nase hin und her schwenkte, stöberten die beiden jüngeren Frauen schon in den Kleidern der Neuangekommenen und brachten ihr Mißfallen deutlich zum Ausdruck: »Habt Ihr nichts Vernünftiges anzuziehen, überhaupt gar nichts?« Beatrix brach in Tränen aus, doch Leonora gab ihr eine Ohrfeige: »Deine Zukunft steht auf dem Spiel, Mädchen. So einen Mann wie Ortega findet man nicht alle Tage.« Und gemeinsam vollbrachten die drei Frauen ein Wunder an ihrer trübsinnigen Kusine.

Sie liehen sich eines von Juanas schickeren Kleidern, ließen aus der Küche die Näherin rufen, die ein Mieder stiftete, und Maria, die mittlere der drei Töchter, steuerte ein Paar Schuhe und einen wunderschönen rehfarbenen Schal bei, der über die Schulter geworfen wurde. Dann zwängten sie ihre Kusine in das Kleid, bis sie stöhnte: »Ich kann nicht mehr atmen!« Aber sie antworteten nur: »Brauchst du nicht. Bis du ihn gesehen hast.«

Nachdem die Verwandlung vollzogen, das Haar geschmackvoll gelegt und Schminke auf ihr blasses Gesicht aufgetragen war, trat hervor, was sie eigentlich immer schon gewesen war, wenn sie es nur geahnt hätte: eine reizende junge Dame, nicht betörend in ihrer Schönheit, aber allerliebst in ihrer Zartheit, der Eleganz ihrer Haltung und dem leichten Beben ihrer Lippen, als sie sich jetzt zuflüsterte: »Ich werde mich nicht übergeben. Nein, ich werde mich jetzt nicht übergeben.«

Als Doña Leonora und ihre Töchter sie vor sich her in den Saal des

Hauses schoben, wo Kapitän Ortega bereits wartete, war Beatrix tatsächlich die am schönsten hergerichtete von allen, ihre bläßlichen Wangen vortrefflich gepudert, was ihr das Aussehen einer Märchenprinzessin verlieh. Kein Wunder, daß Ortega auf der Stelle von ihr eingenommen war.

Die Zeit des Werbens schritt in beruhigendem Tempo voran, inszeniert von Doña Leonora, und sie hätte ihre Kusine auch sicher verheiratet, wenn nicht zwingende Neuigkeiten Cartagena im Januar 1588 erreicht hätten:»Das ›Unternehmen England‹ wird wiederaufgenommen. Schart alle schweren Schiffe um Euch, die zur Verfügung stehen, Mannschaften und Ersatzteile, und findet Euch umgehend in Lissabon ein. Ihr werdet dort gemeinsam mit anderen in den Zug eingereiht, der den Nachschub für die Truppen des Herzogs von Parma organisiert. Zuerst aber transportiert Ihr die Truppen selbst für die geplante Invasion von den Niederlanden über den Kanal nach England.«

Bei den beiden Seeleuten, Ledesma und Ortega, löste die Botschaft Freude, aber auch Verärgerung aus – Freude über die erneute Gelegenheit, gegen Hawkins und Drake anzutreten, Verärgerung, weil ihre Schiffe nicht die Invasionsarmee befördern sollte, sondern bloß Frachtgut für spanische Soldaten, die sich bereits in den Niederlanden eingefunden hatten.»Natürlich«, versicherte Ledesma,»setzen wir sie über den Kanal, wenn die Fracht erst mal gelöscht ist. Von den Kämpfen kriegen wir schon genug mit.«

Trotz der Enttäuschung, nicht Teil der eigentlichen Kriegsflotte zu sein, sagte er zu seiner Frau:»Es ist etwas Großartiges für einen Mann meines Alters, wieder an Deck seines eigenen Schiffes zu stehen. Es erfordert eine ruhige Hand, die ›Mariposa‹ zu steuern, und die habe ich.«

Sie selbst befand ihn überraschenderweise für zu alt für ein derartiges Abenteuer und war geradezu empört, als sie erfuhr, daß auch Kapitän Ortega Cartagena verließ. Sie erkannte schnell, daß damit jede Hoffnung auf eine baldige Heirat ihrer Kusine Beatrix zunichte gemacht wurde, aber solche Enttäuschungen waren nicht selten in ihrem Leben, und sehr oft hatte sich am Ende doch alles zum Guten gewendet, wenn man es verstand, als Zeiteinheit nicht Tage zugrunde zu legen, sondern Jahre.

Sie und Beatrix fanden Trost in der Tatsache, daß ihre Männer wenigstens mit einem so robusten Schiff wie der»Mariposa« in das große Abenteuer aufbrachen, denn man hatte ihnen versichert:»Sie wird uns gesund hin- und zurückbringen.« Es gab tränenreiche Abschiede, als der sonderbare Verband alter Schiffe die Anker lichtete und ins Karibische Meer steuerte, und Salutschüsse, als er Boca Chica passierte und an der Küste unterhalb der Befestigungsanlagen von Cartagena entlangfuhr.

Nun folgten die Monate spannungsvollen Wartens. Da alle zur Verfügung stehenden Schiffe von König Philip für die riesige Armada requiriert worden waren, die mächtigste Invasionsflotte, die jemals zusammengestellt worden war, standen keine mehr bereit, Nachrichten an die spanischen Besitzungen in der Karibik zu überbringen. Die Bewohner Cartagenas blieben im dunkeln, während ihr Heimatland in seinem Streben nach Weltherrschaft große Schlachten schlug.

Doña Leonora und ihre Töchter wurden regelmäßig von ihrem Priester aufgesucht, der den Bürgern der ummauerten Stadt nur die eine Botschaft predigte:»Eure Männer kämpfen, um die wahre Religion Gottes zu schützen. Er wird also niemals dulden, daß Häretiker die Schlacht gewinnen« – Worte, die Doña Leonora Trost spendeten.

Doch als die Monate ins Land zogen und noch immer keine Nachricht eintraf, überlegte sie mit ihren Töchtern:»Wenn es eine gute Nachricht gewesen wäre, hätte der König sicher ein kleines Schiff freisetzen können, sie uns schnellstens zu überbringen. Kein Schiff? Keine Nachricht? Das bedeutet Unglück.« Allmählich gelangten auch viele andere zu dem Schluß, so daß die Versicherungen des Priesters anfingen, wie hohle Phrasen zu klingen, und viele raunten:»Was haben wir von einem Sieg? Wir wollen wissen, ob unsere Schiffe zurückkommen. Ob unsere Männer und Söhne in der kalten Nordsee untergegangen sind.« Und eine gedrückte Stimmung machte sich breit.

Doch dann rief der Ausguck eines Morgens«»Die ›Mariposa‹ am Horizont!« Und alle stürmten den Festungswall, um das gedrungene alte Schiff zu sehen, wie es sich von Norden her näherte, als kehrte es von einer Routinefahrt nach Kuba zurück. Als es parallel zur Küste fuhr und auf Boca Chica, das Tor zur Heimat, zusteuerte, schworen manche Zuschauer, sie könnten diesen oder jenen erkennen, und es hieß, auch Admiral Ledesma befinde sich unter den Heimkehrern, aber andere behaupteten, auf solche Entfernung könne man niemanden genau erkennen.

Bange anderthalb Stunden folgten, während deren das schwerfällige Schiff erst südwärts segelte, um die Wende einzuleiten, dann hinter den Befestigungen von Boca Chica verschwand, um in der unteren Bucht wiederaufzutauchen, in einem Zustand, der auf den ersten Blick ausgezeichnet schien: »Die Masten stehen noch. Kein Leck in den Seiten.« Und je größer das Schiff bei seiner Durchquerung der Bucht für die Zuschauer wurde, desto schärfer konnten sie diesen oder jenen Matrosen ausmachen. Dann ertönte ein triumphierende Schrei: »Ledesma! Ledesma!« Und tatsächlich war die weiße Haarpracht des Gouverneurs deutlich zu erkennen.

Als das Schiff kein Siegessignal von sich gab, flüsterte Doña Leonora: »Es ist nicht gutgegangen.« Und mit dem Näherrücken des Schiffes heftete sich ihr Blick auf etwas, das ihr Herz fast zum Stillstand brachte. Don Diego, sein Schiff und wenigstens einen Teil der Mannschaft heil nach Hause gebracht, war der Fürsorge seines Gottes, der ihn durch gräßliche Schlachten im Englischen Kanal und furchtbare Kämpfe gegen seinen alten Feind Drake begleitet hatte, so dankbar, daß er an Deck auf die Knie fiel und die Planken küßte, als das Schiff den Kai berührte. Es war offensichtlich, daß er von seinen Gefühlen übermannt wurde, aber seine Frau beobachtete auch, daß er zu schwach war, sich ohne die Hilfe von Kapitän Ortega wieder zu erheben, und sie dachte bei sich: Der alte Mann hat eine fürchterliche Niederlage erlitten. Aber ihr Herz brannte vor Liebe für ihn.

Während er sich, auf Ortegas Arm gestützt, aufrichtete, konnte sie jedoch sehen, wie er auf seine gewohnte Weise Haltung annahm und die Schultern zurückwarf, als stünde er noch einmal dem Feind gegenüber; dann kam er an Land und hob die Arme, um den Jubelrufen, die sonst nur Eroberern bei ihrer Rückkehr zuteil wurden, Einhalt zu gebieten. Er stand jetzt vor ihnen, nickte ernst und verkündete mit klarer Stimme: »Spanien hat eine fürchterliche Niederlage erlitten. Laßt alle Glocken läuten.« Und den ganzen Tag über schlugen die Glocken den langsamen schweren Ton der Trauer.

Am Nachmittag, während die Glocken noch immer klagten, fand Ledesma den Mut, die führenden Bürger der Stadt zu sich zu bitten, und mit gedämpfter Stimme berichteten er und Ortega über den Zusammenprall der großen schwerfälligen Schiffe der Armada mit den kleineren, wendigeren Schiffen der Engländer.

»Es fing mit einer ungeheuerlichen Demütigung an«, sagte Ledesma. Und Ortega bekräftigte: »Wir durften nicht als Schlachtschiff an den Kämpfen teilnehmen. Wir durften nicht einmal Waffen transportieren. Als wir uns in Spanien zur Stelle meldeten, um unseren Platz in der

Flotte einzunehmen, wurden wir ganz ans Ende geschickt.« Seine Scham war zu groß, um ihnen zu eröffnen, was als nächstes geschah, aber Ledesma schämte sich nicht.

»In den Frachträumen unseres Schiffes hätten wir Waffen und Munition transportieren können, wie erwartet – und was, meint ihr, luden wir statt dessen? Heu. Und in den größeren Frachträumen, wo schwere Feldgeschütze und Kanonenkugeln Platz gefunden hätten, was stellte man uns da rein? Pferde.« Er schaute zu Boden und sagte dann leise: »Ihr erinnert euch, wie wir von hier aufbrachen. Fahnen, Salutschüsse, Männer, die bereit waren, für den Ruhm Gottes und König Philips zu sterben. Was man statt dessen von uns verlangte, war, Pferde zu füttern.«

»Aber Ihr habt sie schließlich den Truppen übergeben?« fragte ein Ratsmitglied.

»Wir haben die Truppen nie gefunden«, sagte Ortega. »Sie sollten sich beim Herzog von Parma einfinden, einem großen General, irgendwo in den Niederlanden. Er ist nie aufgetaucht.«

»Ihr seid gar nicht in England eingefallen?« wollten gleich mehrere wissen, und Ledesma entgegnete mit einer Bitterkeit, die sich seit Monaten in ihm angestaut hatte: »Wir kamen überhaupt nicht bis nach England. Nicht mal in die Nähe ihrer Schiffe.«

»Und die große Schlacht? Unsere Flotte gegen ihre?« fragten die Zuhörer erstaunt, und Ledesma erteilte seinem Kapitän das Wort. »Wir fuhren den Kanal hoch, in herrlicher Formation. Jeder Kapitän wußte genau, was er zu tun hatte.«

»Und dann? In der Schlacht?«

»Es kam überhaupt nicht zur Schlacht. Die Engländer lehnten es ab, von vorn gegen uns anzurücken, wie es eigentlich sein sollte. Wir hätten sie vernichtet. Statt dessen stießen sie von hinten gegen uns . . . schickten brennende Boote zwischen unsere Schiffe, um unsere Formation aufzulösen.«

Die Würdenträger, erschüttert über das, was sie da zu hören bekamen, schauten zu Ledesma herüber, als erwarteten sie weitere Erklärungen, aber er sagte nur: »Er sagt die Wahrheit. Es ist nie zu einer Schlacht gekommen. Wir fuhren den Kanal hoch, versuchten, die Fakkeln abzuwimmeln, die um uns herumschwirrten, und kamen nie in Fühlung mit unseren Landtruppen. Segelten glatt dran vorbei, und schon bald hatten wir uns von England so weit entfernt, daß die feindlichen Schiffe aufgaben, uns zu verfolgen.«

»Und Ihr Zweikampf mit Drake? Über den Ihr uns erzählt habt, als
Ihr aufbrachet... Ihr habt darauf gebrannt, ihn endlich auszutragen.«
»Wir bekamen weder Drake noch Hawkins zu Gesicht. Sie schossen
blitzschnell zwischen uns hin und her wie nächtliche Sternschnuppen.«
»Sie sind dabeigewesen«, sagte Ortega. »Soviel konnten wir erkennen, aus der Art und Weise, wie die Engländer kämpften; aber gesehen
haben wir sie nie.«

»Aber Eure Flotte konnte entkommen?« fragte einer der führenden
Persönlichkeiten der Stadt, und Ledesma nickte. »Wir haben ein paar
Schiffe verloren, aber die meisten konnten fliehen.« Und Ortega ergänzte: »Unser Admiral hat eine Auszeichnung für seine Leistung erhalten. Zu Beginn der Invasion hatte er den Befehl über 23 Frachtschiffe, und zwanzig führte er heil durch Kämpfe, Feuerattacken und
die schwersten Geschützfeuer, die Drake und die anderen gegen uns
schleudern konnten. Cartagena kann stolz auf seinen Gouverneur
sein.«

»Und die Pferde?« fragte ein Mann, der außerhalb der Mauern einen
Landsitz bewirtschaftete. »Was habt Ihr mit den Pferden gemacht?«
Doch Ledesma wandte sich ab und lehnte es ab, die Frage zu beantworten, machte aber mit der linken Hand ein Zeichen, daß Ortega reden
sollte. »Als wir die Kavallerie nicht finden konnten, für die die Pferde
bestimmt waren, wollten wir sie zuerst zurück nach Spanien bringen,
zu den Bauern, denen sie gehörten, aber dann kam die Order: ›Vor der
langen Fahrt um Irland herum, alle Schiffe ableichtern.‹«

»Und die Pferde?«

»Wir haben sie über Bord geworfen. Mitten auf dem Kanal.«

»Konnten sie von da aus an Land schwimmen?« fragte der Landbe-
wohner, aber Ledesma mußte ihm antworten: »Wir wissen es nicht.«

Unruhig rutschten die Zuhörer auf ihren Sitzen hin und her, offensichtlich begierig, mehr Einzelheiten über die Kampfhandlungen zu erfahren, und einer fragte: »Aber wenn Ihr durch den Kanal entkommen
und um Irland herum fliehen konntet, dann müssen es die meisten
Eurer Schiffe geschafft haben, zurück nach Spanien zu gelangen. Die
Niederlage kann also doch nicht so schlimm gewesen sein, wie es sich
zuerst anhörte.« Und Doña Leonora, die der stockend vorgetragenen
Schilderung gespannt gelauscht hatte, sah, wie die Schultern ihres
Mannes zusammensackten und sein Gesicht aschfahl wurde.

»Es ist zuviel für einen Tag, meine Freunde. Wir sind daheim, und
sechs weitere Schiffe aus Cartagena werden noch nachfolgen, darauf

vertraue ich. Wir reden später weiter.« Und ohne jede Etikette zu wahren, ließ er sie mit Ortega allein, der mit der traurigen Geschichte fortfuhr, nur daß auch er jedes Gespräch über die Rückfahrt der Schiffe nach Spanien vermied.

Erst als Doña Leonora ihren Mann zu Bett brachte, sah sie, wie erschöpft er war, nicht so sehr von der Seereise, denn er schätzte seine alte »Mariposa« als eines der stabilsten Schiffe auf den Meeren, sondern von der Qual, über die Demütigungen und Schrecken, die der von ihm befehligten kleinen Flotte aus Cartagena widerfahren waren, berichten zu müssen. Kaum hatte sie seine Reaktion auf ihre ersten Fragen gesehen, begriff sie, daß sie aufhören und ihn sich ausruhen lassen mußte. Sie fragte: »Hatten die anderen Schiffe auch Pferde an Bord?« Und er stöhnte. Dann fragte sie noch: »Wenn du während der Schlacht zwanzig Schiffe retten konntest, wie viele konntest du dann insgesamt nach Spanien zurückführen?« Aber er drehte sich mit dem Gesicht zur Wand um; als Zeichen, daß er kein weiteres Gespräch wünschte. Er war nur noch ein tapferer Krieger, der heil aus der Schlacht heimgekehrt war, unfähig, seiner Frau zu erklären, was geschehen war.

Am nächsten Tag jedoch, als er wieder mit den Ältesten der Stadt zusammentraf, fühlte er sich gestärkt, mit Ortegas Hilfe frei über die verhängnisvollen Katastrophen, die er miterlebt hatte, zu sprechen: »Wir wurden von einem ausgemachten Dummkopf angeführt, dem Grafen von Medina-Sidonia, einem Mann, dem die See verhaßt war, dem speiübel wurde, wenn das Schiff ins Rollen kam, und der den König gewarnt hatte: ›Ich weiß nicht, wie man gegen Schiffe kämpft; ich werde versagen.‹ Und genau das tat er. Die Engländer überlisteten ihn bei jeder Gelegenheit.«

»War er ein Feigling?«

»Spanier sind keine Feiglinge ... aber sie können einfältig sein.«

Aber die Männer drangen weiter mit Fragen in ihn ein: »Ihr habt die große Flotte nach England gebracht und habt nicht eine Schlacht geschlagen?« Und Ledesma entgegnete: »Nicht im üblichen Stil, das nicht. Große Schiffe, die sich aufeinanderstürzen? Nein. Es glich mehr abgerichteten Hunden, die versuchten, einen Stier zu reizen, bis er taumelt.«

»Und Ihr habt Drake oder sein Schiff niemals gesehen?«

Langsam, Wort für Wort absetzend, erwiderte Ledesma: »Ich... habe... Drake... niemals... gesehen.« Aber Ortega wiederholte, was er am Tag zuvor schon einmal angedeutet hatte: »Aber wir wußten, daß er irgendwo da draußen steckte.« Und als jemand nachfragte, woher sie das gewußt hätten, entgegnete er: »Wir haben die Folgen gesehen.«

»Nun sagt uns endlich ... was geschah mit der Flotte, als sie Irland passierte?« Und Admiral Ledesma, die Schultern spannend, wandte sich an seinen Kapitän: »Ortega, was geschah mit unserem sonst so gesunden Menschenverstand in Irland? Warum schmissen wir Spanier die ganze Sache einfach hin?«

Es war eine Frage, die Militärhistoriker noch ein halbes Jahrtausend lang beschäftigen sollte, aber mit einer einleuchtenden Erklärung konnten am Ende auch sie nicht aufwarten. Ortega dagegen, als einer der wenigen Kapitäne, die ihre Schiffe ohne Schaden durch die Katastrophe geführt hatten, wußte von ein paar gesicherten Fakten: »Wir hatten keine ordentlichen Seekarten. Es war nicht zu erkennen, wie weit Irland in den Atlantik reicht. Als unsere Schiffe zu früh südwärts beidrehten, stießen sie auf Landvorsprünge, die laut Karte dort nicht sein durften, und gepeitscht von einem schweren Sturmwind aus dem Westen, konnten sie nicht lavieren, um den Felsen noch auszuweichen.«

Und Ledesma fuhr fort: »Wir hätten eine sichere Heimfahrt zu unseren spanischen Häfen haben können. Englische Schiffe störten uns nicht mehr. Aber wir verloren 26 der größten aus unserer Armada ... eine ganze Marine ... nicht ein Schiff gesunken als Folge einer feindlichen Aktion. In den ungezügelten Stürmen auf dem Nordatlantik brach der Bodenbeschlag auseinander. In tiefster Finsternis kollidierten unsere Schiffe und sanken. Die meisten jedoch trieben die wütenden Winde des herannahenden Winters einfach vor sich her und schleuderten sie frontal auf jene Landzungen Westirlands, wobei die Hälfte der Besatzung ertrank, die andere wurde halbnackt an die unbewohnbare Küste gespült ...«

Kopfschüttelnd über die Größe der Katastrophe, der er allein aufgrund seiner überlegenen Erfahrung als Seemann entkommen war, bedeutete er Ortega fortzufahren. »Berichtet, was mit ihnen geschah, wenn unsere schiffbrüchigen Männer das Glück hatten, Land zu erreichen«, worauf der Kapitän eine unglaubliche Geschichte enthüllte. »Als wir endgültig zurück nach Spanien aufbrachen, hatten wir erste Gerüchte gehört, aber dann befragte ich drei Matrosen, die den schrecklichen Vorkommnissen auf der irischen Insel entkommen waren. Sie erzählten von so abscheulichen Dingen, daß die ganze Flotte in

207

Windeseile davon erfuhr. Wenn die Mannschaft eines spanischen Schiffes die Küste erreichte, dann passierte, so scheint es, folgendes mit ihr: Ein paar wurden von den aufgebrachten irischen Bauern die Kleider vom Leibe gerissen und meist auf der Stelle getötet. Diejenigen, die überlebten, fielen irischen Grundbesitzern in die Hände, die den Engländern zu Gefallen waren; sie wurden umgebracht oder dem Feind übergeben. Diejenigen schließlich, die sich den englischen Offizieren ehrenhaft ergaben, wurden einer nach dem anderen ermordet, vor Publikum, um ihnen eine Lektion zu erteilen.«

Später, als sich die Gerüchte durch belegbare Tatsachen bestätigten, sollte sich zeigen, daß insgesamt 6 000 der besten Söhne Spaniens nach dem Untergang ihrer Schiffe an irischen Küsten gestrandet waren und bis auf 700 alle umgebracht wurden.

Ledesma schaute seine Landsleute an und sagte: »Die tapferen jungen Männer aus dieser Stadt, die mit mir fortsegelten... so heldenhaft... so unbesiegbar. Wir führten sie heil durch eine Hölle, wie nur wenige sie jemals erleben, und wir hielten sie beisammen...« Er ballte die Hände zur Faust und hämmerte in die Luft: »Wir führten sie heil durch alles, was Drake gegen uns aufzubringen vermochte. Und sie dann in die Hände von englischen Meuchelmördern in Irland fallen zu sehen... O mein Gott... mein Gott.«

Seine Zuhörer sahen, wie sich die Fäuste noch enger schlossen und seine Adern am Hals vorsprangen. »Jawohl, Engländer mordeten unsere Männer, schamlos. Aber unsere Rache wird kommen. Ich weiß, bevor ich sterbe, wird El Draque in diese Gewässer zurückkehren. Er muß zurückkehren... Und wenn er kommt und Gott mir die Kraft gibt, ziehe ich noch einmal gegen ihn zu Felde, und verfolgen werde ich ihn bis an sein Grab.« Von diesem Augenblick an pflegte Ledesma denselben Bluthaß gegen die Engländer, die seine Matrosen umgebracht hatten, wie Francis Drake den seinen, den er schon immer gegen die Spanier empfunden hatte, die seine Matrosen bei lebendigem Leib verbrannt hatten. Beide Seiten erlaubten es sich nicht, von ihrer leidenschaftlichen Feindseligkeit abzulassen.

Tag für Tag streifte Admiral Ledesma von nun an durch die Stadt und erkundete Projekte, die noch vorangetrieben werden sollten. »Ich will die Befestigungsanlagen fertigstellen, sie sollen die gesamte Stadt umschließen. Wir brauchen bessere Brunnen... eine Festung zum Schutz von Boca Chica...«

Einmal, als er gerade einen Abschnitt der Mauer besichtigte, blieb er plötzlich stehen und drehte sich zu Ortega um. »Ich habe Euch genau beobachtet, Roque.« Es war das erstemal in diesem wirren Jahr, daß er seinen Landsmann nicht wie sonst mit dem üblichen Titel Kapitän anredete. »Und ich konnte sehen, daß Ihr ein Mann von Ehre seid. Wir haben die ›Mariposa‹ mit keinem unfähigen Kapitän zurückgebracht.« Ortega salutierte. »Und ich werde älter, 61 dieses Jahr, sehr alt, wie ich finde, und ich habe keinen Sohn, der unseren Namen in Zukunft weiterträgt. Warum werdet Ihr nicht zu Roque Ledesma und nehmt meinen Platz ein, wenn ich nicht mehr lebe?« Ortega salutierte erneut und war sprachlos.

Dann hatte Don Diego noch eine glückliche Idee. »Seht mal, Ihr habt bereits das Recht, Euch Ortega y Ledesma zu nennen. Ändert den Namen um in Roque Ledesma y Ledesma. Sollen die Leute raten, was für ein Inzest sich dahinter verbirgt.« Er lachte über seinen Scherz, aber Ortega sagte noch immer nichts, und so blieb der Vorschlag des Admirals zunächst in der Luft hängen.

Er sollte bald erfahren, daß sich sein verwitweter Kapitän in eine andere, höchst ernsthafte Angelegenheit verwickelt sah, die Doña Leonora ihm förmlich aufdrängte, denn sie hatte ihre entschlossene Kampagne wiederaufgenommen, für Señorita Beatrix einen geeigneten Mann zu finden. »Warum gönnst du Kapitän Ortega nicht mal eine Ruhepause von einer Woche, Diego?« bat sie ihren Mann, und während dieser wenigen entspannten Tage drängte sie Beatrix unaufhörlich in Ortegas Nähe. Beschäftigte ihn an den ersten beiden Tagen noch zu sehr die Niederlage gegen die Spanier, fiel ihm am dritten Tag langsam auf, wie charmant Beatrix war, doch das Mädchen war zu schüchtern, seine Aufmerksamkeit ganz auf ihre Anwesenheit zu lenken. Doña Leonora spürte, daß es an ihr lag zu intervenieren: »Kapitän Ortega«, sagte sie geradeheraus, »Euch ist sicher nicht entgangen, daß Beatrix ganz eingenommen von Euch ist... Eurer männlichen Art.« Sie hüstelte bescheiden.

»Sie ist ein liebreizendes Mädchen, wirklich, das ist sie. Als Ihr draußen auf See im Krieg wart, hatte ich Gelegenheit zu beobachten, was für eine tüchtige Ehefrau sie abgeben würde.« Als Ortega zögerte, fügte sie noch hinzu: »Ihr werdet nicht jünger, Roque...« Und bei diesem erstmaligen Gebrauch seines Vornamens durch sie entsann er sich, daß der Admiral dasselbe getan hatte, als er sich mit ihm über die Namensänderung unterhalten hatte, und mit einemmal sah er, wie sich der Scherbenhaufen seines Lebens – seine verarmte Mutter, der Verlust seiner ersten Frau, die Niederlage in England, die Unsicherheit in der Neuen Welt – wieder zusammenkitten und mit den Ledesmas von Cartagena verschmelzen ließ. Er würde ihre Nichte heiraten, ihren Namen annehmen und dem großen Familienbund beitreten, den sie sich in dieser reichen und bedeutenden Stadt aufgebaut hatten.

»Doña Leonora«, fragte er nun mit leiser Stimme, »habe ich Eure Erlaubnis, bei Eurem Gatten um die Hand von Beatrix anzuhalten?«, worauf sie mit Staunen reagierte, den Mund weit geöffnet, die Augenbrauen hochgezogen, als käme diese Idee allein von ihm und doch etwas überraschend. »Ich glaube, daß er Euch anhören wird«, sagte sie und machte auf dem Absatz kehrt, mit dem beruhigenden Gefühl, wieder einmal die Probleme einer ihrer zahlreichen Verwandten gelöst zu haben.

Als jedoch der Vizeregent, mittlerweile ein höherer Beamter, von dem Vorschlag, Ortega einen neuen Namen zu geben, Wind bekam, äußerte er schwere Vorbehalte: »Don Diego, wo habt Ihr Euren Verstand gelassen? Die Leute munkeln schon: ›Die Stadt heißt nicht mehr Cartagena. Sie heißt jetzt Carta-Ledesma.‹ Wenn Ihr diese Namensänderung vornehmt, ist das für sie nur eine Bestätigung Eurer Vetternwirtschaft.«

Don Diego versprach, sich die Warnung durch den Kopf gehen zu lassen, aber als er am selben Abend über den Schutzwall schlenderte, dachte er bei sich: »Das dauerhafteste Ziel, das ein Mann erreichen kann, liegt doch darin, mit Hilfe der Mitglieder seiner Familie ein Netz zu knüpfen, um Einfluß und Stabilität zu garantieren. was ist mit Drake? Irgendwo im Schatten untergetaucht, denn Ruhm ist vergänglich. Was ist mit Cortés passiert? Die Gunst des Königs ist nur ein dünner Strohhalm, auf den man sich besser nicht verläßt. Die Männer der eigenen Töchter dagegen auf mächtigen Posten zu sehen, die Söhne der Schwester mit guten Gehältern versorgt, das nenne ich dauerhaft. Darauf ist Verlaß? Was sagte Drake doch noch an jenem letzten Abend? Er war traurig, daß er keine Söhne besaß. Na und, ich habe auch keine, aber ich werde bald einen haben. Roque Ledesma y Ledesma, ein herrlicher Name, und wem er nicht gefällt, der kann mir gestohlen bleiben!« Und so wurde die Namensänderung vollzogen.

Die ersten sieben Jahre nach der Katastrophe der Armada brachten wenig Aufregendes in der Karibik, hauptsächlich deswegen, weil Drake sie in Ruhe ließ, und ohne ihn als Gegner schien der Ort an Bedeutung zu verlieren. Maultierkarawanen kreuzten die Landenge von Panama nach Nombre de Dios und luden ihre Schätze auf Schiffe um, die von Cartagenas Flottille nach Havanna eskortiert wurden. Dort wurden die Gold- und Silberflotten für die Heimreise nach Sevilla zusammengestellt, und in all den Jahren ging nicht ein Schiff verloren.

Gleichwohl sickerte durch, Drake habe eine reiche Erbin aus guter Familie zu seiner zweiten Frau erwählt und sei als Vertreter der Stadt Plymouth ins Parlament berufen worden, wo er sich gelegentlich zu Fragen der Seefahrt und der Kriegsmarine äußerte. Aus seinem Pensionärsdasein gelockt, um das Kommando über einen Angriff auf die Nordwestküste Spaniens und Portugals zu übernehmen, verpfuschte er die Sache und wurde getadelt, indem man ihn zwangsweise in den – wie alle vermuteten – endgültigen Ruhestand versetzte. Danach hörte man in der Karibik nichts mehr von ihm, und man ging davon aus, sowohl er als auch sein älterer Kamerad Hawkins, mittlerweile Sir John, seien verstorben.

Doch dann, Ende Februar 1596, kam die belebende Nachricht, auf die Don Diego so viele Jahre gewartet hatte. Sie kam nicht aus dem Escorialpalast König Philips, sondern von einem seiner Minister aus Madrid: »Von unseren bewährten Spionen haben wir die Information, daß jene infame Ketzerin, Elizabeth von England, ihren beiden Rittern, Drake und Hawkins, am 25. Januar dieses Jahres den Auftrag erteilt hat, eine Flotte von 27 Kriegsschiffen zu übernehmen und unsere Städte in Westindien anzugreifen. König Philip ist alt und kränklich. Bringt ihm die Häupter der beiden, bevor er stirbt.«

Fast jeder spanische Gouverneur erlitt einen momentanen Schwächeanfall, als er erfuhr, Drake und Hawkins seien auf dem Weg, ihre Städte zu stürmen; nicht so Don Diego, der sich geradezu daran ergötzte, daß seine beiden Erzfeinde gleichzeitig in das Gewässer vordrangen, in dem er sich mit Vorliebe bewegte. »Gott meint es gut mit mir«, gestand er den männlichen Mitgliedern seiner Familie ein, und wieder sammelten sie ihre Truppe, um diese letzte Herausforderung der beiden englischen Piraten zu vereiteln.

Über Karten gebeugt, die auf großen Tischen ausgebreitet lagen, stimmten die Ledesmas ihre Strategien aufeinander ab, vorangetrieben in ihren Überlegungen von Don Diego, der einen siebten Sinn dafür zu haben schien, welche Instruktionen die Königin ihren beiden Admiralen auf den Weg gegeben haben mochte und sie diese genau in die Tat umzusetzen gedachten. Bei ihrer Planung verwiesen die Männer immer zuerst auf Drake, erst dann fiel der Name Hawkins, nachdem sich auf allen Flotten Europas die Ansicht durchgesetzt hatte, jetzt sei es wohl der ältere Onkel, der die Befehle von seinem jüngeren, unerschrockenerem Neffen empfing. Don Diego hatte bei der Ausarbeitung seiner Taktik allein Drake im Auge und wies seinen Vizeregenten an: »Ihr habt ihn damals in Nombre de Dios geschlagen, geht also zurück, und schlagt ihn dort ein zweites Mal.« Als der junge Mann seine Bedenken äußerte: »Ich bezweifle, daß Drake sich mit so einer kleinen Stadt abgibt«, brauste Don Diego auf: »Er heißt nicht umsonst Drake. Er wird von diesem Ort angezogen, wie ein Hai vom Geruch einer blutenden Wunde angezogen wird. Er ist auf Rache aus.«

Überzeugt, daß Drake einen zweiten Versuch unternehmen würde, Panamastadt zu plündern, betraute Don Diego seine beiden anderen Schwiegersöhne mit der Aufgabe, ein Dutzend Barrikaden entlang dem Dschungelpfad zu errichten, den der Engländer wohl einschlagen würde, und alle Quellen im Umkreis zu vergiften. Dann wandte er sich seiner strahlenden, neuesten Hoffnung zu, Roque Ledesma, und mit ihm, dem erfahrenen Seemann, studierte er die Seekarten der Karibik und folgerte: »Nach Hispaniola wird er nicht kommen, denn das hat er das letztemal zerstört. Wo wird er also auftauchen?«

Nach langwierigen Spekulationen kamen die beiden Auswerter zu dem Schluß, daß Drake in Puerto Rico einfallen würde, wo die reiche Hauptstadt San Juan mit einem Schatz aufwartete, ähnlich wie ihn der Engländer das letztemal in Santo Domingo geraubt hatte. »Wir beide, Roque, Ihr und ich, werden dorthin fahren und ihm das Leben schwermachen.«

»Ihr zieht nie Hawkins in Eure Überlegungen mit ein«, bemerkte einer seiner Neffen, und Don Diego setzte ihm auseinander: »Hawkins ist wie ich, sein Verhalten ist vorhersehbar. Wir kämpfen gegen ihn, sobald wir ihn sichten. Bei Drake dagegen ist es ein dauerndes Ratespiel, denn sein Verstand ist wie ein Kolibri. Seine Flügel ruhen nie.«

Zum Schluß erteilte er noch einen willkürlich erscheinenden Befehl. Den Amadór-Brüdern, seit Jahrzehnten loyale Unterstützer, sagte er: »Geht zurück nach Ríohacha. Irgendwann im Laufe seiner Wüterei wird er dort sicher aufkreuzen«, und als die Brüder wahrheitsgemäß anführten, Ríohacha sei nun ein verlassener Ort, kaum attraktiv für die Raffgier eines Piraten, entgegnete Don Diego: »Seine Erinnerungen liegen dort begraben, denn dort hat er seine erste Niederlage erlitten. Er wird dorthin zurückkommen.«

Doch es war Roque, der den schwerwiegendsten Vorbehalt gegen die Aufteilung der Ledesma-Verbände zum Ausdruck brachte: »Ihr laßt Cartagena ungeschützt«, aber wieder argumentierte Don Diego: »Er wird nicht wieder hierherkommen. Weil er diese Stadt schon einmal erobert hat; kein Sinn, es zu wiederholen. Puerto Rico ist ein neues Ziel. Alle anderen sind einst Niederlagen für ihn gewesen, die gerächt werden wollen.«

»Und warum soll er dann nicht nach San Juan de Ulúa zurückkehren? Seiner schwersten Niederlage?«

Eine scharfsinnige Frage, die der alte Kämpfer sorgfältig erwägen mußte, doch am Ende gab er die Antwort eines Mannes, der alt und müde geworden war: »Wenn er nach Ulúa fährt, gemeinsam mit Hawkins, dann gäbe es einen Grund... also dann liegt die Aufgabe, gegen ihn anzutreten, bei Mexiko.« Er grübelte eine Weile darüber nach und fügte dann hinzu: »Unsere Aufgabe – die Karibik zu beschützen – erfordert schon genügend Kräfte.«

Der Frühling zog ins Land ohne wesentliche Erkenntnisse über neue Bewegungen von Drake und seiner Flotte, doch dann, Mitte April, ereilte Cartagena eine Nachricht ganz anderer Art. Sie kam aus San Juan in Puerto Rico und war in der Tat von Bedeutung.

»Am 9. April schleppte sich die königliche Galeone ›Begona‹ in den Hafen unserer Stadt, das Flaggschiff der Schatzflotte. Alle Masten bei einem bösen Sturm verloren und mit 300 Seelen sowie 2 000 000 Pesos in Gold und Silber an Bord, war es ihr nicht mehr möglich, die Heimreise fortzusetzen. Für den Augenblick hat sie Zuflucht bei uns gefunden. Ihre Fracht von Gold- und Silberbarren wurde wohlversteckt an Land vergraben und bleibt dort so lange, bis wir Näheres über die Pläne von Sir Francis Drake wissen. In der Zwischenzeit sollten alle Städte ihre restlichen Verbände nach Puerto Rico verlegen, um diesen enormen Schatz zu verteidigen, auf den der König für seine Unternehmungen dringend angewiesen ist.«

Damit brachen bange Momente für Don Diego an. Er wollte so schnell wie möglich nach Puerto Rico aufbrechen, um den riesigen Schatz zu verteidigen, und war innerlich dankbar, daß er ein paar Monate zuvor zu der Schlußfolgerung gekommen war, daß Drake auf diesem Kurs steuern würde, aber er wollte sich so lange nicht vom Fleck rühren, bis er nicht absolut sicher war, daß Drake in See gestochen war. In der dritten Septemberwoche ging im Karibischen Meer und auf dem Festland das Gerücht um: »Drake ist losgesegelt!« Aber kurz darauf kam die verblüffende Nachricht, Drake und Hawkins hätten unterwegs halt gemacht und Gran Canaria belagert, wo es nichts zu holen gab. »Aha!« freute sich Don Diego, als ihm die Meldung übermittelt wurde. »Wenn er über die Kanarischen Inseln kommt, steuert er auf Puerto Rico zu.« Und schon am nächsten Tag schickte er die neunzehn männlichen Mitglieder seiner Familie auf ihre Posten.

Als sich Don Diego auf seiner »Mariposa« langsam San Juan näherte und er das Bild der Reede und des Hafens vor Augen hatte, in dem ein Kampf zu erwarten war, der sicher sein letzter großer Zusammenstoß mit den beiden kühnen Engländern werden sollte, überkam ihm plötzlich ein besänftigender Gedanke: »Großer Gott! Alles alte Männer, die Krieg spielen wie kleine Jungs!« Drake war 52 in jenem Sommer, Hawkins 63 und er selbst im ehrwürdigen Alter von 67. »Aber wir sind noch immer die Besten auf allen Meeren.«

Bei der Einfahrt in den Hafen fand Don Diego die Berichte über die schweren Schäden an der »Begona« bestätigt: In einem wütenden karibischen Sturm hatte sie ihre Masten verloren, und es wäre ihr niemals gelungen, nach Spanien weiterzureisen.

Die Matrosen aus den Geleitbooten riefen ihm zu: »Ihre zwei Millionen haben wir tief in der Festung drüben versteckt. Die wird Drake nie in die Finger kriegen.« Nach der Landung erwartete ihn eine Überraschung, denn der örtliche Kommandant teilte ihm mit: »Wir sind zu dem Schluß gekommen, daß es hoffnungslos ist, die beiden auf offener See zu bekämpfen. Alle Schiffe sollen daher in den Hafen.« Sosehr ihm eine solche Aufforderung auch zuwider war, er hatte dem Befehl Folge zu leisten und dockte wider bessere Einsicht sein schweres Flaggschiff an. Als dann auch das letzte aus seiner Flotte fest vertäut lag, erschreckte ihn der Kommandant mit der Ankündigung: »Morgen werden wir den Hafen dichtschließen und mittendrin das versenken, was von der ›Begona‹ noch übriggeblieben ist, und jeweils vier kleinere Schiffe an den Seiten.« Und obwohl Ledesma und der Kapitän der großen Galeone Protest einlegten, wurde der Befehl ausgeführt.

Da Don Diegos kleine Flotte nun eingesperrt dalag, so daß sie nicht mehr aus dem Hafen, Drake allerdings auch nicht einfahren konnte, wandte er sich an die örtlichen Befehlshaber und fragte: »Was soll ich tun, was ist meine Aufgabe?«, worauf er die barsche Antwort erhielt: »Helft mit, die übrigen Geschützgruppen an Land zu installieren.« Und so montierten Roque und er alle Kanonen von den beschlagnahmten Schiffen und plazierten sie an strategischen Stellen auf Hügelkämmen, von wo aus die Zugänge zum Hafen gut einsehbar waren.

Als sich die Spanier nachträglich geschwind daranmachten, ihre Verteidigungsanlagen fertigzustellen, gingen sie davon aus, drei oder vier Wochen Zeit für diese Aufgabe zur Verfügung zu haben, doch das war nicht der Fall. Allerdings kamen ihnen zwei außerordentliche Glücksfälle entgegen, die ihnen doch noch einen Vorsprung vermittelten. Als die englische Flotte ins Karibische Meer einfuhr, hinkten zwei ihrer Schiffe hinterher, und flinke spanische Fregatten kaperten eines davon und konnten in Erfahrung bringen, daß Drake und Hawkins in Kürze in Puerto Rico eintreffen würden. Gerüstet mit diesem wertvollen Wissen, nahmen die Aufklärungsschiffe Kurs auf San Juan und riefen schon bei ihrer Einfahrt den Hafenarbeitern die Nachricht zu, damit die spanischen Kanonen den englischen Schiffen zum Empfang gleich eine Kugel entgegensenden konnten.

Den zweiten Glücksfall konnten die Spanier zu dieser Zeit noch nicht ahnen, aber kaum war die englische Flotte im August aus Plymouth ausgelaufen, als die beiden Admirale in heftigen Streit gerieten. Hawkins, als der Ältere und Umsichtigere, wünschte, den Atlantik so schnell wie möglich zu durchqueren und Puerto Rico zu überfallen, bevor die Verteidigungsanlagen ausgebaut und befestigt werden konnten. Drake dagegen beharrte darauf, unterwegs eine Reihe sinnloser Schlachten zu schlagen, und vergeudete so wertvolle Wochen.

Sogar jetzt noch, am Vorabend einer Schlacht, als es auf jede Sekunde ankam, verlangte Drake, die Fahrt aufs neue zu unterbrechen und auf den Kleinen Antillen halt zu machen, kaum eine Tagesfahrt von Puerto Rico entfernt. Hawkins verwahrte sich vehement dagegen, aber scheiterte erneut, seinen impulsiven Kampfgenossen zu überzeugen, und als deutlich wurde, daß wegen Drakes Unnachgiebigkeit ihr letztes gemeinsames Abenteuer unter bösem Vorzeichen stand, zog er sich in seine Kabine zurück, drehte seinen geschwächten Körper zur Wand und starb verbittert.

Nach der Bestattung von Hawkins auf See, dem glorreichen Element, dem er seine Berühmtheit verdankte, lief Drake verspätet in San Juan ein, wo die stabile, von den Spaniern aufgebaute, landgestützte Verteidigung ihn ohne große Probleme zurückschlug. Er kam nicht einmal nahe genug heran, um die Einfahrt in den Hafen von San Juan zu erzwingen oder wenigstens zu erfahren, wo die Millionen der »Begona« versteckt waren, geschweige denn, sie zu erobern.

215

Erbost über die Weigerung der Spanier, sich einem Kampf auf offener See zu stellen, versuchte er mit Gewalt, einer Landungstruppe den Weg zu bahnen, aber er verlor dabei lediglich viele seiner Männer. Wie ein verwundetes Tier wild um sich schlagend, verhielt sich Drake genauso, wie Don Diego es vorhergesagt hatte: Blindwütig stürmte er südwärts quer über das Karibische Meer, um seinen Unmut an Ríohacha auszulassen, einer Stadt ohne jede Verteidigung. Es gab kein einziges Goldstück zu erbeuten, statt dessen vergeudete er neunzehn nutzlose Tage, an deren Ende er in geradezu teuflischem Zorn alles niederbrannte, aus Rache für jene Sklaven, die ihm dreißig Jahre zuvor gestohlen worden waren. Dann jagte er weiter nach Santa María, auch einer Stadt ohne Verteidigung, wo er wieder keine Schätze fand und den Ort in Trümmer legte.

Ledesma, dem bei seiner Rückkehr nach Cartagena von Drakes seltsamem Gebaren berichtet wurde, verweilte gerade lang genug, um eine kleine schlagkräftige Flotte um seine »Mariposa« zu scharen, mit der er Drake bis ins Grab zu verfolgen gedachte. Am Abend vor seinem Aufbruch nach Nombre de Dios, wo der Zweikampf erwartet wurde, spazierte er mit seiner noch immer anziehenden weißhaarigen Frau Leonora auf dem Befestigungswall. »Irgendwie empfinde ich Mitleid mit ihm«, sagte er. »Wütet wie ein verwundeter Stier, geht auf alles los, was sich bewegt, ob es nun zu seinem Plan gehört oder nicht.«

»Paß auf dich auf«, mahnte seine Frau. »Verwundete Stiere sind die gefährlichsten.« Aber später, als sie sich zu Bett legten, meinte er: »Drake ist immer gefährlich, ob verwundet oder nicht. Aber jetzt haben wir ihn.«

Am nächsten Morgen lichtete Ledesma die Anker und begab sich mit seiner Familienstreitmacht auf die Jagd. Wie prophezeit, ließ Drake Cartagena diesmal links liegen, und so verfolgten Don Diego und Roque mit einem Gefühl der Erleichterung den Engländer aus sicherer Distanz, wie er wieder einmal auf jene kleine Stadt zusteuerte, Nombre de Dios, ein magischer Ort für ihn, der vollkommene Gewalt über seine Phantasie zu haben schien, in dem es aber außer ein paar verwitterten Häusern, die meisten längst aufgegeben, absolut nichts mehr gab: Das Ziel der Schatzflotten aus Panama war knapp dreißig Kilometer nach Westen an einen günstigeren Ankerplatz, einem Ort namens Puerto Bello, verlegt worden. Aus Wut, keine Reichtümer in Nombre de Dios vorgefunden zu haben, brannte Drake die Ruinen nieder. Das Geschehen von einem sicheren Ausguck verfolgend, sagte der spanische Vizeregent: »Es ist nicht unsere Stadt, die er niederbrennt; es ist seine Stadt.«

Mehr und mehr verstrickt in seine sich steigernde Raserei, segelte Drake die paar Meilen bis Puerto Bello, was er bisher nicht kannte, fand dort keine Schätze und brannte auch diese Stadt nieder, als sei er persönlich davon getroffen, daß sie sich angemaßt hatte, »sein« Nombre de Dios auszustechen. In einem Akt erschreckender Verantwortungslosigkeit schickte er dann einen kleinen Verband schwerbewaffneter Fußsoldaten über den fürchterlichen Pfad quer durch den Dschungel, um Beute in Panama zu machen und die Stadt zu zerstören – 6 000 gegen 60 000 –. aber nachdem sich die englischen Soldaten verzweifelt gegen Sümpfe, Moskitos und die wiederholten, von Don Diegos Schwiegersöhnen aufgestellten Barrikaden, hinter denen Indianer mit ihren Giftpfeilen lauerten, zur Wehr gesetzt hatten, besaßen die Männer die Courage zu revoltieren und brüllten ihre Offiziere an: »Wir machen das nicht länger mit!«, worauf sie mit leeren Händen zu ihren Schiffen zurückkehrten.

Entmutigt durch diese ununterbrochenen Katastrophen, verfiel Drake auf den wahnsinnigen Gedanken, die reichen Städte zu überfallen, die sich angeblich im Hochland von Nicaragua befanden, aber als ihn ein Spanier, einziger Gefangener nach der Kaperung eines kleinen Küstenbootes, davon überzeugen konnte, daß diese Goldstädte nicht existierten und daß die wenigen kleineren Städte dort oben keine überschüssige Münze besaßen, gab er den Plan für diesen Ablenkungsangriff auf. Statt dessen segelte er wieder zurück nach Nombre de Dios, als lockte ihn dieselbe rätselhafte Herausforderung, die ihn schon Jahre zuvor dorthin gezogen hatte. In seiner Verzweiflung, Don Diegos Verfolgerschiffe wie die Aasgeier am Horizont lauernd, ging er mit sich zu Rate, mit welcher grandiosen´ Tat er König Philip noch eine letzte Demütigung beifügen könnte – »Ich werde einen riesigen Schatz rauben, wie in Valparaíso; ich werde Havanna dem Erdboden gleichmachen wie damals San Domingo« –, aber das einzige, was er tatsächlich unternahm, war, halbherzig auf Don Diegos Flotte einzuschlagen, wie ein Riesenwal, verfolgt und gequält von einer Schar lästiger Feinde, gegen die er nicht ankam.

Er beschloß seine Tage, wie Don Diego geweissagt hatte, »wild um sich schlagend, aber nichts erreichend«, und als auch noch das schreckliche Fieber von Nombre de Dios sein Schiff befiel und viele seiner kräftigen Seeleute dahingerafft wurden, ohne daß es ihnen vergönnt

217

war, König Philip wenigstens einen erfolgreichen Hieb zu versetzen, fing er an, mit seinem Schicksal zu hadern. Das Fieber hatte schon immer in diesen übelriechenden Gegenden gelauert, mit gnadenloser Gleichgültigkeit sowohl Spanier getötet, die Silberbarren über die Landenge schleppten, als auch Engländer, die versuchten, es ihnen zu entreißen, und eines Abends erreichte es auch Drake mit bösartiger Gewalt. Hilflos blickte er zu seinen Kameraden auf, die nur Angst in seinen Augen sahen. »Soll das mein Ende sein?« fragte er mit schwacher Stimme. Am nächsten Morgen war er tot. Um seine Leiche vor der gefürchteten Schändung durch die sich heranpirschenden Spanier zu schützen, wickelten die Männer Drakes sterbliche Überreste in Segeltuch, beschwerten Schultern und Beine mit Gewichten und stießen sie ins finstere Wasser des Karibischen Meeres, das fortan auf ewig von seiner Größe künden sollte.

Don Diego, dessen Hartnäckigkeit Hawkins und Drake am Ende zu Fall gebracht hatte, konnte sich seines Sieges nicht lange erfreuen, denn als er nach Cartagena zurückkehrte, um seine in alle Winde verstreute Familie wieder zusammenzuführen, fand er eine kleine Flotte in seinem geräumigen Hafen vor, und einen Moment lang fürchtete er schon, ein Kontingent von Drakes Verband hätte sich abgesetzt, um die ummauerte Stadt aufs neue zu plagen. Doch bei der Einfahrt sah er, daß es sich um spanische Schiffe handelte, aber als er sein Haus betrat, erfuhr er, daß Männer gekommen waren, um ihn mit einer bösen Überraschung zu konfrontieren.

Die drei gehörten zu einer von König Philip entsendeten »Audienca«, die gekommen war, um die zahlreichen Anschuldigungen zu überprüfen, die sich gegen Don Diego angesammelt hatten. 31 Anwürfe an der Zahl, von grobem Diebstahl königlichen Vermögens bis hin zu mutmaßlicher Ketzerei, weil jemand nach einer Schlacht seinen Ausspruch »Soll Drake beten, wie er will, ich bete auf meine Weise« gehört haben wollte. Der wohl schwerwiegendste Vorwurf gegen ihn lautete: »Neunzehn Mitgliedern seiner Familie verhalf er zu Stellungen, in denen sie riesige Summen für sich beiseite schafften, die dem König zustanden. Seine größte Anmaßung bestand in der Überredung eines unbescholtenen Schiffskapitäns aus Cádiz, eines gewissen Roque Ortega, sich auf Roque Ledesma y Ledesma umtaufen zu lassen, um seinem eigenen Familiennamen noch mehr Ruhm einzuverleiben.«

In den vier Monaten nach Drakes Tod, als die Familie Ledesmas

218

eigentlich mit allen anderen Spaniern der Karibik hätten feiern sollen, saß der Vorstand ebendieser Familie an seinem Schreibtisch und schlug sich damit herum, eine Antwort auf jede dieser Anschuldigungen zu formulieren, von denen manche so schwer waren, daß sie die Todesstrafe nach sich zogen, waren sie erst mal erwiesen, die meisten jedoch so geringfügig, daß jeder Richter sie mit einer Handbewegung abgewimmelt hätte. Am Ende aber konnte der Vorsitzende der Kommission seine beiden Kollegen dazu bewegen, ihm in seinem Urteil, Don Diego in allen Punkten der Anklage für schuldig zu befinden, zu folgen, worauf der Erretter Cartagenas an Händen und Füßen in Ketten gelegt und zurück nach Spanien beordert wurde. Dort sollte ihm der Prozeß gemacht werden – an einem von König Philips Gerichten, die nicht gerade in dem Ruf standen, angeklagte Kolonialoffiziere fair zu behandeln.

An seinem letzten Abend an Land bat er seine Wächter, ihm noch einmal einen Gang entlang den Befestigungsanlagen zu erlauben, noch einmal sein spanisches Meer zu sehen, das er mit so großer Tapferkeit verteidigt hatte, aber sie verweigerten es ihm, da sie fürchteten, die Bewohner der Stadt könnten ihren Held gewaltsam befreien. Statt dessen setzte man ihn mit gefesselten Händen auf einen Stuhl in den prächtig ausgestatteten Empfangssaal, wo er mit den Herrschern des Neuen Spanien zusammengetroffen war, mit Admiralen, die von siegreichen Schlachten zurückkehrten, mit jener herrlich geschwätzigen Frau, die von El Draques Heldentaten in Chile und Peru erzählte – und, ja, auch mit Drake selbst, als sie um die Rettung der Stadt rangen.

Seine Gattin, die ihm in all den Jahrzehnten die Treue gehalten hatte, setzte sich neben ihn und schob wassergekühlte Lappen unter die quälenden Fesseln, um den Schmerz auf der Haut zu lindern. »Vielleicht will Gott mir nur ins Gedächtnis zurückrufen«, sagte Don Diego: »›Du und Hawkins und Drake seid Waffenbrüder. Es wird Zeit, daß du ihnen nachfolgst.‹ Ich bin bereit.«

Trotz seiner widerlichen Lage blieb Don Diego ein tröstlicher Gedanke: Wenn er sich seine zahlreiche Familie besah, dann wußte er, sie war versorgt; sie besaßen die Stellung, die Macht und das Vermögen, das sie befähigen würde, in Cartagena und Umgebung auch noch lange über seinen Tod hinaus die Herrschaft auszuüben. Als ein Mann von Ehre hatte er gegenüber Gott, seinem König und der Familie seine Pflicht erfüllt, und gebettet in diese Sicherheit hätte er eigentlich keine Schmach zu empfinden brauchen, in Ketten nach Spanien zurückzukehren. Erbitterten Groll verspürte er allerdings, als man ihn für die

Heimreise auf sein eigenes Schiff, die »Mariposa«, schleppte und ihn in ihren Frachtraum sperrte. »Ich habe gegen sie gekämpft, sie erobert, sie gegen die ›Jesus von Lübeck‹ geführt und habe mit ihr Drake und seiner Armada widerstanden.« Er hob die gefesselten Hände und bedeckte sein Gesicht und die Demütigung, die er jetzt empfand.

Spanien sollte er nie erreichen, denn als sich die »Mariposa« der berüchtigten Windwardpassage zwischen Kuba und Hispaniola näherte, zog ein ungeheuerlicher Sturm auf, und als die Katastrophe unabwendbar schien, rief er aus dem Frachtraum nach oben: »Schnell, sagt dem Kapitän Bescheid, ich weiß, wie man das Schiff bei Sturm steuern muß.« Aber nachdem das Schiff mehrere Male ungestüm hin und her geworfen worden war, ertönte eine Stimme von oben: »Kapitän sagt, Ihr bleibt unten in Ketten; Befehl des Königs!« So blieb Don Diego im Laderaum liegen, spürte, wie sein geliebtes Schiff von einem verhängnisvollen Fehler in den nächsten gelenkt wurde, bis es zum Schluß im Todeskampf auf den Grund des Karibischen Meeres versank.

5. Kapitel

Schwere Stürme in Klein-England

Die Insel Barbados, ein Ort von paradiesischer Schönheit, liegt so weit östlich von jener Inselkette, die die Grenze der Karibik markiert, und so weit südlich von jener Meeresströmung, der fast alle Schiffe, aus Europa oder Afrika kommend, folgten, daß Kolumbus sie auf keiner seiner Fahrten zwischen 1492 und 1502 ansteuerte. Jahrzehntelang blieb die Insel so unentdeckt. Als die Kariben auf den anderen Inseln ihre grausamen Verwüstungen anrichteten, flüchteten sich ein paar Indianer vom Stamm der Arawaks hierher, aber sie waren anscheinend schon lange wieder ausgestorben, ehe der weiße Mann landete.

Erst sehr viel später, 1625, fiel die Insel, unbewohnt, aber reich an fruchtbarem Boden, zufällig einem vorbeifahrenden englischen Handelsschiff auf, und es dauerte noch einmal zwei Jahre, bevor eine gründliche Erschließung des Eilands einsetzte. Da dieses kleine Paradies so lange auf die Ankunft des weißen Mannes gewartet hatte, waren viele der Ansicht, es sei das Beste, was die Karibik zu bieten und sich daher bis zum Schluß aufbewahrt habe. Obwohl ein paar hundert Kilometer weiter östlich gelegen und eigentlich nicht mehr Teil des zauberhaften karibischen Meeres, wurde es doch allgemein als eines der prächtigsten Geschwister der karibischen Familie angesehen.

Wie zuvor die Arawaks auf Dominica schreckten die englischen Siedler vor dem heftigen Wellengang und den schweren Stürmen der windwärts gelegenen, atlantischen Seite zurück und siedelten mit Vorliebe auf der warmen und freundlichen, den herrlichen Sonnenuntergängen zugewandten Westseite. Dort, entlang der Küste einer schmalen und nicht sonderlich geschützten Bucht, nahm langsam ein kleiner Ort Gestalt an, eine Ansammlung rauher Holzhäuser erst, der später den Namen Bridgetown erhielt und schon bald in dem Ruf stand, eine der am schönsten gelegenen, kultiviertesten Städte der ganzen Karibik zu sein: ein geschwungener Strandstreifen, umzäunt von sich im Wind wiegenden Palmen, saubere schmale Straßen, gesäumt von niedrigen, geputzten weißen Häusern im holländischen Stil, eine fleißige Einwohnerschaft, eine kleine Kirche, gekrönt von einem winzigen Turm, und, als Hintergrund, eine Reihe sanfter Hügel, die nach jedem Regen grün leuchteten. Schon in seinen Gründerjahren war es ein Städtchen, bei dessen erstem Anblick von See aus das Herz des Ankömmlings die warme Zuversicht erfüllte: »Dies ist ein Ort, in dem eine Familie glücklich und zufrieden leben kann.«

Anfang der dreißiger Jahre des 17. Jahrhunderts mühten sich abgehärtete Einwanderer aus England ab, auf den Feldern außerhalb der Stadt so viel Getreide anzubauen, daß die Ernte nicht nur für den Eigenbedarf reichte, sondern ein Überschuß zurück nach England verschifft werden konnte, im Austausch gegen Waren, die sie benötigten: Tuche, Arznei, Bücher und dergleichen. Die Kultivierung der drei Pflanzen, für die sich die englischen Kaufleute besonders interessierten – Baumwolle, Tabak und Indigo für die Färbung von Stoffen–, verlangte Schwerstarbeit, so daß die ersten Siedler sehr schnell auf den Gedanken verfielen, andere für sich schuften zu lassen, während sie selbst nur noch die Plantagen überwachten. Sie importierten mittellose junge Männer, meist aus Schottland, die sich fünf Jahre lang verpflichteten und nach Ablauf dieser Zeit eine kleine Summe in bar ausgezahlt und dazu ein Anrecht auf zwei Hektar unbesiedeltes Stück Land ihrer Wahl zugesprochen bekamen.

Zu der ersten Gruppe dieser »durch Pachtverträge gebundenen Arbeiter«, wie ihre gesetzliche Bezeichnung lautete, befand sich auch ein blutjunger Bursche aus dem Norden Englands, John Tatum mit Namen. Die Kosten für die Überfahrt von Bristol wurden, wie es die Regel war, von dem Plantagenbesitzer übernommen. In diesem Fall von dem vermögendsten von allen auf Barbados, Thomas Oldmixon. Die Beziehung zwischen diesen beiden Männern sollte nie harmonisch sein. Oldmixon war ein dicklicher, jovialer Mensch mit einer dröhnenden Stimme, rotem Gesicht und der Angewohnheit, seinesgleichen auf die Schultern zu klopfen und sie mit Geschichten zu unterhalten, die er für umwerfend komisch hielt, obwohl seine Zuhörer meist anders darüber dachten. Zu seinen Untergebenen allerdings, und in diese Kategorie steckte er auch seinen gepachteten Diener Tatum, konnte er schroff, ja, sogar beleidigend sein.

Im Laufe der fünf Jahre, die Tatum seinem Herrn zur Verfügung stehen mußte – ohne Lohn, in einem feuchten Zimmer als Unterkunft, bei miserabler Verpflegung, nicht einmal die Arbeitskleidung wurde gestellt –, war Oldmixon nachhaltig damit beschäftigt, weitere Felder zu erwerben, was bedeutete, daß Tatum Bäume fällen, Stümpfe ausreißen und neue Ackerfläche bestellen mußte. Die Arbeit war so schwer und ohne sichtbaren Gegenwert, daß Tatum einen bitteren Haß gegen Oldmixon entwickelte, und ein anderer Engländer aus Bridgetown, der seine Lehnsarbeiter menschlicher behandelte, prophezeite:»Kann sein, wir erleben noch einen Mord, bevor Tatum seine Zeit um hat.«

Im Jahr darauf jedoch, als Tatums Knechtschaft endete und er sich ein vorzügliches Stück Land östlich von Bridgetown ausgesucht hatte, ereignete sich einer jener banalen Zufälle, die in der historischen Entwicklung schon oft eine Wende eingeleitet haben. Ein englischer Frachter mit Kurs auf Barbados, an Bord eine Ladung neuer weißer Lehnsarbeiter, stieß auf ein portugiesisches Schiff, dessen Mannschaft von Insel zu Insel schipperte und Negersklaven zum Kauf anbot.

Die Engländer, immer auf eine Gelegenheit wartend, sich ein paar redliche Schillinge zu verdienen, griffen die portugiesischen Sklavenhändler an, gingen als Sieger aus der Seeschlacht hervor und sahen sich mit einer Fracht Sklaven konfrontiert, die sie nun loswerden mußten. Der nächste Hafen war Bridgetown auf Barbados, wo sie also nicht nur die für die Insel bestimmten weißen Lehnsarbeiter absetzten, sondern auch acht schwarze Afrikaner. Eine Auktion wurde anberaumt – auf den Stufen der Kirche am städtischen Marktplatz –, bei der Thomas Oldmixon drei Sklaven kaufte und sein erst kürzlich in die Freiheit entlassener Pachtarbeiter, John Tatum, mit seinem ersten eigenen, auf Barbados verdienten Geld einen Sklaven für sich erwarb. Die beiden geschäftstüchtigen Männer hatten auf den ersten Blick erkannt, daß sich mit den Diensten dieser acht kräftigen Schwarzen eine Menge Geld machen ließ. Und so nahm die Sklaverei auf dieser herrlichen Insel ihren Anfang.

In jenen Jahren entwickelte sich Bridgetown immer mehr zu einem Ort, in dem es sich angenehm leben ließ: Die Dächer der weißgetünchten holländischen Häuser wurden mit richtigen roten, heimlich aus Spanien eingeführten Dachziegeln ausgestattet; neue Straßen wurden angelegt, manche mit weitläufigen Rasenflächen zwischen den Wohnhäusern; die Kirche erhielt Bänke aus Mahagoniholz; und es wurde sogar ein kleiner Laden eröffnet, geführt von einer Witwe, der aus allen Teilen Europas importierte Ware verkaufte. Die holländische Architektur und der Schmuggel waren verständlich und wurden von den Einwohnern Bridgetowns auch allgemein akzeptiert: Die Siedler hatten sich an die Holländer gewandt, nachdem englische Kaufleute, habgierig auf jeden Penny schielend, den sie aus den Kolonien herauspressen konnten, im Parlament ein Gesetz durchgesetzt hatten, das die Siedler zwang, nur mit englischen Firmen zu handeln und auf jeden Preis einzugehen, den diese Firmen ihnen diktierten. Es war dasselbe groteske Handelsrecht, das in anderen Kolonien, Massachusetts und Virginia etwa, schon zu lauten Protesten geführt hatte. Lukrativer Handel mit Lieferfirmen in Frankreich, Holland, Italien oder Spanien war unter Strafe gestellt, ebenso der Handel zwischen den Kolonien selbst; ein angehender Kaufmann aus Barbados durfte auch nicht direkt mit einem Hersteller in Massachusetts verhandeln, sehr zum Mißfallen solcher Leute wie Oldmixon oder Tatum, der gerade erst in das Geschäft einstieg. Und um die Sache noch schlimmer zu machen – die englischen Firmen konnten ihre teure Ware, aus welchem Grund auch immer, häufig nicht liefern, was die Siedler doppelt enttäuscht zurückließ.

Die Lösung lag auf der Hand. Holländische Handelsschiffe, unter dem Kommando von Männern, die äußerster Wagemut und kaufmännisches Geschick auszeichnete, ignorierten die englischen Bestimmungen, segelten, wo es ihnen paßte, bewiesen erstaunliches Talent, den englischen Patrouillenbooten auszuweichen, und wickelten ihren Schmuggel in erstaunlich großem Umfang ab. Sobald die Siedler in Bridgetown die holländische »Stadhouder« unter der kundigen Führung von Kapitän Piet Brongersma, einem begnadeten Schmuggler, sich verstohlen in den Hafen schieben sahen, wußten sie, daß ab heute wieder die Waren zu haben waren, die sie brauchten, und sie begrüßten seine Ankunft mit Beifall, ja, gingen sogar so weit, Wachposten an markanten Erhebungen aufzustellen, um ihn warnen zu können, sollte sich unerwartet ein englisches Kriegsschiff nähern. In dem Fall traten in Windeseile alle Matrosen auf Brongersmas Schiff in Aktion, lichteten den Anker und hißten die Segel, und meist war die »Stadhouder« innerhalb von Minuten sicher draußen auf See, bevor das englische Kriegsschiff einlief.

Leicht und unbeschwert, ohne daß jemals ein Schuß fiel, unbescholtene Bürger ins Gefängnis geworfen wurden oder sich Neid einstellte, ging das Leben seinen Gang: Thomas Oldmixon erweiterte seinen Besitz Jahr für Jahr um neue Felder; John Tatum führte auf seine zwei Hektar eine Braut aus England heim, die ihm eine Tochter schenkte, Nell, und zwei prächtige Söhne, den eher nüchtern denkenden Isaac und den übermütigen Will; die Gouverneure aus England kamen und gingen, manche scharfsinnig, manche zu nichts zu gebrauchen; wie in allen Kolonien. Und die Zahl der Sklaven wuchs ständig, denn diejenigen, die bereits auf der Insel lebten, gebaren Kinder, und holländische Schmuggler hörten nicht auf, mehr und immer mehr Sklaven heimlich aus Afrika zu importieren.

Zwei Entwicklungen allerdings bereiteten weitsichtigen Männern auf Barbados und in England große Sorge: Mit dem stetig anwachsenden Raubbau am Boden wurde es von Jahr zu Jahr schwieriger, die Grundnahrungsmittel anzubauen, vor allem die Tabakpflanze richtete schweren Schaden an. Die in London ansässigen Händler, die Kontakte mit Barbados pflegten, mußten bestürzt mit ansehen, wie die Qualität des auf der Insel geernteten Tabaks im Vergleich zu dem, was die Konkurrenz in den Kolonien Virginia und Carolina anzubieten hatte, mit jedem Jahr minderwertiger wurde, während Baumwolle aus Barbados mit der auf den leichter zu bewirtschaftenden Feldern in Georgia gepflückten einfach nicht konkurrieren konnte. 1645 schließlich, als Oldmixon erfuhr, wie wenig seine Kommissionäre in London diesmal aus dem Verkauf des Tabaks und der Baumwolle für ihn einbehalten hatten, riet er den anderen Pflanzern: »Mit uns geht es bergab. Es wird jedes Jahr schlimmer. Wir müssen etwas Neues zum Anbauen finden, oder wir gehen unter.«

Alle waren der Meinung, daß Barbados schon eine neue Feldfrucht finden würde, um den Wohlstand zu sichern. Dieser allgemeine Optimismus kam auch in den Worten von Oldmixon zum Ausdruck, als er sich eines Tages zum Hafen begab, um einen neuen Siedler zu begrüßen, der aus Sir Francis Drakes ehemaligem »Vorgarten«, aus Devon, stammte. Während er den Neuankömmling durch die geputzten Straßen von Bridgetown führte, ihn auf die mit roten Ziegeln bedeckten holländischen Häuser aufmerksam machte, sagte er sein übliches Sprüchlein auf: »Habt Ihr jemals eine schönere Insel als unsere gesehen? Eine freundlichere Stadt? Hier findet Ihr Frieden und Sorglosigkeit. Seht nur, dort drüben die kleinen Kirchen, sie markieren die Kreuzung. Mein Freund, willkommen in Klein-England. Und es gibt nicht wenige unter uns, die meinen, es sei schöner als das große England.«

Dieser Satz prägte sich ein und wurde mit der Zeit die allgemeine Bezeichnung für Barbados: »Klein-England, treu an der Seite des Mutterlandes.«

Im Jahre 1636 jedoch kam es zu einem schlimmen Rechtsakt, als nämlich die Behörden Klarheit in einer Sache schafften, die vielen erhebliche Sorge bereitete. Zu der Zeit war nirgendwo genau definiert, was unter Sklaverei zu verstehen war: Weder Sklave noch Herr wußten genau, wie lange das Nutzungsrecht gelten sollte. Einige wenige, edelmütigere Engländer waren der Ansicht, daß es nur für eine begrenzte Zeitdauer galt, andere gingen sogar so weit zu verlangen, daß alle Kinder der Inselsklaven von Geburt an frei seien.

Diesem Ketzertum setzten die Behörden schnell ein Ende: Sie erließen eine Verordnung, die besagte, daß Sklaven, ob eingeborene Indianer oder importierte Afrikaner, ein Leben lang zu dienen hatten, ebenso ihre Nachkommen. Nur wenige Sklaven wußten von diesem neuen Gesetz, Hausdiener meist, so daß es inselweit keinen Widerstand auslöste, aber diejenigen, die es begriffen hatten, rieben sich an der Erkenntnis, daß ihre Knechtschaft niemals enden sollte.

Nach und nach fingen diese wenigen an, viele ihrer Leidensgenossen auf der Insel für sich zu gewinnen, und 1649 breitete sich in der gesamten Gemeinschaft unterschwellig ein unbehagliches Gefühl aus, ohne daß die weißen Herren von diesem Wandel etwas spürten. Die Zusammensetzung der Volksgruppen auf der Insel hatte sich in den letzten Jahren drastisch verändert, denn 1636, als das Gesetz erlassen wurde, lebten auf Barbados nur wenige Sklaven, die meisten waren weiße Lehnsarbeiter, in einer Gesamtbevölkerung von nur 6 000. Dreizehn Jahre später dagegen, 1649, gab es bereits 30 000 Sklaven auf der Insel gegenüber derselben Anzahl Weißer, so daß sich die Sklaven gute Chancen auf einen Sieg ausrechneten.

Zu ihnen gehörte auch einer von Tatums Sklaven, ein Yorubaneger, ein kluger Kopf, der in seinem Heimatland Naxee und von seinem klassisch gebildeten Besitzer auf Barbados nur Hamilcar gerufen wurde. In Afrika, aber auch auf Barbados hatte er ein ausdrückliches Talent für Führerschaft bewiesen, und wäre er als europäischer Weißer in eine der Kolonien ausgewandert, hätte er bei der politischen Entwicklung des Landes sicher eine bedeutende Rolle gespielt. Auf Barbados dagegen hatte er, weil er Schwarzer war, keine Gelegenheit, seine Fähigkeiten einzubringen, und so begann er heimlich einen Aufstand gegen die widersinnigen Herabsetzungen, die er täglich zu spüren bekam, zu organisieren.

Er war ein hochgewachsener, kräftiger Mann mit funkelnden Augen und gebieterischer Stimme und wirkte so überzeugend, daß er im Handumdrehen ein Dutzend Gefolgsleute um sich scharte, von denen jeder wiederum vier oder fünf Vertraute für sich gewinnen konnte, und es kam die Nacht, in der er seinen grausamen Plan enthüllte.

Hamilcars Botschaft wurde in dem Englisch verbreitet, das die Sklaven bei der Arbeit auf den Feldern sprachen, denn seine Anhänger stammten aus den unterschiedlichsten Landesteilen Afrikas mit verschiedenen Sprachen: »Drei Nächte von heute; Sonne geht unter; zwei Stunden warten; dann tötet jeder in den drei Häusern, die am nächsten sind, alle weißen Männer. Dann zerstreuen wir uns; über die ganze Insel.« Es war kein sorgfältig ausgearbeiteter Plan, aber sollte es den Sklaven gelingen, die wichtigsten Familien auf Barbados auszulöschen, hatten sie gute Aussichten, die Herrschaft über die Insel an sich zu reißen. Wegen der Umsichtigkeit, mit der Hamilcar den Austausch von Informationen und Taktik in die Wege geleitet hatte, ahnte zudem drei Tage vor dem Aufstand kein einziger Weißer die schreckliche Gefahr.

In der ersten Nacht nach der Bekanntgabe des Zeitplans tat Hamilcar kein Auge zu, immer wieder stellte er sich die unterschiedlichsten Dinge vor, die schiefgehen konnten; in der zweiten Nacht jedoch, erschöpft von den eilig anberaumten Treffen mit den wichtigsten Anführern, schlief er sofort ein – in dem sicheren Gefühl, daß sein Plan funktionieren würde –, und am nächsten Morgen erhob er sich von seinem Lager, bereit, in das Massaker zu ziehen.

Am östlichen Rand von Bridgetown, ein gutes Stück landeinwärts, stand ein kleines Cottage, das die beiden Söhne von Thomas Oldmixons ehemaligem Lehnsarbeiter John Tatum bewohnten. Ihr Vater war jung gestorben, nachdem er sich zu Tode geschuftet hatte, erst mit der Bestellung der vielen Felder für Oldmixon, dann seines eigenen, aber seiner Witwe hinterließ er das Cottage und vier Hektar Land – die zwei, die ihm nach Beendigung seiner Lehnszeit rechtmäßig zugestanden hatten, und zwei weitere, für die seine ersten Ersparnisse draufgegangen waren, denn er liebte den Boden und hatte auch seinen Söhnen diese Liebe vererbt. Seine Frau war kurz nach ihm gestorben, und die Jungen, Isaac, der Umsichtige, und Will, der Temperamentvolle, erbten das kleine Gut. Isaac war bereits verheiratet, und seine Frau warnte ihn wiederholt: »Das Cottage ist zu klein für drei Personen. Dein Bruder soll sich woanders Arbeit suchen.« Aber Will machte keinerlei Anstalten zu gehen.

Ihre Plantage war nur bescheiden, gerade groß genug, drei Sklaven mit Arbeit zu versorgen, aber Isaac war von dem wilden Ehrgeiz gepackt, nicht länger nur irgendein unbedeutender Pflanzer unter anderen zu bleiben. »Bald«, sagte er zu seiner Frau Clarissa und seinem Bruder, »wird der Name Tatum auf dieser Insel eine wichtige Rolle spielen.« Und er vertraute ihnen an, daß der einzige Weg zu dem Ansehen, nach dem er sich verzehrte, bedeutete, »jedes Jahr mehr Land, alle halbe Jahre mehr Sklaven zu erwerben. Und die Familie wird so lange knausern, bis wir das Ziel erreicht haben.«

Will war ein ungezügelter Bursche von vierzehn Jahren, bei dem man bereits jetzt nie wußte, wie er reagierte, und dessen hintergründiges, promptes Lachen die Vermutung nahelegte, daß er sich ebensogut zu einem ausgekochten Gauner entwickeln konnte. Die beiden Tatum-Brüder unterschieden sich auch äußerlich sehr. Isaac war von geradezu widernatürlich kleinem Wuchs, ein Makel, den er durch betont männliches Auftreten, Einlegesohlen in seinen Schuhen und ein gepflegt gekünsteltes Poltern in seiner Stimme, um sie tiefer klingen zu lassen, zu vertuschen suchte. Er hatte bleiches, sandfarbenes Haar und einen verschlagenen Blick, als sei er unentwegt dabei, sich den besten Vorteil zu errechnen; und um sich so schnell wie möglich seine Mannhaftigkeit zu beweisen, hatte er früh geheiratet, sich eine Frau ausgesucht, die zwei Jahre älter war als er und doppelt so ehrgeizig. Als Paar waren die beiden, Isaac und Clarissa, gefährliche Gegner.

Die beiden Brüder, so verschieden in Auftreten und Charakter, arbeiteten dennoch gut zusammen, wobei Will den Ehrgeiz seines Bruders auf seltsame Weise nützte: Er behandelte die drei Sklaven so großzügig, daß sie für sechs ackerten. Wenn eine unangenehme schlammige Arbeit eiligst erledigt werden mußte, stellte er sich neben die Männer und packte selbst mit an, etwas, wozu sich sein strengerer Bruder niemals hergegeben hätte. »Gentlemen haben ihren Platz«, ließ sich Isaac dogmatisch aus, »und die Sklaven den ihren, und diese Distanz muß gewahrt werden.«

Die beiden männlichen Negersklaven arbeiteten auf den Feldern, während die Frau, Naomi, als Magd diente und Clarissa im Haushalt zur Hand ging. Aufgewachsen war sie an der Goldküste, am Fluß Volta, wo sie ein freies Leben geführt hatte, bevor portugiesische Sklavenhändler sie gefangennahmen; sie hatte heftigen Widerstand geleistet, als sie an der Küste Barbados abgesetzt wurde, und wurde von ihrem ersten Herrn so brutal mißhandelt, daß sie sich aus Verzweiflung beinahe das Leben genommen hätte. Wieder zum Verkauf angeboten, fiel sie in die Hände der Tatums, die sie gerecht behandelten. Den jüngeren Bruder hatte sie quasi an Kindes Statt angenommen, hielt ihm lange Vorträge in der Küche, wie er sich als junger Mann zu benehmen hätte, und erhielt von ihm dafür Unterweisungen im Alphabet, die vielleicht sogar zu der Tragödie beigetragen haben, die Barbados bevorstand.

Schon bei Einführung der Sklaverei hatte die Verwaltung der Insel vorhergesehen, daß es über kurz oder lang zu Gehorsamsverweigerung führen würde, wenn sie ihren Sklaven Bildung zukommen ließen, und sie verbot ihnen daher das Lernen des Alphabets und unterband strikt jegliche Unterweisung im Christentum; Schwarze durften Kirchen nicht betreten. Naomi war das bekannt, aber sie hatte Freude an den heimlichen Stunden, die Will ihr gab. Schon früh hatte sie erkannt, daß er wie sie war, ein Rebell. Sie fühlte sich für ihn verantwortlich, und als er das vierzehnte Lebensjahr erreichte, war sie stolz auf seine Reife, die ihn bereits als Mann auszeichnete, und seinen unbeugsamen Willen, sich jedem zu widersetzen, der seinen Rechten im Wege stand. »Dieser Will«, sagte sie zu den beiden Negersklaven, »er soviel wert wie sechs von seinem Bruder.«

Am Abend vor dem geplanten Blutbad an den Weißen überfielen Naomi schlimmste Gewissensbisse, denn sie mochte sich nicht vorstellen, daß am nächsten Morgen auch ihr prächtiger Junge mit durchschnittener Kehle daliegen sollte, und so suchte sie Will in seinem Zimmer auf und flüsterte ihm zu: »Geht morgen nicht aufs Feld.« Und als er fragte, warum, sagte sie: »Und bleibt auch nicht im Haus.« Und dann, irgendwie verlegen, wie sie sich ausdrücken sollte, fügte sie noch hinzu: »Blut. Versprecht mir, keinem was zu sagen.«

Will Tatum war ein aufgeweckter Bursche, und als er zu Bett ging, versuchte er, sich Klarheit darüber zu verschaffen, welchen Sinn Naomis verschlüsselte Botschaft wohl haben mochte, und als ihm die schlimme Bedeutung schließlich dämmerte, weckte er seinen Bruder. In aller Eile warnten sie die weißen Familien in der Nachbarschaft und ritten dann im Galopp zu den weiter entfernt liegenden Plantagen.

Als die beiden Tatum-Brüder auf den Stadtrand von Bridgetown zupreschten, um überall Alarm zu schlagen, ritt Isaac zuerst Richtung

Osten zur Plantage von Henry Saltonstall, einem angesehenen Pflanzer, aber nicht einer der reichsten, während Will den Weg nach Norden einschlug, um Thomas Oldmixon zu warnen, den mächtigsten Pflanzer und Besitzer der größten Plantage. Die beiden jungen Reiter hatten kaum das Gatter hinter sich gelassen, als Isaac rief:»Will! Ich reite raus zu Oldmixon!«, worauf sie die Richtung änderten, denn Isaac, sich wie üblich einen Vorteil versprechend, glaubte, es könne ihm etwas einbringen, wenn es später hieß, er sei derjenige gewesen, der dem großen Mann das Leben gerettet habe.

Als er an den imposanten Landsitz der Oldmixons im nördlichen Teil der Insel kam, eine von Säulen umgebene herrschaftliche Villa am Ende einer von hohen Bäumen gesäumten Allee, rief er schon von weitem. »Sir! Sir!« Und er war froh, als er sah, wie schnell Licht gemacht wurde.

»Wer ist da?« fragte der alte Oldmixon, als er auf die Haustür zuging, nur mit seinem Nachtgewand bekleidet, auf dem Kopf eine mit Quasten geschmückte Schlafmütze, und als Isaac seinen Hausnamen rief, brummte der rotgesichtige Herr:»Du bist also John Tatums Junge. Hab' deinen Vater nie leiden können. Knauserte mit der Arbeit, die er mir schuldete.« Er wollte den jungen Mann schon wieder fortschicken, als sich seine innere Anständigkeit durchsetzte:»Ich habe Respekt davor, wie du die Zügel nach dem Tod deines Vaters in die Hand genommen hast, Tatum; überall Neuland zu erwerben, wo es nur geht. So hab' ich auch mal angefangen.« Dann fiel ihm Isaacs nervöse Unruhe auf:»Warum hast du den weiten Ritt von Bridgetown hierhergemacht? Brennt's, oder was ist los?«

»Schlimmer«, entgegnete Isaac, und um die Gelegenheit, dem großen Mann behilflich zu sein, weidlich zu nützen, sagte er im Flüsterton:»Besser drinnen.« Jetzt hatte er Oldmixons Aufmerksamkeit und überbrachte die schreckliche Nachricht:»Sklavenaufstand, Sir.« Oldmixon, obwohl Anfang Sechzig, aber noch immer fähig zu schnellen Reaktionen, schnappte sich zuerst seine beiden Pistolen und stotterte dann die Worte:»Bei Gott, Tatum, wir müssen sofort los und was unternehmen, los und was unternehmen, sag' ich dir.« Und schon rannte er in seinem Nachthemd auf die Tür zu, als er plötzlich innehielt und laut brüllte:»Rebecca! Laß nicht zu, daß ich einen Narren aus mir mache!« Und, zu Tatum gerichtet:»Ein Mann sollte nicht mit der Schlafmütze auf dem Kopf die Jagd beginnen.« Während Isaac höflich wartete, stieg der große Mann, unterstützt von seiner Frau, in seine

Reithosen aus Baumwolle, die Lederstiefel mit den weiten, nach unten umgeschlagenen Stulpen, dem Unterhemd und dem mit Brokatmustern verzierten Wams, und setzte dann die standesgemäße Kopfbedeckung auf, einen großen breitkrempigen Hut, die linke Krempe hochgesteckt und mit der leuchtenden Feder eines Truthahns versehen. Die Uniform tadellos sitzend, lief er auf sein Pferd zu, sprang behend auf, stürmte die Allee runter und rief über die Schulter zurück: »Auf in den Kampf, Tatum, auf in den Kampf!«

Will Tatum ritt die viel kürzere Strecke in östliche Richtung von Bridgetown zu der recht ansehnlichen Plantage von Henry Saltonstall, einem schlanken, aufrechten und bartlosen Mann von 42 Jahren, der noch Arbeitskleidung trug, denn er hatte bei Kerzenlicht gelesen. »Was gibt's, junger Mann?«

»Ich bin Will Tatum, wir wohnen am Stadtrand.«

»Ah, ja, und was führt dich so spät hierher?«

»Wir sollten besser reingehen, Sir«, und als das geschehen war, sagte Will ruhig: »Sklavenaufstand, Sir!«

Bei Erwähnung dieses fürchterlichen Wortes, das jeder Weiße in der Karibik mehr als alle anderen fürchtete, stützte sich Saltonstall auf die Kante seines Schreibtisches, richtete sich dann auf und fragte: »Woher weißt du das so genau?« Und als Will es ihm erklärte, holte er sein Gewehr hervor, gab dem Jungen zwei weitere zum Tragen und sagte mit ruhiger Stimme. »Ich muß noch meiner Frau Bescheid sagen. Warte draußen auf mich.« Nach einigen Minuten war er zurück, und als er sein Pferd bestieg, rief er: »Wir müssen die Pflanzer im Westen der Insel warnen.« Und schon ritten sie weiter, die schreckliche Nachricht zu verbreiten.

Wie schon häufig zuvor in der Geschichte: Waren die weißen Herren von einem ihnen wohlgesinnten Sklaven vorgewarnt, wurden die schwarzen Rebellen schnell zurückgeschlagen. In diesem Fall wurden achtzehn ihrer Anführer gehängt, einschließlich Hamilcar sowie dem zweiten männlichen Tatum-Sklaven. In den Berichten, die damals verfaßt und später endlos oft nachgedruckt wurden, hieß es nur kurz: »Der Tatum-Sklave Hamilcar und siebzehn seiner Verbrecherkomplizen wurden gehängt.« Die tapferen Männer, von denen manche in Afrika mächtige Stellungen eingenommen hatten, starben, ohne daß zumindest ihre Namen festgehalten wurden; statt dessen ließ man ihre dunklen Leiber als Warnung im Wind baumeln.

Als durch Klatsch und Tratsch unter den weißen Anführern der

Stadt, die alle Hinrichtungen anordneten und überwachten, allgemein bekannt wurde, daß es das Sklavenmädchen Naomi gewesen war, das die Verschwörung verraten hatte, wollte keiner der überlebenden Sklaven mehr etwas mit ihr zu tun haben. Und eines Abends, als die Tatums von der Arbeit nach Hause kamen, sahen sie in der Sklavenhütte verdächtige Anzeichen; und als sie hineinschauten, fanden sie Naomi mit durchgeschnittener Kehle auf dem Boden liegen. Die Behörden zogen es vor, lieber keine Fragen zu stellen, und damit war der erste große Sklavenaufstand auf Barbados ebenso schnell wie grausam unterdrückt. Sklaven galten danach grundsätzlich nur als Leibeigene ohne jede Rechte. Die Folge der Hinrichtungen und des Mordes an Naomi war, daß die Tatums nun ohne Feldarbeiter dastanden, und Isaacs Traum, noch mehr Zuckerrohrfelder anzukaufen, bis auch er sich zu den großen Plantagenbesitzern rechnen durfte, löste sich in Luft auf. Die Tatsache, daß er es gewesen war, der die Insel vor der Tragödie, die sie hätte überrollen können, gewarnt hatte, beeindruckte seine reichen Nachbarn nicht weiter, denn auf Barbados gab es nur drei Klassen von Menschen: Weiße, die große Plantagen besaßen, Weiße, die kleine oder keine Plantagen besaßen, und schwarze Sklaven, und die erste Gruppe ermunterte keinen, aus der zweiten Gruppe aufzusteigen.

Ohne Sklaven mußten die Tatums alle Arbeit auf ihrer Plantage selbst verrichten, und es war erstaunlich zu sehen, wie schnell Clarissa einsprang und mithalf, als wäre sie der dritte Mann. Sie beklagte sich mit keinem Wort, hielt das Haus sauber und sorgte dafür, daß die Brüder genug zu essen hatten und ordentlich gekleidet waren, und half sogar freiwillig, wenn die Situation es erforderlich machte, auf den Tabak- und Baumwollfeldern aus, aber machte ihrem Mann auch deutlich, daß sie nicht die Absicht hatte, das auch in Zukunft zu tun. »Wann kommt das nächste Schiff?« bedrängte sie ihn tagtäglich. »Wir haben genug gespart, um uns drei oder vier gute Sklaven leisten zu können. Wir müssen welche kaufen!«

»Sobald das Schiff kommt«, versprach ihr Mann, »bin ich der erste, der dem Sklavenhändler die Hand zum Gruß hinhält.« Und in den Gebeten, die sie morgens und abends sprach, hörte er sie wispern: »Bitte, Gott, schicke uns ein Schiff.« England hatte in jenen Jahren jedoch mit seinen eigenen Schwierigkeiten zu kämpfen, mit dem Ergebnis, daß Schiffe aus London oder Bristol mit Kurs auf Barbados eine Seltenheit waren und keine neuen Sklaven mehr kamen.

Viele beteten jetzt, die gute alte Zeit möge doch wiederkehren, als alles, was die Inselbewohner brauchten, von Nadeln bis Medikamenten, auf diesen Schiffen nach Barbados eingeführt wurde, die dafür im Gegenzug Ballenware zurück nach England nahmen, Baumwolle, Tabak, Indigo; und seit wenigen Jahren auch Fässer mit der Ernte einer neuen, zu Versuchszwecken angebauten Pflanze, nämlich Zucker. So loyal die Inselbewohner gegenüber ihrem Mutterland auch sein mochten, achteten sie doch auch ihre eigenen wirtschaftlichen Interessen, und als die englischen Schiffe ausblieben, fingen sogar Männer wie Oldmixon, die sich immer lautstark zu ihrem Patriotismus bekannt hatten, an, die Gesetze einfach zu umgehen, nach denen jeder Handel mit Schiffen anderer Nationalität als der britischen verboten war. Geradezu überschwenglich begrüßten sie daher den in diesen Gewässern berühmten Kapitän Brongersma und seine »Stadhouder«.

»Hmm«, hatte Oldmixon zunächst gebrummt, als ihm geraten wurde, doch auf die englischen Schiffe zu warten und mit denen rechtmäßig Handel zu treiben. »Bis die kommen, sind wir längst verhungert«, entgegnete er und fügte dann die wohl ehrlichere Begründung hinzu: »Und wir würden keine neuen Sklaven mehr kriegen, die wir bitter nötig haben. Ich sage: ›Gott segne die Holländer.‹«

An einem klaren, frischen Morgen Anfang März 1649 machte Will Tatum, seit fünf Uhr auf den Beinen und aufs Meer hinausschauend, am Horizont verschwommen ein Segelschiff aus, dessen Umrisse er zu kennen meinte, und als das Tageslicht zunahm und sich das Schiff auf die Insel zubewegte, tat er einen Luftsprung, stieß einen Freudenschrei aus und rannte durch die Straßen: »Die ›Stadhouder‹ kommt!« Und alle Kaufleute, die hofften, ihre Lager wieder auffüllen zu können, liefen zur Küste.

Als Will die aufregende Neuigkeit zu Hause verkündete, unterbrach Clarissa sofort die Vorbereitungen fürs Frühstück, wischte sich die Hände an ihrer Schürze ab und hob ihr Gesicht zum Himmel: »Gott, laß die Dinge auf dem Schiff sein, die wir brauchen!« flehte sie, aber ihr Mann, wie immer bestrebt, sich bei Oldmixon lieb Kind zu machen, ließ sein Pferd holen und ritt nach Norden, dem großen Pflanzer Bescheid zu geben, daß das holländische Schiff eingelaufen war, sicher mit einer Ladung frischer, unverbrauchter Sklaven an Bord.

Oldmixon war bereits aus dem Bett und beaufsichtigte seine Sklaven, die sich um die Zuckerrohrpflanzen kümmerten, mit denen ihr Herr im vergangenen Jahr herumexperimentiert hatte. Tatum lief hastig auf ihn zu, brannte darauf, ihm die gute Nachricht zu übermitteln, aber es war Oldmixon, der zuerst sprach:»Gut, daß du da bist, Isaac. Wollte mich schon lange mal mit dir unterhalten«, und obgleich Tatum versuchte, ihm ins Wort zu fallen, fuhr der reiche Mann bellend fort: »Wenn du wirklich das kluge Bürschchen bist, für das ich dich halte, und ich glaube, ich täusche mich da nicht, dann gib deine jetzige Feldbebauung auf, und sattle um auf Zucker. Das hat Zukunft, kann ich dir versichern, strahlende Zukunft.«

Isaac hörte gar nicht richtig hin und platzte seine Neuigkeit heraus: »Sir! Etwas Großartiges! Mein Bruder Will hat die ›Stadhouder‹ in die Bucht einfahren sehen. Sie hat Sklaven.«

Kaum hatte er diese Worte vernommen, war Oldmixon ein anderer Mensch, denn Sklaven spielten in seinem Leben eine wichtige Rolle. Er war einer der ersten Pflanzer, die sie in stattlicher Zahl eingesetzt hatten, und sein Ruf als einer der führenden Weißen auf der Insel gründete auf der raffinierten Lösung, die er für ein ärgerliches Problem gefunden hatte. Ein Priester berichtete darüber an seinen Bruder in England:

»Wie ich Dir schon in meinem letzten Brief schrieb, hat mir ein bedauerliches Gerücht, das unter den Schwarzen kursiert, große Sorgen bereitet. Überdrüssig, auf unseren Feldern zu arbeiten, und davon überzeugt, ihre Heimat nie wiederzusehen, raunen sie sich zu: ›Wenn du Hand an dir legst, hast du deinem Besitzer eins ausgewischt, und deine Seele kehrt zurück nach Afrika.‹ Ein kräftiger, gesunder Sklave nach dem anderen hat sich umgebracht, zum Nachteil ihrer Herren, die viel Geld für sie gezahlt haben und Anrecht auf ihre Dienste hatten.

Die Pflanzer baten mich daraufhin, mich unter ihre Sklaven zu mischen und ihnen beizubringen, daß der Glaube falsch sei, aber ich konnte nichts erreichen, und die Selbstmorde gingen weiter. Just zu dem Zeitpunkt verlor Thomas Oldmixon, eine führende Persönlichkeit auf der Insel, einen Aschanti, einen prächtigen Burschen, elf Pfund wert. ›Es reicht!‹ rief Oldmixon. Dieses schädliche Treiben muß aufhören!‹ Und er fand ein einfaches Rezept. Er ging zu dem Grab seines toten Sklaven, ließ die Leiche ausgraben, trennte dann den Kopf vom Rumpf und trug ihn zum Quartier der Sklaven. Dort spießte er ihn auf eine lange Stange auf.

›Seht ihr!‹ brüllte er seinen Afrikaner an. ›Caesar ist doch nicht zurück nach Afrika gegangen. Wie sollte er auch, ohne Kopf? Und ihr werdet auch nicht zurückkehren, also hört endlich mit diesem Unsinn auf, euch umzubringen!‹ Danach hatten wir keine Selbstmorde mehr, und seit dem Tag wird Oldmixon als ein Mann mit gesundem Menschenverstand geachtet.«

Als Tatum ihm jetzt die gute Nachricht brachte, ein Sklavenschiff hätte angelegt, rief Oldmixon:»Fabelhaft! Aber wir müssen dasein, bevor der Verkauf losgeht.« Und mit dem schmucken Hut auf dem Kopf, die Feder im Wind flatternd, gab er seinem Pferd die Sporen, und die Männer galoppierten nach Bridgetown.

Die Hälfte der Wegstrecke zurückgelegt, fielen die Pferde in einen leichten Galopp, und Isaac spürte, daß dies ein günstiger Augenblick war, Oldmixon die Schwierigkeiten zu schildern, die sich in seinem privaten Leben häuften:»Clarissa und ich haben bei dem Aufstand unsere drei Sklaven verloren. Es waren schlechte Sklaven, und wir sind besser dran ohne sie. Wir haben alles Geld gespart, was wir irgendwie beiseite legen konnten, aber jetzt stehen wir vor einem heiklen Problem. Wir wissen nicht, wie wir es lösen sollen.«

»Und was ist das für ein Problem?« fragte Oldmixon, wobei er sich in seinem Sattel leicht zur Seite drehte.

»Ich bin hin und her gerissen. Soll ich das Geld für mehr Sklaven ausgeben? Oder für mehr Land?«

Oldmixon ließ sich so lange Zeit, ehe er etwas sagte, daß Tatum sich fragte, ob der große Mann überhaupt zugehört hatte, doch dann überraschte ihn der Pflanzer mit einer Antwort von erstaunlicher Offenheit: »Junger Mann, ich habe das Gefühl, du willst mich um einen Kredit angehen, aber ich verleihe kein Geld. Zu viele Komplikationen. Du mußt also selbst entscheiden, wie du deine Mittel anlegen willst, aber ich nehme gern zur Kenntnis, daß du welche hast. Du mußt sparsam sein.«

Um seine Enttäuschung zu verbergen, antwortete Isaac:»Meine Frau kümmert sich um das Geld, und sie ist diejenige, die sparsam ist, das kann ich Ihnen sagen.«

»Ausgezeichnet! Je mehr ich von dir höre, desto besser gefällst du mir, Tatum. Dein Vater war im Grunde kein übler Kerl. Nur faul. Hier ist mein Vorschlag. Ich stelle auf Zucker um, in ganz großem Stil, drei Viertel meiner Felder. Es würde mir sehr entgegenkommen, wenn ein paar von euch Zuckerrohr anbauen würden und auch Zucker herstellen würden, denn dann könnten wir unsere Erträge zusammenwerfen und als eine volle Gemeinschaftsfracht nach England schicken.«

»Aber braucht man für den Zuckeranbau nicht Sklaven ... sind sie nicht absolut notwendig?«

»Ja. Ich will also, daß du soviel Land kaufst, wie du Mittel hast, daß du dieses Land beleihst und noch mehr kaufst und überall Zucker anbaust.«

»Und wie soll ich Zucker ohne Sklaven anbauen?«

»Stimmt, das geht nicht. Und deswegen werde ich dir sieben Stück kaufen. Das Eigentumsrecht verbleibt auf meinem Namen, bis du mir die Summe mit der ersten Ernte rückzahlen kannst. Du sorgst für Unterkunft und Verpflegung und setzt sie auf deinen Feldern ein, als gehörten sie dir.«

Isaac senkte den Kopf, fast andächtig, denn ein solches Angebot übertraf noch seine verstiegensten Hoffnungen, und als er jetzt von der Seite einen Blick auf Oldmixon warf und sah, wie der alte Mann nur nickte und dann abwinkte, als wolle er sagen: ›Das verspreche ich dir‹, sagte er laut: »Diese Hilfe hätte ich nie erwartet«, aber Oldmixon stellte richtig: »Aber nein, du bist es, der mir hilft, wenn wir hier auf Barbados den Zucker durchsetzen.«

Er hatte seinen Satz kaum beendet, als er, über Tatums Schulter hinwegblickend, mit gereizter Stimme rief: »Da kommt ja auch Saltonstall mit seinen verdammten Tieren«, worauf sich Isaac umdrehte und ein Bild vor Augen hatte, das ihn immer wieder in Erstaunen versetzte. Aus der Richtung seiner Plantage kam Henry Saltonstall, dieser hochgewachsene, mürrische Mann, auf einem riesigen Kamel dahergeritten, hinter ihm trotteten sechs weitere Tiere im Gleichschritt, alle beladen mit Produkten von Saltonstalls Ländereien und auf dem Weg zum Anlegeplatz von Kapitän Brongersmas »Stadhouder«, wo die Waren verladen und zu den europäischen Märkten verschickt werden sollten. Die Karawane bot einen wahrhaft seltsamen Anblick, bejubelt von Kindern, die hinter den langbeinigen Ungeheuern herrannten, die sich für die schwere Arbeit auf den Plantagen bestens bewährt hatten.

Oldmixon und Tatum jedoch stand der Sinn nicht nach Kamelen, sie interessierten sich für etwas viel Wichtigeres: die Auktion der 47 Sklaven, in Käfigen unter Deck gesperrt, die Kapitän Piet Brongersma aus Afrika mitgebracht hatte. Der Kapitän selbst war nicht gekommen, um den Verkauf durchzuführen, aber sein erster Offizier, ein tüchtiger Kerl, der Englisch sprach, war bereit, mit der Auktion anzufangen, als er Oldmixon auf sich zukommen sah. Er verbeugte sich tief und fragte, aus früherer Erfahrung klug geworden: »Wollen Sie die ganze Gruppe kaufen, Mr. Oldmixon?« Und die kleineren Pflanzer, die gehofft hatten, auch zwei oder drei Sklaven zu erwerben, stöhnten auf, aber Old-

236

mixon beruhigte: »Nein, nein, mein Freund hier, er wünscht sieben Stück, und ich möchte fünfzehn. Bleiben mehr als genug für euch übrig, Männer«, sagte er, mit einem Wink zu den anderen, die vor Freude jubelten.

Oldmixon, beeindruckt von dem sicheren Griff, mit dem der junge Tatum seine sieben Sklaven auswählte, sagte: »Du scheint etwas von Sklaven zu verstehen, junger Freund«, und Isaac entgegnete: »Ich sehe, welche Männer und Frauen gut arbeiten können«, worauf Oldmixon sagte: »Such auch die fünfzehn für mich aus.« Und mit demselben geübten Auge schritt Isaac die verschreckten Sklaven ab, um für Oldmixon mindestens ebenso gute auszusuchen wie die sieben, die er für sich beiseite gestellt hatte.

Dann kam der schockierende Augenblick dieses hellen Märztages. Kapitän Brongersma wurde ans Ufer gerudert, und nachdem sein Boot gelandet war, schritt er mit ernster Miene vor, sein großer runder Schädel und das kantige Gesicht ließen nichts Gutes ahnen. Statt seinen alten Freund zu begrüßen, den jungen Will Tatum, ging er schnurstracks, und ohne ein Wort zu sagen, auf Thomas Oldmixon zu, den er als Pflanzer schätzte und dem er Vertrauen entgegenbrachte. Er grüßte den Älteren nicht auf seine übliche Art, sondern trat dicht an ihn heran und flüsterte ihm mit seinem schweren holländischen Akzent zu: »Versammelt die anderen Führer der Stadt«, und nachdem das geschehen war, verkündete er, als müßte er jedem einzelnen den Tod eines geliebten Bruders mitteilen: »Am 30. Januar haben Cromwells Männer den jungen König Charles enthauptet.«

»Gott im Himmel! Das darf nicht sein«, rief Oldmixon und packte Brongersma an der Jacke, und auch die anderen Pflanzer, die Oldmixon in die Scheune bestellt hatte, stimmten ihm zu, daß kein treuer Engländer, schon gar nicht solche Feiglinge wie dieser Oliver Cromwell, es jemals wagen würde, sich gegen ihren König zu erheben, ihn gar zu köpfen.

»Habt Ihr irgendwelche Beweise?« rief ein Pflanzer, und Brongersma mußte gestehen: »Keine. Wir waren schon weit draußen im Kanal... hatten keine Gelegenheit, eine Zeitung oder eine Flugschrift zu kaufen.«

»Woher wißt Ihr es dann, wenn Ihr nicht mal an Land wart?« wollte Oldmixon wissen, und der Holländer antwortete: »Ein englisches Schiff hielt uns an und teilte es uns über den Schalltrichter mit.« Jetzt setzten ihm auch andere mit Fragen zu, aber obwohl er keine sichtbaren

Beweise vorlegen konnte, blieb er bei dem Bericht, so, wie er ihn selbst von anderen gehört hatte. »Am 30. Januar dieses Jahres haben Cromwells Männer Euren König enthauptet. Es herrscht Chaos.« In dem Augenblick stieß auch Henry Saltonstall zu der Versammlung, zu der man ihn nicht geladen hatte. »Sie waren gerade damit beschäftigt, die Packtaschen Ihrer Kamele zu entladen«, sagte Oldmixon entschuldigend, und Saltonstall, ein Mann von scharfem Verstand, las aus den Gesichtern seiner Freunde, daß etwas Verheerendes passiert sein mußte. Unumwunden fragte er: »Was ist es? Wieder Krieg gegen die Holländer?« Aber Brongersma entgegnete: »Die Zeiten sind vorbei. Euer König Charles ist enthauptet worden«, worauf Saltonstall umgehend erwiderte: »Das mußte irgendwann passieren.« Die anderen sahen ihn mit Abscheu an; ihre haßerfüllten Blicke nahmen die schlimme Zeit vorweg, die Barbados jetzt überrollen sollte.

Die folgenden Tage waren die schönsten in Will Tatums bisherigem Leben, denn jetzt, wo sein Bruder über sieben Sklaven verfügte, stahl sich Will häufig davon und verbrachte seine Zeit an Bord der »Stadhouder«, meist in der Kapitänskajüte mit Piet Brongersma, denn der Holländer unterhielt sich nicht bloß gern mit dem Jungen, der Kleine war auch eine nützliche Informationsquelle über die Geschehnisse und Vorgänge auf Barbados.

Im Gegenzug hatte auch Brongesma höchst interessante Dinge mitzuteilen. »Unser Frachtraum ist prall gefüllt mit Salz, das wir während einer Schlacht in den großen Niederungen bei Cumaná aufgesammelt haben.«

»Warum mußtet Ihr um das Salz kämpfen?«

»Die Spanier wollen nicht, daß wir es uns einfach nehmen. Sie sagen, es gehört ihnen.«

»Und warum holt Ihr es euch dann?«

»Wir brauchen es, um unsere Heringe zu salzen. Und was der Hering für einen Holländer bedeutet, das weißt du doch, oder? Dasselbe wie ein Schilling für den Engländer.«

»Kämpft Ihr oft gegen die Spanier?«

Brongersma überlegte einen Augenblick, wie er die knifflige Frage am besten beantworten sollte, dann sagte er. »Es wird Zeit, daß du es erfährst, Will. Wir verdienen unseren Lebensunterhalt auf dreierlei Weise. In Cumaná erbeuten wir Salz, nach Barbados und den anderen englischen Inseln transportieren wir Schmuggelware, und, was am einträglichsten ist, wenn wir reichbeladene spanische Schiffe sichten, nehmen wir die Verfolgung auf, springen an Bord und gewinnen nicht selten ein Vermögen.«

»Ihr seid also Piraten?«

»Das Wort mögen wir nicht besonders. Wir sind ›rechtmäßige Piraten‹, wenn du so willst, Freibeuter, mit Dokumenten, die uns das Recht geben, jedes spanische Schiff anzugreifen, egal, wo wir es antreffen.«

»Schlagen denn die Spanier nie zurück?« fragte Will, und Brongersma brach in schallendes Gelächter aus: »Und ob sie zurückschlagen! Sieh dir diese Narbe an meinem Handgelenk an – stammt vom Kampf mit einem hübschen spanischen Schiff, randvoll beladen mit Potosísilber aus Havanna, auf dem Weg nach Sevilla. Es gehörte zu einer ganzen Armada, wurde beschützt von vier Kriegsschiffen, aber wir konnten es aus dem Verband lösen, enterten es und hätten ein Vermögen gewonnen, wenn nicht...«

»Was ist passiert?« fragte Will, der vor Spannung bis auf die vordere Kante des Schemels gerutscht war; und der Holländer, den die Erinnerung an den traurigen Tag bedrückte, sagte: »Eins von ihren Kriegsschiffen entdeckte uns, konnte sehen, was wir vorhatten, kam angestürmt, und wir können von Glück sagen, daß wir noch mal mit heiler Haut entkommen sind.«

»Sind die Spanier gute Kämpfer?«

»Glaub niemals an das englische Märchen, ein Engländer sei besser als drei Spanier zusammengenommen. Ein gutbewaffneter ›Don‹ aus Sevilla mit einem scharfen Toledodegen nimmt es noch mit jedem Soldaten auf, auf welchem Schiff auch immer. Hallo, Franz! Zeig uns mal dein Gesicht«, rief er, als ein stämmiger Holländer mit einer langen, kaum verheilten Narbe quer über der rechten Wange die Kajüte betrat. »Er ist unser geschicktester Fechter an Bord, es gibt keinen besseren«, sagte der Kapitän, »und doch hätte ein Spanier mit einem Toledo ihn beinahe getötet, wenn nicht einer von uns dem Spanier eine Kugel verpaßt hätte, als er gerade mit dem Degen ausholte.«

Das nächste Mal, als Will dem Schiff wieder einen Besuch abstattete, äußerte Brongersma: »Ich wünsche, ich hätte einen Sohn wie dich«, und Willi fragte: »Hättet Ihr mich mit auf See genommen, um gegen die Spanier zu kämpfen?«

»Tja, also das ist eine schwierige Frage, mein Junge. Als Vater hätte ich eher deiner Mutter zugestimmt, daß du in Amsterdam bleibst und

Lesen und Schreiben lernst. Aber als Kapitän der ›Stadhouder‹ hätte ich dich gern an meiner Seite gesehen, wenn wir es gegen die Spanier aufnehmen, denn für einen Holländer gibt es nichts Ehrenvolleres, als an einer Seeschlacht gegen diese Schweine teilzunehmen.«

»Warum nennt Ihr sie so?« fragte Will, worauf der Kapitän, die beiden saßen wieder in der heißen Kajüte, sehr ernst wurde und mit einer Heftigkeit sprach, die der Junge noch nicht an ihm kannte: »Mein Großvater und vor ihm dessen Großvater wurden von den Spaniern gehängt, als diese die Niederlande beherrschten, und das kann ein Mann wie ich niemals vergessen.«

»Warum wurden sie gehängt?«

»Sie waren Protestanten ... Anhänger Luthers. Aber der Herzog von Alba ... der Herzog von Parma ... sie waren streng katholisch, und der Streit zwischen beiden Religionen ließ sich nur durch Hinrichtungen beilegen, endlose Hinrichtungen.« Er schaute zu Boden und sagte dann ruhig: »Wenn du also mit mir segeln willst, mein Sohn, müßten wir acht oder neun spanische Schiffe niederbrennen, bevor meine Rachegelüste gestillt wären.«

An ihrem letzten gemeinsamen Tag war Brongersma entspannter. »Das war ein einträglicher Aufenthalt hier, mein Junge. Die Sklaven haben wir von den Portugiesen für fünf Pfund gekauft und an euch für dreißig verkauft. Die sechs neuen Kamele für Mr. Saltonstall haben wir das Stück zu elf Pfund gekauft und für 33 verkauft. Schließlich fahren wir nach Hause mit einer Fracht reinem Salz und obenauf Fässern mit eurem braunen Zucker, die ein Vermögen einbringen.« Er klopfte seine Pfeife in der Linken aus und sagte: »An einem Tag wie heute, draußen die ruhige See, eine schnelle Heimfahrt und immer noch die Möglichkeit, ein spanisches Schiff, beladen mit Gold und Silber, abzufangen ...« Er unterbrach, wußte nicht, wie er den Satz beeenden sollte, und schloß dann: »Man könnte ewig weitersegeln ... ewig, bis die ewige Dunkelheit anbricht.«

»Ihr liebt Euer Schiff, nicht wahr?« fragte Will, und Brongersma antwortete: »Ich fahre so lange mit der ›Stadhouder‹, bis ihr Rumpf von Würmern zerfressen ist und mein Rumpf zu Staub zerfällt.«

»Warum werdet Ihr gleich wütend, wenn man Euch einen Piraten nennt? Seid Ihr denn keiner?« wollte Will noch einmal wissen, und Brongersma erklärte: »Es gibt einen Unterschied. Ich bin ein anständiger holländischer Kapitän, der gegen die Spanier kämpft. Ich werde sehr ungehalten, wenn du mich einen Piraten nennst.«

240

Am nächsten Morgen, bei Tagesanbruch, als Will am Ufer entlang-schlenderte, war die »Stadhouder« verschwunden.

Elf Tage lang hatten die Männer und Frauen auf Barbados keine gesi-cherten Informationen, was mit ihrem König geschehen war, nur das Gerücht, das Kapitän Brongersma verbreitet hatte. Dann erreichte ein Handelsschiff aus Bristol den Hafen mit der gedruckten Bestätigung, daß König Charles I. tatsächlich in Whitehall enthauptet worden war; von einem Henker, der sonst ganz gewöhnliche Verbrecher hinrichtete.

Der Schock saß tief, und in den Tagen voller Spannung, die jetzt folgten, teilten sich die Inselbewohner in zwei Lager, die sich beide das Recht auf die Herrschaft streitig machten. Auf Barbados wie auch in England nahm jede Seite einen eigenen Namen an: die Konservativen wollten »Kavaliere« genannt werden, was beinhaltete, daß zu ihnen nur Männer vornehmer Abstammung, mit Vermögen und uneinge-schränkter Loyalität zum König gehörten, während die eher liberal Ge-sinnten den Namen »Rundköpfe« bevorzugten, was entschlossene Männer aus den mittleren Schichten meinte, die – ausgestattet mit Ge-schäftstüchtigkeit und gesundem Menschenverstand – eine eindeutige Präferenz für eine parlamentarische Regierung hatten.

Woher sich die beiden Namen ableiteten, ist interessant: Die »Kava-liere« übernahmen den ihren von den auffällig gekleideten, perücketra-genden und auch sonst extravaganten Offizieren der Kavallerie, die sich tapfer schlugen im Kampf für ihren König, während sich die »Rund-köpfe« aus der Vorliebe ihrer Anhänger für einen radikalen Haar-schnitt herleitete, der ihre Köpfe im Vergleich zu den welligen Locken ihrer Gegner als häßliche Kürbisse erscheinen ließ.

Ein Zeitgenosse, der Mitglieder beider Gruppen gut kannte, be-schrieb sie folgendermaßen: »Die Kavaliere setzen sich aus niederem Adel, dem Klerus der Kirche von England und königstreuen Bauern zusammen. Zu den Rundköpfen gehören eher Männer aus den mittle-ren Schichten, reiche Kaufleute und eine erstaunliche Anzahl aus dem Hochadel; man könnte auch sagen, alle, die lesen und schreiben kön-nen.«

Die Kavaliere auf Barbados wurden von dem tüchtigen Thomas Old-mixon angeführt, der verkündete: »Ich bin dem König immer treu ge-blieben und bleibe es auch in Zukunft, und wenn Charles I. wirklich tot ist, dann ist sein Sohn Charles II. mein König, und ich werde kämpfen, um sein Anrecht auf dieses Land zu schützen«, worauf diejenigen mit demselben Treueverständnis anfingen, sich um Oldmixon zu scharen, und ihm die Führerschaft antrugen.

Die Leitung der Rundköpfe, weniger an Zahl, aber ebenso entschieden für ihre Sache kämpfend, fiel natürlich Henry Saltonstall zu, der die Absetzung des Königs guthieß, nicht jedoch den Mord an ihm, und der der Ansicht war, die Regierung durch ein Parlament würde England mehr Nutzen bringen als das Königshaus.

Die Auseinandersetzung stiftete auch Uneinigkeit zwischen den Tatum-Brüdern. Isaac war ein junger Mann, der ein unmittelbares Verhältnis zum Königtum und dem nachstehenden Adel hatte; heimlich hegte er die Hoffnung, eines Tages, durch Erweiterung seiner Plantage, die Vergrößerung des Sklavenkontingents und die stetige Erhöhung der Zuckerproduktion, ein Vermögen zusammengetragen zu haben. Dann wollte er große Summen für Unternehmungen spenden, an denen der König Interesse zeigte, und so Aufmerksamkeit in London gewinnen und, wer weiß, vielleicht sogar einen Titel.

Will dagegen hätte mit einem Titel nichts anzufangen gewußt, selbst wenn man ihm einen angeboten hätte. Ja, er hatte Neigungen offenbart, die Isaac und Clarissa stark beunruhigten: Er pflegte ein übertrieben vertrautes Verhältnis mit den Sklaven, machte sich manchmal über Thomas Oldmixons aufgeblasene Art lustig, war an zwei Sonntagen dem Gottesdienst in der Gemeindekirche ferngeblieben, obwohl jeder wußte, daß die Anwesenheit per Gesetz vorgeschrieben war, und hatte sich, was sie besonders bedrückte, häufig unten am Hafen herumgetrieben und sich mit Kapitän Brongersma angefreundet, einem Mann, der nur wenige Jahre zuvor ein Feind der englischen Krone gewesen war.

Die politische Diskussion verschärfte sich, und Clarissa warnte Isaac: »Deinem Bruder kann man nicht vertrauen. Als nächstes wird er sich noch auf die Seite von Saltonstall schlagen.« Ihre Prophezeiung erwies sich als nur allzu richtig, denn ein paar Tage darauf, als die Familie beim späten Abendessen zusammensaß, erdreistete sich Will – obwohl ihm die Königstreue der beiden älteren Tatums nicht unbekannt war – zu sagen: »Ich finde, Saltonstall und seine Rundköpfe haben recht. Braucht England wirklich einen König?« Die Frage kam so völlig überraschend, daß Isaac und Clarissa wie gelähmt dasaßen und keine Antwort geben konnten.

Als sich der Tumult immer weiter über die Insel verbreitete, machte sich Isaac zunehmend Sorgen, die Zusammenarbeit mit Oldmixon, die so günstig angelaufen war, könnte wieder zum Erliegen kommen. Seiner Frau gegenüber erklärte er:»Jetzt, wo sie den König hingerichtet haben, ist alles möglich«, aber sie gab ihm den Rat:»Du darfst jetzt nicht schwanken. Sonst steht alles auf dem Spiel.« Als sie erfuhr, daß sich Oldmixon für den König ausgesprochen hatte, sagte sie zu ihrem Mann, während sie ihn zu seinem Pferd begleitete und ihm Mut zusprach:»Jetzt ist es Zeit, Farbe zu bekennen. Reite zu ihm und sag ihm, du bist auf seiner Seite.«

Isaac platzte förmlich ins Haus der Oldmixons und verkündete mit der tiefen Stimme, die er sich antrainiert hatte:»Ich bin für den neuen König«, worauf der reiche Plantagenbesitzer ihm warmherzig die Hand drückte:»Willkommen als Freiwilliger bei den Kavalieren, Tatum.« Dann trat er einen Schritt zurück, musterte den Mann, den er erst kürzlich kennengelernt hatte, und rief:»Tatum! In einem Monat hast du mir drei Gefallen getan! Den Sklavenaufstand verhindert, Zucker angepflanzt, und jetzt schließt du dich mir an in unserem Kampf für den König. Ich habe das Gefühl, wir werden noch viel miteinander zu tun haben.«

Wieder daheim, sagte er zu Clarissa:»Ich habe genau das getan, was du mir geraten hast. Jetzt sind wir gemeinsam dabei.« Will gegenüber hielten sie die Neuigkeit geheim, aber am selben Abend entspann sich zwischen den beiden Verheirateten ein ernstes Gespräch, das Clarissa in Gang brachte:»Wenn Will bei seiner Überzeugung bleibt, kann ich hier nicht in Glück und Zufriedenheit leben, mit ihm unter einem Dach.«

»Die Hälfte des Hauses gehört ihm, Liebste. Und die Hälfte der Felder.«

»Können wir ihn nicht auszahlen?«

»Womit?«

Nach längerem Schweigen sagte Clarissa:»Will ist ein Hitzkopf, das haben wir ja gesehen. Er ist ein Rebell, und wenn die Insel dem König treu bleibt, und ich bin sicher, das wird sie, dann wird Will irgend etwas anstellen, wonach er aus Barbados verbannt wird. Das Recht auf sein Land ist dann verwirkt...«

»Meine Liebe, wir können ihn jetzt unmöglich auffordern zu gehen. Ich brauche seine Hilfe; bei den neuen Sklaven und jetzt, mit dem Zucker.«

Gereizt entgegnete sie:»Isaac! Ich habe einfach kein gutes Gefühl, wenn er hier herumlungert. Kannst du mir vielleicht erklären, warum Naomi ausgerechnet ihm über die Verschwörung erzählt hat? Warum hat sie uns nichts davon gesagt? Was war da zwischen den beiden?«

243

Isaac wollte sich das nicht länger mit anhören und sprach ein Machtwort: »Wir brauchen ihn. Wir brauchen seinen Anteil an dem Land. Und wir brauchen seine Arbeitskraft.« Als sie anfing zu weinen, versprach er: »Sobald sich die Dinge beruhigt haben, bitten wir ihn zu gehen. Er kann immer noch zu den Pennyfeathers ziehen«, womit die Schwester gemeint war, Nell, die einen nutzlosen kleinen Krämer geheiratet hatte, Timothy Pennyfeather. Doch der Gedanke daran regte Isaac zu einer Überlegung an: »In einem Punkt hast du recht, Clarissa. Wills Landanteil wird uns zufallen, und das Geheimnis für Erfolg auf dieser Insel heißt Landbesitz, und ich habe vor, soviel wie möglich anzuhäufen.«

Als sich das Jahr dem Ende zuneigte, die Insel in zwei sich unversöhnlich gegenüberstehenden Fraktionen gespalten, fand jedoch ein Ereignis statt, das die einzigartige Eigenart der Einwohner von Barbados herausstrich, denn als von den Kanzeln der verschiedenen Kirchen verkündet wurde, daß sich eine Jagdgesellschaft zur Insel All Saints, 250 Kilometer westwärts, aufmachen wolle, drängten sich Männer aller Konfessionen und Überzeugungen auf dem kleinen Schiff, das sie übersetzen sollte. Thomas Oldmixon, führender Kopf der Kavaliere und ein Meisterschütze, standen neunzehn seiner Männer zur Seite, während Henry Saltonstall, mit zwei prächtigen Gewehren bewaffnet, die Rundköpfe anführte. Isaac Tatum gehörte zu Oldmixons Gruppe, sein Bruder Will zu Saltonstalls.

Nachdem das Schiff an der Westseite der herrlichen Bucht von All Saints vor Anker gegangen war, brachte das Beiboot die Jäger an Land, wobei die beiden Anführer, Oldmixon und Saltonstall, genannt Caribbean, gemeinsam mit dem ersten Boot hinüberfuhren, und die Tatum-Brüder, Seite an Seite, beim nächstenmal übersetzten. Als die Gesellschaft vollzählig versammelt war, gab Oldmixon mit seiner rauhen Stimme die Anweisungen: »Männer. Caribbean, ein guter Schütze, wird seine Hälfte in die Richtung führen, der Rest kommt mit mir – und dann wollen wir doch mal sehen, ob wir mit den Ungeheuern nicht fertig werden.«

Worauf machten sie Jagd? Auf Indianer vom Stamm der Kariben, die von ihrer ursprünglichen Heimat Dominica auf die Nachbarinseln All Saints und Saint Vincent ausgewandert waren und dort, weil sie Kannibalen waren, für jeden Seemann, ob englisch oder französisch, der in diesen Gestaden Schiffbruch erlitt, eine mörderische Gefahr darstellten. Die Kariben waren unversöhnliche Feinde, die jedem Annäherungsversuch kriegerisch entgegentraten, so daß die europäischen Siedler ihre Ausrottung als die einzig mögliche Politik erachteten. Es war dies nicht die erste Jagdgesellschaft, aber die größte, und die Engländer, mit ihren langen Musketen, schlugen ein schnelles Marschtempo an und stimmten zur Aufmunterung lautes Kriegsgeheul an. Es war alles andere als ein einseitiger Kampf. Korrupte holländische, französische und auch englische Handelsschiffe – im Grunde Piraten, von denen Brongersma und seine »Stadhouder« nur die schlimmsten waren – hatten die Kariben mit Waffen und Munition versorgt, hergestellt in den amerikanischen Kolonien.

Die Jagdgesellschaft aus Barbados und ihre Gegner kämpften also etwa mit gleichen Chancen; die Engländer wußten, daß man auf sie schießen würde.

Innerhalb nur weniger Jahrhunderte also hatten sich die Dinge verkehrt: Die wütenden Kariben, die einst mit wildem Kriegsgeheul über die Arawaks herfielen, um sie zu vernichten, hörten jetzt dasselbe Geheul, nur war es gegen sie gerichtet.

In der ersten halben Stunde tötete Thomas Oldmixon, mit Isaac Tatum als eine Art Waffenträger an seiner Seite, zwei Kariben und konnte selbst den Kugeln der Indianer ausweichen, die gegen ihn gerichtet waren. Auch Saltonstalls Mannschaft, zu der auch viele Kavaliere gehörten, leisteten ihren Teil und erschoß einige Kariben. Zwei Stunden wurde die Jagd fortgesetzt, wobei die Weißen ein triumphierendes Gebrüll anstimmten, immer wenn sie einen Indianer zu Boden gestreckt hatten. Es war wie beim Taubenschießen, und es erhöhte die wilde Spannung, einen braunen Leib durch das Unterholz zurückweichen zu sehen, ihn tödlich zu treffen und dann zuzuschauen, wie er sich drehte und herumwirbelte, bevor er fiel. Manchmal waren unter den fliehenden Gestalten auch Frauen oder Kinder, aber die Beschießung wurde dennoch fortgesetzt, und während der ganzen Jagd hatte nicht ein Weißer Skrupel, schon gar nicht irgendein Gefühl der Reue, die Wilden abzuknallen, egal, ob Männer oder Frauen.

Nach der dritten Stunde, als das Licht anfing, schon schwächer zu werden, eröffneten beide Mannschaften zum Schluß eine Art Treibjagd. Weil sie aus verschiedenen Richtungen angriffen, zwangen sie die Indianer in die Defensive – am fernen Ende der herrlichen Bucht, die der Insel ihr charakteristisches Aussehen verlieh. Dort nahmen sie die Kariben in ein mörderisches Kreuzfeuer, bei dem neunzehn Männer und Frauen und eine ungezählte Schar Kinder ihr Leben ließen. Am Abend kehrten die weißen Bewohner von Barbados für die Nacht auf ihr Schiff zurück, und es wurde ausgiebig gefeiert; mit gutem englischen Ale, mit dem sich Kavaliere und Rundköpfe gegenseitig zuprosteten.

Im Verlauf des zweiten Tages, als die Gesellschaft wieder ein Lager der Kariben umzingelt hatte, zielte ein Scharfschütze der so in die Enge Getriebenen, der seine in einem Baumstamm versteckte Muskete aus Neuengland meisterhaft beherrschte, auf Will Tatum und hätte ihn auch getroffen, wenn sich der Junge nicht in letzter Sekunde bewegt hätte. Die Kugel riß eine Fleischwunde im linken Arm, verfehlte aber glücklicherweise den Knochen, und als Isaac die Verletzung mit einem abgerissenen Hemdstreifen verband, feierten alle Mitglieder der Gesellschaft Will als den großen Held ihrer Jagd.

Mit der Rückkehr der Jagdgesellschaft nach Barbados jedoch erwachte auch wieder der vorübergehend vergessene Streit zu neuem Leben: Bei vielen Gelegenheiten kam es zu erhitzten Debatten zwischen beiden Gruppen, und Menschen mit einem gewissen Verständnis für historische Entwicklungen sahen den Tag kommen, an dem ein wütendes Wortgefecht schnell in ein blutiges umschlagen würde. Aber es war bezeichnend für Barbados in jenen schwierigen Jahren, daß beide Seiten, Kavaliere und Rundköpfe, mit Umsicht, ja, geradezu leidenschaftlich jede offene feindliche Aktion oder gar ein Blutvergießen vermieden, die man leicht hätte erwarten können. Zu verdanken war diese vernünftige Art der Auseinandersetzung in erster Linie den beide Anführern, Oldmixon und Caribbean, denn keiner von beiden gehörte zu der Sorte von Männern, die ihre Anhänger zu drastischen Handlungen verführten; beide vertrauten auf gesetzliche Schritte und vermieden Aufstand und Revolte. Oldmixon hatte vielleicht ein lauteres Organ als Caribbean, aber er betrieb keine Hetze; und obgleich Caribbean auf der anderen Seite Ansichten hegte, von denen er tiefer überzeugt zu sein schien als Oldmixon von den seinen, so sah er doch nie die Störung des öffentlichen Lebens, einen Übergriff auf den Landbesitz seines Gegners oder gar auf ihn selbst als ein geeignetes Mittel an, seine Ansichten zu verbreiten.

Dieselbe Verbindlichkeit im Umgang miteinander herrschte auch im Haus der Tatums vor, obwohl Clarissa ihren verrufenen Schwager am liebsten sofort losgeworden wäre, und Isaac war es sehr peinlich, als

Oldmixon ihn eines Morgens fragte: »Was habe ich da von deinem Bruder Will gehört? Ist er nun gegen oder für uns?«
»Er hat sich von Saltonstall verführen lassen.«
»Verstoß ihn, Isaac. Zwei Brüder unter einem Dach und in Streit, das verheißt nichts Gutes.«
»Ihm gehört die Hälfte meines Landes.«
Oldmixon, dem es Vergnügen bereitete, Entscheidungen auf der Stelle zu treffen, brummte: »Es kommt vielleicht eine Zeit, Isaac, da sind Männer wie dein Bruder von dieser Insel verschwunden... für immer. Auf den Tag bereite dich vor.«
Als Isaac seiner Frau erzählte, daß Oldmixon dieselbe Haltung gegenüber Will einnahm wie sie, sagte sie: »Weihnachten wollen wir nicht schänden, und Silvester feiern wir auch noch gemeinsam, aber danach verläßt er das Haus, mag ihm das Land nun gehören oder nicht.«
Es wurden spannungsreiche Feiertage trotz der Tatsache, daß Barbados noch nie so lieblich war. Die Palmen bogen sich in dem himmlischen Wind, der unaufhörlich und kräftig von Osten her wehte, und am Weihnachtstag trugen die drei Tatums ihr Abendessen in Körbe verpackt auf einen Hügel am Rand von Bridgetown, wo Isaac in einem Ansturm brüderlicher Zuneigung, die schon bald ein Ende haben würde, das wußte er, ausrief: »Dieser göttliche Ostwind, der läßt uns nie im Stich. Er beschützt unsere Unabhängigkeit. Will, und unsere Freiheit.« Als Clarissa nachfragte, was er damit meinte, entgegnete er, als würde er wie im Traum sprechen: »Warum war Barbados, als einzige von allen karibischen Inseln, unbewohnt, als Kolumbus auf seiner Route Richtung Norden vorbeisegelte? Warum haben die Spanier diese Insel nie erobert? Warum haben die Franzosen und die Holländer und der Rest eine Insel nach der anderen erobert, aber niemals Barbados? Warum? Sind wir etwas Besonderes? Wacht Gott über uns?«
»Du meinst den Wind?« fragte Will, und sein Bruder klopfte ihm auf die Schulter: »Genau den meine ich. Der Wind aus dem Osten, der die Bäume da drüben biegt, unaufhörlich wie schon seit tausend Jahren. Alle Länder, von denen ich eben sprach, hatten den Wunsch, Barbados zu erobern. Sie haben gewußt, es ist das schönste Stück Land mit dem besten Boden und der besten Ernte. Aber um uns zu erobern, müßten sie mit ihren Schiffen von Westen her kommen, wo die anderen Inseln liegen, und Richtung Osten segeln, auf unsere Insel zu, aber gegen diesen heftigen Wind kommen sie nicht an.«

247

»Wieso konnten dann die Engländer landen?« fragte Clarissa. »Weil sie als Freunde kamen. Sie konnten sich Zeit lassen und sich vorsichtig nähern. Es war niemand an Land, der sie unter Beschuß nahm.« Er stand auf und führte seine Frau und seinen Bruder an eine Stelle, von wo aus sie ein einlaufendes holländisches Handelsschiff beobachten konnten, das seit zwei Tagen vergeblich versuchte, gegen den Wind anzukämpfen und in den Hafen zu gelangen. »Stellt euch vor, es wäre ein Kriegsschiff«, gluckste er fast vergnüglich, »das gekommen ist, um uns Schaden zuzufügen. Es läge da draußen herum, bewegungslos, vom Wind festgehalten, und unsere Kanonen könnten es in Stücke reißen.« Die beiden mußten erkennen, daß er recht hatte. »Wenn wir dagegen All Saints einnehmen wollten, was wir in Kürze vielleicht tun werden, beladen wir unsere Schiffe, führen sie mitten in die Strömung, segeln einfach mit diesem stürmischen Wind und landen, vierzig Minuten nachdem sie uns gesichtet haben, auf der Insel.« Eine Zeitlang dachten alle drei über die Bedeutung des Ostwindes und welche Wohltat er für sie darstellte, nach und fühlten sich aufgehoben in der Gemeinschaft der Familie, doch dann brach Will das Schweigen mit der Frage: »Warum sollten wir All Saints überfallen? Sind doch nur Indianer da«, aber Isaac entgegnete scharf: »Die Zeit der Bewährung steht vielleicht schon nahe bevor. Wir können es nicht riskieren, irgendeine Insel einfach unbewacht zu lassen ... damit sie in die Hände der Feinde des Königs fällt.«

»Glaubst du etwa, wir könnten sie erobern?« fragte Will geradezu arglos, und sein Bruder fuhr ihn an: »Wir sind stärker, als du denkst. Diese Inseln können sich eines Tages als die Rettung Englands erweisen.« Er stand auf, ging nervös hin und her und blieb schließlich vor seinem Bruder stehen, so daß er auf ihn herabschaute. »Vielleicht interessiert es dich ja nicht, aber kürzlich sind Geheimbotschaften aus Virginia und Carolina, zwei der mächtigsten amerikanischen Kolonien, nach Barbados gelangt, und sie versichern uns, daß sie sich uns anschließen wollen, wenn wir für den König ins Feld ziehen. Und die Bahamas auch.«

Will, der bei Kapitän Brongersma viel über Geographie und allgemeine Dinge der Seefahrt gelernt hatte, mußte über die anmaßenden Äußerungen seines Bruders lachen. »Weißt du überhaupt, wie groß die Bahamas sind? Wie viele Menschen in Virginia leben? Das Parlament in London könnte eine Flotte innerhalb von drei Wochen kampffertig ausrüsten lassen ...«

»Du redest wie ein Verräter«, fuhr Clarissa gereizt dazwischen, aber

Will konterte: »Red nicht so einen völligen Unsinn«, und noch ehe sie sich auf den Heimweg gemacht hatten, um sich in die besänftigende Atmosphäre ihres Hauses zurückzuziehen, hatte Clarissa ihn laut angebrüllt: »Es ist besser, wenn du uns verläßt, Will. Und zwar heute. Du wirst noch mal am Galgen enden.«

Will, der keine Lust verspürte, sie darauf aufmerksam zu machen, daß sie ihn aus einem Haus jagte, das zur Hälfte ihm gehörte, schlenderte schweigend zurück zu ihrer gemeinsamen Behausung, griff sich die wenigen Habseligkeiten, die sein eigen waren, und brach zu seiner Schwester auf, die ein paar Zimmer über der Stoffhandlung ihres Mannes Timothy Pennyfeather bewohnte.

Im Jahre 1650 verdichteten sich die zahlreichen politischen Gewitter, die über Klein-England gezogen waren, zu einem Hurrikan, denn am 3. Mai erklärten diejenigen, die wie Thomas Oldmixon praktisch Regierungsgewalt hatten, die gesamte Insel zum treuen Verbündeten König Karls II., des ungekrönten Thronanwärters, der sich noch im schützenden Exil in Frankreich befand. Ganz England dagegen stand unter der Herrschaft des von den Rundköpfen eingesetzten Parlaments, und die meisten nordamerikanischen Kolonien unterwarfen sich seinen Gesetzen. Sogar die Mehrzahl der in britischem Besitz befindlichen karibischen Inseln hatte sich gegen die Royalisten gewendet, nur das kleine tapfere Barbados bildete eine Ausnahme, trotzte der erdrückenden Gegenmacht und erklärte, es bleibe dem neuen König treu, bis der Rest der Welt wieder zu Sinnen gekommen sei. Die Bahamas und einige wenige Royalisten in den südamerikanischen Kolonien ließen wissen, daß auch sie mit Barbados sympathisierten, was die Machtverteilung aber nur geringfügig zugunsten von Barbados änderte.

Oldmixon und seine befreundeten Pflanzer gaben dennoch nicht auf. Aus allen Ecken der Insel kam lautstark Unterstützung, und weitsichtige Royalisten fingen an, Waffen und Munition zu lagern für den Tag, an dem eine feindliche Flotte vor den Mauern Bridgetowns erscheinen und eine Landung versuchen sollte, um die Stadt zu belagern. Oldmixon, unterstützt durch seinen eifrigen Gehilfen Isaac Tatum, begann, Truppen auszubilden; kleine Festungen wurde angelegt, Wachen eingerichtet.

Offene Kriegführung blieb hauptsächlich deswegen aus, weil vernünftige Rundköpfe, wie zum Beispiel Caribbean, nicht die Geduld verloren und der Überzeugung waren, Cromwells Leute in London würden sie schon nicht im Stich lassen, aber vier Tage nach Oldmixons Ankündigung, Barbados der Verteidigung des Königs zu unterstellen, erhielten seine Kavaliere unerwartet aufmunternde Unterstützung. Ein Schiff legte im Hafen an und brachte eine Nachricht, die Oldmixon und seine Anhänger in freudige Aufregung versetzte: »Cromwells Regierung schickt einen neuen Gouverneur names Willoughby, von dem es heißt, er sei ein heimlicher Royalist.«

Drei Wochen darauf, als Francis, Fünfter Baron Willoughby von Parham, von seinem weiter draußen anliegenden Schiff an Land gerudert wurde, war der Küstenstreifen von Menschen gesäumt, um seine fürstliche Ankunft zu verfolgen, und in dem Bug der Schaluppe erblickten sie einen hübschen Mann, der sich kerzengerade hielt, den Degen an der Seite, eine Schärpe quer über der Brust, einen Mann, der ganz die Haltung: »Jetzt übernehme ich das Kommando!« ausstrahlte. An den folgenden Tagen, während sich die Ereignisse überschlugen, erfuhren die Inselbewohner, daß ihr ehrenwerter Lord tatsächlich dreimal ein fanatischer Kavalier gewesen war und dreimal ein ebenso überzeugter Rundkopf. In der Rolle des Rundkopfs hatte er einmal Truppen befehligt, die dem Parlament unterstanden, als Kavalier war er Sprecher des House of Lords und heißblütiger Anhänger des Königs gewesen. Als seine widersprüchlichen Verhaltensweisen schließlich aufflogen, wurde er verurteilt und sollte im Tower gehängt werden, aber er konnte entkommen und floh nach Holland, wo er lautstark verkündete, im Grunde seines Herzens sei er schon immer ein Royalist gewesen. So unglaublich es damals auch schien, aber nach der Hinrichtung Karls I. diente er wieder Oliver Cromwell, und es war eine Anerkennung seiner Anpassungsfähigkeit bei großen Staatsaffären und seiner Integrität in den kleinen Dingen des politischen Alltags, das sowohl Kavaliere als auch Rundköpfe ihn nicht nur schätzten, sondern ihm in jeder Position, die sie ihm verliehen, auch vertrauten. Er war ein wahres Wunder seines Zeitalters und genau die Art bodenständiger Pragmatist, die Barbados zu jener Zeit nötig hatte.

Sobald er sich ein Hauptquartier eingerichtet hatte, bestellte er Oldmixon zu sich und ließ ihn wissen, daß er, Lord Willoughby, die Absicht habe, genau den Kurs zu steuern, den Oldmixon bereits eingeschlagen habe. Auf Ratschlag des letzteren bestimmte er Isaac Tatum zu seinem ersten Assistenten, und so begann Isaacs Aufstieg zur Macht. Wenig später erwarben Clarissa und er von einem Zuckerpflanzer, der wegen seines störrischen Eintretens für das Parlament in Ungnade gefallen war, ein Kontingent von elf Sklaven . . . zu einem ungerecht niedrigen Preis, den Isaac durchdrücken konnte, da er dafür sorgte, daß der Mann ins Exil geschickt wurde. Nach diesem zufälligen Auftrieb eignete sich Isaac in schneller Reihenfolge drei kleine, an seinen eigenen Besitz angrenzende Plantagen an, wobei er immer dasselbe einfache Hilfsmittel anwandte, nämlich Schritte einzuleiten, an deren Ende die Vertreibung des Besitzers von der Insel stand. Durch diese erzwungenen Maßnahmen gewann er mehr und mehr Sklaven hinzu, bis Oldmixon ihm eines Abends, als er mit den Tatums in seinem großen Haus zu Tisch saß, riet: »Isaac, du hast gut angefangen. Aber ich muß dich warnen – du mußt deinen Besitz rechtmäßig absichern, anderenfalls könntest du alles verlieren, sollte Lord Willoughby jemals gezwungen sein, die Insel zu verlassen, und sollten sich die Verhältnisse umkehren. Du weißt, so etwas kann passieren.«

Als Isaac ihn bat: »Wie soll man sich denn schützen?« sprach Oldmixon aus Erfahrung: »Besorg dir Dokumente, die eindeutig beweisen, daß das Land nach dem Gesetz dir gehört.« Den Rat aufgreifend, verbrachten die Tatums den ganzen Sommer des Jahres 1650 damit, geschickt in dieser Sache zu Werke zu gehen, so daß Lord Willoughby am Ende nicht anders konnte, als ihnen Papiere auszustellen, die das Eigentumsrecht der Tatums auf die so fragwürdig erworbenen Landstücke bestätigten. Im Oktober desselben Jahres dankten alle führenden Royalisten auf Barbados, vor allem aber die Tatums, ihrem Schicksal, das ihnen in Gestalt von Lord Willoughby Landrechte verlieh, die endlich festschrieben, wer was besaß.

Es dauerte nicht lange, da wurde der Friede auf Barbados erschüttert. Cromwells Männer, die nicht länger den Hohn mit ansehen mochten, daß es dieser winzigen Insel erlaubt sein sollte, die Gesetze, die in ganz Großbritannien herrschten, einfach zu ignorieren, erteilten einem ihrer tüchtigsten Admirale, Sir George Ayscue, die Order: »Stellt eine große Flotte zusammen, segelt nach Barbados, und bringt der Insel Gehorsam bei. Ihr seid ermächtigt und erhaltet hiermit Befehl, Truppen zu landen, Überraschungsangriffe auf die Stellung der Gegner durchzuführen, die Inselbewohner zu unterwerfen, ihre Befestigungen zu zerstören sowie alle Schiffe und Boote, die ihr Eigentum sind, aber auch Schiffe, die sich zufällig dort aufhalten, um Handel zu treiben, zu konfiszieren.«

Als erste Gerüchte von diesen drakonischen Maßnahmen nach Barbados gelangten, brach man dort seltsamerweise nicht in Panik aus,

251

denn die Inselbewohner glaubten uneingeschränkt, daß sie sich, obwohl nur gering an Zahl und allein auf weiter Flur, gegen die britische Waffengewalt schon würden behaupten können. Bei einem gemeinsamen Abendessen, eine Woche nachdem man Wind von der Sache bekommen hatte, sagte der Gastgeber, zu Oldmixon und Tatum gewandt: »Sir George ist ein erfahrener Seemann, und seine Flotte wird er wohl auch in unseren Hafen bringen, kein Zweifel. Aber wie will er seine Truppen landen? Und wenn wir ihm die Landung verweigern, wie soll er seine Männer ernähren? Denkt an meine Worte: Er wird es hier vier oder fünf Monate aushalten, dann nach Virginia weitersegeln und versuchen, sie zu bestrafen. Nicht nachgeben! Mehr brauchen wir nicht zu tun, nicht nachgeben, bis England wieder bei Sinnen ist.«

Als die allgemeine Unterhaltung wiederaufgenommen wurde, fragte Willoughby seinen Gehilfen Isaac: »Was macht dein Bruder? Oldmixon hat mich gewarnt, er entwickle sich langsam zu einem Problem.« Und Tatum erwiderte: »Ja, das stimmt, Mylord. Steht ganz im Bann dieses Saltonstall. Ich sehe ihn nur selten und würde ihn am liebsten überhaupt nicht sehen.«

»Es ist besser, solche Bindungen zu kappen, Tatum. Wie dem auch sei, dieser Ayscue jedenfalls, den sie uns da schicken, ist kein Dummkopf. Wir werden unseren ganzen Verstand brauchen, ihn abzuwimmeln. Aber wir werden es schon schaffen.«

Wenige Tage später legte ein kleines Schiff im Hafen von Bridgetown an und brachte wiederum kolossale Neuigkeiten, worauf Willoughby, im Wunsch, seine Streitmacht anzuspornen, Oldmixon und Tatum anwies, so viele Kavaliere zusammenzutrommeln wie möglich, und als die führenden Männer der Insel vor ihm standen, verkündete er: »Prinz Rupert, der Neffe des Königs und führender Stratege hinter all den Schlachten der Royalisten, die wir gewonnen haben, ist zum Admiral der Flotte ernannt worden, er ist unserem neuen König in Frankreich treu ergeben und ist unterwegs zu uns, um uns vor Ayscue und seinen Rundköpfen zu retten.«

Laute Hurrarufe begrüßten die Nachricht, denn es gab keinen anderen lebenden Militär, ungeachtet der Nationalität, der sich eines so hohen Rufes erfreute, wie dieser hübsche, fesche Prinz, mit dem es das Schicksal offenbar gut meinte. Seine Anwesenheit in der Karibik würde viel ausmachen, und während die Versammlung noch andauerte, waren sich die Kavaliere mit jedem in die Kehle gegossenem Glas Ale sicherer, daß Rupert es Admiral Ayscue zeigen werde und den bevorstehenden

Krieg beenden würde, bevor er überhaupt begonnen hätte. »Weihnachten ist alles vorbei«, prophezeite Oldmixon.

Ruperts Fähigkeiten als Admiral erwiesen sich jedoch als miserabler als sein Ruf, denn nachdem er schon gewissenlos lange Zeit vergeudet hatte, ehe sich der Held der Kavallerie schließlich zur Rettung von Barbados aufmachte, gab es unterwegs ein paar kleine Schwierigkeiten, wie sein Navigator später zu berichten wußte:

»Wir befanden uns, wie ich meinte, auf perfektem Kurs, etwa fünfzig Leagues östlich von Barbados, als irgendein Ausguck ein kleines Schiff erspähte, das nach einem Holländer aussah und schwer beladen war. Wir setzten also Segel und verfolgten es, aber das Schiff war schneller, und wir haben es nie eingeholt. Während besagter Jagd sprang in Admiral Ruperts Schiff ein großes Leck auf, und wir hatten alle Hände voll zu tun, es überhaupt über Wasser zu halten, und als wir die Jagd schließlich aufgaben, mußten wir feststellen, daß wir uns verrechnet hatten und in der Nacht an Barbados vorbeigesegelt waren, ohne es zu sehen. Wir machten kehrt, aber haben die Insel nicht wiedergefunden, und die Truppen für die Insel, die wir an Bord hatten, waren umsonst gekommen.«

Was aber noch schlimmer war: Während alle Ausschau nach Barbados hielten, führte Rupert sein Flottengeschwader vor Martinique in die Ausläufer eines karibischen Hurrikans. Die Schiffe wurden schwer mitgenommen, und Rupert verlor einen großen Teil des Verbandes und seiner Männer, unter anderen auch seinen Bruder Maurice, ebenfalls ein guter Soldat. Mit Schimpf und Schande schleppte er sich heim nach Europa und ließ Barbados in einem schlimmeren Zustand zurück als zu dem Zeitpunkt, als er aufgebrochen war, um es zu retten.

Admiral Ayscue hatte weit mehr Erfolg als Prinz Rupert, aber dennoch benötigte er genau ein ganzes Jahr – von Oktober 1650 bis Oktober 1651 – für die Vorbereitung und Aufstellung seiner Flotte aus sieben Schiffen, die Ausbildung der 2000 Soldaten und die Überfahrt nach Barbados. In der Zwischenzeit schienen die Inselbewohner ihren Geschäften nachzugehen, uneingedenk der Tatsache, daß sie auf einem Pulverfaß saßen, an dem sich eine zwar sehr lange Zündschnur befand, die jedoch langsam, aber sicher der Explosion entgegenbrannte. Lord Willoughby veranstaltete weiterhin seine unterhaltenden Abende auf seinem rustikalen Landsitz, wo sich wohlhabende Pflanzer, die ihre neuen Zuckererträge unerlaubterweise an holländische Schiffe verkauften, gegenseitig versicherten: »Dieser Idiot Ayscue wird seine Schiffe nie in unsere Bucht steuern.« Und auf Rundköpfe wie Saltonstall wurde mehr und mehr Druck ausgeübt.

Die scheinbare Leichtfertigkeit der Kavaliere konnte jedoch die Tatsache nicht verbergen, daß auch sie zunehmend ein Gefühl der Unsicherheit empfanden, je mehr Monate ins Land gingen. Beide Gruppen besuchten an Sonntagen weiterhin ihre jeweiligen Kirchen, wie es das Gesetz vorsah, wobei zehnmal soviel Gläubige in die englische Staatskirche gingen, als sich in den verstreuten Kapellen der Abtrünnigen versammelten, Methodisten und Quäkern und anderen. Barbados war noch immer eine wunderschöne Insel, eine der schönsten, aber der Friede war dahin.

Will Tatum berührte diese Spannung nicht im geringsten; er war mittlerweile sechzehn Jahre alt und bewohnte zu seiner Freude ein eigenes kleines Zimmer über dem an der Hauptstraße von Bridgetown gelegenen Laden der Pennyfeathers. Für seine Zufriedenheit ließen sich viele Gründe anführen: Seine Schwester war eine sanftmütige Seele, die seine Eigentümlichkeiten auf eine Art tolerierte, wie es seine Schwägerin niemals gekonnt hätte; sein Leben in Hafennähe bot Aufregung und ein Gefühl der Freiheit; er entdeckte zum erstenmal die sauber ausgeführte Qualität der holländischen Bauten in der Stadt, einige Häuser wie wuchtige Steinblöcke von großer Erhabenheit, gekrönt von roten Dächern, andere, wie das, in dem der Laden der Pennyfeathers untergebracht war, aus dunklen, ordentlich verfugten Holzbalken; aber der Hauptgrund war wohl die erfreuliche Tatsache, daß in James Bigsbys Metzger-Bäcker-Haushaltswaren-Laden auf der anderen Straßenseite dessen vierzehnjährige Tochte Betsy bediente, deren stilles Lächeln und sorgfältig geflochtenen Zöpfe die Herzen vieler junger Männer schneller schlagen ließ. Sie war ein eher nüchterner Mensch, wirkte zurückhaltend in der Öffentlichkeit und sprach selbst zu Freunden mit leiser Stimme. Man konnte nicht heftig mit ihr flirten wie mit manch anderen Mädchen aus der Mittelschicht von Barbados, und wo immer sie auftrat, verbreitete sie Wohlbefinden. Nicht ganz so groß wie Will, ergänzten sich die beiden vollkommen, zumindest glaubte er das, bei den wenigen Gelegenheiten, wenn es ihm gelungen war, sich neben sie zu stellen, oder wenn er sie zufällig auf der Straße traf und sich mit ihr unterhielt. Häufig hing er süßbitteren Tagträumen nach, sie würde mit ihm zusammenleben – in vier Zimmern über einem kleinen Geschäft wie Nell und Timothy auch.

254

Es gibt wohl kaum etwas Liebreizenderes zu beobachten, kaum eine schönere Besänftigung der menschlichen Seele als das Verhalten einer hübschen Vierzehnjährigen, die sich ihrer aufblühenden Macht bewußt ist und die Aufmerksamkeit eines sechzehnjährigen Jungen erregen will. Schwebend tanzt sie durch die Straßen, findet Dutzende raffinierter Mittel, um sich noch anziehender zu machen, ihre Stimme sinkt in eine tiefere Tonlage, und ihre Augen setzen neue Botschaften und überraschende Versprechungen in die Welt, von denen sie vorher nie gewagt hätte zu träumen. In jenem Jahr verfolgten die eingeweihten Einwohner von Bridgetown mit amüsiertem Wohlwollen, wie die sonst so zurückhaltende Tochter ihres Ladenbesitzers den Tatum-Jungen ins Auge faßte und an ihm die noch zaghaften Künste ihrer Koketterie ausprobierte.

Will, durch diese Erfahrung wacher geworden, wurde noch ermuntert, über solche Dinge zu spekulieren, durch die Tatsache, daß seine Schwester im Herbst ein Kind erwartete, und er fragte sich, wie sie sich trotz der Belastung noch auf den Beinen halten und um die Kundschaft kümmern konnte, aber je länger er Nell beobachtete, desto mehr lernte er Betsy schätzen, stellte sich vor, sie würde sich ebenso tapfer bemühen – mit seinem Kind im Leib. Es war eine verwirrende und doch lehrreiche Zeit, aber alles wurde noch komplizierter, als Kapitän Brongersmas »Stadhouder« in den Hafen einlief. Und als sich Will ein Ruderboot griff, um als erster an Bord des unerschrockenen Seglers zu sein, fand er den Kapitän in niedergeschlagener Stimmung vor.

»Mein Junge, wir mußten eine böse Erfahrung machen auf unserer Jagd, nachdem wir uns das letztemal gesehen haben. Wir erspähten ein reichbeladenes, spanisches Schiff, konnten es ohne Mühe einholen, enterten es wie gewöhnlich, sprangen an Deck, und ich führte meine Männer an, als sich plötzlich eine Kompanie gutbewaffneter Soldaten, die sich irgendwo versteckt gehalten hatte, wie aus dem Nichts auf uns warf – ich will dir zeigen, was passiert ist.« Er ging mit Will nach oben, an Deck, und deutete auf die von der Sonne gebleichten Flecken Blutes, das die Holländer vergossen hatten, nachdem sich das Blatt gewendet hatte und die spanischen Soldaten an Bord der »Stadhouder« gesprungen waren.

»Beinahe hätten wir unser Schiff verloren«, sagt Brongersma traurig, als sie wieder in seiner Kajüte saßen, »aber als sich diese drohende Gefahr abzeichnete, erwiesen sich unsere Männer als wirkliche Helden... Drauflosgedroschen ... Kehle durchgeschnitten ... Kugel in den

Bauch gejagt... so trieben wir sie zurück auf ihr Schiff. Und ab segelten sie nach Sevilla, und wir schleppten uns bis Amsterdam.«

Die Unterhaltung wirkte noch lange nach, und es konnte passieren, daß die Leute von Bridgetown Will Tatum an den Tagen darauf mitten auf der Straße stehenbleiben und in seiner Einbildung gegen die Spanier kämpfen sahen: »Drauflosgedroschen, Kehle durchgeschnitten, Kugel in den Bauch gejagt, so haben wir sie vertrieben.« Von der holländischen Niederlage machte er sich keine Vorstellung, auch nicht von den Toten an Deck der »Stadhouder«; er dachte nur an den Ruhm. Die Geschichte verfolgte ihn so sehr, daß er sich eines Tages heimlich mit Betsy Bigsby verabredete, damit sie ihn mal bei einem Besuch auf dem Schiff begleitete. Kapitän Brongersma verliebte sich auf der Stelle in sie: »Was für ein niedliches, kleines Fräulein... diese goldenen Zöpfe! Ach, wenn ich nur so eine Tochter hätte!«

Eine geschlagene Stunde lang zeigte er ihr die Erinnerungsstücke, die er auf seinen Fahrten über die Meere gesammelt hatte, und als sie sich nach den noch gültigen Handelssperren erkundigte, sagte er: »Siehst du den Matrosen da oben? Er hält Ausschau, ob sich ein englisches Kriegsschiff nähert, und wenn er eins sieht, ruft er laut: ›Gefahr, von Westen!‹ – Und schon sind wir verschwunden. Wir können nämlich schneller segeln als eure Schiffe.«

»Aber wenn es doch ungesetzlich ist«, erkundigte sie sich mit ihrer zarten Stimme neugierig, »warum heißen die Engländer an Land Euch dann immer so herzlich willkommen?«, worauf er zurückfragte: »Was ist dein Vater von Beruf, Missy?« und sie antwortete: »Er führt den Laden an der großen Straße. Er verkauft alles.« Brongersma lachte: »Ach so! Dann frag mal deinen Vater, warum er sich so freut, wenn er mich sieht«, aber sie blickte ihn mit einem verstehenden Augenaufschlag an und flüsterte: »Als ob ich das nicht wüßte.«

Will stellte ebenfalls Fragen, andere Fragen, die die Kämpfe gegen die Spanier betrafen, und in kurzen, knappen Antworten faßte der holländische Freibeuter zusammen, wie sich das Leben an Bord der »Stadhouder« abspielte: »Fünfzehn Tage Fahrt unter heißer Sonne, nichts als Arbeit. Zehn Tage Windstille, rudern wie verrückt. Drei Tage Sturm, Wasserschöpfen und Beten. Dann entdeckt man ein spanisches Schiff, aber kann es nicht einholen. Dann holt man eins ein, aber es wird von Soldaten bewacht. Dann flieht man vor einem englischen Patrouillenboot. Und schließlich, wenn Gott es gut mit einem meint, stößt man auf ein spanisches Schiff ohne Begleitung, schwer beladen

mit Silber, und die Mühen der langen Reise haben sich gelohnt.« Er
senkte die Stimme und sagte dann:»Aber nur, falls man Mut beweist,
wenn der Moment des Enterns gekommen ist.«

Betsy Bigsby, die gespannt zuhörte, erschauerte bei dem Gedanken
an das Blutvergießen, aber aus den Augenwinkeln sah sie, wie Will sich
eifrig nach vorne lehnte. Seine Augen leuchteten, und als sie das Schiff
wieder verließen, sagte sie:»Kapitän, ich glaube, Ihr habt einen neuen
Matrosen«, und vor Freude warf Brongersma seine Arme um den Jungen.

Das Jahr 1651 war erst zur Hälfte um, als sich die Dinge auf Barbados
verschärften, und Befürchtungen, wann Ayscues Flotte wohl eintreffen
möge, veranlaßten die Kavaliere um Lord Willoughby, harte Maßnahmen zu ergreifen, die er selbst nie vorgeschlagen hätte, wenn die Entscheidung allein bei ihm gelegen hätte. Alle erklärten Rundköpfe wurden von einflußreicheren Stellungen entfernt, die Kavaliere in Regimenter zusammengefaßt und in taktischer Kriegführung zur Zurück-
schlagung von Landungstruppen ausgebildet, und zu guter Letzt, in
einem Akt, der den Inselbewohnern einen Schock versetzte, wurden die
wichtigsten Anführer der Rundköpfe in ein Boot gepfercht und zurück
nach England geschickt. Will Tatum unterbrach sein stilles Werben um
Betsy Bigsby, wenigstens für ein paar Stunden, und ritt raus zu Henry
Saltonstalls Plantage auf dem Berg östlich der Stadt, um von dem ehrenwerten Mann Abschied zu nehmen, als dieser gerade dabei war, das
von seinem Vater erbaute Haus zu räumen, und beide Männer waren
den Tränen nahe, als sie jetzt auseinandergingen.

»Kümmere dich um die Plantage«, sagte Saltonstall, bevor er sich auf
sein Pferd schwang und zum Hafen ritt und von dort ins Exil.

Das Schiff hatte den Hafen noch nicht hinter sich gelassen, als Isaac
Tatum bereits zur Stelle war, seinen Anspruch auf Saltonstalls Vermö-
gen geltend zu machen, und mit sich führte er, in Clarissas Obhut,
Dokumente, die bestätigten:»Hab und Gut, ehemalig unter der Be-
zeichnung Saltonstall Manor, im Besitz des berüchtigten Verräters
Henry gleichen Namens, wird hiermit beschlagnahmt und Isaac Tatum
übergeben, treuer Diener seines Königs Charles II. und Offizier des
Leewardregiments – besagtes Besitzrecht gilt dauerhaft für besagten
Tatum und Nachfahren.« Die Tatums bezogen noch an demselben
Abend ihr neues Heim, und beide träumten von endlosem Glanz in den
bevorstehenden Jahren, denn jetzt, wo die Ländereien von Saltonstall

noch zu denen dazukamen, die Henry und Clarissa bereits erworben hatten, zählten die Tatums mit ihrer Plantage zu den drei oder vier reichsten Pflanzern von Barbados.

Als jedoch Freunde unter den Rundköpfen Will Tatum alarmierten, der bereits in seinem kleinen Zimmer über dem Stoffladen schlief, und ihn mit der schlimmen Nachricht weckten, sein Bruder hätte sich Haus und Hof der Saltonstalls angeeignet, lieh er sich ein Pferd und ritt sofort los zu dem Landsitz und klopfte an die Tür, bis sein Bruder erschien: »Was hast du getan, Isaac?«

»Nur was mir das Gesetz erlaubt. Henry Saltonstall ist ein erwiesener Feind des Königs und für immer verbannt. Sein Land wurde beschlagnahmt und mir übereignet, als ein treuer Diener.«

Will war so erbost über das selbstherrliche Auftreten seines Bruders, daß er ihm an die Gurgel sprang, und es wäre zu einer heftigen Auseinandersetzung gekommen, wenn nicht Clarissa, noch im Nachtgewand, dazwischengetreten wäre und in herrischem Tonfall gerufen hätte: »Will, was machst du da?« Als sich die Gemüter wieder etwas abgekühlt hatten, gab sie ihrem jungen Schwager den nüchternen Rat: »Ich seh' mir das nicht länger mit an, Will. Ich warne dich. Du wirst noch Ärger kriegen, großen Ärger. Barbados gehört den Kavalieren, jetzt und immer, und da ist für dich kein Platz mehr. Warum verschwindest du nicht wie Saltonstall und all die anderen.«

Will preßte vor Zorn die Zähne aufeinander. »Ihr habt mir mein Land gestohlen und die vielen anderen kleinen Stücke Land; von Leuten, die sich nicht zur Wehr setzen konnten. Aber, bei Gott, ich verspreche euch, Mr. Saltonstalls Land sollt ihr nicht auch noch kriegen. Das werde ich nicht zulassen.« Als er wütend davonging, hörte er noch Clarissas böse Drohung in seinem Rücken: »Will! Den Namen des Herrn hast du nicht umsonst beleidigt. Du wirst noch von der Kirche hören.«

In den Tagen darauf, während Will vergeblich einen Weg suchte, die Beschlagnahme des Besitzes seines Freundes rückgängig zu machen, vergaß er die Drohung seiner Schwester wieder, denn Nell stand kurz vor der Entbindung. Er war es, der die Hebamme holte und den Laden versorgte, bis das Kind geboren war, und er war es auch, der am Bett stand, als das Kind in die liebenden Arme seiner Schwester gelegt wurde. »Er soll Ned heißen, und wenn Timothy irgend etwas passiert, dann wirst du dich um ihn kümmern.« Hände wurden quer über das Bett gereicht, und Will beugte sich herab, um die winzige

Hand des Kindes zu fassen, als wollte er damit das soeben gegebene Versprechen besiegeln.

Am Abend, in einer verwirrenden Gefühlsmischung aus Überschwang und Gespanntheit, schlenderte er durch die Straßen von Bridgetown, sah die geputzten Häuser, die Geschäfte und ihre reichen Auslagen und nahm den beruhigenden Anblick der englischen Schiffe wahr, die still im Hafen lagen, nachdem sie ihren reichen Warenvorrat nach Barbados geliefert hatten und nun darauf warteten, mit prallen Zuckerladungen auszulaufen. Laut zu sich selbst sprechend, versuchte er, seine Gedanken zu ordnen: »Ich möchte nicht ins Exil wie Mr. Saltonstall. Ich mag diese Insel. Und Betsy will ich auch nicht verlassen. Und wenn die versprochenen Schiffe jemals ankommen, dann werden ein paar Kavaliere ein paar über den Schädel bekommen.« In diesem Augenblick war er fest entschlossen, sich auf die andere Seite der Insel zu begeben, wo ein paar Anhänger der Rundköpfe dabei waren, sich zu einem Regiment zu formieren, um den Kavalieren etwas entgegenzusetzen, sollte es zu einem Kampf kommen. Dann wieder fielen ihm die Gespräche an Bord des holländischen Freibeuterschiffes ein: Das ist doch ein Leben! Ein Mann wie er hätte sein Vergnügen an Bord eines solchen Schiffes. Doch schließlich gewann wieder die Vernunft die Oberhand: Ich habe Nell versprochen, mich um Ned zu kümmern, und um Betsy kümmere ich mich nur zu gerne, wenn sie mich haben will. Doch die alles überschattende Frage, die weit mehr Menschen in jenen Tagen beschäftigte als nur Will, lautete: Was tun, wenn die Schiffe der Rundköpfe ankommen?

Am 10. Oktober fand die Spannung ein Ende, als Admiral Ayscues Flotte von sieben Schiffen mit 2000 Soldaten an Bord beidrehte, ein paar in der Bucht von Bridgetown, andere weiter die Küste runter, wo die Truppen Gelegenheit zur Landung hatten, ohne auf großen Widerstand zu stoßen. Die erbitterte Auseinandersetzung zwischen den Kavalieren an Land und den Rundköpfen an Bord der Schiffe sollte ihren Anfang nehmen.

Trachteten die Parlamentsanhänger auch vor allem danach, Barbados eine Demütigung beizubringen, um eine Ausbreitung der royalistischen Sympathien zu verhindern, so schickten sie dennoch keinen gedankenlosen Draufgänger, der mit seinen Truppen an Land stürmen und alles in Sichtweite erschießen würde. Mit löblicher, typisch englischer Behutsamkeit ernannten sie für diese Aufgabe einen bemerkenswert standfesten Mann, eher ein Freund friedlicher Verhandlungen statt eines säbelrasselnden Auftretens, und vom dem Augenblick an, als die Insel Barbados in Sichtweite kam, agierte Sir George Ayscue mit beispielhafter Zurückhaltung. Er blieb in einiger Entfernung von der Küste; den restlichen Oktober über, den gesamten November bis weit in den Dezember hinein – in der Hoffnung auf eine friedliche Beilegung des Konflikts. Seine Geduld wurde von Willoughbys standhaftem Trotz endlich erschöpft. Er kam schließlich doch mit seinen 2000 Mann an Land, und es kam zu vereinzelten Kampfhandlungen ohne schwere Verluste – allerdings gehörte der arme, etwas tolpatschige Timothy Pennyfeather zu den wenigen Opfern.

Im Gefecht schlug sich Thomas Oldmixon tapfer auf der Seite der Kavaliere, ebenso Isaac Tatum, aber mit genau dem Maß an Courage, das erforderlich war, um in den Kämpfen gesehen zu werden, aber nie so dicht an der Linie der Rundköpfe, daß er hätte Schaden nehmen können. Will Tatum dagegen führte sich wie ein Held auf, um Anschluß an die Invasionstruppen zu finden und gemeinsam mit ihnen zu kämpfen. Er zeigte sich von einer so vorteilhaften Seite, daß die Rundköpfe ihn als geschätzten Berater mitnahmen, als sie sich zur Sicherheit und zur Versorgung auf ihre Schiffe zurückzogen, und in dieser Eigenschaft informierte er sie auch über die Beschlagnahme der Saltonstall-Plantage. »Das wird bald wieder in Ordnung kommen«, versicherten ihm Ayscues Männer, aber die zurückhaltenden Kämpfe wurden erst gar nicht wiederaufgenommen, denn sowohl Willoughby als auch Ayscue erkannten, daß beide Seiten in der Lage waren, dem jeweils anderen schweren Schaden zuzufügen, ohne aber selbst einen militärischen Sieg davontragen zu können. Folgerichtig kamen schon in der zweiten Januarwoche 1652 beide Seiten zu einer Reihe von Treffen in der Mermaid-Taverne in der Hafenstadt Oistins zusammen, bei denen sie eines der vernünftigsten und gerechtesten Dokumente ausarbeiteten, die jemals einen Krieg beenden sollten. Mit feierlichen und versöhnlichen Worten nannten der Gouverneur und der Admiral die Prinzipien, nach denen Klein-England, eine Insel, die zu schön sei, um durch einen Krieg zerstört zu werden, in Zukunft regiert werden sollte, und einige dieser Worte klingen noch heute in der britischen Geschichte nach.

»Hiermit wird verfügt.

Artikel 1: Daß allen die Freiheit des Gewissens gewährt wird...

Artikel 4: Daß niemand ohne eine nach den in England geltenden

Gesetzen durchgeführte Gerichtsverhandlung ins Gefängnis geworfen oder seines Besitzes beraubt werde...

Artikel 9: Daß die Bevölkerung dieser Insel die Freiheit habe, Handel zu treiben, mit England und mit jedem anderen England durch Handel und Freundschaft verbundenem Land...

Artikel 11: Daß alle Menschen jederzeit die Freiheit haben, fortzuziehen und ihren Besitz zu verlagern, wann immer und wohin immer sie es für richtig erachten...

Artikel 12: Daß alle Festgehaltenen auf beiden Seiten der Vorwürfe entbunden und freigelassen werden und daß alle Pferde, alles Vieh, Diener, Neger und andere Güter wieder den rechtmäßigen Eigentümern zukommen sollen...

Artikel 17: Daß alle diejenigen Personen dieser Insel, deren Besitz konfisziert oder ihnen widerrechtlich abgenommen wurde, ab sofort wieder auf ihre Plantagen zurückkehren dürfen...

Artikel 19: Daß die Regierung dieser Insel aus einem Gouverneur, einer Ratsversammlung und einer gesetzgebenden Körperschaft bestehen soll, der überlieferten Sitte entsprechend...«

Artikel 20 enthielt eine ungewöhnliche Bestimmung: daß nämlich – da die meisten Probleme auf der Insel durch eine »ungezügelte, unreine und unzivilisierte Sprache« verursacht worden seien – ein Gesetz erlassen werden solle, wobei »bei Androhung einer hohen Strafe« jede »verunglimpfende Rede, die an vergangene Zwistigkeiten erinnere oder jemandem seine ehemals vertretenen Ansichten vorhalte«, verboten sei.

Mit anderen Worten, es sollten Friede in Klein-England einkehren und die früheren Feindseligkeiten in den Tiefen des Gedächtnisses begraben werden. Die Taktik der beiden gerechten Führer ging auch auf; die Einwohner von Barbados blieben Kavaliere und Rundköpfe, je nachdem, aber sie stellten ihre Unterschiede nicht heraus, und schon gar nicht beleidigten die einen die anderen wegen ihrer früheren Überzeugungen. Trotzdem waren damit natürlich nicht alle Abwegigkeiten des menschlichen Wesens getilgt, denn als sich Will Tatum, in der Linken eine Abschrift des Artikel 17 geklammert, zu Henry Saltonstalls beschlagnahmtem Landsitz begab und als eingesetzter Verwalter die Rückgabe verlangte, teilten Isaac und Clarissa ihm förmlich mit, daß sich der Fall Saltonstall anders verhalte und sein ehemaliger Besitz sowie zwei andere, die Isaac an sich gerissen hatte, durch eine geheime Übereinkunft zwischen Willoughby und Ayscue von der allgemeinen Amnestie ausgenommen seien. Als Will, mittlerweile zwanzigjährig und ein stämmiger Kerl, seinem Bruder drohte, hielt ihm Clarissa Artikel 20 des Friedensvertrages vor, der rauhe Sprache gegen ehemalige Feinde ahndete und mit Gefängnis bestrafte, und Will blieb nichts anderes übrig, als sich zurückzuziehen und seinem Bruder den Besitz der gestohlenen Plantage zu überlassen.

Während der nächsten Jahre übernahm Will, an die Stelle seines Schwagers tretend, die Verantwortung für Tim Pennyfeathers Familie und sein Geschäft, und obwohl er noch immer hoffte, eines Tages Betsy zur Frau zu nehmen, schmiedete er keinerlei konkrete Pläne in dieser Richtung.

Im Jahre 1658 schließlich kam für viele eine freudige Nachricht. Oliver Cromwell war gestorben, und obgleich die Kavaliere von Barbados erbost erfahren mußten, daß ihr Erzfeind in der Westminsterabtei zur letzten Ruhe gebettet worden war, frohlockten sie doch, daß diese Bedrohung ein für allemal beseitigt war. Feste wurden gefeiert, und Thomas Oldmixon lud alle Nachbarn ein, an langen, unter Bäumen im Freien aufgestellten Tischen auf seine Kosten zu essen und zu trinken. Eine schnell zusammengestellte Kapelle spielte Marschmusik, und einige wenige ausgesuchte Freunde, darunter auch Isaac Tatum und Frau, versammelten sich in einem ruhigen Hinterzimmer um den Gastgeber, um die Gläser auf ein Ereignis anzustoßen, das jetzt nicht mehr außer Reichweite schien. »Auf König Karl II.; noch in Frankreich, aber schon bald in England!« Und Leichtfertigkeit machte sich breit auf Barbados.

Ja, das Wiedererstarken der Kavaliere gab Isaac Tatum ein solches Selbstvertrauen, daß er seine Frau bat, als sie in das große ehemalige Landhaus der Saltonstalls zurückgekehrt waren, auf einer Bank in dem weitläufigen Park, der Aussicht auf das ferne Meer gewährte, neben ihm Platz zu nehmen. »Cromwell ist tot«, fing er an. »Der König wahrscheinlich schon auf dem Weg nach London. Wir haben genug Land und 69 Sklaven, die sich um das Zuckerrohr kümmern. Der Zuckerpreis ist höher als je zuvor. Es ist alles so, wie wir es uns gewünscht haben, nur eines nicht.«

»Was bedrückt dich?«

»Die Sorge um Will. Als ich neulich bei Nell war, um ein Geschenk für ihren Sohn abzugeben, erzählte sie mir, Will werde wohl das hübsche Mädchen von gegenüber heiraten. Ihrem Vater gehört dieser sonderbare Laden, wo man alles kriegen kann, was das letzte Schiff gerade an Schmuggelware gebracht hat. Ich hab' ihren Namen vergessen.«

»Was soll daran so schlimm sein?«

»Ich habe da meine Befürchtung, was Will betrifft. Seine Stellung in der Gemeinschaft wird immer stärker. Die Menschen respektieren ihn. Er könnte eine Gefahr für uns werden, wenn man auf ihn hört.«

»Was kann er denn schon ausrichten?«

»Er wird niemals auf dieses Haus und das zugehörige Land verzichten. Ich bin sicher, er steht in Kontakt mit Saltonstall, wo immer der auch stecken mag.«

»Die Sache ist erledigt, Isaac. Wir haben mehr als genug Dokumente.«

»Nicht genug, wenn Saltonstall bei dem neuen König Gehör findet.«

»Das ist unwahrscheinlich. Dazu war er ein zu entschiedener Rundkopf.«

»Sieh dir doch die Rundköpfe hier in Barbados an. Man könnte meinen, sie hätten den Krieg gewonnen.«

»Ich glaube, ich wüßte einen Weg, wie wir Will loswerden könnten«, sagte sie schließlich nachdenklich, und ein paar Tage später ritt sie mit ihrem Pferd nach Bridgetown, um ihren Schwager in dem Tuchladen zur Rede zu stellen. Nachdem sie zuerst Nell und ihren wohlerzogenen siebenjährigen Sohn begrüßt hatte, nahm Clarissa Will beiseite und eröffnete ihm ohne Umschweife: »Will, für dich gibt es auf dieser Insel keine Zukunft. Warum siedelst du nicht nach London über. Dort gibt es mehr von deiner Sorte.« Als er ihren Vorschlag ablehnte, sagte sie drohend: »Also gut, Will, du hast deine Chance gehabt« und stolzierte davon.

Sie trat nicht den Heimweg zur Plantage an, sondern stürmte sogleich in die Pfarrkirche und suchte den Priester auf, der ihr bereits verschiedentlich wegen ihrer hohen Spenden einen Gefallen getan hatte. »Ich habe schlimme Nachrichten. Ich melde sie nur höchst ungern, aber der Bruder meines Mannes, Will ...«

»Ich kenne ihn. Ein unsicherer Kandidat.«

»Er lästert Gott. Verschmäht absichtlich und böswillig den Namen des Herrn.«

»Das ist eine schwere Beschuldigung. Ma'am. Wollt Ihr offiziell Anzeige erstatten?«

»Ja«, entgegnete sie streng, und nach einem Moment der Besinnung fragte der Kirchenmann zögernd: »Ihr wißt, daß das den Pranger für Euren Schwager bedeutet?« Sie aber stieß ihn vor den Kopf, indem sie aus einem offensichtlichen Gefühl der Rachsucht noch hinzufügte:

»Ich bin der Ansicht, er sollte außerdem stigmatisiert werden, das wird ihm Manieren beibringen.« Als das schreckliche Wort fiel, erschauerte der Priester, denn diese Ansicht konnte er nicht teilen:»Nein, Ma'am, das wäre doch zu hart.« Aber als sie darauf bestand, rief sich der Priester ihre Stellung innerhalb der Gemeinschaft ins Gedächtnis, ebenso die seine, und feige willigte er ein:»Ich werde Euer Ansinnen den Behörden unterbreiten.« Als sie gegen Abend nach Hause kam, konnte sie ihren Gatten beruhigen:»Ich bin sicher, wir haben der Schlange die Haut abgezogen. Dein Bruder wird sich hier bald nicht mehr sehen lassen können.« Die Staatskirche erfreute sich auf den in englischem Besitz befindlichen Inseln einer besonderen und wichtigen Rolle. Sie war der Wächter über Rechtgläubigkeit und Anstand; da es keine freien Zeitungen auf der Insel gab, diente sie als Verbreiter offizieller Verlautbarungen und amtlicher Entscheidungen, weshalb der Zusatz»Auf Befehl an drei Sonntagen in allen Pfarrkirchen zu verlesen« am Fuße jedes offiziellen Dokuments erschien; und in einer Zeit, in der Blasphemie als Todsünde galt, war die Kirche zudem Hüter der öffentlichen Moral.

Als Clarissa Tatum nun ihren Schwager der Gotteslästerung bezichtigte, mußten die Kirchenältesten der St.-Michaels-Gemeinde den Vorwurf sehr ernst nehmen, und nachdem sie genügend Beweise gegen den jungen Mann gesammelt hatten, präsentierten sie diese dem Magistrat, der ihn zu»Stigmatisierung und zwei Stunden am öffentlichen Pranger an der Kreuzung der beiden größten Straßen in Bridgetown« verurteilte. Dort wurde an einem heißen Mittwochmorgen um zehn Uhr ein Feuer aus so vielen kleinen Anmachhölzern aufgeschichtet, daß eine lodernde Flamme zu erwarten war, und als das Feuer entzündet war und die Flammen hoch genug schlugen, wurde Will Tatum zu dem nahen Pranger geführt und Kopf und Hände in einen Block gesperrt, daß er sein Gesicht nicht mehr rühren konnte. Dann trat ein Vertreter der Kirche vor und warf, während die Stadtbewohner zuschauten, einige vor Entsetzen erbleicht, andere von tiefer Befriedigung erfüllt, das Brenneisen mit dem Zeichen»B« für Blasphemie in die Flammen, wartete einen Augenblick, bis es rot glühte, und preßte es dann mit aller Gewalt in Wills linke Wange. Es zischte, rotes Blut quoll hervor, und das ewige Mal hatte sich in die Haut gebrannt. Will verlor das Bewußtsein, während die Zuschauer schrien, manche vor Schreck, andere damit den Sieg der Tugend feiernd.

Will blieb eine Stunde lang bewußtlos, dann wachte er von den pei-

264

nigenden Fliegen in seiner Wunde und seinen Augen auf, und der tosende Schmerz setzte erneut ein. Dem Gespött der Leute ausgesetzt und dem Anblick seines eigenen Bruders Isaac und seiner Schwägerin Clarissa, die weiter entfernt vorbeiritten und sich über ihn lustig machten, blieb er der Sonne ausgesetzt, den Kopf ohne jeden Schutz, und litt vor aller Augen Höllenqualen, die nicht für leichte Vergehen wie die seinen bestimmt waren. Sein Elend wurde durch Nell und Betsy etwas gelindert, den beiden tapferen Frauen, die öffentliche Schmähungen in Kauf nahmen, als sie ihm jetzt zu Hilfe kamen, mit einem Tuch über sein Gesicht wischten und eine Salbe in die Narbe rieben. Außerdem brachten sie in kaltes Wasser eingetauchte Lappen, um seine ausgedörrten Lippen zu benetzen. Nell war als erste an seiner Seite, und nachdem sie gegangen war, die bösen Zurufe der Umstehenden ihr noch im Ohr nachhallten, kam Betsy und brachte Heilöl, auf ihrem Gesicht ein Ausdruck voller Zärtlichkeit, der ihn wissen lassen sollte, daß sie ihn liebte.

Um zwei Uhr am Nachmittag befreite ihn ein Kirchendiener, und die Gaffer fragten sich, was er jetzt wohl tun werde. Verschiedentlich war es vorgekommen, daß derart Bestrafte anschließend schnurstracks zu den Kirchenbeamten gegangen waren, die sie an den Pranger gebracht hatten, und sie brutal zusammengeschlagen hatten. In einem Fall hatte der Rächer seinem Denunzianten sogar so bösartige Verletzungen zugefügt, daß der Tod die Folge war. Daraufhin wurde der Mann gehängt, und als er auf den Galgen zutrat, rief er laut, daß alle es hören konnten: »Soll die Insel in der Hölle verrotten.« Und er hätte noch weiter geflucht, wenn nicht sogleich die schwarze Kapuze über seinen Kopf gestülpt worden wäre.

Will Tatum tat nichts dergleichen. Mit einem dünnen starren Lächeln in seinem schmerzenden Gesicht ging er durch die Menge auf das Haus seiner Schwester zu, gab Nell einen Kuß und dankte ihr, reichte dem kleinen Ned die Hand, sagte: »Ich komme zurück, um wieder auf dich aufzupassen« und schlug gleich darauf den Weg zum Hafen ein, ohne den Mut aufzubringen, sich von Betsy zu verabschieden. Die Wange bis an sein Lebensende mit dem abstoßenden »B« gezeichnet, rief er nach den Beibootruderern der »Stadhouder«, die noch vor Anker lag, kletterte an Bord und meldete sich bei Kapitän Brongersma. »Ich will gegen die Spanier kämpfen«, sagte er. In Barbados wurde er lange nicht mehr gesehen.

In den langen Jahren, die nun folgten, dachte er manchmal an Betsy, bevor sie ein spanisches Schatzschiff angriffen, wenn er in spanischen Gefängnissen schmachtete oder sogar wenn er sich mühsam durch einen von Sümpfen verseuchten Urwald schleppte, und in seinen Augen blieb sie immer das wunderschöne Mädchen von zwanzig Jahren mit schlanker Taille, zu Zöpfen geflochtenen Haaren und funkelnden Augen. Sie war bei ihm, in den unterschiedlichsten Situationen, stets dieselbe, stets eine brennende Erinnerung, denn für ihn alterte sie niemals. Sie blieb für ihn die reinste Erinnerung an eine Insel, die ihn nicht gut behandelt hatte, vielleicht deswegen, weil er ihr nicht dieselbe Achtung entgegenbrachte wie sein Bruder. In jener Nacht, als er Barbados verließ, wurde ihm klar, daß er eine Entscheidung von größter Bedeutung traf. Er verlor Betsy Bigsby, und er würde sie niemals wiedergewinnen.

Im Jahre 1660 kam endlich die Nachricht, auf die Barbados so lange sehnlichst gewartet hatte. Charles II. wurde zum König gesalbt, während er auf dem Stein von Scone thronte und damit symbolisierte, daß er auch König von Schottland war. Gewaltige Festlichkeiten wurden abgehalten, an denen sogar einige ehemalige Rundköpfe teilnahmen, und es herrschte allgemein die Überzeugung, daß die Dinge in Klein-England wieder ins rechte Lot gekommen waren.

Als Beleg für den Wunsch eines jeden, alte Feindschaften zu vergessen, erreichte in der zweiten Hälfte des Jahres 1661 ein Dokument die Stadt Bridgetown, das große Freude auf der Insel auslöste. »Seine Majestät, König Charles II., geruht, von seinen treuen Untertanen auf Barbados sieben zum Baron zu ernennen und sechs in den Ritterstand aufzunehmen.« Auf der Stelle versammelten sich die Bewohner um den Regierungspalast, um zu erfahren, wen sie in Zukunft mit »Sir« anreden mußten, und die Älteren erklärten den Jüngeren: »Der Titel eines Barons kann in der Familie von Generation zu Generation weitervererbt werden, aber die Ritterschaft endet nach dem Tod des Empfängers.«

Die sieben Barontitel verursachten eine ziemliche Aufregung, denn es wurden vier verdiente Kavaliere ausgezeichnet, die vom ersten Augenblick an treu dem König verpflichtet gewesen waren, während die übrigen drei an Rundköpfe gingen, die der Sache des Parlaments gedient hatten und sich erst später dem öffentlichen Willen gebeugt hatten. Wenn es in diesen verdrießlichen Zeiten eine Geste gab, die Englands Wunsch bezeugte, alte Wunden zu schließen, dann war es diese Verleihung von Ehrentiteln an Gewinner und Verlierer gleichermaßen.

An erster Stelle der Liste stand natürlich Sir Thomas Oldmixon, dessen Treue niemals ins Wanken geraten war, der in der Verteidigung seines Königs niemals nachgelassen hatte, weder in Wortgefechten noch im Kampf. Seine Wahl wurde lauthals begrüßt, ebenso die von Sir Geoffrey Wrentham, ebenfalls ein standhafter Verteidiger des Königs, aber auch die Ernennung des Anführers der Rundköpfe, Sir Henry Saltonstall – augenblicklicher Aufenthalt unbekannt –, erhielt Zustimmung.

Als die Namen der sechs Ritter verlesen wurden, standen Isaac Tatum und seine Frau wie versteinert da. Sie wußten selbst am besten, was für unentwegte Anhänger des Königs sie waren, und sowohl ihre soziale als auch wirtschaftliche Stellung auf der Insel berechtigten sie zu einer Auszeichnung. Ihre Plantage gehörte zu den größten, und die Mengen an Zucker, die sie alljährlich nach England verschifften, wurden von keinem anderen Pflanzer übertroffen. Auf ihre Art hatten sie sich zwar nur kurz, aber tapfer für den König geschlagen, ihre Hoffnungen konnten ihnen nicht als Überheblichkeit ausgelegt werden, aber sie wußten auch, daß die Dinge manchmal nicht so liefen, wie man es sich wünschte.

Die beiden ersten Namen waren die zweier bekannter Kavaliere: »Sir John Wintham, Sir Robert Le Gard.« Das war keine Überraschung, aber die beiden nächsten waren zwei ehemalige Rundköpfe, und auf der Stirn der Tatums zeigten sich die ersten Schweißperlen. Doch dann tönte deutlich die Stimme des Beamten: »Sir Isaac Tatum«, und ihr Mann wäre fast in Ohnmacht gesunken, wenn Clarissa ihn nicht mit zupackendem Griff gehalten hätte.

Wenige Wochen später kam aus London eine neue Nachricht, die die Herzen der Kavaliere auf Barbados schneller schlagen ließ: »Die wütenden Massen konnten nicht mehr zurückgehalten werden. Mit dem Schlachtruf: ›Die Abtei ist geschändet!‹ stürmten die Menschen die Westminsterabtei, brachen das Grab Oliver Cromwells auf, gruben seine Leiche aus und schleiften sie durch die Straßen, bis sie an einen Balken kamen, wo sie sie aufhängten, für die Verbrechen, die Cromwell als Lebender begangen hatte.« Nachdem die Meldung verlesen war und es bestätigt schien, daß diese Geschichte auch tatsächlich zutraf, wurden die Glocken geläutet und in manchen Pfarrkirchen sogar Dankgottesdienste abgehalten.

Es ist nicht einfach zu erklären, wie diese kleine Insel trotz unterschiedlichster Anhängerschaften einem Bürgerkrieg entkam, nur ein Beamter vor Ort hat ein paar interessante Hinweise geliefert. »Wir wollten von Anfang an, daß Barbados zu einer Zufluchtsstätte für Menschen wird, die neue Ideen anbieten, ob in Religion oder in der Wirtschaft, und so hießen wir die holländischen Handelsschiffe willkommen ebenso wie die Quäker, eine streitsüchtige Gemeinschaft, wir luden die Hugenotten ein, ein sehr fleißiges Volk, zu uns zu kommen, als sie aus Frankreich vertrieben wurden. Bevor er uns verließ, brachte Saltonstall ein Gesetz ein, nach dem sogar Katholiken und Juden aufgenommen werden sollten, aber er fügte wenigstens die Warnung hinzu: ›vorausgesetzt, sie verursachen an unseren Feiertagen keinen öffentlichen Skandal‹.« Einen Beweis für diese Verträglichkeit lieferte ein Festessen, das kurz nach der verspäteten Hinrichtung Cromwells stattfand.

Jahrelang hatte die Insel mit Krieg und Invasion gelebt, hatten die Bewohner sich gegenseitig verdächtigt, wobei alle Einschränkungen hatten hinnehmen müssen, und doch war es möglich, schon kurz nachdem die Feindseligkeiten ein Ende gefunden hatten, dieses rauschende Fest zu feiern. Am treffendsten hat das Ereignis ein französischer Gast beschrieben, der – weder Kavalier noch Rundkopf – folgenden Bericht ablegte, der als zutreffend angenommen werden kann.

»Ich hatte das Glück, den soeben zum Baron ernannten Sir Thomas Oldmixon kennenzulernen, denn er sagte zu mir: ›Morgen nachmittag lädt der ebenfalls frisch zum Ritter geschlagene Sir Isaac Tatum seine Freunde und Bewunderer zu einem, wie er sich ausdrückte, ›hochherrrschaftlichen Fest‹ ein.‹ Und als ich nachfragte, was denn gefeiert würde, antwortete er: ›Die Hinrichtung von Oliver Cromwell‹, worauf er mir schilderte, wie ›die Leiche aus der Westminsterabtei entwendet und anschließend geschändet worden sei, außerordentlich unenglisch, wie ich fand.

Gestern abend also ritten wir zur Plantage von Sir Isaac, der etwa fünfzig Freunde zur Feier geladen hatte. Er und seine Frau hatten Tische aufstellen lassen, an denen dreißig Sklaven in Uniform die Gäste bedienten und diese mit einer solchen Vielzahl unterschiedlicher Gerichte bewirteten, daß Lukullus vor Neid erblaßt wäre. Nach dem neunten oder zehnten Gang – und als ich feststellen mußte, daß noch eine ganze Reihe weiterer folgen sollte – bat ich meinen Gastgeber um die Erlaubnis, mir eine Liste machen zu dürfen, und ich befürchtete schon, dies könnte als Einmischung angesehen werden, aber ich glaube eher, er war stolz auf die Vielzahl der Gerichte, die er anbot.

Für die besondere Gelegenheit hatte er einen jungen Ochsen schlachten lassen und servierte das Fleisch auf vierzehn verschiedene Arten zubereitet: Keulen gekocht, Kamm gebraten, Brust gebraten, Hinterteile gebacken; Zunge, Eingeweide und andere Innereien zu Pasteten verarbeitet, abgeschmeckt mit Nierenfett, Gewürzen und Johannisbeeren; und ein Teller mit Markknochen. Als nächstes folgte ein Kartoffelpudding, in Scheiben geschnittenes Schweinefleisch, ein Gang gekochte Hühner, die Schulter einer jungen Ziege, eine Kitze, dessen Pansen mit Pudding gefüllt war, ein saftiges Schwein, die Schulter eines Hammels, ein Spanferkel, eine Kalbslende mit einer Sauce aus Orangen, Zitronen und Limonen, drei junge Truthähne, zwei Kapaune, vier Enten, acht Turteltauben, drei Kaninchen.

An kalten Fleischplatten hatten wir zwei Moschusenten, westfälischen Schinken, getrocknete Zunge, eingelegte Austern, Kaviar, Sardellen. Und nur die erlesensten Früchte: Platanen, Bananen, Guajavas, Honigmelonen, Birnen, Annonen und Wassermelonen. An Getränken gab es Mobbie, Weinbrand, Kill-Devil, roten Bordeaux, Weißwein, Rheinwein, Sherry, Kanariensekt, Red Sack, Wein aus Fiall sowie andere Getränke aus England, die mir unbekannt waren.

Der Gastgeber hieß alle willkommen, gab uns einen warmherzigen und freundlichen Empfang, wie man ihn hier wohl nur seinen engsten Freunden entgegenbringt. Was mich erstaunte, war, daß sich in diesem Fall auch seine ehemaligen Feinde unter seinen ›Freunden‹ befanden, auch jene Rundköpfe, die mit ihm den Ehrentitel verliehen bekommen hatten. Man hat mir gesagt, man nennt diese Insel auch Klein-England, aber wenn man unter der Obhut von Sir Isaac steht, dann wird es zu Groß-England.«

In der Nacht, als die Gäste aufgebrochen waren und die 49 Sklaven der Tatums, der Koch eingeschlossen, die Reste der Mahlzeit mehr oder weniger abgeräumt hatten, saßen Sir Isaac und Clarissa in ihrem herrlichen Vorgarten und blickten über die Dächer von Bridgetown, die im Mondlicht schimmerten. Ein paar Schiffe glitten gemächlich durch die Bucht, zwei von Lampen hell erleuchtet, die einen Silberstreifen aufs Wasser warfen, und bei Herr und Herrin dieser blühenden Plantage stellte sich ein Gefühl der Zufriedenheit ein. Schließlich bemerkte Clarissa nachdenklich: »Manchmal frage ich mich, was Will an so einem Abend wohl gerade macht«, und hätte man ihr gesagt, daß er just in diesem Augenblick in einem spanischen Gefängnis saß und darauf wartete, bei lebendigem Leib verbrannt zu werden, hätte sie keinerlei Verständnis für seine Lage aufgebracht.

Sir Isaac verspürte kein Verlangen, an das Befinden seines Bruders irgendeinen Gedanken zu verschwenden: »Streich ihn aus deinem Gedächtnis. Er taugte nichts, als er noch hier unter uns lebte, und jetzt ist er sicher auch nicht mehr wert. Außerdem erhielt ich kurz vor dem Essen ausgezeichnete Nachrichten.« Seine Frau lehnte sich ein Stück vor, denn sie freute sich an den Triumphen ihres Mannes und hatte oft das Gefühl, nicht ganz unbeteiligt gewesen zu sein, sie zu erreichen. »Den Beamten, die Henry Saltonstall aufgestöbert haben, um ihm seine Ritterschaft anzutragen und ihn darauf aufmerksam zu machen, daß der Friedensvertrag, der unseren Krieg beendet hat, ihn berechtigt, seine ehemalige Plantage wieder in Besitz zu nehmen, rief er nur zu: ›Zur Hölle mit Barbados, Boston gefällt mir besser, sogar mit Schnee.‹«

Die beiden saßen eine Weile schweigend, sinnierten über die turbulenten Stürme, die in den vergangenen Jahren über die Insel hinweggefegt waren, und schließlich, als er seine Frau in ihr Schlafzimmer begleitete, sagte Sir Isaac mit berechtigtem Stolz: »Jetzt, wo der Zuckerpreis so hoch ist und unsere Sklaven sich vermehren, ist unser Land, für das wir nicht einmal neunzig Pfund gezahlt haben, mindestens neunzigtausend wert, dank unserer Sparsamkeit.« Seine Frau ergriff seinen Arm, um zu zeigen, daß sie derselben Ansicht war, und fügte hinzu: »Was es auch für Stürme waren, wir ließen uns nicht aus der Fassung bringen, wir bewahren die alten Tugenden und bezeugen vor der Welt, daß wir das wahre Klein-England sind.«

6. Kapitel

Der Freibeuter

Im 17. Jahrhundert war die von Bergen umschlossene, im Landesinneren des östlichen Peru gelegene Stadt Potosí eine der wohlhabendsten Siedlungen Nord- und Südamerikas. Ihr sagenhafter Reichtum erklärte sich aus dem Glück, daß einer der nahe gelegenen Berge praktisch aus reinem Silber war. Es gab in der ganzen Welt nichts Vergleichbares, und das Wappenschild der Stadt brüstete sich zu Recht mit dem Spruch: »Der König aller Berge. Der Neid aller Könige.«

Am Morgen des 6. Oktober 1661 wies der Aufseher Alonso Esquivel, Vorsteher der größten Anlage zur Silberveredelung, seine Inkasklaven an, die Seiten der Gußform aufzubrechen, mit der er den letzten Silberbarren geformt hatte. Als das seitliche Eisenholz entfernt war, stand der wertvolle Block, fast 23 Zentimeter hoch, in der Sonne.

Der Block glänzte nicht, denn das Silber war nicht rein, und die Seiten der Holzform, in der es gegossen war, waren nicht glatt geschmirgelt, trotzdem strahlte die hübsche, rauhe Oberfläche in dem grellen Sonnenlicht unzweifelhaft den Eindruck von Reichtum aus. Nach der Veredelung in den Schmelzhütten Spaniens oder denen der Niederlande wurden die Barren auf Hochglanz poliert und stellten hohe Wertanlagen dar oder bildeten das Zahlungsmittel des Königs für seine Abenteuer auf den Schlachtfeldern Europas.

Voller Stolz, die strengen Vorschriften des Vizekönigs von Peru eingehalten zu haben, mit jedem Barren sein Kontingent aufgefüllt, alle 119 mit der vorgeschriebenen Höhe, griff sich Esquivel einen in schwarze Tinte getauchten Pinsel und schrieb die Zahl P-663 auf den letzten Barren, eine Geheimziffer, die bedeutete, daß mit diesem Stück das Quantum für das Jahr 1661, zu dem Potosí vertraglich verpflichtet war, erfüllt war.

Nachdem die fünfzig Maultiere beladen waren, standen die Treiber bereits neben ihren Tieren, und dreißig bewaffnete Soldaten, deren Helme in der Sonne glänzten, warteten auf den Befehl zum Abmarsch. Esquivel salutierte, ein Signalhorn ertönte, und die wertvolle Fracht begann ihre mühevolle Reise durch die Berge, die Abhänge hinunter zu der bedeutenden Hafenstadt Arica am Pazifischen Ozean, über 500 Kilometer entfernt.

Zunächst führte die alte Landstraße, breit genug, um zwei Karawanen aufzunehmen, durch weites, offenes Gelände, wo die Gefahr, von Räubern überfallen zu werden, nur gering war, und die militärischen Bewacher konnten sich entspannen und die schweren Waffen lose umgehängt tragen, erst auf den letzten fünfzig Kilometern wurde das Terrain rauher, und starker Baumwuchs verlangsamte das Fortkommen. Die Karawane passierte regelrechte Tunnel aus mattenartig herabhängenden Baumzweigen und zog sich so weit auseinander, daß ein Maultier nicht mal mehr den Schwanz des Vordertieres sah. Hier war die Gefahr eines Übergriffs durch Räuber groß, und jeder Soldat bewachte sorgfältig zwei Tiere, das neben ihm und das vor ihm.

Am 10. November 1661 konnte der Karawanenführer erleichtert aufatmen, nachdem seine fünfzig Maultiere ihren Schatz am Anlegeplatz im Hafen von Arica sicher abgeliefert hatten, wo er umgehend auf die schmucke kleine spanische Galeone »La Giralda de Sevilla« verladen wurde. Diese lief sofort nach Callao aus, dem Seehafen, der Perus Hauptstadt Lima als Reede diente. Der 1200 Kilometer lange nördliche Abschnitt der Reise war nicht sonderlich ereignisreich, in Callao dagegen geschahen wichtige Dinge: Der Vizekönig persönlich kam, um die Galeone zu inspizieren; über Anzahl und Qualität der Silberbarren wurde ein amtliches Zertifikat ausgestellt; Beamte auf der Heimreise nach Spanien schifften sich ein; Goldbarren aus den Minen Nordperus kamen zu der Silberfracht noch hinzu; und ein Kontingent Soldaten marschierte an Bord, das immer wertvoller werdende Ladegut zu bewachen, aber auch die ebenso wichtigen Passagiere.

Ganze sieben Tage wurden in Callao verschwendet. Endlich, am 2. Dezember 1661, setzte die »Giralda« Segel und nahm Kurs auf die große, am Pazifischen Ozean gelegene Stadt Panama. Diese 2570 Kilometer lange Etappe galt als besonders gefährlich, denn hier schlugen sehr häufig französische und englische Piraten zu, die wußten, daß Galeonen aus Lima in der Regel schwer beladen waren. Eine einzige Galeone auf ihrer Fahrt Richtung Norden zu kapern rechtfertigte zehn

Jahre vergebliches Herumstreifen durch die Meere; die spanischen Soldaten blieben also auf der Hut, und adelige Passagiere besetzten sogar freiwillig den Mastkorb. Jede Wache ermahnte der Kapitän mit den Worten:»In diesen Gewässern hat Francis Drake 1578 die ›Cacafuegos‹ gekapert.«

Aber auch diese Passage verlief ohne große Zwischenfälle, und nach 56 Tagen ruhte Barren P-663 sicher im Hafen von Panama, wo sich der riesige Reichtum Lateinamerikas konzentrierte. Panama war eine Stadt, an der sich die Phantasie berauschen konnte, wo ganze Arsenale bis unter die Decke mit Gold und Silber angefüllt waren, wo sich jeder Haushalt seinen Anteil Münzen anhäufen konnte und wo teure, aus Spanien, Frankreich und den Niederlanden importierte Waren vor ihrer Weiterverschickung in die größeren und kleineren Städte Perus gelagert wurden. Trotzdem war Panama in dieser Zeit unermeßlichen Reichtums kein reines Warenlager – eine Hafenstadt, in die Güter eingeführt und ebenso schnell wieder ausgeführt wurden –, es war vielmehr ein ganz eigenes Königreich, Zentrum eines unvorstellbar wohlhabenden Imperiums, das Güter in alle Himmelsrichtungen verschickte. Panama war außerdem eine der größten Städte der Neuen Welt, zudem eine der am besten verteidigten, wie sich der Gouverneur brüstete:»Wenn Drake es 1572 nicht geschafft hat, die Stadt einzunehmen, als die Befestigungsanlagen noch bescheiden waren, welche Chance bliebe einem Eindringling da erst heute?«

Es wurde eine Woche benötigt, die »Giralda« von ihrer Fracht zu befreien, und eigentlich hätten es zwei sein sollen, aber der Gouverneur persönlich kam zum Anlegeplatz und mahnte zur Eile: Die Maultierkarawane, die den Schatz über die Landenge transportieren sollte, mußte Anfang Februar aufbrechen, um noch die Galeonen aus Spanien zu erreichen, die in Porto Bello ankommen sollten, auf der gegenüberliegenden Seite. So überwachten also am 8. Februar 1661 nach einem viel zu kurzen Aufenthalt, um die Sehenswürdigkeiten Panamas kennenzulernen, die Beamten aus Peru die Beladung der großen Karawane und schickte sie dann auf ihren Marsch quer über die Landenge. Die Route vom Pazifik zur Karibischen Seite war nur 96 Kilometer lang, aber noch immer so gefährlich wie zu Zeiten Drakes. Verfaulende Stümpfe umgestürzter Bäume versperrten den Weg, wilde Tiere und Schlangen lauerten hinter jedem Busch, und wenn man sich die Haut am Bein etwa aufschürfte, konnte es passieren, daß die Wunde nicht heilte, so verunreinigt wurde sie durch verweste Stoffe.

273

Als der unheilvolle Marsch sein Ende fand, das schöne Porto Bello vor ihnen lag, warteten noch größere Gefahren auf sie, denn die Stadt steckte seit jeher voller Verderben. Soldaten, die den Dschungel gerade hinter sich gelassen hatten und den Ort zum erstenmal sahen, blieben oft oben auf dem Berg stehen und bestaunten die vielen Schiffe, die sich im Hafen drängten, jedes auf seine Gold- oder Silberfracht wartend, die riesigen Lagerhäuser entlang der Küste und die Batterie von Kanonen, die aus den umliegenden Höhenzügen ragten. Oftmals beruhigten sie sich dann gegenseitig: »In diesen Hafen werden sich die verdammten englischen Piraten ja wohl nicht wagen« und fühlten sich sicher und geborgen.

Die Worte des Anführers der Maultierkarawane jedoch, der diesen Marsch schon dreimal gemacht hatte, klangen vernünftiger: »Lieber Gott, der du unsere Erlösung bist, laß mich unter denen sein, die überleben«, denn er wußte, daß von den neunzig Mann einer Karawane erwartungsgemäß nicht weniger als vierzig an den Fieberkrankheiten starben, die dort unten in dem riesigen Leichenhaus, das sich Stadt nannte, im verborgenen lauerten. Er bekreuzte sich und murmelte zu seinem Ersten Leutnant: »Manchmal begreift man die Spanier einfach nicht; man könnte meinen, sie seien komplette Idioten. Da haben sie das berüchtigte Nombre de Dios aufgegeben, weil es ungesund war, und rücken ein paar Meilen weiter in dieses Höllenloch, das fünfmal so schlimm ist.« Sein Assistent, der die Landenge noch nie zuvor überquert hatte, fragte: »Was ist denn so schrecklich an Porto Bello?« Und der Karawanenführer entgegnete kurz: »Das will ich dir zeigen.«

Während er die Tiere hinunter zum Seehafen führte, machte er auf die tragischen Mängel der Stadt aufmerksam. »Dieser Bach hier müßte zugeschüttet werden. Offengelassen wird er sofort zur Kloake, die überallhin Krankheiten verbreitet. Diese modrige Hütte hätte schon längst niedergebrannt werden müssen, jetzt ist sie von Ratten verseucht. Das Haus da drüben scheint ja ganz schön, aber sieh dir mal den Brunnen an. Steht direkt neben der Latrine. Die Leute, die hier wohnen, trinken sich noch zu Tode, aber nicht an spanischem Wein. Und da, die Leichen, die in der Sonne verwesen. Die allein schon verursachen Krankheit und Tod von Dutzenden. Dann die Baracken, so eng aneinandergebaut, daß das, was in der einen zum Tod führt, sofort auf die nächste überspringt. Und die Luft ist so schwer, der Dschungel so nah.«

Er schloß seinen beunruhigenden Rundgang mit dem klugen Rat:

»Ich kann dir sagen, was man tun muß, um zu den wenigen Glücklichen zu zählen, die lebend aus Porto Bello rauskommen. Kein Fleisch essen, das ist faul. Keinen Fisch essen, der ist vergiftet. Wenig atmen, in der Luft schwirrt das Dschungelfieber. Und laß dich auf keinen Fall mit den Mädchen von Porto Bello ein, ihre Liebhaber schlitzen dir eiskalt die Kehle durch.«

»Sie sagten, Sie seien schon dreimal hiergewesen. Wie haben Sie das überlebt?«

»Indem ich meine Regeln eingehalten habe.«

Doch auch diesem aufmerksamen Besucher von Porto Bello entging das Geheimnis des Ortes. Die chamäleonhafte Stadt übernahm ihr tödliches Farbkleid immer von dem, der es zuletzt abgelegt hatte. Lag eine Armada von Schiffen im Hafen vor Anker, um Silber zu laden, blühten alle Krankheiten auf, die die Soldaten mitbrachten. Wenn keine Schiffe da waren, holte sich die Stadt die Seuchen von den letzten Maultierkarawanen, die sie mit der Durchquerung der Landenge von der pazifischen Seite einschleppten. Und waren die Straßen leergefegt, gärten in den nahe gelegenen Sümpfen örtliche Krankheiten und sammelten genügend Kraft, sich auf jeden zu stürzen, der sich in die Stadt verirrte.

Die Gründe für das Auftauchen dieser Todesengel waren vielfältig: einmal die Nähe zu der verwesenden Vegetation des Dschungels, dann das Fehlen jeglicher Luftbewegung, denn die Stadt war in einer Art Senke gebettet, in die kein Wind wehte, und drittens eine Wasserleitung, die nicht mehr zu reinigen war. Ein katholischer Priester, der das ganze Jahr über in der Stadt lebte und Zeuge wurde, wie sie von einer Seuche nach der anderen heimgesucht wurde, beschrieb es so: »Porto Bello ist wie eine schöne Frau, die eine tödliche Seuche mit sich herumschleppt, die aber nicht ihr zum Verhängnis wird, sondern allen, die mit ihr in Kontakt treten. Und, mein Freund, sie ist schön – diese Blumen überall, der wundervolle, tadellose Ankerplatz, die umgebenden Hügel, von großen Bäumen übersät, die kleinen Gassen und die einladenden Häuser... und die edlen Festungen, die ihre Reize beschützen. Besucher, die in unsere Stadt am Rand des Urwalds kommen, erinnern sich an zwei Dinge, wenn sie uns wieder verlassen: Schönheit und Tod.«

Es war Brauch unter dem Stadtvolk, sich am Dock zu versammeln, wenn die Maultierkarawanen ankamen, um ihre Silberlieferungen abzuladen, und obwohl von dem Edelmetall an sich nichts zu sehen war, verstärkten die Lattenkisten nur die Vorstellung von rätselhaftem

Reichtum. Sie sahen wie für einen fernen König bestimmte Geschenke aus, und erst als das Silber sicher an Bord verladen war und unter dem Schutz der bewaffneten Wachen stand, begann das Fest.

Es glich einer Dorfkirmes in einem abgelegenen Weiler irgendwo in Mitteleuropa zur Zeit der Pest, wo der Tod umherging, sich diesen oder jenen herauspickte, während Flöten kreischend aufspielten und auf dem Festplatz weitergetanzt wurde. In diesem Jahr wurden die Gebete des Kapitäns nicht erhört: Trotz dreier zurückliegender, erfolgreich zu Ende geführter Reisen und der eifrig bedachten Vorsicht, kein verseuchtes Wasser zu trinken, überfiel ihn das Fieber und mit ihm tausend andere, und als die Galeonen für die Rückreise nach Cartagena ihre Anker lichteten, hatten sich die Reihen ihrer Matrosen und Soldaten um die Hälfte gelichtet. Sechs hektische Wochen lang war Porto Bello die reichste Stadt der Welt gewesen, aber auch die mörderischste.

In jener Zeit war »Unsere Edle und Mächtige Stadt Cartagena«, wie sie in offiziellen Dokumenten häufig genannt wurde, noch immer eine herrschaftlich gelegene Siedlung an der Südwestküste des Festlands. Die berüchtigte, gekrümmte Landspitze, die die Innenbucht schützte, verfehlte auch weiterhin ihre Wirkung nicht, nur daß die zahllosen kleinen vorgelagerten Inseln jetzt alle noch mit Geschützstellungen und Kanonenbatterien verstärkt waren. Drake hatte sie einmal bezwungen und waghalsige französische Piraten ihre Besetzung einst zur Erpressung benutzt, aber mehr auch nicht. Sie war unangreifbar, und in den weitläufigen Außen- und Binnenhäfen versammelten sich die großen Schiffe aus Spanien und warteten geduldig auf die Gold- und Silberlieferungen aus Peru.

Am 6. April 1662 liefen die mit Silberbarren beladenen Galeonen aus Porto Bello in Cartagena ein, und nachdem sie sich aus den dortigen, reichlich gefüllten Vorräten, die sich dort anhäuften, mit Proviant eingedeckt hatten, waren sie bereit, sich auf die über 2000 Kilometer lange Reise Richtung Norden nach Havanna zu machen. Sobald der Gouverneur Alfonso Ledesma, direkter Nachfahre jenes bemerkenswerten zweiten Gouverneurs von Cartagena, Roque Ledesma y Ledesma, an Bord gegangen war, lief die Flotte aus.

Am 7. Mai ankerte Ledesma mit seinen Schatzschiffen in Havannas geräumigem Hafen. Der örtliche Gouverneur fuhr ihm sofort in einem kleinen Boot entgegen und überbrachte eine aufregende Neuigkeit: »Don Alfonso! Zu Ehren Eurer vergangenen tapferen Taten und Eures unzweifelhaften Mutes hat Euch der König die Stellung eines Admirals der Vereinigten Flotte für ihre Reise über den Atlantik nach Spanien verliehen. Admiral Ledesma, ich begrüße Euch!«

Die andere Hälfte dieser großen Armada – Hunderte von Schiffen aller Größe – kam aus dem Hafen Veracruz und sollte riesige Silbervorräte aus den Minen der in Mexiko gelegenen Stadt Potosí anliefern, benannt nach dem berühmteren Ort in Peru, und erst als diese Galeonen anfingen, eine nach der anderen in den Hafen einzulaufen, erkannte Ledesma, welche Verantwortung ihm übertragen worden war: »Da schwimmt das Vermögen Spaniens für die nächsten zehn Jahre.«

Als alle Schiffe und ihre Ladungen beisammen waren, gab der Gouverneur von Kuba ein Abschiedsessen für den scheidenden Kapitän, bei dem er diesem dann die Frage stellte: »Don Alfonso, Ihr mögt mehrere Jahre fern von Cartagena sein, vielleicht fünf, vielleicht sechs Jahre. Was für Vereinbarungen habt Ihr mit Eurer Regierung, Eurer Familie getroffen?«

Ledesma hob als Antwort sein Glas: »Auf Don Victorio Orvantes, Sohn meiner Kusine, der statt meiner jetzt über Cartagena wachen wird. Und auf meine Gattin, Doña Ana, die in diesem Augenblick mit unserem Kind Inés unterwegs zu ihrer Schwester in Panama ist, wo sie die Zeit über bleiben wird, bis ich zurückkehre . . . ruhmbeladen, wie ich hoffe.«

Sie tranken auf seine Gesundheit, baten die Anwesenden, ihn und seine Flotte in ihre Gebete mit einzubeziehen, und feuerten am nächsten Morgen Salutsalven ab, als der herrliche Verband aus großen Galeonen und kleineren Kriegsschiffen lossegelte. Es dauerte den ganzen Tag, bis auch die Schiffe am Ende der Armada genügend Wind hatten, um sich in Bewegung zu setzen, aber als sich dann alle außerhalb des Hafenbeckens formiert hatten, rief der Gouverneur denjenigen, die sich mit ihm auf den Gefechtstürmen der Festung versammelt hatten, zu: »Kein englischer Pirat wird es wagen, diese mächtige Flotte anzugreifen!«

Dieses Urteil war etwas voreilig, denn im November 1662, als sich die Armada bereits der spanischen Küste näherte, »direkt vor der Nase des Königs«, wie sich ein Engländer später brüstete, »braußten sieben unserer schnellsten Nahkampfschiffe auf die Spanier los und hätten auch eine Galeone aus dem Verband gegriffen, wenn ihr Admiral nicht mit einemmal geschickt laviert hätte und wir nur noch verdutzt zurückblieben. Wir erreichten überhaupt nichts, im Gegenteil, verloren sogar noch ein Schiff, die ›Pride of Devon‹, mit allen Seeleuten.«

Mit stolzgeschwellter Brust über diesen, durch sein schnelles Handeln herbeigeführten Sieg führte Admiral Ledesma seine Flotte zur Mündung des Guadalquivir in den Zollhafen Sanlúcar de Barrameda, wo die Beamten die Tatsache korrekt registrierten, daß »am heutigen Tag, dem 20. Dezember 1662, die Galeonen aus Cartagena und Veracruz eingetroffen sind ohne den Verlust auch nur eines der Begleitschiffe; dank dem Mut und der Erfahrung Admirals Don Alfonso Ledesma y Espiñal«.

Der Schatz, den er trotz aller Gefahren so prompt abgeliefert hatte, blieb nicht in Spanien; er wurde rasch an entlegene Schlachtfronten weitertransportiert, wo spanische Truppen gegen Aufrührer im eigenen Reich ankämpften.

Der Silberbarren P-663 aus Potosí – und mit ihm viele andere – blieb nur über Nacht in Madrid, denn am nächsten Morgen schon transportierten ihn berittene Kuriere 1600 Kilometer weiter nördlich in die Niederlande, wo in letzter Minute ein, allerdings vergeblicher, Versuch unternommen wurde, die Herrschaft über diese aufständische Kolonie zurückzugewinnen. Dort wurde das Silber eingeschmolzen und zu Münzen gepreßt, die als Sold an die Soldaten ausbezahlt wurden, als Schmiergeld für die Agenten ausländischer Nationen Verwendung fanden und mit denen die Zinsen der allgewaltigen Bank der Fugger getilgt wurden, die aufgrund königlicher Anleihen zu gewissen Zeiten die Hälfte Spaniens als Pfand in ihren Händen hielten. So also wurde mit diesem ungeheuren Vermögen, für dessen Hinundherschieberei man all die Mühen auf sich genommen hatte – 17 700 Kilometer in 526 Tagen –, überhaupt nichts erreicht. Aber noch als sich die spanischen Kapitäne, die weiter darum kämpften, die Niederlande nicht zu verlieren, das eingestehen mußten, wurden neue Barren in Potosí gegossen und versammelten sich wie ein Schwarm hungriger Seevögel neue Galeonen in Cartagena, um das Gold und Silber, nachdem es die mörderische Landenge überwunden hatte, in Porto Bello aufzunehmen.

Der König und seine Berater hingen dem Irrglauben nach, der Wohlstand einer Nation beruhe auf der in ihrem Besitz befindlichen Menge an Edelmetallen; je mehr Gold und Silber die Galeonen aus Sevilla brachten, desto reicher sei das Land. Diese Philosophie übersah eine zeitlose Wahrheit: Der Reichtum eines Landes rührt aus der harten Arbeit seiner Menschen zu Hause, der Bauern, der Gerber, der Zimmerleute, der Schiffsbauer und der Weber an ihren Webstühlen; sie produzieren die Gebrauchsgüter, die ein Maßstab dafür sind, ob ein Land wirtschaftlich erfolgreich ist oder nicht.

In jenen kritischen Jahren, als die Zukunft des Landes auf Messers Schneide stand, hörten die spanischen Galeonen nicht auf, unschätzbare Werte einzuführen, während Künste und Handel daniederlagen. Jenseits des Kanals dagegen, in ihre Heimat, brachten englische Schiffe nur wenig oder überhaupt kein Gold, statt dessen die Produkte der neuen Länder, und ausführen taten sie die Überschußwaren, die Englands kluge und fleißige Bewohner herstellten. Jahr für Jahr importierte Spanien ausschließlich Edelmetalle, während England die Güter ein- und ausführte, von denen ein Land lebt. Wenn die aufmerksamen englischen Beobachter das enorme Vermögen, das Don Alfonso in Madrid ablieferte, mit Neid betrachteten, dann hätten sie – wenn sie klug gewesen wären – erkannt, daß ihre eigenen kleinen Handelsschiffe in England ein Vermögen von größerer Bedeutung ablieferten.

An einem klaren Januartag des Jahres 1665 spielte sich in der spanischen Stadt Cádiz ein gräßliches Ereignis ab, das wenige Jahre später heftige Auswirkungen im karibischen Raum haben sollte.

Im Verlauf der resoluten Verteidigungsmaßnahmen seiner Armada vor der Küste Spaniens hatte Admiral Ledesma neunzehn Engländer gefangengenommen. Der Kapitän der angegriffenen Galeone hatte zunächst die Absicht gehabt, die Bande zu hängen, doch Admiral Ledesma war nicht nur ein tapferer Seemann, sondern auch ein politischer Opportunist, und er sah in den Gefangenen eine Gelegenheit, sich bei den Kirchenbehörden einzuschmeicheln, die in Spanien eine so entscheidende Rolle spielten. Dementsprechend lautete sein Befehl: »Diese Männer sind Ketzer. Sie sollen nach Cádiz gebracht und der Inquisition übergeben werden. Aber nicht vergessen, den Behörden unmißverständlich klarzumachen, daß ich es bin, der sie ihnen schickt.« Und so geschah es.

Mehr als zwei lange Jahre, von November 1662 bis Januar 1665, siechten die Engländer in den Kerkern von Cádiz dahin – ohne Licht, ohne Bewegung, ohne ausreichendes Essen –, denn wenn die knarrenden Mühlen der Inquisition auch mit unerbittlicher Gewalt mahlten, so doch auch mit zermürbender Langsamkeit. Zwischenzeitlich, in Perioden hektischer Aktivität, wurden die Gefangenen fünf Tage hintereinander von ihren in schwarzen Roben gehüllten Richtern verhört und dann wieder fünf Monate zum Schweigen verurteilt, ohne daß sich jemand um sie kümmerte.

Bei den Befragungen wurden die Seeleute daran erinnert, daß der

Hauptsitz der Inquisition in Toledo vor vielen Jahren ein außerordentliches, dreiteiliges Edikt erlassen hatte: Zu Anfang der Regierungszeit König Heinrichs VIII. waren alle Engländer treue Katholiken gewesen, wurden aber unter seiner Führung 1536 durch einen endgültigen Akt der Lossagung gezwungen, zum Protestantismus überzutreten, was besagte, daß sie dem Katholizismus, der einzigen und wahren Kirche Christi, den Rücken kehrten. Damit waren alle englischen Seemänner, die an spanischen Küsten Schiffbruch erlitten, ipso facto der Ketzerei schuldig, für die das Urteil zwangsläufig Verbrennung bei lebendigem Leib auf dem Scheiterhaufen lautete.

Natürlich führten die Mitglieder der Inquisition das grausame Urteil nicht selbst aus. Sie sprachen die Männer lediglich schuldig und übergaben sie dann zur Vollstreckung des Urteils der Zivilverwaltung, und so trieben an diesem Januartag, in Abwesenheit des Inquisitionstribunals, ein paar Soldaten drei Engländer in schwarzen Roben und mit rasierten Schädeln vor sich her zu den Scheiterhaufen, wo die übrigen sechzehn Gefangenen bereits in einer Reihe standen, um der Bestrafung zuzuschauen, die in den kommenden Wochen auch sie erwartete.

Als sie so ihrem Schicksal entgegengingen, riefen die drei Unglücklichen ihren Kameraden zu: »Widersteht! Für Cromwell und eine freie Religion!«

Keine anderen Worte hätten so sicher den Zorn der spanischen Beamten erregen können, die Oliver Cromwell, obwohl längst tot, als Erzfeind und den Mörder des englischen König Karls I. betrachteten, jenes ihrer Ansicht nach glorreichen Herrschers, der sich aufgemacht hatte, England wieder dem Papst zuzuführen. Cromwell hatte etwas eingeführt, was sie als eine Form radikalen, gottlosen Protestantismus ansahen, und jeder, der sich in Spanien auf seinen Namen berief, verdiente den Tod. Die Feuer wurden also entzündet, und durch den Rauch und die Todesschreie hindurch ertönte die trotzige Stimme eines der Opfer: »England und Freiheit!«

Als die Flammen verlöscht und die Asche auf offener Straße verstreut war, gingen die zuständigen Beamten die Reihe der übrigen Seeleute ab und suchten diejenigen aus, die bei der nächsten Ketzerverbrennung dran glauben sollten. »Du und du und du«, wobei die letzte Wahl auf einen untersetzten Seemann fiel, auf dessen linker Wange als tiefe Narbe der Buchstabe B zu erkennen war. Dreißig Jahre alt, kam er von der fernen Insel Barbados im Karibischen Meer. Nach Europa war er auf dem holländischen Handelsschiff »Stadhouder« gekommen, und nachdem es seine Ladung aus braunem Zucker, genannt Muskovade, und Fässern mit schwerem, goldfarbenem Rum gelöscht hatte, wechselte er auf ein englisches Schiff über, »The Pride of Devon«, das sich anderen englischen Seglern angeschlossen hatte, um die spanische Silberflotte anzugreifen, aber vor der Küste Spaniens versenkt worden war.

Sein Name: Will Tatum. Die Neuigkeit, daß er schon so bald auf dem Scheiterhaufen brennen sollte, setzte eine solche Wildheit in ihm frei, daß er, nachdem man ihn in seine Zelle zurückgebracht hatte, zwei Tage lang mit kurzen Unterbrechungen unentwegt und blindwütig mit den Fäusten gegen die Wand schlug. Am dritten Tag fand seine Raserei ein Ende, und angeekelt besah er sich seine blutigen Hände: »Du Narr! Du hast nur noch ein paar Tage zu leben! Laß dir was einfallen.« Angespornt durch diesen plötzlich heftigen Wunsch, am Leben zu bleiben, zog er selbst die unwahrscheinlichsten Gelegenheiten zur Flucht in Erwägung. Die Mauern waren zu dick, um sie zu durchbrechen. Die Decke war zu hoch. Die Tür zu seiner Zelle wurde nie geöffnet. Trotzdem sprangen seine Gedanken fieberhaft von einer Möglichkeit zur anderen, aber brachten ihn mit jeder Minute nur dem wütenden Scheiterhaufen näher.

Drei Tage bevor er hingerichtet werden sollte, tat sich die Tür doch noch einmal auf, und zwei bewaffnete Wachen traten ein, die Gewehre auf seinen Kopf gerichtet, während hinter ihnen ein Beamter der Inquisition erschien und ihn beschwor, sich vom Ketzertum loszusagen, damit er gnädigerweise nur gehängt zu werden brauche und so den Qualen der Flammen entkam. Tatum, seinen Drang unterdrückend, dem Mann an die Gurgel zu springen und ihn eigenhändig zu erwürgen, erklärte zum zehntenmal: »Ihr seht alles falsch. Oliver Cromwell ist längst tot, sein Sohn geflohen. Wir haben wieder einen König, und Katholiken brauchen bei uns nicht mehr zu leiden.«

Der verknöcherte Beamte hörte jedoch nicht hin. Sein Wirkungskreis lag weit von der Hauptstadt entfernt, sein Wissen war veraltet, alles, worauf er sich berief, war, daß Engländer einst katholische Priester aus dem Land vertrieben und der wahren Religion abgeschworen hatten. Es waren Ketzer, und als Ketzer mußten sie sterben. Einen letzten Appell an ihn richtend, flehte er noch einmal: »Seemann, willst du deinen Irrtum gestehen und zur Mutter Kirche zurückkehren, damit du auf angenehmere Weise sterben kannst?«

281

Mit dem Ausdruck abgrundtiefen Hasses im Gesicht, als könnte er nie gelöscht werden, rief Tatum:»Nein!«Die beiden Wachen, ihre Waffen noch immer auf seinen Kopf gerichtet, zogen sich zurück, und die Tür fiel ins Schloß, um sich erst wieder für seinen Gang in den Tod zu öffnen.

Am darauffolgenden Tag endlich – er hörte, wie die Zimmerleute bereits an der Hinrichtungsstätte zimmerten – geschah das Wunder, auf das er so sehr gehofft hatte. Einer der Verurteilten sprang dem Wächter an die Kehle, als dieser ihm das Abendessen aus Brot und Schleimsuppe brachte, erwürgte ihn und entriß dem Toten die Schlüssel für die übrigen Zellen. Er begriff sofort, daß sich mit der Hilfe anderer seine Chancen verbesserten, und so hastete er zu den Zellen, die am nächsten lagen, schloß sie auf und flüsterte:»Nicht umkehren. Uns erwartet die Folter, wenn sie uns kriegen.«Heimlich schlichen sich die fünf Männer, Tatum unter ihnen, den Zellengang entlang, überraschten die beiden Spanier, die als Wachen abgestellt waren, und brachen sich den Weg in die Freiheit.

Außerhalb des Gefängnisses hielten sie sich dicht an der Mauer im Schutz der nächtlichen Schatten; so hatten sie bereits eine beträchtliche Entfernung zurückgelegt, ehe wilder Alarm ausgelöst wurde und Wachen ausschwärmten. Im ersten Handgemenge wurden drei der Ausbrecher gefaßt und auf der Stelle totgeschlagen, aber Tatum und dem Mann, der die Flucht ermöglicht hatte, einem hitzigen Waliser namens Burton, gelang es, bis in einen ärmeren Stadtteil vorzudringen. Die Nacht verbrachten sie in einem Versteck zwischen zwei Lagerschuppen.

Kurz vor Anbruch der Dämmerung brachen sie in ein Haus ein, beruhigten die Bewohner in ihren Betten und stahlen ein paar neue Kleider und etwas Essen, das sie die gefährlichen kommenden Tage über die Runden bringen sollte. Wegen der Morde plagten sie keine Gewissensbisse, denn – wie Burton sagte, als sie sich schon auf dem Weg nach Cádiz befanden –:»Die Frage lautete: entweder sie oder wir.«

Sie hatten sich eine gewagte, von vielen Zufällen abhängige Aufgabe gestellt, denn ihre einzige Chance bestand darin, Portugal zu erreichen, das sehr weit entfernt im Westen lag, und auf dem Weg dorthin galt es, viele Hindernisse zu überwinden. Zunächst mußten sie den Guadalquivir überqueren, an der Stelle, an der die Schatzschiffe auf ihrer Reise von Mexiko nach Sevilla in den Fluß einbogen. Dann würden sich ihnen die Marismas in den Weg stellen, eine weite Ebene, die sich bis

Huelva erstreckte, von wo aus Kolumbus ausgezogen war, um die Neue Welt zu entdecken. In Huelva wartete ein zweiter Fluß und dann der kurze, aber gefährliche Abschnitt bis Portugal. Er war gefährlich, weil in jenen turbulenten Jahren Spanien und Portugal im Streit miteinander lagen, der sich zu einem unerklärten Krieg ausgeweitet hatte, so daß die Grenze scharf bewacht war. Andererseits kam ihnen gerade dieser Konflikt entgegen, denn sie an Spanien ausliefern, das würden die Portugiesen sicher nicht tun.

Sie überlebten Tage voll Schrecken und Nächte des Hungers und überquerten den Guadalquivir in Sanlúcar in einem gestohlenen Ruderboot, das sich fast direkt unter dem knarrenden Bug einer mit Gold und Silber beladenen Karavelle auf ihrer Heimreise von Havanna vorbeischob, und als das Licht der Schiffslaterne auf Tatums Gesicht fiel, flüsterte Burton: »Wo hast du die Narbe her?« Und Will antwortete: »Das haben mir protestantische Pfaffen in Barbados eingebrannt. Und katholische wollen mich hier in Spanien verbrennen. Mal sehen, wer das Spiel gewinnt.«

Die Durchquerung der Marismas, dieser riesigen dem Golf von Cádiz vorgelagerten Halbwüste, erwies sich als extrem schwierig, denn für die erste Hälfte ihres Marsches hatten sie nichts zu essen, und nachdem Burton, ein vielseitiger Mensch, die beide Ausgänge eines Tierbaus zugestopft hatte und zwei Kaninchen ausgrub, die die Flüchtenden roh aßen, fehlte ihnen für die zweite Hälfte der Strecke Wasser. Nahe Huelva kamen sie an einen schmalen Bach, aus dem sie soviel Wasser tranken, bis sie das Gefühl hatten zu platzen, und wieder ohne jegliche Gewissensbisse raubten sie nacheinander zwei Häuser aus, ermordeten die Bewohner des einen, überquerten den Fluß im Norden der Stadt und schafften es bis Portugal.

Die erlittenen Entbehrungen verstärkten bei den Männern den verzehrenden Haß auf alles Spanische, und als die portugiesischen Behörden sie willkommen hießen und sie gleich auf ein Schiff verfrachten wollten, das eine spanische Blockade durchbrechen sollte, ergriffen sie die Gelegenheit am Schopf, willigten ein und feuerten ihre Kameraden jedesmal an, wenn sich die Möglichkeit bot, ein spanisches Schiff zu entern und Beute zu machen. Wenn dann Kampfhandlungen folgten, waren Tatum und Burton unbarmherzig. Sie töteten, auch wenn dazu keine Notwendigkeit bestand, wenn der Ausgang der Schlacht bereits entschieden war, und sie warnten ihre Schiffskameraden: »Wenn euch die Spanier gefangennehmen, verbrennen sie euch bei lebendigem Leib.«

Mit der Stillung dieser furchtbaren Gier nach Rache verbrachten die beiden unerbittlichen Seeleute fast das ganze Jahr 1665 auf portugiesischen Schiffen in spanischen Küstengewässern und verbreiteten Schrecken. Als sie einmal nach Lissabon kamen, erfuhren sie, daß sich ihr Heimatland wieder auf dem Weg zum katholischen Glauben befand, und sie fragten sich, ob sie wohl ohne Gefahr nach London zurückkehren konnten.

An einem Frühlingsmorgen des Jahres 1666 liefen sie mit einem der zahlreichen englischen Schiffe, die sich einzig zum Zwecke des Handels in den Hafen einschlichen, aus Lissabon aus, und während der Fahrt Richtung Norden, als sie sich der englischen Küste näherten, erzählten die Seeleute Burton und Tatum von der Tragödie, die London in den vergangenen Jahren heimgesucht hatte: »Jetzt ist es fast überall schon wieder vorbei. Aber es war schrecklich. Die ›Schwarze Pest‹ wird sie genannt, und der Tod war so häufig, sie konnten die Opfer nicht einmal mehr richtig bestatten. Sie warfen sie einfach in Gräben am Rand der Stadt und ließen sie von Pferden mit Erde zuschütten.«
»Was war das für eine Pest?« fragte Tatum, und einer der Männer erklärte: »Man sieht nichts. Man weiß auch nicht, woher sie kommt. Man steht eines Morgens auf, fühlt sich schwindlig, die Lungen wie zugeschnürt, also bleibt man liegen und steht nie wieder auf. Nach drei Tagen, es dauert immer drei Tage, wirst du weggekarrt.«
Ein zweiter Matrose fügte hinzu: »Als wir das letztemal im Hafen lagen, gab es gerade eine schlimme, wütende Welle. Tausende kamen um. Wir flohen mit voller Ladung. Eines Nachmittags brüllte der Kapitän einfach: ›Raus aus diesem Teufelshafen!‹ Und weg waren wir, unbehelligt.«
»Aber wir wollen zurück«, protestierte Tatum, und die Matrosen konnten ihn beruhigen: »Jetzt ist es sicher. Die Pest hat nachgelassen, haben uns Kameraden auf einem Schiff in Lissabon erzählt.«
Das hatte sie auch, aber nicht ganz, denn als Tatum und Burton an Land gingen, tief berührt, wieder englischen Boden zu betreten, und sie mit der Beute ihrer Piraterien die schäbige Unterkunft in der Nähe der Kaianlagen bezahlten, da wachte der Waliser Burton eines Morgens mit einem quälenden Fieber auf. Unfähig, sich aus dem Bett zu erheben, sagte er zu Tatum: »Es ist die Pest. Sieh zu, daß ich ein richtiges Grab bekomme.« Und nach der vorhersehbaren Frist von drei Tagen war er tot.

Mit einiger Gefahr für sich selbst beerdigte Tatum den Mann, der ihn vor dem Scheiterhaufen errettet hatte. Neben dem einsamen Grab standen nur noch der Totengräber und der Priester, der Burton auf seinem letzten Gang begleitet hatte. Der Totengräber, ein Mann, dessen Beruf ihn von den Mitmenschen fernhielt, wollte anscheinend ein Gespräch anknüpfen, als er mit seinem Spaten die Erde ins Grab schaufelte, was einen dumpfen Widerhall verursachte. »Letzte Woche konnten wir nicht genug Gräber schaufeln, vor zwei Wochen dasselbe. Das hier ist wahrscheinlich das letzte. Die Pest soll vorbei sein, betonen sie immer wieder. Aber für den war's wohl noch nicht soweit, stimmt's?«

Tatum verbrachte die nächsten fünf Monate mit dem vergeblichen Versuch, ein Frachtschiff Richtung Karibik aufzutreiben. Die Angst vor der Pest hatte jeden Verkehr nach London lahmgelegt, und so hielt er sich noch immer in seinem schäbigen Quartier nahe der Kaianlagen auf, als das nächste Unglück über die leidgeprüfte Hauptstadt hereinbrach. Es fing ganz harmlos an, ein kleines Feuer in einem Block alter Häuser, so unscheinbar, daß Tatum am ersten Tag gar nicht merkte, daß sich ein Großbrand anbahnte. Am Tag darauf jedoch versammelten sich die Landstreicher, die in den armseligen Baracken nebenan hausten, und verfolgten die Rauchsäulen, die vom Zentrum der Stadt aufstiegen, und noch am gleichen Morgen liefen Soldaten durch das Hafengebiet und riefen: »Alle Männer sofort antreten. Äxte und Schaufeln mitbringen.« Bei Sonnenuntergang war der Himmel von dem Feuer strahlend hell erleuchtet, und am 4. September schien es, als versinke die gesamte Stadt in einem Flammenmeer. Für drei Viertel der Gebäude galt dies tatsächlich.

Tatum schuftete zwei Tage lang, ohne sich einen Moment der Ruhe zu gönnen, rettete hier Menschen aus Häusern, die kurz vor einer Feuerexplosion standen, half dort, alte Gebäude zum Einstürzen zu bringen, um so dem unaufhörlichen Ausbreiten der Flammen eine Barriere entgegenzusetzen. Am Abend des vierten Tages der Feuersbrunst, als die Flammen nachließen und die ehemals so stolze Stadt London als eine rauchende Ruine zurückließen, sank Tatum vor Erschöpfung am Rande einer Straße in den Schlaf, wurde aber noch vor der Dämmerung von einem Militäroffizier geweckt: »Los, auf die Beine! Nimm dies Blatt Papier.« Den ganzen Tag lang trottete er hinter dem Offizier her, während dieser die traurige Bilanz zog. »Jede Kirche, an der wir vorbeigekommen sind, ist völlig zerstört. Schreib auf, siebzig Kirchen insgesamt.«

Die ausgebrannten Privathäuser, rechnete der Offizier hoch, müssen in die Zehntausende gehen, und als seine Untergebenen mit ihren Zählungen angelaufen kamen, berichteten sie ähnliches. »In meiner Gegend steht kein Haus mehr.« Die einzige gute Nachricht, die Tatum an diesem Tag hörte, war, daß die Flammen endgültig erloschen waren, denn noch am Tag zuvor waren hier und da unbemerkt neue kleine Feuer aufgelodert. Gegen drei Uhr nachmittags trieb eine Gruppe Frauen in den Ruinen eines aus Stein gebauten Lagerhauses etwas zu essen auf, und Tatum langte zu wie ein Vielfraß. Der Offizier staunte über den unersättlichen Appetit, aber er lobte Will: »Du hast dir das Recht verdient, dich wie ein Schwein aufzuführen.«

Eine Woche später kam ein Schiff mit einer Fracht Zucker und Melasse aus der Karibik die Themse rauf, und nachdem er geholfen hatte, die Ladung zu löschen, die Kisten Londoner Bürgern zu übergeben, die bei dem Anblick von Zucker nach so langer Zeit weinten, hatte sich Tatum die Schiffspassage für die Heimreise verdient. Wie die meisten Schiffe jener Zeit legte auch dieses seinen ersten Halt auf Barbados ein, und als Will die vertrauten grünen Felder und den beruhigenden Anblick blühenden Zuckerrohrs sah, füllten sich seine Augen mit Tränen. 1659 hatte er diese freundliche, liebliche Insel auf einem holländischen Schiff verlassen, mit einem Brandmal versehen war er in ein unwürdiges Exil aufgebrochen, auf der Suche nach Abenteuern, hatte sich während der Jahre des Umherirrens auf See an Piratenschlachten zwischen großen Schiffen beteiligt, hatte seine Kameraden bei lebendigem Leibe verbrennen sehen, einem Gefährten, dem Waliser Burton, Trost zugesprochen, als sich die Pest ihn als eines der letzten Opfer holte, und hatte sich den Qualm aus den Augen gerieben, als London in Schutt und Asche versank. Er kam ohne Reichtümer heim, ohne jede Aussicht auf eine Arbeit in einem der etablierten Berufe, aber verfügte über etwas, was viele Menschen niemals besitzen würden, einen unwiderstehlichen Drang, der nicht zu stillen war – eines Tages würde er an den Spaniern Rache üben.

Im Herbst des Jahres 1666, als Will in Bridgetown an Land ging und schon nach wenigen Minuten spürte, daß er sich auf vertrautem Gelände bewegte, hatte er nur den einen drängenden Wunsch, vier Menschen wiederzusehen: die wunderbare Betsy Bigsby mit ihren goldenen Zöpfen, seine Schwester Nell und ihren Laden, seinen Patenjungen Ned und, so widersinnig es auch schien, seinen aufgeblasenen Bruder

Isaac: »Ich kann es kaum erwarten, zu sehen, was aus dem geworden ist.«

Seinen alten am Wasser angrenzenden Stadtbezirk betretend, in der Hand einen Beutel, der allen Lohn der Jahre seines Abenteuertums enthielt, lief er direkt auf das Geschäft der Bigsbys zu, nur um zu erfahren, daß er nun von anderen Besitzern betrieben wurde, und als er fragte, was aus Betsy geworden sei, denn er hatte sich Hoffnungen gemacht, sie würde ihn vielleicht immer noch heiraten wollen, wurde mit einer knappen Bemerkung seinem Traum ein Ende gesetzt: »Sie hat einen Soldaten kennengelernt und ist nach England gezogen.«

Das Glück meinte es besser mit ihm, als er, die Straße überquerend, den Laden seiner Schwester betrat. Nell sah gequält und verbraucht aus, aber hatte sich ihr früheres beherztes Auftreten bewahrt: »Ned und ich wohnen in der ersten Etage wie damals, und er ist ein Junge, auf den man als Mutter nur stolz sein kann. Isaac? Dem sind seine Ritterschaft und seine Plantagen zu Kopf gestiegen.«

»Er ist also zum Ritter geschlagen, was?« pfiff Will leise durch die Zähne. »Und ist jetzt wohl großer Plantagenbesitzer?«

»Ja. Manche meinen sogar, er hätte Oldmixon längst eingeholt. Ich weiß nur eins: Die beiden haben das Sagen hier auf unserer Insel.«

Seinen Patenjungen Ned schloß Will vom ersten Augenblick ihres Wiedersehens an ins Herz. Er war zu einem hübschen Burschen herangewachsen, fünfzehn Jahre alt, mit roten lockigen Haaren, Sommersprossen und dem ehrlichen, offenen Gesicht, das Vertrauen bei Gleichaltrigen weckt, bei Jungen, die ihn bei Spielen auf ihrer Seite haben wollen, bei Mädchen, die sich fragen, ob er sie beim Tanz wohl richtig führen würde.

Mit vierzehn Jahren hatte er die Schule verlassen, beherrschte das Alphabet, das Rechnen, die Anfänge der Geometrie und besaß oberflächliche Kenntnisse in der römischen und griechischen Geschichte. Der frühe Umgang mit Kavalieren in Schule und Kirche hatte aus ihm einen glühenden Royalisten gemacht, eine Tatsache, die vielleicht die Zuneigung seines Onkels, Sir Isaacs, gewonnen hätte, nur daß dieser mit der Krämerfamilie der Pennyfeathers sowenig wie möglich zu tun haben wollte und seinen Neffen kaum zu Gesicht bekam. Ned verbrachte die meiste Zeit damit, seiner Mutter im Geschäft zur Hand zu gehen, eine Beschäftigung, zu der er keine Neigung verspürte, und viele fragten sich, was aus dem Jungen einmal werden sollte, wenn er erwachsen war, aber seine lebhafte Art und sein sprunghaftes Denken

287

weckten nicht den Eindruck, daß er überhaupt jemals erwachsen werden würde.

Sein Onkel Will erkannte sofort, daß der Junge in vielen Dingen dem glich, der er selbst in dem Alter gewesen war, und zu Nells Überraschung sagte er ihm eines Abends beim gemeinsamen Essen:»Vergiß nie die Narbe in meinem Gesicht, Ned. Die hätte ich mir nicht zu holen brauchen. Hol dir keine Narben durch Zufall. Verdien sie dir, indem du etwas Großes vollbringst.«

Ohne viel Umstände zu machen, eigentlich ohne eine bewußte Entscheidung zu treffen, zog Will zu seiner Schwester, half ihr im Geschäft und nahm Gelegenheitsarbeiten im Hafen an, wo er besonders nach Schiffen Ausschau hielt, die aus England kamen oder weiter durch das Karibische Meer Richtung Westen zu anderen Inseln ausliefen. Er offenbarte niemandem, worauf er genau wartete, aber als die Stadtbewohner in Erfahrung brachten, daß er nach seinem Verlassen der Insel jahrelang als Pirat auf Schiffen unterschiedlicher Nationalität gesegelt war, vermuteten sie schon, es würde ihn wieder in diese Richtung drängen.»Den werden wir nicht mehr lange hier sehen. Will ist nicht so ein solider Mensch wie sein Bruder.«

Will spekulierte unterdessen, wann der Zufall ihn wohl mit Sir Isaac zusammenführen würde, und als Nell den Vorschlag machte, er solle sich schon anstandshalber zu der ehemaligen Plantage der Saltonstalls begeben und sich vorstellen, entgegnete Will:»Er weiß auch so, daß ich wieder da bin. Er muß den ersten Schritt tun.« Und so verging über ein Monat, ohne daß er Isaac oder seine Frau, Lady Clarissa, traf, aber es kümmerte ihn auch nicht weiter.

Wenn er eine Enttäuschung erfuhr, die dem Verlust von Betsy Bigsby gleichkam, dann war es, als er erfuhr, daß sein holländischer Freund, Kapitän Brongersma, nicht mehr mit der»Stadhouder« in Barbados anlegte.»Er könnte es auch gar nicht mehr«, erzählte ihm ein Matrose,»nachdem er sein Schiff und sein Leben in einem Kampf mit Spaniern in den Salzsümpfen von Cumaná verloren hat.«

»Was ist passiert?«

»Er wurde getötet, als die Spanier enterten. Hat noch versucht, sie zurückzuschlagen, aber ihre Klingen waren länger und schärfer.«

Der Tod seines Freundes quälte Will so, daß er Ned und seine Schwester am nächsten Sonntag zur Pfarrkirche begleitete, wo er ein paar Gebete für Brongersmas rastlose Seele sprach, und als er die Augen hob, sah er Sir Isaac und Lady Clarissa von der anderen Seite des Zwischengarges ihn anstarren, und dann sah er auch, daß der Priester, der die Messe las, derselbe feige Kerl war, der ihm einst das Eisen auf die Wange drücken ließ. Es wurde kein glücklicher Sonntagmorgen, auch waren Wills Gedanken nicht rein religiöser Natur; sie drehten sich vielmehr um Dinge, die er dem Priester, Sir Isaac und Lady Clarissa in seiner Phantasie gerne antun würde.

Nach Beendigung des Gottesdienstes verließ er Seite an Seite mit Nell die Kirche, und beide hofften, ihrem Bruder und seiner unangenehmen Frau aus dem Wege gehen zu können, aber unglücklicherweise trafen sie alle gleichzeitig an der Kirchenpforte zusammen, wo Sir Isaac mit der gebotenen Zurückhaltung äußerte: »Schön, dich wiederzusehen, Will. Ich hoffe, diesmal geht es besser.« Während er noch redete, öffnete Lady Clarissa den Mund und verzog ihn zu dem wohl dünnsten Lächeln, das man je an ihr gesehen hatte. Dann waren sie verschwunden.

Beim sonntäglichen Abendessen, nachdem Ned den Tisch gedeckt hatte, stellte Will die Frage, die ihn schon lange beschäftigte: »Nell, gibt dir Isaac kein bißchen von seinem Reichtum ab? Als Unterstützung für dich und den Jungen?«

»Niemals. Er schämt sich für uns, und er muß sich gedemütigt fühlen, daß du zurück bist.«

Will, der seiner Schwester alles Geld gab, das er sich mit seiner Arbeit im Hafen verdiente, war so empört über den Egoismus seines Bruders, daß er sich nach Saltonstall Manor aufmachte, wie er das Haus noch immer nannte – in der Hoffnung, der standhafte Rundkopf würde eines Tages zurückkehren und es zurückverlangen. Er betrat die mittlerweile palastähnliche Residenz, ohne anzuklopfen, und stellte seinen Bruder in dessen Arbeitszimmer. Isaac, ängstlich, Will sei gekommen, um ihn wegen des Brandmals zur Rechenschaft zu ziehen, langte nach einem Schürhaken, aber Will lachte nur: »Leg ihn weg, Isaac. Ich will nicht über mich sprechen. Es geht um Nell.«

»Was ist mit ihr?«

»Es gehört sich nicht, daß du hier so reich lebst und sie sich in der Stadt abrackert, ihren Laden offenzuhalten, damit ihr Sohn etwas anzuziehen hat.«

»Er ist ein großer Junge. Er kann sich bald selbst Arbeit suchen als Aufseher auf einer der Plantagen«, sagte Isaac, der durch seinen Erfolg größer zu sein schien, als Will in Erinnerung behalten hatte, und fügte hochmütig hinzu: »Was sage ich da, Will. Du könntest auch gleich anfangen. Wir brauchen Aufseher. Ich muß bis nach Schottland, wenn ich gute haben will.« Dann lächelte er kalt und sagte: »Aber du verdienst dir deinen Lebensunterhalt natürlich lieber als Pirat, nehme ich an«, und als er Will die Tür wies, war das ein deutliches Zeichen, daß von ihm kein Geld für die Pennyfeathers zu erwarten war.

Sir Isaacs Bemerkung, wie schwierig es für Plantagen sei, Aufseher für die Zuckerrohrfelder zu finden, brachten Will die umwälzenden Veränderungen zu Bewußtsein, die in den vergangenen Jahren auf Barbados stattgefunden haben mußten. Nell klärte ihn weiter auf: »Vermögende Leute wie Thomas Oldmixon und Isaac haben so viele Plantagen geschluckt, daß Farmer mit bescheideneren Mitteln keine mehr zum Kauf angeboten bekommen. Viele sind daher nach Westen, nach Jamaika ausgewandert. Da gibt es noch offenes Land.«

»Wieso ist Isaacs Plantage davon betroffen?«

»Jetzt, wo die weißen Männer alle weg sind, die normalerweise die Stellen als Aufseher bekommen, müssen Oldmixon und Isaac und solche Leute sie jetzt aus Schottland einführen. Lehnsarbeiter nennen sie sich, feine Kerle wie unser Vater, die sich sieben Jahre abschinden für Unterkunft und Verpflegung, keinen Lohn, aber mit der Hoffnung, daß sie sich nach den sieben Jahren ein Stück Land kaufen können, um selbst Plantagenbesitzer zu werden.«

»Aber du hast doch gesagt, Isaac und die anderen hätten alles bebaubare Land an sich gerissen. Was machen denn dann die Schotten?« fragte Will, und seine Schwester entgegnete: »Geh doch mal zu Mr. McFee, der damals hergekommen ist, um für deinen Bruder zu arbeiten. Er kann dir mehr erzählen.«

Als Will Angus McFee gefunden hatte, mußte er sich eine trübselige Geschichte anhören: »Ich komme aus einem kleinen Dorf im schottischen Hochland westlich von Inverness, und ich bin mit einem großen Mißverständnis hierhergekommen. In Schottland hat uns der Agent versprochen: ›Sir Isaac Tatum zahlt euch die Überfahrt nach Barbados, und als Dank seid ihr sieben Jahre verpflichtet, ihm eure ehrliche Arbeit zur Verfügung zu stellen. Am Ende übergibt er euch den Lohn, den er die ganze Zeit für euch gespart hat, und dazu einen Abschiedsbonus von fünfzig Pfund. Dann seid ihr frei und könnt euch selbst eine Plantage kaufen, und ihr seid gemachte Leute...‹«

»Ja, ich habe gehört, daß viele auf diesem Weg kommen.«

»Stimmt, aber als wir hier ankamen, mußten wir feststellen, es bedeutete nur Arbeit, Arbeit und noch mal Arbeit, Unterkunft in einer miesen Hütte, noch schlechteres Essen, der Lohn wurde auch nicht gespart, es gab keinen Abschiedsbonus und folglich auch kein Land zu kaufen, wenn man kein Geld hat.«

»Was habt ihr dagegen unternommen?«

»Was soll man machen? Als freie Menschen sind wir gezwungen, wieder zu deinem Bruder oder sonstwem zu gehen und für sie zu arbeiten, für jeden Lohn, der ihnen beliebt.« Er lehnte sich gegen einen Zaunpfahl und schloß bitter: »Die Möglichkeit, mein Mädchen aus Inverness nachkommen zu lassen und zusammen mit ihr eine Plantage aufzubauen und eine Familie zu gründen, ist jetzt vorbei.«

»Habt ihr keinen Protest eingelegt?« fragte Will, und aus McFee schoß es hervor: »Ich schon. Hab' das Gericht angerufen, aber wer sitzt da wohl auf den Richterbänken? Oldmixon und dein Bruder und solche Leute, und die stehen ausnahmslos auf der Seite der anderen Plantagenbesitzer. Ein gewöhnlicher Aufseher hat fast keine Rechte und ein Arbeiter erst recht keine.«

Als Will diese Einzelheiten über das Leben auf dem neuen Barbados vernahm, meinte er zu McFee: »Ich möchte noch mehr erfahren«, und je länger er durch die Insel streifte, desto mehr Dinge entdeckte er, die ihn in Erstaunen versetzten. Als er McFee das nächstemal traf, bemerkte er: »Über die Hälfte der Gesichter, in die ich schaue, sind schwarz. Das war früher nicht so«, und McFee erklärte: »Wenn nur ein Weißer wie Oldmixon Land besitzt, das früher sechzehn Weiße bebaut haben, dann braucht er dazu Sklaven . . . immer mehr Sklaven. Deswegen leben jetzt so viele Schwarze auf der Insel. In zehn Jahren besitzen fünfzig Weiße allen Reichtum und das ganze Land und verwalten es mit fünfzig weißen schottischen Aufsehern wie mir auf jeder Plantage, die wiederum die Aufsicht über 40 000 Sklaven haben.«

»Die Sklaven, die ich kennengelernt habe, sind nicht dumm«, sagte Will. »Man braucht sie nur zu organisieren, und sie fangen an, für ihre Rechte zu kämpfen.« Um die Bedeutung seiner Worte wissend, gestand er McFee eines Nachmittags: »Wenn es soweit kommt, möchte ich auf Barbados nicht mehr leben«, und McFee, der sich umschaute, bevor er sprach, entgegnete: »Ich lebe auch schon jetzt nicht mehr gerne hier.«

Dieser kurze Meinungsaustausch setzte eine Reihe von Ereignissen in Bewegung, die beide Verschwörer weit über das hinausführten, was sie mit diesen Worten sagen wollten. McFee fing an, den Betrieb der Tatum-Plantagen genau zu studieren, während Will sich im Hafen von

Bridgetown herumtrieb, wo ihm mit dem geübten Blick eines Seemanns alle möglichen neuen Entwicklungen sofort auffielen, vor allem aber, welche Schiffe woher kamen. Ein Ergebnis seiner Beobachtung war, daß er sein Wissen über die Insel Tortuga auffrischte, über
die Kapitän Brongersma schon immer so begeistert gesprochen hatte.
Tortuga sei eine einzigartige Insel, erzählten sich die Seeleute; sie war
unweit der Nordwestküste der spanischen Insel Hispaniola vorgelagert, die Kolumbus einst besiedelt und beherrscht hatte.
»Eigentlich ist sie französisch«, sagte ein bärbeißiger Veteran, der
sich gut auf ihr auskannte. »Nicht halb so groß wie Barbados. Soll
Spanien gehören, das von Zeit zu Zeit versucht hat, sich die Insel wieder einzuverleiben. Aber die Franzosen auf der Insel sind Piraten,
wirklich... sie nennen sich Bukaniere. So sprechen wir Engländer es
jedenfalls aus. Das französische Wort heißt ›Boucanier‹. Vier Jahre
habe ich bei denen auf Tortuga gedient. Ziemlich aufregend, kann ich
euch versichern. Aber wie ich schon sagte, diese Wilden, und sie sind
tatsächlich wilder als alles, was man hier auf Barbados erlebt... könnt
ihr mir glauben... also, sie leben von zwei Dingen. Kleine spanische
Schiffe aufreiben, die Mannschaft umbringen und das Schiff samt Inhalt ausrauben. Und durch die Wälder von Hispaniola streifen und
Jagd auf Wildschweine machen. Sie bringen das Fleisch zurück,
schneiden es in Streifen, reiben es mit Salz und Gewürzen ein und
rösten es langsam über niedriger Flamme... etwa vier Tage lang.
›Boucan‹ nennen sie das Fleisch, was sie selbst zu ›Boucaniers‹ macht.
Das Fleisch verkaufen sie mit geringem Gewinn an holländische und
englische Kaperschiffe, die in diesem Gewässer gegen die Spanier antreten.«
»Kapern sie wirklich spanische Schiffe?« wollte Tatum wissen und
spitzte die Ohren, als der Alte bestätigte: »Sogar viele. Du mußt wissen, der Haß der Bukaniere auf die Spanier und alles Spanische geht
zurück auf das Jahr 1638, als es auf Tortuga eine große Bukaniersied-
lung ab. Spanische Beamte in Cartagena schickten einen Truppenverband nach Tortuga, und die Soldaten führten sich auf wie die Barba-
ren, töteten jeden Bukanier auf der kleinen Insel – Männer, Frauen
und Kinder, sogar die Hunde brachten sie um. Und wie ich dir wohl
schon erzählt hab': Was der Bukanier über alles in der Welt liebt, das
ist sein Jagdhund. Sie wittern einen Keiler auf zwei Meilen. Nun ja,
über hundert von uns waren zu dem Zeitpunkt nicht auf der Insel,
sondern in Hispaniola auf der Jagd, und als wir die paar Meilen nach

292

Tortuga zurückgesegelt waren und die Leichen unserer Kameraden daliegen sahen, da haben wir uns geschworen: Bevor wir sterben ...«
»Wie schließt man sich den Bukanieren an?« fragte Will, und der alte Bursche sagte:»Man geht einfach hin. Klaut sich irgendein Schiff, segelt damit nach Hispaniola, versucht, sich an den Spaniern auf der Südseite vorbeizumogeln, und umrundet dann die Insel bis zum Nordwesten. Man braucht keine Papiere, um sich ihnen anzuschließen. Es kommen Franzosen, Indianer aus Honduras, Holländer, die mit ihren Kapitänen gebrochen, sie vielleicht sogar umgebracht und sich dann des Schiffes bemächtigt haben, auch Engländer, ein halbes Dutzend, aus den amerikanischen Kolonien ...« Der Alte hätte noch gern weitererzählt, aber Will hatte genug gehört, und noch am selben Abend führte er ein ernstes Gespräch mit Angus McFee.

Während der Tagesstunden versuchte er sein Bestes, das Geschäft seiner Schwester zu führen, aber stellte mit Beängstigung fest, daß sich ihre Gesundheit rapide verschlechterte, und er besprach sich mit Ned. »Mom weiß Bescheid. Sie meint, ihr sei kein langes Leben auf dieser Welt beschieden.«

»Warum hast du mir das nicht eher gesagt?« war seine Antwort, und nach ein paar geschickten Verhandlungen zu ihren Gunsten hatte er den Laden an ein junges, gerade aus England herübergekommenes Paar verkauft, das Geld der Obhut eines zuverlässigen örtlichen Geschäftsmannes anvertraut, seine eigenen Ersparnisse dazugelegt, Nell in das Haus einer Nachbarin verlegt, die sich um sie kümmern konnte, und sogar Isaac aufgesucht, um ihn noch einmal zu bitten, etwas zum Unterhalt seiner Schwester beizusteuern. Mit Lady Clarissa gönnerhaft an seiner Seite sitzend, hielt sich Sir Isaac jedoch bedeckt:»Sie ist ihren Weg gegangen, und ich bin meinen gegangen«, wobei er mit seinem blasierten Blick andeuten wollte, daß wohl auch Will seinen eigenen Weg gegangen war, einen verhängnisvollen Weg zweifellos.

»Isaac, ich bitte dich, sie wird nicht mehr lange zu leben haben, ich sehe es in ihren Augen. Sie hat sich zu Tode geschuftet.« Aber Isaac blieb hart:»Dieser übermütige Raufbold, ihr Junge, sollte sich eine vernünftige Arbeit suchen und nicht immer hinter der blöden Ladentheke stehen.«

»Der Laden ist verkauft«, warf Will ein, worauf Clarissa schnippisch entgegnete:»Na also, dann hat sie doch etwas Geld.« Will schaute die beiden Geizhälse an, die Haut um das Brandmal glühendrot vor Haß, den er für die beiden empfand, und er spürte, daß er hier nichts mehr ausrichten konnte und wollte. Auf dem Heimweg ging er kurz bei McFees Hütte vorbei und verkündete ohne ein Zögern in seiner Stimme seinen Entschluß: »Der Plan, über den wir neulich abend sprachen, ist gut. Wir fahren.«

Sir Isaac besaß, wie viele der wohlhabenden Plantagenbesitzer, ein eigenes Schiff, das er »Loyal Forever« getauft hatte, in prahlerischer Erinnerung an die Verteidigung König Charles' während der Unruhen auf Barbados in den Jahren von 1649 bis 1652. Es war kein großes Schiff, denn es war nur für den Handel zwischen den Inseln bestimmt, für Fahrten nach Antigua oder die Jagd auf Kariben auf All Saints, trotzdem war es ziemlich robust, denn es stammte aus einer der besten Werften in Amsterdam und war mit einer ganzen Ladung voll Sklaven von holländischen Seeleuten nach Barbados überführt worden. Sir Isaac hatte das Schiff, die Karten an Bord und natürlich die Sklaven in einem großen Coup gekauft, bei dem er bereits einen fetten Gewinn erzielt hatte, der sich noch einmal verdoppeln würde, sollte er die »Loyal Forever« an einen Pflanzer verkaufen.

Auf einer Reihe geheimer Zusammenkünfte berieten McFee und Tatum, zwei Lehnsarbeiter, denen ebenfalls übel mitgespielt worden war, drei vertrauenswürdige Sklaven, die großes Geschick bewiesen hatten, und schließlich Ned den Plan, die »Loyal Forever« zu kapern, so viele Besatzungsmitglieder wie möglich zu überreden, mit ihnen auf dem Schiff zu bleiben und zu den Bukanieren nach Tortuga zu segeln. Mit einer scharfen Nadel stach Will jedem der sieben Verschwörer in den linken Zeigefinger und ließ sie damit ein Stück Papier betupfen, auf dem nichts geschrieben stand. »Euer Schwur. Und jeder, der uns auch nur mit einem Wort verrät...«, er vollendete den Satz nicht, sondern fuhr nur vielsagend mit seinem blutigen Zeigefinger die Kehle entlang.

Als Will und Ned von ihrem Zimmer an Land aus das vereinbarte Signal sahen, daß das Schiff ohne einen Schußwechsel eingenommen worden war, schlenderten sie langsam, um keine Aufmerksamkeit zu erregen, hinunter zum Kai und gingen an Bord. Im letzten Augenblick brach Ned noch aus und rannte zurück zum Haus der Nachbarin, in dem Nell jetzt untergebracht war. Er hastete die Treppe hoch, stürmte in ihr Zimmer, umarmte seine schwächliche Mutter und flüsterte ihr zu: »Mom, ich gehe zu den Bukanieren! Ich und Onkel Will.« Sie schaute zu Ned auf, ihrem klugen und vielversprechenden Sohn und sagte leise: »Vielleicht ist es besser so. Hier gibt es für euch beide ja doch nicht viel zu holen.« Dann gab sie ihm einen letzten Kuß. »Sei

294

vorsichtig.« Der junge Mann verließ das Haus, warf keinen Blick mehr zurück und ging, als wäre nichts gewesen, und mit der aufgesetzten Mine eines alten Seebären auf das gekaperte Schiff.

Es waren über 1600 Kilometer von Barbados nach Tortuga, und die angehenden Freibeuter entschieden sich für die Route, auf der sie ihrer Meinung nach am wenigsten mit anderen Schiffen in Kontakt kommen würden: durch die St.-Vinzent-Passage ins Karibische Meer, dann nordwestlich zur Mona-Passage, zwischen den spanischen Inseln Puerto Rico und Hispaniola hindurch und dann entlang der Nordseite dieser Insel in den Kanal, der sie von Tortuga trennte.

Im Laufe der ersten Tage ihrer Reise, die insgesamt drei Wochen dauerte, wurde offenkundig, daß McFee ein tapferer und intelligenter Mensch war, bloß kein Schiffskapitän, aber niemand sonst fand sich bereit, den Posten zu übernehmen. Zum Glück waren Tatum und die anderen an Bord erfahrene Seeleute, und in Ned Pennyfeather hatte Will einen Gehilfen, der von einem Holländer beigebracht bekommen hatte, wie man ein erstaunliches, gleichwohl noch nicht sehr weit entwickeltes Instrument benutzte, das Astrolabium, mit dem sich um die Mittagszeit, wenn die Sonne, beziehungsweise bei Nacht, wenn der Polarstern zu sehen war, die Längengrade bestimmen ließen. Sie liefen in Höhe des dreizehnten Grades aus Barbados aus und erklommen die Leiter der Breitengrade bis weit jenseits der zwanzig, und Ned bereitete es großes Vergnügen, Kapitän McFee zweimal täglich die Position des Schiffes zu nennen: »Sechzehn Grad nördlicher Breite und auf Kurs«, und so ging es jeden Tag. Allerdings verfügte kein Schiff damals über eine verläßliche Einrichtung zur Bestimmung auch der Längengrade, und so wußte er nie, wo sich die »Loyal Forever« gerade genau befand. Erst als sie weit genug nach Norden gesegelt waren und einigermaßen sicher, an Hispaniola vorbei zu sein, drehten sie nach Westen ab auf Tartuga zu.

Als sie in den Kanal einfuhren und Will sah, wie klein Tortuga war, wie niedrig und wenig beeindruckend die Berge, kamen ihm einen Augenblick lang Zweifel: Soll das der herrliche Ort sein, von dem mir Kapitän Brongersma erzählt hat? Und als McFee die »Loyal Forever« an ihren Ankerplatz steuerte, neben neun oder zehn andere Schiffe, bemerkte Ned: »Diese Schiffe sind ja nicht einmal so groß wie die kleinsten holländischen Handelssegler, die sich in den Hafen von Barbados einschleichen.«

Als sie auf der Insel landeten, sahen sie etwas höchst Seltsames. Dieses pulsierende Zentrum der Karibik war gar keine richtige Stadt, sondern nur eine zufällige Ansammlung von Häusern, jedes ein Abbild der Erinnerungen seines Besitzers an sein Heimatland: Ein berüchtigter holländischer Pirat hatte sein enormes Vermögen dafür aufgebracht, eine getreue Nachbildung seines Elternhauses in den Niederlanden einschließlich abstehender Dachfenster und einer Windmühle aufzubauen; ein Engländer, der Jahre später in Tyburn an den Galgen kam, hatte sich ein Cottage errichtet, wie sie in Devon zu finden waren, mit eingezäuntem Garten und einem Blumenbeet; einem Spanier gehörte ein Haus aus Ziegeln; aber es waren die Franzosen, die vorherrschten, die allgemein die wahlloseste Zusammenstellung von Miniaturchalets und Landsitzen anzubieten hatten.

Die Mehrzahl der Behausungen jedoch bestand aus Hütten der schäbigsten Sorte, aus Zelten und Schuppen oder gegen einen Baum gelehnten Brettern, und es gab Tauschplätze und keine richtigen Läden. Wo man auch hinsah, überall begegnete einem der Widerspruch zwischen erklecklichem Reichtum und trister Armut. Da die materielle Stellung eines Piraten hauptsächlich von seinem zuletzt getätigten »Fang« auf See abhing und die meisten seit Monaten oder gar Jahren keine Beute mehr gemacht hatten, war Tortuga kein sehr hübscher Ort.

Jedes Haus hatte jedoch zwei Merkmale: eine offene Feuerstelle, über die ein Bratspieß aus Eisen zum langsamen Räuchern von Boucan gelegt war, und mindestens einen Hund, meistens aber zwei oder auch drei, Hunde waren das Kennzeichen von Tortuga.

Als Kapitän McFee und seine Rebellen aus Barbados mit ihrer »Loyal Forever« nahe der Küste dieses kleinen, wildwüchsigen Eilands vor Anker gingen, wußte niemand an Bord, daß sie einst zu dem von Christoph Kolumbus beherrschten Areal gehört hatte, denn Tartuga zählte schon immer als ein Anhängsel von Hispaniola und tat es auch jetzt noch. Santo Domingo, die ehemalige Kapitale und noch immer eine bedeutende Stadt, war weit entfernt, 370 Kilometer, aber am Karibischen Meer gelegen, während Tortuga mit den Stürmen des Atlantiks fertig werden mußte. Das paßte zu Tortuga, denn es war ein aufbrausender, aufsässiger Ort, dessen chaotisches Erscheinungsbild sich aus der Tatsache erklären ließ, daß der jeweils amtierende Gouverneur von Cartagena in unregelmäßigen Abständen den Befehl brüllte: »Jetzt reicht's mit diesen verdammten Piraten in Tortuga, sich immer wieder unsere Schiffe als Beute auszusuchen! Zerstört die Stadt.« Dann rückte jedesmal eine kleine Flotte aus, stürmten behelmte spanische Soldaten an Land, brannten die windschiefen holländischen und französischen Häuser nieder, töteten jeden, Kinder und Hunde eingeschlossen, und hinterließen nichts als ein Aschenfeld. Tortuga lag eine Weile verlassen da, aber schon bald kamen neue Freibeuter, durchsuchten die Asche nach Brauchbarem und fingen an, ihre eigenen grotesken Behausungen zu errichten.

Als die Männer aus Barbados ankamen, fanden sie die Insel übervölkert mit Ausgestoßenen, die nur widerwillig das Zugeständnis gemacht hatten, daß es sich am einfachsten zusammenleben ließ, wenn man sich einer wenigstens minimalen Form von Regierung unterwarf. Sie hatten sich sogar auf eine Art Gouverneur einigen können, einen Franzosen, den die Bukaniere selbst gewählt hatten.

Tortuga, die wie eine Schildkröte geformte Insel, daher auch ihr Name, war ein Ort voller Aufregung und Versprechen, und Ned war von Stolz erfüllt, zu den jüngsten Bukanieren zu zählen. Und da Onkel Will früher einmal darauf bestanden hatte, daß Ned Französisch und Spanisch lernte, holte man ihn zu den wichtigen Beratungen, das weitere Schicksal der »Loyal Forever« betreffend, dazu.

Zwei großgewachsene und furchteinflößende französische Piraten hatten Dienste anzubieten, die McFee und seine Engländer nicht so ohne weiteres abweisen konnten, denn die beiden Franzosen erklärten: »Wenn ihr euer Schiff, was da draußen für jeden sichtbar liegt, gestohlen habt, dann werden englische Patrouillenboote danach suchen. Wenn sie euch kriegen, droht euch die Schlinge. Denn praktisch seid ihr jetzt ja Piraten.«

McFee und Tatum ließen die häßliche Einschätzung über sich ergehen, aber Ned sah, wie schwer sie sich damit taten, und dann unterbreiteten die Franzosen ihr Angebot: »Wir nehmen euer Schiff und lassen es von unseren Zimmerleuten ...«

»Macht ihr die Arbeit nicht selbst?« unterbrach McFee, worauf die beiden Franzosen lachten: »Wir lassen sie machen. Auf dem letzten spanischen Schiff, das wir gekapert haben, waren auch acht erfahrene Zimmerleute. Wir halten sie als unsere Sklaven, wenn ihr so wollt, aber wir geben ihnen gut zu essen.« Er ließ die Zimmerleute kommen, aus denen ein ganzer Wortschwall auf spanisch hervorquoll, als sie versuchten zu beschreiben, wie sie die »Loyal Forever« auseinandernehmen und neu zusammenbauen wollten, so daß man sie nicht mehr erkennen würde.

»Und«, sagten die Franzosen wie bedächtige Bankiers, die ein Kreditabkommen unter Dach und Fach bringen wollten, »wir nehmen euer Boot und geben euch unseres, das ihr da drüben vor Anker liegen seht. Nicht ganz so groß wie eures, aber dafür auch nicht ganz so verwundbar.«

Der Handel war perfekt, und bereits am frühen Nachmittag waren die spanischen Zimmerleute dabei, praktisch alles auf der »Royal Forever« herauszureißen, das ihre Herkunft verriet, und errichteten statt dessen einen Aufbau, der dem Schiff ein völlig anderes Aussehen verlieh. Nach einer Woche schwerer körperlicher Arbeit sah das neue Schiff länger aus, schmaler auch, und verfügte über zwei anstelle von einem Masten wie bisher. Das Schiff, das sie im Tausch erhielten, war auch stark umgebaut worden, und Ned fragte sich, wer es wohl vor ihnen besessen hatte. Was den Namen betraf, bat McFee die spanischen Handwerker, ihm ein Holzschild fürs Heck zu schnitzen, und als es angebracht wurde, wollte Ned wissen: »Was bedeutet ›Glen Affric‹?« Und McFee erklärte ihm: »Es ist ein Tal in Schottland, wo die Engel singen.« Ned nickte, befriedigt darüber, daß ihr Schiff mit Luken für acht kleine Kanonen ausgerüstet war. »Unsere ›Glen Affric‹ wird auch was zu singen kriegen«, prophezeite er.

Der Traum von einem kurzen Sprint Richtung Norden, um einem einsamen spanischen Silbertransport auf der Fahrt nach Sevilla den Weg abzuschneiden, fand jedoch ein rauhes Ende, als McFee die enttäuschende Nachricht brachte: »Keine Übergriffe bis Mai, solange keine spanischen Schiffe vorbeikommen. Sie wollen, daß wir in Hispaniola an Land gehen und Wildschweine jagen.« In den Monaten darauf dann lernte Ned, was es wirklich hieß, ein Freibeuter zu sein. Man händigte ihm ein überlanges Gewehr aus mit einem spatenartigen Kolben, der beim Anlegen gegen die Schulter gedrückt wurde, eine hohe, spitz zulaufende Kappe als Schutz gegen die brennende Sonne, eine Ration Tabak und einen geschmeidigen schwarzen Jagdhund, der vorher einem im Verlauf eines Enterungsmanövers getöteten französischen Bukanier gehört hatte. Mit dieser Ausrüstung, dazu einer Schale, gefertigt aus einer Kokosnußhälfte, und einer eingerollten, um die Taille geschlungenen Decke, deren Enden er vorne festband, war er gerüstet für die Wälder von Hispaniola, und als ein kleines Boot ihn und seine Kameraden an der Tortuga gegenüberliegenden Küste absetzte, war er bereit für die Initiation in die geheimen Riten der Bukaniere.

Obwohl sie sich nun auf der historischen Insel Hispaniola befanden,

298

von der aus die Besiedlung des gesamten Karibischen Raums durch die
ausschwärmenden Spanier betrieben worden war, war der Teil, in dem
sie sich jetzt bewegten, ungezähmte Wildnis, niedrige Bäume, Sa-
vanne, Wildschweine, aber keine Siedler weit und breit. Und doch gehörte er zum spanischen Königreich, auch wenn nur wenige der damals
Mächtigen im Land sich dieses Besitzes erinnerten.

Hier nun wurde Ned aus der Gruppe seines Onkels herausgenommen und in eine andere Gruppe aus sechs Personen gesteckt, angeführt
von einem intelligenten jungen Burschen von etwa 27 Jahren, der
schon seit Jahren in Hispaniola auf Jagd ging, immer während der langen Zeitabschnitte, wenn keine Freibeuterei auf See betrieben wurde.
»Heiße Mompox«, sagte er, nur diese beiden Worte, mehr nicht, aber
an den folgenden Tagen erfuhr Ned, daß er zur Hälfte Spanier, zu
einem Viertel Meskito-Indianer honduranischer Abstammung und
dem übrigen Viertel ein Schwarzer panamaischer Abstammung war.
»Wegen meiner Hautfarbe Spanier mich zum Sklaven gemacht. Festung in Cartagena mitgebaut.«

»Wie bist du freigekommen?« fragte Ned, und der stämmige Kerl
mit den schelmischen Augen antwortete: »Wie er, wie der da, wie du
vielleicht« und ließ es dabei bewenden. Aus dem, was er jedoch während ihres Jagdausflugs erzählte, schloß Ned, daß er schon einige Jahre
als Bukanier auf Tortuga gelebt haben mußte.

Von allen, die seiner Gruppe zugewiesen worden waren, schien
Mompox den jungen Ned am meisten zu mögen, denn er gab sich besonders Mühe, ihn in der Handhabung des Gewehrs zu unterweisen
und in der Führung des abgerichteten Hundes bei der Aufspürung von
Wildschweinen. Und als Ned schließlich zwei Tiere hintereinander erlegte, nachdem er zweimal danebengeschossen hatte, zeigte Mompox
ihm, wie man die Tiere ausnahm, wie man sie häutete und das nahr-
hafte Fleisch in Streifen schnitt.

Als man genug erlegte Tiere beisammen hatte, um ein großes Feuer
zu errichten, führte Mompox ihn in die Kunst des Räucherns ein, und
tagelang war der Junge mit der Aufgabe beschäftigt, das Feuer im Auge
zu behalten und darauf zu achten, daß die Flammen die Schweine-
fleischstreifen nicht anbrannten; außerdem mußte er das Fleisch salzen
und aromatische Blätter beifügen, die Mompox beigesteuert hatte.
»Das Fleisch«, versicherte ihm Mompox in einem exotischen Sprachge-
misch, »wird monatelang halten. Viele Schiffe kommen extra zu uns
und kaufen es. Gut gegen Skorbut.«

Als der Ältere der Meinung war, Ned beherrsche nun die Grundlagen der Fleischzubereitung, führte er ihn auf einen langen Streifzug durchs Landesinnere, wobei sie sich weit von der Küste entfernten und bis an eine Stelle vordrangen, die häufig von Patrouillen aus dem spanischen Teil der großen Insel abgegangen wurde. Sie hatten das Pech, ausgerechnet an diesem Tag einer derartigen Streife zu begegnen, und wären von einem Scharfschützen getötet worden, wenn nicht Mompox den Spanier im letzten Augenblick gesehen und ihn niedergeschossen hätte. Im Laufe des verwickelten Kampfes, der dann folgte, nahmen die Freibeuter den Mann gefangen, doch Mompox schnitt ihm die Kehle durch und ließ den Leichnam gegen einen Baum gelehnt zurück.

Sobald die verschiedenen Jagdgruppen bereit waren, wieder nach Tortuga zurückzukehren, versammelten sie sich an der Küste und warteten mit ihren Bündeln Trockenfleisch zwei Tage lang auf die Boote, die sie abholen sollten. Während dieser Zeit beobachtete Will mit Sorge das Interesse, das Mompox an seinem Neffen Ned zeigte. Wenn alle beim Essen zusammensaßen, steckte Mompox dem Jungen die besseren Fleischbrocken zu, und als sie neben dem Kanal ihr Nachtlager errichteten, sah Will, wie Mompox Zweige für Neds Schlafplatz sammelte. Tatum fiel ebenfalls auf, daß, selbst wenn die beiden getrennt waren, Mompox' scharfe Augen häufig auf dem Jungen ruhten, egal, wo Ned gerade saß.

Während der Wartezeit sagte Will dem Jungen nichts davon, aber als dann die Boote kamen, um das haltbar gemachte Fleisch und die Jagdgruppen abzuholen, drängte sich Will auf eine Bank, so daß Mompox nicht mehr neben Ned zu sitzen kam. Der starke Anführer unter den Jägern kam ihm jedoch zuvor und befahl ohne jede Hemmung: »Setz dich hierher, Ned.« Will übersah den Platzwechsel, als ginge er ihn nichts an, erst als sie wieder auf Tortuga und sich selbst überlassen waren, nahm er seinen Neffen beiseite, um ein paar besorgte Worte an ihn zu richten.

»Ist dir aufgefallen, Ned, wie jeder Bukanier sich einen bestimmten aussucht, mit dem er dann zusammenarbeitet? Wie man gegenseitig auf sich achtgibt?«

»Ja. Wäre Mompox beispielsweise nicht noch mal bei der Patrouille zurückgekommen, wäre ich jetzt tot.«

»Das hast du mir ja noch gar nicht gesagt. Was ist passiert?« Ned erzählte ihm von dem Zwischenfall mit dem spanischen Scharfschützen, und Will sagte beifällig: »Du hast Glück gehabt, daß Mompox zur

Stelle war«, ging dann aber mit dem nächsten Satz das Thema anders
an: »Warst du dabei, die Nacht bevor wir nach Hispaniola aufgebrochen sind? Als einer der Männer plötzlich aufsprang und den anderen
Kerl erstach?«
»Ja.«
»Was meinst du, warum hat er das getan?«
»Vielleicht wegen Geld?« Ned hatte nicht die geringste Ahnung und
auch nicht genug Menschenkenntnis, um auf ein einleuchtenderes Motiv zu kommen, und so sagte Will leise: »Ich zweifle, daß Geld im Spiel
war. Wenn viele Männer zusammenhocken, keine Frau weit und
breit... und sie seit Monaten oder sogar Jahren auch keine gesehen
haben... Na ja, Männer können dann schon mal... aus den seltsamsten Anlässen streiten.«
Er unterbrach sich an dieser Stelle, aber Ned hatte eine zu schnelle
Auffassungsgabe und spürte, daß die Unterhaltung noch nicht beendet
war. »Was willst du mir damit sagen?« Und Will warnte ihn mit den
knappen Worten: »Komm Mompox nicht zu nahe. Nein, so meine ich
es nicht. Er soll dir nicht zu nahe kommen.«
»Aber er hat mir das Leben gerettet.«
»Stimmt, das hat er, und du schuldest ihm viel – aber nicht zuviel.«

Beide, Will und Ned, aber auch die anderen waren schwer enttäuscht,
als sie bei ihrer Rückkehr nach Tortuga erfahren mußten, daß es keine
weiteren Pläne gab, weder für einen Übergriff auf eine spanische
Schatzgaleone noch für einen Überfall an Land, auf irgendeinen Ort,
auf Kuba beispielsweise, und waren geradezu entsetzt über das, was
statt dessen erwartet wurde. McFee erläuterte seinen Vorschlag, so gut
er konnte: »Wir haben soviel Barbacoa verkauft, wie wir entbehren
konnten, und Geld aus Kaperfahrten kommt auch nicht rein. Aber die
beiden großen Schiffe da draußen, ein englisches und ein holländisches,
haben versprochen, uns alles Blauholz abzukaufen, das wir schlagen
können...«
Schon bei der Erwähnung von Blauholz stöhnten die erfahreneren
Bukaniere auf, denn es gab für sie auf den Sieben Weltmeeren keine
schlimmere Arbeit, als Blauholz zu schlagen. Ein alter Fahrensmann,
der früher einmal zwangsweise auf den Salzfeldern von Cumaná gearbeitet hatte, drückte es so aus: »Blauholz ist noch schlimmer. In Cumaná hat man wenigstens an Land gearbeitet. Aber Blauholz? Bis zum
Arsch im Wasser stehen, achtzehn Stunden am Tag.«

Ohne spanische Schätze in Reichweite hatte McFee jedoch gar keine andere Wahl, als westwärts zu segeln an die fernen Küsten von Honduras, die beiden großen Schiffe folgen zu lassen und ihnen das Blauholz zu verkaufen, das die Freibeuter unterwegs fällten. Als Ned das elend einsame Gewirr aus Meer und Sumpflandschaft vor sich sah, in dem die verzweigten Bäume gediehen und sich all die Insekten, die Schlangen und die Panther vorstellte, die im nahe gelegenen Urwald lauerten, verlor er jeden Mut, aber sein Onkel, der seinerzeit in Cádiz so knapp dem Tod entronnen war, richtete ihn wieder auf: »Sechs Monate Hölle, Ned, aber das geht vorbei. Und noch Jahre später können wir den anderen erzählen, wie schlimm es war.«

Es war genauso, wie Will vorhergesagt hatte: sechs Monate schlimmster Tortur, die sich Menschen antun können; bis zu den Schenkeln in Schlammwasser, heimgesucht von grausamen Insekten, attackiert von giftigen Wasserschlangen und die Arme verspannt vom Abhacken der verzweigten Blauholzbäume. Kaum zu glauben, daß diese unansehnlichen Bäume wertvoll sein sollten, aber einer der Burschen klärte Ned auf: »Pfund für Pfund, mindestens so wertvoll wie Silber.« Und gleich brach ein Streit vom Zaun, als jemand kommentierte: »Alles Pferdescheiße!«

Ned hätte die schlimme Zeit im Blauholzwald vielleicht nicht überstanden, wenn Mompox nicht gewesen wäre und auf ihn achtgegeben hätte, die schmerzenden Insektenbisse versorgt hätte, wenn sie anfingen zu eitern, und sich darum gekümmert hätte, daß er ausreichend Nahrung bekam. Als Ned einmal fiebrig und fast ohnmächtig zusammenbrach, infiziert durch die Insektenstiche und das ständige Eintauchen in die Wasserbrühe, überredete Mompox den Kapitän des holländischen Schiffes, den Jungen an Bord zu nehmen, damit er wenigstens einmal ausschlafen konnte. Während er sich dort auf dem Krankenlager erholte, fragte Ned den Kapitän: »Wozu braucht man dieses verdammte Blauholz eigentlich?« Und der Holländer erklärte ihm: »Sieh dir mal den Kern von diesem aufgeschnittenen Stück an. Hast du jemals ein so schönes Braunviolett gesehen... mit einer Spur Gold?« Und als Ned sich das Stück genauer anschaute, sah er, wie herrlich das Kernholz in Wirklichkeit war, das er die ganze Zeit gesammelt hatte.

»Ich kann mir trotzdem noch nicht vorstellen, wozu man das brauchen kann.«

»Als Farbstoff, mein Sohn. Einer der stärksten und schönsten der Welt.«

»Ich dachte immer, Farbstoffe wären gelb und blau und rot. Schöne leuchtende Farben, wie sie die Frauen mögen.«

»Die sind auch prächtig, vielleicht eher protzig, aber der hier... der ist für Könige bestimmt.«

Als Ned wieder bei Kräften war, ging er mit etwas mehr Respekt vor den Bäumen zurück an die Arbeit, aber was den Beruf des Blauholzfällers betraf, stimmte er der Einschätzung der Männer zu: »Es ist die Hölle.«

Während der Rückfahrt nach Tortuga fragte er verärgert: »Wann schlagen wir denn nun gegen die Spanier los?« Aber ein langjähriges Mitglied der Inselbesetzer ermahnte ihn: »Wir warten auf das richtige Jahr, den richtigen Wind und den Augenblick, an dem die besten Vorteile auf unserer Seite sind. Denk mal, 1628 hat Piet Heyn, der große holländische Kapitän, sogar zwei Jahre auf den richtigen Moment gewartet – und hat die gesamte Silberflotte auf ihrer Heimfahrt nach Sevilla erwischt. In einem waghalsigen Akt, der sich nie wiederholen lassen wird, hat er nicht bloß drei Schatzgaleonen gekapert – oder vier oder fünf –, nein, die gesamte Flotte. Fünfzehn Millionen Gulden auf einen Schlag, und ein Gulden war damals über ein Pfund wert. In dem Jahr konnte seine Gesellschaft fünfzig Prozent Dividende auszahlen. Ich bin mit ihm gesegelt, und wir kriegten so viel Prisengeld, daß ich mir eine Farm davon hätte kaufen können. Hab' ich dann aber nicht gemacht.«

Kapitän McFees Bukaniere landeten während der langen, ermüdenden Monate Ende 1667, Anfang 1668, keinen solchen Glückstreffer, gleichwohl gelang es ihnen, zwei kurze, allerdings scharfe Attacken zu führen, bei denen sie zusammen mit drei anderen kleinen Schiffen gegen zwei einzelne spanische Galeonen zogen, die eine aus den Augen verloren und die andere nach einem harten Deckkampf einnahmen. Die Galeone warf eine erfreuliche Summe Prisengeld für die vier Mannschaften ab, und Ned hatte Gelegenheit zu sehen, wie sein Onkel und Mompox mit spanischen Gefangenen umsprangen – sie erschossen alle.

Im Januar, als McFee seiner Mannschaft eröffnete, daß ihnen für die bevorstehende ruhige Saison, wenn mit keinem spanischen Schiff zu rechnen sei, nur zwei Möglichkeiten blieben: »Wildschwein auf Hispaniola zu jagen oder zurück nach Honduras und noch mehr Blauholz zu fällen«, gab es einen Aufstand: »Nein! Wir haben große Risiken auf uns genommen und sind hierhergekommen, um gegen spanische Schiffe zu kämpfen. Und das werden wir auch.«

»Große Worte!« sagte McFee, als begrüße er ihren Mut, doch fuhr dann in spöttischem Ton fort: »Und was wollt ihr die nächsten zehn Monate essen? Ihr habt die Wahl. Jagen oder Holzfällen.«

Es war Mompox, der schließlich eine annehmbare Lösung vorschlug, indem er zirkulierende Gerüchte aufgriff: »Es soll da einen Kapitän geben, der drüben in Jamaika großen Erfolg hat. Und ich fahre gern unter erfolgreichen Kapitänen, denn man kriegt seinen Anteil an jeder Beute, die sie machen.«

Zum erstenmal bekamen Will Tatum und sein Neffe mehr als nur Gerüchte zu hören, die sich in der Karibik wie ein Lauffeuer verbreitet hatten. Der Kapitän, von dem die Rede war, hieß Henry Morgan, ein 33jähriger Waliser, der einige Jahre zuvor als Lehnsarbeiter nach Barbados gekommen und wie McFee zum Seeräuber aufgestiegen war, einem Leben, das ihm spektakuläre Erfolge eingebracht hatte. Er besaß Ansehen als ein Kapitän, dem das Glück hinterherlief und der reiche Beuteschiffe wie ein Magnet anzog. Meisterstücke wie die des großen Piet Heyn hatte er bislang noch nicht vollbracht, auch keine spanischen Städte ausgeplündert, wie es der grausame Franzose L'Ollonais so vortrefflich verstand, aber sein Können hatte er unter Beweis gestellt, als er seine kleinen Schiffe gegen übermächtige Gegner führte und jedesmal siegreich aus den Schlachten hervorgegangen war – wie Mompox den Männern der »Glen Affric« zu berichten wußte: »Es heißt: ›Wenn man unter Morgan segelt, kehrt man mit den Taschen voller Geld heim.‹« Und sofort liefen sie aus nach Port Royal.

Niemals sollte Ned den Tag ihrer Ankunft vergessen. Im Bug der »Glen Affric« stehend, hielt er, während sie sich von Süden her näherten, Ausschau nach der großen Insel Jamaika, und als müßte er irgendwann einmal in ferner Zukunft sein eigenes Schiff in den Hafen führen, schwadronierte er aufgeregt drauflos, obwohl Will kaum auf das achtgab, was er sagte. »Aus dieser Entfernung kann man unmöglich erkennen, ob es überhaupt einen Hafen an der Küste gibt. Ich sehe nur Jamaika, groß und bedrohlich. Aber da, schau mal! Jetzt treten tatsächlich winzige Inseln hervor, eine ganze Kette, nach Westen ausgerichtet, parallel zum Festland. Sie können nicht weit entfernt sein von der Küste, und sie sollen wohl eine Bucht hinter ihnen schützen. Aber wenn ich da reinfahren will, müßte ich erst weit nach Westen segeln, an der Landspitze beidrehen und Richtung Osten zurück. Genau das machen wir ja gerade.«

Kaum hatte er diese kluge Schlußfolgerung gezogen, verschlug es ihm den Atem, denn die Bucht gegenüber der bogenförmig verlaufenden Inselkette war riesig. »Hier könnten ja alle Kriegsschiffe Englands sicher unterkommen. Onkel Will! Das ist ja umwerfend!« Will hatte unterdessen das wahre Wunder dieses Ankerplatzes ausgemacht. Was der junge Ned für eine Landspitze gehalten hatte, war in Wirklichkeit eine Insel, klein, aber wesentlich größer als die Inselchen der Kette, die auf sie zulief, und am Ende der Spitze befand sich eine Stadt.

»Das muß Port Royal sein!« hauchte Will, und die Ehrfurcht, die aus seinen Worten klang, zwang Ned, sich die berüchtigte Hauptstadt der Freibeuter genauer anzusehen. »Es ist eine Festung, sie haben also vor, sie zu verteidigen. Hunderte von Häusern, es müssen also Menschen hier wohnen. Da ist ja auch eine Kirche. Und eine Stelle, um Schiffe einzuholen und Ablagerungen vom Kiel abzukratzen. Und da drüben, das müssen Geschäfte sein. Sieh mal, ein Ladenschild. Ein Weingeschäft... und das da... und da.«

Dann blickte er nach Osten, um die große Bucht in Augenschein zu nehmen. »Über zwei Dutzend gewaltiger Schiffe! Die können doch nicht alle den Piraten gehören! So viele spanische Schiffe gibt es doch gar nicht, wie die angreifen können.«

Während Kapitän McFee die »Glen Affric« auf ihren Ankerplatz zusteuerte, hatte seine Mannschaft Gelegenheit, sich einen ersten, sie fast erdrückenden Eindruck von der berüchtigten Hafenstadt zu verschaffen, der ausgelassensten und zügellosesten der westlichen Welt, in der Schiffe vor Anker gingen. Von der Stelle aus, an der die »Glen Affric« zum Stehen kam, hatten die Seeleute einen Blick auf eine höchst verlockende Siedlung mit weißen Häusern, in geraden Reihen gebaut, großen Warenlagern an der Küste, vier oder fünf Kirchen und sogar einer Art kleiner Kathedrale. Was sie nicht sahen, aber als selbstverständlich voraussetzten, nach den Geschichten, die Mompox ihnen erzählt hatte, waren die über vierzig Tavernen und fünfzig Vergnügungsetablissements, die den bösen Ruf der Stadt begründeten.

Er war nicht übertrieben, denn als sie an Land gingen, spürten sie schnell, daß Port Royal etwas Besonderes war. Es gab keine Polizei, keinerlei Beschränkung der Freiheit, und die in der Festung stationierten Soldaten schienen genauso undiszipliniert zu sein wie die Piraten. Alle Rassen waren vertreten und alle Hautfarben, und jeder ging irgendwelchen ruchlosen Beschäftigungen nach. In manchen hektischen Monaten erlebte Port Royal im Schnitt ein Dutzend Morde pro Nacht, und im Hafenviertel war ein rauhgezimmerter Galgen errichtet, von dessen Rahnock, »in der Sonne von Port Royal tanzend«, immer gerade die Leiche irgendeines Piraten baumelte, der das falsche Schiff zum falschen Zeitpunkt angegriffen hatte. Was für ein Unterschied zu Tortuga, dachte Ned des öfteren während der ersten Tage. Letzteres hatte streng und kahl gewirkt, das Essen war eintönig und das Bier verdorben. Port Royal dagegen war ein ausgelassener Ort. Das Essen war ausgezeichnet, es gab frisches Obst aus dem Inneren Jamaikas, Rindfleisch von den Plantagen und Fisch aus dem Meer. Aus Europa kamen ganze Fässer voll Wein, und das derbe Bier wurde in örtlichen Brauereien hergestellt. Noch besser als diese Annehmlichkeiten jedoch fanden die meisten Piraten die Frauen aller Hautfarben, die aus der Karibik selbst oder den umliegenden Ländern stammten. Sie hatten etwas Wildes und waren wunderschön, wie die Männer süchtig nach starken Getränken und einem ausschweifenden Leben, und die Männer wiederum, die aus der frauenlosen Welt von Tortuga hierherkamen, suchten gierig die Ablenkung, die ihnen diese blutvollen Frauen anbieten konnten.

Seltsamerweise waren die Kirchen an Sonntagen genauso überfüllt wie die Kneipen an den Wochentagen, und die Kirchenmänner zögerten nicht, die aus trüben Augen blickende Gemeinde zu ermahnen, daß sichere Vergeltung am Jüngsten Tag die Folge sei, wenn Piraterie und Ausschweifungen weiterhin ihr Leben bestimmen sollten. Pfarrer der anglikanischen Kirche, die ab und zu selbst gern einen Schluck zu sich nahmen, wetterten nicht gegen das Trinken, das übernahmen die Priester der strenggläubigeren Sekten, dazu gab es meist noch einen reisenden Missionar aus England oder einer der amerikanischen Kolonien, der Feuer und Schwefel als das notwendige Ende des zügellosen Lebens von Port Royal predigte.

Ned blieb seinem Versprechen gegenüber der Mutter treu, regelmäßig die Kirche zu besuchen, und es war nach einer besonders wortstarken Predigt, der er mit Mompox an seiner Seite gelauscht hatte, als der Priester, dem er unter den bekannten Freibeutern als ein neues junges Gesicht aufgefallen war, ihn nach der Messe anhielt und ihn zum Sonntagsessen ins Pfarrhaus einlud. Ned meinte, dann müsse Mompox ebenfalls kommen, worauf der Priester lachte: »Wenn's für drei reicht, werden auch vier satt.«

Zum Essen wurde ihnen neben schmackhafter Kost und einem edlen Wein auch eine faszinierende Geschichte aufgetischt, die in Jamaika spielte und von einem Menschen erzählt wurde, der selbst in sie verwickelt gewesen war. »1655 schickte Oliver Cromwell zwei unvorstellbar inkompetente Männer in die Karibik, zwei echte Versager, Admiral Penn, der das Kommando über ich weiß nicht wie viele Schiffe hatte, und General Venables, der der Armee vorstand. Und ihr Kaplan? Das war ich. Unser Befehl war deutlich: Hispaniola von den Spaniern zu erobern. Als wir uns daranmachten, landete Penn dreißig Meilen von unserem Ziel entfernt, und Venables vergaß, Proviant und Wasser zu laden. Als wir schließlich vor den Mauern von Santo Domingo standen, waren wir so erschöpft, daß unsere 3000 Männer von nur 300 spanischen Soldaten geschlagen wurden. Wir mußten wie die Teufel zurück zu unseren Schiffen laufen und ließen unterwegs zu allem Überfluß auch noch unsere Waffen fallen.«

Ned, bestürzt über soviel Unfähigkeit, meinte betroffen: »Was für eine schreckliche Niederlage.« Doch der Kirchenmann, mit einem seligen Lächeln auf den Lippen, verbesserte: »Überhaupt nicht! Im Gegenteil, ein glorreicher Sieg!«

»Wie denn das?« fragte Ned. »Seid Ihr zurückgesegelt und habt die Stadt eingenommen?«

»Ganz und gar nicht!« antwortete der rotbackige Priester mit demselben Frohlocken in der Stimme. »Es wurde eine Krisensitzung abgehalten, und Penn sagte: ›Wenn wir jetzt heimsegeln, macht uns Cromwell einen Kopf kürzer‹, worauf Venables fragte: ›Was sollen wir denn machen?‹ Niemand wußte einen Ausweg, nur ein sehr junger Leutnant, fast noch ein Knabe, stellte die kluge Frage: ›Wenn wir nun schon mal in diesen Gewässern sind, warum überfallen wir dann nicht Jamaika?‹ Als Penn seine Karte studierte, stellte er fest, daß es nur 460 Meilen Richtung Westen entfernt lag, und rief: ›Auf nach Jamaika!‹

Ehrlich gesagt, hatte ich wieder ein Desaster erwartet, ich konnte ja sehen, daß Penn nichts von Schiffen verstand und Venables noch weniger von einer Armee. Aber derselbe junge Offizier führte unsere Flotte sicher in den Hafen, und diesmal gingen unsere mehreren tausend Soldaten an Land – direkt unter den Augen der Spanier, die uns nur eine Handvoll Männer entgegenzusetzen hatten. Wir gewannen und nahmen Besitz von dieser herrlichen Insel. Als Penn und Venables wieder nach England zurückkehrten, berichteten sie den Parlamentszeitungen nur wenig über die Niederlage in Hispaniola, aber dafür um so mehr über die Einnahme von Jamaika. Sie stilisierten sich selbst zu Helden.

Beide, Penn und Venables, wollten, daß ich mit ihnen nach England zurückkehrte. Versprachen mir eine schöne Pfarrkirche. Aber nachdem ich Jamaika gesehen hatte, wollte ich es nicht mehr verlassen.« Er lächelte seinen Gästen zu und fügte hinzu: »Da sehen Sie, meine jungen Herren, manchmal verliert man eine große Schlacht, nur um beim nächstenmal eine noch größere zu gewinnen: Jamaika ist die Perle der Karibik.«

Am darauffolgenden Montag lungerte Ned in einer Schenke herum, als sich mehrere ältere Männer um seinen Tisch versammelten – in der Hoffnung, er würde ihnen etwas bestellen. Und nachdem er eine Runde ausgegeben hatte, führten sie ihn in die feinen Unterschiede der Kriegführung zur See ein, so wie die Engländer sie betrieben. »Du darfst uns niemals Piraten nennen. Ein Pirat ist ein Seemann, der über die Meere tobt, keinen Gesetzen gehorcht, keinen Regeln des Anstands. Er greift alles an, das auf dem Wasser schwimmt, sogar Seemöwen, wenn er keine spanische Galeone entdecken kann. Franzosen können Piraten sein, auch Holländer, aber niemals ein richtiger Engländer.« Sie warnten Ned, wenn er den Schädel eingeschlagen haben wolle, brauche er einen Mann aus Port Royal nur einen Piraten zu schimpfen.

»Korsar darfst du auch nicht benutzen. Ist nur 'n Phantasiename für Pirat. Freibeuter auch nicht. Nicht mal Bukanier, das ist keinen Deut besser. Unbeherrscht klebt er da mit seinem langen Gewehr und seinem Hund auf Tortuga fest. Wäscht sich nicht. Holt ab und an mal aus, kapert ein kleines Schiff mit geringer Fracht und zieht sich dann schleunigst wieder nach Tortuga zurück, um mit seinen dreckigen Kumpanen zu feiern.« Der Erzähler spuckte in eine Ecke. »Und was meinst du, was so ein Bukanier macht, wenn er mal keinen Spanier zu fangen kriegt? Blauholzfällen in Honduras.«

Schon die Erwähnung solcher Arbeit widerte Ned an. »Wie wollt ihr denn dann genannt werden?« fragte er.

»Was wir sind? Wir sind ›Kaperfahrer‹. Wir segeln unter dem Kaperbrief des Königs, einer Art Freibrief, und nur seinem Gesetz gehorchen wir. Man könnte auch sagen, wir sind Teil seiner Marine – inoffiziell, versteht sich.«

Im nächsten Augenblick ging es wie einem Taubenschlag, in dem ein Habicht eingefallen war, als nämlich Mompox im Türrahmen auftauchte und brüllte: »Henry Morgan segelt zum Festland!« Und kaum hatte er angefangen zu erklären, daß damit Südamerika gemeint war, als noch andere hinzugerannt kamen und die allgemeine Aufregung nur noch verstärkten:»Henry Morgan segelt nach Cartagena!« Oder: »Kapitän Morgan segelt nach Havanna!«

Innerhalb von Sekunden leerte sich die Taverne, während die Männer unterschiedlichsten Charakters zu einem kleinen Regierungsgebäude eilten, in dessen geräumigstem Zimmer der große Kaperschiffer darauf wartete, den Kapitänen, aus deren Schiffen sich die Flotte zusammensetzen sollte, seine Instruktionen geben zu können; und sowohl Ned als auch sein Onkel waren glücklich, als einer von Morgans Assistenten verkündete, daß sich unter den Auserwählten auch Angus McFee und seine »Glen Affric« befinde. Jetzt erhob sich Morgan, ein stämmiger Kerl mittlerer Größe, der einen seltsamen Bart trug: Er setzte sehr dünn unterhalb der Nase an und wuchs auf seinen von der Sonne gebräunten Wangen bis zu kleinen runden, knollenartigen Gebilden heran. Aus dem Kinn sproß ein schmaler Spitzbart hervor, und über seinen Schultern hing ein schwerer, mit Brokat geschmückter Umhang. Das beeindruckendste Merkmal an ihm war jedoch die stahlharte Unnachgiebigkeit seiner Augen. Wenn er einen Menschen ansah, um einen Befehl zu geben, dann war klar, daß es unmöglich war, ihm nicht zu gehorchen.

Er bat die elf Kapitäne, die sich ihm anschließen wollten, vorzutreten, und eröffnete ihnen mit leiser Stimme:»Porto Bello soll es diesmal sein.« Und noch ehe sie etwas auf die überraschende Nachricht erwidern konnten, denn dieser schwerbefestigte Hafen galt als uneinnehmbar, redete er weiter über den Überfall, als handelte es sich um eine gewöhnliche militärische Operation an Land. Später, als Kapitän McFee seine Mannschaft an Bord der »Glen Affric« antreten ließ, vernahm Ned mit Verwunderung, wie streng die Regeln sein würden.»Bei sofort ausgeführter Todesstrafe: niemals ein englisches Schiff angreifen! Auch keine Schiffe anderer Nationen, die mit uns einen Friedensvertrag abgeschlossen haben; und für den Augenblick schließt das die Holländer mit ein.«

Was Verletzungen betraf, galten die üblichen Abfindungen:»Verlust des rechten Arms: 600 Pfund oder sechs Sklaven. Verlust des linken: 500 Pfund oder fünf Sklaven. Dasselbe bei Verlust eines rechten oder linken Beines. Wenn man ein Auge verliert: 100 Pfund oder einen Sklaven. Und für den Verlust eines Fingers gilt dasselbe.«

Den Kapitänen wurde gestattet, in ihre Besatzungen Männer jeder Nationalität aufzunehmen, und so befanden sich auf McFees Schiff am

Ende Engländer, Portugiesen, Holländer, Indianer aus dem mexikanischen Küstengebiet, viele Franzosen und sogar einige wenige Spanier, die in Cartagena oder Panama schlecht behandelt worden waren. Die Regel, was die Aufnahme von Sklaven betraf, war komplizierter:»Wir dürfen Sklaven an Bord nehmen, aber nur für die Schwerstarbeit und nur von den Schiffen, die wir unterwegs kapern. Es drohen strenge Strafen, wenn wir Sklaven annehmen, die von Plantagen auf Jamaika geflohen sind. Die Besitzer brauchen sie dort für den Zuckerrohranbau.«

Anschließend folgten zwei Regeln, die das oftmalig kuriose Verhalten der Kaperfahrer erklärten:»Wenn wir ein fremdes Schiff auf See aufbringen, sind wir verpflichtet, es nach Port Royal zurückzuführen, damit die Krone die Ladung verzeichnen und sich ihren Anteil an unserer Prise abschöpfen kann. Wenn wir dagegen an Land eine spanische Stadt plündern, gehört die gesamte Beute uns. Kapitän Morgan wird den großen spanischen Schiffen daher keinerlei Beachtung schenken und direkt auf Porto Bello zuhalten, wo uns an Land ein Schatz erwartet.«

Morgan persönlich trat vor seine Kapitäne, um ihnen die letzte, vom König überlieferte und nichts Gutes verheißende Regel zu verlesen, nach der sich englische Piraten, Korsare, Freibeuter, Bukaniere und Kaperfahrer gleichermaßen richteten und deren grausame Weisung das barbarische Vorgehen, an dem sich auch Ned in den kommenden Jahren beteiligen sollte, weitgehend erklärte:»Wenn ihr spanische Gefangene macht, behandelt sie genauso, wie unsere Untertanen behandelt werden, wenn sie in die Hände der Spanier fallen.«

Sodann unterzeichneten die zwölf Kapitäne eine Bestätigung, aus der hervorging, daß sie von der Regierung Jamaikas mit einem Kaperbrief ausgestattet worden waren, der ihren Unternehmungen Rechtmäßigkeit verlieh.

Solche freundlichen Gesten machten auf Tatum und seinen Neffen jedoch keinen Eindruck.»Wir sind keine Kaperfahrer«, sagte Will. »Wir sind einfache Bukaniere, und so möchte ich auch genannt werden.« Ned dachte ebenso; er war nicht von zu Hause weggelaufen, hatte das ausgelassene Leben auf Tortuga und die Sklavenarbeit in den Blauholzwäldern nicht kennengelernt, nur um jetzt in der rechtmäßig abgesicherten Kaperschifferei Zuflucht zu suchen. Er würde natürlich mit Morgan segeln und sich seinen Befehlen unterordnen, aber im Grunde seines Herzens blieb er doch ein Freibeuter.

Als sich Henry Morgans Armada aus zwölf nicht näher zu klassifizierenden Schiffen während ihres Anmarsches auf den reichen Zielhafen Porto Bello gerade heimlich entlang der Küste Nicaraguas dahinschleppte, landeten sie gleich zwei Glückstreffer: Sie kaperten den spanischen Patrouillensegler, der bei Sichtung von Piraten eigentlich sofort nach Porto Bello hätte zurückkehren sollen, und entdeckten bei Finsternis ein kleines Ruderboot auf dem Wasser mit sechs Indianern an den Pinnen, die den großen Schiffen Zeichen machten, als riefen sie um Hilfe. Als man sie an Bord brachte, stellte sich heraus, daß es sich um Engländer handelte, die mit einer fürchterlichen Geschichte aufwarteten.

»Wir sind einfache Gefangene. Stammen von englischen Schiffen, die von Spaniern überfallen wurden. Wie man uns behandelt hat? Mit Händen und Füßen am Boden einer Gefängniszelle festgekettet, in der 33 Männer eingepfercht waren; alle ungewaschen und jeder so dicht an seinen Nachbarn gedrängt, daß es eine Beleidigung für die Nase war. Bei Tagesanbruch wurden wir losgekettet und mußten bis zum Bauch ins Salzwasser steigen, wo wir bei brütender Hitze den ganzen Tag lang schufteten. Seht euch unsere Haut an. Leder. An manchen Tagen gab es nichts zu essen. An anderen Tagen nur madiges Fleisch. Die Beine aufgerissen, mit blutenden Füßen, saßen wir da; und nachts wieder dieselben Ketten, derselbe eiskalte Boden in derselben überfüllten Zelle.«

»Wie seid ihr entkommen?« fragte Kapitän Morgan, und sie antworteten: »Wir haben zwei Wärter umgebracht. Wenn sie uns also jemals kriegen sollten, bedeutet das Folter und Tod.«

Morgan wollte von ihnen wissen: »Könnt ihr uns nach Porto Bello geleiten?«

Und ihr Sprecher entgegnete freudig: »Auf Händen und Füßen, wenn nötig.«

Aber als Morgan ihnen versprach: »Ihr werdet eure Rache bekommen«, eröffnete ihnen der Mann eine Neuigkeit, die Staunen hervorrief: »Ihr erinnert euch noch, daß Prinz Rupert, der ruhmreiche Kavallerist, damals vor Martinique bei einem Hurrikan eines seiner Schiffe verlor? Und daß alle glaubten, sein Bruder, Prinz Maurice, sei ertrunken? Im Gegenteil! Er und ein paar andere konnten sich mit einem kleinen Boot an die Küste von Puerto Rico retten, wo die Dons ihn gleich verhafteten. Er ist einer von den vielen, die in den Eingeweiden des Schlosses dahinvegetieren.«

Als Morgan erst einmal begriffen hatte, daß er und seine Männer mit Ehre überhäuft würden, sollte es ihnen gelingen, den Prinzen zu befreien und der königlichen Familie zurückzugeben, sorgte er dafür, daß die lederhäutigen Engländer auf allen Schiffen herumgereicht wurden, damit auch nur ja jeder zu hören bekam, was mit ihm passieren würde, sollte er während des Überfalls gefangengenommen werden. Als die Männer McFees »Glen Affric« betraten, stellte sich Will Tatum ihnen als Begleiter zur Verfügung, und zum Ende ihres Berichtes bat er um ihre Aufmerksamkeit, um ihnen seine eigenen Erlebnisse in der Strafanstalt von Cádiz zu schildern, wo englische Soldaten bei lebendigem Leib verbrannt wurden. Und in dem überfüllten Quartier, in dem er sprach, wurde es plötzlich ganz still, während die Seeleute gebannt zuhörten.

Nachdem sich die Flotte so weit die Küste entlang vorgewagt hatten, ohne vorzeitig entdeckt zu werden, wurden 23 lange Kanus zu Wasser gelassen, von denen jedes zahllose Bewaffnete aufnehmen konnte. Drei Tage und Nächte ruderten und paddelten sie mit kräftigen Zügen nach Westen, bis am 10. Juli 1668, bei dunkler Nacht, Will Tatum, am Steuer des Leitkanus, den nachfolgenden weitersagen ließ: »Die Lotsen meinen, dies sei die letzte sichere Stelle.« Leise zogen die Seeleute ihre Kanus an Land, und jeder überprüfte noch einmal seine drei Waffen: Gewehr, Degen und Dolch. Erst dann gab Morgan den Befehl: »Wir nehmen erst die Stadt ein, dann die Festung.«

Porto Bello hatte insgesamt zwei mächtige Festungen – eine an strategisch entscheidender Stelle an der Bucht und eine, die die Stadt beherrschte –, und die Spanier waren überzeugt, daß keine seegestützte Armee jemals eine erfolgreiche Attacke gegen ihre befestigte Stadt landen könnte, aber von Land aus waren sie noch nie überfallen worden, und noch nie von Männern wie Henry Morgans Kaperfahrer. Heimliches Vorgehen und das genaue Ausspionieren durch die ehemaligen Gefangenen ermöglichten den Angreifern, unerkannt bis zu den westlichen Ausläufern der Stadt vorzustoßen. Dort sammelten sie sich in den Stunden vor Tagesanbruch, stimmten plötzlich ein wildes Gebrüll an, zielten auf alles, was sich bewegte, und stifteten so ein heilloses Durcheinander, in dem es ihnen gelang, die Stadt ohne den Verlust auch nur eines einzigen Mannes einzunehmen. Morgan wußte jedoch, daß dies nur ein hohler Sieg sein würde, solange die Spanier die beiden Festungen hielten, und so brüllte er, ohne sich lange mit nutzlosem Feiern aufzuhalten: »Auf zur Burg!« Und er persönlich führte den Angriff.

Die Schloßfeste war strategisch geschickt plaziert und solide gebaut, die massiven Geschütze sowohl auf die Straßen der Stadt als auch die Ankerplätze im Hafen gerichtet. Sie galt als uneinnehmbar, aber war eben auch mit der Trägheit und Fäulnis geschlagen, die so vielen spanischen Unternehmungen im schwülfeuchten Klima der Neuen Welt zum Verhängnis wurden. Der verantwortliche Offizier, der Kastellan, war ein Mann von so unzulänglichem Charakter, daß seine Unbeholfenheit schon wieder komisch wirkte. Sein Artilleriekommandant zum Beispiel, von dem man erwarten mußte, daß er in der Lage gewesen wäre, seine beachtlichen Geschütze gegen eine anrückende Armee mit tödlicher Wirkung einzusetzen, hatte seine Kanonen nicht einmal geladen, und so mußte sich die gigantische Festung nach einem nur kurzen, beschämend überhastet geführten Kampf ergeben. Beim letzten Sturm wurde der Kastellan gnädigerweise erschlagen, was ihn der schmerzlichen Verpflichtung enthob, seine Unfähigkeit dem König zu erklären.

Dem Artilleriekommandanten ereilte ein seltsameres Schicksal. Umzingelt von Engländern, denen er die Geschütze, die Festung und seine Ehre übergeben wollte, schaute er sich nach einem Offizier unter den Invasoren um und entdeckte schließlich Kapitän McFee. Er fiel vor ihm auf die Knie, schleuderte die Arme weit nach hinten, öffnete die Brust und rief in gebrochenem Englisch:»Entehrt... Niederlage für meinen König... kein Leben mehr für mich... erschießt mich!« McFee war erschüttert von dieser flehentlich vorgetragenen Bitte, nicht aber Will Tatum, der neben ihm stand. Mit einem ruckartigen Griff nach seiner Pistole stieß er diese gegen die Brust des Mannes und drückte ab.

Nun erfolgte Ned Pennyfeathers rauhe Einführung in das Leben und die Moral der Freibeuter, denn die siegreichen Engländer trieben alle spanischen Offiziere und die übrigen männlichen Bewohner der Festung in einem Raum zusammen, der nach den Angaben der Engländer so klein war wie die Gefängniszelle, in der sie einst gesessen hatten. Als alle eingesperrt waren, wurde Ned in den Keller geschickt, um dort lagernde Fässer mit Schießpulver in das Geschoß unter besagten Raum zu rollen, und als er wieder nach oben kam, wo Will die Gefangenen bewachte, sah er zu seinem Schrecken, daß sein Onkel eine Spur schweres schwarzes Pulver von der Zelle die Treppe hinunter bis zu den Fässern gelegt hatte.

»Riech mal«, rief Will grimmig und hielt einem gefangenen spanischen Kapitän seine Finger unter die Nase. »Rate mal, was das ist.«

»Schießpulver.«

»Lauft um euer Leben!« rief Will Ned und den anderen Seeleuten zu, und sobald sie verschwunden waren, zündete er die Pulverspur in der Zelle an, beobachtete, wie sie die Stufen hinunterbrannte, und brachte sich dann schleunigst selbst in Sicherheit. Noch bevor sich die Gefangenen befreien konnten, zerstörte eine gewaltige Explosion diesen Teil der Festung, und alles wurde in Stücke gerissen.

Morgan hatte eine der Anlagen zerstört, aber eine zweite, weitaus stabiler gebaut, blieb übrig, zudem unter dem Kommando eines Mannes von äußerster Tapferkeit, dem Gouverneur persönlich, unterstützt von verdienten Soldaten, die einen Angriff der Engländer nach dem anderen abschmetterten, bis sich selbst Morgan sagen mußte: »Wenn wir nicht etwas besonders Gewagtes unternehmen, werden wir es nie schaffen.«

Was dann folgte, erteilte sogar noch den Spaniern eine Lektion in puncto Grausamkeit, denn Morgan unterbrach seine Angriffe auf die Burg und überfiel statt dessen ein Kloster, aus dem er sich wahllos eine Gruppe Mönche griff, sowie ein Konvent, wo er sich ebenfalls viele Nonnen herausholte. Währenddessen wurden seine Schreiner angehalten, Leitern mit besonders breiten Sprossen zu bauen, »so breit, daß auf beiden Seiten je vier Männer eine Wand erklimmen können«.

Als alles fertig war, gab er den Mönchen und Nonnen den einfachen Befehl: »Du und du und du, hebt die Leiter hoch, und tragt sie bis zur Festungsmauer.« Hinter die beiden religiösen Gruppen plazierte er den Bürgermeister der Stadt, die Geschäftsleute und die Stadtältesten, die helfen sollten, die Leiter zu tragen. Um sicherzustellen, daß sie sich auch fortbewegten, verteilte er einzelne Soldaten unter die Gruppen, wobei Ned die Aufgabe zugewiesen wurde, die Nonnen anzutreiben.

Als sich die traurige Prozession auf die Mauer zubewegte, sagten die Männer, die sich um Morgan versammelt hatten: »Die Spanier werden es niemals wagen, auf ihre eigenen Leute zu schießen, dazu noch Angehörige der Kirche«, aber er entgegnete: »Ihr kennt die Spanier nicht.«

Langsam, Zentimeter um Zentimeter, rückten die Leitern vor. Unruhig duckte sich Ned tiefer und tiefer hinter die Nonnen. Hartnäckig trieb Morgan die Kolonne an. Auf der Brustwehr stand der Gouverneur, abwartend und beratend. Er sah, daß die Sprossen von solchen Ausmaßen waren, daß ein Erklimmen der Mauern möglich war, waren die Leitern erst einmal fest in den Boden gerammt, und wenn das passierte, war alles vergebens. Er sah aber auch, daß er das Vorrücken der tödlichen Kolonne nur aufhalten konnte, wenn er auf die besten Einwohner seiner Stadt feuern ließ.

Von den Leiterträgern erhob sich jetzt lautes Bitten um Mitleid: »Nicht schießen! Wir sind dein Volk!« Manche riefen ihn sogar beim Namen, andere gemahnten ihn an vergangene Begegnungen, aber alle schauten nach oben in die Gewehrläufe.

»Feuer!« ertönte es da plötzlich, und die Gewehre schossen ihre Ladungen mitten in die Menge seiner eigenen Freunde. Die getroffenen Nonnen und auch ein paar schwerverletzte Mönche sanken zur Seite, aber Ned und die anderen Soldaten trieben die Überlebenden an, weiter mit der Leiter nach vorne zu stapfen.

»Feuer!« ertönte es erneut. Wieder fielen einige, doch dann wurden die Leitern gegen die Mauer gelehnt, und hundert Seeleute, angeführt von dem rachedürstigen Will Tatum, erklommen die Sprossen und sprangen über die Mauernkrone.

Gekämpft wurde wild entschlossen und von Mann zu Mann, und beide Seiten zeichneten sich durch Heldenmut aus. Es war kein leichter Sieg wie bei der ersten Festung, hier bat kein spanischer Offizier einen Engländer um die Gnade, erschossen zu werden. Allen voran der spanische Gouverneur: Er schlug sich mit einer so außergewöhnlichen Tapferkeit, daß selbst Tatum ihn bewunderte: »Sir, ergebt Euch in Ehren! Euer Leben bleibt verschont!«

Der Gouverneur schien ihn nicht gehört zu haben, denn er kämpfte ungebrochen weiter, und so rief Will seinen Neffen zu sich, er sollte übersetzen. »Honorable Gobernador, rindase con honor!« Diesmal hatte die Kampfmaschine verstanden, salutierte – und stürzte sich wild entschlossen auf drei Angreifer, denen nichts anderes übrigblieb, als ihn niederzustechen.

Die beiden folgenden Tage sollte Ned sein Leben lang nur in nebelhafter Erinnerung behalten. Es waren Tage, die Wirklichkeit waren, aber die er aus seinem Gedächtnis zu streichen vorzog. Nachdem die Freibeuter ihren unglaublichen Sieg über eine der für Spanien bedeutendsten Städte in der Neuen Welt errungen hatten, die Stadt, die in der Peru-Sevilla-Route eine Schlüsselposition einnahm, glaubten sie, Anspruch auf eine ausschweifende Siegesfeier zu haben, und begingen diese ohne Rücksicht auf die Rechte der Besiegten und die allgemeinen Regeln des Anstands. Vergewaltigungen und Plünderungen, Verstümmelungen und Brandstiftungen verwandelten das einst so stolze Porto Bello in ein Leichenhaus, und viele Spanier, die ihre Frauen schützen wollten, endeten mit einem Säbel in der Brust. Ned verfolgte das infernalische Treiben und dachte nur: Das habe ich nicht gesucht, als ich von Barbados aufbrach.

Nicht ein spanischer Überlebender war es, der von den Bestialitäten dieser beiden Tage zu berichten wußte, sondern ein Holländer, der als einer von Morgans Kapitänen gedient hatte. Jahre später, als alter Mann, der zurückgezogen in Den Haag lebte, notierte er:

»Was die Engländer in Porto Bello anstellten, wird für immer einen Makel auf meiner Seele hinterlassen, denn ich konnte nicht glauben, daß sich Männer, die auf See die prächtigsten Kameraden gewesen waren, an Land als die schlimmsten Ungeheuer entpuppen konnten. Nachdem wir die beiden Festungen eingenommen hatten, trieben wir alle Einwohner auf dem öffentlichen Marktplatz zusammen und stellten sie vor die Wahl: ›Zeigt uns, wo ihr euer Geld versteckt habt, oder wir bringen euch zum Reden.‹

Der Aufruf förderte einiges Geld zutage, hauptsächlich von den Leuten, die wußten, was sie von englischen Piraten zu erwarten hatten, denn das waren sie nun mal, auch wenn sie sich selbst Kaperfahrer nannten. Nachdem sie die leichte Beute in Besitz gebracht hatten, machten sie sich daran, das schwere Geld aufzuspüren, und wendeten zu diesem Zweck bei Männern und Frauen unterschiedslos die höllischsten Foltermethoden an, die der Mensch je erfunden hat. Streckfoltern zum Gliederausreißen wurden an verschiedenen Stellen aufgebaut. Der ganze Körper wurde mit brennenden Fackeln gequält. Eine besonders grausame Methode hieß bei ihnen ›In-die-Wickel-Nehmen‹, wobei in Höhe der Stirn eine breite Schnur um den Kopf gelegt wurde. Am Hinterkopf wurde ein Rundholz in das Seil geknotet, und dann fingen sie an, die Schnur immer enger zu spannen, was die fürchterlichsten Schmerzen bereitete, die man sich vorstellen kann: Das Gehirn wurde zerquetscht, die Augen sprangen aus ihren Höhlen hervor, bis der Gefolterte am Ende das Bewußtsein verlor und oft starb, wenn der Schädel zersprang.

Ich sah, wie sie Menschen zerteilten, langsam, und dabei wiederholt schrien: ›Wo hast du 's versteckt?‹ Ich sah, wie sie schlimme Dinge an Frauen verübten, Dinge, die man besser vergessen sollte; aber was mich bis heute verfolgt, sind die Bilder der Unzucht, die sie an den katholischen Nonnen begangen, die sicher nicht einen einzigen Peso besaßen.«

In der Schreckensbilanz der Plünderung Porto Bellos erschien auch eine Passage, die indirekt ein Licht darauf warf, welche Wirkung diese

Ausschweifungen auf den jungen Ned Pennyfeather bei seinem ersten Abenteuer als angehender Freibeuter ausübte.

»Jeden Morgen schickte Kapitän Morgan Suchtrupps los, die in den angrenzenden Wäldern die Männer und Frauen aufspüren sollten, die gleich beim ersten Schußwechsel geflohen waren: ›Wenn sie so klug waren zu fliehen, dann müssen sie wohl auch so schlau gewesen sein, in den vergangenen Jahren Reichtümer anzuhäufen. Wir müssen herausfinden, wo sie Schmuck und Silber versteckt haben.‹ Diese Menschen, hatte man sie erst einmal gefangen, wurden den schlimmsten Folterungen ausgesetzt, aber am vierten Tag, als mir die Führung eines solchen Sonderkommandos übertragen wurde, um die letzten noch Verbliebenen, die sich versteckt hielten, festzunehmen, befand sich in meiner Abteilung auch ein junger Engländer, ein feiner Kerl, Ned war sein Name, und gemeinsam spürten wir drei geflohene Familien auf. Als wir sie, an Seilen gefesselt, in die Stadt führten, sah ich, wie Ned die anderen Piraten genau beobachtete, und als niemand hinsah, löste er die Fesseln der Frauen und schickte sie in die Freiheit. Er sah noch, wie ich ihn anschaute, aber weil ich nichts Ungesetzliches sehen wollte, was ich ja hätte melden müssen, drehte ich mich einfach um.«

Als die Folterungen endlich ein Ende gefunden hatten, wurden Abgesandte über die Landenge nach Panamastadt geschickt, um ein Lösegeld in Höhe von 350 000 Pesos in Silber zu verlangen. Sollte die Übergabe scheitern, würde Porto Bello dem Erdboden gleichgemacht. Die dortigen Beamten schickten eine Antwort, in der es hieß, sie könnten eine solche Summe nicht aufbringen, boten Morgan aber gleichzeitig an, einen Schuldschein auf eine Bank in Genua auszustellen. Morgan entgegnete, gerissen, wie er war: »Kaperschiffer bevorzugen harte Barren.« Am Ende wurden 100 000 Pesos gezahlt, und 24 Tage nach dem ersten Sturm lichtete die Flotte der Kaperschiffe Anker und begab sich zügig auf die Heimreise nach Port Royal, wo Will Tatum, Ned Pennyfeather und alle anderen Teilnehmer der Expedition jeweils 150 englische Pfund ausgezahlt bekamen, damals eine ungeheure Summe. Ned schickte seinen Anteil umgehend an seine Mutter auf Barbados.

Hatte Ned Pennyfeather bei der Plünderung von Porto Bello 1668 Henry Morgan als den schlimmsten Gewalttäter erlebt, dann sah er ihn ein Jahr später bei dem Überfall auf Maracaibo als den besten Strategen. Die Geschichte, wie es dazu kam, daß Morgan den als fast uneinnehmbar geltenden Ort angriff, ist eine der dramatischen Legenden der Karibik.

Sein Sieg über Porto Bello in aller Munde, übergab ihm die britische Regierung, als ihrem sogenannten »Admiral des spanischen Festlandes«, ein mächtiges neues Schiff, die »Oxford«, eine 35geschützige Fregatte mit einer Besatzung von 160 Mann. Die Kriegführung auf dem Karibischen Meer sollte sich dadurch radikal verändern.

Morgan beraumte eine Zusammenkunft an Bord seines neuen Schiffes an, das in Isla Vaca vor Anker lag, einer kleinen jamaikanischen Insel auf halber Höhe zwischen den beiden Piratenhochburgen Tortuga und Port Royal gelegen, zu der er alle Kapitäne einlud, die Interesse an einem Kaperausflug haben könnten, und es versammelte sich eine mörderische Bande von Desperados, um zu entscheiden, welche wohlhabende Stadt entlang der Festlandküste sie als nächstes anzugreifen gedachten. Wie immer leitete sie dabei eine Regel: »Kapern wir ein Schiff, kriegt der König seinen Anteil; überfallen wir eine Stadt, gehört alles uns.« Bevor der Disput einsetzte, wollte Morgan stolz den Versammelten noch sein neues Schiff präsentieren: »Seht euch nur die Stärke dieser Kabine an, die Wuchtigkeit der Frachträume. Das hier ist ein wahres Kriegsschiff.« Dann fügte er noch hinzu: »Gentleman, in wenigen Minuten werden wir unser nächstes Ziel wählen; und vergessen Sie dabei nicht, daß wir zum erstenmal dieses mächtige Schiff mitten in unserer Flotte haben, stärker als alles andere, was die Spanier gegen uns werden auffahren können.« Und dann, in seinem hinreißenden walisischen Dialekt, konnte er sich nicht zurückhalten, dem Ganzen noch eine komische Note zu verleihen: »Die ›Oxford‹ wurde nur zu einem Zweck hierhergeschickt: Piraterie zu bekämpfen. Wenn Sie also irgendwo Piraten sichten, dann lassen Sie es mich als ersten wissen.«

Der Besitz eines so starken Schiffes wie die »Oxford« belebte die Diskussion um mögliche Ziele; und weniger reiche Städte wie solche, die sich am Blauholzhandel beteiligten, wurden nicht einmal in Erwägung gezogen. »Noch was rauszuholen, wenn wir nach Porto Bello zurückfahren?«

»Nichts«, sagte Morgan, »das Hühnchen haben wir gründlich ausgenommen.«

»Wie steht's mit Veracruz?«

»Wenn Drake und Hawkins schon daran gescheitert sind, wie sollen wir da erfolgreich sein? Wir haben gezeigt, daß wir gut sind, und mit diesem neuen Schiff werden wir sehr gut sein. Aber nicht unbesiegbar.«

»Campeche?«

»Nicht reich genug.«

»Havanna?«

»Mit seinen neuen Festungen? Nein.«

Schließlich nannte Kapitän McFee das Ziel, das alle im Kopf hatten, das aber niemand mutig genug war vorzuschlagen: »Cartagena?« Der magische Name rief eine Flut von Erinnerungen hervor. Drake hatte dort einst reiche Beute gemacht. Es war von holländische Piraten überfallen worden. Der heißblütige französische Pirat L'Ollonais, der grausamste Mensch, der jemals das Karibische Meer befahren hatte, hatte sich an Cartagena gemessen, und viele andere hatten wegen seines grenzenlosen Reichtums eine Belagerung versucht, waren aber von den gewaltigen Verteidigungsanlagen zurückgeschlagen worden. Jemand, der dort einst eine Niederlage erlitten hatte, beschrieb es als »eine Bucht in einer Bucht, deren Forts eine noch kleinere, umschlossenere, mit Kanonen gespickte Bucht schützen. Sie kann eingenommen werden, bloß nicht von Sterblichen.«

»Drake hat sie eingenommen«, sagte jemand, aber ein anderer Kapitän entgegnete: »Vor einem Jahrhundert, bevor die neuen Festungen gebaut wurden.« Noch ehe jemand dazu etwas bemerken konnte, erinnerte er sie: »Spanische Bauingenieure können in hundert Jahren viele neue Festungen anlegen.«

Schließlich sprach Morgan ein Machtwort: »Die 34 Geschütze unserer ›Oxford‹ bringen noch alle Kanonen der Spanier zum Schweigen. Auf nach Cartagena!«

Die Zaghafteren unter den Kapitänen hätten sicherlich gegen solche Tollkühnheit gestimmt, wenn nicht genau in diesem Augenblick ein Funke, dessen Ursprung später nie festgestellt werden konnte, auf das Pulvermagazin übergesprungen wäre und eine Explosion von ungeheurer Gewalt ausgelöst hätte, die die »Oxford« vollständig in Stücke riß und sie auf der Stelle zum Sinken brachte. 200 Mann gingen mit dem Schiff unter. Wie durch ein Wunder blieben Morgan und seine Kapitäne durch die stabile Bauweise der Kabine, in der sie sich getroffen hatten, verschont, was er, als er aus dem Wasser gefischt wurde, mit der lässigen Bemerkung kommentierte: »Das Morgan-Glück hat wieder einmal gehalten.«

Wieder an Land, kauerten die durchnäßten Überlebenden auf dem Boden, aber Morgan ließ ihnen keine Zeit, lange über den großen Verlust zu jammern. Noch während die wenigen übriggebliebenen Besatzungsmitglieder ein Feuer anzündeten, um sich zu trocknen und zu wärmen, sagte er zu seinen Leuten: »Wie wir vor ein paar Minuten feststellten, sind wir nicht stark genug, Veracruz anzugreifen, und jetzt, ohne die ›Oxford‹, können wir auch Cartagena nicht überfallen. Also, Männer, welche Stadt bleibt da noch übrig?«

Ein französischer Kapitän, der sich in allen Ecken der Karibik herumgetrieben hatte, meinte daraufhin: »Admiral Morgan, es gibt eine Stadt, die noch niemand in unserer Runde erwähnt hat: Maracaibo«, worauf sich die englischen Kapitäne verdutzt anschauten, und das aus gutem Grund.

An der Nordküste Venezuelas, fast 800 Kilometer westlich der großen Salzablagerungen von Cumaná, aber nur 650 Kilometer östlich von Cartagena erstreckte sich der riesige Golf von Venezuela, an dessen südlichem Ende ein sehr enger Kanal zu einem Süßwasserbinnensee führte, in seiner Ausdehnung fast noch einmal so groß wie die Bucht selbst. La Laguna de Maracaibo, wie er genannt wurde, erlangte später Berühmtheit wegen seiner ungeheuren Ölvorkommen und maß 138 Kilometer von Norden nach Süden und 96 Kilometer von Osten nach Westen, über 13 000 Quadratkilometer. Er bildete eine Welt für sich, abgeschnitten vom Meer, umgeben von fruchtbaren Feldern und blühenden Dörfern, dessen größtes, eigentlich schon eine richtige Stadt, am Ende des Kanals lag und denselben Namen wie die Lagune trug.

Maracaibo war ein verführerisches Ziel wegen seines Reichtums, aber auch ein sehr gefährliches, weil man das Risiko einging, mit seinen Schiffen auf dem See in einer Falle zu sitzen, sollte es den Bewohnern gelingen, während der Plünderung ihrer Stadt ein spanisches Kriegsgeschwader heranzuholen. Selbst wohlbewaffnete Kaperschiffer mit ausreichend Geschützfeuer überlegten es sich zweimal, ob es einen Versuch wert war, in das Gebiet um Maracaibo einzufallen. »Die Ausbeute wäre riesig, aber es droht immer die schreckliche Gefahr, in dem Kanal eingeschlossen zu werden. Was dann?«

Morgan ließ sich die Gefahren, die mit diesem heiklen Unterfangen verbunden waren, noch einmal durch den Kopf gehen und schlug vor: »Laßt uns eine Nacht drüber schlafen« und versammelte am nächsten Morgen erneut die Kapitäne um sich: »Es soll Maracaibo sein.« So kam es, daß Ned Pennyfeather am Morgen des 9. März 1669 mit einer Lotleine im Bug der »Glen Affric« stand, um die Tiefe der mörderischen Einfahrt in die Lagune zu messen. An manchen Stellen war die Passage so eng, daß er das Gefühl hatte, nur die Hände ausstrecken zu müssen, um die Küste zu berühren, aber seine Arbeit nahm ihn so in Anspruch, daß er die drohende spanische Festung, die auf einem markanten Gipfel vor ihnen thronte und deren Kanonen das Schiff jeden Augenblick zerstören konnten, beinahe nicht bemerkt hätte. Sie wirkte ungeheuerlich, ein gewaltiger Brocken aus Steinen und eisernen Zinnen mit schweren Geschützen, die direkt auf die zehn anrückenden Schiffe gerichtet waren.

»Geschütze!« rief er verspätet, gerade als ein Schuß über ihm hinwegfegte und schlecht gezielt weitab von den eindringenden Schiffen aufprallte. Es war die bekannte spanische Tragödie, die sich wieder einmal abspielte: eine herrliche Burgfeste, strategisch perfekt plaziert und ausreichend bewaffnet, nur nicht genügend bemannt – und zudem mit Truppen, denen es entweder an Entschlossenheit oder Fähigkeit mangelte. Fast empfand Ned so etwas wie Scham darüber, wie leicht es Morgans Männern gemacht wurde, die Feste einzunehmen, ohne auch nur einen einzigen Seemann zu verlieren.

Sein Onkel Will allerdings sprach die Befürchtung aus, die alle alten Fahrensleute an Bord hegten: »Es war leicht reinzukommen – aber kommen wir auch wieder raus?« Und auch an den folgenden Tagen, während die Flotte durch die Lagune stürmte und Sieg um Sieg errang, fragten sich die Älteren unter den Seeleuten immer wieder: »Wie sollen wir unsere Beute aus dieser Falle schleppen?«

Die Beute war enorm, denn die kleineren Siedlungen im Uferbereich waren tatsächlich wohlhabend, nur hatten die Einwohner ihr Gold und ihre Juwelen klugerweise versteckt, was Ned in eine tiefe moralische Krise stürzte, denn wenn die Bukaniere wirklich alle Schätze einsacken wollten, mußte jemand losgeschickt werden, die reichen Bewohner gefangenzunehmen, die in die Berge geflüchtet waren, sie in Fesseln zurückbringen und zwingen, ihre geheimen Verstecke preiszugeben. Letzteres war entsetzlich, denn das hieß den Einsatz von Streckfolter, brennenden Fackeln und der schrecklichen Wickel. An den Folterungen beteiligte er sich nie, aber er spürte die Entflohenen auf und lieferte sie an die Quartiere aus, in denen die Verhöre stattfanden, und wenn die Verstecke verraten waren, lief er zu der angegebenen Stelle und grub die Schätze aus.

Während des anschließenden Trinkgelages zur Feier des erfolgreichen Überfalls der Bukaniere überbrachte der Ausguck, der an der Einfahrt zur Lagune postiert worden war, die Nachricht, die alle befürchtet hatten: »Spanische Schiffe sind eingefahren und blockieren den Fluchtweg.« Sofort wurden alle, die kurz vor der Trunkenheit gestanden hatten, wieder nüchtern, und alle Gesichter wandten sich Morgan zu, den diese unglückliche Wendung anscheinend nicht überraschte. Er hieß den Boten Platz nehmen, bestellte ihm ein Glas Ale und bat ihn, seine Fragen genau zu beantworten. »Wie viele Schiffe?« Ein großes und sechs oder sieben kleinere, etwa in den Ausmaßen wie Kapitän McFees Schiff. »Irgendwelche Anzeichen, daß die Festung wieder besetzt ist, die wir zum Teil zerstört haben?« O ja! Wiederaufbau im Gange, neue Kanonen, Einzug neuer erstklassiger Truppen. Mit einemmal verfolgte Morgan eine Spur, die scheinbar in keiner Beziehung zu dem vorher Gefragten stand. »Das große Schiff? Sind die Seiten hoch? . . . Gibt es in der Nähe des Forts eine Stelle, wo ein Kanu landen und Männer absetzen kann? . . . Ein Wald in der Nähe?« Genug gehört, sprach er ruhig zu seinen Kapitänen: »Das Problem ist einfach, meine Herren. Wir durchbrechen ihre Blockade, segeln zurück nach Port Royal und verteilen unser Prisengeld.« Und keiner der Anwesenden wagte zu fragen: »Wie?«

Morgan hatte gar keine andere Wahl, als das Spießrutenlaufen auf sich zu nehmen, auch wenn der versammelte Gegner übermächtig schien, und so leitete er am 27. April 1669 die ersten Schritte ein. Ned, der mittlerweile Dienst an Bord des Flaggschiffs versah, hatte Gelegenheit, aus nächster Nähe zu beobachten, auf welch geniale Weise sich Morgan auf seinen Spurt in die Freiheit vorbereitete. Während er die Flotte aus zehn Schiffen auf den umkämpften Ausgang zulenkte, wandte er sich an seine Matrosen: »Wir müssen ja nicht so vorgehen, wie sie es von uns erwarten. Wir werden es auf unsere Weise lösen.« Dann verteilte er verschiedene Aufgaben an die Männer. Ein paar sägten lange Holzstangen oder einfach Äste zurecht und formten sie zu menschenähnlichen Gebilden, andere setzten ihnen behelfsmäßige Hüte auf, wieder andere bewaffneten sie mit Stöcken. Da er wußte, daß Will Tatum ein Mann war, dem man mit wichtigen Aufträgen betrauen konnte, bestellte Morgan ihn zu sich: »Will, hör zu. Du legst das gesamte Deck mit allem möglichen aus, was du auftreiben kannst. Nur muß es leicht brennen. Am besten Teer, Pech und loses Schießpulver.« Will war bestürzt und fragte zögernd: »Ihr wollt doch nicht etwa Euer eigenes Flaggschiff opfern?« Aber Morgan antwortete: »Von den verdammten spanischen Admiralen würde das keiner fertigbringen. Aber ich werde es tun.« Und noch während Will und Ned das Schiff präparierten, wies

Morgan seine Schmiede an: »Fertigt mir sechs kräftige Enterhaken an, doppelt so große wie die, die ihr bisher gemacht habt.« Als sie ihre Arbeit getan hatten, packte Morgan selbst mit an und band schwere Taue an die Klauenmonster.

Als alles bereit war, drei weitere kleinere Schiffe bis auf die Schandeckel gestutzt waren, so daß sie geradezu über die Wasseroberfläche fliegen konnten, gab Morgan das Signal, und seine beängstigend überlegene Flotte setzte Segel, als wollte sie versuchen, den Kordon zu durchbrechen, doch als sich das Feuerschiff, besetzt mit Will, Ned, acht weiteren wagemutigen Männern und den grimmigen, an Deck aufgereihten Pappkameraden, dem gewaltigen spanischen Schiff näherte, dem Mittelpunkt der Verteidigung, versuchten die Freibeuter nicht, seitlich auszuweichen, sondern drehten urplötzlich bei und hielten mittschiffs auf den Gegner zu, während zwei kleinere englische Schiffe von vorne und achtern angriffen. Alle drei krachten gleichzeitig in das spanische Kriegsgefährt, warfen die Enterhaken aus und veranlaßten auf diese Weise die Spanier dazu, sich in drei Gruppen aufzuteilen. Sie hätten besser daran getan, sich nur gegen das große Schiff in der Mitte zur Wehr zu setzten, denn kaum waren die Haken ausgelegt und ein Abkoppeln unmöglich, riefen Tatum und Pennyfeather ihren Kameraden zu: »Bringt euch in Sicherheit! Wir zünden das Pulver an!«, worauf die Männer über Bord sprangen und von einem Boot im Schlepptau aufgenommen wurden, während Will sich an die Arbeit machte, die ihm echte Freude bereitete: die Pulverspur anzünden, die, noch ehe er selbst und Ned ins Wasser gesprungen waren, in einem gigantischen Feuerball explodierte, der alle leicht entzündbaren Stoffe an Deck in Brand setzte und das große spanische Kriegsschiff als einen Raub tosender Flammen zurückließ.

Die gigantische Feuersbrunst wurde beiden, durch eiserne Enterhaken aneinandergeketteten Schiffen zum Verhängnis, brannte sie bis zur Wasserlinie aus und ließ sie als eins auf den Grund der See sinken. Die wichtigste Blockade der Spanier im Fluchtweg der Engländer war damit beseitigt.

In der Zwischenzeit hatte das zweitgrößte Schiff der Spanier die Flucht zur Festung angetreten und versuchte, auf Grund zu laufen und die Mannschaft als Verstärkung der Soldaten an Land zu setzen, doch eines der schnellen englischen Schiffe hatte bereits die Verfolgung aufgenommen, es mit Brandkugeln beschossen und in einen rauchenden Koloß verwandelt. Das dritte große spanische Schiff wurde gleich aus der Lagune in die Wasserrinne gejagt, wo es gekapert und von Morgan als Flaggschiff übernommen wurde, als Ersatz für das alte, das er bei dem Brand hatte opfern müssen. Die Lagune war nun frei von Spaniern, und die ersten Hindernisse auf dem Weg in die Freiheit waren beiseite geräumt.

Am nächsten Morgen äußerte sich Kapitän Morgan zu dem Problem, wie er dem bedrohlichen Fort zu entkommen gedachte, dessen wieder schußbereiten Geschütze jedes anrückende Schiff vernichten konnten, das sich heimlich vorbeischleichen wollte.

An jenem Tag, der nun schon über einen Monat zurücklag, als er seine Schiffe an der Festung vorbeigesteuert hatte, war ihm eine Idee gekommen, wie man sie für den Fall einer Einkesselung wieder aus der Lagune herausführen könnte, und diese Idee setzte er nun in die Tat um. Er sammelte alle großen in der Lagune erbeuteten Kanus um sich, bemannte sie für den Gegner leicht erkennbar mit zwanzig Gutbewaffneten und wies die Steuermänner an, Kurs auf die Küste zu nehmen, nahe der Anmarschwege zur Burgfeste, aber nicht dort, sondern versteckt zwischen den herabhängenden Ästen einiger Bäume zu landen. Dort sollten die Kanus vorgeblich entladen werden und sich die Männer zum Angriffstrupp auf die Festung sammeln, dann zurückkehren, diesmal nur die beiden Ruderer sichtbar, während die übrigen achtzehn Männer flach auf dem Boden im Versteck lagen.

Auf diese ausgeklügelte Weise erweckte Morgan den Eindruck, ein gigantisches Überfallkommando am Fuß der Burgfeste abgesetzt zu haben, obwohl in Wirklichkeit seine Männer alle zurück an Bord ihrer Schiffe waren, sich aber unter Deck versteckt hielten. Die Besetzer des Forts, entschlossen, sich nicht überraschen zu lassen, drehten ihre schweren Geschütze weg von der Wasserseite und richteten sie direkt auf die Stelle, wo die feindlichen Soldaten gelandet waren und von wo aus sie den Angriff erwartungsgemäß starten würden.

Er kam jedoch nie. Statt dessen rief ein einsamer Ausguck, der die Wasserenge im Auge behielt, plötzlich: »Sie entkommen! Sie entkommen!« Und als die Verteidiger rasch auf die Wasserseite der Feste überwechselten, lediglich mit Pistolen und Degen bewaffnet, sahen sie nur noch, wie Henry Morgan und seine Flotte von zehn Schiffen in aller Ruhe auf den schmalen Kanal zusteuerte, der sie in die Freiheit bringen würde. Ein hoher spanischer Offizier, im Besitz eines Fernglases, beobachtete das Leitschiff und rief seinen Kameraden zu: »Dieses Schwein! Er benutzt unsere ›Soledad‹ als sein Flaggschiff und sitzt unbekümmert an Deck und trinkt Rum!« Morgan war freigekommen und befand sich auf dem Weg zurück nach Port Royal.

Das Jahr 1670 vergeudete das todbringende Trio, Kapitän McFee und seine »Glen Affric«, Will Tatum als sein Erster Maat und Ned Penny-feather als einfacher Bukanier, seine Zeit untätig an Land; sie trieben sich in den Kneipen von Port Royal herum, zechten und stifteten Unfrieden. Ein Quäkermissionar, aus Philadelphia angereist, um auf Barbados seinen Dienst anzutreten, machte Zwischenstation in Port Royal, weil seinem Schiff unterwegs eine Spiere abhanden gekommen war, aber nach nur einem gräßlichen Tag an Land zog er sich wieder in seine Kajüte zurück, wo man ihn wenigstens nicht belästigen würde, solange das Schiff in diesem Sündenpfuhl weilte: »Ich habe oft von Sodom und Gomorrha gehört und immer gedacht: Die Orte kann es nicht wirklich gegeben haben, sie sind nur Symbole des Bösen. Aber Port Royal ist Wirklichkeit, und wenn wir in früheren Zeiten lebten – Gott würde diese Stadt vom Angesicht der Erde fegen.«

Zunehmend gereizt aufgrund ihrer Untätigkeit begaben sich die Männer der »Glen Affric« einfach, ohne einen bestimmten Plan, auf See. »Zu den Blauholzwäldern wollen wir nicht«, sagten sich die Seeleute und gaben sich der Hoffnung hin, einem spanischen Schatzschiff zu begegnen, aber weit und breit war keines zu sehen. Unlustig ließen sie sich zuerst nach Porto Bello treiben, doch die unerwartete Ankunft eines ganzen spanischen Konvois aus Cartagena verscheuchte sie, die Begegnung hätte ihren sicheren Untergang bedeutet.

Während die drei ziellos umherirrten, nannten sie das Meer, auf dem sie segelten, nicht das Karibische Meer. Der Begriff war damals noch nicht allgemein geläufig. Aufgrund der ungewöhnlichen Richtung, in der die Landenge von Panama verlief – von Westen nach Osten und nicht, wie man hätte erwarten können, von Norden nach Süden –, wurde von dem Karibischen Meer immer als dem Nordmeer und vom Pazifik als dem Südmeer gesprochen. Drake kämpfte folglich im Nordmeer gegen die Spanier, schlich sich durch die Magellanstraße, um dann über das Südmeer (und nicht den Pazifik) die Heimfahrt anzutreten. Und Sir Henry wilderte im Nordmeer, nicht im Karibischen.

Ein Seemann raunte McFee immer wieder zu: »In Mexiko, da gibt es Silber.« Und so nahm die »Glen Affric«, weil es ihr an besseren Zielen mangelte, Kurs Richtung Norden auf das erste mexikanische Stück Land zu, das am Horizont auftauchen würde. Am Ende stellte sich heraus, daß es sich um die historische Insel Cozumel handelte, aber als die Männer an Land stürmten, die Gewehre schußbereit, fanden sie nichts als verrottete Tempelruinen aus irgendeiner weit zurückliegenden Epoche. Will musterte die umgestürzten Steinblöcke und verkündete, es handelte sich um ägyptische Fundstücke, und die anderen übernahmen seine Ansicht, allerdings brach ein Disput aus über die Frage, wie die Ägypter diese einsame Insel wohl erreicht haben konnten.

Sie fanden nicht einen Peso in Cozumel. Nur Ned stolperte zufällig über einen schmalen gemeißelten Kopf, der von einer größeren Statue stammen mußte, und nahm ihn mit zum Schiff. Als sein Onkel den Kopf in der Hängematte des Jungen liegen sah, packte er den Stein und warf ihn über Bord: »Auf ein christliches Schiff gehören keine heidnischen Götzen. Das bringt Pech.«

Es war während der letzten Tage des Jahres 1670, als Kapitän Morgan höchstpersönlich verlautbaren ließ, er habe vor, »das größte Unternehmen in Angriff zu nehmen, das jemals in diesen Gewässern versucht wurde«, und nachdem das Gerücht die Runde gemacht hatte, schwärmten alle Kapitäne, unter ihnen auch Angus McFee mit seiner kleinen zähen »Glen Affric«, zurück nach Port Royal, um die offizielle Bestätigung zu hören: »Kapitän Henry Morgan, ausgestattet mit einer Urkunde des Königs und des Gouverneurs von Jamaika, wurde zum Admiral und Oberbefehlshaber aller gegen die Spanier aufgebotenen Streitkräfte ernannt und fordert hiermit alle interessierten Schiffe und deren Besatzung auf, sich mit ihm auf Isla Vaca vor der Südwestküste Hispaniolas zu treffen, um weitere Pläne zu schmieden.«

Innerhalb weniger Tage lag die Reede von Port Royal verlassen da, während von überall her eine kleine Armada zu der kleinen Insel strömte, vor deren Küste zwei Jahre zuvor das mächtige Kriegsschiff »Oxford« in die Luft geflogen war. Morgan war erfreut zu sehen, daß sich auch ein Dutzend von diversen Schlachten gezeichneter französischer Schiffe unter ihnen befand, denn vor der Kampfbereitschaft französischer Bukaniere hatte er großen Respekt. »Die Besten in der Karibik«, pflegte er zu sagen, nicht ohne hinzuzufügen: »Wenn man versteht, sie zu führen«, und er hatte die Absicht, sie zu Gold und Ruhm zu führen. Morgan wandte sich als Admiral an die versammelten Kapitäne und setzte sie mit der Kühnheit seiner Vision in Erstaunen: »Meine Herren, wir haben uns hier mit 38 Schiffen und nahezu 3000 Männern versammelt.« Mit erhobenem Zeigefinger gebot er den Jubelrufen, die seine einleitenden Sätze begrüßten, Einhalt: »Aber wir haben soeben erfahren, daß sich England jetzt offiziell in Frieden mit Spanien befindet.« Lautes Stöhnen. »Noch ist nicht alles verloren, denn wir haben weitere Anweisung, bei Aufdeckung des geringsten spanischen Komplotts, etwa in Jamaika oder irgendeinem anderen englischen Besitztum, einzufallen und uns das Recht zu nehmen, Spanien überall da zu treffen, wo es sich verwundbar zeigt.« Wieder ertönte Jubelgeschrei. Dann die ernüchternde Nachricht: »Meine Herren, wir haben keinerlei Beweis für einen solchen Plan von spanischer Seite, aber ich wäre Ihnen sehr verbunden, wenn Sie mir einen beschaffen könnten.«

Was daraufhin geschah, ist am besten in einer Denkschrift beschrieben, die Ned Pennyfeather verfaßte, lange nachdem Admiral Morgan bereits tot war:

»Um sich einen Beweis von der spanischen Falschheit zu verschaffen, schwärmten mehrere kleine Schiffe in die nähere und weitere Umgebung aus und nahmen willkürlich Gefangene, die bezeugen sollten, daß spanische Streitkräfte in Cartagena alle Anstrengung unternahmen, einen Angriff zu landen und sich Jamaika wieder einzuverleiben. Ich vermute, daß ein solcher Plan gar nicht existierte, denn wir kaperten nacheinander zwei spanische Schiffe, konnten aber trotz ausgiebiger Verhöre, bei denen ich als Dolmetscher diente, nicht das geringste in Erfahrung bringen, worauf den halsstarrigen Spaniern Gewichte umgehängt und sie ins Meer geworfen wurden.

Einem Schwesterschiff jedoch, ebenfalls auf Erkundung, gelang es, zwei Gefangene zu machen, die bereit waren, spanische Geheimpläne zu verraten, und man brachte mich zu dem besagten Schiff, um sicherzustellen, daß ihr Bericht genau übermittelt wurde. Eigentlich waren die beiden gar keine Spanier, sondern Bewohner der Kanarischen Inseln, beide von der übelsten Sorte Mensch, und ich war nie überzeugt, daß sie die Wahrheit sagten, ja daß sie überhaupt wußten, was sie da bezeugten, aber als sie sahen, wie drei Kameraden, die sich geweigert hatten zu reden, mit Gewichten behängt und über Bord gestoßen wurden, waren sie bereit, auf die Bibel, die ich mitgebracht hatte, zu schwören, daß sich in Cartagena eine gewaltige Flotte und zahllose Soldaten auf einen Angriff auf Jamaika vorbereiteten. Als ich Admiral Morgan die Abschrift ihrer Aussagen überreichte, zerknüllte er das Papier mit der rechten Hand, wedelte dann damit in der Luft herum und rief: ›Das reicht! Mehr brauchen wir nicht!‹ Und noch am selben Nachmittag informierte er die versammelten Kapitäne. ›Wir nehmen Kurs auf die

Landenge, marschieren quer rüber und plündern die große und reiche Stadt Panama.‹ Als ich diese Worte vernahm, zitterte ich am ganzen Leib, und nicht nur ich, auch viele von den Kapitänen.«

Es gab zwei Marschrouten über die Landenge zwischen der karibischen Seite im Osten und der pazifischen im Westen. Die erste führte über Land, es war jener berühmte Pfad, den Drake und die Maultierkarawanen aus Peru zurückgelegt hatten. Die zweite Route machte sich den Chagresfluß ein paar Kilometer weiter nördlich zunutze, dessen Mündung allerdings von einem gewaltigen Fort bewacht wurde, das so geschickt gelegen und befestigt war, daß einer von Morgans Männern später zwei eng beschriebene Seiten benötigte, um die furchterregenden Anlagen zu beschreiben:»Auf einem hohen Berg errichtet . . . umgeben von dreißig Fuß tiefen Gräben . . . von einem kleineren Fort mit acht Kanonen unterstützt, das den Fluß beherrscht . . .« Und schließlich:»Darüber hinaus liegt in der Einfahrt zum Fluß ein riesiger Felsbrocken, kaum sichtbar, es sei denn bei geringem Wasserstand.«

Der Angriff auf die Festung, bei der Morgans 400 Männern die gleiche Anzahl bis zum letzten entschlossener spanischer Verteidiger gegenüberstand, dauerte den ganzen Tag und war schrecklich. Die Dämmerung brach an, ohne daß eine Entscheidung gefallen war, und für Ned, der bei den Grenadieren kämpfte, deren gefährliche Aufgabe darin bestand, dicht bis an die Mauer vorzulaufen und Granaten oder Brandfackeln rüberzuschleudern, stellte es sich so dar, daß der Gegner die Plünderer abwehren und sie zurück auf ihre wartenden Schiffe schlagen würde. Als das Tageslicht anfing zu schwinden, geschah eines jener unvorhersehbaren Ereignisse, die gelegentlich den Ausgang von Schlachten bestimmten: Ein Indianer, der auf der Seite der Spanier kämpfte, ein Meisterschütze, schoß einen Pfeil ab, der die Schulter des Grenadiers neben Ned vollständig durchbohrte. Laut fluchend zog der Engländer ihn wieder aus der Fleischwunde heraus, umwickelte die Spitze mit einem in Pulver getauchten Tuch, zündete sie an und schoß ihn zurück zur Festung, wo er in einem trockenen Dachgestühl landete. Innerhalb weniger Minuten stand dieser Teil des Forts in Flammen, aber im Laufe der Nacht warfen noch mehr wagemutige Grenadierkommandos, Ned eingeschlossen, Brandkugeln in hohem Bogen über die Mauer, so daß am nächsten Morgen fast alle Holzbauten Feuer gefangen hatten.

Es folgten Tage des Grauens. Über hundert Freibeuter, eine bis dahin nie gekannte Zahl, kamen bei dem Versuch ums Leben, diese hartnäkkige Festung zu unterwerfen, wobei der spanische Gegner bis auf wenige Überlebende alle Einheiten verlor. Nie zuvor hatten nach Neds Erfahrung die spanischen Soldaten mit größerer Tapferkeit gefochten, vor allem der Kastellan, der durch massiven Beschuß zunächst in eine Ecke des Innenhofes getrieben wurde, dann von Zimmer zu Zimmer, die ganze Zeit nur mit einer Machete kämpfend, bis er zum Schluß an eine Wand gedrängt wurde, wo er drei Bukaniere abwehrte, bis ein vierter herbeieilte und ihm den »Coup de grâce« versetzte. Ned, einer der drei und in dem heldenhaften Kampf beinahe getötet, kniete neben dem Spanier nieder, nahm ihm das Schwert aus der Hand und legte es über die Brust des Erschlagenen, den Knauf als Totenkreuz. Dort lag der Kastellan, als Flammen an seiner Leiche leckten und das Fort verschlangen.

Am 19. Januar 1671, als Admiral Morgan mit seinen annähernd 2000 Mann und einer Kanuflotte seine Fahrt den Chagres flußaufwärts antrat, ahnte niemand, Admiral Morgan am wenigsten, daß sie sich auf ein Unternehmen einließen, das sich als eines der am schlechtesten vorbereiteten in der Militärgeschichte erweisen sollte. Denn als einer seiner Matrosen, der sah, daß aller Proviant zurückgelassen wurde, um Platz für Waffen zu haben, die für den Überfall auf Panama benötigt wurden, die Frage stellte: »Und was sollen wir unterwegs essen?«, antwortete sein Vorgesetzter, wie schon viele Generale in der Geschichte, leichthin: »Wir ernähren uns von dem, was wir an Land finden.«

Leider gab es kein Land in dem Sinne. Der Chagres bewässerte kein fruchtbares Ackerland, bewohnt von Indianern, die in kleinen Bambushütten lebten und Viehzucht betrieben, Obstbäume pflanzten und Gemüse anbauten. Der Fluß lief zu beiden Seiten in Sümpfen aus, in denen keine Hütten standen, kein Vieh graste und zum Erstaunen der Seeleute nicht einmal Obstbäume wuchsen. Die ganze Armee blieb drei Tage ohne einen einzigen Bissen. Am vierten Tag breitete sich schon eine seltsame Freude unter den Truppen aus, denn Späher riefen plötzlich: »Hinterhalt voraus!« Den halbverhungerten Marschierern erschien das keineswegs als eine Bedrohung, eher eine Gelegenheit, auf Teufel komm raus eine Schlacht anzuzetteln und etwas Nahrung zu erobern. Als sie sich jedoch der Stelle des vermuteten Hinterhalts näherten, fanden sie zu ihrem Schrecken, daß die Spanier bereits geflohen waren und nicht einen Brotkrümel hinterlassen hatten. Alles, was sie liegengelassen hatten, waren ein paar Feldbeutel, wie sie Soldaten aller Länder benutzten, um ihre Wertsachen aufzubewahren, und über diese fielen die darbenden Soldaten her. Einer von ihnen berichtete später:

»Ihr fragt, wie Menschen Leder essen können? Ganz einfach. Man kratzt die Haare ab, schneidet es in feine Streifen, klopft es im Flußwasser zwischen zwei Steinen weich, kocht es, bis es zart ist, und röstet es, damit es noch schmackhafter wird. Man kann es dann immer noch nicht durchbeißen, aber in winzige Stücke schneiden, die man im Mund hin und her bewegt, wegen des herrlichen Geschmacks, und schließlich schluckt man sie herunter. Sie haben keinen Nährwert für den Magen, aber geben ihm was zu tun, was für eine Weile das schreckliche Kneifen beendet, das einen überfällt, wenn der Magen arbeitet, aber nichts drin ist.«

Ned hatte das Mahl versäumt, war es auch noch so bescheiden, denn er erkundete gerade die Gegend flußaufwärts, als das Leder verteilt wurde. Als er zurückkehrte und die Männer kauen sah, Nahrung, wie er vermutete, rief er in panischer Angst, zu kurz gekommen zu sein: »Und wo ist meins?«, worauf Mompox ihn an die Hand nahm, sich setzen ließ, seinen Unmut beschwichtigte und ihm erklärte, was die Seeleute da aßen. Dann teilte er seine Portion gerösteter Lederstreifen und gab seinem Freund die Hälfte ab.

Der neunte Tag war ein Tag, den sie niemals vergessen sollten, denn nach dem qualvollen Aufstieg auf den Gipfel eines beachtlichen Berges schauten die Männer südwärts, wo sich ihnen ein Anblick bot, dessen Schönheit und Einmaligkeit sie überwältigte, wie Ned Pennyfeather beschrieb, als er sich später einmal daran erinnerte:

»Mompox und ich standen früh auf, erbaten den Segen des Herrn für den Tag, der unser letzter sein würde auf Erden, wie wir befürchteten, und machten uns daran, den steilen Abhang hochzuklettern, solange wir noch Reste von Energie in uns spürten. Während ich mich vorkämpfte, den Kopf weit vorgebeugt, um meinen leeren Magen in seinem grummelnden Schmerz hübsch gebogen zu halten, rief Mompox: ›Ned! Oh, Ned!‹ Und als ich aufblickte, sah ich die immense Weite der Südsee vor mir liegen, die sich endlos erstreckte bis dorthin, wo der Himmel fast schwarz schien. Sanfte Wellen, kaum höher als ein paar Zoll, brachen sich am Strand, endlos ausdehnend und in voller Pracht. Wir sahen keine Anzeichen Panamas, wie Morgan es uns beschrieben hatte, nur diesen riesigen Ozean, der sich bis jenseits aller Vorstellung ausstreckte.

Dann ertönte hinter mir der Ruf: ›Sieh mal! Panama!‹ Und ich drehte mich in die Richtung, der ich vorher keine Aufmerksamkeit geschenkt hatte, und sah in der Ferne die Stadt leuchten, die uns alle reich machen sollte. Ich konnte viele Kirchen ausmachen und den stattlichen Turm einer Kathedrale sowie zahllose Häuser, vollgestopft mit den Dingen, hinter denen wir her waren. Und in der Bucht, der Stadt vorgelagert, über ein Dutzend Schiffe, manche Galeone von unvorstellbarer Größe, die schwere Silberladungen von Peru Richtung Norden transportierte. Mompox und ich sanken auf die Knie und dankten unserem Gott, denn in dieser Stadt mußte es etwas zu essen geben.«

Ihr Abstieg führte sie durch ein Tal, vorbei an einer Unmenge Kühe, Bullen, Pferde, Ziegen und Esel. Hastig schlachteten sie einige Tiere und fachten große Feuer zum Braten an, aber viele, Mompox und Ned eingeschlossen, hatten nicht die Geduld, so lange zu warten, bis das Fleisch gar war. Kaum fing es an zu rauchen, rissen sie die Fleischbrokken von den Spießen herunter und fingen an, die blutigen Brocken hinunterzuschlingen.

Am zehnten Tag seit der Einnahme der Festung an der Mündung des Chagres waren Admiral Morgan und seine inzwischen mit genügend Nahrung versorgten Männer gerüstet, ihren Angriff auf Panama einzuleiten, deren zahllose verteidigungsbereiten Bewohner sie in Schlachtordnung in einer Ebene draußen vor der Stadt erwarteten. Zusätzlich zu gutausgebildeten Truppen, einer tüchtigen Kavallerie und fähigen Anführern verfügten die Spanier über eine Geheimwaffe, in die sie großes Vertrauen setzten: zwei riesige Herden wilder Bullen, die im günstigen Moment gleichzeitig auf die Piraten losgelassen werden sollten. Mit dem Schlachtruf »Viva el Rey!« leitete die Kavallerie den Sturm ein, flankiert von unerschrockenen Fußsoldaten, und zwei Stunden wütete die Schlacht, wobei die Spanier die verbissen kämpfenden Reihen der Invasoren zu durchbrechen vermochten, die wußten, daß ihre Tage in der Hölle spanischer Gefängnisse gezählt waren, sollten sie diesen Kampf verlieren.

Bei Anbruch der dritten Stunde ließen die Spanier die wilden Bullen frei, jeweils 200 in einer Herde auf der rechten und der linken Flanke. Sie rasten direkt auf die Piraten zu, hörten das Schlachtgetümmel, ergriffen panisch die Flucht und liefen in höchster Geschwindigkeit mitten in die spanischen Reihen zurück, die Hals über Kopf in die Stadt flohen, Morgans Männer ihnen auf den Fersen.

Morgans Eintritt in die Stadt wurde bitter erkämpft, und so viele verloren dabei ihr Leben, daß flammende Wut anfing, ihn zu verzehren. Als bekannt wurde, daß desertierte Soldaten und Zivilisten sich in Gräben flüchteten, in der Hoffnung, sich nach dem heftigen Tumult ergeben zu können, gab er Befehl, alle zu erschießen, Männer und Frauen. Es wurde nicht ein Gefangener gemacht. Jenseits des Stadttors stieß er auf eine Gruppe Nonnen und Mönche, und blind vor Wut brüllte er:»Sie werden angreifen!« und führte seine Männer in ein Gemetzel, das alle unterschiedslos abschlachtete.

Sein Zorn steigerte sich noch, als er die Stadt eingenommen hatte, aber feststellen mußte, daß man die Lagerhäuser unten am Wasser leer geräumt und alles Silber weggeschafft hatte und auch aus den sagenhaft reichen Klöstern und Kirchen aller Schmuck verschwunden war. Morgan hatte einen ungeheuren Sieg errungen, gegen widrigste Umstände, aber nur die Hülse einer Stadt gewonnen. Ihre Schätze waren ihm entgangen.

In seiner Raserei, die keine Grenzen mehr kannte und keine Regeln des Anstands, gab er Panama seinen Matrosen zur Plünderung frei, und nachdem sie sich tagelang ausgetobt hatten, befahl er seinen Männern, die Stadt in Brand zu setzen. Während der gesamten vier Wochen, die er und seine Truppe dort verbrachten, loderte das Feuer, bis alles niedergemacht war. Kirchen, Klöster, Häuser, Lagerhallen – alles wurde ein Raub der Flammen. Nur der aus Steinen gebaute Turm der Kathedrale blieb übrig, als Zeichen für die Stelle, an der einst diese strahlende Stadt am Scheidewege gestanden hatte.

Erbost über das Ausbleiben jeglicher Beute, wofür sie soviel an Leid und Mühe aufgenommen hatten, waren Morgans Männer in der Zwischenzeit losgezogen, fingen alle Stadtbewohner ein, deren sie habhaft werden konnten, und setzten sie der Folter aus, um von den Gequälten die Preisgabe ihrer Verstecke zu erpressen. Beide Männer, Will Tatum und Mompox, beteiligten sich an der Aufspürung der Geflohenen und ihrer anschließenden Unterwerfung unter die raffinierten Foltermethoden, die die Piraten bei früheren derartigen Überfällen noch perfektioniert hatten. Sie setzten alles ein, Streckfolter, Feuer, die fürchterliche Wickel, Zerstückelung, Vergewaltigung, und wenn ihre Geduld am Ende war, auch Mord. Die Plünderung Panamas kostete etwa 400 Soldaten das Leben, die auf dem Schlachtfeld gefallen waren, und einer Vielzahl Zivilisten, die bei den Verhören erschlagen wurden.

Dieses Mal beteiligte sich Ned nicht an der Jagd auf die Geflüchteten, statt dessen wurde er mit den Befragungen betraut. Es wurde seine Aufgabe, mit allen Mitteln herauszubekommen, wo die Reichtümer Panamas versteckt waren, und weil auch er die Enttäuschung seiner Kameraden teilte und wußte, daß sie mit wenig Lohn für alle ihre

Schlachten und die Tage des Hungers nach Port Royal heimkehren würden, sollten sie die verborgenen Schätze nicht auftreiben, entwickelte er sich zu einem skrupellosen Inquisitor. Wenn sich Frauen weigerten, Familiengeheimnisse zu verraten, hatte er keinerlei Bedenken, seinen Gehilfen zu befehlen: »Fragt sie noch einmal!«, worauf die Folter verstärkt wurde und der Gefangene nicht selten in der improvisierten Folterkammer starb, in der Ned sein grausames Handwerk verrichtete.

Unter den Gefangenen befand sich auch ein Mann von offenbar besonderer Stellung und ansehnlichem Reichtum, den Tatum und Mompox bei einem Streifzug weit außerhalb der Stadt aufgespürt hatten. Als er ihn dem Verhör übergab, sagte Will: »Er hatte drei männliche Diener, die ihr Leben hergegeben hätten, um ihn zu schützen. Mompox und ich mußten sie töten. Der da weiß bestimmt irgend etwas.«

Niemand erfuhr jemals, wer er wirklich war, und Ned fing an zu glauben, er sei vielleicht Mitglied eines religiösen Ordens. Schließlich, nach Martern, denen nur wenige widerstanden hätten, brach der Mann in ein teuflisches Lachen aus: »Ihr verdammten Idioten! Ihr Narren! Bringt Morgan her, und ich werde alles verraten.« Morgan eilte in den Verhörraum, aber der Gefangene, festgezurrt auf der Streckfolter, schaute ihn mit der grenzenlosen Verachtung eines Sterbenden an und lachte wieder: »Du Riesenarsch! Trittst als großer Admiral auf, aber hast kein Fünkchen Verstand!«

»Frag ihn, wo es versteckt ist!« kreischte Morgan, und als Ned die Frage wiederholte, entgegnete der Spanier: »Es war in deiner Reichweite, Morgan. Es war alles da, zwei Bootslängen von der Küste, als du in unsere Stadt gestürmt kamst... unsere herrliche Stadt.« Einen Augenblick schien es, als würde der Mann anfangen zu weinen, nicht aus Schmerz, sondern aus Trauer über seine niedergebrannte Stadt, aber Morgan wies die Männer an der Streckfolter an: »Spannt sie noch mehr.« Unfreiwillig schrie der Gequälte auf und sagte dann mit aufreizender Ruhe: »Bevor du gekommen bist, gab ich Befehl, alle Schätze Panamas – Blattgold aus den Kirchen, Gold und Silberbarren aus den Lagerhäusern, die Schätze aus den Klöstern und Regierungsgebäuden, alles, wovon ein Pirat nur träumen kann... ich verstaute alles in der kleinen Galeone, die dir begegnet sein muß, als du anrücktest.« Er rang nach Luft, das Sprechen bereitete ihm schmerzliche Mühe, der Tod war nahe. »Aber du, Morgan, du kompletter Dummkopf, du Esel. Was machst du? Du läßt deine Männer hier prassen und sich betrinken, du läßt sie vergewaltigen und Kirchen plündern. Was für ein armseliger Kriegsheld. Und die ganze Zeit über war dieser sagenhafte Schatz, hinter dem du doch her warst, ganz in deiner Nähe . . .« Spannseile hinderten ihn daran, den Kopf zu heben, und so senkte er seine Stimme nur zu einem Flüstern, was Morgan zwang, sich zu ihm hinunterzubeugen, wollte er hören, wohin das Schatzschiff geflohen war. Statt dessen spuckte der Sterbende ihm ins Gesicht.

»Spannt die Seile!« rief Morgan, und langsam wurde der Körper des Mannes auseinandergerissen.

Die Plünderung und Brandschatzung Panamas hielt Morgan vom 28. Januar bis zum 24. Februar in der Stadt fest, genau vier Wochen, und als er und seine Männer schließlich zufrieden waren mit dem Werk der Verwüstung, das sie angerichtet hatten, marschierten sie mit leeren Händen zurück zum Oberlauf des Chagres, den sie anschließend rasch flußabwärts paddelten, in den Kanus, die sie dort einen Monat vorher zurückgelassen hatten. Während der Fahrt hatte Ned ausreichend Gelegenheit, den Admiral zu studieren, denn Morgan hatte in seinem Kanu Platz genommen, und so ergab sich die Unterhaltung von selbst. Morgan rückte nie von seiner Meinung ab, die er bereits getroffen hatte, als er zum erstenmal brutal auf die Tatsache gestoßen wurde, daß ihm die Reichtümer Panamas entgangen waren. »Es war ein edles Unterfangen. Selbst wenn wir nur diese furchtbare Festung in einen Schutthaufen verwandelt haben, war es ein Erfolg. Englische Schiffe können diesen Fluß jetzt unbehelligt für die nächsten Feldzüge benutzen. Und für den Überfall auf ihren gewaltigen Silberhafen! Wenn der spanische König zu Ohren kriegt, was wir hier in diesen Wochen angerichtet haben, wird er keine ruhige Nacht mehr verbringen.« Tatsächlich war der neue König ein zehnjähriges Kind, ein Halbidiot, dessen Unzulänglichkeit das Ende der Herrschaft der Habsburger in Spanien markierte, die Einsetzung der französischen Bourbonen zur Folge hatte und den Machtverfall Spaniens in der Welt, aber vor allem in der Karibik, einleitete.

»Man tut, was man kann, Ned, und Beute gab es noch genug, nicht verschwenderisch viel, aber es reicht.« Und was die Unvorsichtigkeit betraf, das Schatzschiff entkommen zu lassen, als er die Finger danach hätte ausstrecken können: »In Porto Bello und Maracaibo hatten wir unverdientes Glück, in Panama unverdientes Pech. Du sagtest, du hättest an allen drei Überfällen teilgenommen? Wenn du dir deinen Anteil aufgehoben hast, kann die Ausbeute so übel nicht sein.«

Als die Boote die Stelle passierten, an der sie die Lederbeutel gefunden hatten, mußte Morgan lachen: »Ein paar Tage ohne Fleisch haben noch niemandem geschadet. Spannt den Bauch ein wenig.« Jetzt aber mußte Ned widersprechen: »Es waren zehn Tage, Sir«, was ernüchternd auf den Admiral wirkte: »Stimmt, und am siebten oder achten habe ich mich gefragt, ob ich es noch länger aushalte, aber am neunten und zehnten, als ich den Geruch des Meeres in der Nase spürte...« Er starrte auf die Flußufer, die sowenig gastfreundlich aussahen: »Den Marsch würde ich nicht gern noch einmal machen... na ja, jedenfalls nicht so unvorbereitet. Aber du und ich, wir werden noch ganz andere Fahrten machen, wenn unsere Zeit gekommen ist, das verspreche ich dir.«

Ned schätzte diese Unterhaltungen mit Morgan, denn in ihnen spürte er etwas von der Wärme und dem Verständnis des großen Freibeuters für seine Leute, eine Eigenschaft, die sonst nicht so leicht zu erkennen war. Im Gefecht schien er unbarmherzig, gewillt, alles zu opfern, jedes Menschenleben, um seine brutalen Ziele zu erreichen, und unzählige Spanier hatte er im Laufe seiner drei sich an Gewalt jeweils übertreffenden Streifzüge in den Tod geführt, darunter viele Opfer fairer und offener Kriegshandlungen, und ebenso viele, die während der Folterverhöre zur Preisgabe ihrer versteckten Reichtümer starben, mochten die Reichtümer wirklich oder auch nur vermutet sein. An den letzten Tagen dieser außergewöhnlichen Expedition jedoch hatte Morgan sich in Neds Augen als außergewöhnlicher Mensch erwiesen, dessen Ruhm in der Karibik nachhallen würde, solange es Menschen gab, die das Meer liebten.

Als San Lorenzo in der Ferne auftauchte, der klägliche Rest der Stadt, deren Zerstörung so viele Menschenleben gekostet hatte, spürte Ned das Verlangen, Morgan wissen zu lassen, wie sehr er ihn bewunderte: »Admiral, mein Vater starb, als ich noch sehr jung war, so jung, daß ich ihn kaum kannte. Nach diesen gemeinsamen Abenteuern sehe ich in Euch immer den Vater, den ich gerne gehabt hätte.« Und Morgan, damals gerade 36jährig, antwortete schroff: »Ich habe dich beobachtet, Ned. Du bist ein Mann geworden. Ich wäre stolz, einen Sohn wie dich zu haben.«

Neds Meinung über Admiral Morgan sollte sich jedoch ändern; seine Einschätzung der Person erfolgte gleich auf den ersten Seiten eines ausführlichen Logbuchs, in dem er alle Ereignisse schilderte, die sich nach dem Eintreffen der Strafexpedition in San Lorenzo zutrugen, als die Seeleute ihre Schiffe für die Rückkehr nach Port Royal klarmachten.

Tagebuch eines Freibeuters:
»Dienstag, den 14. März 1671: Einer der düstersten Tage meines Lebens. All die Monate sind mein Onkel Will und ich Kapitän Morgan wie die Schoßhündchen gefolgt, mußten uns anhören, wie er prahlte, daß wir ›nicht mit Hunderten, nein Tausenden‹ Goldstücken heimkehren würden. Heute morgen ließ er die gesamte Mannschaft unter drei Bäumen antreten und brüllte: ›Alles durchsuchen!‹, worauf wir uns nackt auszogen und jeder die Kleidung eines anderen durchwühlte, jede Tasche, jeden Saum, und alles, Münzen, Edelsteine, ja sogar die winzigsten Dinge von Wert auf einen großen Haufen geworfen wurden. Die Truhen mit den wenigen Schätzen, die wir aus Panama mitgebracht hatten, wurden entleert, damit es jeder sehen konnte, und als alles vor uns lag, fing Kapitän Morgan mit der Verteilung an. ›Das für dich, das für dich, und je zwei Anteile für die Schiffskapitäne und vier Anteile für mich.‹ Er hörte nicht eher auf, bis der letzte Peso verteilt war, dann tat er etwas sehr Dreistes: Er warf alle Kleidung ab, bis auf die Unterwäsche, und rief: ›Durchsucht auch mich!‹ Aber es wurde nichts gefunden. ›Mehr kriegen wir nicht?‹ sagte Will, und die Enttäuschung in seiner Stimme ermutigte Mompox und andere, sich ebenfalls zu beklagen: ›Wo sind die Schätze, die Ihr uns versprochen habt?‹, bis eine ziemliche Unruhe entstand, aus der schnell ein Aufstand hätte werden können, wenn nicht Morgan dazwischengebellt hätte: ›Still, ihr Schafe! Der ganz große Schatz in Panama ist uns durch die Lappen gegangen, aber jeder hat seinen gerechten Anteil von dem gekriegt, was wir erbeutet haben.‹ Es waren erbärmliche elf Pfund, sieben Schillinge pro Person. ›Ihr habt uns bestohlen!‹ riefen jetzt ein paar Männer, und wenn Admiral Morgan nicht seinen Kapitänen ein Zeichen gegeben hätte, sich vor ihm zu postieren, wäre er noch angegriffen worden.
Mittwoch, den 15. März: Die ganze letzte Nacht schlief Morgan in seinem Zelt und ließ sich dabei von Männern bewachen, und es war eine kluge Entscheidung, denn ich für meinen Teil wollte ihn umbringen. Seeleute, die über drei Jahre an seiner Seite gesegelt und gekämpft hatten, erhielten nun kaum etwas für all ihre Mühe, und in der allgemeinen Verbitterung tauchte das Gerücht auf, er hätte massenhaft Gold und Kisten voll Geldmünzen gestohlen, aber wo er es versteckt hielt, wußte niemand zu sagen. Wenn man mich fragt, ich glaube, er hat sie auf sein Schiff geschmuggelt, das vor der Küste vor Anker liegt. Ich erzählte Will von meinem Verdacht, und er meinte: ›Komm, wir wollen es uns mal ansehen.‹ Aber Morgans Leute, gut bewaffnet, hiel-

ten uns von den kleinen Booten fern, die wir gebraucht hätten, um damit zu seinem Schiff zu rudern.

Donnerstag, den 16. März: Verflucht sind seine dreckigen Augen, sein buschiger Schnäuzer, sein lächerlicher Ziegenbart, sein blumiges Jackett. Heute, bevor noch die meisten von uns an Land aufgestanden waren, ließ sich Kapitän Henry Morgan heimlich zu seinem Schiff hinüberrudern und stahl sich davon, bevor wir ihn daran hindern konnten. Er verdrückte sich samt Tausender, vielleicht sogar Millionen Pesos und Massen von Goldbarren, die er vor einer ehrlichen Verteilung zurückgehalten hat. ›Er haut ab!‹ rief ich Will zu, der zum Wasser runterrannte und hinterherschrie: ›Ich hoffe, dein Pulvermagazin fliegt in die Luft! Ich hoffe, ein großer Wal kommt und rammt dich!‹ Mompox und ein paar Matrosen sprangen in die Boote und versuchten, ihn einzuholen, aber Morgan, der wußte, daß jede Verfolgung zwecklos war, stand im Heck seines Schiffes, lachte ihnen zu und gab seinem Kanonier den Befehl, zwei Abschiedskugeln zu feuern, die direkt über unsere Köpfe flogen. Das war das enttäuschende Ende meiner Dienste als Bukanier unter Admiral Henry Morgan und seinem vom König selbst ausgestellten Kaperbrief.

Nachdem sich unser Zorn abgekühlt hatte, sammelte Will etwa vierzig Männer um sich, denen er vertraute, und sagte ein paar vernünftige Worte: ›Streichen wir diesen Morgen aus dem Gedächtnis. Ein Meisterdieb hat uns reingelegt. Wir sind echte Freibeuter, vergeßt das nicht. Marschieren wir zurück über die Landenge, kapern wir uns ein Schatzschiff, plündern wir, was von Panama noch übriggeblieben ist, und kehren heim, so Gott will.‹ Jeder, den er ansprach, hatte Lust auf dieses Abenteuer, und daß wir die Kraft und den Mut dazu besaßen, wußten wir ja selbst. ›Bukaniere wünschen sich einen Kapitän, dem sie vertrauen können, ich schlage daher vor, wir stimmen alle für Angus McFee.‹ Wir begrüßten den Vorschlag mit Jubelrufen, und Will und Mompox feuerten einen Salut ab und verkündeten die ›einstimmige Wahl‹. 46 Männer jubelten; fünfzehn Indianer, dazu ein Meskito namens David, der sein Können als guter Fischer und tüchtiger Schreiner oft unter Beweis gestellt hatte, baten, sich uns anschließen zu dürfen, ebenso neunzehn Sklaven, die nicht zurück zu ihren hartherzigen Herren auf die Zuckerrohrfelder nach Jamaika wollten. Und ich, ich bestand natürlich darauf, daß Mompox mitkam. So waren wir also eine Truppe von 81 Männern, jeder zu allem entschlossen.

Samstag, den 18. März: Ich schreibe diese Zeilen auf dem Marsch zurück zur Südsee. Ein paar von unseren Männern brachten gestern eine kleine Flotte indianischer Kanus auf, lange und geräumige Boote, in die wir alle Langspieße, Gewehre und das dazugehörige Pulver verstauten, das wir auf den Schiffen auftreiben konnten, die sich entschlossen hatten, nach Jamaika zurückzukehren. Und weil wir den quälenden Hunger vom letztenmal noch nicht vergessen hatten, wollten wir auch soviel Proviant wie möglich mitnehmen, aber ein paar Matrosen, von denen, die Furcht hatten, sich uns anzuschließen, versuchten, uns von den Vorräten fernzuhalten, also schoß Will auf einen, und danach gab es keinen Ärger mehr. Ich holte mir von unserem alten Schiff zwei hohle Bambusrohre, an beiden Enden jeweils zu versiegeln, in denen ich Papier und Stifte aufbewahren wollte, denn ich hatte mir vorgenommen, ehrlich zu berichten, wie wir ohne Kapitän Morgan auskommen würden. Am ersten Tag kamen wir gut voran, fast fünfzehn englische Meilen flußaufwärts.

Dienstag, den 28. März: Wir sind früh aufgestanden, baten den Herrn um seinen Segen für den Tag und sind ein paar Meilen marschiert, wobei ich und Mompox die Führung übernahmen, bis ich wieder die immense Weite der Südsee vor mir liegen sah. Wie anders sie mir diesmal vorkam! Als ich sie das letztemal von diesem Berg aus sah, waren wir kurz davor, Panama zu plündern, dann kehrtzumachen und als reiche Männer nach Hause zu kommen. Dieses Mal haben wir nur vor, uns ein Schiff zu kapern und uns raus auf den riesigen Ozean zu wagen, um an die gegenüberliegende Küste zu gelangen, falls es eine geben sollte. Als ich mich umdrehte und die Ruinen in mein Blickfeld kamen, der Ort, an dem einst Panamastadt gestanden hatte, sah ich zwei Dinge, das eine recht vielversprechend, das andere ganz und gar nicht. Die Spanier hatten sich schon wieder um ihre Kathedrale versammelt, auf einen Haufen, man konnte sie also bequem ausnehmen; und dieses Mal würden wir ihnen ihre Schätze entreißen, bevor sie sie verstecken konnten. Doch, in der Bucht ankerten die größten Kriegsschiffe, die ich je gesehen hatte. Ich bekam es mit der Angst zu tun.

Mittwoch, den 5. April: Einer der aufregendsten Tage meines Lebens, denn ich konnte zeigen, daß ich ein echter Freibeuter bin. Wir sind wieder früh aufgestanden, holten unsere Gebete vom Sonntag nach und begaben uns in die acht stabilsten Kanus. Dann hieß es, kämpfen oder untergehen bei dem Versuch, den Kordon aus spanischen Schiffen zu durchbrechen, um eine von den im Hafen liegenden Galeonen zu kapern. Als wir uns der Flotte näherten, glaubten die Spanier, sie könnten uns entgegentreten, indem sie eine Unzahl Matrosen und Soldaten in drei kleine, sehr schnelle Boote warfen, die sie hier ›barcas‹ nennen und die auf uns losstürmten, als wollten sie uns verschlingen. Es sah tatsächlich so aus. Aber Kapitän McFee, ein standhafter Soldat, rief: ›Laßt sie ganz nah herankommen!‹ Und für gefährlich lange Zeit hielten wir uns mit unserem Feuer zurück. Schließlich, als wir schon ihre Gesichter erkennen konnten, ließen wir eine Salve von solcher Gewalt und mit einer solchen Treffsicherheit auf sie niedergehen, wie sie es nie erwartet hatten. Sie versuchten natürlich, das Feuer zu erwidern, aber jetzt warfen wir uns auf sie, sprangen mit großer Geschicklichkeit aus unseren Kanus heraus, enterten ihre ›barcas‹ und verwikkelten die Männer in Zweikämpfe. Im Kampfgetümmel vergaß ich alle Angst und schlug mich tapfer gegen den Feind, aber als ich plötzlich einer dreifachen Übermacht gegenüberstand, wäre es beinahe doch um mich geschehen gewesen; und sie hätten mich sicherlich mit ihren Spießen getötet, wenn Mompox nicht angesprungen gekommen wäre, um mich mit Säbel und Dolch zu verteidigen, einen der Spanier getötet und seinen Gefährten schwer verwundet hätte. Bevor die Sonne ihren höchsten Stand erreicht hatte, hatten wir zwei Barkassen erobert und die dritte in die Flucht zurück zum sicheren Hafen getrieben.

Der Sieg bescherte uns etwa achtzig spanische Gefangene, zwei auf jeden Engländer, mehr, als wir gebrauchen konnten. Mein Onkel, der sich durch besondere Tapferkeit ausgezeichnet hatte, was ihm das Recht gab, einen Vorschlag zu machen, wollte sie alle töten, und als Kapitän McFee fragte, warum, brummte Will: ›Es sind Spanier, das reicht doch – oder etwa nicht?‹ McFee hielt nichts von dieser Idee, und so wurden drei Kanus längsseits neben die Barkassen geschoben, die ja jetzt uns gehörten, und dorthinein verlud man die Spanier. Als das geschah, mischten sich mein Onkel und Mompox unter sie, erschossen die Schwerverwundeten und warfen die Leichen ins Meer. Die übrigen durften heimwärts rudern.

Die Kaperung der beiden Barkassen brachte uns auch die so sehr erwünschte Auffüllung unserer Vorräte an Macheten, Gewehren, Schießpulver und Kugeln, so daß wir jetzt nicht mehr als bloß ein Verband aus indianischen Kanus waren. Wir verfügten nun über zwei kleine schnelle Kriegsschiffe, die uns, verbunden mit dem überlegenen englischen Kampfeswillen, in die Lage versetzten, auch den größten Galeonen zu drohen, sollten wir jemals in die Nähe eines solchen Schiffes kommen. Aber auch ich hatte mich verändert, denn ich wußte jetzt,

339

daß ich keine Angst mehr hatte, aus meinem Boot auf ein größeres Schiff zu springen und die Spanier von Deck zu vertreiben. Ich glaube, meine Kameraden gewannen dieselbe Sicherheit, denn in dieser Sonntagsschlacht verteidigten wir 46 uns gegen eine viermal so starke Übermacht, wobei aus unseren Reihen nur zwei getötet und drei schwer verwundet wurden. Die Toten unter den Indianern und Schwarzen, die uns geholfen hatten, zählten wir nicht.

Unsere Verluste füllte Kapitän McFee auf sonderbare Weise auf, denn als wir darangingen, unsere Gefangenen an Land zu schicken, stand er an der Reling der ›barca‹, in die ich während der Kampfhandlungen gesprungen war, und sah sich die Gesichter aller Männer genau an; er wählte fünf aus, die körperlich stark und zudem intelligent aussahen, und behielt sie zurück. Da er kein Spanisch spricht, oblag es mir, wieder als Übersetzer einzuspringen, und ich erfuhr eine Menge wertvoller Dinge. Die reichbeladene Galeone, die aus Manila über den Pazifik kommt, legt überhaupt nicht in Panama an. Sie fährt nur bis Acapulco. Die Galeone, die aus Panama floh, als Morgan die Stadt überfiel, blieb auf See, bis wir uns zurückgezogen hatten, und kam dann zurück; mit anderen Worten: Das riesige Vermögen ist jetzt wieder an Land und wartet nur auf uns, wenn wir so weit kommen. Darüber hinaus ist die Galeone, die das Silber aus Peru herübertransportiert, noch nicht eingetroffen, und wenn, dann kommt sie in Begleitung mehrerer Kampftruppen. Mit diesen Nachrichten lege ich mich heute abend schlafen, in einem neuen Schiff, einer neuen Hängematte und beflügelt durch neue Träume.

Freitag, den 7. April: Eine der größten Enttäuschungen meines Lebens! Vergeblich haben wir versucht, die Verteidigungslinie von Panama zu durchbrechen, angespornt durch das Wissen, daß der Schatz, den Morgan verfehlt hat, jetzt auf uns wartet. Den Schuft möchte ich kennenlernen, der das Gerücht in die Welt gesetzt hat, Spanier wären Feiglinge. Nicht so, wenn sie ein Vermögen verteidigen. Wir haben alles versucht, sie zu überwinden, aber wir sind gescheitert. Auf See wehrten sie uns mit einer Batterie schwerer Kanonen ab, an Land waren sie uns zahlenmäßig überlegen. Ich hatte das Gefühl, wir sind nur ein Schwarm lästiger Mücken, die einen Löwen überfallen; wo wir auch hinliefen, immer bekamen wir einen aufs Maul. Auf See fielen zwei Engländer durch feindliche Kugeln, und an Land verloren wir noch einmal zwei. Ich habe erkannt, daß das Leben eines Freibeuters ein Triumphzug sein kann, wenn die Dinge so laufen, wie man sich das wünscht, aber voller Gefahren steckt, wenn sie es nicht tun. Ausgetrickst und geschlagen sind wir nun auf dem Heimweg, ob über Kap Hoorn oder das der Guten Hoffnung, haben wir noch nicht entschieden. In Panama jedenfalls waren uns die Spanier haushoch überlegen.

Montag, den 10. April: Tag des Ruhms, aber auch ein Tag voller Geheimnisse! Gestern, als wir uns nach meiner Schätzung mit dem ungenauen Kreuzstab, den wir an Bord haben, 6° 40' nördlich des Äquators befanden, rief unser Ausguck: ›Lima-Galeone zwei Grad Ostsüdost! Alle drängten sich, um einen der prächtigsten Anblicke, die unsere Augen jemals zu sehen bekommen sollten, mitzuerleben; eine schmale, schmucke spanische Galeone mit einem hoch aufragenden Heckaufbau und vergoldeten, im Sonnenlicht schimmernden Ornamenten. Majestätisch rollte sie durchs Wasser wie ein ungeheuer reicher Grande auf seinem Morgenspaziergang, mal nach Backbord, dann sanft nach Steuerbord hinüber, und bei jedem Wechsel schien sie zu verkünden: ›Starrt mich nur an, schwer mit Schätzen beladen, wie ich bin.‹

Der Anblick der Galeone entflammte unser Verlangen nach Beute dermaßen, daß es keinen unter uns gab, der nicht bereit gewesen wäre, sie zu kapern, selbst wenn er bei dem Versuch sein Leben aufs Spiel gesetzt hätte. Kapitän McFee zog unsere beiden Barkassen zusammen und richtete das Wort an uns: ›Das ist das Angriffsziel, wovon wir immer geträumt haben. Wir gehen steuerbordseits mittschiffs auf sie los. Die besten Männer unter uns werden sie mit Pistolen und Macheten erklimmen, es wird kein Pardon gewährt. Unsere Sklaven lassen wir gefesselt und unter Bewachung in den Barkassen zurück. Alle Männer der Kapertruppe mir nach, ich übernehme die Führung.‹

Das waren strenge Befehle, und wir alle wußten, daß wir mit dem heutigen Tag unseren Wert und unsere Würde unter Beweis stellen oder den ewigen Schlaf auf dem Grund des Meeres antreten würden. Die Aussicht schreckte mich nicht, aber mein Atem wurde schwer, und mein Mund war strohtrocken. Mein Onkel, der neben mir saß, sagte nur: ›Tja, mein Junge, das hast du dir doch immer gewünscht. Da liegt sie vor dir.‹ Aber als ich mir das riesige spanische Schiff, das sich vor uns aus dem Wasser erhob, noch einmal ansah – ich muß gestehen, da kamen mir Zweifel: Können vierzig Männer das Schiff einnehmen? Aber kaum war der Gedanke aufgetaucht, verbesserte ich mich: vierzig Engländer? Und ich beantwortete mir die Frage selbst, indem ich laut rief, auch um mir meine Tapferkeit zu bestätigen: ›Ja! Mit St. Georg und England an unserer Seite können wir es schaffen!‹ Und die Männer um mich herum nahmen den Schlachtruf auf: ›Georg und England! Georg und England!‹ Und obwohl unser Kapitän ein Schotte war, fiel er in den Ruf ein.

Als der spanische Kapitän uns kommen sah und ihm sofort klar war, daß wir bis zu einer Entscheidung kämpfen würden, wandte er dieselbe Taktik an wie die Galeonen in Panama. Er setzte drei Barkassen aufs Wasser, alle größer als unsere, und versuchte, uns so von den Längsseiten fernzuhalten. Die Boote rückten immer näher und näher, aber wir stürzten uns wie raubgierige Löwen auf sie, als wäre es eine Herde Schafe, die man auf die Weide treibt.

›Laßt sie ersaufen!‹ brüllte mein Onkel, als die spanischen Barkassen kippten und die Seeleute ins Wasser fielen, und dann geschah einer jener seltsamen Zufälle des Lebens, die man auch als die Geheimnisse des Schicksals bezeichnen könnte, denn nachdem wir uns wieder gesammelt hatten und auf die Galeone zufuhren, deren Offiziere bleich vor Schreck gewesen sein mußten, als sie sahen, wie schnell wir ihre erste Verteidigungslinie erledigt hatten, in dem Augenblick also fegte an Deck über uns eine ungeheure Feuersbrunst hinweg. Aus irgendeiner Unvorsichtigkeit heraus mußte ein Funke auf eines der Pulverfässer an Bord übergesprungen sein, jedenfalls kamen durch die Explosion weit mehr Spanier um als durch unsere Hand, nachdem wir schließlich die Seiten erklommen und das Kommando übernommen hatten.

Sobald wir alles unter Kontrolle hatten, stürmten mein Onkel und ich durch die Unterdecks und fanden am Ende eine enorme Silberfracht, jeder Barren markiert mit der Potosínummer, und erst in dem Moment wurde uns klar, daß wir einen Fang von unschätzbarem Wert gemacht hatten. ›Diesmal springt bei der Aufteilung mehr als elf Pfund für jeden raus!‹ rief Will freudig. Wir spürten in dem düsteren Lagerraum da unten, daß wir reich sein würden, unendlich reich, wenn es uns gelingen sollte, das Schiff nach Port Royal in Jamaika zu überführen.

Während wir uns noch im Bauch des Schiffes aufhielten, hörten wir von oben aufgeregtes Gezeter, und weil wir befürchteten, daß sich vielleicht eine kleine Einsatztruppe bewaffneter Spanier die ganze Zeit über versteckt gehalten hatte, um sich im richtigen Moment auf uns zu werfen und ihr Schiff zurückzuerobern, rannten wir an Deck, Gewehre und Degen parat. Statt dessen stand ich oben der schönsten jungen Frau gegenüber, die ich jemals in meinem Leben gesehen hatte. Sie war vermutlich nicht älter als siebzehn Jahre, von heller Hautfarbe, als hätte noch nie ein Sonnenstrahl ihr hübsches Gesicht gestreichelt; sie trug elegante Kleidung, die mir eher für einen Ball als für eine Galeone geeignet schien, hatte eine wunderschöne Figur, dunkles Haar und erlesene Augen, die erregt hin und her tanzten.

Sie war in Begleitung einer Frau, die ich für ihre Mutter hielt, einer stattlichen Dame von etwa vierzig Jahren, vielleicht auch älter – alles jenseits der Zwanzig kann ich schlecht einschätzen –, und herbem Charakter, der alles mißfiel, was an diesem Morgen geschehen war, besonders die schwarzgesichtigen englischen Schurken, die sie und ihre Tochter jetzt in ihrer Gewalt hatten.

Als wir später, im Verlauf des Nachmittags, erfuhren, um wen es sich bei den beiden handelte, staunten wir nicht schlecht über unser Glück, denn der hochgewachsene, ernst dreinblickende Priester in ihrem Gefolge sagte uns in sauberstem Spanisch: ›Es sind die Gattin und die Tochter des Gouverneurs von Cartagena, des höchst ehrenwerten Don Alfonso Ledesma Amador y Espiñal. Sie weilten auf Besuch in Peru, und solltet Ihr Ihnen auch nur den kleinsten Schaden zufügen, wird Euch das gesamte spanische Reich bis ins Grab verfolgen.‹ Damit stellte er uns Doña Ana Ledesma y Paredes und ihre wunderschöne Tochter Inés vor. Er teilte uns weiter mit, er selbst sei Fra Baltazar Arévalo aus der Stadt gleichen Namens in der Provinz Avila an der Grenze zu Segovia. Er rasselte die Namen herunter, als verleihe jeder seinem Familienerbe eine besondere Vornehmheit.

Er war wie gesagt sehr groß und trug ein finsteres Gesicht zur Schau, als sei die auf ihm bürdende Last, der Herde spanischer Katholiken in der Neuen Welt den Weg zu zeigen, ein trostloses Geschäft, was es sicher war, da habe ich keine Zweifel, aber offensichtlich hatte er die Absicht, seine beiden Schützlinge mit seinem Leben zu verteidigen. Als mein Onkel ihn zum erstenmal sah, flüsterte er mir ins Ohr: ›Der sieht genauso aus wie der Mann von der Inquisition, der mich damals in Cádiz zum Tod verurteilt hat.‹ Und ich glaube, er hätte sofort einen Dolch nach dem finsteren Priester geworfen, wenn ich ihn nicht zurückgehalten hätte.

Ich bin noch nicht zu Bett gegangen, weil Kapitän McFee mich abkommandiert hat, die etwa hundert Gefangenen zu bewachen, die wir bei dem Gefecht gemacht haben. Ich kann sie jetzt hören, während ich gerade schreibe; da sitzen sie hinter Schloß und Riegel und fragen sich, welches Schicksal sie wohl erwartet. Mein Onkel ist wie immer dafür, sie zu töten, aber andere sagen: ›Warum setzen wir sie nicht in Booten aus und schicken sie an Land. Sollen sie selbst weitersehen.‹ Ich wäre sehr unglücklich, wenn man das auch mit Señorita Inés machen würde.

Dienstag, den 11. April: Als wir erfuhren, daß der Name unserer hübschen kleinen Galeone ›La Giralda de Sevilla‹ lautete, wollten wir wissen, was die Worte bedeuteten, und der Priester erklärte uns: ›In Sevilla, der schönsten Stadt in ganz Spanien, gibt es eine majestätische Kathedrale, die so groß ist, daß Ihr es nicht glauben würdet, selbst wenn ich es Euch beschriebe. An diese Kathedrale angebaut ist ein herrlicher Turm, die Giralda, der an sich schon einen eigenen Reiz hat. Er wurde von den Mauren errichtet.‹

›Was ist eine Giralda?‹ fragte ich, und ungeduldig warf er knapp zurück: ›Eine Wetterfahne.‹ Aus irgendeinem verrückten Grund haben diese blöden Spanier ihren Turm nach einer Wetterfahne benannt. Unser Schiff ist also ›Die Wetterfahne von Sevilla‹. Ein paar Männern gefiel es überhaupt nicht, auf einem Schiff mit spanischem Namen zu segeln, aber als der Vorschlag kam, es auf einen ordentlichen englischen Namen umzutaufen, ›The Castle‹ oder etwas Ähnliches, weil wir hinten diesen burgähnlichen Aufbau hatten, erhob sich lauter Widerspruch von denen, die Schiffe gekannt haben, die ebenfalls ihre Namen geändert und als Folge nur Pech gehabt hatten. ›Wir haben mal eine ,St. Peter' gekapert und änderten den Namen in ,The Master of Deal', und kaum waren vier Wochen vergangen, fing sie Feuer und brannte aus.‹ Nachdem fünf weitere, ähnlich unheilvolle Geschichten vorgetragen waren, gab jemand etwas zum besten, was das Gegenteil belegen sollte: ›Wir haben mal ein holländisches Schiff gekapert, ,Vrou Rosalinde', und unser Kapitän, der ziemlichen Ärger mit seiner Frau hatte, tat den Schwur: ,Ich fahre auf keinem Schiff, das nach einer Frau benannt ist', und wir änderten den Namen in ,Robin Hood', und noch vor Ende des Monats hatten wir ein spanisches Schiff gekapert, schwer mit Gold- und Silberbarren beladen.‹ Die schlimmen Fälle von Namensänderung waren gegenüber den guten neun zu zwei in der Überzahl, und so stimmten wir alle dafür, es bei dem Namen ›Giralda‹ zu belassen, und als ich das dem Priester mitteilte, sagte er widerwillig: ›Gutes Omen. Jeder Seemann braucht eine Wetterfahne.‹

Dienstag, den 11. April: Zuerst eine kleine Messe, in der wir Gott dafür dankten, daß er uns diese reiche Prise in die Arme getrieben hat, dann standen große Entscheidungen an. Kapitän McFee und die Fünfergruppe, die ihm mit Rat zur Seite steht, sind darin übereingekommen, alle Gefangenen in die Barkassen zu pferchen, sie mit etwas Proviant und Wasser zu versorgen und sie ihre Heimfahrt antreten zu lassen, so gut sie können, aber nicht, ohne vorher die Masten gefällt zu haben, damit sie nicht noch auf die Idee kommen, uns zu verfolgen. Ferner entschieden sie, den spanischen Chirurgen an Bord zu behalten, der sich mit seinen Pillen und Salben sicher besser auskennt als wir, nur mein Onkel mahnte zur Vorsicht: ›Durchsucht seine Fläschchen, und entfernt alle Gifte, sonst mixt er uns noch einen Zaubertrank.‹ Sie beschlossen auch Master Rodrigo zu behalten, einen gelehrten Mann, der dem spanischen Kapitän als Navigator gedient hatte und der mir, als ich für ihn übersetzte, erzählte: ›Ich kenne mich aus in diesen Gewässern, von Acapulco bis Kap Hoorn, geh und bestell also deinem Kapitän, daß ich ihm von einigem Nutzen sein könnte.‹ Als ich nachfragte, was ihn bewege, uns seine Dienste anzubieten, entgegnete er: ›Das Leben eines Seemanns besteht darin, auf See zu fahren. Und was die in den kleinen Barkassen betrifft, wer weiß schon, wie es denen ergehen wird?‹ Wir behielten außerdem noch sieben schwarze Männer, die als Sklaven auf der ›Giralda‹ gedient hatten und die bei uns dieselbe Stellung einnehmen sollten. Unser neuer Navigator bat uns, ihm seinen alten Gehilfen zu gewähren, aber Onkel Will brummte: ›Meiner (er meinte mich) kennt sich aus im Navigieren. Er kann assistieren.‹ Und so geschah es.

Nun galt es, die schwerwiegende Entscheidung zu treffen, was mit den beiden Ledesma-Frauen und ihrem Priester geschehen sollte. Mein Onkel wollte sie gleich mit auf eine der Barkassen verladen und sie damit der Gnade Gottes aussetzen, denn er rechnete sich nur Ärger aus, wenn wir sie bei uns behielten, aber Fra Baltazar hielt ihn mit der flehentlichen Bitte zurück: ›Verschont diese Frauen, ihr Narren! Gouverneur Ledesma wird euch ein stattliches Lösegeld zahlen.‹ Ich sah jedoch, daß Onkel Will ganz und gar nicht zufrieden dreinschaute, als die Barkassen ohne die beiden Ledesmas zu Wasser gelassen wurden, um auf irgendeine ferne Küste zuzutreiben. Und was den Priester betraf, den finsteren Gesellen, den hätte mein Onkel immer noch gerne erdolcht und wird es vielleicht sogar tun, ehe die Reise zu Ende ist.

Mir wurde die Aufgabe zugewiesen, Quartier für die beiden Frauen und den Kirchenmann zu besorgen, und ich konnte es so arrangieren, daß sie ihre alten Kabinen im Achterdeck behielten, aber als Kapitän McFee Wind von meinem Entschluß bekam, brummte er: ›Sie können dort unmöglich bleiben.‹ Und als ich ihn bat, mir zu erklären, warum nicht, erstaunte er mich mit der Antwort: ›Weil es den Aufbau in vier

Tagen nicht mehr gibt‹, und so mußte ich kleinere und nicht auf Hochglanz polierte Kabinen unter Deck für sie auftreiben.

Mittwoch, den 12. April: Die ›Giralda‹ ist vielleicht nicht gerade eine Manila-Galeone, aber sie ist aufwendig ausgestattet mit den modernsten Instrumenten, die zum Navigieren notwendig sind, und als sich Master Rodrigo davon überzeugt hatte, daß ich mit dem Kreuzstab umzugehen verstand, die Sonne anpeilen konnte, um dann den Längengrad zu bestimmen, akzeptierte er mich endgültig als seinen Assistenten. ›Deinen Kreuzstab kannst du beiseite legen, der ist kaum besser als ein Ratespiel‹, sagte er und zeigte mir zum erstenmal ein neues Instrument, ein Backstaff, aus gebleichtem Kirschenholz und Elfenbein gefertigt und so genial konstruiert und nützlich, ich mochte es kaum glauben. ›Wenn man eine Messung vornimmt, peilt man nicht die Sonne an‹, erklärte er mir, ›davon wird das Auge schwach. Dieses Instrument wird gegen die Sonne ausgerichtet, man fängt diesen Schatten hier ein und bringt den mit dem Horizont zur Deckung, den man durch dieses Guckloch erkennt.‹ Ich folgte seinen Instruktionen und nahm gleich beim ersten Versuch eine perfekte Peilung vor.

Dienstag, den 18. April: Als ich Master Rodrigo heute den Breitengrad meiner Mittagspeilung nannte, fragte ich ihn: ›Wo habt Ihr Euer Englisch gelernt?‹ Und er antwortete mir: ›Ein holländischer Navigator – es sind die besten – riet mir, Eduardo Wrights ‚Irrtümer beim Navigieren' zu lesen, da würde alles gut erklärt. Als ich mir ein Exemplar besorgt hatte, mußte ich erst mal Englisch lernen, um es überhaupt lesen zu können, aber die Mühe hat sich gelohnt.‹ Er reichte mir sein wertvolles Buch, damit ich es auch durcharbeiten konnte, und nachdem ich glaubte, alles verstanden zu haben, sagte ich ihm« ›Jetzt bin ich ein echter Navigator.‹ Aber er meinte nur: ›Vielleicht in zehn Jahren.‹

Donnerstag, den 30. April: Als wir heute vor der Insel Anker warfen, die uns nun gegenüberliegt, nahm ich meine Peilung vor und stellte fest, daß wir 3° 01' nördlicher Breite liegen, und der erfahrene Seemann sagte uns: ›Das hier ist die Insel Gorgona, keine schlechte Stelle für Eure Zwecke‹, und so bugsierten wir die ›Giralda‹ so weit wie möglich landeinwärts in einen kleinen Fluß hinein. Als wir sie fast auf Grund hatten, bei höchstem Wasserstand, warfen wir Seile an Land und spannten das Schiff damit an Bäumen fest.

Jetzt setzte uns Kapitän McFee von seinen Plänen in Kenntnis: ›Wir bleiben hier etwa einen Monat, um all das zu erledigen, was getan werden muß, wenn wir unser Schiff heil nach Port Royal bringen wollen.‹

Und noch ehe die Sonne unterging, fing er mit der gewaltigen Arbeit an, diese schicke kleine Galeone in ein robustes Kampfschiff umzubauen, auf dem zu dienen jedem Bukanier zur Ehre gereicht hätte. Ich konnte nur staunen über seine Vorschläge. ›Weg mit dem Achterturm.‹ Als einige widersprachen, das würde uns ja aller guten Kabinen berauben, grummelte er: ›Schiffe sind zum Kämpfen da, nicht für Siestas.‹ Die beiden Masten wurden um die Hälfte gekürzt, womit wir auf einen Schlag alle hohen und schmucken Segel loswurden, die so elegant aussehen, wenn sie eine schwere Galeone bei freundlichem Wetter und gutem Wind vorwärts schieben, aber völlig sinnlos sind, wenn man gegen ein anderes Schiff kämpft und schnell manövrieren muß, um sich einen Vorteil zu verschaffen. Ein äußerster Heckmast soll ganz verschwinden, damit ist die Hälfte unserer Segel nutzlos geworden. Die schweren dicken Taue werden unter Deck verstaut, sie sollen an Bord nicht mehr verwendet, sondern im nächsten Hafen an irgendein Schiff verkauft werden, das sie vielleicht noch gebrauchen kann. Das ganze Durcheinander an Deck soll, wie sich Kapitän McFee ausdrückt, ›gründlich aufgeräumt‹ werden, denn, wie er hervorhob: ›Wenn der spanische Kapitän seine Pulverfässer unter Deck gelagert hätte, dann hätte er sein Schiff nie an eine Kapertruppe verloren.‹ In fast jedem Detail dieser herrlichen Galeone sieht er noch etwas, was man abhacken oder sonstwie loswerden kann, und er bedrängt Mompox geradezu, mit seiner Axt ans Werk zu gehen.

Dienstag, den 5. Mai: Als Fra Baltazar und Señora Ledesma heute morgen sahen, daß wir es wagten, die Aufbauten am Achterdeck abzutragen, protestierte der Priester wutentbrannt, die beiden Frauen auf die weinerliche Tour, und alle drei beklagten sich, Kapitän McFee würde ein wunderschönes Schiff einfach zerstören, aber er blieb hart, schob sein schottisches Unterkinn vor und sagte: ›Wir wollen ein schnelles Kampfschiff haben, um Euch und unsere Silberladung heil nach Jamaika zu kriegen. Alles andere ist Unfug‹, worauf wir unser Zerstörungswerk fortsetzten.

Montag, den 25. Mai: Der Umbau ist vollendet, und Master Rodrigo, der sich den häßlichen Klumpen ansah, der von der Pracht übriggeblieben ist, kommentierte: ›Wir haben bestimmt die Hälfte unseres Gewichtes verloren.‹ Kapitän McFee besah sich den Friedhof von übergroßen Masten, unnötigen Kabinen und sogar ganzen Decks, die nur zu Schauzwecken existierten, und bestätigte seiner Mannschaft: ›Jetzt haben wir ein Schiff, das durch die Wellen nur so schneidet und jedem spanischen Schiff haushoch überlegen ist.‹ Morgen werden wir die Leinen lösen, die uns mit dem Land verbinden, und brechen auf... wohin? Wir wissen, daß wir nach Jamaika wollen, nur können wir uns nicht ganz entscheiden, auf welchem Weg. Ob wir die kürzere Route um Kap Hoorn wählen, keine angenehme Fahrt, hat man mir versichert, oder den halben Erdball umsegeln, quer über den Pazifik nach Asien und dann über das Kap der Guten Hoffnung heimwärts durch den Atlantik.

Dienstag, den 28. Mai: Noch nie einen so angenehmen Tag auf See verbracht. Heute morgen konnte Señorita Inés, die man vor mir versteckt hält, den wachsamen Augen ihrer Mutter und Fra Baltazars entkommen und ging mit mir an Deck spazieren, vorne im Bug, wo man uns nicht nachspionieren kann. Sie ließ es zu, daß ich ihre Hand hielt, und ich glaube, sie wollte mir damit zu verstehen geben, daß sie mich für einen anständigen Kerl hält – auch wenn ich ein Engländer bin. Ich spreche nur schlecht Spanisch und sie kaum Englisch, aber es gelang ihr trotzdem, mir zu sagen: ›Mein Name ist nicht Inés, wie du immer sagst. Ich heiße Iiii-ness‹, was sie in einem so sanftmütigen und lieblichen Ton sagte, daß ich sie jetzt nur noch ›Iiii-ness‹ rufen werde.

Dann erzählte sie mir die Geschichte ›unserer berühmten Familie‹, wie sie sich ausdrückte, und ich war nicht gerade erfreut, als ich hörte, daß ihr Urgroßvater unseren guten Sir Francis Drake auf See in den Tod getrieben hat. Sie sah, wie ich mißbilligend die Stirn runzelte, aber versicherte mir dann, daß ihr Großvater, der den seltsamen Namen Roque Ledesma y Ledesma trug, der Gouverneur von Cartagena gewesen ist, der Handelsbeziehungen mit England erlaubt hat, er kann also kein schlechter Mensch gewesen sein. Unser nettes Beisammensein wurde durch meinen Onkel gestört, der uns verscheuchte, so daß Fra Baltazar uns aufspürte und angelaufen kam. Als ich Will fragte, warum er mir das angetan hatte, sagte er: ›Zu Hause in Barbados wartet ein anständiges englisches Mädchen auf dich‹, und als ich nachfragte, wen er denn meine, fuhr er mich an: ›Du weißt verdammt genau, wer gemeint ist... jemand...‹, aber schon stapfte er davon und fluchte ganz allgemein auf alle Spanier.

Freitag, den 29. Mai: Bin wieder mit Señorita Inés an Deck spazierengegangen, aber als Onkel Will uns erwischte, huschte er wie ein altes Klatschweib zu Fra Baltazar, der sofort angelaufen kam und uns trennte. Später entschuldigte sich mein Onkel: ›Sie ist immerhin besser als dieser Mompox. Aber vergiß nicht, sie ist eine Papistin und wird vor Freude jubeln, wenn ihr Priester dich als Ketzer auf den Scheiterhaufen bringt... wenn er nur die Gelegenheit hätte.‹

Donnerstag, den 25. Juni: Bei 2° 13′ südlicher Breite, vor der berühmten Stadt Guayaquil, kaperten wir auf See ein großes spanisches Schiff, das auf dem Weg Richtung Norden nach Panama war, wobei wir kein Menschenleben verloren und der Gegner nur drei. Dasselbe wie vorher: alle in die kleinen Boote, die Masten abgesägt, Richtung Festland und dann viel Glück, während wir die Güter in die ›Giralda‹ verfrachten, den spanischen Segler in Brand setzen und unsere Fahrt Richtung Süden fortsetzen. Ich freute mich ungeheuer über unser Glück, als ich mich plötzlich wieder allein mit Señorita Inés fand, und sie sagte mir, sie sei sehr bekümmert, wenn sie mit ansehen müsse, daß diese Männer, die uns doch nichts Böses getan hätten, ohne Masten und Segel auf dem Meer ausgesetzt würden, und obwohl ich ihr innerlich zustimmte, sah ich mich mit einemmal in der Defensive, denn ich kann es einfach nicht vertragen, wenn Spanier an englischen Seeleuten herumkritisieren: ›Du mußt mal meinen Onkel fragen. Als sein Schiff von Spaniern gekapert wurde, verbrannten sie unsere Matrosen bei lebendigem Leib, und ihm wäre es nicht anders ergangen, wenn er nicht geflohen wäre.‹ Sie mochte nicht glauben, daß ihre Landsleute sich dermaßen aufgeführt hatten, und als der stets wachsame Fra Baltazar kam, um sie vor mir zu retten, fragte sie ihn: ›Guter Priester, sagt mir, ob es wahr ist, daß wir in Spanien eine Inquisition haben, die auch Engländer auf den Scheiterhaufen bringt?‹ Und mit der Antwort auf diese Frage leitete er seine Mühen ein, mich zu bekehren. ›Ja‹, sagte er, ›die heilige Kirche mußte eine Sektion etablieren, um sich vor Ketzern und Abtrünnigen zu schützen, ja, und auch das, manchmal mußten die Strafen hart ausfallen, aber nicht grausamer als das, was dein Onkel macht, wenn ihr Engländer ein Schiff einnehmt, die Verwundeten erschießt oder die ertränkt, die besonders nachdrücklich gegen euch gekämpft haben. Die Seele des Menschen ist rauh, und sie muß täglich aufs neue gezähmt werden.‹

Er versicherte uns, daß die Inquisition auf dem spanischen Festland keine Menschen verbrenne, und dafür sei er dankbar, und doch müsse der Kampf gegen die Ketzer fortgeführt werden, damit nicht die eine wahre Kirche, wie er sich ausdrückte, ›kontaminiert‹ würde. Und dann fügte er noch hinzu: ›Wir schützen sie zu eurem Besten – und zu unserem.‹ Ich verstand nicht, was er damit meinte, also erklärte er es mir:

349

›Vor nicht einmal 120 Jahren wart ihr Engländer alle Katholiken, und eines Tages, wenn wieder einmal ein richtiger König euren Thron besteigen wird, dann werdet ihr es wieder sein.‹ Bevor ich noch widersprechen konnte, stellte er mir eine Frage: ›Du bist weit herumgekommen, Ned, kennst dich aus in der Karibik. Wäre es nicht viel einfacher und besser, wenn wir alle in nur einer Inselgruppe zusammengeschlossen wären, wenn wir alle Katholiken wären und Untertanen eines Königs in Spanien und eines Papstes in Rom?‹

Der Gedanke verblüffte mich dermaßen, daß ich gleich meinen Onkel aufsuchte, nachdem der Priester mir Inés wieder fortgenommen hatte, und ihn fragte: ›Fra Baltazar sagt, daß vor hundert Jahren alle Engländer Katholiken waren‹, aber er brummte nur: ›Meine Leute nicht. Bis in die Zeiten Jesu Christi sind wir immer in der Kirche von England gewesen‹, und jetzt wußte ich überhaupt nicht mehr, wem ich glauben sollte.

Montag, den 13. Juli: Mit dem heutigen Tag stieg mein Respekt für unseren Kapitän gewaltig, denn bei 12° 05′ südlicher Breite standen wir vor Limas großem Hafen Callao in Peru, und als ich die Unzahl von Schiffen dort liegen sah, ganze Kriegsflotten darunter, die von Waffen nur so starrten, dachte ich bei mir: Lieber Gott, gib uns deinen Schutz, wenn wir hier irgend etwas ausrichten wollen. Ein Engländer ist im Kampf zwar soviel wert wie zehn Spanier, aber diese Unmengen Schiffe, das ist einfach zuviel, auch für uns. Und, ewig sei ihm gedankt, Kapitän McFee muß denselben Gedanken gehabt haben, denn als er das Glas wieder senkte, wandte er sich an Master Rodrigo und sagte: ›Weiter wie eben‹, worauf der Navigator salutierte und entgegnete: ›Eine sehr gute Entscheidung, Sir.‹

Dieser Rodrigo ist ein seltsamer Mensch, was mich etwas verwirrt. Er ist loyaler Spanier und müßte eigentlich froh sein, wenn wir eines Tages durch ein Schiff seines Landes überwältigt werden, aber zuallererst ist er ein verantwortungsbewußter Seemann, und als solcher will er natürlich sein Schiff verschont und in sicheren Gewässern wissen. Ich konnte beobachten, wie weh es ihm getan hat, als wir seine stolze Galeone in Stücke hackten, doch jetzt ist er mindestens genauso stolz auf die Qualität des neuen geschmeidigen Gefährts, das sich in unseren Auseinandersetzungen so wunderbar schlägt. Wir auf der anderen Seite bringen ihm unser Vertrauen entgegen, denn wie Kapitän McFee sagt: ›Was bleibt uns anderes übrig? Er kennt sich aus in diesen Gewässern – wir nicht.‹

Mittwoch, den 22. Juli: Über Arica kann ich nur soviel sagen: reichster Hafen in Peru, denn von hier kommt all das Silber der Schiffe aus Potosí. Verteidigt von den besten spanischen Truppen. Verschlagene Schweine; ließen uns an Land; wir stürmten los, als wollten wir Madrid einnehmen. Sie warteten so lange, bis wir uns weit vom Schiff entfernt hatten, und rückten dann mit ihrer Kavallerie an. Brachten uns völlig durcheinander. Unser Schiff zurückgewonnen, sagte Onkel Will zu mir: ›Siehst du! Einem Spanier darf man eben nie vertrauen.‹

Dienstag, den 28. Juli: Wir bekamen unsere Rache für den Verlust von drei tüchtigen Kerlen in Arica, aber besonders beeindruckt hat mich der Triumph nicht. Südlich des Hafens, ein gutes Stück weiter, warfen wir vor der Stadt Hilo Anker und stürmten an Land, wo wir eine Zuckermühle überfielen und den Plantagenverwalter als Geisel nahmen. Wir schickten eine scharf formulierte Nachricht an die Besitzer im Landesinneren, die ich im Schutz einer weißen Fahne selbst überbrachte. Wir teilten ihnen mit, wir würden die Mühle bis auf die Grundmauern niederbrennen, es sei denn, sie zahlten innerhalb von zwei Tagen ein Lösegeld in Höhe von 100 000 Pesos. Die Besitzer versicherten uns, sie hätten das Geld in Arica liegen, aber der Ritt hin und zurück dauere zwei Tage. Ich sagte daraufhin: ›Zwei Tage, und Sie haben das Geld bereit, oder wir brennen die Mühle nieder‹, und zwei Tage später kamen sie tatsächlich mit einer weißen Fahne zu uns, und wir freuten uns schon, daß wir jetzt endlich die 100 000 Pesos bekommen würden. Aber sie hatten nichts dabei, bestellten, der Bote aus Arica hätte sich verspätet, aber wir sollten die Mühle bitte schön nicht niederbrennen, denn in zwei Tagen kämen sie mit dem Geld wieder.

Zwei Tage vergingen, immer noch kein Geld, also ging ich wieder mit meiner weißen Fahne los, und diesmal erzählten sie mir, das Geld wäre schon bis zum nächsten Dorf gekommen und würde morgen übergeben werden, ich möchte also die Mühle bitte nicht anstecken, worauf ich mein Wort gab. Als schließlich der gestrige Tag kam und vorbeiging und noch immer kein Geld zu sehen war, rief Kapitän McFee wütend: ›Sie haben dich reingelegt, Ned. Brenn alles nieder.‹ Wir verteilten uns schnell auf die vier Ecken der Plantage, steckten Häuser und Schuppen an und zerstörten alle Maschinen, bis alles dem Erdboden gleich war. Als wir uns zurückzogen, sagte mein Onkel zu mir: ›Da kannst du mal sehen, wie wenig man den Spaniern vertrauen darf. Halt dich in Zukunft von dem Mädchen und dem Priester fern.‹

Freitag, den 28. August: Mein ›Zauberstab‹ sagt mir, daß wir uns jetzt weit unterhalb des Äquators befinden, 26° 21' südlicher Breite, und wenn wir an Land sind, amüsiere ich mich prächtig, jage Wildschweine entlang der Bucht und fange Schildkröten. Übers Essen auf dieser Fahrt können wir uns nicht beklagen. Jetzt sind wir dabei, die ›Giralda‹ kielzuholen, das heißt, wir haben starke Taue um den Masten gewickelt, damit wir das Schiff über die Balkenköpfe auf die Seite legen können, erst auf die eine, dann auf die andere. Das ermöglicht uns, mit Stangen und Äxten ans Werk zu gehen, all die Krebse und Muscheln abzuschlagen, die den Boden bedecken, manche so groß wie die Faust eines erwachsenen Menschen, und dann den Seetang abzukratzen, der wie Haar an dem Holz festklebt. Diese Tiere und Pflanzen verlangsamen die Fahrt enorm, als würden uns Riesenhände im Wasser zurückhalten, und die alten Seeleute haben mir erzählt, wenn man die Muscheln einfach wild wuchern läßt, dann kommt irgendwann der Tag, da bewegt sich das Schiff nicht mehr vor noch zurück.

Das wichtigste bei diesem Reinemachen ist nicht allein, den Boden von den Ablagerungen und Wucherungen zu befreien, sondern die Würmer abzukratzen, die sich in dem warmen Wasser sprungartig vermehren und sich so flink in das Holz bohren, daß sie einen Schiffsrumpf in nur einem Jahr regelrecht auffressen können. Wir holten eine riesige Menge dieser Würmer heraus und kratzten noch einmal halb so viele von der Bordwand ab und lieferten so den Hunderten von Möwen, die uns umschwärmten ein Festmahl.

Während der zwei Wochen, die wir für diese notwendigen Arbeiten benötigten, unsere Kabinen mal auf die eine, mal auf die andere Seite gekippt wurden, schliefen wir an Land, und mehrere Male hatte ich Gelegenheit, lange Spaziergänge mit Señorita Inés zu unternehmen. Wir verlebten glückliche Stunden zusammen am Rand der Bucht, sahen den Fischen und Schildkröten beim Baden zu, so daß ich schließlich überzeugt war, sie hätte Gefallen an mir gefunden. Immerhin, jedesmal wenn ich sie an Deck gesehen hatte, mußte sie ja auch mich gesehen haben, und wenn schon ich ihr mächtig zugetan war, ist es dann nicht normal, so fragte ich mich, daß sie dasselbe für mich empfand?

Eines Nachmittags, als ich gerade eifrig bei der Arbeit war, den Schiffsboden abzukratzen und ihn für die Metallbeschlagung vorzubereiten, die wir im Frachtraum gefunden hatten, sah ich, wie Inés ohne den üblichen Schutz durch ihre Mutter oder den Priester, diesen wachsamen Spürhund, am Strand entlangging, und während ich noch dem Mädchen nachschaute, in das ich mich auf der langen Reise verliebt hatte, erspähte ich einen unserer Matrosen, einen widerlichen Schurken namens Quinton mit einem dreckigen Mundwerk, und sah, wie er sie verfolgte, und als sie außer Sicht waren, hörte ich Inés plötzlich schreien. Ich ließ sofort alles stehen und liegen und rannte zu der Stelle, wo ich sie aus den Augen verloren hatte. Ohne eine Sekunde zu zögern oder auch nur einen Gedanken daran zu verschwenden, was ich tat, zückte ich meine Pistole und erschoß den Matrosen. Der Lärm hatte Señora Ledesma und auch Fra Baltazar alarmiert, die jetzt beide ihren ohnmächtigen Schützling in die Arme nahmen und ihn in ihr Zelt trugen, das sie während der Schiffsreinigung bewohnten.

Es mußte eine Versammlung einberufen werden, denn ein Mitglied der Mannschaft war ermordet worden, aber man sprach mich schnell frei, nur mein Onkel nutzte die Gelegenheit, um mir eine Rüge zu erteilen: ›Du solltest keine Kugel für einen Engländer verschwenden, der eine Spanierin anfällt. Heb sie dir lieber für einen Spanier auf, der einen Engländer beleidigt.‹

Jetzt, wo unsere Mannschaft schon einmal versammelt war, erinnerte sich jemand an eine alte Tradition: ›Bukaniere haben ihre Kapitäne immer selbst gewählt‹, und schon hörte man Klagen darüber, wie sich McFee in bestimmten Situationen verhalten hatte, und so viele andere stimmten in diese Mißfallensäußerungen ein, daß derjenige, der die Tradition beleben wollte, vortrat und sagte, ganz so, als befände er sich im Parlament: ›Ich schlage vor, wir wählen einen neuen Kapitän.‹ Und bevor ich recht mitbekommen hatte, was geschehen war, war Kapitän McFee seines Amtes enthoben und ein Matrose gewählt, der ein lautes Mundwerk hatte, aber nichts dahinter.

Donnerstag, den 3. September: In einem wahren Wutanfall hat mich mein Onkel heute angebrüllt: ›Du bereitest mir nichts als Kopfschmerzen, Ned! Halt dich von dieser Inés fern, ich sag's dir. Sie bringt dir nur Ärger ein.‹ Als ich widersprechen wollte, donnerte er regelrecht los: ›Und halt dich auch von diesem Mompox fern. Er bringt dir noch mehr Ärger ein.‹ Ich bat ihn, mir diesen Ausbruch aus heiterem Himmel zu erklären. Da klang seine Stimme auf einmal wehleidig: ›Du bist für ein anständiges englisches Mädchen auf Barbados bestimmt, und bei allen Feuern der Hölle, das verspreche ich dir, ich werde dafür sorgen, daß du eines Tages sicher zu Hause abgeliefert wirst.‹

Montag, den 14. September: Unser neuer Kapitän hat sich entschieden: Wir werden über China, Indien und das Kap der Guten Hoffnung heimwärts fahren. Deshalb sind wir weit nach Westen gesegelt, bei 34°

07′ südlicher Breite, und sind jetzt bis zur Insel Fernández vorgestoßen, in deren größter Bucht wir vor Anker gehen. Für mich ist der Abstecher zu dieser einsamen Insel ein wahres Geschenk gewesen, weil ich am Himmel, wie durch ein Wunder und um mir zu gefallen, frei von jeden Sturmwolken zum erstenmal jene große Ansammlung von Sternen gesehen habe, die die Seeleute die Magellansche Wolke nennen, denn er war der erste zivilisierte Mensch, der sie entdeckt hat. Wie geheimnisvoll sie sind, wie wunderschön, sie hängen am Südhimmel wie ein Strauß göttlicher Blumen. Während ich gebannt dastand, stellte sich Master Rodrigo neben mich und sagte etwas bedrückt: ›Herrlich, ja, aber von minimalem Wert im Vergleich zu unserem Polarstern, der uns mitteilt, wo wir uns befinden.‹ Und dann zeigte er mir, wie sich der Seemann mit Hilfe des Südsterns, der sicher mindestens so schön ist wie jedes andere Gestirn über unseren Nordmeeren, in seiner Phantasie ein südliches Gegenstück zum Polarstern vorstellt und diesen zur Peilung nutzen kann.

Nachdem er gegangen war, übernahm ein Nachtschwärmer besonderer Art seinen Platz neben mir ein, und ich fühlte, wie mich jemand sanft an der Hand nahm. Es war Señorita Inés, die auch die Magellansche Wolke bestaunen wollte, und während wir so nebeneinanderstanden, flüsterte sie mir zu: ›Ned, ich bin froh, daß du bei mir bist‹, und bevor ich wußte, wie mir geschah, küßten wir uns, und der Kuß war liebreizender als alles, was ich in Port Royal erlebt hatte. Eine geschlagene Stunde verharrten wir so, schauten uns die Sterne an, küßten uns wieder und wieder, aber dann hörten wir vom Unterdeck Stimmen in heller Aufregung, und schon kamen Señora Ledesma und Fra Baltazar angestürmt, liefen hierhin und dorthin, erst zusammen, dann sie in die eine, er in die andere Richtung, wobei beide riefen: ›Hier steckt sie nicht. Vielleicht da drüben!‹ Während sie das Deck absuchten, rückte Inès immer näher an mich heran, ich legte meine Arme um ihre Taille, bis wir fast zu einer Person verschmolzen, dann küßte sie mich wieder auf die Lippen und lachte über den Lärm, den ihre Mutter und der Priester veranstalteten. Schließlich entdeckte Fra Baltazar uns: ›Wie wir vermutet hatten! Sie ist wieder mit ihm zusammen!‹ Und gemeinsam erklommen sie die Leiter, um Inés zu befreien, die so lang in meinen Armen blieb, bis wir gewaltsam getrennt wurden.

›Du ungezogenes Kind!‹ zeterte ihre Mutter, als sie Inés von mir riß. ›Du böser Fratz!‹ fühlte sich Fra Baltazar bemüßigt hinzuzufügen und stieß mich mit seinen Ellenbogen von den beiden Frauen weg. Nachdem Inés sicher unter Deck verstaut war, kam Baltazar jedoch zurück, stellte sich neben mich und betrachtete die Sterne. Wir unterhielten uns fast die ganze Nacht, und er erzählte mir von seiner Jugend in Arévalo und daß es ihm in seinem bisherigen Leben zwölfmal vergönnt gewesen sei, die Ehe von Paaren zu verfolgen, deren Partner nicht zueinandergepaßt hätten, und daß alle ein erbärmliches oder sogar tragisches Ende gefunden hätten. Wenn Fra Baltazar erzählte, bekam man immer viel von menschlicher Tragödie zu hören.

›Was meint Ihr damit, sie ‚passen nicht zueinander'?‹ wollte ich wissen, und er zählte gleich mehrere Beispiele auf: ›Eine Dame aus adeligem Stand heiratete einen Mauren, andere Hautfarbe, andere Religion, sehr übel. Sie erdolchte ihn mit einem Messer. Eine Dame in unserer Stadt, sie besaß einige Qualitäten, heiratete einen Portugiesen niedriger Herkunft. Er hat sie ihres Geldes wegen erdrosselt. Ich begleitete ihn damals zum Galgen, und ich freue mich, sagen zu dürfen, daß er reumütig starb.‹ Dann folgten drei Beispiele von spanischen Damen, die alle ›von Ruf‹ waren, wie er sich ausdrückte, aber Protestanten geheiratet hätten, und deren Erfahrungen seien schlicht mitleiderregend. Am Ende seiner Litanei fragte ich ihn schließlich: ›Wer soll dann wen heiraten?‹ Und er entgegnete streng: ›Ein anständiges katholisches Mädchen wie Inés aus ehrbarer Familie darf nur einen Mann aus ähnlich gutem Hause heiraten, der ebenfalls katholisch ist. Was du als Häretiker dagegen anstellst, ist kaum von Belang.‹ Sprach's und ließ mich allein. Ich starrte in den Sternenhimmel, die Dämmerung war schon fast angebrochen, und noch immer fühlte ich die Arme von Inès um meine Hüften geschlungen. Ich ging zu Bett, überzeugt, daß sie mich liebte.

Mittwoch, den 30. September: erstaunliche Ereignisse. Während unseres langen Aufenthalts auf San Fernández hatte es unsere Mannschaft mit einemmal satt, sich weiter die törichten Befehle des Kapitäns anzuhören, und ebenso heftig wurde seine Entscheidung kritisiert, über China heimwärts zu segeln. Gestern abend wurde also eine Versammlung einberufen, auf der wir ihm mitteilten, er sei nicht mehr unser Kapitän, und als er fragte: ›Also gut, wer dann?‹, hielten wir eine Wahl ab, und unser alter Kapitän, Mister McFee, wurde wieder in sein Amt eingesetzt. Ich mag das nicht besonders. Seeleute sollten nicht so einfach ihren Kapitän entlassen und dann wiedereinstellen. Die englische Methode ist da weitaus besser. Man erklärt einen Mann zum Kapitän und behält ihn so lange, bis er sein Schiff schuldhaft versenkt. Wenn er natürlich mit untergeht, wie es von ihm erwartet wird, erledigt sich das Problem von selbst.

Kapitän McFees erste Entscheidung war nicht sonderlich glücklich. Er beschloß, mit unserer Zustimmung, den Kurs quer über die Südsee nicht weiterzuverfolgen, sondern Kap Hoorn anzusteuern und nach Hause zu fahren. Er verließ San Fernández jedoch Hals über Kopf, so daß wir keine Zeit mehr hatten, den Strand nach Mitgliedern unserer Mannschaft abzusuchen, die vielleicht noch an Land waren, und als wir schon ein paar Stunden auf See waren, rief mein Onkel plötzlich: ›Zurück! Meskito David ist noch an Land!‹ Aber davon wollte McFee nichts wissen: ›Wir sind schon zu weit entfernt.‹ Und damit tauchten wir in die Magellanstraße ein. Stundenlang grübelte ich über David und was wohl sein weiteres Schicksal sein würde. Man muß sich das vorstellen, allein, ganz auf sich gestellt auf dieser abgelegenen Insel. Wovon will er sich ernähren? Und was ist, wenn er krank wird? Armer David, armer Indianer, ich weine um ihn.

Die nächste Aufregung an diesem denkwürdigen Tag kam, als wir ein spanisches Schiff auf Nordkurs sichteten und beschlossen, die Verfolgung aufzunehmen. Viele Matrosen, ich gehörte auch zu ihnen, erhoben dagegen Einwände, schon wieder ein Schiff zu kapern, aber Kapitän McFee sagte: ›Ein Seemann auf großer Fahrt kann niemals genug Proviant und Schießpulver haben.‹ So schlossen wir also auf, enterten, ohne auch nur einen einzigen Mann aus unseren Reihen zu verlieren, ließen dagegen neun der Spanier über die Klinge springen, plünderten ihr Schiff, raubten alles, was uns von Wert schien, verschonten die Beiboote und setzten den Segler in Brand. Von unseren spanischen Gefangenen setzten wir die meisten in den Beibooten aus, kappten die Masten und schickten sie los auf ihre Reise zum Festland, das nach meiner Schätzung sehr weit entfernt ist. Ich fragte meinen Onkel: ›Glaubst du, daß sie jemals bis zur Küste kommen?‹ Und er sagte: ›Hoffentlich nicht.‹

Ich bin noch einmal aus meiner Hängematte gestiegen, um folgendes zu notieren. Ich konnte nicht schlafen, weil ich immer an David, den Meskito, denken mußte, der jetzt auf der Insel gestrandet ist, und an die spanischen Seeleute, die verzweifelt versuchen, sich bis zur Küste durchzuschlagen, ohne Segel und mit nur wenig Proviant und Wasser. Ich muß feststellen, daß ich dieses Tötens überdrüssig bin. Ich habe es satt, unbewaffnete spanische Gefangene zu erschießen oder sie mitten auf See dem sicheren Tod auszusetzen. Ihre Schiffe kapern, ja, und auch tapfer kämpfen, wenn nötig mit Degen und Pistole, aber dieses andauernde Abschlachten? Nein. Das werde ich nicht mehr mitmachen. Solche Skrupel können Onkel Will natürlich nicht aus der Ruhe bringen. Er schläft in seiner Hängematte neben mir und schnarcht. Dienstag, den 13. Oktober: nichts als Langeweile, Tag für Tag, auf dem Weg nach Kap Hoorn. Keine Fische, die man fangen könnte, keine Vögel, denen man zuschauen könnte, keine spanischen Schiffe, die man verfolgen könnte. Das hier muß das einsamste Meer der Welt sein. Heute jedoch kam etwas Leben auf, als Master Rodrigo mich auf die Probe stellte: ›Also, Muchacho, als Navigator muß man das Anvisieren beherrschen, wollen wir doch mal sehen, ob du das auch richtig kannst‹, worauf er mir ein Stück Papier gab, sich selbst auch eins holte und sagte: ›Wir haben jetzt Mittag. Wir wollen beide die Sonne anpeilen, teilen uns aber die Messung gegenseitig nicht mit, berechnen auf dem Papier den Breitengrad und vergleichen dann unsere Ergebnisse.‹ Er ließ mir den Vortritt, und nachdem ich mit beiden Beinen Halt gefunden hatte, mit dem Rücken zur Sonne stand, die Arme angewinkelt und den Kreuzstab fest in der Hand hielt, berechnete ich einen südlichen Breitengrad von 39° 40′ und schrieb den Wert auf den Papierschnipsel. Dann nahm er eine Peilung vor, schneller als ich, und schrieb sie auf. ›Jetzt wollen wir vergleichen‹, sagte er, und als mein Stück Papier neben seinem lag, las ich auf beiden 30 Grad, sie lagen nur 20 Minuten auseinander. ›Muchacho, du bist ein angehender Navigator. Noch neun Jahre.‹

Dann fragte ich ihn: ›Master Rodrigo, wenn man so genau sagen kann, wo man sich nördlich oder südlich befindet, warum nicht auch östlich oder westlich?‹ Und er unterbrach sofort seine Arbeit und hielt mir einen langen Vortrag, in dem er die beiden Schwierigkeiten miteinander verglich. ›Für die Breitengrade haben wir zwei feste Markierungen. Bei Tag die Sonne und nachts den Polarstern. Gott hat die beiden Gestirne für uns aufgehängt, sie bleiben immer an einem Fleck. Man peilt sie einmal an und weiß sofort, wie weit nördlich oder südlich man vom Äquator entfernt ist.‹ Dann machte er eine Äußerung, die sicher nicht Fra Baltazars Gefallen gefunden hätte: ›Aber Gott war nicht sorgfältig genug, um Osten und Westen hat er sich nicht gekümmert. Da haben wir keine Leitsterne. Was die Längengrade betrifft, ist das Beste, was man machen kann – schätzen.‹ Über eine Stunde wies er mich in die Geheimnisse ein, mit denen erfahrene Navigatoren ihre Schätzungen durchführen, wie ihre Position lautet. ›Nehmen wir einmal an, ich weiß bei Anbruch der Reise, wo Cádiz liegt, und ich weiß auch, wie schnell mein Schiff ist und in welche Richtung es fährt. Nach 24 Stunden kann ich ziemlich genau schätzen, wie weit ich gekommen bin. Dann stellen wir neue Berechnungen an, über die Gezeiten, den Wind, die Abdrift, die angenommene Geschwindigkeit, und wieder 24 Stunden später schätzen wir ein zweites Mal, wo wir uns befinden. Und so geht es immer weiter. Man schätzt sich sozusagen um den ganzen Erdball. Im Augenblick – weil wir Karten haben und wissen, wo wir bislang gewesen sind–, schätze ich, sind wir auf dem 69. Längengrad, westlich von Cádiz.‹

Am Ende seines Vortrags runzelte er die Stirn: ›Es ist wirklich ärgerlich, daß wir kein verläßliches System haben. Vielleicht erfindet ja mal jemand eine Kette oder so etwas, was wir durchs Wasser schleppen und was die Meilen zählt. Oder eine neue Methode, die Sonne von der Seite anzupeilen statt von oben oder unten. Oder eine Uhr, auf der man immer ablesen kann, wie spät es in Cádiz ist, so daß man deren Mittag mit unserem Mittag hier in Beziehung setzen kann.‹ Auf den Kreuzstab aus Elfenbein zeigend, sagte er: ›Wenn die Menschen soweit sind, sich solche Sachen auszudenken, dann können sie noch ganz andere Geräte erfinden.‹ Nach gemeinsamen groben Schätzungen, über Gezeiten, den Wind und ob wohl Verlaß auf unsere Karten wäre, berechneten wir, daß wir an manchen dieser letzten ermüdenden Tagen bis zu neunzig Meilen zurückgelegt hatten. An einem Tag hatten wir sogar weit über hundert geschafft, aber an anderen, bei Gegenwind, wieder nur zwanzig oder noch weniger.

Samstag, den 21. November: 56° 10′ südlicher Breite. Ja, es stimmt. Ich habe es jedesmal mit meinem Kreuzstab nachgeprüft, wenn die Sonne durch die kalten Wolken hervorlugte, aber meine Zahlen sagen noch mehr: Hinter ihnen stehen erbärmliche Geschichten von verirrten Passagen, von Enttäuschung, Verzweiflung und von erfrorenen Fingern. Da Master Rodrigo vorher noch nie durch die Magellanstraße gesegelt war, der Verbindung zwischen dem Südmeer des Pazifiks und dem Atlantischen Ozean, und da wir seit der Kaperung des letzten spanischen Schiffes von einer schweren Wolke fast vollständig eingehüllt sind, wußte niemand an Bord so recht, wohin wir steuerten, und einige Matrosen sagten mir: ›Was für ein Glück, daß du weißt, wie man mit dem Astrolabium umgeht, sonst wären wir völlig verloren.‹ Wenn meine Peilungen stimmen und unsere Karten nicht lügen, was durchaus der Fall sein kann, dann haben wir die Magellanstraße verpaßt und sind jetzt unterwegs zum Südpol! Schließlich haben wir dann doch offenes Wasser gefunden, morgen werden der Navigator und ich Kapitän McFee empfehlen, Kurs Richtung Norden zu nehmen, denn ich bin überzeugt, daß wir Kap Hoorn längst umsegelt haben und uns bereits im Atlantischen Ozean befinden.

Sonntag, den 29. November: Es geschehen noch Wunder! Verloren in der bitteren Kälte, berechnete ich aus meiner Peilung der Sonne, daß wir uns bei 53° 10' südlicher Breite befinden müssen, und ich schätze, daß sich in dem federartigen Wolkennest, das sich im Nordosten aufgebaut hat und das ich seit zwei Tagen beobachte, irgendeine Insel verbirgt, die nicht auf unserer Karte eingetragen ist. Ich präsentierte Kapitän McFee meine Folgerungen und riet, in diese Richtung zu steuern, aber er sagte nur: ›Fahr zur Hölle. Ich lass' mir doch nicht von einem Jungen sagen, wo ich langsegeln soll!‹ Jetzt haben sich die Seeleute auf ihrer Versammlung wieder einmal entschieden, ihm das Kommando zu entziehen, ›weil er die Magellanstraße und die Spitze Südamerikas verpaßt hat‹. Ihre Überheblichkeit konnte jedoch kaum ihre Furcht verbergen, sich in einem unbekannten Ozean verirrt zu haben.

Ein paar Augenblicke lang waren wir also ohne Kapitän, aber dann geschah das Wunder, denn mein Onkel rief mit lauter Stimme: ›Die Inseln! Genau da, wo der Junge es vorhergesagt hat!‹ Und als die besorgten Männer übers Meer schauten, sahen sie die herrlichen grünen Inseln, die frisches Wasser und Wildfleisch versprachen, und wieder rief Will: ›Verdammt noch mal, der einzige, der hier weiß, wo wir sind, scheint der Kleine zu sein‹, worauf die Männer jubelten und mich zu ihrem Kapitän machten, mit der strengen Order: ›Bring uns nach Hause, Junge!‹

Da stehe ich also mit zwanzig Jahren, gehe gerade auf die Einundzwanzig zu und habe das Kommando über eine spanische Galeone mit einer Mannschaft von 41 schlachterprobten Engländern, neun spanischen Seeleuten, die sich entschlossen haben, bei uns zu bleiben, und siebzehn Sklaven, vierzehn Indianern, Mompox, Master Rodrigo, Fra Baltazar und die beiden Ledesma-Frauen, dazu eine schwere Silberladung.

Wo wir sind? Ich weiß nur soviel, daß wir sicher in den Atlantischen Ozean vorgedrungen sind und daß unser Zufluchtshafen Port Royal etwa 6700 Meilen Richtung Norden liegt, wenn unsere erbeuteten Karten korrekt sind. Als Kapitän für die sichere Fahrt meines Schiffes verantwortlich, muß ich davon ausgehen, daß wir früher oder später auf ein spanisches Kriegsschiff stoßen werden, das uns an Männern, an Geschützen und an Kampfkraft überlegen ist, und das will ich vermeiden. Seitdem mir das Kommando übertragen wurde – es ist erst ein paar Stunden her –, denke ich nicht an die Leichtigkeit, mit der wir kleine spanische Schiffe gekapert haben, sondern daran, wie wir vor den großen Schiffen in Panama Reißaus genommen haben, und an die Strafaktionen spanischer Soldaten in den Silberhäfen. Ich bin zu dem Ergebnis gekommen, daß man als echter Freibeuter nicht unbedingt auch ein Narr sein muß.

Samstag, den 12. Dezember: 34° 40' südlicher Breite, vor der Küste von Buenos Aires, wo sich zu meiner enormen Überraschung eine völlig neue Situation ergeben hat. Als Kapitän unseres Schiffes nehme ich jetzt meine Mahlzeiten in der Kajüte ein, welche die beiden Damen Ledesma und ihr Priester bewohnen. Dreimal täglich also sitze ich der reizenden Señorita Inés gegenüber, und ich kann wohl für uns beide sprechen, ganz sicher aber für mich, wenn ich hier mit zitternder Hand und heftig pulsierendem Herzen schreibe, daß wir uns auf wunderbare, geheimnisvolle Weise ineinander verliebt haben. Sie hat besondere Geschicklichkeit darin bewiesen, sich aus der Obhut ihrer Mutter und des Priesters davonzustehlen und mich dort zu treffen, wo sie mich nie vermuten würden. Gestern abend verbrachten wir annähernd drei Stunden miteinander, und es war, nun ja, irgendwie überwältigend. Als sie sich wieder fortschlich, flüsterte sie mir zu: ›Ned, ich fühle es in meinem Herzen, am Ende dieser Reise werden wir Mann und Frau sein.‹ Und ich versicherte ihr: ›Das zu erreichen ist mein einziges Ziel!‹

Heute mittag, nachdem ich die Sonne angepeilt hatte, stellte ich bei Tisch die Frage: ›Wo ist Señorita Inés?‹ Und ihre Mutter entgegnete von oben herab: ›Eingeschlossen in ihrer Kabine.‹ Ich schnappte nach Luft, da sagte der Priester mit einem schmierigen Grinsen: ›Und wer bewacht wohl die Tür, was meinst du?‹ Und als ich ihm gestand, ich wüßte nicht, wer, sagte er: ›Dein Onkel.‹

Ja, es ist wahr, der unnachgiebigste Feind meiner Liebe zu Inés ist mein Onkel, der, als ich losstürmte, um ihn zur Rede zu stellen, nur meinte: ›Junge, dein Leben könnte . . .‹ Ich versuchte, ihn zur Seite zu drängen: ›Ich bin kein kleiner Junge mehr. Ich bin Kapitän dieses Schiffes‹. Aber er rührte sich nicht von der Stelle. Er habe sich nur zu meinem Besten und um meine Seele zu retten, auf die Seite des Priesters und Señora Ledesmas geschlagen, sagte er, und weil ein Tatum mit englischem Blut in den Adern keine Spanierin heiraten darf.

So haben sich also drei fest Entschlossene, zwei Spanier und ein Engländer, zusammengetan, die eigensinnige Señorita Inés und mich daran zu hindern, das Versprechen unserer Liebe einzulösen. Gestern abend, das darf ich sagen, ist es ihnen mißglückt, nicht weil ich besonders kühn gewesen bin, sondern weil Inés entkam, während Fra Baltazar Wache hatte. Schnell lief sie zu mir, der ich in meiner Kajüte schlief, und verriegelte die Tür von innen. Mit süßer Hingabe warf sie sich schluchzend in meine Arme: ›Ned, ich kann nicht ohne dich leben… so tapfer… Kapitän eines eigenen Schiffes… so begehrenswert.‹ Also, ich muß sagen, ich war wie von Sinnen, einmal durch ihr dreistes Stück, einfach wegzulaufen, aber noch mehr durch das, was sie immer wiederholte, als sie mir unentwegt auf die Lippen küßte: ›Wir werden heiraten. Wir werden heiraten.‹ Genau das, wovon ich während der langen Südpassage zum Kap immer geträumt habe, und ich fing an zu glauben, daß eine Heirat mit diesem entzückenden Mädchen vielleicht doch möglich war, egal, wie heftig sich ihre Mutter und mein Onkel dem auch widersetzen würden.

Aber noch während sie mir ihre Liebe gestand, was ich als die Art von Wunder annahm, die einem Mann widerfährt, wenn er zum Kapitän eines eleganten Schiffes ernannt wird, ertönte wildes Klopfen an meiner Kabinentür, und wir hörten Señora Ledesma und Fra Baltazar, die eine Stimme hoch und piepsig, die andere tief, die Inés anflehte, die Tür zu öffnen und sich wie eine anständige spanische Dame zu benehmen. Sie weigerte sich und rief wiederholt: ›Ich werde so lange nicht öffnen, bis ihr mir versprecht, daß Ned und ich uns auf dem Schiff frei bewegen können.‹ Es schien sich mir da, während ich von draußen das Klopfen hörte und ihre Antwort darauf, ein großer Skandal anzubahnen, wobei meine Mannschaft alles mitbekommen würde, und ich fragte mich, was wohl die Folge sein würde.

Der ganze Ärger verlor an Bedeutung, angesichts dessen, was sich dann zutrug. Plötzlich nämlich hörte ich meinen Onkel in die frühe Abenddämmerung hineinrufen: ›Spanisches Schiff! Attacke!‹ Und es erhob sich ein solcher Lärm, daß mir sofort klar war, unsere ›Giralda‹ raste mit voller Kraft voraus und rüstete ihre Decks zum Angriff. Ich spürte, daß es ziemlich lächerlich wirken mußte, wenn ich weiter in meiner Kabine eingeschlossen blieb, Gefangener einer spanischen Señorita, während sich das Schiff, das ich eigentlich befehligen sollte, gegen einen Feind warf, der möglicherweise schwer bewaffnet war.

›Ich muß gehen!‹ rief ich Inés zu und mühte mich, von ihr loszukommen, aber sie stellte sich vor die verriegelte Tür und ließ sie mich nicht öffnen. Die nächsten Minuten verbrachte ich in wilder Unentschlossenheit, wobei Señora Ledesma weiter gegen meine Kajütentür hämmerte, Fra Baltazar mich unentwegt mit Bannflüchen belegte und Onkel Will mein Schiff in eine Schlacht gegen einen Feind warf, den ich nicht sehen, geschweige denn dessen Stärke abschätzen konnte. Mir wurde klar, es war eine erbärmliche Situation für einen Kapitän, aber ich sah keine Möglichkeit zu entkommen, und mit Inés in meinen Armen wartete ich auf das Klirren der aufeinanderprallenden Waffen, das unweigerlich kommen mußte, wenn die Matrosen der ›Giralda‹ versuchen würden, das spanische Schiff auf der Flucht zu entern.

Es waren zwei scheußliche Stunden, in meiner eigenen Kajüte eingesperrt, mit dem Mädchen, das ich liebte. Wir hörten, wie die beiden Schiffe kollidierten, das schnelle Trappeln von Schritten an Deck, das Spiel der Degen, so weit entfernt, daß es vom Deck des feindlichen Schiffes herrühren mußte, den Widerhall der abgefeuerten Schüsse und schließlich das Siegesgeschrei. Erst in dem Augenblick gab Inés mich frei.

Als ich an Deck kam, war Will gerade dabei, elf Gefangene zu machen, die Männer in schwere Ketten zu legen und sie über die Schiffsplanken ins Meer zu treiben, dem sicheren Tod entgegen. ›Nein!‹ rief ich. ›Gebt ihnen ein kleines Boot. Noch besser, gebt ihnen ihr eigenes Schiff zurück, mit gekappten Masten.‹

Mein Onkel und die üblichen Hitzköpfe, auf deren Unterstützung für seine Piratenakte er immer zählen konnte, weigerten sich, meinem Befehl zu gehorchen. ›Aufhören!‹ rief ich. ›Ich bin euer Kapitän!‹ Aber zwei Männer riefen im selben Atemzug zurück: ›Nicht mehr. Sich in seiner Kajüte verstecken, wenn wir draußen kämpfen!‹ Noch an Ort und Stelle wurde eine Versammlung abgehalten, die mich meines Amtes enthob und wieder McFee einsetzte.

Wenn Bukaniere versuchen, ein Schiff zu führen, können sie sich wahrlich wie die letzten Narren aufführen. Man stelle sich vor, dreimal denselben Mann zum Kapitän zu erklären. Aber irgendwie war ich ganz froh, daß er jetzt wieder das Schiff befehligte, denn seine erste Order lautete: ›Hört auf damit, die Gefangenen zur Fallreep zu bringen.‹ Und weil er älter als ich war, gehorchten ihm die Männer. Dann gab er Befehl, das gekaperte Schiff auszuräumen und nach allem zu durchsuchen, was wir für den Endspurt nach Port Royal noch brauchen konnten, vor allem nach Fässern mit Frischwasser und nach Proviant.

Unsere Seeleute wurden ermutigt, soviel Schießpulver und Kugeln an sich zu nehmen, wie sie für nötig befanden, und die Masten wurden in Deckhöhe gekappt. Danach durften die besiegten Spanier wieder ihr Schiff betreten und sich auf die Fahrt zum Festland begeben, was unsere Männer mit ein paar Salutschüssen zu beschleunigen versuchten.

Genau fünfzehn Tage lang war ich Kapitän, in denen ich unser Schiff von 56. bis zum 34. Grad südlicher Breite heimwärts geführt habe. Immerhin läßt sich sagen, daß wir während meiner Amtszeit als Kapitän den spanischen Segler gekapert haben, ohne daß ein Engländer dabei den Tod fand, und daß mir von einer wunderbaren spanischen Señorita ein Heiratsantrag gemacht wurde. Viele Kapitäne unter den Bukanieren brauchen länger, um weniger zu erreichen.

Durch die neue Entwicklung der Dinge wird es mir nicht mehr vergönnt sein, die Mahlzeiten mit den Ledesmas und ihrem Priester einzunehmen; ich muß mir also irgendeinen Trick einfallen lassen, um das Mädchen, das mich liebt, wiederzusehen.

Freitag, den 25. Dezember: Weit entfernt von der Küste, 22° 53' südlicher Breite, vor Rio de Janeiro in Brasilien. Aller Groll, den ich seit langem gegen Fra Baltazar hegte, hat sich gelegt, den als sich die gesamte Schiffsbesatzung an dem heutigen blühenden Frühlingsnachmittag auf Achterdeck eingefunden hatte, um der heiligen Messe aus Anlaß der Geburt unseres Herrn Jesus Christus beizuwohnen, sprach der große düstere Priester nach dem Gebet die Worte: ›Lasset Eintracht walten an diesem heiligen Tag. Ich habe unsere katholischen Gebete für meine Landsleute auf spanisch gesprochen, sprich du eure protestantischen für deine Kameraden auf englisch‹, worauf er mir zu meinem Erstaunen seine spanische Bibel in die Hand legte. Ich war so gerührt, daß ich für einen Augenblick die Sprache verlor, aber dann hörte ich die knurrende Stimme meines Onkels: ›Na, mach schon, Junge‹, und ein regelrechter Wortschwall kam über meine Lippen:

›Allmächtiger Gott, wir haben eine weite Reise zurückgelegt mit unserem standhaften Schiff, und wir haben uns gegenseitig geholfen. Die Küstengewässer des spanischen Festlands hätten wir ohne die kundige Führung von Master Rodrigo nicht befahren können, und für seine gute Arbeit wollen wir danken. Eine Hilfe waren uns die Gebete und der Beistand von Fra Baltazar, einem würdigen Mann der Kirche. Dreimal mußten wir auf Kapitän McFee zurückgreifen, das Kommando unseres Schiffes zu übernehmen, und möge er uns nun endlich gesund nach Hause führen, auf daß unser Schatz an Bord keinen Schaden erleide.‹

Es war mir nicht möglich, ein Weihnachtsgebet zu beenden, ohne mit einem Wort das Mädchen zu erwähnen, zu dem meine Liebe entflammt war, und so fügte ich zum Erstaunen der Mannschaft noch hinzu:

›Lieber Gott, ich vor allem danke dir dafür, daß mir auf dieser langen Reise das Glück gewährt war, eine junge Frau kennenzulernen, die in Stunden der Gefahr der Mut nicht verließ, noch in denen der Ruhe zu inspirieren versagte. Sie war eine unserer besten Matrosen, beschütze sie, wohin auch immer ihre Reise sie führen wird.‹

Als ich diese Worte sprach, löste sie sich von ihrer Mutter und stellte sich neben mich, und niemand kam auf die Idee, sie mir wegzunehmen. Während sie so dastand, mußte ich an all die beachtlichen Abenteuer denken, die meine Bukaniere erlebt hatten: die übereilte Entscheidung, unser Glück alleine zu versuchen, nachdem uns Kapitän Morgan unsere gerechte Belohnung gestohlen hatte; der lange Marsch über die Landenge; die Kämpfe; die überlegenen Siege trotz großer Übermacht des Gegners; die Niederlagen in Panama und Arica; die kleinen Schiffe, die wir kaperten, und die großen, vor denen wir Reißaus nahmen; die Mangellansche Wolke bei Nacht; die Magellanstraße, die wir nie gefunden haben... Doch plötzlich schien eine eisige Hand nach meinem Herzen greifen zu wollen, und mit leiser Stimme schloß ich mein Gebet:

›Gnädiger Gott, der du Seeleute beschützt und sie nach langer Reise wieder heimführst, erfülle mit deiner Liebe am heutigen Tag besonders den Indianer David, ausgestoßen auf Juan Fernández, allein. Schicke ein Schiff zu seiner Rettung, und bring uns heil zurück in unseren Heimathafen.‹

Freitag, den 8. Januar des neuen Jahres 1672: Am heutigen Tag, an dem nichts Außergewöhnliches geschah – kein gutes Essen noch ein Streit zwischen den Männern –, haben wir den Äquator überquert, und bei allen stieg die Aufregung merklich an, denn wir näherten uns Port Royal.

Freitag, den 29. Januar: Ein Tag des Sieges, ein Tag der Verzweiflung! Seit einigen Tagen kommen Kapitän McFee, Onkel Will, Fra Baltazar und ich zu dringenden Gesprächen zusammen, um einen Plan zu entwerfen, wie wir am besten die beiden Ledesma-Frauen und unsere

Gefangenen den Spaniern übergeben und ein Lösegeld einstreichen können. Keiner, nicht einmal mein Onkel, will sie töten oder ihnen sonstwie Schaden zufügen, aber so ohne weiteres mit ihnen in den Hafen von Cartagena einzulaufen wäre zu riskant. Andererseits wollen sie auch nicht in Port Royal oder Jamaika von uns abgesetzt werden, wo sie nicht sicher sein können, sich jemals bis nach Cartagena durchzuschlagen, wo ihre Familien auf sie warten.

Kapitän McFee und mein Onkel waren fest entschlossen, sie loszuwerden – ihr Verbleib hätte zu viele Probleme gebracht –, aber wie das zu bewerkstelligen war, wußten auch sie nicht. So blieb es also an Fra Baltazar und an mir hängen, uns ein Verfahren auszudenken; und als wir anfingen, uns in einem Winkel des Achterdecks darüber zu unterhalten, fragte ich ihn zuerst, ob ich Mompox dazuholen dürfte, da die geplante Aktion ihm als ein Mensch anderer Hautfarbe mehr einbringen oder schaden würde als unsereinem, und Fra Baltazar konterte: ›Und ich hätte gerne den Beistand von Master Rodrigo, unserem Navigator‹, womit ich wiederum einverstanden war.

Als wir alle beisammensaßen, sagte der Priester mit ernster Stimme: ›Es geht um Leben und Tod. Ein Fehler, und wir alle können umkommen. Wir müssen also eine richtige Lösung finden.‹

Mompox sah seine Lage mit bewundernswerter Klarheit: ›Bei meiner Hautfarbe darf ich nirgendwohin, wo mich böse Menschen wieder in die Sklaverei verbannen können. Weder nach Cartagena noch Barbados, noch Jamaika. Und auch nicht in die südamerikanischen Kolonien.‹

›Was bleibt übrig?‹ fragte Baltazar, und Mompox entgegnete: ›Übergebt mich irgendeinem Handelsschiff, das nach Boston fährt.‹ Und wir kamen überein, ihm den Gefallen zu tun, wenn irgend möglich.

›Also, wie kriegen wir die Ledesmas zurück nach Cartagena?‹ fragte Baltazar weiter, und ich platzte gleich raus: ›Inés bleibt bei mir‹, aber er antwortete in dem ernsten Ton, den ich zu respektieren gelernt hatte: ›Mein Sohn, das wird nicht möglich sein. Sie stammt aus einer Welt, du aus einer anderen.‹ Dann fügte er mit fester Stimme hinzu: ›Es würde nicht gutgehen. Es darf nicht geschehen.‹ Als er sah, wie bestürzt mich sein Urteil machte, sagte er noch: ›Mein Sohn, du hast große Erfolge auf dieser Reise davongetragen. Warst Kapitän deines eigenen Schiffes. Warst erfolgreich im Kampf. Hast Mut bewiesen, den dir niemand so schnell nehmen kann. Laß es dabei bewenden.‹ Ich war noch immer aufgewühlt, sogar den Tränen nahe. ›Mein Sohn‹, fuhr Fra Baltazar fort, ›die Reise geht zu Ende. Das Schiff wird in seinen Hafen einlaufen, und ein neues Leben wird beginnen. Ein Leben in Anstand und Würde und mit der richtigen Liebe. Glaub mir, Junge, glaub mir, sie kehrt in ihren Hafen zurück, kehr du in den deinen. Es ist besser so.‹

Ich war nicht gewillt, eine solche Entscheidung einfach anzunehmen, aber dann hörte ich, wie Mompox besorgt fragte: ›Wie sollen wir bei dem Austausch vorgehen? Ich will nicht wieder zurück in spanische Herrschaft.‹ Und Master Rodrigo antwortete. ›Wenn wir die Insel Trinidad passieren, segeln wir westlich am Festland entlang, bis wir auf ein spanisches Schiff stoßen. Wir signalisieren unsere friedlichen Absichten: Wir sind Spanier hier an Bord eines englischen Schiffes und wollen auf euer Schiff umsteigen. Wir wollen euch nicht kapern.‹

›Und wie sollen wir das Signal schicken?‹ fragte ich, und Fra Baltazar entgegnete: ›Ich weiß es auch nicht, aber wir müssen es schicken.‹

Als wir alle Matrosen an Deck versammelt hatten, um ihnen unsere Taktik zu erklären, erkannten beide Seiten, sowohl die Spanier als auch die Engländer, sofort die Gefahr, wie Kapitän McFee sie ausdrückte: ›Sie werden denken, wir seien Piraten, und die Flucht ergreifen. Und wenn wir die Verfolgung aufnehmen, werden sie auf uns schießen, und dann, bei Gott, werden wir sie auch noch versenken.‹

›Ich würde keinem spanischen Schiff über den Weg trauen‹, murrte Will, er stand mit seiner Meinung nicht allein da, aber Master Rodrigo sagte: ›Es gibt keine andere Möglichkeit‹, und mein Onkel willigte schließlich widerwillig ein: ›Wir wollen es versuchen, aber ich und meine Männer halten jede Sekunde die Gewehre auf sie gerichtet‹, worauf Master Rodrigo meinte: ›Ich bin sicher, sie tun dasselbe. In der Zwischenzeit wollen wir aber lieber zwei große weiße Fahnen fertigmachen, sehr große Fahnen, und auf beide in blauer Farbe die Buchstaben P, A und X malen.‹

Den Rest des Tages segelten wir entlang der Nordküste Trinidads, und fünf Tage darauf passierten wir die Salzsümpfe von Cumaná, wo sich die Schlacht mit der holländischen Flotte zugetragen hatte. Und dann, heute morgen schließlich, als wir schon fast jede Hoffnung aufgegeben hatten, jemals einem spanischen Schiff zu begegnen, sichteten wir doch eines – worauf sich eine lächerliche Sache entwickelte.

Die Spanier, als sie die schnittige Form unseres Schiffes sahen, die Kanonen, kamen zu dem Schluß, daß wir Freibeuter wären, drauf und dran, sie zu kapern, und nahmen Reißaus – und wir mit wehenden weißen Fahnen hinterher. Je mehr wir uns Mühe gaben, sie zu überholen, desto schneller machten sie sich davon, und es sah schon ganz danach aus, daß unser Plan vereitelt werden sollte, als Kapitän McFee ein kluges Manöver einleitete, was die ›Giralda‹ direkt vor das spanische Schiff setzte, worauf es seine Fahrt verlangsamen mußte. Dann gab er Befehl, ein Beiboot zu Wasser zu lassen, und Master Rodrigo, Fra Baltazar, mein Onkel und ich stiegen ein und ruderten, mit einer der großen weißen Fahnen deutlich sichtbar, herüber zu den erstaunten Spaniern. Mein Onkel hielt seine Waffe auf das Herz des spanischen Kapitäns und die Spanier ihre Gewehre auf uns gerichtet, während Master Rodrigo mit lauter Stimme rief: ›Wir haben spanische Gefangene, die nach Cartagena wollen!‹ Und Fra Baltazar war es überlassen, die wichtigere Nachricht zu übermitteln: ›Wir haben die Frau und die Tochter von Gouverneur Ladesma an Bord. Ich bin ihr Priester, Fra Baltazar.‹

Beide Nachrichten, vor allem die letzte, hatten eine explosive Wirkung. Zwei Boote wurden zu Wasser gelassen, hastig eine provisorische weiße Fahne gehißt, und der Kapitän persönlich, nachdem er zu der Überzeugung gekommen war, daß wir die Wahrheit sagten, sprang runter, gefolgt von drei Offizieren, und ruderte mit hektischen Schlägen zu unserem Schiff herüber. Als wir vier gemeinsam mit ihnen an Bord kamen, wurden wir Zeugen einer ungewöhnlichen Szene. Der Kapitän, kaum hatte er Señora Ledsma und ihre Tochter erblickt, lief auf sie zu, gab der Älteren einen Handkuß und sagte mit lauter Stimme: ›Ich grüße Euch, Condesa de Cartagena!‹ Inés' Mutter schien überrascht, und sofort drängten sich die Offiziere vor, ihr die gute Nachricht mitzuteilen: ›Ja. Der König hat Euren Gatten zum Conde de Cartagena ernannt.‹

Diese Worte stimmten mich noch verzweifelter, denn nun war offensichtlich, daß beide Seiten, Engländer und Spanier, bestrebt waren, die Gefangenen möglichst schnell von unserem Schiff auf ihres zu überführen; und als das erste kleine Boot ablegte, gefüllt mit Matrosen und gewöhnlichen Gefangenen, machten sich auch unsere vier wichtigeren Gefangenen – Rodrigo, Baltazar und die beiden Ledesmas, jetzt Frau und Tochter eines Grafen – bereit, uns zu verlassen. Unsere Matrosen halfen den beiden Männern, ihre wenigen bescheidenen Besitztümer zusammenzutragen, und Mompox und ich waren den Frauen behilflich, aber als ich Señorita Ledesmas Korb fertiggepackt hatte und damit die grobe Strickleiter hinunterkletterte, verschnürte der Schmerz mir die Kehle. Ich konnte den Gedanken nicht ertragen, daß ich dieser teuren jungen Frau Lebewohl sagen sollte, einer Frau zudem, die mich liebte und die auch ich mit ganzem Herzen liebte. Ich dachte: Ich werde sie niemals gehen lassen. Doch dann legte Fra Baltazar seinen Arm um meine Schulter und zog mich beiseite: ›Vergiß nicht, mein Junge, alle Schiffe kehren irgendwann einmal in ihren Hafen zurück. Unser Schiff segelt westwärts, deins nach Osten.‹ Er umarmte mich und fügte noch hinzu, als er bereits die Leiter zum Boot hinunterkletterte: ›Du hast dich wie ein Mann aufgeführt, Ned, und darauf kannst du stolz sein.‹

Gleichwohl sollte die Abfahrt nicht ganz so friedlich verlaufen wie geplant, denn zur Überraschung der Spanier weigerte sich Señorita Inés schlicht, von Bord der ›Giralda‹ zu gehen. Die Arme fest vor der Brust verschränkt, erklärte sie in scharfem, klarem Tonfall: ›Wir lieben uns. Wir sind von Gott dazu bestimmt, Mann und Frau zu sein, und ihr könnt uns nicht auseinanderreißen.‹ Was soll ich sagen, sie fielen über sie her, als wären sie eine Armee, die eine Festung stürmt. Der Kapitän des spanischen Schiffes sagte als erster gefaßt: ›Señorita Inés, Ihr seid die Tochter eines Conde. Ihr repräsentiert die Ehre Spaniens. Ich müßt einfach . . .‹

Hier unterbrach ihn die Condesa: ›Du bist ein dummes dickköpfiges Kind. Woher willst du wissen . . .‹

Es war dann Fra Baltazar, der die richtigen einfühlsamen Worte fand: ›Mein süßes Kind, es ist herrlich im Frühling, wenn die Blumen wie zum erstenmal blühen. Aber die eigentliche Bedeutung des Baumes kommt erst später, wenn er mit Früchten behangen ist, wie es Gottes Absicht ist. Du durftest eine wunderschöne Einführung in die Liebe genießen, man kann sich keine schönere vorstellen, aber deine große Zeit liegt noch vor dir. Gib diesem prächtigen jungen Mann zum Abschied einen Kuß, und laß uns aufbrechen, deinen größeren, besseren Jahren entgegen.‹

Ich biß mir auf die Lippen, als ich seine Worte hörte, und ich schwor mir, ich würde es nicht zulassen, daß meine Tränen das letzte sein sollte, was Inés von mir zu sehen bekam, aber meine Tapferkeit war gar nicht notwendig, denn mit einemmal stürmte Onkel Will vor und rief: ›Was ist mit unserem Lösegeld?‹ Auch andere Seeleute griffen jetzt seinen Ruf auf, und es hätte fast einen Aufstand gegeben, der alles verdorben hätte, als der spanische Kapitän in gebrochenem Englisch rief: ›Nein! Nein! Lösegeld, keiner!‹ Wieder übernahm Fra Baltazar die Regie, und sofort hörten die Spanier aufmerksam zu, als der Priester

368

ihnen erklärte: ›Als uns die Engländer kaperten, hätten sie uns alle töten können, erschießen oder ins Meer werfen können. Ich setzte sie davon in Kenntnis, daß diese beiden liebreizenden Damen von einer großen Familie abstammten, die für ihre sichere Heimkehr ein Lösegeld zahlen würde.‹

Er hielt inne und schaute auf uns: ›Ich weiß nicht, was diese Männer dazu bewogen hat, unser Leben zu verschonen, auch meines und das von Master Rodrigo. Ich möchte einmal annehmen, es geschah aus christlicher Nächstenliebe. Aber selbst wenn es nur aus Gier nach Geld geschah, dann kann ich euch versichern, daß sie es verdient haben. Wir stehen vor euch, allesamt, ohne eine einzige Narbe. Kapitän, wenn Ihr irgendwelches Vermögen an Bord habt, dann schuldet ihr es diesen Männern.‹ Und als sich ein Murren gegen diesen Entschluß erhob, sagte er: ›Kapitän McFee und ich werden rüber zu Eurem Schiff rudern und abholen, was Ihr auftreiben könnt.‹ Ein paar von uns begleiteten die beiden, natürlich gut bewaffnet, und es kam eine stattliche Anzahl von Münzen zusammen. Zurück an Bord der ›Giralda‹, übergab der Priester das Geld mit nur einem Wort: ›Ehrenschulden‹, und damit war der Austausch abgeschlossen, Frauen gegen Silber.

Ich wollte noch in dem Boot mitfahren, das Inés zu ihrem Schiff brachte, aber es war nicht möglich, denn sie saß in einem der spanischen Beiboote, und das wurde an Bord gehißt, sobald die vier Passagiere entstiegen waren. Ich blieb also an der Reling stehen, während mein Onkel und seine Kanoniere neben mir weiter auf das spanische Schiff zielten, für den Fall, daß sich doch noch irgend etwas tun sollte, was nach Verrat aussah, aber als sich ihr Boot immer weiter von uns entfernte, sah ich nur mit einem stillen Schmerz im Herzen, daß sich einer der jungen spanischen Offiziere um Inés kümmerte und ihr einen Umhang um die Füße legte. Kaum an Deck, geschahen so viele Dinge um sie herum, daß sie keine Gelegenheit mehr fand, mir zuzuwinken, und langsam trieben unsere Schiffe auseinander. Wir verbrachten 295 Tage gemeinsam auf See, und während dieser Zeit hatte sie mein Herz für immer erobert.

Da plötzlich sprang ein Offizier in eines der spanischen Beiboote, die noch im Wasser lagen, und ruderte zurück zu unserem Schiff, und ich hörte ein paar Stimmen, die auf spanisch und englisch riefen: ›Señor Ned! Mister Ned!‹ Ich lief zu der Stelle an Deck, wo das Boot gegen unser Schiff stieß, und als ich mich über die Reling beugte, rief mir der junge Offizier, der sich um Inés gekümmert hatte zu: ›Sie sagt, das sei ein Geschenk für Sie‹ und reichte mir Master Rodrigos kostbaren Kreuzstab aus Kirschenholz und Elfenbein, um den sie einen kleinen Brief gebunden hatte: ›Para Eduardo, mi querido navegante que nos traja a casa.‹

Sonntag, den 7. Februar 1672: Just an dem letzten Tag, als ich Señorita Inés gerade beim Packen half, erfuhr Kapitän McFee von dem spanischen Kapitän eine wichtige Neuigkeit. Zwischen Spanien und England herrschte offiziell wieder Frieden, und der englische König – um seinen spanischen Verwandten, wie er sie nannte, eine Freude zu machen – erließ Befehl, daß alle Piraten, ob Engländer oder nicht, aber vor allem diejenigen, die ihr Unwesen im Karibischen Meer trieben, gehängt werden sollten. ›In Port Royal baumeln schon eine ganze Reihe von euch. Seht euch also vor.‹ Seine Warnung wollte er als einen Akt der Freundlichkeit verstanden wissen, für die Anständigkeit, mit der wir die spanischen Gefangenen behandelt hatten.

Es war keine lange Debatte nötig, um den Entschluß zu fassen, nicht Richtung Nordwesten nach Port Royal zu segeln, sondern ostwärts nach Barbados, und als die Kursänderung bekannt gemacht wurde, sagte Kapitän McFee: ›In den Gewässern kenne ich mich nicht aus.‹ Was dann geschah, überzeugte mich wieder davon, daß Freibeuter trotz allem doch nicht so schlechte Seeleute sind, denn als die Entscheidung gefällt war, riefen die Männer: ›Pennyfeather kommt doch aus Barbados!‹ und wählten mich zu ihrem Kapitän. Seit neun Tagen also führe ich wieder das alleinige Kommando über die ›Giralda‹. Und heute morgen, bei Tagesanbruch, kamen wir in Barbados an, wo hinter den prächtigen Bergen gerade die rote Sonne aufging.

Was für ein Vorzug, wieder nach Hause zu kommen und im Hafen ein Schiff aus unserer Kolonie in Massachusetts warten zu sehen, das meinen getreuen Freund Mompox – Spanier, Indianer, Neger – nach Boston und damit in die Freiheit bringen wird. ›Vergiß nicht, jedem Schiff, das in die Richtung aufbricht, zu sagen, nach David, dem Meskito, Ausschau zu halten.‹ Und dann fragte er verstohlen: ›Ned, darf ich dir zum Abschied einen Kuß geben?‹ Und aus Rücksicht auf alles, was er für mich getan hat, sagte ich ja – zur Empörung meines Onkels.

Jetzt waren wir frei, unser Schiff anzudocken und unseren Kaperbrief vorzulegen, ein klarer Beweis, daß wir vom König persönlich dazu ermächtigt waren, seine Interessen auf See zu wahren. Doch dann tauchte die Frage auf: ›Habt ihr euch denn auch des Königs würdig aufgeführt und nicht als gemeine Piraten?‹, worauf die Reihe an mich kam, den Brief des spanischen Kapitäns zu überreichen, der bestätigte: ›Offiziere und Mannschaft der gekaperten spanischen Galeone ‚Giralda‘ brachten Gattin und Tochter des Conde de Cartagena während einer langen Seereise gebührenden Respekt entgegen.‹ Damit blieb uns sozusagen aus doppeltem Grund das Erhängen erspart. Da Sonntag ist, hielten wir es für ehrfurchtslos, das Prisengeld schon heute zu verteilen.

Freitag, den 17. Februar 1672: Unsere Reise ist offiziell beendet, aber es dauerte den ganzen Tag, bis die Beamten des Königs ihren gesetzlichen Anteil an unserem Prisengeld berechnet und an sich genommen hatten, und noch einmal mehrere Stunden, bis wir den Rest unter uns Männern aufgeteilt hatten. Nachdem die Beute auf 56 gleichwertige Haufen verteilt war, gaben wir sie nach folgender Rechengrundlage aus: McFee erhielt drei Anteile für seinen umsichtigen Dienst als Kapitän; der Erste Maat, der ihn ablöste, zwei Anteile; und ich ebenfalls zwei, weil ich das Schiff weg von Kap Hoorn und heim nach Barbados geführt habe. Die 38 Matrosen erhielten jeder einen ganzen, die vierzehn Indianer je einen halben Anteil für ihre treue Hilfe und die sechzehn Sklaven ein Viertel, was insgesamt die 56 Anteile macht, das heißt abzüglich der Handvoll Münzen, die wir Mompox gegeben hatten, als er sein Schiff nach Boston bestieg. Die Sklaven hatten zu ihrer Freude am Ende genug Geld, um sich die Freiheit zu kaufen, und wir wünschten ihnen alles Gute auf ihrem weiteren Weg.

So also kehrten wir nach Bridgetown zurück. Ich hatte meine Inés verloren, aber dafür, wie Onkel Will mich erinnerte, haufenweise spanisches Gold gewonnen, meine Wunden zu heilen, und mit dieser etwas seltsamen Stimmung beende ich das ›Tagebuch eines Freibeuters‹.

Ned Pennyfeather«

Als Will die zunehmende Schwermut beobachtete, in die sich sein Neffe fallenließ, versuchte er, ihn aus der Reserve zu locken: »Ned, du bist Herr über ein Schiff gewesen, da wirst du doch wohl auch dein Leben in die eigenen Hände nehmen können.« Doch Ned beharrte auf seinem Gefühl. »Inés – ich kann sie einfach nicht vergessen«, worauf Will nur entgegnete: »Besser, du vergißt sie. Sie gehört einer anderen Welt an.« Aber Ned lief weiter mit seiner Jammermiene herum, verließ nicht einmal das kleine Zimmer, das sein Onkel in Bridgetown gemietet hatte.

Um ihn von seinen trüben Gedanken abzulenken, machte Will den gewagten Vorschlag, einen Ausflug zu machen und Sir Isaac zu besuchen. Eines Morgens also machten sie sich, da sie keine Pferde besaßen, zu Fuß auf nach Saltonstall Manor, das mit seiner von jungen Bäumen und Crotonhecken gesäumten Auffahrt in der Zwischenzeit an Pracht noch hinzugewonnen hatte. Ihr lautes Klopfen an der Tür erregte sogleich die Aufmerksamkeit mehrerer Sklaven, die drinnen arbeiteten, und dann hörten sie die Stimme einer Frau:»Sag Pompey, Männer gekommen.« Und schon erschien ein schwarzer, in goldgelber Livree gekleideter Mann an der Tür und fragte in freundlichem Tonfall:»Womit kann ich dienen?«

Will fuhr ihn sofort an:»Wir wollen Sir Isaac sprechen«, worauf der Sklave sagte:»Nun, also...« Will schob ihn einfach zur Seite, spazierte in das Empfangszimmer und bellte:»Komm raus, Isaac!« Und als Sir Isaac und seine Frau erschienen, fügte er mit einer Verbeugung hinzu:»Wir sind wieder da.«

»Das haben wir gehört«, sagte Clarissa.»Du sollst dich als Pirat herumgetrieben haben, hat man uns erzählt.« Und da weder sie noch ihr Mann eine Geste des Willkommens gegenüber ihren Verwandten machte, fragte Will:»Wollt ihr uns nicht hereinbitten?« Und nachdem nur widerwillig eine Einladung erfolgt war, schickte man Pompey, ein paar Erfrischungen zu bringen.

In der Zwischenzeit beäugten die älteren Tatums, die jetzt auf die Fünfzig zugingen, mit Unbehagen die beiden Eindringlinge. In Will sahen sie einen von vielen Kämpfen gezeichneten Veteran der Seeräuberei und in Ned einen jungen Mann, der gerade erst die Schwelle zu den Zwanzigern überschritten hatte, aber dessen Zukunft durch ein Leben als Bukanier bereits frühzeitig ruiniert war. Sie bildeten ein jämmerliches Paar, die beiden, und Clarissa empfand nicht die geringste Reue, daß sie für das Brandzeichen auf der Wange ihres Schwagers verantwortlich war: Soll alle Welt sehen, was er ist.

Der Besuch verlief höchst unerfreulich, und noch ehe die erste Tasse Tee eingeschenkt war, wurde auf schmerzliche Weise deutlich, daß Sir Isaac in Gedanken bereits damit beschäftigt war, wie er die ungebetenen Verwandten am besten wieder loswerden könnte. Sich zurücklehnend und als spreche er aus großer Entfernung, fragte er:»Und was gedenkt ihr jetzt hier zu tun — auf Barbados?« Und Will, seinen Tee schlürfend, entgegnete:»Wir werden uns ein bißchen umsehen. Ach, reich mir doch einen von diesen kleinen Keksen rüber.« Er will unbedingt erreichen, daß Onkel Isaac die Fassung verliert, dachte Ned, aber der Plantagenbesitzer weigerte sich, darauf einzugehen. Statt dessen wandte er sich Ned zu und fragte aus noch größerer Entfernung: »Und wo willst du dich umsehen? Es gibt hier mehrere Plantagen, die Aufseher suchen, aber ich vermute, du gehst bald wieder auf Abenteuerfahrt?«

»Jetzt, wo Mutter tot ist...«

»Sie starb, kurz nachdem du fortgegangen bist. Lady Clarissa und ich waren auf ihrer Beerdigung.«

»Vielen Dank.«

»Sie hat dir ein kleines Vermögen hinterlassen. Mister Clapton, der Bankier, hat es in seiner Obhut, und es wächst stetig, sagt er. Ehrenwerter Mann, der Clapton.«

»Das freut mich zu hören, mit dem Geld. Ich habe mir überlegt, mich in Bridgetown niederzulassen, ich habe alle Meere gesehen.«

Diese Erklärung, die soviel besagte, erweckte keinerlei Neugier in den Tatums, für die das Meer nur eine erweiterte Straße von Barbados nach London war. Der Rest der Weltmeere war für sie eigentlich überflüssig, und Will, der das spürte, sagte mit dem gebotenen Ernst: »Mit neunzehn war der Junge Navigator auf einem großen Schiff, mit zwanzig Kapitän; hat gegen die Spanier gekämpft.«

»Man hat uns gewarnt«, sagte Clarissa, »diejenigen, die jetzt noch gegen die Spanier ziehen, sollen gehängt werden. Neue Zeiten, neue Gesetze.«

Und so endete das frostige Treffen, ohne daß eine weitere Einladung ausgesprochen wurde, ohne eine Nachfrage, wie Sir und Lady Isaac den beiden unter die Arme greifen könnten, und als der Herr des Hauses hochmütig verlauten ließ: »Pompey, sag dem Stallburschen, er soll drei Pferde satteln und die beiden Männer zurück in die Stadt bringen«, entgegnete Will kalt: »Nein danke. Wir gehen zu Fuß.« Und schon trotteten sie wieder die lange Baumallee entlang in umgekehrte Richtung.

Als sie wieder in ihrem Quartier saßen, sagte Will: »Ned, wir müssen uns ernsthaft über deine Zukunft Gedanken machen« und machte den Vorschlag, ihr Prisengeld von der »Giralda« anzutasten, zwei Pferde zu mieten und nach Osten quer über die Insel zu reiten, an die wilde atlantische Küste, wo er einen Seemann namens Frakes kannte, der dort als Einsiedler lebte und einen ungewöhnlichen Schatz hütete.

Es wurde ein Ausflug, den Ned niemals vergessen sollte, auf seine Art ebenso aufregend wie die Durchquerung der Magellanstraße, denn er führte ihn durch Landesteile von Barbados, die er vorher noch nie betreten hatte: sanfte Berge, von deren Kämmen er endlose Felder sich nach Osten erstrecken sah; Schneisen mitten durch große Plantagen mit grünen Zuckerrohrstangen, die wie Bäume in einem dichten Wald standen; kleine Täler, angefüllt mit einer Unmenge Blumen; und Ansammlungen von braunen Baracken, in denen die Sklaven lebten, die diesen Wohlstand ermöglichten. Der Ritt unter der warmen Sonne, die hinter weißen, vom nicht sichtbaren Meer herüberziehenden Wolken hervorlugte, war eine Abenteuerreise ins Herz dieser prächtigen Insel, und immer wenn sich ein neuer Ausblick ergab, fühlte er seine Bindung an das Land stärker werden. Er wußte, daß er niemals mehr den Wunsch verspüren würde, Barbados jemals wieder zu verlassen. Aus dem Bukanier war ein Siedler geworden.

Auch jetzt, zu so später Stunde, als sich ihr Tagesritt seinem Ende näherte, hatte Ned keine Ahnung, worin die Attraktion dieses alten Seebären Frakes wohl bestehen mochte. Sie erreichten den Westrand des Zentralplateaus, das den größten Teil der Insel Barbados ausmachte, und befanden sich am Rand einer beachtlichen Klippe, an deren Steilkante ein enger Pfad zur Küste hinunterführte. Unten brandete der gewaltige Atlantik, ein wilder Ozean, dessen Wellen gegen eine wüste, einsame Küstenlandschaft schlugen, die sich stark von der unterschied, die das sanftere Karibische Meer hervorgebracht hatte.

Ned zog die Zügel straff, um den gigantischen Weitblick zu genießen, und rief:»Es hat sich all die Jahre über versteckt«, aber sein Onkel antwortete:»Nur die starken Naturen haben es gewagt hierherzukommen« und wies mit dem rechten ausgestreckten Arm auf die auffallenden Merkmale, die diese Küste von anderen so unterschied. Zum erstenmal sah Ned die Ansammlung furchterregender, riesiger, roter Felsbrocken, die sich an ganz bestimmten Stellen entlang der Küste gruppierten, mit dem Fuß tief im Wasser verankert, die zerklüfteten Seiten abgeschrägt der Sonne zugewandt. An manchen Stellen standen sie zu viert oder fünft beieinander, wie übergroße Richter, die beraten, um zu einem gemeinsamen Urteil zu kommen, an anderer trotzte nur ein einzelner, einsamer Riese dem Meer. Will jedoch lenkte sein Augenmerk auf eine Parade von etwa zwölf Felsbrocken, die vom Strand aus ins Meer hinauszumarschien schienen und für jedes Küstenschiff eine Gefahr darstellten, wie die zersplitterten Planken eines Frachtschiffes, das zu weit von der Fahrrinne abgekommen war, eindrucksvoll belegten.

»Wo kommen die her?« fragte Ned, und Will erklärte: »Entweder hat Gott sie zufällig fallen lassen, als er die Erde erschuf, oder Riesen haben sie früher als Murmeln benutzt.«

Ein Stück landeinwärts, da, wo sich die Felsprozession in Gang setzte, stand ein kleines rauhes Haus, dessen einziger Türrahmen erkennen ließ, wie unglaublich dick die Steinwände waren, in die er gesetzt war. »Frakes?« erkundigte sich Ned, und sein Onkel nickte, worauf die Reisenden zu der Ebene unter ihnen hinabstiegen. Als sie vor dem Steinhaus standen, dessen Dach dick mit Moos bewachsen war, hatte Ned noch immer nicht die leiseste Vorstellung, warum sie den Ausflug unternommen hatten. Dann tauchte Tom Frakes in der Tür auf, und Ned sah einen großen, hageren Mann mit wildem Wuschelkopf und zerzaustem Bart, der aussah, als würde er ihn nur mit einer stumpfen Schere schneiden, und auch das nur gelegentlich. Er trug ein zerschlissenes Hemd und ein zerlumptes Paar Hosen, die er mit einer Schnur um seine magere Taille festgezurrt hatte. Sein Gesicht war verwittert, und er hatte nur noch wenige Zähne, eine gebrochene Nase und Augen, die stark tränten. Er schien Ende Sechzig zu sein, aber das konnte täuschen, denn er hatte ein hartes Leben hinter sich, das sich jetzt müde und schwer seinem Ende näherte.

Will als einen ehemaligen Schiffskameraden erkennend, trat Frakes jetzt aus dem Türrahmen hervor und drückte den Freund an die Schulter: »Will, mein Guter, komm rein!« Doch dann blieb er stehen, musterte Ned und fragte: »Wer ist der Junge?« Und als Will antwortete: »Mein Neffe!«, rief der Alte: »Noch mal so willkommen!« Und sodann betraten sie die Hütte.

Ned hatte erwartet, daß das Innere des Steinhauses ähnlich wie sein Besitzer sein würde, ein einziges Durcheinander. Statt dessen erwartete ihm eine Offenbarung – ein ordentlicher Raum, mit Möbeln eingerichtet, manch elegante Stücke darunter, die Wände geschmückt mit aufwendig gerahmten Gemälden. Auf dem Fußboden lagen zwei Teppiche, vermutlich aus Persien, und die drei Ecktruhen im Raum waren mit schweren Messingbeschlägen ausgestattet.

»Das ist ja eine Schatzkammer!« rief Ned voller Bewunderung, und Will erklärte: »Frakes nimmt die Schiffswracks aus, die sich draußen auf seinen Felsen stapeln.« Die Schiffe, die vom Kurs abgekommen waren, mußten wertvolle Ladung an Bord gehabt haben, denn der alte Seemann hatte recht kostbare Stücke in seiner Sammlung.

Doch dann trat aus einem kleineren Innenraum sein größter Besitz, seine Tochter Nancy, ein reizendes Mädchen von sechzehn Jahren, geschmeidig und von ungewöhnlicher Schönheit. Im selben Augenblick war allen klar, daß Will Tatum seinen Neffen nur deswegen auf diesen langen Ausflug mitgenommen hatte, weil er die Hoffnung hegte, daß sich Ned zu diesem Kind der rauhen Stürme hingezogen fühlte und sie vielleicht sogar heiraten würde. Der alte Frakes war hoch erfreut, seine Zeit war abgelaufen, und Nancy atmete schwer, denn sie hatte sich schon gefragt, ob sie überhaupt jemals einem jungen Mann begegnen würde. Ned selbst war wie gebannt.

Der Besuch dauerte drei wundervolle Tage, während deren Frakes seine Gäste zu Erkundungsgängen über die von Stürmen angespülten Wracks einlud; Ned und Nancy trotteten hinterher, traten verlegen mit den Füßen gegen Steine und stellten Vermutungen darüber an, wie die gigantischen Felsbrocken wohl ihren Weg ins Meer gefunden haben mochten. Später, als die Besucher unter sich waren, gestand Will:»Die Regierung hat den Verdacht, daß er in stürmischen Nächten auf dem Hausdach ein helles Licht aufstellt, um die Kapitäne irrezuführen und glauben zu machen, es handle sich um einen Leuchtturm. Am nächsten Morgen braucht er die Küste nur noch nach dem Wrack abzusuchen.« Am Nachmittag dann zeigte Frakes den Gästen, was offensichtlich als eine Art Ermutigung für Ned gedacht war, eine an der Rückwand des Hauses angebaute Kammer, in der er seinen Schatz aus Teppichen, edlen Möbeln, Silberbestecken und zahllosen praktischen Werkzeugen und kleinen Geräten angesammelt hatte, alles aus Schiffen geborgen, die an den Felsen vor seiner Haustür zerschellt waren.

»Ein junges Paar könnte wer weiß welche Wunder mit diesen Sachen vollbringen«, sagte Frakes, und als Will fragte:»Was denn?«, entgegnete der alte Seemann:»Hängt ganz von dem Paar ab.«

Am Tag darauf machte Will den Vorschlag, die jungen Leute sollten einmal nur für sich allein ein Picknick veranstalten. Nancy zeigte den Weg zu einer Anhöhe, von der aus sie die Wogen des Atlantiks gegen die Felsbrocken donnern sehen konnten, und als sie oben angekommen waren, fragte Ned:»Wie ist dein Vater hierhergekommen?« Sie erklärte ihm, er habe mit Will Tatum zusammen als Freibeuter die Meere bereist, durch ihn von Barbados erfahren und sei am Ende ihrer Kreuzfahrt hierhergekommen, um die Insel für sich in Augenschein zu nehmen.»Als er nach England zurückkehrte, fragte er meine Mutter und mich an einem nebligen Novembernachmittag: ›Wer ist für Barbados und für Sonne?‹ Und das ließen wir uns nicht zweimal sagen.«

»War es deine Muter, die dir beigebracht hat, wie man sich als Lady benimmt?« wollte Ned wissen, und sie antwortete mit gesenktem Blick: »Ja, das ist immer der Traum meiner Mutter gewesen«, worauf Ned, überschäumend vor Gefühlen, herausplatzte: »Sie war eine gute Lehrerin.«

Es war ihr letzter Tag, als Will aus heiterem Himmel plötzlich sagte: »Wird Zeit, das wir zur Sache kommen.« Die vier hatten es sich auf Grashügeln zwischen den Felsen bequem gemacht, und Will schnitt das Thema an, das alle beschäftigt hatte: »Frakes, du bist ein alter Mann. Du hast eine prächtige Tochter, die heiraten sollte. Ich bin auch nicht mehr der Jüngste, aber ich habe einen Neffen, der sich nach einer Braut umsehen sollte. Was sagt ihr jungen Leute dazu?«

Alle schauten einen Augenblick auf den Atlantik, der sich in großen Wellen am Ufer brach, dann schob Nancy vorsichtig ihre Hand in Neds, spürte als Antwort seinen warmen Gegendruck und stieß hervor: »Was für ein herrlicher Tag!« Dann überraschte sie Ned ein zweites Mal und drückte einen feurigen Kuß auf seine Lippen.

Später, als sie zum gemeinsamen Abendessen alle um den Tisch saßen, sagte sie: »Als Vater auf See war, arbeitete meine Mutter als Barfrau, und...« Ned unterbrach: »Aber wollte immer eine wirkliche Dame sein?« und Nancy entgegnete lachend: »Sie? Sie hätte nicht mal eine erkannt, wenn eine vor ihr gestanden hätte. Aber sie hat mich gelehrt: ›Wenn du dir einen anständigen Mann angeln willst, dann benimm dich wie eine Dame, wie immer das auch aussehen mag.‹ Sie liebte dieses Haus, und sie war es, die auf Sauberkeit und Ordnung geachtet hat und daß alles seinen Platz hatte. Sie war ein guter Mensch.«

Sobald die Heirat beschlossene Sache war, übernahm Nancy die Regie und offenbarte dabei eine natürliche Fröhlichkeit, die noch viele in den kommenden Jahren an ihr beobachten sollten. »Wir haben eine Unmenge Sachen hier, wenn ich doch bloß eine Idee hätte, was sich damit anstellen läßt«, rief sie, dann unterbrach sie ihr Pläneschmieden, lief zu ihrem Vater und gab ihm einen Kuß: »Ich habe dich so lieb, Vater, und du darfst uns auch nicht verlassen.« Im nächsten Augenblick schmollte sie: »Aber ich möchte trotzdem so gerne in Bridgetown leben; mit all den Geschäften und den Schiffen«, und dann fragte sie Onkel Will, wie sie gebeten worden war, ihn zu nennen: »Aber was könnten wir schon in Bridgetown anstellen, um unseren Lebensunterhalt zu verdienen?«

Will und Ned kamen zu dem Schluß, einen Tag länger als vorgesehen zu bleiben, und zwischen den Felsbrocken hockend, erörterten sie eine Idee nach der anderen und verwarfen sie dann wieder, bis Will schließlich sagte:»Wo immer ich auch war, Port Royal, Tortuga, Lissabon, ist mir aufgefallen, daß die Menschen Wirtshäuser und Tavernen brauchen. Orte, an denen sie sich unterhalten können, wo man erfährt, welche Schiffe wohin fahren, wo man seine alten Freunde trifft, mit ihnen trinkt und sich an zurückliegende Schlachten erinnert. Bridgetown wächst zusehends. Es könnte ein neues Wirtshaus gebrauchen. Ich meine ein richtiges.«

Nachdem man sich einig geworden war, Nancy sich mit ihrem federnden Gang aufführte, als wäre sie bereits Herrin des Hauses, die Gäste neckend, sagte Frakes:»Großartige Idee für euch junge Leute. Ihr könnt alles haben, was im Haus steht und in der Kammer. Richtet euch eine schöne Schankstube ein, sie soll lebhaft sein, aber ich, ich bleib' hier draußen bei meiner See.«

Sein Entschluß dämpfte die Stimmung etwas, aber dann meinte Will:»Er hat recht. Er kann genausogut bleiben, wo er sein ganzes Leben glücklich gewesen ist.« Aber Nancy sprach sich dagegen aus: »Weißt du, in Bridgetown gibt es auch die See«, worauf ihr Vater engegnete:»Ich meine die richtige See.«

Nun drehte sich das Gespräch um die Frage, welchen Namen denn das geplante Gasthaus haben sollte, und Will warnte gleich zu Anfang: »Der richtige Name macht viel aus. Die Männer müssen ihn mit der Zeit zu schätzen wissen.« Und er schlug solche vor, die damals in England beliebt waren:»Wie wär's mit ›Kavalier und Rundkopf‹, oder ›Zum Stachelschwein‹?« Nancy warf »Der Karibe« und »Zum ruhenden Rebell« in die Debatte, nur Ned hielt sich so lange zurück, bis die anderen mit ihrem Latein am Ende waren. Dann sagte er leise:»The Giralda Inn.« Bei allen regte sich Widerstand, aber er erklärte:»Deswegen bin ich heute hier. Es ist das Schiff, bei dessen Kaperung ich geholfen habe, dem ich als Kapitän vorgestanden habe und das uns heil nach Hause gebracht hat.« Und Will setzte in Gedanken fort:»Und das Schiff, auf dem du mit Inés die Liebe entdeckt hast. Nur gerecht, daß ein Mann solch ein Schiff in Ehren hält.«

Als es Zeit für Will und Ned wurde aufzubrechen, überraschte Frakes mit der Ankündigung:»Nancy und ich kommen mit euch. Je eher unter der Haube, desto schneller ist das Haus gerichtet.« Er schlug vor, Will und Ned sollten an der Ostküste Fuhrmänner auftreiben, die die

Schätze seines Hauses zur Ausstattung des Wirtshauses nach Bridgetown karren sollten. Die Rollkutscher kamen, und Frakes bedeutete ihnen: »Räumt alles aus«, und als alle Räume leer waren, fragte Nancy: »Und wie willst du jetzt leben?« Aber der Alte antwortete: »Ich werde schon zurechtkommen.« Er mußte bereits etwas geahnt haben, denn zwei Tage nach der Hochzeit in Bridgetown, wo er noch die Aufstellung seiner Möbel und Bilder in dem Gebäude überwacht hatte, das Ned mit dem von seiner Mutter hinterlassenen Geld erworben hatte, starb er, nicht ohne vorher noch bei einem Holzschnitzer ein übergroßes Schild »The Giralda Inn« in Auftrag gegeben zu haben.

Das Wirtshaus erlangte schnell Berühmtheit, vornehmlich wegen seiner drei Betreiber: des rothaarigen Wirts, der als Freibeuter unter Henry Morgan gedient hatte; des schönen, lebhaften und schwarzhaarigen Mädchens, das hinter der Theke stand; und des älteren Burschen, mittlerweile einundvierzig Jahre, mit der tiefen Narbe auf der linken Wange, der tagein, tagaus auf seinem Stuhl an einem Ecktisch zu finden war und zweifelhafte, aber spannende Geschichten über seine angeblichen Abenteuer bei der Plünderung Panamas, den wilden Zeiten in Tortuga und seiner Flucht aus einem spanischen Gefängnis zu erzählen wußte. Er verfügte über einen ganzen Vorrat solcher Geschichten, die zu einer Attraktion wurden und alle Matrosen in das »Giralda« trieb, sobald ihr Schiff vor Anker gegangen war. Es gab kaum einen Hafen, den er nicht angelaufen hatte: Maracaibo, Havanna, Porto Bello, Cádiz, Lissabon. Er hatte sie alle gesehen und fügte dann stets mit einem Anflug von Enttäuschung in der Stimme hinzu: »Nur Cartagena, da bin ich nie hingekommen. Wir haben es versucht, aber die Dons waren uns überlegen. Vielleicht, wenn ich wieder mal rausfahre ...«

Es war jedoch Nancy, die den guten Geist des Hauses bildete mit ihrer immerwährenden Freundlichkeit und dem hellen Lachen und mit den vielen kleinen Tricks, die sie entwickelt hatte, um die Kunden bei Laune zu halten. Machte ihr mal ein Matrose nach langer Fahrt auf See dreiste Avancen, nahm sie es ihm nicht übel. Statt dessen rief sie in die Bar hinein, so daß alle es mitbekamen: »Habt ihr gehört, was er gerade gesagt hat?« und wiederholte Wort für Wort den unanständigen Antrag, den ihr der Seemann eben gemacht hatte. Und dann, wenn das Hohngelächter am lautesten war, faßte sie ihm zärtlich unters Kinn, drückte ihm einen Kuß auf die Stirn und sagte ebenso laut: »Aber er hat nicht ein einziges Wort ernst gemeint.«

Ihre leichte Art war schuld an dem Gerücht, das schon bald die Runde machte, das »Giralda Inn« sei eine Lasterhöhle und Nancy selbst nur eine gewöhnliche Prostituierte. Als das Sir Isaac und Lady Clarissa zu Ohren kam, waren sie aufs äußerste empört – Isaac, weil es seine herausragende Position auf der Insel beeinträchtigte, und Clarissa, weil es für sie eine Beleidigung der öffentlichen Moral darstellte –, und wieder stattete sie ihrem willfährigen Priester einen Besuch ab mit der Bitte, die Kirchenmänner sollten gegen einen solchen Skandal etwas unternehmen. Eine heftige Kampagne zur Schließung des »Giralda Inn« als einen Angriff auf den Anstand von Klein-England wurde angezettelt. Predigten griffen das Thema auf, und es gab öffentliche Diskussionen, wobei Sir Isaac unter strenger Leitung seiner Frau zum Sturm blies. Eine ganze Weile sah es so aus, als würden Will Tatum und seine »häßliche Brut« ein zweites Mal von der Insel vertrieben.

Die Zeiten hatten sich jedoch geändert, denn viele Pflanzer – jedenfalls die kleineren unter ihnen – hatten die Vorherrschaft der alten Garde der Kavaliere wie Oldmixon und Tatum satt, so daß das Herz der Inselbewohner, als es zur entscheidenden Kraftprobe kam, für den anständigen Will Tatum schlug, trotz Brandzeichen und allem, was damit verbunden war.

Zu besagter Kraftprobe kam es bei einer öffentlichen Versammlung, die einzuberufen Isaac und Clarissa ihre Speichellecker angeheuert hatten. »Wir können gleich zwei Fliegen mit einer Klappe schlagen«, prophezeite Isaac. »Wir verbieten das ›Giralda‹, weil es eine allgemeine Bedrohung der Moral darstellt, und ohne diesen Anker zum Festhalten können wir auch Will aus der Stadt vertreiben.«

Die Verschwörung schlug jedoch in ihr Gegenteil um, denn unerwartet verschafften sich Redner Zutritt zum Podium, die mit ungeheurem Wortschwall Breitseiten gegen die kleinliche tyrannische Härte Sir Isaac Tatums abfeuerten, so daß bei jeder neuen Beschuldigung die Zuhörer unerwarteten Beifall klatschten. Sir Isaac wurde als angehender Willkürherrscher entlarvt und als unerträglich prüde obendrein. Als immer deutlicher wurde, daß seine Pläne, wie immer sie auch ausgesehen haben mochten, vereitelt waren, erhob sich ein Farmer, der nur über sehr wenig Grundbesitz verfügte. »Ich glaube, wir haben die dreckige Verschwörung dieses Mannes aufgedeckt«, sagte er und zeigte dabei verächtlich auf Sir Isaac. »Er will seinen Bruder aus Barbados verjagen, so wie er und seine Frau es vor Jahren schon einmal gemacht haben. Ich würde gerne hören, was derjenige dazu zu sagen hat, um den es hier geht. Und andere würden es auch gern hören. Also, Will, red schon.«

Dankbar für die Gelegenheit, alte Vorgänge endlich klarzustellen, erhob sich Will von seinem Stuhl, räusperte sich, um verständlicher sprechen zu können, und sagte dann leise, wobei er seinem Bruder den Rücken zukehrte: »Als ich zum erstenmal von dieser Insel floh, verließ ich sie mit diesem Brandzeichen auf meiner Wange. Ihr alle wißt, wem ich das zu verdanken habe. Ich habe den Piraten gespielt. Ich habe gegen die Dons gekämpft, und als ich unterlag, bin ich nur um Haaresbreite dem Scheiterhaufen entkommen. Ich habe Blauholz in Honduras geschlagen und Seite an Seite mit Sir Henry Morgan in Panama gekämpft. Ich habe Kap Hoorn umsegelt, was ich meinem ärgsten Feind nicht als Strafe wünschen würde. Jetzt bin ich wieder zu Hause, und ihr fragt mich, was ich von meinem Bruder halte. Nach solchen Abenteuern, glaubt ihr, da ich würde allen Ernstes auch nur einen winzigen Gedanken an diesen dummen Arsch verschwenden?« Die Menge brüllte. Will wurde auf Schultern zurück zum »Giralda Inn« getragen. Sir Isaac und Lady Clarissa entkamen durch Seitenstraßen.

Zwei Abende darauf beschloß Will, daß der Sieg ehrlicher Menschen über einen Tyrannen begossen werden müsse, und so veranstaltete er eine Feier im »Giralda Inn«, für alle, die aus dem Hafengebiet hereinspaziert kamen, denen er Getränke und kleine Erfrischungen spendierte. »Ein verspätetes Fest für meinen Neffen und seine Braut«, nannte er es, und Ned wunderte sich, warum sein Onkel so einen Wirbel veranstaltete, alte Lieder sang und wilde Geschichten erzählte, aber zu vorgerückter Stunde schlug Will mit einer Gabel gegen sein Glas, um die Aufmerksamkeit seiner Gäste zu gewinnen, und fragte leise: »Wie viele hier haben das holländische Schiff gesehen, das heute morgen hier angelegt hat?« Und als zwei Männer Zeichen machten, daß sie es beobachtet hätten, wandte er sich an sie: »Sie haben den ganzen Tag Frachtgüter abgeladen, und morgen segeln sie westwärts nach Port Royal.«

Nancy sah ihren Mann an, als wollte sie fragen: »Was soll das alles?« Aber Onkel Will fuhr fort: »Wenn es ablegt, bin ich an Bord. Ich habe noch ein paar alte Rechnungen mit Spanien zu begleichen.« Und alle im Raum versammelten sich um ihn und wollten herausfinden, ob er es wirklich ernst meinte. Und er meinte es verdammt ernst! Als ihn jemand fragte, warum er das gute Leben aufgeben wolle, das er gerade führe, antwortete er mit feierlichem Ernst: »Es kommt die Zeit, da will ein Mann zurückkehren zu dem, was er am besten kann.« Ned und Nancy begriffen, die Entscheidung ihres Onkels bedeutete, daß sie ihn vielleicht nie wiedersehen würden, und so blieben sie bei ihm sitzen, an seinem Stammplatz am Ecktisch, und hörten zu, wie er jüngere Seeleute mit seinen Geschichten von fernen Städten köstlich unterhielt. Es war schon nach Mitternacht, da hörte Nancy, wie er zu einem Matrosen sagte: »Diese Narbe hätte ich mir nicht einzuhandeln brauchen. Unvorsichtigkeit. Wenn du dir Narben holst, junger Kamerad, und das ist unausweichlich, dann bekomm sie, weil du etwas Großes angepackt hast.« Am nächsten Morgen war er verschwunden.

Das holländische Schiff fuhr in Port Royal ein, und Will hatte wieder Gelegenheit, das ungestüme Treiben dieses Sündenbabels der Karibik zu beobachten: die kleinen Boote, die zwischen den großen britischen Schiffen hin und her huschten, um die Matrosen an Land zu bringen, die sich nur für den Grog und die Mädchen interessierten; die Taschendiebe, wie sie unauffällig ihrem Gewerbe nachgingen, nur gelegentlich durch den Ruf »Haltet den Dieb!« unterbrochen; aber vor allem die irrsinnigen Ströme der Menschen aller Hautfarben, aller Sprachen, wie sie in den Hunderten von Läden und fetttriefenden Imbißbuden ein und aus gingen. Port Royal an einem klaren Januarmorgen war eine auffallende Wohltat im Vergleich zu der englischen Reserviertheit auf Barbados, und er war heilfroh, wieder in seinem alten Metier zu sein, gekaperte spanische Schiffe, Mannschaften und Silber in den Hafen zu schleppen.

Zu seiner Überraschung hatte er Schwierigkeiten, Arbeit auf einem Kaperschiff zu finden, denn auch wenn man überall seine Tapferkeit anerkannte, wenn es hieß, ein spanisches Schiff zu entern und mit Pistole und Machete an Bord zu springen, so gab es dieser Zeit nur noch wenige Freibeuter, die bereit waren, die Meere zu durchkämmen. Ein alter französischer Seemann gab die Erklärung: »Henry Morgan ist jetzt Sir Henry. Vizegouverneur. Hat nur die Absicht, seinen englischen König zufriedenzustellen. Verhaftet alle Piraten.«

»Willst du damit sagen...?« Tatum mochte nicht glauben, daß sich dieser alte walisische Pirat durch einen großen Titel und ein kleines Gehalt hatte bestechen lassen, aber der Franzose verbesserte: »Nicht einen Titel, viele«, worauf er Morgans neue Ehren herunterbetete: »Amtierender Gouverneur, Generalleutnant, Vizeadmiral, Oberster Kommandant des Port-Royal-Regiments, Richter des Marinegerichts und Richter des Friedens- und Vormundschaftsgerichts.« Als er sah, daß Will vor Staunen der Mund offenstand, fügte er noch mit einem boshaften Zwinkern hinzu: »Die alte Geschichte: Um einen Dieb zu fangen, setzt man einen Dieb auf ihn an.«

»Ich muß ihn unbedingt sehen«, unterbrach Will. »Wenn ich von Mann zu Mann mit ihm sprechen kann...« Aber als er den Versuch unternahm, seinen alten Schiffskamerad in seinem Amtssitz in Spanish Town aufzusuchen, wurde ihm von dem jungen Offizier, der den Zutritt bewachte, barsch mitgeteilt: »Sir Henry will keine ehemaligen Kaperschiffer mehr sehen. Er hat nur die eine Botschaft für sie: Geht nach Hause, und laßt Spanien in Ruhe.«

Tatum gab sich damit jedoch nicht zufrieden, und als er auf einer Erklärung beharrte, sagte der junge Mann: »Unser König hat dem spanischen König versprochen: ›Keine Piraten mehr in Port Royal. Keine Überfälle mehr auf Eure spanischen Schiffe.‹ Und Sir Henry gehorcht dem König.«

Entsetzt über diesen schamlosen Wendehals kehrte Tatum nach Port Royal zurück, ohne Morgan gesehen zu haben, und fand nach langem Hin und Herr schließlich ein holländisches Piratenschiff, dessen Kapitän sich an irgendwelche in Europa getroffenen Abmachungen nicht gebunden fühlte. »In der Karibik entscheiden wir«, sagte er und beschloß zu Wills Freude, die Küstengewässer des Festlandes nach spanischen Beutestücken abzufahren.

Immer wenn es ihm in den folgenden Jahren gelang, dem König von Spanien ein Schiff zu entreißen, war Tatum als erster an Bord des gekaperten Gefährts, und während sich die holländischen Seeleute noch um den Fang stritten, wütete er mit Pistole und Machete, erschlug jeden Spanier, der auch nur eine Andeutung machte, sich ihm in den Weg zu stellen, bis der holländische Kapitän ihm zurufen mußte: »Tatum! Aufhören!«

Die holländischen Freibeuter waren nur auf Raub aus, aber von Tatums wildem Vorgehen sickerte einiges nach Port Royal durch, und britische Offiziere warnten Vizegouverneur Morgan: »Ihr müßt diesen verdammten Narr endlich bestrafen. Wenn der spanische König bei unserem König Klage führt, ist der Teufel los.«

Als das holländische Schiff das nächstemal gesichtet wurde, als es gerade, schwer mit Prisengeld beladen, in Port Royal einlief, humpelte Vizegouverneur Morgan in sein Büro, rasend vor Schmerz von einer Gicht im linken angeschwollenen Zeh, die durch sein übermäßiges

383

Trinken ausgelöst wurde, und gab knurrend seine knappen Befehle: »Fangt das Schiff ab. Schafft mir diesen verrückten Will Tatum hierher.« Wenig später wurde der alte Pirat vor ihn geschleppt, aber er sagte bloß: »Du bist eine Bedrohung für den König. Du kommst ein paar Jahre zu spät.«

Will war erschreckt über die äußere Erscheinung seines ehemaligen Kapitäns, riesig an Umfang, knallrot im Gesicht, ein Fuß in Bandagen, die Stimme ein biergetränktes Schnarren. Dann vernahm er das brutale Urteil: »Tatum, um zu beweisen, daß wir alles tun, den Frieden zu wahren, muß ich dich als Gefangener dem spanischen Gouverneur von Cartagena ausliefern.«

»Nein!« rief Will.

»Befehl des Königs.«

»Die Spanier hassen mich. Sie werden mich töten.« Morgan grinste dünn, und Will flehte ihn an: »Ich war deine rechte Hand in Porto Bello... Panama.«

Vor allem dieser Appell amüsierte Morgan, denn er erinnerte sich gut an Tatum: ein Held, als er die spanischen Soldaten in Porto Bello in die Luft jagte, und auch als er den Sturm auf die Verteidigungslinien von Panama anführte, aber ein ausgesprochener Feigling, als er den lautstarken Protest gegen die Verteilung der Beute am Strand organisierte. Und dieses Ereignis entwertete seine beiden früheren Taten. Er schuldete diesem alten Bukanier nichts, nicht das geringste.

»Andere Zeiten, andere Probleme«, sagte er schroff und verließ humpelnd sein Büro.

Als sich das englische Schiff mit dem Gefangenen Tatum an Bord Cartagena näherte, jenem verhängnisvollen Ort, wo so viele Engländer ihren frühen Tod gefunden hatten, wäre Will an den schicksalhaften Wendungen seiner Lebensgeschichte fast verzweifelt. Vor Jahren war er in Cádiz, zwei Tage bevor er auf dem Scheiterhaufen verbrannt werden sollte, entflohen und hatte in Diensten Portugals und Englands gestanden, schließlich sogar Seite an Seite mit Henry Morgan, immer gegen den Erzfeind Spanien. Jetzt sollte er an sie ausgeliefert werden, an den Handgelenken gefesselt in spanische Gefangenschaft übergeben werden, der er dreißig Jahre zuvor entkommen war, und eine Strafe antreten, die mindestens ebenso barbarisch war wie die damalige.

Die Verhandlung von dem Inquisitionsgericht eröffnete er mit der gefühlsbetonten Beteuerung, er sei nur einfacher Matrose gewesen, nicht schlechter und nicht besser als andere, aber der Ankläger schickte sechs Spanier vor, die alle bezeugten, daß dieser Mann, Will Tatum, der überall auf dem Festland einen üblen Ruf genieße, die Übergriffe auf ihre Schiffe angeführt, ihre Kameraden umgebracht und die übrigen in kleinen Beibooten ausgesetzt habe – ohne Segel und nur mit wenig Wasser. Seine Schuld stand nicht in Frage, und als der vorsitzende Richter deklamierte:»Du hast dich an Gott und Spanien vergangen«, glaubte Will schon, es würde ein zweites Mal das Todesurteil über ihn gesprochen. Aber da die Inquisition in Cartagena bekannt für ihre Abneigung war, Todesurteile auch zu vollstrecken, erwartete ihn ein milderes Urteil:»Lebenslängliche Gefangenschaft als Ruderer auf den Galeeren.« Und im selben Augenblick, als die Worte verklungen waren, dachte er mit einem gallenbitteren Lachen bei sich, daß er, der ein so unversöhnlicher Feind der spanischen Seefahrt gewesen war, nun ausgerechnet den Rest seines Lebens ein spanisches Schiff über die sieben Meere rudern soll.

Einem scharfäugigen jüngeren Priester war jedoch während der Verhandlung das langsam vernarbende»B«auf Wills linker Wange aufgefallen, ein höchst ungewöhnliches Zeichen, wie er meinte, und er erinnerte sich, daß es mal einen derartig vernarbten englischen Gefangenen gegeben hatte, der der Inquisition in Cádiz entkommen war und auf der Flucht zwei Wärter ermordet hatte. Will wurde also wieder vor die in schwarzen Roben gekleideten Richter gezerrt, um sein neues Urteil zu hören:»Gerichtliche Entscheidung aus Spanien gegen den Ketzer und Verbrecher Will Tatum zur Vollstreckung in Cartagena: Tod durch Erhängen.«

Zurück in seiner Zelle, fing Will an, über sein Leben als Freibeuter nachzudenken: die nächtelangen und ausgelassenen Feste in Port Royal, Bauholzfällen in Honduras, die Plünderung Panamas, wie sie sich bei der Umseglung Kap Hoorns verirrt hatten, die Kaperung der spanischen Galeone vor Kuba, der Verlust der»Pride of Devon«vor Cádiz, rein ins Gefängnis und wieder raus, und jetzt, am Ende, in vier Tagen... ein Galgen in Cartagena. Er zuckte mit den Schultern und legte sich schlafen.

Am dritten Morgen seiner Gefangenschaft erhielt er Besuch von zwei ehrenwerten Bürgern der Stadt, die ihn gut kannten, der Condesa und ihr Beistand in geistigen Angelegenheiten, Fra Baltazar, der als erster das Wort ergriff:»Will Tatum, das Urteil gegen dich ist gerecht, und du hast es verdient, für deine Verbrechen in der Alten und der

Neuen Welt zu sterben. Die Condessa hat dir jedoch etwas mitzuteilen.« Und dann vernahm er die spröde Stimme, an die er sich gut erinnerte:»Tatum, trotz unseres langen Martyriums habt Ihr dazu beigetragen, daß Inés als Jungfrau heimgekehrt ist. Das habe ich Euch nicht vergessen, und ich habe den Conde dazu bewegt, Euer Leben zu verschonen.«

Will Tatum wurde noch am selben Tag entlassen, und kaum war er auf freiem Fuß, eilte er, als bereute er nicht das geringste, ans Wasser, um auf dem nächsten Schiff anzuheuern, das ihn zurück nach Port Royal bringen konnte; aber sobald er sich im Hafen sehen ließ, wurde er von drei Polizeibeamten unter Führung Fra Baltazars verhaftet:»Du hast dich als so unerbittlicher Feind Spaniens erwiesen, daß du den Rest deines Lebens hier in Cartagena verbringen wirst. Wir können das Wagnis nicht eingehen, dich wieder als Pirat ziehen zu lassen.«

Sich diesem nachsichtigeren Urteil unterwerfend, wurde Will Arbeiter im öffentlichen Straßenbau, weit entfernt von der Küste, und nach sieben Monaten kräftezehrender Schinderei gab er sich mit der Aussicht zufrieden, auch sein restliches Leben mit dieser Plackerei zu verbringen, als eines Tages, Ende 1692, Fra Baltazar auf einem Maultier Will an seiner Arbeitsstelle besuchte und ihm schon von weitem zurief:»Tatum! Sie brauchen dich, unten am Kai!« Es war ein komisches Bild, als er sich hinten auf den Esel schwang und sich am Saum der priesterlichen Soutane festklammerte.

Die Situation, die er vorfand, war kompliziert, denn ein holländisches Handelsschiff hatte sich mit Mühe in den Hafen geschleppt, wo es eigentlich nicht anlegen durfte, Spiere und Decks in Trümmern. Die Mannschaft wartete mit einem Märchen auf, das so ungeheuerlich klang, daß der Kapitän sich gezwungen sah, es mindestens sechsmal in seinem gebrochenen Spanisch zu wiederholen, und noch immer wollten ihm die Beamten von Cartagena nicht glauben. Als Tatum dann ankam, ließ man ihn vortreten:»Du sprichst Englisch, und du kennst Port Royal. Was soll man sich als vernünftiger Mensch zusammenreimen aus dem, was er erzählt?« Und es war Wills sorgfältige Übersetzung, die in die Chronik von Cartagena Eingang fand:

»Am Morgen des 7. Juni 1692, einem Tag, der nie in Vergessenheit geraten darf, lag unser Schiff friedlich vor Anker in der Wasserstraße vor Port Royal auf Jamaika, als sich plötzlich der Boden an Land erhob und in riesengroße Stücke zerbarst. Gewaltige Hohlräume tauchten in der Erde auf, rissen ganze Kirchen in die Tiefe, so daß sie für alle Ewigkeit verschwanden. Kleinere Öffnungen schluckten große Gruppen von Menschen, die nicht wußten, wie ihnen geschah, und bald darauf schwappten Flutwellen heran, spülten auch die Ruinen fort und versenkten neun Zehntel der Landfläche unter Wasser. 2 000 Einwohner verloren innerhalb von Minuten während der ersten Erdstöße ihr Leben, und riesige Wellen verschonten auch nicht die Schiffe im Hafen, überschwemmten unser Deck und zerstörten alles.

Matrosen von den Schiffen, die sich vor dem Ertrinken hatten retten können, halfen mit, die Opfer zu bergen, die noch im Wasser schwammen, da, wo einst ihre Häuser gestanden hatten, und ein alter Mann sagte uns: ›Die ehrwürdigen Götter der Karibik müssen auf die Ausschweifungen der Bukaniere, die aus unserer Stadt einen Sündenpfuhl gemacht haben, mit Abscheu geblickt und sich entschlossen haben, sie tief im Meer zu begraben.‹«

So verschwand Port Royal, Hauptstadt der Freibeuter und gefährlichster Hafen der sieben Meere, in nicht mal einer halben Stunde von der Erdoberfläche.

Will erntete wenig Dank für seine Übersetzung dieser tragischen Nachricht, denn tags darauf schuftete er wieder als Zwangsarbeiter im Straßenbau, aber am nächsten Tag bereits erhielt er eine unerwartete Belohnung, denn wieder erschien Fra Baltazar auf seinem Maulesel: »Tatum, der Conde hat deine Hilfe gestern zu schätzen gewußt. Er hat mir gesagt, du hättest dich als Gefangener anständig geführt, seist gehorsam gewesen und hättest gute Arbeit geleistet. Er hat mir die Erlaubnis erteilt, dir eine Gunst zu erweisen. Laß die Schaufel liegen, und trink mit mir eine Flasche Rotwein. Einen Eintopf bekommst du auch . . . bei meiner Schwester.«

Jeder Mann in Spanien, ob Priester oder Schurke, ob vertrauter alter Ratgeber oder Komplotte schmiedender Beamter in einer Regierungsbehörde, ordnete sich der eisernen Regel unter, die schon immer das Geschehen in Cartagena bestimmt hatte: »Sorg für deine Familie.« Und nicht einmal Baltazar blieb von diesem strengen Gesetz ausgenommen. Seine Schwester war eine recht ansehnliche Witwe mit einem Besitz von mehreren Hektar fruchtbarem Land und hatte seit etwa einem Dutzend Jahren versucht, einen neuen Mann zu finden. An dem Tag, als ihr Bruder wieder einmal einen unverheirateten Mann zu ihrem erlesenen Eintopf einlud, tischte sie ein solch herrliches Mahl auf, daß Will sich ermuntert fühlte, öfter bei ihr vorbeizuschauen, ohne daß Fra Baltazar ihn hätte drängen müssen. Schließlich ritt der

Priester wieder eines Tages auf seinem Maulesel zu Wills Arbeitsstelle und unterbreitete dem Engländer ein ungewöhnliches Angebot: »Will, dir ist sicher aufgefallen, daß meine Schwester jemanden braucht, der ihr auf dem Feld zur Hand geht. Ich werde die Lage dem Conde erklären. Ich weiß, er wird dich freilassen... du könntest bei ihr wohnen...«

»Oh, Ihr wollt, daß ich Eure Schwester heirate? Aber ich bin nicht katholisch, und...«

»Wer spricht hier von heiraten?« rief der Priester. »Einen Protestanten wie dich an eine ehrbare Katholikin zu verheiraten, das wäre eine Todsünde. Ich würde in der Hölle braten! Aber... ich habe eine kleine Hütte bauen lassen... am Rand ihres Feldes... ich spreche nicht von heiraten!«

Noch bevor Will eine Antwort auf diesen erstaunlichen Vorschlag geben konnte, sagte der Priester, wobei er seine Stimme zu einem Flüstern senkte: »Sie ist eine gute Frau, Will, eine herzensgute Frau, die ich sehr liebe. Ich bin über sechzig, und ich muß dafür sorgen, daß sie etwas Hilfe hat auf ihrer kleinen Hazienda.«

Auf diese Weise also wurde Will Tatum, Erzfeind alles Spanischem, Hausfreund einer spanischen Witwe mit einigen Hektar Land und ausgeprägten Kochkünsten, und als die Jahre ins Land gingen und er seine Mahlzeiten immer häufiger an ihrem Tisch einnahm, entdeckte er zum Schluß: »Wenn man die Spanier versteht, sind sie gar nicht so übel.«

7. Kapitel

Die Zuckerbarone

Die englischen Siedler auf Jamaika bezeichneten sie wegen ihrer kastanienbraunen Farbe als »Maroons«. Schwarze von ungezügeltem Charakter, deren Vorfahren geflohen waren, als ihre spanischen Besitzer in den 1650er Jahren von der Insel vertrieben wurden. Ihre Sklaven hatten sich in entlegene Bergschluchten in der Mitte der Insel zurückgezogen, wo sie überlebt und es in über achtzig Jahren zu bescheidenem Wohlstand gebracht und alle Versuche von seiten der Engländer, sie aus ihren Siedlungen zu werfen, abgewehrt hatten. Jahr für Jahr war ihre Zahl angewachsen, wenn wieder neue, mit großem Aufwand nach Jamaika importierte Sklaven nur wenige Jahre auf den Zuckerrohrplantagen arbeiteten und dann in die Berge verschwanden, um einen neuen Stamm der Maroons zu bilden.

Als 1731 einige Waghalsige aus dieser Gruppe dazu übergingen, regelrechte Überfälle auf Zuckerplantagen zu unternehmen, wurde die Lage so schlimm, daß die weißen Plantagenbesitzer einen rigorosen Gegenangriff beschlossen und zu einem großangelegten Feldzug gegen die Räuber aus den Bergen aufriefen. Jede Plantage sollte Waffen und Geld beisteuern, aber vor allem weiße Männer und Schwarze, denen man vertrauen konnte, für eine Bürgerwehr, die man zur Bestrafung der Abtrünnigen zu bilden gedachte. Wie nicht anders erwartet, stiftete die berühmte Trevelyan-Plantage nördlich der Hauptstadt Spanish Town viele Waffen und viel Munition, aber setzte auch einen Hauptmann für den Kampfverband frei, Sir Hugh Pembroke. Er feierte in dem Jahr seinen 46. Geburtstag und war von militärischer Haltung und schlanker Figur, die in der Uniform eines englischen Regiments nur vorteilhafter hervortrat. Er war außerdem ein wichtiges Mitglied des Parlaments in London.

389

Das Kontingent von immerhin über hundert Freiwilligen aus Spanish Town und den angrenzenden Plantagen marschierte Richtung Norden zur Trevelyan-Plantage, wo sich der Truppe noch ein außergewöhnlicher Pflanzer anschloß, Pentheny Croome, kugelrund wie ein Butterklumpen und mit einem flammendroten Gesicht. Wie Sir Hugh war auch er Mitglied des britischen Parlaments und genoß dort den Ruf, »der einzige in beiden Häusern zu sein, der noch nie ein Buch gelesen hat.« Einige Kollegen munkelten hinter seinem Rücken sogar: »Wir haben Zweifel, daß er überhaupt das Alphabet kann; nur wie man sich fünfzehn Prozent Gewinn pro Jahr auf seine Anlagen berechnet, das kann er bestimmt.«

Penthenys Kapital, wie das aller höheren Offiziere dieser behelfsmäßigen Expeditionsstreitkräfte, war in Zucker angelegt, denn durch angeborene Geschäftstüchtigkeit, durch Geiz und Diebstahl hatte er es nicht nur zu einer riesigen funktionierenden Plantage gebracht, doppelt so groß wie die von Sir Hugh, sondern auch zu mehreren tausend Hektar Land, die er urbar zu machen gedachte. Er war ein Riese von Mann mit dem entsprechend riesigen Appetit, und als die Truppen bereitstanden, zur Jagd durch die Berge anzusetzen, rief er den Männern zu: »Wir werden sie ausrotten, die Maroons, wir bringen sie um, diese Bande! Schonungslos!«

Sir Hugh mit seiner überlegenen militärischen Erfahrung verbesserte ihn: »Nein, Pentheny, mein lieber Freund, der Befehl des Gouverneurs lautet anders. Wir versuchen seit drei Jahrzehnten, die Maroons zu erledigen, haben eine Strafexpedition nach der anderen unternommen. Und das Ergebnis? Sechs Tote auf unserer Seite, soviel ist sicher. Und wahrscheinlich vier auf ihrer Seite.«

»Warum ziehen wir dann überhaupt los?«

»Waffenstillstand ist die Losung. Männer, wir feuern nicht einen einzigen Schuß auf die Maroons ab. Wir bieten ihnen einen Waffenstillstand an. Kein Krieg mehr... kein Schuß... wenn sie sich verpflichten, unsere Sklaven zurückzubringen, die zu entfliehen versuchen.«

»Können wir ihnen denn trauen?« fragte Croome, und Sir Hugh erwiderte: »Haben wir eine andere Wahl?«

Pentheny bahnte sich mit Gewalt einen Weg bis zur ersten Reihe, trat dicht vor Sir Hugh, Gesicht an Gesicht, und fragte: »War das Ihre Empfehlung, Pembroke?« Und Sir Hugh erwiderte so laut, daß die versammelte Truppe es bis auf den letzten Mann hören konnte: »Damals,

1717, als jenes Gesetz erlassen wurde, durften unwillige Sklaven auf jedermanns Entscheidung hin mißhandelt werden. Ja sogar gevierteilt oder verbrannt werden, wenn das Vergehen schwerwiegend genug war. Ich habe damals schon gewarnt, es würde nichts nützen. Und es hat nichts genützt.« Er blickte den anderen Plantagenbesitzern fest ins Gesicht und fuhr fort:»Jetzt werden wir etwas Besseres probieren, jedenfalls hier auf Jamaika.« Und damit führte er seine Freiwilligen in die Berge.

Nach vier Tagen Kletterei auf und ab durch die zermürbende Landschaft waren sie noch immer auf keine Anzeichen der Maroons gestoßen, die sich nach ihrer Kenntnis in diesem Gebiet aufhalten mußten, trotz der Tatsache, daß sie Späher vorgeschickt hatten, die den Namen des Anführers der Schwarzen riefen:»Cuffee! Cuffee! Komm raus! Wir wollen mit dir reden.« Keine Antwort; erst man fünften Tag, bei Sonnenuntergang, waren Schüsse zu hören, die die Maroons, hinter einer Banyanwurzel versteckt, abgaben, und sofort rief Croome: »Hierher!« warf sich in das mattenartig herunterhängende Blätterwerk des Dschungels, feuerte sein Gewehr ab und tötete einen Schwarzen.

»So wird das gemacht«, sagte er selbstzufrieden, als er sich auf einem Baumstumpf niedergelassen hatte, um den Gewehrlauf zu reinigen, zu seinen Füßen den Toten. Sir Hugh wollte davon jedoch nichts wissen. Ein großes weißes Taschentuch an das Bajonett seiner Büchse knüpfend, bat er seinen Sohn Roger, es ihm nachzutun, und rief in Richtung des Banyandickichts:»Cuffee! Cuffee! Hier ist Sir Hugh. Komm raus, ich will mit dir reden.« Erst als die Dunkelheit anbrach, trat der berühmte Anführer der Maroons, ein Mann von vierzig Jahren, dessen Vorväter 1529 vom Golf von Guinea verschleppt worden waren, vorsichtig und um sich schauend, mit dem Stolz eines wahrhaft unabhängigen Anführers aus dem Dickicht hervor, um mit dem Feind zu verhandeln.

Als die Expeditionsstreitkräfte in die Zivilisation zurückkehrten, legte Sir Hugh erst gar keine Pause auf der Trevelyan-Plantage ein, sondern ritt in Begleitung Pentheny Croomes gleich weiter nach Spanish Town, wo er dem Gouverneur, General Hunter, Bericht erstattete:»Kurzes Gefecht. Croome reagierte mit äußerster Tapferkeit. Croome hat uns alle in einem brenzligen Augenblick geschützt. Mußte einen Maroon töten.«

»Tüchtig, Croome. Und was haben Sie erreicht?«

»Bin mit Cuffee zusammengekommen. Hab' seine Männer gesehen. Hab' ihre riesigen Vorräte gestohlener Waffen und Kugeln gesehen. Hab' ihm die Abmachung vorgetragen, über die wir gesprochen
haben. Kein nächtlicher Beschuß mehr. Und von unserer Seite mehr
Munition, für den Fall einer spanischen Invasion.«

»Großer Gott, Mann!« explodierte der Gouverneur. »Wollen Sie
damit andeuten, Sie sind vor der eigentlichen Frage zurückgeschreckt?«

»Keineswegs, bei allem Respekt, Sir. Cuffee und seine Männer haben sich damit einverstanden erklärt, keine entflohenen Sklaven mehr
aufzunehmen. Er wird sie zurückbringen. Zehn Pfund für jeden Lebenden, fünf für jeden Toten.«

»Gute Arbeit, Pembroke.« Er salutierte, verließ den Raum und
kehrte kurz darauf mit einer guten Nachricht für Croome zurück.
»Das gerodete Stück Land am Berghang? Die Dokumente sind beglau-
bigt, wie Sie wünschten. Es gehört Ihnen.« Mit einer Geste echter
Zuneigung, denn Pentheny Croome gehörte zu der Sorte Mensch, die
er verstand, griff er den jungen Burschen bei der Schulter und geleitete ihn nach draußen.

Am nächsten Morgen war Sir Hugh schon vor Sonnenaufgang aus
dem Bett und ritt mit Roger davon, ohne sich von Pentheny zu verabschieden, denn er verspürte Heimweh nach einem einzigen sicheren
Zufluchtsort, den es auf der Welt für ihn gab, gesicherter noch als
sein Sitz im Parlament: die prächtigen grünen Felder der Trevelyan-
Plantage. Als er die äußeren Begrenzungen erblickte, die ein Gebiet
umschlossen, das sauber und geordnet dalag, rief er, zu seinem Sohn
gewandt, aus: »Sorge dafür, daß es so bleibt, Roger! Dieser Ort kann
das Herz eines Mannes erfreuen.«

Da die Sonne schon hoch am Himmel stand, war er nicht weiter
überrascht, als er seine Sklaven auf die leicht abschüssigen Felder zu-
marschieren sah, wo mit äußerster Genauigkeit eine Unzahl kleiner
Rechtecke ausgelegt war, die vier Seiten durch aufgeworfene lose Erde
sorgfältig markiert, innerhalb derer die Zuckerrohrschößlinge gepflanzt werden sollten, jeder mit eigener, durch die niedrigen Erdwälle
gesicherter Bewässerung.

Er erwartete von den Sklaven nicht unbedingt, daß sie besondere
Freude zeigten über die Tatsache, daß er wieder unter ihnen weilte,
aber wenn er ihre Stimmung besser gekannt hätte, dann hätte er feststellen können, er solle lieber hier auf Jamaika bleiben, als so oft nach

London zu reisen. »Wenn der Boß seinen Fuß auf den Boden setzt, wächst alles.«

Hughs Herz schlug jetzt schneller, denn er näherte sich der leichten Anhöhe, auf der er immer, wenn er nach längerer Abwesenheit von seiner Plantage nach Hause zurückkehrte, eine Pause einlegte, und als er auf dem Gipfel stand, hielt er sein Pferd an, lehnte sich in seinem Sattel zurück und wurde wieder eine der schönsten Aussichten Jamaikas, vielleicht sogar der gesamten Karibik, gewahr.

Auf dem Gipfel eines Berges in der Ferne erhob sich ein wohlproportioniertes, zylinderförmiges Gebäude, das in der Morgensonne schimmerte und in der Krone ein Kreuz aus vier gleich großen Segeln trug, das es dem Betrachter als eine Windmühle auswies. Am Fuß des Berges, auf einem Plateau, stand ein ähnlicher Steinbau, es war keine Windmühle, aber hatte gleichwohl Ähnlichkeit mit dem ersten Bau, da beide im Innern eine vertikal konstruierte Preßmaschine beherbergten, in der aus dem Zuckerrohr der schwere süße Saft gewonnen wurde.

Diese beiden hübschen Gebäude, jedes so sorgfältig errichtet wie eine Kathedrale, bildeten das Herz der Plantage, denn wenn Wind wehte, was die Hälfte der Zeit während der Erntesaison der Fall war, dann verrichtete der hohe Turm seine Arbeit, wobei die Windmühle ihm die Energie lieferte. Ließ der Wind jedoch nach, wie es eigentlich in den unpassendsten Momenten geschah, dann trieben junge schwarze Sklaven mit lauten Zurufen ein Paar Ochsen endlos über ein enggezogenes Rund, um die schweren Mühlsteine in Bewegung zu halten. Solange beide Gebäude betriebsbereit waren, konnte auch die Plantage ihre Arbeit verrichten.

Zu Füßen der Windmühle schlängelte sich ein Wasserlauf, nicht groß genug, um ein Fluß genannt zu werden, nicht mal eigentlich ein Bach, aber doch ein nie versiegendes Rinnsal, das gelegentlich sein eigenes Lied zu singen schien, wenn es den Berg hinunterplätscherte, um unten durch eine Brücke aus zwei großen Bögen zu passieren. Diese Brücke, ein Bau von eleganten Proportionen, bildete das Zentrum der Zuckerverarbeitung.

Von den beiden Pressen am Berg floß der frisch gewonnene Saft über ein offenes Aquädukt hinab, das die Brücke überquerte und dessen Geländer es auf der einen Seite bildete, und ergoß die wertvolle Flüssigkeit in die Bottiche, in denen der Saft gesammelt wurde. Von dort wanderte er in die Kupferkessel, in denen er aufgekocht wurde, die Pfannen, in denen er sich auf geheimnisvolle Weise in braune Kristalle, genannt

Muskovade, verwandelte, die Töpfe, in denen die Muskovade mit weißer, aus Barbados importierter Tonerde terriert wurde und die weißen
Kristalle ergab, die Kaufleute und Hausfrauen so schätzten. Alles dies
war untergebracht in den schmucken kleinen Steinhäusern, in denen
sich auch die Ställe für die Maultiere und die Destillierkolben befanden,
in denen die überschüssige Flüssigkeit, der dunkle reichhaltige Zuckersirup, zu Rum verarbeitet wurde.

Die Trevelyan-Plantage erfreute sich eines beneidenswerten Rufes im
Handel mit Zucker, Melasse und Rum aufgrund einer klugen Entscheidung, die einer ihrer ersten Besitzer gefällt hatte. Es war in den 1670er
Jahren, als er seiner Familie eröffnete: »Baumwolle und Tabak auf Jamaika anzubauen ist vergebliche Mühe. Die Produktion der amerikanischen Kolonien ist uns überlegen, sowohl was den Preis als auch was
die Qualität betrifft. Aber man hat mir gesagt, es gäbe da einen gerissenen Burschen, drüben auf Barbados, Thomas Oldmixon heißt er, der
anfängt, das große Geld mit dem Anbau von Zuckerrohr zu machen,
das von Guyana herübergeschmuggelt wird. Ich werde nach Barbados
übersetzen und mir einmal ansehen, wie er zurechtkommt.« Er fuhr
tatsächlich hin und fand heraus, daß Oldmixon riesige Profite mit seinem Zuckerrohr machte, nur war der Pflanzer höchst mißtrauisch, obwohl er sich immer als Menschenfreund bezeichnete: »Warum soll ich
Ihnen meine Geheimnisse verraten und zusehen, wie mich Jamaika im
Zuckeranbau noch überflügelt?« Er sprach kein Wort über die Anbau-
methoden mit seinem Besucher und zeigte ihm auch nichts. Als er
eines Abends Samuel Trevelyan erwischte, wie der in der Dämmerung
das Zuckerrohrfeld studierte, verbot er ihm den Zutritt zu seiner Plantage und ließ zwei Hunde los, um sicherzustellen, daß er nicht wiederkam.
Der Besuch wäre vergeblich gewesen, hätte Trevelyan nicht einen
liebenswerten Burschen namens Ned Pennyfeather kennengelernt –
Wirt des »Giralda Inn« im Hafengelände von Bridgetown –, der sich die
Geschichte von der gescheiterten Hoffnung anhörte und sagte: »Ist
doch einleuchtend, oder nicht? Oldmixon schmuggelte sein Zuckerrohr
auch ein, ich glaube, von Brasilien, und die waren wütend da unten, als
sie herausfanden, was er damit angestellt hatte. Er will die Vorteile, die
er sich ergattert hat, nicht mit Ihnen teilen.«
»Ich habe eine weite Strecke deswegen zurückgelegt. Was soll ich
machen?«

Pennyfeather dachte einen Augenblick nach und kam dann mit einer Antwort heraus, die den zukünftigen Wohlstand Jamaikas begründete: »Jenseits der leichten Anhöhe drüben, im Osten, lebt ein sehr geiziger alter Mann. Wenn man umkäme vor Durst, er würde Ihnen nichts zu trinken geben. Aber für eine Handvoll Münzen verkauft er Ihnen alles. Sein Name ist Sir Isaac Tatum.«

»Oldmixon meinte, es verstößt gegen die Interessen von Barbados.«

»Sir Isaac erkennt keine anderen Interessen als die seinen an. Sie kriegen Ihr Zuckerrohr, wenn Sie das nötige Geld haben.« Sir Isaac stellte überzogene Forderungen, aber am Ende bekam Trevelyan sein Zuckerrohr, das in Jamaika »wunderbar wächst und gedeiht«, wie er in seinem Dankesbrief an Pennyfeather schrieb.

Natürlich wußte er, als er sich mehr mit Zuckerrohr beschäftigte, daß Sir Isaac ihn kräftig übers Ohr gehauen hatte. Er hatte ihm nicht die echten Wurzelableger verkauft, sondern nur Schößlinge, zufällige Wurzelseitentriebe, die wie die echten aussahen, aber für höchstens zwei Ernten brauchbares Zuckerrohr hervorbrachten. Immerhin brachten die Schößlinge Samuel Trevelyan ins Geschäft, und zwei Jahre später konnte er von einem ehrlichen Pflanzer auch echte Wurzeln erwerben – und so arbeitete sich die jamaikanische Plantage hoch bis zu dem riesigen Vermögen, das Samuel und seine Familie schließlich anhäufen sollten.

Es war eine eher zufällige Entdeckung, die den Grundstein für den Reichtum der Trevelyans legte. Einer der Plantagensklaven, ein unachtsamer Bursche, schüttete in den Destillierkolben, in dem der Sirup zu Rum verarbeitet wurde, versehentlich eine Mischung aus alter Melasse, deren Zuckergehalt in der Sonne zu Karamel gebrannt war. Als er sah, wie sehr viel dunkler als gewöhnlich der fertige Rum war, versteckte er ihn in einem alten, verkohlten Eichenfaß. Trevelyan entdeckte den Fehler schließlich doch und fand nicht die helle, goldfarbige Flüssigkeit vor, die jede gewöhnliche Plantage produzierte, sondern einen schweren dunklen Rum, herrlich im Aroma, der von nun ab »Goldschwarz« genannt wurde. Trevelyan wurde die anerkannte Markenbezeichnung für diesen Rum, den jeder echte Kenner, der nur das Beste verlangte, zu schätzen wußte. Das Geld floß nur so aus dem Verkauf in Europa und in Neuengland, denn keine andere Plantage beherrschte das Geheimnis zur Herstellung eines gleichwertigen Rums.

Zur rechten Seite der Brücke kauerten sich die kleinen Baracken der Sklaven, bis in halber Höhe Wände aus grobem Mauerwerk, an den Ecken Holzpfähle, dazwischen mit Lehm beworfenes Gitterwerk, von der Sonne getrocknet, die Dächer mit Palmwedeln bedeckt. Der Boden war hart und trocken, eine Mischung aus Lehm, Kieselsteinen und Kalk, festgetreten und gefegt. Sir Hugh, der die Hütten gelegentlich inspizierte, fand sie stets sauber und ordentlich.

Auf dem Hügel unweit der Mühle erhob sich das große Wohnhaus, ein dreistöckiger Herrensitz mit Mansardendach und Seitenflügeln, genannt »Golden Hall« – wegen der Baumreihen, deren hellgelbe Blüten dem Ort etwas Freundliches verliehen. Lady Beth Pembroke hatte diese Bäume immer besonders geliebt, und die prächtige Blüte gemahnten Sir Hugh und seine drei Söhne an die Zeit, als sie noch unter ihnen weilte.

Nach geschlagener Schlacht sicher daheim auf der Veranda von Golden Hall, konnte Sir Hugh auf eine Szene herabblicken, deren einzelne Teile so perfekt angeordnet waren – Bogenbrücke, Steinhäuser, Sklavenquartiere, Destillationsanlagen, die bestellten Felder und in der Ferne die Wälder –, daß sie wie für die Leinwand eines mittelalterlichen Künstlers geschaffen schien. Es war ein kleines Königreich, auf das jeder Prinz dieser vergangenen Epoche stolz gewesen wäre.

Bei weitem nicht die größte der jamaikanischen Plantagen – Pentheny Croomes war mehr als doppelt so groß, sogar noch ohne das kürzlich erworbene Stück Land–, verfügte sie doch über 280 Hektar, die sich zu einem Viertel auf reifes Zuckerrohr, zur Hälfte auf Schößlinge und noch einmal zu einem Viertel auf Jungpflanzen verteilten. Sie wurde von 220 Sklaven bewirtschaftet, 40 Maultieren und 64 Ochsen, deren vereinte Kräfte knapp 300 Tonnen Zucker hervorbrachten, eine Hälfte terriert, die andere in Form halbbrauner Muskovade, die zur Raffinierung nach England verschifft wurde. Alljährlich aber, und das war der Stolz der Plantage, wurden über hundert Puncheons Trevelyan-Rum in Fässer abgefüllt, 10 000 Gallonen, zu einem willkürlich gesetzten, ungeheuren Verkaufspreis, wenn sie ins Ausland geliefert wurden.

Sir Hugh, der mit Zahlen umzugehen verstand, berechnete seine Kosten sorgfältig: »Jeder Sklave 205 amerikanische Dollar; jedes Maultier 180; Gesamtkosten für den Erhalt der Steinhäuser und Windmühlen 200 000; jährliche Barauslagen etwa 30 000; durchschnittlicher Gewinn jedes Jahr 52 000.« Er rechnete in seinen Büchern außerdem in

Pfund Sterling und spanischen Währungen, aber wie er auch seine Gewinne kalkulierte, sie waren enorm für die Geldwerte der damaligen Zeit und ermöglichten es ihm und seiner Familie, im »großen Stil der jamaikanischen Pflanzer« zu leben. Das bedeutete, daß Golden Hall etwa ein Dutzend Hausangestellte hatte, sechs Stallburschen, die sich um die Pferde kümmerten, einen eigenen Plantagenarzt, einen Priester für die Kapelle jenseits der Brücke sowie zahlreiche andere Helfer.

Während Sir Hugh seine vortrefflich geführte Plantage musterte, sinnierte er darüber, was für eine allen anderen überlegene Insel Jamaika noch war. Die letzte grobe Zählung hatte 2 200 Weiße der Besitzerkategorie ergeben, etwa 4 000 Weiße niedrigerer Stellungen und 79 000 Sklaven. Einem Besucher aus England gegenüber äußerte er sich so: »Wir vergessen niemals, daß wir Weiße, jeden mitgerechnet, im Verhältnis eins zu dreizehn in der Minderheit sind. Das macht einen vorsichtig, sehr vorsichtig, wie man mit seinen Sklaven umgeht, die sich erheben und uns alle erschlagen können, wenn ihnen danach ist.« Allerdings gestand er ein, daß er selbst auch aus dem Sklavenhandel beträchtliche Profite zog: »Im vergangenen Jahr konnten wir auf Jamaika etwa 7 000 Sklaven aus Afrika importieren, und wir hätten doppelt soviel verkaufen können: Wir haben sofort über 5 000 von den Neuankömmlingen weiter nach Kuba und South Carolina geschickt und bei dem Verkauf ungeheuren Gewinn gemacht.«

Jedem Fremden, der ihn befragte, ob in Jamaika oder England, erzählte er, seine Insel sei ein Paradies für alle Zufluchtsuchenden: »Wir nehmen Spanier auf, die vor strengen Regierungen in Südamerika fliehen, Sklaven, die ihren grausamen Herren in Georgia davonlaufen, Handwerker aus Neuengland, die sich ein neues Leben aufbauen wollen, und letztes Jahr hat der Gouverneur sogar offiziell proklamiert, er würde ab sofort auch Katholiken und Juden zulassen, wenn sie versprächen, kein öffentliches Ärgernis zu erregen.«

Das Leben der Pembrokes beschränkte sich jedoch keineswegs nur auf Golden Hall, denn die drei Söhne waren alle in England erzogen worden, hatten dort die berühmte Schule Rugby in Warwickshire besucht und ihre Jugend zum größten Teil entweder im Stadthaus der Pembrokes am Cavendish Square unweit des Hydeparks in London oder in dem kleinen hübschen Cotswold Cottage in Upper Swathling, Gloucestershire, verbracht, wo Lady Pembroke, für alle nur Lady Beth, die Anlage einer der schönsten kleineren Blumengärten im Süden Englands überwacht hatte.

Die Pembrokes waren wie die meisten der Zuckerrohrpflanzer Westindiens auf der Insel ansässig, auf der sich auch ihre Plantage befand, aber gefühlsmäßig noch immer stark mit England verbunden. Ihre Söhne wurden in England erzogen; sie unterhielten ein Haus für die Familie in England; und sie saßen im Parlament, um zu schützen, was im britischen Westreich nur das »Zuckerkartell« genannt wurde. In jener Zeit hatten etwa zwei Dutzend Pflanzer, wie auch Sir Hugh, einen Sitz im Unterhaus inne, wo sie als unerbittliche Fraktion auftraten, die jede Gesetzesgebung genau verfolgte, um sicherzustellen, daß der Handel mit Zucker den gesetzlichen Schutz erhielt, der ihm ihrer Meinung nach zustand.

Wie jedoch kam ein Analphabet wie Pentheny Croome, ein Pflanzer im fernen Jamaika, an einen Sitz im Parlament? Sehr einfach: Er kaufte sich den Sitz. Es gab damals in England eine Handvoll sogenannter »rotten boroughs«, heruntergewirtschaftete Bezirke, Überreste von Städten, die ursprünglich einmal wichtig gewesen waren, als die Sitze im Parlament noch verteilt wurden, doch dann an Bedeutung verloren hatten oder sogar ganz verschwunden waren. Trotzdem behielten diese nur noch ein Schattendasein führenden Gebiete das Recht, einen Vertreter ins Parlament zu schicken, und es wurde Sitte unter den Grundbesitzern, bei denen die Rechtstitel auf diese »rotten boroughs« lagen, ihre Parlamentssitze an den Meistbietenden zu versteigern. Pentheny hatte für seinen Bezirk 1100 Pfund bezahlt; Sir Hugh je 1500 für seine beiden, einen für sich selbst, den anderen für seinen ältesten Sohn Roger. Die anderen Pflanzer aus Westindien hatten ähnliche Verträge abgeschlossen, und alle waren Penthenys Meinung: »Das Beste, wofür ich mein Geld jemals ausgeben konnte. Es hilft, uns gegen die Gauner zu schützen«, wobei mit Gauner alle bezeichnet wurden, die einen fairen Zuckerpreis forderten.

Und das war der entscheidende Unterschied zwischen Großbritanniens westindischen Kolonien und denen in Nordamerika: Die heranwachsenden Kolonien, Massachusetts, Pennsylvania und Virginia, besaßen nicht einen einzigen Sitz im Parlament; sie blieben ungeschützt gegen willkürlich auferlegte Steuern und Gesetze; ihre Politiker blieben daheim, dort, wo sie die verzwickten Probleme der amerikanischen Landpolitik meisterten, die sie am Ende in die Freiheit führten. Die Westindischen Inseln, unvergleichlich favorisierter in jenen Jahrzehnten, sollten ihre lokalen Schwierigkeiten dagegen niemals selbst lösen, denn die Besten, die dazu befähigt gewesen wären, glänzten durch Abwesenheit – sie blieben in London.

Von gleicher Wichtigkeit war die Tatsache, daß die Intelligenteren unter den Jungen von Barbados und Jamaika nach England gingen, um dort die Schule zu besuchen, wohingegen ihre Altersgenossen aus Boston oder New York zu Hause blieben, nach Harvard oder auf das King's College gingen und dort interkoloniale Freundschaften anknüpften, die später eine bedeutende Rolle spielen sollten, als sich die amerikanischen Kolonien zur Unabhängigkeit entschlossen. Rückblickend wird deutlich, daß Westindien für die kurzlebigen Vorteile, die es in der Zeit von 1710 bis 1770 genoß, eine schreckliche Strafe zahlen mußte.

In jenem Jahr jedoch, 1731, war Sir Hugh recht zufrieden, wieder auf Golden Hall zu weilen, bevor er für die anstehende Sitzungsperiode, in der Angelegenheiten von größter Sorge für die Zuckerpflanzer behandelt werden sollten, nach London zurückkehrte. Ein angenehmes Gefühl auch, seine drei Söhne zu Hause zu wissen. Roger, 26 Jahre alt, würde eines Tages den Baronet erben und Sir Roger werden; für den Augenblick besaß er den zweitgrößten der von Pembrokes beherrschten »rotten boroughs« und arbeitete sich langsam, aber sicher im Parlament hoch, wobei er genau nach den von seinem Vater überlieferten Instruktionen vorging: »Auf den ersten beiden Sitzungen sag überhaupt nichts, erreg keine Aufmerksamkeit, aber sei anwesend, um abzustimmen, immer wenn ein für uns als Zuckerpflanzer interessantes Thema auf der Tagesordnung steht.« Roger zeigte gute Ansätze, im reiferen Alter ein mächtiger Anführer der Zuckerbarone zu werden.

In vieler Hinsicht war es jedoch der zweite Sohn, der den Pembrokes ihre herausragende Stellung garantierte, denn Grenville blieb in Jamaika und verwaltete die Plantage. Mit 24 Jahren hatte er sich als ein wahres Genie bei der Aufstellung des Arbeitsplanes für die Sklaven erwiesen, den er so gestaltete, daß sie leidlich zufrieden blieben und mehr als nur leidlich produktiv. Er verstand außerdem gut, mit Zahlen umzugehen, und verfügte über ein scharfes Urteilsvermögen bei der Frage, ob es mehr Gewinn einbrachte, die überschüssige Melasse nach England oder nach Boston zu verschiffen. »Die Einwohner von Massachusetts«, behaupteten wenigstens die Pflanzer in Jamaika, »müssen mehr Rum pro Person trinken als irgendein anderes Volk auf der Welt. Sie haben sieben Destillerieanlagen da oben, aber ihre Gier nach Melasse ist unersättlich.« Mit Pentheny Croomes Bruder Marcus, der zwei kleine Schiffe betrieb, die Frachtgüter nach Jamaika transportierten, hatte Grenville einen einträglichen Handel abgeschlossen, und wo er auch seine Hand im Spiel hatte, brachte es den Pembrokes immer Geld ein.

Den eigenen Sohn in der Stellung des Plantagenverwalters zu wissen war ein Segen, der nicht vielen Familien zuteil wurde. Da es viele Besitzer vorzogen, die meiste Zeit in England zu verbringen, waren sie gezwungen, die Leitung ihrer Plantage der Obhut unerfahrener junger Männer zu überlassen, die meist aus Schottland oder Irland kamen und nur zu diesem Zweck nach Jamaika gingen. Wenn die Zuckerbarone Glück hatten, fanden sie einen ortsansässigen Anwalt, der als Verwalter fungierte, wenn nicht, gerieten sie in die Klauen eines unredlichen Menschen, der ihnen die Hälfte des Gewinns stahl, wenn sie nicht aufpaßten. Von den zwei Dutzend westindischen Pflanzern, die 1731 dem Zuckerkartell im Parlament zugerechnet wurden, genossen nur zwei den Vorteil, in ihrer eigenen Familie ein ehrliches Mitglied gefunden zu haben, dem sie die Leitung der Plantage anvertrauen konnten, während die erschreckende Zahl von dreizehn schon in jungen Jahren nach England übergesiedelt war und nie wieder auf ihre Heimatinsel zurückgekehrt war. Sie waren nur dann besorgt, wenn sie die Insel gegen konkurrierende Interessen von seiten Englands, Frankreichs und vor allem Nordamerikas verteidigen mußten.

Sir Hughs dritter Sohn stellte ein gewisses Problem dar. Ein junger Mann von 22 Jahren, war John Prembroke durchaus ein feiner Kerl, wie sie Jamaika hervorbrachte, und wäre er Erstgeborener gewesen, hätte er einen würdigen Erben für seines Vaters Titel und Parlamentssitz abgegeben. Wäre er Zweitgeborener gewesen, hätte er Grenvilles Platz als Verwalter der Plantage eingenommen, aber für ihn gab es in dieser Richtung keine Aufgaben, und es war John selbst, der seinem Vater eines Abends eröffnete: »Ich bezweifle, daß ich zu dieser Art von Arbeit, wie sie Grenville leistet, jemals fähig bin.« So also tauchte immer wieder die Frage auf: »Was sollen wir bloß mit John machen?« Aber keiner wußte eine Antwort. In Rugby hatte er sich als guter Schüler erwiesen, und traditionell machten drittgeborene Söhne Karriere entweder in der Armee oder der Kirche, aber John hatte zu beidem keinerlei Neigung. Trotzdem versicherte er seinem Vater: »Es ist gut so. Ich werde schon etwas finden.«

In der Zwischenzeit galt es, eine Schlacht zu schlagen, die seine beiden Brüder bereits erfolgreich überstanden hatten. Pentheny Croomes Tochter Hester war eine kräftige, unangenehm laute junge Person mit der Aussicht, ein Vermögen von nicht weniger als 20 000 Pfund jährlich zu erben, eine stattliche Summe im damaligen England und sicher ausreichend, ihr einen erstklassigen Mann zu garantieren. Sie hatte sich jedoch bereits für die Pembrokes entschieden, sehr früh in ihrem

Leben, und es sich so sehr in den Kopf gesetzt, einer aus dieser Familie müsse es sein, daß nur einer der berüchtigten Inselhurrikans sie davon abgebracht hätte. Mit sechzehn hatte sie erste heftige Annäherungsversuche bei dem zukünftigen Sir Roger gemacht, der sich ihnen durch eine Heirat mit der Tochter eines Pflanzers aus Barbados entzog. Mit achtzehn entschied sie sich für Grenville und hätte ihn auch vor den Altar gebracht, wenn nicht ein lebhaftes Mädchen von einer Plantage nahe Spanish Town ihn umgarnt hätte.

Jetzt, mit zwanzig Jahren, fühlte sie sich stark zu John Pembroke hingezogen, den sie ihrem Vater als »wahrscheinlich den Besten aus der Golden-Hall-Bande« beschrieb. Unverfroren in ihren Anstrengungen, ihn zu verführen, ritt sie mit ihrer Stute zum Haus der Pembrokes, lud John zu Tanzabenden ein und verlangte von ihm, sich das Theaterstück anzusehen, das junge Leute aus dem Ort für die Offiziere eines in Kingston stationierten englischen Kriegsschiffes aufführten. »Es ist ein französisches Lustspiel, John. Sehr frivol. Und ich bin die Hauptdarstellerin, sozusagen, in der Rolle der jungen Magd.«

Widerstrebend willigte er ein, mußte dann aber feststellen, daß er sich wirklich köstlich amüsierte. Die jungen Offiziere waren solch angenehme Gesprächspartner, daß er für einen Moment sogar überlegte, ob er nicht zur Marine gehen sollte; und während des Stücks nahm Hester, die in ihrer Rolle der flegelhaften Magd stark überzeugte, seine ganze Aufmerksamkeit ein. Sie bewies einen Sinn für derben Humor, die Fähigkeit, auch über sich selbst zu lachen, und eine erstaunliche Zärtlichkeit in den Liebesszenen.

In der relativ kurzen Zeit von zweieinhalb Stunden stiegen ihre Chancen von »ziemlich unerwünscht« auf »ganz annehmbar«, und als er sie nach Hause begleitete, der Applaus ihres Publikums noch in seinen Ohren klang, war er drauf und dran, ihr sein Interesse an einer Verbindung zu bekunden, denn er hatte bemerkt, daß auch einige der Marineoffiziere ihre lebhafte Art anziehend gefunden hatten. Am Tag darauf jedoch nahm er an einer Versammlung teil, auf der die Pflanzer ihr weiteres strategisches Vorgehen in London verabredeten und bei dem auch Hesters fettleibiger Vater anwesend war, ein primitiver und arroganter Mensch, und John, der im Vater die Tochter erkannte, schreckte zurück.

Dem Treffen wohnten Sir Hugh Pembroke und seine beiden Söhne Roger und John, Pentheny Croome und ein reicher Pflanzer aus Spanish Town bei, letzterer ein mindestens ebenso grober Mensch wie He-

401

sters Vater. Der Grund ihrer Besprechung war von entscheidender Bedeutung für das weitere Wohlergehen des Zuckerkartells. »Jetzt nennen sie es schon das ›Melassegesetz‹, als wäre es bereits verabschiedet. Es wird unweigerlich unsere Profite für die nächsten zwanzig Jahre bestimmen, entschlossenes Handeln ist also unbedingt erforderlich. Wenn es nach ihren Vorstellungen geht, werden unsere Gewinne absacken. Wenn wir ihnen dagegen unseren Willen diktieren – unbegrenzter Profit.«

Sir Hugh erklärte weiter, die westindischen Pflanzer stünden drei entschlossenen Feinden gegenüber: »Die jämmerlichen Gauner drüben in Boston und New York, die unsere Melasse zu Niedrigstpreisen einkaufen wollen, um dann mit ihrem erbärmlichen Gesöff ein Vermögen zu verdienen.« An dieser Stelle schweifte die Aussprache ab und ging über in die eisige Beschimpfung der britischen Kolonien auf dem nordamerikanischen Kontinent und einer besonderen Schmähung der beiden Handelszentren Boston und Philadelphia, wo habgierige Puritaner und Quäker nur darauf aus waren, ihre Handelspartner bis aufs Blut auszunehmen. Die Anwesenden waren sich einig, daß auf lange Sicht der natürliche Feind des westindischen Zuckerkartells in der Gruppe jener ungehobelten amerikanischen Kolonien zu suchen sei, aber die jamaikanischen Mitglieder des britischen Parlaments kannten genug Tricks, die Attacken ihrer Gegner zu vereiteln.

»Unser zweiter Feind sitzt gleich nebenan«, warnte Sir Hugh. »Ich meine die französischen Inseln Guadeloupe und Martinique. Hier liegt das Problem folgendermaßen: Unsere Zuckerplantagen hier auf Jamaika sind mit verläßlichen Winden gesegnet. Die auf den französischen Inseln nicht. Und da ihnen Windmühlen folglich versagen, müssen sie mit Pferden und Maultieren arbeiten. Wo kriegen sie die aber her? Aus Massachusetts und New York. Hunderte von kleinen Schiffen jährlich werden in Boston mit Tieren beladen, verfrachten sie nach Martinique und verkaufen sie mit phantastischem Gewinn.«

»Wie betrifft uns das?« wollte der Pflanzer aus Spanish Town wissen, und Croome knurrte: »Weil sie ihre Schiffe, nachdem sie in Martinique entladen wurden, mit französischer Melasse füllen und mit der Schmuggelware nach Boston zurückschicken. Illegal natürlich, in beide Richtungen, aber sehr gewinnträchtig.«

»Und Croome muß es wissen«, meinte Sir Hugh sarkastisch, »man munkelt, sein eigener Bruder Marcus sei in den Handel verwickelt«, worauf der schwere Mann streng erwiderte: »Wehe ihm, wenn das stimmt.«

»Und wenn wir Boston und Martinique zur Räson gebracht haben sollten«, fuhr Sir Hugh fort, »kriegen wir es mit unserem Dauerfeind zu tun, der englischen Hausfrau, die andauernd nach niedrigeren Zukkerpreisen kreischt.« Er zog eine angewiderte Grimasse bei dem Gedanken an den unfairen Druck, den diese Frauen ausübten, die so erpicht darauf waren, Zucker zu einem niedrigeren Preis zu kaufen, und die damit den Reichtum der Zuckerbarone gefährdeten.

Es war sein Sohn Roger, der ihnen die schockierende Tatsache eröffnete, mit der sie sich zukünftig auseinanderzusetzen haben würden: »Es geht ein Gerücht um, daß in Frankreich der weiße Würfelzucker bester Qualität nur ein Bruchteil von dem in England kostet. Die Entrüstung ist allmählich nicht mehr zu überhören. Mit Stentorstimme wird sie vorgetragen.«

»Was soll das denn heißen?« fragte Pentheny, und Roger mußte ihm erklären: »Es bedeutet: sehr laut. So genannt nach dem stimmgewaltigen Held der Ilias.«

»Und was ist das, bitte schön?«

»Ein Gedicht von Homer. Über Griechenland im Krieg mit Troja.«

»Davon habe ich schon mal gehört. Aber was hat Griechenland oder Troja mit dem Zuckerpreis in England zu tun?« Er vertrat die Ansicht, der kontrollierte Monopolpreis sollte eher angehoben als gesenkt werden, und was die Klagen der englischen Köchinnen betraf, die verstanden ja nichts von den Sorgen eines Pflanzers – »die Nigger und die Maroons in den Bergen, und die französische Konkurrenz«–, die Frauen könnten ihm gestohlen bleiben.

Sir Hugh gab seinem Freund den Rat, in der Öffentlichkeit lieber nicht solche Reden zu schwingen, jedenfalls nicht in England; dann einigten sich die Verschwörer darauf, in sechs Wochen wieder zusammenzukommen, in London, und mit einem genau festgelegten Plan, der für alle Pflanzer gelten sollte, um drei Ziele zu erreichen, die Sir Hugh so formulierte: »Boston dazu bringen, unsere Melasse zu kaufen – zu unserem Preis. Die Verschickung von Maultieren und Pferden nach Martinique unterbinden. Und schließlich den Verkaufspreis westindischen Zuckers in England anheben und gleichzeitig mit allen Mitteln dafür sorgen, daß ausländische Lieferungen draußen bleiben, weil die nur unseren Preis zur Hälfte unterbieten würden.« Die Männer waren voller Optimismus, diese wünschenswerten Ziele auch zu erreichen, wenn es ihnen nur gelänge, die Parlamentsmitglieder unter den Inselpflanzern zum Zusammenhalt zu bewegen.

Als sich die Versammlung auflöste, fragte Pentheny, wo John Pembroke, der den Raum bereits verlassen hatte, hingegangen sei, und sein Bruder, der ahnte, was jetzt folgen sollte, sagte: »Ich weiß es auch nicht«, aber Sir Hugh, immer bestrebt, Pentheny an seiner Seite zu wissen, sagte: »Ich glaube, er ist in der Bibliothek.« Pentheny fand John tatsächlich dort und fragte ihn: »Hester läßt fragen, ob Sie heute abend nicht zum Essen kommen möchten?« Und John war drauf und dran, die Bitte abschlägig zu beantworten, als sein Vater entgegnete: »Es ist ihm ein Vergnügen.«

Ein Beobachter, der die mächtigen Zuckerbarone der Karibik nur auf ihren relativ schlichten Landhäusern auf Jamaika, Antigua oder St. Kitts erlebte, entdeckte nur wenig Anzeichen, die darauf hindeuteten, wofür die Pflanzer ihre riesigen Vermögen ausgaben, aber wollte man richtig einschätzen, wie sie ihr Geld dazu benutzten, politische und soziale Macht zu erlangen, mußte man nach England reisen und sich ansehen, was für ein Leben sie dort führten. Jeder unterhielt das ganze Jahr über ein luxuriöses Wohnhaus an einem der berühmteren Londoner Plätze, dazu ein herrlich gelegenes Landhaus irgendwo in einem kleinen Dorf unweit der Hauptstadt. Verfügte ein Pflanzer über drei Parlamentssitze, wie es mehrere taten, besaß die Familie gut und gern sechs Häuser in England, drei allein in London, die übrigen drei außerhalb. Ein geistreicher Beobachter drückte es so aus: »In Jamaika sind diese Leute ungehobelte Bauern; in London dagegen feine Gentlemen, die den Prinz von Wales zum Tee laden.«

Sir Hugh und sein Sohn Roger besaßen in London zwei Häuser am Cavendish Square, die sich gegenüberlagen, wobei das Haus des Vaters etwas größer, jedoch nicht protziger als das des Sohnes war. Es hatte vier Stockwerke, eine hübsch gestaltete Einfahrt und pro Etage jeweils drei Fenster mit sorgfältig abgestimmten Einrahmungen. Geschützt durch eine schlichte eiserne Einfassung, die ein Mann ohne weiteres übersteigen konnte, trug es äußerlich keine übertriebene Pracht zur Schau, mit Ausnahme der mit reichem Schnitzwerk versehenen Haustür. Die Innenräume boten viel Platz und waren hübsch möbliert, an den Wänden eine Unmenge, in üppige Goldrahmen eingefaßte Gemälde. Oberflächlich betrachtet, hatte man nur den Eindruck, der Besitzer beweise guten Geschmack und ein sicheres Gefühl dafür, welches

Bild an welcher Wand am besten zur Geltung kam, aber bei näherem Hinsehen war man überrascht, welche Künstler sich da versammelten, jeder Name ordentlich auf einem kleinen Messingschild eingraviert. Die Landschaft, auf die der Blick zuerst fiel, war ein Rembrandt, den Sir Hugh persönlich in Dresden ausgesucht hatte. Das Porträt von Mutter und Kind in einem herrlichen Rot, Gold und Grün war ein Raffael, den Lady Beth erworben hatte, kurz bevor sie starb. Der Mann im Sattel war ein van Dyck, und die Szene mit Waldnymphen ein Rubens. Das Ölgemälde jedoch, das Sir Hugh über alles liebte, war eine Landschaft, nicht übermäßig groß, von dem niederländischen Maler Meindert Hobbema. Sie stellte eine ländliche Szene in Holland dar, eine Brücke, die gewisse Ähnlichkeit mit der auf Trevelyan hatte, und immer wenn Sir Hugh zufällig an dem Bild vorbeikam, spürte er die unmittelbare Nähe seiner Plantage in Jamaika.

Es gab noch neun weitere Kunstwerke, unter anderen eine Madonna von Bellini und ein anziehendes Porträt von Lady Beth Pembroke, gemalt von einem Hofmaler, der zu jener Zeit in Mode war. In einem Hinterzimmer hing eine Sammlung von sechs kleineren englischen Gemälden, die aber derart skandalös waren, daß Sir Hugh sie nur engen Freunden zeigte, die bekannt für ihren ganz speziellen Humor waren.

Die oberen Etagen waren in dem zurückhaltenden Stil dekoriert, der den Geschmack Lady Beth Pembrokes, geborene Trevelyan, widerspiegelte. Ein Gast, der sich auf dem Gebiet auskannte, bemerkte einmal, um Sir Hugh zu schmeicheln: »Ich sehe, während Ihre Frau den guten Kunstverstand einbrachte, waren Sie es wohl, der sie zum Kauf überredet hat.«

»Überhaupt nicht«, konterte Sir Hugh, »es war ihr Geld, ihr guter Geschmack.« Wenn man ihn allerdings drängte, gestand er, daß er aus eigenem Antrieb die beiden Landschaften, den Rembrandt und den Hobbema gekauft hatte.

Viele Zusammenkünfte des Zuckerkartells, zu taktischen, ökonomischen Fragen, waren in diesem Haus abgehalten worden, aber auch politische Führer wie William Pitt der Ältere und Robert Walpole kamen hierher, bei der westindischen Lobby um Unterstützung für Gesetzesvorlagen zu werben, die dem Wohl der ganzen Nation dienten. Meistens bekamen sie die Stimmen, die sie benötigten – vorausgesetzt, sie versprachen, ihrerseits Gesetze passieren zu lassen, die den Zuckerbaronen zugute kamen.

Das Zentrum des Zuckerkartells bildete das Haus der Pembrokes am

Cavendish Square jedoch nicht. Diese Funktion erfüllte Pentheny Croomes geräumiges Wohnhaus am Grosvenor Square. Ursprünglich waren es zwei nebeneinander errichtete Häuser im Stil Palladios, aber Mrs. Croome, selbst ungestüme Tochter eines jamaikanischen Zuckerbarons, hatte die trennenden Wände durchbrochen und die Innenräume in eine einzige riesige Ausstellungshalle für die kuriosen Fundstücke verwandelt, die sie auf ihren drei Beutezügen durch Deutschland, Frankreich und Italien gemeinsam mit ihrer Tochter Hester aufgelesen hatte. Die beiden Damen ließen sich blenden von durchsichtigen Kalksteinschnitzereien aus Deutschland, schnell hingepinselten Gemälden italienischer Künstler, den Comer See darstellend oder das Schiff, das sie nach Italien gebracht hatte. Und obgleich sie gestandene Mitglieder der anglikanischen Staatskirche waren, waren sie sicher hingerissen von einem Bild, das einen finster dreinblickenden früheren Papst darstellte, ein Porträt, wie ihnen der Händler versicherte, das zu den herausragendsten Kunstwerken seit der Antike zählte: »Seine Augen folgen Ihnen, wo Sie auch hingehen. Er verfolgt Sie, damit Sie nichts Böses anstellen.«

Der nun doppelt so große Rahmen war eigentlich ein Museum der Souvenirkunst mit sieben auf Sockeln ruhenden Statuen, halbnackte Frauen darstellend, in marmorne Seide gehüllt, für den Fall, daß ein prüder Mensch das Zimmer betrat. Hier trafen die Mitglieder des Kartells am häufigsten zusammen, denn die Croomes waren großzügige Gastgeber. Ihr Einkommen aus der riesigen Plantage und anderen Kapitalien bezifferte sich jährlich auf insgesamt annähernd 70 000 Pfund, und nach den Abzügen für die Verwaltung seiner Besitzungen, für den Unterhalt seiner sechs unehelichen Mulattenkinder, den Unkosten, die sich aus dem teuren Geschmack seiner Frau und seiner Tochter ergaben, blieb Pentheny immer noch genug, um sich und seine Gäste während der Saison in London fürstlich zu unterhalten.

Seine Feste waren verschwenderisch, es gab sechs bis sieben Sorten Fleisch, drei Sorten Geflügel und Desserts von ausgesucht phantasievoller Raffinesse. Es wurden reichlich Getränke serviert, aber aus Achtung vor seinen Kollegen reichte er neben dem leichten, auf seiner eigenen Plantage hergestellten Rum immer auch den schweren schwarzen Rum von der benachbarten Plantage, Trevelyan.

1732 gab Pentheny 20 000 Pfund und mehr aus, um sicherzustellen, daß das sogenannte »Melasse-Gesetz« auch in der ihm genehmen Form verabschiedet wurde, aber er war so klug, seinem Freund Sir Hugh die

Verhandlungen mit den wahren Führern im Parlament zu überlassen, denn, wie er seiner Frau nach einer seiner grandiosen Partys gestand, der die führenden Parlamentarier ferngeblieben waren: »Manchmal reicht bloßes Geld nicht. Aber du und ich, wir können uns dennoch Stimmen kaufen, an die Sir Hugh niemals rankäme. Wir beide sind ein unschlagbares Paar.«

Damit hatte er den springenden Punkt berührt, die Masche, mit der das Zuckerkartell auch viele kritische Stimmen im Parlament beherrschte. Pembroke und Croome waren in der Boulevardpresse einmal als »die Zuckerklümpchen, die sich wie ein Ei dem anderen gleichen«, bezeichnet worden, ein Spitzname, der bereitwillig von den erbosten Pamphletschreibern aufgegriffen wurde, die im wütenden Zuckerkrieg mitmischten. Die beiden Männer waren jedoch alles andere als »Zuckerklümpchen«, auch wenn sie gerissen zu manipulieren verstanden. Sir Hugh nutzte seinen geerbten Geschmack, seine Raffael-Madonna und seinen Rembrandt, um den einen Teil der Stimmen zu gewinnen, während Pentheny Croome den anderen Teil bediente, wobei sein burleskes Zurschaustellen von Reichtum und Pracht dabei nur beweisen sollte, daß hartes Bargeld hinter seinen Zielen stand.

Als 1733 endlich über die umstrittene Gesetzesvorlage abgestimmt wurde, gewannen die beiden »Zuckerklümpchen« einen überragenden Sieg; für die kleinmütigen amerikanischen Kolonien war das allerdings ein Schlag ins Gesicht. Die Rumbrennereien in Boston waren nun gezwungen, ihre Melasse zu geradezu lächerlich überhöhten Preisen in Jamaika oder auf einer der Schwesterinseln einzukaufen, der lukrative Handel mit Pferden und Maultieren wurde eingestellt, und auf der Rückfahrt von Martinique durfte auch kein billigerer französischer Sirup mehr transportiert werden. Die amerikanischen Kolonien wurden mit einer so eklatanten Rücksichtslosigkeit behandelt, daß bis dahin loyale Einwohner von Massachusetts, Pennsylvania und Virginia anfingen aufzubegehren: »Jede Entscheidung aus London bevorzugt Westindien und fügt uns nur Schaden zu.« Und jeder Haushalt in England zahlte damit auch einen jährlichen Tribut an solche Pflanzer wie Pembroke oder Croome, die fortwährend reicher und reicher wurden.

Nach diesem Erfolg erwarb Pentheny außerdem noch eine Sammlung von sechs Stichen von Hogarth, für seine Freunde daheim, aber als er nach Jamaika zurückkehrte, stellte sich heraus, daß sein Bruder Marcus mit seinen beiden kleinen Schiffen in fragwürdige Geschäfte verwickelt war. Seine »Carthagenian« in Kingston mit der höchstmöglichen Anzahl erstklassiger leerer jamaikanischer Fässer beladen, hatte Marcus die Papiere dahin gehend gefälscht, daß man annehmen mußte, die Fässer seien mit Melasse aus Jamaika gefüllt. Nachdem er die Anker gelichtet hatte, war er heimlich nach Martinique gesegelt und hatte die Holzbehälter dort mit einem billigen französischen Produkt gefüllt. Dann ging es schnell nach Boston, wo er dem Zoll Papiere vorlegen konnte, die bewiesen, daß er erstklassige Ware aus Jamaika anlieferte. Sein Gewinn war beträchtlich.

Als Pentheny von diesem Betrug erfuhr, legte er Marcus eine Falle und ritt, nachdem er sich in allen Punkten noch einmal vergewissert hatte, zur Golden Hall rüber, um Pembroke die Beweise für das kriminelle Verhalten seines Bruders vorzulegen. Für Sir Hugh gab es nur eine Antwort: »Er bestiehlt uns. Geld aus deiner und aus meiner Tasche, und das muß unterbunden werden.«

Pentheny, erzürnt über das Betragen seines Bruders, schwor, dem ein Ende zu bereiten. Im Hafengebiet, wo einst das blühende Port Royal mit seinen Piratenhorden gelegen hatte, mietete er sich ein kleines schnelles Gefährt, besetzt mit einer Mannschaft, die ihm versicherte, sie sei zu allem bereit, und als er sicher war, daß sein Bruder auf der »Carthagenian« nach Boston ausgelaufen war, segelte er hinterher, holte sie ein und folgte seinen Matrosen, als diese sich anschickten, das Schmuggelschiff zu kapern.

Die Konfrontation war nur kurz. »Was soll das?« rief Marcus, und Pentheny brüllte zurück. »Du betrügst ehrliche Menschen!«

»Das tue ich nicht!« rief sein Bruder – und was dann geschah, darüber wurde später viel geredet. Diejenigen, die am nächsten standen, sagten jedoch übereinstimmend aus, daß Marcus Croome, nachdem er seine Antwort bereits in übelster Laune gerufen hatte, nach seiner Pistole gelangt hätte. Pentheny wiederum, der mit der Erwartung an Bord gekommen war, daß es möglicherweise zu einem Schußwechsel kommen würde, hatte seine Pistole schneller gezogen und schoß auf seinen Bruder, wobei die Kugel ihm ein Loch in die Brust riß.

Als die Nachricht London erreichte, Pentheny Croome habe auf diese dramatische Weise einen Piratenakt vereitelt, der getötete Pirat aber sei sein eigener Bruder gewesen, steigerte sich sein Ruhm noch, und einige Kunden von Hogarth äußerten den Vorschlag, der Künstler solle seine berühmte Serie über die Zuckerpflanzer noch um eine siebte Platte erweitern, und als er widersprach: »Eine Serie bleibt nun mal eine Serie« – kopierte ein Auftragskünstler den Stil von Hogarths Arbeiten und rannte mit Bild Nummer sieben durch die Straßen Londons: »Der Pirat in der Falle. Vom eigenen Bruder erschossen«, das sich sensationell verkaufte.

Es bedurfte erst schwerer politischer Veränderungen im fernen Europa, um John Pembroke den Fängen Hester Penthenys entkommen zu lassen. In jenen Jahren schien der Kontinent in ständigem Aufruhr zu sein, und zum Glück für John trug sich schon bald ein Ereignis zu, das wie gerufen kam.

Der König von Polen starb. Die Tradition besagte, daß die polnischen Adligen, eine äußerst eigensinnige Gesellschaft, einen aus der Schar europäischer Prinzen wählte – allerdings keinen Polen –, der ihr Land regieren sollte. Frankreich und Spanien unterstützten gemeinsam einen Bewerber, Rußland und Österreich einen anderen, und ehe man es sich versah, war halb Europa in die polnischen Erbfolgekriege verwickelt.

Zu dieser Zeit verließ Lorenz Poggenberg, ein unbedeutender Adliger am dänischen Hof, die Stadt Kopenhagen und begab sich in geheimer Mission nach London – in der Hoffnung, Großbritannien möge sich an einem Marineprojekt beteiligen, das Dänemark schon seit längerem für solch unruhige Zeiten wie diesen ins Auge gefaßt hatte. In London angekommen, riet man ihm, seine Bitte Sir Hugh Pembroke vorzutragen, Anführer einer der größten und wichtigsten Fraktionen im Parlament.

Der dänische Taktiker erreichte nichts, statt dessen erfuhr Poggenberg im Laufe des länger als vorgesehenen Gesprächs, daß Sir Hugh große Zuckerrohrplantagen auf Jamaika betrieb, was beträchliches Interesse in dem Gast weckte und gemeinsame britisch-dänische Marineabenteuer schnell vergessen ließ. »Sagten Sie Zucker? Sir Hugh?«

»Ja, das sagte ich. Ein heikles Geschäft, kann ich Ihnen sagen.«

»Ich weiß. Sklaven, Muskovade, Rum. Den richtigen Absatzmarkt finden und so weiter.«

Sir Hughs Neugier war geweckt. »Verraten Sie mir, woher wissen Sie über diese Dinge Bescheid?«

»Meine Familie besitzt eine riesige Plantage auf St. John, aber wir können einfach keinen finden, der versteht, sie richtig zu leiten. Ich selbst kann nicht fort, die Geschäfte am Hof, Sie verstehen, und ich habe auch keine Söhne, die diese undankbare Aufgabe übernehmen würden.«

409

Später berichtete Sir Hugh seiner Frau von dem Gespräch:»Als Poggenberg das sagte, konnte ich fünf Minuten lang nicht antworten. Mir schossen die Gedanken nur so durch den Kopf. Aber dann klärte sich alles auf, wie wenn nach einem Sturm die Sonne durchbricht. Und ich dachte bei mir: John ist genau der richtige Mann, den sie suchen.« Vorsichtig formulierte er seinen Vorschlag:»Baron. Vielleicht habe ich die Lösung Ihres Problems.« Poggenberg beugte sich etwas vor, und Pembroke fuhr fort.»Mein Sohn John, 24 Jahre alt, sehr begabt, was Zuckerrohranbau betrifft. Sucht schon länger eine Plantage, die er auf Vordermann bringen kann.« Er machte eine kleine Pause und fügte dann eine Erklärung an, die bei jedem Familienvorstand in Europa auf Verständnis stieß:»Drittgeborener, wissen Sie. Die Aussichten in Jamaika sind nicht gerade rosig.« Noch ehe der Tag zu Ende war, kam man darin überein, John Pembroke von der Trevelyan-Plantage nach St. John, einer der zahlreichen dänischen Inseln, zu schicken, um dort die Zustände auf der Zuckerrohrplantage der Poggenbergs wieder in Ordnung zu bringen.

Als die Kunde von seiner neuen Aufgabe im Sommer des Jahres 1732 Jamaika erreichte, brachte sie John Pembroke Freude und Erleichterung, denn seinen Umzug nach St. John sah er als eine Fügung des Himmels, den verführerischen Fallen Hester Croomes entkommen zu können. Es war ihm sogar möglich, ihr Traurigkeit vorzuspielen, als er sie davon in Kenntnis setzte, daß er, so schwer es ihm auch falle, Jamaika verlassen müsse, um eine Stelle anzutreten, die ihm seine Familie auf den dänischen Inseln besorgt habe.

»Ich komme mit«, sagte Hester sofort.»Eine Zuckerplantage zu leiten erfordert eine Frau für das Herrenhaus«, aber Johns älterer Bruder überzeugte sie, St. John sei so primitiv, es gebe dort nichts zur Zerstreuung, daß sie tränenreich ihr Angebot zurückzog. Beim Auslaufen des Frachtschiffes versprach sie jedoch, auf ihn zu warten, und er rief von Deck aus zurück:»Es kann zehn Jahre dauern, bis ich wieder nach Jamaika komme«, worauf sie einen kaum hörbaren Seufzer tat.

Bei seiner Ankunft auf der Plantage der Poggenbergs Ende Dezember fand John Pembroke sie schöner als alles, was er von Jamaika her kannte, denn sie lag zusammen mit zwei anderen Plantagen an einem herrlichen Hang an der Nordspitze der Insel. Von dem großen Haus, in dem er Quartier bezog, konnte man nach Norden bis weit über den Atlantischen Ozean blicken, nach Westen über das Karibische Meer, beide Wasserflächen girlandenartig geschmückt von einer Unmenge kleiner baumbewachsener Inseln. »Lunaberg« lautete der Name der Plantage, und als sich zum erstenmal der Vollmond über der friedlichen Szene erhob, unter ihm sanfte Wellen ruhig schaukelten, mußte John zugeben, daß der Name zutreffend gewählt war.

Natürlich war sie um einiges kleiner als Trevelyan, nur 160 Hektar groß, aber der Boden sah vielversprechend aus, und John war mehr als zufrieden, als sich herausstellte, daß er neben der schönen Lage Lunaberg an der westlichen Grenze außerdem nette Nachbarn hatte, einen jungen Dänen namens Lemvig und dessen reizvolle Frau Elzabet. »Wir werden Ihnen behilflich sein, alles in Gang zu bringen«, sagte Lemvig in gutem Englisch, und seine Frau, die blonden Haare adrett in zwei Zöpfe geflochten um den Kopf gelegt, bot ihm an, ihre eigenen Sklaven herüberzuschicken, um Ordnung in das Herrenhaus zu bringen. Sie warnte ihn: »Da Sie keine eigene Frau mitgebracht haben, müssen Sie unbedingt darauf achtgeben, wer Ihnen als Sklave dient. Sie dürfen freundlich zu ihnen sein, aber lassen Sie sich auf keinen Fall von denen tyrannisieren.«

Der Besitzer der Plantage dagegen, die im Osten an Lunaberg grenzte, war ein völlig anderer Mensch, Jorgen Rostgaard, ein desillusionierter Däne in den Vierzigern mit einer mißmutigen Frau an seiner Seite. »Sehen Sie sich die Nigger an! Klauen Ihnen noch im Schlaf die Socken vom Leib!« Er wartete mit einem Dutzend Ratschlägen auf, wie man Sklaven bei Gehorsam hält, allesamt von äußerster Brutalität. »Sie haben zwei Möglichkeiten, Pembroke. Sie können Ihre Sklaven verhätscheln, wie Lemvig das macht, oder sie mit Gewalt bei der Stange halten, so wie ich das mache. Sie werden sehen, meine Methode ist die bessere.« Dann fügte er noch hinzu, was wie eine Beleidigung klang. »Wir verwöhnen unsere Sklaven nicht so wie Ihr Engländer drüben auf Jamaika. Das wichtigste ist, daß man von Anfang an etwas klarstellt. Lassen Sie Ihre Nigger spüren, daß Sie der Boß sind.«

John Pembroke trat seine Stelle als Leiter der Lunaberg-Plantage auf St. John am ersten Tag des neuen Jahres 1733 an und verbrachte den ganzen Januar damit, sich mit dem Land und den Sklaven, über die er die Aufsicht hatte, vertraut zu machen, und je mehr er sah, desto überzeugter war er, daß mit der richtigen Mischung aus Freundlichkeit und Strenge viel zu erreichen war: Die Plantage wieder auf eine solide Basis zu stellen und seinem Arbeitgeber in Kopenhagen einen satten Profit zu garantieren.

Der Boden war erstklassig, und seine Hanglage erlaubte eine gute Entwässerung, so daß die Zuckerrohrfelder vor einer Übersäuerung durch Versumpfung verschont blieben. Und da die Sklaven offenbar genauso gesund und kräftig waren wie diejenigen zu Hause in Jamaika, nahm er an, er könne sie zu einer verantwortungsvollen Mannschaft zusammenschweißen. Am Ende des Monats hatte er seinen Sklaven beigebracht, daß er harte Arbeit von ihnen erwartete, aber daß sie dafür auch mit Entgegenkommen von seiner Seite rechnen konnten, größeren Essensrationen etwa und zusätzlichem Zuckersirup für die Mittagsmahlzeit. Als der Februar ins Land zog, war er sicher, daß der Anfang gemacht war und sich die Sache bestens anließ. Am 4. Februar dann kam ein Feldwebel der dänischen Streitkräfte in Begleitung eines Trommlers die Einfahrt zur Lunaberg-Plantage hochgeritten, und nachdem sich alle Weißen auch der übrigen Niederlassungen am Berghang versammelt hatten, gab der Feldwebel seinem Trommler mit einem Kopfnicken ein Zeichen, worauf letzterer seine Trommel rührte, ein Schriftstück entrollt wurde, das ein offizielles Siegel trug, und die achtzehn neuen Gesetze zur Behandlung der Sklaven verlesen wurden:

»Die neuen Gesetze, die Herrschaft der Weißen über ihre Sklaven betreffend, erlassen von Gouverneur Phillip Gardelin – möge Gott ihm ein langes Leben gönnen –, St. Thomas, Dänische Inseln, 31. Januar 1733:

1. Anführer entlaufener Sklaven sollen dreimal mit rotglühendem Eisen gezwickt und dann gehängt werden.

2. Die übrigen entlaufenen Sklaven sollen 150 Peitschenhiebe erhalten und ein Bein abgetrennt bekommen ...

5. Ein Sklave, der acht Tage fernbleibt, 150 Hiebe; zwölf Wochen, ein Bein abgetrennt; sechs Monate, an den Galgen.

6. Sklaven, die bis zu vier Dollar Wertes stehlen, gezwickt und gehängt ...

8. Ein Sklave, der seine Hand gegen einen Weißen erhebt, soll gezwickt und erhängt werden ...

13. Ein Sklave, der versucht, seinen Herrn zu vergiften, soll dreimal mit rotglühendem Eisen gezwickt und ihm sollen dann mit dem Rad alle Glieder gebrochen werden, bis er tot ist ...

15. Alle Tanzabende, Feiern oder Spiele für Sklaven sind verboten, es sei denn, die Erlaubnis des Herrn wird eingeholt ...«

Als Pembroke die letzten dieser drakonischen Maßnahmen vernahm und dann die abschließende Trommelsalve, sagte er zu sich: Wenn die

Schwarzen von St. John so willensstark wie die auf Jamaika sind, dann werden die Folgen dieses Tages schrecklich sein. Noch in derselben Nacht fing er an, alle Vorräte an Schießpulver und Kugeln in dem großen Haus zu verstecken. Aber auch die Sklaven fingen nun an, alle Waffen und Munition, alle Zuckerrohrmesser zusammenzutragen, die sie über die Jahre hinweg hatten stehlen können. Der aufmerksame Beobachter hörte von nun an die Angst in der Unterhaltung der Weißen untereinander heraus und spürte die wachsende Unzufriedenheit im Verhalten der Schwarzen.

John, bestrebt, in den ersten Monaten seines Aufenthalts auf der Insel Schritt zu halten mit der Entwicklung, suchte Rat sowohl bei Lemvig, seinem Nachbarn im Westen, als auch Rostgaard im Osten. Ersterer gestand offen ein:»Das sieht bedrohlich nach Ärger aus, aber ich glaube, mit den neuen Gesetzen läßt sich mit christlicher Nachsicht schon leben.«

Elzabet, Tochter eines dänischen Landpfarrers und gläubige Lutheranerin, bestärkte ihren Mann in seinen Hoffnungen:»Ich kann nicht sehen, daß wir oder auch Sie jemals zu den grausamen Strafmethoden werden greifen müssen. Einem unserer Männer auf der Streckbank alle Glieder brechen? Eher würde ich mein eigenes Leben hergeben.«

Von Rostgaard bekam er erwartungsgemäß etwas ganz anderes zu hören.»Pembroke«, sagte er in seinem schweren Akzent,»wir haben da zwei Nigger auf unserem Hang, auf die wir ein Auge werfen müssen. Einer auf Ihrem Besitz, einer auf meinem. Über kurz oder lang werden wir beide hängen müssen... oder noch schlimmer...«

»Auf meiner Plantage?«

»Ja. Meiner ist der Gefährlichere von dem Gespann. Cudjoe, ein böser Mensch von der Küste Guineas. Draufgänger. Ihrer ist der Heimtückischere. Der große Kerl, Vavak.«

John kannte den Mann, ein Anführer unter den Schwarzen, aber zurückhaltend in der Gegenwart von Weißen.»Wo hat er bloß diesen Namen her?«

»Buschtrommeln. Alles Heiden, diese Leute. Sein früherer Besitzer hat mir eine verrückte Geschichte anvertraut.«

»Erzählen Sie, ich würde sie gerne hören... da er schon mal einer von meinen Leuten ist.«

»Auf dem holländischen Sklavenschiff, das ihn hierherbrachte, war er unter Deck angekettet, wo irgend etwas unaufhörlich gegen den Rumpf stieß. ›Vavak! Vavak!‹ Damit er nicht wahnsinnig wurde, nahm er das Geräusch ganz in sich auf. Tag und Nacht wiederholte er selbst immer und immer wieder ›Vavak! Vavak!‹, als wäre es seine Schuld. Und als er dann vom Schiff taumelte, murmelte er fortwährend: ›Vavak! Vavak!‹, und alle dachten, das sei sein Name.«

»Er muß aber doch auch einen eigenen Namen haben.«

»Wer weiß? Ich weiß nur soviel, Pembroke, wenn er weiter meine Nigger aufwiegelt, dann bringe ich ihn an den Galgen... oder schlimmer...«

Zweimal hatte Rostgaard jetzt diese geheimnisvolle Redewendung »oder schlimmer« gebraucht, und John war ganz zufrieden, nicht zu wissen, welcher barbarische Bestrafungsakt damit gemeint war, aber daß sein Nachbar keine Skrupel hätte, ihn zu vollziehen, sollte sich Cudjoe oder Vavak eines Vergehens schuldig machen – daran hegte er keinen Zweifel.

Die beiden von Rostgaard als Aufrührer beschuldigten Sklaven hatten eine gänzlich unterschiedliche Vorgeschichte. Beide waren in Afrika geboren, von portugiesischen Sklavenjägern eingefangen und auf das gewaltige dänische Fort Fredericksborg verschleppt worden, im Grenzbereich zwischen der berüchtigten Goldküste und der Elfenbeinküste, wo sie in Baracken gesperrt wurden. Cudjoe, Rostgaards Sklave, war ein Ashanti, einem Stamm unweit der Festung, der für seine Krieger berühmt war, die, wenn sie in die Sklaverei gezwungen wurden, ihren Herren meist nur Unannehmlichkeiten bereiteten. Vavak dagegen wurde von schwarzen Sklavenjägern einem weit entfernten Stamm abgejagt, den friedvolleren und überlegeneren Mandingos, und dann an die Portugiesen verkauft. Auf ihre Art verkamen beide in der Sklaverei und dürsteten nach Freiheit. Cudjoe sammelte Waffen und bereitete sich darauf vor, einen gewaltsamen Aufstand gegen die zahlenmäßig unterlegenen Weißen anzuführen – 208 Dänen, Franzosen, Engländer und Spanier gegenüber 1 087 Ashanti, Fante, Denkyria und einen Mandingo – während Vavak sich ruhig verhielt und versuchte, seinen Mitsklaven einzureden, sich für einen friedlichen, aber auf die Dauer für die Weißen nicht zu widerstehenden Druck stark zu machen.

Da ihre Plantagen in direkter Nachbarschaft lagen, verabredeten die beiden Sklaven häufige Treffen, aber die Strafen für das, was die Sklavenhalter als »unerlaubtes Entfernen« bezeichneten, war streng, und jedesmal wenn Rostgaard erfuhr, daß Cudjoe nur ein Stück spazierengegangen war, band er ihn an einen Baum und versetzte ihm zwanzig

Hiebe. Und einmal, im Juni, als er Vavak dabei erwischte, wie er zu den Sklaven seiner Plantage sprach, übernahm es Rostgaard, Pembrokes Sklaven eine saftige Strafe mit der Peitsche zu verabreichen.

John erfuhr davon und ritt sofort rüber zu Rostgaards Herrenhaus, einer armseligen Unterkunft in ständiger Unordnung, um gegen das selbstherrliche Auftreten zu protestieren, doch der Ältere ließ sich die Belehrung durch den englischen Eindringling nicht gefallen: »Wenn Sie Ihre Sklaven nicht zur Vernunft bringen, dann muß ich das für Sie übernehmen«, und er erklärte, nichts würde ihn davon abhalten, die Peitschenhiebe wieder auszuteilen, sollte Vavak erneut seinen Fuß über die Grenze zwischen beiden Plantagen setzen.

John, einigermaßen verwirrt, suchte die Lemvigs auf und versuchte, ihnen die Schwierigkeiten, die er mit Rostgaard hatte, auseinanderzusetzen, aber er erhielt nur wenig Trost. »Der Grund, warum die Stelle in Lunaberg damals frei war für Sie, Pembroke, liegt darin, daß Rostgaard einen der jungen Poggenbergs, der hierhergeschickt worden war, um die Plantage zu übernehmen, völlig verschreckt hat. Der junge Kerl konnte die herrische Art dieses Mannes nicht mehr ertragen und ist geflohen.«

»Was soll ich machen?«

»Ich kann Ihnen nur raten, was Sie auf keinen Fall machen sollten. Legen Sie bloß keine Fürsprache für Ihre Sklaven ein. Wenn Sie das nämlich tun, wird Rostgaard alle Weißen auf der Insel gegen Sie aufbringen. Immerhin, das Recht ist auf seiner Seite. Die neuen Gesetze besagen das eindeutig.« Und Elzabet bekräftigte den Rat ihres Mannes noch: »Lassen Sie ihn in Ruhe. Er ist ein Ungeheuer.«

Wie berechtigt die Warnung der Lemvigs war, wurde ihnen im Juli vorgeführt, als Rostgaard einen seiner eigenen Sklaven wieder einfing, der geflohen war und sich zwölf Wochen und einen Tag lang versteckt gehalten hatte. Da er sich damit nach Artikel 5 des neuen Gesetzes eines schweren Vergehens schuldig gemacht hatte, faßte Rostgaard den Entschluß, allen Sklaven der Region eine Lektion zu erteilen. Der Feldwebel, wieder in Begleitung seines Trommlers, orderte die Sklaven und ihre Besitzer zu einer Versammlung vor Rostgaards Haus, wo der bärtige Pflanzer selbst die Bestrafungsaktion vorbereitete.

Eine kleine, aus frisch gehauenen Holzbalken gezimmerte Plattform war dort aufgebaut, auf der einen Seite flankiert von dem Sergeanten, auf der anderen vom dem Trommler, der einen unentwegten Wirbel schlug. Nun trat Rostgaard vor, erklomm eine behelfsmäßige Leiter,

415

begleitet von einem Sklaven, der in seinen Händen, so, daß alle es sehen konnten, ein riesiges Messer, eine Seilrolle und eine Säge trug.

Dann wurde der entlaufene Sklave aus einer Baracke gezerrt, vor die Plattform geschleppt und an einen Pfahl gebunden, wo ein weißer Helfer eine Rindlederpeitsche hervorzog, versehen mit vielen Knoten, und ihm 150 Hiebe versetzte. Jedesmal wenn die Peitsche herabsauste, schlug der Trommler einen Tusch, während Rostgaard von oben die Schläge zählte. Vor dem hundertsten Hieb verlor der Sklave das Bewußtsein, trotzdem wurde die Bestrafung fortgesetzt.

Schließlich verstummte die Trommel, und der bewegungslose Sklave wurde auf die Plattform gehoben, wo kaltes Wasser über ihn ausgeschüttet wurde, damit er auch ja nur im wachen Zustand den nächsten und schlimmeren Teil seiner Strafe erlebte. Als der Gefangene wieder bei Bewußtsein war und gefesselt vor ihm lag, gab Rostgaard dem Feldwebel ein Zeichen, der jetzt eine Abschrift der neuen Gesetze hervorholte, die er in voller Länge vorlas. »Hört gut zu«, bellte Rostgaard von der Plattform herunter. »Von jetzt an weht hier ein anderer Wind.« Er salutierte dem Soldaten, der zurücksalutierte und damit zu verstehen gab, daß die Krone von Dänemark guthieß, wozu er sich jetzt anschickte.

Wieder rief Rostgaard von der Plattform herunter, so daß alle Sklaven, auch die von Lemvig und Pembroke, es vernehmen konnten: »Dieser entlaufene Sklave hat sich zwölf Wochen versteckt. Das Gesetz sagt, er soll ein Bein opfern.« Damit griff er das Schlachtermesser, fühlte seine scharfe Klinge, setzte sie oberhalb des Knies am rechten Bein des Sklaven an und fing an zu schneiden. Blut spritzte hervor, der Sklave wurde umgedreht, nun war die Rückseite an der Reihe. Fast ohne einzuhalten, nahm Rostgaard jetzt die Säge und fing an, sich durch den Knochen zu arbeiten. Nachdem das Bein abgetrennt war, hielt Rostgaard es in die Höhe, damit es die Sklaven sahen. »Jetzt wißt ihr, was mit euch passiert, wenn ihr weglauft.« Und dann, zu Pembrokes Abscheu, hob der gewichtige Däne noch zu einer endlosen Moralpredigt an, wie sündig es sei, seinem Herrn davonzulaufen, ihm seine Dienste zu entziehen, der doch wie ein Vater für ihn sorge. »Wenn ihr davonlauft, dann stiehlt ihr eurem Herren, was ihm rechtmäßig zusteht, eure Arbeit und seinen Lohn, damit er euch kleiden und ernähren kann.«

Der amputierte Sklave wurde fortgeschleppt und die Plattform niedergerissen. Der Feldwebel salutierte, und der Soldat schlug weiter die

Trommel, als sie den blutigen Schauplatz verließen. In die drückende Stille hinein flüsterte Lemvig seinem Nachbarn Pembroke zu: »Was in Gottes Namen sollen die Sklaven von uns denken, wenn sie gezwungen werden, sich solche Scheußlichkeiten mit anzusehen?«

Die beiden schwarzen Anführer, wenn sie sich auch stark unterschieden, hatten sich dieselbe Frage gestellt, schon bevor das Bein abgetrennt wurde, als die Peitschenhiebe niederprasselten. Cudjoe, der wilde Ashanti, und Vavak, der geduldigere Mandingo, rückten langsam und fast unmerklich immer näher zusammen, nicht so, daß sie Kontakt aufnehmen konnten, aber dicht genug, sich mit Augenzwinkern zu verständigen. Mit äußerster Selbstbeherrschung nickte Vavak ganz leicht mit dem Kopf, doch Pembroke, der sich abgewandt hatte, unfähig, der schauerlichen Verstümmelung zuzuschauen, sah zufällig den Ausdruck des Schreckens im Gesicht des Sklaven und das flüchtige einwilligende Kopfnicken auf ein Zeichen von anderswo her. Schweigend die Richtung von Vavaks Blick aufnehmend, sah er das dunkle Antlitz eines Mannes, der Cudjoe sein mußte, der Sklave, der Rostgaard soviel Ärger bereitete.

Es war dieser Moment, aus dem der Engländer Pembroke, umgeben von dänischen Pflanzern, den Schluß zog, daß mit aller Wahrscheinlichkeit schon sehr bald ein Sklavenaufstand ausbrechen würde. Die Szene, deren Zeuge er soeben geworden war, war so weit entfernt von dem, was auf Trevelyan mit einem entlaufenen und wiedereingefangenen Sklaven geschehen wäre – er spürte geradezu, daß das nicht ohne Folgen bleiben würde. In Anbetracht des Hasses, den er auch in den Gesichtern seiner eigenen, gut behandelten Sklaven ausmachte, die man extra aus einiger Entfernung hierher hatte marschieren lassen, um der Bestrafungsaktion beizuwohnen, vermutete er, daß Rostgaards brutal unterdrückte Sklaven noch eher und sehnsüchtiger auf Rache aus waren.

Ende Juli entwarf John Pembroke einen Plan, der vorsah, alles nur irgend mögliche zu tun, die Situation der Lunaberg-Sklaven zu verbessern. Er führte sinnvollere Arbeitsschichten ein, sorgte für besseres Essen und gab sich besonders Mühe, Vavak versöhnlich zu stimmen, der mit keinem Anzeichen verriet, daß er wußte, worauf sein Herr aus war. Aus keiner einzigen Geste ließ sich schließen, daß sie beide so etwas wie Verbündete geworden waren, und als John versuchte, mit dem Sklaven ein Gespräch zu führen, schützte Vavak vor, den Engländer nicht zu verstehen, wenn er Dänisch sprach. John gab nicht auf und versuchte weiterhin, Verbindung aufzunehmen, und von Zeit zu Zeit gelang es ihm, einen Funken Verständnis zu wecken. Auf diese Weise gingen die kritischen Monate August und September vorüber.

Im Oktober des Jahres 1733 fing Rostgaard wieder einen entlaufenen Sklaven ein, und erneut wurden Vorbereitungen für eine öffentliche Verstümmelung getroffen; wieder zogen der Feldwebel und sein Trommler von einer Plantage zur nächsten und trieben die Sklaven zusammen, damit sie der grausamen Vorführung beiwohnen sollten. Als der Entlaufene aber auf die gräßliche Plattform gezogen wurde, die er wenig später als Krüppel wieder verlassen sollte, riß er sich plötzlich von seinen Wächtern los, rannte mit grimmiger Entschlossenheit zum Rand der Erhebung, auf der die drei Plantagen lagen, und warf sich mit einem Schrei der Verzweiflung in die Tiefe, wo sein Körper auf einem Felsen zerschmetterte.

Rostgaard, sowohl um einen erwachsenen Sklaven als auch seine Rache gebracht, schnappte sich die Rindlederpeitsche aus der Faust des Mannes, der die 150 Hiebe hätte austeilen sollen, und stürmte brüllend auf die Masse der Sklaven los, Lemvigs, Pembrokes und seine eigenen, drosch mit den geknoteten Riemen auf sie ein und kreischte dabei: »Weg, ihr Biester! Dem braucht ihr nicht mehr nachzusehen! Der ist tot, und das werdet ihr auch bald sein, wenn ihr euch nicht vorseht!«

Er hatte etwa ein Dutzend von Pembrokes Männern geschlagen, als er plötzlich Vavak sah, den er verachtete, und obwohl der Schwarze völlig ruhig dastand, nichts anderes tat, als die obszöne Schau zu verfolgen, stürzte sich Rostgaard rot vor Zorn auf ihn und holte aus, um ihm mit der Peitsche auf den Kopf zu schlagen. Sofort trat John dazwischen und verwendete sich in seinem gebrochenen Dänisch für seinen Sklaven: »Der nicht, der gehört mir!«

Diese schamlose Unterbrechung durch einen Weißen, eine für alle sichtbare Einmischung in das, was Rostgaard als gerechtfertigte Züchtigung eines Sklaven ansah, erboste den Dänen so sehr, daß er seine ganze Wut gegen den Engländer richtete und ihn mit der Peitsche verprügelt hätte, wenn nicht John diesen Angriff vorausgesehen und das Rindleder schnell am Griff gepackt hätte. Für einen Augenblick standen die beiden Männer bewegungslos da, beide durch die Kraft des anderen neutralisiert, doch dann zwang Pembroke seinen Gegner, die Peitsche langsam zu Boden zu senken. Wütend knurrend und fluchend, machte sich Rostgaard davon und peitschte wahllos auf die anderen Sklaven ein, suchte vor allem nach Cudjoe, aber fand ihn nicht.

An den noch verbleibenden Oktobertagen und während der ersten beiden Novemberwochen machte Jorgen Rostgaard die Runde bei den anderen dänischen Plantagenbesitzern und warnte sie: »Diesem verdammten Engländer ist nicht zu trauen, wenn die Schweinerei losgeht.« Den Lemvigs übermittelte er diese Einsicht nicht, denn er vermutete sie von Pembrokes Ansichten, wie mit Sklaven umzugehen war, bereits angesteckt. Aber es war gar nicht nötig, Magnus und Elzabet in Schrecken zu versetzen, denn ihre wie auch Pembrokes Erwartungen über die unausweichliche Katastrophe, der sie entgegentrieben, jagte ihnen genug Angst ein. Sie sahen den Ausdruck von Haß in den Augen ihrer Sklaven, sie hörten ihr leises Murren, und sie wußten, daß Rostgaards Sklave Cudjoe, der Anführer, untergetaucht war; und heckte dieser hartnäckige Mann eine Verschwörung aus, dann mußte man davon ausgehen, daß auch Pembrokes Sklave Vavak sich ihm über kurz oder lang anschloß.

Aber der Oktober ging ins Land, und Vavak arbeitete noch immer auf Lunabergs Zuckerrohrfeldern. Pembroke nahm große Mühen auf sich, beruhigend auf den offenbar Besorgten einzureden, aber Vavak reagierte nicht darauf. Trotzdem hatte John das sichere Gefühl, daß seine Geste des Entgegenkommens verstanden und geschätzt wurde, denn als vom Hauptquartier des Gouverneurs von St. Thomas, nur ein paar Kilometer über die ruhige Wasserfläche hinweg, ein Sondergesetz erlassen wurde, war es Vavak, der Pembroke bei der Durchsetzung der neuen Vorschriften behilflich war:

»Jeder Plantagenverwalter ist bei Geld- und Gefängnisstrafe dazu angehalten, jedes zur Plantage gehörende kleinere Schiff, Boot oder Kanu mit einem Schloß versehen an den nächsten Baum zu ketten, wird das Gefährt augenblicklich nicht von ihm selbst benötigt. Dies soll entlaufene Sklaven daran hindern, wenn sie die Küste erreichen, Boote zu stehlen und übers Wasser ins spanische Puerto Rico oder französische St-Domingue zu fliehen.«

Pembroke sah sich einer verzwickten Situation gegenüber. Er besaß zwei Ruderboote und auch zwei Schlösser, aber keine Kette, die lang genug war, um einen Baum zu umspannen, und so bat er Vavak, auf die Schlösser aufzupassen, während er selbst losritt, um die Lemvigs, die keine Boote hatten, zu bitten, ihm ein Stück Kette zu borgen. Magnus war nicht anwesend, aber Elzabet war im Haus, reizend wie immer, mit ihren blonden Zöpfen, und sie unterhielten sich über die neue Verordnung.

»Vernünftige Sache«, sagte John. »Boote sind geradezu eine Einladung für entlaufene Sklaven.«

»Glauben Sie, daß es Ärger geben wird? So wie die anderen reden...«

»Cudjoe ist in die Wälder verschwunden. Einer von meinen Männern wird vermißt.«

»Magnus meint...« In diesem Augenblick betrat der junge Däne selbst den Raum, und als er hörte, daß Pembroke seinen Sklaven mit den beiden Schlössern allein gelassen hatte, schien er richtig besorgt: »John! Zwei von meinen Sklaven haben sich in die Wälder abgesetzt. Vavak könnte mit den Schlössern einfach abhauen.« Doch als die beiden Männer mit ihren Pferden runter an die Küste galoppiert kamen, stand Vavak noch immer da und wachte über die beiden Boote, die wertvollen Vorhängeschlösser an seiner Seite. Mit großem Interesse sah er zu, wie die beiden Weißen die Ketten zurechtlegten, und half ihnen sogar, die Boote ans Ufer zu ziehen, wo Pembroke die Ketten so befestigte, daß man die Boote zwar aus der Vertäuung lösen konnte, dabei aber der Rumpf zerstört und das Boot unweigerlich sinken würde. Vavak verstand, was da passierte und warum es passierte.

Am Ende der zweiten Novemberwoche bereiste Jorgen Rostgaard in Begleitung zweier Pflanzer die gesamte Insel, um sich persönlich davon zu überzeugen, daß der Bootsverordnung Folge geleistet worden war, und wie überrascht war er, als er die beiden Boote des Engländers fest vertaut vorfand. »Gute Arbeit«, konstatierte Rostgaard auf dänisch. »Halten Sie Ihre Augen offen! Dieser Cudjoe versteckt sich irgendwo in den Wäldern. Und Schilderop hat zwei Sklaven verloren.«

»Wir werden sie schon kriegen«, versprach einer seiner Begleiter, und Rostgaard erwiderte: »Und wenn, dann ist Cudjoe erledigt.« Dabei streckte er seinen Zeigefinger vor und machte eine wirbelnde Handbewegung nach oben, aufsteigenden Rauch andeutend, als Zeichen, daß der Sklave diesmal bei lebendigem Leib verbrannt werden sollte.

In der Nacht des 23. November 1733 wurde John Pembroke kurz nach Mitternacht durch die Rufe versprengter Reiter geweckt: »Die Sklaven rebellieren! Unsere Plantagen brennen! Männer und Frauen erschlagen!« Noch ehe er sie näher ausfragen konnte, stieben sie nach Osten davon, um Rostgaard und andere, die in dieser Richtung lebten, zu alarmieren, aber als sie Lunaberg verließen, rief einer zurück: »Schauen Sie bei Lemvigs vorbei! Wir haben keine Lebenszeichen sehen können!«

Nachdem sich John mit allen Feuerwaffen bewaffnet hatte, die er in der Eile auftreiben konnte, dazu ein langes Messer, lief er zuerst, um die kleinen Baracken zu inspizieren, die seine Sklaven bewohnten, fand aber alle leerstehend, und auch die Messer, mit denen sonst das Zuckerrohr abgehackt wurde, fehlten.

Mit wachsender Besorgnis lief er rüber zur Plantage der Lemvigs, aber auch deren Sklavenquartier war verwaist, und er vermutete schon, Magnus und Elzabet hätten die Flucht ergriffen, als er aus dem Haus ein Stöhnen vernahm. Er stürmte hinein, stand in völliger Finsternis, dann ertönte aus einer Ecke ein schwaches Flüstern:»Sind Sie es, John?«

Es war Elzabet, und als er Licht machte, fand er sie hinter einem Tisch kauernd, in ihren Armen den blutüberströmten Leichnam ihres jungen Mannes, dem man bis zum Halswirbel die Kehle durchgeschnitten hatte.»O Elzabet!« rief er, und als er sie von der Leiche wegzog, wimmerte sie:»Es waren unsere eigenen Sklaven. Mich hätten sie auch getötet, wenn Vavak mich nicht gerettet hätte.«

Unten im Tal, in dunkler Nacht, sahen sie die anderen Plantagen lichterloh brennen, ihre weißen Besitzer tot.

Die Geschichte des großen Sklavenaufstands auf St. John im Winter 1733/34 war eine Geschichte stetig zunehmenden Terrors. Schon in der ersten schrecklichen Nacht töteten die Sklaven alle Pflanzerfamilien, deren sie habhaft werden konnten. Auch Rostgaards Haus überfielen sie, aber sie wurden vertrieben, und aus irgendeinem Grund versuchten sie weder Pembroke umzubringen noch seine Plantage in Brand zu setzen.

Intensive Befragung der Sklaven, die ihren Herren treu blieben, und das waren nicht wenige, ergab, was Rostgaard schon immer gemutmaßt hatte:»Cudjoe hat das Kommando. Vavak und dieser andere aus dem Osten sind seine Vertreter. Das wird die Hölle, sie aus den Wäldern zu vertreiben und auszurotten.«

Er sollte recht behalten, denn mit Taktik und Geschick, Eigenschaften, die ihre weißen Herren ihnen immer abgesprochen hatten, brachen sie einen erstaunlich raffinierten Angriffs- und Verteidigungs-Krieg vom Zaun. Am Ende ihrer fünf Tage währenden Blitzangriffe hatten sie ein Dutzend Plantagen niedergebrannt und alle Versuche der Weißen, sie zu unterwerfen, ja, sie überhaupt auszumachen, vereitelt.

Am 29. November, dem sechsten Tag der Kampfhandlungen, landete ein englisches Kriegsschiff, das zufällig die Insel anlief, um seinen Wasservorrat aufzufüllen, ein großes Kontingent ausgebildeter Soldaten, um die Rebellen zu unterwerfen, und nachdem sie in perfekter Formation mal hierhin, mal dorthin marschiert waren, gerieten sie an einen Trupp Schwarzer unter der Führung Cudjoes. Es kam zu einem kurzen Geplänkel. Nach zwanzig Minuten waren die Engländer in die Flucht geschlagen, nachdem sie gegen einen Feind gefeuert hatten, den sie nie zu Gesicht bekamen. Ihre Verwundeten ließen sie unversorgt zurück.

Rostgaard und seine verbündeten Pflanzer ließen sich nicht so ohne weiteres bezwingen, obwohl sie bei ihren wütenden Angriffen nur selten auf Cudjoes oder Vavaks Männer stießen. Statt dessen schlachteten sie 32 an den Kämpfen völlig Unbeteiligte ab, um, wie es hieß, »den anderen eine Lektion zu erteilen«.

Als sich auf den anderen Inseln die Nachricht verbreitete, auf St. John sei ein Aufstand im Gange, gerieten die Pflanzer und ihre Familien in Angst und Schrecken. »Ist das der Anfang vom Ende?« hieß es. »Wird es jetzt auf allen Inseln zu einer allgemeinen Erhebung kommen?« Um das zu verhindern, wurde von St. Kitts aus eine Großoffensive in die Wege geleitet und unter die Führung eines Offiziers namens Maddox gestellt. Unter Trommelwirbel und Pfeifen landete er mit seinen Männern auf St. John, aber auf einer mutigen Jagd quer über die Insel, bei schwerem, stürmischem Regen, war den Freiwilligen kein einziger Sklave gegenübergetreten; statt dessen endete ihr Unternehmen mit drei Toten und acht Verwundeten. Die Männer von St. Kitts hatten genug, und als sie sich auf ihr Schiff zurückzogen, rührte sich keine Trommel, tönte keine Pfeife.

In den darauffolgenden Wochen verlor Pembroke jede Übersicht, wie der Stand der Schlacht gegen die Sklaven war, denn seine Aufmerksamkeit galt jetzt ganz der Sorge um das Wohl und den Schutz der verwitweten Elzabet. Ihre Sklaven in alle Winde zerstreut und auch kein weißer Landarbeiter zur Stelle, der mit ihr gemeinsam das große Haus hätte unterhalten können, stand sie nun ganz allein da, und John wußte nicht, wo man zuerst anpacken sollte. Er besuchte sie täglich, brachte ihr Essen, das er selbst zubereitete, da auch seine Sklaven weggelaufen waren, und erst nach gutem Zureden erreichte er, daß eine schwarze Frau, die treu zu ihrem Herrn auf einer Plantage weiter westlich gehalten hatte, zu Elzabet auf den Hügel zog, worauf die beiden das große Haus gründlich auf den Kopf stellten.

Das einzig Vernünftige für Elzabet wäre gewesen, mit einem kleinen

Boot nach St. Thomas zu fliehen, der Insel, auf die die Revolte noch nicht übergegriffen hatte, aber sie weigerte sich, das einzige Besitztum aufzugeben, das ihr Mann ihr hinterlassen hatte. Es wäre sicherlich auch praktischer gewesen, sie und ihre schwarze Hilfe hätten sich in die relative Sicherheit von Lunaberg begeben, aber ihr Sinn für Anstand erlaubte das nicht. Trotz der kritischen Lage – ihre Erziehung als Tochter eines lutherischen Kirchenmannes setzte sich durch, und als Pembroke den Vorschlag machte, doch umzuziehen, fragte sie besorgt: »Was sollen die Inselbewohner dazu sagen?«

Er antwortete barsch: »Und was sagen sie erst, wenn man Sie eines Morgens mit durchgeschnittener Kehle findet?«, was an ihrer Haltung jedoch nichts änderte, und er mußte sich damit begnügen, ihr aus der Entfernung zu helfen.

Doch jetzt griff der Terror, der St. John bereits in seinen Klauen hatte, auch auf die anderen Inseln über. Die Franzosen in Martinique, Besitzer der wichtigen Insel St-Croix, ein paar Kilometer weiter südlich von St. John, kamen zu dem Schluß, der Aufstand der Schwarzen habe bereits zu lange gewuchert, und so setzten sie am 23. April 1734 ein fähiges, gutbewaffnetes Kontingent in Marsch, das sich aus über 200 ortsansässigen Kreolen, vier ausgebildeten Offizieren aus Frankreich und 74 dunkelhäutigen und schwarzen Bewohnern Westindiens zusammensetzte. Voller Tatendrang marschierten die Franzosen hierhin und dorthin, aber es dauerte Tage, bevor sie Cudjoes Männer aufrieben, die in der Zwischenzeit mit dem Niederbrennen und der Plünderung der dänischen Plantagen fortgefahren waren. Am 29. April endlich trieben die Franzosen sie in einen Engpaß, aus dem es kein Entrinnen gab, worauf sich eine echte Schlacht entwickelte. Da die Franzosen alle Vorteile auf ihrer Seite hatten, dazu eine entschlossene Führung, behielten sie die Oberhand, und nach einer anschließenden zweiwöchigen Jagd auf die versprengten Überreste der Sklaven gelang es ihnen schließlich, auch den schwarzen General Cudjoe, Sklave der Rostgaard-Plantage, einzufangen.

Die letzten Rebellen, die bereit waren, bis zum Äußersten zu kämpfen, wurden im Verlauf der Schlacht getötet, nur etwa elf Mann wurden verschont, weil man, wie es hieß, mit ihnen »Besonderes« vorhatte. Die Einzelheiten ihrer in die Länge gezogenen öffentlichen Schautötungen sind nicht überliefert, doch als Jorgen Rostgaard in das französische Hauptquartier gestürmt kam und das Recht einklagte, sich selbst um seinen rebellischen Sklaven Cudjoe zu kümmern, gingen die

Invasoren, aus Rücksicht auf seine unbarmherzige Zähigkeit bei der Verfolgung der Aufständischen, auf die Bitte ein. Cudjoes Hinrichtung fand auf dem Gerüst statt, das Rostgaard schon einmal benutzt hatte. Derselbe Feldwebel stand auf der einen Seite, um das Todesurteil zu verlesen, derselbe Trommler begleitete die 150 Peitschenhiebe, aber diesmal gab es einen Unterschied, denn das Urteil hatte auf »Streckfolter und Scheiterhaufen« gelautet, und Rostgaard war erpicht darauf, beides persönlich zu überwachen.

Auf dem Gerüst, das man extra vergrößert hatte, um alle Gerätschaften aufzunehmen, waren Räder, Schwengel und Hebel installiert und dicke Seile an den Enden geknüpft, die nun auf ihr Opfer warteten. Nach den Peitschenhieben wurde Cudjoe nach der bekannten Methode wieder ins Bewußtsein zurückgeholt, auf das Gerüst gezerrt und hingestreckt, während um Fußgelenke, Schultern und Handgelenke die Seile gelegt wurden. Auf ein Zeichen von Rostgaard wurden die Seile gespannt, langsam, um die Schmerzen allmählich zu erhöhen, bis die Glieder auseinanderrissen.

Pembroke, der der Exekution zusammen mit den meisten anderen 200 Überlebenden beiwohnte – durch die Notstandsgesetze zur Anwesenheit verpflichtet und mit so vielen ihrer Sklaven, wie an dem Ort versammelt werden konnten –, war empört über die schmerzverlängernden Grausamkeiten der Streckfolter, doch das war erst der Auftakt zu den Scheußlichkeiten, die jetzt folgen sollten, denn als die Seile bis zum Reißen gespannt waren, der Schwarze gegen die Schmerzen schon empfindungslos geworden war, bedeutete Rostgaard einigen Sklaven, das aufgeschichtete Holz und den Reisig unterhalb des Gerüstes in Brand zu setzen. Pembroke sah zur Seite, er konnte nicht länger hinschauen, wie das Feuer den unbeweglichen Körper umschloß, aber als er seine Augen über das friedliche Wasser des Atlantischen Ozeans schweifen ließ, vernahm er ein Stöhnen, und als er zurückschaute, wurde er eines gräßlichen Anblicks gewahr: Ein triumphierender Jorgen Rostgaard hatte zu einem langen Messer gegriffen und näherte sich dem gespannten Körper seines Sklaven. Mit schnellen Schnitten in die überdehnten Gelenke trennte er Arme und Beine ab und warf sie in die immer höher steigenden Flammen. »Nehmt ihn runter!« rief er jetzt und goß Wasser über den Körper, um den noch lebenden Torso ins Bewußtsein zurückzuholen, der schließlich auch in das lodernde Feuer geworfen wurde. Cudjoe, dem zu allem entschlossenen Ashanti, hatte man die endgültige Lektion erteilt, nie zu rebellieren.

Als John Pembroke taumelnden Schrittes zurück zum Herrenhaus wankte, das zu bewohnen er jetzt keinen Wert mehr legte, sah er, daß man Elzabet Lemvig nicht gezwungen hatte, an der Exekution teilzunehmen, und so ging er gleich an seinem einstweiligen Heim vorbei und schritt weiter, bis er Lemvigs Plantage erreichte. Gierig nach dem Trost eines anderen Menschen, der ähnlich empfand wie er und nicht wie jenes rachsüchtige Ungeheuer Rostgaard, der den Terror in der Gemeinde ja erst richtig angefacht hatte, rief John:»Elzabet, wo sind Sie?«, und als sie auftauchte, bleich und hager, eilte er zu ihr, nahm sie in seine Arme und flehte:»Elzabet, um Gottes willen, lassen Sie uns diesen schrecklichen Ort verlassen. Ein neues Leben anfangen, mit Hoffnung und nicht Verzweiflung.«

Sie gab sich alle Mühe zu antworten, auf das, was sich nach einem Heiratsantrag anhörte, aber er kam so unerwartet und an einem so elenden Tag, daß eine vernünftige Reaktion von ihrer Seite nicht zu erwarten war. Statt dessen sackte sie schlaff in seinen Armen zusammen, was als ein Zeichen zu werten war, daß sie sich von nun an auf ihn verlassen würde.

Als sie sich wieder erholt hatte, führte er sie aus dem verwaisten Haus nach draußen und ließ sie neben sich auf den Stufen der Veranda Platz nehmen, von wo aus man einen weiten Blick über die Inseln im Westen hatte. Als sie ihre Ruhe zurückgewonnen hatte, fragte sie, flüsternd:»Was haben Sie eben da drinnen gesagt?«Und er antwortete:»Sie und ich, du und ich, wir müssen diesen blutgetränkten Ort verlassen und irgendwo ein besseres Leben anfangen.«

»Ich glaube, du hast recht«, sagte sie, und zum erstenmal seit dem Tag vor sechzehn Monaten, als sie Nachbarn geworden waren, küßte er sie.

Das Leben auf den Inseln jedoch drängte sich scheinbar immer in den Vordergrund, und so fuhr er umgehend fort mit einer seltsamen Nachricht:»Hast du dich jemals gefragt, warum diese französischen Freiwilligen aus Martinique so erpicht darauf waren, ihre Truppen herüberzuschicken und uns zu helfen, den Sklavenaufstand zu unterdrücken?«Sie wußte es nicht, und er erklärte weiter:»Sie wollen schon seit Jahren die Insel St-Croix an die Dänen verkaufen. Dank dieser Geste des guten Willens nun, ihr Beistand in unserem Kampf gegen die Sklaven . . . ist der Handel jetzt perfekt.«

»Was bedeutet das für uns?«

»Die dänische Regierung hat mich gebeten, dorthin umzuziehen und eine große Zuckerrohrplantage nach englischem Vorbild aufzubauen.«

Fest entschlossen, aber in ruhigem Ton sagte sie:»Ich möchte auf keiner Plantage leben, auf der unsere neuen Gesetze gelten. Ich werde nicht mit dir gehen, John.«

Ihre Worte lösten in ihm jedoch nicht Enttäuschung, sondern im Gegenteil Freude aus.»O Elzabet! Ich habe natürlich sofort, als sie mir das Angebot vorlegten, erklärt, ich würde nach Jamaika zurückkehren. Ich werde dich mitnehmen auf unsere Plantage Trevelyan. Du wirst dich dort wohl fühlen.«

Dieses Mal war sie es, die ihn küßte, und als die Sonne immer tiefer sank, sagte er ernst:»Es wird nicht lange dauern, aber eine Sache muß ich an diesem schrecklichen Tag noch erledigen.«

Während sie sich an seinem Arm festhielt, schlug er den Weg zu der Stelle ein, wo er die beiden Boote an den Bäumen festgekettet hatte, und als sie bat, ihm zu erklären, was das alles zu bedeuten habe, sagte er:»Ich habe Anzeichen entdeckt, daß sich Vavak irgendwo in unserem Wald versteckt hält. Sie haben ihn nie gefangen, verstehst du.«

»Er hat mir in jener Nacht das Leben gerettet.«

»Und ich glaube, meins auch. Es gibt sonst keinen Grund, warum sie mich nicht auch umgebracht haben.«

Als sie die Stelle erreichten, zog John aus der Hosentasche einen langen Schlüssel, der zu dem Schloß paßte, und während Elzabet aufmerksam seine Bewegungen verfolgte, drehte er den Schlüssel um, löste die Ketten und setzte die Boote frei, bereit für die Sklaven, die sich noch in den Wäldern aufhielten und die weite Fahrt übers Meer nach Puerto Rico oder St-Domingue wagen wollten.

Elzabet und John wollten gerade den Rückweg zum Haus antreten, als sie ein Rascheln im Dickicht vernahmen und plötzlich Vavak und eine Frau aus dem Schatten hervortraten, ein beängstigender Moment, denn der Sklave war bewaffnet und der Herr nicht. Der Bergpfad war nur sehr schmal, so schmal, daß nur eine Person ihn benutzen konnte, und als sich die Männer, die vorausgingen, gegenüberstanden, traten beide zur Seite, um den anderen passieren zu lassen, aber es war der Engländer, der dabei mit einem Gefühl der Reue an eins der neuen Gesetze dachte: Ein Sklave, der einem Weißen begegnet, tritt zur Seite und wartet so lange, bis der Weiße vorbeigegangen ist; wenn nicht, erhält er eine Prügelstrafe.

Sie passierten einander, niemand sprach ein Wort, aber alle wußten, warum Pembroke seine Boote freigesetzt hatte.

John und Elzabet blieben hinter Bäumen versteckt und beobachteten, wie Vavak und die Frau beide Boote erst probierten, sich dann für das bessere entschieden und sich auf die lange gefahrvolle Reise in das Land begaben, das den Namen Haiti erhielt, wo ihre Nachfahren ihren stillen Freiheitkampf fortsetzten.

John Pembroke glückte mit seiner Rückkehr zur Trevelyan-Plantage eine allgemeine Überraschung, aber daß er eine Dänin als Frau mitbrachte, löste unterschiedliche Reaktionen aus. Sir Hugh, zufrieden, daß nun alle seine Söhne gut verheiratet waren, hieß Elzabet herzlich willkommen und wies dem Paar eine Drei-Zimmer-Suite im oberen Stockwerk des Hauses zu. Johns Brüder, Roger und Grenville, waren erleichtert, daß er den Fängen Hester Croomes entkommen war, doch die junge Frau selbst kam gleich, nachdem sie von der Eheschließung erfahren hatte, herübergeeilt, lief mit weit ausgebreiteten Armen auf Elzabeth zu, drückte sie an sich und sagte: »Wir heißen dich alle auf Jamaika willkommen!« Danach brach sie in zügelloses Schluchzen aus.

John vermochte seiner Frau eine Erklärung für das seltsame Verhalten von Hester nicht zu geben, aber Roger vertraute ihr an: »Sie ist ein liebes Mädchen, diese Hester. Und hat ein Vermögen, das dreimal soviel wert ist wie unseres, und sie hat sich in den Kopf gesetzt, einen von uns Pembrokes an Land zu ziehen. Weiß der Himmel, sie hat uns doch gar nicht nötig.« Verlegen ob der unabsichtlichen Freimütigkeit seiner Äußerung über einen guten Nachbarn, fügte er hinzu: »Sie ist ein großartiges Mädchen, und sie wird keine Mühe haben, einen Mann zu finden.« Doch dann, wie genötigt, Hester genauer zu beschreiben, fügte er hinzu: »Als Grenville und ich heirateten, hat sie unsere Frauen als Freundinnen angenommen. Warmherzig und ehrlich. Und mit dir wird sie dasselbe tun. Ohne Anflug von Neid oder Mißgunst.«

Und so war es auch. Bei den großen Empfängen der verschiedenen Plantagen saßen die drei Pembroke-Boys, wie sie trotz ihres Alters von allen genannt wurden, neben ihren hübschen Frauen, während Hester Croome, gewaltig, ungelenk und voller Überschwang, aufrief: »Sind sie nicht der Stolz Jamaikas, unser Trio?« Besonders freundlich verhielt sie sich Elzabet, der Dänin, gegenüber: »John hat eine Schönheit nach Hause gebracht, finden Sie nicht auch?«

Die Familie beschloß, daß John und Elzabet zunächst auf Trevelyan bleiben sollten, jedenfalls das erste Jahr ihrer Ehe über; sie konnten Grenville zur Hand gehen, Jamaika kennenlernen und auch die anderen britischen Inseln bereisen. Es war eine glückliche Zeit, denn Jamaika, ja, die gesamte Karibik schien auf dem Höhepunkt ihrer gemeinsamen Geschichte zu sein. Die Regierungen waren stabil. Die Zuckerpreise waren niemals höher gewesen. Und obwohl immer irgendwo Krieg tobte, erreichten die Ausläufer nur selten das Inselreich. Die allgemeine Euphorie wurde für John und Elzabet noch verstärkt, als sie erfuhren, daß sie schwanger war.

Es gab jedoch ein anhaltendes Problem auf allen karibischen Inseln: der richtige Umgang mit den Sklaven. In nachfolgenden Jahrhunderten sollten sich Wissenschaftler und Schriftsteller immer wieder die Frage stellen: »Warum verhielten sich die Sklaven so passiv? Wenn sie den Weißen zahlenmäßig um das Sechs- oder gar Achtfache überlegen waren, warum rebellierten sie dann nicht?« Die Wahrheit ist, sie rebellierten andauernd, gewaltsam und auf allen Inseln, wie die Chroniken dieser Zeit belegen – Jamaika: fünfzehn Aufstände; Barbados: fünf; Jungferninseln: sechs; Hispaniola: acht; Kuba: sechzehn; jede Insel erlebte mindestens einen großen Sklavenaufstand.

Im Jahr 1737 ereignete sich in einem entlegenen Winkel Jamaikas ein schockierender Vorfall, der den Pembrokes das Sklavenproblem wieder einmal deutlich zu Bewußtsein brachte. Ein Priester der anglikanischen Staatskirche ließ durch einen Fußboten zwei Berichte überbringen, einen an die Hauptstadt, das neu aufgebaute Kingston, den anderen an den König in London:

»Es ist meine traurige Pflicht, Euch in Kenntnis zu setzen, daß ein Mitglied meiner Kirche in Glebe Quarter für den Tod von – nach ernstzunehmenden Zählungen – über neunzig seiner Sklaven verantwortlich ist. Die Tatsachen, seinen Nachbarn zur Genüge bekannt, wurden vor mir geheimgehalten, doch als erste Gerüchte mich erreichten, fand ich jedes Wort von dem bestätigt, was ich Euch jetzt zu berichten habe.

Job, dieses unmenschliche Monster, hatte seine Freude daran, seine Sklaven auf dem Boden niederzustrecken, sie an Hand- und Fußgelenken festzubinden und länger als eine Stunde ununterbrochen auf sie einzudreschen, bis sie verendeten. Seine weiblichen Sklaven strafte er, indem er ihre Münder mit einem Stück Holz geöffnet hielt und große Mengen kochendes Wassers den Schlund hinunterschüttete. Alle sind dabei umgekommen. Mir selbst ist ein Sklave bekannt, der in die Wälder geschickt wurde, um entlaufene Sklaven einzufangen. Da ihm das nicht gelang, wurde ihm ein rotglühendes Eisen in den Mund gestopft, und natürlich starb auch er.

Es wird Euch schwerfallen, diese Dinge zu glauben, aber bei mehreren Gelegenheiten ließ er sich, durch das Geschrei kleiner Negerkinder gereizt, dazu hinreißen, ihre Köpfe unter Wasser zu halten, bis sie tot waren. Andere wurden in Kessel mit kochendem Wasser geworfen. Ich flehe Euch an, bitte unternehmt etwas, diesem Ungeheuer Einhalt zu gebieten.«

Als die Nachricht von diesem Appell den Gouverneur erreichte, forderte er Grenville Pembroke auf, den er als einen Pflanzer mit Herz und Verstand kannte, die lange Reise nach Glebe Quarter zu unternehmen, um den Anschuldigungen nachzugehen und, falls sie sich als zutreffend erweisen sollten, ein gerichtliches Verfahren gegen Job einzuleiten. »Aber ich muß Ihnen auch sagen«, warnte der Gouverneur, »daß ich nicht ein schlechtes Wort über Job gehört habe, seit ich im Amt bin. Es könnte eine Falschmeldung sein.«

Grenville nickte, dann schlug er vor: »Exzellenz, meine Aufgaben auf der Plantage wiegen schwer. Aber mein jüngerer Bruder John hat mehr Erfahrung als ich in solchen Angelegenheiten, die Sklaven betreffen. Ich würde empfehlen, ihn dorthin zu schicken.« So geschah es, und zehn Minuten nach seiner Ankunft in Glebe Quarter hatte John Pembroke den Pflanzer Thomas Job in das provisorische Stadtgefängnis gesperrt. Auf Geheiß der schriftlichen Order des Gouverneurs ließ er ein Gericht zusammentreten und mußte mit Erstaunen zur Kenntnis nehmen, daß die Männer, alles Weiße, alle Angehörige des Zuckerkartells, Job für nicht schuldig hielten – mit der Begründung: »Es ist schwierig, die Nigger ohne strenge Strafmaßnahmen unter Kontrolle zu halten, und nach unserem Verständnis hat Thomas Job das übliche Maß auf dieser Insel in keiner Weise überschritten.«

Als John das Urteil vernahm, war er so zornig, daß er drauf und dran war, ein paar Männer um sich zu scharen und Job am nächsten Baum aufzuknüpfen, doch der Priester sprach sich dagegen aus, und Job wurde freigesprochen. Am nächsten Morgen, in der Annahme, nicht nur von dem Vorwurf entlastet zu sein, sondern sogar noch einen Freibrief erhalten zu haben, seine alten Methoden wiederaufzunehmen, erwischte Job einen Sklaven dabei, wie er irgend etwas Unbedeutendes anstellte, was ihm, Job, nicht paßte, und er schlug ihn auf die übliche Art und Weise zu Tode.

Ein junger Schotte, der für Job arbeitete, hatte nun endlich genug, und als er dem Priester den Todesfall meldete, ließ der sofort Pembroke holen, damit er die genaue Schilderung mithören konnte. Zufällig

429

stellte sich dabei heraus, daß der Name des Getöteten auf den Inseln sehr verbreitet war: Cudjoe. Kaum war der Name gefallen, mußte John an die schrecklichen Momente zurückdenken, als er gezwungen worden war, dem »Strecken und Verbrennen« von Rostgaards Sklaven Cudjoe zuzusehen, und er wußte, was zu tun war.

Dieser Prozeß, der einen gänzlich neuen Fall zum Gegenstand hatte, sollte anders ausgehen, denn diesmal konnte John einen Weißen als Zeugen vorführen, der bereit war, über Jobs brutales Verhalten auszusagen. Die Verhandlung wurde eine Sensation, und als sich der junge Schotte erhob, um auszusagen, rief ein Pflanzer von den hinteren Bänken im Gerichtssaal: »Erschießt den Schweinehund!« Und es gab noch eine ganze Reihe ähnlicher Bekundungen der Loyalität für Job, aber das Gericht sah sich außerstande, die handfesten Beweise zu ignorieren, und erkannte auf schuldig.

Noch am selben Nachmittag ließ John Pembroke in Anerkennung des Urteils einen Galgen errichten, und bevor die Sonne untergegangen war, hatte Thomas Job, schlimmster Verbrecher, den Jamaika bislang erlebt hatte, seine gerechte Strafe verbüßt.

In später Nacht lief heimlich Pembrokes kleines Boot aus Glebe Quarters Hafen aus und machte sich auf die Heimfahrt. An Bord befand sich auch der junge Schotte; es wäre verhängnisvoll gewesen, ihn bei den Zuckerrohrpflanzern zurückzulassen, die vor Wut schäumten, daß einer der Ihren gehängt worden war, nur weil er ein paar Nigger bestraft hatte.

Als dann Pembroke und der Schotte in Kingston ankamen, um über die Geschehnisse in Glebe Quarter zu berichten, zeigte sich, daß jemand anders ihnen zuvorgekommen war, der die Hauptstadt zu Pferd schneller erreicht hatte und eine völlig entstellte Version dessen geliefert hatte, was sich tatsächlich zugetragen hatte. Die Gemüter der Mitglieder des Zuckerkartells waren entsprechend erhitzt, und Pentheny Croome stellte schon eine Gruppe zusammen, die den Schotten lynchen sollte, aber John stellte sich dazwischen: »Pentheny, was in aller Welt machen Sie da?«

»Wenn wir zulassen, daß ein Pflanzer bestraft wird für das, was wir alle machen, dann wird uns die Revolution überrollen. Dann kommen die Sklaven noch und schneiden uns nachts die Kehle durch.«

»Pentheny, sagten Sie, ›was wir alle machen‹? Wollen Sie mal hören, was er tatsächlich getan hat? Setzen Sie sich, und hören Sie zu«, worauf er in leidenschaftslosem Ton die gräßlichen Verbrechen aufzählte, die in Glebe Quarter gang und gäbe gewesen waren. Als er mit der Darstellung der barbarischen Tortouren geendet, nichts unerwähnt gelassen hatte, die Quälereien gegenüber den männlichen Sklaven, die unzüchtigen Foltermethoden an den Frauen und die schier unvorstellbare Grausamkeit, die an den Kindern verübt worden war, fragte er leise: »Langjähriger Freund meines Vaters, sind nicht er und Sie, die ›beiden Zuckerklümpchen‹, hoch angesehen in London? Nehmen Sie nicht wichtige Stellungen im Parlament ein? Wollen Sie, daß durch Thomas Jobs Verhalten ein Schatten auf Ihren Ruf fällt? Und dadurch das gesamte Zuckerkartell beleidigt wird?«

Pentheny war erschüttert, mehr noch, als John weiter in ihn eindrang: »Eine Abschrift meines Berichts wurde an den König geschickt. Wenn er Sie nun fragt: ›Wie haben Sie es denn mit den Sklaven gehalten?‹, werden Sie dann auch sagen: ›Wir haben nichts Unrechtes in unserem Verhalten gesehen?‹ Wollen Sie Ihr eigenes Nest beschmutzen?«

Pentheny schluckte schwer und entgegnete mit dünner Stimme: »Ich würde gern hören, was der Schotte zu sagen hat, den wir hängen wollten«, und als alle Schreckensgeschichten noch einmal ausführlich erzählt waren, erhob sich Pentheny, ging auf den jungen Mann zu und umarmte ihn: »Ich brauche einen Burschen wie Sie, der sich um meine Plantage kümmert, wenn ich in London bin«, und schon eine Woche später, als Hester Croome den Frauen auf Trevelyan wieder einen Besuch abstattete, erzählte sie munter: »Ein wunderbarer Mann arbeitet seit kurzem für meinen Vater. Ich muß sagen, ich bedaure es, daß wir Freitag nach London aufbrechen.«

1738 errang der junge John Pembroke zum erstenmal die wohlwollende Aufmerksamkeit Londons. Es hatte Ärger mit einem Widerstandsnest der Maroons auf der leewärts gelegenen Seite Jamaikas gegeben, und anstatt eine ganze Armee gegen sie anrücken zu lassen, hatte der Gouverneur Pembroke und ein sechzehnköpfiges Gardekorps des Gibraltar-Regiments geschickt, das jetzt auf der Insel stationiert war. »Worauf wir unsere Hoffnung setzen«, sagte der Gouverneur beim Abmarsch der Männer, »ist dieselbe Art von lang anhaltendem Frieden, den Ihr Vater mit den Maroons in seinem Gebiet erreicht hat. Ein paar Zugeständnisse von unserer Seite, ein paar Versprechungen von ihrer Seite.«

Es wurde ein langer Marsch, über schwieriges Terrain, und als Pembroke schließlich in das Gebiet der Aufsässigen vorstieß, wollten die ehemaligen Sklaven nicht mit ihm reden, doch eine geschickte Mischung aus Geduld und etwas Druck vollbrachte Wunder, und am Ende wurde eine Waffenruhe vereinbart. Ein Jahr später schickte man ihn mit demselben Auftrag auf die genau gegenüberliegende, dem Wind zugeneigte Seite Jamaikas, und wieder setzte er durch, was niemand vorher für möglich gehalten hatte, eine dauernde Waffenruhe. Damit war die Insel befriedet, und königliche Beamte aus London schickten eine Botschaft nach Kingston: »Dank an John Pembroke. Gut gemacht.«

Diese Botschaft wiederum führte zu einer überraschenden Berufung, denn als ein Flottengeschwader von ungeheurer Größe, insgesamt über hundert Schiffe, unter dem Kommando von Admiral Edward Vernon in den Wasserstraßen vor Port Royal ankerte, war jedem, der in irgendeiner Weise für die Regierung arbeitete, klar, daß sich die Briten endlich dazu durchgerungen hatten, die Spanier aus der Karibik zu vertreiben.

Viele ehemalig spanische Besitzungen waren bereits verloren, Jamaika an die Engländer, das zukünftige Haiti an die Franzosen, und auf der im Osten gelegenen Inselkette hatte Spanien ohnehin nirgendwo Fuß gefaßt. Nur das an der Südspitze befindliche Trinidad war nominell noch in spanischer Hand, wurde aber vorwiegend von Franzosen besiedelt und sollte bald in englischen Besitz übergehen. Das reiche Mexiko und das noch reichere Peru allerdings gehörten noch immer den Spaniern, ebenso das restliche Festland, aber um seine Besitzungen selbst in diesen entscheidenden Gebieten zu schützen, mußte es den Schlüsselhafen Cartagena halten, und so lag es nah, daß England beschloß, diesen Hafen zu überfallen und damit den gesamten Rest der spanischen Besitzungen in der Neuen Welt zu bedrohen. Wie schon so oft sollte das Schicksal der europäischen Nationen wieder einmal in der Karibik entschieden werden.

Die Aufregung stieg, als englische Beamte das Ziel der Unternehmung bekanntgaben: »Vernon zieht aus, um Cartagena einzunehmen! Die Schmach tilgen, die wir dort erleiden mußten.« Und als der Admiral an Land kam und allerletzte Vorbereitungen traf, brüstete er sich: »Dieses Mal werden wir die Stadt von der Landkarte fegen.«

Admiral Vernon war ein lebhafter alter Seebär von 57 Jahren, der ausnahmslos mit einem zerschlissenen grünen Mantel aus Grogram herumlief, einem groben Webgemisch aus Mohair, Wolle und Seide.

Daher sein Spitzname »Old Grog«, der als solcher Eingang ins Lexikon fand – dafür, daß sein Besitzer, immer wenn er sich mühte, seine Matrosen zur Mäßigung anzuhalten, ihre übliche Rumration mit zwei Quart Wasser auf einem Pint Rum verdünnte.

Stürmische Begeisterung löste er 1739 aus, als er stolz verkündete, Porto Bello sei nicht unverwundbar: »Gebt mir sechs gute Schiffe, und ich garantiere euch, ich werde die Stadt einnehmen.« Die Regierung gab ihm die sechs Schiffe, und er errang einen so sagenhaften Sieg, ohne ein Schiff, ja, ohne einen einzigen Seemann zu verlieren, daß in ganz England Freudenfeuer entfacht und ihm zu Ehren Medaillen geprägt wurden. Matrosen allerdings, die bei dem »Großen Sieg« dabeigewesen waren, raunten jedem, der es hören wollte, zu: »Die Spanier haben sich gar nicht verteidigt. Ein paar Truppen, ein leeres Fort.«

Trotzdem, er war der Held der Stunde, und im Anschluß an seinen Erfolg schlug er vor, Cartagena doch auch noch gleich zu vernichten.

Da er auf die Hilfe von Offizieren angewiesen war, wollte er nach der Zerschlagung dem Feind die Bedingungen eines Friedensvertrages diktieren, bat er den Gouverneur von Jamaika, ihm mögliche Kandidaten zu nennen, und John Pembrokes Heldentaten waren die beste Empfehlung. In der Funktion eines Schiedsmannes segelte dieser am 26. Januar 1742 Richtung Süden und fand sich schon wenig später in der gefährlichen Inselgruppe mit befestigten Landspitzen, mit Bollwerken gesicherten Meerengen und vor Kanonen strotzenden Binnenhäfen wieder. Man erzählte sich, daß König Philipp II., als er erfuhr, daß – im heutigen Gegenwert – 50 Millionen Dollar in die Befestigungsanlagen investiert worden waren, auf seinen Balkon getreten sei, in Richtung Cartagena geblickt habe und geseufzt haben soll: »Bei der Unsumme müßte ich die Festungen doch eigentlich von hier aus sehen können.«

Belagerung und Schlacht, eine der bedeutendsten in der westlichen Hemisphäre, waren ein ungleicher Kampf. Admiral Vernon verfügte über insgesamt 170 Schiffe, 28 000 Männer, dazu Zwangsrekrutierte aus zehn verschiedenen amerikanischen Kolonien und zahllose Kanonen. Die Spanier dagegen hatten nur ein paar kleinere Schiffe, die schnell außer Gefecht gesetzt waren, und 3 000 Männer. Aber sie hatten einen Mann auf ihrer Seite, der allgemein als der »Zwei-Drittel-General« bezeichnet wurde.

Don Blas de Lezo, einer der großen Krieger der Geschichte, hatte sein ganzes Leben im Kampf gegen die englische Marine gestanden und jedesmal mehr als nur die Schlacht verloren. 1704 in Gribraltar hatte er sein linkes Bein durch eine englische Kanonenkugel verloren, in Toulouse sein linkes Auge durch einen englischen Scharfschützen und in einer Schlacht vor der spanischen Küste seinen rechten Arm. Als sich jetzt wieder eine Schlacht mit dem alten Feind anbahnte, sprang er behende ohne jede Hilfe auf den Festungen herum, inspizierte die Verteidigungsanlagen, lag des Nachts wach im Bett und versuchte zu erraten, welchen Schritt Admiral Vernon mit seiner ungeheuren Überlegenheit wohl als nächstes tun würde. Und wenn er sich schlaflos hin und her wälzte, gluckste er manchmal in sich hinein, als müsse er lachen über die außergewöhnliche Lage, in der er sich befand: »Vor zehn Jahren, als wir beide noch jung waren, standen Admiral Vernon und ich uns auch gegenüber, und damals gewann er. Aber heute haben wir eine andere Zeit, ein anderes Schlachtfeld, und diesmal habe ich einen mächtigen Verbündeten, General Fieber.«

Das Fieber hatte bereits einen erstklassigen britischen General gefordert und dem mit einem eisernen Willen ausgestatteten Blas einen unerwarteten »Verbündeten« bewilligt: Brigadegeneral Thomas Wentworth, Kommandeur der britischen Bodentruppen, ein Kriecher und obendrein ein gänzlich unfähiger und wankelmütiger Karrierist, der sich durch den Tod seines Vorgesetzten plötzlich mit einem Kommando betraut sah. Die Folgen beschreibt Pembroke so:

»Ich war Verbindungsoffizier an Bord von Admiral Vernons Flaggschiff, und jeden Morgen war es dasselbe. ›Hat General Wentworth mit dem Angriff auf das Fort begonnen?‹ fragte er mich, und jedesmal mußte ich ihm antworten: ›Nein‹, worauf er sich an die anderen wandte und sie fragte: ›Warum nicht?‹ Aber sie konnten ihm auch nur die Antwort geben: ›Das weiß keiner.‹

Wir vergeudeten Zeit. Regen setzte ein. Fieber befiel unsere Männer mit schrecklicher Gewalt – aber Wentworth bewegte sich noch immer keinen Schritt vorwärts. Am Ende mußte unsere Armada, größer und stärker als die, die England von Spanien aus angriff, den Rückzug antreten, nachdem wir nichts erreicht hatten. Nicht einmal eine Schlacht geführt, nicht eine einzige Festungsmauer niedergerissen hatten. Nichts, gar nichts.

Und warum sind wir gescheitert? Weil uns dieser verdammte einbeinige spanische General mit jedem Schritt zuvorgekommen ist. Er hat sich als ein Genie erwiesen.«

War das Ergebnis der vereinten Kräfte von Marine und Heer auch nicht mehr als ein schmählicher Rückzug, so kam John Pembroke persönlich dabei doch besser weg, denn er brachte es immerhin zu dem, wonach jeder englische Soldat strebte, eine »Erwähnung im Kriegsbericht«, den Admiral Vernon verfaßte:

»Als wir beschlossen, die ›Galicia‹, ein kleines Schiff, dicht an das spanische Fort heranzuführen, um Reichweite und Schubkraft unserer Geschütze zu testen, baten wir Freiwillige vor, denn die Aufgabe war außerordentlich gefährlich. John Pembroke, ein Zivilist der Garde, meldete sich sofort, und als das Schiff in Gefahr geriet, mitten in den feindlichen Feuerbeschuß, sprang er zwischen den Kugeln ins Wasser und band das Schiff wieder los. Es war eine Heldentat höchster Ordnung.«

Ausrichten tat sie jedoch nichts, denn nachdem sich General Wentworth immer noch weigerte anzugreifen, holte unausweichlich sein Feind General Gelbfieber, flankiert von Admiral Cholera, zum Schlag gegen die in ihren Quartieren zusammengepferchten Truppen aus, und die Verluste waren erschreckend. Der Tod trat auf der Stelle ein. Die Männer legten sich ins Bett mit einer bloßen Erkältung, packten sich mit beiden Händen an den Hals und erstickten. Ein Soldat reinigte sein Gewehr, die Waffe fiel ihm aus der Hand, schreckensbleich sah er auf und brach dann selbst zusammen. Fünfzig Prozent Tote in einer Einheit war nicht ungewöhnlich, bei den Zwangsrekrutierten aus den amerikanischen Kolonien waren es bis zu siebzig Prozent.

Es kam der traurige, schändliche Tag, an dem Admiral Vernon, außerstande, Wentworth zum Kampf zu bewegen, der nun durch die krankheitsbedingten Ausfälle seine Rechtfertigung hatte, nichts zu unternehmen, die Order geben mußte: »Alle Truppen zurück auf die Schiffe! Alle Schiffe zurück nach Jamaika!« Englands gewaltsamer Vorstoß, die Spanier aus der Karibik zu vertreiben, war durch einen tapferen Krüppel vereitelt worden.

Während der düsteren Heimfahrt nach Port Royal sprach John Pembroke mit Offizieren und einfachen Soldaten und sammelte so Informationen aus erster Hand, die er später in seinem vielbeachteten Pamphlet »Wahre Darstellung des Verhaltens von Admiral Vernon in Cartagena« verwertete, dessen wohl am häufigsten zitierten Passagen folgende waren:

»Nach ehrlicher Schätzung verloren wir 18 000 Mann, und nach dem, was uns ein gefangener spanischer Soldat berichtete, hatten sie höchstens 200 Verluste. Admiral ›Einbein‹, mit seinen außergewöhnlichen Führereigenschaften und seinem Geschützfeuer tötete 9 000, etwa die gleiche Anzahl raffte General Fieber dahin. Als ich einen letzten Blick auf den Hafen von Cartagena warf, war die Wasseroberfläche grau von den verfaulenden Leichen unserer Männer, die so schnell starben, daß wir keine Zeit mehr hatten, sie zu bestatten. Von den armen schwächlichen Farmern aus den nordamerikanischen Kolonien starben allein vier von fünf.

Der schmerzlichere Verlust aber war der, daß wir bei einem Sieg die gesamte Karibik unter englischer Herrschaft gehabt hätten. Es wäre ein vereintes Land gewesen mit all den Chancen für ein Wachstum, das die Einheit mit sich bringt. Ein Gesetz, eine Sprache, eine Religion. Diese Chance ist jetzt vertan und wird wohl auch nie wiederkehren.«

Der Lohn, den John Pembroke für seinen in Cartagena bewiesenen Heldenmut erhielt, kam unerwartet in Form eines Briefes von seinem Vater aus London: »Wir sind alle stolz auf Dein heldenmütiges Auftreten. Ich wünsche, ich könnte meinen Freunden sagen: ›So haben wir Pembrokes immer reagiert, wenn unser Land gerufen hat.‹ Leider haben wir Pembrokes in unseren Archiven keine solchen Zeugnisse der Ritterlichkeit im Kampf vorzuweisen, und so darf ich Dich dazu beglückwünschen, diese Tradition angefangen zu haben. Ich hoffe darauf, daß Du und Elzabet so schnell wie möglich hierherkommt – alle Verpflichtungen auf Trevelyan beiseite schiebt –, da ich nämlich drei Überraschungen für Euch habe, und ich kann Euch versichern, sie lohnen die Mühe.«

Und so verließen im Spätsommer 1743 die jüngsten Pembrokes Trevelyan, nahmen auch ihre Kinder mit, und als sie an den Überresten von Port Royal vorbeisegelten, hatte John nicht die geringste Ahnung, daß er Jamaika erst in den stürmischen 1790er Jahren wiedersehen würde. Denn als sie in London ankamen, holte Sir Hugh sie vom Hafen ab und überbrachte ihnen gleich die erste der drei Überraschungen. »John, du hast in den zurückliegenden Jahren viel Beherztheit bewiesen. Das gesamte hier vertretene Jamaika ist stolz auf dich, vor allem das Zuckerkartell. Wir haben uns einstimmig für eine Belohnung ausgesprochen.« Er legte eine dramatische Pause ein, um dem jungen Paar Gelegenheit zu geben, zu erraten, was nun folgen würde, aber der verständnislose Ausdruck auf ihren Gesichtern versicherte ihm, daß sie noch nicht hinter sein Geheimnis gekommen waren.

»Ich habe dir einen Sitz im Parlament gekauft!« Im Alter von 34 Jahren, ohne jegliche politische Erfahrung, sollte John Pembroke den von seinem Vater einem der vielen »rotten boroughs« abgekauften Sitz einnehmen. Drei Jahre hatte er den Sitz bereits inne, als er sich zum erstenmal weit aufs Land westlich von London begab, um einmal zu sehen, wo sein Bezirk lag, aber er fand nur drei geduckte Bauernhäuser als die traurigen Überreste einer ehemals wichtigen Handelsstadt vor. Er traf auch die beiden alten Männer, die einzigen noch übriggebliebenen Wahlberechtigten des ganzen Bezirks, die ihn fortan Jahr für Jahr einstimmig wiederwählen sollten. »Ich hoffe, ich werde auch weiterhin ein unserem Bezirk gefälliger Repräsentant bleiben«, sagte er, worauf die Männer gleichgültig erwiderten: »Ja, ja.«

Die Familie Pembroke kontrollierte nun drei Sitze im Parlament, wobei John, als eine Art militärischer Held, dem seinen durch die geballte Überzeugungskraft seines Wortes während der privaten Debatten in Clubs und politischen Zirkeln noch besonderen Nachdruck verlieh. Die ihm anvertrauten Aufgaben waren einfach, wie sein Vater erklärte: »Den französischen Forderungen keinen Zoll breit nachgeben. Immer daran denken, sie sind unsere ständigen Feinde. Und sorg dafür, daß die Narren in den amerikanischen Kolonien nicht aus der Reihe tanzen. Und heb den Zuckerpreis an.«

Die Pembrokes waren bei weitem nicht die einzige herausragende Familie aus Jamaika im britischen Parlament. Tatsächlich rangierten sie in der Einschätzung der Öffentlichkeit auf Platz drei, denn auch die Dawkins hatten drei Familienmitglieder im Parlament, während die bekannte Familie Beckford, die eine Plantage unweit von Trevelyan bewirtschaftete, gleich drei außergewöhnliche Brüder schickten. William Beckford war zweimal zum Lord Mayor von London ernannt worden und hatte durch diese Stadt auch seine Wahl ins Parlament erreicht. Richard Beckford hatte den Sitz der Stadt Bristol inne, Julius repräsentierte Salisbury. So beherrschten drei Pflanzerfamilien aus Jamaika insgesamt neun Sitze im Parlament, während acht kleinere Anbauer nur je einen Sitz besaßen. Rechnete man noch die von wohlhabenden Pflanzern der kleineren Inseln wie Antigua und St. Kitts erworbenen hinzu, dann war das Zuckerkartell eine ernst zu nehmende Macht, die ein Kritiker zu der Äußerung hinriß: »Diese verfluchten Inselbewohner haben in dieser Saison 24 eigene Sitze plus 26, auf denen Männer hokken, die in ihrer Schuld stehen.«

Das vorurteilsgeladene Wort »Inselbewohner« war bei der Beschreibung dieses Phänomens eigentlich nicht gerechtfertigt, denn in ganz England sahen die Stimmberechtigten die reichen Clans aus Westindien eher als ortsansässige Bürger an, die nur für eine vorübergehende Zeit auf den Inseln gewohnt hatten, um dort ihr Vermögen zu machen. Tatsächlich hatten von den siebzig Mitgliedern der Inselfamilien, die während dieser Zeitspanne über einen Sitz verfügten, mehr als die Hälfte die Karibik niemals besucht. Sie zählten zu den »absentee landowners«, Eigentümer, die nicht auf ihrem Grundbesitz lebten, deren Vorfahren irgendwann einmal die abenteuerliche Reise nach Jamaika unternommen, ihre Vermögen zusammengerafft hatten und wieder nach Hause zurückgekehrt waren, um fortan dort zu bleiben. Ihre Heimat war jetzt England, aber sie vergaßen nie, daß ihr Geldsegen immer noch aus Jamaika kam, und entsprechend verhielten sie sich bei der Stimmabgabe.

Im Augenblick jedoch waren John und Elzabet ganz damit beschäftigt, wie wohl die zweite Überraschung ausfallen würde, doch Sir Hugh, während der Fahrt zu seinem Haus am Cavendish Square sichtlich nervöser werdend, schwieg sich aus. Die Kutsche hielt aber nicht dort an, statt dessen hatte man den Fahrer vorher angehalten, das junge Paar vor einem hübschen, wohlgestalteten Haus am anderen Ende des Platzes, in der Nähe von Rogers Residenz, abzusetzen. Als sie ausstiegen, sagte Sir Hugh, so als wäre es ihm fast etwas peinlich: »Euer neues Heim«, und er führte sie durch die Räume, die alle sehr geschmackvoll eingerichtet waren.

»Vater Hugh!« rief Elzabet. »Was für ein aufmerksames Geschenk«, und John fiel in ihre Zustimmung ein: »Was um Himmels willen kannst du denn danach noch als drittes Geschenk vor uns versteckt halten?«

Bei dem Wort »versteckt« errötete Sir Hugh vor Scham heftig, räusperte sich und sagte dann in einer Stimme, die kaum lauter als ein Flüstern war: »Du kannst jetzt rauskommen«, worauf die Tür zu einem der Innenräume, wo sie sich versteckt hatte, aufgestoßen wurde und eine Frau wie ein jamaikanischer Hurrikan hereingefegt kam und freudig verkündete: »John! Elzabet! Ich bin eure neue Mutter!«

Es war Hester Croome Pembroke, groß, schwergewichtig, rothaarig und ihre Gäste mit Fröhlichkeit geradezu überschüttend. Sie stürmte durch die Eingangshalle, auf John zu, warf ihre kräftigen Arme um ihn und sagte: »John, lieber Junge! Endlich bin ich eine Pembroke!« Dann trat sie zu Sir Hugh, stellte sich an seine Seite und schaute voller Güte auf John und Elzabet. »Mein Gott!« seufzte sie. »Sind wir nicht ein hübsches Quartett?«

Die folgenden beiden Jahrzehnte bildeten den Höhepunkt der Macht westindischer Zuckerbarone in London. Wenn nicht gerade der Lord Mayor Beckford ein riesiges Fest gab, um seine Anhänger bei Laune zu halten, dann war es Pentheny Croome, der als großzügiger Gastgeber zu Unterhaltungsabenden lud, mit Opernsängern aus Italien und Geigern aus Deutschland. Gelegentlich baten Sir Hugh, Lady Hester und seine beiden Söhne auch zu Empfängen in vornehmerem Rahmen: gebildete Konversation, im Hintergrund Musik von Händel, der manchmal sogar persönlich erschien und ein kleines Orchester dirigierte. Die drei großen Familien – Beckford, Dawkins und Pembroke – hatten zusammen neunzehn Kinder und Enkelkinder, die alle berühmte englische Schulen besuchten, Eton, Rugby und Winchester, und so verstärkte sich mit jedem Jahrzehnt der englische Anteil am Lebensstil dieser ehemaligen Karibiksiedler.

Während dieser Jahre schienen der Elan und die Daseinsfreude Sir Hughs neue, ungeahnte Höhen zu erreichen, und die jüngeren Pembrokes waren nur froh, daß ihr Vater wieder geheiratet hatte. Sie beobachteten, daß sein Schritt leichter wurde und sein Lachen bereitwilliger kam, als amüsierte ihn die überschäumende Vitalität seiner neuen Frau heimlich. »Das Beste, was er seit Jahren gemacht hat – diesen jamaikanischen Hurrikan zu heiraten«, wie John es gegenüber Elzabet ausdrückte.

Wenn Lady Hester das Zepter in die Hand nahm, blieb nichts im nüchternen, einfachen Zustand, und die ehemals würdevolle Ausstrahlung von Sir Hughs Empfangszimmer mit seinen düster-ernsten Rembrandts und Raffaels änderte sich schon bald durch die Aufstellung einer gigantischen Marmorskulptur, die Hester von einer Reise nach Florenz mitbrachte, auf der sie den Künstler kennengelernt hatte. Der herrliche Raffael war nun teilweise von »Venus, sich den Annäherungsversuchen des Mars widersetzend« verdeckt, ein weißes Gewirr fuchtelnder Arme und Beine. Als ihr Mann es das erstemal sah, brummte er: »Hester, ich werde vier Dosen Farbe kaufen. Seine Arme rot, ihre blau. Seine Beine violett, ihre gelb. Dann wissen wir wenigstens, wer hier wem was antut.«

Auch der Rembrandt hing nun im Schatten eines üppigeren Bildes, das sie aus dem Herrenhaus ihres Vaters mitgebracht hatte. Es war das Gemälde, was den Croomes seinerzeit von einem begeisterten Kunsthändler verkauft worden war, der ihnen bestätigt hatte: »Eines der berühmtesten Kunstwerke der Weltgeschichte. Sehen Sie sich die Augen des Papstes an. Wo sich der Betrachter auch befindet im Raum, sie folgen ihnen. Wenn Sie gesündigt haben, können Sie es nicht länger verheimlichen.«

Nach und nach wurden Hesters Empfänge immer ausgelassener, bis schließlich Parlamentsmitglieder aller Parteien ihre unterhaltsamen Abende anderen Veranstaltungen vorzogen. Sie entwickelte eine besonders jamaikanische Art, Siege wie Niederlagen gleichermaßen zu zelebrieren; wenn etwa eine Lobbygruppe versuchte, den Handelsausschuß zu einer Senkung der Zuckerpreise zu bewegen, und scheiterte, dann munterte sie die Männer genauso auf, wie sie es auch bei ihren drei Pembrokes tat, wenn sie mal eine Schlacht verloren hatten. Diese Begabung half sowohl ihr selbst als auch dem Zuckerkartell, vor allem während der stürmischen Jahre nach 1756, als sich scheinbar alle Nationen Europas im Krieg miteinander befanden, erst in diesem Bündnis, dann in jenem. Preußen, Sachsen, Bayern, Österreich, Rußland, Frankreich, Spanien, Portugal und England, alle waren in dieser oder jener Konstellation mal Bündnispartner, mal Gegner, und Europa bebte.

Mit der politischen Klugheit, mit der Großmächte zuweilen überraschen, verlegten Frankreich und England ihre wichtigsten Landschlachten auf das Gebiet der fernen nordamerikanischen Kolonien und ihre Seeschlachten in die Karibik. Im Jahr 1760 fielen General Louis Joseph Montcalm, der Anführer der Franzosen, und General James Wolfe, Anführer der Briten, am selben Tag in der großen Schlacht unweit Quebecs, ein trauriger Höhepunkt der Eroberung Kanadas durch die Briten.

Auf See störte Admiral Rodney die bis dahin geltende politische Ordnung, als er 1762 die französischen Inseln Martinique, St.-Vincent, Grenada und All Saints eroberte und sie der großen Insel Guadeloupe zuschlug, die sich bereits in englischem Besitz befand. Rodneys Siege waren für die Sicherheit des britischen Weltreiches von derartiger Bedeutung, daß die Menschen, als London die Nachricht erreichte, Freudenfeuer anzündeten und in den Straßen tanzten – nicht aber die Mitglieder des Zuckerkartells. Ihre Versammlungen verliefen eher in gedämpfter Stimmung. »Mein Gott!« jammerten sie. »Was für ein Unglück! Wie sollen wir diesen schrecklichen Fehler nur wieder ausgleichen?«

Die Gefahr, die sie sahen, war durchaus real. Sollte England die großen französischen Inseln Guadeloupe und Martinique als Kriegsbeute einbehalten, von den kleineren ganz zu schweigen, erschloß sich damit ein solcher Landgewinn, würden so viele Hektar neuer Anbaufläche für

Zuckerrohr in Konkurrenz mit dem englischen Markt treten, daß für die traditionellen Gebiete auf Jamaika und Barbados schlimmer Schaden zu befürchten war. »Verdammt«, sagte Pentheny Croome in seinem vorausschauenden Scharfsinn, »Zucker könnte dann genauso billig wie in Frankreich verkauft werden, und das würde uns vernichten.« Er hatte recht, und in der zweiten Hälfte des Jahres 1762 und Anfang 1763 setzte das Zuckerkartell, angeführt von Sir Hugh Pembroke, den mächtigen Beckfords und dem unermeßlich reichen Pentheny Croome, hinter den Kulissen alle Hebel, über die es verfügte, in Bewegung, um ein einziges Ziel zu erreichen: die englischen Unterhändler auf der Friedenskonferenz in Paris zu zwingen, Kanada anstelle der französischen Inseln der Karibik als Kriegsbeute anzunehmen. Wenn Frankreich sie nicht haben will, hieß es, verscherbelt sie an Spanien, oder überlaßt sie dem eigenen Schicksal, nur dürfen sie auf keinen Fall dem Vereinigten Königreich beitreten.

Mächtige Verbände bezogen daraufhin Stellung gegen das Zuckerkartell, das nun in der Presse und in Schmähschriften als egoistische Interessengruppe beschimpft wurde, weil es nur sein eigenes Wohlergehen im Auge hätte. Führende Vertreter der Franzosen sprachen sich dafür aus, Kanada zu behalten und lieber die Inseln loszuwerden, die in der Vergangenheit nur eine dauernde finanzielle Belastung gewesen waren. Die britische Militärlobby, vor allem die Admirale, waren einverstanden; sie erklärten sich bereit, Kanada abzustoßen, wenn sie nur Martinique und All Saints behalten konnten, zwei Inseln, die den östlichen Zugang zum Karibischen Meer beherrschten. »Die Nation, die diese Inseln besitzt, wird bei jeder zukünftigen Schlacht in diesen Gewässern den Vorteil auf ihrer Seite haben. Kanada? Welchen Wert hat das Land schon, außer vielleicht für Biber und Indianer.«

Die stimmgewaltigste Fürsprache kam jedoch von der englischen Hausfrau, die sich auf die Seite ihrer Regierung schlug: »Bitte, gebt uns die französischen Inseln, damit wir Zucker zu einem vernünftigen Preis kaufen können.«

Seit ein paar Jahren mußte noch ein weiterer Faktor in dieser Debatte berücksichtigt werden: die wachsende Beliebtheit von Tee, daheim in den vier Wänden und in öffentlichen Teesalons. Aus dem britischen Indien erreichten anregende neue Mischungen London, und Teekenner fingen an, verschiedene Blends zu unterscheiden: Darjeeling mit seinem feinen Aroma, Earl Grey mit seiner vornehmen Blässe – und für den herben Geschmack ein gänzlich neuer Genuß, Lapsang Souchong, der nach geräuchertem Kerzenwachs schmeckte. Um Tee jedoch richtig genießen zu können, rührten die Engländer Zucker hinein, und zwar Unmengen, so daß mit der spektakulär ansteigenden Nachfrage von Tee in gleichem Maße auch der Bedarf an billigem Zucker stieg.

Ununterbrochen wurden Versammlungen in London einberufen; führende Politiker fanden sich bei den Beckfords ein; Mitglieder des Parlaments, die ein paar Pfunde seines Vermögens gut gebrauchen konnten, gaben sich bei Pentheny Croome ein Stelldichein und holten sich seinen Rat; während die Moderatoren der öffentlichen Meinung, die geheimen Drahtzieher des Parlaments, leisere Töne anschlugen und mit Sir Hugh und seinen beiden Söhnen zusammenkamen. Die Versammlungen verliefen in einer gespannten Atmosphäre, denn die Mitglieder des Zuckerkartells übten starken Druck aus, um ihr wichtigstes Anliegen durchzusetzen: »Nehmt Kanada. Das Land hat Zukunft. Die Inseln könnt ihr den Franzosen zurückgeben. Es bedeutete einen schrecklichen Fehler, wenn England sie behält.«

Konterte mal ein Parlamentsmitglied mit dem beliebten alten Slogan: »Aber das Volk braucht Zucker zu niedrigeren Preisen«, unterließen es die gerissenen Zuckerbarone geflissentlich zu antworten: »Das Volk kann uns gestohlen bleiben!«, was Männer wie Pentheny Croome zu sagen pflegten, hinter verschlossenen Türen. Statt dessen schmierten sie ihren Gegnern Honig ums Maul. »Aber Sir Benjamin, sehen Sie denn nicht, Jamaika ist riesig. Wir haben unzählige Felder, auf denen wir noch mehr Zuckerrohr anbauen können... doppelt soviel... dreimal soviel. Überlassen Sie die Sache nur uns.« In der Tat, seit über einem Vierteljahrhundert nannten sie Tausende Hektar Akkerland ihr eigen, die sie aber bewußt brach liegen ließen. Denn wie Pentheny mit dem intuitiven Gespür, über das er verfügte, immer sagte: »Warum sollen sich meine Sklaven abmühen, 1000 Hektar zu kultivieren, wenn wir auf 500 Hektar mit der halben Arbeit doppelt soviel Geld verdienen können?«

1760 dann erlitten die Zuckerbarone einen schweren Schlag. Ein anerkannter Ökonom namens Joseph Massie veröffentlichte auf eigene Kosten ein Pamphlet mit dem brisanten Titel: »Eine Aufrechnung der Geldsummen – durch die Zuckerpflanzer auf exorbitante Weise in einem einzigen Jahr, von Januar 1759 bis Januar 1760, dem Volk Großbritanniens abgenötigt; anzeigend, wieviel Geld jede Familie eines Standes, eines Ranges, einer Klasse durch jenes habgierige, seit langem bestehende Monopol verloren; nach Offenlegung meiner Schrift, ›Zustand des Britischen Kolonialzuckerhandels‹, im vergangenen Winter.« Mit untadeligen Argumenten und den Zahlen, die ihm zur Verfügung standen, trat Massie den Beweis an, daß die westindischen Pflanzer das englische Volk in einem Zeitraum von zwanzig Jahren um die stolze Summe von »acht Millionen Pfund Sterling betrogen haben – über die hohen Gewinne noch hinaus«.

Der Angriff war frontal und traf alle. Die Zuckerbarone wurden als Feinde des Staates entlarvt, als rücksichtslose Ausbeuter nicht nur ihrer eigenen schwarzen Sklaven im westindischen Jamaika, sondern auch der weißen Hausfrauen in England. Diese grobe Ungerechtigkeit ließ sich durch ein einfaches Mittel lösen, argumentierten die Politiker, die Massies Meinung waren, indem man nämlich Martinique und Guadeloupe behielt, denn – wie der Autor einer zweiten Schmähschrift richtig bemerkte–: »Die großen Pflanzer von Jamaika versprechen uns seit dreißig Jahren, daß sie eines Tages neue Zuckerrohrfelder auf ihren Inseln erschließen, aber wie aus meinen Zahlen hervorgeht, hat Pentheny Croome eigennützigerweise Tausend Hektar aufgekauft, aber kein einziges neues Feld bestellt.«

Diese neuerlichen Attacken beruhten auf Tatsachen und wirkten so überzeugend, daß sich die führenden Pflanzer eines Abends zu einem Essen in dem geräumigen Speisesaal von Sir Hugh und Lady Hester einfanden. Ebenfalls geladen war der führende Staatsmann William Pitt, standhafter Befürworter einer Annexion der französischen Inseln, um sich Argumente gegen ein Festhalten an dem Besitz anzuhören, aber er war ganz in Anspruch genommen von Lady Hesters Bericht, wie sie ihr neuestes monströses Meisterwerk aus Marmor durch die Eingangstür ihres Stadthauses bugsiert hatte.

»Wie Sie sehen, trägt es den Titel ›Tugend, Heldenmut belohnend‹, und als es hier ankam, gab es keine Möglichkeit, wie wir es durch unsere Tür hätten kriegen können. Also mußten wir Luigi holen, der dann auch aus Florenz angereist kam, und er zeigte uns, wie einfach es im Grunde ist. Mit einer Spezialsäge schnitt er die Figur genau hier durch. Tugend blieb auf der einen Seite, Heldenmut auf der anderen, und jede Hälfte für sich ließ sich durch diese Tür hier tragen.«

»Aber wie haben Sie die beiden Hälften wieder zusammengefügt?« fragte Pitt. »Ich kann keine verräterischen Fugen erkennen.«

»Aha!« rief Hester und rückte näher zur Statue. »Genau das habe ich mich auch gefragt, Mr. Pitt, aber Luigi meinte: ›Jeder Künstler hat so seine Geheimnisse‹ und weigerte sich, seines preiszugeben. Aber da steht sie nun . . . ist sie nicht herrlich?«

Sie hatte diese Frage so gestellt, als erwartete sie eine Antwort:»Na ja«, sagte Pitt,»jedenfalls ist sie größer als die anderen.« Lady Hesters Unterbrechung hatte Pitt genügend Zeit verschafft, seinen Mut zusammenzunehmen, von dem er einen unbegrenzten Vorrat zu haben schien, und nachdem sich die Dame des Hauses in ihre Gemächer zurückgezogen hatte, sagte er geradeheraus:»Meine Herren, wie Sie wissen, habe ich mich immer dafür ausgesprochen, die großen französischen Inseln zu behalten. Es bedeutet mehr Handel für England, niedrigere Preise für Zucker und strategische Vorteile für unsere Marine.« Einige Pflanzer stöhnten laut und versuchten, ihn davon abzubringen, jene Klausel, Martinique und Guadeloupe betreffend, nicht in den Friedensvertrag aufzunehmen, über den er zu diesem Zeitpunkt mit den Franzosen auf gemeinsamen Sitzungen in Paris immer noch verhandelte.

Die Zuckerbarone kamen aber keinen Schritt weiter bei ihm, erst als der Portwein gereicht und die Zigarren angezündet wurden, lehnte er sich zurück, schaute sich seine Gegenüber genau an und gestand:»Gentlemen, ich habe eine gute Nachricht für Sie und eine schlechte für England.«

»Welche Situation ließe sich wohl so umschreiben?« fragte Sir Hugh sanft, aber Pitt überhörte ihn.»Ich bin aus der Verhandlungsmannschaft in Paris ausgeschieden. Der Earl of Brute soll mich ablösen, und wie Sie wohl wissen, steht er Ihrer Sache näher, als ich es je vermochte.«

Bei seinem Aufbruch warf er zum Abschied noch einen Gedanken in die Runde, großzügig und möglicherweise wohlwollend, obwohl er gegen seine eigene Interessen verstieß:»An Ihrer Stelle, Gentlemen, würde ich mir so schnell wie möglich jemanden suchen, der mir ein Gegenpamphlet schreibt, um diesem überzeugenden Heftchen von Joseph Massie etwas entgegenzusetzen. Was darin zu lesen ist, schadet Ihrer Seite nämlich wirklich.« Sprach's und war verschwunden.

Kaum war Pitt aus dem Haus, übernahm Lady Hester, die das Massie-Pamphlet auch gelesen hatte und dabei den Zorn förmlich in sich aufsteigen spürte, die Leitung der Versammlung.»Pitt hat ganz recht. Unsere Seite muß auf diese ungerechtfertigten Vorwürfe antworten. Und zwar am besten auf der Stelle.« Nach wenigen Minuten reger Diskussion kam man überein, eine Breitseite loszulassen, eine Gegendarstellung drucken und verteilen zu lassen, Pentheny Croome würde für die Kosten aufkommen. Dann wurde die Sache jedoch komplizierter, denn keiner fühlte sich kompetent, der scharfen Kritik eines Massie zu antworten. Jeder verwies auf einen anderen, bis Lady Hester den gordischen Knoten durchschnitt: »Mein Mann wird die Schrift verfassen«, und als er sich anschickte, keuchend seine Weigerung hervorzustoßen, entgegnete sie bloß: »Ich werde dir bei den schwierigen Teilen schon behilflich sein, Liebling.«

Die nächsten drei Wochen verbrachten er und Lady Hester damit, eine meisterhafte Erwiderung auf die Anti-Pflanzer-Pamphlete auszuarbeiten, in der sie auf die darin enthaltenen Irrtümer verwiesen, die dort vorgebrachten Absichten auf dem Gebiet der internationalen Politik auf sanfte Art ins Lächerliche zogen und scharfsinnige neue Aspekte und ökonomische Zwangsläufigkeiten in die Diskussion brachten. Beim Schreiben selbst war Sir Hugh überraschend versöhnlich, während Lady Hester ein besonderes Gespür dafür entwickelte, den Gegner an der verwundbarsten Stelle zu treffen. Sie bildeten ein unschätzbares Team, er, der »Staatsmann im Ruhestand«, weißhaarig, in den Siebzigern, sie, die kleine Tyrannin in den kämpferischen Fünfzigern, und in Rekordzeit hatten sie ihren Essay in ganz London und den wichtigsten Städten Englands verteilt:

»Ungeschminkter Bericht, betitelt: Bedeutung des Zuckerhandels für die dauerhaften Interessen und finanziellen Bedürfnisse des gesamten britischen Weltreiches, vor allem Englands; mit einer kurzen und vielsagenden Abhandlung, warum die Inseln Guadeloupe und Martinique nicht zu Dauermitgliedern des britischen Kolonialreiches ernannt werden dürfen. Ehrerbietig unterbreitet von: ›einem Zuckerklümpchen‹. Einem Jamaikapflanzer, der aus Erfahrung spricht. London, 1762.«

Die Abhandlung wurde ein voller Erfolg, denn sie zielte auf die britische Zähigkeit, auf englischen Heroismus, auf Hoffnungen für die Zukunft und auf Patriotismus im allgemeinen ab, während sie gleichzeitg auf sehr wirkungsvolle Weise die Korruptheit des Zuckerkartells verschleierte und den Tribut unterschlug, den der Durchschnittsbürger zahlte, damit solche Familien wie die Beckfords, die Dawkins, die Pembrokes und die Croomes weiter ihren luxuriösen Lebenswandel führen konnten.

Der ›Ungeschminkte Bericht« lieferte Earl Bute schweres Geschütz bei seinen Verhandlungen um einen Friedensvertrag, der die Angelegenheiten Europas, Indiens, Nordamerikas und der Karibik neu ordnen sollte. Die Schrift nannte alle Ziele, die er erreichen wollte, beim Namen und gab ihm unverbrauchte und wirksame Argumente an die Hand. Während seiner Rückreise nach London schickte er ein Telegramm an Sir Hugh und seine Mitstreiter: »Sieht vielversprechend aus. Sie werden Guadeloupe nicht am Hals haben.«

Dieses Versprechen löste allgemeine Freude unter den Pflanzern aus, nicht aber im Haus von John Pembroke, denn seine schwächliche dänische Frau, durch eine Reihe seltsamer Ohnmachtsanfälle ans Bett gefesselt, hegte schwere Bedenken, als er ihr berichtete, die französischen Inseln sollten zurückgegeben werden. »O John! Es scheint mir so verkehrt!«

Er war überrascht: »Aber Liebling, dafür haben wir doch die ganze Zeit gekämpft. Um unser Zuckerrohr auf den Märkten zu schützen.«

»Ich weiß ja«, sagte sie mit sanfter Ungeduld. »Aber es gibt noch andere Erwägungen.«

»Was könnte für uns denn im Augenblick wohl wichtiger sein?«

»Es muß das Ziel sein, alle Inseln der Karibik unter eine gemeinsame Regierung zu stellen. Es ist doch verrückt, so wie es jetzt ist. Wie unser Sauerrahmporridge. Hier ein paar dänische Inseln. Dort zwei schwedische. Ein paar holländische. Ein paar spanische, schlecht verwaltet. Einige französische. Die meisten könnten in englischer Hand sein und hätten die Chance, die übrigen aufzufordern, sich anzuschließen.«

»Aber das würde doch unseren gesamten Plan...«, stotterte er, ».. . Guadeloupe wieder loszuwerden...«

»John! Du mußt jetzt handeln, jetzt das Richtige tun! Gib unserer herrlichen Inselwelt eine gemeinsame Regierung. Tu es jetzt; es ist vielleicht deine letzte Chance... vielleicht überhaupt die letzte Chance.«

Sie sprach mit solchem Drängen, daß ihr Mann erstaunt fragte: »Elzabet, ich habe ja nie geahnt, daß du so darüber denkst.« Und sie erwiderte: »Ich habe alles verfolgt, habe zugehört und viel gelesen. Eine Nation erhält nur einmal die Chance, vielleicht zweimal, zum richtigen Zeitpunkt das Richtige zu tun, und wenn sie sich querstellt... ich sehe nur Katastrophen für die Zukunft, wenn diese herrlichen Inseln, die man uns gegeben hat, nicht vereint werden... jetzt, wo wir das letztemal Gelegenheit dazu haben.«

Sie fing an zu weinen, und John fragte beklommen: »Beth, was

hast du?« Und sie jammerte: »Ich habe Heimweh nach den Inseln. Meinen schönen Inseln ...«
»Beth, sobald das alles vorbei ist, fahren wir zurück. Auch ich möchte Trevelyan wiedersehen.«
»Ich war so glücklich dort ...« Wenige Minuten später war sie tot. Als John in seinem stillen Schmerz die Ärzte befragte: »Wie konnten Sie zulassen, daß so etwas passiert?« lautete ihre einfache Erklärung: »Sie lebte leidenschaftlich, und es war ihr selbstgewählter Zeitpunkt abzutreten.«

Nach der Beerdigung, die Lady Hester für John arrangierte, der zu aufgewühlt war, um Entscheidungen zu treffen, gab er sich alle Mühe, aus Respekt vor Elzabets Ansicht, sich aus den letzten Schlachten für das Zustandekommen eines Friedensvertrages herauszuhalten, aber weder Sir Hugh noch Lady Hester ließen es zu. Immer tiefer zogen sie ihn in die Verhandlungen mit hinein, die vor der alles entscheidenden Abstimmung im Parlament stattfanden, der Abstimmung, die das Werk des Earl of Bute annehmen oder verwerfen sollte.

Aufgehetzt von Lady Hester, die sich als wütender Verteidiger der Interessen Jamaikas erwies, brachte John eine Neuauflage des »Ungeschminkten Berichts« von weiteren 800 Exemplaren heraus, die sie persönlich in Gebieten verteilte, von denen sie sich den meisten Nutzen versprach. Sie veranstaltete außerdem prächtige Diners in ihrem Haus, bei denen Druck auf die Gäste ausgeübt wurde und Abgeordnete aus ländlichen Gebieten über die materiellen Vorteile aufgeklärt wurden, die sie einheimsen durften, wenn sie die Vorlage von Bute annahmen.

Schwerfällig zog sich die Debatte den ganzen Dezember des Jahres 1762 über hin, ebenso den Januar des darauf folgenden Jahres und noch bis weit in den Februar, eine Zeit, die die Mitglieder des Zuckerkartells weidlich zur Aufklärung nutzten, obwohl die Tatsachen eindeutig gegen sie sprachen. Schließlich, am 20. Februar 1763, konnte die Abstimmung nicht länger hinausgezögert werden, und die großen Pflanzer, die das Parlament praktisch beherrschten, sahen genüßlich zu, wie die Auszählung 319 Stimmen für den Vertrag ergab, die französischen Inseln also an Frankreich zurückgingen, und sich nur 61 Stimmen dagegen aussprachen.

Am Abend begleitete William Pitt, stets unnachgiebig in der Auseinandersetzung, aber wohlwollend in der Niederlage, Lady Hester Pembroke vom Parlament nach Hause und beobachtete von seinem vor »Tugend, Heldenmut belohnend« aufgestellten samtbezogenen Stuhl aus, wie die jubelnden Pflanzer ihren Sieg feierten. Während einer kleinen Unterbrechung der Festivitäten schaute er über die Schulter zurück und zeigte auf die gigantische Skulptur: »Gentlemen, ich muß Sie daran erinnern, daß diese Dame, auch wenn sie heute abend noch so kräftig erscheint, eine launische Person ist. Mit Ihrem Sieg, fürchte ich, haben Sie die amerikanischen Kolonien für unser Weltreich verloren. Das sind Menschen großer innerer Stärke dort drüben, eine neue Rasse, und sie werden die Nachteile, die Sie ihnen mit dem heutigen Tag ins Gesicht schleudern, nicht hinnehmen.«

»Und was, erwarten Sie, werden die dagegen unternehmen?« erkundigte sich Croome. »Sie haben keine Macht. Wir haben Macht.«

»Ich erwarte, daß sie sich erheben werden. Daß sie gegen diese Ungerechtigkeit rebellieren werden.« Anschließend trat er auf Lady Hester zu, küßte sie auf beide Hände und bat sie, ihn zur Tür und seiner wartenden Kutsche zu begleiten.

Pitt sollte recht behalten. Der Sieg stellte sich tatsächlich als teuer bezahlt heraus. Die Energie, die Sir Hugh über die letzten beiden Jahre unermüdlich in die Schlacht zur Verteidigung des Zuckerkartells gesteckt hatte, hatte an seinen Kräften gezehrt. Er wußte, er hatte ausgedient, und fand kaum Vergnügen, als die Pflanzer ihren, wie Mr. Pitt es nannte, »teuren Sieg« feierten. Außerdem bereitete es ihm großen Kummer, seinen jüngsten Sohn durch den Verlust seiner Frau so niedergeschlagen zu sehen, und mit jedem Tag wurde Sir Hugh schwächer.

Trost fand er in der erstaunlichen Lebensfreude seiner Frau, und eines Abends, als er spürte, daß ihn die Kräfte verließen, sagte er zu ihr: »Männer wie ich, die in England zur Schule gegangen sind, haben auf die jamaikanischen Pflanzer, wie deinen Vater, die nur das kannten, was ihnen das Land beigebracht hat, oft mit einem Lächeln herabgesehen. Aber jetzt muß ich erkennen, daß er und auch du ihre Kraft zum Leben aus diesen Feldern, diesen Wäldern ziehen.« Plötzlich brach er in Schluchzen aus: »Jamaika, Jamaika! Ich werde die Brücke in Trevelyan niemals wiedersehen.«

Am nächsten Tag war er tot. Fast alle Parlamentsmitglieder, die zu der Zeit in London weilten, nahmen an seiner Beerdigung teil, denn er war das einzige Mitglied des Zuckerkartells, dem alle Respekt entgegenbringen konnten.

Sieben Wochen nach der Beerdigung, im April, als das ländliche England im lieblichsten Kleid erblühte, fuhr eine Kutsche vor dem Landhaus in Upper Swathling vor, in das John Pembroke sich nach seinem doppelter Verlust zurückgezogen hatte und trauerte. Eine Frau stieg vor der Eingangspforte aus, unterließ es anzuklopfen und platzte in das Zimmer, in dem John saß. Es war seine Stiefmutter, Lady Hester Pembroke, und was sie mitzuteilen hatte, schockierte ihn:»John, hör zu! Du kannst hier nicht dein ganzes Leben vergeuden. Mein Gott, du bist doch erst 54.«

Er erhob sich, um ihr einen Stuhl anzubieten, aber sie nahm das Angebot nicht an, zog es vor stehenzubleiben, bis sie das los war, was sie zu sagen hatte:»Ich habe dich all die Jahre geliebt, John. Mein Herz war gebrochen, als du Elzabet mit nach Hause brachtest, aber ich habe es nicht gezeigt. Jetzt brauche ich mich nicht länger zu verstecken. Ich bin eine Pembroke, bin es immer gewesen, und jetzt, wo wir beide freie Menschen sind . . .«

Er war wie vor den Kopf geschlagen. Er stolperte aus dem Zimmer nach oben und beobachtete von einem Fenster aus ihre Kutsche – in der Hoffnung, seine Grobheit würde sie zwingen abzureisen, aber sie blieb, und nachdem er eine halbe Stunde lang etwas Ordnung in seine Gedanken gebracht hatte, kam er zurück mit der festen Absicht, ihr eine Abfuhr zu erteilen. Es gelang ihm nicht. Als er vor ihr stand, lachte sie, die große starke Frau; das Leben in London hatte ihr eine Reife verliehen und aus ihr eine charmante Gastgeberin gemacht, mit Vorzügen, die andere, weniger beherzte Frauen niemals erreichen würden. Als sie nun seinen Schmerz sah, sagte sie:»John, es hat keinen Zweck. Du weißt, ich gebe nie auf. Ich habe einmal zugelassen, daß du weggelaufen bist, und da habe ich dich verloren. Nie wieder.« Sie versicherte ihm, sein älterer Bruder, mittlerweile Sir Roger, würde ihren Vorschlag bestimmt als sinnvolle Sache ansehen und daß auch seine und Elzabets drei Kinder, allesamt verheiratet und in London lebend, sicher zustimmen würden. »Sie wollen nicht mit ansehen, wie du wie ein abgeschnittenes Zuckerrohr in der Sonne verdorrst.« Der Vergleich mit den Verhältnissen in Jamaika ermunterte sie hinzuzufügen: »Außerdem, John, brauchen sie keine Angst haben, daß ich dich wegen deines Geldes nehme, was laut deinem Testament ihnen zustehen würde.«

Am ersten Tag kam sie nicht weit, aber da sie sich in einem nahe gelegener Gasthaus ein Zimmer gemietet hatte, sah sie ihn häufig, und nach einiger Zeit löste sich die Starre in seinem Leben, und allmählich erkannte er den Vorteil in dem, was Hester vorschlug, und auch die

449

Unausweichlichkeit. Eines Tages, während eines Spaziergangs durch die Täler, machte er ihr auf seltsame Art einen Antrag: »Du weißt, du wirst deinen Titel Lady verlieren. Ich bin nicht Sir John«, worauf sie entgegnete: »Ich behalte, was mir einmal gehört hat; soll die Titel der Teufel holen.« Auch als er bemerkte, die anglikanische Staatskirche hätte doch sicher ein Gesetz, nach dem es verboten sei, seine Stiefmutter zu heiraten, hatte sie eine Antwort parat: »Macht nichts. Wir werden in Frankreich heiraten. Da ist alles erlaubt.«

Sie plante auch die Flitterwochen, schleppte ihn nach Florenz, wo Freund und Bildhauer Luigi ihr eine massige Statue zeigte, die er gerade fertiggestellt hatte. »Gerechtigkeit, die Schwachen verteidigend«, wollte er sie benennen, und sie kaufte die Skulptur auf den ersten Blick. Ihr Mann, entsetzt über die Monstrosität – eine fast nackte Frau, sechs kauernde Bittsteller beschützend –, war machtlos; er konnte den Kauf nicht verhindern, denn, wie er Sir Roger erklärte, nachdem die Figur in London aufgestellt worden war: »Was sollte ich machen? Es war ihr Geld.«

450

8. Kapitel

Seeheld und Mitgiftjäger

Als in dem furchtbaren Erdbeben von 1692 an der Südküste Jamaikas die berüchtigte Piratenhöhle Port Royal im Meer versank, blieb ein langer schmaler Streifen von dem Unheil verschont. Er bildete nur knapp ein Zehntel der ehemaligen Landmenge, aber da sich eine stabile Festung mit dicken Mauern auf ihm befand, so ausgerichtet, daß sie einem Angriff vom Meer aus standhalten würde, hatte das Parlament in London verfügt, zusätzliche Geschützstellungen dort einzurichten, um jedem französischen Übergriff zu widerstehen.

Anders als in der Zeit Königin Elizabeth' und Francis Drakes, als die Spanier nur eine kriegerische Geste zu machen brauchten, um die Engländer vor Angst erzittern zu lassen, nahm jetzt, 200 Jahre später, eine spanische Drohgebärde niemand mehr ernst. Es waren die Franzosen, deren feindliches Gebaren Schrecken im Herzen der Briten auslöste, denn die fähige Marine dieses Gegners stellte eine fortwährende Bedrohung für die britische Unabhängigkeit dar. Interessanterweise wurden die großen Schlachten dieser Epoche nicht in europäischen Gewässern geschlagen, sondern im Karibischen Meer, wo die Flotten beider Nationen häufig aufeinanderprallten und abwechselnd Siege und Niederlagen erfochten. Bei einer Auseinandersetzung vor der Insel Dominica gewannen die Engländer einen Sieg, der Signalwirkung hatte, doch in den Jahren, die jetzt behandelt werden sollen, schienen die Franzosen fähig, zum Gegenschlag auszuholen. Als Marineoffizier in diesen Gewässern galt es ununterbrochen auf der Hut zu sein vor dem gefürchteten Ruf des Ausgucks: »Französische Schiffe am Horizont!«, denn das hieß: klar zum Gefecht.

In dieser Atmosphäre der Angst kam den Ruinen von Port Royal, die nach dem schrecklichen Erdbeben nicht mit versunken waren, für die britische Flotte eine wesentliche Bedeutung zu, denn wer Fort Charles an der Spitze dieses winzigen Eilandes kontrollierte, beherrschte auch die riesige Bucht von Jamaika und damit das Herz der Karibik. Um es uneinnehmbar zu machen, übergab die britische Regierung in jenem stürmischen Jahr 1777, als die Engländer noch immer damit beschäftigt waren, die amerikanischen Kolonien zur Raison zu bringen, das Kommando einem erstaunlich jungen Offizier, keine zwanzig Jahre, der schon bald der jüngste Kapitän der Flotte werden sollte. Als die kampferprobten Veteranen, manche doppelt so alt wie er, die schmächtige Figur sahen, knapp 1,65 Meter groß und gerade fünfzig Kilogramm schwer, knurrten sie:»Was hat uns London denn da für ein Bürschchen geschickt?« Aber während sie so redeten, überschaute der junge Kerl den riesigen Ankerplatz und sagte zu sich selbst:»Wir könnten alle Schiffe der Welt in diesem sicheren Hafen festmachen, und ich werde ihn verteidigen, mit meinem Leben, wenn es sein muß.«

Es war Horatio Nelson, eine unpassende Figur für den Dienst auf einem von England so weit entfernten Posten – keine sonderlich eindrucksvolle Gestalt, flachsblondes Haar, hohes, überspanntes Stimmchen, und gelegentlich brach sogar der ländliche Akzent Ostenglands durch. Ja, als er jetzt vortrat, das Kommando zu übernehmen, sah er aus wie ein frisch geweihter Priester, der sich bei einer reichen Verwandten für eine Stelle in der Kirche einer der Landsitze der Familie bewarb, eine Vorstellung, die so abwegig nicht war, denn sein Vater, beide Großväter und zahlreiche Großonkel waren Priester der anglikanischen Staatskirche gewesen.

Die Streitkräfte unter seinem jugendlichen Kommando schienen ebenso schwach wie er selbst, denn er verfügte, wenn es hochkam, über 7 000 Soldaten, während allseits bekannt war, daß der französische Kommandant in der Karibik das Meer mit mindestens 25 000 zähen Veteranen durchstreifte, auf einer Flotte, die von schweren Geschützen nur so starrte. Am Abend seines ersten Tages auf der Festung verschlang er hastig ein Mahl, schritt unruhig auf der Brustwehr seiner neuen Stellung auf und ab und gab sich selbst Befehle: Du mußt zusätzliche Kanonen aufstellen. Du mußt Alarmübungen durchführen, um zu sehen, wie schnell die Männer auf ihren Posten sind, wenn die Pfeife tönt. Du mußt die verfallenen Ruinen am Ufer entfernen lassen – ich will nicht, daß sich französische Spione dort verstecken.

Während er die Runde machte, fiel ihm auf, daß ein Midshipman, ein junger Offiziersanwärter, der mit ihm aus England gekommen war,

452

ein rothaariger Junge von dreizehn Jahren, immer hinter ihm hertrottete. Ohne Vorwarnung hielt er an, drehte sich rasch um und fragte gebieterisch: »Warum folgst du mir so dicht auf den Fersen?« Und der Junge entgegnete mit hoher Stimme: »Bitte, Sir. Ich will unser neues Fort auch besichtigen. Um mir meinen Posten zu suchen, wenn die Frenchies anrücken.«

»Wer bist du, mein Junge?«

»Ich habe auf der ›Dolphin‹ unter Euch gedient.«

»Ich erinnere mich; trotzdem, wer bist du?«, worauf der Junge die erstaunliche Antwort gab: »Alistair Wrentham. Mein Großvater ist der Marquis von Gore, und mein Vater war Offizier auf dem indischen Vorposten, aber er ist im Kampf gefallen.«

Nelson, überlegen und zurückhaltend in seinem Wesen, zeigte plötzlich reges Interesse, denn ging das Marquisat in der Erbfolge auf den Jungen über, konnte er für Nelsons Ambitionen von ungeheurem Wert sein, aber der Junge enttäuschte ihn umgehend: »Mein Vater war der vierte Sohn, und ich bin auch der vierte Sohn, stehe also ganz am Ende der Erbfolge.« Trotzdem, sich daran erinnernd, daß der Junge im Verlauf der bisherigen Unternehmung Intelligenz und Tapferkeit bewiesen hatte, sagte Nelson: »Bleib nur ruhig in meiner Nähe. Kannst dich um die kleinen Dinge kümmern«, worauf sie die Wallanlagen gemeinsam abschritten.

Schon bald hatten sich die in Port Royal stationierten Soldaten und Seeleute ein genaues Bild von ihrem jungen Anführer gemacht. Sie stellten fest, daß er ein Rückgrat aus scheinbar unnachgiebigem Eichenholz besaß, eine unersättliche Gier nach Ruhm, Bereitschaft zu heroischem Verhalten und von einer beneidenswerten Redlichkeit war. Während der langen Nachtwachen, wenn sich kein französischer Eindringling im tropischen Mondlicht zeigte, enthüllte er – jedoch nicht, um damit zu prahlen – Einzelheiten aus seiner erstaunlichen Karriere, denn mit zwanzig verfügte er über mehr Erfahrung, als die meisten seefahrenden Männer in vierzig Jahren angehäuft hatten.

»Mein älterer Bruder wurde der Pfaffe, den die Familie immer haben wollte, und so stand es mir frei, Seemann zu werden. Ich bin mit dreizehn zur Marine gegangen und segelte mit vierzehn zum erstenmal in der Karibik. Später bin ich noch einmal zurückgekehrt, ich kenn' mich also aus hier. Als ich fünfzehn war, vielleicht auch noch vierzehn, bin ich in die Arktis gefahren. Große Expedition damals.«

»War das, als Ihr mit dem Polarbären gerungen habt?« unterbrach

Alistair Wrentham, denn es waren Zeichnungen im Umlauf: Nelson im tödlichen Kampf mit einem riesigen weißen Bären. Da er oft auf diese Geschichte angesprochen wurde, achtete er peinlich genau darauf, was er antwortete: »Thomas Flood und ich, er war damals auch erst vierzehn, wir verließen die ›Cargass‹, um auf eigene Faust die Gegend zu erkunden. Wir befanden uns mitten im Packeis, nicht weit vom Schiff, als plötzlich ein Ungetüm von Eisbär brüllend von hinten auf uns losstürzte, und er hätte mich töten können, wenn Kapitän Lutwidge uns nicht gewarnt hätte.«

»Und dann habt Ihr Euch umgedreht und habt mit dem Bär gekämpft, war es nicht so?« fragte Alistair.

»Gekämpft? Das würde ich nicht gerade sagen. Ich war mit einem Ruder losspaziert, einem Stück Holz nur, und mit dem habe ich versucht, ihn uns vom Leib zu halten. Aber ein Kampf? Nein, so kann man das nicht nennen.«

»Wie wurdet Ihr dann gerettet?«

»Der Kapitän unseres Schiffes erkannte die Gefahr, in der wir uns befanden, und gab Befehl, eine Kanone abzufeuern. Der Krach jagte Flood und mir einen ziemlichen Schrecken ein, aber er machte auch dem Bären angst und verscheuchte ihn.«

»Was hat der Kapitän gesagt, als Ihr wieder an Bord kamt?«

Auf diese Frage antwortete Nelson stets ehrlich mit: »Wir durften nie wieder auf eigene Faust die Gegend auskundschaften.«

Ein anderes Mal erzählte er, wie er als Junge von siebzehn Jahren nach Indien gesegelt war. »Die gewaltigen Häfen, die fremden Menschen, wir haben alles gesehen. Wir haben gegen Piraten gekämpft und Handelsschiffe vor Überfällen beschützt.« Dann plötzlich verfiel er in Schweigen und fuhr erst nach geraumer Zeit wieder fort: »Das Fieber hatte mich befallen, und ich wäre gestorben, wenn nicht ein wundervoller Mensch, Kapitän Pigot, James Pigot, einen Namen, den ihr niemals vergessen dürft, mich nicht unter seine Fittiche genommen und gerettet hätte.« An dieser Stelle legte er immer eine Pause ein, wenn er mit Matrosen zusammensaß, schaute sie nacheinander an und sagte dann: »Es gibt nichts auf der Erde oder auf See, das schöner ist als die erprobte Freundschaft unter Waffengefährten. Auf dem Schlachtfeld, auf politischem Gebiet, aber vor allem auf See ist uns die Tapferkeit des Mannes, der die Gefahr mit uns teilt, eine Stütze. Daß ich heute vor euch stehen kann, habe ich nur Kapitän James Pigot zu verdanken.«

In den Abendstunden, besonders wenn der tropische Mond das alte

Fort mit einem silbrigen Licht und geheimnisvollen Schatten überflutete, sammelte der junge Kapitän gern eine Gruppe aus altgedienten Offizieren, jüngeren Anwärtern, aber auch einfachen Matrosen, die Interesse bekundeten, um sich und unterwies sie in allen militärischen Dingen, besonders aber in der Führung von Schiffen in Kriegszeiten. Jedoch bestand er darauf, daß sie zunächst einmal die Bedeutung ihrer augenblicklichen Tätigkeit in der Karibik erkannten.

»Diese anmutigen Gewässer haben Europa stets sehr am Herzen gelegen, denn was immer in dem einen Gebiet geschieht, bestimmt auch, was in dem anderen vor sich geht. Nehmen wir nur einen Krieg, der ausschließlich auf dem europäischen Festland geführt wird – ist der Friedensvertrag erst einmal unterzeichnet, sind es seine Bedingungen, die entscheiden, ob diese oder jene Insel im Karibischen Meer an Spanien, Frankreich, Holland oder England fällt, und was wir hier veranstalten, kann daran nichts ändern.

Auf der anderen Seite gilt: Wenn unsere Kriegsflotten hier auf See zusammenprallen, dann hat das Auswirkungen auf das, was in Europa geschieht. Warum, fragt ihr, wo doch unsere Inseln nur so klein sind und die Länder in Europa so groß? Weil wir Zucker anbauen, eines der wertvollsten Nahrungsgüter der Welt, und Europa wird reich, wenn wir unseren Zucker, unsere Melasse und unseren Rum in die Heimatländer verschiffen. Jamaika, die Insel, die dort drüben vor sich hin brütet und die wir mit unserem Fort beschützen, liefert das Geld, das Europa am Leben hält. Die Schiffe, mit denen wir segeln, sind mit Geld aus Jamaika gebaut.

Mit Frankreich ist es dasselbe. Dessen kleine Insel St-Domingue, nur ein paar Tagesreisen nördlich von hier, ist das reichste Land auf der Erde. Wenn wir ihnen den Seeweg zwischen St-Domingue und Rochefort abschneiden könnten, hätten wir die französische Flotte im Würgegriff, denn es ist der Zuckerreichtum der Karibik, der das Mutterland am Laufen hält. Meine Herren, Sie verrichten Dienst in einem Meer, das für England von ungeheurer Bedeutung ist.«

Bei diesen nächtlichen Zusammenkünften, an die sich viele Teilnehmer noch Jahre später erinnerten, sprach Nelson aber auch über strategische Fragen, denn mit seinem bebenden Verstand dachte er ständig über neue Methoden und Verfahren, den englischen Schiffen im Kampf gegen die Franzosen einen Vorteil zu verschaffen, nach.

»Vergeßt nicht, daß erst vor wenigen Jahren, 1782, vor der Insel All Saints das Schicksal Englands entschieden wurde, als nämlich unser

Admiral Rodney auf die gesamte französische Flotte unter DeGrasse traf. Vorher hatten beide Flotten bei solchen Gefechten immer in zwei Reihen gegenüber Aufstellung bezogen, breitseitig, und die Kanonen die ganze Zeit über gefeuert. Aber wißt ihr, was Rodney gemacht hat?«

Offiziersanwärter Wrentham wußte es, aber bevor er etwas sagen konnte, legte Nelson eine Einhalt gebietende Hand auf sein Knie, denn er wollte sich die Wirkung seiner Geschichte nicht verderben lassen:

»Er eröffnete die Kampfhandlung wie immer, mit aufgereihter Flotte, wie Tänzer in einer festen Formation, aber wendete dann die Linie auf halbem Weg um neunzig Grad und raste mitten in die französischen Reihen, prallte frontal auf die gegnerischen Schiffe, durchbrach die Reihe und verursachte ein schlimmes Chaos. Damit hatte er eine völlig neue Methode der Kriegführung auf See erfunden.

Wir können es ja mal durchspielen: Ihr neun da drüben seid die französischen Schiffe, wir sind die Engländer. Bildet Reihen; wie früher. Schuß, Schuß, die Kanonen donnern. Bumm! Bumm! Bumm! Jetzt durchbrechen wir die Regel und... rumms! Mitten in die französischen Reihen. Seht ihr das Durcheinander? Seht ihr, jetzt können wir die verwirrten französischen Schiffe jagen und in Stücke hauen. Wieder ein Sieg für England!«

»Entschuldigt, Sir«, unterbrach Wrentham. »Mein Vater hat mir eingeimpft, daß wir jetzt immer Großbritannien sagen müssen«, worauf Nelson erwiderte: »Dein Vater hat ganz recht. Schottland, Wales und Irland sind herrliche Länder, mit wackeren Söhnen, aber vergeßt nicht, daß unsere Schiffe von englischen Handwerkern gebaut worden, aus englischer Eiche und mit englischen Seeleuten besetzt sind. Es gibt keine besseren auf der ganzen Welt, und sollten wir doch einmal versagen, dann werden auch die weniger wichtigen Landesteile Großbritanniens mit uns untergehen. Wir sind England, das Herz Großbritanniens, vergeßt das nie.«

Es gab ein bezeichnendes Ereignis in Nelsons Karriere, das er selbst nie ansprach, nicht aus Bescheidenheit (eine Tugend, die er nicht besaß), sondern weil er als der noch strahlendere Held auftrat, wenn andere die Geschichte erzählten, wie der junge Wrentham jetzt in seinem jugendlichen Überschwang:

»Voriges Jahr liefen wir aus Port Royal aus, um die Piraten der aufständischen amerikanischen Kolonien zu schlagen... sie hatten versucht, mit unseren Inseln Handel zu treiben . . . Kapitän Nelson nannte sie nur die ›überheblichen Schweinehunde‹. Es wurde eine großangelegte Jagd, und zwei von ihnen haben wir versenkt.

Beim letztenmal dann brauchten wir ihre Schiffe nicht mehr zu versenken, weil unsere Kanoniere sie wild beschossen, und sie ergaben sich gern, das kann ich euch sagen, und holten ihre dreiste Flagge ein. Aber dann gab es ein Problem. Die See war so aufgewühlt, daß die Matrosen neben mir fragten: Wie sollen wir da bloß mit unserem kleinen Boot die Prisenmannschaft rüber zu ihrem Schiff rudern und es in Besitz nehmen?

Ich war mir sicher, es war zu schaffen, also sprang ich sofort rein und erwartete, daß sich auch der Oberleutnant zu mir gesellte, aber als er das stürmische Wasser sah, bekam er es mit der Angst zu tun und rief: ›So ein kleines Boot schafft es niemals von hier nach da.‹ Und er weigerte sich.

Jetzt kam Kapitän Locker angestürmt: ›Warum entert ihr sie nicht?‹ Und er wurde so wütend, als er uns da unten auf dem Wasser in unserem kleinen Boot sah, ohne Anführer, daß er verächtlich losbrüllte: ›Hab' ich denn keinen Offizier, der mutig genug ist, sich diese Prise zu holen?‹, und machte Anstalten, selbst ins Boot zu springen. In dem Moment sprang Leutnant Nelson vor, er war damals noch kein Kapitän, und sagte: ›Erst bin ich dran. Und wenn's schiefgeht, seid Ihr dran.‹ Schon sprang er runter, und los ging's durch die rauhe See, die uns schaukelte wie ein Korken in einem aufgewühlten Wasserbecken. Wir erreichten schließlich die Amerikaner, und Nelson kletterte an Bord, ich hinterher, und dann hörte ich ihn sagen: ›Leutnant Horatio Nelson, Offizier Seiner Majestät König George III. und Kommandant dieses Schiffes.‹ Ich kann euch sagen, als wir die Fracht von diesem Fang in Jamaika verkauften, machten wir alle satten Gewinn.«

Es wurden noch mehr Geschichten unter den Engländern in der Festung erzählt, während sie auf den Angriff warteten, der niemals stattfand, und alle bestätigten Nelsons Tapferkeit, aber auch seine Dickköpfigkeit und seine Zielstrebigkeit, die Dinge genauso anzugehen, wie er es für richtig hielt, aber stets innerhalb der Regeln der englischen Marine und den ehernen Gesetzen gehorchend, die auf See gelten. Weder tolerierte er Nachlässigkeit bei den Männern, die unter ihm dienten, obwohl sie nicht selten zwanzig oder noch mehr Jahre älter waren als er, noch duldete er Inkompetenz bei seinen Vorgesetzten. Ließen letztere in ihrer Pflichtausübung nach, beeilte er sich, sie darauf hinzuweisen.

In dem alten Fort in Port Royal aber vertrödelte er die Zeit, wartete auf den rechten Augenblick, war mit anderen Sorgen beschäftigt. Als junger Mann, der gerade Anfang Zwanzig war, interessierte er sich natürlich für Frauen. Eifrig hielt er nach einer Geeigneten Ausschau, die ihn gefühlvoll bei seiner Marinekarriere unterstützen würde, und so führte er mit seinen Offizieren, alle jünger als er und ebenfalls unverheiratet, lange und erstaunlich offene Gespräche, die Art von Frau betreffend, die passend schien. Des öfteren legte er während dieser Diskussionen auch seine Grundregeln für die Heirat eines Marineangehörigen dar: »Zunächst mal: Ein Offizier ist nur ein halber Mann, wenn er weder Frau noch Kinder hat. Also, heiratet. Zweitens: Er muß sich seine Frau mit äußerster Vorsicht aussuchen, denn sie muß seine feste Stütze sein und darf nicht der Grund für seinen Niedergang werden.« Seine beiden letzten Regeln zu verraten, scheute er sich manchmal, wenn er in aller Öffentlichkeit darüber sprach, denn sie hatten für ihn besondere Geltung.»Drittens: Die Frau, die ich suche, muß reich sein, damit ich als solider Mensch unter meinesgleichen auftreten kann. Viertens: Sie muß aus einer bedeutenden Familie stammen, deren Mitglieder mir dabei behilflich sein können, Beförderungen zu erlangen. Ich bin sicher, irgendwo auf der Welt gibt es die junge Frau, die alle diese Voraussetzungen erfüllt.« Dann fügte er noch schnell hinzu:»Und es wäre natürlich ganz hilfreich, wenn sie die Franzosen hassen würde, so wie wir das tun, wenn wir sie in eine Schlacht verwickeln.«

Fragte ein Zuhörer mal, ob er denn erwartete, den Rest seines Lebens gegen die Franzosen zu kämpfen, fertigte er ihn mit der kurzen Bemerkung ab:»Welchen anderen Feind könnten wir sonst noch haben?« Schnell verbesserte er sich dann:»Feinde haben wir viele, aber keinen, der so mutig ist auf See wie die Franzosen. Sie sind unser ewiger Feind.« Als er diese Worte äußerte, schaute er aufs Meer, auf dem sein großer Vorgänger Drake genau dasselbe über die Spanier gesagt hatte und auf dem seine Nachfolger ihre Feindschaft gegen die Deutschen bekräftigen sollten. Dasselbe Meer, dieselben Schiffe aus Eichenholz und Eisen und Stahl, dieselben Männer aus Devon und Sussex und Norfolk, derselbe Feind, nur unter anderem Namen, dieselben Inseln, die verteidigt werden mußten, und dieselben jungen Burschen, die in den langen Nachtwachen darüber grübelten, wen sie heiraten sollten.

Von den vier Bedingungen war es die dritte, die ihm am meisten Schwierigkeiten bereitete – daß seine Frau reich sein sollte. Als sechstes von elf Kindern eines mittellosen Geistlichen in Norfolk fürchtete er sich übermäßig stark vor Armut und war wie besessen von dem Gedanken an Geld. Das hatte ihn zu einem schamlosen Mitgiftjäger gemacht, gewillt, fast jede zu heiraten, wenn sie ihm nur eine stattliche Aussteuer und Verwandte eintrug, die seinen Aufstieg in der Marine protegierten, und so nahm er lieber Abstand davon, seinen jungen Kameraden den wahren Grund zu nennen, warum er bei den zahlreichen jungen reizvollen Geschöpfen, denen er versuchsweise den Hof gemacht hatte, einer Heirat immer aus dem Weg gegangen war.

Bei jeder Begegnung mit einer potentiellen Heiratskandidatin quälte er sich mit häßlichen Fragen: Wieviel werden mir ihre Eltern geben? Wird sie deren Vermögen erben, wenn sie mal sterben? Wie bald ist mit deren Tod zu rechnen? Wird sie sich als sorgfältiger Verwalter der wenigen Mittel erweisen, die wir zur Verfügung haben? Und dann die schrecklichste Frage von allen: Was ist, wenn diese Stelle ausläuft und man mir kein eigenes Schiff gibt und ich mit hundert Pfund im Jahr dastehe? Könnte sie sich vorstellen, auch mit einem Marineoffizier auf halbem Sold zu leben – ohne jede Aussichten auf Weiterbeschäftigung? Fielen die Antworten auf diesen Schwall rhetorischer Fragen ungünstig aus, was sie immer taten, floh er vor der jungen Frau, trauerte über die Trennung und jagte wie ein liebeshungriger Matrose, der er eigentlich war, dem nächsten Schwarm nach – zu einem ähnlichen Ende verurteilt.

Dieses gräßliche Beschäftigtsein mit Geldfragen offenbarte sich nur dann, wenn er an seine Schwierigkeiten dachte, eine Ehe einzugehen. War er davon frei, in der Rolle als Soldat etwa, übersah er ausnahmslos jeden persönlichen Gewinn, wie Admiral Digby zu berichten wußte. »Nelson war gerade der Flottenstützpunkt New York angeboten worden, und ich grüßte ihn mit den Worten: ›Viel Glück, Leutnant Nelson. Da haben Sie sich einen guten Stützpunkt geangelt, um Prisengeld zu machen.‹ Aber ich war völlig verwirrt, als er mich anfuhr: ›Ja, Sir, aber um sich Ruhm einzuheimsen, ist die Karibik der bessere Stützpunkt.‹«

Und da war es, was Horatio Nelson eigentlich suchte: Ehre, Ruhm und Heldentum. Tatsächlich war er so versessen darauf, daß er bereits als Junge so lange flehte, seinen Vorgesetzten zusetzte und vor ihnen zu Kreuze kroch, bis sie ihm einem Kriegsschiff zuwiesen, und als Erwachsener unzählige Erniedrigungen in Kauf nahm, nur um auf diesem oder jenem größeren Schiff eingesetzt zu werden. Hatte er schließlich die Verantwortung für eins mit 28 Kanonen, lavierte er so lange, bis er eins mit 64 bekam, und kaum war er an Bord seines neuen Schiffes, heckte er Pläne aus, wie er an eins mit 74 kommen konnte.

Mit zunehmendem Alter stieg auch Nelsons Kühnheit, und gelegentlich entglitten ihm Äußerungen, die sein unbedingtes Verlangen nach Ruhm verrieten. Eines Abends in der Feste von Port Royal sagte er, die herrliche Bucht überschauend, in der die alte Stadt versunken war: »Wie schrecklich zu sterben, bevor man Gelegenheit hatte, zu Ruhm zu kommen!« Gleich am nächsten Tag machte er sich daran, seine Vorgesetzten mit einem Schwall von Briefen zu bombardieren, in denen er sie um Beförderung bat und Versetzung auf bessere Posten, Kommandos über dieses oder jenes prächtige Schiff. Ohne jede Scham schmückte er sich in seinem Ehrgeiz außerdem gnadenlos mit all den Attributen der Führerschaft, die ihn zu einem Kommando berechtigten, sollte sich jemals die Gelegenheit ergeben.

Da sich auf Jamaika keine weiße Erbin fand, die seine Bedingungen erfüllte, sah er sich gezwungen, zeitweilig Gesellschaft unter den aufregenden, aber mittellosen Schönheiten zu suchen, die sich am Fort Charles herumtrieben, und die Legende auf Jamaika besteht darauf, erst in den Armen dreier Mädchen von rötlichbrauner Hautfarbe habe er den warmen Trost erhalten, nach dem er sich in seiner Einsamkeit sehnte. Die Namen dieser Mädchen sind nicht überliefert, sie wurden der Erinnerung nicht für wert befunden, als »Halbbluts«, wie die weiße Oberschicht sie geringschätzig zu nennen pflegte, aber die kleinen Hütten außerhalb des Forts, in denen sie hausten, wurden später stolz vorgezeigt, als der Name Nelson im Herzen eines jeden aufrechten Engländer in Goldbuchstaben eingraviert war.

»Und das hier ist das kleine Heim, wo Kapitän Nelson mit seiner dunklen Schönheit gelebt hat«, hieß es dann, und im Laufe der Zeit verliehen die Hütten den Geschichten über jenen jungen, rauhen Kapitän, dem in Erwartung eines französischen Überfalls auf Port Royal die verordnete Untätigkeit an den Nerven zehrte, einen Anflug von Romantik.

Zu den Marinesoldaten, die das Liebesleben ihres Kapitäns aufmerksam verfolgten, gehörte auch Midshipman Alistair Wrentham, sechzehn Jahre zu der Zeit und selbst gerade dabei, zum erstenmal die unwiderstehliche Anziehungskraft zu spüren, die ein hübsches Mädchen auf einen jungen Matrosen ausüben kann. Noch reichte sein Mut nicht, eines der Mischlingsmädchen anzusprechen, und da er nichts Besseres mit sich anzufangen wußte, verbrachte er seine Zeit damit, durch die

Ruinen von Port Royal zu schlendern und sich an die Küste der Insel zu stellen, um einen Blick auf die Häuserreste zu erhaschen, die von den Wellen verschluckt worden waren, als das Erdbeben ausgebrochen war. Andere konnten was erkennen, jedenfalls behaupteten sie das, er jedoch nicht; eines Nachmittags aber, nachdem er kurzerhand ein kleines Boot requiriert hatte und damit das Küstengewässer durchstreifte, entdeckte er tatsächlich die bereits zerborstenen Überreste eines Schiffes, das damals gesunken sein mußte, und als er zum Fort zurückgeeilt war, um seine Entdeckung zu verkünden, wollte Kapitän Nelson höchstpersönlich das Wunder in Augenschein nehmen. In einer Art Festtagslaune bat er seine dunkelhäutige Dame, einen Korb mit etwas Brot, Käse und Trockenfleisch zu packen, er selbst steuerte eine Flasche Wein bei, und anschließend begaben sich die drei auf ihren Ausflug.

Es war ein festlicher Nachmittag. Wrentham fühlte sich stolz, Nelson etwas zu zeigen, das in irgendeiner Weise mit der See zu tun hatte, aber wie kleinlaut wurde er, als der Kapitän nur kurz unter die Wasseroberfläche schaute und sagte: »Das Schiff ist seiner Bauart nach höchstens ein Dutzend Jahre alt.« Sie ruderten zurück an Land, um festzustellen, wann der Schiffsuntergang stattgefunden hatte, aber die alten Seebären, die sie beobachtet hatten, zuckten nur mit den Schultern: »Wir können uns schon denken, was ihr geglaubt habt; das Erdbeben damals und so weiter. Das da draußen ist vor zehn Jahren gesunken, wurde von einem Hurrikan überrascht, aber die Ritzen und Fugen waren vorher schon nicht mehr dicht. War im Nu untergegangen.« Statt Lob für seine scharfe Beobachtungsgabe als Seemann zu ernten, lachte sogar Nelson jetzt seinen Midshipman aus; es war nicht böse gemeint, aber enthielt die stillschweigende Warnung, das nächstemal genauer hinzusehen.

Wrenthams Beschäftigung mit diesen Dingen wurde unterbrochen, als eines Tages zwei Diener von Trevelyan, der berühmten Zuckerrohrplantage im Zentrum der Insel, mit einer Kutsche an der Port Royal gegenüberliegenden Stelle auf der großen Insel vorgefahren kamen, ein Skiff zu Wasser ließen und zum Fort hinüberruderten. »Wir haben eine Nachricht für Midshipman Wrentham«, bestellten die Männer, einer schwarz, der andere weiß, und als der Verlangte vortrat, wandten sich die beiden an Kapitän Nelson: »Die Pembrokes, denen unsere Plantage gehört, sind gute Freunde von den Wrenthams auf All Saints, und unser Herr bittet um die Erlaubnis, den jungen Mann für sechs oder sieben Tage bei sich aufnehmen zu dürfen.« Fragenden Blickes schauten sie Nelson an, der kurz nickte und antwortete: »Ein feiner junger Mann. Reif für baldige Beförderung. Gehen Sie.« Doch als Alistair gerade das Fort verlassen wollte, kam Nelson noch einmal hinterher und warnte ihn: »Nicht sieben Tage, höchstens fünf, denn vielleicht werde ich schon sehr bald auf einen anderen Stützpunkt versetzt, und ich würde Sie gern noch einmal sehen, bevor ich gehe.«

Die Diener ruderten ihr Skiff Richtung Westen die kurze Strecke zu der Stelle, wo die Kutsche wartete, und fuhren dann in schnellem Tempo weiter Richtung Nordwesten nach Spanish Town, der stattlichen Hauptstadt der Insel, die noch immer Überreste aus der Zeit enthielt, als sie in spanischem Besitz war. Wrentham, hingerissen von der Landschaft im Innern der Insel, die er zum erstenmal sah, über die er während der Wachdienste im Fort aber schon allerlei Vermutungen angestellt hatte, hoffte, die Männer würden hier halt machen für die Nacht, aber sie drängten weiter, schlugen jetzt einen schmalen, farbenprächtigen Weg ein, der an den Ufern eines plätschernden Baches nach Norden führte, wobei der Wasserlauf erst zur linken Seite verlief, dann, nach einer Furt, auf der rechten Seite. Hohe Bäume säumten ihn. Vögel flatterten im unteren Blätterwerk ein und aus und zwitscherten sich gegenseitig etwas zu, als wollten sie die Ankunft Alistair Wrenthams auf das Gebiet der großen Zuckerrohrplantage verkünden.

Als die Kutsche aus dem belaubten Hohlweg hervorkam und die breiten Wege zwischen den weiten, sauber angelegten Feldern befuhr, auf denen der Zuckerrohr stand, erklärten die beiden Männer: »Trevelyan zählt nicht zu den größten Plantagen. Die, an der wir jetzt vorbeifahren, auf der rechten Seite, das ist die größte. Sie heißt Croome und ist riesig. Aber unsere ist reicher... hat besseren Boden... ist auch besser gepflegt.« Dann kamen sie an die Stelle, an der vor Jahren Sir Hugh Pembroke angehalten hatte, um sein kleines Fürstentum zu überschauen, und genossen jetzt denselben Ausblick. »Dort drüben, oben auf dem Berg, die Windmühlen. Ihre Segeln flattern im Wind. Weiter unten, die Presse, wo die Ochsen die Arbeit des Windes fortführen. Sehen Sie den schmalen Steinbogen, der den Berg hinunter zu den kleinen Gebäuden führt? Das ist der Kanal, über den der Sirup läuft, um unten zu Zucker gekocht zu werden. Und drüben steht das wertvollste Gebäude. Da drin wird der schwarze Rum gebrannt, den die Leute so gerne trinken: Trevelyan. Und wenn Sie ein Mann sind, trinken Sie nichts anderes.«

Die Pferde antreibend, brachten die Männer Alistair herunter von der Anhöhe, führten die Kutsche auf die Steinbrücke mit seinen beiden Bögen und dem Aquädukt, das in eines der Geländer eingelassen war, über die Brücke hinweg und wieder eine leichte Anhöhe hoch auf das imposante Herrenhaus zu. »Wir nennen es Golden Hall. Hier wohnen die Pembrokes.« Als sie sich dem Haus näherten, hielt der Kutscher die Zügel zwischen den Knien fest, führte seine Hände an den Mund und rief ein lautes »Haalloo!«, und vor die Eingangstür trat nicht einer der älteren Pembrokes, sondern eine der hinreißend schönsten Frauen, die Alistair jemals gesehen hatte; sehr helle Haut, funkelnde dunkle Augen, leichte Grübchen am Kinn und geheimnisvolle Höhlungen in den Wangen. An diesem Tag, als er sie zum erstenmal sah, trug sie ein einfaches weißes Kleid, weit oberhalb der Taille gerafft und durch ein rosafarbenes Band zusammengehalten, dessen sorgfältig gebundene Schleife vorne herunterhing. Sogar ihre Schuhe entgingen nicht seinem Blick, es waren zierliche Pantoffeln ohne Absätze, doch dann bemerkte er etwas, das ihn auf Anhieb entmutigte: Sie schien auf den ersten Blick wesentlich älter als er, vielleicht sogar schon neunzehn oder zwanzig Jahre alt, und er ahnte, mit einem Gefühl des Erschreckens, daß sie womöglich verheiratet oder wenigstens mit einem jungen Mann aus der Gegend verlobt sein müßte.

»Ich heiße Prudence«, sagte sie offen, trat vor ihn hin und streckte die Hand zur Begrüßung aus, als er der Kutsche entstieg. Er nahm ihre Hand entgegen und spürte, wie ein Zittern seinen Arm durchlief.

Die vier Tage, die er mit Prudence Pembroke und ihrer Familie auf Golden Hall verbrachte, waren wie ein Erwachen für den jungen Alistair, denn seine eigene Familie, die Wrenthams von der Insel All Saints, konnte weder mit einer Zuckerrohrplantage noch mit jenem unermeßlichen Reichtum aufwarten, der allein aus dem Verkauf von Muskovade und Rum an die Kommissionäre in London stammte. Er hatte noch nie eine so gut geführte Plantage gesehen, so ein Herrenhaus wie Golden Hall, noch hatte er jemals eine Familie wie die Pembrokes erlebt: große Tische aus blankpoliertem Holz, an den Wänden gerahmte Ölgemälde, Porträts von Sir Hugh und seinen mächtigen Freunden im Parlament, William Pitt, Dienern in Uniformen nach militärischem Schnitt und auch sonst überall Anzeichen von Luxus. Selbst die Konversation war nach seinem Geschmack »elegant«, denn sie drehte sich zur Hälfte um Probleme, die Jamaika, zur anderen um Themen, die London betrafen, und er erfuhr zu seiner Bestürzung, daß die Pembrokes, Prudence eingeschlossen, schon sehr bald in ihr Londoner Domizil zurückkehren würden.

Gleich an seinem ersten vollen Tag auf Golden Hall geschah etwas, das ihn in Verlegenheit brachte, denn es stellte sich heraus, daß Prudence wie vermutet dreieinhalb Jahre älter als er war, aber in Wahrheit acht oder neun Jahre, was ihre intellektuelle Reife und ihr Interesse am anderen Geschlecht betraf. Sie war ein nettes Mädchen und keineswegs eingebildet auf ihre Erfolge beim anderen Geschlecht, aber sie konnte es nicht lassen, kleine Andeutungen zu machen, daß Männer hier auf Jamaika, aber auch in London sie anziehend fanden, sie auf diesen oder jenen Ball begleitet hätten, und je mehr sie darüber sprach, desto klarer wurde, daß er mit seinen sechzehn Jahren nicht die geringste Chance haben würde, ihre Aufmerksamkeit auf sich zu lenken.

Als junge Dame aus gutem Haus wußte sie aber auch, was sich gehörte, daß es in ihrer Verantwortung lag, den Freund ihrer Familie zu unterhalten, und so unternahm sie mit ihm eine Besichtigung der Plantage, eine Inspektion des Gebäudes, in dem der schwarze Rum von Trevelyan hergestellt wurde, ja sogar einen Ausflug zur Croome-Plantage, wo er einen der Söhne des Besitzers kennenlernte, einen jungen Mann Ende Zwanzig. Ist er derjenige, mit dem sie verlobt ist? fragte er sich in einem Anflug von Eifersucht, aber wie erleichtert war er, als sie ihm später zuflüsterte: »Was für ein Langweiler. Er hat nur Pferde und die Jagd im Kopf.«

Am dritten Tag, als er ihr während eines Spaziergangs über einen Zauntritt half, stolperte sie über eine der Stufen und fiel in seine Arme. Er verspürte sofort das irrwitzige Bedürfnis, sie immer so halten zu dürfen, sie zu umarmen, sie vielleicht sogar zu küssen, aber er vermochte nichts dergleichen zu tun. Statt dessen küßte sie ihn, zu seinem Erstaunen, und rief ihm zu: »Sie sind ein perfekter Gentleman, Midshipman Wrentham, und das Mädchen, das Sie einmal bekommt, kann sich glücklich schätzen.« Dann setzten sie ihren Weg fort, um den Sklaven bei der Arbeit auf den noch nicht abgeernteten Zuckerrohrfeldern zuzuschauen.

Es war dieser Kuß, der in ihm den Gedanken auslöste, sich ihr ernsthafter zu widmen, und obwohl er erkannte, daß sie niemals Interesse an ihm haben würde, war er mehr und mehr von ihr eingenommen, aber während der Nacht dann, kerzengerade im Bett sitzend, hatte er plötzlich eine Idee: Mein Gott! Ist sie nicht genau die Frau, die Kapitän Nelson immer gesucht hat? Und dann ging er die Liste der Bedingun-

gen durch, die er Nelson so oft hatte darlegen hören: Loyal wäre sie, da
bin ich überzeugt. Ihre Eltern haben sie gut erzogen. Und sie stammt
aus einer bedeutenden Familie. Die würde ihm helfen, Beförderungen
einzuheimsen. Außerdem würde sie sich gut machen – als Offiziers-
frau. Weiß, wie sie sich an Land zu benehmen hat. Aber dann überlegte
er: Ist sie auch reich. Ihre Familie hat offensichtlich Geld, aber wird sie
etwas davon erben?

An Schlaf war jetzt nicht mehr zu denken, so überzeugt war er, daß
Prudence die ideale Frau für seinen Kapitän abgeben würde, falls ihr ein
gesichertes Einkommen zustand. Bei Tagesanbruch war er schon früh
unten und wartete auf sie. Ihre Abwesenheit nutzend, versuchte er,
unterbrochen durch unbeholfen verräterische Pausen, von seinen Gastgebern zu erfahren, welche Pläne sie mit ihrer Tochter hatten. »Was
passiert mit so einem großen Anwesen, wenn...?« Er vermochte es
nicht auszusprechen... Sie mal sterben?

Mr. Pembroke schien über diese Frage bereits nachgedacht zu haben,
denn seine Antwort kam ihm leicht über die Lippen: »Das ist schon
immer ein Problem bei uns Zuckerrohrpflanzern gewesen, bei uns allen. Wie oder wem soll man die Plantage übergeben, ohne daß der
Besitz auseinanderfällt?«

»Und, wie lösen sie es?«

»Wir vererben sie immer dem ältesten Sohn. Nach englischem
Brauch. Es ist der sicherste Weg.«

»Aber wenn Sie keinen Sohn haben?«

»Dann kann es passieren, daß die Familie in Schwierigkeiten gerät.
Habgierige Schwiegersöhne und ähnliches. Aber zum Glück haben wir
einen tüchtigen Sohn – er ist im Augenblick in England und arbeitet im
Kontor unseres Kommissionärs, damit er lernt, wie man den Zucker-
handel beherrscht.«

»Ja, da haben Sie Glück.« Damit war die Unterhaltung beendet, und
Prudence betrat den Raum. Sie trug eine hellrote Schleife im Haar und
eine um die Taille gebundene. Sie verkündete, sie wollte Alistair zu
dem Feld weiter draußen begleiten, um sich einmal die Rinder anzusehen, die gerade frisch aus England importiert worden waren, und als sie
nebeneinander gegen das Geländer gelehnt standen, das die kleine Kop-
pel umzäunte, in der die Tiere so lange gehalten wurden, bis sie sich an
das Klima gewöhnt hatten, fragte Alistair unverfroren: »Prudence, sind
Sie reich?«

»Was für eine törichte Frage, Alistair. Sie sind unverschämt!«

»Ich meine es ehrlich. Würden Ihre Eltern Ihnen genügend Einkommen bewilligen, um einem Marineoffizier den Weg zu ebnen . . . natürlich nur, wenn Sie einen heiraten würden?«

Sie wandte sich ihm zu, schaute ihn an und sagte sanft, fast in zärtlichem Ton. »Alistair, Sie sind ein lieber Junge. Wirklich, das sage ich nicht nur so daher. Hübsch und mit guten Manieren. Aber eben bloß ein Junge, und ich könnte unmöglich . . .«

»Ich rede doch gar nicht von mir!« platzte er hervor, eher erstaunt als verletzt.

»Von wem dann?«

»Kapitän Nelson!« Und in den folgenden aufgewühlten Minuten zeichnete er mit Worten ein so prächtiges Porträt von Horatio Nelson – 22 Jahre alt, tüchtig, aus guter Familie, von einer Tapferkeit, die jenseits aller Vorstellungskraft lag, entschlossen, das Oberkommando zu übernehmen, und ernsthaft nach einer Frau Ausschau haltend, die seinen Bedingungen entsprach –, daß sie einfach zuhören mußte. Bestärkt durch ihr wachsendes Interesse an seiner Erzählung, fuhr er fort und berichtete von Nelsons heroischem Kampf mit dem Eisbären, von seinem Sprung ins Beiboot, um die Schiffsübergabe der amerikanischen Piraten entgegenzunehmen, und davon, wie seine Männer ihn als den besten jungen Offizier seiner Zeit bewunderten.

Sie sprachen den ganzen Morgen über nichts anderes als Nelson und davon, wie ein Leben an seiner Seite aussehen würde. »Er wäre treu«, sagte Alistair, »bis in den Tod.« Er wirkte so überzeugend, daß sie am Ende kam hörbar gestand: »Ich habe viele junge Männer, hier und in London, aber noch nicht den einen gefunden . . . Ihr Kapitän Nelson hört sich an wie . . . ich meine, Sie stellen ihn so dar, als wäre er ein Held.«

»Er ist ein Held.« Und dann tauchte mit einemmal eine Idee auf, auf die beide gleichzeitig gekommen waren, aber er faßte sie zuerst in Worte: »Fahren Sie mit mir zurück nach Port Royal, und lassen Sie mich ihn vorstellen . . .«

»Ja. Ja. Ich würde Kapitän Nelson gerne einmal kennenlernen.«

»Wir dürfen keinen Augenblick verlieren. Er soll bald auslaufen, und wir könnten ihn verpassen.«

Als sie den Eltern Pembroke den Vorschlag einer Reise unterbreiteten, schienen sie amüsiert. »Junge Frauen gehen nicht einfach so los, um junge Männer kennenzulernen, die ihnen vorher nicht vorgestellt wurden.«

466

»Aber ich werde ihn doch vorstellen. Glauben Sie mir, er ist ein feiner Kerl. Sie werden ihn mögen.«

»Da bin ich sicher«, unterbrach Mr. Pembroke. »England existiert nur, weil es so eine tapfere Marine hat. Es gibt keine bessere auf der Welt.«

»Prudence, es kommt nicht in Frage, daß du nach Port Royal fährst«, sagte ihre Mutter streng, aber Alistair entgegnete: »Und wenn ich ganz schnell zurückfahre und Nelson bestelle, was für eine fabelhafte Tochter Sie haben...«

»Alistair!« rief Mrs. Pembroke dazwischen. »Wir wollen Prudence nicht loswerden. Wir sind froh, daß wir sie hier haben, und wenn die Zeit kommt... Sie kennt Hunderte von akzeptablen jungen Männern.«

»Aber nicht Horatio Nelson.« Er sagte das mit einem solchen Nachdruck, daß die Pembrokes aufhorchen mußten, und jeder dachte bei sich: Dieser Junge macht keine Scherze. Und wenn er meint, Nelson sei ein guter Fang, dann sollten wir vielleicht doch besser auf ihn hören.

Mrs. Pembroke sagte leise: »Jeder Pflanzer hier auf Jamaika verdankt der Königlichen Marine eine ganze Menge. Sie schützen unsere Freiheit und unsere Lebensader nach London. Wir würden uns geehrt fühlen, wenn Ihr Kapitän Nelson eine Woche bei uns verbringen würde – vorausgesetzt, er kann sich von seinen Pflichten frei machen.« Umgehend begab sie sich an ihren Schreibtisch, schrieb eine höfliche und hoffnungsvolle Mitteilung an Horatio Nelson und lud ihn zu einem Besuch auf die Trevelyan-Plantage ein, als Gast einer Familie, die den ehrenwerten Dienst der Marine wohl zu schätzen wisse.

»Bitte, stellen Sie das Ihrem Kapitän zu«, sagte sie zu Alistair, als sie ihm das Schreiben übergab, worauf dieser begeistert entgegnete, während er den Brief einsteckte: »Wir werden uns alle noch einmal an diesen Tag erinnern.«

Als er jedoch das Ende der Inselstraße erreichte, mit dem Skiff nach Port Royal übersetzte und zum Fort lief, erwartete ihn eine Enttäuschung, die alles zunichte machte: »Kapitän Nelson hat gestern Order erhalten, sich heute morgen zu seinem neuen Stützpunkt zu begeben.« Benommen durchstreifte Alistair die vertrauten Korridore der Festung, bedrückt darüber, daß er das schicksalhafte Treffen zwischen Nelson und Prudence Pembroke einen Tag zu spät arrangiert hatte, denn er war der festen Überzeugung, diese Ehe hätten die Götter selbst gesegnet. Als ihn dann noch die nächste Überraschung traf, zitterte er geradezu wie vor Schmerz, denn Nelsons letzter Akt vor seiner Abfahrt war, Alistair Wrentham eine handgeschriebene Notiz zu hinterlassen:»Mit dem heutigen Tag habe ich hochoffiziell die Empfehlung ausgesprochen, Sie in Anerkennung Ihrer beispielhaften Führung in den Rang eines Leutnants der Königlichen Marine zu erheben. Horatio Nelson, Kapitän.«

Tränen traten ihm in die Augen, als er auf den Papierbogen starrte, der von so besonderem Wert war, nicht nur, weil es ein Sprungbrett zum vollen Offiziersrang darstellte, sondern weil es Nelsons Unterschrift trug.»Zu spät«, murmelte er, gegen die Verzweiflung ankämpfend.»Zu spät. Sie war die Frau, die er immer gesucht hat, ich weiß es.«

In diesem Augenblick hatte Nelson, an Bord des Schiffes, das ihn für immer von Jamaika fortführte, bereits die Stelle in der Karibik erreicht, an der der Schutzwall der Festung, die er befehligt hatte, am Horizont untertauchte. Dem schroffen alten Gebäude einen letzten Blick zuwerfend, sinnierte er über sein anhaltendes Pech:»Da stehe ich nun, 22 Jahre alt, und kehre ohne eigene Frau und ohne eigenes Schiff heim. Als bloßer Passagier auf diesem müden Kahn, der Zuckersäcke und Rumfäßchen geladen hat anstatt Kanonen.« Sein abschließendes Urteil über Port Royal, während es aus dem Blickfeld verschwand, war bitter:»Das berühmte Erdbeben, von dem sie immer erzählen – besser, es hätte die gesamte Insel verschluckt.«

Die nächsten vier Jahre bedeuteten nicht die enttäuschendsten, die Nelson jemals erleben sollte – wir werden in Kürze sehen, daß es noch schlimmer kommen sollte –, aber sie waren trotzdem quälend lang. Er hatte nichts anderes gelernt, als zur See zu fahren, aber er mußte an Land bleiben – ohne eigenes Schiff und auch ohne Aussicht, bald eins zu haben. Er erhielt nur den halben Sold, hundert Pfund im Jahr – den Lohn einer Putzfrau, wie er sagte –, und wußte, daß er nicht ausreichte, eine Frau zu ernähren, geschweige denn die Kinder, die er sich wünschte.

Es war während dieser Zeit des erzwungenen Müßiggangs, daß sich die Vision seiner selbst herauskristallisierte.»Ich bin Seemann«, schrieb er in sein Tagebuch.»Ich bin auf die Welt gekommen, um ein großes Schiff in die Schlacht zu führen. Es gibt keinen anderen, weder in England noch in Frankreich, der mehr von der Seefahrt und taktischen Mänovern versteht als ich. Ich muß ein Schiff finden, oder mein Leben verläuft nutzlos und ohne jeden Sinn.«

Mit seinen jetzt 24 Jahren hatte er sich fest vorgenommen, den Rest seines Lebens im Streit mit den Franzosen zu verbringen, und beschloß daher, in seinen freien Stunden die Sprache des Feindes zu lernen. Deshalb zog er sich mit seinem bescheidenen monatlichen Wechsel nach Frankreich zurück und hoffte, daß sich diese Mühe eines Tages auszahlen würde. Als er aber das Haus betrat, in dem er sich niederlassen wollte, fand er es bewohnt von einem exzentrischen englischen Gentleman, einem Prediger mit einer gastfreundlichen Frau und zahlreichen Kindern, unter ihnen zwei außergewöhnlich begabten Töchtern Anfang Zwanzig. Sie waren gut gekleidet, sprachen akzentfreies Französisch, spielten meisterhaft Klavier und wußten zu jedem beliebigen Thema intelligente Bemerkungen zu machen.

Hinzu kam, daß sie sehr hübsch waren, kokett und amüsant, außerdem, und das war das Vorteilhafteste in Nelsons Vorstellungswelt, hieß es, sie würden einmal eine erkleckliche Mitgift erhalten, und so dauerte es nicht lange, da gab er seine Französischstunden auf – später sollte er noch vier Anläufe machen, die schwierige Sprache zu meistern, jedesmal aber ohne Erfolg – und machte ihnen den Hof. An einen Freund schrieb er damals folgende Zeilen:»Ich habe mich endlich in ein junges Mädchen verliebt, das mir wie geschaffen scheint als Frau eines Marineoffiziers.« Doch merkwürdigerweise ging er in keinem seiner Briefe näher darauf ein, auf welche der beiden Schwestern er sich denn nun festgelegt hatte. Dann hörten die vor Liebe triefenden Briefe ganz auf; er hatte in Erfahrung gebracht, daß seine Miss Andrews zwar eine Mitgift bekommen sollte, aber nur eine bescheidene, nicht annähernd so groß wie die, auf die er spekulierte. Er brach die Werbung umgehend ab und verließ Frankreich schmollend.

Vom 14. Januar 1784 an setzte er eine ganze Reihe von Briefen an frühere Bekannte auf, von denen er sich vorstellen konnte, daß sie ihm weiterhalfen. Einer dieser Briefe soll hier exemplarisch für alle stehen. »Irgendwann im Leben eines Mannes kommt die Zeit, da einflußreiche Freunde ihn entweder in einer gesicherten Position sehen, in der er für den Rest seines Lebens verharren kann, oder ihn mit genügend Geld ausstatten, ihm seine Stellung in der Gesellschaft und der Welt zu sichern. Ich habe diesen kritischen Augenblick nun erreicht.«

Mit erschreckender Ehrlichkeit berichtet er einem Freund, er habe kürzlich in England eine Frau kennengelernt, die der Heirat mit einem Offizier in jeder Hinsicht würdig sei – außer daß sie kein Vermögen habe. Da er, Nelson, zur Zeit nur 150 Pfund von der Marine beziehe, bitte er hiermit seinen Freund um einen jährlichen Wechsel in Höhe

469

von weiteren hundert Pfund. Er hoffe ferner, der Freund möge alles menschenmögliche unternehmen, an alle Türen klopfen, um ihm eine Anstellung auf einem Schiff zu verschaffen oder wenigstens in einer öffentlichen Kanzlei, »wo ich nicht allzuviel zu tun brauche. Solche Stellen gibt es doch viele, wenn Du nur eine für mich finden könntest.« Da ihm der Freund weder eine Jahresrente versprechen noch ihm einen einträglichen Verdienst verschaffen konnte, sah der Mann, dessen Schicksal es sein sollte, einmal als das größte Genie in der Geschichte der kriegerischen Seefahrt zu gelten, seine Laufbahn mit 25 bereits als beendet an, und Anfang 1784 traf er den Entschluß, die Seefahrt ganz aufzugeben und sich für einen Sitz im Parlament zu bewerben. Einige hektische Monate lang warf er sich mit seiner ganzen Energie in dieses neue Vorhaben, doch seine schmächtige Gestalt und sein wirres Haar, das er zu einem großen, ungepflegten Zopf gebunden trug, sowie seine ausdruckslose Stimme betörten nur wenige, und sein Anlauf auf ein öffentliches Amt schlug kläglich fehl.

An diesem Tiefpunkt angelangt, konnte einer seiner Freunde, den Hilferuf erhörend, die Lords der Admiralität endlich dazu bewegen, Nelson das Kommando über eine 24geschützige Fregatte zu geben, die »Boreas«, die zum westindischen Stützpunkt auslaufen sollte.

Voller Freude über diese unerwartete Erlösung informierte er seine Freunde in der Marine: »Endlich wieder ein Schiff! Herumstreunern in einer See, die mir wohlvertraut ist! Meine geliebten Inseln gegen die Franzosen verteidigen! Noch nie war ich in so einer Hochstimmung!«

Sein neuer Einsatz, ein äußerst wichtiger, war nicht ohne Schattenseiten, denn als er sich auf der »Boreas« meldete, kam ihm gleich sein ehemaliger Midshipman Alistair Wrentham, nach einem Wachdienst in Port Royal nun zum Ersten Leutnant befördert, mit der Neuigkeit entgegen: »Die Admiralität hat Euch ein Dutzend junger Offiziersanwärter aus guter Familie zugewiesen, der älteste vierzehn Jahre...«

»Der jüngste?«

»Elf. Mein Vetter. Dazu erkoren, der nächste Graf von Gore zu werden.« Nelson hustete, und Wrentham fuhr fort: »Außerdem sollt Ihr eine schwierige Person nach Barbados mitnehmen. Lady Hughes und ihre unschöne Tochter Rosy.«

»Was soll das heißen, unschön?«

»Ein ziemlicher Fettfleck, das Mädchen; kichert pausenlos, sieht häßlich aus, und sie sucht verzweifelt nach einem Mann.«

Sobald Nelson das unangenehme Paar die Pier hinunterkommen sah, begleitet von drei Dienern, machte er von seinem Vorrecht als Kapitän Gebrauch und sagte barsch: »Ich werde sie nicht an Bord meines Schiffes lassen. Bestellen Sie ihnen, sie sollen sich aus dem Staub machen!«

Leutnant Wrentham schmunzelte, nickte, als wollte er sofort zu den Frauen gehen und sie wieder wegschicken, aber sagte dann doch: »Sir, Ihr solltet wissen, Lady Hughes ist die Frau von Sir Edward Hughes, Admiral unseres Stützpunktes in Westindien, und es war sein Vorschlag, daß sie mit Euch segelt.«

Nelson trat unruhig von einem Bein aufs andere, blickte suchend in den Himmel und sagte dann ruhig: »Wrentham, bringen Sie Lady Hughes und ihr Gefolge an Bord«, und Wrentham beeilte sich, den Befehl auszuführen.

Am Abend, als sich die Frauen in ihre Quartiere zurückgezogen hatten, fragte Wrentham seinen Kapitän: »Was haltet Ihr von der Tochter, Sir?«

»Abstoßend.«

»Ich bitte um Entschuldigung, Sir, aber es ist doch ganz offensichtlich, daß sie auf unseren Stützpunkt nach Westindien geschickt wird, damit sie einen Mann findet.«

»Was meint Ihr damit, Wrentham?«

»Ihr solltet Euch hüten, Kapitän, wenn Ihr mir die Freiheit erlaubt.«

»Wovor?«

»Vor Lady Hughes. Sie hat Euch zum Schwiegersohn erkoren, da bin ich mir sicher.«

Es wurde die quälendste Seereise, die Nelson jemals unternehmen sollte, denn Lady Hughes machte sich äußerst unbeliebt, indem sie im Namen ihres Mannes in einfach alles ihre Nase steckte, während Tochter Rosy sich jedesmal unmöglicher aufführte, wenn er sie zu Gesicht bekam. Zwischen den aufdringlichen Versuchen der Mutter, Rosy und Nelson zu verkuppeln, und den schweinischen Tischmanieren des Mädchens – sie schmatzte beim Essen, von ihren wulstigen Lippen sabberte es, wenn sie trank – hätte Nelson liebend gerne das Kommando abgegeben, nach dem er sich so lange gesehnt hatte.

»Sie sind gräßlich«, gestand er Wrentham während einer gemeinsamen Nachtwache, aber da stand ihm das Schlimmste noch bevor. Wrentham war es, der ihm die unglaubliche Nachricht übermittelte: »Sir, ist Euch klar, daß Ihr nach Marineregeln für die Überfahrt von Lady Hughes, ihrer Tochter und ihren drei Dienern verantwortlich seid, da sie praktisch Eure Gäste an Bord der ›Boreas‹ sind?«

»Was soll das heißen, verantwortlich?«

»Ich meine, als der Gastgeber müßt Ihr für den Fahrpreis aufkommen – 110 Pfund, glaube ich.«

»Bei Gott, Wrentham! Das ist ja mehr als die Hälfte von meinem Sold.«

»Marineregeln, Sir.« Immer wenn Nelson von nun an seinen unbeholfenen Passagieren begegnete, sah er nicht nur das ungehobelte Benehmen der Mutter und die Derbheit der Tochter, er sah auch sein Geld schwinden. Da es sich aber um die Familienangehörigen von Admiral Hughes handelte, war er verpflichtet, sich äußerst zuvorkommend ihnen gegenüber zu verhalten, und so reagierte er eines Abends beim gemeinsamen Essen, während sich die »Boreas« der Insel Barbados näherte, mit geheucheltem Interesse und falscher Höflichkeit, als Lady Hughes ihr durchtriebenes Fragenspiel begann. »Kapitän Nelson, gehe ich richtig in der Annahme, daß Sie nicht verheiratet sind?«

»Ihr habt wie immer recht, Ma'am.«

»Aber vielleicht gibt es ja eine junge glückliche Frau, die an Land auf Sie wartet? ›Des Seemanns Leben, Hi, Ho! Des Seemanns Weib, Hi, Ho!‹«

»Ich fürchte, junge Damen haben für solche wie mich kaum Zeit übrig.«

Mit der nächsten Bemerkung schließlich verriet Lady Hughes ihre verzweifelte Lage: »Rosy, Liebling, sei doch so nett und hol mir mein graues Seidentuch.« Nachdem sich das Mädchen erhoben hatte und plumpen Schrittes davongetrabt war, wurde ihre Mutter direkt: »Rosy ist ein liebes Mädchen. Sie hält große Stücke auf Sie, Kapitän. Geistige Verwandtschaft, Sie verstehen schon...« Sie gab ihm einen Stups. »Dafür sind diese romantischen Seereisen doch berühmt: ›Unter den Sternen scheint die Welt ohne End, auf wiegenden Wellen schlagen zwei Herzen behend.‹«

»Das soll vorkommen, habe ich gehört.«

Rasch, bevor Rosy mit dem Halstuch zurückkommen würde, sagte Lady Hughes, jetzt ohne jede Hemmung: »Wissen Sie, Kapitän Nelson, wenn Rosy einmal heiratet, wird sie ein beachtliches Vermögen von ihrer Großmutter in die Ehe bringen, beachtlich...«

Während Nelson noch über diese Auskunft nachdachte, fügte Lady Hughes hinzu: »Und der Admiral und ich würden uns sehr erkenntlich zeigen. Sie ist ein reizendes Mädchen... Sehr erkenntlich zeigen, wirklich.«

Als die Tafel aufgehoben wurde, beschäftigte Nelson ein verwirrendes Problem. Lady Hughes hatte die Situation so überdeutlich geschildert, daß man als Zuhörer keinen Zweifel an den sich anbietenden Möglichkeiten haben konnte: der glückliche junge Offizier, der Admiral Hughes' Tochter Rosy heiratete, konnte mit einem beachtlichen Erbe von ihrer Großmutter, einer anständigen Mitgift der Eltern und der Rückendeckung des Admirals rechnen, der sich als gerissener und kämpferischer Drahtzieher erwiesen hatte, wenn es um Beförderungen und die Zuweisung der Befehlsgewalt über gute Schiffe ging.

Jede Sorge, die Nelson in seinen berüchtigten Briefen formuliert hatte, fände so eine günstige Lösung: Geld, ein Kriegsschiff, Beförderung und eine Frau, die mit den Gepflogenheiten der Marine bestens vertraut war. Nervös auf und ab spazierend, über ihm die Sterne, malte er sich seine vorgezeichnete Laufbahn aus: Mit dem richtigen Schiff und der richtigen Mannschaft könnte ich im Kampf gegen einen zögerlichen französischen Gegner die höchsten Gipfel des Ruhms erklimmen. Er stampfte mit dem Fuß auf und faßte unerschrocken seine kühnsten Träume in die Worte: »Ist mir der Anfang erst mal geglückt, ist mir die Westminster-Abtei sicher. Begraben neben den Größen Englands. Mein Andenken geehrt.«

Gepackt von der Begeisterung zukünftiger Schlachten und Siege, gab er einer letzten Selbsteinschätzung Ausdruck: »Es kommt der Tag, an dem England mich braucht. Ich darf es nicht enttäuschen. Und ich werde England nicht enttäuschen.«

Doch dann drängte die schreckliche Wahrheit ihre häßliche Fratze in den Vordergrund, wie ein abscheulicher Drachen kroch sie über die Reling: Der Schlüssel zu alldem ist Rosy, und von keinem darf man erwarten, diesen hohen Preis zu zahlen – nicht mal für Unsterblichkeit. Er stapfte weiter auf seinem Schiff umher, schwer atmend, bei jedem Schritt murmelnd: »Nein. Nein. Nein. Nein. Nein!« Als die Mitternachtsglocke ertönte, hatte er sich entschieden: Wenn seine Zukunft von Rosy Hughes' gräßlichem Bett abhing, dann mußte er darauf verzichten. Und während der letzten Tage seiner Fahrt nach Antigua machte er gegenüber Lady Hughes genug Andeutungen, aus denen sie entnehmen konnte, wie seine Entscheidung ausgefallen war.

Zu seiner Überraschung schien diese kampferprobte Veteranin der mütterlichen Kriege keinen persönlichen Groll gegen ihn zu hegen,

473

und bei ihrem letzten gemeinsamen Abendessen äußerte sie sich überschwenglich:»Kapitän Nelson, ich sage Ihnen eine große Zukunft in der Marine voraus.«

»Womit habe ich diese wohlwollende Meinung verdient?«

»Ich habe beobachtet, wie sie mit den jungen Burschen umgehen, die ihren Dienst auf Deck versehen.«

»War ich zu streng mit ihnen? Man muß auf sie aufpassen.«

»Nein, nein, im Gegenteil. Sie waren freundlich und verständnisvoll.«

»Madam«, sagte er mit erzwungener Höflichkeit,»ich weiß nicht, wovon Ihr sprecht.«

»Ich habe zweimal gesehen, wie Sie sich zu den kleinen Kerlen beugten, die Angst davor hatten, die Wanten bis zum Krähennest hochzuklettern, und wie Sie ihnen mit freundlicher Stimme zuredeten: ›Also, Sir, ich werde jetzt den Masttopp erklimmen, und ich glaube, daß ich Sie dort oben treffen werde.‹ Und wenn Sie der Kleine dann die Takelage hochklettern sah, mußte er schon aus Respekt vor Ihnen nachfolgen, und als Sie ihn dann oben begrüßten, war alle Angst wie weggeblasen.«

Die guten Wünsche für seine Karriere in der Marine ihres Gatten waren so generös und wurden mit einer solch aufrichtigen Wärme vorgetragen, daß ihr letztes gemeinsames Abendessen in einer allgemein wohlwollenden Atmosphäre endete und Nelson sogar ein Lächeln für die »rundliche Rosy« übrig hatte, wie die Offiziere sie nannten.»Mistress Rosy, ich glaube, einige von meinen Männern haben Ihnen schöne Augen gemacht«, scherzte Nelson gutmütig, und gegen Ende der Mahlzeit betrat ein Offizier, der zwar Ehrgeiz, aber keine Aussicht auf Unterstützung durch seine Familie hatte, mit leuchtenden Augen den Raum und bat um die Erlaubnis, Miss Rosy zu einem Spaziergang an Deck einladen zu dürfen, die ihm Lady Hughes und Kapitän Nelson beide nur zu bereitwillig gewährten. Als die beiden davonzogen, dachte Nelson bei sich:»Kluger Junge. Hat wahrscheinlich von der Mitgift gehört«, aber fühlte sich gleichzeitig so erleichtert, endlich die Verantwortung für die unschöne Admiralstochter los zu sein, daß er darüber fast vergaß, daß er die Kosten für ihre Werbung aus seinem eigenen bescheidenen Sold bestritt.

Horatio Nelson war gerade erst 27 Jahre alt, als er die »Boreas« in die Reede von Barbados lenkte und vorübergehend Quartier im »Giralda

Inn« bezog, aber sein Charakter hatte sich bereits herausgebildet – und manche Teile nicht zu seinem Vorteil. Ehrgeizig bis zum Wahnsinn, mißgönnte er jedem auch das kleinste Privileg, das eigentlich ihm zugestanden hätte, und in der Verteidigung seiner eigenen Rechte war er so dreist, daß innerhalb weniger Tage nach seiner Ankunft auf dem Stützpunkt allen deutlich wurde, daß sie es mit einem schwierigen Menschen zu tun hatten. Admiral Hughes, der nur noch ein Auge besaß und kurz vor der Pensionierung stand und gehofft hatte, seinen Dienst ohne große Unannehmlichkeiten zu beenden, warnte seine Frau:»Ich glaube, mit dem jungen Mann, den du anscheinend so gern hast, steht uns noch viel Ärger ins Haus.« Aber sie vereidigte ihren Protegé:»Er ist streng, aber gerecht, und ich zweifle, daß du jemals einen Besseren gehabt hast.«

Die Einschätzung des Admirals war die zutreffendere, jedenfalls für den Augenblick, denn sein junger Kapitän stellte gleich mit der ganzen Reihe von Krisen, die er heraufbeschwor, so etwas wie einen Rekord auf, wobei jede auf seine Eitelkeit und seinen besessenen Hang zur Anerkennung zurückzuführen war. Die erste ergab sich, wie zu erwarten, aus seinem tiefen Mißtrauen gegen alles Französische. Als er die Insel Guadeloupe ansteuerte, um Pointe-à-Pitre seinen Antrittsbesuch abzustatten, war er gleich so erbost, weil der britischen Flagge seiner Ansicht nach nicht die ihr gebührende Ehrbezeugung gewährt wurde, und protestierte mit solcher Vehemenz, daß es fast zu einem Krieg gekommen wäre, wenn die Franzosen nicht klein beigegeben und die angemessenen Salutschüsse abgefeuert hätten. Kaum an Land, stürmte er vor und verlangte, daß der Offizier für sein Fehlverhalten bestraft würde, und erst als das geschehen war, legte sich sein Zorn.»Kein Franzose erniedrigt das Schiff, das Horatio Nelson befehligt«, sagte er zu Leutnant Wrentham.

Aber auch englische Übeltäter bekamen seinen Zorn zu spüren, denn als er sich auf derselben Fahrt zum erstenmal dem herrlichen Ankerplatz auf der Insel Antigua näherte, damals noch unter dem Namen English Harbour und später als Nelson Harbour bekannt, hatte er kein Auge für die Schönheit des Ortes noch die Sicherheit, die er einer Schlachtflotte bieten konnte, sondern einzig für einen militärischen Aspekt, der ihn erboste.

»Leutnant!« brüllte er mit seiner hohen Stimme.»Was muß ich da von der Rahnock des Schiffes da drüben hängen sehen?«

»Ich glaube, es handelt sich um einen Breitwimpel, Sir«, und als

Nelson sein Fernglas auf den Stander richtete, bestätigte sich sein Verdacht. Das englische Schiff, das dort vor Anker lag, hatte einen Breitwimpel gehißt, eine längliche Flagge, die anzeigte, daß das entsprechende Schiff unter dem Kommando des rangältesten Offiziers stand, aber der konnte in diesem Fall nur Nelson selbst sein.

Bedächtig, jedes Wort betonend, fragte Nelson:»Was für ein Schiff könnte das sein, Leutnant?«

»Ein Versorgungsschiff, das hier in Antigua stationiert ist.«

»Und wer könnte wohl der Kapitän eines solchen Arbeitsschiffes sein?«

»Ich vermute, jemand, den der verantwortliche Offizier des Stützpunktes an Land dazu ernannt hat, Sir.«

»Schaffen Sie mir diesen Jemand her!« wetterte Nelson, und als der unglückliche junge Mann vor ihm stand, fragte Nelson ihn mit eisiger Stimme:»Haben Sie Anordnung von Admiral Sir Richard Hughes, den Breitwimpel zu setzen?«

»Nein, Sir.«

»Warum wagen Sie es dann trotzdem, wenn ich der rangälteste anwesende Offizier bin?«

»Der Offizier der Versorgungsbasis an Land gab mir die Erlaubnis dazu.«

»Führt er Kommando über irgendein Kriegsschiff?«

»Nein, Sir.«

»Dann holen Sie den Wimpel ein, Sir. Auf der Stelle. Ich bin hier der rangälteste Offizier in Antigua, und ich verlange den Respekt, der meinem Dienstgrad zusteht.« Dann sah er zu, wie Leutnant Wrentham den verschreckten jungen Mann zu seinem Schiff zurückruderte und die beiden Offiziere schnell die beleidigende Flagge einholten. Erst dann zog Nelson seinen eigenen Breitwimpel in die Höhe. Als Wrentham zurückgekehrt war, sagte Nelson zu ihm:»Ich habe hier in diesen Gewässern das Kommando, und es ist meine Absicht, es allen auch zu zeigen.«

Schon bald sollte er Gelegenheit haben, seine Entschlossenheit unter Beweis zu stellen, denn eines schönen sonnigen Nachmittags, als die 24geschützige»Boreas« zwischen den kleinen Inseln nördlich von Antigua patrouillierte, stieß er zufällig auf ein Handelsschiff, das die Flagge der sich erst kürzlich konstituiert habenden Vereinigten Staaten von Amerika führte. Da nach dem umstrittenen Navigationsgesetz von 1764 jeder Handel, und wäre er auch noch so unbedeutend, zwischen den karibischen Inseln und Kaufleuten in Boston, New York und Philadelphia untersagt war, sah es Nelson im Einklang mit jenem harten Gesetz als seine Pflicht an, diesen unerwünschten Eindringling festzunehmen.

»Leutnant, seien Sie so nett und feuern Sie ihr einen Schuß vor den Bug«, aber erst nach dem zweiten drehte der erstaunte Bostoner Segler bei und ließ die Engländer an Bord kommen. Als sich der Kapitän auf der »Boreas« einfand, fragte Nelson gebieterisch: »Warum treiben Sie Handel in diesen Gewässern, obwohl Sie doch wissen, daß es verboten ist?« Und der Kapitän fing beinahe an zu lachen, als er mit der Antwort rausrückte: »Aber Sir! Wir handeln, seit ich denken kann, mit Ihren Inseln. Sie wollen unser Holz und unsere Pferde, und wir kriegen dafür Ihren Zucker und Ihre Melasse.«

Nelson traute seinen Ohren nicht. »Sie haben noch mehr Schiffe, die an diesem ungesetzlichen Handel beteiligt sind?«

»Eine ganze Menge. Ihre Inseln lechzen doch nach dem, was wir anzubieten haben.«

»Damit ist es ab heute vorbei«, bestimmte Nelson und befahl seinen Männern, den amerikanischen Handelssegler zu entern und die gesamte Fracht über Bord zu werfen. Wrentham war jedoch schnell wieder zurück und berichtete: »Sir, es stimmt, was er sagt. Sie haben sechzehn prächtige Pferde an Bord.«

»Über Bord, wie der Rest.«

»Aber Sir...« Und nach einigem Nachdenken räumte er ein: »Also gut, die Pferde bringen wir an Land. Beschlagnahmtes Gut.« Doch als das geschah, stellte sich heraus, daß keiner in Antigua die Pferde bestellt hatte oder sonstwie Gebrauch von ihnen machen konnte, was ihn erstaunte, bis der junge Offizier, der wenige Tage zuvor den Breitwimpel unberechtigterweise gehißt hatte, ihm in flüsterndem Ton eröffnete: »Wir könnten sie auf die französischen Inseln bringen, wo der Wind nicht so verläßlich weht wie hier und die Pflanzer für ihre Zuckermühlen auf die Einfuhr von Pferden angewiesen sind. In Guadeloupe sind diese sechzehn Pferde ein Vermögen wert.«

Sich zu seiner vollen Größe aufbauend, die nicht gerade beeindruckend war, wetterte Nelson: »Ich? Horatio Nelson? Mit den Franzosen handeln? Zu deren Gunsten? Niemals!« und gab Befehl, die beschlagnahmten Pferde unter die Farmer in Antigua zu verteilen.

Dieser Akt der Großzügigkeit machte ihn in den Augen der Bewohner Antiguas aber keineswegs zu einem Helden, auch nicht in denen der englischen Pflanzer auf den nahe gelegenen Inseln St. Kitts und Nevis, denn die wohlhabenden Geschäftsleute aller Inseln, ob englisch oder französisch, hatten sich an die heimliche Ankunft der Schiffe aus den Vereinigten Staaten gewöhnt und waren abhängig von den Gewinnen, die sie aus dem Handel mit ihnen zogen. Sie waren daher beunruhigt, als der neue Kommandeur der Flotte öffentlich erklärte, daß er beabsichtige, diesen ungesetzlichen Zustand nicht nur zu beenden, sondern auch die Kaufleute an Land festzunehmen, die den Handel stillschweigend duldeten.

Als die Nachricht von seiner Entscheidung auf den Inseln die Runde machte, blieb es zunächst nur bei dem strengen Rat: »Kapitän Nelson, wenn Ihr Euch in unseren gewinnträchtigen Handel einmischt, werden unsere Inseln schwer darunter zu leiden haben.« Doch dann sah sich Nelson regelrechten Revolutionären gegenüber, die unverfroren verkündeten, sie würden den Handel fortsetzen, ob ihm das nun passe oder nicht. Vor Wut schnaubend, drohte er in seiner Kajüte auf der »Boreas«, jeden aufzuhängen, der mit den amerikanischen Blockadebrechern handeln würde, doch bevor er noch seine Absicht an Land bekanntgeben konnte, gab ihm Wrentham den klugen Rat, es lieber zu unterlassen, worauf Nelson von den Engländern auf Antigua abließ und sich den anmaßenden Amerikanern auf See zuwandte. In den nachfolgenden Wochen kaperte er ein Schiff der Yankees nach dem anderen, konfizierte die Ware, schleuderte ein Vermögen an Handelsgütern über Bord und bracht den Inselverkehr in Gefahr. Der Aufschrei der geschädigten amerikanischen Kapitäne wurde durch die Klagen der englischen Händler noch verstärkt, doch Nelson blieb ungerührt.

Für Amerikaner hatte er nur Verachtung übrig, mochten sie nun Seefahrer sein oder nicht, und zwar aus Gründen, die er mit allem Nachdruck Wrentham gegenüber zum Ausdruck brachte: »Gott im Himmel, Mann! Sie waren doch einmal Teil des britischen Weltreiches, oder etwa nicht? Was kann einem Land Besseres passieren, als ein angesehener Teil unseres Systems zu sein? Sehen Sie sich doch bloß diese armseligen französischen Inseln an, und vergleichen Sie sie mit der Ordnung und der Sauberkeit auf Barbados oder Antigua. Diese verfluchten Amerikaner, nicht viel besser als Wilde, sie sollten auf die Knie sinken und uns anflehen, daß wir sie wieder aufnehmen ... in Würde ... in unsere Zivilisation. Und hören Sie auf meine Worte, Alistair, eines Tages werden sie genau das tun!« Er konnte einfach nicht begreifen, warum die Kolonien so lange gekämpft hatten, um »frei« zu sein, wenn sie ein Teil Englands hätten bleiben können.

Aufgereizt durch ihre Undankbarkeit, fand er wahres Vergnügen daran, ihre impertinenten Schiffe zu versenken oder zu entern, ungeachtet der Wirkung auf die Zuckerproduzenten der Inseln und taub für die Bitte, die ihr Sprecher, ein gewisser Mr. Herbert aus Nevis, vortrug: »Es gibt nicht genügend britische Handelsschiffe, die uns das liefern, was wir brauchen, außerdem kommen sie zu selten, um uns ausreichend mit Lebensmitteln zu versorgen. Ohne die Amerikaner würden wir verhungern.«

Nelson hatte wie die meisten Marineoffiziere, vor allem die aus traditionell höherstehenden Kreisen, gewaltigen Respekt vor den angesehenen Familien, die geerbtes Vermögen besaßen, aber er verachtete die hart arbeitenden Krämer, die dabei waren, sich eins zu erwerben. Letztere waren unter aller Kritik, notwendig vielleicht, aber wohl kaum Menschen, mit denen man sich gerne in Gesellschaft befand; und sich ihre Klagen anhören zu müssen war schlicht unerträglich. »Verflucht, Wrentham. England schickt die Schiffe, die ihm am besten scheinen, und zu den Zeiten, die ihm passen. Sollen die sich doch uns anpassen, nicht umgekehrt.«

Angehörigen der Marine, die mit Nelson bekannt waren, fiel bald auf, daß er nie die Worte »Britannien« oder »Großbritannien« in den Mund nahm und es auch nicht gerne sah, wenn die Offiziere es in seiner Gegenwart taten. »Es ist eine englische Flotte. Sie steht unter dem Kommando englischer Offiziere, ausgebildet in der großen Tradition der englischen Seefahrt, und diese emporgekommenen amerikanischen Piraten, die jetzt in unsere Gewässer eindringen, sollten sich vorsehen, was ihre Schiffe betrifft und ihr Leben.« Niemals sollte er von seinen schlichten Überzeugungen abrücken: Amerikaner sind eine lästige Bande undankbarer Freibeuter. Kaufleute sind eine niederträchtige, geldgierige Meute, die man besser nicht beachtet. Und beide sollten von englischen Marineoffizieren in die Mangel genommen werden, die in der Regel schon wüßten, was das Beste für einen ist. Etwa zwanzig Jahre später, bei Anbruch seines Todestages, im jungen Alter von erst 47 Jahren, als der berühmteste Satz der Seegeschichte gesprochen werden sollte, bezog er sich in seinem Tagesbefehl vor der Schlacht von Trafalgar nicht auf Großbritannien. Statt dessen blieb er seinem Glauben treu, daß es England sei, dessen Schicksal es war, die Welt zu beherrschen: »England erwartet, daß jeder Mann seine Pflicht tut.«

479

An einem Tag im Januar 1985 indes segelte Kapitän Nelson mit seiner »Boreas« auf die herrliche kleine Insel Nevis zu, um dort mit dem führenden englischen Pflanzer der Gemeinde über Fragen des Zuckerhandels zu sprechen, jenem Mr. Herbert, der ihm schon auf Antigua einen Vortrag darüber gehalten hatte, wie wünschenswert es sei, die amerikanischen Schwarzhändler in der Karibik gewähren zu lassen. Noch immer fasziniert von Geld, aber abgeneigt, sich mit Kaufleuten einzulassen, gestand er Wrentham vor dem Treffen mit Herbert: »Er ist, das dürfen wir nicht vergessen, ein Zuckerrohrpflanzer mit großem Landbesitz und kein kleiner Gemüsehändler.« Und er hörte gespannt zu, als Wrentham ihm die Ergebnisse seiner sorgsamen Nachforschungen präsentierte: »Sir, dieser Herbert ist der reichste Bursche auf Nevis, St. Kitts und Antigua. Er hat außerdem eine Tochter, Martha, aber sie wird nichts von dem riesigen Vermögen erben, weil sie sich gegen den Wunsch ihres Vaters verheiratet. Sein Besitz geht daher an eine äußerst attraktive Nichte über, eine gewisse Mrs. Nisbet...«

»Aber die ist schon verheiratet...?«

»Sie ist Witwe. Fünf Jahre jünger als Ihr, gerade recht. Und hat einen hübschen fünfjährigen Sohn.«

Diese Information löste in Nelson wieder den Tagtraum aus, dem er sich auch früher schon hingegeben hatte: »Eine attraktive Witwe, sehr vermögend, mit einem vortrefflichen Jungen als Sohn – erfüllt genau meine Bedingungen für die perfekte Ehe mit einem Marineangehörigen. Mit gesichertem Kapital und einer Familie daheim kann ein Mann mit einem Gefühl der Beruhigung gegen die Franzosen ziehen. Mit einem Schlag eine Frau, ein Vermögen und ein großes 74geschütziges Schiff zu kriegen... ich höre schon den würdevollen Schritt der Trauergäste in der Westminster-Abtei.«

Er befand sich bereits in der Gemütsverfassung, sich zu verlieben, noch ehe er die Witwe Nisbet überhaupt zu Gesicht bekommen hatte, aber als er sie dann zum erstenmal tatsächlich sah, wie sie in den Empfangsraum ihres Onkels in Nevis geschwebt kam, war Nelson hingerissen, denn sie war von delikater Schönheit, charmant, geistreich und – wie sich später herausstellen sollte – eine begabte Musikerin. Ihre Eigenschaften, viele an der Zahl, wurden durch das wohlanständige Betragen ihres Sohnes Josiah noch unterstrichen, der mit seinen fünf Jahren bereits die Absicht hatte, einmal zur See zu gehen. Am meisten überzeugte ihn jedoch die vertrauliche Erkundigung, die sein treuer Freund Alistair Wrentham für ihn eingezogen hatte und die er Nelson übermittelte, als dieser mit strahlenden Augen auf die »Boreas« zurückkehrte: »Es ist nicht möglich herauszubekommen, wieviel Geld der alte Herbert genau hat, aber es muß eine ungeheure Summe sein, denn er besitzt allein drei Zuckerrohrplantagen, und seine Gutsverwalter haben mir versichert, daß er Jahr für Jahr mindestens 600 Fässer Zucker nach London verschifft. Ich selbst habe seine Sklaven gezählt, und die sind wenigstens 60 000 Pfund wert. Könnt Ihr Euch vorstellen, wie hoch dann das Gesamtvermögen ist?«

Nelson konnte es sich nicht vorstellen, doch Wrentham in seiner Begeisterung und gewohnt, mit hohen Beträgen zu rechnen, rief aufgeregt: »Bei dem Reichtum könnte Herbert seine Nichte ohne weiteres mit 20 000 ausstatten. Also, wenn Ihr das in Wertpapiere anlegt, zu fünf Prozent, dann wären das... na, wieviel? Wundervoll! Ihr hättet tausend Pfund im Jahr!« Nach einigem Nachdenken meinte Wrentham sogar, der alte Herr würde ja vielleicht auch sofort mit 40 000 Pfund rausrücken, was ihnen das hübsche Sümmchen von 2 000 Pfund im Jahr sicherte, und diese Summe prägte sich in Nelsons Gedächtnis ein, so unverrücklich, als hätte Mr. Herbert sie ihm schriftlich versprochen. Er würde ein reicher Mann sein, ein Privileg, wie er meinte, auf das er ein Anrecht hatte.

Trotz der Tatsache, daß er sich davon überzeugt hatte, daß Nelson eines Tages ein Vermögen haben würde, ertappte sich Leutnant Wrentham häufig dabei, wie er an die aufregenden Tage zurückdachte, die er auf der Trevelyan-Plantage verlebt hatte, und er dachte wehmütig: Warum hat es nicht Prudence Prembroke sein können und nicht die hier? Prudence hatte alles Geld, das Nelson benötigt, und besaß außerdem Schönheit. Und ihre Familie hätte mehr Einfluß geltend machen können, um Beförderungen zu erwirken. Irgend etwas an dieser Affäre... vielleicht ihr Alter... oder daß sie einen Sohn hat... irgend etwas gefällt mir daran nicht. Außerdem ist Nelson nicht in bester gesundheitlicher Verfassung. Seine ständig erhöhte Aufmerksamkeit auch in Kleinigkeiten zermürbt ihn, und eigentlich sollte er lieber einmal lange ausspannen, als zu heiraten. Und er senkte den Kopf und schaukelte ihn sanft hin und her, als versuchte er, die Zeit zurückzudrehen zu den Tagen, da er sich abgemüht hatte, eine Frau für den Mann zu finden, den er so sehr verehrte.

Lohnt nicht, der Sache nachzutrauern, sagte er eines Tages zu sich selbst, als er Nelson dabei beobachtete, wie er anfing, Mrs. Nisbet heftig den Hof zu machen. Viele Male bereits enttäuscht worden und dringender als je zuvor auf Geld angewiesen, meinte Nelson nun, er dürfe sich diese einmalige Gelegenheit auf keinen Fall entgehen lassen, und da Fanny Nisbet offensichtlich ebenso dachte, bahnte sich eine Liebesheirat an. Nur eine einzige trübe Wolke warf ihren bedrohlichen Schatten auf diese traumhafte Idylle: Mr. Herbert machte darauf aufmerksam, daß sich seine Nichte vertraglich dazu verpflichtet hatte, ihm als Haushälterin zu dienen, und er sah keine Möglichkeit, sie vor Ablauf von achtzehn Monaten aus ihrem Dienst zu entlassen. So also vergeudete das junge Liebespaar das ganze Jahr 1785 und einen Teil des nächsten mit den Nöten der Verliebten, ohne heiraten zu dürfen, aber da sich all dies auf der herrlichen kleinen Insel Nevis zutrug, vergingen die langen Monate wie im Märchen, und damit fand sich Nelson ab.

Doch noch ein weiterer Unsicherheitsfaktor tauchte in den Heiratsplänen immer wieder auf, daß Herberts eigene Tochter wieder Einzug in sein väterliches Herz halten und so Mrs. Nisbets Erbe bedrohen könnte. Doch Wrentham stellte erneut diskrete Untersuchungen an und überbrachte Nelson wenig später eine Nachricht, die beruhigend und skandalös zugleich war: »Martha verfolgt störrisch ihren Weg und heiratet einen Mann, den der Vater sich weigert anzuerkennen – und wer, glaubt Ihr wohl, ist dieser Mann?«

»Interessiert mich nicht.«

»Wird Euch aber interessieren. Ein gewisser Mr. Hamilton, ein Verwandter jenes Hamiltons aus Nevis, jenes berüchtigten Alexanders, der damals in der amerikanischen Revolution gegen uns eine ganz abscheuliche Rolle gespielt hat und der jetzt als einer der führenden Köpfe der neuen Nation herumstolziert.«

»Ich weigere mich, mich mit Verrätern abzugeben, oder auch nur mit Freunden von Verrätern«, sagte Nelson ärgerlich, aber Alistair beruhigte ihn: »Kein Grund, dem amerikanischen Halunken zu begegnen, auch nicht dem aus Nevis. Ihr wißt doch, Vater und Tochter sprechen nicht miteinander. Das Vermögen geht mit Sicherheit an Fanny.«

So schritt also Horatio Nelson am 11. März 1786, geleitet von keinem Geringeren als dem zufällig anwesenden Prinz Wilhelm, Sohn Georges III. und späterer König Wilhelm IV., im Rahmen einer aufwendigen Zeremonie auf dem Landsitz von Mr. Herbert in Nevis auf die mit Girlanden geschmückte Gartenlaube zu, wo Fanny Nisbet und ihr kleiner Sohn bereits warteten. Es wurde eine festliche Angelegenheit, diese Hochzeit eines vielversprechenden jungen Marineoffiziers mit der Erbin eines gewaltigen Vermögens. Der zukünftige König, von seinem Freunden als »Silly Billy« bezeichnet, war in seiner Einschätzung dieser Ehe sehr distanziert, wie es in den Bemerkungen in einem Brief an einen Bekannten zum Ausdruck kam: »Ich spielte den Brautvater. Die Braut ist hübsch. Sie hat sehr viel Geld. Nelson ist verliebt in sie. Aber eine Amme hätte er dringender nötig als eine Frau.« Und dann folgte der geheimnisvolle Zusatz: »Ich wünschte, er wird diesen Schritt eines Tages nicht bereuen.«

Wrentham unterdrückte ebenfalls seine Bedenken gegen die Heirat, setzte sich während des Banketts zu den anderen rangjüngeren Offizieren, und gemeinsam beglückwünschten sie sich dazu, in gewisser Weise doch zu der finanziellen Sicherheit ihres begabten Freundes, nach der er so lange und vordem ergebnislos gestrebt hatte, beigetragen zu haben. Die verbesserten Aussichten für die eigene Beförderung überdenkend, falls Nelson Erfolg in der Marine beschieden war, erinnerte Wrentham seine Kameraden: »Die Flut hebt alle Schiffe im Hafen. Wenn Nelson die Karriereleiter erklimmt, dann klettern wir mit ihm.«

Doch dann schienen sich alle Erwartungen wie in Luft aufzulösen. Für Nelson kam es wie ein Schock, der ihm den Lebensmut zu nehmen drohte, als er erfuhr, daß seine Frau nicht fünf Jahre jünger, sondern fünf Monate älter als er war. Schließlich stellte sich auch noch heraus, daß Mr. Herbert, Zuckerbaron und Besitzer eines unermeßlichen Vermögens, nicht die geringste Veranlassung sah, seiner Nichte eine Summe auszusetzen, die ihr jährlich 2000 Pfund gesichert hätten. Er war gewillt, ihr eine Jahrespension von 100 Pfund zu bewilligen, was bedeutete, daß den Frischvermählten mit den 100 Pfund aus Nelsons Sold zusammen 200 Pfund im Jahr zur Verfügung standen, bis Mr. Herbert irgendwann einmal sterben und dann das gesamte Vermögen vermutlich Mrs. Nelson zukommen würde.

Und dann kam Leutnant Wrentham und brachte die schrecklichste Nachricht: »Martha Hamilton, Herberts Tochter, seit kurzem auch verheiratet, hat eine Versöhnung mit ihrem Vater erwirkt, und sie wird es sein, die dereinst das Vermögen erbt.« Als Nelson, vor Erregung zitternd, Mr. Herbert daraufhin ansprach, wurde ihm eröffnet: »Blut ist dickflüssiger als Wasser« – und außerdem täte er gut daran, sich lieber um seine eigenen Angelegenheiten zu kümmern, denn die Kaufleute der karibischen Inseln hätten vor, Anklage gegen ihn zu erheben, dafür, daß er sich in ihre Handelsbeziehungen mit Boston und New York eingemischt habe.

Auf krummen Wegen stellten ihm seine Feinde eine böse Falle. Nelson war bekannt als ein Mensch von rigoroser Wahrheitsliebe und als ein Offizier, der schriftliche Instruktionen peinlich genau befolgte. Dies machten sie sich zunutze und schickten zwei Lockvögel, die ihm bestellten, zwei Angestellte der englischen Marinewerft in der Karibik würden Regierungsgelder unterschlagen, und obwohl Wrentham vor übereiltem Handeln warnte, wütete Nelson gleich wie ein Berserker, bezichtigte die Männer in aller Öffentlichkeit des Diebstahls und war völlig überwältigt, als die beiden zum Gegenangriff bliesen, statt dessen Anschuldigungen gegen ihn erhoben und ihn auf die erschreckende Summe von 40 000 Pfund verklagten.

Seine letzten Tage in der Karibik, einem Meer, mit dem er sich wegen seines Reichtums, der wunderschönen Inseln und der sicheren Häfen in tiefer Liebe verbunden fühlte, waren erbärmlich. Gebunden an eine fast mittellose Frau, wesentlich älter, als man ihn hatte glauben machen wollen, belastet mit der Verantwortung für einen Jungen, dessen Vater er nicht einmal war, von den mächtigen Zuckerbaronen mit Verachtung bestraft und verfolgt von Rechtsanwälten, die eine Lawine von Prozessen gegen ihn eröffneten, setzte man ihm von allen Seiten zu, bis er wie Hiob jammerte: »Warum bin ich bloß in diese verfluchte See gesegelt?« In seiner Verzweiflung übersah er, daß es in diesen Gewässern gewesen war, in denen er sich auch seine Verdienste erworben hatte: seinen Mut, seine innere Kraft, seine Fähigkeit, Menschen zu lenken – jene Eigenschaften, die für militärische Führerschaft von entscheidender Bedeutung sind und in angehenden Befehlsführern nicht selten unterentwickelt bleiben. In der Karibik hatte sich sein Charakter, geformt, erschreckend in seiner Besessenheit, auf ein einziges Ziel ausgerichtet zu sein, beschämend in seiner Bereitschaft, vor den Mächtigen zu kriechen und sie zu bitten, ihm das Kommando über ein Schiff zu gewähren. Er war ein Produkt der Karibik, wie er es vielleicht selbst vorhergesehen hatte, als er als junger Offizier den glänzenden Dienst in der New Yorker Flotte ausschlug, um ein Kommando in der Karibik zu übernehmen, »denn das ist der Stützpunkt, um zu Ehre und Ruhm zu gelangen«. An seinen dunklen Tagen mag er das Karibische Meer verflucht haben, aber als er fortsegelte, war er einer der resolutesten Männer seiner Zeit. Große Seeschlachten werden häufig an Land gewonnen, wo sich zukünftige Kapitäne für den Tag härten, an dem sie auf die Probe gestellt werden.

Doch wie immer meinte er, daß andere ihm Mittel für seine Karriere und Empfehlungen für seine Beförderung auf bessere Kommandos schuldeten. »Warum«, fragte er Wrentham wehleidig, »unternimmt Admiral Hughes drüben auf Barbados nichts, um mich gegen meine Feinde zu verteidigen oder mich unter seinen Freunden zu empfehlen?« Alistair mußte lachen: »Ihr dürft nicht vergessen, Hughes ist ein Schwachkopf. Verbringt seine ganze Zeit einzig damit, einen Mann für Rosy zu finden.«

»Wie ist es denn dem kleinen Pudding ergangen?«

»Habt Ihr's noch nicht gehört? Er hat dem jungen Leutnant Kelly 5 000 Pfund angeboten, wenn er Rosy heiratet. Aber Kelly war nicht so dumm, darauf einzugehen. Hat sich lieber an die reizende Cousine Ihrer Frau gehalten.«

»Und Rosy?«

Wrentham schmunzelte und sagte dann mit warmer Anteilnahme: »Es hat mir irgendwie gutgetan, als es endlich soweit war. Lady Hughes und der Admiral haben die gesamte Flotte durchgekämmt, aber konnten keinen dazu bringen, sie zu heiraten. Schließlich hat doch einer angebissen, ein mittelloser Major aus dem 67. Infanterieregiment, ein Niemand namens John Browne. Hat die 5 000 Pfund eingesackt und Rosy dazu. Ich war auf der Hochzeit, und ein glücklicheres Paar hat die Welt noch nicht gesehen – Rosy, die nie gedacht hätte, jemals einen Mann abzukriegen, und der gute alte Browne, der die ganze Zeit bis über beide Ohren grinst, weil er nie gedacht hätte, jemals an ein Vermögen zu kommen. Und auf der anderen Seite Admiral Hughes, der aussieht, als hätte er gerade eine wichtige Schlacht gegen die Franzosen gewonnen.«

Nelson war auf einmal versöhnlich gestimmt: »So schlecht, wie alle behaupten, kann Hughes nicht sein. Immerhin hat er im Kampf ein Auge verloren, und dafür respektiere ich ihn.«

»Habt Ihr nie gehört, wie das passiert ist?«

»In der Schlacht mit Rodney gegen die Franzosen, habe ich immer geglaubt.«

»Nein. In der Küche auf Barbados, als er versuchte, eine riesige Küchenschabe mit einer Gabel zu töten. Hat das dreckige Biest verfehlt und sich statt dessen ein Auge ausgestochen.«

Was nun folgte, waren schreckliche Jahre, die jeden schwächeren Charakter vernichtet hätten. Die meisten nahmen nicht einmal wahr, wie schrecklich sie tatsächlich waren, denn sie waren von keinen Hurrikans begleitet, keinen nächtlichen Feuerexplosionen, keinen plötzlichen Toten, keiner Einkerkerung, keinem Gliederausreißen, keinem Schwachsinn. Was die Jahre in Wirklichkeit brachten, waren wütende Stürme, bei denen sich auf keinem Binnensee die Wellen kräuselten, die aber eine menschliche Seele zerreißen konnten und sie so verwüstet zurückließen, daß die sichtbare äußere Hülle sich längst aufgelöst hätte, wenn nicht ihr Eigentümer seinen ganzen Mut, seinen ganzen Willen zusammengenommen und in die Welt hinausgeschrien hätte: »Nein! Es darf nicht sein! Ich darf es nicht zulassen!«

Als Nelson Seiner Majestät Schiff, die »Boreas«, in ihren Heimathafen auf der Themse führte, wurden ihm die Instruktionen ausgehändigt, die er befürchtet hatte. »Ihr Schiff wird außer Dienst gestellt. Ihre Mannschaft ausgezahlt.« Das Wort »ausgezahlt« hatte einen unheilvollen Klang, denn es bedeutete, daß der gewöhnliche Matrose, der lange und treu gedient hatte, jetzt mit ein paar Pfund abgespeist und an Land geworfen wurde – in manchen Fällen waren es nur vier oder fünf Pfund–, ohne Aussicht auf Anstellung oder auf Geld für eventuelle Arztkosten, denn oft hatte er einen Arm oder ein Bein verloren. Offiziersanwärter erhielten überhaupt nichts, und sogar die Offiziere verließen das Schiff, um dessen Wohlergehen sie sich treu gekümmert hatten, ohne ausreichende Mittel, sich in den kommenden leeren Jahren ein menschenwürdiges Leben zu sichern.

Wenn sich Frankreich dagegen erheben sollte, und man hörte die seltsamsten Gerüchte aus diesem unglücklichen Land, dann war die »Boreas« natürlich wieder gefragt, dann durfte man erwarten, daß sie wieder in See stach, bemannt mit Engländern wie denen, die man jetzt auf die Straße setzte. So also verließ Horatio Nelson sein erstes Kommando mit nur halbem Sold und dem halbherzigen Versprechen, daß man ihn in den aktiven Dienst zurückrufen werde, »wenn sich eine Möglichkeit ergibt und falls es notwendig erscheint«.

Was sollte er jetzt mit seinen 29 Jahren anstellen – mit Frau, einem jungen Sohn, ohne jedes Vermögen, nicht einmal ein Haus, das er hätte bewohnen können? Er tat das, was alle anderen Offiziere zu Friedenszeiten auch taten: Er zog zurück in sein Elternhaus zu seinem Vater nach Norfolk. Dort kümmerte er sich um den Garten, pflanzte im Frühjahr Gemüse an, im Sommer Blumen und hielt das ganze Jahr über den kleinen Hof in Ordnung.

Seine Nachbarn, die ihn mit bäuerlicher Arbeit beschäftigt sahen und ihm auf Jahrmärkten begegneten, wo Gemüsesorten beurteilt und

Brotlaibe verglichen wurden, akzeptierten ihn als einen von ihnen, womit ein seltsamer Namenswechsel einherging; alle redeten ihn jetzt mit dem ihnen vertrauten Jungennamen seiner Kindheit an, Horace. Es konnten Wochen vergehen, ohne daß er seinen eigentlichen Namen hörte, und schon bald fing er an, sich selbst nur noch als »Farmer Horace« zu sehen.

Trotzdem verlor er nie die andere Seite seines Wesens, denn oft, wenn er nach einem der ländlichen Feste in das Pfarrhaus seines Vaters zurückgekehrt war, setzte er sich an den Schreibtisch und verfaßte bis spät in die Nacht Bettelbriefe an seine reichen Freunde, flehte sie an, ihm ein Kommando bei der Marine zu verschaffen, und drängte sie, in erschreckend vielen Fällen, ihm kein Geld zu leihen, sondern ihn »mit der Geldsumme auszustatten, die Sie wohl erübrigen können und die ich so verzweifelt dringend benötige, um meine Stellung als Marinekapitän des Königs zu behaupten«.

Seine Gesuche, und es waren deren Unmengen jedes Jahr, blieben ohne Antwort; es wurde ihm kein Schiff gegeben; er war der Bezieher eines erbärmlichen Halbsolds; und fünf verzweifelte Jahre lang lebte er in Abhängigkeit von seines Vaters kärglichem Auskommen, seiner treuen, aber müden Frau. Die Horace Nelsons lebten in »vornehmer Armut«, denn ihre 200 Pfund im Jahr erlaubten ihnen keine leichtfertigen und nicht allzu viele unentbehrliche Auslagen.

Mit dem wenigen, das sie hatten, knauserte das Paar noch, damit Horace von Zeit zu Zeit nach London reisen konnte, wo er sich von einer Regierungsbehörde zur nächsten quälte und um ein Schiff bat. »Ich bin als Marineoffizier ausgebildet«, beschwor er die Lords der Admiralität. »Ich weiß, wie man ein Schiff kommandiert, den Mut der Mannschaft weckt und den Feind bekämpft, wie er es noch nie erlebt hat. Sir, ich muß auf ein Schiff.« Ohne jemals eine logische Begründung zu erhalten, wurde er aber wieder und wieder abgewiesen.

An einem Spätnachmittag des Jahres 1792, nachdem er sich abermals von einem entwürdigenden Vorstellungsgespräch zum nächsten geschleppt hatte, lief er zufällig einem früheren Marinekameraden in die Arme, der gerade aus einem der Büroräume der Admiralität trat. Es war sein ehemaliger Erster Leutnant, Alistair Wrentham, in der schmucken Uniform eines Kapitäns. Sie umarmten sich zur Begrüßung und begaben sich anschließend in ein Kaffeehaus, wo Wrentham ihm mit offensichtlich vergnüglichem Stolz berichtete, er habe kürzlich das Kommando über ein 64geschütziges Schiff erhalten, zur Küstenwache in französischen Gewässern bestellt, aber kaum hatte er die Worte geäußert, sah er, wie Nelson erstarrte, woraus er blitzschnell schloß, daß sein Freund – ihm selbst an Alter sechs Jahre voraus und an Erfahrung in der Seefahrt haushoch überlegen – »gestrandet« war, wie es in der Seemannssprache hieß, mit wenig Aussicht, wieder freizukommen.

»Das tut mir leid, Nelson. Es ist schrecklich ungerecht.«

»Was ist der Grund für diesen Boykott gegen mich? Wenn Sie es wissen, dann sagen Sie es mir!«

Wrentham rückte von ihm ab, musterte seinen ehemaligen Kapitän und fragte: »Wollen Sie das wirklich wissen?«

»Ja, und ob!«

Bevor er sprach, beugte sich Wrentham wieder vor und legte seine Hände auf die seines Freundes, als wollte er ihn daran hindern, gewalttätig gegen ihn zu werden, hatte er den Grund erst einmal erfahren: »Nelson, Sie müssen wissen, daß in der Admiralität das Gerücht umgeht, daß Sie ein äußerst schwieriger Mensch sind.«

Mit einem heftigen Ruck die Hände zurückziehend, stöhnte Nelson vor Schmerz: »Schwierig? Ich führe mein Kommando, wie es sich gehört. Ich bringe der Marine Größe und Schlagkraft bei.«

Da die unangenehme Unterhaltung nun einmal in Gang gesetzt war, hatte Wrentham nicht die Absicht, auf halbem Wege stehenzubleiben, und mit fester Stimme zählte er die Beschwerden auf, die sich im Laufe der Jahre angehäuft hatten: »Damals, am ersten Tag in Antigua, wissen Sie noch, daß ließen Sie diesen jungen Burschen seinen Breitwimpel einholen, gewaltsam, wie es die Situation verlangte.«

»Er hatte kein Recht dazu, den Wimpel zu setzen, Alistair. Es war ein schwerer Regelverstoß.«

»Außerdem haben Sie die Franzosen auf Guadeloupe provoziert... hätte zu einem internationalen Zwischenfall führen können.«

»Es kommt mir kein Franzose davon, der dem Schiff, das ich kommandiere, nicht den angemessenen Respekt zollt.«

»Dann wollten Sie mit Ihrem fortgesetzten Privatkrieg gegen die amerikanischen Schmuggler nicht aufhören.«

»Das Navigationsgesetz verlangte, daß man sie bestraft.«

»Und das haben Sie weidlich getan. Die Kapitäne strengen vor dem Gericht in London eine Klage gegen Sie an.«

»Wer hat die Vorwürfe gegen mich in der Admiralität in Umlauf gesetzt?«

488

»Admiral Hughes von dem Stützpunkt auf Barbados. Er erzählt jedem, Sie seien eigensinnig und schwierig.«

»Doch nicht etwa Ninny Hughes, der Schwachkopf? Der Vater von Rosy, mit der er bei der Flotte hausieren ging? Der sich ein Auge ausgestochen hat, als er versuchte, eine Küchenschabe zu töten?«

»Genau der. Ein Freund auf einem hohen Posten hat mir mitgeteilt, Sie sollen nie wieder ein Schiff erhalten, es sei denn, die Revolutionäre in Frankreich machen Ärger.«

Nelson hörte sich diesen zynischen Beschluß in Ruhe an, hob dann, zu Wrenthams Überraschung, die Kaffeetasse und hielt sie behutsam zwischen den Fingern seiner rechten Hand, drehte sie mal in die eine, mal in die andere Richtung. Schließlich hatte er seinen Zorn so unter Kontrolle, daß er wieder etwas sagen konnte: »Alistair, es ist immer dasselbe, in jeder Marine, auf der ganzen Welt. In Friedenszeiten erwartet das Oberkommando von einem den aalglatten Gentleman, der es versteht, eine Teetasse im Salon der Damen richtig zu halten, der vor dem türkischen Botschafter auftreten kann, der sein Deck blank wienert und herausputzt. Nie, ich sage, nie wollen sie einen echten Seemann wie mich, der ein Schiff kommandieren kann und es mit der völligen Ergebenheit, wie sie meine Männer haben, in die Schlacht zu führen versteht. Zum Teufel mit Teetassen«, endete er und schleuderte die Tasse, die er noch in den Händen hielt, mit Wucht auf den Boden, daß sie zersprang und sofort eine der Kellnerinnen gelaufen kam.

»Tut mir leid, Fräulein«, entschuldigte er sich. »Sie ist mir aus der Hand gerutscht.«

Nachdem das Mädchen mit einer neuen Tasse zurückgekehrt war, setzte er seine Rede fort: »Aber wenn die Kanonen wieder brüllen und die Küste von irgendeiner spanischen Armada oder einem französischen Expeditionsverband bedroht ist, dann ruft die Marine nach Männern wie mir: Kommen Sie, retten Sie uns... Drake oder Hawkins oder Rodney – oder wie sie alle heißen! Und immer sind wir zur Stelle, weil wir keine andere Berufung kennen, als unsere Heimat zu retten.«

Aus Furcht, weit mehr von sich offenbart zu haben als beabsichtigt, warf er einen prüfenden Blick auf Wrentham und legte dann seine Hände auf die des jungen Kapitäns: »Alistair, natürlich beneide ich Sie um das Kommando. Ich wünsche, ich hätte es bekommen... ich hätte wieder ein Schiff unter mir...« Er zögerte einen Moment, drückte dann seine Hände fester: »Aber glauben Sie mir, mein Freund, auch wenn ich Sie beneide, grollen tu' ich deshalb nicht.« Mit einem war-

489

men Händedruck kam er zum Schluß:»Wenn Frankreich losschlägt und sie mich zurückholen . . . vielleicht sogar die ganze Flotte zu kommandieren, dann will ich, daß Sie die Steuerbordflanke übernehmen. Ihnen kann ich vertrauen, denn ich weiß, für Sie gibt es noch Wichtigeres als Teetassen.«

Hatte Nelson in London noch großmütig behauptet, Wrentham sein Glück, ein 64geschütziges Schiff befehligen zu dürfen, nicht übelzunehmen, auf der einsamen Reise zurück nach Norfolk konnte er nicht verhindern, daß er von tiefster Empörung überwältigt wurde:»Kinder! Kindern übergeben sie das Kommando, und wir Dreißigjährige verrosten in Trägheit.« Während die Kutsche ihre Fahrt über den holprigen Weg fortsetzte, überdachte er seine miserable Lage:»Belastet mit einer Frau, die mit jedem Tag mehr jammert und klagt, verantwortlich für die Ausbildung eines Jungen, der nicht mein eigen Fleisch und Blut ist, von ihrem Onkel um ein Erbe betrogen, das ich mit Recht erwarten durfte, und durch Gerüchte um ein Schiff gebracht . . .« Die Finger in seine Knie verkrallend, schloß er seine Betrachtung düster ab:»Mein Leben ist ein Scherbenhaufen. Es gibt keine Hoffnung mehr.«

Er war in erbärmlichem Zustand, als er endlich nach Hause kam und seine Frau völlig aufgelöst vorfand:»O Horace! Zwei schreckliche Männer haben mit Gewalt Einlaß verlangt und mich gefragt, ob ich die Frau von Offizier Nelson sei, und als ich mit Ja antwortete, streckten sie mir dieses Schreiben entgegen.«

»Was für ein Schreiben?«

»Die Anklageschrift aus Antigua. Sie haben den Prozeß nach London verlegt und fordern 40 000 Pfund. Sie sagten, wenn du nicht zahlst, würdest du für den Rest deines Lebens im Kerker schmachten.«

In dem Wutanfall, der dann folgte, sagte und tat Nelson Dinge so außerhalb jeglicher menschlicher Vernunft, daß seine Frau und sein Vater heimlich einen Boten zu Kapitän Alistair Wrentham nach London schickten, von dem Nelson als dem einzigen Freund gesprochen hatte, dem er vertrauen könne, und als sie erfuhren, daß dieser ein direkter Nachfahre der Familie des Marquis von Gore war, hofften sie, er könnte die Verwirrung, die Horace befallen hatte, vielleicht lindern oder gar aufklären. Der junge Wrentham erklärte sich sofort bereit, nach Norfolk zu reisen, doch als er nur wenig später ankam, was die beiden überraschte, hatte sein ehemaliger Kommandant bereits seine Habseligkeiten gepackt und bereitete sich vor, eilig die Flucht nach Frankreich anzutreten.

»Mein Gott, Horatio! Was haben Sie vor?«

Zu seinem Erstaunen überfiel Nelson ihn geradezu mit einer innigen Umarmung: »Es tut gut, den Namen wieder zu hören, Alistair. Hier oben sagen alle Horace zu mir. Und ich hatte schon angefangen zu glauben, ich sei tatsächlich Horace. Aber gottverdammt, ich bin Schiffskapitän Horatio. Und ein guter Kapitän!«

»Wozu packen Sie dann?«

»Ich will fliehen.«

»Wohin?«

»Ich weiß nicht. Die Gauner drüben in Antigua haben den Prozeß gegen mich nach London verlegt. 40 000 Pfund. Lebenslänglich, wenn ich nicht zahle.« Mit einer Geste, die seine ganze Verzweiflung, aber auch die Sinnlosigkeit seines Unterfangens zum Ausdruck brachte, jammerte er in seiner hohen Stimme: »Wo soll ich 40 000 Pfund hernehmen?«

»Horatio! Seien Sie vernünftig. Die Regierung hat bereits versprochen, Ihre Verteidigung in dem Prozeß zu übernehmen. Sie haben in ihrem Sinne gehandelt, das gesteht sogar Admiral Hughes.«

»Aber ich stehe noch vor einem zweiten Prozeß. Erinnern Sie sich noch an die Männer, die ich dabei erwischte, als sie Gelder der Admiralität stehlen wollten? Oliver, haben Sie gewußt, daß sie mit über zwei Millionen Pfund in Verzug waren?«

»Regierungen sehen es nie gerne, wenn ein Untertan ihnen Fehler nachweist, auch wenn sich die verlorene Summe auf über zwei Millionen beläuft. Aber es gibt wirklich keinen Grund zur Flucht.«

»Ich will nach Frankreich. Dann kann ich ja endlich doch noch diese abscheuliche Sprache lernen, im Hinblick auf den Tag, an dem ich ein großes französisches Kriegsschiff erbeute und dem Kapitän die Bedingungen übergeben muß.«

Als er diese phantastische Begründung hörte, hielt es Wrentham nicht länger aus und explodierte: »Horatio! Sie werden niemals glücklich werden in Frankreich, das kann ich Ihnen versprechen. Lassen Sie mich Ihren Fall der Admiralität vorlegen. Mein Großvater, der Marquis, wird sich dort Gehör verschaffen.«

Nelson schien das Versprechen völlig überhört zu haben, denn er fuhr fort: »Was ich tatsächlich vorhabe, Alistair, ist folgendes: Ich durchquere Frankreich nur und fahre weiter nach St. Petersburg, wo ich meine Dienste Katharina von Rußland anbieten werde.«

Was er da erklärte, war so unerhört, daß es Wrentham die Sprache verschlug, aber Nelson redete ununterbrochen weiter – mit großer innerer Erregung und ausladenden Armbewegungen: »Können Sie sich an diesen verdammten Schotten John Paul erinnern, der uns während des amerikanischen Krieges den Rücken kehrte, den Namen Jones anhängte und der ein großer Marineheld wurde? Tja, als sie ihn dann aber doch nicht zum Admiral machen wollten, was er eigentlich verdient hatte, hat er sich nach Rußland abgesetzt und von der Zarin persönlich ein allerbestes Kommando bekommen und ist, soweit ich weiß, noch immer da. Seite an Seite mit einem Mann dieses Kampfgeistes in den Krieg ziehen, das würde mir Spaß machen.«

Nun wurde Wrentham wirklich wütend: »Horatio, Sie sind nicht John Paul Jones. Der Mann war launisch wie ein leichter Frühlingswind. Als Schotte geboren, hätte er auf unserer Seite kämpfen müssen, aber bot seine Dienste Frankreich an, dann den amerikanischen Kolonien und jetzt Rußland... und Gott weiß, wem als nächstem. Vielleicht der Türkei – oder wieder Frankreich.« Er trat dicht vor Nelson hin und schaute auf ihn herab: »Sie sind Engländer, Nelson. Könnten überhaupt nie etwas anderes sein. Die Prozesse? Ich werde mich darum kümmern. Für den Augenblick jedenfalls verlange ich von Ihnen, daß Sie Ihre Sachen wieder auspacken... und, bitte, nehmen Sie dieses kleine Geschenk an, das Ihnen helfen soll, wieder zu Ihrem Anstand zurückzufinden.«

In der Erwartung, daß sich Nelson in einer ernsten Notlage befand, hatte Wrentham von seiner Bank in London 200 Pfund mitgebracht, die er jetzt seinem ehemaligen Kommandanten übergab. Nelson stand einen Moment lang bewegungslos da, die Hände vorgestreckt, auf denen die Banknoten lagen, dann sagte er: »Diese Demütigungen, die ich erfahren mußte. Die endlosen Briefe, auf die nie eine Antwort kam. Die Appelle an die Admiralität, die nichts bewirkten. Das Kriechen, das Knausern, daß man seiner Frau versagen muß, sich ein neues Kleid zu kaufen, das sie sich verdient hat, das andauernde Geldannehmen von einem alten Vater, das Unvermögen, wenn deine verheiratete Schwester etwas Unterstützung braucht. Die letzten fünf Jahre waren die Hölle auf Erden für mich, es gibt nichts Schlimmeres, und wenn es Krieg gibt und ich ein Schiff kriege, dann Gnade Gott dem Franzosen, auf den ich treffe, denn dann sehe ich nur noch Feuer und Schwarzpulver.«

Doch urplötzlich schlug seine Stimmung um, er wedelte mit den Scheinen in der Luft und rief: »Seitdem sie mich wieder zu Farmer

Horace gemacht haben, wollte ich mir schon immer ein Pony kaufen. Hab' nie das Geld dazu gehabt. Aber wenn es nun mal mein Schicksal ist, Bauer und kein Marinekapitän zu sein, dann will ich auch dieses Pony!« Frohen Mutes führte er Wrentham ins Dorf, wo er schon vor einiger Zeit das prächtige kleine Tier entdeckt hatte, das er sich so sehnlich wünschte. Zur Überraschung des Besitzers rief er ihm zu: »Jacko, mein Junge, ich nehme es. Hier hast du hundert, den Rest kannst du mir rausgeben, wenn du's passend hast.« Mit einer Zufriedenheit, wie er sie lange nicht mehr gekannt hatte, führte er seine Neuerwerbung heim und gestand, aus ehrlicher Überzeugung: »Wenn ich denn Bauer sein soll, Alistair, dann wenigstens ein guter.«

Die Aussicht, daß dieser große Seeoffizier sein Leben als Bauer fristen sollte, mißfiel Wrentham; und als er sich die erbärmlichen Bedingungen realisierte, unter denen Nelson lebte, war er so aufgewühlt, daß er der Versuchung erlag, seinem alten Kapitän etwas zu eröffnen, über das er niemals hätte sprechen dürfen und was er später bereute: »Nelson, als Sie mir damals in Jamaika die Erlaubnis gaben, einen Besuch auf der großen Plantage zu machen, lernte ich auch die Tochter des Hauses kennen, ein reizendes Mädchen, aber neunzehn Jahre alt und damit zu alt für mich. Ich erzählte ihr so viel von Ihnen, daß sie sagte: ›Ich würde Ihren Kapitän Nelson gerne einmal kennenlernen.‹ Und es wurde alles Nötige in die Wege geleitet. Ich sollte so schnell wie möglich mit einer Einladung nach Port Royal zurückreiten. Sie waren sehr reich. Die Familie liebte die Marine. Und Sie sollten nach Trevelyan kommen. Aber als ich dann das Fort erreichte, waren sie schon fortgesegelt... nur ein paar Stunden zuvor.«

Er ließ den Kopf auf den Küchentisch sinken, dann sagte er: »Es wäre alles anders verlaufen. Die wäre Ihnen sogar in die Schlacht gefolgt.«

Nelson räusperte sich nach langer Pause, um Wrenthams Aufmerksamkeit zu erlangen: »Alistair, es ist infam, daß Sie mir diese Geschichte gerade jetzt erzählen... in meiner Lage.« Und er wollte dem jungen Offizier schon die Tür weisen, als sein Blick zufällig auf die verschiedenen Gemüsesorten fiel, die für den morgigen Eintopf auf dem Küchentisch bereitlagen. Es war die Art und Weise, wie sie nebeneinanderlagen, die ihn faszinierte.

»Stellen Sie sich vor, wir beide würden der gesamten französischen Flotte trotzen, sagen wir, vor Antigua oder in irgendeinem anderen Meer, und sie würde versuchen, uns in dieser Formation zu entkommen...« Plötzlich war der Küchentisch übersät mit Kartoffeln, die die französischen, und Zwiebeln, die die englischen Schiffe darstellen sollten, und bis spät in die Nacht hinein erläuterte er die Flottenmanöver und Taktiken zur Seekriegführung, die er sich auf seinen Spaziergängen in der ländlichen Umgebung von Norfolk ausgedacht hatte. »Sie erinnern sich, was ich in Port Royal über Admiral Rodneys dreistes Manöver in All Saints erzählt habe. Er ließ eine Schwenkung ausführen und führte den gesamten Verband mitten in die französische Linie. Sehen Sie doch, was das für ein Chaos verursacht.« Die Tischplatte war jetzt ein einziges Gemisch von französischen Kartoffeln, durchsetzt mit englischen Zwiebeln.

»Und jetzt passen sie auf, Alistair! Stellen Sie sich vor, in der nächsten Schlacht, und die wird kommen, da können wir sicher sein, denn die Franzosen werden uns nicht in Ruhe lassen und wir sie auch nicht... Stellen Sie sich also vor, daß wir dieses Mal, gerade wenn es so scheint, als würden wir Rodneys Taktik nur wiederholen, worauf die Franzosen sicher vorbereitet sind, unsere Angriffsflotte plötzlich in zwei Reihen aufteilen, ich hier auf Backbord, Sie drüben auf Steuerbord, sauber getrennt, und in dieser Formation die französische Flotte überrollen. Ein schreckliches Durcheinander an zwei Kardinalpunkten. Schiffspaare, die sich über das ganze Meer bekämpfen.«

Als Wrentham das Allerlei aus Kartoffeln und Zwiebeln betrachtete, fragte er. »Wie sollen unsere beiden Verbände da noch Kontakt halten... für Signale, für die Schlachtordnung?«, worauf Nelson ihn entgeistert anstarrte: »Alistair! Verstehen Sie doch, am Tag der Schlacht, wenn ich Sie nach Steuerbord schicke, kriegen Sie keine weiteren Befehle mehr von mir. Sie schlagen Ihre Schlacht, ich schlage meine.«

»Das gibt nur Chaos.«

»Geplantes Chaos, bei dem ich von Ihnen und von jedem Kapitän unter Ihnen erwarte, daß er seine Pflicht tut... was ihm vernünftig erscheint.« Er endete mit der Überzeugung, die im Laufe der letzten Monate herangereift war: »Die Franzosen halten gern Abstand und beschießen Masten und Segel. Wir dagegen schließen gern auf und rasieren ihre Decks. Aufschließen, Alistair! Immer aufschließen!«

Die ganze Nacht hindurch schoben sie ihre Gemüseflotten vor und zurück, und als die Dämmerung hereinbrach, schlugen sie noch immer ihre imaginären Gefechte, die See rot von Blut und übersät mit sinkenden Schiffen. Vor dem Frühstück schließlich half Wrentham seinem Freund, die Reisetaschen wieder auszupacken, die ihn sonst möglicherweise nach Rußland begleitet hätten.

Kapitän Alistair Wrentham, jedes seiner in Norfolk gegebenen Versprechen erfüllend, setzte sich dafür ein, daß sein Freund die Marinekarriere fortsetzen konnte. Die Regierung verteidigte ihn gegen die falschen Anschuldigungen, die Admiralität hörte sich Wrenthams leidenschaftliches Plädoyer für Nelson an, und sogar die Franzosen kamen ihm zu Hilfe, denn in Paris nahmen die Tollheiten der Revolution so bedrohliche Auswüchse an, daß ein Krieg kurz bevorstand. Ende Januar 1793, als Spione mit unwiderlegbaren Beweisen in London eintrafen, daß sich »die gesamte französische Flotte für einen Angriff gegen unser Land rüstet«, verhielt sich die Admiralität genauso, wie Nelson es seinerzeit in dem Kaffeehaus vorhergesagt hatte: Sie schickten einen reitenden Boten Richtung Norden, um Kapitän Horatio Nelson die Bitte mitzuteilen, er möge umgehend das Kommando über ein wichtiges Schiff des Flottenverbandes übernehmen.

Nachdem der Bote wieder aufgebrochen war, blieb Nelson allein in dem Pfarrhaus zurück. Weder freute er sich diebisch über den Triumph, den er hatte kommen sehen, noch schimpfte er über die Ungerechtigkeiten, die er hatte erdulden müssen, sondern wappnete sich für die finsteren Stürme, die er am Horizont sah. »Nun also soll meine Größe auf die Probe gestellt werden. Dem Jammertal entkommen, mit frischem Wind ins Schlachtgetümmel. Möge Gott mich in meinem Entschluß bestärken.«

In nachfolgenden Jahrzehnten behauptete man gerne, Admiral Horatio Nelsons revolutionäre Strategien und sein unerschütterlicher Charakter seien auf den diversen abenteuerlichen Reisen auf See herangewachsen, vor allem aus seinen Erfahrungen in der Karibik. Das entspricht nicht der Wahrheit. Er eignete sie sich mühsam während jener schmerzvollen fünf Jahre an, als er im Pfarrhaus seines Vaters in Norfolk »gestrandet« war. Dort, gedemütigt, verarmt und abgeschoben, arbeitete er seine Prinzipien aus und entwarf jene Taktiken der Seekriegführung, die ihn vielleicht zum tüchtigsten Offizier gemacht hatte, der jemals eine Flotte in die Schlacht geführt hat. Der wundervollen Wandlung eingedenk, die sich in ihm vollzogen hatte, nahm er Abschied von seinem erzwungenen Kerker in Norfolk, schaute in Richtung London und rief: »Kein Horace mehr! Auf ewig Horatio!«

Am 7. Februar 1793, als Frankreich den Krieg entfesselte, trat Nelson, wieder als aktiver Kapitän der Marine Seiner Majestät bei, an Bord der schlanken 64geschützigen »Agamemnon«, wandte sich nach

495

hinten, das Achterdeck zu grüßen, und machte sich gleich daran, seine handverlesene Mannschaft auf den Kampf vorzubereiten.

Nur wenige Tage später rief er, aufgeregt hin und her laufend wie ein elfjähriger Midshipjunge bei der Besichtigung seines ersten Schiffes, seinen Männern zu: »Leinen los!« Und seinem Steuermann: »Auf Kurs halten!« Unter den Füßen das Rollen der schweren Kanonen spürend, segelte er den Kanal hinunter Richtung Mittelmeer, wo das Schicksal den Lohn für ihn bereithielt: Siege zur See, einen Skandal mit der betörenden Lady Hamilton in Neapel und Unsterblichkeit in Trafalgar.

9. Kapitel

Kreolenliebe

Fand man sich im Jahre 1784 als Besucher an einem der lebhaftesten Orte der Karibik ein, dem Marktplatz von Pointe-à-Pitre auf der französischen Insel Guadeloupe, traf man dort aller Wahrscheinlichkeit drei junge Kreolen an – bestens befreundet, wie auch dem zufälligen Beobachter nicht entgehen konnte –, die ahnungslos in ein blutiges Drama geworfen werden sollten, an dem sie selbst keine Schuld trugen und das in einem furchtbaren Exzeß endete.

Der Platz wirkte geräumig und freundlich, war gesäumt von Bäumen, und zum Verweilen luden zahlreiche Holzbänke ein, ebenso ein Pavillon in der Mitte, wo die Stadtkapelle aufspielte und wo die Einwohner heißen Kaffee und Croissants kaufen konnten, wenn sie draußen saßen und sich in der Sonne ausruhten. Zur weiten Südseite hin öffnete sich der Platz zum Meer, auf dem sich Boote tummelten, weiße Segel in blauen Wassern schimmerten. Die übrigen drei Seiten wurden von Privathäusern gesäumt, erbaut im Stil des südlichen Frankreich, außer daß man nicht, wie etwa in Marseille, Stein verwendete, nein, Holz war hier das bevorzugte Material, meist ein edles Mahagoni, unempfindlich gegen Wurmbefall. Jedes Haus besaß im zweiten Stock eine Veranda, geschmückt mit leuchtenden tropischen Pflanzen, die den Platz in einen Garten verwandelten, in dem sich die zufriedenen Einwohner des Städtchens am Tage gern versammelten.

Von der Ostseite des Platzes ging eine kleine Straße ab, und an einer der Ecken erhob sich ein Gebäude, das ein wahres Wunderwerk der Baukunst darstellte: drei Stockwerke hoch, mit zwei statt der üblichen einen Veranda, an denen eine bunte Blumenpracht in allen Farben rankte – Gelb, Rot und Blau. Was das Haus jedoch für jeden Bewunderer unvergeßlich machte, der unten am Pavillon stand und seinen Kaffee einnahm, war das kunstvolle, mit zierlichen Eisenfäden durchwobene Gitterwerk, das die beiden weitläufigen Veranden schmückte. »Wie ein Gewebe aus Metall«, beschrieb eine begeisterte Besucherin die Wirkung, und diese Bezeichnung hatte sich durchgesetzt: »Maison Dentelle« – Haus der Spitzen.

Im Erdgeschoß betrieb Monsieur Mornaix, einer der führenden Persönlichkeiten von Pointe-à-Pitre, seine Bank und seinen Geldverleih, doch die oberen Stockwerke, an denen das Gitterwerk prangte, waren seiner Familie reserviert, und nicht selten warfen junge Männer, die sich unten auf dem Platz die Zeit vertrieben, sehnsüchtige Blicke auf die blumenübersäten Veranden und seufzten: »Da ist sie!«, wenn Eugénie Mornaix, die reizende junge Tochter des Bankiers, auf einem der Balkone spazierenging. »Sie ist wie eine der Blumen dort oben«, pflegten die jungen Männer dann zu sagen.

Die Bewunderung war vergeblich, denn ihre Liebe war bereits vergeben. In dem schlichteren Holzhaus an der gegenüberliegenden Ecke – zwei Stockwerke hoch, nur eine bescheidene Veranda mit wenig Blumenbewuchs –, wo der Apotheker der Stadt, Dr. Lanzerac, sein kleines Geschäft hatte, wohnte auch sein Sohn Paul. Er kannte Eugénie seit ihrer Geburt, und beide waren nun in das aufregende Alter getreten, in dem sie anfingen zu erkennen, daß sie eine ganz neue Art von Zuneigung zueinander empfanden, denn er war vierzehn Jahre alt und sie, an Klugheit ihrem Alter weit voraus, zwölf.

Ihre Eltern, hart arbeitende Ladenbesitzer der gehobenen Mittelschicht, billigten die besondere Beziehung, die sich zwischen den beiden Kindern entspann, denn beide Familien teilten viele Eigenschaften und Interessen. Beide waren fromme Katholiken, die in ihrer Kirche tröstlichen Beistand für das Leben auf Erden und später im Himmel fanden; beide waren genügsam, im festen Glauben, es sei göttliche Bestimmung, daß seine Kinder hart arbeiten und ihr Geld sparten, damit sie ihre Erdentage lang in Sicherheit lebten, und alle Angehörigen beider Familien liebten Frankreich mit einer Leidenschaft, die spanische Kolonisten für ihr Heimatland niemals empfunden hatten. Monsieur Lanzerac, der Apotheker, drückte es den jungen Leuten gegenüber gerne so aus: »Der Spanier achtet seine Heimat, der Franzose liebt sie.« Soweit das französische Einflußgebiet auch reichte, vom Rhein nach St-Domingue, es gab keine patriotischeren Franzosen als die, die auf der Zuckerinsel Guadeloupe lebten.

Sie lag nur 136 Kilometer nördlich von Martinique, aber betonte gerne die Unterschiede zwischen diesen beiden Kolonien; denn, wie Père Lanzerac holländischen Kapitänen erklärte, die ihre Schiffe durch die Blockaden lenkten, um Schmuggelware in Pointe-à-Pitre zu verkaufen: »Sie wollen den Unterschied zwischen den beiden Inseln erfahren? Ganz einfach, zu Hause in Frankreich spricht man von den ›vornehmen alten Herren von Martinique‹, weil dort keiner einen Finger krümmt, und von den ›Rechtschaffenen ‚bonnes gents' von Guadeloupe‹, weil sie wissen, daß wir hier verstehen, Dinge anzupacken. Was schickt Martinique ins Mutterland? Geschönte Rapporte. Was schicken wir? Zucker und Geld.«

Es gab noch einen Unterschied: Martinique war eine gewöhnliche nierenförmige Insel, wie es sie zu Hunderten auf der ganzen Welt gibt, Guadeloupe dagegen war ganz und gar einzigartig, berückend in seiner Schönheit, geheimnisvoll in seinem Ursprung. In Form und Farbe erinnerte sie an einen goldgrünen Schmetterling, der gemächlich in nordwestliche Richtung dahinschwebt, das Grün aus der reichen Pflanzendecke erwachsend, das Gold dem ununterbrochenen Spiel der Sonne. Eigentlich waren es zwei Inseln, wobei die beiden Schmetterlingsflügel nur durch einen so schmalen Kanal voneinander getrennt waren, daß ein Betrunkener einmal gesagt haben soll: »Drei Bier, und ich springe von einer Insel zur anderen.« Der östliche Flügel war flach und ebenmäßig und bestand aus anbaufähigem Ackerland, der westliche Flügel aus hohen, zerklüfteten Bergen, die den Bau einer Überlandstraße unmöglich machten. Die Erklärung für diesen bemerkenswerten Unterschied lag im Ursprung beider Hälften: Die östliche hatte sich vor vierzig Millionen Jahren aus dem felsigen Grund der Karibik erhoben, genügend Zeit für die Gipfel, abgetragen zu werden, doch die westliche tauchte erst vor fünf Millionen Jahren an der Oberfläche auf, ihre Berge waren daher noch jung. Aus unterschiedlichen geologischen Impulsen heraus geboren, zu gänzlich unterschiedlichen Zeiten, konnte man beide Hälften als zu einem herrlichen großen Ganzen verbunden betrachten, und die Menschen, die auf Guadeloupe lebten, sagten von sich: »In unsere Insel kann man sich verlieben« und bedauerten diejenigen, die »auf der anderen Insel dort drüben, Martinique«, wie sie sie nannten, leben mußten.

In diesem goldgrünen Paradies entwickelten die beiden Kreolenkinder eine leidenschaftliche Liebe sowohl zu ihrer Heimatinsel als auch zu ihrem Mutterland Frankreich, so daß Begriffe wie »Ruhm«, »Patriotismus« oder »die französische Lebensweise« in ihrem Herzen widerklang wie das Angelusläuten, wenn es zum Abendgebet ruft. Diese Werte galten als erhabene Verpflichtung, tiefe Untertanentreue kam in ihnen zum Ausdruck, und Paul, der die von dem Priester des Ortes geleitete Schule besuchte, sagte oft zu Eugénie, die daheim im »Haus der Spitzen« blieb, um in die Geheimnisse der Koch- und Waschküche eingeweiht zu werden: »Wenn ich groß bin, gehe ich nach Frankreich und studiere in Paris und werde Soldat des Königs.« Als er ehrfürchtig das Wort König sprach, meinte er Ludwig XVI., dessen Porträt als Holzschnitt in großer Zahl die wichtigsten Zimmer beider Häuser schmückte. Die beiden Kinder sahen in König Ludwig mit seinem runden Gesicht und der bis über die Schulter reichenden Perücke einen Mann, den sie eines Tages, sollten sie jemals nach Frankreich kommen, persönlich kennenlernen wollten.

Die Heranwachsenden wurden zu guten Katholiken erzogen, treuen Untertanen und Beschützern des Königs und repräsentierten so die Ideale der überwiegenden Mehrheit der Bevölkerung auf ihrer Insel. Ihre einzigen Feinde waren die Engländer, deren schändliches Verhalten ihrer Insel gegenüber sie in Harnisch brachte. 1759, lange vor ihrer Geburt, war eine englische Expeditionsstreitkraft, bestehend aus vielen Schiffen und Tausenden von Soldaten, ohne jeden Grund in Guadeloupe eingefallen und hatte die westliche Häfte des Schmetterlings eingenommen, die Engländer errichteten einen befestigten Stützpunkt und versuchten anschließend, von dort aus auch die östliche Hälfte zu erobern, wo schon damals die Lanzeracs und Mornaix lebten.

»Es dauerte ungefähr ein Jahr«, erzählte Père Lanzerac seinen Kindern gerne, »bis sie ihre Kräfte gesammelt hatten und sich stark genug fühlten, unseren Teil der Insel anzugreifen, denn sie wußten, wir Bewohner von Grande-Terre waren Kämpfer, aber dann, nach einiger Zeit, gingen sie gegen uns vor, und damals hat sich eure Urgroßmutter ihren Platz im Pantheon der französischen Helden verdient.« Immer wenn er an diese Stelle seiner Erzählung kam, legte er eine dramatische Pause ein und erinnerte seine kleinen Zuhörer: »Wohlgemerkt, ich sagte Helden, nicht Heldinnen, denn Grandmère Lanzerac war einem Mann ebenbürtig.«

Sie verschanzte sich im Lagerhaus der Lanzeracs, brachte alle ihre Sklaven hinter die Mauern und bewaffnete sie mit Gewehren, die sie vorher auf den weniger standhaften Plantagen eingesammelt hatte. Ein britischer General beschrieb die Aktion in seinen Erinnerungen so: »Diese bemerkenswerte alte Frau, 67 Jahre alt, weißhaarig, unterstützt allein von ihren drei Söhnen und 41 Sklaven, hielt die gesamte britische Invasionstruppe in Schach. Als ich den Schauplatz des Geschehens betrat und fragte: ›Warum geht es hier nicht weiter?‹, entgegnete mein Leutnant mit aschfahlem Gesicht: ›Diese verdammte alte Hexe will uns nicht an ihrem Fort vorbeilassen.‹ Und als ich mir das dreiste Stück aus der Nähe ansah, mußte ich feststellen, daß er recht hatte. Um sich ein Standbein auf Grande-Terre zu sichern, mußten sich unsere Truppen nämlich durch diesen Engpaß quälen, den sie unter Kontrolle hatte. Zwei ganze Tage kamen wir weder vor noch zurück. Soll mir keiner sagen, schwarze Truppen würden nichts aushalten oder könnten nicht kämpfen. Sie waren sensationell, nicht mehr und nicht weniger, und von Zeit zu Zeit erhaschten wir einen Blick auf die alte Frau, mit wehenden weißen Haaren, wie sie zwischen ihren Männern hin und her lief und ihnen Mut zusprach, bis ich zum Schluß einen Sturmangriff auf ihr Fort starten mußte, aber ausdrücklich Befehl gab, die alte Frau nicht zu töten. Aber leider hatten die Soldaten keine andere Wahl, denn sie ging mit zwei Pistolen auf sie los, und sie mußten sie umbringen.«

Grandmère Lanzerac wurde so während der vierjährigen Belagerung durch die Briten die Schutzpatronin der Franzosen, und ihr Andenken wurde von Paul und Eugénie stets hoch verehrt.

Sie bildeten ein hübsches Paar: Paul mit seinem blonden Haarschopf, dem klaren, offenen Gesicht und den Sommersprossen und Eugénie mit ihrem dunklen Haar, dem reizenden Gesicht und der gertenschlanken Figur, die an ein sich im Wind wiegendes Sumpfgras erinnerte, als sie zwölf war, an ein junges Bäumchen, als sie auf die Vierzehn zuging. Sie durchlebten wie alle Gleichaltrigen Zeiten intensiver Freundschaft, wenn Paul mit Eugénie über die blumenbewachsenen Veranden spazierte, sie ihre kleinen Geheimnisse und unmöglichen Träume teilten. Dann folgten Monate, da entfernten sie sich voneinander, da gingen sie verschiedene Wege, aber stets bewegten sie sich wieder aufeinander zu, denn sie spürten in ihnen eine Verbindung, die sich niemals lösen würde. Noch wußten sie nicht, ob diese Bindung einst in das Erlebnis der Liebe münden würde, und an Heirat zu denken, dazu waren beide noch zu jung.

Sie wußten, sie waren gefangen in einem Netz aus Widersprüchen, und der Grund dafür war eine Kreolin, die aus den beiden ein Trio machte, eine reizende olivfarbene Mulattin namens Solange Vauclain,

Tochter eines französischen Immigranten, der als Plantagenverwalter eingestellt worden war und eine der Sklavinnen geheiratet hatte. Solange bewohnte mit ihren Eltern östlich der Stadt eine der Plantagen, die zu den größeren zählte, »ein wahrer Blumengarten«, wie Solange ihren Freunden in Pointe-à-Pitre versicherte, denn alle Ackerflächen, die nicht für den Anbau von Zuckerrohr verwendet wurden, waren über und über bewachsen mit den verschiedenen Blumensorten, die Guadeloupe in ein Zauberland verwandelten. Paradiesblumen, die bei Sonnenuntergang wie goldene Kanus aussahen, feuerrote Anthurien, feiner Hibuskus und eine herrliche rote Pflanze, die später den Namen Bougainvillea erhielt. Über allem wölbten sich stattliche Kokospalmen wie riesige grüne Blüten, und um die Plantage herum wuchs Croton, jenes geheimnisvolle Wolfsmilchgewächs, das sechs oder sieben verschiedene Farben annehmen konnte. Die Blume jedoch, die Solange am meisten schätzte, war der rote Ingwer, geformt fast wie ein menschliches Herz. »Dies ist die Blüte von Guadeloupe«, erklärte sie ihren Freunden, »gewaltig und groß und grell. Auf Martinique werdet ihr so etwas nicht finden. Da zieht man Rosen und Lilien.«

Obwohl sich Solange zwischen ihren Blumen wie zu Hause fühlte, besuchte sie häufig ihre Verwandten in Pointe-à-Pitre, brachte ihnen Ingwerblüten als Geschenk mit, und da sie genauso alt war wie Eugénie, war es in der kleinen Stadt fast unvermeidlich, daß sich die beiden Mädchen anfreundeten. Ja, Solange wurde eine so intime Vertraute, daß man eher von einer Schwester als von einer Freundin sprechen konnte, und die beiden tuschelten lange miteinander und stellten alle möglichen Vermutungen an über den einen oder anderen Jungen oder das Treiben der jungen Witwe, die in der Nähe des Hafens wohnte.

Doch die Anwesenheit Paul Lanzeracs im Haus nebenan machte ihn schon bald Hauptgegenstand ihrer Gespräche, und man hätte nicht so ohne weiteres sagen können, welches der beiden Mädchen mehr Interesse an ihm hatte. »Wenn ich einmal groß bin«, vertraute Solange ihrer Freundin an, »lerne ich hoffentlich so jemanden wie Paul kennen.« Und in heißen tropischen Nächten, wenn die beiden Mädchen ein Bett teilten, flüsterte sie ihr seltsame Geständnisse ins Ohr: »Eugénie, ich glaube, Paul liebt uns beide... auf unterschiedliche Weise.« Aber wenn Eugénie diese erstaunliche Erkenntnis näher erläutert haben wollte, äußerte die dunkeläugige Solange bloß: »Du weißt schon.« Hätte man Paul vor die Wahl gestellt, hätte er zugegeben, daß er Eugénie gerne mochte, weil sie in ihrer Kindheit so viele Erfahrungen gemeinsam gemacht hatten, aber daß er Solange auf andere, vielleicht zwingendere Weise liebte.

Als Eugénie einmal zu Solange aufs Land gefahren war, um zwei Tage bei ihr zu bleiben, rief die Mulattin in plötzlich heftig hervorbrechender schwesterlicher Zuneigung: »Eugénie! Wer Paul auch heiratet, wir wollen immer Freunde bleiben, für immer und ewig.« Aber Eugénie rückte von ihr ab, musterte ihre Freundin und fragte: »Hat er dich geküßt?« Und Solange erwiderte: »Ja. Und ich liebe ihn so sehr.«

Dann auf einmal änderte sich alles, denn für Paul war die Zeit gekommen, nach Frankreich zu gehen, um dort die gehobene Ausbildung zu erhalten, die eine der Bedingungen war, wollte er einen ihm angemessenen Platz in der französischen Gesellschaft einnehmen. Bevor er 1788 aufbrach, im Alter von siebzehn Jahren, verbrachte er noch ein paar Tage mit den beiden Mädchen, beide zwei Jahre jünger als er, und ließ sie Anteil nehmen an seinen Hoffnungen und an den Möglichkeiten, die ihm bei seiner Rückkehr drei Jahre später offenstehen würden. »Ich habe nicht die Absicht, Apotheker zu werden wie mein Vater.«

»Vielleicht Arzt?« drängte Solange, aber er wandte sich von ihr ab und sagte zu Eugénie: »Wir haben ja schon darüber gesprochen. Ich gehe in die Regierung, werde Rechtsanwalt oder Offizier, der von Insel zu Insel geschickt wird.«

»Aber du kommst doch zurück?« wollte Solange wissen. Und er antwortete leidenschaftlich: »O ja! Das hier ist meine Heimat und wird es immer bleiben. Meine Großmutter Lanzerac ist gefallen, als sie diese Insel verteidigte. Ich könnte nirgendwo anders leben.«

Doch dann sagte Solange kummervoll, wobei ihre schönen Augen glühten: »Aber du wirst in Paris gelebt haben...«

»Aber nein!« stellte er richtig. »Ich werde Paris nicht einmal zu sehen bekommen.« Worauf sie erstaunt ausrief: »Paris nicht einmal sehen?« Er erklärte, sein Schiff würde ihn in Bordeaux in Südfrankreich absetzen, von wo aus er sich dann über Land bis an die äußerste Ostgrenze durchschlagen müsse. »Ich will in die kleine Stadt, wo die Lanzeracs angefangen haben, Barcelonnette, nahe der italienischen Grenze. Berge, plätschernde Bäche. Ein Onkel von mir lebt dort.« Solange fragte erstaunt: »Warum um alles in der Welt überquert man einen ganzen Ozean, nur um in irgendeiner kleinen Stadt zu landen?« Und er sagte: »Weil mein Vater meint, es sei der schönste Teil Frankreichs. Es liegt an der Grenze, wo man kämpfen muß, will man überleben.« Er rief ihnen die Geschichte seiner Vorfahren ins Gedächtnis: »Die alte

503

Frau, die die Engländer aufhielt, um die Insel zu retten, sie kam aus Barcelonnette.« Und jetzt wurde den Mädchen klar, daß er sich dieser glorreichen Tradition gemäß verhalten würde, daß er ein treuer Franzose war, bereit, für Frankreich zu kämpfen.

Wollte in dem angespannten Jahr 1788 ein intelligenter junger Mann von den französischen Kolonien seine Liebe zur alten Heimat neu beleben, gab es kaum einen Ort, der besser für einen Besuch geeignet schien als Barcelonnette. Es lag eingebettet zwischen hohen Bergen und so nahe der italienischen Grenze, daß alle, die dort lebten oder auch nur zu Besuch weilten, ein Gespür für die besondere Lage des Ortes und einen starken Willen zur Verteidigung der Grenze entwickelten. Außerdem zeigte man sich den neuen Kolonien gegenüber sehr aufgeschlossen, denn viele Söhne der Stadt, die aufgrund der bescheidenen Möglichkeiten, die sie ihnen bot, dort keine Zukunft für sich sahen, waren in die Neue Welt ausgewandert, um dort ihr Glück zu machen. Bereits vor Jahrzehnten hatte Pauls Zweig der kinderreichen Familie Lanzerac drei Söhne in die Karibik geschickt – einen nach Mexiko, den zweiten nach Kuba und den jüngsten nach Guadeloupe –, und alle hatten sich so gut etabliert, daß sie wiederum ihre Söhne oder wenigstens den Erstgeborenen zur Ausbildung nach Barcelonnette schicken konnten. Dort, inmitten der erhabenen Berge, trafen dann die jungen Burschen auf ihre Onkel und Großväter und Vettern und lernten auf diese Weise in den Gesprächen mit ihnen die zeitlose Pracht der französischen Kultur kennen.

Es war vereinbart worden, daß Paul seinen dreijährigen Aufenthalt im Haus seines Onkels Méderic verbringen sollte, der seine Heimat nicht verlassen hatte, und daß er die Schule besuchen sollte, die ebenfalls ein Verwandter von ihm, Père Émile, leitete, der in Barcelonnette geblieben war, um dort Priester und ein geachteter Lehrer zu werden.

Paul hatte erst wenige Wochen in der Obhut dieser beiden ehrenwerten Männer verbracht, als ihm klar wurde, daß er durch die Rückkehr in das Land seiner Vorfahren eine völlig neue Ebene des Lernens und Verstehens erklommen hatte. Zufällig schickte die französische Regierung gerade in dieser Zeit, Anfang Januar 1789, ein Rundschreiben an die 615 Distrikte, die das Land umfaßte, in dem aufgefordert wurde, jeder Bezirk solle die traditionellen Cahiers de Doléances, ein Heft, in dem alle Mißstände verzeichnet waren, nach Paris schicken, da dort ein seltenes und bedeutendes Ereignis kurz bevorstehe, eine Versammlung der Stände – des Adels, des Klerus und des »dritten Standes«, der Bürgerlichen. So geschah es, daß Paul, gerade als er sich seinen Studien widmen wollte, zwei Mitglieder seiner Familie beisammensitzen und die Mißstände von Barcelonnette zusammentragen sah: Père Émile steuerte seine Beobachtungen dem Bericht des Klerus bei, Onkel Méderic war für den der Bürgerlichen verantwortlich; und während Paul den beiden besonnenen Männern zusah, wie sie versuchten, die Ansichten ihrer Landsleute zu Papier zu bringen, bekam er ein Gespür dafür, was Frankreich vor den anderen Nationen auszeichnete.

Onkel Méderic war der Nachdenklichere von beiden, er sah Frankreich als strahlendes Leuchtfeuer, dessen Schicksal es war, das Licht der Aufklärung auch in das übrige Europa zu tragen, ja, in die ganze Welt. Als er an der letzten Fassung seines Berichtes arbeitete, sagte er zu den Angehörigen seiner Familie: »Die Ständeversammlung ist zuletzt vor vierzig Jahren zusammengetreten. Eine seltene Gelegenheit, dem König unsere Meinung vorzutragen.« Aber er machte deutlich, daß seine Liste der Mißstände nur kurz ausfallen würde. »Es ist alles in Ordnung in Frankreich. Die Radikalen aus Lyon und Nantes, die werden sich natürlich über alles mögliche beschweren. Fordern mehr Stimmrechte. Mehr Hilfe für die Armen. Eine stärkere Polizei. Aber schauen wir doch den Tatsachen ins Auge. Wir leben in einem ehrenwerten Land, und mit etwas Sorgfalt wird es auch so bleiben.« In diesem Geist war auch seine Liste verfaßt: »Wir brauchen mehr Truppen an der Grenze, um uns vor den italienischen Schmugglern zu schützen. Die Postverbindung mit Paris muß besser werden. Und die Brücke auf dem Weg nach Marseille muß erweitert werden, damit sie unsere Kutschen aufnehmen kann.« Und dann, um Paris wissen zu lassen, was sein Distrikt ganz allgemein von der Regierung hielt, fügte er jene glühende Passage an, die schon damals, aber auch später, von nachfolgenden Historikergenerationen immer wieder zitiert werden sollte, Gelehrten, die sich die Frage stellten, wie dieser gebildete Mann als Repräsentant einer Stadt am Vorabend der Revolution noch schreiben konnte:

»Sind Ludwig XII. und Heinrich IV. wegen ihrer guten Taten noch heute das Idol aller Franzosen, dann ist Ludwig XVI., der Wohltäter, der Gott aller königstreuen Franzosen; die Geschichte wird ihn dereinst als ein Vorbild für alle Zeiten und für alle Länder hinstellen. Veränderungen sind keine Notwendigkeit.«

Père Émile war nicht wirklich für die Formulierung der Mängelliste des Klerus verantwortlich, aber trug doch stark dazu bei, was Paul einen Einblick in die Gedankenwelt des Priesters ermöglichte:

»Solange Frankreich den Lehren der Kirche und der Führung durch unseren König treu bleibt, befindet sich unsere Nation auf sicherem Boden. Das Genie Frankreichs ist die Wahrung der Vernunft in der wissenschaftlichen Betrachtung der Probleme des Militärs, der Wirtschaft und des Handels und der göttlichen Spiritualität in der Auslegung des menschlichen Lebens. Gelingt es uns, diese Balance zu halten, und unser Komitee ist sich dessen sicher, demonstrieren wir der Welt unsere Überlegenheit über Prinzipien, die weniger begabte Nationen, wie die englische, regieren. Größere Veränderungen sind nicht erforderlich – nur die Brücke auf dem Weg nach Marseille sollte erweitert werden.«

In dem Lehrstoff, den er von Père Émile und seinen drei Kollegen vermittelt bekam, fand Paul diese grundfesten Überzeugungen noch verstärkt. Die École, wie sie sich nannte, war eine weiterführende Schule für Fünfzehnjährige, die im Niveau einem ersten Studienjahr an guten Universitäten wie denen in Salamanca oder Bologna gleichkam; im einzelnen lernten die Schüler, wie Frankreich seine Größe erreicht hatte, und in einem Fach nach dem anderen wurde die Überlegenheit des französischen Geistes und seiner Leistungen gerühmt. Es gab zwar keine feste Stunde, in der Literatur auf dem Lehrplan stand, aber die Lehrer verwiesen beständig auf die Werke Racines, Corneilles, Rabelais' und vor allem Molières, dessen Stücke als die bisher gelungenste Mischung von Geist und Witz angesehen wurden. Ein Lehrer räumte ein, daß ein gewisser Shakespeare aus England auch seinen Wert habe, vor allem seine Sonette, aber daß seine Theaterstücke einen Hang zum Schwülstigen hätten. Ebenfalls nur ungern gestand er ein, daß es sich lohne, den deutschen Dichter Goethe zu lesen, aber daß seine »Leiden des jungen Werther« für den Geschmack eines gebildeten jungen Mannes doch zu sentimental seien. Dante wurde nicht so einfach abgetan, aber dafür Boccaccio, dem vorgeworfen wurde, er sei nur schwer verständlich und nicht in der Lage, eine Geschichte von Anfang bis zum Ende richtig zu erzählen.

Überall bot sich das gleiche Bild: Französische Könige waren hervorragend, französische Admirale der Triumph der Meere, und die französischen Entdecker Amerikas zählten zu den tapfersten Männern der Geschichte, einem Italiener wie Christoph Columbus bei weitem überlegen, der mit seinen Schiffen ja bloß unbeschadet zu irgendwelchen

Inseln gesegelt war, von deren Existenz französische Denker längst wußten.

Auf allen vergleichbaren Schulen wurde den Jungen diese Lektion eingebleut: Knaben, die wenige Jahre später in die Armee einberufen werden, die den größten Teil Europas beherrschen und bis nach Moskau vordringen wollten. Wäre Paul in Barcelonnette geblieben, wäre er mit Sicherheit einer von Napoleons besten Offizieren und ein Wegbereiter der französischen Kultur geworden.

Er sollte jedoch nur drei Jahre in den Bergen verbringen, denn am 14. Juli löste der Pöbel von Paris durch den Sturm auf die Bastille in dem Land, das die Autoren der Cahiers de Doléances für nicht veränderungswürdig befunden hatten, eine ganze Welle von Veränderungen aus, die sich als vernichtend erwiesen. Paul selbst nahm von diesen Erschütterungen, die sein geliebtes Frankreich langsam in den Untergang trieben, kaum etwas wahr, denn er war in eine Schlacht ganz eigener Art verwickelt.

Wenn junge Männer wie er zur Ausbildung nach Barcelonnette zurückkehrten, wurde alles unternommen, eine Frau aus dem Ort für sie zu finden, weil Frauen aus der Gegend einen guten Ruf genossen und als besonders begehrenswert galten. Niemand hing dieser Anschauung stärker an als Onkel Méderic, der eine Schönheit nach der anderen vor seinem Neffen aufmarschieren ließ – und manche waren tatsächlich von atemberaubender Schönheit, von einer durch die klare Bergluft hervorgerufenen makellosen Gesichtsfarbe und einem aus dem behüteten ländlichen Leben resultierenden ausgeglichenen und standhaften Wesen. Vor allem ein Mädchen namens Brigitte, so etwas Ähnliches wie eine entfernte Cousine – fast alle in dieser Region waren irgendwie miteinander verwandt –, war besonders charmant. Als Tochter eines wohlhabenden Bauern beherrschte sie nicht nur die Kunst des Haushaltens, Kochens und Nähens, sondern verfügte auch über eine kräftige Singstimme und ein schwungvolles Tanzbein, wenn die Fiedel aufspielte. Außerdem, ermahnte Onkel Méderic seinen Neffen, konnte von ihrem Vater eine hübsche Mitgift erwartet werden.

Paul jedoch vermochte sich ihr nicht ernsthaft zuzuwenden, denn ein seltsames Leiden befiel ihn plötzlich: Er hatte Heimweh nach der tropischen Pracht von Guadeloupe und den anschaulichen Reizen von Eugénie Mornaix und Solange Vauclain. Es ließ sich nicht leugnen, daß er bereits verliebt war, nur, in welches der beiden Mädchen, das hatte er noch nicht entschieden. Wenn er ganz abstrakt über Frauen nachdachte, dann war es Solange mit ihrer dunklen Schönheit, die seine Phantasie beanspruchte, aber wenn er sich ernsthaft die Frage vorlegte: »Wer von beiden?«, dann fiel ihm stets Eugénie als erste ein, und drei Wochen irrte er – seinen Träumen hingegeben – durch die Bergwelt von Barcelonnette, bis sein Onkel einsah, daß drastischere Maßnahmen unternommen werden mußten.

»Was ist los mit dir, Junge? Siehst du nicht, daß Brigitte es auf dich abgesehen hat? Ich kann dir nur sagen, so ein Fang kreuzt nur einmal den Weg eines jungen Mannes.« Die ersten Übergriffe dieser Art blieben ohne Erfolg, denn Paul überhörte sie schlicht, aber als ihn dann sein Onkel geradeheraus fragte: »Hast du Angst vor Frauen?«, lüftete er sein Geheimnis: »Ich bin in ein Mädchen zu Hause auf der Insel verliebt.«

»Was ist das für ein Mädchen?« fragte der Onkel, und aus der Art, wie sein Neffe herumdruckste, schloß Méderic, daß er log. In Wahrheit wußte Paul einfach nicht, was er sagen sollte. Schließlich platzte er hervor: »Eugénie Mornaix«, worauf sein Onkel ihn mit einem Schwall eindringlicher Fragen überfiel, was seinen Neffen wiederum so einschüchterte, daß ihm mit der einzigen Antwort auch der Name Solange herausrutschte.

»Und wer soll die schon wieder sein?«

»Ein anderes Mädchen, genauso hübsch wie Eugénie.«

»Kannst dich wohl nicht entscheiden, wie? Ist man einmal in so eine Falle getappt, handelt man sich 'ne Menge Ärger ein. Aber sag mir, sind beide so hübsch wie Brigitte?«

»Sie sind anders. Eugénie ist schmaler und sehr scharfsinnig. Solange ist größer und dunkler... und sehr schön.«

»Dunkler? Was soll das heißen?« Und stotternd eröffnete Paul, daß Solange eine Sklavin zur Mutter hatte.

Stille erfüllte das Bauernhaus, dann strich sich Onkel Méderic über das Kinn und zeigte auf einen Deckenbalken, der im Laufe der Jahrhunderte durch den Rauch des Feuers eine dunklere Färbung angenommen hatte. »Ihre Mutter war so dunkel wie das Stück Holz da oben?« Und als Paul nickte, fing sein Onkel an, ihn über die Sklaven auf der Insel auszufragen, und Paul erzählte, daß viele Franzosen auf der Insel aus Afrika importierte Frauen heirateten, »sehr schöne Frauen, deren Kinder genauso klug sind wie du und ich«. Er erzählte so anschaulich und mit so viel Begeisterung, daß Onkel Méderic an den folgenden Aben-

508

den noch andere Mitglieder seiner Familie hinzurief, damit auch sie
sich die Geschichten seines Neffen über das Leben auf Guadeloupe an-
hörten.

Père Émiles Reaktion war kurz und bündig: »Wir sind alle Gottes
Kinder.« Und ein Vetter pflichtete ihm bei: »Wir haben noch nie Sklaven gesehen in Barcelonnette, aber ich bin sicher, wenn sie erst mal
getauft sind . . . «

Onkel Méderic, der noch immer die Sache Brigittes verfocht, machte
dagegen die kritische Bemerkung: »Wenn ein Mann sein ganzes Leben
auf den Inseln verbringen will, dann, kann ich mir vorstellen, ist eine
Schwarze als Frau ja hinnehmbar, aber wenn er für eine Stelle in
Frankreich in Betracht käme . . . na ja, eine Schwarze als Frau . . . «

»Sie ist keine Schwarze!« rief Paul abwehrend. »Sie ist . . . In Pointe-
à-Pitre trifft man Mädchen aller Hautfarben an, und manche sind wirklich sehr schön. Auch die Männer.« Er ließ sich dazu hinreißen, etwas
hervorzuholen, das er bis dahin vor allen versteckt gehalten hatte. Er
ging auf sein Zimmer und hielt, als er wiederkam, ein kleines weißes
Blatt Papier in den Händen, auf das eine Silhouette sauber aufgeklebt
war, die ein Inselkünstler zu Hause mit winzigen Scheren geschnitten
hatte. Sie stellte Solange dar, von der Taille an aufwärts, und obwohl es
ein ganz gewöhnlicher Scherenschnitt war, wie der Künstler ihn von
jedem anderen Mädchen auch angefertigt hätte, rief sie in Paul doch die
Erinnerung an seine wunderschöne Freundin wach.

»Da seht ihr«, sagte er schüchtern, »wie hübsch sie ist.« Aber eine
Tante, die das Stück Papier dicht vor die Augen hielt, stellte fest: »Sie
ist ja doch schwarz«, worauf Père Émile ihr erklärte, alle Scheren-
schnitte würden aus schwarzem Papier geschnitten und auf einen weißen Bogen geklebt. »So erkennt man die gewünschten Umrisse besser.«

Im Laufe dieser Diskussion, die sich jetzt ihrem Ende näherte, war
jedoch niemand auf den Gedanken gekommen, das eine Argument ins
Feld zu führen, das im nahen England seine Wirkung nie verfehlte, daß
Paul nämlich ein Weißer sei und sein Blut daher viel zu wertvoll sei,
um sich mit anderem zu mischen. Nicht ein Franzose hämmerte auf
ihn ein: »So eine Heirat ist einfach undenkbar. Du wärest von der
besten Gesellschaft ausgeschlossen, und deine Freunde und ihre Frauen
würden dich schneiden.« Selbst Onkel Méderic, der die Nachteile zur
Sprache gebracht hatte, die ein weißer Mann wohl in Kauf nehmen
müsse, wenn er eine schwarze Frau heim nach Paris brächte, hielt sich

509

zurück. »Da fällt mir gerade ein, da war doch dieser Bursche auf dem Weg nach Marseille. Hatte seine Frau dabei, die er in der Türkei oder Algerien kennengelernt hatte. War ziemlich dunkelhäutig, aber das schien keinen zu stören. Wenn diese Solange so anziehend ist, wie du sagst, und du willst deine Zelte für immer auf der Insel aufschlagen...« Während der folgenden Tage hörte er damit auf, ihn mit Brigittes Reizen zu bedrängen, aber wiederholte die Warnung, die er schon einmal geäußert hatte: »Im Ernst, mein Sohn, in zwei Mädchen verliebt, zur selben Zeit, und in derselben Stadt...« Er schlug die Hände über den Kopf zusammen: »Gibt nur Ärger.«

Doch dann brach die Revolution aus, und Pauls Schwierigkeiten waren vergessen, denn ein Mann aus dem Ort, der nach Paris aufgebrochen war, um dort sein Glück zu versuchen, kam atemlos mit der Neuigkeit zurück: »Sie haben dem König eine neue Regierung vorgesetzt. Er hat versucht zu fliehen...«

»Er hat was?« riefen erstaunte Stadtbewohner, und ihr ehemaliger Nachbar sagte: »Ja, als Frau verkleidet, heißt es.«

»Was ist geschehen?« fragte eine Frau. »Haben sie ihn gefangen?«

»Ja. Sie haben ihn zurück nach Paris geschleppt. Und ihn gezwungen, der neuen Regierungsform zuzustimmen, einer gesetzgebenden Versammlung, so nennen sie das. Der König hatte keine Macht mehr. Der Mob hat alles erobert. Als ich fortging, waren die Straßen voller anständiger und begabter Männer und Frauen, die aus Paris flohen.«

Gierig nach irgendwelchen Meldungen von Veränderungen, die möglicherweise auch Folgen für Barcelonnette haben würden, schickten die Einwohner Kundschafter los, die sich umhören sollten, aber die Neuigkeiten, mit denen sie heimkehrten, waren nur bruchstückhaft. »Paris ist in Aufruhr. Keiner weiß, was mit unserem geliebten König geschehen wird.«

»Steht es so schlimm?« fragte Onkel Méderic mit ernster Stimme und rief sich das Lob ins Gedächtnis, mit dem er den König in seinem Rapport an die Ständeversammlung überschüttet hatte, und einer der Kundschafter antwortete: »Kann sein. Keiner weiß so recht, was in Paris vor sich geht.«

Gefangen in solchen düsteren Unsicherheiten, verließ Paul Lanzerac Barcelonnette im Herbst des Jahres 1791, sein Herz voller Verständnis, ja Liebe für Frankreich und seine großzügigen Verwandten in ihrem Bergort, den Zweig der Lanzeracs, der sein Leben dort so angenehm

510

und lohnend gestaltet hatte. »Ich werde euch nie vergessen. Und wenn ihr euch entschließen solltet, nach Guadeloupe zu kommen, dann findet ihr dort ein Heim vor.« Gerade wollte er den Reisewagen besteigen, der ihn zu seinem Schiff nach Bordeaux bringen sollte, da lief Brigitte auf ihn zu, umarmte ihn und flüsterte ihm zu: »Bitte, komm wieder, Paul. Und paß auf dich auf.« Es war Père Émile, Priester und Lehrer, der den Segen der gesamten Stadt sprach, denn während er den Reisewagen ein Stück des Weges begleitete, gab er dem Besucher aus Übersee folgenden Rat: »Paul, du bist ein junger Mann mit guter Ausbildung und festem Charakter. Mach etwas aus dir, schon als Anerkennung für diese Stadt und für Frankreich.« Und der junge Mann, der vor drei Jahren als Heranwachsender in die Stadt gekommen war, fuhr mit der Entschlossenheit die Straße hinunter, genau das zu tun, wozu der Priester ihn anhielt.

In den letzten Monaten des Jahres 1791 kam die Durchquerung Südfrankreichs von der italienischen Grenze bis an die atlantische Küste für einen hoffnungsvollen jungen Mann von Intelligenz einer regelrechten Bildungsreise in die Wirklichkeit der Revolution gleich. Entlang der Landstraßen beobachtete er die Verelendung einer ehemals reichen Nation, und in kleinen Ortschaften begegnete man ihm mit Ressentiments, ja mit Haß. Der Kutscher einer Postkutsche warnte ihn: »Junger Mann, ziehen Sie besser Ihre Jacke aus. Sie verrät Sie als einen, den man verachtet«, worauf Paul die spitzenbesetzte Jacke, die sein Onkel ihm als Abschiedsgeschenk überlassen hatte, in seine Reisetasche stopfte.

Auf der Fähre, die ihn über die Rhône setzte, erzählte ein Bauer, dem die Hände noch zitterten, die schreckliche Geschichte der Ereignisse, die sich in Lyon, nur ein Stück flußaufwärts, zugetragen hatten. »Es fing alles ganz harmlos an. Bürger wie ich, die um Brot baten. Die Polizei sagte: ›Ihr dürft da nicht hin‹, aber wir gingen trotzdem. Verhaftungen. Schläge gegen den Kopf. Aufruhr in den Straßen. Dann wurden Gefangene aus den Kerkern geführt. Gut gekleidet waren die. Konnten bestimmt lesen und schreiben. Sechzehn auf einmal, in einer Reihe an die Wand gestellt, von ganz gewöhnlichen Leuten, nicht Uniformierten, aber mit Musketen. Dann ein Knall. Und die sechzehn stürzen zu Boden, aber einer ist noch nicht tot. Ihm wurde mitten ins Gesicht geschossen, als er aufschaute und um Gnade bat. Gräßlich.«

Westlich der Rhône verschlimmerten sich die Zustände, und an der

511

Einfahrt zu einem Dorf stand ein bescheiden gekleideter Mann und hielt die Postkutsche an. »Fahrt besser nicht rein. Sie spielen verrückt.« Und alle Insassen, die beiden Fahrer eingeschlossen, fanden sich bereitwillig damit ab, einen weiten Umweg zu machen. Und dennoch, am selben Nachmittag fuhren sie in ein anderes Dorf ein, wo die Kutsche diesmal von zwölf- oder dreizehnjährigen Jungen angehalten wurde, die ein paar älteren zuriefen: »Adlige auf der Flucht ins Ausland!« Und es folgten angespannte Minuten, in denen es ganz so aussah, als sollte die Kutsche einfach geplündert und die Passagiere erschossen werden, aber die Fahrer, rauhe Burschen vom Land, konnten den Pöbel überzeugen, daß es ganz normale Leute waren, einige auf dem Weg nach Bordeaux und von dort weiter zu den Zuckerkolonien. Nach einem weiteren fürchterlichen Augenblick, in dem Paul befürchtete, die jungen Räuber könnten das Gepäck durchsuchen und die Jacke finden, wurde der Kutsche schließlich die Weiterfahrt genehmigt. Während sie durch das Dorf fuhren, sahen sie an den Wänden lauter Einschußstellen, wo die Opfer der Revolution hingerichtet worden waren.

Als sie den häßlichen Ort, von dem der Geruch des Todes noch aufstieg, hinter sich gelassen hatten, richtete Paul an seinen Nachbarn die Frage: »Was passiert bloß mit Frankreich?« Und der Mann entgegnete: »Alte Rechnungen werden beglichen.«

In Bordeaux, gerade als Paul an Bord des Schiffes gehen wollte, das in Guadeloupe eine Ladung dringend benötigten Zuckers aufnehmen sollte, trafen neue Gerüchte ein: »Der König ist verhaftet und sitzt im Gefängnis. Hunderte von seinen Getreuen sind ebenfalls verhaftet. Wenn du ein Royalist bist, hältst du besser dein Maul. Überall kommt es zu Massakern, und die preußische Armee versucht, ins Land einzufallen, um den König zu schützen, aber unsere tapferen Männer schlagen sie zurück.« Mit dieser Ungewißheit verließ Paul sein Mutterland, aber Père Émiles Ratschlag klang noch immer verwirrend nach: »Mach etwas aus deinem Leben, als Anerkennung für diese Stadt und Frankreich.«

Die lange Schiffsreise über den Atlantik nutzte er als eine Zeit des Nachdenkens und des Friedens, außer an einem unheilvollen Nachmittag, als ein Segel gesichtet wurde und der Ausguck rief: »Englisches Schiff am Horizont!«, was alle Passagiere an Bord die Luft anhalten ließ, aber der französische Kapitän setzte mehr Segel, bis sich die Entfernung zwischen beiden Schiffen vergrößert hatte. Beim Abendessen kam man allgemein überein, daß die Engländer doch ein übles Volk seien, um nichts besser als die Piraten, die früher in diesen Gewässern ihr Unwesen getrieben hatten, und solch schreckliche Märchen wurden erzählt, über Captain Kidd und L'Ollonais und Henry Morgan, daß eine Dame unter den Passagieren die Stimmung aller traf, als sie sagte: »Ich bekomme ja richtig Angst, heute abend zu Bett zu gehen.«

Ohne weitere Zwischenfälle erreichte das Schiff im Februar 1792 Basseterre, den Haupthafen des westlichen Flügels der Schmetterlingsinsel Guadeloupe. Mehrere Passagiere, die weiter nach Pointe-à-Pitre auf dem östlichen Flügel reisen wollten, überlegten, ob es nicht praktischer sei, eine Kutsche zu mieten, die sie auf dem direkten Weg auf die andere Seite bringen konnte. Doch sie mußten sich eines Besseren belehren lassen: »Wissen Sie überhaupt, wie hoch die Berge sind, die dazwischenliegen? Nicht mal Ziegen wagen sich darauf«, während ein Einwohner von Basseterre bloß sagte: »Fahrtwege? Wo es nicht mal Wanderwege gibt?« Die Passagiere, die weiter Richtung Osten wollten, mußten ihren Plan also aufgeben und warteten erst einmal, während die Zuckerladung an Bord verstaut wurde.

Zur selben Zeit kurvten ein paar kleinere Boote um die Südspitze des Westflügels, legten in Pauls Heimatstadt an und brachten aufregende Neuigkeit mit: »Schiff aus Bordeaux eingelaufen. Ein Lanzerac an Bord. Ganz Frankreich ist in Aufruhr. Schicksal des Königs ungewiß.« Als sich schließlich auch das Frachtschiff bis nach Pointe-à-Pitre durchgeschlagen hatte, hatten sich die Bewohner bereits scharenweise am Dock eingefunden und warteten gierig auf seine Ankunft, um einen Blick auf den Sohn der Stadt werfen zu können – und darauf, welche Nachrichten er mitbringen würde.

Als er an der Reling des Schiffes auftauchte, sahen sie einen hübschen jungen Mann von 21 Jahren, aufrechter Haltung, hellem Haar, das über die linke Augenbraue fiel, und einem etwas reservierten Gesichtsausdruck, der in ein warmherziges Lachen übergehen konnte, doch der bleibende Eindruck, den er vermittelte, war der von Würde und Begabung. Eine jede Mutter, die ihn beobachtete, konnte in ihm die Sorte Mann erkennen, die sie gerne zu einem Besuch und einem freundlichen Plausch mit ihrer Familie empfangen würde oder zu einem Abendessen mit ihrer Tochter.

Im letzten Augenblick, während sich das Schiff langsam dem Dock näherte und dann zum Stehen kam, erkannte Paul die beiden liebsten Freunde, die Seite an Seite unten an der Anlegestelle auf ihn warteten, Eugénie Mornaix und Solange Vauclain. Er staunte, was für ausgesprochene Schönheiten die beiden Frauen geworden waren, jede auf ihre Weise. Eugénie, die Kleinere und Zartere von beiden, war ein echtes Schmuckstück – von delikater Gestalt, im Einklang zu ihrer Größe und mit einem lieblichen Lächeln, das auf ihrem Gesicht aufleuchtete, als sie Paul zuwinkte. Solange war größer, schlanker und wirkte provozierender, als sie ihn aus ihrem hübschen dunklen, leicht zur Seite gebeugten Gesicht anblickte. Wie ein Vulkan, dachte er plötzlich, der nur darauf wartet auszubrechen.

Hinter ihnen erkannte er auch seinen verständnisvollen Vater, der das Geld für den Aufenthalt seines Sohnes in Frankreich beigesteuert hatte, und ihm rief er jetzt einen besonderen Gruß zu, aber als es den Passagieren endlich erlaubt war, von Bord zu gehen, waren es die beiden Frauen, auf die er zueilte, und für die Dauer einiger strahlender Augenblicke nahmen die Bewohner der Stadt mit Bewunderung das Tableau, das die drei hübschen jungen Kreolen bildeten, in sich auf: die weiße Tochter eines angesehenen, erst kürzlich verschiedenen Bankiers, das ranke, dunkelhäutige Kind eines einflußreichen Pflanzers und zwischen ihnen der Sohn des Apothekers, aus Frankreich zurückgekehrt mit dem ausgezeichneten Abschlußzeugnis einer französischen École in der Tasche. Es war ein Moment stilvoller Harmonie, an den sich viele während der schrecklichen Tage, die nun auf sie warteten, erinnern sollten.

Die Schwierigkeiten stellten sich erst nach und nach ein. Paul lachte, als sein Vater mahnte: »Mein Sohn, da sind zwei Frauen, die dich unruhig erwarten.« Aber er war eifrig damit beschäftigt, an die warmherzigen Beziehungen zu Familie und Freundinnen wieder anzuknüpfen, daß er jede einzelne, auch noch so unbedeutende Neuigkeit aus Barcelonnette gleich zweimal erzählte.

»Ich habe ein paar sehr nette Mädchen in Frankreich kennengelernt«, sagte er, beschrieb Brigitte und erklärte seinen Eltern, wie sie mit seiner Familie verwandt war.

»Die kenne ich!« rief Madame Lanzerac. »Schade, warum hast du sie nicht mit nach Hause gebracht?« Und er konterte: »Ich konnte die Mädchen hier in Pointe-à-Pitre einfach nicht vergessen.« Und von nun an begann er, beiden ernsthaft den Hof zu machen, und jeder in der Stadt wußte, was vor sich ging.

Zum Spaß wurden Wetten abgeschlossen, für welche der beiden reizenden Kreolinnen Paul sich wohl entscheiden würde, aber manchmal wurden die Gespräche auch tiefschürfender. Eine Frau, die das Leben auf der Insel mit wachen Augen verfolgte, stellte die Überlegung an, während sie mit einer Nachbarin an einem sonnenüberfluteten Platz auf einer Bank saß: »Ein Augenblick voller Geheimnisse. Drei Menschenleben in der Schwebe. Eigentlich ein goldener Moment. Eine Wahl, die das ganze Leben bestimmt.« Die ältere Zuhörerin, den Blick auf die Frachtschiffe gerichtet, die sich auf ihre Fahrt zu den vorgelagerten Inselchen vorbereiteten, nickte zustimmend: »Ja. Und meistens treffen wir die falsche Wahl.«

Nachdem die ersten Tage des Sich-neu-Kennenlernens vergangen waren, spürten die jungen Leute, daß das Leben weitergehen mußte. Die beiden Frauen wußten, daß sie das Alter erreicht hatten, in dem andere Kinder bekamen, und Paul wußte, daß er eine Familie gründen wollte, ja, daß er schon während seines letzten Jahres in Barcelonnette dazu bereit gewesen war.

Er rechnete die Tugenden der beiden Frauen nicht gegeneinander auf, verteilte keine Punkte für die eine oder andere, aber die schwerwiegendsten Unterschiede, die seit der ersten Zeit mit Eugénie und Solange bestanden hatten, waren ihm wohl bewußt: Erstere war die perfekte Lebenspartnerin, letztere eine Frau, die das Herz zum Explodieren brachte, aber wenn er mit einer von beiden allein war, egal, mit welcher, dann war er glücklich. Je mehr sich der Druck verstärkte, desto mehr schlug seine Sympathie für Eugénie aus, die ihren Vater verloren hatte; schließlich gab er ihr den Vorzug, und als ganz Pointe-à-Pitre Bescheid wußte, tat Solange etwas, das sie später bereute. Sie trat ihren Freunden gegenüber und sagte im anklagenden Ton: »Wenn ich eine Weiße wäre...«, worauf sie sich auf die Plantage ihres Vaters flüchtete, auch die Einladung zur Hochzeit ausschlug, die sie voraussah, und sich sogar nicht einmal blicken ließ, als das junge Paar seinen Hausstand im »Haus der Spitzen« gründete.

Nachdem sich die Aufregung um Pauls Entscheidung gelegt hatte, griffen die Einwohner wieder ihre besorgten Gespräche um die Ereignisse in Frankreich auf, und an einem denkwürdigen Abend betonte Monsieur Lanzerac: »Auch wenn unser König in Gefahr ist, auf unsere Unterstützung kann er sich weiter verlassen.« Er erhielt so viel begeisterten Applaus für diese Versicherung seiner Treue, daß auf der Stelle eine inoffizielle Partei der Royalisten gegründet wurde. Priester, Plantagenbesitzer, Gutsverwalter, Männer, die Anteile an Handelsschiffen besaßen, kleinere Kaufleute, alle bekundeten

515

mit lauter Stimme, sie unterstützen den König und die guten alten Sitten, während sich ein paar finstere Gestalten heimlich ihre Namen notierten.

Mit jedem Schiff, das in Basseterre einlief, kamen neue Schreckensmeldungen über die Auseinandersetzungen, die die Heimat erschütterten – Abschaffung der Monarchie, Einrichtung radikal neuer Regierungszirkel, Krieg gegen äußere Feinde – und schließlich die grauenhafte Nachricht, die so schockierte, daß die Insel in ein dumpfes Schweigen verfiel: »König Ludwig hingerichtet. Alles in hellem Aufruhr.«

An den folgenden Tagen kam es auf der französischen Insel Guadeloupe zu genau derselben Reaktion wie 144 Jahre zuvor auf der englischen Insel Barbados, als englische Revolutionäre ihren König enthauptet hatten: Jeder, der Rang und Namen hatte, erklärte, Anhänger des ermordeten Königs zu sein und Gegner der radikalen Erneuerung, und niemand fühlte sich dieser verlorenen Sache inniger verbunden als Paul und Eugénie. Aus dem intuitiven Gespür, daß das Chaos in Frankreich am Ende auch Guadeloupe erreichen würde, faßten sie den Beschluß, als Vorbereitung auf den kommenden Sturm ihre Freundschaft mit Solange zu erneuern. Gemeinsam ritten sie zur Plantage der Vauclains, wo Solange, inmitten ihrer Blumenpracht stehend, die beiden begrüßte. »Komm zu uns zurück«, bat Eugénie. »Es ist uns nun mal beschieden, auf ewig Freunde zu sein.« Und nachdem sie sich noch einen Blumenstrauß gepflückt hatte, der ihr Zimmer in Pointe-à-Pitre schmücken sollte, sattelte Solange ihr Pferd und machte sich mit den beiden auf den Heimritt.

Ihr Auftreten als enge Freundin der Lanzeracs empfand niemand als peinlich: Sie liebte Paul, wie sie ihn seit ihrem neunten Lebensjahr immer geliebt hatte. Nach seiner Heirat mit Eugénie hatte sie diesen Teil ihres früheren Lebens scheinbar tief in ihrem Innersten begraben, mit der festen Absicht, ihn dort zu belassen. Beide, Paul und Eugénie, waren sich darüber im klaren, daß Solange ihn verehrte, aber sie waren auch der Ansicht, daß niemand bei dem augenblicklichen Arrangement Schaden nehmen müsse, solange die Beteiligten ihre Gefühle unter Kontrolle hatten, und Paul und Eugénie machten sich ernsthaft daran, für die schöne Solange einen passenden Mann zu finden.

1793 erschütterte Guadeloupe eine ganze Reihe von Katastrophen, die aus zwei unterschiedlichen Richtungen kamen. Aus Frankreich wurde berichtet, daß eine Welle der Gewalt das Land überschwemmt habe, Tausende durch ein neuartiges Hinrichtungsinstrument geköpft worden seien, die Guillotine, benannt nach dem Arzt Guillotin, der sie eingeführt hatte. Von der deutschen Grenze überraschte die Meldung, zahlreiche Nationen hätten sich verbündet, um die Revolution in Frankreich niederzuschlagen und einen neuen König auf den Thron zu heben. Und schließlich die traurigste Nachricht: Königin Marie Antoinette, eine zwar etwas frivole, aber gütige Herrscherin, war ebenfalls hingerichtet worden.

Diese schamlose Tat peitschte die Gemüter der Inselroyalisten in die Höhe, wieder wurden Versammlungen einberufen und Reden gehalten... und Spione trugen die neuen Namen nach. Paul Lanzerac, schon jetzt ein vermögender Mann, obwohl gerade erst 23 Jahre alt, leitete die hitzigen Versammlungen, rief den Menschen Frankreichs Größe unter seinen berühmten Monarchen in Erinnerung, doch was ihn wirklich erregte, war die Ankunft eines Dekrets auf den französischen Inseln, das besagte, die Anbetung Gottes oder seines Sohnes Jesu oder der Heiligen Jungfrau Maria sei zugunsten des sogenannten Kultes der Vernunft abgeschafft worden. Ebenso solle ein ganz neuer Kalender eingeführt werdene, mit Monaten, die nach natürlichen Phänomen benannt werden sollten – wie zum Beispiel »Germinal«, der Saatmonat, oder »Thermidor«, der Hitzemonat und »Fructidor«, der Früchte- oder Erntemonat. Aus einer angefügten Schrift ging hervor, Priester und Nonnen würden vertrieben, und es wurde der Vorschlag angefügt, die Patrioten in den Kolonien sollten eine ähnliche Säuberung durchführen.

Als Paul diese abscheulichen Geschichten zu Ohren kamen, geriet sein Zorn dermaßen in Wallung, daß er zu einer Massenversammlung auf dem Platz gegenüber dem Laden seines Vaters aufrief. Minutenlang wetterte er gegen die Mörder, die erst den König und dann die Königin umgebracht hatten und nun auch noch Jesus und die Jungfrau Maria töten wollten, und in der aufgewühlten Stimmung dieses Nachmittags sprach sich Guadeloupe, zumindest die östliche Hälfte der Insel, einstimmig für die Beibehaltung des alten Regierungssystems und der überlieferten Religion aus. Und als Paul zum Ende gekommen war, sprang Solange auf die improvisierte Bühne und erklärte, die Frauen der Insel würden hiermit der toten Königin und der Kirche ihre Ergebenheit zum Ausdruck bringen.

Ende 1793 taten sich dann zum erstenmal in der Geschichte der Insel die wenigen Mulatten und die zahllosen Sklaven in den ländlichen Gebieten Guadeloupes zusammen, um sich gegen die Mißstände, unter denen sie so lange gelitten hatten, aufzulehnen – die Mulatten gegen ihre soziale Ächtung, die Sklaven gegen ihre körperliche Ausbeutung –, und sie führten einen so wütenden Übergriff auf die weißen Bewohner der Stadt, daß Paul der Gruppe freiwilliger Krieger, die er um sich gesammelt hatte, zurief: »Der Wahnsinn von Paris hat jetzt auch die Neue Welt erreicht!« Er stellte eine kleine Verteidigungseinheit zusammen, um die Angreifer zurückzuhalten, die angefangen hatte, Plantagen niederzubrennen und die weißen Besitzer zu ermorden, nachdem sie gehört hatten, was den niederen Ständen von Paris mit ihrer Rebellion alles gelungen war. Aus seiner Einheit wählte Paul daher die geschicktesten Reiter aus und bildete sie zu einer regelrechten Kavallerie aus, die Streifzüge bis weit ins Landesinnere unternahm, um die Zuckerrohrpflanzer zu schützen.

Der Vorstoß dieser Freiwilligen unter Lanzeracs herausragender Führung garantierte in einem weiten Umkreis um Pointe-à-Pitre wieder eine gewisse Sicherheit, in der die Plantagenbesitzer die Überfälle der dunkelhäutigen Rebellen abwehren konnten, aber während eines Einsatzes zur weit entfernten Ostküste, wo die Plantagen direkt an den Atlantik grenzten, fragte ein Reiter Paul: »Hast du's schon gehört, Solange Vauclain ist zu ihrer Plantage zurückgeritten, um ihrem Vater zu helfen, daß sie nicht auch niedergebrannt wird.« Als er seine Truppen fragte: »Sollen wir zurückreiten zu den Vauclains, um Solange zu retten, wenn sie noch da ist?«, murrten sie: »Geht uns nichts an. Sie ist eine Mulattin und hat sich bestimmt auf deren Seite geschlagen.«

Der Umweg, um Solange zu helfen, wurde also nicht gemacht, aber in der Nacht wachte Paul auf und sagte zu seiner Frau: »Ich mache mir wirklich Sorgen. Sie ist da draußen und muß zurückgeholt werden.« Und Eugénie entgegnete, ohne zu zögern: »Natürlich« und küßte ihn zum Abschied, als er loszog, um noch drei Freiwillige aufzutreiben, die ihm bei seinem Ritt durch die sternenklare Nacht Richtung Osten begleiten sollten.

Es war kein langer Ritt, nur bis zur Grenze des Sicherheitsgebietes und fünf Kilometer darüber hinaus, aber gerade dieses letzte Stück konnte sich als äußerst gefährlich erweisen, falls die Rebellen im Versteck lauerten, und als er an die Stelle kam, an der die Reiter den Schutz der französischen Gewehre hinter sich lassen mußten, rief er den Gefährten zu: »Wir reiten hier weiter. Will jemand lieber hierbleiben, soll

518

er das tun.« Aber niemand blieb zurück, und so wagte er mit drei Reitern im Rücken den Galopp zur Plantage der Vauclains.

Es wurde ein nervenzerrender Ritt über rauhes Terrain, aber sie entgingen den Rebellen und kamen in der Dämmerung auf der Plantage an. Einer der Männer, der Pauls besondere Zuneigung zu Solange kannte, preschte vor und kehrte auf der Stelle zurück, die rechte Hand erhoben, um die Reiter zum Stehen zu bringen:»Geht nicht rein. Es ist gräßlich.« Doch Paul schob ihn zur Seite und rannte hinein, um sich selbst ein Bild von der schrecklichen Verwüstung zumachen, von der Wut, die man an einer der schönsten Zuckerrohrplantagen Guadeloupes ausgelassen hatte. Das große Wohnhaus war bis auf die Grundmauern niedergebrannt, nur das Holz der eleganten Mahagonimöbel schwelte noch. Der Besitzer, ein gerechter Mensch und ein tüchtiger Verwalter, hing mit einer Schlinge um den Hals an einem Baum, den er einmal mit seinen eigenen Händen gepflanzt hatte.

Als Paul, einer Ohnmacht nahe, anfing, in der Glut herumzustochern, um vielleicht zu erfahren, was mit Solange und ihrer Mutter geschehen war, versuchten die anderen, ihn erneut zurückzuhalten, doch dann vernahm er plötzlich ein leises Wimmern aus dem Hühnerstall, und dort fand er das Mädchen und neben ihr die Mutter, die sich in einer Ecke hingekauert hatten, aus Angst, die Reiter könnten Rebellen sein, die wiedergekommen waren, um das Werk der Zerstörung zu vollenden.

Als Paul die jämmerliche Verfassung seiner schönen Freundin sah, nahm er sie in seine Arme und sagte, sie und ihre Mutter sollten sich zu zwei Reitern hinten aufs Pferd setzen und auf dem schnellsten Weg in die Sicherheit der Stadt zurückkehren. Er war erstaunt, daß sich Madame Vauclain weigerte, ihn zu begleiten, und als sie Solange bat, ihre Mutter zu überzeugen, daß es das beste für sie sei, stieß die alte Frau verbittert hervor:»Ich bin eine Schwarze. Die Franzosen haben mich nie gewollt. Mein Platz ist bei den Sklaven. Und eines Tages werden wir Sie von der Insel vertreiben.« Aufrecht stehend, sagte sie, zu ihrer Tochter gewandt:»Mach, was du willst, aber dich werden sie auch nicht haben wollen.« Und schon zog sie davon – ins Lager derjenigen, die ihre eigene Plantage niedergebrannt und ihren Mann ermordet hatten.

Einen Augenblick blickte Solange, Tochter eines ermordeten Vaters und einer rebellischen Mutter, die sie verlassen hatte, verwirrt nach dem Mann, den sie immer geliebt hatte, und fühlte sich einem Zusam-

519

menbruch nahe. Doch dann, mit derselben inneren Kraft, die ihre Mutter gerade bewiesen hatte, klopfte sie den Staub von ihrem Kleid und sagte: »Gehen wir!« Nachdem Paul ihr aufs Pferd geholfen und es sich selbst auf dem Sattel bequem gemacht hatte, schlang sie ihre Arme um seine Taille, und gemeinsam ritten sie zurück nach Pointe-à-Pitre.

Eugénie Lanzerac war nicht überrascht, als sie ihren Gatten mit der geliebten Freundin hinter sich in den Hof reiten sah, sie war auch nicht weiter verwundert, als sie von dem Brand auf der Plantage erfuhr, dem Mord an ihrem Besitzer und der Entscheidung der Witwe, sich den Aufständischen anzuschließen. »Es sind schreckliche Zeiten, in denen wir leben«, sagte sie tröstend zu Solange, und beide halfen sich an den darauffolgenden Tagen gegenseitig, wenn Lebensmittel knapp waren oder der Feind anzugreifen drohte. Die Stadt befand sich im Belagerungszustand, und an den Tagen, an denen Paul eine Abteilung seiner Kavallerie anführte, um zusätzlich Nahrung aufzutreiben, standen die Frauen gemeinsam in der Einfahrt des Hauses, winkten ihm zum Abschied und wünschten ihm Gottes Segen. Wenn er sicher zurückkehrte, dann war es jedesmal unmöglich zu unterscheiden, wer ihn mit warmherzigerer Freude empfing oder die innigeren Dankgebete zum Himmel schickte.

Als dann einer der drei Begleiter Pauls während eines Einsatzes verwundet wurde, erlebten Paul und Eugénie eine Überraschung, als er sich auf den nächsten Ausritt vorbereitete, denn auf dem Pferd des Verwundeten saß Solange, bereit, an der Jagd auf die Rebellen teilzunehmen. Keiner, weder Eugénie noch Paul, noch die anderen Reiter, machten dazu irgendeine Bemerkung; sie war Kreolin, eine Tochter der Insel, und ihr Volk brauchte Beistand. Als sie am späten Nachmittag gemeinsam mit den Männern zurückkehrte, half ihr Eugénie vom Pferd und nahm sie in die Arme.

Auch in der schwierigen Zeit, die nun folgte, ritt Solange regelmäßig mit, und einmal, als sie und die drei Männer den Kamm einer leichten Erhebung überquerten und auf der anderen Seite eine Hecke sahen, die sich aus allen prächtigen Blumen zusammensetzte, die in Guadeloupe zu finden waren, rief sie: »Paul, es lohnt sich, diese Insel vor dem Untergang zu bewahren!« Während dieser Ausritte verliebte sich einer der Reiter, Sohn eines Gutsverwalters, in die junge Frau; er konnte seine Augen nicht mehr von ihrem beigegoldenem Gesicht lassen und sprach voller Bewunderung über ihre verwegene Reitkunst. Sie spürte sehr wohl, was bei diesen langen Einsätzen geschah, denn er ritt immer dicht neben ihr, um sie zu beschützen, und bot ihr sogar sein Pferd an, wenn ihres ermüdete, und doch gelang es ihr nicht, seine Gefühle zu erwidern. Ihre Aufmerksamkeit galt weiterhin Paul Lanzerac, wie es schon immer gewesen war, und nachdem der Verliebte ein halbes dutzendmal zurückgewiesen worden war, sagte er eines Tages zu ihr: »Du bist verliebt in ihn. Stimmt's?« Aber sie gab ihm keine Antwort.

Eines Nachmittags, als Paul und Solange erschöpft heimkehrten und sich vor Müdigkeit kaum noch im Sattel halten konnten, trat Eugénie ihnen am Tor entgegen und dachte bei sich: »Ein hübsches Paar. Wie füreinander geschaffen.« Der Gedanke trübte jedoch keineswegs ihre Freundschaft, denn als Eugénie am Abend zum Essen mit ihrem kleinen Jungen Jean-Baptiste erschien und ihn fütterte, dachte Solange: »Sie ist ganz die Herrin des Hauses, ganz die Mutter.«

Anfang 1794 dann, als das ferne Paris von einem Wirbel des Terrors erfaßt wurde, Marat ermordet im Bad lag, als die blutrünstigen Anführer einer nach dem anderen selbst hingerichtet wurden – Hébert, Chaumette, Cloots, Danton, Desmoulins, alle tot, alle selbst Hunderte von Verbrechen und Tausende von Toten auf dem Gewissen –, sollte ein Terror ganz eigener Art auch auf Guadeloupe übergreifen, der zunächst jedoch im Gewand des Retters und zudem völlig unerwartet auftrat.

Gerade als es so schien, daß die aufständischen Sklaven und ihre Anführer die belagerte Stadt einnehmen würden, fuhr eine kleine Flotte in den Hafen ein, und der Ausguck rief: »Mein Gott! Es sind Engländer!« Paul Lanzerac und mit ihm zwei weitere kühne Männer sprangen in ein Ruderboot und steuerten, ohne weiter auf die Gefahr zu achten, daß die Matrosen auf sie schießen konnten, direkt auf den Bug des Flaggenschiffes zu und riefen: »Wir sind Royalisten! Die Sklaven belagern unsere Stadt.«

Der verantwortliche Admiral der englischen Invasionsstreitmacht war ein Mann aus Barbados, ein gewisser Hector Oldmixon, dessen Urgroßvater zu seiner Zeit bereits Royalist gewesen war, wenn auch für die Sache Englands, aber derlei Torheiten von Sklaven mochte auch er nicht hinnehmen. Nachdem man Lanzerac an Bord geholt hatte, hörte er sich an, was der Franzose zu sagen hatte, und brummte dann: »Nichts ist so infam auf dieser Welt wie die Lehrmeinung, Nigger hätten Seelen. Gleichheit, Sir, bedeutet die Vernichtung der großen Nationen. Und nun verraten Sie mir, wo können wir am besten auf Ihrer Insel landen?«

Paul liebte die Tochter eines Sklaven und wußte die Qualitäten, die Mulatten aufweisen konnten, durchaus zu schätzen. Es widerstrebte ihm, wie Oldmixon mit seinen Vereinfachungen alle Menschen anderer Hautfarbe mißachtete, aber er hatte auch nicht vergessen, daß sich bei den zurückliegenden Aufständen Mulatten gemeinsam mit den schwarzen Sklaven gegen die Weißen verbündet hatten. Vielleicht war ja die englische Regel, die auf Barbados galt, doch richtig – »Weiß und Schwarz, verbotene Mischung«–, während sich die Bereitschaft der Franzosen, solche Verbindungen zu dulden, ja zu unterstützen, als falsche Politik erwies. Doch Oldmixon konnte er nicht leiden, der Mann war unerträglich, schien sogar Gefallen daran zu finden, die Franzosen herumzukommandieren; aber möglicherweise war er der Retter der Insel, und man mußte sich mit ihm arrangieren.

Aus diesen nicht unkomplizierten Gründen sah sich Paul Lanzerac – ein Franzose, der sein Mutterland so hingebungsvoll liebte, daß er Tränen vergoß, als er von den Katastrophen hörte, die es heimsuchte – gezwungen, einer britischen Einheit zur Einnahme seiner Insel Guadeloupe, beider Flügel des Schmetterlings, zu verhelfen. Die Landnahme erfolgte ohne große Verluste, da Paul und seine Verbündeten und mit ihm die ganze Stadt Pointe-à-Pitre die englischen Matrosen willkommen hießen, während im Basseterre der Widerstand minimal war. Innerhalb von zwei Wochen war die Insel wieder in festen Händen.

Eine merkwürdige Begebenheit ereignete sich, als die britische Invasionstruppe, die zu Anfang der Kampfhandlungen die Insel betrat, von Pointe-à-Pitre aus landeinwärts marschierte, um auch das letzte Widerstandsnest auszuheben. Als sie glaubten, alle Rebellen zusammengetrieben zu haben, stellten sie zu ihrem Erstaunen fest, daß dort eine entschlossene Frau das Kommando führte, in der Einheimische sogleich die Witwe des ermordeten französischen Pflanzers Philippe Vauclain erkannten. Kaum hatte Admiral Oldmixon von dieser widersinnigen Sache Kenntnis genommen, ritt er los mit einem Pferd, das Paul ihm zur Verfügung stellte, und wollte von seinen Männern wissen: »Was um Himmels willen geht hier vor?«, worauf sie erklärten: »In der Schanze drüben hält sich eine alte schwarze Frau versteckt, und jedesmal, wenn wir Waffenstillstand vereinbaren, weil sie einfach keine Chance mehr haben – davon können Sie sich selbst überzeugen – nimmt sie den Kampf wieder auf.«

Oldmixon war empört. Ein aufbrausender Mensch, für den alles nicht unverfälscht Englische verhaßt war, selbst seine zufälligen französischen Verbündeten hier auf der Insel, wollte es auf keinen Fall zulassen, daß eine Sklavin, eine alte Frau zudem, seiner Besetzung von Guadeloupe im Wege stand, und so brüllte er seine Männer an: »Stürmt die Plantage, und erschießt die alte Hexe«, doch in diesem Augenblick kam der junge Lanzerac angeprescht, der von den Vorgängen vernommen hatte, und rief: »Nein! Nein!« Und als er vor den zornigen Engländern abstieg, sagte er: »Das dürfen Sie nicht. Sie ist die Witwe eines weißen Mannes und die Mutter einer guten Freundin.«

»Was sagst du da, Frenchie?« fuhr Oldmixon ihn an, und Paul mußte ihm versichern, daß er die Wahrheit gesagt hatte. »Ich gehe selbst rein und hole sie raus«, sagte er, legte die Waffen nieder, ging langsamen Schrittes mit erhobenen Händen, die Innenflächen nach außen gerichtet, auf das Wohnhaus der Plantage zu und rief in flehentlichem Ton: »Ich bin ein Freund von Solange. Sie hat mich geschickt. Ich bin der Freund Ihrer Tochter. Sie hat mich geschickt.« Und als er näher trat, dachte er: »Grandmère Lanzerac, von den Toten auferstanden... genau dieselbe... dieselbe Courage gegen die Engländer.« Und als er schließlich das Haus betrat und sie vor sich sah, ebenso die wenigen Sklaven, die nebeneinander an der Wand standen, die Gewehre auf den Boden gerichtet, wiederholte er: »Ich bin ein Freund Ihrer Tochter. Der damals Ihren Mann beerdigt hat.« Sie stand noch immer in aufrechter Haltung am Fenster, hielt ihre eigene Waffe in der Hand und sagte mit leiser Stimme: »Dann sind Sie Lanzerac? Warum haben Sie sie nicht geheiratet?« Er sagte kein Wort, als er sie aus dem Haus nach draußen führte, wo Admiral Oldmixon wartete.

»Ab ins Gefängnis mit ihr!« befahl der Mann aus Barbados, und trotz eindringlicher Bitten von seiten Pauls, Eugènies und Solanges, als sie Oldmixon beim Abendessen zu Gast hatten, bestand er darauf, denn, wie er behauptete: »Sie war mal eine Sklavin, und das wird sie niemals vergessen. Den Drang nach Freiheit kann man ihnen einfach nicht austreiben. Einmal Rebell, immer Rebell.« Im Laufe des Abends aber fiel Paul auf, daß Oldmixon nur Augen für Solange hatte, und als der Engländer sein Haus verließ, um auf sein Schiff zurückzukehren, sagte er zu seinem Gastgeber, als sie sich am Tor verabschiedeten: »Das Mädchen – wenn sie bloß eine Weiße wäre; ich sage Ihnen, was für eine Schönheit!«

Während der Okkupationszeit luden die Lanzeracs Oldmixon wiederholt ein, bei ihnen zu speisen. Er war jetzt die überlegene Kraft auf der Insel, und er vermutete zu Recht, daß diese Einladungen hauptsächlich erfolgten, weil er die begehrten Fleischrationen zu ihren Mahlzeiten beisteuern konnte; und dennoch, er genoß die Gesellschaft dieser intelligenten Menschen und nahm die Gelegenheit wahr, seine beachtlichen Kenntnisse der französischen Sprache aufzufrischen. »Meine Güte, Sie beherrschen die Sprache aber gut«, sagte er eines Abends zu Solange, worauf sie erwiderte: »Kein Wunder, mein Vater stammte ja auch aus Calais!«

»Tatsächlich? War er vielleicht sogar Seemann?«

»Sein Vater war Seemann. Er selbst fürchtete die See.« Und Oldmixon erzählte bereitwillig: »Das habe ich auch getan. Aber mein Vater zerschlug einen Schemel auf meinem Kopf und rief: ›Für dich kommt nur die Marine in Frage, mein Herzchen!‹ Und da bin ich – Kommandant einer Insel, die ich für den König erobert habe.«

Bedingt durch seine häufigen Besuche bei den Lanzeracs, fühlte er sich immer stärker zu Solange hingezogen, aber er blieb ebenso hart entschlossen, sich von ihren Bitten, ihre Mutter aus dem Gefängnis zu entlassen, nicht erweichen zu lassen. »Tut mir leid, aber wir können uns das Risiko nicht leisten, sie wieder frei herumlaufen zu lassen.« Die Wochen zogen ins Land, und er wurde immer einsamer und Solange immer attraktiver, bis er eines Tages andeutete, es ließe sich vielleicht doch etwas ausrichten, falls sich Solange bereit erkläre, in sein Kajüte an Bord des Schiffes zu ziehen. Zum Erstaunen der Lanzeracs unterbreitete er diesen Vorschlag nicht Solange selbst, sondern ihnen. Paul erachtete sein Angebot als anstößig, und sobald Oldmixon auf sein Schiff zurückgekehrt war, teilte Paul diese Einschätzung auch seiner Frau mit. Wider bessere Einsicht schickte sie Paul, nachdem sie ihren Sohn zu Bett gebracht hatte, aus dem Zimmer und sprach in aller Offenheit mit ihrer Freundin.

»Solange, deine Mutter wird im Gefängnis umkommen, und ich will, daß sie freikommt.«

»Das will ich auch.«

»Admiral Oldmixon hat uns gebeten, dir zu sagen... wenn du... wenn du zu ihm gehst, auf sein Schiff... bis die Flotte wieder ablegt...«

Solange hatte in einem Sessel neben dem Kamin Platz genommen, als Eugénie ihr das Angebot mitteilte, und lange Zeit, während das Licht des Feuers auf ihrem hübschen Gesicht spielte und seine markanten Züge noch hervorhob, sagte sie keinen Ton. Dann, ein fast respektloses Lachen ausstoßend, sagte sie: »Kennst du die vier Regeln, die man uns Mulattenmädchen beigebracht hat. Erstens: Versuch, einen weißen Mann auf dich aufmerksam zu machen. Zweitens: Mach ihn so glücklich, daß er dich heiratet. Drittens: Wenn du eine Tochter von ihm hast, dann sieh zu, daß sie auch einen weißen Mann heiratet. Aufsteigen, immer aufsteigen, damit die Familie von Mal zu Mal weißer wird.«

»Aber Oldmixon würde dich niemals heiraten«, warf Eugénie ein, und Solange brach jetzt in ihr volles Lachen aus. »Dann stellen wir eben eine vierte Regel auf: Reiß dir jeden Franc unter den Nagel, den der Narr hat.« Dann wurde ihr Gesichtsausdruck plötzlich ernst, und sie schaute ihrer Freundin lange und tief in die Augen. »Wir hatten doch nie die Absicht, die Regeln auch für uns gelten zu lassen, oder etwa doch?« flüsterte sie. Lange Zeit saßen sie noch beisammen, traurig und schweigsam, bis Eugénie das Zimmer verließ und zu ihrem Mann ging.

»Solange wird nicht auf das Schiff des Admirals gehen«, sagte sie, worauf Paul entgegnete: »Ich wußte, daß sie nicht gehen würde.«

Während all dieser bedeutsamen Jahre, in denen sich Frankreich mit den Todeskrämpfen seines alten Regimes plagte, ohne daß sich bereits der Weg zur Bildung eines neuen abzeichnete, wurde die historische Insel Hispaniola, wo einst Kolumbus regiert hatte und wo er auch beerdigt war, auf kuriose Weise geteilt. Das flache, unproduktive Land im Osten der Insel, zwei Drittel der Gesamtfläche, blieb spanisch unter dem Namen Santo Domingo, während das übrige bergige Drittel, das sich bald selbst Haiti nennen sollte, Frankreich zugesprochen worden war – unter dem Namen St-Domingue. Der Osten sprach Spanisch, der Westen Französisch; der Osten, auf dessen gutem flachen Boden man den Anbau von Getreide hätte erwarten können, warf nur wenig Erträge ab, während der rauhe und schwer zu bearbeitende Boden des Westens das wertvollste Zuckerrohr der Welt produzierte; und schließlich – in mancher Hinsicht der wichtigste Unterschied – war Santo Domingo mit spanischen Mulatten bevölkert und St-Domingue mit einer derartigen Menge afrikanischer Sklaven, daß sie zu manchen Zeiten eine rein schwarze Kolonie zu sein schien.

In dem noch vorrevolutionären Jahr 1783 betrieb ein junger Mann in einer Kleinstadt auf der französischen Hälfte der Insel in bescheidenen räumlichen Verhältnissen und offensichtlich nur widerwillig einen Friseurladen. Der junge Mann war Franzose, der sowohl durch seine Geburt als auch seinen Werdegang der Prototyp des Durchschnittsmenschen zu sein schien, denn es fehlte ihm jegliches charakteristisches Merkmal, das ihn aus der Masse hervorgehoben hätte. Victor Hugues war damals 21 Jahre alt, dem Vernehmen nach der Sohn eines Krämers aus Marseille, aber daran konnte man seine Zweifel haben, denn er war von olivfarbener Hautfarbe, weder Weißer noch Mulatte, sondern irgend etwas dazwischen, und wo er auch auftauchte, verbreitete sich das Gerücht: »Hugues ist Halbafrikaner. Seine Mutter muß ein bißchen unvorsichtig gewesen sein. Na ja, Marseilles, die Hafenstadt. Liegt ja nahe.«

Er war von durchschnittlicher Größe, vielleicht ein wenig darunter, und von durchschnittlichem Gewicht, vielleicht ein wenig darüber. Er hatte ein gutes Gebiß, nur vorne links fehlte ein Zahn, strähniges Haar von keiner auffallenden Farbe und die Angewohnheit, sich immer etwas abseits zu halten und zu beobachten, wie sich ein Streit entspann, sich dann aber plötzlich mit großem Eifer und einer gewissen Begabung einzumischen, diejenigen mit einem Wortschwall zu überfallen, die anderer Meinung waren als die auf der Seite, auf der er zufällig stand. Er las nicht ausgiebig viel, aber konnte mit der gespannten Aufmerksamkeit eines auf Lauer liegenden Tieres zuhören; und vor allem eins war sicher: Er war tapfer, stets bereit, sich zu schlagen, wenn ein Meinungsstreit in Handgreiflichkeiten ausartete, und wenn er in dem Getümmel nur einen Zahn verlor, dann verloren seine Widersacher gleich eine ganze Handvoll. Er war ein gefürchteter Gegner, der bereits mit neunzehn Jahren den Tod eines viel älteren Mannes verschuldet hatte.

Wie kam es dazu, daß er in einem Friseurladen in St-Domingue gelandet war? Schon früh in seinem Leben hatten seine Eltern alle Versuche aufgegeben, irgend etwas Vernünftiges aus ihm zu machen, und schon bald trieb er sich bei den Docks von Marseille herum und heuerte auf dem nächstbesten Schiff an. Da es nach Mexiko auslaufen sollte, war das seine nächste Station, wo er als Siebzehnjähriger die Hafenarbeit eines Erwachsenen leistete. Später irrte er in den verschiedensten exotischen Häfen der Karibik herum, aber wo er auch auftauchte, in welcher Eigenschaft auch immer, es offenbarte sich das einzige Charaktermerkmal, das seine Zeitgenossen auf ihn aufmerksam machen ließ: Schon früh hatte er ein schier unstillbares Verlangen nach Mädchen verspürt, und mit elf Jahren hatte er zum erstenmal mit einem Mädchen geschlafen. In der Karibik nahm seine Gier übertriebene Auswüchse an: mexikanische Gassenmädchen, in Porto Bello die Tochter eines Schiffskapitäns, in Jamaika eine Serviererin, auf Barbados die Frischvermählte eines Engländers und wieder andere, wo immer sein Schiff andockte.

Trotz dieser fieberhaften Aktivitäten war er nicht der typische Macho, der seine Eroberungen mit Geringschätzung behandelte; im Gegenteil, er bewunderte Frauen, achtete sie und ließ sie wissen, daß er sie als wesentliche Bereicherung des Lebens ansah. Nur wenige Frauen, die er kennengelernt hatte, verspürten Feindseligkeit, wenn sie an ihn zurückdachten. Doch hatte seine Leidenschaft auch eine dunkle Seite, und einige seiner Geliebten waren auf seltsame Weise aus der Gemeinschaft, in der sie vorher gelebt hatten, verschwunden.

An den Friseurladen in St-Domingue war er aus einer Mischung von schwärmerischer Vergnügungssucht und mörderischem Opportunismus gekommen, denn als er mit neunzehn Jahren ohne jeden Penny in der Tasche in Port-au-Prince gelandet war, fiel er durch Zufall in die Hände eines Mulatten, der sowohl einen Friseurladen als auch eine junge Frau von ausgesucht schöner, bernsteinartiger Hautfarbe hatte. Er bat den Meister inständig, ihm die Kniffe seines Faches beizubringen, und hatte so Gelegenheit, viel Zeit mit der Frau des Mannes zu verbringen, und, ob Zufall oder nicht, gerade als Victor den Beruf des Friseurs beherrschte, verschwand sein Lehrherr von der Bildfläche, und nach einem angemessenen Zeitraum eignete sich Hugues den Laden und die Witwe an.

Dieses Ereignis trug sich im Jahr 1785 zu, und über zwei Jahre führte Hugues das einträgliche Geschäft, schnitt seinen Kunden die Haare, vornehmlich weißen Plantagenbesitzern, die in St-Domingue das Sagen hatten, sowie den wenigen Mulatten, die ihnen mit ihren besonderen Fähigkeiten zur Seite standen. Den Schwarzen, die neun Zehntel der Bevölkerung ausmachten, war der Zutritt verboten, obwohl später jemand bezeugte: »Abends, wenn keine Weißen und Mulatten da waren, bat Hugues alle freien Schwarzen, die das nötige Geld hatten, zu einer Hintertür, die ins Innere des Hauses führte, und schnitt ihnen dort die Haare. Schwarzen hatte er sich immer irgendwie verwandt gefühlt, vor allem Sklaven, denn er sagte einmal zu mir: ›Sie sind die Besitzlosen dieser Welt und verdienen unser Mitleid.‹«

Er bekundete diese Anteilnahme auf geradezu dramatische Weise, denn im gleichen Jahr schloß er den Friseurladen, mietete ein großes Haus in Port-au-Prince, eröffnete dort mit Unterstützung der schönen Mulattin, die er »geerbt« hatte, ein erstklassiges Bordell und engagierte sechs Mädchen unterschiedlicher Hautfarbe und von vier verschiedenen Inseln. Seine Klientel beschränkte sich vorgeblich auf weiße Plantagenbesitzer und die Mulatten, die wichtige Stellungen innehatten, aber wieder gewährte er durch eine Hintertür, wenn niemand hinsah, freien schwarzen Männern Einlaß und blieb bei dieser Regelung, auch nachdem er Drohungen erhalten hatte, er möge das unterlassen, denn, wie er sich einem Regierungsbeamten gegenüber äußerte: »Ich bin weit herumgekommen hier... habe alle Inseln besucht... und die Karibik ist vom Schicksal dazu auserwählt, eine Region zu sein, in der Männer und Frauen jeder Hautfarbe frei leben können.«

Schockiert über solch freimütiges, geradezu revolutionäres Gedankentum, schickte der Beamte einen Geheimbericht an seine Vorgesetzten im Innenministerium, der die Eigenschaften dieses gefährlichen Mannes folgendermaßen zusammenfaßte:

»In unserer Hauptstadt hier lebt ein ehemaliger Friseur, der jetzt ein elegantes Freudenhaus betreibt, ein gewisser Victor Hugues, der sagt, er sei aus Marseille, und der behauptet, seit Generationen von weißer Abstammung zu sein, eine Erklärung, die seine Hautfarbe aber offensichtlich widerlegt. Er ist von rebellischem und streitsüchtigem Charakter, aber was möglicherweise weitaus gefährlicher ist: Er tritt für die Rechte der Schwarzen ein und sprach sich schon des öfteren gegen Sklaverei aus. Ich schlage daher vor, daß Sie Ihre Leute dazu anhalten, diesen Victor Hugues im Auge zu behalten.«

Dieser Bericht erreichte Paris im November 1788, aber der fortschrittlich gesinnte Agent, an den er gerichtet war, fertigte für ein ihm nahestehendes Mitglied einer privaten politischen Vereinigung, die sich die Jakobiner nannte, eine Abschrift an, und auf diesem etwas verwickelten Weg erlangte jener ehemalige Friseur und jetzige Bordellinhaber Hugues die Aufmerksamkeit von Maximilien François Marie Isidore de Robespierre, ehemaliger Angehöriger des französischen Adels · und jetziger Verfechter revolutionärer Ideen, die sich mit rasender Geschwindigkeit verbreiteten.

Anfang 1789, als die Verhältnisse in Frankreich kurz vor dem Siedepunkt standen, fing Robespierre an, sich Gedanken um die Kolonien zu machen, vor allem um St-Domingue, das im gesamten französischen Einflußgebiet den größten Reichtum hervorbrachte, wie ihm Kenner der Materie versicherten. Bei einer Tagung seiner politischen Freunde, der Jakobiner, die Ratschläge ausarbeiten sollten, wie mit den Kolonialgebieten zu verfahren sei, erinnerte er sich plötzlich an diesen Friseur aus St-Domingue und ließ ihm folgende Nachricht zukommen: »Kommen Sie nach Paris. Benötige Ihre Anwesenheit bei wichtigen Angelegenheiten.«

Als Hugues im Juni 1789 in Paris ankam, konnte er Robespierre nicht ausfindig machen, aber ein Freund des politischen Führers, der von der Einladung wußte, führte den Neuankömmling in einen einflußreichen philosophischen Zirkel ein, der »Société des Amis de Noirs«, dessen revolutionäre Denker hoch erfreut waren, endlich jemanden in ihrer Mitte zu haben, der über Kenntnisse aus erster Hand verfügte, was die Zustände in den Kolonien und die mit der Sklaverei verbundenen Probleme betraf. Hugues wurde geradezu gefeiert, hielt zahlreiche Reden, erwies sich in seinem praktischen Denkvermögen als mindestens ebenso fortschrittlich wie seine Zuhörer in ihrem analytischen und marschierte mit ihnen am 14. Juli 1789, als sie den Sturm auf die Bastille feierten. Zu später Nacht, als er sich schließlich schlafen legte, sein Bett mit einer jungen Frau teilte, die neben ihm mitmarschiert war und die Polizei heftig beschimpft hatte, sagte er zu ihr, müde und wie aus einem Traum sprechend: »Es war Schicksal, daß ich nach Paris kommen sollte. Große Dinge tragen sich zu, und Männer wie ich werden jetzt gebraucht.«

Seine Prophezeiung sollte sich auf dramatische Weise bewahrheiten, denn als er Robespierre doch noch zu sehen bekam, bereits auf der blutbefleckten Leiter des Aufstiegs zur Macht, umarmte ihn der fanatische Anführer der Jakobiner fast als seinesgleichen. Und als die neue Regierung, die König Ludwig XVI. ablöste, beschloß, eine französische Armee nach St-Domingue zu entsenden, um die dortigen politischen Unruhen zu befrieden, die den geordneten Fluß von Zuckerlieferungen auf den europäischen Markt zu unterbrechen drohten, wurde Hugues gebeten, den Regierungskommissar, der die Truppen begleitete, in seine Aufgabe einzuweisen, und gab ihm daraufhin einen so anschaulichen mündlichen Bericht von der Lage in seiner karibischen Heimat:

»Hoher Kommissar, Sie werden drei verschiedene Nationen in St-Domingue vorfinden. Die weißen Franzosen, die scheinbar über alle Macht verfügen; die Mulatten, die darauf hoffen, sie eines Tages zu erben, wenn die Franzosen sich zurückziehen; und die Schwarzen, die sie schon heute in den Händen halten könnten, wenn sie sich nur organisieren würden. Egal, wie groß die Armee auch sein mag, die sie zur Unterstützung anfordern, sie werden nie genügend Soldaten haben, wenn Sie sich nur mit den Weißen verbünden. Und sollte es Ihnen gelingen, einen Interessenverbund zwischen Weißen und Mulatten auszuhandeln, dann ließe sich . . . na ja, vielleicht ein vorübergehender Waffenstillstand erreichen.

Aber wenn Sie an einem wirklich andauernden Frieden auf der Insel interessiert sind, die mir so vertraut ist, dann muß sich dieser im wesentlichen auf die Schwarzen gründen, mit Zugeständnissen an die Weißen und Mulatten. Wenn das nicht gelingt, dann sehe ich für die nächsten Jahre nur fortdauernde Revolten, vor allem, wenn die Insel erfährt, was sich hier in Frankreich ereignet.«

»Würde nicht ein Verbund der Interessen der Weißen, der Mulatten und eine entschlossen auftretende französische Armee ausreichen, Frieden zu wahren und den Zuckerfluß zu gewährleisten?« fragte der Hochkommissar, aber Hugues entgegnete ungeduldig: »Die Truppen wären nie groß genug . . . oder widerstandsfähig genug. Sie müssen sich vorstellen, Kommissar, es ist ein heißes Land, und das Fieber würde mehr Menschen dahinraffen als feindliche Kugeln.«

Der Hochkommissar schätzte solchen Ratschlag nicht besonders, und nachdem Hugues das Zimmer verlassen hatte, sagte er zu einem Adjutanten: »Was kann man schon von einem Friseur erwarten, der ein Freudenhaus betreibt? Wahrscheinlich hat ihm irgendeine afrikanische Sklavin, mit der er geschlafen hat, diese Idee von der Macht der Schwarzen in den Kopf gesetzt.«

Nach dieser Abfuhr verschwand Hugues in den Untergrund, lebte von den paar Münzen, die er bei seinen Freunden unter den Revolutionären zusammenkratzen konnte, doch im Januar 1793, nachdem der König enthauptet worden war und der Terror auf die Straßen übergriff, erinnerte sich wieder einmal Robespierre der absonderlichen Talente des ehemaligen Friseurs und erteilte ihm den Auftrag, in den Dörfern und kleineren Städten in der Umgebung von Paris für Ordnung zu sorgen. Damit erhielt der Bordellbesitzer, unterstützt durch eine Guillotine, die sich zusammenklappen und auf einem Karren verstauen ließ, die Gelegenheit, einen schon seit langem im verborgenen schlummernden Aspekt seines Charakters zu wecken: brutale Unbarmherzigkeit. Ohne jegliche Gefühlsregung, ohne sich irgendeine persönliche Empfindung zu leisten, trieb dieser an sich so gewöhnliche Mensch sein schauerliches Kommando von einem Ort zum nächsten und befolgte in jedem dieselbe Prozedur, die er zuerst in Brasse anwandte, etwa dreißig Kilometer südwestlich von Paris. Begleitet von nur zwei Beamten mit Dreispitz, ließ er sein weiteres Gefolge, bestehend aus dem Karren, zwei Zimmerleuten und zwei Wachtmeistern, vor der Stadt anhalten, betrat gemächlichen Schrittes den ländlichen Ort und verlangte, ohne großes Aufsehen zu erregen, den Bürgermeister zu sprechen: »Befehl des Nationalkonvents. Alle Bürger des Ortes sollen sich umgehend auf dem Platz versammeln.« Nachdem diesem Aufruf Folge geleistet worden war, gab er den örtlichen Spitzeln, die man schon vorher unterrichtet hatte, Anweisung, den beiden Wachtmeistern dabei zu helfen, die Bürger zusammenzuhalten.

Sodann ging er langsam zurück zu der Stelle, wo die anderen Männer aus seinem Gefolge warteten, gab diesen ein Zeichen, worauf sich der von zwei Ochsen gezogene Karren quietschend in Bewegung setzte und auf die Mitte des Platzes gelenkt wurde, wo Hugues seine Anweisungen für die Aufstellung der Guillotine gab. Alle Blicke waren nun auf diese Maschine gerichtet. Zunächst wurden die beiden Seitenpfosten aufgerichtet, zwischen denen die fürchterliche Klinge abwärts glitt, dann die Stützen, damit die Pfosten aufrecht stehenblieben, dann die Bank, auf der der Verurteilte knien sollte, das Holzbrett, aus dem ein Halbkreis herausgeschnitten war, in dem der Nacken Platz fand, das bewegliche Gegenstück, das Nacken und Schulter festhalten sollte, und schließlich das große, glänzende Messer, schwer und scharf und von tödlichem Schrecken. Nach dem ersten zufriedenstellenden Versuch mit einem Kohlkopf überzeugt, daß seine Wundermaschine betriebsbereit war, gab Hugues seinen Agenten ein Zeichen, die reichsten Landbesitzer der Gegend und jeden, der vermutlich ein Feind des neuen Regimes war, zu benennen, worauf die völlig Verängstigten, unter denen auch Frauen waren, sofort von den anderen getrennt und unter schwere Bewachung gestellt wurden.

Mit einer Raschheit, die den erschreckten Zuschauern unglaublich schien, sagte Hugues dann mit leiser Stimme, so daß ihn die Umstehenden kaum hören konnten: »Lassen Sie die Angeklagten vortreten.« Er mochte es immer besonders, wenn zur Eröffnung dieses Aktes der mächtigste Repräsentant des alten Regimes in der betreffenden Stadt vor ihn geschleppt wurde, irgendein kleiner Adliger, der sich in der Wahrnehmung seiner Privilegien zuviel herausgenommen hatte, oder irgendein Landbesitzer, der dank der Produkte seiner zahlreichen Felder zuviel Fett angesetzt hatte. Dieser Tag fiel ganz zu seiner Befriedigung aus, denn als er mit leiser drohender Stimme fragte: »Und wer ist dieser Gefangene?«, rief einer seiner Spione vorwurfsvoll: »Compte Henri de Noailles!« Und als Hugues weiter fragte: »Und wie lautet die

Anklage?«, wäre jeder noch so teilnahmslose Zuhörer bestürzt gewesen über die Boshaftigkeit und das Fehlen genauerer Angaben zu den einzelnen Vergehen, deren sich der Graf angeblich schuldig gemacht hatte, die seine Ankläger aber wie einstudiert herunterrasselten.

»Er ist schon immer ein Feind des Volkes gewesen.«

»Er hat seine Schweine in meinem Garten herumlaufen lassen.«

»Er hat uns auch an Feiertagen zur Arbeit getrieben und uns niedrige Löhne gezahlt.«

Seine rechte Hand hebend, um dem Wortschwall der Ankläger Einhalt zu gebieten, verkündete Hugues darauf mit Grabesstimme: »Er ist schuldig!«, worauf der zitternde arme Teufel, viel zu verschreckt, um zu begreifen, was ihm geschah, von den Wachtmeistern zur Guillotine gezerrt wurde, drei Stufen hoch zur Rampe. Dort übernahmen ihn die Zimmerleute, fesselten die Hände hinter seinen Rücken, zwangen ihn auf die Knie und drückten seinen Kopf nach vorne, so daß der Hals genau in dem ausgeschnittenen Halbrund des unteren Holzbrettes lag. Mit dem knarrenden Geräusch von Holz an Holz wurde die obere Hälfte des Brettes eingehängt und damit der Nacken bewegungsunfähig gemacht. Dann kurbelte einer der Zimmerleute langsam an einer Winde, die das riesige Messer durch eine Rille in den beiden Seitenpfosten nach oben zog. Sobald es oben bereit hing, wandte sich Hugues an die Menge: »Hier seht ihr die Strafe, die alle Feinde Frankreichs erwartet.« Und mit dem Heben der rechten Hand signalisierte er dem Zimmermann, das Messer freizugeben, das geräuschlos und schnell auf den frei liegenden Nacken sauste, mit solch furchtbarer Gewalt, daß der Kopf auf den Boden rollte und das Blut aus dem offenen Rumpf kaskadenartig herausströmte.

In jeder Kleinstadt, der er seinen Besuch abstattete, pflegte Hugues am ersten Tag drei herausragende Bürger zu guillotinieren; er hatte gelernt, daß die Region auf diese Weise in eine Spannung versetzt wurde, die seine Inquisition der übrigen erleichterte, denn jeder sagte bereitwillig gegen seinen Nachbarn aus, bevor der gegen ihn aussagen konnte. Diese Prozedur, schnell, unbarmherzig und sicher, war der Anlaß, daß zwei völlig anders lautende Berichte über seine Arbeit an Robespierre geschickt wurden:

»Hugues ist ein Tyrann. Er erweckt nicht einmal den Anschein, als handle er nach Recht und Gesetz. Er findet niemals auch nur einen einzigen unschuldig, wenn die jeweiligen Ortsbewohner den Angeklagten nur schnell genug belasten. Und er hinterläßt eine Empörung, die sich im Laufe der Zeit gegen unsere Ziele richten könnte.«

Der zweite Bericht dagegen spiegelte die Mehrheit der Urteile über seine Arbeit in den Provinzen wider:

»Die großartige Tugendhaftigkeit, mit der Hugues seine Razzien durchführt, denn nichts anderes sind sie, besteht darin, daß er zügig arbeitet, niemals posiert, um sich in den Vordergrund zu spielen, und gleichzeitig so unbarmherzig und unerbittlich auftritt, daß er mit der Autorität des gesamtem Nationalkonvents zu sprechen scheint. Er fegt wie ein Sturm, dem nicht zu entrinnen ist, heran und wieder fort und hinterläßt nichts, über das man sich beklagen könnte.

Er hat nur eine Schwäche, und die könnte ihn eines Tages zugrunde richten. Er scheint ein unersättliches Verlangen nach Frauen zu haben, und in jeder Stadt schnappt er sich gleich die nächstbeste, die ihm über den Weg läuft. Er beendet seine Arbeit mit der Guillotine bei Einbruch der Dämmerung, ißt ein üppiges Mahl und ist eine Stunde später mit irgendeinem Mädchen aus dem Ort im Bett. Es wird gemunkelt, er gewinnt ihre Gunst dadurch, daß er ihnen mit der Guillotine droht, wenn sie sich nicht fügen, oder, was genauso wirksam ist, er droht, ihre Männer oder Söhne einen Kopf kürzer zu machen. Durchaus denkbar, daß ihn eines Tages jemand erschießt oder ihm mit dem Rapier einen Stoß versetzt.«

Robespierre bekam diese Berichte im September 1793 zu Gesicht. »Wie wirkungsvoll dieser Friseur den Leuten doch die Haare zu schneiden versteht«, dachte er. »Ich wünschte, ich hätte ein Dutzend solcher Männer wie ihn in Lyon und Nantes.« Das waren zwei Hochburgen der Royalisten, wo kurz darauf eine erschreckende Anzahl Widerständischer auf eine Weise umgebracht wurde, die nicht so sauber und effektiv war, wie Hugues sie mit seiner zusammenklappbaren Guillotine praktizierte. 10 000 kamen allein in Lyon durch einen Massenmord um, ein wildes Abschlachten, bei dem es zu den abscheulichsten Exzessen kam; und 15 000 in Nantes, während Hugues von Stadt zu Stadt zog, systematisch acht bis zehn Menschen Tag für Tag köpfte, ohne jemals auf Widerstand zu stoßen. »Der Mann ist ein Genie«, sagte Robespierre zu seinen politischen Freunden, und als Mitte Oktober Königin Marie Antoinette geköpft werden sollte, wurde Hugues nach Paris geladen, um an der anschließenden Feier teilzunehmen. Während dieser Tage vertraute Robespierre ihm an, daß ein wichtiger Auftrag für ihn in Sicht sei. Da er keine weitere Andeutung machte, nahm Hugues seine Reisen wieder auf, sein Morden und seine Liebesspiele, überzeugt, daß man sein Eintreten für die Revolution in Paris zu würdigen wußte. Und dann, als sich das furchtbare Jahr seinem Ende zuneigte, kam die Botschaft, auf die er gewartet hatte:

»Bürger Hugues, im Namen des Kults der Vernunft erhalten Sie hiermit Order, sich umgehend nach Rochefort zu begeben, das Kommando über die dort liegenden Schiffe und Truppen zu übernehmen und nach Guadeloupe zu segeln, wo Sie als unser Bevollmächtigter mit nur einem Auftrage betraut werden sollen: dafür zu sorgen, daß die Insel in französischer Hand bleibt. Ihre beispielhaft gründliche Arbeit in der Umgebung von Paris hat uns überzeugt, daß Sie dieser bedeutenden Aufgabe gerecht werden.«

Er begab sich auf der Stelle nach Rochefort, einem Hafenstädtchen an der atlantischen Küste, zwischen Nantes im Norden und Bordeaux im Süden, mußte aber bei der Ankunft zu seiner Empörung erfahren, daß die angebliche Flotte nur aus zwei ausrangierten Fregatten, zwei kleineren Gefährten, zwei schwerfälligen Frachtschiffen und genau 1153 schlecht ausgebildeten Soldaten, meist Bauern aus der Gegend, bestand. Als er sich darüber beschwerte, versicherte ihm der Hafenmeister: »Keine Sorge. Letzte Woche ist ein Schiff aus Guadeloupe angekommen. Die Insel ist fest in unserer Hand. Sie sollen nur unsere Schiffe und Truppen verstärken, die dort das Kommando haben.«

Der Hafenmeister hatte recht und auch die Offiziere des Handelsschiffes, das gerade aus Guadeloupe zurückgekehrt war, denn als sie von der Insel losgefahren waren, hatte sich noch in französischem Besitz befunden. Was sie nicht wissen konnten, war, daß kurz nach ihrer Abfahrt Admiral Oldmixon mit einer starken britischen Einheit an Land gegangen war und stabile Stellungen für seine Geschütze ausgehoben und Festungen für seine Soldaten angelegt hatte. Der Friseur und Bordellbesitzer aus St-Domingue sollte in ein Wespennest stechen, das ihn völlig unvorbereitet traf.

Trotzdem war er besorgt, denn ein Karren, den er lange vor seiner Abfahrt aus Paris losgeschickt hatte, war noch nicht eingetroffen, und es sah so aus, als müßte er ohne seine wertvolle Fracht ablegen. »Können wir nicht noch zwei Tage warten?« bat er die Kapitäne seiner Schiffe. Aber sie entgegneten ihren Anweisungen gemäß: »Wir haben Order, englischen Kriegsschiffen aus dem Weg zu gehen. Wir segeln wie geplant.« Zu Hugues Erleichterung rumpelte bei Anbruch des letzten Tages der große Karren über den Kai und lieferte sieben schwere, achtlos umwickelte Bündel ab.

Es wurde eifrig spekuliert, was für eine wertvolle Fracht denn das wohl sein mochte, die soviel Sorge ausgelöst hatte, und die Matrosen, die sich damit abmühten, die Pakete an Bord zu bringen, stellten zahlreiche Vermutungen an, bis ein Bauernjunge, kühner als die übrigen, eins der Pakete aufriß und auf eine riesige Metallklinge blickte.

»Mon dieu!« hauchte er. »Eine Guillotine.«

Schwierig zu sagen, wer an jenem klaren Junitag der Erstauntere war – Hugues, der die Insel durch feindliche Truppen besetzt vorfand, oder Oldmixon, der diese bunt zusammengewürfelte Armada sah, offensichtlich bereit, in eine Schlacht zu ziehen. Die Vorteile der Engländer waren erdrückend: Zwanzig kampferprobte Schiffe gegen sieben undefinierbare Nußschalen auf See, 10 000 Mann gegen 1153, dazu die Kontrolle über die Zivilregierung dank der Zusammenarbeit solcher Royalisten wie Paul Lanzerac. Natürlich konnte Oldmixon nicht alle seine Schiffe auf einmal Aufstellung beziehen lassen, und viele Truppenabteilungen waren auf kleinere Inseln verstreut, aber die Macht, der sich Hugues gegenübersah, war nicht bloß einschüchternd, sie hätte jeden vernünftigen Menschen aufgeben lassen.

Zu unerfahren in Fragen der Kriegführung, um zu erkennen, daß er nicht die geringste Chance hatte zu siegen, befahl Hugues allerdings seinen kleinen Schiffen, den Hafen zu räumen, was sie erstaunlicherweise taten, worauf er seine Truppen in einem Sturmangriff an Land führte, der an Schlagkraft alles in den Schatten stellte, was Oldmixon bisher erlebt hatte, und in einem unglaublichen Handstreich hatten Hugues' Verbände die Hälfte der Insel zurückerobert. Ein englischer Oberst kommentierte später: »Dieser französische Barbier, der nie ein Buch über Taktik gelesen hatte, war zu blöd, um zu begreifen, daß er nicht gewinnen konnte – also gewann er.«

Das erste, was Hugues tat, nachdem er Pointe-à-Pitre eingenommen hatte, war, einen Bericht an den Konvent in Paris aufzusetzen. Er selbst beschrieb sich darin als doppelt so tapfer, wie er in Wirklichkeit war, was schon tapfer genug war, und die Botschaft klang so ermunternd, daß die Behörden sie zur Veröffentlichung in einer Flugschrift freigaben – mit einer hübschen Darstellung von Hugues, die ihn mit erhobenem Degen zeigte, wie er mitten in das Mündungsfeuer der Engländer hinein einen Angriff führte:

»Am 16. Floreal des Jahres 2 nach der Revolution führte der tapfere Victor Hugues seine heldenhaften Franzosen gegen eine horrende Übermacht. Obwohl ohne jede Hoffnung auf Sieg, schlugen sich Hugues und seine Männer wie Löwen, wurden aber überwältigt. Im Moment der größten Gefahr vernahmen sie die Stimme eines Engländers: ›Ergebt euch!‹ Aber der stets tapfere Victor Hugues rief zurück: ›Nein! Wir werden uns bis in den Tod verteidigen!‹ Diese bewundernswürdige Antwort war es, die es unseren Franzosen unter der mutigen Führung des heldenhaften Victor Hugues ermöglichte, Guadeloupe von den englischen Invasoren wieder zurückzuerobern und die Insel dem ruhmreichen Frankreich zurückzuführen.«

Sowohl englische als auch französische Berichterstatter bezeugten, daß Hugues diese Dinge wirklich vollbracht hatte, daß er mit seinen wenigen Truppen tatsächlich einen weitaus überlegeneren Feind bezwungen hatte. Nur in einer Sache lagen seine Bewunderer falsch: Er stürmte nicht an Land, er betrat das Land wie ein großer, entrückter Eroberer, als bescheidener Sieger und erdrückt von der schweren Verantwortung, die als Sonderbevollmächtigter auf ihm lastete. Sich flugs hinter seinem anonymen Äußeren und Gebaren versteckend, stellte er für die Einwohner von Pointe-à-Pitre das Bild eines durchschnittlichen Franzosen dar, 32 Jahre alt, leicht untergewichtig, etwas kleiner von Statur, als man es von einem Eroberer erwarten konnte, mit rotblondem Haar, pockennarbigem Gesicht, sehr dünnen Beinen, schlaksigen Armen und zusammengekniffenen Augen, die wie kleine Pfeile hin und her schossen, als lauere hinter jedem Baum ein Mörder.

Als er die Insel betrat, war Victor Hugues überwältigt von der Vorstellung, der große revolutionäre Gouverneur dieser kostbaren Insel zu werden, die sich zu weit von den Prinzipien, die Frankreich jetzt beherrschten, entfernt hatte. Die Einwohner von Pointe-à-Pitre wären entsetzt gewesen, hätten sie gewußt, was die sieben schweren Pakete enthielten, die bald darauf entladen wurden.

Um zwei Uhr nachmittags fingen seine Männer an, die Pakete auszuladen, schleppten zunächst jedes Stück auf den sonnenüberfluteten Platz vor dem »Haus der Spitzen«, und noch während dies geschah, griff Hugues die Routine auf, die ihm schon in den kleinen Ortschaften bei Paris so gute Dienste erwiesen hatte. Nachdem er die für die Revolution arbeitenden Spione der Insel versammelt hatte, studierte er deren Liste mit den Namen der Royalisten, ging sie mit seinem rechten Zeigefinger durch und ließ dann vernehmen: »Alle verhaften.« Doch bevor sich die Männer an die Arbeit machten, unterstützt durch bewaffnete Soldaten, fragte er noch: »Und wer ist hier der Bankier? Der reichste Plantagenbesitzer?« Und nachdem man ihm die Namen genannt hatte, fuhr er fort: »Sorgt dafür, daß ihr sie auf jeden Fall kriegt. Und wer ist der prominenteste Royalist von allen gewesen?« Und nachdem sich die Spione geeinigt hatten, entgegnete er: »Den wollen wir auf jeden Fall.«

Noch an diesem Nachmittag, gegen Viertel vor fünf, wurde die Guillotine auf der Mitte des Platzes aufgebaut, und nachdem man sich durch mehrfaches Absenken des großen Messers von dem guten Betriebszustand überzeugt hatte, befiel ein schreckliches Schweigen die Menge der Zuschauer, denn zu welchem Zweck diese monströse Maschine im fernen Paris eingesetzt worden war, davon hatten sie gehört, und sie hätten nicht im Traum daran gedacht, daß sie eines Tages auch auf ihrer Insel stehen würde.

»Sie müssen sich beeilen«, warnte ein Agent. »Hier in den Tropen gibt es keine Dämmerung. Um sechs Uhr bricht die Nacht herein, von einer Minute auf die andere.«

»Ich weiß, ich weiß«, gab Hugues zurück, aber fügte dann noch hinzu: »Sie werden sehen. Es wird eine Dämmerung, an die man sich noch lange erinnern wird. Wir brauchen nur fünfzehn, sechzehn Minuten«, worauf er ein Zeichen gab, den ersten Trupp Gefangener vorzuführen. Als der Befehl ausgeführt wurde, stieß Solange Vauclain, die unweit von Hugues stand und die Szene verfolgte, einen so gequälten Schrei aus, daß sich Hugues umdrehen mußte, um zu sehen, woher er gekommen war, und er schaute in die Augen der schönsten Frau, die er seit Monaten gesehen hatte: groß, das Gesicht einer Madonna von Raffael, anmutig sogar in der Art und Weise, wie sie beide Hände vor Entsetzen über das, was sich vor ihren Augen abspielte, ans Kinn legte – eine Frau, die Männer zögern und ein zweites Mal hinschauen ließ.

»Wer ist die da?« fragte Hugues, und ein Mulatte, er sich an den früheren Aufständen beteiligt hatte und nun für die neue französische Regierung spionierte, raunte ihm zu: »Tochter eines weißen Pflanzers, den die Rebellen umgebracht haben, und der schwarzen Frau, die Sie gerade auf freien Fuß gesetzt haben.«

»Und wieso hat diese Solange so geschrien?« fragte er. Und der Agent antwortete: »Weil sie mit den beiden dort drüben zusammen aufgewachsen ist« und zeigte dabei auf Paul und Eugénie Lanzerac, die sich unter den ersten befanden, die hingerichtet werden sollten, und es schien grotesk, aber im selben Augenblick, als dieser kaltschnäuzige, blutrünstige Mensch Eugénie Lanzerac sah, auf ihre Art noch begehrenswerter als Solange, entwickelte sich in seinem perversen Hirn ein Plan: Er wollte beide Frauen besitzen.

Ein Matrose von den Schiffen schlug den Trommelwirbel, ein Assistent von Hochkommissar Hugues hielt seinem Vorgesetzten ein Stück Papier vor die Augen, die Anklageschrift. »Plantagenbesitzer Philippe Joubert, Sie haben Zucker gestohlen, der eigentlich dem Volk zusteht, Sie haben Ihre Sklaven schlecht behandelt, und Sie sind ein erklärter Feind der Revolution. Sie sind hiermit zum Tode verurteilt.« Der vor Angst zitternde Mann wurde auf die schon häufig vorher benutzte Bühne gezerrt, in die Knie gezwungen und dort in der Nackenhalterung festgeschnallt. Die Trommel rührte sich nur noch sanft, die Sonne sank in ihrem eigenen Untergang immer tiefer, dann fiel das Messer in seiner schrecklichen Eile, traf mit solcher Gewalt auf den freigelegten Nacken, daß Jouberts Kopf auf die Straße rollte, wo ein Soldat ihn vom Pflaster aufhob und ihn in den bereitstehenden Korb warf.

»Paul Lanzerac«, rief jetzt der Mann mit der Liste, und zwei Matrosen schafften ihn zur Hinrichtungsstätte. Paul Lanzerac war 23 Jahre alt an jenem Juniabend, Absolvent bester Schulen, die Frankreich zu bieten hatte, und Besitzer eines Geistes und eines Charakters und wertvoller Talente, die sich für das Land als von unschätzbarem Wert erwiesen hatten. Und dennoch, da stand er und mußte sich die Vorwürfe gegen ihn anhören. »Sie haben versucht, die Revolution niederzuschlagen, indem Sie einen verbrecherischen König unterstützt haben. Sie haben Ihre Sklaven mißhandelt und öffentliches Eigentum mißbraucht. Sie sind zum Tode verurteilt!« Brutale Hände griffen nach ihm, zerrten ihn auf die Bühne und legten den Holzrahmen um seine Schultern.

Bevor das Todesmesser jedoch fallen konnte, stieß Solange einen markerschütternden Schrei aus, durchbrach die Reihen der Matrosen, die zur Bewachung der Hinrichtungsstätte abkommandiert waren, und lief auf die Guillotine zu. Sie schlang ihre Arme um den eingesperrten Kopf und überschüttete die Lippen mit den Küssen, die ihr all die Jahre, in denen sie den Gefangenen geliebt hatte, verwehrt gewesen waren. Die Matrosen hätten sie geringschätzig beiseite gedrängt, hätte nicht Victor Hugues, auch als Henker ein außergewöhnlicher Mensch, seine Hand erhoben: »Laßt sie Abschied nehmen.« Und die verstummte Menge hörte sie rufen: »Paul, wir haben dich immer geliebt.« Hugues erkannte sofort, daß dies seltsame Worte für einen Abschied waren, wußte aber auch, daß Solange für die Stadt sprach, für ganz Guadeloupe, und da dieser glänzende junge Mann anscheinend von allen so geliebt wurde, erachtete Hugues es für noch dringender erforderlich, ihn auf diese wirkungsvolle Weise zu beseitigen. »Schafft sie fort«, sagte er ohne jede Gemeinheit in seiner Stimme, und als sein Befehl ausgeführt war, gab er das Zeichen, die Schneide fiel, und der schönste und gebildetste Kopf der Inselwelt rollte aufs Pflaster.

Es folgte eine Reihe scharfer Kommandos, und Eugénie Lanzerac wurde nach vorne gezerrt, die Liste der Verbrechen vorgetragen, die ihr Vater begangen haben sollte; dann wurde auch sie auf das Brett gestreckt, das die Nackenhalterung hielt. In Solange spielte sich derweil ein tiefes seelisches Drama ab: Noch wie betäubt vom Tod Paul Lanzeracs, den sie hatte mit ansehen müssen, mochte sie es jetzt nicht zulassen, daß auch ihre liebste und treueste Freundin hingerichtet wurde. Sie machte sich frei, erklomm die Bühne und warf sich mit einem Schrei über Eugénies gebücktem Körper: »Nehmt mich, nicht sie.« Und sie klammerte sich so fest an Eugénie, daß sie nicht fortzukriegen war und etwas Drastischeres geschehen mußte.

Die Mechaniker, die die Guillotine betätigten, sahen den obersten Scharfrichter an, als wollten sie ihn fragen: »Sollen wir das Messer nun fallen lassen oder nicht?« Und Hugues reagierte fast automatisch: »Laßt das Messer oben. Bindet sie los.« Die Männer, die das Seil hielten, das bei Freigabe die schreckliche Schneide in Bewegung setzte, fragten ungläubig: »Beide?« Und Hugues antwortete: »Ja.«

Bevor sich die natürliche Finsternis über den herrlichen Platz senkte, trübte moralische Finsternis den Ort, denn in schneller Folge wurden jetzt die drei jungen Reiter, die Paul und Solange ins Landesinnere begleitet hatten, auf den Hinrichtungsblock geschleppt, angeschnallt und erwarteten den Fall der abscheulichen Schneide. Bei Einbruch der Dämmerung, als die fünf Hinrichtungsurteile der ersten Runde vollstreckt waren, der Korb am Fuß der Tribüne stehen blieb, damit die Stadtbewohner ihn auch sahen, sprach Hugues den Männern, die die Schauprozesse geleitet und die wirkungsvollen Exekutionen durchgeführt hatten, ein Kompliment aus, gab Anweisungen für die nächste Runde am darauffolgenden Tag und verkündete dann ruhig: »Das nehme ich«, wobei er auf das »Haus der Spitzen« zeigte, aus dem Eugénie vertrieben worden war. An ihrer Stelle zog nun der Mörder ihres Mannes ein, an der Seite einer jungen weißen Frau, die damit dem Befehl eines seiner Assistenten gehorchte: »Los, sei ein bißchen nett zu Bürger Hugues, oder du kommst als nächste auf diese Maschine.«

Die vier Jahre Diktatur unter Hugues, 1794 bis 1798, zeichneten sich durch äußerste Brutalität aus, aber auch durch eine exzellente Staatsführung, freizügige soziale Gesetzgebung, ihrer Zeit weit voraus, sowie der unbändigen Lust des Diktators, den Frauen nachzustellen. Die Ausrottung der bisher führenden Schicht erfolgte schnell und war wirkungsvoll. Er fuhr den Karren mit der zusammenklappbaren Guillotine in alle Winkel der dichtbesiedelten östlichen Hälfte der Insel, stellte sie an markanten Plätzen auf, ließ dort alle antreten, die Vermögen, Landbesitz, Sklaven oder nur einfach royalistische Tendenzen hatten, und machte allesamt einen Kopf kürzer, bei öffentlichen Zurschaustellungen, die so etwas wie zu einem sportlichen Ereignis oder einem Fest auf dem Lande wurden.

Hundert führende Persönlichkeiten kamen auf diese Weise allein in den ersten Wochen um, 700 bis Ende des ersten Jahres; schließlich waren es über tausend der besten Inselbewohner, auf denen die Zukunft Guadeloupes geruht hatte. Alle vernichtet, ihre Köpfe in Körbe versammelt, und als sich diese Methode als zu schwerfällig erwies, wurden sie in Gruppen zu zehnt und noch mehr in eine Reihe gestellt und erschossen.

Weil es zu schwierig war, die Guillotine auf den Westflügel des goldgrünen Schmetterlings zu transportieren, fanden die Exekutionen dort in Form von Massenerschießungen und öffentlichen Erhängungen statt, wobei der Pöbel jedesmal in lautes Johlen ausbrach, wenn die sogenannten Bessergestellten in der Luft baumelten; außerdem kam es zu Haßausbrüchen, bei denen der Mob mit Keulen, Harken und Mistgabeln loszog. Auch diese Hälfte der Insel wurde ihrer Führungsschicht fast vollständig beraubt, Priester und Nonnen, die das alte Regime repräsentierten und es verteidigt hatten, eingeschlossen. Das Töten nahm kein Ende, solange Hugues Hochkommissar war.

Seine Rachegelüste kannten keine rationalen Grenzen und nahmen gelegentlich lächerliche Auswüchse an, wie das Beispiel mit der Leiche von General Thomas Dundas zeigte. In den Monaten vor Hugues' Ankunft, als die Engländer die Insel eingenommen hatten, wurden die Admiral Oldmixon unterstützenden Bodentruppen von einem schmucken Offizier von glänzendem Ruf geführt, Generaloberst Thomas Dundas, Sprößling einer schottischen Familie, deren zahlreiche Söhne zum Ruhm der Geschichte Schottlands wie auch Irlands beigetragen hatten.

Generaloberst Dundas hatte sich trotz oder vielleicht wegen seiner sorgfältigen Erziehung und Ausbildung die überhebliche, kühle Hal-

tung eines schottischen Landedelmannes angeeignet, der seine Untergebenen wissen ließ, wohin sie gehörten. Jedes menschliche Wesen, das
auch nur einen Tropfen schwarzes Blut in seinen Adern hatte, war
nicht nur unter seiner Würde, sondern stand auch außerhalb des Gesetzes. Welche Ironie des Schicksals, daß er wenige Wochen nach seiner
triumphalen Eroberung Guadeloupes Opfer einer schweren Krankheit
wurde und, umgeben von Pflegerinnen – Schwarzen und Mulatten –,
die alles taten, um seinem fiebrigen Körper Kühlung zu verschaffen,
starb.

Er wurde auf der Insel beigesetzt, sein Grab durch einen Gedenkstein
gezeichnet, auf dem in englischer Sprache die Inschrift eingemeißelt
war, daß hier ein gefeierter Held Britanniens ruhe. Als Victor Hugues
im Verlauf seiner Belagerung der Insel zufällig auf den Stein stieß,
bekam er einen regelrechten Wutanfall und ließ eine Erklärung verbreiten, die folgendes besagte:
»Freiheit, Gleichheit, Recht und Brüderlichkeit. Hiermit gilt als beschlossen: Der Leichnam von Thomas Dundas, in der Erde Guadeloupes, wird ausgegraben und den Vögeln in der Luft als Beute übergeben.
An der Stelle wird auf Kosten der Republik ein Monument errichtet,
das auf der einen Seite dieses Dekret, auf der anderen eine passende
Inschrift schmückt.«
Die Leiche des englischen Helden wurde daraufhin tatsächlich ausgegraben, an den nächsten Baum geknüpft, den Vögeln zum Fraß, und
dann in die öffentliche Kloake geworfen. Ein Steinmetz von einem der
französischen Schiffe wurde an Land gebracht und meißelte in das Monument auf der einen Seite die obenstehende Verurteilung, auf der
anderen diese Worte ein:
»Dieser Boden, durch die Tapferkeit der Republikaner der Freiheit
zurückgewonnen, wurde vormals durch die Leiche von Thomas Dundas
befleckt, Generaloberst und Gouverneur von Guadeloupe in des blutrünstigen Königs George III. von England Namen.« Es war Hugues
selbst, der die zweite Inschrift entworfen hatte, denn, wie er seinen
Bürgern erklärte:»Die Grausamkeiten dieses berüchtigten englischen
Königs werden von allen verachtet.«
Seine schlimmsten Taten blieben unerklärlich, weder als Akte der
Rache noch des Sadismus waren sie zu verstehen. Im Verlauf einer
hitzigen Schlacht, für die sich 250 englische Soldaten mit den französischen Royalisten verbündeten, die nur Verachtung für Hugues übrig
hatten, erhielt letzterer erneut Gelegenheit, sein militärisches Genie

unter Beweis zu stellen, denn obwohl unterlegen, was die Stärke der Truppe betraf, griff er den Feind von drei Seiten an und überrumpelte ihn. Den britischen Soldaten gegenüber zeigte er die Förmlichkeit eines großen Generals, erlaubte ihnen, das Feld in Ehren zu räumen und sich mit erhobenem Schwert zu ihrer Einheit zurückzuziehen, doch mit den französischen Royalisten hatte er etwas Besonderes vor. Nachdem er sie allesamt in ein Gefangenenlager gesperrt hatte, zusammen mit Frauen und Kindern, schob er seinen Karren mit der gefürchteten Guillotine durch das Gatter in den Hof, baute sie selbst auf und fing an, Köpfe abzuhacken mit einer Geschwindigkeit, die selbst die überraschte, die ihm bei diesem grausamen Ritus assistierten. Kaum war der blutüberströmte Rumpf eines Mannes von der Bühne auf den Haufen der übrigen Leichen gestoßen, schon wurde das nächste Opfer unter die Schneide gelegt.

Obwohl er bei dieser irrsinnigen Geschwindigkeit fünfzig Personen innerhalb einer Stunde enthaupten konnte, gab er sich noch immer nicht zufrieden und befahl den übrigen Männern und Frauen, sich zu zweit oder dritt aufzustellen und sich an den Rand eines Grabens zu begeben, wo sie von Waldarbeitern, untrainierten Schützen, die nur zufällig trafen, erschossen werden sollten. Ein paar wurden getroffen, andere nur angeschossen oder verwundet, wieder andere entkamen den Zufallstreffern ganz und gar, aber auf ein Zeichen von Hugues wurden alle in den Graben gestoßen; die Männer schütteten Erde über sie, begruben alle, die keine Kugel getroffen hatte, bei lebendigem Leib; ihre Schreie nach Gnade blieben ungehört.

Trotz seines Sadismus war er ernstlich bestrebt, Ordnung im eigenen Haus zu schaffen. Wie es jeder gute Politiker hätte tun müssen, gab er seiner Insel eine ausgezeichnete Verwaltung, verdoppelte die Produktion von Zucker und Rum, sorgte für Nahrung im Überfluß, wo es früher hier und da zu Engpässen gekommen war, schaffte unnötige und teure Arbeitsplätze ab und baute eine sehr effektive kreolische Polizeitruppe auf, die hervorragenden Dienst tat, sobald die meisten französischstämmigen Weißen getötet waren.

Er betrieb sogar etwas, was man als Außenpolitik bezeichnen könnte, denn nachdem er seine eigene Insel in Ordnung gebracht hatte, beschloß er, seine Revolution auf die anderen zu übertragen. Mit seinen kleinen flinken Booten schlich er sich an den schwerfälligen englischen Schlachtschiffen vorbei und fiel in All Saints, Grenada und Tobago ein, wo er die Sklaven durch flammende Reden dazu inspirierte, die Waffen gegen ihre Herren zu erheben. Nachdem auch das erreicht war, schickte er seine Geheimagenten in den gesamten karibischen Raum, um auf allen Inseln Sklavenaufstände gegen französische, englische und spanische Plantagenbesitzer zu entfachen.

Das wohl außergewöhnlichste politische Abenteuer, in das er sich stürzte, war seine Kriegserklärung an die neugegründeten Vereinigten Staaten, gegen die er tiefste Verachtung hegte. »Vor zehn Jahren noch kämpften sie gegen die Engländer, und wenn ihnen die Franzosen nicht zu Hilfe gekommen wären, hätte man sie einfach erdrückt. Und nun verkaufen sie Proviant an dieselben Engländer, die jetzt versuchen, uns zu unterwerfen.« Er gab seiner kleinen, aber fähigen Marine Befehl, jedes amerikanische Gefährt, das in die Karibik eindrang, zu kapern, und es gelang ihm, annähernd hundert Schiffe zu erbeuten. Ein amerikanischer Admiral äußerte sich über ihn mit den Worten: »Er ist die reine Pest, aber haben Sie schon mal versucht, diese unsichtbaren Stechmücken zu vertreiben, die einen an lauen Sommerabenden zu Tode quälen können?« und fügte dann wehleidig hinzu: »Der dreckige Schweinehund weiß genau, wie er das wenige, das er hat, einsetzen muß.«

Ein weiterer Schritt auf dem internationalen Parkett, der ausgezeichnete Ergebnisse brachte, war die Unterstützung, die er holländischen Schmuggelschiffern gewährte, denn die Holländer galten seit Jahrhunderten als die erfindungsreichsten Unternehmer in der Karibik. Sie selbst besaßen nur die kleinsten Inseln, verstanden es aber, sich mit ihren Schiffen bei den großen einzuschleichen, übertraten alle örtliche Gesetzgebung und führten die so bitter benötigten Waren nach Barbados, Jamaika, Trinidad und Cartagena ein. »Ein anständiger holländischer Pirat«, ließ Hugues wissen, »ist ein Mensch von unschätzbarem Wert.«

Eines Abends, während einer flammenden Rede vor jüngeren Verwaltungsbeamten, Mulatten und Schwarzen, rief er mit großem Enthusiasmus: »Ich träume nicht allein von einem Sieg hier auf Guadeloupe oder dem britischen Barbados, sondern von dem Tag, wenn sich die gütige französische Herrschaft, die wir hier eingeführt haben, auf alle Inseln der Karibik erstreckt. Nicht nur auf Santo Domingo und auf Martinique, das bereits in unserem Besitz ist, sondern auch bis nach Jamaika, Trinidad und alle Jungferninseln. Vor allem Kuba. Eine Regierung, eine Sprache und alle unter der geistigen Führung unseres Kultes der Vernunft.«

Er kehrte häufig zu diesem Thema zurück und erklärte auch anderen seine Vison: »Diese herrliche See – Sie wissen ja, ich bin in allen Teilen gewesen – darf nur von einer Macht regiert werden. Spanien hat seine Chance gehabt und sie vertreiben lassen. Das englische Königreich hätte sich vielleicht durchgesetzt, wenn ihm auf halbem Weg nicht die Kraft ausgegangen wäre. Und auch diese amerikanischen Kolonien werden es eines Tages versuchen. Aber das Volk, das eigentlich Anrecht darauf hat, weil es die geeigneten Konzepte hat, sind wir Franzosen. Dies sollte ein französisches Meer sein, und eines Tages wird es das auch sein.«

Ausgang für die Idee einer französischen Hegemonie bildete seine Überzeugung, daß die Franzosen besser als jede andere europäische Nation die grundlegende Macht der Schwarzen in der Karibik erkannt hatten: »Sie brauchen sich doch nur anzusehen, was wir in Guadeloupe erreicht haben. Das erste, was ich nach meiner Landung getan habe, war, die Sklaverei abzuschaffen. Eine überkommene Idee. Sie verschleudert menschliche Energie. Ich habe auch mit dem gesellschaftlichen System aufgeräumt, das Mulatten außen vor hält. Wenn der weiße Mann besonders intelligent ist und der schwarze besonders stark, warum dann nicht beide irgendwie verbinden? Eine neue Rasse von Göttern in die Welt setzen? Keine weißen Besitzer und keine schwarzen Sklaven auf der Insel, auf der ich herrsche.«

Was er predigte, setzte er auch in die Tat um. »Ihr seid keine Sklaven mehr«, redete er den Schwarzen ein. »Damit ist ein für allemal Schluß. Aber ihr sollt euch auch nicht herumtreiben. Ihr arbeitet, oder ihr wandert ins Gefängnis. Und ich warne euch, für Gefangene bleibt nur verdammt wenig zu essen übrig.« Durch seine aufgeklärte Führung brachte er die Schwarzen tatsächlich dazu, mehr zu produzieren als jemals zuvor, und das ohne andauerndes Ermahnen oder sogar Schläge.

Er kümmerte sich auch um die geringfügigeren Probleme, hob die nadelstichartigen Einschränkungen für Schwarze und Mulatten auf, die ein ständiges Ärgernis waren, und wollte auch, daß alle Kinder freie Bildung erhielten, und er leerte die Gefängnisse von allen, die nicht weiß waren. Eifrig darauf bedacht, den Beweis zu erbringen, daß von nun an auch ehemalige Sklaven Stellungen übernehmen konnten, die vormals nur Weißen offenstanden, war er ständig auf der Suche nach fähigen Schwarzen, und als Solanges Mutter aus dem Gefängnis entlassen wurde, erkannte er in ihr sogleich ihre Führungspersönlichkeit und machte sie zu einer Art Berater. Aus dieser Position heraus konnte sie es sich leisten, mehrere Franzosen vor der Guillotine zu bewahren, die sich bei der Behandlung ihrer früheren Sklaven anständig verhalten hatten. Er war ein brillanter Politiker, ohne Zweifel, aber mitten während seiner Amtszeit als Hochkommissar führten ein paar Entscheidungen Beobachter zu der Frage:»Wie aufrichtig sind seine Überzeugungen tatsächlich?« Als er mit einem Jahr Verspätung erfuhr, daß sein Freund und Gönner Robespierre selbst unter die Guillotine gekommen war, schwächte er sein revolutionäres Schwadronieren sofort ab, und nachdem das sogenannte Direktorium in Paris die Macht ergriffen hatte, machte er sich auf der Stelle, ohne auch nur zu begreifen, was damit gemeint war, lauthals zu seinem Anhänger. Beobachter bemerkten:»Sehen Sie, schon hat er aufgehört, Schwarze in höhere Ämter zu berufen. Und ich sage Ihnen, eines Tages wird er auch die Sklaverei wieder einführen.«

Abgesehen von seinen Erfolgen oder Mißerfolgen sollte Hugues auf Guadeloupe hauptsächlich wegen seiner zusammenlegbaren Guillotine und seines unsteten Blicks in Erinnerung bleiben, und während der letzten Monate seines Regimes verfolgte die gesamte Inselbevölkerung amüsiert, wie er sich immer tiefer mit den beiden jungen Kreolinnen Eugénie Lanzerac und Solange Vauclain einließ. Was sein hektisches Werben auf schauerliche Weise abwechslungsreich machte, war, daß alle Zuschauer wußten, wie sehr die beiden den ermordeten Paul Lanzerac geliebt hatten und Hugues daher hassen, ja, in ihrem Verlangen nach Rache sogar eine Bedrohung für ihn darstellen mußten.

Auch ihm war das bewußt, aber er fand Geschmack an der Herausforderung, die beiden trotz ihrer Verbitterung in sein Bett zu locken, wobei er sich in der Rolle des buckligen Richard III. von England sah, der sexuelle Erfüllung darin fand, die Witwe des jungen Königs zu verführen, den er soeben hatte erschlagen lassen.

Wie er den beiden Frauen nachstellte, hätte sich auch in einer der köstlichen Komödien seiner Zeit abspielen können, in denen meist ein aufgeblähter Beamter aus der Hauptstadt durch irgendein Provinznest in Italien, Spanien oder Frankreich stolziert, seine lüsternen Blicke auf zwei brave Hausfrauen wirft, aber durch ihren überlegenen Witz zum Gespött der Leute wird. Auf Pointe-à-Pitre ließ sich diese Handlung jedoch nicht übertragen, denn der magere Hugues war kein fettleibiger Falstaff, er war ein menschenfressendes Ungeheuer, das seine eigene Guillotine mit sich führte.

Eugénie blieb unnahbar, da sie noch immer um ihren toten Mann trauerte und vornehmlich mit der Erziehung ihres Sohnes beschäftigt war. So wandte er sich Solange zu, die seit der Vernichtung der Plantage ihrer Familie bei ihrer Mutter in der Stadt lebte, und je öfter er sie sah, desto begehrenswerter erschien sie ihm in seinen Phantasien. Sie war die Verkörperung jener Schwarzen und Mulatten, die er vor der Vergessenheit bewahrt hatte, sie repräsentierte seine Vision von der Zukunft, wenn alle karibischen Inseln unter dem standen, was er als die »gnädige französische Führung« bezeichnete, wenn die tyrannischen Weißen ausgerottet waren. Insofern war sie für ihn nicht bloß eine besonders anziehende junge Frau mit einem hübschen Gesicht und geschmeidigen Bewegungen, sie war auch eine Art göttliches Symbol für die neue Welt, die er zu erschaffen gedachte.

Natürlich ließ er sich weiterhin jede Nacht, gleichzeitig mit seiner wachsenden Vernarrtheit in Solange, mit den verschiedensten Frauen ein, denen er seinen hungrigen Leib aufdrängen konnte, aber die Tricks, die er anwandte, um an sein Ziel zu kommen, waren so erbärmlich, daß sie im Widerspruch zu jeglicher Vorstellung einer normalen sexuellen Leidenschaft standen. Wie konnte dieser Mensch, der einer Frau an einem Tag seine Liebe gestand, es zulassen, daß ihr Mann aufs Schafott geschickt wurde, und sie am Tag darauf in sein Bett zwingen. Hugues sah in solchem Verhalten keinen Widerspruch, er übte auch Druck auf Kinder aus, ihre Mütter zu ihm zu bringen, und trennte fünfzehnjährige Mädchen von ihren sechzehnjährigen Freunden. Ein aufmerksamer Beobachter, ein Befürworter der Revolution in Frankreich, äußerte sich in einem Geheimschreiben nach Paris: »In Eurer Stadt spricht man von einer Herrschaft des Schreckens. Hier munkelt man von einer Herrschaft des Horrors, denn jeglicher Anstand scheint sich hier verflüchtigt zu haben.«

Der Empfänger dieses Briefes las die Zeilen, schnaubte vor Wut und schickte ihn zurück an Hugues mit der Bemerkung: »Nun haben Sie einen Agenten in Ihren Reihen«, und noch am Abend des Tages, als er in Guadeloupe ankam, wurde der Absender des Briefes, der die Anschuldigungen enthielt, geköpft.

Hugues fing seine Eroberung Solanges damit an, daß er ihre Mutter zu einer höheren Stellung beförderte, die ihre Anwesenheit in seinem Haus erforderlich machte, und nachdem sie es sich dort bequem gemacht hatte, machte er ihr unmißverständlich klar, sie würde seine Gunst nur dann behalten, wenn sie es ihm ermöglichte, ihre Tochter häufiger zu sehen. »Sie können sie doch bitten, Ihnen hier zur Hand zu gehen«, schlug er vor, aber sie entgegnete nur: »Solange steht nicht mehr unter meiner Aufsicht«, worauf er in einem Ton, der eindeutig war, zu ihr sagte: »Das sollte sie aber.«

Als Madame Vauclain ihre Tochter warnte, blieb Solange stumm; aufgrund der ungeklärten Verhältnisse auf Guadeloupe hatte sie Angst, ihr überhaupt etwas anzuvertrauen. Da ihrer Mutter die Gunst des Mörders zuteil geworden war, war es durchaus möglich, daß er sie als Agentin angeworben hatte, und so hörte sie sich ihren Rat bloß an, aber schlich sich zu später Stunde zu Eugénie, um mit ihrer einzigen Vertrauten Rachepläne zu schmieden.

»Gestern hatte ich ein ganz seltsames Gefühl, Eugénie. Ich unterhielt mich mit meiner Mutter, und sie stellte mir eine Frage... ich weiß nicht mehr, was es war... wollte mich jedenfalls aushorchen. Und ich wurde sofort hellwach: ›Am besten erzählst du ihr gar nichts. Sie könnte zu seinen Spionen gehören.‹« Sie schaute zu Boden, dann blickte sie sich verstohlen um, denn Hugues' Agenten lauerten überall, aber sie mußte ihre Bitterkeit mit jemandem teilen, und so fuhr sie fort: »Dieser gräßliche Mensch. Wir müssen etwas unternehmen.:

»Ein Messer, Gift oder ein Gewehr«, sagte Eugénie ruhig, doch mit noch größerer Entschiedenheit als Solange. »Aber das ist schwierig hineinzuschmuggeln. Wie hat diese Cordav den Marat bloß erledigt? Ihn im Bad ertränkt oder ihn erstochen, als er drinsaß?«

Gegen Ende des Jahres 1797 kamen die beiden Frauen zu dem Schluß, da ihr Opfer so darauf erpicht war, Solange in sein Bett zu kriegen, sollte sie ihren Ekel überwinden und es ihm erlauben, aber, wie Eugénie hervorhob: »Nur, wenn es dir gelingt... sagen wir mal, es zu einer dauerhaften Einrichtung zu machen.« Sie zögerte einen Moment: »So bietet sich dir jede Gelegenheit, je nachdem, wofür wir uns entscheiden.«

»O nein!« protestierte Solange. »Wenn ich erst mal bei ihm bin, kann ich nie mehr hierherkommen, Eugénie. Das wäre viel zu gefährlich für dich.« Solange blickte ihre teure Freundin an, die ihr während ihrer gemeinsamen Jugendzeit so treu zur Seite gestanden hatte, und sagte mit weicher Stimme: »Ich würde es nicht ertragen, wenn ich dich auch noch verliere. Das hier muß ich ganz alleine tun, aber ich werde es tun.« Solange wollte schon aufbrechen, da ergriff Eugénie ihre Hand, und so verharrten die beiden jungen Frauen einen Augenblick im Schatten des Apothekerhauses.

»Hast du ihn so sehr geliebt... daß du dein eigenes Leben dafür aufs

547

Spiel setzt?« wollte Eugénie wissen. Und Solange erwiderte: »Du setzt deins doch auch aufs Spiel«, worauf Eugénie die einleuchtende Antwort gab: »Natürlich, aber wir waren verheiratet.« Und die schöne Mulattin, jetzt im Schatten noch liebreizender als sonst, entgegnete: »Wir auch, auf unsere Art. Und Hugues muß sterben für das schreckliche Unrecht, das er uns beiden angetan hat.« Mit diesem Bekenntnis aus der Vergangenheit und der Verpflichtung für die Zukunft umarmten sich die Frauen zum letztenmal, und als sie in der Dunkelheit auseinandergingen, flüsterte Eugénie: »Ruhe sanft, geliebte Schwester. Wenn du es nicht schaffst, dann werde ich es schaffen.«

Im Dezember des Jahres 1797 zog Solange Vauclain in das »Haus der Spitzen« um, zu dem Mann, den sie beschlossen hatte umzubringen, und etwa sechs Wochen lang nahm die groteske Liebesaffäre ihren Lauf. Sie verstand es, ihre Gefühle so geschickt zu verbergen, daß Hugues eine Hochstimmung empfand, in die jeder 34jährige verfallen wäre, der die Zuneigung einer hübschen 24jährigen gewonnen hatte, aber da er seine potentiellen Feinde niemals unterschätzte, bat er seine Agenten: »Behaltet ein Auge auf sie, wenn sie ausgeht.« Und nach ein paar Tagen berichteten sie: »Ihre Freundin Eugénie Lanzerac hat sie seit der Hinrichtung nicht mehr gesehen. Aus der Richtung droht also keine Gefahr. Natürlich ist sie die Tochter eines französischen Royalisten, aber der ist tot. Und ihrer Mutter kann man trauen – oder auch nicht. Das müssen Sie selbst am besten wissen.«

Es gab noch ein paar weitere Punkte, aber keiner langte für einen ausreichenden Verdacht gegen Solange, außer der einen unwiderlegbaren Tatsache: »Immerhin war sie einmal, und das sollten Sie nie vergessen, in Paul Lanzerac verliebt, aber soweit wir feststellen konnten, führte diese Liebe zu nichts.«

Beschwichtigt durch solche Berichte und beruhigt, daß Solange die Witwe Lanzeracs nicht mehr besuchte, setzte Hugues seine Beziehung mit ihr fort und beglückwünschte sich selbst, sein Zusammenleben mit ihr endlich geregelt zu haben. Nach einem Abendessen und einem anschließenden Fest, bei dem Solange sich als strahlende Gastgeberin erwiesen hatte, gestand er sich am nächsten Morgen beim Rasieren ein: »Ihre Anwesenheit würde jeden Salon schmücken. Manchmal habe ich das Gefühl, als wäre sie wie geschaffen für Paris.«

Den übrigen Morgen verbrachte er mit der Erledigung seiner üblichen Pflichten, sein Einverständnis für die Exekution einer weiteren

548

Gefangenengruppe eingeschlossen, dann speiste er mit Solange auf dem Balkon seines Quartiers, dem »Haus der Spitzen«, zu Mittag. Nachmittags unternahmen die beiden einen Ausritt, und wieder war er beeindruckt, wie ihr scheinbar mühelos alles gelang, was man von der Frau eines Gentleman erwartete. Er fühlte sich ganz wie der stolze Gatte, als er ihr zusah, wie sie vom Pferd stieg, und küßte sie leidenschaftlich, nachdem sie wieder ins Innere des Hauses gegangen waren, das ihr noch so vertraut war aus den Zeiten, da Paul und Eugénie es bewohnten.

Verschwitzt vom Ausritt, zog sich Hugues auf ein Zimmer im ersten Stock zurück und ließ sich von ehemaligen Sklaven eimerweise heißes Wasser für ein Bad bereiten. Nachdem sie gegangen waren und er sich in der Zinnwanne rekelte, die er aus Paris mitgebracht hatte, vernahm er ein Rumoren an der Tür und rief: »Solange, bist du es?« Langsam und zielstrebig betrat sie den Raum, ein langes scharfes Messer vor sich ausgestreckt. Mit unglaublicher Geschwindigkeit und seltener Behendigkeit sprang er aus der Wanne, wich ihrem Stoß aus und schlug ihr die Klinge aus der Hand. »Hilfe! Mörder!« rief er voller Entsetzen und kauerte sich in eine Ecke.

Als erste zur Stelle war Madame Vauclain, Solanges Mutter, die sofort erfaßte, was ihre Tochter versucht hatte. »Ah! Mädchen!« rief sie. »Warum hast du nicht zugestoßen?« Worauf sie sich auf Hugues warf, ihm das Messer entreißen wollte, um die Tat ihrer Tochter zu vollenden. Bevor sie jedoch dazu kam, stürmten ein paar Wächter durch die Tür und fesselten den Frauen die Hände, während Hugues weiter jammerte: »Sie wollten mich umbringen!« Als die beiden abgeführt wurden, machte sich Madame Vauclain von ihrem Wächter frei, eilte zu Solange und umarmte sie: »Du hast richtig gehandelt. Keine Angst, eines Tages wird das Ungeheuer vernichtet.«

Zur Mittagsstunde am Tag darauf, als seine Karre mit der Guillotine auf den Platz geschafft war, verfolgte Victor Hugues gespannt, wie die ehemalige afrikanische Sklavin Jeanne Vauclain in Ketten vorgeführt wurde, ihr Gesicht übersät von Prellungen und blauen Flecken, die die Wachmannschaften ihr während der Verhöre zugefügt hatten, und sie auf die Bühne der Hinrichtungsstätte gezerrt wurde. In die Knie gezwungen, wurde sie festgeschnallt – und das große Messer fiel. Nur wenige Augenblicke später wurde ihre Tochter, schlank und grazil wie eine junge Palme in tropischer Brise, die drei Stufen zur Bühne hochgestoßen und ebenfalls in die Knie gezwungen, ihr Hals freigelegt – und wieder fiel das Messer.

Dieses Mal jedoch fiel es nicht sofort, denn Hugues meinte, sein Volk warnen zu müssen: »Hier seht ihr, was passiert, wenn reaktionäre Royalisten unsere Mulatten und Schwarzen verführen und sie zu Untaten verleiten. Diese Frauen haben die Sache der Freiheit verraten, und dafür müssen sie sterben.« Langsam hob er die Hand, um seine hochtrabenden Worte zu unterstreichen, ließ sie theatralisch sinken, und schon war sein gräßliches Werk vollendet. Solange Vauclain, schönste Kreolin ihrer Generation, war tot, und als ihr Kopf auf das Pflaster rollte, schaute ihr Scharfrichter hinüber zum Haus des Apothekers auf der anderen Seite des Platzes, wo Eugénie jetzt wohnte, und er sah, daß die Witwe Lanzeracs die Szene verfolgt hatte.

Von jetzt an konzentrierte sich Hugues auf Eugénie, und obwohl er verständlicherweise nicht erwarten durfte, daß sie sein Bett teilen würde, übte er auf raffinierte Weise Druck auf sie aus, um sie wenigstens als Verbündete zu gewinnen. »Madame Lanzerac, wir brauchen einen neuen Apotheker in der Stadt. Es wird also unvermeidlich sein, daß Sie Ihr Haus aufgeben müssen, um es anderen zu überlassen, die es besser gebrauchen können.«
»Und wo soll ich wohnen?« fragte sie. Und er antwortete zögernd: »Nun ja, in Ihrem alten Haus ist Platz genug.« Aber sie gab vor, nicht verstanden zu haben, was er damit andeuten wollte.
Einmal, als er besonders verärgert war, rief er ihr ins Gedächtnis: »Sie haben doch sicher nicht vergessen, daß Sie am Abend nach unserer Ankunft zum Tode verurteilt wurden? Daß Ihnen die Strafe nur dank meiner Großzügigkeit erspart blieb? Das Urteil schwebt noch immer über Ihnen.«
Dennoch wies sie auch weiterhin seinen Vorschlag zurück, ja, machte nicht mal einen Hehl daraus, daß sie ihn abstoßend fand. Und so griff er zu härteren Methoden. Eines Morgens, als sie von ihrem Einkauf am anderen Ende des Platzes zurückkehrte, lief ihr eine Frau kreischend entgegen: »Eugénie! Sie haben dir deinen Jungen genommen!« Und als sie in sein Zimmer gestürzt kam, konnte sie nur noch feststellen, daß er verschwunden war.
An den folgenden, von Sorge erfüllten Tagen wurde sie mit den wildesten Gerüchten bombardiert, alle von Hugues persönlich in die Welt gesetzt, er inszenierte die Kampagne, um dann später als Eugénies Retter aufzutreten. »Jean-Baptiste wurde tot aufgefunden!« Oder: »Man hat den kleinen Jungen auf einem Marktplatz in der Nähe von Basseterre gefunden.« Es war seine grausame Absicht, Eugénie so lange zu-

zusetzen, bis sie reif war, »daß ich mich ihrer einmal annehmen kann«, wie Hugues sich ausdrückte.

Ohne jede Freundin, von der sie sich Unterstützung hätte holen können, und alle jungen Royalisten, die ihr anderweitig Hilfe angeboten hätten, umgebracht, gab es niemanden mehr, an den sich Eugénie in ihrer zermürbenden Trauer wenden konnte; selbst die Priester, die ihr sicher beigestanden hätten, waren gleich an den ersten schrecklichen Tagen geköpft worden. Sie konnte natürlich das tun, was viele Frauen in ähnlicher Lage getan hatten, hilfsbereite ehemalige Sklavinnen um Hilfe bitten, aber Madame Vauclain war tot, und Eugénie kannte sonst keine Schwarze, und so kauerte sie allein in ihrem leeren Haus und fragte sich, wann man sie enteignen würde und sie gezwungen sein würde, Hugues' Gastfreundschaft anzunehmen.

Je näher diese Wahrscheinlichkeit rückte, desto sicherer war sie, daß sie dann innerhalb einer Woche die Bestie umbringen würde, auch wenn sie dann selbst am nächsten Morgen hingerichtet würde. »Er darf nicht mehr weiterleben. Er darf nicht weiter Vergnügen an seinen Verbrechen haben.« Diese strenge Forderung erhob sie zu ihrem Losungswort, zu einer Anweisung, die ihr Leben bestimmte. Anders als Solange würde sie es nicht zulassen, daß er sah, wie sie mit einem Messer auf ihn zukam. Sie würde ihn ermorden, während er friedlich im Bett neben ihr lag.

Hugues jedoch, der ihre Gedanken mehr oder weniger erriet, komplizierte die Situation, als er ihr die erstaunliche Neuigkeit eröffnete: »Wissen Sie, Eugénie«, sagte er ihr eines Tages auf der Straße, »wenn Sie sich entschließen könnten, mein Quartier mit mir zu teilen, dann gäbe es vielleicht eine Möglichkeit, Ihren Sohn zu finden.«

Sie hob weder ihre Stimme, noch warf sie ihm vor, ein Ungeheuer zu sein und ein Kind, das angeblich tot sei, auf diese Weise als Druckmittel zu nutzen, denn sie wollte nicht, daß man sah, wie erschüttert sie eigentlich war, und so fragte sie ruhig: »Wollen Sie damit andeuten, daß mein Sohn noch am Leben ist?« Und er entgegnete mit einem sorgfältig aufgesetzten Lächeln: »Ich wollte damit nur sagen, daß ich meine Männer unter bestimmten Umständen Anweisungen geben könnte, etwas genauer zu suchen.«

Als er sie verließ, um ihr Gelegenheit zu geben, sein verlockendes Angebot zu überdenken, blieb sie noch eine Weile auf dem Platz stehen und starrte hinter ihm her, bis er schließlich in ihrem ehemaligen »Haus der Spitzen« verschwunden war. Jedes einzelne Merkmal seiner

häßlichen Erscheinung war abstoßender als die anderen: »Das unge-
pflegte Haar. Der schleichende Gang. Die lächerlichen Pfeifenstile von
Beinen, die Schuhe, die ein paar Nummern zu groß sind. Die langen
Arme, wie auf den Abbildungen von Affen, und an seinen Händen
klebt Blut.« Diesen Mann mit ihren Erinnerungen an Paul verglei-
chend, war sie fast einer Ohnmacht nahe.

Ihr Entschluß, daß Hugues sterben mußte, schien noch fester zu stehen, aber die Möglichkeit, daß ihr Sohn lebte und gerettet werden
konnte, verwirrte sie, und so strich sie tagelang durch die Straßen von
Pointe-à-Pitre, um darüber nachzudenken, wie sie sich aus dieser
Zwangslage befreien konnte. Es gab keine Lösung. Wenn Jean-Baptiste
am Leben war, dann mußte sie ebenfalls weiterleben, um ihn aufzuzie-
hen, was bedeutete, daß sie den einzigen Mann, der ihr ihren Sohn
wiederbeschaffen konnte, den unsäglichen Hugues, an ihrer Seite
würde ertragen müssen.

Sich der Aussicht auf ein Leben mit Hugues fügend, das mit einem
Mord enden mußte, suchte sie ihn aus freien Stücken auf und sagte:
»Hochkommissar Hugues, ich lebe nur für meinen Sohn. Wenn Ihre
Männer ihn finden könnten . . .«

»Das haben sie schon«, unterbrach Hugues, die zusammengekniffenen Augen gierig funkelnd, und aus einem Nebenzimmer trat eine
schwarze Magd mit Jean-Baptiste an der Hand, fast vier Jahre alt und
mit jedem Tag ein genaueres Ebenbild seines Vaters. Mit dem Ruf
»Mama! Mama!« lief er in ihre Arme, während Hugues danebenstand
und wohlwollend bei dem Anblick dieses Jungen schmunzelte, der eines
Tages vielleicht sein Adoptivsohn werden würde, und der Mutter, die
schon bald seine Geliebte sein sollte. Als sie sich anschickte, Jean-Baptiste zu sich in ihr Haus am anderen Ende des Platzes zu nehmen, warnte
Hugues sie: »Nicht vergessen, Madame Lanzerac, über Ihnen schwebt
noch immer das Todesurteil.«

Wie durch ein Wunder trat dann am Tag darauf ein unerwartetes
Ereignis ein, so daß ihr Hugues schließlich doch erspart blieb und sie
der Notwendigkeit beraubte, einen Mord zu begehen; ein Schiff aus
Frankreich legte an und brachte entscheidende Neuigkeiten: »Napoleon
hat einen Sieg nach dem anderen errungen und marschiert jetzt in
Ägypten ein.« Eine weit weniger radikale Regierung hatte nun die
Macht inne, und ihre gemäßigteren Mitglieder waren angewidert von
Hugues, den sie durch einen neuen Hochkommissar ersetzten, ausge-
stattet mit der überraschenden Vollmacht, »Hugues unter strenger Be-

wachung nach Paris zu schicken«. Bei Einbruch der Dämmerung hatte man ihn aus seinem Quartier verjagt und in eine kleine Kajüte an Bord des Schiffes gesperrt.

Als Hugues, trotzig und unverzagt, in Erfahrung brachte, daß es sieben Tage dauern würde, bis das Schiff entladen und seine neue Fracht von Zuckersäcken und anderen Lebensmitteln, die Paris anforderte, verstaut war, verlangte er, man möge ihm Papier und Feder bringen. Die ihn gefangengenommen hatten, willigten ein, immerhin war er ein hoher Beamter, und so saß er in seiner Kajüte und kritzelte unaufhörlich mit der Feder über das Papier, wobei ein wahres Meisterstück entstand. Es wurde sechzig Seiten lang und schilderte die zahllosen Wunderwerke der guten Regierung, die er in die Wege geleitet habe. Mit glühenden Worten sprach er über seine Tapferkeit im Krieg, die wirtschaftliche Revolution, die er in Gang gesetzt habe, die vielen Siege, die seine kleine Flotte gegen die Briten und die Vereinigten Staaten errang, die Befreiung der Sklaven, die er durchgesetzt habe, vor allem aber von seiner Redlichkeit und unvergleichlichen Einsicht in die Probleme der Karibik.

Die von ihm selbst verfaßte Lobeshymne las sich so faszinierend, daß sie eines Perikles oder Karl des Großen würdig gewesen wäre, und sie verfehlte ihren Zweck nicht, denn als dieselben Beamten, die seine Verhaftung befohlen hatten, die Schrift lasen, riefen sie: »Dieser Hugues muß ein Genie sein!« und ernannten ihn sogleich zum Gouverneur einer weiteren Insel, von wo aus er ähnlich klingende Berichte über seine Erfolge auf dem neuen Posten nach Hause schickte.

Trotzdem blieb er dort nicht lange, denn als Napoleon an die Macht kam und die Meinung vertrat: »Ich will nichts mehr von diesem Unsinn hören, die Sklaverei zu verbieten. Sie wird wieder eingeführt!«, wurde Hugues zurück nach Paris beordert, wo er zum stärksten Befürworter der neuen Ordnung avancierte und den jungen, für den Dienst in den Kolonien bestimmten Offizieren nicht selten strengste Instruktionen gab: »Geben Sie acht, daß diese verfluchten Noirs auf ihrem Platz bleiben. Es sind Sklaven, und das dürfen sie nicht vergessen.«

Die unglaublichste Wandlung seines politischen Bewußtseins erfolgte jedoch 1815, als er nach der Wiederherstellung der Monarchie behauptete, schon immer ein glühender Royalist gewesen zu sein, und so die Tatsache zu verschleiern suchte, daß er sieben Jahre zuvor auf Guadeloupe über tausend solcher Royalisten geköpft hatte, ohne auch nur einem die Gelegenheit gegeben zu haben, sich zu verteidigen.

Man gestattete ihm diese Kehrtwendung aus mehreren Gründen: Zum einen galt er als ein erstklassiger Verwaltungsbeamter, dann hatte er 1794 mit nur 1100 Soldaten eine Übermacht von 10 000 Engländern besiegt, und drittens hatte er mit den wenigen Schiffen, die ihm bei seinen Seekriegen zur Verfügung standen, fast hundert amerikanische und eine gleiche Anzahl englischer Schiffe aufgebracht. Es ist überliefert, daß er noch mit über sechzig den Frauen nachstellte und nicht selten Schönheiten eroberte, und gestorben ist er friedlich, im Bett... mit Ehrenauszeichnungen überladen.

In der Zwischenzeit war Eugénie Lanzerac, glücklich darüber, ihren Unterdrücker abgeschüttelt zu haben und wieder mit ihrem Sohn vereint zu sein, zu einer der begehrenswertesten Frauen der französischen Inseln herangereift, und nicht wenige Offiziere, den Schrecken von Paris entronnen, hielten in ihrer Sehnsucht nach der Ruhe und Geborgenheit auf Guadeloupe um ihre Hand an. Schließlich heiratete sie einen jungen Burschen aus dem Loiretal, Sprößling einer der Familien, die dort ein Schloß besaßen, und gemeinsam mit ihm baute sie die stille Schönheit von Pointe-à-Pitre wieder auf.

Als sie bereits ein paar Monate verheiratet waren, suchte Eugénie den Steinmetz auf, der die schändliche Inschrift auf Dundas' Grabstätte angefertigt hatte, und erteilte ihm den seltsamen Auftrag: »Suchen Sie einen kleinen, kräftigen Stein aus, und bearbeiten Sie ihn so, daß es aussieht, als wären es zwei Grabsteine in einem.« Nachdem das geschehen war, bat sie ihn, die Vornamen der beiden Menschen einzumeißeln, die sie einst geliebt hatte: PAUL ET SOLANGE. Diesen Stein ließ sie im »Haus der Spitzen« einmauern, das nun wieder ihr gehörte, wo er noch Jahrzehnte nach ihrem Tod zu sehen war.

10. Kapitel

Das gequälte Land

Im Jahr der Revolution, 1789, befand sich die einträglichste und in vieler Hinsicht auch schönste Kolonie der Welt in jenem Teil der von Kolumbus entdeckten Insel Hispaniola, der in französischem Besitz war. Die Kolonie selbst nahm nur das westliche Drittel der Insel ein, die beiden übrigen Drittel waren in spanischer Hand, und der Name der Kolonie lautete St-Domingue.

Das Land war bergig, bedeckt mit herrlichem tropischen Baumbewuchs und von vielen Sturzbächen mit genügend Wasser versorgt. Die jährliche Regenmenge reichte aus für den Anbau von Zuckerrohr, Kaffeepflanzen und einer Unzahl anderer köstlicher, in Europa geschätzter tropischer Früchte, vor allem den saftigen Mangos und Paradiesfeigen, einer Bananenart, die gebraten gegessen wird. Zwischen den niedrigen Bergen verstreut lagen zahlreiche Ebenen, wie geschaffen für Plantagen, von denen es weit über tausend gab und von denen jede ihrem Besitzer ein Vermögen einbrachte.

Wie konnte es geschehen, daß diese Kolonie, einst so fest in der Hand der Spanier, nun französisch war? Auf ihre Geschichte paßt das alte Sprichwort: »Nichts ist so dauerhaft wie vorübergehende Regelungen.« Im vorhergehenden Jahrhundert, als Bukaniere vom Schlage eines Henry Morgan auf der kleinen, der Küste vorgelagerten Insel Tortuga ihr Unwesen trieben, liefen auch französische Piraten in diesen Gewässern ein und aus und nutzten das Bollwerk vorübergehend als vorteilhafte Ausgangsbasis für ihre Beutezüge, und manche kamen und blieben. Die inoffiziellen Herrscher von Tortuga waren ausnahmslos Franzosen, und auch die Warzenschwein-Jagdgründe an der Westküste von Hispaniola waren französisch, was dazu führte, daß Frankreich 1697, als ein umfassendes Vertragswerk über diese Gebiete zwischen

555

den europäischen Nationen Gestalt annahm, das Argument anführte: »Unser Volk beherrscht bereits die westliche Küste von Hispaniola. Warum überlaßt ihr uns die Insel nicht ganz?« Und so geschah es: Seßhafte französische Freibeuter gewannen eher durch Zufall eine Schatzkiste für ihre Heimat.

St-Domingue, das bald darauf seinen französischen Namen aufgeben und die ursprüngliche indianische Bezeichnung Haiti annehmen sollte, produzierte so viel Reichtum, daß ein Pflanzer, bevor er mit seinem Vermögen nach Paris zurückkehrte, meinte: »Man pflanzt Zuckerrohr, und der Boden verwandelt sich zu Gold.« Die beiden Hauptsiedlungen der Kolonie, Cap-Français im Norden und Port-au-Prince im Süden, jede eine kleine Stadt für sich, und die verschwenderische Art, mit der sie ihren Reichtum zur Schau stellten, waren der beste Beweis dafür.

Cap-Français war von den beiden die größere und bedeutendere Stadt, weil sie am Atlantischen Ozean lag und daher der erste und am leichtesten zu erreichende Anlaufhafen für Schiffe aus Frankreich war. Sie besaß ein geräumiges Hafenbecken, eine herrliche Kaianlage und eine Einwohnerschaft von annähernd 20000. Ihr ganzer Stolz war ein riesiges Theater, in dem über 1500 Zuschauer Platz fanden und das über eine Vorbühne verfügte, die die Schauspieler mitten unter das Publikum brachte. Da diese extra aus dem fernen Frankreich herangeschafft werden mußten, machte man ein gutes Geschäft, wenn man es verstand, sie über drei oder vier Spielzeiten zu halten, was außerdem praktisch war, denn in Port-au-Prince gab es ein noch eleganteres Theater für 700 Zuschauer, darüber hinaus etwa ein halbes Dutzend Provinzbühnen in den kleineren Städten dazwischen. Die Kolonie konnte sich daher mit Leichtigkeit zwei oder drei Schauspieltruppen, vom Kulissenschieber bis zum Inspizienten, leisten, und in Paris machte unter Kollegen das Wort die Runde: »St-Domingue ist eine Erfahrung wert.«

Der Spielplan der Theater bot vier verschiedene Arten von Unterhaltung an: zeitgenössische volkstümliche Dramen, Musiktheater, Vaudeville-Stücke und von Zeit zu Zeit die großen klassischen Dramen von Racine und Molière, so daß jedes Kind, das irgendwo in einem kleinen Ort auf dem Land aufwuchs, die Gelegenheit hatte, auch Aufführungen von hoher Qualität in seinem örtlichen Theater zu sehen.

Es gab in »Le Cap«, wie Cap-Français allgemein genannt wurde, zahlreiche Geschäfte, die in ihren Angeboten dieselben Waren führten, die sich in ähnlichen Etablissements in französischen Städten fanden,

Nantes oder Bordeaux – feine Lederwaren, Bestecke, die neuesten Modelle der Frauen- und Herrenmode –, und mehrere exzellente französische Patisserien. Es gab tüchtige Ärzte, redegewandte Rechtsanwälte, Pferdekutschen und sogar eine Streifenpolizei. Knabenschulen vermittelten wenigstens eine oberflächliche Grundbildung, da ohnehin jeder vielversprechende junge Bursche zur höheren Schulbildung nach Frankreich geschickt wurde, aber da die meisten dieser Schüler nach St-Domingue zurückkehrten, war der kulturelle Standard der Kolonie sehr hoch. Eine Schule für Mädchen gab es nicht, es ist auch nicht überliefert, daß mal ein Mädchen zur Weiterbildung ins Mutterland geschickt worden wäre, aber es gab Bücher und Zeitschriften für Damen, so daß die Belesenheit unter den französischen Einwohnern ziemlich verbreitet war und die Konversation gehaltvoll. Was in Paris geschah, wußte man wenig später auch in Le Cap, obgleich jede Neuigkeit während der Überquerung des Atlantiks dazu tendierte, eine stark konservative Färbung anzunehmen.

So prächtig die Kolonie auch sein mochte – an schönen Tagen, deren es das ganze Jahr über reichlich gab, wehte allabendlich eine leichte Brise, konnte man sich der majestätischen Szenerie erfreuen und das Essen der exotischen Mischung aus bester französischer Küche und karibischem Überfluß genießen –, den schier unendlichen Wohlstand hätte sie nicht ohne solche Menschen produzieren können, die der Aufgabe, den natürlichen Reichtum der Insel zu nutzen, auch gewachsen waren. In dieser Hinsicht war St-Domingue gesegnet und gleichzeitig mit einem Fluch belegt.

Der Segen bestand darin, daß eine Gottheit aus ferner Zeit irgendwann einmal gesagt haben muß: »Ich habe der Kolonie Schönheit und natürlichen Reichtum gegeben, nun werde ich sie mit den passenden Menschen bevölkern.« Folglich war das herrliche Land von den fähigsten Bewohnern der Karibik in Besitz genommen worden. Die französischen Siedler waren gebildet, an harte Arbeit gewöhnt und von kräftiger Natur, die Schwarzen gehörten zu den Besten, die aus Afrika herübergebracht worden waren, und so hätte sich die Kolonie eigentlich zu einer stabilen Region mit großer Zukunft entwickeln müssen.

Der Fluch dieser Stadt bestand darin, daß sich die drei Klassen, in die sich die Einwohnerschaft unterteilte, gegenseitig haßten und daß es im Zuge der heftigen sozialen Umwälzungen der Jahre 1789 bis 1809 nicht gelungen war, diese Gruppen zu einem vernünftig funktionierenden Organismus zusammenzuschweißen, im Gegenteil, sie trennten sich noch stärker voneinander ab, so daß eine Tragödie unausweichlich schien. Die oberste Schicht war eindeutig definiert: Landbesitzer, kleinere Unternehmer und die sogenannten »fonctionnaires«, die aus Paris kamen und die Kolonie verwalteten. Sie alle waren ausnahmslos weiß, reich und übten in allen Bereichen des öffentlichen Lebens die Kontrolle aus. Sie besaßen die Plantagen, führten die eleganten Kaufläden, unterstützten mit ihren Geldmitteln das Theater und belegten auch seine besten Plätze mit Beschlag. Sie neigten dazu, eine starke Leidenschaft für alles Französische zu haben, eine noch stärkere für konservatives Gedankengut, und sie waren leidlich katholisch. Religion spielte zwar keine besondere Rolle auf St-Domingue, aber einen Protestanten, der ein Geschäft aufbauen oder sich in Le Cap hätte niederlassen wollen, hätten die traditionellen »blancs« schief angesehen.

Innerhalb dieser Klasse gab es noch einmal zwei Gruppen, deren Interessen manchmal voneinander abwichen – die »grands blancs«, die finanzstarken Weißen der obersten sozialen Kategorie, und die »petits blancs«, die kleinen Leute, von denen manche tatsächlich kaum etwas besaßen. Um 1789 jedoch waren beide Gruppen mehr oder weniger einig.

Auf der untersten Stufe dieser Leiter und so weit entfernt von den Stellungen, die die Weißen innehatten, daß sie fast unsichtbar blieben, waren die »noirs«, die Schwarzen, die Sklaven. Der größte Teil von ihnen war in Afrika geboren, denn da die Todesrate in den Kolonien hoch war, mußte ständig für Ersatz gesorgt werden. Sie waren Analphabeten, nicht ausgebildet für das Leben auf einer Plantage und ausgeschlossen vom Christentum, worauf ihre Besitzer streng achteten, von der Angst besessen, die Lehre Jesu könnte sie dazu verleiten, Freiheit zu verlangen. Sie behielten viele afrikanische Lebensweisen bei, folgten Religionen, die im Schwarzen Kontinent wurzelten, und gewöhnten sich mit einer Anpassungsfähigkeit an die Hitze, die Nahrung und die Arbeitsbedingungen auf St-Domingue, die wirklich erstaunlich war. Diese scheinbar amorphe Masse enthielt vermutlich etwa denselben Anteil potentieller Künstler, Sänger, Philosophen, religiöser und politischer Führer wie jede andere soziale Gruppe auf der Welt auch – und mit Sicherheit, wie wir noch sehen werden, denselben Prozentsatz militärischer Führer wie die Weißen in ihrer Kolonie. Aber da es ihnen an Bildung und an Möglichkeiten, ihre Fähigkeiten zu entwickeln, mangelte, blieben ihre Talente so lange im verborgenen, bis sie durch den einen oder anderen Bruch mit dem Alten ans Tageslicht kamen.

558

Dann allerdings sollten die Schwarzen von St-Domingue Eigenschaften beweisen, die die Welt in Atem hielt.

Gefangen zwischen den beiden überstarken Mühlsteinen der weißen Plantagenbesitzer und der schwarzen Sklaven, existierte eine nicht geringe Zahl Menschen, die weder weiß noch schwarz waren. Ihre Brüder und Schwestern tauchten auf allen Inseln der Karibik auf und hatten sich immer mit denselben Hindernissen, Versprechungen, Hoffnungen und erdrückenden Benachteiligungen auseinanderzusetzen; in den anderen Kolonien wurden sie Mulatten, Farbige, Mestizen, Halbbluts, Kreolen, Kriollos oder Bastarde genannt, doch in St-Domingue wurden alle diese Bezeichnungen vermieden, vor allem Mulatte, das dort einen abschätzigen Klang hatte. Hier nannte man sie »gens de couleur«, freie Menschen anderer Hautfarbe, oder einfach freie Farbige.

Verachtet von den Weißen, die in ihnen Parvenüs sahen, die alles daransetzten, eine soziale Stufe zu erklimmen, die ihnen nicht zustand, und verhaßt von den Schwarzen, die in ihnen eine neue Mittelschicht ausmachten, die die Sklaven für immer daran hindern würde, an die Macht zu kommen, wurden die freien Farbigen von unten und oben verschmäht, und ihre Geschichte auf St-Domingue glich in vieler Hinsicht den Erfahrungen, die ähnliche Mischlingsgruppen auf den britischen Inseln der Karibik, in Indien und in Südafrika machten. Sie besaßen weder eine richtige Heimat noch einen Verbündeten, dem sie trauen konnten, und erst recht keine gesicherte Zukunft. Doch obgleich es diese Übereinstimmung mit der Situation in anderen Kolonien der Welt gab, war ihre Rolle in St-Domingue noch besonders deprimierend, weil sie immer wieder dicht vor einer Lösung ihrer Probleme standen, nur um dann festzustellen, daß man sie erneut betrogen hatte und wie Tiere Jagd auf sie machte.

1789 betrug die Anzahl der Weißen in der Kolonie etwa 40 000, der freien Farbigen 22 000, der schwarzen Sklaven nicht weniger als 450 000; und da die Sterberate unter den überarbeiteten und unterernährten Schwarzen so erschreckend hoch war, mußten jährlich 40 000 neue Arbeitskräfte aus Afrika importiert werden. Dieser lukrative Handel lag in der Hand großer Sklavengesellschaften, die ihren Sitz an der französischen Atlantikküste hatten, in den Seehäfen La Rochelle, Bordeaux und vor allem in Nantes.

1770, als aufmerksamen Beobachtern der wirtschaftlichen Lage klar war, daß die englischen Kolonien in Nordamerika über kurz oder lang in Schwierigkeiten geraten oder rebellieren würden, erkannte auch die große Reederei Espivent, angesiedelt im französischen Seehafen Nantes, daß ihr traditionelles Geschäft, Sklaven aus Afrika in die Neue Welt zu befördern, in den unruhigen Zeiten vor Ausbruch des Krieges unbedingt verstärkt werden mußte. Der Hauptzweig der Familie, vor Jahrhunderten geadelt, beschloß, das Kommando über ihre neun Sklavenschiffe den kühnsten Kapitänen zu übertragen, die sich auftreiben ließen, und sie mit großen Prämien zu verleiten, die Strecke nach Virginia und Carolina noch schneller als vorher zurückzulegen, um die Gewinne zu erhöhen, solange der Sklavenhandel noch möglich war.

Da sich nur acht annehmbare Kapitäne fanden, schauten sie sich unter den zahlreichen Mitgliedern ihrer eigenen Familie um, die für die Gesellschaft arbeiteten, und stießen auf Jérôme Espivent, 29 Jahre alt und ein Mann von Charakter, der bereits auf vielen Schiffen der Familie Dienst getan hatte. Er kannte die Sklavenküste Afrikas, die Sklavenmärkte in Carolina und der Karibik und erweckte den Eindruck, als dürfe man ehrliche Berichte über seine Geschäfte von ihm erwarten. Seine adligen Verwandten übertrugen ihm die Verantwortung über eins der größeren Schiffe und schärften ihm ein:»Mach dein Glück, und schaff uns ein Vermögen ran.« Er widmete sich dieser Aufgabe so vorbildlich, daß er sich zu dem Zeitpunkt, als die amerikanische Revolution ausbrach, 1776, bereits ein beachtliches Vermögen zusammengespart hatte, und über ausgezeichnete Kenntnisse von den Verhältnissen in der Karibik verfügte. 1780, als die Kriegshandlungen nachließen und die Durchbrechung der englischen Blockaden keine gewaltigen Dividenden mehr abwarfen, entschloß sich Espivent, Nantes den Rücken zu kehren, wo er doch nur sein Lebtag unter der Fuchtel des adligen Zweigs seiner großen Familie gestanden hätte, und sich in der Karibik niederzulassen. Natürlich hatte er in erster Linie an die französischen Inseln, besonders Martinique, gedacht, denn das war ein Ort, der eine hohe Kultur und ein reiches gesellschaftliches Leben aufweisen konnte, und er zog auch das eher plebejische Guadeloupe in Erwägung. Am Ende jedoch entschied er sich für einen herrlichen Berghang in der Stadt Cap-Français, denn der übertraf alle anderen Orte, die in Frage kamen, in vielerlei Hinsicht.

Auf diesem Berghang errichtete er seine Residenz, von außen eine abweisende burgähnliche Festung, von innen ein elegantes Château mit geräumigen Zimmern und teuren Verzierungen. Sie gewährte Aussicht sowohl auf den Atlantik, so daß Espivent eher als alle anderen die

560

Ankunft eines französischen Schiffes ausmachen konnte, als auch auf die Stadt, die wie ein gehorsamer Hund zu seinen Füßen lag. Von hier aus herrschte Jérôme Espivent bald als der Diktator des gesellschaftlichen und politischen Lebens der Hafenstadt.

Er war jetzt 48 Jahre alt, ein hochgewachsener, gebieterisch aussehender Mann mit ergrauten Haaren, einem korrekt zurechtgestutzten Schnäuzer und einem spitz zulaufenden Knebelbart. Trotz der tropischen Hitze bevorzugte er auch hier gern die wallenden Umhänge, die der französische Adel im vergangenen Jahrhundert trug, und so bat er einen Ladenbesitzer im Ort, die leichtesten Seidenstoffe aus Indien zu importieren, aus dem Saumnäherinnen ihm die feinsten Umhänge in Hellblau oder glänzendem Schwarz anfertigten. Wenn er mit einem dieser Umhänge im Theater erschien, den mit einer Kokarde verzierten Hut schief auf dem Kopf, schien es, als wolle er den Einwohnern von Le Cap mitteilen, er stehe hier für die alte Pracht Frankreichs.

Er war Royalist, ein Bewunderer des Hochadels, und er war ein skrupelloser Geschäftsmann, denn worin er seine Finger auch hatte, alles schien über Erwarten zu florieren. Nicht länger das Kommando über ein eigenes Schiff führend, betätigte er sich als eine Art Küstenagent für Schiffe, die von anderen befehligt wurden, und Jahr für Jahr schien er mehr Gewinne aus diesen Schiffen zu ziehen als ihre Besitzer. Er kaufte außerdem rohen Muskovadezucker von Plantagen auf, die nicht über die Einrichtungen verfügten, die seine besaß, raffinierte ihn selbst und importierte zu diesem Zweck große Mengen Tonerde aus Barbados. Er war ein sehr reicher Mann, aber keineswegs knauserig, denn er half bei der finanziellen Unterstützung des Theaters, schickte intelligente Jungen zum Studium nach Frankreich, auch wenn es nicht seine eigenen Söhne waren, und stand für alle größeren gesellschaftlichen Ereignisse zur Verfügung, denn er war der Meinung, daß Franzosen von seiner Stellung verpflichtet wären, in der Öffenlichkeit aufzutreten.

Am meisten jedoch beschäftigte ihn ein Anliegen, das einmal als Freizeitbeschäftigung angefangen hatte, sich aber zu einer wahren Obsession entwickelt hatte. Dem Glauben verhaftet, Gott habe weißes Blut in die Welt geschickt, um sie von der Barbarei zu erlösen, war er völlig fasziniert von dem, was er als »die Verunreinigung durch das schwarze Blut« bezeichnete, was zu einer Überzeugung führte, die sein ganzes Leben beherrschen sollte: Schon ein Tropfen schwarzes Blut mit weißem Blut gemischt kann bis in die siebte Generation hinein äußerlich sichtbar verfolgt werden. Da ein Sprößling der siebten Generation somit 128 Vorfahren hatte, hatte er eine Schautafel entworfen, die jede nur denkbare Kombination aufzeigte, von 128 nur weißen, also 0 schwarzen, bis zum schändlichen anderen Ende des Spektrums, 0 weißen, also 128 schwarzen Vorfahren.

Die volkstümlichen Bezeichnungen für derartige Mischlinge hatte er methodisch verschlüsselt, wie er bereitwillig jedem erklärte, der ihm zuhörte: »Angenommen, ein weißer Mann mit völlig reinem Blut heiratet eine schwarze Frau mit unreinem Blut, direkt aus dem afrikanischen Dschungel. Ihr Kind ist ein Mulatte, halb und halb also. Die Männer in unserem Beispiel heiraten jetzt im folgenden keine Schwarzen mehr, sondern nur noch reine weiße Frauen. Die Kinder der nächsten Generation haben drei weiße Anteile und einen schwarzen, wir nennen sie Terzerone. Diese heiraten wieder reine Weiße, und die Kinder sind Oktorone – sieben saubere Anteile, ein unreiner. Nächste Generation, fünfzehn weiße, ein schwarzer – und wir haben die Mamelucken.«

Die tatsächlichen Mischungsverhältnisse waren natürlich weitaus komplizierter als in seinem Beispiel, aber einige der Bezeichnungen für die 128 möglichen Kombinationen klangen faszinierend: ein Kind, das zu einem Teil weiß, zu sieben schwarz war, hieß Sakrata; drei Teile weiß, fünf schwarz, Marabou. Als eine der interessantesten Mischungen erachtete er die sogenannten Griffe, einen weißen und drei schwarze Anteile: »Solche Mädchen wissen einfach nicht, wann sie aufhören sollen.« Sein kurioses System reichte bis Nummer 8 192, die Anzahl der Vorfahren, die ein Mensch haben würde, zählte man bis zur dreizehnten Generation zurück. »Erst in der dreizehnten Generation findet man wieder auf den Weg zurück, von der ein weiblicher Vorfahre auf so schändliche Weise abgewichen ist, ich meine den Weg zu dem Ansehen, das man als weißer Mensch nun mal genießt.« Junge Männer pflegte er zu warnen: »Rechnet man durchschnittlich 22 Jahre pro Generation, benötigen Ihre Nachkommen 286 Jahre, um Ihren schrecklichen Fehltritt wieder auszubügeln, wenn Sie eine Frau schwarzen Blutes heiraten. Die Lehre, die sie daraus ziehen sollten? Wenn die Zeit gekommen ist, zu heiraten, halten Sie sich von den freien Farbigen fern.«

Bei solch unversöhnlichen Ansichten war es verständlich, daß Espivent eine starke Abneigung gegen alle Nichtweißen in seiner Kolonie hatte. Er hatte geschäftlich mit ihnen zu tun, ließ sich seinen Bart von ihnen schneiden, orderte Kuchen in ihren Bäckereien und stellte sie als Aufseher ein, wenn sich keine Männer aus Frankreich für die Arbeit fanden. Wo man sich auch bewegte in St-Domingue, man traf sie überall an, intelligente junge Männer mit heller Haut und strahlendweißen Zähnen,»die nur versuchen, besser zu erscheinen, als sie in Wirklichkeit sind«. Je mehr er von ihnen sah, desto stärker verachtete er sie, denn er war sicher, in ihrem verschlagenen Blick, wie er sich ausdrückte, Zeichen der Rache zu erkennen, die sie eines Tages nehmen würden. Einfach alles an ihnen regte ihn auf:»Mon dieu, ein paar sprechen besser Französisch als unsere eigenen Kinder! Wußten Sie, daß Prémord, diese plappernde Nervensäge drüben im Schneiderladen, die Frechheit besitzt, seine beiden Söhne zum Studium nach Paris zu schicken? Diese Farbigen kaufen Bücher, sie füllen die Theater, sie gehen in unsere Kirchen, sie promenieren mit ihren hübschen Töchtern vor unseren Söhnen und hoffen, sie zu ködern. Sie sind schlimmer als Moskitos, der Fluch unserer Kolonie.«

Manchmal schlenderte er durch die Straßen von Le Cap und verzeichnete jeden farbigen Mann und jede farbige Frau, wobei er leise zu sich selbst sprach:»Der da hat zu drei Vierteln schwarzes Blut und der nur zu einem Achtel. Die hübsche Frau will wohl als Weiße durchgehen, aber der Makel wird immer durchschimmern und sie früher oder später verraten.« Der Anblick einer ausnehmend schönen freien Farbigen bereitete ihm Schmerzen, denn er stellte sich immer sofort vor, wie sie irgendeinen unschuldigen Soldaten, eben erst aus Frankreich eingetroffen, in ihre Falle lockte, ihn zur Heirat überredete, sich dann in die Hauptstadt einschlich und mit ihrem unauslöschlichen schwarzen Blutanteil die Heimat infizierte. Er hatte häufig das Gefühl, die Kolonie und das Mutterland seien dem Untergang geweiht, aber er blieb in St-Domingue, weil er ein kühles, geräumiges Château in der Stadt und auf dem Land eine große Plantage besaß. Mit seinen Ansichten zu Fragen der Rassen und Rassenmischung stand Espivent im Widerspruch zu den meisten seiner Landsleute, und manchmal wurde ihm nachgesagt, schlimmer als die Engländer zu sein, aber er rückte nie auch nur einen Zentimeter von seinen extremen Grundsätzen ab; man konnte sogar sagen, er ergötzte sich an ihnen.

Jérôme Espivent hatte seine Plantage nach dem Singvogel Kolibri benannt und, um das reiche Ackerland zu kultivieren etwa 300 Sklaven eingestellt – »die Besten in der Karibik«, wie er sich vor den anderen Pflanzern brüstete. Er konnte das für sich in Anspruch nehmen, weil er während der Jahre, in denen er das Kommando über ein eigenes Sklavenschiff und die seiner Familie hatte, mit jeder Fracht aus Afrika erst in Cap-Français vor Anker gegangen war, wo er die Neuankömmlinge inspizierte und sich die Kräftigsten und die, die am intelligentesten aussahen, für seine eigene Plantage aussuchte. Die übrigen schickte er an die amerikanischen Kolonien weiter, wo solche hohen Standards nicht eingehalten werden konnten.

Sein bester Sklave jedoch, César, war nicht mit einem seiner Schiffe gekommen, sondern hatte ihn über eine höchst ungewöhnliche Route erreicht. Als die Schwarzen auf der dänischen Insel St. John 1733 rebellierten, wurden die meisten Aufständischen auf brutale Weise hingerichtet; nur einem Anführer der Revolte, einem Sklaven namens Vavak, Césars Vater, war in Begleitung seiner Frau mit einem kleinen Boot die Flucht von der Insel gelungen. Heimlich ruderten sie am Rand der größeren dänischen Insel St. Thomas entlang, wo auf jeden flüchtigen Sklaven der sichere Tod wartete, und schlugen sich bis zur Nordküste von Puerto Rico durch. Sie gingen an Land und hielten sich sieben Tage lang an der Küste versteckt, bevor sie mit demselben kleinen Ruderboot bis zur Ostspitze der großen Insel Hispaniola fuhren. Dort fielen sie in die Hände eines spanischen Plantagenbesitzers, der sie, wie vorherzusehen war, wieder versklavte, aber sie konnten auf die französische Seite fliehen, wo sie erneut auf einer Plantage nördlich von Port-au-Prince, nun zum drittenmal in ihrem Leben und endgültig, in die Sklaverei geworfen wurden.

1780, als Espivent daranging, Kolibri mit Sklaven auszustatten, hörte er von einem Sklaven, der zum Verkauf angeboten wurde – sein Besitzer hatte Bankrott gemacht – und von dem gesagt wurde, er sei »einer der besten Sklaven, die jemals auf unserer Insel gelandet sind, ein kluger, fleißiger Bursche; südlich von hier«. Als er sich auf den Weg machte, fand er einen jungen, verheirateten Mann von 24 Jahren namens Vavak, benannt nach seinem Vater. Espivent benötigte nur wenige Minuten, um zu dem Schluß zu kommen, daß dieser Mann, obwohl vielleicht etwas klein geraten, genau der Rechte war, der ihm als neuer Leitsklave auf seiner Plantage am nördlichen Ende der Kolonie dienen sollte. Nachdem er ihn zu einem Schleuderpreis erworben hatte, hörte er, wie Vavak ihn in einem guten Französisch anflehte, er möge doch auch seine Frau kaufen. »Das wäre nur vernünftig«, sagte sich

564

Espivent. »Ein Mann arbeitet immer besser, wenn eine Frau an seiner Seite ihn führt und für ihn sorgt. « So machten sie sich also zu dritt auf den Heimweg zur Kolibri-Plantage, aber unterwegs sagte Espivent: »Vavak ist doch kein richtiger französischer Name. « Nachdem er einen Moment nachgedacht hatte, schnippte er mit den Fingern und rief: »Vaval! Vorname César, und der Name deiner Frau ist Marie. «

César und Marie bekamen die riesige Plantage, die ihr Zuhause sein würde, zum erstenmal an einem stürmischen Nachmittag im Frühjahr 1780 zu Gesicht, und als sie hinter ihrem neuen Herrn auf seinem beeindruckenden Pferd hertrotteten, hielt dieser plötzlich die Zügel an, befahl auch den beiden stehenzubleiben und zeigte auf die herrliche Landschaft vor ihnen. »Das Haus zur Rechten, der Berg drüben im Westen, das Land, das sich bis hinunter zum Ozean erstreckt, der sich hinter der Erhebung versteckt – alles gehört mir. Und ihr sollt euch um alles kümmern. «

Césars erste Reaktion, als er die Plantage sah, war Freude, weil es ganz so aussah, als ob das Zuckerrohr hier von alleine wüchse, dann Vergnügen, als er feststellte, in welch ordentlichem Zustand sich alles befand, die Straßen ebenmäßig, die kleinen Häuser mit Flachdächern, und Ackerboden, der gut bestellt war. Bevor er sich jedoch dazu äußern konnte, erhob sich Espivent in seinen Steigbügeln und wies auf einen fernen Hügelkamm: »Das ist Château Espivent, mein Heim. Ihr werdet dort auch zu tun haben, wenn die Hecken gepflegt werden müssen. « Damit gab der Plantagenbesitzer seinem Pferd die Sporen und ritt auf die Ansammlung von Hütten zu, in denen seine Sklaven ihr neues Zuhause begründen sollten.

In den folgenden Jahren sah César seinen Besitzer nicht regelmäßig, denn Espivent kam nicht häufig auf seine Plantage, und wenn, dann nur, um die Zuckerrohrfelder zu prüfen, nicht, um seine Sklaven zu besuchen. Wenn er zu Pferde sein wertvolles Land abritt und inspizierte, starrte er majestätisch die Avenuen aus Zuckerrohr hinunter und sah doch nie auch nur einen einzigen seiner 300 Sklaven. Nicht, daß er sie ignorierte, er schaute einfach an ihnen vorbei, so wie er an den Bäumen vorbeisah, die den Rand seiner Felder säumten.

Er war einigermaßen menschlich zu seinen Sklaven, aber er hing auch der Theorie an, daß man den meisten Gewinn machte, wenn man sie wie Tiere behandelte – ein paar Hosen, ein Hemd, eine dürftige Schlafstatt, und an Nahrung nur das Billigste – und sie zu Tode arbeiten ließ, da sie sich ja ohne weiteres durch neue ersetzen ließen, die er

565

von den Schiffen seiner Familie billig kaufen konnte. Solange sie lebten, mißhandelte er sie nicht, und jedesmal wenn er einen seiner Aufseher dabei erwischte, belehrte er ihn:»Behandle deine Sklaven ordentlich, dann leben sie nicht nur länger, sondern arbeiten auch besser – solange sie leben.« Ein Sklave auf Kolibri, der bei seinem Kauf gesund war, überlebte etwa neun Jahre, und da sich sein Erwerb in fünf Jahren amortisierte, stellte er eine gewinnträchtige Investition dar.

César konnte sich unmöglich ein besseres Sklavensystem vorstellen als das, was er tagtäglich erlebte, und so vertrat auch er die Meinung, die häufig auf Kolibri zu hören war:»Unsere Plantage ist die beste. Ich hab' schon andere gesehen, wo man ausgepeitscht wird. Keiner ist so gütig wie Monsieur Espivent.« Als das schicksalhafte Jahr 1789 auf den Hochsommer zuging, erschütterten ungeheure Ereignisse die französische Hauptstadt, doch die Sklaven von St-Domingue erfuhren davon nichts. Aus Angst, die Sehnsucht der Schwarzen nach Freiheit könnte einen Großbrand entfachen, der dann nicht mehr unter Kontrolle zu bringen war, forderte Espivent die »grands blancs« im Rahmen einer Kampagne auf, alle Neuigkeiten aus Frankreich von den Sklaven fernzuhalten.

Wenn die Vavals auch nichts über die revolutionäre Feuersbrunst wußte, die in den turbulenten Zeiten nach der Erstürmung der Bastille über Frankreich hinwegfegte – die freien Farbigen Xavier Prémord und seine Frau Julie wußten sehr wohl Bescheid, denn ihre beiden Söhne schickten lange Briefe aus Frankreich, in denen sie ausführlich über die Veränderungen im Land berichteten.»Es wird nichts mehr so sein wie früher«, sagte Xavier zu seiner Frau, aber die Verbesserungen, die er sich erwünschte, blieben nur oberflächlich im Vergleich zu den grundlegenden Veränderungen, von denen sie träumte.»Alles muß sich ändern«, sagte sie wiederholt, als die Nachrichten von Bauernaufständen in den ländlichen Gebieten Frankreichs, vom Straßenpöbel in Paris und den Vorschlägen zu einer neuen Regierungsform durchsickerten.

Xaviers Kommentar zu dieser physischen und in gewisser Weise auch psychischen Gewalt lautete meist:»Wir freien Farbigen werden das Wahlrecht bekommen, und endlich wird man uns hier in Cap-Français den Respekt zollen, der uns zusteht.« Seine Frau dagegen strebte einen völligen Umbruch des sozialen Gefüges an:»Wir freien Farbigen werden nie mehr die Verachteten sein, auf denen man herumtrampelt.« Und sie war der festen Überzeugung, Espivent in seinem hübschen Château sollte als Herr und Gebieter über das politische und gesellschaftliche Leben der Gemeinde abtreten. Wenn man Xavier reden hörte, gewann man den Eindruck, er stelle sich einen langsamen, aber stetigen Wandel zu neuen Lebensformen vor, aber wenn man den Worten Julies folgte, hörte man die Klänge der Revolution widerhallen.

Obwohl es ihm eigentlich verhaßt war, mußte Espivent, wenn er erlesenes Material aus Indien für einen neuen Umhang wünschte, ihn in Xavier Prémords Laden in der Nähe des Theaters kaufen, aber auch nur wenn er eine neue Jacke und ein paar Hosen mit einem speziellen Zuschnitt wollte, blieb ihm nichts anderes übrig, als zu Prémord zu gehen, denn der hatte nicht nur Vereinbarungen mit Webern in Bordeaux und Nantes getroffen, alle Importe feinster Stoffe und edelster Baumwolle über ihn als den exklusiven Agenten abzuwickeln, er ließ auch die besten Saumnäherinnen und die fähigsten Schneider des Ortes für sich arbeiten. Jeder Franzose in Le Cap, der Wert auf wirklich gute Kleidung legte, mußte mit Prémord in Verbindung treten, der selbst meist modischer gekleidet war als seine Kunden.

Xavier und seine Frau waren das beste Beispiel dafür, warum die »grands blancs« die freien Schwarzen fürchteten. Er war ein hochgewachsener, hübscher Mann von 33 Jahren, nicht unintelligent und besonnen in seiner Geschäftsführung, wohingegen sie genau den Typ einer farbigen Frau repräsentierte, gegen den Espivent so wetterte – schlank, anziehend und von bernsteinfarbener Haut, die sie wie ein goldener Schimmer umschloß. Zu dieser äußerlich sichtbaren, von der Natur gesegneten Schönheit gesellte sich ein scharfer Verstand; Julie Prémord war eine gerissene Geschäftsfrau mit dem Sinn fürs Gewinnmachen, mit dem Frauen der französischen Mittelklasse häufig ausgestattet sind.

Sie half ihrem Mann nicht im Laden aus, aber trug die Verantwortung für die kleine Plantage, die sie von ihrem Vater in Méduc geerbt hatte, einem Dorf gegenüber der Pirateninsel Tortuga. Es war der Boden, von dem aus vor über einem Jahrhundert Ned Pennyfeather und sein Onkel Will auf Wildschweinjagd gegangen waren.

Als Espivent einmal auf dem Weg zur Oper den Prémords in die Arme lief, die gerade den Laden zuschlossen, wandte sich der Doyen der feinen Gesellschaft von Le Cap seinen weißen Freunden zu, die um ihn standen, und sagte: »Dieser dreiste Bursche ist etwa zu 88 Teilen weiß, zu vierzig schwarz; ziemlich anmaßender Typ. Sie? Zu 96 weiß und 32 schwarz, würde ich sagen. Gut, daß sie schon verheiratet ist; die jungen Offiziere, die frisch aus Frankreich kommen, hätten sie sich sonst längst geschnappt. « Aber dann mußte er doch anerkennend hinzufügen: »Sie führt ihre Plantage draußen in Méduc so gut wie jeder Mann. «

Wie alle freien Farbigen, die Land besaßen, waren auch die Prémords für die Kultivierung und Pressung des Zuckerrohrs auf die Hilfe von Sklaven angewiesen, etwa vierzig Stück; aber Julie hatte bereits in den ersten Tagen, nachdem sie die Verwaltung der Plantage übernommen hatte, ein von den anderen Besitzern unterschiedliches Verhalten an den Tag gelegt. Die anderen behandelten ihre Sklaven oft schlimmer als die Weißen die ihren, was sich zum Teil mit ihrer Angst erklären ließ. Denn sie sahen ihre Sklaven als Geschöpfe in einem bodenlosen Abgrund, aus dem sie selbst oder ihre Eltern sich befreit hatten aber in den sie eines Tages auch wieder von den »grands blancs« wie Espivent gestoßen werden konnten. Julie hingegen erkannte in ihren Sklaven menschliche Wesen und versuchte, sie auch als solche zu behandeln.

Die Haltung ihres Mannes in dieser Frage, die ihn anscheinend fortwährend beschäftigte, legte er eines Abends im August deutlich genug dar: »Der Anteil der schwarzen Bevölkerung wächst mit jedem Jahr. Wenn die Sklavenschiffe Ersatz für die bringen, die umgekommen sind, liefern sie gleich hundert neue Afrikaner zusätzlich an. Irgendwann werden sie uns überrollen. Unsere einzige Hoffnung ist, sofort ein festes Bündnis zu schließen – mit den Weißen, damit sie erkennen, daß ihre einzige Chance zu überleben darin besteht, sich mit uns zusammenzutun. «

»Das habe ich auch mal gedacht«, sagte Julie, und die folgenden Worte wählte sie mit Bedacht: »Aber bei den Erfahrungen, die ich auf der Plantage mache, habe ich da so meine Zweifel. Wir haben eine enorme Anzahl von Sklaven in dieser Kolonie. Sie sind uns zahlenmäßig erschreckend überlegen. «

»Das haben wir doch schon immer gewußt. «

»Und ich bin mir sicher, daß sie nicht immer Sklaven bleiben werden. Die Unruhen in Frankreich werden eines Tages auch auf unsere Insel übergreifen. «

»Es sind Analphabeten. Wilde. Sie wissen absolut nichts über Frankreich. «

»Unsere Großväter waren auch Analphabeten, aber sie haben dazugelernt. «

Darauf konnte Xavier nur schwach mit einem der üblichen, ewigen Klischees antworten: »Das war etwas anderes. «

568

»Wenn sich unsere Sklaven anfangen zu erheben, so wie unsere Großväter, Hunderttausende, sollten wir deine vergeblichen Hoffnungen auf Anerkennung durch die Weißen lieber gleich begraben und uns den Sklaven anschließen, denn sie werden die Vorherrschaft erringen.« Er fing an abzuwiegeln, aber Julie kam ihm zuvor: »Wir müssen schnell und überzeugend handeln, damit sie sehen, daß wir es aus eigenem freien Entschluß tun... und daß wir es deswegen machen, weil wir ihnen helfen wollen, ihre Freiheit zu gewinnen.«

»Nicht mehr in unserer Generation, Julie«, schloß ihr Mann. »Wir sind zivilisiert, die nicht.«

Die Prémords zählten zu ihren Freunden zwei Ehepaare, die ebenfalls freie Farbige und Besitzer von Plantagen draußen in Méduc waren, und so entspannen sich des häufigeren Debatten zwischen den sechs über die Fragen, die sie alle bewegten, wobei sich drei für ein Bündnis mit den Weißen aussprachen, Julie dazu riet, sich den Schwarzen anzuschließen, und die beiden übrigen der Meinung waren: »Abwarten und sehen, was kommt.« Einer dieser beiden machte allerdings sein eigenes Argument zunichte, als er hinzufügte: »Ich habe mich umgehört in Le Cap, und ich war auch in Port-au-Prince. Ich habe noch nie erlebt, daß die Spannung so stark war. Vielleicht kommt es soweit, daß die Ereignisse uns die Wahl abnehmen.«

»Aber das widerspricht doch dem, was Sie gerade selbst gesagt haben«, rief Julie aufgebracht. »Sagen Sie uns doch klipp und klar, was sollen wir machen?« Aber der Mann entgegnete gereizt: »Das habe ich doch versucht. Nichts tun. So weitermachen wie bisher. Uns von keiner Seite vereinnahmen lassen. Und wenn sich der Rauch verzogen hat, denn ich bin sicher, es wird gehörig rauchen, dann sind wir in der Position, unsere eigenen Vorstellungen durchzusetzen.« Immer wenn die Diskussion an diesen Punkt angelangt war, sahen sich die Beteiligten schweigend an, denn mit einemmal war ihnen bewußt, daß sie hier über Leben und Tod diskutierten.

Die Prémords waren Spannungen gewohnt, denn die Gesetze in St-Domingue, von Espivent und seinen »grands blancs« diktiert und durchgesetzt, waren von entwürdigender Kleinlichkeit gegenüber allen freien Farbigen. Immer wenn sich Xavier mit anderen seiner Schicht bei zufälligen privaten Treffen im Hinterzimmer seines Ladens unterhielt, äußerten die Männer ihre Wut über die Ungerechtigkeiten, mit denen sie gezwungen waren zu leben: »Die guten Plätze im Theater sind für uns verboten.« Und ein zweiter beklagte sich: »Was mich so erbost: Ich bin der beste Schütze hier in der Kolonie. Habe es bei unzähligen Preisschießen unter Beweis gestellt. Aber beim Militär darf ich nicht dienen. Die Franzosen meinen, sie könnten so einem wie mir nicht trauen . . . hätte nicht die richtige Hautfarbe.«

Worüber Julie sich immer am meisten ärgerte, wenn sie sich an solchen Gesprächen beteiligte, war der erbärmliche Geist, der hinter den Gesetzen steckte, die die weißen Frauen der Kolonie durchgesetzt hatten. »Ich darf nicht einmal sechs farbige Freundinnen zum Essen einladen, es könne ja sein, daß wir heimlich ein Komplott schmieden, und wir dürfen auch keine Familienfeier abhalten, wenn zwei unserer jungen Leute heiraten. ›Freien Farbigen ist es untersagt, an Zusammenkünften teilzunehmen, die in Ausgelassenheit ausarten könnten‹, so lautet das Gesetz; und wenn uns jetzt ein Spitzel dabei erwischen würde, wie wir uns heimlich unterhalten, könnten wir allesamt im Gefängnis landen.«

Julie und Xavier waren daher jedesmal hoch erfreut, wenn bei passender Gelegenheit eine Gruppe angesehener freier Farbiger in Méduc, der Stadt in der Nähe der Plantage der Prémords gegenüber der ehemaligen Pirateninsel Tortuga, ihre Freunde aus dem nördlichen Teil der Kolonie zu einem heimlichen Fest mit Essen, Gesprächen und Tanz einluden. Immer wenn Julie ihrem Mann zuflüsterte: »Xavier, es ist wieder soweit«, dann wußte er, daß die mutige Familie Brugnon die freien Farbigen wieder einmal zu einer – gesetzeswidrigen – Zusammenkunft riefen, und so verabredeten sich Xavier und Julie mit zwei anderen Paaren am Stadtrand von Le Cap und machten sich auf den Weg. Zu Pferde, begleitet von drei Sklaven auf Maultieren, die sich um die Pferde kümmerten und auf das Gepäck achtgaben, ritten sie nach Westen, und die Stimmung war fröhlich, man gönnte sich eine Ruhepause von der Arbeit im Laden und den alltäglichen Pflichten. Julie dagegen wurde zunehmend besorgter, je näher Méduc rückte, und warnte ihren Mann. »Keinen Unsinn bei dem Tanz dieses Jahr.« Und als er ihr versicherte: »Sei beruhigt, ich habe auch keine Lust dazu«, entlockte sie ihm das Versprechen: »Du behältst mich im Auge und ich deine Partnerin.« Er sagte, das wäre wohl am besten, und mit dieser Absicht betraten sie die herrliche kleine Hafenstadt, fanden Quartier bei ihren farbigen Freunden und verbrachten den restlichen Nachmittag in tiefe Gespräche verwickelt – über die Ereignisse in Paris und die Zukunft von St-Domingue.

Ein Fremder von zweifelhafter Glaubwürdigkeit, mit einer graublauen Narbe im Gesicht, erweckte beträchtliches Aufsehen, als er umherging und den Männern zuraunte:»Vincent Ogé, einer von uns und bei den Revolutionären in Paris hoch angesehen, wird sich möglicherweise an Sie wenden und Sie um Ihre Hilfe bitten.«

»Hilfe wobei?« frage Xavier, aber der Mann antwortete ausweichend:»Früher oder später werden Sie sich doch auch dem Kampf um die Freiheit anschließen, oder nicht? So wie wir es in Paris gemacht haben.« Prémord ignorierte die Frage einfach, worauf der Mann mit der Schulter zuckte, sich zu den anderen begab und ihnen dieselbe Frage stellte.

Ein Orchester, bestehend aus sechs Sklaven, spielte leichte Opernmelodien, ging dann aber zu anregender Tanzmusik über, so daß man die Stühle beiseite rückte und das eigentliche Vergnügen anfangen konnte. Es wurde eine recht lebhafte Angelegenheit, dieser Tanz der freien Farbigen, und als die Bewegungen immer ungezügelter wurden, sah sich Julie nach ihrem Mann um, der mit dem Kopf nickte, als er sie sah, das Zeichen, daß er in ihrer Nähe bleiben würde.

In diesen Augenblicken, bevor die Ausgelassenheit der Nacht ihren Anfang nahm, überkamen ihn höchst gemischte Gefühle. Als junger Mann hatte er tollen Spaß an diesen wilden Tänzen seines Volkes gehabt, doch jetzt, als ein Mann im vorgerückten Alter mit einer hübschen Frau und einer Stellung von einiger Wichtigkeit innerhalb der Kolonie, glaubte er, daß die Hemmungslosigkeit, die, soviel wußte er von vielen ähnlichen Gelegenheiten, gleich einsetzen würde, die freien Farbigen nur in Verruf bringen würde und den Weißen nur die Rechtfertigung für die häßlichen Dinge gab, die sie seinem Volk nachsagten. Und so spürte er sowohl die aufsteigende Erregung, ganz wie früher, aber auch Abscheu, wenn er daran dachte, daß der Fremde aus Paris miterleben würde, wie sich die freien Farbigen hier verhielten.

Auf ein Zeichen der Männer hin, die das Tanzfest veranstalteten, fing das Orchester an, schneller und schneller zu spielen, und Männer wie auch Frauen riefen anderen Tänzern zu oder schrien ohne Absicht irgend etwas in den Saal hinein. Plötzlich ertönte ein Schrei, die Musik hörte auf, die Lichter erloschen, die Paare lösten sich, und Männer und Frauen fingen an, im Dunkeln umherzutappen. Es konnte passieren, daß eine besonders anziehende junge Frau, und von denen gab es viele unter den Anwesenden, gleich von drei oder vier Männern betatscht wurde, während ein so gut aussehender Mann wie Prémord sicher sein konnte, daß sich mehrere Frauen um ihn stritten.

Sobald sich die Zufallspaare neu gruppiert hatten, die weniger erfolgreichen Männer und Frauen sich miteinander zufriedengeben mußten, zog man sich zurück, auf die Zimmer im ersten Stock, in kleine versteckte Winkel im Garten, zu den Ställen oder wo immer man einigermaßen ungestört sein konnte, und dann begannen die Liebesspiele, die Lustschreie, es wurden Treueschwüre geleistet bis in die Nacht, wenn die Partner wieder vertauscht wurden und das Spiel erneut begann.

Prémord sprang, wie versprochen, an die Seite seiner Frau, sobald die Musik aussetzte, und hielt sie in sicherer Verwahrung, als das Paaremischen einsetzte. Er drängte sie auf einen Balkon nach draußen, weg von den lebhaften Aktivitäten im Hintergrund, und als sie ihm zuflüsterte: »Danke, Xavier«, tauchte plötzlich auch der Fremde mit der Narbe auf und sagte, mit einem Achselzucken in Richtung des jetzt stillen Tanzbodens: »Kein Wunder, daß sie meinen, wir hätten keine bessere Stellung in der Gesellschaft verdient als die, die wir innehaben.«

»Das wird sich ändern, wenn wir uns erst den Respekt erobert haben, nach dem alle Menschen hier streben«, sagte Xavier.

»Warum sind Sie gekommen?« fragte Julie in ihrer direkten Art, die ihr Mann so gut kannte.

»Ich bin nur zu Besuch.«

»Und was haben Sie da unseren Männern zugeflüstert?«

In dem trüben Licht der einsamen Lampe am anderen Ende des Balkons sah der Gast Xavier mit einem fragenden Blick an, aber letzterer nickte: »Sie ist in alles eingeweiht«, worauf der Fremde zustimmend antwortete: »Das gefällt mir. Meine Frau ist auch so. Ich bin hier, Madame Prémord, um Ihrem Volk mitzuteilen, daß sich Vincent Ogé, ein freier Farbiger und ein Führer von einigem Talent, vielleicht an Sie wenden und Sie um Hilfe bitten wird... bald schon.«

»Was will er damit erreichen?« entgegnete Julie gelassen, und der Fremde antwortete: »Die Freiheit, die uns zusteht.«

»Predigt dieser Ogé etwa die Revolution?« wollte Julie wissen, aber der Mann wiegelte schnell ab: »Nein! Nein! Er weiß nur, was Sie und ich, was wir alle wissen, daß Ihre Gruppe der ›gens de couleur‹ die kleinste in der Kolonie ist. Sie sind nichts, aber Sie müssen die ganze Arbeit machen, um die Kolonie am Leben zu erhalten, und wenn Sie, unter Ogés Führung, Ihre Forderungen in der richtigen Art und Weise vortrügen...«

»Würde man uns umbringen«, ergänzte Julie ruhig, aber zu ihrer Überraschung entgegnete der Mann ebenso ruhig: »Dann wird man

uns eben umbringen, aber wir können nicht länger warten.« Julie fiel
auf, daß er in seinem festen Bekenntnis plötzlich von »wir« gesprochen
hatte, und wollte wissen: »Sind Sie einer von uns?«, worauf er entgegnete: »Vom Tag meiner Geburt an.«
   »Wo sind Sie geboren?« horchte Julie ihn jetzt aus, denn sie fürchtete agents provocateurs, und er antwortete: »Im Süden. In der Hafenstadt Jeremie.« Und sie fragte weiter: »Wem gehört der große Laden
am Marktplatz?« Und er entgegnete, ohne zu überlegen: »Den Los-
siers«, worauf sie erklärte: »Meine Vettern.« Dann fragte sie ihn ganz
direkt nach seinem Namen, aber er weigerte sich, ihn ihr zu nennen,
doch beim Verlassen der Orgie konnte Julie deutlich den mißbilligenden Ausdruck auf seinem Gesicht erkennen, als er sah, wie zwei fast
völlig unbekleidete Männer zwei ebenfalls halbnackten Frauen nach-
stellten.

Als César Vavals Eltern noch lebten, scheuten sie keine Mühe, ihm die
Dinge beizubringen, die er ihrer Meinung nach wissen sollte: »Keine
Form der Sklaverei hat ihr Gutes. Die dänische ist die schlimmste, die
französische vielleicht noch am erträglichsten. Aber man lebt nur für
eines, frei zu sein.« Seine Eltern waren fast beide gleichzeitig verstorben, von dem Besitzer ihrer Plantage zu Tode geschunden, aber vor
ihrem Tod gaben sie ihrem Sohn noch die Weisung mit auf den Weg:
»Schau dir genau an, was der weiße Mann macht. Wo hat er seine
Macht her? Wo versteckt er seine Waffen? Wie verkauft er den Zucker,
den wir herstellen? Und wie du es auch anstellst, lerne, seine Bücher zu
lesen. In den Büchern stehen seine Geheimnisse, und wenn du nicht
hinter seine Geheimnisse kommst, wirst du immer ein Sklave bleiben.«
   Ihre letzten Tage hatten sie damit verbracht, einen gescheiten Sklaven aufzutreiben, der ihrem Sohn das Alphabet beibringen sollte, was
dazu führte, daß César im Laufe der Jahre viele Berichte und Artikel
über das lesen konnte, was sich in Frankreich und in anderen Teilen der
Welt zutrug. So wußte er zum Beispiel, daß sich die amerikanischen
Kolonien ihre Freiheit von Großbritannien erkämpft hatten, das Land,
das ja auch Jamaika besaß, eine Kolonie, die sich von St-Domingue
nicht sonderlich unterschied. Die Meldungen jedoch, die ihn am bren-
nendsten interessierten, über die Aufstände in Frankreich, blieben ihm
weiter vorenthalten, denn Espivent predigte fortwährend in seinem
Club: »Lassen Sie auf keinen Fall zu, daß sich die Sklaven Wissen aneignen. Anscheinend regiert der Wahnsinn in Frankreich, und es wäre

gut, wenn Sie Zeitungen und Zeitschriften auch von den freien Farbigen fernhielten.« Aus Dutzenden von Hinweisen und kleinen Andeutungen konnte César jedoch schließen, daß wichtige Umwälzungen passierten, entweder in Frankreich oder in anderen Gebieten St-Domingues, und er war begierig, mehr darüber zu erfahren.

Mit seinen 33 Jahren war César ein intelligenter, selbstbewußter Schwarzer mit einer unerbittlichen Verachtung für freie Farbige. Da er mit aller Deutlichkeit sah, daß der Feind der Schwarzen letztendlich der weiße Mann war, Jérôme Espivent zum Beispiel, der alle Macht und alles Geld regierte, und da er ferner sah, daß der Konflikt zwischen den »grands blancs« und den »noirs« unausweichlich war, ärgerte ihn der Vormarsch einer formlosen Mittelschicht, die sich genau zwischen die beiden Kontrahenten schob. »Wer sind diese freien Farbigen denn schon?« fragte er die gebildeteren Sklaven, die zu ihm als Führer aufsahen. »Sie sind nicht weiß, sie sind nicht schwarz. Niemand kann ihnen trauen. Und was noch schlimmer ist, sie nehmen uns die guten Stellen weg, die eigentlich uns zustehen müßten, wenn wir brauchbare Arbeit geleistet haben, zum Beispiel Verwalter oder Helfer im Reparaturschuppen. Und das heißt, wir werden unser ganzes Leben Feldarbeiter bleiben.« Wenn er sich bei den Gelegenheiten, an denen er in die Stadt gelassen wurde, die freien Farbigen von Le Cap ansah, wie Xavier Prémord etwa, in der Kleidung eines Weißen und mit seiner hochnäsigen Art, dann schaute er mit Verachtung, wenn nicht offener Feindschaft auf die herab, die er als einen Fremdkörper innerhalb der Gesellschaft empfand, einen Fremdkörper, der den Sklaven jegliche Möglichkeit versperrte, ein besseres Leben zu führen.

Julie Prémord dagegen verwirrte ihn, denn sie war offensichtlich eine äußerst liebenswerte Frau, doch die Tatsache, daß sie eine Plantage mit vielen Sklaven führte, machte sie zu einer Feindin, nur hatten ihm andere Schwarze bestätigt: »Sie ist die Beste von allen. Auf ihrer Plantage herrschen harte Regeln, aber man kriegt genug zu essen und mehr Kleidung.« Als er einmal Pflanzen bei den Espivents ablieferte, womit das Château ausgeschmückt werden sollte, war er ihr plötzlich mitten auf der Straße begegnet, und sie hatte ihm ohne ersichtlichen Grund ein Lächeln geschenkt, eine warmherzige, menschliche Geste, die ihm gefiel, die ihn aber zugleich auch verunsichert hatte. Am Abend, zurück auf Kolibri, sagte er zu seiner Frau: »Es sieht fast so aus, als wäre sie eine von uns, eher schwarz als weiß.« Aber kaum hatte er die Worte geäußert, erkannte er, wie widersinnig sich das anhörte: »Nein. Sie

574

sind weit, sehr weit von uns entfernt, allesamt, und am Ende stellt sich heraus, sie sind noch schlimmer als die Weißen.«

Trotz dieser Gefühle brachten er und seine Familie niemandem Haß entgegen, außer einem grausamen Aufseher, aber sie waren bereit, alle nötigen Schritte einzuleiten, um die Freiheit zu erlangen, von der ihr Vater Vavak immer gesprochen hatte. Das Wort »Revolution«, gleichbedeutend mit Brandschatzen und Morden, war ihnen ein Greuel, doch in den letzten Monaten war eine neue Kraft in ihr Leben getreten, eine Kraft, die den Gedanken an Revolution mitten auf ihre Plantage trug. Sie kam in Gestalt eines entlaufenen Sklaven, der ein hitziges Temperament besaß und den Namen Boukman führte. »Fragt mich nicht, woher ich komme«, lautete sein Spruch. »Fragt mich, wohin ich gehe.«

Boukman war Voodoopriester, ein Mann, der über viel Einsicht und eine gewaltige Redebegabung verfügte, und des Nachts, auf diversen Plantagen, wenn er seine geheimnisvollen Rituale beendet hatte, die die Sklaven an ihren afrikanischen Ursprung erinnerten, predigte er seine unwiderstehlichen Lehren. Er stimmte die uralten Gesänge aus dem afrikanischen Regenwald an, vollzog jahrhundertealte Rituale und gebrauchte Wendungen, die seine Zuhörer fast vergessen hatten, aber er teilte ihnen auch besonders gern die aufregenden Nachrichten mit, die er aufgeschnappt hatte, als er dabei aushalf, französische Frachtschiffe auszuladen, die soeben eingetroffen waren: »Schwere Kämpfe in Paris. Das ist eine Stadt in Frankreich, die größer ist als Le Cap. Menschen wie du und ich haben da jetzt die Macht übernommen. Alles neu, alles ist neu. Bald wird es hier in Le Cap auch zu großen Veränderungen kommen.« Sobald er sich der Aufmerksamkeit seiner mitternächtlichen Zuhörer sicher sein konnte, ließ er den Dialekt fallen und sprach in gutem Französisch weiter: »Wir verlangen Freiheit für alle. Wir verlangen eine wahre Brüderlichkeit zwischen Herr und Sklave. Und wir verlangen Gleichheit. Wißt ihr, was Gleichheit ist?« Er machte eine Pause, dann rief er: »Es bedeutet, ihr seid genausogut wie der weiße Mann, und wir müssen alle gemeinsam daran arbeiten, um es ihnen zu zeigen.«

Er erkannte, daß die meisten Sklaven an den Geheimtreffen teilnahmen, um wieder Umgang mit dem Voodookult zu pflegen; er sah, daß sie sich bereitwillig den Gesängen anschlossen, der Faszination unterlagen, sich in Trance versetzen ließen und ein Gefühl der Befreiung in den Tänzen erlebten, aber am meisten sehnten sie sich danach, wieder in Kontakt mit einer längst vergessen geglaubten Vergangenheit zu kommen. Er selbst verlor jedoch seinen wichtigsten Auftrag niemals aus den Augen, und unter seiner klugen Führung wurde der Voodookult zu einer Art Vorläufer der Revolution, denn er hatte eher als seine Nachfolger erkannt, daß das eine mit Sicherheit zum anderen führen würde.

Gebildete Sklaven wie die Vavals, und von denen gab es mehrere auf fast jeder Plantage, schenkten Boukmans Belehrungen über ihre Vergangenheit kaum Beachtung, aber wenn sie sich mit ihm unterhielten, wie eines Abends César nach einer langen Sitzung auf Kolibri, dann bekamen sie Worte zu hören, die fast dieselben waren, die jener Fremde mit der Narbe im Gesicht auf dem Fest der freien Farbigen gesprochen hatte. »Es kommt der Tag... es kommt die Freiheit... Gerechtigkeit steht kurz bevor... Ich werde euch eine Botschaft zukommen lassen... wir brauchen euch.« Wann in naher Zukunft die Botschaft eintreffen sollte, konnte Boukman nicht sagen, aber César und seine Frau waren überzeugt, daß sie kommen würde, und sie trafen alle Vorbereitungen für diese große Herausforderung. Eine aufgewühlte Stimmung lag in der Luft und machte sich in den Plantagen breit, denn die hitzigen Auseinandersetzungen hatten endlich auch auf St-Domingue übergegriffen.

Im Februar 1791 erging der stille Ruf an die freien Farbigen in allen Gebieten der Kolonien, sich unter der Fahne Vincent Ogés zu sammeln, eines Mannes aus ihrer Mitte, der in Frankreich ausgebildet worden war und verkündete, daß die Zeit gekommen sei, Gleichheit mit den Weißen zu fordern. Xavier und Julie Prémord verließen ihre Plantage und folgten dem Ruf, aber die Organisation war so schlecht, und die Instruktionen waren so unvollständig, daß sie auf ihrem Vorstoß Richtung Süden nie in Kontakt mit den Aufständischen kamen. Vielleicht war das ihr Glück, denn die Sache endete in einem heillosen Durcheinander; Ogé und sein mit der Narbe gezeichneter Adjutant versuchten, sich auf die spanische Seite Hispaniolas zu retten.

In einer Hinsicht war der fehlgeschlagene Aufstand jedoch erfolgreich – er weckte in den freien Farbigen der Kolonie das unstillbare Verlangen, die Freiheit in einem freien Frankreich zu erlangen, und in dieser Stimmung, einem Gemisch aus Patriotismus, Verwirrung und einem tieferen Gefühl der Verpflichtung für ihre Sache, schlichen sich die Prémords wieder zurück nach Cap-Français.

In der Stadt hatte sich nach der gescheiterten Revolte der freien Farbigen der Haß noch verschärft. Espivent stieß wüste Beschimpfungen aus: »Wir müssen diesen berüchtigten Vincent Ogé kriegen und ein Exempel statuieren. Keine Strafe wäre zu hart.« Er machte die Runde durch die Straßen und die Clubs, predigte dort seine Doktrin der Vergeltung und machte sich zum Sammelpunkt aller, denen diese ersten Anzeichen einer Revolution das Fürchten gelehrt hatten. »Können Sie sich vorstellen«, wetterte er, wobei der Februarwind sein graues Haar zerzauste, »was passiert, wenn es nach ihren Vorstellungen geht? Wenn ein Mann farbiger Hautfarbe mit Ihrer Frau und Ihren Töchtern an einem Tisch sitzt? Können Sie sich so einen Poseur wie Prémord vorstellen, wie er in Ihren Club hereinstolziert? Aber die schlimmste Bedrohung: Stellen Sie sich vor, das Blut seiner Rasse wird das edle Blut Frankreichs beschmutzen.«

Er war so erfüllt von seinem Haß auf die freien Farbigen, daß er nach der Auslieferung Ogés und seiner Unterstützer aus Hispaniola Druck auf seine Freunde in der Regierung ausübte, eine Strafe zu verhängen, die allein schon Grund gewesen wäre, eine Rebellion in der ganzen Kolonie zu entfachen. Die beiden Prémords, freie Farbige von Bildung, sicherem Urteilsvermögen und unbestrittenem Patriotismus, verließen ihr Geschäft, um sich am Tag der Bestrafung unbemerkt unter die Menge zu mischen, und auch César Vaval, der einen Karren voller Plantagenprodukte nach Château Espivent lieferte, hielt sich zufällig in der Stadt auf.

Hätten Espivent, Prémord und Vaval – die Hauptdarsteller in der Tragödie, die kurz bevorstand –, drei kluge Menschen und von untadeliger Liebe zu ihrer heimatlichen Kolonie beseelt, die Gelegenheit gehabt, sich zusammenzusetzen und einmal vernünftig miteinander zu reden, wären sie möglicherweise zu einem gegenseitigen Einverständnis gekommen, das es St-Domingue erlaubt hätte, die Umwälzungen friedlich zu überstehen. Wenn es tatsächlich, wie die alten Griechen glaubten, Götter gibt, die den Sterblichen in Zeiten der Krise beistehen, dann waren sie an diesem Tag jedoch nicht wachsam: Die Prémords mischten sich stumm unter die Menge, am äußersten Rand, Vaval blieb mit seinem Karren am gegenüberliegenden Ende, und Espivent stand wie ein wütender Rachegott am Fuß des Galgens, der sich von der Mitte des Platzes erhob, und rief: »Schafft die Gefangenen her!«

Als sie vorgeführt wurden, stockte den Prémords der Atem, denn vorne ging der Fremde, den sie auf dem nächtlichen Fest in Méduc kennengelernt hatten, der »provocateur« mit der bläulichen Narbe, und hinter ihm Vincent Ogé, ein hübscher Mann von etwas hellerer Hautfarbe und aristokratischem Auftreten, was seine weißen Wächter anscheinend in Rage versetzte, denn zwei stießen ihn zu Boden und traten gegen seine saubere Kleidung. Der Fremde blieb aufrecht stehen und ließ seinen Blick in der allgemeinen Verwirrung, die nach Ogés Sturz folgte, über die Menge schweifen und entdeckte auch die Prémords. Ohne anzudeuten, daß sie auch zu den Verschwörern hätten gehören können, machte er ihnen ein deutliches Zeichen: Seht ihr, so weit ist es gekommen.

Die beiden Revolutionäre sollten erhängt werden, weil sie das Gesetz der Weißen in Frage gestellt hatten, das war entschieden, aber sie sollten nicht auf der Stelle gehängt werden, denn zwei Gefängnisaufseher zerrten Ogé jetzt auf ein großes Rad, fesselten ihn an den vier Gliedmaßen, und als der Körper fest gespannt, ausgestreckt dalag, schlug ein Riese mit einer Eisenstange auf ihn ein und brach Arme und Beine jeweils an zwei Stellen. Die Seile wurden noch einmal angezogen, so daß sich die Spannung verstärkte und die Gliedmaßen aus ihrer Verankerung gerissen wurden. Die Schmerzensschreie des Gefolterten tönten über den ganzen Platz, erfüllten die Männer, deren Vorrechte er bedroht hatte, mit Befriedigung, riefen Schrecken in den Gesichtern der freien Farbigen hervor, zu deren Verteidigung er angetreten war, und stifteten Verwirrung bei den Sklaven, die zuschauten. Nachdem die Seile gelockert waren, richteten ihn die beiden Wärter auf, da er sich nicht auf seinen gebrochenen Beinen halten konnte, und schleppten ihn zum Galgen, wo er gehängt wurde. Sobald der Körper nicht mehr zuckte, ließ man ihn zu Boden fallen und hackte ihm den Kopf ab. Sodann wurde der Fremde auf das Rad gespannt, aber als die Folter einsetzte, schrie er trotzig: »Freiheit für alle!«, worauf die Seile fester gezurrt wurden, während der Unmensch mit der Eisenstange bereits wartete.

Das waren die Bilder, die die freien Farbigen wie die Prémords und der Sklave César an jenem Abend mit nach Hause nahmen, und als sie wieder ihren Laden betraten, taten sie einen Schwur: »Nach diesen Schrecken darf es kein Zurück mehr geben«, und als César auf die Plantage zurückkehrte, versammelte er Frau und Kind um sich und sagte: »Es war reine Brutalität zum Vergnügen der Zuschauer. Der Wahnsinn ist ausgebrochen, und wir müssen herausfinden, wie wir ihn für unsere Zwecke nutzen können, wenn die Aufstände losgehen – und das werden sie!«

578

Er behielt recht mit seiner Prophezeiung, denn der schwelende Unmut sollte sich schon bald entladen, aber er kam aus einer völlig unerwarteten Ecke. In dunkler Nacht, am 20. August 1791, schlich sich der umherziehende Voodoopriester Boukman zurück auf die Kolibri-Plantage und hielt vor den Sklaven eine flammende Rede, aus der ein Zorn sprach, wie Vaval und seine Frau ihn noch nie erlebt hatten. Es ließen sich keine religiösen Anklänge mehr heraushören, keine rituellen Beschwörungen, jetzt ertönte allein der rasende Appell zur Revolution, und zum erstenmal hörte César auch, wie Boukman dazu aufrief, alle Weißen zu töten: »Sie haben uns versklavt, und sie müssen verschwinden! Sie haben unsere Kinder verhungern lassen, und dafür müssen sie bestraft werden!« Als César diese Beschuldigung hörte, dachte er bei sich: »Auf unserer Plantage hat es niemandem jemals an Nahrung gefehlt. Der falsche Aufruf am falschen Ort.« Diese simple Feststellung war es, die ihn und seine Familie während der turbulenten Tage, die nun bevorstanden, unbeschadet überstehen ließ: Er haßte die Sklaverei, und Espivent war sein Feind, aber den Tod wünschte er ihm nicht.

Am Morgen des 22. August stellte Boukman seine Predigten ein und warf die erste Fackel in das Pulverfaß. Nachdem er tausend Sklaven um sich gesammelt hatte, dann 10 000, schließlich 50 000, fing er in den äußeren Bezirken von Cap-Français an und bewegte sich wie ein alles erfassendes Großfeuer auf die Stadt zu. Jede Plantage auf dem Weg ging in Flammen auf, jeder weiße Mann wurde umgebracht, ebenso Frauen und Kinder, die man in dem Chaos aufgriff. Die Zerstörung war total, als hätte ein Heuschreckenschwarm sich über ein herbstliches Feld hergemacht. Bäume wurden ausgerissen, Bewässerungskanäle zugeschüttet, Scheunen in Brand gesteckt und die großen Herrenhäuser in Schutt und Asche gelegt – hundert Plantagen bei dem ersten Rachefeldzug vernichtet, dann waren es 200, am Ende fast tausend. Sie sollten keinen Zucker mehr produzieren, keinen Kaffee, nichts. Der Reichtum des Nordens war ausgelöscht und sollte sich nie wieder erholen.

Das eigentlich Erschreckende jedoch war der Verlust an Menschenleben, der ungemeine Haß, den die Schwarzen gegen die Weißen entwickelten. Hunderte Weiße verloren in der Raserei der ersten Tage ihr Leben: Männer, mit Keulen erschlagen, Frauen, in ihren Privatseen ertränkt, Kinder, auf Stangen aufgespießt, die als Banner der Aufständischen vorangetragen wurden. Es gab noch mehr solcher

Grausamkeiten, zu gräßlich, um sie alle aufzuzählen. Eine Schwarze, die sich an den Tötungsorgien nicht beteiligt hatte, sagte, als sie an den Leichenbergen vorbeiging: »Am heutigen Tag wurde auch die Erde gemordet.«

Die Kolibri-Plantage, im Herzen des Feuersturms gelegen, wurde nicht vernichtet, denn César Vaval und seine Familie hielten Wache und wehrten die heranstürmenden Angreifer mit den ruhigen Worten ab: »Hier nicht. Er ist ein guter Boß«, und da César ein Mensch war, der sich Respekt verschafft hatte, schwappte die Welle der Gewalt vorbei und erfaßte die Nachbarplantagen.

In der Zwischenzeit waren alle Weißen, die sich irgendwie durchschlagen konnten, nach Le Cap geströmt, wo Jérôme Espivent die Verteidigung organisierte. Seine erste Handlung verkörperte die Widersprüche, die sich an diesem schrecklichen Tag offenbarten: Da er nicht über genügend weiße Männer zur Verteidigung der Stadt verfügte, sah er sich gezwungen, auch die freien Farbigen um Hilfe zu bitten, und es schien ihm nicht einmal peinlich, Beistand von genau den Menschen zu verlangen, denen er kürzlich noch durch die Hinrichtung ihres Wortführers Vincent Ogé einen grausamen Schrecken hatte einjagen wollen. Als er auf das Geschäft der Prémords zueilte, um die beiden um Hilfe zu bitten, kam ihm in keiner Sekunde der Gedanke, sich für sein früheres Verhalten ihnen gegenüber zu entschuldigen: »Ich übertrage Ihnen einen wichtigen verantwortungsvollen Posten. Wir treten gegen die Sklaven an. Durchbrechen sie unsere Linien, bedeutet das unseren Tod.« Den Prémords blieb keine andere Wahl, als ihm zu gehorchen, denn sie sahen ein, daß die Sicherheit ihrer Stadt von dem Mut und den Führereigenschaften abhing, die er in den auflodernden Kämpfen der kommenden Stunden beweisen sollte, und so bezogen sie Stellungen entlang eines Abschnitts, der den geringsten Schutz bot, aber von dem aus sie die meisten Schwarzen töten konnten.

Im Verlaufe jener ersten Nacht, als die Nachricht von den ausgedehnten Verwüstungen und den schweren Verlusten die Stadt erreichte, tat Espivent kein Auge zu, ging in kerzengerader Haltung die Stellungen ab, sprach den Männern Mut zu und den Frauen Trost, deren Ehemänner draußen auf den Plantagen geblieben waren. »Ich weiß, es ist schmerzlich. Ich habe gute Männer auf Kolibri, und ich habe Grund zur Hoffnung, daß sie mit ihrem Leben davonkommen werden. Ihr Mann auch, da bin ich sicher.«

Über eine Woche wütete der Kampf. Espivent verwehrte den Sklaven den Zutritt zu Le Cap, und César Vaval schützte die Kolibri-Plantage. Als die Vergewaltigungen und die Brandschatzungen langsam nachließen, waren die schwarzen Anführer des Aufstandes César dankbar dafür, daß er die Plantage gehalten hatte, denn sie wurde eine Oase des Friedens in einer zerborstenen Welt. Schwarze fanden dort Nahrung und Wasser und ruhten sich unter den Bäumen aus. Es war eine abwegige Ironie, daß ausgerechnet die Plantage des verhaßten Espivent verschont geblieben war.

Während dieser turbulenten Zeit entwickelte sich César zu einem Mann, von dem seine schwarzen Brüder so viel Gutes sagten, daß sich sein Ruf rasch verbreitete.»Er ist ein Mensch mit Standfestigkeit. Er weiß, was man erreichen kann und was nicht«, hieß es, was dazu führte, daß er an einem Septembertag Besuch von einem hochgewachsenen, imponierenden Schwarzen bekam.»Es war nicht leicht, zu dir vorzudringen«, sagte er.»Aus Frankreich kommen neue Truppen. Sie haben Boukman geschnappt. Sie werden ihn auf die Folter spannen und ihn erhängen.«

»Von welcher Plantage kommst du?« fragte César in der Annahme, der Mann sei ein Sklave, und der Fremde entgegnete:»Breda«, eine unter den Schwarzen angesehene Plantage, fast so schön wie Kolibri. Dann fügte er noch hinzu:»Ich bin der Verwalter. Und aus dem, was ich über dich höre, schließe ich, daß du eigentlich auch Verwalter sein müßtest.«

»Monsieur Espivent will davon nichts hören«, aber der Mann antwortete:»Es wäre besser, wenn er's täte.«

»Aber wie heißt du? Und warum bist du hierhergekommen?«

»Toussaint L'Ouverture. Und ich bin hergekommen, weil ich dich kennenlernen wollte. Um mir ein Bild von dir zu machen.«

Er blieb zwei Tage, während deren er auch mit allen anderen Sklaven zusammentraf, über die er Gutes gehört hatte, und am Ende seines Besuches sagte er zu César:»Du wirst von mir hören. Noch nicht sehr bald. Im Augenblick herrscht zuviel Verwirrung. Aber halte dich bereit. Und vergiß meinen Namen nicht. Toussaint. Und wenn ich dich rufe, dann komm.«

Terror, Mord und Verrat breitete sich bis in die letzten Winkel von St-Domingue aus. Am 15. Mai 1791 verabschiedete die Regierung in Paris ein längst überfälliges Gesetz, das den freien Farbigen von St-Domingue die politischen Rechte zugestand, die sie sich immer gewünscht hatten, doch war das Edikt so streng an Besitzstand und andere Auflagen geknüpft, daß auf ganz St-Domingue überhaupt nur 140 freie Farbige in Frage kamen. Schon das allein rief einen Schrei der Empörung hervor, und als das Rumpfdokument in Le Cap eintraf, startete Jérôme Espivent – die tapfere Rolle der freien Farbigen bei der Verteidigung der Stadt einfach ignorierend – eine gewaltige Kampagne gegen das Gesetz und brüllte in einer Versammlung nach der anderen: »Denen mit ihrem unreinen Blut die Regierungsgeschäfte dieser Kolonie zu überlassen hieße, die Bedeutung des Wortes Frankreich zerstören!« Und er wirkte so überzeugend, daß er den Rat der Stadt dazu bewegen konnte, selbst den 140 die Rechte abzusprechen, die ihnen laut Gesetz eigentlich zustanden.

Dies war ein deutliches Zeichen, daß sich die freien Farbigen keine Hoffnung auf Gerechtigkeit zu machen brauchten, weder jetzt noch in Zukunft, und niemanden traf diese Enttäuschung schmerzlicher als die Prémords, die sich so geächtet und gedemütigt fühlen, daß Julie verzweifelt schrie: »Wir müssen das mit Espivent austragen . . . auf der Stelle!« Sie zwang ihren zurückhaltenden Mann, mit ihr zum Château zu gehen, wo man ihnen zunächst den Eintritt verwehrte. Dann vernahm der Besitzer den Krach an der Tür und kam aus seinem Arbeitszimmer hervor: »Was geht hier vor?« Aber als er die Prémords erblickte, brummte er: »Was wollen Sie denn hier?«

»Gerechtigkeit«, fuhr Julie ihn an, doch Espivent, ganz der »grand blanc« und Angehöriger des niederen Adels, übersah sie und machte damit deutlich, daß er wichtige Angelegenheiten nicht mit Frauen besprach. Zu Xavier gewandt, sagte er: »Kommen Sie herein.« Aber als sie im Haus waren, ließ er das hübsche Paar einfach stehen und bot ihnen – gegen alle Gesetze der Höflichkeit – keinen Stuhl an. »Und jetzt sagen Sie mir doch«, ließ er widerwillig vernehmen, »was ist los? Weswegen sind Sie hier eingedrungen?«

»Wegen Ihrer Weigerung, die Gesetze Frankreichs auch hier wirken zu lassen«, stieß Julie mit solcher Kraft hervor, daß Espivent ihr diesmal seine Aufmerksamkeit schenken mußte. Aber seine Antwort hatte etwas schrecklich Endgültiges: »Frankreich ist Frankreich, und wenn es verrückt spielt, wird sich diese Kolonie bei der Annahme der Gesetze eben Zeit lassen.«

»Und Sie haben also entschieden, unsere Knechtschaft für immer fortzuschreiben?« fragte Julie. Und Espivent erwiderte: »Sie nehmen sich größere Freiheiten heraus, als Sie verdienen« und schob sie zur Tür hinaus.

Julie wollte das nicht so einfach hinnehmen: »Monsieur Espivent, in den schlimmen Tagen, als es so aussah, als würden die Sklaven ganz Le Cap niederbrennen, da verlangten Sie Hilfe von uns freien Farbigen – um Ihr Château zu retten, Ihre Clubs und Ihr Theater. Sie erinnern sich doch sicher noch, daß Sie Xavier und mir die Verantwortung über wichtige Stellungen übertrugen?« Er antwortete gelassen, sich aufrecht haltend, in seinen blauen Hausmantel gehüllt: »In Zeiten der Krise sammelt ein weiser General alle Truppen, die unter seinem Kommando stehen.« Julie verlor die Beherrschung: »Wir stehen nicht ewig unter Ihrem Kommando«, schrie sie ihn an. Aber als er die Tür hinter ihnen schloß, sagte er: »Ich glaube, schon.«

So also blieb die Bevölkerung von St-Domingue trotz der sich ausbreitenden Revolution, die das französische Festland, die Kolonien, ja, die ganze französische Kultur zu zerstören drohte, in drei strikt voneinander getrennte Gruppen geteilt. Man vermag sich kaum vorzustellen, in welch erbärmlichen Zustand die Kolonie durch ihre ständigen Auseinandersetzungen geriet, aber es gibt den Bericht eins amerikanischen Händlers aus Charleston in Süd-Carolina, der zu Papier brachte, was er sah, nachdem er sein Schiff in Port-au-Prince verließ und über Land zog, um in Cap-Français wieder auf seine Mannschaft zu stoßen:

»Ich kam pro Tag an acht ausgebrannten Plantagen vorbei, insgesamt an über hundert, und ich war nur ein einzelner, der sich auf einer bestimmten Straße bewegte. Ich sah die Leichen von Weißen, auf dem Boden hingestreckt, von Pfählen durchbohrt. Ich sah unzählige Leichen von Weißen und Schwarzen an Bäumen baumeln, und ich hörte von ganzen weißen Familien, die während der Aufstände ausgerottet worden sind. Am Rande der Siedlungen, in denen Weiße in der Lage gewesen waren, sich zu verteidigen, sah ich Scharen von Sklaven, die mit Stöcken und Hacken auf Geschütze losgingen, und als ich meine Wanderung beendet hatte und mich wieder auf mein Schiff begab, konnte ich mich über die letzte Abscheulichkeit nicht einmal mehr aufregen, aber ich frage mich, ob es bei diesem gewaltigen Ausbruch von Terror und Mord wohl einen Sklaven gibt, der nur seinen Herrn umgebracht hat und es dabei bewenden ließ, oder einen Weißen, dem es genügt hat, seinen Sklaven zu erschießen, ohne nicht auch seine Leiche zu schänden. Möge Gott uns vor solchen Schrecken bewahren.«

Er schloß mit einem Kommentar, der die Einschätzung eines erfahrenen Handeltreibenden in diesen Gewässern widerspiegelt: »Vor Jahren, als unsere Kolonien noch Teil Englands waren, hatte ich Arbeit als

583

Deckjunge auf einem kleinen Schiff aus Boston, und unser Kapitän warnte uns: ›Behandelt diese Kolonie mit Respekt, denn sie schickt jedes Jahr mehr Gewinne nach Frankreich als unsere über dreizehn Kolonien zusammengenommen nach England.‹ Nach der Zerstörungswut, die ich beobachtet habe, wird dieser Satz wohl nie mehr zutreffen.«

In diesem chaotischen Zustand taumelte St-Domingue dahin, einst die Perle der Karibik, von allen anderen Inseln der Karibik beneidet. Doch sollten weitere Entscheidungen des revolutionären Frankreich helfen, die Gemeinschaft wiederaufzubauen. Strenge Befehle ergingen: »Begrenzte Gleichheit ist unverzüglich all den 140 freien Farbigen zu gewähren, denen sie bereits früher zugesagt wurde.« Und als die Meldung auch Xavier Prémord in seinem Laden ausgehändigt wurde, fiel er seiner Frau um den Hals: »Heute fängt die Welt noch einmal an.« Aber sie blieb mißtrauisch: »Ja, für uns, und was ist mit den anderen?« Und in seinem Club raunte Jérôme Espivent seinen Kumpanen ärgerlich zu: »Die Revolution hat nun doch den Atlantik überquert. Das ist das Ende allen Anstands.«

Das war aber nur der Anfang der umwälzenden Veränderungen, denn kurz darauf kam die erstaunliche Nachricht: »Allen freien Farbigen ist Gleichheit vor dem Gesetz zu gewähren, im Militärdienst und in der Gesellschaft.« Und dann: »Freiheit für alle Sklaven, die in der französischen Armee gedient haben, ebenso ihren Frauen und Kindern.«

Offene Wut schlug dem letzten Dekret entgegen, und die stammte nicht allein von einem erbosten Espivent und seinen »grands blancs«, sondern auch von Xavier Prémord und seinen freien Farbigen, und es ließ sich kaum sagen, welcher Fraktion die neue Regelung stärker verhaßt war. Prémord jedenfalls erkannte in ihr den ersten beängstigenden Schritt in eine Richtung, die letzten Endes sein gesamtes Leben verändern würde, denn waren die Sklaven erst einmal frei, waren die freien Farbigen überflüssig, und bei seiner Weigerung, dieses Gesetz anzuerkennen, bediente er sich fast derselben Worte wie Espivent: »Der Damm ist gebrochen.« Seine Frau klang hoffnungsvoller: »Wir können nun mal nicht ändern, was passiert ist, und wir müssen bereit sein, uns dem anzupassen, was als nächstes auf uns zukommt.« Und dann teilte sie ihrem Mann mit, daß sie auf ihrer Plantage die notwendigen Schritte einleiten würde, um sich der neuen Situation anzupassen, der Entlassung aller Sklaven in die Freiheit, wenn sie denn kommen sollte.

Und sie kam tatsächlich – mit überraschender Plötzlichkeit, als am

14. Juni 1794 ein Postschiff aus Frankreich mit den neuesten Instruktionen der revolutionären Regierung anlegte: »Allen Sklaven in St-Domingue ist vollständige Freiheit zu gewähren.« Endlich schien es, als würde diese herrliche Insel, voll menschlicher Hoffnung, wieder zu einem normalen Leben zurückfinden, wobei die drei Gruppen nun zusammen für das allgemeine Wohl und die Produktivität der Insel arbeiten würden. Optimisten kalkulierten, daß sich die Plantagen in zwei Jahren wieder so weit erholt haben würden, daß sie soviel Zucker wie vorher produzierten, aber Julie, die ihre Sklaven besser verstand als andere, versicherte anderen Plantagenbesitzern: »Wir werden sogar noch besser dastehen, denn wenn erst die Sklaven frei sind, arbeiten sie härter als vorher...«

Trotz dieser einmaligen Chance erklärten Espivent und seine mächtigen Freunde dieser Verfügung den Krieg und drohten, alle Plantagenbesitzer, die ihr Folge leisten würden, zu erschießen. Er wußte, sollten die Schwarzen erneut rebellieren, wenn man ihnen das verweigerte, was ihnen nun von Gesetzes wegen zustand, brauchte er eine vereinigte Bürgerschaft, und so betrat er in voller militärischer Aufmachung Prémords Geschäft und fragte die Besitzer: »Könnten wir uns mal in der Küche unterhalten?« Und als sie um den rohen, aber stabilen, von Julie selbst gezimmerten Tisch saßen, sagte er überzeugt: »Offensichtlich ist es jetzt soweit. Wir müssen zusammenarbeiten, denn sobald die Schwarzen ihre Freiheit haben, werden sie sich gegen uns beide wenden.« Xavier nickte zustimmend, Julie aber verwahrte sich heftig dagegen: »Nein! Das ist nicht wahr! Die Schwarzen sollen ihre Freiheit kriegen, und wir freien Farbigen sollten mit ihnen zusammengehen, denn Sie« – sie zeigte auf Espivent und bohrte dabei ihren Finger fast in sein Gesicht – »werden uns nie anerkennen, selbst wenn wir Ihnen diesmal zum Sieg verhelfen.«

»Madame«, entgegnete Espivent, ohne seine Stimme zu heben, »hätten Sie diese Worte draußen auf der Straße geäußert, hätte man Sie erschossen. Wir sind im Krieg, einem Krieg auf Leben und Tod, und Sie müssen sich auf unsere Seite stellen – oder wir werden beide von einem schwarzen Hurrikan hinweggefegt.« Und so unterstellten sich die freien Farbigen von Cap-Français noch einmal der Führung der »grands blancs« zur Verteidigung der Stadt.

Was trieb sie dazu, sich dieser erneuten Demütigung und dem offensichtlichen Betrug auszusetzen? Xavier Prémord hatte es von Anfang an gewußt: »Wir haben keine andere Wahl. Wir sind gefangen zwischen den unnachgiebigen Weißen und den rachsüchtigen Schwarzen, aber da die Weißen über die Waffen und die Schiffe verfügen, müssen wir uns mit ihnen verbünden und darauf hoffen, daß sie sich früher oder später uns gegenüber als hochherzig erweisen.« Julie vertrat natürlich eine andere Meinung: »Die Schwarzen sind so zahlreich, sie sind allen Waffen und Schiffen überlegen. Wir müssen uns mit ihnen verbünden« – aber als Frau hatte ihre Stimme bei solchen Diskussionen kein Gewicht.

Als sich die Umrisse des gewaltigen Bürgerkrieges abzuzeichnen begannen, der den Reichtum von St-Domingue nachhaltig zerstören sollte, sagte César Vaval, unumstrittener Anführer der Schwarzen auf der Kolibri-Plantage, zu seiner Frau: »Wir liegen nicht im Streit mit Espivent, und er liegt nicht im Streit mit uns. Halt dich zurück, und unternimm nichts, was nur neue Aufregung verursacht wie die von Boukman ausgelöste.« Und beiden gelang es, die anderen Sklaven dazu zu überreden, sich von den zunehmenden Provokationen fernzuhalten.

Eines Abends jedoch tauchte der schwarze Anführer von der Breda-Plantage wieder auf. Mit seinem zwingenden Blick und der hoch aufragenden Gestalt stand er bedrohlich im Türrahmen und sagte zu Vaval: »Ich habe gesagt, ich würde eines Tages zurückkehren, um dich zu holen. Hier bin ich also.« Toussaints Erscheinung war so gebieterisch, seine Hingabe an die Idee einer schwarzen Revolte wirkte so überzeugend, daß Vaval nur ein Wort zu sagen brauchte: »Krieg?«

»Ja.«

»Wieder gegen Le Cap?« Die Frage erfolgte so direkt und so schnell, daß Toussaint ihr auswich, aber César drängte: »Also nicht gegen Cap? Marschieren wir südlich, auf Port-au-Prince zu?«, worauf der schwarze Anführer herausplatzte: »Nein! Die Spanier haben uns ungeheure Versprechungen gemacht, wenn wir auf ihrer Seite kämpfen... gegen die Franzosen.«

Vaval war wie vor den Kopf gestoßen. Er hatte immer geahnt, daß sich der Kampf der Sklaven für ihre Freiheit zu einer langwierigen Auseinandersetzung mit den widerstrebenden weißen Franzosen entwikkeln würde, wie sein eigener Herr, Jérôme Espivent, einer war. Urplötzlich vor die Wahl gestellt, sich einer fremden Armee anzuschließen, um gegen ein Land zu kämpfen, das er als sein eigenes betrachtete, mußte er aber als Verrat ansehen und war weiterer Erwägungen nicht wert, und so antwortete er: »Ich hätte kein gutes Gefühl dabei.« Doch

586

Toussaint streckte seine Hand aus und packte ihn am Hals. »Vertraust du mir oder nicht?« Vaval schaute ihn von unten an und antwortete nach einigem Zögern: »Gut, ich vertraue dir.«

»Dann komm.«

Mitte 1793 führte der große schwarze Anführer Vaval und sechs weitere seiner Offiziere über die Berggrenze zu den Heerlagern der Spanier, die sich auf einen Großangriff auf St-Domingue vorbereiteten. Es war eine kühne Entscheidung, eigentlich eine schreckliche Entscheidung, doch nachdem Toussaint unzählige Male beobachtet hatte, daß sklavenfreundliche Gesetze in Paris zwar beschlossen, in den Kolonien aber nicht beachtet wurden, sah er keine andere Möglichkeit, als sich den Spaniern anzuschließen, die Franzosen zu vertreiben und mit den neuen Siegern die besten Bedingungen auszuhandeln.

Seine Strategie hatte Erfolg, jedenfalls zu Anfang der Auseinandersetzungen, denn die durch seine Leute verstärkte spanische Armee stürmte über die Grenze und nahm in Windeseile das bergige französische Drittel der Kolonie ein. Mit der aufsteigenden Freude des angehenden Siegers rief Toussaint seinen schwarzen Truppen zu: »Bald haben wir die ganze Kolonie erobert!« Vaval dagegen war vorsichtiger und fragte ihn, als sie unter sich waren: »Was dann? Die Spanier sind uns nicht besser gesinnt als die Franzosen.« Doch Toussaint, voller Zuversicht, da er sich wieder auf bekanntem Terrain bewegte, sagte: »Lieber Freund, du mußt mir vertrauen. Ich will dasselbe wie du, aber das Geheimnis liegt darin, nichts als endgültig zu betrachten. Man braucht sich nur umzuschauen, und gewöhnlich entdeckt man dann, welcher Schritt als nächstes zu tun ist.« Doch César, der mehr und mehr das Gewissen des Generals geworden war, warnte: »Ich wäre da nicht so selbstsicher.«

Kaum hatte er die warnenden Worte gesprochen, als Meldegänger von der Küste erschreckende Nachrichten brachten: »Toussaint! Die Briten haben allen den Krieg erklärt – den Franzosen, den Spaniern, sogar uns. Sie wittern ihre Chance, sich die ganze Kolonie anzueignen. Ihre Kriegsschiffe haben alle Häfen in der Karibik besetzt.«

»Le Cap auch?«

»Nein. Das wird immer noch von den Franzosen gehalten.«

Als die Nachricht auch von anderen Kurieren bestätigt wurde, kamen die schwarzen Generale an einem Nachmittag in ihrem Lager auf der Spitze des mittleren der drei Berge zusammen – die verbündeten Spanier hielten den Osthügel besetzt, und in weiter Entfernung, auf dem

587

Westhügel, hockten die Franzosen und warteten. Als die Männer zu Toussaint stießen, war ihnen klar, daß ihre Zusammenkunft von entscheidender Bedeutung war, aber keiner, nicht einmal Vaval, hätte erraten, was zur Debatte stand.

Toussaint begann, indem er einen ungefähren Plan von St-Domingue in den Sand zeichnete. »Wenn die Spanier mit unserer Hilfe dieses östliche Drittel der Kolonie halten und die Briten mit ihren Schiffen das westliche Drittel, dann bleibt den Franzosen nur noch die Kontrolle über diesen schmalen Streifen in der Mitte.« Die Generale versuchten, sich das riesige Gebiet unter fremder Herrschaft vorzustellen. »Aber es gibt einen entscheidenden Unterschied«, fuhr Toussaint fort. »Der Teil, den die Franzosen besitzen, ist bergig; es ist der Teil, der am leichtesten zu verteidigen ist. Wir haben es den Spaniern und Engländern bislang zu einfach gemacht. Die eigentliche Schlacht steht noch aus.«

Drei Tage ging der schwarze Anführer, ein ungestümer, aber äußerst disziplinierter Mensch von überragendem Mut und großer Vorstellungskraft, mit sich zu Rate. Seine Familie war erst vor zwei Generationen aus Afrika hierhergekommen, wo seine Vorfahren ebenfalls führende Stellungen eingenommen hatten; schwarzen Brüdern wie Vaval, dessen Eltern auch in Afrika gelebt hatten, brachte er daher großen Respekt entgegen. Bei der dritten einsamen Nachtwache bat er Vaval um seine Begleitung, und gemeinsam erklommen sie eine kleine Anhöhe, von der aus sie den kleineren, von den spanischen Soldaten besetzten Berg überschauen konnten. »Weißt du noch, was du mir damals gesagt hast, Vaval? ›Die Spanier sind uns nicht besser gesinnt als die Franzosen?‹ Das hat an mir genagt. Aber was würdest du an meiner Stelle tun?« Die beiden Männer verbrachten mehrere Stunden damit, sich ein Bild von dem zu machen, was die Zukunft bringen würde, obwohl sie kaum in der Lage waren, die Entwicklungen der nächsten Tage abzusehen. »Laß uns die Sache überschlafen und morgen weiterreden«, beendete Toussaint abrupt das Gespräch und marschierte ins Bett. Um halb vier Uhr morgens weckte ein Adjutant Vaval mit dem knappen Befehl: »In General Toussaints Zelt, sofort!« Und als er und die anderen Generale sich zur Stelle meldeten, eröffnete ihnen der schwarze Anführer seinen kühnen Plan. »Mit dem heutigen Morgen . . . jetzt . . . werden wir uns den Franzosen anschließen. Ihnen helfen, die Spanier im Osten und die Engländer im Westen zurückzuschlagen.«

»Warum?« wollte ein grauer alter Raufbold wissen, und Toussaint drehte sich rasch zu ihm um und sagte ihm ins Gesicht: »Ich will's dir sagen, alter Freund. Ob nun Spanien oder England unsere Kolonie einnimmt, für uns heißt es in beiden Fällen zurück zur Sklaverei. Aber wenn wir Frankreich zum Sieg verhelfen, haben wir eine gute Chance. Jedenfalls ist es das Land, das seinem eigenen Volk die Freiheit gegeben hat!«

Doch der alte Haudegen hatte noch einen Einwand: »Mag ja sein, daß sie ein schönes Gesetz in Paris verabschiedet haben, das uns die Freiheit verspricht, aber das muß bei der Überquerung des Ozeans verlorengegangen sein. Als es in St-Domingue ankam, gab es kein Gesetz mehr und keine Freiheit.« Toussaint trat einen Schritt vorwärts und klopfte ihm auf die Schulter: »Stimmt, alter Fuchs, aber diesmal haben wir das Sagen, und wir werden dafür sorgen, daß das Freiheit bedeutet... Freiheit für alle.«

Bevor die schlafenden Spanier auf dem anderen Berg ahnten, was vor sich ging, marschierten Toussaint, Vaval und die gesamte schwarze Armee los, um sich mit den Franzosen zu verbünden, und als Vaval seinem General zuraunte: »Ich habe keine ruhige Nacht verbracht, seitdem ich die spanische Uniform trug«, gestand Toussaint: »Ich auch nicht... ich bin Franzose.«

Jetzt konnte Toussaint beweisen, daß er ein ebenso fähiger Anführer wie Stratege war, denn nach einer widerwillig entgegengenommenen Beförderung in das französische Oberkommando wagte er eine Serie brillant gelenkter Vorstöße, zunächst Richtung Osten gegen die Spanier, dann nach Westen, ein kühner Schritt, der die Engländer völlig aus der Fassung brachte. Bei diesen Aktionen bewies er ein ungewöhnliches taktisches Geschick, nicht nur in der Durchführung einzelner spektakulärer Stoßtruppunternehmen gegen ein isoliertes Kampfziel, sondern auch in weit angelegten Operationen, die die gesamte feindliche Front mehrere wertvolle Kilometer landeinwärts zurückdrängten. Als ernst zu nehmender General hatte er sich bereits erwiesen, aber mit verläßlichen Offizieren, die bereitwillig seine Befehle ausführten, war er zudem ein gefährlicher Feind geworden.

Mit einer Serie leichter Einsätze Richtung Osten hatte er die Spanier schnell vernichtend geschlagen, jetzt brauchte er sich nur noch mit den Briten auseinanderzusetzen, die eine große Anzahl Truppen nach St-Domingue eingeschleust hatten – in der Hoffnung, so die geschwächte Kolonie ihrem Reich einzuverleiben. Ihre Erfolge blieben

589

vereinzelt, mal drängten sie vor und fügten den Franzosen eine Schlappe bei, mal zogen sie sich vor Toussaints wild entschlossener Sklavenarmee zurück. 1797 starteten sie einen letzten Angriff und errangen eine Reihe aufsehenerregender Siege. Toussaint jedoch bewies erstaunliche Selbstdisziplin, ließ den Feind sich bei den unbedeutenderen Angriffszielen austoben, während er ihn gleichzeitig von den wichtigeren fernhielt, bis man in der englischen Offiziersmesse nur noch von »diesem verfluchten Hannibal« sprach, wenn die Rede auf die schwarzen Gegner kam. Es war als Lob gemeint, wenn auch widerwillig, denn Toussaint verstand es, wie sein Gegenstück aus Karthago, sich die Berge für seine strategischen Pläne geschickt zunutze zu machen.

Durch seinen anhaltenden unnachgiebigen Druck über längere Zeit – ohne jegliche Hilfe der Franzosen – zwang Toussaint die britischen Truppen schließlich, sich bis zu Küste zurückzuziehen, von wo aus sie vier Jahre zuvor ihren Feldzug begonnen hatten. Gegen Ende des Sommers 1798 hatte er alle wichtigen Hafenstädte zurückerobert und die Engländer im äußersten nordwestlichen Zipfel der Insel festgenagelt.

Dort unterbreitete ihnen der englische Kommandeur, ein Schotte aus adliger Familie, mit kühner Geste eines jener Angebote, die andere dazu gebracht hatten, britische Gentlemen zu belächeln, aber gleichzeitig doch auch bewundern. Als er erkannte, daß die schwarzen Generale ihm in jeder Hinsicht überlegen waren, versammelte er seinen Stab in dem einzigen ihnen verbliebenen Hafen und sagte: »Diese sturen Nigger haben sich ritterlich geschlagen. Bereiten wir ihnen einen triumphalen Empfang. Sie haben ihn sich verdient.« Seine Soldaten schmückten die Stadt, bauten einen Triumphbogen, bedeckten ihn über und über mit Blumen, verpflichteten noch Musiker des Ortes, um die Militärkapelle zu erweitern, und trommelten alle Köche zusammen, um ein Festmahl vorzubereiten.

Am vereinbarten Tag standen die englischen Offiziere früh auf, legten ihre saubersten Regimentsuniformen an, dazu alle Tressen und Medaillen, und marschierten hinter der Kapelle bis zum Stadtrand, wo sie die beiden in prächtiger Aufmachung angetretenen schwarzen Generale begrüßten. Als ihnen die Sieger entgegentraten, mußten die Engländer schmunzeln, denn der hochgewachsene Toussaint schritt so weit aus, daß der etwas untersetzte Vaval, einen Kopf kleiner, jedesmal zwei Schritte machen mußte, um mithalten zu können. Gefolgt von dem Schotten, bildeten sie die erste Reihe der Parade und betraten die Stadt unter dem stürmischen Jubel der schwarzen und dem zaghaften

Applaus der Weißen. In der Kirche wurde Toussaint ein silbernes Kreuz überreicht, das er voll Stolz in den Bankettsaal trug, wo er mit vornehmer Würde Platz nahm, während der schottische Offizier, sein tapferer Gegner, die Worte sprach: »Zu Anfang hatten wir Engländer alle Vorteile auf unserer Seite – beherrschten alle Ihre Häfen, hielten die meisten sogar besetzt und drängten Sie und Ihre Truppen landeinwärts. Der Sieg war unser.«

Die englischen Offiziere klatschten Applaus, und der Redner fuhr fort: »Aber wir hatten diese beiden hier übersehen – General Toussaint, dessen Kräfte wir einfach nicht fesseln konnten, sosehr wir es auch versuchten, und jenen kleinen zähen Burschen hier, Vaval, den wir nie zwischen die Finger bekamen, aber der immer wieder gegen uns ausholte.«

An dieser Stelle wandten sich die englischen Offiziere den schwarzen Generalen zu und applaudierten mit lautstarken Rufen wie »Hört! Hört!« Dann fragte der Schotte: »Mal ehrlich. Wie haben Sie das geschafft?«, worauf die beiden schwarzen Generale schweigend sitzen blieben, denn Tränen traten in ihre Augen.

Toussaint L'Ouverture und Vaval blieben so lange am Kai stehen, bis auch der letzte der englischen Soldaten an Bord gegangen war, und als die sieben Schiffe aus dem Hafen ausliefen, sagte Toussaint, fast ein wenig wehmütig: »Vaval, unsere eigenen französischen Anführer haben uns nie auch nur mit halb soviel Respekt behandelt wie unser Feind da draußen. Es hätte alles anders verlaufen können.«

Und nach einer kurzen Pause fuhr er fort: »Jetzt werden wir das Land übernehmen.«

»Meinst du etwa uns? Die Sklaven?«

»Wir können das Land genauso gut regieren wie die Franzosen.«

»Warum das Risiko eingehen, gegen einen Löwen wie Napoleon anzutreten?«

Toussaint, ein Sklave, der keinerlei Bildung genossen hatte, der keinen Zugang zu Büchern hatte oder sich der Freundschaft gelehrter Männer rühmen konnte, verstummte, denn es versetzte ihn selbst in Erstaunen, was er da vorgeschlagen hatte – sich mit dem herausragendsten Militärgenie seiner Zeit anzulegen.

»Die Zeit ist nicht fern, alter Freund, da werden wir auch gegen die Franzosen antreten müssen.«

»Moment!« flehte César, wobei seine Stimme sich zu einem ungewohnt hohen Tonfall aufschwang. »Du kannst doch nicht immer so

591

weitermachen. Erst stellen wir uns auf die Seite der Franzosen, dann laufen wir zu den Spaniern über, dann zurück zu den Franzosen – und nun wieder gegen sie. Du machst dich lächerlich.«

»Zu taktieren, um seine Freiheit zu erlangen, ist noch nie lächerlich gewesen. Außerdem bleibt uns keine andere Wahl.«

»Warum nicht?«

»Weil es Napoleon niemals zulassen wird, daß wir in dieser Kolonie die Macht ausüben. Früher oder später wird er seine Truppen gegen uns einsetzen.« Seine Schultern nach vorne drückend wie ein Boxer, der sich auf einen Angriff einstellt, meinte er grimmig: »Und jetzt werden wir uns rüsten, was immer Napoleon auch gegen uns einsetzen wird. Und ich kann dir sagen, wir werden ihm einen Schock versetzen.« Damit machten sich die beiden schwarzen Generale daran, ihre Truppen auf die kommenden Schlachten vorzubereiten, die zu vermeiden jetzt unmöglich geworden war.

Während seines Marsches durch halb Europa entspannte sich Napoleon häufig bei der Lektüre der Berichte, die ihm aus seinen Kolonien zugesandt wurden, und was die Karibik im Ganzen betraf, war er nicht unzufrieden: »Guadeloupe ist wieder in unserer Hand, die Sklavenaufstände unter Kontrolle. Unser Martinique bleibt in britischer Hand, aber wir haben dafür als Vergeltung drei ihrer reichsten Inseln. Aber was geht in diesem verfluchten St-Domingue vor. Was haben diese Sklaven im Sinn? Werden die schwarzen Truppen von englischen Offizieren angeführt? Wahrscheinlich ist es irgendeiner von außen.« Immer wenn er diesen Verdacht äußerte, schloß er mit dem Vorsatz: »Wir müssen diesen Sklaven eine Lektion erteilen, wer heutzutage in Frankreich die Macht hat.«

Ein Adjutant, der kürzlich aus St-Domingue nach Europa zurückgekehrt und nach Österreich gereist war, um sich dort mit Napoleon zu treffen, berichtete: »Dieser Bursche Toussaint L'Ouverture ist eine Art einheimisches Militärgenie. Euch ist sicher bekannt, daß er sich wieder auf unsere Seite geschlagen hat, nachdem er lange gegen uns gekämpft hat . . . zusammen mit den Spaniern.«

Sofort unterbrach ihn Napoleon: »Er ist doch zu den Spaniern desertiert, oder?«

»Mit einem tüchtigen Mann an der Seite, General Vaval.«

»Hört sich nach einem französischen Namen an.«

»Schwarz wie die Nacht, aber ein stattlicher kleiner Kämpfer. War

Toussaint dabei behilflich, die Engländer aus St-Domingue zu vertreiben, restlos, und jetzt munkelt man unter den Sklaven, daß sie uns auch rauswerfen werden.«

»Niemals!« knurrte Napoleon, um dann plötzlich sehr vergnügt zu werden: »Es wird Zeit, ihnen wieder Disziplin beizubringen. Zurück auf die Zuckerplantagen mit ihnen ... allesamt.«

Kaum hatte er diese Entscheidung kundgetan, nahmen seine Adjutanten an, es sei ihm plötzlich eine Taktik in den Sinn gekommen, wie Toussaint und Vaval mit einem Überaschungsangriff zu Fall gebracht werden könnten, doch dem war nicht so. Was ihm offensichtliches Vergnügen bereitete, war die Aussicht, endlich einen Weg gefunden zu haben, seine widerspenstige jüngere Schwester Pauline aus Paris wegzulocken. Die letzten fünf Jahre hatte sie ihn pausenlos mit ihren persönlichen Problemen belästigt. Erst 21 Jahre alt, hatte sie bereits ein halbes Dutzend stürmischer und skandalträchtiger Liebesaffären überstanden und schien gewillt, ihre Liste jedesmal zu erweitern, wenn sie einen seiner gutaussehenden Obersten oder verheirateten Generale kennenlernte.

Es war erst wenige Monate her, da hatte er geglaubt, endlich eine Lösung für das Problem gefunden zu haben: Er hatte sie mit einem tüchtigen jungen Offizier aus guter Familie verheiratet, einem Mann von mittlerer Größe, aufrechter Haltung, schneidig und mit schlagfertigem Witz. Napoleon hatte ihrer Hochzeit beigewohnt und dann die rasche Beförderung des Bräutigams veranlaßt. Jetzt ordnete er an: »Wir werden Leclerc die Leitung des St-Domingue-Feldzugs überantworten. Sollte er sich dort die Sporen verdienen, ernennen wir ihn anschließend zum Grafen oder etwas dergleichen. Das wird Pauline gefallen – und wir müssen sie aus Paris rauskriegen.«

Ein Feldzug von gewaltigen Ausmaßen wurde gestartet, an dem mindestens neun Häfen beteiligt waren, von Honfleur im Norden bis Cádiz im Süden, für den 32 000 kriegserfahrene Soldaten ausgehoben wurden und der mit einer Ausrüstung ausgestattet wurde, die für einen jahrelangen Aufenthalt in den Tropen ausreichte. Als Napoleon den Abschlußbericht las, der alles auflistete, was nach St-Domingue verschickt wurde – die Munition, die Ersatzuniformen, die medizinische Ausstattung, die kleinen schnellen Schiffe, die als Kuriere zwischen den unzähligen größeren hin und her pendeln sollten –, bemerkte er: »Der junge Leclerc ist vielleicht kein Marschall Soult oder Ney, aber ihm stehen ältere, verdiente Persönlichkeiten zur Seite, die ihm den richtigen Weg weisen werden.« Es war eine gigantische Expedition; als die Abteilungen aus den verschiedenen Häfen ausliefen, konnte man daher Napoleons Behauptung verstehen:»Wir haben an alles gedacht« – denn nicht einmal er konnte voraussehen, was für einem Feind seine Truppen gegenüberstehen würden.«

Am Abend des 1. Februar 1802 stand César Vaval, mittlerweile 46 Jahre alt, an einem Wellenbrecher in Cap-Français und schaute voll Ehrfurcht auf die elf großen französichen Schiffe, die in der Reede Anker warfen, während kleinere Boote zwischen ihnen hin und her huschten und Meldungen übermittelten. General Toussaint stand schweigend neben ihm und versuchte, die Zahl der ausgebildeten französischen Soldaten zu schätzen, die sich auf den Schiffen befinden mußten. Schließlich sagte er, ohne jede Regung zu offenbaren:»Vielleicht 12 000.« Dann plötzlich aus seiner Lethargie aufwachend, zog der verschlagene General den sprachlosen Vaval in die Stadt, wo er ihm seinen erstaunlichen Plan eröffnete.

»Heute abend sieht die Lage gefährlich aus. Aber wir werden die lauernde Meute da draußen vertreiben, bis nach Paris... wenn du genau das tust, was ich dir sage.«

»Ich werd's versuchen.«

»Nicht versuchen. Du mußt es tun. Morgen, Übermorgen, wehr sie so lange wie möglich ab. Laß sie auf keinen Fall landen. Sag ihnen, wir hätten eine Seuche... laß dir was einfallen, daß sie ja zwei Tage an Bord ihrer Schiffe bleiben.«

»Was hast du vor?«

»Unsere Truppen aus den Bergen hierher verlegen. Du sorgst derweil dafür, daß alle Weißen und freien Farbigen, die sich noch in der Stadt aufhalten, aus ihr vertrieben werden... raus mit ihnen!« Dann fing Toussaint zu Vavals Überraschung an, wie ein aufgescheuchtes Reh durch die menschenleeren Straßen zu laufen und zu rufen:»In dieser Ecke Holzscheite aufschichten! Und hier trockene Zweige! Holt das Heu aus den Scheunen her! Wir werden ein Feuer legen, das man bis Frankreich sehen kann!« Er zeigte Vaval die Häuser, die zuerst angezündet werden sollten, um einen gewaltigen Brand zu garantieren, und sagte dabei in unerbittlichem Tonfall:»Ich weiß nicht, welcher General da draußen auf uns wartet, aber schaut er mal rüber, dann will ich, daß er einen kleinen Vorgeschmack von dem Feuer bekommt, das ihn hier erwartet, wenn er auch nur einen Fuß an Land setzt.«

Toussaints Vermutung, die Franzosen würden ein paar Tage brauchen, um dahinterzukommen, daß Vaval sie zum Narren hielt, erwies sich als zutreffend, zwei Tage Wartezeit, die er dazu nutzte, die Befehle auszuführen. Es gelang ihm, die Weißen und freien Farbigen zu vertreiben, jedenfalls die meisten, und an den Straßenecken leichtbrennbares Material aufzuschichten, doch in bezug auf zwei der wichtigsten Anweisungen, die Toussaint ihm gegeben hatte, waren ihm Männer zuvorgekommen, die ebenso tapfer und entschlossen waren wie er. Das zweistöckige Château Espivent ließ sich nicht einnehmen, eine Gruppe »grands blancs« hatte sich dort unter der Führung seines Besitzers verschanzt. Sie widerstanden allen Attacken. Auch die Schar bis zum äußersten entschlossener freier Farbiger konnte er nicht überwältigen, sie war auf die Aufforderung von Xavier Prémord in das große Theater geflohen und schoß mit tödlicher Zielsicherheit auf die Schwarzen.

Am zweiten Abend, als das Rattern des Geschützfeuers auf der Flotte widerhallte, erteilte Leclerc seinen Befehl: »Wir landen bei Tagesanbruch. Alle Verbände in kleinen Booten stürmen die Küste.« Eine Stunde vor Sonnenaufgang wurde er jedoch von Pauline geweckt: »Charles! Die Stadt brennt!« Leclerc begab sich sofort mit seinen Generalen an Deck und sah die wilden Feuerzungen, die sich über der Stadt erhoben, die seine Residenz hatte werden sollen.

Es war ein gräßlicher Tag, Häuser und öffentliche Gebäude brannten bis auf die Grundmauern nieder. Der größte Teil der einstmals schönen Stadt wurde dem Erdboden gleichgemacht, nur die beiden Zentren, die von Espivent und den freien Farbigen standhaft verteidigt wurden, ragten trotzig aus der verlöschenden Glut hervor. Im Schutz der Mauern des Châteaus hatten die »grands blancs« vernichtende Salven auf jeden Schwarzen abgefeuert, der sich anschickte, den Ort zu stürmen, und trotzdem wäre in einem kritischen Augenblick die Verteidigung beinahe zusammengebrochen, wenn nicht General Vaval persönlich – so wie er einst auch die Kolibri-Plantage verteidigt hatte – mit dem knappen Kommando zur Hilfe gekommen wäre: »Zurückziehen! Der Besitzer hat uns gut behandelt.« So wurde das Château gerettet.

Auch das hübsche Theater blieb unversehrt, denn Prémord und seine freien Farbigen hielten so entschlossen ihren Dauerbeschuß aufrecht, daß die Aufständischen zurückweichen mußten, da ihre Fackeln in den Fäusten gegen die Geschütze nichts auszurichten vermochten.

General Leclerc, der von seinem weit entfernten Beobachtungsstand nicht erkennen konnte, ob überhaupt irgend etwas von der Stadt übriggeblieben war, wollte trotzdem den Schein der Tapferkeit wahren. Mit geröteten Augen, von dem Rauch, der über die Flotte hinwegzog, rief er: »Männer! Macht euch bereit, die Küste zu stürmen! Ich übernehme die Führung!«, worauf die Soldaten in die Beiboote sprangen. Doch bevor Leclerc von Bord ging, faßte Pauline ihn am Arm und flüsterte ihm zu: »Wenn du Anführer sein willst, dann ist dein erstes Auftreten entscheidend.« Sie ließ ihm seine eleganteste Uniform bringen, die Schärpe und den mit einer Kokarde versehenen Hut, so daß die beiden, Pauline an seiner Seite, sie ebenfalls in ihrem schönsten Kleid, als sie mutig an Land schritten, tatsächlich wie zwei Abgesandte des großen Napoleon aussahen, gekommen, um das Kommando über eine bedeutende Stadt zu übernehmen. Ihre stattliche Aufmachung und ihr unerschrockenes Auftreten flößten den weißen Überlebenden von Le Cap erneut den Mut ein, der ihnen schon fast abhanden gekommen war.

Als das hübsche Paar durch die verlassenen Straßen der verwüsteten Stadt zog, verließ ein Bewohner sein Château, das Aussicht aufs Meer gewährte, schwenkte die französische Flagge und rief: »Soldaten Frankreichs! Kommt an Land und rettet uns!« Es war Jérôme Espivent, der den Leclercs Erstaunliches zu berichten wußte: »Der schwarze General, der die Stadt niedergebrannt hat – von meinem Haus hat er seine Männer ferngehalten. Früher gehörte er zu meinen Sklaven. Er hat Respekt vor mir, weil ich ihm gegenüber Milde walten ließ.«

»Ein gutes Zeichen«, sagte Pauline gnädig, worauf Espivent mit einer schwungvollen Gebärde seinen blauen Umhang nach hinten warf, eine Verbeugung machte und ihr einen Handkuß gab: »Mein Haus gehört Euch.« Und – zu dem General gewandt–: »Meine Stadt, wenn auch in Schutt und Asche, ist Eure. Ich bin sicher, Ihr werdet sie wiederaufbauen.« Und so nahm Leclerc das Château in Besitz und warf sich in die Geschäfte der Kolonie, die zu unterwerfen und regieren er geschickt worden war. Während Pauline im Erdgeschoß blieb und den vier Haussklaven Anweisungen gab, wie die Möbel umzustellen wären, zog sich ihr Mann in ein Zimmer im ersten Stockwerk zurück, wo er, abgeschirmt von seinen Begleitern, das Siegel eines Geheimbriefes brach, den Napoleon ihm acht Wochen zuvor in Paris überreicht hatte.

Das Schreiben muß als ein historisches Dokument gewertet werden, ganz im Geiste Machiavellis verfaßt, und eine Kostbarkeit für all die

Wissenschaftler, die die verwickelten Gedankengänge Napoleons zu ergründen gedenken. Warum es der große Korse zuließ, daß eine Abschrift überdauerte, bleibt ein Geheimnis, aber sie liegt uns vor und offenbart die Unsterblichkeit und Doppelzüngigkeit dieses Menschen.

Napoleon gab Leclerc bis in die letzte Kleinigkeit hinein genaueste Instruktionen, nicht wissend, daß sich seine Befehle in vieler Hinsicht mit denen deckten, die König Philip von Spanien Medina-Sidona aufgebürdet hatte, seinem vom Pech verfolgten General und Admiral der Armada. Wäre Napoleon die Ähnlichkeit bewußt gewesen und hätte er gewußt, welch erbärmliche Ergebnisse König Philip damit erzielt hatte, er hätte seinem Schwager und seiner Schwester sicher mehr Handlungsspielraum für eigene Entscheidungen gelassen.

Die Rückeroberung von St-Domingue sei relativ einfach, so schrieb Napoleon, wenn man sich nur an folgenden strengen Zeitplan hielte: fünfzehn Tage, um alle Häfen zu besetzen; vielleicht einen weiteren Monat, um gegen Sklavenheere vorzugehen, die möglicherweise aus vielen verschiedenen Richtungen anrückten; ein halbes Jahr, auf keinen Fall mehr, um versprengte Einheiten aufzuspüren, die sicher Zuflucht in den Bergen suchen würden. Danach sollten der Sieg verkündet und die Truppen zurück in ihre Heimat geschickt werden.

Die Taktik war erstklassig, auch wenn die angesetzten Zeitabschnitte eher für den Übergriff auf ein dichtbesiedeltes europäisches Fürstentum erdacht schienen. Die zusätzlichen Orders jedoch zeugten von zynischer Korruptheit. Leclerc wurde angehalten, sich während der drei Phasen der Belagerung jeweils unterschiedlich zu verhalten:

»Sobald der Sieg errungen ist, entwaffnen Sie nur die aufständischen Schwarzen; mit Toussaint treten sie in Verhandlungen, versprechen ihm alles, worum er bittet, bis sie Kontrolle über alle wesentlichen Stellungen haben. Während dieses Zeitabschnitts sollen Toussaints Hauptakteure, ob weiß oder farbig, unterschiedslos alle mit Ehrungen und Auszeichnungen überhäuft, und es soll ihnen versichert werden, daß sie unter der neuen Regierung wieder ihre angestammten Posten erhalten. Jeder Schwarze, der ein Amt ausübt, soll sich geschmeichelt fühlen, gut behandelt werden und ihm jedes Versprechen gemacht werden, das Sie für gerechtfertigt halten.«

Nach Ablauf der ersten fünfzehn Tage, mit Beginn der zweiten Phase, sollte die Schraube angezogen und so starker militärischer Druck auf Toussaint ausgeübt werden, bis er irgandwann einsehen mußte, daß er sich bei der Fortsetzung seines Kampfes nicht mehr auf die isolierten Einheiten in den Bergen verlassen konnte:

»An dem Tag soll Toussaint, ohne Gewaltanwendung oder einen Skandal heraufzubeschwören, an Bord einer Fregatte gebracht und umgehend nach Frankreich ausgeliefert werden. Am selben Tag werden in der ganzen Kolonie alle Verdächtigen verhaftet, egal, welcher Hautfarbe, ebenso alle schwarzen Generale, ohne Rücksicht auf ihren Patriotismus oder ihren möglichen Dienst für Frankreich in der Vergangenheit.

Dulden Sie keine Abweichungen von diesen Instruktionen; und jeder, der sich für die Rechte der Schwarzen ausspricht, die soviel weißes Blut vergossen haben, soll, unter welchem Vorwand auch immer, nach Frankreich geschickt werden, ungeachtet seines Ranges oder seiner Verdienste.«

Die berüchtigte vierte Anweisung dann war so schamlos, daß sie nicht in Worte gefaßt werden durfte – Napoleon wollte nicht, daß jemand die reizbaren Worte »Rückkehr zur Sklaverei« las –, doch bei dem letzten Zusammentreffen der beiden Männer in Paris hatte er verlauten lassen: »Sklaverei ist zwar ein Wort, das niemals ausgesprochen werden darf. Aber auch ein System, das wiedereingeführt werden soll, sobald es die Umstände erlauben.«

Geleitet von diesen doppelzüngigen Anweisungen, verließ Leclerc sein Zimmer und ging nach unten, um ein erstes Mal mit den führenden Persönlichkeiten der Kolonie zusammenzutreffen. Wie in früheren Zeiten fand er eine Gruppe ausschließlich Weißer vor, und er versicherte ihnen, daß er mit Hilfe der Truppen aus der Heimat und der Unterstützung von ihrer Seite die Ordnung in der aufständischen Kolonie sofort wiederherstellen werde. Während des bescheidenen Abendessens sprach Jérôme Espivent den Trinkspruch aus: »Auf unsere Erretter aus Frankreich.« Danach erteilte er den Franzosen aus dem Mutterland den ernst gemeinten Rat: »Haltet Euch von den freien Farbigen fern. Sie beschmutzen Euch bloß. Und vertraut niemals den schwarzen Truppen. Sie sind unbeständig wie der Wind. Die Männer und Frauen, die sich in diesem Raum befinden, sind die einzigen, denen Ihr uneingeschränktes Vertrauen entgegenbringen könnt. Wir sind bereit, für Frankreich zu sterben, wenn nur diesem entwürdigenden Rebellentum und der Zerstörung unseres Besitzes ein Ende gemacht werden könnte.« Es waren keine hohlen Worte für ihn; bei jeder neuen Erschütterung seit der schrecklichen Erhebung von 1791 war Espivent gewillt gewesen, sein Leben für die Verteidigung der Prinzipien, mit denen er groß geworden war, zu opfern, und jetzt, in seinem sechzigsten Jahr, galt das nicht minder.

Nun nahm die historische Schlacht um St-Domingue ihren Anfang. In den Küstenregionen des Nordens kontrollierten General Leclerc und die gewaltige französische Armee alle wichtigen Stellungen und entwarfen Pläne, begeistert unterstützt von den »blancs«, angeführt von Jérôme Espivent, wie der Sklavenaufstand zu unterwerfen und Toussaint und sein Hauptadjutant Vaval gefangenzunehmen wären. Um das zu erreichen, sollten die französischen Truppen die rebellischen Sklaven in kleine Enklaven im Zentrum und den südlichen Gebieten der Kolonie abdrängen und den Ring um sie immer dichter schließen, bis die »noirs« keine Waffen mehr geliefert bekämen, keine Vorräte und auch keine Neuzugänge mehr aufnehmen konnten und Toussaint und Vaval nichts anderes übrigblieb, als sich zu ergeben.

Leclerc löste die Aufgabe meisterhaft, offenbarte ein Talent für militärisches Taktieren, das seine Untergebenen überraschte. Er beging nicht einen einzigen Fehler und hatte Toussaints Männer genau innerhalb des von Napoleon streng vorgeschriebenen Zeitplans aus den nördlichen Regionen vertrieben und sie auf so kleinem Raum in den Bergen eingegrenzt, daß er voller Zuversicht an Napoleon nach Paris schreiben konnte: »Wir haben die Sklaven vollständig demoralisiert und erwarten jeden Augenblick die Kapitulation durch ihre Generale.«

Toussaint und Vaval weigerten sich jedoch, eine Kapitulation auch nur in Erwägung zu ziehen. »Vertrauter Freund«, sagte der mächtige schwarze General, »mit jedem Schritt zurück werden wir stärker... nach innen rücken wir enger zusammen... nach außen steigt unsere Kampfkraft.« Doch eines Abends, nachdem Leclerc seine Männer tagsüber zehn Kilometer tiefer in die Bergunterschlüpfe geführt hatte, fragte Vaval, erschöpft an einem Baum lehnend: »Wird diese Leclerc denn nie aufgeben?« Und Toussaint entgegnete: »Doch, er wird aufgeben. Die Zeit, die Berge und Ereignisse, die wir jetzt noch nicht absehen können, werden ihn zwingen, sich wieder an Bord seines Schiffs zu begeben und zurück nach Frankreich zu segeln.«

In der Zwischenzeit hatte sich Jérôme Espivent mit ganz anderen

599

Dingen rumzuschlagen. Er bewohnte weiterhin sein Château, das auch als Hauptquartier der napoleonischen Armee diente, aber war bestürzt über gewisse Anstößigkeiten, die sich dort zutrugen. Es fiel ihm auf, daß ein französischer Offizier nach dem anderen sein Heim aufsuchte, um mit Madame Leclerc ein Glas Wein oder Tee zu trinken, immer wenn ihr Mann mit seinen Truppen ausgerückt war; und als die Gäste einer nach dem anderen auch noch in ihre Gemächer in den zweiten Stock gebeten wurden, stellte sich bei ihm der Verdacht ein, daß General Leclerc wohl größere Schwierigkeiten haben würde, mit dieser hübschen jungen Frau fertig zu werden als mit den schwarzen Generalen. Doch rief er sich stets in Gedächtnis, daß sie ja Napoleons Schwester war, und so behielt er seinen Groll für sich. »Man darf nicht vergessen«, sagte er sich, »sie ist Italienerin, vielleicht hängt es damit zusammen.« Denn er mochte nicht glauben, daß eine Französin als Frau eines kommandierenden Generals solchen Umgang mit seinen Offizieren pflegte.

Als er Pauline einmal dabei beobachtete, wie sie mit einem verheirateten Oberst schäkerte, verlor er die Beherrschung und fragte einen Leutnant: »Gibt die sich denn nie zufrieden?«, worauf der junge Mann mit einem anzüglichen Grinsen antwortete: »Hoffentlich nicht zu bald.« Espivent war der Ansicht, als Mitglied einer der französischen Adelsfamilien müßte er diese Angelegenheit unbedingt mit General Leclerc persönlich besprechen, doch als er sah, wie der kämpferische kleine Kerl, erschöpft von der Verfolgungsjagd auf Toussaint, in sein Haus getaumelt kam, besaß er nicht die Unverschämtheit, ihn mit Paulines Verhalten zu belästigen: »Was der Junge jetzt braucht, ist Schlaf, keine Belehrungen.« Und als die beiden beim Abendessen zusammensaßen – Pauline strolchte wie üblich mit irgend jemandem in den Ruinen der Stadt herum –, erkundigte er sich nur nach Toussaint.

»Wir haben ihm einen gehörigen Schrecken versetzt« war alles, was er aus Leclerc herausbekam, »ich erkenne es an den Schritten, die er einleitet.«

»Was läßt Euch so sicher sein?«

»Ich habe es jetzt dreimal erlebt. Er hatte freie Bahn Richtung Süden. Hätte uns beim Abzug sogar noch schweren Schaden zufügen können. Aber er akzeptiert den Fluchtweg nicht, den wir ihm offengehalten haben... und wissen Sie, warum?«

»Mein Verstand arbeitet nicht so wie der eines ›noir‹.«

Leclerc legte seine Serviette beiseite: »Er ist kein ›noir‹, Espivent.

600

Verflucht, er ist ein richtiger General. Und wenn ich nicht drei Armeen mehr im Feld stehen hätte als er, würde ich ihn nie kriegen.«

Im März und April des Jahres 1802 schrieb Toussaint Militärgeschichte, als er sich mit einer geschickten Hinhaltetaktik zurückzog und Leclerc damit tiefer und tiefer in die Berge lockte, was ihn die anhaltende Bewunderung nicht nur seiner französischen Gegner, sondern auch der Kapitäne der amerikanischen Segler eintrug, die mit Schießpulver und Kugelmunition aus den Arsenalen in der Umgebung von Boston in Cap-Français anlegten. »Haben sie den Nigger immer noch nicht geschnappt? Nein? Nehmt euch in acht. Ihr sitzt oben in den Bergen in seiner Falle, während er sich ranschleicht und eure Stadt ein zweites Mal niederbrennt.« Ein Kapitän brachte eine Zeitung aus Charlestown mit, in der ein Artikel über die schlimmen Auswirkungen von Toussaints Heldentaten auf die Sklaven in Süd-Carolina erschienen war. »Napoleon muß diesen Mann für immer unschädlich machen« war dort zu lesen, »denn es darf nicht zugelassen werden, daß sein Beispiel ansteckend auf unsere fügsamen Sklaven wirkt.«

Trotz der brillanten und mutigen Kriegführung der schwarzen Generale erwies sich Leclerc als zäher, hartnäckiger Bursche, der sich verbissen an die Fersen seines Feindes hängte, bis Toussaint einsehen mußte, daß sich seine Taktik auf Dauer nicht fortsetzen ließ. Ende April, in einer finsteren Nacht, bat er den einen Mann, dem er vertrauen konnte, zu einem Spaziergang in der Dunkelheit.

»Lieber Kampfgefährte, ich kann diese Schlacht nicht weiterführer.«

»Toussaint!« rief César. »Wir haben sie in die Flucht getrieben.«

»Was für ein Unsinn, und das aus dem Mund eines alten Freundes.«

»Ich meine es ernst.«

»Leclerc hat niemals aufgegeben. Ja, er ist uns schon wieder auf der Spur, in diesem Augenblick, irgenwo da draußen.«

»Ich rede nicht von den Truppen, die er im Feld hat. Ich meine seine Männer, die bereits in ihren Gräbern liegen.« Dann erzählte er Toussaint, was ihm seine Agenten berichtet hatten. »Du erinnerst dich an diese starke Kampftruppe, die schon am Rhein gedient hat... die uns anfangs soviel Sorge bereitet hat? Warum hören und sehen wir wohl nichts mehr von ihr? Eine Schwarze, die bei ihnen im Laza-

601

rett arbeitet, hat es uns erklärt. Vor drei Monaten rückten sie mit 1300 Mann aus.«

»Und wie viele sind es jetzt?«

»Nur noch 600, und von denen sind 400 im Lazarett. Bleiben 200 Kampftaugliche.«

»Aber sie landen dauernd Ersatztruppen«, warf Toussaint ein, und Vaval entgegnete: »Stimmt, aber die kommen aus Nordeuropa.«

»Was hat das zu bedeuten?«

»Sie sind nicht an die Tropen gewöhnt. Du wirst sehen, wieviel nach zwei Wochen noch in der Lage sind, es mit uns aufzunehmen.«

Toussaint, der fühlte, daß sein Leben und Wirken sich dem Ende zuneigte, mochte selbst die zwei Wochen nicht mehr abwarten, die Vavals Verdacht bestätigt hätten. Am nächsten Tag weckte er César noch vor Sonnenaufgang: »Lieber Freund, es gibt kein Entrinnen. Du mußt mit mir kommen«, und gemeinsam, unter der weißen Flagge, gingen sie auf die französischen Linien zu, um Bedingungen auszuhandeln, unter denen sich Toussaint, Vaval und alle anderen schwarzen Einheiten in der näheren Umgebung in Ehren ergeben konnten. Die französischen Offiziere boten den schwarzen Anführern im Namen Leclercs, der außer sich vor Freude war, als er die Nachricht erfuhr, genau die Bedingungen an, die Napoleon vorher bestimmt hatte. Nach den Verhandlungen reichten sich Leclerc und Toussaint wie zwei ehrenvolle Generale die Hand. »Frankreich gewährt Ihren schwarzen Truppen die Freiheit. Nie wieder Sklaverei. Sie und Ihre Offiziere, auch Vaval an Ihrer Seite, werden in die kaiserliche Armee Napoleons aufgenommen – ohne Einbuße Ihres Ranges. Und sollten Sie es vorziehen, im Ruhestand auf Ihrer alten Plantage zu leben, dann können Sie das tun. Frankreich wird Ihnen auf Lebenszeit eine Ehrengarde aus vier Männern Ihres Stabes gewähren.«

Das bewies mehr Großzügigkeit, als die schwarzen Revolutionäre zu erhoffen gewagt hatten, und Vaval erkannte darin eine Anerkennung der Unbescholtenheit eines Toussaint, der im Zuge der Kampfhandlungen kaum Zivilisten getötet und sich mit aller Entschiedenheit immer nur an ein verbindliches Prinzip gehalten hatte: »Den Sklaven die Freiheit.« In der gesamten Weltgeschichte war er seit dem Aufstand des Spartakus gegen die Römer der erste Sklavengeneral, zudem ein Schwarzer, der sein Ziel erreicht hatte.

Am 6. Mai 1802, genau drei Monate nach der Ankunft General Leclercs, gönnte man den in Le Cap stationierten französischen Armeeinheiten um acht Uhr ein spätes und reiches Frühstück, befahl ihnen um zehn Uhr, die große Dienstkleidung anzulegen, und ließ sie eine Stunde später zum Appell antreten, um den Generalen Toussaint L'Ouverture und César Vaval bei der Übergabe ihrer Degen an die souveräne Macht des Ersten Konsul Napoleon Bonaparte und seines begabten Schwiegersohns Charles Leclerc den gebührenden Empfang zu bereiten. Pauline, die die Zeremonie von einem thronartigen Gebilde in der Mitte des Marktplatzes verfolgte, dachte bei sich: »Was für ein hübscher Mann, dieser Toussaint. Sechzig soll er sein? Er hält sich wie ein junger Hengst.«

Am 5. Juni 1802, nach vier Wochen der Muße auf seiner Plantage, wurde Toussaint zu einem festlichen Essen in das benachbarte Hauptquartier eines örtlichen französischen Kommandanten geladen, eines gewissen Generals Brunet. Er freute sich dermaßen auf den zu erwartenden angenehmen Nachmittag und lockere Gespräche über militärische Erfahrungen, daß er seinen Freund, General Vaval, bat, ihm Gesellschaft zu leisten. »Eine Flasche Rotwein, und schon geraten diese Franzosen ins Plaudern. Das gefällt mir.« Doch als sie sich der Plantage näherten, wo Brunet sie erwartete, überfiel Vaval plötzlich eine beklemmende Vorahnung. Sein Pferd anhaltend, befahl er dem Begleittrupp vorauszumarschieren und sagte, von panischem Schrecken erfaßt: »Toussaint! Der Tod lauert, wenn du das Haus betrittst. Um Gottes willen, kehr um. Geh nicht rein, um Gottes willen!«

»Was ist denn los, alter Freund?«

»Angst! Ich zittere vor Angst«, entgegnete er und streckte seine Hände aus.

»Dummkopf! Pack die Zügel, und auf geht's zu unserem kleinen Fest.«

»Ich kann nicht! Der Engel des Todes schwebt über diesem Haus«, rief er, und damit machte Vaval kehrt und galoppierte davon, als seien ihm die Geister der Hölle auf den Fersen. Seinen Helden aus vielen gemeinsamen Kämpfen sollte er nie wiedersehen.

Toussaint und seine neun Unteroffiziere setzten den Ritt fort, betraten das Areal der Plantage und salutierten vor den französischen Wachposten. Diese erwiderten den Gruß, worauf Toussaint einem seiner Männer die Zügel zuwarf und sagte: »Laßt die Pferde sich hier ausruhen«, und nachdem er den französischen Soldaten noch befohlen hatte, seinen Leuten zu essen zu bringen, ging er hinein.

Kaum hatte er den Raum betreten, als General Brunet auf ihn zugeeilt kam, ihn wie einen Bruder umarmte und sich sogleich danach entschuldigte, er müsse sich um den Wein kümmern. In dem Augenblick, als er den Raum verließ, zogen die französischen Offiziere um Toussaint ihre Degen und richteten die Spitzen auf sein Herz und seine Kehle. »Bürger Toussaint, Sie stehen unter Arrest«, und als Brunet, offensichtlich mitgenommen von der schändlichen Tat, bei der mitzuspielen man ihn gezwungen hatte, wieder den Raum betrat – weshalb er bei späteren Verhören immer behaupten konnte: »Ich hatte nichts mit der Verhaftung des Generals zu tun«–, sagte er bloß: »Sie sollen nach Frankreich verschickt werden... an Händen und Füßen gefesselt.«

Nach diesem so üblen Verstoß gegen den Ehrenkodex wurde Toussaint umgehend auf ein französisches Schiff gebracht, als Gefangener, der die Ehre Frankreichs verletzt hatte, mißhandelt und nach Brest gebracht, von wo aus er in aller Eile in eine Festung an der schweizerischen Grenze verlegt wurde. Dort, in der Obhut eines sadistischen Wärters, ließ man ihn hungern und verhöhnte ihn als Schwarzen, der die Frechheit besessen hatte, sich mit den Franzosen auf eine Stufe zu stellen.

Während dieser Zeit der Erniedrigung dachte er oft über die unterschiedliche Behandlung nach, die er von seinen beiden ärgsten Feinden erfahren hatte. »Die Engländer, die schwer unter mir gelitten haben«, erzählte er seinem verständnislosen Wärter, »gaben mir zu Ehren ein Bankett, brachten Trinksprüche auf mich als einen achtbaren Gegner aus und umarmten mich, als sie davonsegelten. Und ihr Franzosen? Ihr lockt mich zu einem Treffen, euer General verrät seine Ehre, und ihr werft mich in einen finsteren Kerker.« Er starrte seinen Wächter an und fragte: »Wie könnt ihr einem französischen Staatsbürger so etwas antun, der für Frankreich in den Krieg gezogen ist, gegen die Spanier und gegen die Engländer – um eure Rechte zu schützen?«

Der Gefängniswärter begriff nichts von diesem Vorwurf, und an einem Frühlingstag des Jahres 1803, als er Toussaint gerade sein Frühstück bringen wollte, fand er den großen schwarzen General erfroren in seiner eiskalten Zelle, von nur einer einzigen dünnen Decke bedeckt.

Nach der Verhaftung und Auslieferung Toussaints war sich General Leclerc gewiß, daß der endgültige Sieg kurz bevorstand, denn wie er Espivent und seinen Verbündeten bei einem Abendessen auf dem Château versicherte: »Jetzt gilt es nur noch, diese Pestbeule Vaval zu unterwerfen, und die Befriedung von St-Domingue ist erreicht. Unsere Truppen können nach Frankreich zurück.«

Hätte Leclerc in diesem Augenblick Gelegenheit gehabt, seinen letzten Widersacher, César Vaval, zu sprechen, hätte er feststellen müssen, daß der schwarze Kommandant die Lage ähnlich einschätzte, denn der kleine gedrungene Held hatte sich nur mit einer Handvoll Truppen in die Berge zurückgezogen, und selbst von diesen wenigen gab es jede Woche mehrere Ausfälle. Die anderen Generale seiner Einheit, das mordende Ungeheuer Jean-Jacques Dessalines und der sprunghafte Henri Christophe, waren auf die französische Seite übergelaufen, während die freien Farbigen unter ihren militärischen Führern, André Rigaud und Alexandre Pétion, nach Paris geflüchtet waren, wo Menschen seiner Hautfarbe im Augenblick noch sicher waren.

Er allein war übriggeblieben im Feld mit einer Schar, die man kaum eine Armee nennen konnte. Eines Abends, als eine Niederlage und die Kapitulation unausweichlich schienen, saß er mit seiner Frau am Rand eines Waldes und lamentierte nicht über das Schicksal seiner eigenen Person, sondern seines edlen Anführers Toussaint: »Marie, er hat ihnen allen eine Niederlage beigebracht. Er hatte die Kraft eines Zauberers, er war ein Genie. Er hat die Spanier geschlagen, bevor wir uns ihnen anschlossen. Er hat die Engländer zurück aufs Meer getrieben. Er hat die Armeen der freien Farbigen niedergestreckt, wenn sie sich gegen ihn erhoben, aber vor allem hat er die Franzosen besiegt, bevor sie mit Tausenden neuer Soldaten gegen uns anrückten. Und was hat er erreicht? Nichts. Er hat alle Schlachten gewonnen, aber den Krieg verloren.«

Seine Frau wollte das nicht gelten lassen: »Er hat für uns die Freiheit zurückgewonnen. Wir sind keine Sklaven mehr.«

»Soweit ich verstehe, haben wir das hauptsächlich ein paar Menschenfreunden in Frankreich zu verdanken.«

»Jedenfalls sind wir frei, und selbst wenn du dich morgen ergeben müßtest – das läßt sich nicht mehr rückgängig machen.«

Eine derartig trübe Aussicht war ein schwacher Trost für Vaval, der nur die drohende Niederlage seiner letzten Truppen vor Augen hatte und seine eigene Kapitulation, als der schwarze General, der bis zum bitteren Ende ausgehalten hatte. Er schlief nur schlecht in dieser Nacht, ausgestreckt auf einer groben Strohmatte und gequält von dem nagenden Schmerz darüber, daß er gescheitert war.

In aller Frühe wurde er von seinen Wachposten geweckt, die ihm eine jämmerliche Gestalt vorführten, einen schwarzen versprengten Soldaten, der versucht hatte, die Linien zu durchbrechen. Er war über siebzig, ein ausgemergelter Kerl, dessen schlanker nach vorn gebeugter Körper Leiden und Hunger ausdrückte, die er auf sich genommen hatte, um bis zu den rebellierenden Sklaven von St-Domingue vorzustoßen. Er stand mit gesenktem Kopf da, als man ihn dem General vorführte.

»Wer bist du?« fragte Vaval, der sich bewußt war, daß der arme Kerl, der sich nur schleppenden Schrittes fortbewegte, einer Armee kaum dienlich sein konnte, aber er und die umstehenden Soldaten waren überrascht, als der Mann in einwandfreiem Französisch antwortete: »Ich war Sklave in Guadeloupe . . . große Freude, wie nie zuvor, als uns die Leute aus Paris die herrliche Nachricht brachten: ›Ihr seid keine Sklaven mehr. Freie Menschen für den Rest eures Lebens. Wie in Frankreich.‹ Wir konnten Land erwerben, gegen Lohn arbeiten, heiraten und uns Häuser bauen, wie sich das für Mann und Frau gehört.«

»Genau wie hier auch«, entgegnete Marie Vaval. »Keine Sklaven mehr.«

Der Mann drehte sich zu ihr um, schaute sie an und sagte: »Meine Frau hat das gleiche gesagt: ›Keine Sklaven mehr!‹, aber dann kam er, dieses Ungeheuer von Napoleon, und brüllte: ›Ihr seid wieder Sklaven, und Sklaven bleibt ihr bis ans Ende eurer Tage.«

»Wie bitte?« rief Vaval, und die Soldaten, die den Fremden zuerst getroffen hatten, holten ihre Kameraden herbei, damit auch sie die schreckliche Nachricht erfuhren.

»Jawohl! Die Sklaverei hat uns wieder eingeholt in Guadeloupe. Die Unterdrückung geht von vorne los. Und sie wird auch hierher zurückkehren, wenn ihr sie nicht bis auf den Tod bekämpft. Sie wird mit dem nächsten Boot anlegen . . . oder dem übernächsten. Wollt ihr meinen Rücken sehen?« fragte er dann, worauf er sein dünnes Hemd hochkrempelte, um ihnen die kreuz und quer verlaufenden Striemen auf seiner schwarzen Haut zu zeigen. »Das haben sie mir angetan, als ich das erstemal versuchte, mich heimlich von der Insel abzusetzen. ›Du wirst den anderen Inseln nicht erzählen, daß die Sklaverei wiedereingeführt wird. Sie werden davon erfahren, wenn wir den richtigen Zeitpunkt für gekommen halten.‹ Sie hatten höllische Angst, auf irgendeiner Insel könnte sich die Neuigkeit zu einem für sie ungünstigen Zeitpunkt verbreiten – so wie jetzt hier auf dieser Insel –, solange ihr noch Truppen im Feld stehen habt. Sie befürchten, die Nachricht könnte euren Widerstand neu entfesseln.«

606

Auch wenn Vaval die Nachricht in einen dumpfen Zorn versetzte, konnte er nicht mit letzter Sicherheit wissen, ob der Mann die Wahrheit sagte; er konnte auch nur ein Agent sein, den die Franzosen geschickt hatten, um die schwarzen Truppen zu einer übereilten militärischen Aktion zu verleiten. »Wie hast du es geschafft, zu uns zu stoßen? Den ganzen Weg von Guadeloupe hierher?«

»Nur mit Schwierigkeiten. Mußte mich vor den Jagdhunden verstecken. Wurde nach meinem ersten Versuch fast zu Tode geprügelt. Hatte mich auf Begleiter verlassen, denen das Herz in die Hose sank, als sie das Meer erblickten, das wir überqueren mußten. Nichts zu essen... Kampf in den Zuckerrohrfeldern... mit einem gestohlenen Kanu...«

Der Geflohene sprach laut und deutlich, aber Vaval hörte nur die ersten Worte seines Berichtes, denn er erinnerte sich zurück an die Zeit auf den Zuckerrohrfeldern im Süden von St-Domingue, als sein Vater, der Sklave Vavak, seinen Kindern eine ganz ähnliche Geschichte erzählt hatte. »Mit einem gestohlenen Boot... ein Strand in Puerto Rico... konnten den Spürhunden auf St-Domingue entkommen.« Die Geschichte schwarzer Flüchtlinge auf der Suche nach Freiheit blieb immer dieselbe, nie schien sie ein Ende zu finden, und manchmal, wie jetzt bei dieser Gegenüberstellung im Licht des heranbrechenden Morgens, tauchten Worte und Bilder auf und machten die Menschen blind vor Wut gegen jede Gefahr, auch die des eigenen Todes.

»Du bist einer von uns«, unterbrach Vaval ihn. »Du wirst mit an meiner Seite kämpfen... dicht an meiner Seite... denn ich muß deine Worte immer wieder hören: ›Napoleon wird uns wieder in die Sklaverei treiben.‹ O nein! Bei Gott, das wird er nicht!« Er sammelte seine Frau, den Schicksalsboten und alle seine Offiziere um sich und ließ sie an Ort und Stelle, dort am Waldrand oberhalb einer tiefen Wasserrinne, die zwischen ihnen und den Franzosen in Le Cap verlief, den Schwur tun: »Wir werden uns Napoleon widersetzen bis zum Tod! Wir wollen nie wieder Sklaven sein!« Von diesem Tag an verwandelte sich General Vaval, der jetzt allein kämpfte, in einen militärischen Wirbelsturm, der sich mit den natürlichen Hurrikans, die die Insel regelmäßig heimsuchten, durchaus messen konnte. In einer Schlacht nach der anderen versetzte er die Franzosen in Erstaunen, deren Truppen den seinen immerhin um das Sechsfache überlegen waren.

Doch weil auch Charles Leclerc ein tapferer General war, der es verstand, seine Überlegenheit zu nutzen, gelang es ihm, Vavals bunt zusammengewürfelten Haufen Schritt für Schritt in das letzte Tal zurückzudrängen, aus dem es kein Entrinnen mehr geben würde. Als Vaval das erkannte, fühlte er sich noch näher zu seiner Frau hingezogen, die ihm schon so oft während trüber Mitternachtsstunden Mut zugesprochen hatte, und beide schworen sich jetzt: »Wir werden nie wieder Sklaven sein. Die Franzosen werden uns nicht lebend kriegen.«

Trotz des Schwurs ihres Generals wäre Vavals Einheit aus ehemaligen Sklaven mit Sicherheit in das äußerste, von allen Seiten abgeschlossene Tal zurückgedrängt und dort vernichtet worden, wenn nicht ein gnadenloser Verbündeter nach St-Domingue gekommen wäre und sich auf seine Seite geschlagen hätte. Es war ein unerbittlicher Widersacher, sein Name: General Gelbfieber. Die Seuche schlug mit derartiger Gewalt in den Reihen der Franzosen zu, daß die Europäer ihr völlig hilflos ausgeliefert waren. Von Moskitos übertragen, eine Tatsache, die damals noch nicht bekannt war, griff sie die Leber an und löste eine Gelbsucht aus, gleichzeitig trat ein den Organismus schwächendes Fieber auf, das unsägliche Schmerzen im Kopf und am Rücken hervorrief. Dann stellten sich winzige Risse im Gewebe des Rachenraums und der Lungen ein, die zu fürchterlichen Blutstürzen führten.

Die Geschwindigkeit, mit der die unterschiedlichen Symptome aufeinanderfolgten, sich eins ans andere reihten, war atemberaubend. Oft kam es innerhalb von drei Tagen nach der ersten Attacke zum Tod, und sobald die Krankheit ausgebrochen war, gab es keine Rettung mehr. In manchen Fällen jedoch – jedenfalls häufig genug, um nicht gleich alle Hoffnung zu verlieren – legte sich die Krankheit von selbst, wobei Ruhe, Schlaf und richtiges Essen den Heilungsprozeß förderten, und hatte solch ein Patient überlebt, war er für den Rest seines Lebens immun gegen die Krankheit. Genau das unterschied die ursprünglichen Bewohner der Kolonie, wie General Vaval und seine schwarzen Truppen, von General Leclercs Neuankömmlingen aus Frankreich. Die Schwarzen, die in frühester Kindheit alle einmal unter milderen Formen der Gelbsucht gelitten hatten, waren immun, während Leclercs Männer aus den nördlicheren Klimaregionen anfälliger waren.

Die Todesrate unter den Kranken war schlimmer, als Vaval seinerzeit bei seinem Gespräch mit Toussaint angenommen hatte: Von einem tausendköpfigen Truppenverband starben im Schnitt 800, im Lazarett schlugen sich 150 mit der Krankheit herum; blieben fünfzig übrig für einen eingeschränkten Dienst, eingeschränkt deswegen, weil sie möglicherweise durch eine weniger ausgeprägte Form der Gelbsucht auch schon geschwächt waren. Es war ein ungeheures Elend, und wenn unverbrauchte Truppen aus Europa anrückten, waren sie kein Ersatz für die gelichteten Reihen, sondern nur neue Angriffsziele für die Moskitos.

Durch den Verrat an General Toussaint wurde also nichts erreicht.

In Port-au-Prince glaubten unterdessen die französischen Verteidiger der Stadt – wie üblich unterstützt von den freien Farbigen, die noch immer zuversichtlich waren, daß sie den Weißen nur zu helfen brauchten, wenn diese in Bedrängnis geraten waren, und schon würden sie von ihnen auch als ihresgleichen anerkannt –, Vaval dadurch abschrekken zu können, daß sie am Stadtrand einen Galgen errichteten, wo die Schwarzen die Erhängungen verfolgen konnten. Dort nämlich ließen sie jeden Tag um zwölf Uhr mittags einen schwarzen Gefangenen hinrichten. »Baut einen weit sichtbaren Galgen auf der Anhöhe dort drüben«, sagte Vaval daraufhin zu seinen eigenen Männern, »und bringt alle weißen Gefangenen her, die wir bis jetzt gemacht haben.« Am nächsten Tag, nachdem die Weißen um die Mittagsstunde wieder einen Schwarzen erhängt hatten, taten die Schwarzen ihrerseits dasselbe und richteten einen Weißen hin. Drei Tage ging es so hin und her, bis Vaval alle weißen Gefangenen antreten ließ und ihnen bestellte: »Schreibt eure Namen auf diese Liste, und benennt einen unter euch, der der Stadt folgende Nachricht übermitteln soll: ›Wir können das Spiel so lange fortsetzen, wie ihr wollt. Hier sind die Namen der nächsten, die sterben werden.‹« Danach hörten die öffentlichen Hinrichtungen auf.

In welchem Ausmaß St-Domingue bereits die Phantasie des unerbittlichen Korsen beschäftigte, zeigten die Ereignisse um das 2. polnische Bataillon. Napoleon, tief beunruhigt über die Möglichkeit, daß seine in Europa dienenden polnischen Truppen ihre Energie darauf verwenden könnten, sich für ein freies Polen einzusetzen und dann nicht mehr für Frankreich zu kämpfen, entschied, einer Eingebung folgend, sie alle nach St-Domingue zu verschiffen, wo sie Leclerc unterstützen sollten. Ende 1802 landeten daher 5 000 Polen in Cap-Français. Verängstigt und an tropische Verhältnisse nicht gewohnt, wurden sie umgehend in den Krieg gegen die schwarzen Truppen César Vavals geschickt.

Nach einer Serie von kleineren Geplänkeln, bei denen sich die Polen recht tapfer schlugen, fanden sie sich Seite an Seite mit französischen Truppen in einer herrlichen Stadt an der karibischen Küste wieder, dem

Seehafen St-Marc, wo sie von den Franzosen zu grausamen Handlangerdiensten gezwungen wurden. Ein schwarzer General, der bislang als ein treuer Verbündeter an der Seite der Franzosen gekämpft hatte, entschied plötzlich, daß ihn wohl eine angenehmere Zukunft erwartete, wenn er und seine Männer geschlossen zu General Vaval und seiner Sklavenarmee übertraten. Es war eine kluge Entscheidung, aber als er sie ausführte, ließ er einen Verband seiner Armee im Stich. Es waren über 400 Soldaten, die in der Stadt St-Marc stationiert waren, mitten zwischen den französischen und polnischen Einheiten.

Als der französische General, der das polnische Bataillon befehligte, von der schändlichen Tat seines ehemaligen Mitstreiters erfuhr, gab er seinen Untergebenen den geheimen Befehl: »Die Schwarzen draußen wissen noch nicht, was passiert ist. Schnell, entwaffnet sie, und treibt sie auf dem Marktplatz zusammen.«

In aller Ruhe erklärten die Offiziere, alles Franzosen, daraufhin den Schwarzen: »Der General will sich mit uns über die anstehende Attacke unterhalten. Laßt eure Gewehre hier, und folgt mir.« Die vertrauensseligen Männer gehorchten und zogen los, um sich die Pläne des Generals anzuhören, doch statt dessen hörten sie plötzlich den Befehl: »Die Reihen schließen!« Die bewaffneten französischen und polnischen Soldaten riegelten den herrlichen Platz vollständig ab, rückten bis zur Mitte vor, die Bajonette aufgepflanzt. Dann folgte in ruhigem Ton die grausame Order: »Macht sie alle nieder!«

Der Befehl wurde mit den Bajonetten ausgeführt, aber nur von den Polen, während die Franzosen bereitstanden, ihre Gewehre anzulegen, sollte ein Schwarzer dem Massaker zu entkommen suchen. Es war ein abscheuliches, ein grauenhaftes, schnelles und effektives Morden. Unbewaffneten Männern wurden mit einem mächtigen Schnitt die Gedärme aufgerissen, sie wurden mit einem Stich ins Herz getötet oder erlitten Wunden, fielen auf die Knie und wurden zu Tode geprügelt. Die wenigen, denen es gelang, in die nahe gelegenen Häuser zu fliehen, wurden wieder auf den Platz gezerrt und dort, auf den Knien um Gnade flehend, abgestochen. Nicht ein schwarzer Soldat entkam, und nicht ein französischer Soldat mußte eine Kugel abfeuern. Die polnischen Truppen hatten die schmutzige Arbeit ganz allein geleistet.

Als die Nachricht von dem Massaker General Vaval ereilte, der bereits gewartet hatte, um die Neuzugänge willkommen zu heißen, war er zutiefst entsetzt: »Wer hat den Mordbefehl ausgeführt?« wollte er wissen, und als jemand antwortete: »Das polnische Bataillon«, verfiel er in ein minutenlanges Schweigen, dann sagte er: »Die dürften hier überhaupt nicht kämpfen. Die Gelbsucht wird sowieso die Hälfte dahinraffen.« Dann tat er einen Schwur: »Ich werde sie zur Strecke bringen, Mann für Mann«, doch sein Informant fügte noch hinzu: »Ich war dabei, Sir. Es war der französische General, der den Befehl gab, und die französischen Soldaten, die den Platz säumten.«

»Natürlich«, sagte Vaval, und doch unternahm er in den folgenden Monaten an manchen Tagen weite Märsche, nur aus der Hoffnung heraus, die blutbefleckte polnische Einheit in einen Kampf zu verwickeln. Er hatte keinen Erfolg, aber Spione berichteten ihm, daß diese Europäer der wütenden Gelbfieberseuche sogar noch schneller erlagen als angenommen. »Zwei von drei Polen sind entweder tot oder liegen im Lazarett.« Dennoch verfolgte er weiterhin verbissen ihre Spur.

Über ein Jahr später – seine Sklavenarmee hatte viele siegreiche Schlachten gefochten, und er selbst wurde von der Masse der Schwarzen als der beste General angesehen, den sie jemals gehabt hatten – leitete er einen Feldzug, der ihn auch in die gebirgige Region seiner alten Kolibri-Plantage führte. Als die Adjutanten gerade sein Zelt aufschlugen, brachte ein Kundschafter die bestürzende Nachricht: »Truppen halten den hohen Berg besetzt. Die Geschütze sind alle auf uns gerichtet.«

Vaval versuchte, die Höhe einzuschätzen: »Es würde zu viele Menschenleben kosten, ihn einzunehmen«, aber dann fügte sein Späher hinzu: »Die Soldaten sind ausnahmslos Polen. Das 2. Bataillon.«

Als Vaval dies vernahm, war er wie gelähmt. Gleichzeitig quälte ihn seine Unschlüssigkeit. Die Männer dort droben gehörten zu der Mannschaft, die in St-Marc auf so furchtbare Weise wehrlose schwarze Soldaten massakriert hatte. Diese Polen hatten jeden Anstand und alle Regeln des Krieges verletzt, und sie hatten es verdient zu sterben, was zweifellos der Fall gewesen wäre, ließe er den Berg stürmen. Allerdings würde er dabei auch viele seiner eigenen Männer verlieren, und das ohne jeden Sinn. Es war das erste Mal, daß er nicht wußte, was er tun sollte, denn er befürchtete, daß, wenn er bei Dämmerung zu einem teuer erkauften Sturm blasen würde, dann geschähe dies nur, um alte Rechnungen zu begleichen, und auf diese Weise tüchtige Männer zu verlieren wäre unehrenhaft.

Um Mitternacht, der Mond stand tief am Himmel, bat sich der schwarze General drei tapfere Freiwillige aus, die mit Fackeln vor ihm hergehen sollten, daß auch jeder die weiße Flagge sehen konnte, die er trug, und als die Mannschaft zusammen war, machten sich vier auf den Weg in die Nacht hinein:»Waffenstillstand! Nicht schießen! Wir wollen euer Leben retten.«

Als sie an die Stelle kamen, wo der Pfad steil nach oben führte, stellte sich ihnen ein Trupp französischer Soldaten in den Weg, angeführt von einem Leutnant, der gekommen war, um mit ihnen zu verhandeln. Im selben Augenblick warfen die schwarzen Soldaten ihre Fackeln zu Boden und richteten ihrerseits die Waffen auf den Franzosen.

»Ich bin General Vaval.« Der Mond erleuchtete sein ernstes, entschlossenes Gesicht. »Ich bin gekommen, um euch Bedingungen anzubieten, wie ihr euch in Ehren von diesem Gipfel zurückziehen könnt. Wer führt hier das Kommando?«

»Ich bin nicht befugt, Ihnen das zu sagen. Aber es ist ein Oberst. Ein guter Soldat.«

»Teilen sie ihm mit, er könnte ein gutes Werk vollbringen, wenn er mit mir spricht ... ein gutes Werk für ihn. Rückzug in Ehren.«

Der Leutnant gab seinen Männern Befehl, hinter ihm in der Finsternis zu warten:»Drei Schritt vor. Es sind Unterhändler.« Und als sie aus der Dunkelheit vortraten und den schwarzen Soldaten gegenüberstanden, verschwand er mit einem von Vavals Männern.

»Was wird denn jetzt passieren?« fragte einer der Schwarzen, und Vaval antwortete:»Der gesunde Menschenverstand wird sich durchsetzen – hoffe ich wenigstens.«

Fast umgehend kamen der französische Leutnant und der schwarze Soldat den Berg wieder hinunter, im Gefolge vier bewaffnete weiße Soldaten und in deren Mitte ein polnischer Offizier, der sich in aller Förmlichkeit vorstellte:»Oberst Zembrowski, 2. polnisches Bataillon.«

Vaval trat einen Schritt vor, streckte die Hand aus, nahm die des Polen entgegen und drückte sie herzlich:»Können wir uns ungestört unterhalten?« Während sie sich auf einen Hügel begaben, Gewehre aus allen Richtungen auf sie gerichtet, rief sich Vaval die würdige Behandlung in Erinnerung, die die die englischen Offiziere ihm hatten zuteil werden lassen, und sein erster Gedanke war:»Dem darf ich nicht nachstehen.« Also sagte er:»Oberst, wie Sie vor Sonnenuntergang ohne Zweifel feststellen konnten, haben wir genügend Truppen, diesen Berg einzunehmen.«

Sehr gelassen entgegnete Zembrowski, ein Mann Ende Dreißig, fern der Heimat:»Und Sie haben sicher gesehen, daß wir genügend Männer und Munition haben. Ein Sturm auf den Berg wäre teuer erkauft. Das muß der Grund sein, warum Sie sich hierherbemüht haben.«

Zur Überraschung des Polen gab Vaval ihrer Unterhaltung daraufhin eine völlig andere Wendung, indem er fragte: »Wie geht es Ihnen?« Und Zembrowski, der in diesem Augenblick, da es keine militärischen Geheimnisse mehr zu geben schien, von Soldat zu Soldat zu ihm sprechen wollte, wiederholte fast dieselben Worte, die Vaval selbst schon vor Monaten geäußert hatte: »Wir hätten niemals hierhergeschickt werden dürfen. Napoleon hatte Angst vor uns.«

»Das Fieber?«

»Wir kamen mit 5 000 Mann. Und haben jetzt nicht mal mehr tausend.«

»Die Engländer mußten die gleiche Erfahrung machen, als sie versuchten, uns zu schlagen.«

»Und Sie? Werden Sie sich denn Ihr eigenes Land erobern?«

»Das haben wir schon.«

»Wir hätten Sie dabei nicht aufhalten sollen. Aber am Ende wird es Napoleon tun.«

Ruhig, aber mit einer Stimme, aus der tiefste Überzeugung sprach, entgegnete Vaval: »Auch er wird scheitern. Die Weißen haben es versucht, und wir haben sie überrannt. Die freien Farbigen haben es versucht, und wir haben sie zu Boden geschlagen. Die Spanier haben es versucht, die Engländer, ihr Polen und sogar Verräter aus unseren eigenen Reihen haben es versucht, und sie alle sind gescheitert.« Die Schärfe verschwand aus seiner Stimme, und er fügte mit tiefem Bedauern hinzu: »Selbst die Franzosen haben versucht ... ihre eigenen Kinder zu vernichten. Haben Napoleon mit seinen Legionen gegen uns aufmarschieren lassen. Aber sie werden schon bald wieder verschwinden, und zwar für immer.« Er blieb in der Finsternis stehen und schaute auf seine schwarzen Soldaten mit Fackeln in den Händen, auf die polnischen, die ebenfalls Fackeln hielten, und sagte dann: »Ich habe nie verstanden, warum das Fieber die Weißen tötet und uns verschont.«

Dann fragte er, von Mann zu Mann: »Wie ist das für Sie, Seite an Seite mit den Franzosen zu kämpfen?« Und Zembrowski antwortete: »Die Franzosen mögen uns Polen nicht. Eigentlich mögen sie überhaupt niemanden. Ihre Generale allerdings sind hervorragend. Gut ausgebildet. Kennen sich in der Geschichte aus. Studieren das Terrain genau.« Er stieß ein leises Glucksen aus: »Würde es Ihnen etwas ausmachen, wenn wir uns hinsetzen? Mein linkes Bein hat einen Streifschuß abbekommen.«

613

Als sie endlich auf zwei Steinen Platz genommen hatten, brach er in ein befreiendes Lachen aus: »Manchmal kann ich es den Franzosen nicht verübeln. Ein General kam eines Tages mit einem Stück Papier zu mir: ›Was sollen wir mit denen machen, Zembrowski?‹ wollte er wissen. Und ich sah, daß er die Namen von zwei meiner jüngeren Offiziere notiert hatte: Źdźblo und Szczygiel. ›Wir können solche Namen unmöglich aussprechen‹, meinte er, und ich schlug vor: ›Den ersten ändern wir in Dupont um und den zweiten in Kessel.‹«

Nach einer Pause fuhr er fort: »Sie können uns einfach nicht akzeptieren. Weil wir die Dinge nicht so angehen wie sie, sind sie schnell dabei und nennen uns Feiglinge. Behaupten, wir würden uns an den Kämpfen nicht genügend beteiligen. Wenn unsere Männer so etwas hören, wenn ich so etwas höre, dann ist unsere Ehre beschmutzt, und für einen Polen bedeutet Ehre alles.«

Ein paar Augenblicke lang schauten die beiden Soldaten nur auf die tanzenden Schatten, die die brennenden Fackeln auf den Boden warfen, dann sah sich Zembrowski genötigt, schon aus Respekt vor diesem mächtigen schwarzen General, ehrlich zu ihm zu sein: »Sie wissen sicher, daß unser Bataillon in St-Marc auch dabei war.« Und Vaval entgegnete: »Ja. Seitdem bin ich Ihnen auf den Fersen. In der Hoffnung, Sie einmal in einer solchen Situation wie dieser zu kriegen.«

»Dann wissen Sie auch, daß es französische Offiziere gewesen sind, die den Befehl gegeben haben. Sie haben gedroht, uns abzustechen, wenn wir nicht Ihre Leute abstechen.«

»Das habe ich mir gedacht«, sagte Vaval bitter, worauf Zembrowski das Gesicht in die Hände vergrub. »Entehrt. General Vaval, wir haben uns selbst entehrt an jenem Tag, und ich hoffe nur, Sie können uns verzeihen.«

»Das habe ich ... mit dem heutigen Abend ... indem ich Ihnen auf dem Schlachtfeld gegenüberstand, von Mann zu Mann. Aber in dieser Kolonie, wie Sie selbst sagen, sind Polen ohne jede Ehre.« Er zögerte einen Moment, stand auf und ging zurück zu seinen Truppen, und während sie so nebeneinander hergingen, sagte er: »Trotzdem werden wir morgen anrücken und den Hügel einnehmen«, worauf Zembrowski die seltsame Antwort gab: »General, Sie sind ein Mann, der seine Ehre nicht befleckt hat. Ich flehe Sie an, führen Sie Ihre Truppen morgen nicht hierher. Tun Sie es nicht.« Mehr sagte er nicht, und als sie sich jetzt im Schein der Fackeln gegenüberstanden, um sich zu verabschieden, trat Zembrowski spontan vor und umarmte seinen schwarzen Gegner.

Am nächsten Morgen, als die ehemaligen Sklaven unter Führung Vavals in aller Frühe den Berg anstürmten, um ihn von den Polen zurückzuerobern, wurden sie von zwei französischen Offizieren überrascht, die den Abhang hinunter auf sie zugelaufen kamen, in der Hand weiße Fahnen schwenkend: »Wir ergeben uns! Wir ergeben uns!« Und kaum hatten sie den Fuß des Berges erreicht, ihre Gesichter aschfahl vor Angst, als eine Folge gewaltiger Detonationen die Bergspitze erschütterte, sie in Rauch einhüllte und alle Soldaten dort oben tötete, Zembrowski eingeschlossen.

Die Ehre der polnischen Truppen, was immer das bedeutete, war wiederhergestellt. Statt sich zu ergeben, hatten sie sich selbst in die Luft gejagt.

Trotz des hartnäckigen Heldenmuts eines Generals Vaval und der verheerenden Wirkung seines besten Verbündeten, General Gelbfieber, erfüllte Leclerc, wenn auch mit schmerzlichen Verlusten, genau die Vorgaben, die Napoleon ihm aufgetragen hatte. Die schwarzen Einheiten, die die Sinnlosigkeit ihres Widerstands gegen das gesamte französische Imperium mit all seinen Ressourcen einsahen, liefen in immer größerer Zahl über, so daß selbst ein Meister im Improvisieren wie Vaval erkennen mußte, daß seine Niederlage kurz bevorstand. Die Franzosen waren einfach zu stark, und Leclerc zeigte ein Standvermögen, mit dem keiner gerechnet hatte. Die Sache der Schwarzen schien endgültig dem Untergang geweiht.

Die Franzosen hätten diesen Sieg vermutlich auch erringen können, wenn nicht Napoleon, in seinem Glauben, er besitze unbegrenzte Macht über Menschen, jenes entsetzliche Dekret zur Wiedereinführung der Sklaverei in Guadeloupe erlassen hätte. Diese verheerende Nachricht, die Leclerc in seiner Kolonie bislang unterdrückt hatte, war durchgesickert, worauf die Schwarzen nicht länger die Augen vor dem verschließen konnten, was sie erwartete, vor allem, als Flüchtlinge aus Guadeloupe kamen und berichteten, zu welchen Ausschreitungen es auf ihrer Insel gekommen war, als die Sklaverei wiedereingeführt worden war.

Leclerc, noch immer darauf vertrauend, er könne die Sklaven unter seine Kontrolle bringen, ließ die wichtigsten Offiziere in Espivents

Château rufen, um ihnen mitzuteilen:»Ich bin sicher, noch eine Offensive, und wir haben es geschafft. Ich reite in die Berge, um mir diesen verfluchten Vaval zu schnappen.« Aber bevor er sich in sein, wie er hoffte, letztes Gefecht begab, bat er den Hausherrn:»Passen Sie auf Pauline auf.« Und schon war er davon.

Espivent blieb in der Toreinfahrt stehen, blickte dem stattlichen Reiter nach, wie er hinter den Bergen verschwand, und heftiges Mitgefühl und eine gewisse Scham überfielen ihn:»Wie haben wir über ihn gelacht, als er hier landete. Napoleons Schwiegersohn, ein unwissender, eingebildeter General. Aber bei Gott, er hat Toussaint bezwungen und diesen verteufelten Vaval festgenagelt. Doch was hinterläßt er mir hier in seinem Haus, während er in die letzte Schlacht zieht? Das reinste Bordell, in dem eine einzige Frau die Aufsicht hat... seine.«

Sobald Pauline sicher sein konnte, daß ihr Mann weit weg in den Bergen war, fing sie an, der Reihe nach seine Offiziere auf ihre Weise zu unterhalten, wobei sie die Männer so unverblümt zu den Schäferstündchen in ihrem Salon im ersten Stock empfing – alle drei Tage einen neuen –, daß Espivent sich genötigt sah einzugreifen, denn es war sein Château, das hier beschmutzt, und die Ehre seines Freundes, die hier besudelt wurde.»Großer Gott, Madame! Können Sie ihren Appetit nicht ein wenig zügeln?« Aber selbst als er ihr diese Rüge erteilte, war er sich auf unangenehme Weise ihrer dunklen, italienisch anmutenden Schönheit bewußt. Sie wurde 21 in diesem turbulenten Jahr, eine prachtvolle Frau, die um ihre Wirkung auf Männer und ihre Fähigkeiten der Koketterie sehr wohl wußte.

»Ich bitte Sie, Seigneur Espivent«, entgegnete sie sanftmütig, wobei sie an ihrem linken Daumennagel knabberte,»wo leben Sie denn, doch nicht mehr im vergangenen Jahrhundert? Sie wissen ja nicht, wovon Sie reden.«

»Ich lebe in diesem Jahrhundert, Madame. Und ich weiß, wovon ich rede. Über die Würde Frankreichs. Über die Schwester des Staatschefs. Aber vor allem über die Ehre Ihres tapferen, abwesenden Mannes, der seine Truppen in eine schwierige Schlacht führt.« Während er so wetterte, ein rotes Käppchen auf dem Kopf und gekleidet in einen seiner vielen blauen Umhänge, der Spitzbart sauber gestutzt, die Augen funkelnd, hätte man ihn tatsächlich fälschlich für einen Moralisten aus dem letzten Jahrhundert halten können, aber auf Pauline machte das nur wenig Eindruck, denn am selben Nachmittag noch empfing sie einen Oberst aus Espivents Heimatstadt Nantes.

Während dieses neuerlichen Stelldicheins blieb Espivent die ganze Zeit über im Erdgeschoß, lief unruhig hin und her, wobei sich eine solche Wut anstaute, daß er dem Oberst, als er die Treppe hinunterkam, lächelnd seinen Degen umschnallend, den Weg versperrte: »Wenn Sie noch einmal mein Haus betreten, werde ich Sie töten.«

»Was sagen Sie da?«

Die Auseinandersetzung ließ auch Pauline aus ihrem stark in Mitleidenschaft gezogenen Boudoir treten und sich zwischen die beiden Kampfhähne werfen: »Was geht hier vor?« Und Espivent entgegnete mit zusammengepreßten Zähnen: »Wenn er noch einmal herkommt, werde ich ihn töten.«

»Haben Sie den Verstand verloren, alter Mann?« Aber er brüllte in seinem steigenden Zorn zurück: »Verlassen Sie mein Haus! Ich habe dieses Château noch vor jedem Feuer, jedem Aufstand und jeder Unordnung bewahrt, und ich lasse es mir auf meine letzten Tage nicht durch Sie entweihen.«

Der Streit endete schließlich damit, daß Espivent den beiden zurief: »Ich werde General Leclerc in Kenntnis der Vorgänge setzen«, worauf Pauline und der Oberst ein Lachen nicht mehr zurückhalten konnten, als sie ihm antworteten: »Er weiß es doch längst.«

Espivent hatte die feste Absicht, diese schändliche Angelegenheit zu klären, wenn dieser zurückkehrte, doch Mitte Oktober 1802, gerade acht Monate nach seiner Ankunft auf Le Cap, fühlte der General, noch mitten in der Jagd auf Vaval, wie sich ein bösartiges Fieber seines Körpers bemächtigte, und zu seinem Adjutanten gewandt, stöhnte er: »Ich glaube, es hat mich erwischt.«

Er wurde umgehend vom Schlachtfeld weg ins Château geschafft, doch als er dort ankam, hatte der geschwächte Körper bereits die zweite und dritte Phase der gefürchteten Seuche erreicht, und jeder, der in sein von der Krankheit bereits gräßlich gezeichnetes Gesicht und den sich windenden Leib sah, wußte sofort, daß keine Aussicht auf Genesung bestand. Im Angesicht der sicheren Erkenntnis, daß dieser ehrenwerte Mensch, den sie dermaßen der Lächerlichkeit preisgegeben hatte, sterben würde, wandelte sich Pauline, die Schwester Napoleons, in eine wahre Heldin, kämpfte durch ihren aufopfernden Dienst am Krankenbett verbissen gegen die Seuche an und überhörte die Warnungen ihrer Freunde: »Madame, Sie könnten sich selbst anstecken!«

»Er braucht mich«, entgegnete sie trotzig, wusch seinen fiebrigen Körper in den langen tropischen Nächten und tat, was sie konnte, um seine Schmerzen zu lindern. Am Morgen des fünften Tages, als er anfing, Blut zu spucken, rief sie nach Espivent:»Helfen Sie!«Und gemeinsam wischten sie ihm das Blut aus dem Gesicht, aber es nützte nichts. Charles Leclerc, der seine Tapferkeit in der wohl unerbittlichsten Region der französischen Kolonialgebiete unter Beweis gestellt hatte, starb im Alter von dreißig Jahren.

Fünf Offiziere wurden dazu auserwählt, den Leichnam sowie Pauline Leclerc auf ihrer Heimreise nach Frankreich zu begleiten, und während der ausgedehnten Fahrt – das französische Schiff mußte sich mit englischen Angreifern herumschlagen – fand sie Trost bei drei älteren Offizieren, die in Le Cap alle einmal zu ihren Liebhabern gezählt hatten. Ein anderer Offizier, der nie in ihre Kabine geladen wurde, soll zu einem Matrosen gesagt haben:»Wenn ich mir die vier so anschaue, fühle ich mich wie das fünfte Rad am Wagen.«Und als der Matrose fragte, was er damit meinte, sagte er:»Ich durfte leider nie an ihren fröhlichen Spielchen teilnehmen«, worauf der Matrose gefragt haben soll:»Würden Sie es gerne?«Und der Offizier lachte:»Wer würde es nicht gern?«Darauf der Matrose:»Die Fahrt ist ja noch nicht vorbei.«

Als das Schiff mit den sterblichen Überresten in Frankreich ankam, wurde Leclerc mit allen Ehren, die er sich als couragierter Soldat auf dem Schlachtfeld erworben hatte, zur letzten Ruhe gebettet. Selbst Napoleon zollte dem Toten den gebührenden Respekt, auch wenn seine Aufmerksamkeit im Moment anderen Dingen galt, denn als ihm klar wurde, daß er St-Domingue möglicherweise verlieren würde, versuchte er, auch gleich schnell die andere blühende Kolonie loszuwerden, die Frankreich mit Louisiana in Nordamerika besaß, verkaufte sie zu einem unerhört niedrigen Preis an den Präsidenten Jefferson der neuen amerikanischen Republik, denn seiner Meinung nach, und damit lag er vermutlich richtig, war Louisiana ohne St-Domingue als Zwischenstation zur Unterstützung der Kolonie nicht mehr zu verteidigen.

Er kümmerte sich auch um seine maßlose Schwester, trieb als zweiten Ehemann für sie innerhalb kürzester Zeit einen italienischen Edelmann auf, ein Mitglied der bedeutenden Familie Borghese. Als Geste dankbarer Anerkennung verkaufte der junge Mann die riesige Kunstsammlung der Familie für ein paar Groschen an Napoleon und überwachte persönlich den Abtransport der Objekte nach Paris. Um sich zu revanchieren, ernannte Napoleon seine Schwester Pauline noch schnell zur Gräfin, doch spornte dies sie lediglich dazu an, noch mehr Männer in ihrem Schlafzimmer zu empfangen.

Leclerc verstorben und der hartnäckige Vaval noch immer auf freiem Fuß, fiel das Kommando über die französischen Truppen auf St-Domingue in die Hand des Sohnes eines berühmten Generals, der dazu beigetragen hatte, daß sich die amerikanischen Kolonien ihre Unabhängigkeit erobert hatten. Für die Karibik erwies sich Donatien Rochambeau jedoch als eine Horrorgestalt, berüchtigt für sein brutales Vorgehen und seinen Hang, sich wie einst Kaiser Nero aufzuführen.

Um die wenigen übiggebliebenen schwarzen Truppen Vavals, die sich den Franzosen noch immer widersetzten, gleich in Angst und Schrecken zu versetzen, importierte er aus Kuba eine große Anzahl Bluthunde, die speziell darauf abgerichtet waren, Neger anzugreifen. Diese Tiere stellte er bei einer festlichen Abendvorstellung seinen Gästen vor, alles Weiße natürlich, erpicht auf jede Abwechslung. Drei Schwarze mit nacktem Oberkörper wurden in eine geschlossene Arena geführt, und während sie sich verängstigt in eine Ecke kauerten, nicht wissend, was jetzt passieren sollte, wurden drei Luken geöffnet, und die Hunde liefen herein. Es dauerte nicht lang, da ertönten die ersten Buhrufe, denn die Hunde schnüffelten nur an den Schwarzen, rannten im Kreis um sie herum und gingen dann selbst aufeinander los.

Rochambeau, erzürnt über das Hohngelächter, rief seinen Soldaten zu: »Laßt sie Blut riechen. Das wird sie schon auf Trab bringen.« Die Männer griffen zu ihren Bajonetten und betraten die Arena – wobei sie sich gegen die Hunde zur Wehr setzen mußten, die sie angreifen wollten, aber nicht die Schwarzen –, brachten den Gefangenen Wunden bei, worauf die Hunde auf sie lossprangen, sie in Stücke rissen und sich an dem Menschenfleisch labten. Das Publikum klatschte begeistert Beifall. Wie schon Leclerc vor ihm schlug auch Rochambeau sein Hauptquartier in Espivents Château auf, wo er jeden Abend vom Hausherrn dazu ermuntert wurde, mit seinen Übergriffen auf die Schwarzen und die freien Farbigen fortzufahren: »Ich muß Ihnen einmal meine Untersuchungen zeigen, General. Wie ein einziger Tropfen schwarzes Blut eine ganze Familie durch dreizehn Generationen hindurch, insgesamt 8 192 Nachfahren, infiziert. Es ist daher löblich, wenn Sie alles in Ihrer Macht Stehende tun, um die Schwarzen und auch die Mischlinge zu vernichten.« Die beiden Patrioten, die nicht mehr als 40 000 Weiße unter fast einer halben Million Schwarzen repräsentierten, glaubten ernsthaft, die Schwarzen allein durch Terror im Zaum halten und ihnen die Sklaverei aufzwingen zu können. »Das Beste, was Napoleon bislang getan hat, General, war, die Sklaverei wiedereinzuführen, aber trotzdem werden wir all die töten müssen, die unter Toussaint und diesem infamen Vaval einmal die Freiheit geschnuppert haben. Die werden sich einmal ergeben. Sie brauchen also nicht zimperlich zu sein.«

Espivent begrüßte es daher, als sein neuer Freund eine widerspenstige schwarze Brigade in einer Art und Weise bestrafte, der General Leclerc niemals zugestimmt hätte. Die etwa hundert schwarzen Meuterer wurden auf dem Marktplatz zusammengetrieben, von französischen Soldaten mit dem Gewehr im Anschlag umzingelt und mußten zusehen, wie anschließend ihre Frauen ebenfalls auf den Platz geführt und eine nach der anderen hingeschlachtet wurden. Dann richteten sich die Gewehrläufe auf die Männer, alle wurden erschossen.

Espivent selbst beteiligte sich an einer allgemeinen Verfolgung all derjenigen Schwarzen in Cap-Français, die von weißen Informanten als »so schlimm mit der Krankheit der Freiheit infiziert« bezeichnet wurden, »daß sie nie wieder gute Sklaven abgeben werden«. Er eröffnete eine Art provisorisches Freiluftbüro am Kai und dirigierte von dort aus etwa 8 000 Schwarze auf verschiedene Boote – mit dem Versprechen, sie würden die Frauen und Männer »in die Freiheit nach Kuba« schikken. Sobald die Schiffe voll waren, segelten sie eins nach dem anderen ein paar Kilometer aus der Bucht heraus, wo plötzlich die mit Gewehren und Macheten bewaffneten Matrosen die Schwarzen töteten, die Toten über Bord warfen – und dies alles mit einer solchen Geschwindigkeit, daß die nächstgelegenen Küsten wenig später übersät waren mit angeschwemmten Leichen. Espivent half der Sache dadurch ab, daß er die Kapitäne anhielt: »Fahrt mit den Schiffen weiter raus, damit die Strömung die Leichen in die offene See treibt.«

Espivent war nicht persönlich beteiligt an der raffiniertesten Erfindung zur Vernichtung der Schwarzen, aber er stellte ein Sklavenschiff zur Verfügung und überwachte die technischen Einzelheiten: Unter Deck dieses Schiffes wurde ein kleiner Ofen aufgestellt, in dem feuchter Schwefel verbrannt wurde. Die gewaltigen Mengen an Rauch, die dabei entstanden, wurden durch Rohre in einen tiefergelegenen Frachtraum geleitet, in dem die Schwarzen eingepfercht saßen. Eine Schale brennender Schwefel ergab genügend Rauch, um sechzig Menschen zu ersticken; man tötete die Schwarzen, ohne wertvolle Kugeln zu verschwenden oder mühsam Galgen errichten zu müssen.

Diese Greueltaten, und deren gab es viele, brachten Rochambeau jedoch nichts ein, denn immer wenn General Vaval in seinem Bergversteck von einer neuen Abscheulichkeit berichtet wurde, hörte er zu, unterbrach den Kurier nicht, senkte den Kopf und ballte die Fäuste, bis die Fingernägel in die Handflächen schnitten – und widmete sich noch wütender als zuvor der einzigen Aufgabe:»Wir werden jeden Franzosen gewaltsam aus dieser Kolonie vertreiben. Es darf keine Verhandlungen, keinen Friedensvertrag mehr geben.«

Jeden Abend, bevor seine Männer sich zu einem neuerlichen zermürbenden Angriff gegen Rochambeaus Streitkräfte entschlossen, mischte er sich unter sie und sprach mit seiner weichen Stimme zu ihnen:»Morgen werden wir Toussaints Sieg für ihn erringen.« Und am nächsten Tag, wenn er zuschlug, war der Vorstoß so unerbittlich, so getragen von kalter Wut, daß die Franzosen den Wellen der Zerstörung, die auf sie niedergingen, nicht standzuhalten vermochten. Ende 1803 mußte ein erboster Rochambeau vor seinen Generalen eingestehen:»Verflucht! Wir werden mit diesem kleinen Teufel nicht fertig.« Und eines Nachmittags hatte er es satt und gab auf. Es gab keine hochtrabenden Worte, keine Anerkennung, daß die Schwarzen gewonnen hatten; er zog sich lediglich auf seine Schiffe zurück und verbrachte dann eine ganze Nacht damit, einen Bericht an Napoleon zu verfassen, in dem er erklärte, wie Vaval durch üble Tricks und gemeinen Verrat ein paar unbedeutende Geplänkel für sich entschieden habe, aber sicher gänzlich geschlagen worden wäre, wenn nicht das Gelbfieber dazwischengekommen wäre.

An der Reling des letzten französischen Schiffes, das aus St-Domingue auslief, stand auch Jérôme Espivent, der seiner geliebten Kolonie den Rücken kehrte und einem ungewissen Exil entgegenfuhr. Er war mittlerweile in den Sechzigern, sein Haupthaar und sein Spitzbart schlohweiß. Um seine Schultern hatte er einen seiner schwarzen Umhänge geworfen, und in seinen Augen stand der Tränenschleier tiefen Bedauerns, als er mit ansehen mußte, wie sein aus Steinen erbautes Château kleiner und kleiner wurde.»Wir hätten das Land nie aufgeben sollen«, sagte er zu einem jungen Offizier aus dem Loiretal.»Alles nur wegen der freien Farbigen«, fügte er hinzu, und als er sich wieder nach Le Cap umdrehte, waren die Insel und sein Schloß bereits verschwunden.

Der Versuch, die Schwarzen zurück in die Sklaverei zu treiben, war fehlgeschlagen. Nachdem er die reichste Kolonie der Welt und annähernd 100 000 der besten europäischen Truppen verloren hatte, widmete der große Napoleon seine ganze Aufmerksamkeit jetzt seiner eigenen Krönung zum Kaiser und seinem Siegeszug durch halb Europa, der mit seinem Überfall auf Rußland sein Ende fand. In seinem zügellosen Wüten gelang es ihm, ein Dutzend Könige zu demütigen und unzählige Generale zu erniedrigen, doch den Sklaven Toussaint konnte er nur durch einen schändlichen Akt gemeinen Betrugs überwältigen, während General Vaval sich ihm bis zum Schluß widersetzte.

1804 zog sich César Vaval, wie der römische General Cincinnatus 458 v. Chr., nach einer Reihe entscheidender Siege und der Ausrufung der ersten schwarzen Republik auf sein Stück Land zurück. Da er als Sklave auf den Feldern dieser Republik gearbeitet hatte, hätte er Anspruch auf die gesamte Kolibri-Plantage von Jérôme Espivent erheben können, aber er begnügte sich mit dem westlichen Teil, in dem auch der Berg lag, auf dem die polnischen Truppen ihren Massenselbstmord begangen hatten. Dort lebte er mit Frau und drei Kindern, und in den Abendstunden erzählte er ihnen manchmal, nicht von seinen eigenen Großtaten, die, so befand er, mehrere andere Generale unter Toussaint ebenfalls vollbracht oder sogar noch übertroffen hätten, sondern von dem außergewöhnlichen Heldenmut seines Vaters Vavak, Sklave auf einer dänischen Plantage. Mit diesen Erzählungen stand die Vergangenheit in den Augen der Kinder erneut auf. Sie konnten sich eine Vorstellung von Afrika machen, von der dänischen Knechtschaft auf St. John – oder sahen sich selbst in kleinen Booten nach Puerto Rico oder Haiti flüchten. Vaval schärfte ihnen ein, daß sie Nachfahren eines ungewöhnlich heroischen Volkes seien, und sie fühlten die Verantwortung, diese Tradition fortzuführen. Über die Heldentaten ihres Vaters während des Befreiungskampfes verloren sie kein Wort, denn es galt als selbstverständlich, daß sie sich ebenso aufgeführt hätten.

Jetzt, als ein Mann, der auf die Fünfzig zuging, war er nicht gerade glücklich über das, was sich in seinem neuen Land tat. Jean-Jacques Dessalines, ein ehemaliger, besonders rachsüchtiger General unter Toussaint, hatte sich kürzlich selbst zum Kaiser auf Lebenszeit ernannt. Was für ein bösartiger Mensch, dachte Vaval eines Abends, als er auf dem Gipfel seines »polnischen« Berges saß. Im Jahr zuvor hatte Dessalines eine Amnestie verkündet und sie auf allen Inseln der Karibik und sogar in Süd-Carolina verbreitet: »Weiße Bürger, die ihr aus Haiti geflohen seid, kommt zurück. Das Vergangene ist vergessen.

622

Kommt heim und helft uns, ein großartiges neues Land aufzubauen!« Sie waren zurückgekommen, in Scharen, Weiße, voller Heimweh nach der Kolonie, die sie einst geliebt hatten. Und was geschah, als sie ankamen?

Vaval blieb einen Augenblick mit gesenktem Kopf sitzen, während er sich die schrecklichen Szenen ins Gedächtnis zurückrief. Als Dessalines sie alle in seiner Gewalt hatte, verkündete er eines Morgens:»Tod allen Weißen in Haiti!« Und das Töten begann. In Cap-Français, dem Ort, den sie in Cap-Haitien umbenannt hatten, ließ er Hunderte von Weißen antreten. Sie glaubten, er würde sie über ihre Pflichten als Staatsbürger des neuen Landes aufklären. Aber nein! Er tötete allesamt, vierhundert, vielleicht fünfhundert. »Das Land säubern«, wie er das nannte. Jeder Weiße auf Haiti wurde umgebracht.

Als die Nacht hereinbrach, schaute Vaval hinüber zu Cap-Haitien und fragte sich: Läßt sich schrecklicher Verrat wie dieser jemals aus einem Land verbannen? Gibt es Verbrechen, die sich nie wiedergutmachen lassen? Und da er ein Mann von Ehre war, mußte er auch einen eigenen Anteil an der Schuld eingestehen. Als man die Weißen losgeworden war, richtete sich die Aufmerksamkeit auf die freien Farbigen, und Dessalines verfügte:»Alle freien Farbigen sind aus Haiti zu entfernen.« Und da allgemein bekannt war, daß Vaval nur Verachtung für diese Menschen übrig und sie häufig in Kämpfe verwickelt hatte, war ihm die Aufgabe übertragen worden, sie aufzuspüren.

Schamerfüllt angesichts seines Verhaltens in jenen stürmischen Tagen, erinnerte er sich jetzt an die Belagerung Méducs. Unter der Führung der Prémords hatten sich die freien Farbigen auf ihrer Plantage versammelt, wo die Kämpfe besonders brutal gewesen waren. Vaval gelang es nicht, sie zu unterwerfen, und einer seiner Männer fragte ihn höhnisch:»Vaval? Wenn du mit Leclerc so leicht fertig geworden bist, warum dann nicht mit den paar freien Farbigen?« Aber er hatte keine Antwort gewußt.

Es folgte eine angenehmere Erinnerung. Zum Schluß der Kampfhandlungen, als Vaval sich zurückziehen mußte, ohne seine Gegner vertrieben zu haben, kam Julie Prémord auf ihn zu und schlug einen landesweiten Waffenstillstand vor, um dem sinnlosen Morden ein Ende zu machen. Sie garantierte ein Einhalten der Vereinbarung durch die freien Farbigen, wenn Vaval bereit war, dasselbe für die Schwarzen zu tun. Er schickte einen berittenen Boten mit dem Vorschlag nach Cap-Haitien zu Dessalines, doch der entgegnete:»Kein Waffenstillstand.

Die freien Farbigen müssen vernichtet werden!« Es war nicht möglich, denn die Prémords, die Toussaints ihrer Rasse, verteidigten ihre Plantage mit allen Mitteln. Vaval mußte sich zurückziehen, wissend, daß damit die letzte Gelegenheit, zu einem vernünftigen Ende zu kommen, vertan war. Dann sprang er in seiner Erinnerung zu einem von Palmen umsäumten Dorfplatz. Im ganzen Land wurden freie Farbige verfolgt und ermordet. Schließlich kamen die letzten im Norden der Insel, in Méduc, zusammen – der Stadt, in der sich die freien Farbigen früher getroffen hatten, um ihre heimlichen Feste zu feiern –, ein kläglicher Rest ohne jede Schlagkraft, so daß sie sich ergeben mußten. Da Vaval gelernt hatte, ihnen Achtung entgegenzubringen, bat er die Regierung, man möge diese wenigen doch verschonen und sie friedlich in ihrem Gebiet im Norden der Insel leben lassen. Und man hörte auf ihn. Er wurde damit beauftragt, die Bedingungen der Kapitulation und der Versöhnung auszuhandeln.

So ließ also Vaval die freien Farbigen, die sich ergeben wollten, an einem schönen hellen Tag in Méduc antreten und traf mit Prémord und seiner Frau zusammen, um über letzte Details zu sprechen. »Der Krieg ist vorbei!« rief Prémord mit seiner klaren festen Stimme, die sich Gehör zu verschaffen verstand, und als sich Vaval zu ihm umdrehte und ihn anschaute, dachte er bei sich: »Was für ein gutaussehender Mann! Seine Hautfarbe ist viel anziehender, als ich immer geglaubt hatte.« Prémord fuhr fort: »Wir haben ein neues Land und einen neuen Herrscher. Die Franzosen sind für immer verschwunden und damit auch die Unterdrückung durch die Weißen. Mit diesem Tag beginnt eine dauerhafte Freundschaft zwischen Gruppen, die viel zu lange getrennt gewesen sind.« Damit umarmte er Vaval und rief seinen Anhängern zu: »Seht her, wie zwei alte Feinde ihre neue Freundschaft beginnen!« Und alle hatten gejubelt.

Dann plötzlich war jedoch aus einem kleinen Haus am Platz, wo das Treffen stattfand, der selbsternannte Kaiser gestürmt und brüllte mit kalter Wut: »Tötet sie alle!« Schwarze Truppen rückten vor und mordeten mit Bajonetten und Gewehren alle 500, die sich versammelt hatten, um Frieden zu schließen. Prémord und seine Frau, die neben Vaval standen, griffen ihn am Arm und riefen ängstlich: »Vaval, was geht hier vor?« Bevor Vaval eingreifen konnte, wurden sie gewaltsam auseinandergerissen, die Prémords ein dutzendmal von Bajonetten durchbohrt und dann in einen Graben gestoßen. Nicht ein freier Farbiger überlebte, und die wenigen, die sich im übrigen Nordteil versteckt gehalten hatten, wurden wie Tiere aufgespürt und hingeschlachtet. All diese Erinnerungen waren schmerzlich für Vaval. Mit einem heftigen Stöhnen griff er sich an die Kehle: Mein Gott! Was für eine fürchterliche Last haben wir unserem Land aufgebürdet. 1789 lebten hier noch ein halbe Million rechtschaffener und anständiger Menschen – und jetzt weniger als 200 000 heißt es. Dazu die vielen toten englischen und spanischen und polnischen Invasoren. Kann ein Land soviel Brutalität aushalten? Soviel vergossenes Blut?

Wieder ließ er seinen Blick Richtung Norden schweifen und erkannte das Dach des Châteaus in Cap-Haitien. Die zahlreichen Massaker, die seine Bewohner hatten mit ansehen müssen: 1791, 1793, 1799, 1802 . . . kein Land konnte solcher Zerstörung standhalten, die Narben würden niemals verheilen. Er dachte zurück an die Menschen, die für die nicht enden wollende Tragödie verantwortlich waren: »grands blancs« wie Jérôme Espivent, der sowohl Schwarze als auch freie Farbige gehaßt hatte. Dann fing er an zu wimmern: und Schwarze wie ich, die das Land von Weißen »gesäubert« haben und ebenso von Farbigen. Und jetzt haben wir Schwarzen unser Land, unsere schwarze Nation, und was werden wir daraus machen?

Die dunkle Wolke der Nacht senkte sich auf sein gequältes Land, und er fragte sich, ob sie sich jemals wieder verziehen würde.

11. Kapitel

Kriegsrecht

In den Jahrzehnten nach dem Sklavenaufstand in Haiti erlangten die Schwarzen in dem gesamten karibischen Raum eine Reihe nachhaltiger Verbesserungen ihrer Lebensbedingungen. 1834 beendete England in seinem Kolonialreich die Sklaverei, Frankreich folgte 1848. In den Vereinigten Staaten schaffte Präsident Lincoln 1863 zwar die Sklaverei mitten in den Wirren des Bürgerkrieges ab, aber das galt nur für die Südstaaten, über die er keinerlei Kontrolle hatte. In den Grenzstaaten, die er dagegen kontrollierte, wurde sie beibehalten, erst 1865 wurde sie in allen US-Bundesstaaten für ungesetzlich erklärt. In den spanischen Besitztümern setzte sich weiterhin eine brutale Form der Sklaverei fort, und es ist kaum zu glauben, daß Kuba sie bis zum Jahr 1886 beibehielt.

Schwarze waren damit praktisch frei, nur bedeutete das de facto recht wenig, wenn man sich einmal ihre tatsächliche Situation genauer betrachtete. In Jamaika zum Beispiel hielt 1865 ein schwarzer Wanderprediger, George Gordon, eine Messe, während derer er seiner Gemeinde zurief: »Gott hat gewollt, daß die Sklaverei ein Ende hat, und deswegen ist sie nun abgeschafft« – doch noch während er sprach, bahnte sich bereits ein Rückfall in die alte Zeit an.

»Sollte Gott jemals auf die Erde hinuntersteigen«, flüsterte der junge Mann, »dann sieht er sicherlich aus wie Gouverneur Eyre.« Als Besitzer der Zuckerrohrplantage, die den in Europa weit verbreiteten und geschätzten dunklen Rum herstellte, und als Mitglied des Verwaltungsrates der Insel repräsentierte Jason Pembroke das vornehme Jamaika. Mit seinen 28 Jahren hatte er die schlanke forsche Erscheinung eines jungen Mannes, der die Absicht hatte, alles in seiner Umgebung unter Kontrolle zu halten, und trug einen modisch gestutzten, schwarzen Bart in einem offenen Gesicht.

626

Der Mann, dem er seine Meinung zugeraunt hatte, war ebenfalls Mitglied des Rates, jedoch völlig anders, sowohl was seinen Charakter betraf als auch seine Erscheinung. Es war Pembrokes Vetter, Oliver Croome, dessen Landsitz größer und wertvoller war. Ein jovialer Mensch in den Vierzigern, stets glattrasiert, rotwangig, leicht übergewichtig und mit einem Hang zu stürmischen Lachsalven, schätzte er seine Pflichten anders ein als Pembroke:»Die Königin sagt uns, was wir zu tun haben, und wir tun es.« Es war undenkbar für ihn, auch nur etwas zu äußern, das den Direktiven des Kolonialbüros in London widersprach.»Und wenn unsere Jungs meinen, sie könnten die Regeln der Königin einfach umgehen, gibt es immer noch die Marine, um ihnen Manieren beizubringen.«

Sie waren gut befreundet, die beiden so verschiedenen Vettern – Pembroke, der Strenge und Vorsichtige, und Croome, der Extravagantere, der sich nicht selten zu unbedachten Äußerungen hinreißen ließ –, und obgleich sie in politischen Dingen gewöhnlich gegensätzlicher Meinung waren, Pembroke ein ruhiger, bedächtiger Liberaler und Croome ein lautstarker Erzkonservativer, zeigten sie doch in bestimmten, ihrer Klasse eigenen Situationen dieselbe Überzeugung: Loyalität gegenüber der Krone, die Liebe zu England, dem Land, in dem ihre Familien mehr Zeit verbrachten als in Jamaika; sowie eine grimmige Entschlossenheit, sich für das Wohlergehen der Zuckerrohrpflanzer einzusetzen. Um diese wünschenswerten Ziele auch durchzusetzen, galt ihre volle Unterstützung Gouverneur Eyre, einem irgandwie erhabenen Menschen, der tatsächlich an einen weisen, väterlichen Jupiter erinnerte, auf die Welt gekommen, um die Dinge auf Jamaika zu richten.

»Er ist ein Mann, der sehr genau weiß, was er tut«, flüsterte Oliver seinem Vetter zu, und beide nickten ehrerbietig dem ernsten Mann zu, der am anderen Ende ihres Ratstisches Platz genommen hatte. Edward John Eyre, mittlerweile fünfzig Jahre alt, war von überragender Gestalt, trug einen dichten Vollbart und einen buschigen Schnäuzer, der den Mund fast gänzlich verdeckte und seine stockende Rede meist in ein Poltern verwandelte. Als er ihn einmal eine Ansprache hatte halten hören, meinte Jason Pembroke:»Als Gott durch den brennenden Busch sprach, muß er sich so angehört haben.«

Eyre war nicht der traditionelle Kolonialgouverneur, wie man ihn sonst kannte, der schwächliche Sohn irgendeiner bedeutenden englischen Familie, der sich seine Stellung nur deswegen erobert hatte, weil adlige Verwandte ein gutes Wort für ihn eingelegt hatten. Als dritter Sohn eines verarmten Priesters der englischen Staatskirche, dessen Vorfahren einst wohlhabende Kirchenführer gewesen waren, stand er im Alter von siebzehn Jahren zwar mit einer guten Schulbildung, aber ohne jegliche Zukunftsaussicht da. In dieser verzweifelten Situation tat sein weitsichtiger Vater zwei Dinge, um ihm behilflich zu sein: Er lieh sich Geld bei Freunden, um dem Jungen ein Offizierspatent zu erwerben, aber kurz bevor Edward in die Armee aufgenommen werden sollte, machte der Vater einen anderen Vorschlag: »Warum behältst du das Geld nicht und versuchst dein Glück in Australien?«

Die Idee war kühn, kam unerwartet, doch im Oktober 1832 kaufte sich Edward John Eyre die Karte für eine Schiffspassage zum unbekanten Kontinent, wo er Ende März des darauffolgenden Jahres ankam, nach einer mühsamen Fahrt von 140 Tagen. Wie jeder andere englische Neuankömmling seiner Zeit ging er in Sydney von Haus zu Haus, von Büro zu Büro, präsentierte die zahlreichen Empfehlungsschreiben, mit denen ihn Freunde der Familie ausgestattet hatten, aber alle Eigenwerbung nützte nichts, und so blieb er völlig auf sich allein gestellt, ohne Freunde und nur diesen riesigen, leeren Kontinent vor seinen Füßen, um sich nach einem Heim und einer Beschäftigung umzusehen.

Kraft seines eisernen Willens und einer durch Selbstdisziplin erworbenen bärenstarken Konstitution begab er sich auf mutige Forschungsreisen in die einsamsten Gegenden Australiens, legte Tausende von Kilometern zurück, meist nur in Begleitung eines einzigen Gefährten – des stets freundlich lächelnden, unermüdlichen Knaben Wylie, ein Ureinwohner des Landes. Gemeinsam drangen sie so tief in den Kontinent vor, daß viele es später kaum für möglich hielten, doch am Ende seiner Reisen wurde Eyre die Anerkennung als einer der tüchtigsten aller Erforscher Australiens zuteil und dadurch geehrt, daß der größte See des Landes nach ihm benannt wurde. Sein persönlicher Mut war unvergleichlich, seine Erkenntnisse wesentlich genauer als die zu der Zeit allgemein vorherrschenden, und seine Liebe zu dem Land unübertroffen. Hätte er sich entschieden, den Rest seines Lebens in Australien zu verbringen, wäre er als hochverehrter Nationalheld gestorben.

Süchtig nach Ruhm, dem Gepränge eines Amtes und den Privilegien der Macht, verließ er jedoch Australien wieder, um sich dem Kolonialdienst Großbritanniens zu verschreiben, fest entschlossen, so schnell wie möglich zum Gouverneur irgendeiner entlegenen Kolonie befördert zu werden, in der er wie ein Kaiser herrschen konnte. Seine großen Pläne wurden auf der Stelle zunichte gemacht, als man ihn nach Neuseeland versetzte und ihn dort nur mit einem niedrigen Posten abspeiste, in dem er überhaupt nichts erreichte. Etwas mehr Glück hatte er dann auf der Karibikinsel St-Vincent, wonach ein kurzes langweiliges Gastspiel auf Antigua folgte. 1862 schließlich, im Alter von 47 Jahren, wurde er als Gouverneur auf die wichtige Insel Jamaika versetzt, ein Posten, den er mit Leidenschaft ausfüllte und in dem er viel Geschick bewies, vor allem, als ein großes Feuer die bedeutendste Stadt, Kingston, bedrohte. Eine Zeitung schrieb darüber folgenden Bericht: »Gouverneur Eyre kam sofort aus seiner Residenz in Spanish Town herangeritten, preschte mitten in unsere Stadt und warf sich mit ganzer Kraft in den Kampf gegen das Feuer, das ein fürchterliches Chaos anrichtete. Noch nie zuvor haben wir an einem Repräsentanten der Königin ein so mutiges Verhalten angesichts wirklicher Gefahr beobachten können. Gouverneur Eyre, unserem tapferen Held, gebührt alle Ehre.«

Unter dem Landadel der Insel gab es jedoch auch Stimmen des Unmuts. »Wie können sie es wagen, uns einen Gouverneur ohne angemessenen Familienhintergrund vorzusetzen, wo wir bislang nur an Mitglieder der Aristokratie gewohnt waren?« Andere meinten: »Die einzige Qualifikation, die er für das hohe Amt mitbringt, das einst Männer aus den höchsten Kreisen innehatten, Grafen und Barone, ist die, daß er früher einmal Schafe in den öden Weiten Australiens gehütet hat. Für diese Insel ist er nicht gut genug.« Einer der schwerwiegenderen Vorwürfe, die man ihm machte, war der, daß er »mehrmals gesehen wurde, wie er nicht mit seiner Privatkutsche unterwegs war, sondern ein öffentliches Verkehrsmittel benutzte. Was für eine Schande! Es entbehrt jeder Würde und Achtung vor seinem Amt!« Als ein Rapport über dieses ungebührliche Verhalten in London vorlag, notierte Eyres direkter Vorgesetzter auf das Stück Papier: »Was den Vorwurf der Nutzung eines öffentlichen Verkehrsmittels betrifft, mir ist sogar ein Staatsminister bekannt, der sich solche Ungehörigkeit leistet«, worauf der oberste Chef der Behörde, der Graf von Newcastle, noch den Vermerk hinzusetzte: »Ich leiste sie mir ebenfalls.«

Zu Beginn des Jahres 1865 dagegen, jenem kritischen Jahr, in dem zahlreiche Ereignisse die Insel Jamaika erschütterten, saß Gouverneur Eyre so fest im Sattel, daß seine begeisterten Anhänger wie Pembroke und Croome allen Grund zur Annahme hatten, er würde ewig im Amt bleiben, obgleich Jason langsam Zweifel an der Fähigkeit des Mannes hegte, für Harmonie zwischen den unterschiedlichen Elementen der

Insel zu sorgen. Während er Gouverneur Eyre in kaiserlicher Würde aus der Kammer hinausschreiten sah, zupfte er sich nachdenklich am Bart und bemerkte: »Ich muß sagen, ich entdecke Anzeichen von Überheblichkeit an unserem Gouverneur.«

»Was zum Teufel meinst du damit?« fragte Oliver.

»Er ist mir zu sehr eingebettet in den Schoß der anglikanischen Kirche...«

»Na und, ich auch. Und du auch. Das gehört sich nun einmal so... was denn sonst?«

»Aber als unser Gouverneur sollte er auch Gläubigen anderer Religionen, die auf der Insel immer stärker anwachsen, sein geduldiges Ohr schenken. Vor allem den Baptisten.«

»Sie sollten alle erschossen werden, und die Baptisten zuerst!«

»Was redest du da für ein dummer Zeug, Oliver. Die Baptisten sind nun mal hier und müssen ernst genommen werden.«

»Eyre hat diesen verdammten Dissidenten jede Aufmerksamkeit zukommen lassen. Er war mehr als großzügig. Immerhin ist die anglikanische Kirche die Religion der Insel, so steht es jedenfalls im Gesetz. Wir zahlen unsere Steuern, um sie zu unterstützen, und ihre Priester unterstützen die Königin. Baptisten? Wer weiß schon, woran die glauben?« Bevor Pembroke antworten konnte, fügte Croome noch mit hochrotem Gesicht hinzu: »Ich kann dir sagen, Jason, mir gefällt dieser abscheuliche Bericht der Baptisten, der hier kursiert, ganz und gar nicht.« Und endlich hatte Pembroke begriffen, warum sein Vetter von diesem Unbehagen so beherrscht war.

Wenige Jahre zuvor hatte ein Priester der Baptisten namens Underhill, der die Insel besucht hatte, bei seiner Rückkehr nach London ein wohlwollendes Buch über Jamaika veröffentlicht, aber kurz darauf eine wahre Flut von Zuschriften von örtlichen Baptisten erhalten, in denen sie sich über ihre augenblicklichen Lebensbedingungen heftig beklagten. Die Briefeschreiber äußerten sich unverblümt über die Nachteile, die alle nichtkonformen Sekten wie die Baptisten unter der Oberhoheit einer gefühllosen und kleinlichen anglikanischen Staatskirche in Kauf nehmen mußten. »Wir müssen Steuern zahlen, um deren Kirche und deren trinkfreudige Pfaffen zu unterhalten, aber uns gewähren sie nicht einen Penny, obwohl unsere Lehre dem Geiste Jesu näher steht als ihre. Außerdem haßt der Gouverneur jeden, der auch nur einen Anflug von dunklerer Hautfarbe hat.«

Durch diese Briefe alarmiert, schickte Underhill Ende Dezember

1864 einen nicht einmal sonderlich aufrührerischen Bericht an die englischen Behörden. Abschriften davon wurden sogleich nach Jamaika weitergeleitet, wo sich die Anführer der anglikanischen Kirche, den Gouverneur und seine Anhänger eingeschlossen, maßlos darüber aufregten, daß ein kleiner Baptist es gewagt hatte, sich nicht nur über Gottes auserwählte Kirche zu beschweren, sondern darüber hinaus auch indirekt über die Königin, die ihre Stellvertreter vor Ort ja selbst ernannt hatte. »Das ist ja fast schon Ketzerei«, murrte Croome, »oder sogar Verrat.« Doch dann, mit dem aufrichtigen, schlichten Gemüt, das keine Zweifel an seiner eindeutigen Meinung ließ, sagte er mit großem Nachdruck, wobei er auf den Stuhl neben sich schlug: »Diese gottverdammten Baptisten sind zu neun Zehnteln Nigger und werden angeführt von einer Bande selbsternannter Prediger, die zu neun Zehnteln Mischlinge sind. Dieser Bericht trifft das britische Empire im Kern, und sein Verfasser gehört an die Wand.« Croome, wie schon seine Vorfahren, war immer sofort dafür, mit solchen Leuten kurzen Prozeß zu machen.

»Sachte, sachte, Croome. Jeder, der Gouverneur Eyre vorwirft, Vorbehalte gegen Schwarze zu haben, mag es nun irgendein närrischer Baptist sein oder du, der weiß nichts über die Vergangenheit der Mannes. Ich habe mir die Mühe gemacht, etwas darüber herauszufinden, denn ich beobachte eine wachsende Feindseligkeit zwischen uns Weißen und den Schwarzen, wobei sich die Mischlinge mal auf die eine, mal auf die andere Seite schlagen.«

»Und wie sieht seine Vergangenheit aus?«

»In Australien ist er als aufrichtiger Gönner der Ureinwohner aufgetreten. Bei seinen Forschungsreisen, für die er keinen Weißen fand, der genug Mut bewies, sich ihm als Begleiter anzuschließen, vertraute er der Hilfe eines jungen Ureinwohners. Als er zum Gouverneur von St-Vincent ernannt wurde, machte er sich zu einem starken Fürsprecher der Nigger, und auf seinem Posten in Antigua war es dasselbe. Der Mann ist genau richtig für Jamaika.«

»Und deswegen wäre es ein Verbrechen, wenn wir es zuließen, daß diese verdammten Baptisten seinen Charakter in den Schmutz ziehen. Wer ist überhaupt dafür verantwortlich, daß Abschriften dieses Underhill-Berichtes hier auftauchen konnten?« – »Jason, unsere Aufgabe als Mitglieder des Verwaltungsrates besteht darin, alles zu tun, um zu verhindern, daß sich hier eine Meuterei wie in Indien oder die Schrecken von Haiti, als die Nigger dort verrückt spielten, wiederholen.«

Das waren die Schreckensvisionen, die die Köpfe beherrschten: Cawnpore, eine Stadt am Ganges, wo Hunderte von Engländern, Männer und Frauen gleichermaßen, brutal mißhandelt, abgeschlachtet und in tiefe Brunnenschächte geworfen worden waren; und das nahe gelegene Haiti, kaum 150 Kilometer entfernt, wo sich noch schlimmere Massaker zugetragen hatten.

»Wir müssen alles Menschenmögliche tun, um Frieden zu wahren«, sagte Croome, und harte Linien gaben seinem glattrasierten Gesicht einen Zug von Bitterkeit, »und wenn ich diesen Underhill oder irgendeinen anderen baptistischen Hetzer zwischen die Finger kriege, werde ich ihn eigenhändig erschießen.«

Gouverneur Eyre, der in diesem Moment den Ratssaal betrat, sah die beiden Vettern und baute sich vor ihnen auf, groß und – mit seinem rauschenden Bart – wie ein Gott. »Sie sind die beiden Männer, auf deren Fürsprache ich mich verlassen muß, wenn Sie demnächst Wohnsitz in London nehmen«, sagte er mit gerade soviel Bewegung in der Stimme, wie sein strenges Wesen ihm erlaubte. »Sie sind drüben genauso zu Hause wie auf Ihrer Zuckerrohrplantage. Ein seltenes Paar, Sie beide.«

Auf ihrem Heimweg ritten die beiden Vettern gemeinsam die herrlichen Wege entlang, die von Spanish Town Richtung Norden führten, aufgewühlten Bächen folgend, die sie an manchen Stellen durchwaten mußten, und als sie sich der Plantage der Croomes näherten, nahm Jason von seinem energischen Vetter Abschied. »Wir haben diese Woche gute Arbeit für das Empire geleistet, Oliver«, sage er und lenkte sein Pferd auf das Gatter zu.

Auf Trevelyan erwartete Jason eine Abordnung, die er nicht gerade gern empfing, eine buntgemischte Gruppe Farmer der St-Ann-Gemeinde im Norden, angeführt von einem der am wenigsten umgänglichen Baptistenprediger, einem blasierten, aber hartnäckigen Mischling von 47 Jahren, einem gewissen George William Gordon, dessen Hautfarbe weiße Jamaikaner als »bedarkenend«, angedunkelt, bezeichneten, der sein Gegenüber unverschämt fixierte, eine Angewohnheit, die er sich im Laufe seines unablässigen Eintretens für die farbigen und schwarzen Mitglieder seiner Gemeinde zu eigen gemacht hatte. Sein Gesicht wurde gerahmt von einer Art Halbbart, der auf beiden Seiten seines lockigen Haarschopfes ansetzte und bis unters Kinn führte, aber den Rest des Gesichtes unbedeckt und finster ließ, was ihm das Aussehen verlieh, als würde er ständig die Zähne zusammenbeißen. Er trug ein Brillengestell aus Draht und die Soutane eines Geistlichen, obwohl niemand zu sagen vermochte, ob er jemals rechtmäßig zum Priester ernannt worden war; Pembroke glaubte, ja, aber sein Vetter war sicher, daß Gordon sowohl den Titel als auch die Soutane einfach nur angenommen hatte.

Kaum hatte Pembroke ihn als Anführer der Gruppe der St-Ann-Farmer ausgemacht, von denen die meisten gleich jenseits der Grenze der Gemeinde lebten, in der Trevelyan lag, wußte er, daß es Ärger geben würde, denn Gordons Kinn war wütend vorgeschoben.

Gordon war ein zäher Bursche, der sich mit eisernem Willen nach oben gekämpft hatte. Sein Vater war ein wehleidiger Weißer, der unvorsichtigerweise ein Verhältnis mit einer seiner Sklavinnen angefangen hatte, dann im Laufe der Jahre sieben Kinder gezeugt hatte. In seinem späteren Leben, als er etwas Geld beisammen hatte, warf er die ehemalige Sklavin und ihre Brut aus dem Haus, heiratete eine weiße Frau und verwehrte seinen Mischlingskindern, George William unter ihnen, jeglichen Zutritt zu seinem neuen Haus. Dennoch kam der Vater, als er in finanzielle Schwierigkeiten geraten war, winselnd angekrochen und bat seinen Sohn um das Geld, das ihm ein menschenwürdiges Leben ermöglichte. In der Zwischenzeit war der junge Mann so erfolgreich mit diversen Geschäftsunternehmen, daß er seinem Vater nicht nur den Erwerb eines Hauses ermöglichen konnte, sondern auch für den Unterhalt seiner weißen Frau und deren Kinder aufkam. Ein solcher Mensch konnte nicht so ohne weiteres mit Mißachtung bestraft werden – trotz seiner unglücklichen Hautfarbe.

Pembroke wollte nicht unhöflich sein, lud die schwarzen und farbigen Farmer in sein Haus, ließ Erfrischungen kommen und hörte sich den traurigen Grund ihres Besuches an: »Sie sind das intelligenteste Ratsmitglied, Mr. Pembroke«, begann einer der Farmer, »und Sie kennen unser Land in St-Ann besser als jeder andere, außer vielleicht Parson Gordon, der dort immer mal wieder predigt. Wir arbeiten gern und hart, aber wir brauchen Land für unser Getreide. Tausende Hektar liegen dort brach, keiner bestellt sie. Als vor Jahren die Freilassung aller Sklaven erfolgte, sollten wir das Land bekommen . . . sogar kaufen können, falls notwendig. Wir haben gespart. Wir haben das Geld, um es zu kaufen, wenn der Preis angemessen ist. Aber die Regierung will es uns nicht freigeben. Sie sagt: ›Eure Rolle ist klar, für die Weißen arbeiten, gegen jeden Lohn, den sie euch bereit sind zu zahlen.‹ Nun, in St-Ann gibt es keine weißen Plantagenbesitzer, die uns anstellen könnten, aber auch kein Land, auf dem wir unser Getreide anbauen können.«

So ging es in einem fort, lauter jämmerliche Klagen, wie man sie in jeder Gemeinde auf Jamaika zu hören bekam. Als 1834 in den britisch besetzten Gebieten der Karibik die allgemeine Befreiung verkündet wurde, hatte man den Sklaven in betrügerischer Absicht das Versprechen gegeben, ihnen Grund und Boden zur Verfügung zu stellen, doch die gesetzgebende Versammlung, die sich zu weiten Teilen aus weißen Plantagenbesitzern und ihren Angestellten zusammensetzte, weigerte sich, Land abzutreten, und die neuen Unterschichten hatten keinerlei Rechte, irgendwelche Ansprüche zu stellen. Zu diesem Zeitpunkt hatte Jamaika 450 000 Einwohner, von denen gerade 750 stimmberechtigt waren, und die hatten nicht vor, Land an die Anhänger des Baptistenpredigers Gordon abzutreten.

Pembroke, der Verständnis für diese Dinge aufbrachte, hörte den Farmern aufmerksam zu, und als sie geendet hatten, machte er den Vorschlag, sie sollten sich zusammensetzen und einen höflichen Brief an Königin Victoria schreiben, ihre Schwierigkeiten darlegen, aber auch, wie sie ihrer Ansicht nach gelöst werden könnten. Als Gordon sich bereit erklärte, das Schreiben aufzusetzen, sagte Pembroke freundlich: »Lieber nicht, Sir. Sie sind als ein Radikaler verrufen, und es würde mir widerstreben, Ihr aufrührerisches Gedankengut der Königin zu unterbreiten, auch wenn ich der Ansicht bin, daß Sie im Grunde recht haben.«

So also wurde mit Pembrokes Hilfe der Brief entworfen, ein vernünftiger, zurückhaltende Appell, in einer Zeit der Not zu helfen, und eine höfliche Bitte, die Königin möge ein Stück Kronland freigeben, das die Unterzeichner mit Herz und Verstand – und bei voller Erfüllung ihrer Pachtverpflichtungen – bestellen würden. Als er laut vorgetragen wurde, stimmten alle Farmer darin überein, daß er sowohl ihr Anliegen traf als auch ihre Achtung vor der Königin zum Ausdruck brachte, und sie waren der Ansicht, sie würde ihnen wohlwollend Gehör schenken. Prediger Gordon meinte zwar, der Ton hätte eher schärfer ausfallen sollen, aber Pembroke versicherte ihm, dies sei die richtige Art und Weise, sich an eine Königin zu wenden, deren Großzügigkeit allgemein bekannt war. »Ich werde ihn durch die richtigen Kanäle weiterleiten, und ich bin sicher, sie wird antworten.« Man beglückwünschte sich gegenseitig, und die Versammlung löste sich auf.

Zwei Tage darauf schritt Oliver Croome durch das Tor zur Trevelyan-Plantage, das Gesicht aschgrau verfärbt: »Was in Teufels Namen hast du da gemacht, Jason?«

»Was meinst du?«

»Diese Petition an die Königin. Die das Pfaffenschwein Gordon für die Leute von St-Ann geschrieben hat.«

»Die habe ich aufgesetzt. Ich hoffe, ich habe den richtigen Ton getroffen.«

»Du?! Himmel, Pembroke, hast du den Verstand verloren? Siehst du denn nicht, daß diese Leute alle Baptisten sind, die nur die Lügen aus dem Underhill-Bericht wiederholen? Diese Leute sind Revolutionäre. Willst du, daß es hier zu einem zweiten Haiti kommt?«

Als Pembroke versuchte, sich dagegen zu verwahren, und erklärte, er habe ihnen geholfen, den Brief zu verfassen, aus dem einzigen Grund, eine Revolution zu verhindern, fuhr Croome ihm über den Mund: »Jason, du verstehst nichts von der Niggerfrage, aber als Mitglied des Rates solltest du dir mal Gedanken darüber machen. Vielleicht kann dir das dabei helfen«, worauf er Jason einen der erstaunlichsten Ergüsse der englischen Geistergeschichte in die Hand drückte. Verfaßt war die Schrift bereits sechzehn Jahre vorher, 1849, jener Zeit der großen Revolutionen in Europa, und offenbar beeinflußt von den Erhebungen der niederen Stände. Der Titel des Pamphlets lautete »Angelegentlicher Diskurs zur Negerfrage« und der Name des Autors Thomas Carlyle, ein Schotte, bekannt für seine Befürwortung der Heldenverehrung als Leitfaden für das Leben der Individuen und der Nationen. Er glaubte fest an das Recht Großbritanniens, diejenigen, die er unter der Bezeichnung »niedrige Rassen« zusammenfaßte, zu beherrschen. Außerdem trat er dafür ein, daß Männer die Entscheidungen zu treffen, Frauen und Kinder nur zu gehorchen hätten.

Als Jason anfing, sich in Carlyles Phrasen zu vertiefen, meinte Croome: »Ich werde mir mal solange ansehen, wie du deinen berühmten Trevelyan-Rum herstellst« und ließ seinen Vetter allein im Arbeitszimmer zurück.

Die beiden Schlüsselgedanken des Autors hatte Jason schnell durchschaut. Alle Schwarzen, vor allem freie ehemalige Sklaven, wurden grundsätzlich »Quashee« genannt, ein wohlklingender Name, den früher einer der afrikanischen Stämme jedem an einem Sonntag geborenen Kind verliehen hatte. Carlyle hatte sich offenbar in das Wort verliebt, weil es auf zynische Weise jeden Schwarzen, auf den es angewendet wurde, diskriminierte, denn er brauchte es bis zum Überdruß in seinem gehässigen Pamphlet. Außerdem hatte er irgendwie die Vorstellung verinnerlicht – wahrscheinlich hatte ihm das der Besitzer einer Zuckerrohr- oder Baumwollplantage auf Besuch aus Carolina eingeredet –, daß Schwarze ihre Zeit vorwiegend damit verplemperten, im Schatten von Bäumen herumzulümmeln und Wassermelonen zu essen, aber da Carlyle niemals eine Wassermelone zu Gesicht bekommen hatte, verwechselte er sie dauernd mit einem Kürbis, daher die zahllosen ironisch gemeinten Verweise auf Quashee und ihre Kürbisse in seinem Essay.

Je tiefer Pembroke in den langen Essay vorstieß, desto häufiger verschlug es ihm den Atem; er wollte einfach nicht glauben, daß ein intelligenter Engländer so einen haarsträubenden Unsinn schreiben konnte: »Wenigstens sind unsere hübschen kleinen schwarzen Lieblinge zufrieden; bei der wenigen Arbeit – außer der, die die Zähne leisten müssen, die in ihrem ausgezeichneten Pferdegebiß sicher vortrefflich funktionieren!« – »Mit einem einzigen Tropfen Öl läßt sich Quashee in ein hübsches glänzendes Ding verwandeln.« – »Nein, die Götter wünschen, daß außer Kürbis auch Gewürze und andere wertvolle Produkte in Westindien angebaut werden. Aber noch unendlich viel mehr wünschen sie sich, daß fleißige zupackende Männer Westindien bevölkern und nicht träge zweibeinige Schafe, seien sie noch so glücklich über ihre Kürbisse, die es dort im Überfluß gibt.«

Dann folgte der Kern von Carlyles Schlußfolgerung aus der »Niggerfrage«: »Wenn Quashee nicht bereit ist, die Gewürze anzubauen, wird man ihn wieder zum Sklaven machen müssen, und zwar mit wohlmeinender Hilfe der Peitsche, da andere Methoden offensichtlich nicht greifen. Man wird ihn zur Arbeit zwingen müssen.« Mit anderen Worten, Carlyle, ein Verfechter der Herrenrassetheorie, sprach sich für die Wiedereinführung der Sklaverei aus, zumindest in Westindien, wo der Rückgang der Sklavenarbeit die Zuckerproduktion verlangsamt hatte.

Danach stimmte er das Hohelied von den tapferen englischen Männern an, die die Zivilisation auf die Inselwelt getragen hatten. »Wieviel Heldenmut von seiten Europas mußte erst vergeudet werden – bevor in Westindien auch nur ein einziger Kürbis für den Neger angebaut werden konnte... Die Knochen Tausender britischer Soldaten mußten erst ihre letzte Ruhe in der Erde Jamaikas finden, bevor sie Gewürze oder Kürbisse hervorbrachte. Welche ›Freude‹ der Toten, würden sie erfahren, daß alles nur erreicht wurde, um Kürbisse anzubauen, damit sich Quashee ein bequemes, faules Leben machen kann!«

In bösen Sentenzen legte Carlyle anschließend seine Vision der Welt dar:»Meine finsteren schwarzen Freunde, ihr solltet denen dienen, die – und welcher Sterblicher wollte daran zweifeln? – mit größerer Klugheit als der euren auf die Welt gekommen sind. So lautet das Gesetz der Welt – es sollen dienen die Dümmeren den Weisen.«

Jason Pembroke war so sehr erschüttert, als er die unglaublichen Haßtiraden zu Ende gelesen hatte, daß er nach draußen ging und nach seinem Vetter rief:»Das ist erschreckend – sich über menschliche Wesen lustig zu machen, über sie zu reden, als wären es Pferde, und dann auch noch die Wiedereinführung der Sklaverei zu fordern.«

»Moment mal! Willst du, daß sich das, was in Haiti passiert ist, hier wiederholt? Daß es zu einem Massaker wie in Indien kommt? Carlyle sagt die Wahrheit, die ganze häßliche Wahrheit. Nigger sind in Wirklichkeit kaum bessere Tiere, und wenn sie nicht auf unseren Feldern arbeiten wollen, für den Lohn, den wir für angemessen halten, dann muß man sie eben zur Arbeit zwingen, und wenn das die Wiedereinführung von Sklaverei bedeutet, dann soll es eben so sein. Sie haben es doch so gewollt.«

Schockiert über Olivers fanatische Zustimmung zu all den Dingen, die Carlyle vertrat, ließ Jason ganz unbeabsichtigt den einen Namen fallen, der seinen Vetter erst recht in Harnisch versetzte:»Kein Wunder, daß Gordon bei den Schwarzen so gut ankommt.«

»Gordon!« brüllte Oliver, als hätte man ihm einen Messerstich in die Nierengegend versetzt.»Hörst du etwa auf den Phrasendrescher? Leute wie du behaupten immer, er sei menschenfreundlich zu seinem weißen Vater gewesen. Aber hast du auch gewußt, daß er das Geld nur besaß, weil er eben diesem Vater Land und Haus weggenommen hat? Hast du gewußt, daß er seine Arbeiter alle Farmen seines Vaters runterwirtschaften ließ, so daß der alte Herr am Ende mit großem Verlust verkaufen mußte? Und wer war wohl der Käufer? Gordon!«

Seine Verachtung für diesen Aufrührer war bodenlos, aber die schärfste Verurteilung sparte er sich bis zum Schluß auf:»Jason, weißt du, daß seine Frau eine Weiße ist... daß er sie nur geheiratet hat, um seine Stellung in der Gemeinde zu verbessern? Und hat dir schon mal jemand gesagt, daß er unsere ehrwürdige Kirche in seinen Predigten mit baptistischen Ketzereien lächerlich macht? Und ist dir klar, daß er in seinen Hetzreden ständig die übelsten Verleumdungen gegen unsere geliebte Königin ausstößt? Der Mann gehört vernichtet, und ich muß sagen, ich bin erstaunt, daß du ihm Einlaß in dein Haus gewährt hast.«

»Aber meinst du nicht«, fragte Jason ruhig, bemüht, die hitzige Rede seines Vetters etwas abzukühlen, »dein Thomas Carlyle ist genauso zerstörerisch, wenn er diesen Haß predigt?«, worauf Oliver nur entgegnete: »Aber es sind doch Nigger, Jason.«

Als Pembroke das Gesuch seiner Nachbarn aus der St-Ann-Gemeinde bei Gouverneur Eyre einreichte, dankte der Offizier ihm, aber bestellte, kaum daß Pembroke den Raum verlassen hatte, Oliver Croome sowie vier gleichgesinnte Pflanzer zu sich, die alle Carlyles Meinung vertraten, um die Bitte der Farmer an die Königin durch die Kommentare anständiger jamaikanischer Bürger abzuschwächen. Sich in ihren Formulierungen auf den »angelegentlichen Diskurs zur Niggerfrage« beziehend, strichen sie alles heraus, was die Bittsteller verfaßt hatten, versicherten der Königin, auf Jamaika sei alles in Ordnung und daß Widerstand ausschließlich von unzufriedenen Schwarzen und Mischlingen – allesamt Baptisten – ausginge. »Nicht ein wahrer Gentleman oder Plantagenbesitzer auf der ganzen Insel würde sich dazu herablassen, einen derart impertinenten Brief zu unterzeichnen.«

Es sollte nie mit letzter Sicherheit bekannt werden, wer die Antwort an die hungernden Farmer tatsächlich verfaßt hatte, aber da sie als persönliche Antwort Königin Victorias auf die vorgebrachten Bitten nach Jamaika geschickt worden war, ging sie in die Geschichte der Insel als »königliche Empfehlung« ein:

»Der Wohlstand der arbeitenden Klasse in Jamaika hängt von deren Arbeit gegen Lohn ab, nicht deren Unzuverlässigkeit oder Launenhaftigkeit, sondern von Stetigkeit und Beständigkeit zu den Zeiten, wenn ihre Arbeitskraft gewünscht wird und solange sie gewünscht wird... Sie mögen versichert sein, daß nur ihr eigener Fleiß und ihre eigene Umsicht Mittel zum Wohlstand sind und nicht irgendwelche Traumvorstellungen, die man ihnen vorgaukelt. Ihre Majestät wird ihr Fortkommen durch eigene Verdienste und Bemühungen mit Interesse und Wohlwollen verfolgen.«

Nicht ein Wort über den Hunger und kein Versprechen, als Brachland ungenutzten Boden freizugeben, denn die Plantagenbesitzer hatten das Argument angeführt, die Schwarzen würden nicht länger auf den Zuckerrohrfeldern und in den Rumbrennereien arbeiten, wenn man ihnen Land zur eigenen Nutzung überließ. Nur dieser schreckliche, grausame Befehl: »Arbeitet für euren weißen Herrn, wenn sie euch wollen, solange sie euch wollen und zu dem Lohn, den sie euch zu zahlen bereit sind.« Als Jason Pembroke den Brief nach der Lektüre aus der Hand legte, murmelte er:»Das hätte auch Thomas Carlyle geschrieben haben können.«

Als Gouverneur Eyre die Empfehlungen der Königin Oliver Croome und seinen konservativen Freunden zeigte, jubelten sie vor allem über die Tatsache, daß die Herrscherin viele ihrer Formulierungen wörtlich übernommen hatte, und lauthals stimmten sie Eyre zu, als dieser feststellte:»Das beantwortet ein für allemal die Hetzreden dieses Gordon.« Eyre war daher einverstanden, als Croome dann den Vorschlag machte:»Der Brief ist so klar, so eindeutig, ich finde, wir sollten auf der ganzen Insel Abschriften davon an Bäumen und öffentlichen Gebäuden aufhängen«, und genehmigte den Druck von 50 000 Flugschriften. Hochmütig ritten Croome und seine Freunde bis in die letzten Winkel der Insel und hefteten die Blätter so, daß sie jedem ins Auge fielen, und mit festen Hämmerschlägen überall an, als wollten sie verkünden:»Damit wäre eure törichte Petition ja wohl endgültig von Tisch!«

Pembroke sah, was da angerichtet wurde, er sah den dumpfen Zorn, mit dem die Farmer, die kleinen Leute, die unterernährten Mütter den Brief lasen, manchmal auf ihn spuckten, und er sagte sich: Es wird schlimmer als in Haiti. Er sprang auf sein Pferd und ritt nach Kingston, um den Prediger Gordon aufzusuchen:»Mein Freund, ich habe Verständnis für das, wofür Sie sich einsetzen, also passen Sie um Gottes willen genau auf, welche Schritte Sie in den kommenden Wochen unternehmen. Halten Sie Ihre Lippen im Zaum.«

»Aber wieso, angesichts einer so beleidigenden Antwort von der Königin?«

»Weil sie die Königin ist. Und weil die Mächtigen auf diesen Insel Sie mundtot machen wollen.« Um Gordons Enttäuschung, seinen Zorn zu mäßigen, äußerte er dann einen verhängnisvollen Satz, der schließlich zum Tod von 200 Menschen führen sollte, den aufgebrachten Schwarzen und Farbigen, die wagten, ihn in den Mund zu nehmen.»Und Sie können sicher sein, daß nicht die Königin diesen Brief geschrieben hat.« Damit machte er kehrt und ritt zurück zu seiner Plantage, wo er ebenfalls versuchte, seine Arbeiter zu beruhigen, indem er ihnen versicherte, niemals hätte die Königin eine so grausame Antwort schreiben können.

Mit den 50 000 Flugschriften, die an Bäumen und an Anzeigetafeln angeheftet worden waren, verbanden der törichte Verfasser des Briefes,

Gouverneur Eyre, der die Argumente dafür geliefert hatte, und jene Zuckerbarone wie Oliver Croome, die so leidenschaftlich für seine Verbreitung sorgten, natürlich die Absicht, die Opposition gegen die harten Methoden, mit denen auf Jamaika regiert wurde, zu unterdrücken. Nach einem langen Ausritt in die westlichen Bezirke bestand Croome darauf:»Wenn sie lesen können, dann werden sie die kluge Antwort der Königin begrüßen, und wenn sie nicht lesen können, dann kann man ihnen die Worte ja erklären. Auf jeden Fall muß Schluß sein mit diesen fruchtlosen Debatten und lächerlichen Forderungen nach Land und der Verteilung von Nahrung, die sie sich eigentlich nicht verdient haben.« Und selbst besser informierte Plantagenbesitzer als er glaubten, mit den Empfehlungen der Königin wären alle Probleme für die nächsten zehn Jahre gelöst.

Das Schreiben hatte jedoch genau den gegenteiligen Effekt, denn die Farmer von St-Ann, die bei der Verfassung der ursprünglichen Petition behilflich gewesen waren, durchschauten sofort, daß es die Königin vermieden hatte, im einzelnen auf ihre Beschwerden zu antworten. »Wie sollen wir arbeiten, wenn keine Arbeit angeboten wird? Wie sollen wir fleißig sein, wenn man uns kein Land zur Verfügung stellt, auf dem wir unsere Fähigkeiten unter Beweis stellen können?«

Überall auf der herrlichen Insel, in den Küstenregionen und den Tälern, fingen die unterprivilegierten Menschen an, über die Botschaft der Königin zu diskutieren, und ihre überheblichen, grausamen Formulierungen riefen großen Zorn hervor. Die mächtigste Stimme in diesem Chor war die von Prediger Gordon, der die ganze Insel bereiste, flammende Reden vor seinen baptistischen Glaubensbrüdern hielt und sich Äußerungen erlaubte, die zunehmend aufrührerischer wurden: »Es wird zu einem zweiten Haiti auf unserer Insel kommen.« Oder: »Ich schrecke zurück vor Revolution, aber wenn sie denn kommen muß, dann hoffe ich, daß sie diese schrecklichen Probleme endgültig lösen wird.« Oder: »Es ist eine Schande, St-Thomas im Osten einen deutschen Einwanderer als Kustos vorzusetzen, der Gemeinde, der ich so von Herzen zugetan bin.« Gerade dieser zuletzt geäußerste Unmut sollte im Laufe der folgenden Monate noch eine besondere Bedeutung erhalten.

Nach jamaikanischem Recht wurden die Gemeindeführer vom Gouverneur ernannt und mit beachtlicher Autorität ausgestattet. Ihr Titel Kustos rührte aus der eines Verwalters ähnlichen Aufgabe der Aufsicht über die Gemeinde. Der Kustos der Gemeinde, in der Gordon diente, war ein deutscher Einwanderer, ein extrem konservativer Mensch, dem jede öffentlich vorgetragene Forderung zuwider war. Maximilian Augustus Baron von Ketelhodt hatte gleich nach seiner Ankunft Geschick bewiesen, als er einer vermögenden Witwe den Hof machte, die fünf gewinnbringende Plantagen und ihm damit das Recht, als ein Mitglied der herrschenden Gruppe auf der Insel anerkannt zu werden, in die Ehe einbrachte. Ein brillanter Taktiker, schmeichelte er sich bei den unteren Klassen ein und führte sich nicht als Tyrann auf, obwohl Gordon, der in seinem Verwaltungsbereich lebte, ihn als solchen einschätzte.

Die Gemeinde St-Thomas im Osten, deren Angelegenheiten der Kustos zu beaufsichtigen hatte, führte diesen seltsamen Namen aus zwei Gründen: Zunächst lag sie im äußersten östlichen Zipfel Jamaikas, und hier wurde zeitlich später als eine schon bestehende Gemeinde St-Thomas im Zentrum der Insel benannt. Sie war noch in anderer Hinsicht einzigartig: Weit entfernt von Kingston und Spanish Town, glaubte sie sich frei von Beschränkungen, denen andere Gemeinde unterlagen. Sie war streng baptistisch, was viele Probleme verursachte, vor allem mit Baron von Ketelhodt; und unter ihren Mitgliedern befand sich eine große Zahl gebildeter und eigensinniger Mischlinge und schwarzer Prediger, Landbesitzer und Halbgebildeter. Es schien unausweichlich, daß George William Gordon, der aus dieser Gemeinde stammte, auf die eine oder andere Weise von seinem Kustos zur Disziplin gemahnt werden würde.

Der lange Sommer des Jahres 1865 war besonders heiß und trocken, und wachsame Zuckerpflanzer wie Oliver Croome beobachteten, daß sich die Stimmung in den niederen Klassen verfinstert hatte, und zwar so dramatisch, daß er um eine Audienz bei Gouverneur Eyre bat, um eine Warnung vorzubringen:»Gouverneur, wir gehen auf ein zweites Haiti zu. Und wenn sich die Dinge zum Schlimmeren hin entwickeln, kommt es zu einer Meuterei – ein indisches Cawnpore auf unserer Insel. Die Pflanzer, die mich auf der alljährlichen Rundreise durch die Distrikte begleitet haben, sind in tiefer Sorge angesichts der Verhältnisse, die wir in St-Thomas im Osten vorgefunden haben, und wir möchten Ihnen empfehlen, ihren Kustos herzubestellen, um seine Einschätzung der Lage zu hören.«

Eyre, wie immer zu Tode erschrocken bei der Erwähnung der Namen Haiti und Cawnpore, griff Croomes Anregung auf, und zwei Tage darauf berichtete Baron von Ketelhodt, hochgewachsen, steif und bereit, jede aufkeimende Erhebung in seiner Gemeinde niederzuschlagen, seinem Gouverneur: »Dieser Gordon hat die ganze Unruhe angestiftet. Scheint einen seiner Untergebenen angesteckt zu haben, einen Hanswurst namens Bogle...«

»Ist das nicht auch ein Baptistitenpfaffe?«

»Ja. Gordon hat ihn zum Priester geweiht, sowie er sich selbst auch zum Priester geweiht hat. Es gibt weitverbreitete Mißachtung gegenüber der überall angeschlagenen königlichen Botschaft.«

»Mißachtung? Und wie drückt die sich aus?«

»Man spuckt auf die Anschläge. In drei Fällen wurden sie sogar abgerissen.«

Eyres Miene verfinsterte sich, seine hohe Stirn legte sich in Falten, und sein Bart fing an zu zittern: »Auf den königlichen Brief gespuckt?! Das können wir nicht durchgehen lassen, Ketelhodt. Dieser Kurs führt direkt nach Haiti. Was haben Sie unternommen, um dem Einhalt zu gebieten?«

»Vorsicht walten lassen«, sagte der Baron in seinem schweren deutschen Akzent. »Die Gemüter nicht noch mehr erhitzen. Nur beobachten. Vorsichtig, vorsichtig.«

»Und was haben Sie herausgefunden?«

»Daß George Gordon hinter jedem Schritt steckt. Daß er zu Rebellion anstachelt. Und daß wir ihm früher oder später eine Falle stellen, aber vermeiden müssen, dadurch seine verdammten Baptistenrenegaten aufzuwiegeln.«

Als Eyre noch Croome und Pembroke zu dem Treffen dazuholen ließ, bestätigten die beiden den Bericht des Barons und bekräftigten noch ein paar Punkte: »Gordon ruft eindeutig zur Rebellion auf, und ich finde, wir sollten ihn auf der Stelle zum Schweigen bringen.« Doch Pembroke sprach sich dafür aus abzuwarten: »Gouverneur, auch eine Reihe vernünftiger Menschen auf dieser Insel hält den Brief der Königin für wenig einfühlsam. Es ist verständlich, daß...«

Eyre erhob sich von seinem Stuhl, starrte auf Pembroke hinab und sagte streng: »Sie wagen es, die Königin zu verunglimpfen?« Aber Pembroke entgegnete bescheiden: »Ganz sicher nicht, Sir. Aber die Leute sind enttäuscht von dem Brief, denn er geht nicht auf das ein...«

»Die Königin hat gesprochen«, wetterte Eyre, als belästigten ihn die niederen Klassen, wie Fliegen ein edles Tier belästigen, »und die Menschen haben zu gehorchen.«

»Hört! Hört!« riefen Croome und der Baron im Chor, und damit war die Besprechung beendet.

Die Unruhe auf Jamaika war damit jedoch nicht beseitigt, denn sechs Tage darauf, während Gordon gerade in Kingston sprach, führte Bogle, sein Verbündeter in St-Thomas im Osten, eine frenetisch aufgeputschte Menge in einen Aufstand, in dessen Verlauf wütende Schwarze Amok liefen, auf brutale Weise achtzehn Weiße abschlachteten, darunter Offiziere Ihrer Majestät der Königin, Plantagenbesitzer, Beamte und – mit besonderen Rachegelüsten – ihren Kustos, Baron von Ketelhodt, dessen Leiche sie schändeten, indem sie ihr alle Finger abschnitten. Diese verschickten sie als Erinnerungsstücke an ihren erfolgreichen Aufstand, und manche Schwarze sollen während der Krawalle gerufen haben: »Jetzt machen wir es so wie in Haiti!« Eine inselweite Rebellion schien unmittelbar bevorzustehen.

Die beiden Protagonisten dieser Tragödie, Gouverneur Eyre und der Prediger Gordon, hielten sich, daran konnte es keinen Zweifel geben, in Kingston auf, als der mörderische Aufstand in St-Thomas im Osten ausbrach

In dieser äußerst angespannten Situation verhielt sich Gouverneur Eyre, dessen Position durch das inselweite Massaker bedroht war, vorbildlich. Kühl, entschlossen und nur die strategische Lage im Auge, erteilte er wenig Befehle, aber stets die richtigen. Bei Einbruch der Dämmerung, nachdem er erst am Nachmittag von der Rebellion unterrichtet worden war, sagte er: »Ich bin nicht befugt, das Kriegsrecht auszurufen. Das kann nur in Absprache mit dem Kriegsrat geschehen.« Und Croome, ein Mitglied dieses Rates, erklärte sich bereit, ihn für den Abend einzuberufen, und verfaßte in Erwartung der bevorstehenden Entscheidung persönlich den Wortlaut der Verordnung.

In der Zwischenzeit machte sich Gouverneur Eyre zu Pferde auf nach Spanish Town, um dort seinen Pflichten nachzugehen, und ritt dann zurück nach Kingston, um dort in den frühen Morgenstunden dem Rat vorzusitzen, der das Kriegsrecht über St-Thomas im Osten und die angrenzenden Bezirke verhängen sollte. Hierbei bewies Eyre sowohl gesunden Menschenverstand als auch Entschlußkraft, denn als alle Anwesenden lautstark verlangten, auch Kingston unter Kriegsrecht zu stellen, entgegnete er: »Nein! Gerade genug Militär, um die Situation in den Griff zu kriegen. Kriegsrecht in einem so dicht besiedelten Ort wie diesem könnte zu fürchterlichen Gewaltakten führen.« Und davon ließ er sich auch nicht abbringen.

Allein mit Croome und Pembroke im Raum, fragte der Gouverneur

Jason:»Hat ein Vorfahre von Ihnen nicht Berühmtheit erlangt, weil er die Buschneger beschwichtigt hat... vor hundert Jahren?« Jason nickte zustimmend. »Er hat doch die Neger im Osten der Insel besänftigt, oder nicht?« Wieder nickte Jason. »Pembroke«, rief Eyre und hatte damit zugleich eine Entscheidung von großer Tragweite für die Zukunft getroffen: »Reiten Sie auf dem schnellsten Weg zu den Hayfield Maroons, und beschwören Sie sie, sich in diesem Streit nicht auf die Seite der Nigger zu schlagen.« Jason war sofort einverstanden: »Jawohl, Sir!« Aber Eyre fügte noch hinzu: »Machen Sie Zugeständnisse, soviel Sie wollen. Bieten Sie ihnen irgendwelche Anreize an. Aber halten Sie sie davon ab, sich der Rebellion anzuschließen.« Es war das erste Mal, daß er selbst dieses schreckliche Wort in den Mund nahm, und in den kommenden vier Jahrzehnten sollte er es immer wieder vorbringen, wenn er seine Handlungsweise verteidigte: »Es war eine Rebellion, und ich mußte sie niederschlagen.«

Noch vor sieben Uhr morgens desselben Tages ritt Jason Richtung Osten auf die gefährliche Berggegend zu, in die schon sein Ururgroßvater unter ähnlichen Voraussetzungen vorgedrungen war, um sich als Friedensstifter zu versuchen.

Um acht Uhr rief der Kriegsrat das Kriegsrecht für den östlichen Teil der Insel aus, und sobald er die nötige Befugnis dazu hatte, konfiszierte Gouverneur Eyre, begleitet von Oliver Croome, ein französisches Postschiff, das ihn entlang der Küste in das Unruhegebiet bringen sollte. Zwei Stunden später war er unterwegs. Während der Fahrt hielten sie ein Schiff an, das sich gerade vollbesetzt mit Flüchtlingen nach Kingston schleppte, und zum erstenmal erfuhr Eyre Einzelheiten der schrecklichen Ereignisse, die sich in einer seiner friedfertigsten und blühendsten Gemeinden zugetragen hatten. »Herschell, dem anglikanischen Priester, haben sie die Zunge bei lebendigem Leib rausgerissen, zu Tode geprügelt, und eine schwarze Frau wollte ihn sogar häuten. Price, Mitglied der Synode, einem Schwarzen, wurden der Bauch aufgeschlitzt und bei lebendigem Leib die Gedärme rausgerissen. Leutnant Hall, tapferer Kerl, haben sie in den Abort gedrängt, die Tür zugesperrt und bei lebendigem Leib verbrannt. Wir haben gesehen, wie Augen ausgestochen, Schädel zertrümmert wurden, bis das Gehirn herausfloß. Den deutschen Baron haben sie in Stücke gehackt, aber er hat bis zum Schluß gegen sie gekämpft.« Auch wenn es ihn anwiderte, die Berichte anzuhören, dankte er den Flüchtlingen und sagte ihnen, sie sollten nach Kingston weiterfahren, während er sich nach St-Thomas im Osten begab.

Dort fand er die Kriegsgerichte bereits installiert, besetzt mit begeisterten jungen Offizieren der in Jamaika stationierten Armeeregimenter oder von den Schiffen, die in die Bucht geeilt waren. Die Verhandlungen waren nur kurz, die Gefangenen wurden gruppenweise vorgeführt und ebenso abgeurteilt. Jedem Schwarzen, der wegen auffälligen Verhaltens festgenommen worden war, selbst wenn er nur einen Soldaten schief angesehen hatte, wurde der Prozeß gemacht, ohne ihm die Gelegenheit zur Verteidigung zu geben. »Alle aufhängen!« brüllte der vorsitzende Offizier, und sofort wurden ein halbes Dutzend schwarzer Männer an den noch übriggebliebenen Wänden des ausgebrannten Gerichtshofes aufgeknüpft. Ob schuldig oder nicht, es war eine schreckliche Art zu sterben, denn die Schlinge wurde um den Hals des Verurteilten gelegt und dieser dann hochgezogen − statt wie sonst üblich durch eine Falltür gestoßen, um ihm das Genick zu brechen −, was einen quälend langsamen Tod zur Folge hatte.

Drei schlaflose Nächte streifte Eyre an der Küste entlang, überzeugte sich davon, daß die Rebellion, die in St-Thomas gewütet hatte, nicht auf die Nachbargemeinden übergriff, und als er zum Ort des Geschehens zurückkehrte, da, wo die Erhebung ihren Ausgang genommen hatte, und sah, daß der Gerichtshof jeden Morgen Dutzende schwarzer Gefangener hinrichtete, ohne daß einer von ihnen auch nur die geringste Chance zur Verteidigung hatte, konnte er Croome sagen: »Wir haben die schwarze Rebellion niedergeschlagen. Sie bleiben mit den Truppen hier und sorgen dafür, daß die Aussöhnung weitergeht.« Mit diesen Worten ging er an Bord des konfiszierten französischen Schiffes und fuhr nach Kingston zurück. Von dort schickte er umgehend einen Lagebericht nach London, der besagte, er habe die Rebellion mit einem Minimum an Verlusten von Weißen niedergeschlagen, ohne gleich ganz Jamaika in die Erschütterungen eines allgemeinen Kriegszustandes zu stürzen. Als er schließlich ins Bett sank, glaubte er mit Fug und Recht, zügig und der großen Tradition britischer Kolonialgouverneure gemäß gehandelt zu haben, und fügte noch ein Postskriptum hinzu: »Durch strenges und sofortiges Vorgehen gegen die Feinde der Königin, glaube ich, ein Massaker wie das in Indien oder einen Aufstand wie den in Haiti verhindert zu haben.«

Elf Stunden lang blieb Eyre nahezu bewegungslos im Bett liegen, als wolle er den Schlaf eines Helden, der sich in einer kritischen Situation tapfer geschlagen hatte, auch richtig auskosten, doch als er erwachte, war sein Mund wie ausgetrocknet, denn er wußte, der wirkliche Sieg war ihm nicht gelungen. »Wo steckt George Gordon?« fragte er sich, denn der Anstifter der Revolte war untergetaucht. »O nein, er ist zu schlau, um in St-Thomas aufzukreuzen, denn er weiß, ich würde ihn an den Galgen bringen, käme er mir zwischen die Finger.« Aber in seiner finsteren Grübelei kam ihm nicht einmal der Gedanke, Gordon könnte sich an dem Morden vielleicht gar nicht beteiligt haben, weder direkt noch indirekt. Für Eyre war Gordon an allem schuld: »Er muß den Befehl gegeben haben, der die Revolte auslöste, und dafür wird er hängen.« Er verrannte sich derart in diese Zwangsvorstellung, daß er sich nicht einmal die Mühe machte, darüber nachzudenken, welche Gründe für eine Verurteilung Gordons angeführt oder vor welchem Zivilgericht die Sache des Predigers verhandelt werden konnte. Kein Gericht in Kingston würde den Mann verurteilen – aus dem einfachen Grund, weil ihm in einem normalen Verfahren keine eindeutigen Vergehen zur Last gelegt werden konnten. Er hatte niemanden umgebracht. Er hatte keine Waffe gegen die Königin oder ihre Repräsentanten auf der Insel erhoben. Es gab keinen Beweis, daß er die Unruhen ausgelöst hatte, außer seinem öffentlich bekundeten Mißfallen über den Brief der Monarchin. Und nicht einmal ein voreingenommener Zeuge hätte behaupten können, er habe Gordon während des Aufstands oder der Woche zuvor in St-Thomas gesehen. Eyre wußte jedoch: Könnte man den Prediger der Baptisten irgendwie nach St-Thomas locken, würde das Kriegsgericht ihn schon schnappen und sich durch keine noch so spitzfindige Logik oder gar Rechtstradition von einer Verurteilung abbringen lassen.

Eyre schwor sich: »Ich werde diesen Gordon finden und ihn nach St-Thomas bringen«, aber niemand konnte ihm einen Hinweis geben, wo sich der Verbrecher aufhielt. »Mein Gott! Ist er vielleicht schon von der Insel geflüchtet? Hat er sich dem gerechten Zorn entzogen?«

Eyre kochte vor Wut und hielt seine Untergebenen an: »Ich muß diesen Verbrecher haben! Sucht ihn! Sucht ihn!« Gordon aber ließ sich nicht aufspüren, und Eyre verbrachte keine ruhige Minute. In den Nachtstunden quälte ihn die Vorstellung, Gordon stünde auf einem Galgenpodest, die Schlinge bereits um den Hals gelegt. Sein Mißerfolg, den Mann nicht vors Gericht zerren zu können, brachte ihn so in Harnisch, daß er seine Handlanger anbrüllte: »Ihr sollt den Mann endlich finden! Spürt ihn auf!« Aber nicht einmal die Spitzel unter der schwarzen Bevölkerung wußten, wo er sich versteckt hielt. Er ließ den Kustos zu sich kommen und wetterte: »Stellen Sie einen Haftbefehl gegen ihn aus!« Und auch das geschah, aber ohne Erfolg, und so brütete er weiter vor sich hin.

Dann plötzlich, am Morgen des dritten Tages, betrat George William Gordon, ganz der streitsüchtige Prediger, in aller Gelassenheit das Armeehauptquartier in Kingston und sagte ruhig: »Ich glaube, Sie haben nach mir gesucht. Ich bin Reverend Gordon.«

Der erstaunte Offizier holte seinen Vorgesetzten, dem es den Atem verschlug, dann lief er zum Amtszimmer des Gouverneurs, um Eyre mitzuteilen, daß Gordon gefaßt sei.

»Das kommt ja sehr gelegen«, sagte dieser, seine Erregung unterdrückend, »wo wir doch schon so lange nach ihm suchen.« Und als er zu dem Gefangenen geführt wurde, raunte er Gordon zu: »Sie müssen mit mir kommen ... nach St-Thomas im Osten.« Gordon machte eine leichte Verbeugung und wiederholte dann das, was er während der Zeit des Untertauchens auch seinen schwarzen und farbigen Freunden immer wieder gesagt hatte: »Wenn ich vor ein Kriegsgericht gestellt werde, dann ich das mein Tod«, worauf Eyre zwischen zusammengebissenen Zähnen ein »Vielleicht« herauspreßte.

Laut Plan sollte die »Wolverine« eigentlich innerhalb einer Stunde Segel setzen, aber ihre Abfahrt wurde verschoben, denn plötzlich kam ein Mann, staubig und erschöpft vom langen Weg, in die Amtsstube gestürzt und rief: »O Sir! Sie dürfen ihn nicht nach St-Thomas schikken! Sie dürfen nicht!« Der Mann konnte sich mit Beglaubigungsschreiben von höchster Stelle ausweisen, und da Eyre auf diesen Mann hören mußte, wurde Gordons sichere Auslieferung in den Tod zunächst verhindert.

Eine Woche zuvor, an dem Morgen, als Jason Pembroke den Auftrag erteilt bekommen hatte, den geachteten Namen seiner Familie bei den Maroons geltend zu machen, um sie davon abzuhalten, sich den rebellischen Schwarzen anzuschließen, begab er sich in ein Abenteuer, das ein vergangenes Jahrhundert heraufzubeschwören schien. Nach einem entschlossenen Ritt verließ er das Gebiet um Kingston und kam in das unruhige Areal von St-Thomas im Osten, und kaum näherte er sich Monklands, der am weitesten westlich gelegenen Siedlung dieser Region, sah er bereits Anzeichen, die auf Aufstände hindeuteten, und ein weißer Pflanzer, der ihn erkannte, rief ihm zu: »Wenn Sie weiterwollen, dann nur auf eigene Gefahr!«

»Regierungsgeschäfte!« rief Jason zurück und machte sich entschlossen auf den Weg in die Hayfield-Berge. Sie waren höher als die Berge, die er aus England kannte, manche ragten bis zu 1800 Meter hoch; sie wiesen tiefe Schluchten auf und waren von Wäldern überzogen. Auf halbem Weg zur Ostküste lenkte er sein Pferd abrupt nach Norden einen holprigen Pfad hoch. Zu beiden Seiten lagen auf Anhöhen ein paar einsame Sklavenhütten. Wieder warnte man ihn, diesmal waren es Schwarze: »Nicht weiter, Massa! Drüben viel Böses – Maroons.«

»Die suche ich ja gerade«, rief er zurück, worauf die Schwarzen noch einmal warnten: »Nicht weiter, Massa. Bald ertönen die Hörner.« Und kurz nachdem er die letzte Hütte passiert hatte, hörte er auch schon jenes aus tiefster Kehle kommende, klagende Geräusch, das Jamaikaner in Angst und Schrecken versetzte: das pulsierende Aufstöhnen von drei oder vier gleichzeitig tönenden Hörnern, der einsame Schrei der Maroons, der entlaufenen ehemaligen Sklaven, die sich in die Berge von Jamaika zurückgezogen hatten und dort seit 200 Jahren ungehindert lebten. Gesetze berührten sie nicht, die Polizei wagte sich nicht in die Nähe ihre Berge, und selbst ausgebildete Armeetruppen zogen es vor, die gefährlichen Krieger nicht in Kämpfe zu verwickeln. Kein Weißer hatte auch nur die geringste Ahnung, wie sie lebten. Ab und zu stiegen sie aus den Bergen hinunter, um für Geld zu arbeiten; sie bestellten die Felder, beteiligten sich an kleineren Überfällen, aber zogen sich jedesmal wieder schnell in ihre versteckten Höhlen zurück; so verdienten sie ihren Lebensunterhalt.

Ihre Hörner waren aus verschiedenen Materialien gefertigt: behütete Seemuscheln, vom Vater an den Sohn weitergereicht, Hörner von erbeuteten Rindern und seltsame Instrumente aus Holz. Was sie auch benutzten – manchmal verstellten sie nur die eigene Stimme –, immer erzielten sie eine furchteinflößende Wirkung, denn der Ton des Maroon-Horns bedeutete Gefahr, besagte, daß die Schwarzen aus den Bergen gekommen und wieder auf Beutezug waren.

In den letzten Jahren jedoch bedeutete es Gefahr vornehmlich für andere Schwarze, selten für Weiße. Wie in vielen anderen Teilen der Welt auch, etwa in Panama und Brasilien, sahen sie in anderen Schwarzen ihre Hauptfeinde, Menschen, denen man niemals vertrauen durfte. Maroons waren von seiten der Weißen die größten Zugeständnisse gemacht worden, wenn sie ihnen als menschliche Bluthunde dienten – entlaufene Sklaven aufzuspüren, sie einzufangen und ihren Besitzern zurückzugeben –, aber sie hatten durchaus auch Sklaven in ihre Bruderschaft aufgenommen, vor allem schwarze Frauen, um ihre eigene Zahl hoch zu halten.

Die Maroons waren gewalttätige Krieger, die sich über zwei Jahrhunderte hatten behaupten können, indem sie aus Afrika überlieferte Traditionen wachhielten, die für das Leben auf Jamaika eine Art mythischer Hintergrund bildeten. Sie verstanden zwar Englisch, aber zogen ihren eigenen, nicht zu verstehenden, stark von afrikanischen Worten durchsetzten Patois vor. Ihre Hautfarbe war ein extrem dunkles Schwarz, was ihren Gesichtern für jeden Weißen etwas besonders Furchteinflößendes verlieh. Nicht mal zehn von hundert Weißen auf der Insel hatten jemals einen Maroon in ihrem Leben zu Gesicht bekommen, aber jeder wußte seit seiner Kindheit von ihrer Existenz – »Sei still, sonst kommt der schwarze Mann und holt dich!«–, und in die Festungen und Schlupfwinkel dieser Menschen beabsichtigte Pembroke vorzudringen.

Während er jetzt immer höher und höher stieg, spürte er, daß die Maroons ihn bereits gesichtet hatten, denn das erstemal hörte er den Klagelaut des Horns aus weiter Ferne, dann hörte er ihn ein zweites Mal näher, aber sich auf seinen tapferen Vorfahren Sir Hugh besinnend, tauchte er tiefer in den Urwald ein und hoffte, daß es ihm vergönnt sein würde, sich jemandem zu offenbaren, der den Namen Pembroke in angenehmer Erinnerung behalten hatte. Es war eine riskante Unternehmung, soviel wußte er, und als der Weg jetzt immer steiler wurde, stieg er von seinem Pferd ab und hielt sich dicht an dessen Flanke, um so wenigstens von einer Seite geschützt zu sein.

Dann rief er laut in die Gegend: »Pembroke im Anmarsch!« und wiederholte dies in Abständen, während die Hörner immer durchdringender tönten.

Als er sich gerade dem Kamm einer leichten Anhöhe näherte, überraschten ihn zwei Schwarze, die mit einem Sprung plötzlich vor seinem Pferd standen, es am Zügel ergriffen und ihn mit erhobener Keule bedrohten.

Die Männer trugen zerlumpte Hosen und zerrissene Hemden und waren sauber rasiert. Pembroke, dem sofort klar wurde, daß die Art und Weise, wie er sich in diesen ersten Augenblicken verhielt, wahrscheinlich darüber entschied, ob er weiterleben würde oder nicht, überließ ihnen sein Pferd, machte keinerlei Gesten, die als unfreundlich hätten ausgelegt werden können, und sagte nur immer wieder: »Pembroke, euer Freund! Pembroke, euer Freund.« Die Männer konnten damit nicht viel anfangen, sahen sich gegenseitig an, als fragten sie sich: »Was sollen wir mit ihm machen? Er scheint Mut zu haben.« Irgendwie müssen sie unausgesprochen zu einer Entscheidung gekommen sein, denn der eine ging nun mit dem Pferd voran, während der andere Pembroke weiter mit der Keule bedrohte, und so machten alle drei sich daran, die kurze Strecke bis zur Anhöhe zu erklimmen.

Schon bald kamen sie zu einem Dorf, umgeben von abgeernteten kleinen Feldern, die von den Frauen neu bestellt wurden. Die etwa zwanzig Häuser waren kaum mehr als Hütten, nur eine etwas größere in der Mitte wurde von einem Blechdach geschützt und beherbergte offenbar den Anführer, einen alten Mann, dessen Vorfahren bereits 1657 von den Feldern der Weißen geflohen waren, zwei Jahre nachdem sie durch Sir William Penn als Sklaven auf der Insel gelandet waren, jenen britischen Admiral, der die Insel von den Spaniern erobert hatte. Als der Häuptling jetzt einen weißen Mann auf sich zukommen sah, war seine erste Reaktion, ihn wegen seiner Unverschämtheit entweder auf der Stelle umbringen zu lassen oder ihn den Berg hinunterzustoßen, doch Jason, in der Hoffnung, diesen unglücklichen Ausgang seines Abenteuers um jeden Preis verhindern zu können, fing sofort an zu reden, darauf bauend, daß irgend jemand in seiner Nähe den Inhalt seiner Botschaft schon begreifen würde. »Ich bin Pembroke. Nachfahre desselben Pembroke, der euch einst Frieden brachte, vor langer Zeit.«

Diese Worte hatten eine magische Wirkung, denn der Anführer der Maroons hielt den Atem an, trat dann vor, um sich den Besucher genauer anzusehen, und umarmte ihn schließlich: »Wir kennen Pembroke. Vor vielen Jahren. Guter Mann. Haben ihm vertraut.« Seine Rechte ausstreckend, sagte er: »Ich bin Oberst Seymour... verantwortlich hier.«

Kaum hatte Jason den Gruß erwidert, als stünde ein wirklicher Oberst vor ihm, ließ ersterer eine rohgezimmerte Bank holen, stellte sie gegenüber seiner eigenen auf und bat Jason, Platz zu nehmen. Nach ein paar Freundlichkeiten kam Jason auf den eigentlichen Zweck seines Besuches zu sprechen. »Große Unruhe in Port Morant.«

»Wir haben davon gehört.«

»Ehemalige Sklaven töten und werden getötet.«

»Er hat uns davon berichtet«, antwortete der Oberst und zeigte auf einen seiner Männer, der unbemerkt nach Port Morant vorgedrungen war, sobald die Aufstände begonnen hatten, aber nur um zu beobachten, was sich ereignete und ob Auswirkungen auf die Siedlungen der Maroons zu befürchten waren.

»Gouverneur, großer Mann, er mich geschickt, euch zu bitten, sich den Aufständen nicht anzuschließen.«

»Ich Gouverneur kennen. Sein Name Eyre. Guter Mann. Was er uns versprechen, wenn wir nicht eingreifen?«

»Pferde. Wie meins. Vielleicht noch Kugeln für eure Gewehre.«

Das Feilschen zog sich in die Länge, doch dann teilte der Oberst dem erstaunten Jason plötzlich mit fester Stimme mit: »Wir waren gerade bereit, in Port Morant einzumarschieren ...«

»Nein, tut das nicht!« flehte Paul, wobei Verzweiflung ihn fast zum Verstummen brachte. »Wenn ihr euch den Aufständischen anschließt ...«

»Wir uns nicht anschließen«, sagte der Oberst, »wir sie töten.«

»Nein! Nein!« flehte Pembroke erneut. »Ihr dürft sie nicht töten! Ihr dürft die Schwarzen nicht töten! Ihr dürft niemanden töten!«

»Ehemalige Sklaven nicht gut. Sie schlagen euch im Handumdrehen, dann gehen sie gegen uns vor. Wir sie vorher lieber töten.« Keine noch so eindringliche Bitte, die Jason vorbrachte, hatte jedoch irgendeinen Einfluß auf die Entscheidung des Obersten, der lange vor Jasons Ankunft im Dorf beschlossen hatte, daß den Interessen der Maroons am besten gedient wäre, wenn sie selbst das Unruhegebiet stürmten und die schwarzen Aufständischen töten würden.

Mit einer Geschwindigkeit, die Jason erstaunte, gab Seymour den Bläsern ein Zeichen, worauf die Hörner ertönten und sich innerhalb weniger Minuten eine Expeditionsstreitkraft versammelt hatte, die aus 200 Soldaten der umliegenden Dörfer bestand und eine überraschende Anzahl guter Pferde mit sich führte. Dem Mann, der noch immer Jasons Pferd festhielt, befahl Seymour, es ihm zurückzugeben: »Sie mit uns reiten, Pembroke. Den Offizieren sagen, was wir vorhaben.« Jason ging auf sein Pferd zu, obwohl es ihm widerstrebte, an den bevorstehenden schrecklichen Übergriffen teilzunehmen, aber da hörte er Seymour sagen: »Wenn Schlacht vorbei, Sie können gehen.« Und er hielt es für klüger mitzukommen.

Nachdem die Kavallerie der Maroons den Bergpfad in einem Tempo, das Jason den Atem verschlug, hinuntergeritten war, stieß sie auf den Hauptweg, wo sie nach Osten abschwenkte, auf die besiedelten Gebiete zu, in denen die Aufstände stattgefunden hatten. In der ersten halben Stunde des Angriffs konnte Pembroke erleben, welchen Charakter diese Expedition haben sollte, denn als sie zu dem von Schwarzen bewohnten Dorf Conari kamen, benannt nach einer ehemaligen afrikanischen Siedlung, teilte Seymour seine Streitkräfte in zwei Gruppen auf; die eine sollte das Dorf umzingeln, die andere mit Fackeln vorpreschen und alle Hütten in Brand setzen. Als die verschreckten Bewohner aus ihren Hütten gerannt kamen, um den Flammen zu entkommen, rief er: »Tötet sie! Tötet sie!«, worauf sie durch den Rauch gejagt wurden. Es wurden Männer, Frauen und Kinder umgebracht, ohne Unterschied, mit Keulen oder langen Macheten, wenn sie aufgegriffen wurden, mit einem gezielten Schuß in den Rücken, wenn sie versuchten zu fliehen. Keiner überlebte.

»Seymour«, rief Jason, als das Morden auch in dem zweiten Dorf, auf das die Reiter stießen, fortgesetzt wurde, »hört auf mit dem Töten!« Doch der Oberst ignorierte seine Bitte: »Nigger taugen nichts. Wir alle töten!« und ermunterte seine Männer, alle Schwarzen zu vernichten, auf die sie stießen. Frauen und Kinder verbrannten bei lebendigem Leib in ihren Hütten oder wurden erschossen, wenn sie versuchten zu fliehen, und auf diese Weise mordend und brandschatzend, näherten sie sich der bedeutenden Stadt Port Morant.

Dort führte zum Glück ein Mann der Armee das Kommando, Oberst Hobbs, und da er voraussah, daß es zu einem allgemeinen Chaos kommen würde, wenn man die Maroons in die Stadt ließ, die unter den Aufständen und Hinrichtungen ohnehin schon genug zu leiden hatte, zog er seine Soldaten zusammen, um ihnen den Zutritt zu verwehren. Unbeeindruckt machte Oberst Seymour kehrt und führte seine Marodeure in andere ländliche Gebiete, wo sie nach Belieben plündern konnten. Pembroke, zurückgelassen und entsetzt über den tödlichen Sturm, den er mit ausgelöst hatte, gestand Hobbs: »Ich kam auf Befehl des Gouverneurs hierher. Um die Maroons dazu zu bewegen, sich nicht den schwarzen Aufständischen anzuschließen. Ich hätte nie im Traum gedacht, daß sie sie einfach abschlachten würden.«

Hobbs machte eine wegwerfende Bewegung mit der linken Hand, als wolle er die Leichen wegfegen: »Vergessen Sie die Nigger. Es sind Rebellen, und es wird noch Hunderte Tote geben, bis wir die Sache durchgestanden haben.« Dann lenkte er sein Pferd nach Norden und sagte: »Bevor Sie sich auf den Heimweg nach Kingston machen – wollen Sie nicht mal eins unserer Kriegsgerichte bei der Arbeit sehen?« Er ging voraus zu einer mit Gras ausgelegten, hastig zusammengezimmerten Hütte, in der drei sehr junge Marineoffiziere die Verhandlung führten.

Eine Gruppe von 27 schwarzen Männern und zwei Frauen stand gefesselt in der Ecke des Raumes, von bewaffneten Soldaten und Hunden bewacht. Der Prozeß dauerte exakt neun Minuten, nachdem der Vorsitzende des Gerichts, ein Armeeangehöriger Anfang Zwanzig, die einleitende Frage gestellt hatte: »Wie lautet die Anklage gegen diese Kriminellen?« Pembroke war der Ansicht, Hobbs müßte als anwesender vorgesetzter Offizier Einspruch gegen diese offen abschätzige Andeutung erheben, daß die Angeklagten schon als Verbrecher abgestempelt waren, bevor überhaupt Beweise vorlagen. Doch dann stellte sich heraus, daß es zu einer Beweisaufnahme überhaupt nicht kommen sollte. Ein Weißer berichtete dem Gericht: »Sie sind alle an der Rebellion beteiligt gewesen.«

»Auch die Frauen?«

»Ja.«

»Urteil?« fragte der Richter seine beiden Beisitzer, und sie antworteten: »Schuldig«, worauf der Richter die Strafe verkündete: »Die Männer erhängen. 75 Peitschenhiebe für die Frauen.« Die 27 Männer wurden nach draußen gebracht, wo sie erhängt werden sollten. Auf dem Hängebalken war jedoch nur Platz für zwanzig Stricke, so daß der diensthabende Wachtmeister, ohne das Gericht vorher zu konsultieren, die restlichen sieben hinrichtete, indem er von einem Gefesselten zum nächsten schritt und ihnen durch den Kopf schoß.

In gewissem Sinn hatten die sieben noch Glück, denn der improvisierte Hängebalken ließ keinen plötzlichen Sturz der Opfer zu, um den Genickbruch herbeizuführen. Die Männer wurden hochgezogen, traten und wirbelten in der Luft herum und wurden so stranguliert, bis der Wachtmeister rief: »Zieht ihnen die Beine lang!«, worauf ein paar Soldaten vortraten, die leblosen Körper ein Stück anhoben und dann mit einem festen Ruck nach unten zogen, soweit ein Zupacken in dieser Stellung möglich war. Es erfüllte seinen Zweck nicht, die meisten Erhängten würgten noch immer und wirbelten an den Stricken herum, bis der Wachtmeister angeekelt die Reihe abschritt und ihnen vom Kinnansatz an durch den Kopf schoß.

Pembroke war angewidert von der Brutalität, die da im Namen des Gouverneurs Eyre und der Königin Victoria begangen wurde, aber erst was mit den beiden gefangenen Frauen geschah, öffnete ihm die Augen, zu welchen Bestialitäten ein an kein Gesetz gebundenes Militärgericht fähig war. Die beiden Frauen wurden von der Taille an entkleidet, zu Boden geworfen, das Gesäß freigelegt, dann mit einer Peitsche auf die nackte Haut geschlagen, keiner gewöhnlichen Peitsche, sondern einer neunschwänzigen Peitsche, in die widerstandsfähiger Draht gewebt war. Die Matrosen, denen die Aufgabe der Auspeitschung übertragen worden war, schienen Lust dabei zu empfinden, denn sie schlugen mit solcher Kraft zu, daß schon beim fünften Hieb dieses tödlichen Folterinstruments die Wunden offenlagen und bluteten. Die jungen Soldaten, die der Strafaktion zusahen, grölten im Chor die Anzahl der Schläge, und am Ende der ersten 25 Hiebe gab es eine Unterbrechung, denn die beiden Frauen hatten vor Schmerzen das Bewußtsein verloren.

Damit war die Bestrafung jedoch noch nicht beendet, denn nachdem man den beiden Frauen einen Eimer Wasser ins Gesicht geschüttet und sie so aus ihrer Ohnmacht geholt hatte, stieß man sie erneut zu Boden, und die zweiten 25 Schläge wurden ausgeteilt, von denselben energischen Matrosen, die diesmal mit noch mehr Nachdruck schlugen und von ihren zählenden Kameraden angefeuert wurden. Wieder erwartete Jason, daß Hobbs eingriff, aber der stand nur dicht neben den Frauen, mit einem Lächeln im Gesicht, die Faust geballt, und zählte die Schläge mit.

Als der fünfzigste Hieb auf das zerfetzte Fleisch niederging, wurde die Tortur wieder unterbrochen, und Jason sah sich genötigt, Einspruch zu erheben: »Oberst Hobbs, hören Sie mit dieser Grausamkeit auf, ich bitte Sie!«

»Sie haben die Anklage gehört. Der Rebellion für schuldig befunden. Und Sie haben das Urteil gehört.« Grinsend sah er zu, wie die Frauen das drittemal zu Boden geworfen wurden und die metallverstärkten Katzen in das blutige Fleisch schnitten. Nur mit äußerster Selbstbeherrschung gelang es Pembroke, sich zurückzuhalten und den beiden Gequälten nicht zu Hilfe zu kommen, und das war von Glück für ihn, denn hätte er in dieser aufgeputschten Stimmung der Rache auch nur einen Funken Mitgefühl gezeigt, hätten sich die jungen zuschauenden Soldaten, die in der Bestrafung nichts Ungerechtes erkennen mochten, durchaus gegen ihn wenden können und ihn vielleicht sogar getötet.

Als das abscheuliche Ritual endlich ein Ende gefunden hatte, die ausgepeitschten Frauen neben den sieben erschossenen Männern und unter den noch baumelnden Erhängten lagen, wollte Pembroke die Hinrichtungsstätte verlassen, doch als er sich gerade anschickte, den Heimritt nach Kingston anzutreten, wurden fünfzehn neue Angeklagte in die Hütte gebracht, wo sie dasselbe voreingenommene Gericht erwartete. In diesem Augenblick machte Hobbs eine Äußerung, die Jason zu einer überstürzten Handlung veranlaßte – ohne Rücksicht auf die möglichen Folgen. »Gute Nachricht aus Kingston. Sie haben diesen Bastard Gordon geschnappt, und Gouverneur Eyre wird ihn unserem Gericht überstellen.«

Als er die entsetzliche Meldung vernommen hatte, erkannte Jason sogleich, wie unfair ein solcher Akt sein würde, und da er sowieso den Wunsch verspürte, sich von dem mordgierigen Hobbs loszusagen, schlich er heimlich davon und ritt Richtung Osten, in der Hoffnung, Gouverneur Eyre dazu zu bewegen, den irrigen Befehl rückgängig zu machen.

Nur durch einen Gewaltritt auf seinem ohnehin übermüdeten Pferd gelang es Jason, die Residenz des Gouverneurs zu erreichen, noch bevor die Entscheidung, Gordon dem Militärgericht in St-Thomas auszuliefern, in die Tat umgesetzt worden war, und unangekündigt in das Amtszimmer von Eyre hineinstürmend, platzte er heraus: »Gouverneur, bei allem, was Ihnen heilig ist, überstellen sie George Gordon nicht dem Militärgericht in St-Thomas. Die sind dort außer Rand und Band geraten.«

»Sie tun ihre Pflicht«, entgegnete Eyre streng, wobei er sich gerade hielt und nur unter äußerster Anspannung zu sprechen schien. »Diejenigen, die gegen die Königin rebelliert haben, müssen nun den Preis dafür zahlen.«

»Aber das Vorgehen des Gerichtes ist unmenschlich. Frauen mit Drahtschlingen in den Katzen auspeitschen zu lassen.«

»Frauen sind oft die schlimmsten Verbrecher. Ich finde sowieso, sie sollten gehängt werden.«

»Gouverneur Eyre. Ich bin bis zu den Maroons vorgedrungen. Ich habe sie davon abgehalten, sich den Aufständen anzuschließen.«

»Vorzügliche Arbeit, Jason. Und nicht ungefährlich.«

»Die Maroons sind gegen die Schwarzen vorgegangen. Haben Mord und Totschlag gegen sie verübt, gegen Männer, Frauen und Kinder.«

»Wenn ein Mann wie Gordon eine Rebellion auslöst, dann muß er auch die Konsequenzen bedenken.«

»Aber er war überhaupt nicht in St-Thomas. Er hat bei dem Aufstand keine Rolle gespielt.«

Gouverneur Eyre war so erbost über diese Fürsprache für einen Menschen, den er sich entschlossen hatte an den Galgen zu bringen, daß er Pembroke beinahe die Tür gewiesen hätte, doch die Tapferkeit des jungen Mannes, sich allein in das Gebiet der Maroons vorzuwagen, verlangte Anerkennung, und diese durfte Eyre ihm nicht verwehren. »Sie haben sich wie ein wirklicher Engländer aufgeführt, Pembroke. Die Pflicht hat gerufen, und Sie haben geantwortet.«

»Und jetzt sehe ich es als meine Pflicht an, Sie über eine grundlegende Tatsache aufzuklären. Alles, was Sie bisher geleistet haben, jede Amtshandlung war tadellos. Den besten Gouverneur, den man sich wünschen kann. Der Aufstand ist unter Kontrolle. Inselweite Unruhen sind verhindert worden.«

»Vielen Dank. Ich habe mein Bestes versucht... trotz großer Schwierigkeiten, das muß ich sagen. Alle haben sie von mir verlangt, das Kriegsrecht über die gesamte Insel zu verhängen.«

»Gott sei Dank haben Sie das nicht getan. Und jetzt müssen Sie es aufheben, da, wo es eingeführt worden ist.«

Eyre wollte sich solchen Rat nicht länger anhören: »Gordon hat ein schreckliches Verbrechen begangen, als er die Rebellion anzettelte. Die Bestrafung muß auch in Zukunft eine Lektion für die Rebellen sein, und er wird seinen Anteil noch abkriegen.«

»Aber Sie dürfen ihn nicht nach St-Thomas schicken. Das wäre Justizmord.«

»Er muß seine Lektion lernen.«

Mit verzweifelter Stimme flehte Pembroke ihn an: »Gouverneur Eyre, alles, was Sie bisher bewirkt haben, trägt das Zeichen von Größe. Aber wenn sie Gordon das antun und die Militärgerichte wirksam bleiben, dann gehen Sie ein furchtbares Risiko ein. Man wird auf Sie herabsehen als jemand, der das Ansehen der Justiz beschmutzt hat. England könnte Sie dafür durchaus verurteilen.«

Diese Worte saßen, denn sie berührten die schwache Position Eyres, seine Lust auf private Rache, die so dominierend war, daß er bereit war, die Traditionen angelsächsischer Justiz zu verraten. Er wußte sehr wohl, daß Gordon für den Aufstand rechtlich nicht zur Verantwortung gezogen werden konnte. Er wußte auch, daß ein Zivilgericht in Kingston den Prediger niemals verurteilen würde, geschweige denn hängen, käme es doch zu einer Verurteilung. Und was für ihn am schlimmsten war: Es war ihm nur zu gut bekannt, daß er über keinerlei Recht verfügte, Gordon dem Zivilgericht in Kingston zu entreißen und ihn einem Militärgericht zu überantworten, das für seinen Fall nicht zuständig war. Seine lodernde Feindschaft für diesen Mann war aber so groß, daß er zu seiner Selbstverteidigung ein erstaunliches Geständnis machte: »Ich habe George Gordon immer verachtet. Ein Farbiger, der eine Weiße heiratet, nur weil er sich Vorteile verspricht. Ein baptistischer Sektierer, der unsere Nationalkirche verunglimpft. Und schlimmer noch, ein ungebildeter Bauer, der sich über unsere Königin lustig macht.«

»Ich glaube nicht, daß er das jemals getan hat«, warf Pembroke ein. »Er hat nur gegen diesen törichten Brief protestiert, der in ihrem Namen verschickt wurde.« Aber Eyre beharrte auf seinem Standpunkt: »Er hat auf den Brief gespuckt.« Und als Jason ihn korrigierte: »Das war irgendeine dumme Frau, nicht er«, fuhr Eyre zurück: »Er hat sie dazu angestiftet und muß die Strafe zahlen. Kommen Sie, wir fahren noch heute nach St-Thomas.«

»Gouverneur, ich muß noch einmal protestieren. Sie riskieren Ihren Ruf damit. Alle ehrlichen Menschen werden einsehen, daß Ihr Verhalten gesetzeswidrig ist und von persönlichen Rachegefühlen gefärbt. Um Ihres ehrenwerten Namens willen, tun Sie das nicht, was Sie vorhaben.«

Eyre ließ sich jedoch nicht davon abbringen. George Gordon, ein zerbrechlicher Mann, ein Büchernarr mit Nickelbrille, wurde in Fesseln zur wartenden »Wolverine« geführt; Eyre kam an Bord, Pembroke an seiner Seite, der sich noch immer der Hoffnung hingab, den Gouverneur von seinem häßlichen Vorhaben abzubringen, und die verhängnisvolle Reise nach St-Thomas im Osten nahm ihren Lauf. Die kurze Seepassage wurde jedoch zu einem Alptraum, denn ein Sturm zog auf, schüttelte das Schiff drei Tage und drei Nächte hindurch und hinderte Eyre und seinen Beamten daran, den Prediger an das Kriegsgericht auszuliefern. Während der Turbulenzen hatte Pembroke eine letzte Gelegenheit, mit Gordon zu sprechen, der mit erstaunlicher Ruhe sagte: »Ich werde morgen gehängt, und Jamaika wird diesen Tag niemals vergessen, denn mein Tod ist Mord.«

Als der Sturm abflaute, wurde der Priester unter Bewachung einer Marinetruppe an Land gebracht und durch die Straßen der Stadt an den Ort geführt, wo das Gericht seine Sitzungen abhielt, und während des Spießrutenlaufens belegten ihn die Soldaten und Matrosen mit üblen Schimpfworten, und einige brüllten: »Da kommt Gordon – auf dem Weg zum Galgen.« Und andere riefen: »Ich würde dir noch gerne ein paar mit der Katze verpassen, bevor du stirbst, du Verräter!« Die Stimmung war so vergiftet, daß ein Berichterstatter die zutreffende Feststellung machte: »Kein Zweifel, wenn man den Blaujacken ihren Willen

657

gelassen hätte, sie hätten Gordon bei lebendigem Leib in Stücke gerissen.«

Das improvisierte Kriegsgericht, das wieder in der Hütte tagte, aus der schon so viele heraus auf den Galgen gezerrt worden waren, bestand aus zwei jungen Marineoffizieren und einem noch jüngeren Armeeangehörigen. Sie hatten keine Vorstellung davon, was Rechtsprechung bedeutete, und ganz sicher wußten sie nicht, was als zulässiger Beweis gelten könnte und was nicht. Man hatte ihnen befohlen, allen Verbrechern ein bestimmtes Strafmaß zukommen zu lassen, und sie hatten keine Schwierigkeit damit, in Gordon den eigentlichen Anstifter der Aufstände zu erkennen, denn man hatte ihnen vorher gesagt, genau das sei sein Vergehen.

Es gab Beweise, Briefe, die an das Gericht geschickt worden waren, von Personen, die irgendwo auf der Insel lebten und jetzt nicht anwesend waren, so daß man sie hätte ins Kreuzverhör nehmen können. Mehrere Personen sagten aus, sie seien sicher, Gordon sei verantwortlich für die Rebellion, aber am meisten schadete ihm die Aussage, es gebe Beweise, er habe den königlichen Brief zum Gespött gemacht. Die Postmeisterin von Morant Bay beeidete, sie lese ohnehin alles Gedruckte, was durch ihr Büro gehe, ob in geschriebener oder anderer Form, und könne daher mit Sicherheit behaupten, Gordon habe subversive Literatur aufgegeben, nur, um was für Literatur es sich genau handelte, daran vermochte sie sich nicht zu erinnern.

Der jugendliche Richter gestattete Gordon, eine Aussage zu seiner Verteidigung zu machen, doch sie enthielt nur das, was der Prediger zu Pembroke und seinen anderen Freunden schon immer gesagt hatte, daß er nichts anderes gewollt habe, als den Einwohnern von Jamaika dabei zu helfen, ihr Los zu verbessern. Die drei Richter schenkten seinen Ausführungen keinerlei Aufmerksamkeit und taten sich folglich auch nicht schwer, ihn schuldig zu sprechen und zum Tod durch Erhängen zu verurteilen.

Der Prozeß fand an einem Samstagnachmittag statt, und da der Offizier, der das Urteil vollstrecken sollte, der Ansicht war, einen Priester ausgerechnet an einem Sonntag zu hängen sei nicht statthaft, wurde die Exekution auf Montag verschoben. Sonntagabend setzte Regen ein, und am Montag zogen schwere Wolken auf, deren Ränder von der Sonne, die sich hinter ihnen verbarg, angestrahlt wurden, die aber den Torbogen, in dem das Seil hing, in dunkles Licht tauchten. Der Prediger stand auf einer Holzplanke, an Händen und Füßen gefesselt, damit er nicht noch in letzter Minute zu fliehen versuchte, und als die Planke mit einem Ruck beiseite gestoßen wurde, stürzte er in die Tiefe und strangulierte sich langsam zu Tode. Damit war Gouverneur Eyre für die Beleidigungen, die Gordon ihm angeblich zugefügt hatte, endlich Genugtuung widerfahren.

Jason Pembroke, der jetzt nur noch den Wunsch hatte, nach Trevelyan zurückzukehren, hegte die Hoffnung, daß mit der Hinrichtung Gordons das Kriegsrecht in St-Thomas endlich aufgehoben und sich die zahlreichen Kriegsgerichte, über die keiner mehr Kontrolle hatte, auflösen würden, doch der ersehnte Befehl dazu wurde nicht gegeben. Statt dessen berief Gouverneur Eyre ihn zum Dienst bei Oberst Hobbs, den er durch das Abenteuer mit den Maroons bereits kennengelernt hatte. Hobbs, der an zahlreichen Gefechten in Übersee teilgenommen und während des Krimkrieges die Belagerung Sewastopols miterlebt hatte, war ein Mensch, mit dem gewöhnliche Soldaten gut auskamen, denn er behandelte seine Männer gut und hatte einen feinen Sinn für militärische Pflichterfüllung. Jason, der die Rebellion, wenn es denn eine gewesen war, als gescheitert ansah, erwartete von Hobbs, daß er wieder strenge Disziplin einführen würde, seine jugendlichen Untergebenen im Zaum hielt und veranlaßte, die Militärherrschaft, wenigstens in seinem Gebiet, zu beenden, da es keine Anzeichen weiterer Unruhen mehr gab.

Jasons Zuversicht wurde jedoch enttäuscht, denn der Schrecken des Kriegsrechts hatte sein wahres Gesicht bei weitem noch nicht gezeigt. Die Maroons, die sich das Recht nahmen, weiter zu plündern und zu brandschatzen, erschossen fast 200 Schwarze, hoch erfreut, als beteiligten sie sich an einem fröhlichen Jagdausflug. Die Männer von Oberst Hobbs spezialisierten sich darauf, jeden Schwarzen, den sie irgendwo in der Ferne, auf einem Berg oder sonstwo sahen, zu erschießen, und wetteiferten untereinander, wer aus der größten Entfernung am besten zielen konnte. Als Jason gegen diese barbarische Sitte protestierte, zeigte Hobbs ihm einen Brief aus dem Armeehauptquartier, der ihm die Rechtmäßigkeit seines Dienstes bestätigte. »Weiter so. Oberst Hobbs verrichtet ausgezeichneten Dienst, erschießt jeden Schwarzen, der sich nicht in irgendeiner Form ausweisen kann, sechzig Männer während eines einzigen Marsches. Oberst Nelson hängt wie verrückt. Ich hoffe, Sie bringen uns keine Gefangenen zurück. Geben Sie's den schwarzen Truppen gehörig, sie haben's verdient.«

Das war ein Freibrief zur Vernichtung, und Hobbs kam seinen Verpflichtungen mit Übereifer nach, fand besonders Gefallen daran, Männer und Frauen zu hängen, wenn es von ihnen hieß: »Der da hat die Königin verspottet.« Allein der Gedanke, ein Schwarzer könnte die Königin mit Verleumdungen bedacht haben, war ihm unerträglich, und seine Augen funkelten zornig, wenn Jason ihn mäßigen wollte: »Hobbs, sehen Sie denn nicht, daß deren Protest keine Mißachtung der Königin darstellt?«

»Wieso nicht?«

»Sie mochten einfach nicht glauben, daß ihre Königin sie so kalt abserviert hatte, denn sie lieben sie.« Hobbs, die Augen noch immer funkelnd, schnarrte zurück: »Ihr habt's gehört. Sie haben über ihren Brief gelacht. Hängt sie.«

Jason aber hätte sich niemals vorstellen können, was Hobbs als nächstes vorhatte. Auf einer abgelegenen Straße begegneten sie einem Schwarzen, der in keiner Beziehung zu den Aufständischen stehen konnte, doch als Hobbs seinen Namen hörte, Arthur Wellington, und erfuhr, daß der Mann Priester des Obikultes war, ein Zauberer also, überfiel ihn rasende Wut: »Wie kann ein Nigger es wagen, sich den Namen dieses großen Mannes zu eigen zu machen? Wie kann er es wagen, von sich zu behaupten, er hätte übernatürliche Kräfte? Dem werd' ich's zeigen!« Er ließ Wellington an einen Baum auf der anderen Seite einer Senke binden, dann befahl er allen Schwarzen der Umgebung, das Schauspiel gut zu verfolgen, ließ seine Männer antreten und aus einer Entfernung von 400 Meter schießen. Mehrere Kugeln trafen den Gefesselten, töteten ihn, worauf Hobbs den Zuschauern zurief: »Und welche magischen Kräfte hat er jetzt?«

Ein Soldat, der unter Hobbs diente, zeigte Jason den Brief, den er an seine Eltern in England schicken wollte: »Ich kann euch sagen, wir hatten noch nie soviel Spaß. Wir lassen keinen übrig von den Schwarzen, ob Mann, Frau oder Kind. Wir erschießen alle, manchmal hundert am Tag. Ein paar sondern wir aus, mit denen treiben wir unsere Spiele. Wir binden sie an einen Baum, verabreichen ihnen hundert Schläge, dann zerren wir sie auf ein Schiff und lassen sie von der Rahnock baumeln. Ich glaube, wir kommen am Tag im Durchschnitt auf fünfzig bis sechzig Hinrichtungen. Was für ein Spaß.«

Pembroke, empört über solche Exzesse, flehte Hobbs an, dem Töten ein Ende zu setzen, aber der hochdekorierte Veteran der Krim, ein Mann, der Mut und Tapferkeit bewiesen hatte, schien sich in einen rasenden Wilden verwandelt zu haben, denn seine Antwort auf alle Bitten lautete stets: »Wie in Indien ... Farbige erheben sich gegen Weiße. Und das darf nicht geduldet werden.«

Während Pembroke furchtbar litt, wenn er das brutale Treiben der Engländer beobachtete, zeigte sein Vetter Croome eine völlig andere Reaktion auf das Kriegsrecht. Er diente als Erster Offizier eines ausgemachten Militärhelden, Gordon Dewberry Ramsay, der während des Angriffs der leichten Brigade in Balaklawa an der Spitze in den Kampf ritt und dafür die höchste Auszeichnung erhalten hatte, die England zu vergeben hatte, das Victoriakreuz. In Jamaika diente er als Polizeiinspektor, und da er ein jovialer Mensch war, arbeitete Croome gut mit ihm zusammen, assistierte ihm bei den Prügelstrafen, den Erschießungen und den Hinrichtungen. Wie Ramsay glaubte auch er, daß die Schwarzen die Ehre des weißen Mannes verleumdeten, die baptistische Kirche die anglikanische Staatskirche mißachtete und jeder Schwarze die Königin beleidige. Unter diesen Umständen wurde Gnade nicht gewährt, und fast jede Strafe, die Ramsay aussprach, schien ihm gerechtfertigt.

Ramsay, der immer einen kleinen Stock wie einen Kommandostab mit sich herumtrug, marschierte durch ein Dorf und befahl seinen Männern im gebieterischen Tonfall: »Der kriegt ein Dutzend«, worauf sofort die mit Draht verstärkte neunschwänzige Katze hervorgeholt wurde. Manchmal brummte er auch nur: »Der da sieht böse aus. Gebt ihm ein paar Schläge.« Und der Bezeichnete wurde auf der Stelle verprügelt.

Jason Pembroke, der Zeuge von Hobbs' ebenso schlimmem Verhalten geworden war, hatte zumindest dessen Geisteszustand in Frage gestellt, doch Croome Pentheney sah nichts Falsches in dem, was Ramsay tat, und half ihm noch dabei, seinen blindwütigen Rachegelüsten nachzugehen. Als die beiden einmal dabei zusahen, wie einer schwarzen Frau hundert Schläge mit der Katze verabreicht wurden, sagte Ramsay: »Drei verschiedene Zeugen haben gehört, wie sie abfällig über den königlichen Brief geredet hat.« Und Croome entgegnete: »Sie tun gut daran, solchen Verrat zu unterbinden.«

Ein Zeitungsreporter, der Ramsay und Croome mehrere Tage auf ihrer Reise begleitete, schrieb später die bewundernden Zeilen: »Diese Unentwegten, die für die Sicherheit aller weißen Männer und Frauen auf dieser Insel sorgen, haben einen Riesen von Matrose von einem der Schiffe dabei, der besonders bei Prügelstrafen eine meisterliche Hand beweist. Jeder Hieb, den er ausführt, knallt mit einem schallenden ›Wusch‹ nieder, und ein Dutzend solcher Hiebe von seiner Rechten kommen zwei Dutzend durch gewöhnliche Hand ausgeführten gleich. Ich war dabei, wie er einem Mann 75 seiner Meisterschläge austeilte, und als er fertig war, konnte sich der Verbrecher kaum mehr auf den Beinen halten, und ein Zuschauer neben mir sagte: ›Der wird sein Leben lang gebückt gehen.‹«

Am letzten Oktobertag des Jahres 1865 beendete Gouverneur Eyre, im Grunde seines Herzens ein guter Mensch und ahnungslos, was das Chaos betraf, das Hobbs und Ramsay während seiner Abwesenheit angerichtet hatten, das Kriegsrecht, mit Ausnahme für die bereits Verhafteten, aber was noch wichtiger war, er erließ eine allgemeine Amnestie. Um zu demonstrieren, was für ein weitsichtiger politischer Führer er doch war, ließ er die unfähige gesetzgebende Versammlung, die sich als machtlos erwiesen hatte, die Rebellion aufzuhalten, am 8. November auflösen, was faktisch die Rückführung der Insel in das britische Empire als Kronkolonie, via Erlasse von London aus regiert, bedeutete.

Dieser Schritt wurde auf der ganzen Insel begeistert aufgenommen. In der Presse erschienen lobende Leitartikel, die seinen Heldenmut und seinen Scharfsinn rühmten, und überall wurde ihm Anerkennung zuteil. Als das Jahr seinem Ende zuging, Jamaika wieder unter der Herrschaft der Krone stand, war das Morden vergessen, und Ruhe legte sich über die Insel, so daß Gouverneur Eyre mit Fug und Recht für sich in Anspruch nehmen konnte – was er auch weidlich tat –, daß sein beherztes Vorgehen eine rasche Beendigung des Kriegsrechts herbeigeführt hatte. Er konnte nun vertrauensvoll in die Zukunft schauen, auf weitere zwanzig produktive Jahre in Amt und Würden, der Zuneigung seines Volkes gewiß, das ihn als einen vertrauenswürdigen Helden verehrte. Allein – denn er hielt sich für einen bescheidenen Menschen – gab er dieser Hoffnung Ausdruck, und doch braute sich über England ein Sturm zusammen, dessen heftige Wirbel ihn arg beuteln und in den nächsten drei Jahren zu einem der umstrittensten Männer seiner Zeit machen sollten.

Bemerkenswert, daß furchtbare Ereignisse, die sich irgendwo in einer abgelegenen Region in der Karibik ereigneten, die Zentrale des Empires so erschüttern konnten, aber Jamaika war auch keine gewöhnliche Kolonie. Zwei Jahrhunderte lang war die Insel nicht nur der Ursprung riesiger Zuckervermögen, sondern auch politischer Macht gewesen. Gesetze, die egoistische Parlamentsmitglieder wie die Zuckerbarone durchboxten, waren ein wesentlicher Grund für die amerikanische Revolution, so daß alles, was auf den großen Plantagen der Insel geschah, immer auch die Gemüter in London beschäftigte.

Jetzt allerdings kursierten die häßlichsten Gerüchte in Großbritannien: »Niggeraufstand in den Kolonien!« lauteten die schrillen Töne auf der einen Seite, während andere murrten: »Irgendwo auf einer von Wilden bewohnten Insel führt sich ein englischer Gouverneur auf, als lebten wir noch im vorigen Jahrhundert!« Aber noch vor Jahresfrist hatten sich in England die Fronten in dieser Frage auf dramatische Weise festgeschrieben. Standhafte Unterstützung erfuhr Eyre von fünf der herausragendsten Schriftsteller des Landes: Thomas Carlyle, der Moralist, der Nigger verabscheute; John Ruskin, der Ästhet, der sehr populär war; Charles Dickens, dessen Bücher alle gelesen hatten; Charles Kingsley, der ein beherztes Christentum predigte und Verfasser zahlreicher populärer Romane war; und vor allem Alfred Tennyson, der von allen bejubelte Poet Laureate, der Hofdichter der Königin. Diese fünf bildeten eine Art patriotisch-sentimentales Bataillon zum Schutze des ehrenwerten Namens Eyre, gewannen jede Schlacht in der Öffentlichkeit für sich und verteidigten bis zum bitteren Ende Eyres Recht, Nigger zu töten, wenn sie sich aus welchen Gründen auch immer mit Waffengewalt gegen Weiße erhoben. Aufgeschreckt durch die möglichen Auswirkungen des indischen Massakers, erachteten sie Eyres Methoden zur Verhinderung einer Wiederholung dieser Vorgänge auf Jamaika nicht nur für richtig, sondern auch maßvoll. Sie sahen in ihm nicht nur einen Menschen, der zufällig zum Helden geworden war, sondern einen Protektor der weißen Rasse gegenüber einer möglicherweise politisch erwachenden schwarzen, und sie konnten es nicht ertragen, wenn andere ihm zum Vorwurf machten, er hätte leichtfertig bei der Einführung des Kriegsrechts und seiner Durchsetzung gehandelt. Alle fünf stimmten darin überein, daß die Schwarzen nur das bekamen, was sie verdient hätten.

Es gab jedoch noch eine zweite Gruppe führender britischer Persönlichkeiten, nüchterner und weniger emotional, die Eyres Vorgehen auf der fernen Insel, weitab von jeglicher Überwachung durch das Parlament mißbilligten: Charles Darwin, der Entwicklungstheoretiker; Herbert Spencer, der Moralphilosoph; Thomas Huxley, der Wissenschaft-

663

ler; John Bright, der mächtige Reformer der Quäker; und vor allem der Philosoph und Wirtschaftstheoretiker John Stuart Mill, vielleicht der brillanteste Geist seiner Zeit. Diese Männer, vertraut mit den Fragen von Recht und Unrecht, glaubten, daß Großbritannien es sich nicht leisten könnte, Gouverneur Eyres an Besessenheit grenzendes Auftreten in der entlegenen Gemeinde St-Thomas zu entschuldigen, da es eine Bedrohung der Sicherheit des Empires darstelle, und sie waren fest entschlossen, ihn vor Gericht zu bringen, damit er sich dort rechtfertige. Seine Grausamkeit gegenüber Schwarzen interpretierten sie als einen Rückfall in die Zeit der Sklaverei, einen aus Torschlußpanik geführten Versuch wohlhabender Landbesitzer, ihre Interessen zu schützen, ein Affront gegen alle rechtschaffenen Christen und freiheitsliebenden Menschen.

Weder die eine Seite noch die andere war bekannt dafür, Zurückhaltung zu üben, oder bereit, irgendwelche Abstriche zu machen.

Das Feld war offen für eine erbarmungslose Schlacht zwischen zwei Meinungsgruppen, die die Zukunft völlig unterschiedlich einschätzten. Die Schriftsteller wollten am Ruhm der Vergangenheit oder zumindest an den Ideen des Empires festhalten, die noch existierten; die Wissenschaftler dagegen hofften, weiterzukommen beim Aufbau einer neuen und schöneren Welt. Die Schriftsteller setzten Loyalität der Krone gegenüber an die erste Stelle; die Wissenschaftler Loyalität gegenüber der Vernunft und einer unausweichlichen Fortentwicklung. Die Schriftsteller verschrieben sich der Verteidigung des weißen Mannes und seiner wohlmeinenden Herrschaft über andere; die Wissenschaftler dem Gedanken der Brüderlichkeit aller Menschen, auf der allein, wie sie meinten, die Zukunft aufgebaut werden könnte. Merkwürdigerweise hielten beide Gruppen an dem Konzept des britischen Empires fest, wobei die Schriftsteller die Ansicht vertraten, es ließe sich nur durch das mutige Vorgehen solcher Gouverneure wie Eyre erhalten, während die Wissenschaftler meinten, noch ein paar mehr solcher Gouverneure, und die Chance, das Reich zusammenzuhalten, wäre vertan.

Es wurde ein rühmlicher Diskurs, der sich um das unrühmliche Verhalten von solchen Gestalten wie Hobbs und Ramsay konzentrierte, eine gigantische intellektuelle und moralische Konfrontation, die sich um eine historisch unbedeutende Figur namens Eyre drehte. Am Ende waren alle Zeitungen an ihr beteiligt, Parlamentsreden beschäftigten sich mit ihr, und Englands berühmteste Richter ergriffen Partei.

An einem sonnigen Tag des Jahres 1866 verließ ein rotwangiger Oliver Croome sein Londoner Stadthaus am Cavendish Square, das die reichen Zuckerbarone unter seinen Vorfahren errichtet hatten, als sie ihren Parlamentssitz erwarben, und er war überrascht, aus dem Stadthaus der Pembrokes auf der gegenüberliegenden Seite des Platzes seinen Vetter, den bärtigen, begabten Jason, kommen zu sehen. Er stürmte sofort über den Platz auf ihn zu und rief freudig: »Jason? Was führt dich hierher?«, worauf sich die beiden Männer, die über so lange Zeit gut zusammengearbeitet hatten, unter den Bäumen stehend, gegenseitig über die überraschenden Entwicklungen informierten, die sie auf unterschiedlichen Bahnen nach London geführt hatten.

Oliver sprach als erster: »Als sich das Komitee der besten Schriftsteller der Welt gründete, um Gouverneur Eyre gegen seine Feinde zu verteidigen – und die sind eine schlimme Bande –, haben die Mitglieder ihn gefragt: ›Wen können wir aus Jamaika herkommen lassen, der gegen die Lügen auftritt, die sie über dich verbreiten?‹ Und Eyre meinte, ich wäre wohl derjenige, der die Tatsachen besser als sonst jemand kennt, und so bin ich also hier gelandet, kostenfrei, obwohl ich meine Auslagen auch gern selbst übernommen hätte... um den Ruf dieses noblen Mannes zu retten.«

Jason senkte den Kopf, schaute seine Fingerknöchel an und sagte leise: »Tut mir leid, Oliver, aber ich muß dir leider mitteilen, die Männer, die entschlossen sind, Eyre vors Gericht zu bringen, haben mich gebeten, ihnen dabei behilflich zu sein. Erbärmliches Geschäft.«

Um seinen ersten Schock zu verbergen, fragte Oliver ablehnend: »Hast du deine Frau aus Jamaika mitgebracht?«

»Nein. Beth meinte, sie hätte genug von Eyre und seinen Problemen gehört.«

»Nell wollte aus demselben Grund auch nicht mitkommen«, worauf Jason seinen Leidensgenossen tröstete: »Unsere Strohwitwerzeit wird ja nicht ewig dauern.«

Oliver unterbreitete den großzügigen Vorschlag, sein Vetter sollte doch bei ihm einziehen: »Spart Zeit und Ärger.« Aber Jason hatte eine gute Entschuldigung, die Einladung nicht anzunehmen: »Mill hat alle Räume belegt und will die Treffen unseres Komitees in meinem Quartier abhalten. Genug Platz habe ich ja.« Die beiden gingen auseinander, aber schworen sich zum Abschluß, nicht zuzulassen, daß ihre Freundschaft durch die Sache mit Eyre in Mitleidenschaft gezogen wurde. Croome verfolgte noch von seiner Seite des Platzes aus, wie sich die

665

Gegner Eyres im Stadthaus der Pembrokes versammelten, und dachte bei sich: »Was für widerliche, selbstgefällige Männer, nicht ein lächelndes Gesicht unter ihnen!«

In jeder Gruppe, der John Stuart Mill als Mitglied angehörte, übernahm er automatisch die Stelle des Vorsitzenden, dem sich alle zu unterwerfen hatten, er verfügte über einen eisigen Intellekt, er war ein Mann aus Marmor. An diesem Tag hatte er sich verspätet, und während seiner Abwesenheit hatte John Bright neben Jason Platz genommen zwischen den beiden riesigen Statuen, die den Raum seit über einem Jahrhundert schmückten, »Venus, sich den Annäherungen des Mars widersetzend« und »Tugend, den Heldenmut belohnend«. Zunächst saß Bright gegenüber der Venus, doch ihre ausladenen Rundungen störten sein Empfinden als enthaltsamer Quäker dermaßen, daß er Jason bat: »Vielleicht besser, wenn wir die Plätze tauschen.« Doch jetzt sah er sich einer aufdringlichen Verherrlichung des Heldentums gegenüber, und auch das mochte er nicht tolerieren. »Erinnert mich an Carlyles unsinniges Gerede über Helden und diesen ganzen Quatsch.« Und nachdem er Zuflucht vor den bedrückenden Statuen gefunden hatte, fragte er: »Ich vermute, Ihr wißt, Pembroke, daß unser Mill ein Mensch von ungeheuren Fähigkeiten ist?«

»Ich habe selbst erlebt, wie er die Aufmerksamkeit seiner Mitmenschen auf sich gezogen hat.«

»Aber habt Ihr auch gehört, was für eine Ausbildung er genossen hat?« Als Jason verneinend den Kopf schüttelte, entgegnete Bright mit Begeisterung, in der aber auch Neid mitklang: »Er durfte keine Schule besuchen und war auch auf keiner Universität.«

»Warum nicht?«

»Sein Vater, ein außergewöhnlicher Mensch von zwingendem Charakter, hielt den Jungen für zu begabt, um von einem normalen Lehrbetrieb unterrichtet zu werden, ›ich werde die Erziehung selbst übernehmen‹, soll er gesagt haben, und mit drei hatte John bereits die griechische Sprache gemeistert. Mit sechs hatte er die meisten leichter verständlichen Autoren wie Herodot und Xenophon gelesen und fing an, sich mit Plato zu beschäftigen. Mit acht begann er sein Lateinstudium und hatte den ganzen Euklid gelesen. Mit elf Jahren fing er an, ein Buch über die Geschichte Roms zu schreiben, ein exzellentes, reifes Werk, das er im Alter von zwölf Jahren abschloß. Von da an füllte er jede Lücke systematisch auf, praktisch das gesamte Wissen der Menschheit, vor allem Mathematik, die Naturwissenschaften und die Sprachen, Französisch, Deutsch, einfach alles.«

»Und das alles hat ihn nicht zu einem mürrischen Zeitgenossen gemacht?«

»Im Gegenteil. Das ließ schon sein Vater nicht zu. Er nahm ihn auf Reisen mit, gab ihm humorvolle Bücher zu lesen, stellte ihn vermögenden Männern vor; er tat alles, um aus ihm einen gebildeten und urteilsfähigen Menschen zu machen.«

»Was mich beeindruckt hat«, sagte Jason, »war, daß er auf mich losstürzte, als er erfuhr, daß ich aus Jamaika kam, mich neben sich auf einen Stuhl drückte und sagte, wobei er mich anstarrte: ›Was wir dringend brauchen, ist die Wahrheit. Man sagt, Sie seien dabeigewesen, in allen Teilen der Insel. Was ist passiert? Ich will nicht wissen, was Sie gehört haben, nur was Sie gesehen haben.‹«

»Was haben Sie ihm geantwortet?«

»Ich sagte ihm, daß der offizielle Bericht von 439 Ermordeten spricht, 600 Ausgepeitschten und daß tausend Häuser niedergebrannt worden seien. Er wollte wissen: ›Aber was ist wirklich geschehen?‹ Und ich sagte: ›Ich habe mindestens 600 Tote gesehen und viele in entfernten Regionen von Maroons. Getötete, deren Leichen man nie gezählt hat. Mit eigenen Augen habe ich gesehen, wie insgesamt etwa 300 Menschen ausgepeitscht wurden, die Hälfte Frauen. Und da ich an mindestens tausend zerstörten Häusern vorbeigekommen bin, muß die genaue Zahl sicher doppelt so hoch liegen.‹«

»Und was hat er darauf erwidert?«

»Er legte einen Augenblick lang die Hände an die Schläfen, schaute mich von der Seite an und sagte dann mit schwerer Stimme: ›Ein schreckliches Blutbad. Und schrecklich ungerecht.‹«

In diesem Augenblick betrat Mill den Raum – wie ein kalter, klarer Herbstmond, der plötzlich und unerwartet aufsteigt. Kaum hatte er Bright ausgemacht, eilte er auf ihn zu: »Guter Freund, wir sind einen Schritt weitergekommen in der Sache gegen Eyre. Wir konnten das Gericht zwingen, einen Haftbefehl wegen Mordes gegen zwei seiner Offiziere auszustellen, die den fürchterlichen Kriegsgerichten vorsaßen.« Die Nachricht löste Jubel bei den Umstehenden aus, außer bei Bright, der auf die unangenehme Tatsache hinwies: »Aber Eyre selbst ist uns wieder entkommen, oder nicht?«

»Ja, das ist er«, sagte Mill widerwillig. »Er ist nach Market Drayton geflohen, einer Kleinstadt auf dem Land nordwestlich von Birmingham, wo das Londoner Gericht ihm nichts anhaben kann.« Dann fügte er mit offensichtlicher Entschlossenheit hinzu: »Aber wir werden ihn ausräuchern. Gouverneur Eyre wird für seine Verbrechen bezahlen, denn wir werden niemals Ruhe geben.«

Die Rufe »Hört! Hört!« begrüßten diese neuerliche Kriegserklärung, und Jason dachte bei sich: Hört sich ganz nach Eyre an, als er zur Jagd auf Gordon blies. Doch dann stimmte dieses sechzigjährige Orakel versöhnlichere Töne an, während Pembroke die Gelegenheit nutzte, ihn aufmerksam zu beobachten. Vollkommen glatzköpfig und glatt rasiert, mit Ausnahme der Koteletten, die sein römisch anmutendes, wie gemeißeltes Gesicht einrahmten, sprach er mit Bedacht, als würde er das Gewicht jedes einzelnen Wortes abwägen: »Mich haben die Überlegungen eines deutschen Wissenschaftlers zu den Arbeitsabläufen des menschlichen Verstandes sehr beeindruckt, was mich dazu gebracht hat, Vermutungen über den Irrtum anzustellen, in dem Eyre befangen war, als er Gordon verfolgte, das Gesetz dabei außer acht ließ, ebenso jeden Anstand und die Regeln der militärischen Gerichtsbarkeit. Der deutsche Gelehrte hat für dieses Gebrechen einen neuen Begriff geprägt, Monomanie, der aus den beiden griechischen Wörtern ›mónos‹, was soviel wie ›allein‹ oder ›eins‹ bedeutet, und ›manía‹ gebildet wurde, was natürlich ›Wahnsinn‹ meint. Eyre ist ein Musterbeispiel für diese geistige Verirrung. Er stand unter einem Zwang: Rache für Gordon. Und wenn es uns gelingt, das vor Gericht nachzuweisen, dann ist er... geliefert.«

»Können wir ihn irgendwie aus Market Drayton herauslocken?« fragte Bright, und Mill entgegnete: »Wenn nicht, tragen wir unseren Kampf dort aus, vor seiner Haustür«, worauf Bright, ein gewiefter Kenner der verschlungenen Pfade öffentlicher Meinung, warnte: »Die Landrichter in Drayton wird nicht interessieren, was in Jamaika passiert ist, wohl aber, daß wir einen anständigen Mann tyrannisieren, der nur versucht hat, seine Pflicht zu tun.«

Mit einiger Bestürzung verfolgte Jason aufmerksam bis zum Schluß die Zusammenkunft dieser bärbeißigen Männer der Gerechtigkeit. Er selbst war, wie auch Mill, entschlossen, dafür einzutreten, daß Eyre öffentlich getadelt wurde, damit dieser Mensch zweifelhaften Charakters sich nicht zum Nationalhelden aufschwingen konnte, aber weiter wollte er nicht gehen. Er war bereit, ihm alles mögliche ins Gesicht zu sagen, aber nicht, gesetzliche Schritte gegen ihn einzuleiten, und verwirrt stellte er die Überlegung an: »Als Oliver und ich nach London kamen, hatten wir mit fünf, höchstens sechs Monaten gerechnet. Aber gestern hörte ich, wie ein Anwalt meinte, wenn es zu einem Prozeß käme, dann könnte sich der drei Jahre hinziehen. Ich muß unbedingt Beth bei mir haben.«

Als er sich darüber mit Croome austauschte, stellte er fest, daß er derselben Ansicht war, und so schickten sie einen Eilbrief nach Jamaika: »Bitte kommt so schnell wie möglich nach London. Wir brauchen euch.« Und als die beiden Frauen ankamen und die Leitung der Stadthäuser in ihre Hände nahmen, erinnerte Cavendish Square an die alten Zeiten, als die Familien noch neun Monate im Jahr in London verbrachten.

Am Ende der ersten Woche hatte Nell Croome die Zeichen richtig gedeutet: »Beth, unsere Männer planen, nicht nur ein paar Monate zu bleiben, sondern Jahre.« Aber Beth entgegnete: »Um so besser für uns. Ich lebe gern hier« und übernahm fortan die Rolle der Gastgeberin bei den Zusammenkünften des Komitees um John Stuart Mill, dessen Zielsetzung sich auf die Formel »Gouverneur Eyre wegen Mordes an den Galgen« bringen ließ.

Die enge Beziehung der beiden Frauen bestärkte Croome in dem Glauben, es gäbe vielleicht eine Chance, seinen Vetter von dem gerechten Zorn eines John Stuart Mill abzubringen und ihn auf die Seite der verantwortungsbewußten Patrioten zu ziehen, die sich für Eyre einsetzten. »Du mußt unsere Männer einfach kennenlernen, Jason. Sie bilden das Rückgrat von England, und jetzt werde ich dich dem Besten der Truppe vorstellen, Thomas Carlyle. Er wird dich auf die rechte Bahn bringen.«

»Es schickt sich nicht, wenn ich unter falscher Flagge bei ihm aufkreuze«, gab Jason zu bedenken, »du weißt, ich bin gegen Eyre.« Aber Oliver entgegnete: »Heute abend wirst du es nicht mehr sein.« Und Jason kam mit, denn er brannte darauf, diesen gefährlichen Gegner kennenzulernen, dessen Schriften, in denen die Wiedereinführung der Sklaverei empfohlen wurde, ihn so erstaunt hatten und der augenblicklich so hartnäckig um die Verteidigung Eyres kämpfte. Sie fuhren vor einem bescheidenen Londoner Haus vor, in dem ein Mann von gedrungener Gestalt sie begrüßte, gekleidet in den schweren schottischen Tweed, den er bevorzugte, der buschige Haarschopf auf dem Kopf oberhalb der Augenbrauen fein säuberlich gestutzt, der ergraute Bart und auch der Schnäuzer ein wenig ungepflegt, aber die tiefliegenden Augen voller Intelligenz sprühend, die seine Leser so sehr an ihm faszinierte.

In Croome einen seiner Mitstreiter im Fall Eyre erkennend, streckte Carlyle die Hand aus und fragte: »Ist dieser junge Mann auch einer von uns?« Und Croome log kurzerhand: »Ja. Ich habe ihn mitgebracht, um sein Engagement zu festigen.« Daraufhin lud Carlyle die beiden in sein Amtszimmer ein, und während er vorausging, liefen sie Mrs. Carlyle über den Weg, die, ohne daß sie sich vorstellte, wie beiläufig sagte: »Sie sind also die Herren, die Gouverneur Eyre vor den Niggern schützen werden?«

»Ja«, antwortete Croome bereitwillig, und sie entgegnete: »Schlagt euch tapfer, junger Mann. Für eine gute Sache. Böse Geister lauern.«

Als sich die drei in bequemen Sessel niedergelassen hatten, gab Carlyle einen lebendigen Bericht über seine letzten Bemühungen in Sachen Eyre und beendete ihn mit der aufregenden Neuigkeit: »Der Graf von Cardigan, Held aus ›Der Sturm der leichten Brigade‹ – hervorragendes Gedicht, das unser Freund Tennyson da geschrieben hat –, hat sich auf unsere Seite geschlagen. Tapferer Bursche, die Öffentlichkeit liegt ihm zu Füßen und wird auf sein Wort hören.«

Sein messerscharfer, gestählter Verstand sprang von einem Thema zum nächsten, und als Jason die Kühnheit besaß, zu fragen: »Halten Sie noch immer an Ihrer Vorstellung fest, die Sie in Ihrem Essay über die Nigger dargelegt haben?«, brummte er unwirsch: »Fester als je zuvor, seit dem Aufstand in Ihrem schönen Jamaika.« Und bevor Jason Widerspruch anmelden konnte, fügte er hinzu: »Wenn Sie meinen Essay aufmerksam gelesen haben, geschrieben 1848 oder 1849, falls ich mich recht entsinne, dann werden Sie feststellen, daß ich fast alles vorausgesehen habe, was jetzt eingetroffen ist. Quashee, unzufrieden, sich den Magen nach Herzenslust mit Kürbisfleisch vollzustopfen, hat sich gegen Recht und Ordnung erhoben und den Preis dafür bezahlt. Wir müssen ganz Britannien auf die Gefahren aufmerksam machen, die eine erfolgreiche Verurteilung Eyres, dafür, daß er nur seine Pflicht getan hat, nach sich ziehen würde.« Jason fiel auf, daß Carlyle als überzeugter Schotte niemals das Wort England in den Mund nahm.

Als Carlyle noch einmal alle Vorwürfe aufzählte, die John Stuart Mill und sein Komitee erhoben, das er als »geistesgestört« und »korrupt« bezeichnete, wurde er immer heftiger: »Sie scheinen nichts zu begreifen. Sie sind eine Bedrohung des gesamten Empires, der Arbeit, die unsere guten Männer bei der Zivilisierung der Wilden geleistet haben, alles zum Schutz der faulen Quashee, damit er noch mehr Kürbisse essen kann.«

Bevor ihn irgendeiner der Gäste unterbrechen konnte, fuhr er fort, sie über die Realitäten der Situation Britanniens aufzuklären:»Alle vernünftigen Menschen haben während der letzten unruhigen Jahre die Sache des Südens im amerikanischen Bürgerkrieg unterstützt, denn der stand für Stabilität und Charakterstärke. Diejenigen, die nicht um die Freiheit ihres Landes oder der Menschheit besorgt waren, haben den Norden favorisiert. Im Fall Eyre sind dieselben Faktoren beteiligt. Diejenigen, denen die Kontinuität des Empires nicht am Herzen liegt, greifen ihn an.« Jason war drauf und dran, das in Frage zu stellen, aber verbissen wetterte der Schotte weiter, wobei sein Bart geradezu zu glühen schien von dem Feuer, das aus seinen Worten sprach:»Und denken Sie an meine Worte, junger Mann. Über Europa zieht ein Sturm auf, und sollte jemals der traurige Tag anbrechen, an dem sich Britannien mit Frankreich gegen Deutschland verbündet, dann wird das Empire untergehen.«

»Wieso?« wollte Jason wissen, und Carlyles Antwort kam wie aus der Pistole geschossen:»Weil Deutschland für starkes, männliches Verhalten steht, das höchste, wonach eine Nation streben kann, Frankreich dagegen für kleinlichen, weibischen Wankelmut.«

»Warum ist Frankreich dann eine Nation und Deutschland nicht?«

»Erbärmliche Führung. Aber wenn erst einmal starke Männer dort auftreten, wirkliche Helden im ursprünglichen Sinn des Wortes, dann wird Deutschland die Vorherrschaft auf dem Kontinent erringen, und wir müssen es unterstützen und es uns zum Verbündeten machen.« Er vertrat außerdem die Meinung, daß es noch bis weit ins nächste Jahrhundert dauern würde, ehe irgendeine europäische Nation die Vereinigten Staaten von Amerika ernst nehmen würde.»Ihnen fehlen starke Führer. Lincoln war ein Unglück für sein Land.«

Dann plötzlich wandte er sich wieder dem Problem Eyre zu:»Wir werden dafür sorgen – vorausgesetzt, alle ziehen an einem Strang –, daß Eyre auch nicht eins seiner schönen schwarzen Haare von der kläffenden Meute aus der Gosse gekrümmt wird. Er hat sich als ein Mann von Charakter aufgeführt, Quashee gezeigt, daß zum Leben mehr gehört, als im Schatten eines Baumes zu sitzen und Kürbisse zu essen. Arbeit, Arbeit, Arbeit, das errettet den Menschen, und wir haben noch viel Arbeit vor uns, die Arbeit der Rechtschaffenen, diese Narren davon abzubringen, einen Mann zu verurteilen, dafür, daß er seine Pflicht getan hat.«

»Wie wollen Sie ihn gegen den Vorwurf in Schutz nehmen, er habe brutale Gewalt gutgeheißen?« fragte Jason, worauf Carlyle ihn finster anblickte, ein eindringlicher Mensch, glühend vor Leidenschaft: »Im weiten Blick der Geschichte und zur Verteidigung des menschlichen Fortschritts, junger Mann, brauchen wir uns keinen sentimentalen Gedanken an das Schicksal von Quashee und seinen kürbisfressenden Freunden hinzugeben. Wir kämpfen für die Errettung, und auch Eyre hat dafür gekämpft, die Errettung der menschlichen Rasse, und dazu kann sich Quashee kaum zählen. Er wird nie einen Beitrag dazu leisten. Eyre dagegen hat einen großen Beitrag dazu geleistet, als er Jamaika den Frieden brachte. Vergessen Sie Quashee. Verteidigen Sie Eyre.«

Als sich seine Stimme hob, um zur Wiederholung der Tirade gegen Quashee anzusetzen, brach Croome in Beifall aus: »Sir, noch nie hatte jemand die Wahrheit so deutlich gesagt!« Aber Jason dachte bei sich: »Wie war doch gleich das Wort, das Mill gebrauchte, um blinde Wut zu beschreiben? Monomanie? Ist dieser Carlyle nicht ihr bester Repräsentant?«

Croome mißdeutete das verlegene Schweigen seines Vetters während der Heimfahrt als Beweis dafür, daß Carlyles strenge Logik wohl doch Einfluß auf Jasons Meinung über Eyre gehabt haben mußte, und er glaubte, wenn er seinen Vetter jetzt noch den Überzeugungskünsten des Hauptverteidigers von Gouverneur Eyre auslieferte, Alfred Tennyson, dann würde er endgültig die Seiten wechseln. Zu diesem Zweck wies er den Kutscher an, sie zu dem Haus zu bringen, in dem der große Dichter logierte, wenn das Komitee tagte, und dort angelangt, kritzelte er eine Notiz auf die Rückseite eines Briefumschlags und bat den Butler an der Tür, sie Mr. Tennyson auszuhändigen.

»Sehr ungewöhnlich«, entgegnete der Mann steif, aber Croome beharrte: »Wir sind Mitglieder des Komitees.« Der Mann schloß die Tür vor ihrer Nase, nicht ohne vorher hinzuwerfen: »Ich werde ihn fragen.« Auf diese Weise gelangten die beiden Vettern aus Jamaika in das Haus des berühmtesten Dichters seiner Zeit.

Sie fanden einen großen, trägen Mann vor, ganz in einem feierlichen Schwarz gekleidet, mit einem würdevollen Bart, der große Teile seines Gesichtes bedeckte, einer hohen Stirn, die in einen fast kahlen Schädel mündete, nur daß er die wenigen Haare, die ihm noch geblieben waren, sehr lang trug, so daß sie den blütenweißen Kragen seines Hemdes fast verdeckten. Sein charakteristischstes Kennzeichen jedoch war eines, das kein Gast jemals vergaß, eine ungewöhnlich kräftige Nase, eingerahmt von zwei tiefliegenden Augen, die verängstigt auf die Welt blickten.

»Es gereicht mir zur Ehre«, sagte er mit seiner volltönenden Stimme, »Sie beide hier zu haben. Zwei Gentlemen aus Jamaika.«

»Sie erinnern sich vielleicht noch an mich«, sagte Croome, »von Ihrem Komitee her. Für Gouverneur Eyre.«

»Nicht nötig, mich daran zu erinnern, denn ich weiß noch sehr gut, welch wichtige Rolle Ihr Vorfahre, der rauhe, alte Pentheny Croome, hier in dieser Stadt und im Parlament gespielt hat.« Sich freundlicher Jason zuwendend, fragte er diesen: »Gehe ich richtig in der Annahme, daß der Name dieses jungen Mannes Pembroke lautet? Zwei Zuckerklümpchen in einer Dose, wie sie in den alten Zeiten genannt wurden.«

»Woher wissen Sie das?« fragte Jason erstaunt, und Tennyson entgegnete: »Oh, ich weiß noch sehr viel mehr über die alten Zeiten... und die tapferen Vorkämpfer, immer auf der Seite des Rechts... Vorfahren derjenigen, die heute den Kampf für das Gute führen.« Das letzte sagte er mit einer hohen, bebenden Stimme.

Nachdem er sie gebeten hatte, Platz zunehmen, ließ er Tee bringen, und während eingeschenkt wurde, zeigte er auf eine Tasse, die leer geblieben war: »Sie haben Glück, daß Sie gerade jetzt vorbeigekommen sind. Graf Cardigan ist auf dem Weg hierher, und Sie müssen ihn kennenlernen, den großen Helden des Sturms auf Balaklawa, ein wahrer Löwe im Verteidigungszug für Eyre.« Und mit der Erwähnung dieses Namens senkte sich seine Stimme, wurde getragener und schärfer.

»Wir haben sehr viel Arbeit vor uns, meine Herren. John Stuart Mill und seine Wissenschaftsknechte fahren schweres Geschütz auf gegen den Mann, zu dessen Verteidigung wir aufgerufen sind.« Doch seine wichtigsten Ausführungen hintanstellend, bis Cardigan eintreffen würde, wandte er sich Jason zu und fragte: »Haben Sie sich in Jamaika gut mit Büchern eindecken können?«

»O ja! Ich erinnere mich noch gut, wie aufgeregt ich an dem Tag war, als die erste Ausgabe von ›Locksley Hall‹ ankam. Ich muß vierzehn Jahre alt gewesen sein, auf keinen Fall älter, und meine Mutter meinte, das Buch sei zu schwierig für mich, aber ich las es trotzdem, und ich mußte weinen, als mir klar wurde, daß der Held am Ende das Mädchen, das er liebt, nicht bekommt.«

»Es tut gut zu weinen, wenn man noch sehr jung ist und versucht, die Welt zu begreifen, und auch, wenn man sehr alt ist und einem klar wird, was man verpaßt hat. Aber in den mittleren Jahren nutzen alle Tränen nichts. Da muß gearbeitet werden, und ein Mann muß seinen Mann stehen.«

»Als ich älter war, hat mich eine Ihrer stärksten Zeilen immer fasziniert: ›Besser fünfzig Jahre Europa als ein Zeitalter in China.‹«
»Sie haben ein gutes Ohr. Diese Worte waren deshalb sehr wirkungsvoll, weil sie etwas Wichtiges deutlich machten, und zwar mit
einfachen Worten, die leicht verständlich sind.«
»Die Zeile hat mich oft verfolgt, als ich mir wie Ihr Held auch überlegte, ob ich in London leben sollte wie meine Großeltern oder in Jamaika wie mein Vater und meine Mutter.«
»Da haben Sie es! Das Leben eifert der Kunst nach. Mit jeder Generation entsteht das Problem aufs neue, wie man seine Fähigkeiten einsetzen soll.«
»Aber haben Sie das ernsthaft gemeint, daß fünfzig Jahre in, sagen
wir, Luxemburg besser als tausend Jahre in China oder Japan seien?«
»Das ist nicht fair! Von Luxemburg war nie die Rede, obwohl ich
sicher bin, daß es sich dort angenehm leben läßt. Aber im Ernst, sind
fünfzig Jahre Europa von größerer Bedeutung für die Menschheit als
ein Zeitalter in China oder Japan? Ja, tausendmal ja, denn hier ist die
große Arbeit der Welt geleistet worden, hier sind die wichtigsten Ideen
entstanden, wohingegen Asien kaum etwas von Bedeutung beigesteuert hat.« Er hatte mit großem Nachdruck gesprochen und fügte dann
hinzu: »Natürlich können wir davon ausgehen, daß das in Zukunft
anders sein wird, wenn sich der Austausch zwischen den verschiedenen
Weltteilen verbessert. Selbst Indien wird unter unserer Vorherrschaft
die Fähigkeiten entwickeln, die notwendig sind, um seinen Beitrag dazu
zu leisten, aber im Augenblick, muß ich sagen, stehe ich noch voll und
ganz zu der Zeile, die Ihnen solche Kopfschmerzen bereitet.«
Die Überlegungen fanden ein schnelles Ende, als der Butler die Ankunft einer der extravagantesten Persönlichkeiten der damaligen Zeit
ankündigte, des Grafen von Cardigan, eines schlanken, gutaussehenden
Mannes, der bereits auf die Siebzig zuging, aber einen festen Schritt
hatte, von goldfarbenen Streifen durchwirktes Haupthaar, besonders
ausgeprägte Koteletten, ein glattrasiertes, mit einem Grübchen verzier-
tes Kinn sowie einen ungeheuren Schnäuzer, an dem die Oberlippe
schwer zu tragen hatte und dessen weit ausladenden gewichsten Spitzen bis unter die Ohren reichten. In seiner schlichten, geschniegelten
Uniform, dekoriert mit nur drei der insgesamt über einen Dutzend Orden, die zu tragen er sich das Recht erworben hatte, und mit dem
schweren Ledergürtel, der eine schlanke Taille umschloß, war er ganz
der Soldat, dem alle Bewunderung zollten und der darum wußte.

Tennyson sprach als erster: »Aha, Cardigan, unsere starke rechte Hand. Darf ich Ihnen zwei unserer jungen Freunde aus Jamaika vorstellen. Sie sind mit allen Details im Fall Eyre bestens vertraut und sind gekommen, uns bei der Verteidigung unseres Helden behilflich zu sein.«

Cardigan, der, geziert seine Teetasse in der Linken haltend, dasaß, sagte in dem murmelnden, mißbilligenden Tonfall, den er gerne zur Schau trug, wenn er sich mit den untergebenen Offizieren des Regiments beriet, dessen Rang als Oberst er sich gekauft hatte: »Ziemlich erbärmlich, einen Gouverneur auf diese Tour vor den Kadi zu bringen. Er hätte nicht 400, sondern gleich 4000 von diesen verdammten schwarzen Hunden umlegen sollen. Der Mann wird in den letzten Winkel der Erde geschickt, um dort so zu regieren, wie er regieren soll.«

Zu Pembrokes Überraschung war es Croome, der Vorbehalte anmeldete, nicht was die Hinrichtungen betraf, sondern die Formulierung »den letzten Winkel der Erde« als Beschreibung Jamaikas: »Meine Lordschaft, ich bitte um Entschuldigung, aber vor hundert Jahren beherrschten die Zuckerpflanzer von Jamaika ein Drittel der Parlamentssitze und verabschiedeten gute umsichtige Gesetze.«

»Tapfere Mannschaft, habe ich gehört. Wo hat sie ihren Mut gelassen, daß sie jetzt zulassen konnte, daß ihr ausgezeichneter Gouverneur so mißbraucht wird? – Machen wir irgendwelche Fortschritte gegen die Kräfte, die das Empire am liebsten niederreißen würden?« wollte er dann wissen. Und Tennyson erklärte dem alternden Soldaten: »Wir haben Tausende Männer, die meiner Meinung sind. Wir würden eher unser Leben geben als Eyre schlecht behandelt sehen, denn wir wissen, wir kämpfen für die Seele Englands und die Zukunft unseres Landes.«

»Hört! Hört!« rief Cardigan und knallte Tasse und Untertasse auf den Tisch. »Die Zeiten sind vorbei, wo solche Atheisten wie Mill, dieser verdammte Quäker Bright und Darwin – verflucht sei sein ketzerischer Verstand! – ihren verderblichen Einfluß auf unsere Regierung geltend machen konnten. Verdammt noch mal, man sollte meinen, wir hätten etwas aus dem Massaker in Indien gelernt – gibt man den kleinen schwarzen Ungeheuern die Möglichkeit, eigene Schritte zu gehen, wollen sie gleich die ganze Welt beherrschen. Man muß diesem Unsinn mit Gewalt ein Ende setzen, ich sage: mit Gewalt.« Und alle Teetassen wackelten, als er kräftig auf den Tisch schlug.

Danach fuhr Tennyson in ruhigerem Tonfall fort: »Mylord Cardigan

675

hat recht. Wir dürfen nicht zulassen, daß die niederen Klassen denen etwas vorschreiben, die zum Herrschen bestimmt sind. Das führt nur zum Chaos. Wir müssen heilige Disziplin wahren, die Disziplin, mit der unser Cardigan seine Männer vor die Mündungen der russischen Gewehrläufe führen konnte und die seine Männer folgen ließen. Wenn dieser vornehme Geist in der Welt verlorengeht, dann ist die Welt verloren.«

»Was wir tun müssen, alle Nationen, zu allen Zeiten«, sagte Cardigan, »wir müssen wehrhafte Männer in die Pflicht nehmen und sie in ihrer Pflichtausübung unterstützen. Eyre wird nicht schikaniert werden, solange ich ihn noch mit meiner Rechten verteidigen kann.«

Mit ernsterer Stimme fügte Tennyson hinzu: »Aber ohne Gleiches mit Gleichem zu vergelten, Cardigan. Sondern der Unvernunft mit Vernunft begegnen, dem Appell an die ewigen Werte, Patriotismus, Loyalität und der Liebe zur Krone. Eine Rückkehr zu dem Glauben, der unsere Größe überhaupt erst ermöglicht hat.«

Wieder klapperte Cardigan mit seiner Untertasse und fragte dann: »Was halten Sie von Charles Kingsleys Vorschlag, die Königin zu bitten, Eyre in den höheren Adelsstand zu erheben? Ich würde vorschlagen, ihn zum Grafen zu ernennen. Ich wäre stolz, mit ihm auf einer Stufe zu verkehren. Sehr stolz.«

»Wir dürfen nichts überstürzen«, sagte Tennyson. »Nichts unternehmen, das Fragen aufwerfen oder gar ins Lächerliche gezogen werden könnte. Im Privatleben jedenfalls hat sich Eyre bislang kaum als jemand hervorgetan, den man einen Gentleman bezeichnen würde. Und was den Grafentitel betrifft. Nein, zu früh. Würde nur Aufmerksamkeit erregen. Unsere Aufgabe besteht aber gerade darin, Feuer zu löschen.«

Der restliche Nachmittag verging mit dem Entwerfen von Strategien, wie Gouverneur Eyre vor einem Gerichtsprozeß und damit vor einer Gefängnisstrafe bewahrt werden konnte, und im Verlauf der Diskussion fiel Jason auf, daß die treibende Kraft Tennyson war, dieser eher weiche Mensch, der in schwierigen Momenten wiederholt die Kraft bewies, Entscheidungen zu treffen, und den Mut hatte, sie auch auszuführen. »Er selbst sieht sich«, sagte Pembroke zu seinem Vetter, »als einen der kampfbereiten Ritter aus einem seiner poetischen Werke. Ein Ziel, ein Weg, eine Ehre – und ein Arm, der den Schlag der Gerechtigkeit führt. Er wird Furcht einflößen, und er wird Gouverneur Eyre retten.«

Dieses zufällige Treffen mit Carlyle und Tennyson verwirrte Jason dermaßen, daß er Oliver während der Rückfahrt zum Cavendish Square aufmerksam zuhörte, als dieser versuchte, ihn zu überreden, seine Bindung an die Männer, die Eyre den Prozeß machen wollten, aufzugeben und sich der überwältigenden Mehrheit der Patrioten anzuschließen, die zu seiner Verteidigung angetreten waren. »Jason, Eyre ist einer von uns. Er repräsentiert all das, was das Gute in England ausmacht, alles Gesicherte und Saubere ... unsere Kirche ... unsere Königin ... Wie kannst du alldem den Rücken kehren, wofür die Pembrokes die ganzen Jahrhunderte gestanden haben? Eyre repräsentiert uns, er verteidigt uns gegen die Horden ... und wir müssen uns um ihn scharen.«

Croome redete ohne Pause auf Jason ein und zwang ihn so, die Richtigkeit seines Handelns in Frage zu stellen, einen Mann zu verfolgen, den viele vernünftige Menschen für einen überaus mutigen Gouverneur hielten, dem unrecht getan wurde. In dem Bemühen, sich zu verteidigen, fragte er schließlich seinen Verwandten: »Und die brutalen Gewalttaten während des Kriegsrechts? Du hast doch Ramsay selbst gesehen. Und ich diente bei Hobbs. Diese Männer, angeblich Offiziere ihrer Majestät, haben sich wie Ungeheuer aufgeführt.«

»Jason! Es war Krieg! Schwarze Untiere gegen alles, was uns lieb und teuer war. Ich konnte keine Exzesse ausmachen. Harte Strafen für hinterhältige Gemeinheiten, mehr nicht.«

»Es fehlt dir an Einsicht, wenn du in Ramsays Verhalten keine Exzesse siehst.«

»Selbst wenn ich dir in dem Punkt recht geben würde, dann berührt das nicht den Gouverneur. Er war nicht dabei. Er hat ihnen ihr Verhalten nicht zum Vorwurf gemacht, aber er hat es auch bestimmt nicht angeordnet.«

»Was hast du da gerade gesagt? Er selbst hat sich nicht strafbar gemacht? Nicht persönlich?«

»Nein! Nein! Er hat das Kriegsrecht so schnell wie möglich beendet. Er steht ohne Schuld da, und du mußt deine Hunde zurückpfeifen.«

Sie waren mittlerweile am Cavendish Square angekommen, und eine ganze Weile standen sie auf der Rasenfläche zwischen ihren beiden Häusern, während Oliver zum Schluß seiner Überredungskünste versuchte, seinen Vetter festzunageln: »Ein paar Schwarze wurden umgebracht, nachdem sie die Repräsentanten der Königin ermordet

677

hatten. Das war alles, mehr nicht. Morgen kommst du mit zu Tenny-son und wirst ihm mitteilen, daß du dich seinem Kreuzzug zur Rettung eines unschuldigen Menschen anschließen wirst.«

Verwirrt ging Jason hinüber zu seinem einsamen Haus, in dem sich die riesigen Statuen in ihrer marmornen Agonie wanden, und setzte sich zwischen sie. In seinem Kopf herrschte großes Durcheinander, denn einerseits wußte er, daß Gouverneur Eyre für die Reihe schreckli-cher Verbrechen moralisch verantwortlich war, andererseits hatte Oli-ver recht: Eyre hatte Hobbs und Ramsay nicht befohlen, so grausam vorzugehen, wie sie es getan hatten, und er war während der Rituale auch nicht anwesend gewesen. »Kein Gericht wird ihn verurteilen«, sagte er zu Mars und Venus. »Unser Bemühen, ihn zur Rechenschaft zu ziehen, ist verloren.«

Diese Schlußfolgerung quälte ihn so, daß er das Haus wieder verließ, nach einer Droschke pfiff und umgehend zu dem bescheidenen Haus fuhr, in dem John Stuart Mill während der Auseinandersetzungen sein Hauptquartier aufgeschlagen hatte, und kaum angekommen, machte er seinen Zweifeln Luft: »Eyre kann aus formaljuristischen Gründen nicht für etwas zur Verantwortung gezogen werden, wozu er nicht selbst den Befehl gegeben hat oder wobei er persönlich nicht anwesend gewesen ist. Ich fürchte, unsere Bemühungen sind fruchtlos.«

Der überlegene Intellekt des Mannes verhielt sich wie immer, wenn ihm ein Problem aufgezeigt wurde, er hielt inne und bewertete die rele-vanten Tatsachen. Dann fragte der Mann mit dem sanften Gesicht und der unendlich weiten Stirn: »Und welches Erlebnis, mein lieber Jason, hat diese niederschmetternde Schlußfolgerung ausgelöst?« Und er hörte aufmerksam zu, als Pembroke ihm von seinem Gespräch mit Car-lyle, Tennyson, dem Grafen von Cardigan und seinem Vetter Oliver Croome erzählte.

Am Ende des langen Berichts verharrte Mill schweigend, die Hände vor seiner Brust gefaltet, und schließlich fällte er mit gelassener Stimme, ohne Hohn oder Wut zu verraten, seine vernichtenden Ur-teile: »Sicher ist Ihnen zu Ohren gekommen, oder Sie haben es selbst gelesen, daß dieser Thomas Carlyle ein verdorbener Geist ist, der sich an seiner Macht sonnt und nicht in der Lage ist, Mitleid zu empfinden, moralische Unterscheidungen zu treffen oder sich gar für die Rechte der Unterdrückten einzusetzen. Jemand, der sich in seinen Schriften auf so lächerliche Weise über Fragen der Sklaverei ausgelassen hat und sogar die Rückkehr zu ihr befürwortet, ist kein glaubwürdiger Zeuge in

Sachen Gouverneur Eyre. In den Augen Carlyles ist noch die abscheulichste Tat des Mannes eine Tapferkeitsmedaille wert, bloß weil er aus dem Willen zur Verteidigung dessen gehandelt hat, was Carlyle ›den geheiligten Gehorsam gegenüber Recht und Ordnung‹ zu nennen beliebt. Aber ich frage: Wessen Recht? Und wessen Ordnung? – Seine oder die der Menschheit?«

»Tennyson dagegen wirkte überzeugend. Den Bösewicht zu spielen können Sie dem unsterblichen Dichter ja wohl nicht vorwerfen.«

»In hundert Jahren, Jason, wird Tennyson als der entlarvt sein, der er in Wirklichkeit ist, ein tattriger, alter Greis in Nachtpantöffelchen, der sich jedem gesellschaftlich über ihm Stehenden als Speichellecker anbiederte. Über seine unsterbliche Dichtung, wie Sie sie nennen, werden die lachen, die wissen, was wahre Dichtung ist. Mein Vater vertrat die Ansicht, Dichter sollten aus der Gesellschaft verbannt werden, weil sie Unwahrheit und Belanglosigkeit leicht verdaulich machten, weil sie die Öffentlichkeit durch Witz und bescheidenen Verstand hinters Licht führten. Tennyson mit seinem zuckersüßen Konfekt ist das beste Beispiel für das, was mein Vater so verachtete. Wählen Sie ihn nicht zu Ihrem moralischen Lehrer in diesen unruhigen Zeiten, wenn soviel zur Entscheidung ansteht.«

»Der Graf von Cardigan hat genau dasselbe wie Tennyson gesagt – Eyre muß gelobt, nicht verurteilt werden.«

Als er hörte, wie Pembroke diesen zweifelhaften Helden als Autorität zitierte, lehnte sich Mill zurück, warf den Blick nach oben, schloß die Augen und dachte einen Moment nach: »Wie soll ich mich ausdrücken, um der Wahrheit und der augenblicklichen Debatte gerecht zu werden? Ich werde es versuchen.« Die Augen öffnend, neigte er den Kopf, um seinem Gegenüber ins Gesicht sehen zu können, und sagte dann seelenruhig: »Cardigan ist ein Arsch! Und alles andere als der Held von Balaklawa. Er hat sich bei der Sache als Arsch entpuppt und in seiner Dummheit die leichte Brigade geopfert. Er ist das perfekte Beispiel für Carlyles ganzen Unsinn mit dem Helden und der Heldenverehrung. Helden sind normalerweise falsche Helden und wirken lächerlich in der Bewunderung, die ihnen entgegenschlägt. Cardigan steht dem in nichts nach.«

»Aber er hat seine Männer persönlich in den Kampf geführt; keiner war tapferer als er, das hat Tennyson selbst gesagt.«

»Cardigan läßt sich in wenigen Sätzen zusammenfassen, Jason. Ein ausgemacht schlechter Schüler. Konnte sich nur deswegen einem Regiment anschließen, weil er sich seinen Weg hinein erkauft hat. Hat den Posten als Oberst nur wegen seines Geldes gekriegt. Er hat nicht das geringste militärische Talent. Hat seine Offiziere wie ein selbstherrlicher Tyrann drangsaliert, so niederträchtig, daß die meisten den Dienst quittiert haben, und einer seiner eigenen Männer, einer der wenigen, die Verstand besaßen, hat sich sogar mit dem alten Narren duelliert, um ihn zu töten. In Balaklawa erhielten er und sein mindestens ebenso schwachsinniger Schwager, der Graf von Lucan, ihre Befehle von dem notorisch inkompetenten Lord Raglan . . . sie warfen alles durcheinander, und ein Desaster war die Folge. Die drei hätten vor ein Kriegsgericht gehört und erschossen werden müssen; statt dessen kürt irgend so ein blödes Gedicht den schlimmsten Übeltäter noch zu einem Helden. Jason, ich flehe Sie an, schauen Sie nicht zu so einem Dussel wie Cardigan als Ihrem Vorbild auf.«

»Hegen Sie für alle Anhänger der anderen Seite diese Verachtung?«

»Charles Kingsley will, daß die Königin Eyre zum Grafen ernennt? Ersparen Sie mir eine Bemerkung, ich bitte Sie. Ich glaube, selbst Carlyle und Tennyson haben ihn gebeten, sich still zu verhalten, und wahrlich nicht einen Augenblick zu früh.«

»Aber sicher ist Dickens doch . . .«

»Ein Meistererzähler, mit dem die Zeit nicht gerade freundlich umgehen wird. Seine Geschichten können einem das Herz zerreißen, aber Verstand hat der Mann nicht.« Er führte die Fingerspitzen an die Unterlippe, senkte bestürzt den Kopf und blickte mit einem mitleidigen Lächeln wieder auf: »Unser Land steht nicht gerade unter einer glücklichen Führung in diesen Zeiten.« Als Jason nichts darauf erwiderte, fügte Mill hinzu, wobei die Entschlossenheit seiner Stimme anschwoll: »Wir kämpfen auf vielen Schlachtfeldern, Jason, und hier und da werden wir einzelne Gefechte verlieren, aber auf lange Sicht werden wir den Krieg gewinnen. Unser Kampf, Eyre dem Gericht auszuliefern, mag ein kleines Gefecht sein, das bereits verloren ist, aber dadurch werden wir die Menschen auf das wichtigere und größere Anliegen der sozialen Gerechtigkeit aufmerksam machen, und am Ende wird es unser Krieg für die Parlamentsreform sein, den wir gewinnen werden. Großbritannien wird ein schönerer Ort sein, wenn wir das geschafft haben.«

»Demnach geben Sie im Fall Eyre also nach?«

Die Antwort auf diese eindringliche Frage erfolgte auf seltsame Weise, nicht durch Worte, sondern ein Ereignis, denn ein Kurier platzte mit der zu befürchtenden Nachricht in den Raum: »Der Magistrat von Market Drayton lehnt es ab, Anklage gegen Gouverneur Eyre zu erheben! Er ist auf freiem Fuß!«

Mill erhob sich nicht von seinem Stuhl, und er sagte auch kein Wort, bis er nach einem Diener geklingelt hatte und ihm die Anweisung gab: »Ich glaube, Sie sollten so schnell wie möglich die anderen zusammentrommeln.« Und noch in der Nacht der Niederlage, mit Bright an seiner Seite und so mächtigen Männern wie Huxley und Darwin im Rükken, eröffnete Mill den Zuhörern seine gewagte Strategie: »Das englische Gesetz räumt jedem Bürger, der sich durch die abschlägige Antwort der normalen gerichtlichen Institutionen, sich mit einem unangenehmen Fall zu beschäftigen – vor allem, wenn Mord im Spiel ist –, aufs gröbste mißachtet fühlt, das Recht ein, selbst seine Beschuldigungen vorzubringen, über die dann gerichtlich entschieden werden muß. Ich werde morgen formell Anklage wegen Mordes gegen Gouverneur Eyre erheben, und Jason Pembroke wird mich begleiten – als mein Informant aus Jamaika.«

Einige Mitglieder sahen darin einen so radikalen Schritt, der unweigerlich fehlschlagen würde, daß sie sich von Mill lossagten, doch Jason und ein paar andere verstand er durch seine unbeugsame Entschlossenheit zu überzeugen, und schon früh am nächsten Morgen sprach er bei den Gerichtsbehörden vor, leitete erste Schritte ein, den Gouverneur wegen Mordes unter Anklage stellen zu lassen, und stürzte ganz England damit in eine heftige Auseinandersetzung.

Sie artete in ein wüstes Wortgefecht aus, in dem Carlyle mit Brandsätzen seiner schwülstigen Prosa nur so um sich warf, sie vor allem gegen die schleuderte, die sich gegen seinen Helden aussprachen, und in dem Mill nicht lockerließ und wie eine entschlossene Bulldogge immer wieder die stabile Mittelschicht der Bevölkerung erboste, die es nicht vertragen konnte, wenn ein Mann aus ihrer Mitte angegriffen wurde, »der doch nur seine Pflicht getan hatte«. Jason, der sich bereit erklärt hatte, die Flut von Briefen zu ordnen, öffnete jede Woche viele Zuschriften, in denen dem Empfänger versprochen wurde, ihn »bei der nächsten Wahl aus dem Parlament zu werfen«, und regelmäßig auch drei oder vier, in denen der anonyme Absender drohte, den strengen Philosophen umzubringen.

Als Jason eines Abends langsam zurück zum Cavendish Square spazierte, dachte er: »Ich habe miterlebt, wie sich drei feine Menschen in den Schlingen ihrer Monomanie verfangen haben, so wie ein Nabelschwein irgendwo im südamerikanischen Dschungel von einer Pythonschlange erdrückt werden kann. Eyre war so wild entschlossen, Gordon zu strafen, daß sein Urteilsvermögen getrübt war. Carlyle ist über seinen Drang, Eyre als den Helden herauszustellen und ihn gegen alle Vorwürfe zu verteidigen, rasend geworden. Und Mill in seiner kalten Art sieht sich selbst als den Racheengel...« Plötzlich brach Jason in Lachen aus: »Und die Fanatiker der anglikanischen Kirche sehen in der ganzen Sache nur die gerechte Strafe für die baptistischen Nonkonformisten. Eine verrückte Welt!«

Doch erst als er vor seiner Haustür stand, sich umdrehte und sein Blick auf das gegenüberliegende Stadthaus fiel, wurde ihm bewußt, auf welch schmerzliche Weise die beiden Familien durch diese Angelegenheit auseinandergerissen worden waren: »Dort drüben leben Oliver und Nell in ihrem herrlichen Herrenhaus, und auf der anderen Seite wohnen Beth und ich. Eigentlich unerträglich.« Trotz der späten Stunde entschloß er sich zu einer Aussprache mit seinem Cousin.

Hastig überquerte er den Platz und hämmerte so lange an Olivers Haustür, bis ein Licht angezündet wurde, und als der Butler mit verschlafener Stimme fragte, was denn los sei, huschte er an ihm vorbei und eilte die Treppe hoch. Er fand Oliver und Nell bereits in ihrem Schlafzimmer, erschöpft von stundenlangem Herumhetzen quer durch London, um alle Unterstützung für Eyre zu mobilisieren.

»Jason!« rief Oliver, erstaunt über sein plötzliches Erscheinen. »Was führt dich her?«

»Mein Komitee zerrt Gouverneur Eyre vor den Kadi... und wollt ihr die Anklage wissen? Mord.«

»O mein Gott!« Wie eine gespannte Feder, die plötzlich losgelassen wird, sprang Oliver aus dem Bett. »Das ist ja schrecklich. Haben deine Leute ihren Verstand verloren? Sehen die denn nicht, daß ganz England gegen sie ist?«

»Mill behauptet, das hätte nichts zu bedeuten. Ihm geht es ums Prinzip.«

»Er soll lieber beim Bücherschreiben bleiben und nicht einen guten Menschen vernichten.« Seinen Vetter am Arm fassend, sagte er mit leidenschaftlichem Nachdruck: »Und er ist wirklich ein guter Mensch, Jason, glaub mir, in manchen Dingen vielleicht fehlgeleitet, aber verdammt anständig.«

»Das sehe ich langsam auch ein. Mill hat mich gezwungen, die

Beschwerde einzureichen, aber ich werde mich weigern, gegen den Gouverneur auszusagen. Das kannst du ihm mitteilen.«

»Du wirst es ihm selbst sagen«, meinte Oliver, und nachdem er Nell gebeten hatte, ihm seine Hose zu reichen, machte er sich fertig, überquerte mit Jason den Platz und wartete, während sein Vetter in das Haus lief und Beth Bescheid gab, daß es etwas länger dauern würde.

»Was hast du vor?« fragte sie ihn flehentlich, und er küßte sie. »Ich habe etwas zu erledigen. Ich muß einen Irrtum aufklären.« Dann eilte er wieder nach draußen und stieg in die Droschke ein, die sein Vetter herangewinkt hatte. Sie rasten durch die finstere Londoner Nacht zu dem bescheidenen Haus, in das Eyre von seiner Zuflucht in Market Drayton gezogen war. Sie ließen ihn wecken, und wenig später saß er ihnen im Nachthemd gegenüber und hörte schweigend zu, während Jason sprach: »Ich habe Mill und seine Männer unterstützt, weil ich der Ansicht war, wie ich Ihnen schon in Kingston vorgeworfen hatte, Sie würden Gordon aus rein persönlichen Gründen verfolgen. Aber ich kann nicht länger mit ansehen, wie ein loyaler Staatsdiener unter Mordanklage gestellt wird, nur weil seine halbverrückten Untergebenen Abscheulichkeiten begangen haben, an denen er selbst nicht beteiligt war.«

Der ausgemergelte Held der Erforschung Australiens, erst Anfang Fünfzig, aber sein Leben bereits ruiniert, nickte dankbar dem jungen Mann zu, der in den vergangenen Jahren sein Feind gewesen war. Sein Haar war noch immer pechschwarz, aber an dem ausladenden Bart waren weiße Strähnen zu sehen, und in den einst feurigen Augen war die Glut erloschen. »Vielen Dank, Pembroke, für Ihre Unterstützung als Gentleman. Ich werde mich dem Prozeß stellen und Zeugnis über meine Motive ablegen. Aber dessen kann ich Sie versichern: Ich habe nie an meinem Glauben gezweifelt, daß das englische Volk und seine ausgezeichneten Gerichtshöfe mich als einen Staatsdiener in Schutz nehmen werden, der sich einer furchtbaren Krise gegenübersah und sie, so gut er konnte, gelöst hat. Ob ich die Grausamkeiten, die andere während des durch mich verhängten Kriegsrechts begangen haben, bereue? Natürlich. Ob ich dagegen irgend etwas von dem bereue, was ich unternahm, um Jamaika für das Empire zu retten? Nein, niemals!« Er dankte Croome für die Übermittlung der Nachricht, nickte Pembroke noch einmal zu und verschwand in seinem Schlafzimmer.

683

Mill bekam seinen Willen, denn als Reaktion auf den Druck, den er ausübte, klagte ein Londoner Gericht Eyre wegen Mordes an – und ein Schaudern ging durch die Bevölkerung. Die Morddrohungen gegen Mill nahmen um das Dreifache zu, doch bevor es überhaupt zu einer Verhandlung kam, entschieden die Gerichtsbehörden in Privatkonsultationen, da aufgrund fehlender Tatbestände ein ähnlicher Fall, in den zwei der Offiziere verwickelt gewesen waren, die dem Kriegsgericht in Jamaika vorgesessen hatten, bereits eingestellt worden sei, seien folglich auch die Anklagepunkte gegen Eyre hinfällig. Er wurde auf freien Fuß gesetzt, und alle Anklagepunkte wurden für immer fallengelassen – zum Jubel der Menge, die sich zu seiner Unterstützung vor dem Gerichtsgebäude eingefunden hatte. Zweimal hatte Mill einen Anlauf genommen, Eyre ins Gefängnis zu bringen, und zweimal war er gescheitert.

Jason eilte zurück zu Mills Quartier, um die schlechten Nachrichten gleich zu übermitteln, und hatte Gelegenheit, den großen Mann von seiner besten – und von seiner schlechtesten Seite zu erleben. Als er erfuhr, daß er wieder einmal verloren hatte, zeigte er weder Rachegelüste, noch wollte er untätig in seiner Enttäuschung bleiben: »Die Gerichte haben gesprochen, und alle müssen sich fügen.« Doch dann, mit verfinsterter Mine und geballter Faust: »Diese Gerichte haben gesprochen. Aber es gibt andere Gerichte, und vor die werde ich ihn zerren.«

»O Sir! Sie wollen das Ganze doch nicht noch einmal durchspielen?«

»Ich habe entschieden, daß Eyre bestraft wird, vor aller Öffentlichkeit gedemütigt wird für das schwere Unrecht, das er der Idee einer gerechten Kolonialregierung angetan hat.« Und wie ein wütender Hund, der sich in etwas verbissen hat, traf er umgehend Maßnahmen, Eyre vor ein anderes Gericht stellen zu lassen, einen neuen Prozeß gegen ihn anzustrengen mit gänzlich neuen Anklagepunkten. Widerstrebend ordnete das Gericht an, daß Eyre sich erneut der Anklage zu stellen habe, die diesmal auf Schwerverbrechen und Amtsvergehen lautete. Ein Termin wurde anberaumt, der 2. Juni 1868, fast drei Jahre nach den Unruhen und der Verhängung des Kriegsrechts, doch ein leidenschaftlicher Verteidiger redete auf die Mitglieder der vorläufigen Anklagejury ein, »sich doch einmal in Eyres Lage zu versetzen« und zu überlegen, »welche Maßnahmen man angesichts einer spontanen Rebellion wohl einleiten muß, will man seine Insel retten, das Empire und die Ehre der Königin«. Beobachter im Gerichtssaal brachen in Jubel aus, und früh am nächsten Morgen verkündete die Jury, daß alle Anklagepunkte fallengelassen worden seien. Somit war Eyre endgültig und wahrhaftig ein freier Mann, und John Stuart Mill würde bei der nächsten Wahl aus dem Parlament geworfen werden. Er grübelte nicht lange über seine Niederlage nach. Als er erfuhr, daß sein junger Anhänger Jason Pembroke und dessen Frau zurück nach Jamaika wollten, legte er einen kurzen Besuch in ihrem Stadthaus ein, um sich von ihnen zu verabschieden. Im Empfangszimmer sitzend, in dem bereits 1760 die Vorfahren Pembrokes an den Gesetzen mitgewirkt hatten, die die Zukunft Großbritanniens bestimmten, betrachtete er leicht amüsiert Hester Pembrokes groteske Statuen und sagte: »Sie und ich, Jason, wir haben jede Schlacht verloren. Wir haben einen großen Schuft ungestraft durch unser Netz entwischen lassen. Ich werde meinen Sitz im Parlament verlieren, während Carlyle und Tennyson und Cardigan ihren Triumph auskosten. Und Sie stehlen sich fort nach Jamaika, ohne irgend etwas erreicht zu haben, wenigstens sieht das die Öffentlichkeit so. Aber in Wirklichkeit, junger Freund, haben Sie und ich einen ungeheuren Sieg errungen. In Zukunft werden es sich irgendwelche Zinnsoldaten von Kolonialgouverneuren zweimal überlegen, bevor sie das Kriegsrecht über ihre Inseln verhängen oder ihren Untergebenen gestatten, Menschen dunklerer Hautfarbe zu terrorisieren. Die Parlamentsreform ist verabschiedet. Britannien wird ein besseres Land werden dank unserer Mühen.« Seinen Stock gegen die verrenkten Glieder von Mars drückend, Mars im Streit mit Venus, gestand er: »Hätten die Geschworenen Eyre des Mordes für schuldig befunden, was sie eigentlich hätten tun müssen, ich wäre der erste gewesen, der für Straferlaß und Begnadigung plädiert hätte. Es kam mir auf die Sache an sich an, auf das Prinzip.«

Jason, verwirrt durch die Ereignisse, deren Zeuge er während der vergangenen drei Jahre geworden war, fragte ratlos: »Noch einmal zu dem interessanten Wort, das Sie damals benutzten. Meinen Sie, daß Ihre Jagd auf Gouverneur Eyre auch ein Fall von Monomanie gewesen ist?«

Mill, der die Schärfe der Frage zu schätzen wußte, ließ für einen Moment ein Schmunzeln über sein eisiges Antlitz huschen und sagte dann: »Wenn es jemand anderen betrifft, nennen wir es Monomanie. Wenn es einen selbst betrifft, dann sagt man dazu: standhaftes Beharren auf einem Prinzip.«

Als er sich erhob, zeigte er mit seinen Stock auf eine der riesigen Statuen und meinte schroff: »Schaffen Sie diese Monstrositäten aus

Ihrem Haus, Jason. Überlassen Sie Tennyson und Carlyle derartige schwülstige Gebilde.«

Jason beherzigte seinen Rat. Am letzten Tag seines Aufenthaltes in London ließ er Steinmetze kommen, die die Statuen zerlegten, aus dem Haus transportierten und sie in einem Park unweit des Zoos wieder zusammensetzten.

Das letzte Wort in dieser stürmischen Angelegenheit – hätte man es nur vorausgesehen – hätte Jamaika alle Mühe und England die bittere Erfahrung der überhitzten nationalen Debatte erspart. Kurz nach den turbulenten Ereignissen in St-Thomas im Osten begingen sowohl Oberst Hobbs, unter dem Pembroke gedient hatte, und Polizeiinspektor Ramsay, dessen brutales Auftreten Croomes Billigung fand, Selbstmord; ersterer, indem er sich erschoß, letzterer, indem er auf hoher See von Bord eines Dampfschiffes sprang. Kompetente Mediziner kamen zu dem Ergebnis, daß die beiden schon vorher wahnsinnig gewesen sein mußten, als sie die Greueltaten begingen – nur wäre es niemandem aufgefallen, denn wenn Kriegsrecht herrsche, sei der Wahnsinn das Normale.

12. Kapitel

Empfehlungsschreiben

Am 8. Januar 1938 entdeckte Dan Gross, Chefredakteur der »Detroit Chronicle«, auf seinem Associated-Press-Fernschreiber eine Allerweltsmeldung, die sicher nur wenige amerikanische Journalisten interessierte, seine Aufmerksamkeit jedoch fesselte, denn sie paßte wie ein seit langem vermißtes Stück in ein größeres Puzzle.

Der »Chronicle« sah sich einem höchst ungewöhnlichen Problem gegenüber. Aufgrund der mäanderartig verlaufenden Grenze, die Kanada von den Vereinigten Staaten trennte, und der zahlreichen Windungen auf ihrem Weg mitten durch die Großen Seen lag Kanada an dieser Stelle südlich von den Vereinigten Staaten. Die Bewohner Detroits bezeichneten daher die wichtige kanadische Stadt Windsor als »unsere südliche Vorstadt«, und die Zeitungen Detroits, die dort sehr verbreitet waren, versuchten immer wieder, auch solche Artikel zu drucken, die ihre kanadischen Leser interessieren könnten.

Die Meldung, die nun die besondere Aufmerksamkeit von Gross gefunden hatte, las sich folgendermaßen:

»Zum Generalgouverneur der Insel All Saints, der leewärts gelegenen Insel Karibisch-Westindiens, wurde durch den König von England heute der berühmte Mannschaftskapitän des Kricketteams Lord Basil Wrentham ernannt. Aller Wahrscheinlichkeit nach wird der Ernennungsakt in All Saints selbst erfolgen, da Lord Wrentham das erste englische Kricketteam anführte, das jemals auf der Insel gespielt hat. Die absolute Fairneß, mit der er die einzige Niederlage aufnahm, die je ein erstklassiges englisches Team in Westindien einstecken mußte, brachte ihm seinerzeit außerordentliche Beliebtheit ein. England gewann zwar die Serie, drei zu eins, aber der Sieg der davon selbst verblüfften Inselbewohner wird in All Saints als ein historisches Ereignis

687

gewertet. Der neue Generalgouverneur wird seinen Amtseid am
10. Februar 1938 leisten.«

Mit der Meldung aus dem Ticker lief Gross hinüber zu einem kleinen
Bücherregal, in dem er die Nachschlagewerke aufbewahrte, die ihm den
Zugang zu einem großen Teil des Allgemeinwissens sicherten: ein
Thesaurus, zwei große Atlanten, ein französisches Wörterbuch für die
Bearbeitung von Nachrichten aus Kanada und ein besonders wertvolles
Buch, dessen Umschlag mit Fettflecken übersät und halb zerrissen war,
das »Handbuch der Universalgeschichte« von Ploetz. Er schlug im In-
dex nach und fand dort seinen Verdacht bestätigt, den das Fernschrei-
ben ausgelöst hatte. 1763, als der Vertrag von Paris unterzeichnet
wurde, der den in Europa als »Siebenjährigen« und in Nordamerika als
»Französisch-Indischen« bezeichneten Krieg beendete, wurde unter
den Hauptmächten allen Ernstes die unglaubliche Alternative diskutiert: Soll Großbritannien ganz Kanada oder die winzige karibische Insel All Saints erhalten? Eine erstaunliche historische Tatsache, aber was
konnte man damit schon anfangen?

Gross verfügte im Redaktionsstab auch über einen jungen gewissen-
haften Reporter namens Millard McKay, der seine Ausbildung an der
Journalistenschule der Universität von Columbia absolviert hatte und
außerordentlich talentiert war. Er sprühte nicht gerade vor Phantasie,
aber wurde mit jedem weiteren Monat bei der Zeitung besser. Mit der
Zeit, dachte Gross, würde er sich zu einer Hauptstütze der »Chronicle«
entwickeln, einem Mann, auf den Verlaß war und der aus jeder Geschichte, auf die er angesetzt wurde, einen brauchbaren Artikel machen
konnte.

Nachdem er ihn ein Jahr lang beobachtet hatte, erfuhr Gross, daß
McKay eine Schwäche hatte, die er mit vielen jungen Männern teilte,
die ihre Ausbildung an den Universitäten der Ostküste erhalten hatten
und Büchernarren waren: Er wünschte nichts sehnlicher, denn als ein
echter Engländer zur Welt gekommen zu sein, mit Zugang zu den Londoner Theatern und einem Sommerhaus in der Landschaft Thomas
Hardys oder dem durch die englische Dichtung berühmt gewordenen
Lake District. Obwohl er selbst noch nie Gelegenheit gehabt hatte,
England seine Aufwartung zu machen, hatte er sich durch seinen Professor einen leichten Oxford-Akzent zugelegt und war angenehm berührt, wenn jemand den Verdacht äußerte, er stamme aus Irland.
»Nein«, sagte er dann stets mit fester Stimme. »Eigentlich stamme ich
aus England. Der Mädchenname meiner Mutter ist Cottsfield.« Als er

688

in Detroit sein neues Leben begann, überlegte er sich, seinen Namen in Malcolm Cottsfield umzuändern, den er für vornehmer hielt und der irgendwie englisch klang, aber die gesetzlichen Voraussetzungen dafür stellten sich als so kompliziert und teuer heraus, daß er Abstand von dieser Idee nahm.

Mr. Gross hatte ihn einmal gefragt: »Was hat diese große Liebe für alles Englische bei Ihnen eigentlich ausgelöst?«, worauf er eine unwahrscheinliche Geschichte zu hören bekam. »Ich bin in einem kleinen 300-Seelen-Dorf aufgewachsen, Pine Barrens im südlichen New Jersey, und der Ort macht seinem Namen alle Ehre, es ist dort ziemlich öde. Ich bekam ein Stipendium für die Rutgers-Universität im Norden New Jerseys und geriet dort in den Bann eines Professors, eines Rhodes-Absolventen. Er lebte und starb für England, und ich belegte drei Seminare bei ihm. Wir mußten immer lange Aufsätze schreiben über alle möglichen Aspekte, die das Leben in England betrafen, und die Themen dazu schüttelte er nur so aus dem Ärmel. Im ersten Semester bekam ich das Thema, ›Wie setzt sich das englische Parlament zusammen?‹, im zweiten ›Sechs englische Romanciers, von Thomas Hardy bis Graham Greene‹. Und ob Sie es glauben oder nicht, im dritten mußte ich über ›Englisches County-Kricket‹ schreiben. Wenn man sein Studium so angeht, lernt man eine ganze Menge.«

Als der Bürobote jetzt rief: »Mr. Gross will Sie sprechen!«, überlegte McKay sofort: »Was habe ich falsch gemacht?« Schnell ging er im Geist die Liste seiner zuletzt verfaßten Artikel durch, aber konnte keinen finden, mit dem er irgend jemandem zu nahe getreten war, also lag die Vermutung nahe, daß er einen neuen Auftrag erhalten sollte; und mit verhaltener Zuversicht betrat er das Büro des Chefredakteurs, wo ihm sofort die Tickermeldung in die Hand gedrückt wurde.

»Sie sind doch so ein Englandfan und kennen sich in der Geschichte aus«, fing Gross an. »Irgendeine Vorstellung, was das da zu bedeuten hat?«

Millard las sich die Daten und Fakten, aus denen die Geschichte zusammengesetzt war, aufmerksam durch, aber konnte nichts entdecken, das sich in irgendeine Beziehung zu seinem Wissen über englische Geschichte und Lebensweise setzen ließ. Wrentham war kein Name, der in der englischen Geschichte eine herausragende Rolle spielte, und obwohl er wußte, wie man Kricket spielte, erschien ihm die knappe Erwähnung nicht sonderlich von Belang. »Tut mir leid«, mußte er gestehen, »aber ich komme nicht drauf.«

»Ich kann nicht erwarten, daß Sie meine nächste Frage verstehen. Aber kommt Ihnen das Datum, an dem Wrentham in All Saints eintreffen soll, der 10. Februar, nicht bekannt vor?«

»Nein.«

»Wie wär's mit dem Vertrag von Paris?«

»Mr. Gross, Sie geben mir Rätsel auf.«

»Und ob«, erwiderte er und schob ihm mit einem Lachen den Ploetz über den Schreibtisch zu. »Schlagen Sie mal unter dem Pariser Vertrag von 1763 nach.«

Millard tat wie ihm befohlen und fand die erstaunliche Eintragung zu jenem komplizierten Vertrag, der den langen Kriegsjahren in Europa und den kleineren Gefechten in der Karibik ein Ende gesetzt hatte. Frankreich bestätigte, daß es bereits Pläne in der Schublade gehabt hatte, das Territorium Louisiana an Spanien abzutreten, England gab Guadeloupe und Martinique an Frankreich ab, Spanien gab Florida an England ab, und dann folgte die Bestimmung, die der Auslöser für Gross' Interesse gewesen war: »Sowohl Frankreich als auch England erhoben Anspruch auf die strategisch wichtige Insel All Saints in der Karibik, aber keiner wollte Kanada haben. Die englischen Admiräle argumentierten, ihre Flotte müsse das Eiland unbedingt anlaufen können, da es eine Schlüsselstellung im karibischen Raum und für den Zugang nach Südamerika darstelle, und wolle im Gegenzug dafür den Franzosen Kanada zuschanzen, in ihren Augen eine öde nördliche Wildnis. Trotzdem konnten sie sich nicht durchsetzen. England erhielt Kanada, Frankreich die Insel All Saints, die sich die Engländer bei der ersten besten Gelegenheit zurückeroberten, so daß die armen Franzosen am Ende leer ausgingen.«

»Das habe ich nicht gewußt!« rief Millard. »Ganz Kanada im Austausch für eine kleine Insel.«

»Achten Sie auf das Datum. 10. Februar 1763. Lord, wie heißt der doch gleich, übernimmt genau an dem Jahrestag das Kommando in All Saints.«

»Und jetzt wollen Sie von mir einen Artikel darüber für unsere kanadischen Leser.«

»Mehr noch. Ich will das gründlicher angehen. Sie begeben sich nach All Saints, sehen sich den Ort genau an und liefern uns einen langen Artikel oder vielleicht auch eine ganze Serie, in der Sie All Saints mit dem heutigen Kanada vergleichen. Unsere kanadischen Freunde sollen was zu lachen kriegen.«

Er holte ein statistisches Jahrbuch aus seinem Regal und las vor: »Hier haben wir es. Kanada: 9 976 136 Quadratkilometer; All Saints: 784 Quadratkilometer; Einwohnerzahl Kanadas: 11 120 000; All Saints: 29 779. Beherzigen Sie diese Zahlen, und liefern Sie uns ordentliches Seemannsgarn.« Er machte eine Pause, beugte sich über seinen Schreibtisch und fragte: »Sie waren doch schon mal in Kanada, oder nicht?«

»Sicher. Kenn' mich ganz gut aus – von Winnipeg bis Nova Scotia.«

»Also gut. Nehmen Sie den Nachtzug nach Miami, dann haben Sie noch anderthalb Wochen, bevor seine Lordschaft auf der Insel eintrifft. Bleiben Sie, solange Sie wollen, aber das ist ein Arbeitsaufenthalt, kein bezahlter Urlaub.«

Kaum hatte McKay das Büro von Mr. Gross verlassen, eilte er schon hinüber in das Archiv der »Chronicle«, holte »Burkes Adelskalender« aus dem Regal und erfuhr, daß der Aufstieg der Wrenthams in den Adelsstand Mitte des 16. Jahrhunderts seinen Anfang genommen hatte, als ein Mitglied der Familie zum Ritter Sir Geoffrey geschlagen wurde, weil er die Privilegien von König Charles gegen die radikalen Rundköpfe um Oliver Cromwell verteidigt hatte. Wenige Jahre darauf wurde er als Lord Wrentham in den Hochadel erhoben. Der Grund war eine kühne Fahrt mit einem untauglichen Schiff und einer 41köpfigen englischen Besatzung von Barbados aus Richtung Westen, die ihn nach All Saints führte, jener Insel, die sich in französischem Besitz befand und an deren kahler Ostküste er landete. Heldenmütig führte Sir Geoffrey seine Männer über die Bergkette hinunter zur Bucht auf der anderen Seite, wo die Franzosen eine Stadt gegründet hatten. Mit einem Überraschungsangriff auf die Siedlung vertrieb Wrentham die Franzosen endgültig von der Insel.

Der dritte Lord Wrentham verließ die Karibik und kehrte nach England zurück, wo er der Krone so wertvolle Dienste leistete, daß er den Aufstieg zum Grafen von Gore schaffte, einem Titel, der bislang in steter Reihenfolge siebenmal an die Wrentham-Erben weitergereicht worden war.

Die jeweiligen Titelinhaber erwarben sich keine weiteren Verdienste, außer der Bestellung ihrer riesigen Zuckerrohrplantagen auf Barbados und All Saints, die ihnen als abwesende Landbesitzer gewaltige Gewinne garantierten. Einer der in der Adelshierarchie weniger bedeutenden Enkel, Alistair Wrentham, bereiste die Karibik als erster Leutnant an Bord der »H. M. S. Boreas« unter dem Kommando des großen Horatio Nelson, dem er noch einmal in Trafalger diente. Für seinen Heldenmut war er später zum Admiral der karibischen Flotte ernannt worden und hatte in dieser Eigenschaft mehrere klangvolle Siege über die Franzosen errungen.

McKay, der Gefallen an den ausgeklügelten Regeln der englischen Titelvergabe gefunden hatte, erfuhr beim flüchtigen Durchblättern des Adelsverzeichnisses außerdem, daß der jeweilige Graf von Gore auch den Titel eines Lord Wrentham führen durfte. Millard dachte nach: »Aber in der Tickermeldung war doch von einem Lord Basil Wrentham die Rede. Immer wenn der Vorname genannt wird, bedeutet das, der Genannte ist nicht der Titelanwärter, sondern nur ein jüngerer Sohn, der nur aus Höflichkeit mit Lord angeredet wird. Mit ihm stirbt auch der Titel aus. Lord Basil kann also niemals zum Grafen von Gore aufsteigen, es sei denn, sein älterer Bruder stirbt. Aber... selbst unter diesen eingeschränkten Bedingungen wäre es immer noch ganz angenehm, ein Lord zu sein.«

Bei seinen Nachforschungen stieß er auf die nette Geschichte, wie All Saints zu seinem Namen kam, und er beschloß, sie gleich in seinen ersten Artikel einzubauen:

»Da Kolumbus bei seiner Entdeckungsreise von 1492 mit enormen Schwierigkeiten zu kämpfen hatte – ihm standen nur drei kleine Schiffe zur Verfügung–, glauben heute viele, daß er auch auf seinen späteren Reisen denselben Beschränkungen unterlag. Das Gegenteil traf jedoch zu: Bei seiner zweiten Fahrt, ein Jahr später, führte er eine regelrechte kleine Flotte aus siebzehn Schiffen an, einige sogar von erstaunlicher Größe, und während er für die erste Überquerung von den Kanarischen Inseln aus fünf lange Wochen und zwei Tage benötigte, schaffte er es diesmal ohne große Zwischenfälle in drei Wochen.

Ein Schiff aus der Flotte übertraf dieses Zeitlimit sogar noch. Auf einer großen Karavelle, getauft auf den Namen ›Todos Los Santos‹, diente als Navigator ein gebildeter italienischer Priester, Fra Benedetto, der Wind und Strömung so geschickt nutzte, daß er seinen Kapitän dazu bewegte, einen Kurs einzuschlagen, der südlicher verlief als der, dem die Hauptflotte folgte.

Kolumbus segelte mit seinen sechzehn kleinen Schiffen zwischen den Inseln hindurch und fuhr am 3. November 1493 in die Karibik ein, wohingegen die ›Todos Los Santos‹ etwa zwei Tage vorher weiter südlich einfuhr und dann nach Norden abdrehte, um sich dem restlichen Verband anzuschließen. Als die letzten beiden Oktobertage ins Land zogen, hatte Fra Benedetto einen glücklichen Einfall: Wäre es nicht ein Zeichen dafür, daß Gottes Wohlwollen auf uns ruht, wenn sein Schiff, die ›Todos Los Santos‹, genau am Tag Allerheiligen, am 1. November, eine neue Insel sichtet?

Seine Berechnungen bestätigten Fra Benedetto, daß am Tag Allerheiligen, nachdem in der Nacht zuvor traditionell aller verirrter Wanderer, Seelen und Geister gedacht wurde, die Entdeckung einer neuen Insel unmittelbar bevorstehen müsse. Er postierte spezielle Ausgucke, doch der Tag verging und auch der Abend, ohne daß Land gesichtet wurde. Kurz vor Mitternacht drehte Fra Benedetto kurzerhand das Stundenglas, um Sand in die obere Hälfte zurückrieseln zu lassen, was ihm etwas mehr Zeit gab, doch noch die vorausgesagte Entdeckung zu machen. Jetzt schritt er selbst an Deck, hielt unruhig die Augen auf, und fünfzehn Minuten der geliehenen Stunden waren gerade erst vergangen, da erblickte ein Junge im vorderen Ausguck etwas, das wie ein flackerndes Licht aussah. Man alarmierte die Mannschaft, und als der Mond hinter einer Wolke hervorkam, beschien er die beiden majestätischen Gipfel, die die französischen Besetzer später Morne Jour und Morne Soir tauften.

›Wir haben unsere Insel gefunden!‹ rief Fra Benedetto und tanzte vor Freude auf dem Schiff herum. ›Und ihr Name soll lauten: Todos Los Santos!‹«

In den ersten Jahren des folgenden Jahrhunderts unternahmen die Spanier ingesamt vier halbherzige Versuche, den wilden Kariben die Insel zu entreißen, wurden aber durch den Widerstand der Bewohner jedesmal zurückgeschlagen. Dann mühten sich die Engländer dreimal ab, ohne mit einem besseren Ergebnis aufwarten zu können. Erst 1671 hatten sie Erfolg, um dann prompt von den Franzosen vertrieben zu werden. In den nachfolgenden 174 Jahren wechselte der Besitzer dieser herrlichen Insel achtzehnmal: Kariben, Spanier, Franzosen, Engländer, Holländer. Dreizehn Besitzerwechsel waren das Ergebnis militärischer Interventionen: Die Engländer versuchten, gewaltsam gegen die Franzosen ihren Fuß auf die Insel zu setzen; die Holländer nahmen die Engländer unter Beschuß; die Kariben revoltierten gegen die Holländer; schließlich gewannen die Franzosen im großen und ganzen die Kontrolle und machten aus der Insel eine französische Kolonie. In fünf Fällen war der Besitzwechsel nicht Resultat militärischer Operationen, sondern von Verträgen, die in Europa ausgehandelt worden waren, in denen die karibischen Inseln als Faustpfand benutzt und wie Figuren auf einem Schachbrett hin und her geschoben wurden. All Saints tauchte insgesamt elfmal in derartigen Verträgen auf.

In einem kleinen Band, den Millard sich noch im letzten Augenblick schnappte, entdeckte er die faszinierendste Tatsache von allen:»Trotz der Verschiebungen in den Besitzverhältnissen hat sich ein Nebenzweig der Familie Wrentham durch alle Jahrhunderte hindurch hartnäckig auf All Saints behaupten können, wobei die Mitglieder von Generation zu Generation eine dunklere Hautfarbe annahmen, je mehr sich die Eltern mit schwarzen Sklaven mischten. Ungeachtet ihrer Hautfarbe jedoch sind sie alle entfernt verwandt mit dem Grafen von Gore.«

Bevor er nach Hause eilte, um zu packen, bewies McKay, was für ein umsichtiger junger Mann er doch war, als er noch einmal in die Redaktion zurückkehrte und Mr. Gross sein Problem erklärte:»Sir, es handelt sich um eine englische Kolonie, und mein Professor, der selbst in Oxford studiert hat, hat mir immer eingebleut:›Drängen Sie sich in England niemals einer gesellschaftlichen Gruppe oder Schicht auf, ohne mit Empfehlungsschreiben ausgerüstet zu sein, die bescheinigen, wer Sie sind und Auskunft über Ihren Charakter geben.‹ Könnten Sie mir wohl so ein Empfehlungsschreiben mitgeben?«

»Nein! Zunächst einmal ist es eine britische Kolonie, keine englische. Und Sie kennen unsere Regeln. Wir kriechen vor keinem zu Kreuze. Sie fahren als gewöhnlicher Tourist nach All Saints. Sehen die Dinge mit unverbrauchtem Blick und ohne Vorurteile.«

»Natürlich weiß ich, daß seit 1603 der genaue Name Großbritannien lautet, aber England hört sich besser an, und ich weiß, daß in englischen Kolonien Empfehlungsschreiben . . .«

»Kein Schreiben! Es wird so wie immer gemacht.«

McKay näherte sich All Saints über die schönste Einfahrt in die Karibik: An einem frühen, sonnendurchfluteten Morgen stand er im Bug seines Schiffes und verfolgte, wie die beiden herrlichen Berge schemenhaft aus dem Meer auftauchten.»Der nördliche ist Morne Jour«, erklärte ihm ein Mitreisender,»und der südliche Morne Soir.«

Während sich das Schiff jetzt zwischen die beiden Felsbrocken hindurchzwängte, die die Einfahrt zur Baie de Soleil bewachten, schnappte McKay auf, wie der Fremde einen anderen Passagier auf die Schönheiten dieser Einfahrt aufmerksam machte:»Pointes Nord und Sud«, sagte er, wobei er versuchte, die Worte mit französischer Betonung auszusprechen.

Direkt vor ihnen, am anderen Ende der Bucht, auf einer Anhöhe thronend, die eine weite Sicht ermöglichte, lag die Kolonialsiedlung Bristol Town, eine Ansammlung zwei- bis dreistöckiger, weißer, grauer und ockerfarbener Häuser, von denen keines die anderen beherrschend überragte. »Was für ein harmonisches Bild!« stieß McKay hervor, aber der Engländer neben ihm hatte nicht hingehört, denn sein Blick war unverwandt auf ein stattliches Gebäude gerichtet, das den Gipfel eines Hügels hinter der Stadt einnahm. Geschützt durch hohe Bäume, sah der verschachtelte Bau kalt und abweisend aus.

»Das Regierungsgebäude«, sagte der Mann und drehte sich zu McKay um, und die ehrfürchtige Art, mit der er die Worte betonte, beschwor die Pracht des britischen Weltreiches. »Bristol Town zählt wahrscheinlich zu den kleinsten Hauptstädten des Empires, aber sie ist eine der denkwürdigsten.« Die Eindringlichkeit seiner Rede enthielt eine unausgesprochene Warnung: »Die Namen an Land und das Erbe der Menschen, die sie tragen, mögen französisch sein, aber die Regierung ist britisch . . . und das vergessen Sie bitte nicht.«

Am Kai von Bristol wimmelte es von Menschen, unzählige schwarze Schauermänner bewegten sich langsam und gleichmäßigen Schrittes hin und her, während sie das Schiff entluden und das Gepäck der Passagiere an Land brachten. »He, Sie da!« rief McKay einem Träger zu, der sich mit seinen beiden Koffern davonmachte. »Die gehören mir!«

»Ich weiß, Mr. McKay. Wir haben Sie schon erwartet.« Und dann sah Millard, daß der Mann eine Binde trug, die ihn als Bediensteten des Belgrave-Hotels auswies. »Folgen Sie mir einfach«, sagte er und schoß mit einem untrüglichen Gefühl der Vertrautheit pfeilschnell in den Verkehr und steuerte auf ein wenig vertrauenerweckendes dreistöckiges Gebäude zu, das nur durch die Veranden der drei Etagen zusammengehalten wurde, und da diese durch zahlreiche schlanke Holzpfeiler gestützt wurden, strahlte das Haus eine märchenhafte Eleganz aus, auch wenn es bereits etwas heruntergekommen wirkte. »In so einen Ort«, dachte Millard, »kann man sich schon verlieben.«

Gerade als sie das düstere Innere betraten, wandte sich McKay mit einemmal an den Gepäckträger: »Kann ich mich nicht später anmelden? Stellen Sie mein Gepäck einfach irgendwo ab. Ich würde mir gern gleich die Stadt ansehen.« Als hätte er das erwartet, entgegnete der Gepäckträger: »Ich mich um alles kümmern. Sie hier warten.«

Und als er zurückkehrte, packte er Millard am Arm und führte ihn nach draußen auf die Hauptstraße. »Sie mit mir kommen. Ich Ihnen schönsten Teil von Bristol Town zeigen.«

Ihn zur Eile treibend, brachte der Träger McKay zu einem unscheinbaren einstöckigen Gebäude, in dem ein billiges Restaurant untergebracht schien, das sich aber bei näherem Hinsehen als Bar entpuppte, das »Waterloo«, ein geselliger Ort mit einem halben Dutzend altmodischer Säulentischchen, an denen es sich die Gäste bequem gemacht hatten und ihren Frühstückskaffee einnahmen. Der Besitzer, der lächelnd hinter der Theke stand, war eindeutig ein Mulatte, wenn auch von nicht besonders dunkler Hautfarbe. Etwa die Hälfte der Gäste waren Mulatten, aber hellhäutiger als er, die andere Hälfte deutlich dunkelhäutiger. Die beiden Kellner waren Schwarze ohne jede sichtbare Beimengung weißen Blutes. McKay war der einzige Weiße. Es war eine wunderliche Versammlung, zufällig zusammengewürfelt und eine lehrreiche Einführung in das Leben auf einer Insel, wo die Hautfarbe eines Menschen von größter Bedeutung war.

Der Besitzer, ein liebenswürdiger kräftiger Mann in den Vierzigern, zwinkerte McKays Träger zu, als wollte er andeuten: Du kannst dir etwas Trinkgeld verdienen, wenn du den Kunden in meine Bar führst.

Der Träger schubste McKay weiter: »›Waterloo‹ dem freundlichen Mann gehören. Seine Name Bart Wrentham, aber alle Black Bart zu ihm sagen, berühmter Pirat.« Er trat ein paar Schritte zurück und grinste übers ganze Gesicht, als wolle er sich vergewissern, daß man sich an ihn als denjenigen erinnern würde, der diesen Kunden hergebracht hatte.

»Und Ihr Name?« fragte Black Bart mit der ungezwungenen Vertraulichkeit eines Barmanns, der jedem Kunden vermitteln wollte, er könne sich hier wie zu Hause fühlen.

McKay nannte seinen Namen und fügte hinzu, damit seine Absichten von Anfang an deutlich waren: »Reporter. Detroit.«

Nach diesen Worten wurde Wrenthams Umgangston sogar noch freundlicher, denn er wußte um die Wirkung, wenn seine Bar in einer amerikanischen Zeitung erwähnt wurde. McKay war nicht mehr der einfache Tourist, sondern plötzlich ein äußerst wichtiger Gast, dessen Einführung in das Inselleben eine sorgfältige Inszenierung verdiente. Außerdem vertrat Bart als Farbiger, dessen Vorfahren seit mindestens drei Jahrhunderten auf der Insel lebten, Ansichten, die er liebend gern einem amerikanischen Schreiber begreiflich machen wollte. Bart rückte

näher, dorthin, wo McKay stand, lehnte sich weit über die Theke und
sagte in einem herrlichen Englisch mit dem so typischen melodischen
Inselakzent: »Jeder Neuankömmling, den Hippolyte in mein Etablisse-
ment führt, wird mit einem ›Tropenbouquet‹ empfangen.«

McKay war ganz eingenommen von dem freien Getränk – ein Rum-
cocktail, der mit drei heimischen Blüten und einer Ananasecke dekoriert war–, der Atmosphäre der Bar und einer Entdeckung, die seine
Neugier geweckt hatte, daß nämlich der Name des Besitzers derselbe
wie der des erwarteten Generalgouverneurs war. »Sie tragen einen
denkwürdigen Namen, derselbe wie der des neuen Mannes, der hier
bald das Sagen hat.«

»Die englische Seite meiner Vorfahren kam von hier...«

»Ich weiß«, fiel McKay ihm ins Wort – eine der wirkungsvollsten
Unterbrechungen eines Gespräches, die er sich jemals in seiner Karriere
als Zeitungsreporter leisten sollte. »Ihre Leute sind 1662 mit Sir Geof-
fey Wrentham aus Barbados rübergekommen.« Er grinste den Mann
an, der vor Staunen mit offenem Mund dastand: Dieser Amerikaner
brachte All Saints offensichtlich mit seiner Kenntnis ihrer Geschichte
den gebührenden Respekt entgegen. Mit der Hand auf die Theke klatschend, rief der Besitzer einem der Kellner zu: »Bringt diesem gebildeten Amerikaner noch einen freien ›Tropenbouquet‹! Aber laß die Ananas weg, die kostet Geld.« Ja, er verließ sogar die Theke und führte
McKay mit seinem frischen Drink an einen Tisch.

»Und jetzt sagen Sie mir«, raunte er ihm verschwörerisch zu,
»warum sind Sie wirklich hierhergekommen?«

McKay wich der Frage aus, indem er einen ausgiebigen Schluck tat.
»Sie machen vorzügliche Drinks.«

»Wir versuchen unser Bestes«, entgegnete Wrentham, rückte seinen
Stuhl näher heran und starrte McKay in die Augen. »Und jetzt beantworten Sie meine Frage.« Seine Worte enthielten eine Kampfansage,
der Millard dadurch begegnete, daß er sich zurücklehnte, sein Glas
schwenkte und vorsichtig formulierte: »Ich arbeite für die ›Chronicle‹,
eine der auflagenstärkeren Zeitungen im Mittleren Westen. Wir haben
ein großes Lesepublikum in Kanada.« Er wandte sich wieder seinem
Drink zu, um seinem Gegenüber Zeit zu lassen, die Fakten zu verdauen.

»Ich verstehe. Sie sind also hergekommen, um über die Amtseinfüh-
rung unseres neuen Gee-Gee zu berichten.«

»Nennen Sie Ihren Gouverneur immer so?«

697

Wrentham sog die Atemluft ein, als er die Frage hörte, schnalzte mit der Zunge und sagte: »Das ist nicht so leicht zu erklären, wenn Sie mit der Insel nicht vertraut sind. Als Kronkolonie haben wir ein Anrecht auf einen Gouverneur. Auf den anderen Inseln nennen sie den Gouverneur nur ›S. E.‹, Seine Exzellenz. Unser Gouverneur übt die Kontrolle über insgesamt zwölf Inseln aus, er ist also der Generalgouverneur, und wir kürzen das ›G. G.‹ ab oder ›Gee-Gee‹ – jedenfalls auf dem Papier, sogar in der Zeitung. Sie sollten das auch tun in dem Artikel, den Sie doch sicher schreiben werden.«

McKay streckte den rechten Zeigefinger aus, als wollte er eine Pistole abfeuern: »Sie sind ein kluger Bursche, Wrentham.«

»Sie können Bart zu mir sagen.« Die lockere Art, mit der Wrentham ihn behandelte, und seine offensichtliche Intelligenz überzeugten McKay, er könne ein einträglicher Informant werden, und so sagte er: »Bevor ich mit diesem Auftrag aus Detroit aufbrach, bat ich meinen Boß um ein paar Empfehlungsschreiben, aber er meinte, bei unserer Zeitung gäbe es diese Tour nicht. Er meinte, ich sollte einfach hinfahren und mich ins kalte Wasser stürzen. Ihre Bar ist mein erster Tauchgang.«

Wrentham lehnte sich zurück, musterte den jungen Reporter und klopfte zweimal auf den Tisch, als wollte er zu verstehen geben, daß er einen Entschluß gefaßt habe: »Haben Sie etwas vor?«

»Ich habe mich noch nicht angemeldet.«

»Das hat Hippolyte für Sie erledigt. Bereit für eine kleine Spritztour?«

»Nicht übel«, und die beiden gingen nach draußen, wo der Barbesitzer seinen linksgesteuerten 1932er Chevrolet Coupé geparkt hatte. »Springen Sie rein. Wir machen die Nordtour. Es bringt mir immer neue Energie, die Schönheiten dieser Insel zu sehen.« Er fuhr ziemlich schnell Richtung Osten und ließ die Stadt über eine kurvenreiche Straße hinter sich, die durch bewaldetes Gebiet auf eine Anhöhe führte, von wo aus sie den düsteren und rauhen Atlantik überblicken konnten.

»Meine Vorfahren sind auf dem gefährlichen Strandabschnitt da unten gelandet, Baie du Mort. Sie können doch Französisch, oder?«

»Ich muß es schon können, weil ich oft aus Kanada berichte. Todesbucht.«

Auf der folgenden, zwanzig Kilometer langen Autofahrt Richtung Norden unterhielten sich die beiden Männer zur Abwechslung über die Landschaft, aber Millard hatte den starken Verdacht, daß das nicht der eigentliche Zweck des Unternehmens sein sollte. »Unsere Insel ist kein ebenes Fleckchen Land wie Barbados. Das erlaubt natürlich auch nicht so große Zuckerplantagen wie in Jamaika. Aber wenn man den Boden mit Respekt behandelt, dann revanchiert er sich auch dafür. Jedenfalls haben wir nie gehungert.«

Als die Straße nach Westen abbog, auf das Karibische Meer zu, sagte Wrentham: »Wir sollten uns einen Picknickkorb besorgen«, worauf er durch das malerisch verschlafene Städtchen Tudor fuhr, wo sie sich von einem Händler, der ebenfalls Wrentham hieß, aber von wesentlich dunklerer Hautfarbe war als Bart, eine große Tasche mit Lebensmitteln bepacken ließen, alles, was für ein üppiges ländliches Mahl benötigt wurde. »Wäre gut, wenn Sie uns noch etwas zu trinken mitgeben könnten«, sagte Bart, und sein entfernter Vetter brachte zwei Flaschen englisches Bier und eine Dose amerikanischen Obstsaft.

Mit dieser erquicklichen Fracht beladen, fuhren die beiden Ausflügler weiter nach Westen über den Gipfel von All Saints, und McKay auf dem Beifahrersitz hatte seine Freude an dem nun ruhigeren Anblick des Atlantiks, aber er hatte keinen Schimmer, warum Wrentham ihn zu dieser weiten Fahrt eingeladen hatte. Es konnte nicht bloß reine Freundlichkeit gewesen sein. Ein gutes Stück von Tudor entfernt, fing Bart plötzlich in einer Mischung aus Verbitterung und Amüsiertheit an, seinem Gast die soziale Struktur der Inselbevölkerung zu beschreiben, und es wurde offenbar, daß ihm vieles auf der Seele brannte, was er einmal loswerden wollte, vor allem wenn er es einem amerikanischen Journalisten erzählen konnte.

»Ich bitte Sie, meinen Namen in Ihrem Korrespondentenbericht nicht zu erwähnen, verweisen Sie auf mich lieber als einen gutunterrichteten farbigen Geschäftsmann. Bei der letzten statistischen Erhebung hatte All Saints eine Bevölkerung von 29 000, alle fein säuberlich nach Hautfarbe getrennt in Hunderten verschiedener Schichten. Ich zum Beispiel stehe eine Stufe höher als jemand, der auch nur eine Spur dunkler ist. Aber selbstverständlich eine Stufe tiefer als jemand, der eine auch nur etwas hellere Hautfarbe hat. Und bedenken Sie, es zählt nur die Farbe des Gesichts, nicht, wie es weiter unten aussieht«, wobei er mit der Hand auf seinen Bauch schlug.

»Für Ihre Zwecke kommt ohnehin nur ein Dutzend Schichten in Frage. Ganz hoch oben an der Spitze: alle, die als Weiße in England zur Welt gekommen sind und einen Titel haben oder kurz davor waren, sich ein Anrecht darauf zu erwerben. Das heißt der Gee-Gee und der

Kreis seiner Vertrauten. Nicht in einer Million Jahren wird jemals ein Mensch meiner Hautfarbe in dieses Walhalla vorstoßen. Zweite Schicht: jeder, der nachweislich von einer guten Familie aus der englischen Landbevölkerung abstammt. Schotten und Waliser brauchen sich erst gar nicht zu bemühen.«

»Was verstehen Sie darunter?«

»Wissenschaftlich kann Ihnen das auch niemand erklären, aber alle wissen, was mit dem Begriff gemeint ist.«

»Zum Beispiel?«

»Die Tochter eines angesehenen Kirchenmannes, nur darf er kein Baptist oder Methodist sein. Der Sohn eines Beamten mit guter Führung.«

Millard stellte mehrere Fragen schnell hintereinander, die bewiesen, daß er durch seine Collegekurse mit den Feinheiten des englischen Landlebens vertraut war, und nachdem er, so gut es ging, darauf eingegangen war, fuhr Wrentham fort: »Die Frauen, die bestimmen, wer gesellschaftlich wohin gehört, sorgen dafür, daß diese zweite Gruppe klein bleibt, aber dann folgt die dritte Schicht, für die Sie ein Anwärter wären, wenn Sie sich hier niedergelassen hätten, vorausgesetzt, Sie hätten sich wohl verhalten und in Amerika für die Republikaner gestimmt. Zu dieser Gruppe gehören alle Weißen, die einen respektablen Ruf genießen, vor allem die französischen Bauernfamilien, die ja viel länger hier sind als wir Engländer.

Danach kommt der brutale Schnitt. Erbarmungslos wie die Sichel des Sensemanns. Schicht Nummer vier: die Damen und Herren ›von Farbe‹, wie man hier sagt. Hellhäutige, noch hellhäutiger als ich. Manche haben sogar in Oxford studiert. Oder an der London School of Economics. Oder in Harvard. Oder waren im Gommint angestellt.«

»Wo bitte?«

»Im Gommint. Das Wort sollten Sie sich merken. Wir nennen sie nur so, sogar der Gee-Gee. Was Ihr Kolonialherren die Gouvernementsverwaltung nennt, die Regierung. Auf so einer Insel wie All Saints ist die Gommint allmächtig, und die leitenden Beamten ›von Farbe‹ haben ein Anrecht auf Mitgliedschaft in dieser hochrangigen Gruppe vier. Außerdem ein paar gewichtige Geschäftsleute, reiche Witwen und ab und zu jemand, der sich schwer einordnen läßt. Aber davon können Sie ausgehen, Mr. Detroit: Deren Hautfarbe ist mit Sicherheit heller als meine.«

Wrenthams Widerwillen gegen das System, das er da schilderte, war

700

eindeutig, auch wenn er mit einer gewissen Leichtigkeit darüber reden konnte. »Die Schichten fünf, sechs und sieben sind alle hellhäutiger als ich . . . und das sollten Sie sich merken«, sagte er, »denn ich gehöre zu Schicht acht«, die er im folgenden beschrieb als »hart arbeitende Männer und Frauen, die jeden Penny sparen, ihre Kinder zur Schule schikken und mit Messer und Gabel umzugehen verstehen.«

»Wenn man Sie in Schicht Nummer acht verwiesen hat, wo haben Sie sich da diese gewählte Ausdrucksweise aneignen können?« fragte McKay, und Bart lachte in sich hinein: »Was denken Sie, wir haben doch Schulen. Wundervolle engagierte Lehrer, die jeden Zollbreit englischen Boden lieben, jedes Wort, das Shakespeare geschrieben hat. Ich habe nie auch nur ein einziges amerikanisches Buch gelesen, wenn es überhaupt welche gibt, nur Walter Scott und Charles Dickens und Jane Austen . . . doch, doch!«

Für diejenigen, die gemischter Hautfarbe seien, dunkelhäutiger als er selbst, sagte er, gäbe es sechs Schichten, und damit näherte er sich der schärfsten Trennungslinie überhaupt: »Darunter geht nichts mehr. Die Schwarzen mit ihren aufgeworfenen Lippen, den blitzenden Zähnen und ohne Bildung – Sklaven, ewige Sklaven.«

»Was wäre mit einem Schwarzen, der hier einwandern würde, sagen wir, aus Carolina? Oder einem Hindu aus Indien?«

»Wenn er schwarz ist, bleibt er schwarz.«

»Er kann also nie in die höheren Gruppen aufrücken? Wo ihr Hellhäutigeren stehengeblieben seid?«

Wrentham lenkte schweigend den Wagen, ignorierte die häßliche Frage, sagte dann aber plötzlich: »Mr. Zeitungsreporter. Wir werden gleich Cap Galant erreichen, wo Sie die einmalige Schönheit unserer Insel bewundern können. Dann werden wir auf der Decke, die ich immer im Kofferraum dabeihabe, unser Picknick ausbreiten, Ihr erstes in der Karibik. Wir müssen es also zu einem unvergeßlichen Erlebnis machen.«

Doch bevor sie sich dem Picknick widmeten, wollte er ihm noch die Grundregel von All Saints erläutern, die Regel, die alle jungen Leute zu beherzigen lernten: »So wird Ihnen auch einiges verständlich, wenn Sie noch andere Inseln der Karibik besuchen. Will ein junger vielversprechender Farbiger im Leben vorankommen, dann muß er ein Mädchen mit hellerer Haut heiraten. Er wird alles dafür tun, lügen, stehlen, morden, wenn es sein muß, um sein Ziel zu erreichen. Und eine Farbige, die besonders schön ist und etwas aus sich machen will, muß ebenfalls einen Mann finden, dessen Haut heller ist als ihre. Es ist dieses spiralförmige Karussell, das, wenn man es verfolgt, die lustigen Alltagsgeschichten in der Karibik hervorbringt – aber auch die Tragödien und die Selbstmorde.«

Nach einer kurzen Fahrt Richtung Südwesten, den Atlantik im Rükken, kamen sie zu einer kleinen erhöhten Halbinsel, die westlich verlief und einen unvergleichlichen Weitblick freigab. Nach Norden der ferne Ozean, nach Osten die Hänge des Morne Jour, dessen Gipfel über 1200 Meter in den wolkenlosen Himmel ragte, nach Süden eine vollkommene kleine Bucht mit einem weiten bogenförmigen Sandstrand und nach Westen, der schönste Blick, das stille, blaue Karibische Meer, das sich bis zu den Mayaruinen von Cozumel erstreckte.

»Was ist Ihre Lieblingsaussicht?« wollte Millard wissen, aber Wrentham entgegnete:»Sie sind alle prächtig, ich kann mich nie entscheiden.« Es war deutlich zu spüren, daß er stolz war, seinem Gast so eine Aussicht zeigen zu können.

Während er die Decke ausbreitete und die Delikatessen auspackte, die sie in Tudor erstanden hatten, schaute sich Millard auf der Spitze des Kaps ein wenig um, wobei sein Blick auch auf die Bucht und den Strand unter ihm fiel. Was er dort sah, bestätigte die Analyse, die Bart ihm von dem Inselleben geliefert hatte, denn obwohl er etwa acht bis neun verschiedene Picknickgruppen ausmachen konnte, saßen alle für sich und waren streng nach Hautfarbe getrennt. Die Weißen aßen mit Weißen, die Hellhäutigen mit ihresgleichen, und die paar lärmenden Schwarzen sangen nur mit anderen Schwarzen. Nicht daß die Gegend um das herrliche Kap eindeutig nach den Gesetzen der Rassentrennung aufgeteilt war, jeder konnte sich hinsetzen, wo er wollte – aber wehe, er saß nicht bei denen seiner Hautfarbe.

Wrentham hatte die Decke so ausgebreitet, daß sich sein amerikanischer Gast bequem an einen großen Steinbrocken anlehnen konnte, und während die beiden ihr Bier tranken, ein Sandwich kauten und feines englisches Gebäck und Kuchen knabberten, nahm Bart seine Belehrungen wieder auf:»Auf dem Berg hinterm Gommintgebäude, das Sie sicher schon vom Schiff aus gesehen haben, steht ein recht unscheinbares Haus, umgeben von Tennisplätzen, Bowlingbahnen und Rasenflächen für Krokettspiele. Gehört alles zu ›The Club‹, und der ist auf rein weiße Mitgliedschaft beschränkt. Die meisten Angehörigen der Schichten eins bis drei, die Franzosen eingeschlossen . . . Übrigens, die Franzosen sprechen kaum Französisch. Es sind nur ihre Namen, die

sie dazu machen, nicht ihre Verbformen. Wo war ich gerade stehengeblieben?«

»Mitgliedschaft in ›The Club‹.«

»Also gut. Nehmen wir mal an, Sie seien nach All Saints emigriert.
Ihre Papiere wären in Ordnung. Sie würden sich gut führen. Ihre
Rechnungen bezahlen. Ihren Vorgesetzten den gebührenden Respekt
entgegenbringen. Das muß noch lange nicht heißen, daß sie aufgenommen werden.«

»Warum nicht?«

»Sie sind kein Engländer. Und – Sie kommen aus Amerika. Das
heißt, Sie müssen einfach ein unkultivierter Bursche sein.«

»Ich werde diesen herrlichen ›Club‹ also nie von innen sehen?«

»Doch, natürlich! Sie können eingeladen werden, aber ordentliches
Mitglied werden niemals.«

»Ziemlich vornehm, was?«

»Himmel, nein! Die Beiträge sind minimal, und die Ausstattung soll
erbärmlich sein, hat man mir gesagt. Ich weiß es nicht genau, mich hat
man noch nie reingelassen. Ich habe nur gehört, daß die Attraktion
darin besteht, daß man sich wie in einem Kokon vorkommt, wie im
Mutterbauch. Man ist nur von den eigenen Leuten umgeben. Der eigenen Hautfarbe.«

»Wer betreibt den ›Club‹?«

»Die Frauen, ein scharfes Regiment. Das heißt die Ehefrauen der
ranghöheren Offiziere, natürlich unterstützt von Oberst Leckey. Er ist
dafür zuständig, daß nur Weiße Zutritt haben.«

»Wer ist der Oberst?«

»Gee-Gees Adjutant. Schon seit Jahren hier. Hat sich seinen guten
Ruf in Indien erworben – mit einem guten Regiment und allem, was
dazugehört. Major Devon Leckey. Und wenn er eine Abneigung gegen
Sie hat oder seine Madam, Pamela, dann packen Sie am besten gleich
Ihre Koffer und verschwinden, denn er und die göttliche Pam sind hier
die Herren im Haus.«

»Wie das?«

»Sie bestimmen mehr oder weniger, in welche Gruppe Sie hineinge-
hören. Zu welchen Festivitäten Sie einzuladen sind. Wem dringend
nahezulegen ist, auf der Hochzeit Ihrer Tochter zu erscheinen, wenn
sie auf der Insel heiratet.«

»Wohl ein ziemlich häßlicher Typ?«

»Aber nein! Die Leckeys sind das Salz der englischen Erde. Er hat

703

seine drei Orden und diverse Erwähnungen in Kriegsberichten nicht gekriegt, weil er dumm ist. Er wird Sie haushoch im Tennis schlagen, da gehe ich jede Wette ein.« Er zögerte einen Augenblick, tat einen großen Biß in sein Sandwich und faßte dann seine Einschätzung des unbeschreiblichen Oberst in die Worte:»Ich habe meine Probleme mit Menschen, die steinhart sind, etwas Untergewicht haben und deren Haarfarbe dieselbe ist wie vor zwanzig Jahren.« Dann fügte er die ernster gemeinte Bemerkung hinzu:»Wenn Sie All Saints von seiner besten Seite erleben wollen, dann müssen Sie Major Leckey eine goldene Brücke bauen. Wenn Sie das schaffen, stehen Ihnen alle Türen offen – Einladungen ins Gommintgebäude, ein Ball im Club, alle Interviews, die Sie sich wünschen. Wenn nicht – sibirische Kälte.«

»Und wie soll ich diese Brücke bauen?«

»Das kann ich Ihnen sagen, alter Freund. Es wird nicht leicht sein, ohne Spaß. Unseren Touristenschiffen entsteigen sie zu Hunderten, Amerikaner und Kanadier wie Sie ... oft Leute mit Einfluß und Geld, da, wo sie herkommen. Hier sind sie einfache Bauern. Weigern sich, die Dinge auf die britische Art anzugehen, versuchen, sich überall rücksichtslos einzumischen. Und holen sich doch jedesmal 'ne Abfuhr. Major Leckey und seine Frau empfangen sie nicht einmal. Den Gee-Gee kriegen sie auch nie zu Gesicht. Und wenn sie wieder zu Hause sind, fluchen sie auf All Saints und sagen, es sei ein unerfreulicher Ort, wo die Schwarzen mißhandelt werden. Dasselbe wird mit Ihnen passieren, alter Knabe, wenn Sie sich mit solchen Leuten wie mir abgeben und sich nicht mit den Leckeys anfreunden.«

»Und wie stelle ich das an?«

»Indem Sie sich an die Sitten halten, die sich seit langem in den britischen Kolonien eingefleischt haben. Sie gehen am Tag ihrer Ankunft noch vor Einbruch der Dunkelheit zum Gommintgebäude und tragen sich ins Gästebuch ein, damit die höheren Stellen wissen, daß Sie in der Stadt sind und Ihre Aufwartung machen wollen. Dann präsentieren Sie Ihre Empfehlungsschreiben, um zu versichern, daß Sie auch wirklich derjenige sind, für den Sie sich ausgeben, und daß sich jemand Ranghöheres in ihrem Heimatort für Sie verbürgt. Dann ziehen Sie sich auf Ihr Hotelzimmer zurück, verhalten sich gesittet in der Öffentlichkeit und bei der Einnahme Ihrer Mahlzeiten und – warten.«

»Wenn man mich nun in Ihrer Bar sieht, würde mir das etwas nützen, oder wäre das eher hinderlich?«

Wrentham lachte:»Sie sind ein kluges Kerlchen, McKay. Es würde die auf den Plan rufen, denen daran gelegen ist, daß Sie eben doch nicht höher stehen als Stufe sieben oder acht – trotz Ihrer weißen Hautfarbe.«

»Wenn ich mich nun an ihre Vorschläge halte – ein Besuch im Gommintgebäude, die Briefe und so weiter–, würde ich dann, sagen wir, in die dritte Schicht aufgenommen?«

»Ich bitte Sie! Die Regierung dieser Insel ist doch nicht blöd. Sie wünschen sich eine gute Berichterstattung in den amerikanischen Zeitungen. Schon um den Tourismus anzukurbeln. Verhalten Sie sich ruhig, wird sich Major Leckey auf Sie stürzen. Nicht so, wenn Sie sich mit aller Macht aufdrängen. Wenn Sie das versuchen, werden Sie geschnitten. Man läßt Sie fallen wie eine heiße Kartoffel.«

»Und wenn ich in meinen Artikeln nun über diesen Snobismus berichten würde?«

»Das würden Sie doch nicht tun, Mann. Weil Sie schon längst ein Teil des Systems geworden sind. Aus unserer kurzen Unterhaltung entnehme ich, daß sie erstklassige Ware für den Club sind. Sie fühlen sich ja schon wohler hier auf der Insel als ich.«

Ein hellhäutigeres Paar, das ein Stück weiter entfernt sein Picknick eingenommen hatte, erkannte Wrentham und kam jetzt langsam auf sie zu:»Hallo, Bart, sehen wir uns heute abend im ›Tennis‹?«

»Natürlich. Haltet mir einen Platz an eurem Tisch frei. Darf ich vorstellen, ein Freund, der gerade aus Amerika rübergekommen ist. Mr. Detroit, Zeitungsreporter.«

Die Begrüßung fiel herzlich aus, und die Frau sagte:»Wenn wir irgend etwas für Sie tun können, solange Sie hier sind, lassen Sie es uns wissen. Roger gehört das Importgeschäft in der Nähe von Barts ›Waterloo‹.«

»Was ist das mit dem ›Tennis‹?« fragte Millard, nachdem die beiden gegangen waren. »Haben Sie hier beleuchtete Tennisplätze, damit Sie auch bei Nacht spielen können?«

»Damit wären wir beim nächsten Kapitel unserer Analyse. Das ›Tennis‹ ist nur ein Name ohne Beziehung zum Sport. Es ist für die Hellhäutigeren das, was der ›Club‹ für die Weißen ist. Eigentlich ein ganz hübsches Haus gegenüber von Anse de Jour, und die Mitgliedschaft ist auf ihre Art mindestens so exklusiv wie die vom ›Club‹. Kultivierte Damen und Herren, die etwas darstellen, die aber niemals für den ›Club‹ in Frage kämen, weil ihre Haut... na ja...« Er zeigte auf sein Gesicht:»Ich bin zu dunkelhäutig, um für eine Mitgliedschaft in Frage zu kommen.« Dann lachte er: »Ich habe keine Universität in England besucht, aber viele junge Burschen meiner Hautfarbe gehen dort zur Schule. Wenn sie außerdem gut im Sport sind, sind sie gefeierte Leute in England. Die guten Clubs stehen ihnen offen, sie werden überallhin eingeladen, bewegen sich in aufregenden Kreisen. Wenn sie schreiben können, werden sie beliebte Schriftsteller. Vier, vielleicht fünf Jahre ein Leben mitten im Herzen des Empires. Dann, mit einemmal, Schluß, aus! Vorbei ist die Party. Aufs Boot, und zurück geht's nach All Saints, und sobald sie unsere Kaianlagen betreten, ist Aschenputtels Ball zu Ende. Hier sind sie wieder Farbige. Und obwohl sie gute Jobs in der Regierung kriegen können, und die meisten kriegen sie, können sie nie, niemals dem ›Club‹ beitreten, wo die wahren Führer sitzen und jeden Abend feiern, können nicht mal als Zaungäste an einem der Bälle teilnehmen. Für die gibt's ›The Tennis‹.«

Mehr sagte er nicht, sammelte vielmehr die Überreste des Picknicks ein, warf den Abfall in ein zu diesem Zweck aufgestelltes Ölfaß und startete dann den Wagen, um die westliche Hälfte der Insel abzufahren. Während McKay auf das Karibische Meer schaute, eine See, die in diesen Breitengraden eine wahre Pracht ausstrahlte, erhaschte er zufällig einen Blick, der ihn während seines gesamten Aufenthalts auf den Inseln immer wieder fesseln sollte: eine Hecke niedriger Sträucher, deren große, ausladenden Blätter in allen Farben leuchteten; sechs auffallend verschiedenförmige Blätter an einem Stamm, fünf verschiedene Farben an einem Blatt.

»Was ist denn das für eine wunderbare Pflanze?« rief er, und Wrentham erwiderte: »Croton, das Symbol der Karibik. Ein einziger Stiel, aber viele kontrastierende Farben.« Und Millard sagte: »In eine Küstenstraße, die mit solchen Blumen geschmückt ist, kann man sich schon verlieben.«

Nach fünfzehn Kilometern Crotonhecke kamen sie an den goldfarbenen Strand Anse de Jour und zum »Tennis«. Als sie an dem niedrigen, schön in die Landschaft eingebetteten Gebäude vorbeifuhren, sagte Wrentham: »Eigentlich ist es sogar besser in Schuß als ›The Club‹. Aber das muß wohl so sein. Dahinter soll sich nämlich viel Kummer verbergen.«

»Das sind jetzt schon zwei Clubs, die nur für ein begrenztes Publikum sind«, stellte Millard fest. »Wo sind die Bars für die Normalsterblichen?«

»Wozu, meinen Sie, ist mein ›Waterloo‹ da? Da treffen sich alle, die in die anderen beiden nicht reinkommen; bei mir haben sie ihren Spaß. Und Sie sind auch willkommen im ›Waterloo‹. Außerdem finden Sie dort sicher viele Leute, an deren Bekanntschaft Ihnen gelegen sein dürfte.«

»Und die Schwarzen? Die Sie Sklaven genannt haben? Wo treffen die sich?«

»Unten am Meer. Da gib's eine Bar, das ›Tonton‹.«

»Vier Clubs also. Würde man mich denn ins ›Tonton‹ oder das ›Tennis‹ reinlassen?«

»Für ›The Tennis‹ brauchen Sie eine Einladung. Und ins ›Tonton‹ würde ich nicht einfach nur so reingehen. Die Gäste dort sind stolz, und sie könnten auf den Gedanken kommen, Sie würden nur aus Neugier kommen.«

Bei ihrer Rückkehr zum »Waterloo«, wo McKay seinen Gastgeber zu Tee und Gebäck einlud, ein Ritual, das auch viele der Mischfarbigen ganz im englischen Stil zelebrierten, fragte ihn der Reporter: »Ist es notwendig, auf einer Insel mit so einer kleinen Bevölkerung ein derart rigoroses Kastensystem zu haben?« Und Bart antwortete: »Wir haben es so gewollt. Jede Gruppe ist ängstlich darauf bedacht, ihre eigene kleine Nische, aus der sie Kraft zieht, zu wahren.« Er zögerte, dann fügte er hinzu: »Natürlich, die Bewohner der französischen Inseln erachten es nicht für notwendig, die Holländer nicht, die Brasilianer nicht und die Spanier in gewisser Hinsicht auch nicht. Aber wir sind eine englische Insel, keine britische, und wir wachen eifersüchtig über unser englisches Erbe.« Als Millard sich erhob, um sich endlich in seinem Hotel anzumelden, meinte Wrentham noch: »Und wir sind diejenigen – alle, egal, welcher Hautfarbe –, die es bewahren.«

McKay war schon seit sieben Stunden auf der Insel, ohne sein Hotel von innen gesehen zu haben, und so wußte er nicht, was ihn erwartete. Doch als er die beiden Schwingtüren des Belgrave aufstieß und sein Blick auf die etwas altertümliche Empfangshalle fiel, den geräumigen Speisesaal mit seinen Stühlen aus Teakholz, die herrliche Terrasse mit den Korbmöbeln und der weiten Sicht auf die Baie de Soleil, die Sonnenbucht, rief er laut: »Die müssen Joseph Conrad und Somerset Maugham als Innenarchitekten gehabt haben!« Und in dem Augenblick wußte er, daß er unter den sieben Ventilatoren, die gemächlich unter der Decke rotierten, um für frische Luft zu sorgen, ohne die Mahlzeiten zu kühlen, die auf leinentuchbedeckten Tischen neben glänzendem Tafelbesteck serviert wurden, glückliche und ergiebige Stunden verbringen würde.

»Mr. McKay«, sprach ihn das hellhäutige Mädchen hinter der Rezeption in ihrem weichen Inseldialekt an, »Ihr Hippolyte hat Ihre Koffer auf Zimmer 6 gebracht. Es bietet eine unserer schönsten Aussichten auf die Bucht.«

Von Zimmer 6 aus hatte man nicht nur einen Blick auf die herrliche Bucht, man sah auch das Karibische Meer dahinter durchschimmern. Ein schwarzes Zimmermädchen kam mit einem breiten Lächeln auf ihn zu und erklärte, seine Koffer seien bereits ausgepackt, die Hemden finde er hier, die Socken dort. »Meine Aufgabe«, sagte sie, »Master alles recht machen. Sie läuten, sie mir sagen, wann Sie heißes Wasser für Bad haben wollen.«

»Kann man das Wasser aus der Leitung trinken?«

»Gut für mich, für Sie vielleicht nicht. Ich holen Flaschen.«

Dann fragte er sie noch, wann das Abendessen serviert würde, und sie sagte: »Um acht, auf die Uhr, Sir. Pünktlich.«

Nach einem heißen Bad und einem kurzen Nickerchen setzte sich McKay mit einem Drink auf seinen Balkon und sah zu, wie sich die tropische Sonne in ihren grellen Farben in die Bucht senkte. »Drei Wochen lang solche Abende wie dieser, und All Saints wird schöner und schöner.«

Als er runter in den Speisesaal ging, fand er ihn belebter als vorher; ein Heer barfüßiger schwarzer Kellner in halbmilitärischer grüner Livree bewegte sich durch den Raum und händigte neu ankommenden Gästen große gedruckte Speisekarten aus. Das Menü bot die typische schwere englische Kost, die auch in jedem Landgasthaus in der Umgebung Londons angeboten wurde, Tag für Tag, das ganze Jahr über. Der Tatsache, daß All Saints in den Tropen lag und es in den umliegenden Gewässern vor Fischen nur so wimmelte, wurde kaum Rechnung getragen. Verwundert, wo eine Insel, auf der kaum Landwirtschaft betrieben wurde, das Angebot in Schweine-, Rind- und Lammfleisch herholte, entschied sich Millard für gefülltes Brathähnchen. Einmal über den Rand seiner Speisekarte aufblickend, spürte er, wie ein gutaussehender, vornehm gekleideter, sehr hellhäutiger junger Mann – vermutlich Schicht vier, dachte McKay – ihn intensiv musterte. Sein konzentrierter Blick blieb unverwandt auf ihm ruhen, bis es McKay peinlich wurde. In dem Augenblick stand der Fremde von seinem Tisch auf ging zum Empfang, offensichtlich um nachzufragen, wer der Neuankömmling sei.

Zurück im Speisesaal, kam er direkt auf McKays Tisch zu und sagte mit einem betont gepflegten englischen Akzent:»Entschuldigen Sie bitte meine Unhöflichkeit, aber sind Sie nicht McKay, der Mann, den ich schon so lange suche?« Er hüstelte unterwürfig und fügte hinzu:»Und ich nehme einmal an, daß Sie sich auch schon nach mir erkundigt haben.«

McKay erhob sich, streckte die Hand aus und sagte:»Millard McKay, ›Detroit Chronicle‹.«

»Ich weiß. Bitte, behalten Sie Platz. Mein Name ist Étienne Boncour. Juwelier und Vorsitzender des Tourismuskomitees. Es ist meine Aufgabe, Schriftsteller wie Sie willkommen zu heißen. Um sie bei dem, was sie hier vorhaben, so gut es geht, zu unterstützen. Denn wir wissen den Wert ihres Buches zu schätzen.«

»Wollen Sie sich nicht setzen?«

»O nein. Ich sollte mich einem Gast nicht aufdrängen. Aber ich wäre Ihnen sehr dankbar, wenn Sie sich an meinen Tisch herüberbemühten.«

Er merkte, daß das genauso aufdringlich wirken mußte, und lachte einnehmend:»Ich meine, da wir ja nun mal in derselben Branche sind, mehr oder weniger.« Als McKay mit einem fragenden Gesichtsausdruck reagierte, als könnte er nicht erkennen, was die Juwelierbranche mit seiner Zeitungsarbeit gemein hatte, sagte der junge Mann:»Ich meine, ich beteiligte mich an der Verfassung von Werbebroschüren für unsere Insel, und Sie schreiben doch auch.«

Die Erklärung war so charmant und die Absicht dahinter offensichtlich so redlich, daß McKay nicht widerstehen konnte. Er nahm seine Serviette auf und begab sich an den anderen Tisch.»Ich habe mich eigentlich schon für das Hühnchen entschieden, aber sagen Sie mir doch mal, wo Sie hier auf der Insel das ganze Fleisch herkriegen, das die Speisekarte anzubieten hat? Das Schweine- und Rindfleisch?«

»Es kommt mit Kühlschiffen aus Miami. Aber Rind und Huhn können Sie vergessen. Der Koch hat immer ein, zwei Fische auf Vorrat, die er Gästen auf besonderen Wunsch zubereitet. Ich nehme jedenfalls Fisch, und wenn Sie wollen, bestelle ich ihm, er soll eines seiner größeren Exemplare zubereiten.«

»Das nehme ich gerne an«, ging Millard auf das Angebot ein, und während der Seebarsch im Fenchel gedünstet wurde, sagte Boncour: »Lassen Sie sich durch meinen Akzent nicht verwirren. Ich gehöre zu dem französischen Bevölkerungsanteil auf All Saints. Wir sind seit 1620 hier. Die Familie hat die Insel nie verlassen. Aber für meine Ausbildung bin ich nach Durham in England gegangen.«

»Juweliergeschäft, Tourismusbetreuung...«

»Und Mitglied in Gee-Gees Exekutivausschuß. das macht am meisten Spaß.«

»Wie haben Sie denn das alles geschafft?«

»Das Geschäft? Das hat mein Vater aufgebaut, als die ersten Touristen kamen. Die Ausbildung? Ich war ganz gut in der Schule und gewann ein erkleckliches Stipendium. Der Exekutivausschuß? Früher kamen nur Weiße mit tadellosem Werdegang in Frage, die meisten in England geboren. Seit kurzem haben die Behörden das auch auf ein paar Farbige ausgedehnt, und ich gehöre zu den Glücklichen!« erklärte er, und McKay dachte bei sich: »Ich hatte recht. Er kommt aus Schicht vier.«

»Verfügt Ihr Ausschuß über wirkliche Macht? Oder ist er nur zur Dekoration da?«

»Gute Frage. Sagen wir so, man läßt uns im Glauben, daß wir Macht haben, aber im Grunde trifft Gee-Gee die Entscheidungen nach seinem Gutdünken.« Aus Furcht, seine Äußerung könnte abgedruckt werden, verbesserte er sich: »Eine Brise Freiheit weht vom Meer herüber. Wir sind alle sehr gespannt, wie unser neuer Gee-Gee darauf reagiert.«

Besorgt, er könne McKay die Zeit stehlen, warf Boncour einen kurzen Blick auf seine Uhr, womit er McKay allerdings einen Anknüpfungspunkt für ein neues Gespräch bot, denn dieser fragte: »Tragen Sie da eine Rolex?« Und als der Juwelier mit dem Kopf nickte, sagte McKay wie ein bewundernder Schuljunge: »Ich habe noch nie eine gesehen. Nur Anzeigen in teuren Zeitschriften«, worauf Boncour die Uhr vom Handgelenk nahm und sie ihm gab.

McKay was fasziniert von der markanten Form, dem beruhigend schweren Gewicht der Uhr: »Fühlt sich an, als würde sie hundert Jahre halten.«

»Ich wüßte nicht, daß der Hersteller das für sich in Anspruch nimmt.«

»Mit vierzehn habe ich zum erstenmal eine gute Schweizer Uhr gesehen... in einem Geschäft in Kanada... seitdem wollte ich schon immer eine haben. Aber die hier sind ja unerschwinglich. Die billigste Rolex, die ich je gesehen habe, kostete 95 Dollar, eine amerikanische.«

»Die Uhr, die ich trage« – sie hatte eine solide Goldeinfassung –, »wird im Einzelhandel für das Mehrfache verkauft«, sagte Boncour. »Sie gehört mir nicht. Ich trage sie nur ab und zu, damit ich sicher bin, daß sie auch geht.«

»Was würde eine gewöhnliche Rolex, eine, die ich mir leisten könnte, wenn ich das Geld dazu hätte...«, fing Millard an, aber Boncour beschwichtigte ihn:»Mr. McKay, ich bin nicht an Ihren Tisch gekommen, um meine Uhren zu verhökern. Aber wenn Sie mich morgen früh in meinem Geschäft aufsuchen wollen, aus eigenem Entschluß versteht sich, dann habe ich vielleicht eine Überraschung für Sie parat.«

Als der Fisch serviert wurde, außen knusprig und mit einer Fenchelknolle dekoriert, bestellte Boncour noch eine Flasche Wein dazu, und so wurde das Abendessen zu einem festlichen Mahl, in dessen Verlauf Boncour seinem Gast eine Beschreibung der Insel gab, als handelte es sich um einen gänzlich anderen Ort als den am Nachmittag zuvor von Wrentham so einseitig dargestellten.»Es gibt eine große Freiheit des Geistes hier. Sehr viel menschliches Glück.«

Nachdem der Fisch verspeist war, faßte McKay all seinen Mut zusammen für die Frage:»Erfährt ein Mann wie Sie, gebildet, vertraut mit europäischen Ländern und Sitten... erfahren Sie irgendwelche Diskriminierungen?« Und umgehend fügte er hinzu:»Ich bin zwar Zeitungsreporter, wie Sie wissen. Aber ich werde Sie nicht zitieren.«

»Es gibt hier keine Zensur.«

»Und auf den anderen karibischen Inseln?« wollte McKay wissen, und Boncour antwortete:»Es ist ungefähr dasselbe auf allen englischen Inseln. Ich habe noch zwei Zweigstellen: in Barbados und Trinidad. Da gibt's keinen großen Unterschied.« Dann sagte er noch:»Auf den Inseln, wo ich meine Läden habe, da kennt jeder meine Ansichten. Natürlich gibt es Diskriminierung, aber sie ist ziemlich gemildert. Und die Weißen sind vernünftig genug, uns Konzessionen zu machen; sicher nur winzige, aus Ihrer Sicht, aber für uns von wesentlicher Bedeutung.«

»Zum Beispiel?«

»Lassen Sie es mich so erklären. Die allerhöchste gesellschaftliche Auszeichnung für uns Nichtweiße ist eine Einladung ins Gommintgebäude. Major Leckey ruft Sie an, und Sie erstarren, weil Sie gleich denken: ›Was will er von mir kleinem Würstchen?‹ Und dann hören Sie seine scharfe, stockende Stimme: ›Sind Sie am Apparat, Boncour? Schön. Hier spricht Leckey. Könnten Sie sich wohl freimachen und zu einem kleinen Empfang kommen, den Gee-Gee Donnerstagabend gibt? Sehr schön.‹«

»Und was dann?«

»Ich rausche ab und lasse mir die Haare schneiden, bitte das Hausmädchen, meinen weißen Anzug aufzubügeln, und auf geht's zum Gommintgebäude, wo ich feststellen muß, daß ich nur einer von sieben Farbigen bin, aber es erfüllt mich mit Stolz, um ehrlich zu sein, Eintritt ins Allerheiligste gewährt zu bekommen. Und Gee-Gee, jedenfalls der letzte, den wir hatten, ist kein Dummkopf, denn verloren in der Menge steht ein pechschwarzer Mann, um zu beweisen, daß das Gommintgebäude jedem offensteht.«

Dann jedoch verschwand der leichte Ton aus seiner Rede, und Boncour sprach langsam und leise: »Aber wenn der Galaempfang vorbei ist, fahren die Taxis vor, um die wichtigen Weißen zum Abendessen in ihren ›Club‹ zu bringen. die Farbigen fahren mit ihren Familienkutschen zum ›Tennis‹, um dort zu Abend zu essen. Ich fahre ins ›Waterloo‹, während sich der einsame Schwarze ins ›Tonton‹ begibt, wo seine Leidensgenossen ihn aufziehen, aber doch neidisch sind, daß er einmal den feinen Pinkel spielen durfte.«

All Saints, wie Trinidad und die anderen Inseln, war eine Kronkolonie, und dessen sollte sich jeder Bewohner immer bewußt sein. Es hatte nie eine eigene Inselgesetzgebung gegeben, wie sie auf Barbados oder Jamaika existierte, auch wenn Jamaika seine Regierung nach der unheilvollen Periode von Gouverneur Eyre verloren hatte und auf den Status einer Kronkolonie zurückgestuft worden war. Trotz allem gab es auf All Saints zwei Körperschaften mit beratender Funktion, in die Weiße und Dunkelhäutige Aufnahme fanden, aber da die Insel theoretisch der Krone unterstellt war, lag die Macht letztendlich doch beim Repräsentanten des Königs, dem Generalgouverneur. Wenn er klug war, hörte er auf seine Ratgeber und versuchte, möglichst keine politische Entscheidung gegen ihre eindeutig vertretenen Überzeugung zu treffen, aber beide Seiten wußten, wenn es hart auf hart kam, dann konnte er sich ohne weiteres über ihre Einwände hinwegsetzen.

Der gesunde Menschenverstand verhinderte, daß das System in Willkür umschlug, und die Zusammenarbeit zwischen dem Exekutivausschuß, der sich hauptsächlich aus weißen Beamten zusammensetzte, und der gesetzgebenden Versammlung, die fünf gewählte Mitglieder umfaßte, dienten der Aufrechterhaltung der Illusion, daß die allgemeine Öffentlichkeit in der Regierung ein Wort mitzureden hatte.

Étienne Boncour war einer dieser fünf gewählten Mitglieder; offiziell vertrat er die Geschäftsleute von Bristol Town, aber bekannt war er als einer der drei Mitglieder, die starke gefühlsmäßige Bindungen an die französischen Teile in der Bevölkerung hatten. Bei jeder entscheidenden Abstimmung wurden er und die beiden anderen »Franzosen« von der sogenannten »Allianz der anständigen Engländer« weich geklopft, ein Umstand, der aber kein böses Blut aufkommen ließ, denn, wie ein Engländer in »The Club« knurrend feststellte: »Unsere Franzosen? Die sind doch schon seit über hundert Jahren richtige Engländer, wie sich das gehört.«

Am nächsten Morgen, doch nicht zu früh, damit er sich nicht durch seine Ungeduld verriet, schlenderte Millard rüber zu Boncours Juweliergeschäft, um nachzufragen, »was es denn mit dieser Rolex auf sich hat«. Die Antwort schockierte ihn. Eine Rolex aus solidem Gold kostete bis zu 2 500 Dollar, die schlichtere Metallausführung, mit allen typischen Funktionen, noch immer 125 Dollar, aber nachdem Millard die preiswerteren in Augenschein genommen hatte und nachrechnete, daß er sich selbst die nicht leisten konnte, holte Boncour ihm zu seiner Verblüffung aus einer anderen Auslage eine frappierend ähnlich aussehende Kopie, made in Hongkong, die von einer echten Rolex kaum zu unterscheiden war, aber nur 17,50 Dollar kostete.

»Erstaunlich«, bemerkte Millard. »Woran erkennt man den Unterschied?«

»Die Kopie fällt nach drei Monaten auseinander. Die echte hält ewig.« Damit stieß er McKay auf eines der Geheimnisse, wie in der Karibik Geschäfte gemacht wurden: Boncours Laden führte erlesene Juwelen und kostbare Geschenkartikel, die an die weiße Kundschaft verkauft wurde, aber unter der Ladentheke auch Massen von billigen Imitationen für die ortsansässigen Schwarzen und Matrosen von den Schiffen, die hier anlegten.

In diesem Augenblick verlangte ein neuer Kunde, der gerade das Geschäft betreten hatte, Boncours Aufmerksamkeit, und Millard hatte einen Moment Zeit, sich das Ladeninnere einmal genauer anzusehen. Bevor er jedoch einen Blick in die beiden Vitrinen werfen konnte, die mit den hohen und die mit den niedrigeren Preisen, wurde seine Aufmerksamkeit von zwei kastanienbraunen Mädchen abgelenkt, die dort als Verkäuferinnen arbeiteten, und sie waren so fröhlich, so anmutig, mit Blumen im Haar, daß Millard sofort dachte: »Das ist einfach nicht gerecht, daß sich junge unverheiratete Engländer mit so hübschen Mädchen umgeben; und dann noch von der falschen Hautfarbe.«

Als Boncour sich wieder ihm zuwandte, sagte er mit ernster Stimme:

»Ich weiß, was das heißt, wenn man auf der Suche nach einer wirklich guten Uhr ist. So bin ich in die Branche eingestiegen. Ich habe hier eine Rolex, keine neue, aber fast wie neu. Ein Mann hat sie hergebracht, um sie reparieren zu lassen, aber vermutlich war sie gestohlen, denn zwei Tage später fand man ihn ermordet auf. Die Polizei und ich haben überall Anzeigen aufgegeben, sogar auf den anderen Inseln, aber der Besitzer hat sich nie gemeldet. Ich möchte sie gern loswerden. Ich will nur die Unkosten für die Ersatzteile, die ich mir schicken lassen mußte, und für die Anzeigen. Ich überlasse sie Ihnen, so wie ich sie hier trage, für 32 Dollar.«

Millard trat einen Schritt zurück und musterte Boncour. Als Zeitungsreporter in Detroit hatte er bereits die verschiedensten Gaunermethoden kennengelernt: der angebliche Millionär, der ohne Hinterlassung eines Testaments in den Goldfeldern von Nevada umgekommen war; das unlautere Ködern von Kunden; die grausamen Kniffe, mit denen Witwen dazu gebracht werden, ihre Ersparnisse rauszurücken. Er kannte nicht nur die alten Tricks, sondern hatte auch gelernt, vor neuen Maschen auf der Hut zu sein, die bisher noch nicht angewandt worden waren.

»Das ist eine gute Uhr. Bestimmt mehr wert als 32 Dollar.«

»Da haben Sie recht.«

»Bevor ich Interesse hätte, möchte ich aber erst eine Unbedenklichkeitsbescheinigung durch die Polizei.«

»Die kriegen Sie bestimmt!« entgegnete Boncour zu McKays Überraschung. »Ich will mir auch bestätigen lassen ... daß der Fall abgeschlossen ist.« Er ließ die Uhr in seiner Tasche verschwinden, holte ein paar Unterlagen hervor, die mit der Sache zu tun hatten, und führte McKay zu einer Polizeistation, die reine Kulisse hätte sein können, wenn draußen nicht ein fest eingemauertes Schild gehangen und drinnen hinter einer Besucherbarriere nicht zwei Beamte gesessen hätten.

»Ist der Chef da?« fragte Boncour, und einer der Beamten machte hinter seinem Schreibtisch ein Zeichen mit der Schulter, daß die Tür zu seinem Büro offenstehe. Drinnen sah sich McKay einem farbigen Polizeiwachtmeister in einer eleganten Uniform aus Köperstoff gegenüber, der in jovialem Ton fragte: »Wer hat was verbrochen?«

Boncour legte die Uhr und die Papiere auf den Schreibtisch und sagte: »Es geht noch einmal um die Uhr, die der Ermordete damals hinterlassen hat. Ich habe ungefähr 32 Dollar investiert für neue Teile und die Anzeigen. Mr. McKay hier, Zeitungsreporter aus Detroit, braucht eine Uhr und ist bereit, die 32 Dollar zu zahlen.«

»Und was wollen Sie jetzt von mir?«

»Eine polizeiliche Bestätigung, daß ich sie nicht gestohlen habe. Einen Beleg, damit Mr. McKay sie in die Staaten ausführen kann.«

»Warum haben Sie sich nicht nach einem hiesigen Käufer umgesehen?«

»32 Dollar ist eine Menge Geld für meine Kunden. Außerdem ist es ja auch eine gebrauchte Uhr.«

Der Wachtmeister nickte verstehend, schob die Unterlagen hin und her und wollte gerade die vorbereitete Bescheinigung unterschreiben, als er, an Boncour und McKay vorbeischauend, mit freudiger Überraschung rief: »Sir Benny! Kommen Sie rein!« Ein höchst ungewöhnlicher Mann betrat das Büro. Er war tiefschwarz, ungefähr 1,70 Meter groß, etwas dicklich, er wirkte entspannt wie ein preisgekröntes Rennpferd, und auf seinem Gesicht lag ein gewinnendes Lächeln.

Freundlich nickend, als McKay ihm vorgestellt wurde, begrüßte der Mann Boncour und den Polizeibeamten als alte Freunde und sagte dann mit leiser, sanfter Stimme in einem makellosen Englisch: »Sergeant, bevor Sie die Sache weiter untersuchen, muß ich Ihnen gestehen, meine Schwester hat die Schubkarre gefunden.«

Der Wachtmeister lachte: »Das habe ich Ihnen doch gesagt.« Dann wandte er sich an McKay und sagte: »Dieser Verbrecher hier ist Sir Benny Castian.«

McKay hielt »Sir« Benny für einen jener Calypsosänger, die sich gerne Namen wie »Lord Invader« oder »Emperor Divine« gaben, und beging den unmöglichen Fauxpas, ihn zu fragen: »Gibt es Ihre Lieder auch auf Schallplatte?«

»Nein, nein!« lachte der Polizeibeamte. »Er ist wirklich zum Ritter geschlagen worden. Durch das Schwert des Königs persönlich. Unser größter Kricketspieler, Schlagmann und Werfer.«

»Wahrscheinlich kennen Sie sich im Kricket nicht aus«, meinte Sir Benny entschuldigend, aber Millard stellte gleich richtig: »Und ob: Don Bradman. Douglas Jardine.«

Die drei Inselbewohner rissen vor Staunen den Mund auf, und Sir Benny fragte: »Jetzt verraten Sie mir mal, woher kennt ein Amerikaner diese Namen?«

»In Rutgers bei New York gab es immer Jungs aus Westindien, die Kricket im Park spielten. Dann habe ich das Buch von Neville Cardus gelesen. Das war Pflichtlektüre in meinem Englischseminar.«

»Ich kann es nicht fassen!« sagte Sir Benny, und die Männer nahmen Platz, während der Polizeibeamte die ruhmreiche Vergangenheit des Kricketspiels auf All Saints Revue passieren ließ. »Lord Wrentham, der hier seinen Dienst als unser neuer Gee-Gee antreten soll, brachte eine erstklassige englische Mannschaft rüber nach Westindien, ich glaube, das war 1932. Es gab vier Spiele. In Jamaika gewannen sie mühelos, in Trinidad hatten sie einen besseren Herausforderer, und in Barbados gewannen sie wieder haushoch. Wir hier in All Saints hatten bis dahin noch nie ein internationales Spitzenklassespiel gesehen, aber extra für diese Gelegenheit legten wir ein neues Kennigton-Oval an, bedeckten es gut mit Rasen und konnten den Spielern einen guten Aufprall bieten. Allgemeine Aufregung, als das Schiff die beiden Mannschaften von Barbados herbrachte. Erst die englischen Spieler, helle, weiße Haut, wie wahre Gentlemen, sie eroberten sofort alle Herzen, als sie vom Schiff runtermarschierten, hinter Lord Basil und Douglas Jardine, beides große Männer und von stattlicher Erscheinung. Dann folgten die beiden Schlagmänner Patsy Hendren und Walter Hammond. Und die Werfer Leslie Ames und Bill Voce.« Die beiden anderen Inselbewohner nickten zustimmend, als er die legendären Namen aussprach. »Das war wirklich eine großartige Mannschaft«, sagte Boncour, aber Sir Benny bemerkte leise: »Den größten Werfer von allen haben Sie vergessen. Hat mich selbst dreimal vor seinem Spiel in All Saints geschlagen. Hedley Verity.« Und die anderen stimmten ihm zu.

Der Polizeibeamte konnte es nicht erwarten, den neugierigen Amerikaner in die Einzelheiten dieses denkwürdigen, sich über vier Tage hinziehenden Spiels einzuweihen, und wollte gerade damit anfangen, als McKay einen glücklichen Einfall hatte: »Warum gehen wir nicht alle rüber ins ›Waterloo‹ und unterhalten uns da weiter. Die Getränke gehen auf meine Kosten.« Sofort waren alle einverstanden. Beim Verlassen der Polizeistation sagte der Wachtmeister zu McKay: »Vergessen Sie Ihre Uhr nicht.« Und Boncour nickte: »Sie gehört jetzt Ihnen.«

Im »Waterloo« empfing sie Bart Wrentham mit Begeisterung. Ehrerbietig verbeugte er sich vor Sir Benny und fragte, ob er sich zu ihnen setzen dürfe. »Ja, wenn Sie uns noch so ein Picknick wie gestern besorgen«, sagte McKay und drückte Wrentham ein paar Pfundnoten in die Hand. »Sie kommen fürs Essen auf«, sagte Bart, »ich spendiere das Bier«, und wenig später kam er mit einem neuen Festmahl zurück.

»England war zuerst am Schlag«, nahm der Polizeibeamte die Erzählung wieder auf. »Grausam. Erzielten 352 Punkte, konnten nur sechsmal den Dreistab nicht verteidigen.« Jetzt drehte er sich zu McKay um und fragte ihn: »Sie wissen, was das bedeutet, ein Spiel vorzeitig für beendet zu erklären?«

»Ja. Wenn die Engländer schon 352 erfolgreiche Läufe haben, was ein Riesenvorsprung ist, dann rechnen die sich aus, sie könnten Ihre Mannschaft schnell abräumen, und lassen Sie dann zum Schlagen antreten – das heißt, Sie gehen wieder aufs Feld und liefern eine so schlechte Vorstellung, daß Ihr Punktestand zusammengenommen weniger als 352 ergibt. Die Engländer sind also nur einmal am Schlagen und haben Sie schon abserviert. Und gewinnen mit 352 zu, sagen wir, 207 oder so. Ein toller Sieg.«

»Erstaunlich«, sagte Sir Benny. »Hätte nie gedacht, mal einen Amerikaner kennenzulernen, der was von Kricket versteht.«

»Lord Basil hatte sich damit für die englische Mannschaft auf einen gewagten Poker eingelassen«, erklärte der Polizeibeamte, »aber er hätte mit Sicherheit gewonnen, weil unsere Mannschaft – wie man annehmen konnte – nicht über so herausragende Schlagmänner verfügte.« Er machte eine Pause, und alle sahen Sir Benny an, der still in sich hineinschmunzelte, als man sich jetzt noch einmal an diesen ruhmreichen Tag erinnerte. »Aber Lord Basil hatte nicht mit diesem Burschen hier gerechnet. Damals war er bloß der kleine Benny Castian, Urenkel eines ehemaligen Sklaven, aber ein Junge mit solider Bildung, die er sich in unseren Schulen angeeignet hatte. Ich werde nie vergessen, wie er aufs Spielfeld kam. Keine große Erscheinung. Nicht besonders kräftig. Zwei unserer Schläger waren schon ausgeschieden. Bei einem Gesamtstand von 29 gegenüber den Engländern mit ihren sagenhaften 352. Und was macht Benny? Benny haut voll rein, wirft den Ball übers ganze Spielfeld. Hab' noch nie so einen Lauf gesehen. Schließlich noch ein sauberer Wurf von Verity, und wir hatten 139 auf der Anzeigetafel. Die Engländer kamen ganz schön ins Schwitzen, kann ich euch sagen, als wir am Ende 291 erfolgreiche Läufe hatten. Der Plan, sofort noch mal zum Schlagen anzutreten, war gescheitert – dank Benny.«

An dieser Stelle unterbrach Bart Wrentham. »Am nächsten Tag waren bestimmt achtzehn oder noch mehr von uns farbigen Wrenthams auf dem Spielfeld. Und wie ich waren natürlich auch die anderen mächtig stolz, daß ein weißer Wrentham Kapitän der rein englischen Mannschaft war, aber auch daß unsere Leute gegen die Besten angetreten waren und eine so beachtliche Leistung hingelegt hatten.«

»Habt ihr etwa geglaubt«, fragte McKay, »All Saints hätte eine Gewinnchance gehabt?«

»Moment! Moment! Das war keine reine All-Saints-Mannschaft. Die Spieler kamen von allen Inseln. Benny war der einzige aus All Saints. Und nachdem er seine Heimatinsel mit seinen Schlägen so begeistert hatte, kam er jetzt zum Werfen, und als Englands berühmte Schlagmänner aufkreuzten, Hammond und Hendren und Jardine, waren sie nicht mehr so großmäulig, weil sie sich nämlich 'ne Menge Läufe verdienen mußten, um ihren Vorsprung sicher auszubauen. Sie brauchten noch 250 Punkte, vielleicht sogar mehr, ich weiß es nicht mehr so genau.«

Es war der Polizeibeamte, der sich die Ehre, Sir Bennys unvergeßliche Würfe zu beschreiben, nicht entgehen lassen wollte: »Er hatte eine interessante Mischung, einen sehr schnellen Ball, einen Chinaman und einen gedrehten Ball, und ob Sie es glauben oder nicht, er steckte sieben von Englands besten Schlagmännern ein; bei insgesamt 57 Läufen. Der vierte Tag ging mit einem Punktestand von 409 für England und 291 für Westindien zu Ende, aber mit einer reellen Chance, den Gegner einzuholen. Ich kann Ihnen nicht sagen, wie wir uns an dem Abend hier in All Saints gefühlt haben. In der Nacht mußte ich fünfmal aufstehen und zum Klo rennen, und als es zu dämmern anfing, lag ich immer noch wach. Ich glaube, an dem Morgen war ganz All Saints auf den Beinen, um noch einen Platz auf der Tribüne zu ergattern. Oder jedenfalls in der Nähe des Spielfeldes. Als das Spiel losging, hatte England noch drei Schläger im Feld, aber dieser unglaubliche Bursche« – er tätschelte Sir Bennys Knie – »schickte sie mit nur 21 zusätzlichen Läufen in die Wüste. Es stand 430 für England zu 291 für Westindien.«

Bart ergriff das Wort. Voller Ehrfurcht, denn er kam jetzt zu einem der Höhepunkte im Leben der Insel: »Wir eröffneten unser letztes Inning gegen die großen englischen Werfer mit einem Rückstand von 140 Punkten zum Sieg, und uns verschlug es den Atem vor Angst, als die beiden Zweizylinder, wie sie auch genannt wurden, Voce und Verity, mit nur 41 Läufen fünf von unseren Schlägern kaltstellten. Die Niederlage rückte bedrohlich näher, aber jetzt übernahm Benny. Er verteidigte den Dreistab mit Händen und Füßen, machte jeden Wurf fertig und verbuchte am Ende zwei Sechsen und dreizehn Vierer. Das hatten wir noch nicht erlebt, daß einer aus Westindien einen englischen Werfer so schlauchte wie an dem Tag, aber in der Schlußphase des Spiels, als immer deutlicher wurde, daß wir eine gute Gewinnchance hatten, warf dieser verdammte Hedley Verity unseren Benny wieder aus dem Rennen. Gespannte Stille.«

Die Männer hielten inne, um sich diesen alles entscheidenden Moment in der Geschichte ihrer Insel noch einmal ins Gedächtnis zu rufen, schließlich sagte Wrentham leise:»Aber unsere anderen Schlagmänner erwiderten die Herausforderung...«Jetzt ging seine Stimme in ein Geschrei über, und er schlug mit der Faust auf den Tisch:»Und wir hatten gewonnen! Wir hatten England geschlagen!«Spontan erhoben sich Boncour und der Polizeibeamte von ihren Stühlen und umarmten Benny, den Schwarzen, der seiner Rasse einen Tag des Triumphes bereitet hatte.

»Woran ich mich noch am besten erinnere«, sagte Wrentham,»das war, als die Spieler vom Feld gingen. Lord Basil ging auf Benny zu, legte den langen rechten Arm um seine Schulter und trat so mit ihm ab.« Er hielt inne, schaute rüber zu McKay und sagte:»Ich prophezeie, er wird ein sehr beliebter Gee-Gee sein.«

Es kam der Tag, an dem die Schwarzen durch die Straßen stürmten und riefen:»Der Gee-Gee! Sein Schiff in Baie!«Und als das Boot am Hafenbecken festmachte, fand sich auch McKay ein, um der Ankunft des neuen Generalgouverneurs beizuwohnen. In der Menge entdeckte er den augenblicklichen Amtsinhaber, einen hochgewachsenen, schlanken, gutaussehenden Regimentsoffizier in den Sechzigern, der in dem einzigen Rolls-Royce der Insel, einem imposanten Silver Ghost, seinen Nachfolger erwartete. Plötzlich brachen die Zuschauer in Jubel aus, denn oben auf der Gangway tauchte jetzt Lord Basil Wrentham auf, fast ein Ebenbild des Mannes, der im Rolls-Royce wartete: groß, untergewichtig, von asketischem Äußeren, mit militärischer Haltung und leicht hochmütigem Auftreten.»Die müssen irgendwo eine Geheimfabrik in England haben, wo sie diese harten Burschen am Stück produzieren, damit sie Eindruck auf die Kolonien machen«, dachte McKay.

Der neue Gee-Gee stand kerzengerade, salutierte vor dem Schiff, das er verließ, und schritt langsam die Gangway hinunter, aber er ging nicht auf den wartenden Rolls zu, er verbeugte sich nur kurz vor seinem Vorgänger, nahm die Ehrenbezeigung der Wache entgegen und blickte sich suchend in der Menge um. Dann, nachdem er den ausgemacht, den er gesucht hatte, bewegte er sich energisch vorwärts, übersah alle anderen, bis er Sir Benny Castian gegenüberstand. Seine Arme weit ausbreitend, umarmte er den untersetzten Mann, wie er es auch vor Jahren nach dem phantastischen Spiel getan hatte.»Ich glaube, da muß irgend etwas Besonderes am Kricket sein, was man in keinem

Buch darüber findet«, sagte McKay laut vor sich hin, während er die Szene verfolgte, aber er konnte kaum sein eigenes Wort verstehen, denn die Menge war in ein wildes Jubelgeschrei ausgebrochen.

Am dritten Tag nach Lord Wrenthams Ankunft traf Millard McKays Artikel aus Detroit in All Saints ein und erregte wohlmeinendes Aufsehen. Nachdem der Verfasser erläutert hatte, daß sich 1763 viele bedächtigere Engländer dafür eingesetzt hatten, All Saints zu behalten und Kanada abzustoßen, ging er in eine Beschreibung der Insel über, so wie sie sich dem Besucher heute zeigte, und malte ein liebenswürdiges, getreues Porträt. Jeder, der mit All Saints vertraut war, mußte zugeben, daß McKay die Schwächen ausfindig gemacht, die Verdienste gewürdigt und die Rolle der Hautfarbe eines Menschen bei seiner gesellschaftlichen Einstufung richtig verstanden hatte.

Die Menschen, die die leicht gekürzten Auszüge des Artikels gelesen hatten, die mit freundlicher Genehmigung der Associated Press im »All Saints Journal« abgedruckt worden waren, nickten McKay beifällig zu, wenn sie ihm auf der Straße begegneten, und da Bristol Town nur eine Bevölkerung von 6 000 hatte, wußte jeder sehr bald, wer McKay war und was er geschrieben hatte. Die Stelle aus dem Artikel, die die meisten Kommentare provozierte, war eine, in der er sorgfältig auf seine Wortwahl geachtet und sich auf Zahlen gestützt hatte, die ihm Bart Wrentham und Étienne Boncour beschafft hatten:

»Nach der letzten Zählung hat All Saints eine Bevölkerung von 29 779, und bewegt sich ein Besucher nur in den höchsten Regierungskreisen, Gommint genannt, bekommt er den Eindruck, sie sei ausschließlich weiß. Wenn man sich nur in den Läden auf der Hauptstraße aufhält, würde man glauben, sie sei farbig. Aber wenn man sich in die Nebenstraßen und aufs Land begibt, könnte man schwören, sie sei schwarz, und zwar tiefschwarz, als käme sie gerade aus Afrika.

Die wohl zutreffendste Einschätzung, die der Autor gehört hat, teilt die Bevölkerung folgendermaßen auf: Weiße, Engländer und Franzosen zusammen: etwa 900. Farbige: ungefähr 7 000. Schwarze, der große Rest: 22 000. Wir haben es also mit einer schwarzen Insel zu tun, aber manchmal vergeht ein ganzer Tag, ohne daß der Besucher sich dessen bewußt wird.

Es ist vor allem die zweite Kategorie, die die meisten Rätsel aufgibt, denn sie enthält viele attraktive, gutgekleidete, gebildete Männer und Frauen, die in den Vereinigten Staaten und Kanada als Weiße gelten würden... ohne Frage. Hier dagegen weiß jeder, was sein Nachbar bis ins x-te Glied für Vorfahren hatte, und ein zweiunddreißigstel Tropfen schwarzes Blut stempelt einen Menschen, ob Mann oder Frau, als Farbigen ab.

Was passiert, ist folgendes: Will ein außergewöhnlich talentierter junger Mann aus All Saints in die Welt der Weißen aufrücken oder eine hübsche junge Frau in einen sozial höher stehenden Kreis einheiraten, wandern sie auf eine andere Insel aus, wo sie von vorne anfangen können. Natürlich holen Gerüchte sie später ein, und die Wahrheit kommt ans Licht, aber bis dahin haben sie einen Status erreicht, der nicht mehr rückgängig zu machen ist.

Auch auf All Saints tummeln sich so eine Unmenge reizender Neuankömmlinge aus Barbados, Jamaika und Trinidad, die im gesellschaftlichen Leben der Insel eine wichtige Rolle spielen, über die jedoch getuschelt wird. Dasselbe Phänomen findet sich auch an der feinen Trennungslinie zwischen Schwarzen und Farbigen, und dem Gast wird oft erzählt, daß eine Frau nicht selten extreme Umwege macht, um zu verhindern, daß die neuen Freunde ihre Schwester kennenlernen, die vielleicht ein paar Schattierungen dunkelhäutiger ist als sie.«

Diese strenge, aber durchaus zutreffende Darstellung, wie die Hautfarbe den sozialen Status bestimmte, wurde durch McKays überschwengliche Beschreibung der an natürlichen Schönheiten so reichen Insel, einschließlich der Crotonhecken, gemildert, ebenso durch eine liebenswürdige Schilderung der Beziehung von Sir Benny zu seinem ehemaligen Kricketkameraden, dem neu ernannten Generalgouverneur. Der Artikel endete mit der Zeile:»Planen Sie also, Ihren Winterurlaub in der Karibik zu verbringen, dann versuchen Sie es mal mit All Saints. Es könnte fast das Paradies sein.«

Étienne Boncour und Bart Wrentham waren beide höchst zufrieden mit McKays Artikel und sagten es ihm auch. »Schmeichelnd, aber nicht übertrieben kriecherisch«, ließ Bart seine rauhe Stimme vernehmen, und Boncour versicherte:»Gommint ist erfreut. Als der Gee-Gee den Artikel las, sagte er: ›Na fein, ein guter Anfang‹, nur Major Leckey warnte ihn: ›Er hat das geschrieben, bevor Sie kamen. Wollen wir abwarten. Er ist Amerikaner, und an denen haben wir uns schon mal die Finger verbrannt.‹«

Im Belgrave logierte ein rätselhaftes englisches Ehepaar, das eine eher vorsichtigere Haltung gegenüber McKay und seinem Artikel einnahm. Die Ponsfords, beide Ende Fünfzig und aus einer der vornehmeren Vorstädte Londons, waren mit demselben Schiff nach All Saints gekommen, das auch Lord Wrentham und seine Tochter Delia hergebracht hatte. Peinlichst auf gesellschaftlichen Anstand bedacht, vermieden sie es, sich Seiner Lordschaft bereits an Bord des Schiffes aufzudrängen, doch kaum waren sie gelandet, mieteten sie ein Taxi, ließen sich zum Regierungsgebäude fahren und trugen sich in das Gästebuch ein. Nach einem gebührenden Zeitabstand hatte Major Leckey nach ihnen geschickt und sie zum Nachmittagstee geladen, wo sie Lord Wrentham und seiner Tochter mitteilten, sie seien auf demselben Dampfer gefahren, aber hätten es nicht gewagt, die Privatsphäre ihrer Gastgeber zu stören. Diese Rücksichtnahme wußte man zu schätzen, und Major Leckey persönlich übernahm die verantwortungsvolle Aufgabe, ihre Empfehlungsschreiben an die richtigen Stellen weiterzuleiten, so daß sich die Ponsfords innerhalb weniger Tage in der sogenannten »Creme von All Saints« bewegten, jenem begrenzten Kreis von Engländern aus guter Familie, die auf der Insel das Sagen hatten. McKay hatte nach seinem fünfwöchigen Aufenthalt noch immer keinen aus der Gruppe kennengelernt.

Die Ponsfords wußten, wer McKay war und was er geschrieben hatte, aber wären niemals während seiner Arbeitszeit auf ihn zugegangen, denn bislang waren sie noch nicht vorgestellt worden. McKay dagegen konnte nicht enträtseln, wer seine Gegenüber waren oder welche Geschäfte sie hier tätigten, denn sie blieben immer für sich, und erst als Boncour eines Mittags sein Essen im Belgrave einnahm, die Ponsfords an ihrem und McKay an seinem Tisch sitzen sah, ließ sich ein Treffen arrangieren. Boncour nahm sich die Freiheit und ging auf die Ponsfords zu: »Sicher darf ich Sie mit dem jungen Mann dort drüben bekannt machen«, und sie gestatteten Boncour, McKay an ihren Tisch zu bitten. Nachdem sich beide Seiten gegenseitig vorgestellt hatten, widmete sich Boncour wieder seinem Mittagessen, und Millard blieb die Aufgabe der Unterhaltung mit den etwas frostigen Eheleuten, die mit dem ihrer Ansicht nach zu saloppen Tonfall seines Detroiter Zeitungsartikels ganz und gar nicht einverstanden waren und daraus keinen Hehl machten.

»Ich sehe keine Notwendigkeit«, sagte Mr. Ponsford mit hoheitsvoller Herablassung, »warum man sich verpflichtet fühlen sollte, die dunkle Seite der Insel so hervorzuheben.«

McKay war erstaunt. »Ich wüßte nicht, daß ich das getan hätte«, sagte er, aber Mrs. Ponsford, von gepflegter Erscheinung, mit einem adretten Kopfputz und einer Adlernase, die sie stets zu rümpfen bereit schien, erklärte:»Sie reiten auf der Tatsache herum, daß All Saints vornehmlich schwarz ist.«

»Aber es stimmt doch!« sagte McKay, offensichtlich beseelt vom Wunsch, die Wahrheit auch sagen zu dürfen. »Sie brauchen sich doch nur umzusehen.«

»Wenn dem so ist«, sagte jetzt Mr. Ponsford in seinem Bankierston, »dann ist das sehr schade und sollte nicht in die Welt hinausposaunt werden. Hervorragende Männer und Frauen mit den besten Absichten regieren diese Insel, und sie haben jede Unterstützung verdient, die wir ihnen gewähren können.«

»Es gibt nichts Schöneres, habe ich erst gestern noch zu meinem Mann gesagt, als einen distinguierten Herrn wie Lord Basil in seinem Rolls-Royce durch die Straßen fahren zu sehen, dem Symbol alles Guten und Rechten im britischen Empire.«

McKay mußte ein Lachen unterdrücken:»Den muß ich mir merken«, dachte er. »Man macht sich immer wieder über Amerikaner im Ausland lustig, und ich vermute, daß wir uns tatsächlich oft schlimm aufführen, aber da muß erst so ein unerträglich englisches Ehepaar kommen, um wirklich abstoßend zu wirken.« Als er sich jedoch klarmachte, daß er vermutlich noch wochenlang seine Mahlzeiten in demselben Speisesaal wie sie einnehmen würde, wandte er sich an Mrs. Ponsford und fragte:»Und was ist mit den Farbigen, die man an jeder Ecke hier in Bristol Town sieht? Darf ich denn über die schreiben?«

»Wenn sie etwas für ihre Bildung tun und die gesellschaftliche Stufenleiter emporklettern«, entgegnete Mr. Ponsford gebieterisch, »dann gleichen sie sich mit der Zeit mehr und mehr den Weißen an. Sie haben sich jetzt schon drei Sitze im Exekutivausschuß erobert.«

»Wird denn ihre Haut mit dem Aufstieg nach oben auch weißer?« fragte McKay ohne einen Anflug von Sarkasmus in der Stimme, und Mrs. Ponsford erwiderte:»Geschieht das nicht ohnehin schon? Gerade gestern habe ich erfahren, daß jeder der drei Mulatten im Ausschuß zu drei Vierteln weiß ist.«

»Das ist ja wohl das mindeste, was man erwarten darf«, meinte ihr Mann, aber bevor sich die beiden weiter über ihre Einschätzung des Insellebens auf All Saints auslassen konnten, wurden sie von einem gutaussehenden jungen Engländer in einem beigen Anzug, der seine schlanke, athletische Figur vorteilhaft zur Geltung brachte, unterbrochen. Er hatte ordentlich gekämmtes blondes Haar und trug das professionelle Lächeln eines Mannes zur Schau, der es gewohnt war, viele Menschen zu grüßen.

»Das ist Major Leckey«, sagte Mrs. Ponsford beifällig. »Des Gouverneurs unschätzbares Mädchen für alles. Das ist Mr. McKay, der für die Zeitung in den Vereinigten Staaten über Ihre Insel geschrieben hat.«

Die folgende Szene sollte sich für immer in Millards Gedächtnis eingraben: Major Leckey, vom Augenblick seiner Ankunft an darüber informiert, wer McKay war und womit er sein Geld verdiente, fühlte sich moralisch verpflichtet, ihn zu ignorieren, solange er nicht seine Referenzen präsentiert hatte, machte eine leichte Kopfbewegung zur Seite und nahm ihn mit einem kurzen eisigen Lächeln zur Kenntnis. Dann setzte er, ohne ihm die Hand zum Gruß auszustrecken, seine Unterhaltung mit dem englischen Paar wieder fort, die zu einem nachmittäglichen Beisammensein im Regierungsgebäude abzuholen er gekommen war. Wie der Blitz waren sie verschwunden, alle drei, und keiner erachtete es für notwendig, sich zu entschuldigen.

Am Tag darauf traf er Leckey wieder, diesmal in Boncours Schmuckgeschäft, und da Étienne gerade mit einer Touristin aus England beschäftigt war, mußten die beiden warten und standen dabei zufällig Seite an Seite, aber wieder weigerte sich der Major störrisch, ihn wahrzunehmen. Erst als ein dritter Kunde versehentlich gegen sie stieß, waren sie gezwungen, sich zu grüßen. Major Leckey zeigte McKay ein fades Lächeln, worauf McKay mit dem leisesten Kopfnicken reagierte, das er zustande brachte, ohne seine Schulter zu bewegen. McKay hatte das Gefühl, daß zwischen ihnen beiden soeben der Krieg erklärt worden war.

Er brach nicht augenblicklich aus, denn Leckey hatte aus einem wichtigeren Grund den Laden aufgesucht. »Man hat mir mitgeteilt«, sagte er zu Boncour in knappem und leicht überheblichem Tonfall, als ekle er sich vor den primitiven Verhältnissen, in denen er sich gerade befand, »daß die ehrenwerte Delia mich hier erwarte.«

»Sie ist noch nicht da«, sagte Boncour, und McKay, die Sinne geschärft, glaubte, in Boncours Verhalten eine ungewöhnliche Erregung zu erkennen, sobald er von der Tochter des Gee-Gees sprach. Dann sah er, warum, denn in diesem Moment betrat eine Frau von 22 Jahren das Geschäft, deren Ausstrahlung den Raum auf der Stelle beherrschte. Sie trug eines jener zarten Spitzenkleider aus Tüll, bei denen das weiche Material allein durch die Wäschestärke in Form gehalten wird. Die Spitze war blendend weiß, der Tüll hatte einen sanften Gelbton, und beide Farben bildeten eine Symphonie der Weichheit, die gut zur kühlen Schönheit der jungen Frau paßte.

Sie trug einen goldblonden Haarschopf, der nicht vollständig gezähmt war – offensichtlich wollte sie ihn nicht in eine bestimmte Form pressen –, und er bildete eine Art Rahmen um ihr Gesicht, das größer war, als man hätte erwarten können, größer in jeder Hinsicht, aber doch wunderbar komponiert, als ob sie stets leise belustigt über die Verrücktheiten der Welt um sie herum schmunzeln müßte. Sie hatte weite Augen, die funkelten, volle Lippen und eine Art, ihren eindrucksvollen Kopf zur Seite zu legen, der jeden, den sie anschaute, ein freundliches Wort erwarten ließ. Sie war dermaßen die Verkörperung der jungen eleganten Engländerin ihrer Zeit, daß man nicht umhinkonnte, zwei Fragen zu stellen: Warum ist sie nicht verheiratet? Und: Wieso um alles in der Welt hat ihr Vater sie mit an einen solchen Ort wie All Saints genommen?

»Ja! Miss Wrentham«, rief Boncour, als er ihr entgegeneilte, um sich der neuen Kundin zu widmen, »ich kann Ihnen drei Exemplare zeigen«, und wollte gerade ein Tablett mit kleinen edelsteinbesetzten Schmuckstücken hervorholen, als Major Leckey ihn unterbrach: »Delia, es tut mir leid, aber Ihr Vater wartet. Er hat mir aufgetragen, Sie heimzubringen.« Damit, weder Boncour noch McKay um Entschuldigung bittend, drängte er sie eilig aus dem Geschäft nach draußen, wo der Chauffeur bereits mit dem Wagen wartete.

Als sie gegangen war, eine vibrierende Leere hinter sich lassend, pfiff McKay durch die Zähne, um die Spannung zu lösen: »Hätte nie gedacht, daß Töchter von Gee-Gees so aussehen können.« Und eine Weile unterhielten sich die beiden Männer über ihre Erscheinung und ihr Wesen. »Vergangene Woche kam sie unangemeldet in mein Geschäft, die netteste Kundin, die ich jemals hatte«, sagte Boncour. »Ohne vornehmes Getue, ohne diesen Befehlston. Stellte einfach vernünftige Fragen über ein paar kleine Schmuckstücke für ein Talisman-Armband.«

»Was ist das denn?«

»Kommt aus Frankreich, glaube ich. Ein Silber- oder Goldarmband aus lauter einzelnen Gliedern, und in jedes hängt man ...« Er drehte sich zur Seite und rief: »Irene, zeigen Sie ihm doch mal die Bilder.« Ein hübsches Mädchen, sehr hellhäutig, holte aus dem Hinterzimmer ein Londoner Journal, in dem Fotos dieser Talisman-Armbänder abgedruckt waren, reizende, zartgliedrige Schmuckstücke, wenn die angehängten Gegenstände klein blieben, recht plump, wenn sie zu groß oder geschmacklos waren. Nachdem er einen kurzen Blick auf die Armbänder geworfen hatte, blätterte McKay ein paar Seiten weiter und pfiff plötzlich:»Hei, sehen Sie sich das an!« Und das Mädchen, das die Zeitschrift geholt hatte, sagte:»Tatsächlich! Kein Wunder, daß Lord Basil sie so schnell herausgeschleust hat.«

Der Artikel, mit provozierenden Bildern illustriert, berichtete über die Eskapaden der ehrenwerten Delia Wrentham mit einem älteren verheirateten Mann und legte die Vermutung nahe, daß sie sich schon vorher mit zahlreichen jungen Burschen aus Cambridge und Oxford abgegeben hatte. Die junge Verkäuferin schien Expertin zu sein und alles über die ehrenwerte Delia zu wissen.»Ihr Vater hat sie in letzter Minute hierher verfrachtet«, sagte sie schnippisch, ohne daß jemand um ihre Meinung gebeten hätte.»Wenn Sie mich fragen, dann hat er diesen jämmerlichen kleinen Posten nur angenommen, damit sie sich hier abkühlen kann.«

· McKay rutschte die Kinnlade herunter. Eine so dreiste und freimütige Äußerung hätte er von einer farbigen Angestellten nicht erwartet, aber ein Moment des Nachdenkens belehrte ihn eines Besseren: Verflucht, es sind genau solche Mädchen wie diese Verkäuferin, die den Ton angeben. Sie machen die Inseln aus. Er bombardierte sie geradezu mit weiteren Fragen und erfuhr von ihr, daß die ehrenwerte Delia einen der Mittelpunkte der Londoner Gesellschaft gebildet hatte,»ein verdammt feines Mädchen, wenn Sie mich fragen, und eine große Stütze für ihren verwitweten Vater, der ihre Unternehmungslust einfach übersieht. Er bewundert sie, liest man immer wieder. Und wenn man sie sich anschaut, versteht man, warum.«

An den folgenden Tagen schien sich alles auf All Saints um Sir Basil und seine lebenslustige Tochter zu drehen. Im»Waterloo« sprach man über kaum etwas anderes, und im Belgrave fand der Amerikaner McKay endlich ein Thema, das die Ponsfords bereitwillig mit ihm diskutierten: die Geschichte der englischen Adelsfamilie Wrentham, vor allem das Treiben des Grafen Gore und seiner nächsten Familienangehörigen.»Äußerst distinguiert. Eine Familie, die in unserer Geschichte sehr weit zurückführt und die berühmt dafür ist, schöne Töchter hervorzubringen.«

»Die Tochter des Gee-Gees, Delia, muß dann wohl eine der schönsten sein«, sagte McKay, was die beiden Ponsfords bestätigten.

Jetzt, wo das Eis zwischen ihnen gebrochen war, fand McKay das

Pärchen eigentlich recht interessant; solide englische Mittelklasse, die allen Höherstehenden Bewunderung entgegenbrachten. Ein bißchen verknöchert, dachte er bei sich, wahrscheinlich sind sie so erzogen, aber wenn man davon absieht, sind sie gar nicht so schlecht. Trotzdem fragte er sich noch immer, was sie in All Saints machten, aber sie gaben ihm keinerlei Hinweise, die ihm weiterhalfen.

Er fing an, sie zu mögen, weil sie sich bei den Mahlzeiten, die er immer häufiger an ihrem Tisch einnahm, bereitwillig über die Wrenthams ausfragen ließen: »Wir haben Lord Basils Vater gekannt, bevor er zum Earl Gore ernannt wurde. Feiner, extravertierter Mensch, sehr gut zu Pferde.«

»Was war er für ein Mann?«

»Sie müssen verstehen, als er die Grafschaft erbte, haben wir nicht mehr mit ihm verkehrt. Wir gehören diesen hohen Kreisen nicht an.«

McKay, erpicht, den Mantel des Schweigens, in den sich das Paar gehüllt hatte, zu durchdringen, fragte mit der Impertinenz, die Amerikaner und Zeitungsreporter so oft an sich haben: »Was haben Sie gemacht... beruflich... bevor Sie sich zur Ruhe gesetzt haben?«

Mr. Ponsford verzog leicht die Miene bei dieser direkten Frage; derlei Fragen stellte man in der englischen Gesellschaft nicht, doch sein gestiegener Respekt von McKays ernsthafter und ehrlicher Arbeit ermutigte ihn zu der Antwort: »Seeversicherung, in einer kleinen Gesellschaft...«, worauf seine Frau mit offenkundigem Stolz hinzufügte: »Aber als er pensioniert wurde... nun ja, da brauchte er sich eigentlich nicht mehr pensionieren zu lassen, denn da gehörte ihm die Gesellschaft – und eine noch größere in Liverpool dazu.«

»Was halten Sie von der Tochter des Gee-Gees?«

»Ein reizendes Mädchen«, sagte Mrs. Ponsford, aber ihr Mann war vorsichtiger: »Sie bereitet ihrem Vater nichts als Kopfschmerzen.« Und damit endete auch schon das einleitende Gespräch über Delia, denn Major Leckey tauchte in einem grauen Tropenanzug inklusive Helm auf, um die Ponsfords zu einem Ausflug abzuholen, einem Picknick mit dem Gee-Gee und seiner Tochter auf Cap Galant. Als McKay das hörte, fing er an, den Ponsfords zu berichten, daß er das Vergnügen eines Picknicks am Cap Galant bereits einmal gehabt hatte... doch bevor er weitererzählen konnte, entführte ihm Leckey seine Zuhörer, denn für ihn war McKay, ein Mann, der ohne Empfehlungsschreiben gekommen war, noch immer eine Unperson.

An den folgenden Tagen fragte McKay die Ponsfords, Bart und

727

Étienne über die ehrenwerte Delia aus und erhielt etwas mehr Informationen. Bart wußte zu berichten:»Man erzählt sich, Lord Wrentham, also der echte, auf den der Titel übergeht, sei sehr verärgert über das Verhalten seiner Nichte gewesen. Auf Lady Gore wollte Delia nicht hören, und erst eine scharfe Ermahnung Seiner Lordschaft persönlich hat sie dazu veranlaßt, mit einem deutschen Oberst Schluß zu machen, in den sie sich verguckt hatte. Sie ist 22, müssen Sie wissen, und ein ziemlich sturer Dickschädel.«

Ein Mann an einem Nachbartisch ergänzte:»Die Affäre mit dem deutschen Oberst wäre beinahe tragisch ausgegangen.« Und McKay fragte, wobei seine Stimme die Überraschung angesichts dieser Äußerung verriet:»Was für eine Tragödie kann ein Mädchen in ihrem Alter schon auslösen?«

Aber der Mann wollte keine weitere Erklärung abgeben, also verabschiedete sich McKay –»Ich gehe zum Juwelier und lasse mir meine Initialien in die Rolex eingravieren, die er mir gestern verkauft hat« – und ging rüber zu Boncours Laden, wo er durch einen glücklichen Zufall Delia persönlich antraf, die gekommen war, um ihre Einkäufe zu Ende zu tätigen, die sie bei ihrem letzten Besuch hatte machen können.

»Hallo«, sagte sie fröhlich, als McKay ihr über die Schultern auf die kleinen Anhänger für das Amulett-Armband sah.»Ich bin Delia Wrentham, und Sie sind... ich weiß, wer Sie sind. Sie haben den Artikel über uns geschrieben.«

Sie hatte die gewünschten kleinen Talismane fast alle ausgewählt, als die Tür aufgestoßen wurde, Major Leckey hereinspaziert kam, sie beim Arm ergriff und ohne ein Wort fortführte. McKay blickte während des Geschehens hinüber zu Boncour und sah, daß er errötete, als hätte man ihm eine Ohrfeige versetzt, aber Millard wußte mit dem Zwischenfall nichts anzufangen, bis die gesprächige Verkäuferin, die ihm zuvor schon die Zeitschrift gezeigt hatte, zuflüsterte:»Sie kommt immer wieder hierher.«

Als McKays zweiter Artikel über die Insel vorlag, war er der erklärte Liebling ihrer Einwohner, denn er hatte es verstanden, das gesellschaftliche Leben auf All Saints mit feinfühligem Charme zu beschreiben und dabei ein höchst einnehmendes Porträt des neuen Gee-Gees und seines Amtsstils zu vermitteln. Von der ehrenwerten Delia wurde gesagt, sie sei für jede Insel ein Geschenk der Götter und ihr Vater mit seinem – nach amerikanischen und kanadischen Maßstäben – unglaublich spießigen und steifen Stil sei genau das, was die Insel brauche – gemäß der britischen Tradition. Außerdem hatte McKay schmeichlerische Porträts der diversen Bars gezeichnet, »The Club«, »The Tennis«, »Waterloo« und »Tonton«, und forderte jeden Leser auf, selbst zu entscheiden, in welche er nach seiner Ansicht paßte, sollte er die Insel jemals besuchen.

Lediglich ein paar Zyniker unter den Engländern meinten: »Wie kann er es wagen, über den ›Club‹ und das ›Tennis‹ zu schreiben, wenn er bislang noch nicht Eintritt zu ihnen hatte?« Aber das Recht, näher auf das »Waterloo« und »Tonton« einzugehen, das gestanden sie ihm zu, denn im ersten war er Stammgast, und das zweite hatte er ein paarmal mit Sir Benny aufgesucht. Die Ponsfords fragten daher scharf nach: »Woher wissen Sie, wie es im ›Club‹ aussieht?«, wohin sie bereits zu mehreren Gelegenheiten eingeladen worden waren, und er gab die Lieblingsantwort eines jeden Reporters: »Ich bin ein guter Zuhörer.«

»Sie müssen mal hingehen«, sagten sie dann ernst, und er entgegnete: »Das würde mir gefallen.«

Der Artikel fand auch wohlwollende Aufnahme im Regierungsgebäude, so daß es lächerlich gewesen wäre, wenn Major Leckey seinen Verfasser weiterhin ignoriert hätte. Die überfällige Einladung erfolgte jedoch nicht durch ihn, sondern kam von einer überraschenden Stelle.

»Hallo, ist dort der amerikanische Schriftsteller McKay? Schön. Hier ist der Generalgouverneur. Ich habe Ihre Berichte gelesen, McKay. Sehr nett. Wir können nur begrüßen, was Sie über unsere Insel schreiben, ihre Überzeichnungen eingeschlossen. Ich gebe einen besonderen Empfang am Donnerstag um sechs. Wäre es Ihnen möglich zu kommen? Gut, gut. Eine Einladung folgt.«

Der Gee-Gee war nicht dumm. Seine lange Bekanntschaft mit Reportern, die über Kricketspiele berichteten, und auch solchen, die mehr über politische Ereignisse schrieben, hatte ihm gezeigt, wie wertvoll ein Zeitungsartikel manchmal sein konnte; und er vermutete, daß der anstehende Empfang mindestens ein Artikel in McKays Zeitung wert sein mußte.

An einem lieblichen Donnerstagabend Anfang März 1938 lud Lord Basil Wrentham, Generalgouverneur zu All Saints, alle anderen Wrenthams der Insel zu einer Festveranstaltung in sein Haus. Insgesamt 39 waren ausfindig gemacht worden, Männer wie Black Bart Wrentham,

Besitzer des »Waterloo«, Frauen wie Nancy Wrentham, die als Oberschwester auf der Armenstation des örtlichen Krankenhauses den Nachtdienst versah. Sie kamen in unterschiedlichster Kleidung und hatten alle möglichen Schattierungen der Hautfarbe aufzuweisen. Nur zwei waren weiß, Mann und Frau, die beide eine Farm nahe Anse du Soir betrieben, und weit über die Hälfte wahr sehr dunkelhäutig bis tiefschwarz, so stark hatte sich das Blut der Wrenthams vermischt. Sie bildeten eine seltsame Gruppe, Männer und Frauen, deren Vorfahren alle Triumphe und Tragödien der Insel erlebt hatten. Vier hatten Gefängnisstrafen verbüßt, und Major Leckey hatte den Gee-Gee darüber in Kenntnis versetzt, der darauf aber nur antwortete: »Im Augenblick sitzen sie ja nicht mehr im Gefängnis.« Das Essen, das den Gästen serviert wurde, war ein klein wenig deftiger als sonst, die Drinks längst nicht so stark, aber dieselbe Kapelle spielte auf wie bei den Empfängen der Weißen, und die Blumendekorationen waren genauso sorgfältig in den großen Räumen verteilt wie sonst. Lord Basil wechselte mit jedem ein paar Worte, sprach jeden als seinen Verwandten an und machte den Abend zu einem Erlebnis für alle.

Ein halbes Dutzend Mitglieder aus je einer der anderen gesellschaftlichen Schichten von All Saints war ebenfalls eingeladen worden: weiße Geschäftsleute, Sir Benny Castian, hellhäutige Kaufleute und Politiker wie Étienne Boncour. Der Gee-Gee gab sich besondere Mühe, McKay seinen Gästen in den verschiedenen Räumen vorzustellen: »Wir haben die Ehre, diesen berühmten amerikanischen Schriftsteller hier auf unserer Insel zu Besuch zu haben, und dürfen mit seinen Lesern gespannt darauf warten, was er als nächstes über uns schreiben wird.« Während sie so von Raum zu Raum zogen, flüsterte er ihm zu: »Ich gebe ein kleines Abendessen im ›Club‹, nachdem das hier zu Ende ist, und ich wäre entzückt, wenn Sie sich mir anschließen würden.«

Der Abend wäre ein uneingeschränkter Erfolg gewesen, denn sogar Major Leckey, der sich an dem orientierte, was der Gee-Gee ihm vormachte, trat auf McKay zu und begrüßte ihn, als seien sie alte Bekannte. Doch während er so mit McKay herumspazierte und sie fast Arm in Arm ein anderes Zimmer betraten, kamen sie an eine Nische vorbei und blieben wie erstarrt stehen: Die ehrenwerte Delia hatte sich dem Juwelier Étienne Boncour in einer leidenschaftlichen Umarmung an den Hals geworfen.

Beide Paare hatten sich im selben Augenblick erkannt, ihre Augen trafen sich, ihre Lippen unfähig, Worte zu formulieren. Dann griff

Leckey sofort McKays Arm und schob ihn förmlich in ein Nebenzimmer. Keiner sagte etwas. Keiner erwähnte den Zwischenfall später.

Aber jeder wußte, daß das, was er da gesehen hatte, eine schreckliche Bedeutung für ihn hatte: für Major Leckey, weil die Szene ins Mark der gesellschaftlichen Ordnung auf All Saints schnitt; für Millard McKay, weil er erfahrener Zeitungsreporter war, aber auch, weil er sich selbst in Delia Wrentham verliebt hatte.

Das Abendessen in »The Club« wurde eine strapaziöse Angelegenheit – Delia, Leckey und McKay saßen am selben Tisch für zwölf Personen, an dessen Kopfende Lord Basil Platz genommen hatte, doch sie konnten sich kaum in die Augen sehen. Étienne Boncour war als Farbiger natürlich nicht erwünscht im »Club«, selbst wenn die Tochter des Gee-Gees vernarrt in ihn war. Ein paar der älteren Gäste kamen an McKays Tisch und beglückwünschten ihn zu seinem zweiten Artikel: »Viel besser als der erste mit dem ganzen Unsinn über Schwarze und Weiße.« Ein Paar wollte wissen: »Nun, ist der ›Club‹ so, wie Sie ihn sich vorgestellt haben?« McKay überhörte die Spitze und schmunzelte: »Es ist paradiesisch. Ein wundervolles, tropisches Paradies« und zeigte dabei auf die üppigen Blumen.

Abends im Bett gingen ihm noch die Eindrücke von Lord Wrenthams phantasievoller Geste, alle seine Verwandten auf der Insel einmal zusammenzubringen, durch den Kopf, aber er war auch verwirrt wegen der unverfrorenen Liebesbezeugung seiner Tochter gegenüber Boncour. Während er sich hin und her wälzte, unfähig einzuschlafen, fing er an, die Sache wie jeder gewöhnliche Zeitungsmensch auch zu sehen: »Sie ist eine verwöhnte Göre. Hat ordentlich auf den Putz gehauen in Europa und Geschmack an der Sache gefunden. Wenn es sie dann in den letzten Winkel der Welt verschlägt, wie nach All Saints, bleibt ihr nichts anderes übrig, als sich nach allen umzusehen, die auch nur im entferntesten in Frage kommen. Also was soll's, hätte jeder sein können. Das wird nicht lange halten. Nach kurzer Zeit wird sie sich einen neuen Mann suchen, wie sie es in England auch gemacht hat.« Damit fiel er endlich in den Schlaf, ohne auch nur einen Gedanken daran verschwendet zu haben, wie er über die herzerweichende Familienfeier der Wrenthams schreiben sollte.

Vier Tage darauf, als er gerade ein einsames Mittagsmahl beendet hatte, kamen die Ponsfords zurück, um verspätet ihr eigenes Essen einzunehmen, und nachdem sie sich an einen Tisch niedergelassen hatten, der von McKays ein gutes Stück entfernt war, schlich sich Mrs. Ponsford heimlich zu ihm hinüber, um ihrem amerikanischen Freund eine Mitteilung zu machen: »Machen Sie kein Zeichen. Sagen sie keinen Ton. Delia Wrentham wird in Kürze in einem Regierungswagen an der Hoteltür vorfahren. Sie sollen warten.«

Mit bebendem Herzen spazierte er nonchalant aus dem Speisesaal, blieb hinter einer Hecke stehen, wo ihn niemand bemerken würde, und wartete auf diese berückende Frau. Was hatte das zu bedeuten, daß sie ihn hierherbestellte? Warum sollte sich die Enkelin eines Grafen ausgerechnet ihn ausgesucht haben? Er hatte noch nicht einmal angefangen, die verschiedenen Möglichkeiten durchzuspielen, als ein kleiner englischer MG-Sportwagen vorfuhr. McKay lief aus seinem Versteck und sprang hinein.

»Ich brauche Ihre Hilfe«, sagte sie knapp, während der Wagen einen Satz nach vorn machte.

Zu McKays Überraschung steuerte sie auf den südwestlichen Zipfel von Bristol Town und die berüchtigte Bergstraße zu, die erst in einer Reihe enger Schleifen nach oben kletterte, um dann in unheimlichen Haarnadelkurven nach unten bis zur Stadt Ely am Meer abzufallen. Die geraden Strecken zwischen den sieben Kurven nahm Delia jedesmal mit hoher Geschwindigkeit, erst wenn sich die nächste Schleife näherte, trat sie wild in die Bremse und schleuderte den MG förmlich mit quietschenden Reifen herum. McKay war kreidebleich geworden.

Es waren, so gestand er später, »die schlimmsten zehn Meilen, die ich jemals in einem Auto verbracht habe«, aber als er sich daran gewöhnt hatte, vor allem wenn es nur geradeaus ging, fand er Zeit zu denken: »Ist doch herrlich! Ich bin unterwegs zu einem unbekannten Ziel, neben mir eine englische Adelslady, und zudem ist sie eine Wucht! Ist doch ein tolles Abenteuer für einen Zeitungsreporter aus Detroit, der in Rutgers studiert hat.« Er mußte über sich lachen, weil er sich wie ein Student im Erstsemester fühlte.

Schließlich fragte er: »Wohin fahren wir?« Aber sie sagte nur: »Sie werden schon sehen.« Er wagte nicht einmal zu vermuten, was hier vor sich ging.

Er hatte erwartet, sie würde in Ely anhalten, einer Stadt, die er wegen ihres schmucken Hafens am Atlantik gern besichtigt hätte, aber sie donnerte durch die engen Straßen, überfuhr ein paar Hühner und schreckte die Einwohner auf. »Langsam, langsam, Todesengel!« brüllte er. »Wir fahren durch eine Stadt.« Sie überhörte seinen

Einwurf und bog in einen schmalen weiter südlich gelegenen Weg ein, der am Klippenrand oberhalb des Meeres entlanglief.

Nach einem atemberaubenden Zwischenspurt erreichten sie eine lange Abfahrt, an deren Ende das abgelegene, malerische Städtchen York lag, eigentlich ein großes Dorf, zu beiden Seiten der Marigot Baie hingestreckt, eine Einbuchtung von klarer Schönheit am Atlantik. Irgendwo hatte McKay gelesen, daß York unter den Hurrikans oft schwer zu leiden hatte, denn dann strömten große Sturmwellen in die eingeschlossene Bucht und überschwemmten die niedriger gelegenen Straßen und die ersten Stockwerke der Häuser. Allerdings trockneten ein paar Tage Sonne die Schäden gewöhnlich wieder aus, und York fand seinen Frieden wieder.

»Was sollen wir hier in York?« fragte McKay, aber Delia fuhr sich mit der rechten Hand ein wenig durchs Haar, tätschelte ihm mit der linken am Knie und beruhigte ihn: »Sie werden schon sehen.«

Sie war allerliebst, McKay fiel kein anderes Wort ein, als sie auf den südlichen Arm der Bucht zuraste, wo die Inselstraße endete. Ungeduldig huschte sie von einer Sackgasse in die nächste, nur um sich wiederholt vor dem Ende einer Straße wiederzufinden, und sah sich schließlich gezwungen, den Wagen anzuhalten und einen schwarzen Bauern zu sich herzuwinken, den sie in gereiztem Ton fragte: »Wo ist die Straße nach Cap d'Enfer?«, aber er gab nur die Erklärung, die sie bereits kannte: »Es gibt keine Straße, Ma'am, nur einen Weg.«

»Ich weiß«, entgegnete sie schnippisch. »Und wo ist der Weg?«

Er zeigte ihr die fast nicht zu erkennende Abzweigung von der geteerten Straße der Stadt in einen Lehmpfand, der vielleicht für Vieh geeignet schien, aber nicht für einen Wagen, der nur für komfortable Straßenverhältnisse gebaut war. Der Mann wollte jedoch hilfsbereit sein, und so versicherte er Delia: »Sie langsam fahren, starkes Auto, dann Sie kommen an.« Sie dankte ihm mit einem breiten, warmherzigen Lächeln und nahm den staubigen Pfad mit einem Tempo, das er ihr sicher nicht empfohlen hätte.

McKay bestand nun darauf, daß sie ihn ins Vertrauen zog: »Sagen Sie mir, was wir vorhaben, oder ich steige aus.«

»Ziemlich unwahrscheinlich!« sagte sie spöttisch. »Wenn Sie bei der Geschwindigkeit aussteigen, sind Sie so tot wie eine überfahrene Möwe.«

»Hat es irgend etwas mit dem zu tun, was Leckey und ich neulich abend zu sehen bekamen?«

»Sagen wir, Sie sind mein Alibi.« Sie errötete leicht, nahm ihre Augen von der Straße, schenkte ihm einen gequälten Blick und sagte mit tränenerstickter Stimme: »Wissen Sie, was dieser Bastard von Leckey gemacht hat? Nur weil Étienne es gewagt hat, ein weißes Mädchen zu küssen, wurde er aus dem Rat verstoßen, hat seinen Posten im Touristenkomitee verloren, und sein Schmuckgeschäft leidet auch schon darunter.«

»Das darf doch nicht wahr sein. Was für eine abscheuliche Sache . . .«

Sie beugte sich über das Steuerrad, als wollte sie Distanz zu McKay wahren, dann sagte sie, bitter enttäuscht: »Haben Sie mal darüber nachgedacht, daß Étienne in London eine Sensation wäre – bei dem guten Aussehen, den guten Manieren und seiner grundsoliden Ausbildung? Der Mann ist eine Entdeckung. In Paris wäre er der König des linken Seineufers. Aber hier in All Saints . . .«

»Oder in Detroit«, ergänzte McKay.

Als sie versuchte, ihm darauf zu antworten, stockte ihre Stimme, und sie biß sich auf die Unterlippe, wobei sie ihren Mund zu einem Schmollen verzog, was sie noch begehrenswerter erscheinen ließ, so sehr, daß sich McKay spontan zu ihr hinüberbeugte und sie küßte. Offensichtlich hatte sie sich schon des öfteren in ähnlichen Situationen befunden, denn sie sagte leichthin: »Noch mal, Freundchen, und der Wagen ist Bruch«, doch tätschelte sie gleich anschließend sein Bein, um ihm sein Selbstvertrauen wiederzugeben, und raunte: »Aber ich begrüße Ihr Vertrauensvotum.«

»Okay, und jetzt klären Sie mich auf.«

Die Geschwindigkeit drosselnd, um den tiefen Schlaglöchern aus dem Wege zu gehen, die die Straße so gefährlich machten, sagte sie: »Ich bin noch nie hier hinuntergefahren . . .« Dann gestand sie freimütig: »Ich brauche Hilfe von jemandem, dem ich vertrauen kann.«

»Für mich sehen Sie nicht gerade aus wie ein junges Mädchen, das Hilfe braucht«, sagte McKay, während sie geschickt die Löcher umfuhr. Sie lachte zustimmend: »Aber ich brauche Ihre Verschwiegenheit. Ich vertraue Ihnen, Millard. Ich muß Ihnen vertrauen.«

Jetzt endete auch dieser nur unvollständig angelegte Pfad, aber zur Linken führte ein Fußweg weiter zum Cap d'Enfer, zum Höllenkap, der felsigen Südostspitze der Insel, an der Segelboote in früheren Zeiten häufig Schaden genommen hatten. Schwungvoll am Rand der steilen Klippe entlangfahrend, ging Delia jetzt mit sicherer, ruhiger Hand herunter auf Schrittgeschwindigkeit; schließlich erreichten sie die Landspitze, wo Étienne Boncour, neben seinem blauen Ford-Geländewagen stehend, sie erwartete.

Delia sprang vom Fahrersitz, hastete über die karge Landspitze Étienne in die Arme und führte ihn hinter einen Steinhaufen, der das Ende der Insel markierte. Dort blieben sie über eine Stunde, während McKay sich damit quälte auszumalen, was die beiden wohl trieben. Als sie wiederauftauchten, Étienne hübscher als jemals zuvor, sie, eine vom Wind hergewehte Schönheit, dem stürmischen Atlantik trotzend, bildeten sie ein herrliches Paar, und McKay war irgendwie stolz, beide zu seinen Bekannten rechnen zu dürfen.

Zur allgemeinen Überraschung holte Delia vom Rücksitz ihres Sportwagens einen Picknickkorb hervor, sogar einen geflochtenen, der jeder englischen oder französischen Mahlzeit im Freien etwas besonders Genußvolles verlieh, als sollte demonstriert werden, daß derjenige, der das Picknick zusammengestellt hatte, dies auch mit der gebührenden Sorgfalt getan hatte. Es wurde ein trauriges Festmahl, das dort am Ende der Welt eingenommen wurde; die Klippe diente als Tisch, der wütende Ozean als Ausblick. Drei entwurzelte Fremde: ein willensstarkes englisches Mädchen, das sich den Selbstbeschränkungen der Frauen verweigerte, der fähige junge Inselbewohner auf der Suche nach seinem genauen Standort in einer Welt sich ständig verändernder Bestimmungen und ein neugieriger, aber zugleich auch scharfsichtiger amerikanischer Eindringling, der das englische Wertesystem verinnerlicht hatte. Beweis der allgemeinen Verwirrung, in der sich die drei befanden, war die Tatsache, daß jeder mit dem exquisiten Essen, das Delia eingepackt hatte, nur herumspielte und hinaus auf den finsteren Ozean, Richtung Osten, starrte.

»Wie konnte Leckey zu dieser Macht gelangen, daß er Sie dermaßen hart strafen kann. Étienne?« fragte McKay. Er wollte es als Zeitungsreporter wissen, aber Delia kam jeder Antwort zuvor: »Wir sind nicht hierhergekommen, um Ihnen Material für einen Artikel zu liefern, Millard.«

Boncour jedoch wollte es ihm erklären: »Leckey tut genau das, was er die letzten neun Jahre immer getan hat. Alles, und sei es noch so unbedeutend, alles, was das Ansehen des Generalgouverneurs in irgendeiner Weise bedrohen könnte, muß ausgerottet werden. Diese Insel steht kurz vor schweren Krawallen zwischen Schwarzen und Weißen, alle karibischen Inseln, glauben Sie mir. Ich spüre es, wenn ich meine anderen Niederlassungen besuche.«

»Sogar Barbados?« wollte McKay wissen, und Étienne fuhr zurück: »Vor allem Barbados. Aber in All Saints werden wir dem Ärger aus dem Wege gehen, indem wir Schwarze und Farbige uns in einer vollen gleichberechtigten, politischen Partnerschaft vereinen. Vielleicht sogar Selbstverwaltung durchsetzen . . . eher, als Sie glauben.«

»Ich glaube, du hast recht«, sagte Delia. »Und wenn ich sehe, was mein Vater macht . . . diese Wrentham-Gala . . .« Sie unterbrach sich, legte einen Arm um Boncours Schulter und ergänzte: »Der Abend, an dem Sie uns beide erwischt haben . . .« Sie setzte ihren Gedanken über ihren Vater nicht weiter fort.

»Wenn also«, nahm Boncour seine Rede wieder auf, »über die Tochter des Gee-Gees und ihr Verhältnis zu einem Farbigen auf der ganzen Insel geklatscht wird . . .« Er machte eine schneidende Bewegung mit der Hand: »Kommt seine Rübe ab.« Dann schaute er Delia an und gab ihr einen Kuß: »Oder ihre Rübe, wenn notwendig. Sie stecken mindestens ebenso in Schwierigkeiten wie ich, Lady Delia.«

»Das mußte ich schon während meiner Zeit in Deutschland erfahren. Beide Seiten waren bereit, die kleine Delia über Bord zu werfen.« Sie erhob sich, ging vorsichtig auf den Rand der Klippe zu und versuchte, Steine ins Wasser zu werfen, traf aber das Wasser nicht.

Die nächste halbe Stunde sprachen sie über viele Dinge, und dann sagte Millard: »Ich würde meinen Aufenthalt hier gerne verlängern. Vielleicht sollte ich meinem Boß kabeln und ihn fragen, ob er mir erlaubt, gleich meinen Urlaub hier in All Saints dranzuhängen. Ich habe die Insel liebgewonnen . . . Menschen wie Sie . . . Szenen wie diese.«

»Warum nicht?« sagte Delia. »Sie könnten ein Buch über uns schreiben.«

»Dazu brauchte ich aber erheblich mehr Wissen, als ich habe . . .«

»Étienne und ich könnten die ganze Vorarbeit für Sie leisten. Er kennt sich in All Saints aus, und ich kenne die Regierung der britischen Kolonien.«

McKay schaute die beiden an, das hübsche Paar, das ihm so ans Herz gewachsen war. »Die viel wichtigere Frage ist – was wollen Sie jetzt machen?«

Ohne zu zögern, antwortete Delia: »Wenn das jetzt hier Frankreich wäre und wir würden hier leben wollen, dann könnten wir sofort heiraten. Aber auf englischem Territorium . . .« Sie wandte sich McKay zu: »Wenn wir in Detroit lebten, hätten wir es da leichter?«

»Man würde Sie aus der Gesellschaft verstoßen. Meine Zeitung würde nicht mal über Ihre Hochzeit schreiben. Würde zuviel Hetze verursachen.«

»Was meinen Sie mit ›Hetze‹?« fuhr Sie ihn irritiert an.

»Schwarze und Weiße. So weit sind die Leute noch nicht.«

»Aber dieser Mensch ist doch gar nicht schwarz. Sehen Sie ihn sich doch an. Er ist verdammt noch mal fast so weiß wie Sie.«

»Und Major Leckey? Ist der auch der Ansicht? Darauf kommt es doch an.«

Als es Zeit wurde, den Zufluchtsort wieder zu verlassen, stieg Delia in Boncours Geländewagen ein, warf McKay die Schlüssel von ihrem Wagen zu und sagte: »Ich hole ihn mir am Belgrave ab.« Aber Étienne wollte davon nichts hören. Er wußte, daß sie manchmal vor sich selbst in Schutz genommen werden mußte – »Delia, du mußt mit ihm fahren«–, und drängte sie aus seinem Wagen.

Er bestand außerdem darauf, daß sie und McKay zuerst fuhren. »Ich folge eine ganze Zeit später und fahre durch York auf einer Nebenstraße, die selten benutzt wird. Wenn Major Leckey dich durch seine Spitzel beobachten läßt, dann werde ich sie ablenken.« Natürlich konnte Delia es nicht lassen, wie eine Wahnsinnige durch York zu rasen – mit all dem Staub und dem Lärm sämtliche Einwohner auf ihre Anwesenheit aufmerksam machend. McKays Warnung »Fahren Sie doch nicht wie eine Verrückte!« spornte sie lediglich an, noch mehr Gas zu geben.

Als McKay seinen dritten langen Artikel abgeliefert hatte, eine kritische Einschätzung der Zukunft Englands auf seinen kleineren Inseln wie All Saints, dachte sein Chefredakteur in Detroit, jetzt würde er wohl umgehend heimkehren. Doch McKay war mit seinen Gefühlen so stark an allem beteiligt, was ihn umgab, das weitere Schicksal von Delia und Étienne, der Erfolg oder die Niederlage von Lord Wrentham und Major Leckey, der Lebensweg seiner beiden schwarzen Freunde, Bart Wrentham und des Kricketspielers Sir Benny, ja, es interessierte ihn sogar, was aus den beiden skurrilen Ponsfords werden würde, daß er um die Erlaubnis bat, seinen Jahresurlaub 1938 bereits früher zu nehmen, und zwar in All Saints. Gross antwortete, weil seine Artikel die Auflage der Zeitung in Kanada so erfreulich gesteigert hätten, wünsche der Herausgeber, er solle nach Barbados und Trinidad reisen und über beide Inseln berichten – mit dem üblichen Gehalt, nicht als Urlaub.

McKays Antwort erfolgte prompt: »Abfahrt nach Trinidad heute abend, anschließend Barbados.« Vorher suchte er noch Étienne in seinem Geschäft und anschließend Delia im Regierungsgebäude auf, um ihnen zu erklären, daß er an den folgenden Tagen abwesend sei, und um ihnen alles Gute zu wünschen. Gerade wollte er das Belgrave verlassen, als Major Leckey ihm über den Weg lief. Er war gekommen, um ihn zu seinem Schiff zu begleiten. »McKay, wir sind wirklich sehr angetan von ihren Artikeln. Erstaunlich, daß ein Amerikaner so gut unsere Geheimnisse zu erfassen versteht. Der Gee-Gee läßt Sie grüßen.«

Während sie gemeinsam zur Anlegestelle des Fährschiffes zwischen den Inseln spazierten, überholte sie Boncour, der denselben Weg hatte, um einen wichtigen Kunden von einer anderen Insel abzuholen. McKay verabschiedete sich noch einmal von ihm und sagte, in förmlichem Ton, um seine enge Freundschaft mit dem Mann zu verbergen: »Viel Glück bei Ihren diversen Projekten, Mr. Boncour.« Und der Major sagte steif und sah den Juwelierhändler dabei nicht einmal an: »'n Abend, Boncour.« Nachdem Étienne eiligst weitergegangen war, wies Leckey den Amerikaner zurecht, als sei McKay ein Neuankömmling, der sich in All Saints niederlassen wollte. »So einen Menschen dürfen Sie niemals mit Mister anreden. Er macht in Handel.« Als Millard wissen wollte, was das zu bedeuten hätte, erklärte Leckey: »Auf jeder britischen Insel gibt es in den oberen Klassen zwei Arten von Menschen, die scharf voneinander getrennt sind, die Gentlemen und die, die ›in Handel machen‹. Letzteren können Sie auf der politischen oder geschäftlichen Ebene begegnen, aber niemals gesellschaftlich.«

»Was heißt das für einen Mann wie Boncour, der ›in Handel macht‹, wie Sie das nennen?«

»Wenn er es zu etwas bringt, dann gibt es immer noch die Möglichkeit, daß seine Tochter einen Gentleman heiratet. Und je nachdem, was ihr Vater für Gewohnheiten hat...«, er machte eine fächernde Bewegung mit der rechten Hand, »kann er durchaus in die besseren Kreise aufgenommen werden und später sogar als Gentleman gelten... wenn ihm sein Geschäft ein ansehnliches Vermögen einträgt.«

»Dann hat Boncour also eine Chance?« fragte McKay.

»Der nicht. Ich fürchte, der hat sich selbst um seinen Ruf gebracht.«

Am Kai sagte Leckey schließlich aufrichtig: »Wenn Sie Barbados und Trinidad hinter sich haben, kommen Sie wieder zurück. Wir haben Sie in unser Herz geschlossen, wirklich.« Dann rief er plötzlich:»Mein Gott, sehen Sie doch mal, wer da kommt!« Es war der Generalgouverneur und seine Tochter Delia, und beide wiederholten, was schon der Major gesagt hatte:»Wir möchten, daß Sie zurückkommen.«

McKay verbrachte sechs Tage auf Trinidad, wo sein Schiff zuerst anlegte und wo er so viel neues und spannendes Material auftreiben konnte, daß daraus nicht nur einer, sondern mehrere Artikel für seine Zeitung wurden. Zum Beispiel hatte er nicht gewußt, daß so viele Inder in Trinidad lebten. Es wirkte mehr wie eine Kolonie Indiens als Englands.»Hindus und Moslems, die im vergangenen Jahrhundert nach Trinidad gebracht wurden, um dort auf den großen Zuckerrohrplantagen zu arbeiten, setzten hier ihre Spannungen aus der alten Heimat fort, doch wenn sie es schaffen, ihre Differenzen beizulegen, könnten sie in Zukunft eine neue politische und eine sehr lebendige Kraft für die Insel werden.«

Der zweite Artikel handelte von Trinidads unmittelbarer Nachbarschaft zu Venezuela.»Eigentlich ist die Insel nur eine geographische Fortsetzung von Venezuela, und nur die Gleichgültigkeit des kaiserlichen Spaniens machte es möglich, daß die Insel in englische Hände fiel. Da sie über weitläufige Ölvorkommen verfügt, muß man davon ausgehen, daß Venezuela in Zukunft Ansprüche auf sie stellen wird, insbesondere wenn Trinidad von England in die Unabhängigkeit entlassen wird und dann mit der Freiheit nicht umzugehen versteht. Beobachter gehen davon aus, sobald das Chaos auf der Insel ausgebrochen ist, wird Venezuela die Gelegenheit ergreifen und intervenieren.« Dieser Bericht verblüffte zahlreiche Leser, sogar viele Kanadier.

In seinem Einleitungsartikel über Barbados dagegen war McKays offensichtliche Vorliebe für die reinliche Ordentlichkeit dieser Insel deutlich herauszuhören.»Im Laufe der Geschichte haben die Vereinigten Staaten zu verschiedenen Zeiten immer wieder einmal damit spekuliert, die eine oder andere Insel der Karibik zu besetzen: Kuba, Santo Domingo, die Jungferninseln oder sogar Haiti. Wir hätten mit keiner in Verhandlung treten sollen, sondern wären besser beraten gewesen, früher, als es noch möglich war, Barbados den Briten abzukaufen. Wir hätten uns ein Paradies erworben, eines, das sich zudem selbst trägt. Wir sollten uns das noch einmal überlegen.«

Diesen Artikel schickte er an einem Mittwoch los, aber am Abend des darauffolgenden Tages kabelte er nach Detroit:»Gestrigen Artikel fallenlassen. In Barbados die Hölle los. Werde berichten.« Früh am nächsten Morgen kabelte er dann seinen ersten von insgesamt sechs langen Berichten über die Rassenkrawalle in die heimatliche Redaktion, die von einem Tag auf den anderen in dem scheinbar friedlichen Barbados und auf verschiedenen anderen britischen Inseln der Karibik, Jamaika eingeschlossen, ausgebrochen waren. Der gönnerhafte Paternalismus, dessen Zeuge er auf All Saints geworden war, hatte die Schwarzen schließlich so gereizt, daß sie ihn nicht länger ertragen mochten. In wildem Zorn und aus einem tief wurzelnden Ressentiment zogen die Massen durch die Straßen der Städte und Dörfer, kleinere Gruppen versuchten, Plantagen in Brand zu setzen. Es war ein brutaler, gewaltvoller Aufstand, der viele Tote zur Folge hatte, und McKays Erfahrungen aus All Saints ermöglichten es ihm, den Hintergrund dafür aufzudecken.

Als Dan Gross in Detroit McKays Artikel zu lesen bekam, erkannte er sofort, daß sie ein internationaler Knüller waren, und schickte sie daher über den Ticker von Associated Press, was ihnen landesweite, ja weltweite Aufmerksamkeit sicherte. Durch seine Berichterstattung von einem Ort, der zufällig politische Bedeutung erlangt hatte, wurde McKay ein im ganzen Land bekannter Reporter, und außer seinem Chefredakteur fingen auch andere an, seine Arbeit mit Wohlwollen zu betrachten.

Nachdem die Unruhen auf Barbados wieder abgeklungen waren, versuchte er, die Lage der Insel nüchtern zu betrachten, und schrieb ein herrliches »Mea culpa«: »Nur weil ich die Möglichkeit hatte, in All Saints eine Kolonialregierung zu erleben und vernünftige Ansätze zu einer Art Selbstverwaltung in Trinidad, wähnte ich mich in dem Glauben, die Inseln zu verstehen. Und als ich zum erstenmal die friedliche, ja heitere Schönheit von Barbados sah, hätte ich mich am liebsten gleich hingesetzt und ein Gedicht über ihren unwiderstehlichen Charme geschrieben. Was ich nicht gesehen habe und auch nicht verstanden hätte, wenn ich es denn wahrgenommen hätte, das war der tiefe, mahlende Haß, den viele Schwarze gegen ein System empfinden, das sie in einer Art geistiger Gefangenschaft hält. Es tut mir leid, wenn ich meine Leser irregeführt haben sollte. Ich bin sehr froh, daß wieder Friede auf den Inseln eingekehrt ist. Und ich hoffe, die Regierungen werden die alten Fehler vermeiden.«

Sechs Tage später, als sein Schiff nach der Heimreise in die Baie de Soleil einfuhr, schlummerte All Saints gelassen unter der Sonne, als hätte es auf den anderen Inseln keine Aufstände gegeben. Hier herrschte Frieden. Hier zeigte sich die britische Kolonialregierung von ihrer besten Seite, und während sich ihm erneut der Blick auf die zahlreichen Schönheiten öffnete, wurde ihm klar, daß seine Liebe auf ewig an diese Insel gekettet sein würde. Als er das Belgrave betrat, rannte er förmlich auf die Ponsfords zu, um sie zu begrüßen, Menschen, die er einst als unerträglich betrachtet hatte. Sobald er die Koffer in seinem Zimmer abgestellt hatte, machte er sich schnurstracks auf ins »Waterloo«, wo Black Bart hinter der Theke hervorkam, ihn zur Begrüßung umarmte und sich seine Erlebnisse während der Unruhen erzählen ließ.

In weit nüchternerer Stimmung spazierte er anschließend hinüber zu Étienne Boncours Schmuckgeschäft, wo er den anspruchsvollen Franzosen, wie er für gewöhnlich genannt wurde, in redseliger Verfassung vorfand. Sie zogen sich in einen hinteren Raum zurück, in dem sie sich ungestört unterhalten und Vertrauliches besprechen konnten. McKay hatte keine Neuigkeiten zu bieten, da Boncour durch seine Niederlassungen sowohl auf Barbados als auch auf Trinidad über alles informiert war, aber dem Franzosen lag etwas auf dem Herzen: »Delia denkt ernsthaft darüber nach, mich zu heiraten und auf einer anderen Insel mit mir einen Hausstand zu gründen. Sie will diesen Laden halten, weil der das Geld einbringt. Sie meint, wir könnten uns ein schönes Leben machen.«

»Und was meinen Sie dazu?«

Boncour lächelte sanft und hielt die Hände hoch, Innenflächen nach außen: »Unmöglich, Sie hat mir mal gesagt, sie sei ein Kind Europas.«

»Dasselbe hat sie mir auch gesagt«, unterbrach McKay. »Wissen Sie, was, Étienne, ich war mal sehr angetan von der jungen Frau. Bin es immer noch.«

»Wer ist das nicht? Anscheinend hat sie in allen vier Himmelsrichtungen auf der Welt die Männerherzen gebrochen.«

»Was soll denn jetzt geschehen?«

Boncour richtete sich steif auf, als hätten harte Entscheidungen sein Rückgrat versteinert: »Man weiß es nicht. Man weiß es einfach nicht. Nur eins ist sicher. Eine kleine britische Insel wäre für das Mädchen kein Leben, jedenfalls kein glückliches.«

Es war diese Äußerung, die McKay den ganzen folgenden Tag über beschäftigte: »Interessant«, sagte er sich. »Für mich und die anderen Amerikaner hier heißen sie die Karibischen Inseln. Für Delia und

Étienne und die Engländer hier heißen sie Britisch-Westindien, als gäbe es Haiti und Kuba nicht.« Dann kreisten seine Gedanken um ein noch ungewöhnlicheres Phänomen:»Sogar die Holländer besitzen hier ein paar Inseln. Wer fehlt? Die wahren Besitzer, die Spanier.« Obwohl er selbst kaum etwas über Spanien oder das spanische Erbe wußte, bedauerte er den Verlust.

Die momentane Traurigkeit über den Untergang ehemaliger spanischer Herrlichkeit konnte jedoch seine Freude darüber, daß er sich in der Sicherheit von All Saints geborgen fühlte, nicht verdrängen. »Eigentlich gefällt mir alles auf dieser Insel, außer Major Leckey und das schwerverdauliche Essen.« Bei genauerem Nachdenken stieß er auch auf das, was ihm vor allem gefiel: die Effizienz, mit der der Gee-Gee regierte. »Zum Beispiel neulich auf dem Kricketfeld. Zum Training erschien er in seinem alten, typisch englischen Blazer, lief hinter ein paar Bodenbällen her, die schwarze Spieler ihm zugeworfen hatten, dann kam er ans Schlagen und warf gleich zwei, drei Stück bis weit über die Markierungslinie. Die Spieler und die zufälligen Zuschauer lieben so was. Sie hatten das Gefühl, er war einer von ihnen.«

Am ersten Tag nach seiner Rückkehr wartete bereits eine angenehme Überraschung auf ihn, denn Delia fuhr mit ihrem MG am Belgrave vor, um ihn zu einer Spazierfahrt in den Norden der Insel abzuholen, aber erst als sie zu dem unvergleichlichen Picknickgrund bei Cap Galant kamen und sich in der Aprilsonne aalten, hielt er es für angebracht, die kritische Frage zu stellen:»Delia, wenn eine Ehe mit Boncour auf dieser Insel unmöglich ist...?«

»Wer hat das gesagt?«

»Er. Er ist nicht dumm.«

»Er sollte mir meine Entscheidungen gefälligst selbst überlassen.«

»Warum heiraten Sie beide nicht und ziehen nach Barbados?«

Ihr Lachen klang fast überheblich:»Sind Sie schon mal auf Barbados gewesen?«

»Ich komme gerade daher. Das wissen Sie doch.«

»Und ist Ihnen nicht aufgefallen, daß die Insel kaum halb so groß ist wie diese?«

»Aber vor dem Aufstand war das Leben dort so... ich weiß nicht, angenehm... ruhig.«

Jetzt platzte ihr der Kragen:»McKay, Sie sind ein Trottel! Sie haben hier Ihren Spaß gehabt, und auf Barbados hat man Ihnen auch einen herzlichen Empfang bereitet. Aber sind Sie jemals einer schwarzen Familie auf einer der beiden Inseln begegnet? Ich meine den Menschen, die auf den Feldern arbeiten, die vier Fünftel der Bevölkerung ausmachen. Wie heißt es doch immer so schön im Film: Jungchen, du hast ja keine Ahnung! Also sagen Sie mir nicht, ich könnte auf Barbados leben.«

Er dachte darüber nach, während sie die beiden Enden des Knüpftuches zurück in den Picknickkorb stopfte, dann sagte er: »Sie scheinen alles zu einer Rassenfrage zu machen.«

Wieder mußte sie lachen: »Ja, sehen Sie denn nicht, Millard, daß jede menschliche Beziehung auf dieser Insel tatsächlich eine Rassenfrage ist? Nehmen wir mal an, Sie würden eine von Étiennes hübschen Verkäuferinnen zum Essen einladen – das wird eine Staatsaffäre. Sie wird Sie fragen: ›Wo sollen wir hingehen? Ich muß vorsichtig sein, wenn ich in Begleitung eines weißen Mannes gesehen werde.‹ Warum, meinen Sie wohl, bin ich mit Ihnen bis raus nach Cap d'Enfer gefahren?«

»Das habe ich mich auch schon gefragt.«

»Einmal, weil ich die Straße noch nie gefahren bin. Ich kannte die Strecke nicht. Aber der Hauptgrund war, um Étienne davor zu bewahren, mit mir gesehen zu werden.«

Er mochte diese unsinnige Erklärung nicht akzeptieren. »Sie brauchen mir nichts vorzumachen, Delia. Auf dem Rückweg wollten Sie in seinem Wagen fahren... alle sollten Sie sehen.«

»Das war auf dem Rückweg. Liebe macht manchmal blind. Dann ist Ihnen alles egal.« Sie starrte hinunter aufs Meer und fügte hinzu: »Wie damals mit dem deutschen Oberst. Es hätte mein Ende bedeuten können.‹

»Hatten Sie Angst?«

»Nein!« rief sie mit großem Nachdruck. »Ich selbst bin doch völlig unwichtig. Ich habe nie Angst um mich gehabt. Fragen Sie meinen Vater, der hat mir so manche Wunde geleckt.«

»Kommen wir zurück zu meiner Frage: Was wird aus Boncour?« Und sie entgegnete: »Früher oder später werden wir uns gegenseitig schrecklich weh tun. Er weiß das, aber wir wissen auch, daß sich das Spiel trotz dieses Risikos lohnt. Ganz und gar zu leben, darauf kommt es doch an.« Abrupt schaute sie McKay an, wiederholte: »Zu leben, das ist doch das alles Entscheidende, oder nicht?« und sprang in den Wagen.

Während sie Richtung Süden rasten, begleitet von atemberaubenden

Ausblicken auf das Karibische Meer, die Schaumkronen der Wellen reflektierten die Sonne, Crotonhecken säumten die Straße, dachte McKay: »Das hier muß eine der wunderschönsten Straßen der Welt sein und Delia eine der bezauberndsten Frauen. Aber beides ist in Gefahr. Die Aufstände in Barbados haben gezeigt, wie unsicher Stabilität sein kann. Und Delia! Was soll aus dieser wunderbaren Fee nur werden?«

»Delia, was wird aus Ihnen?« rief er spontan. »Soweit ich sehe, nur Ärger, wohin Sie auch kommen. Fast ein tragisches Ende in Deutschland, in Malta, hier auf All Saints. Eines Tages wird das Glück Sie verlassen.«

Sie beugte sich zur Seite und gab ihm einen flüchtigen Kuß. »Sie sind süß, daß Sie sich Sorgen machen. Aber mal ehrlich, was macht das schon?« Und der ungewöhnliche Blick, mit dem sie ihn von der Seite ansah, ließ ihn denken: »Mein Gott! Sie teilt mir mit, sie würde sich auch nicht wehren, wenn ich mit ihr ins Bett ginge.« Verwirrt rückte er rüber in die äußerste Ecke des Vordersitzes, verschränkte die Hände so fest ineinander, daß die Knöchel weiß hervortraten, und sagte leise: »Delia, ich habe mich in Sie verliebt.«

»Ist ja süß«, entgegnete sie respektlos, als verdiene das Geständnis keine weitere Beachtung.

»Ich will nichts sehnlicher, als daß Sie das Richtige tun.« Es war ihm klar, daß sich das irgendwie kindisch anhören mußte, und so fügte er matt ein weiteres Klischee hinzu, das alles nur noch schlimmer machte: »Aber vor allem will ich, daß Sie glücklich sind.«

Sie lachte über seine Worte und neckte ihn, als würde sie zu einem ungehorsamen Kind sprechen: »McKay! Sie reden wie meine unverheiratete Tante, die ihr Leben lang mit Jammermiene rumgelaufen ist, weil sie ihren Traumprinzen nicht gekriegt hat, den Nachbarsjungen, in den sie verliebt war.« Und damit endete das ernste Gespräch, das er in Gang zu bringen versucht hatte.

Zurück in Bristol Town, setzte sie ihn am Belgrave ab, wo sie Major Leckey vorfanden, offenbar außer sich vor Wut, weil er so lange auf sie gewartet hatte: »Delia, wirklich! Sie müssen uns benachrichtigen, wenn sie irgendwohin fahren. Ein wichtiger Besucher ist im Regierungsgebäude aufgetaucht. Ihr Vater...«

»Also, da bin ich! Fahren wir los.«

»Nicht in dieser Aufmachung. Es handelt sich um den deutschen

Botschafter. Er ist extra mit dem Schiff der königlich britischen Marine aus Barbados hergekommen. Sie haben es sicher draußen in der Bucht liegen sehen... wenn Sie Zeit hatten, mal hinzuschauen.« Und schon waren sie fort, wobei Leckey sehr schnell in seinem Wagen vorausfuhr und Delia in ihrem kleinen folgte, Stoßstange an Stoßstange.

Als McKay später zum Abendessen hinunterkam, fand er die Ponsfords nur zu bereit, ihn an ihren Tisch zu bitten, denn sie schienen randvoll mit erstaunlichen Neuigkeiten zu sein.»Die deutsche Regierung hat offiziell um Erlaubnis gebeten, mit einem ihrer Schlachtschiffe, der ›Graf Spee‹, in der Baie de Soleil festzumachen. Zu einen Freundschaftsbesuch im Rahmen einer Übung im südlichen Atlantik.«
»Wurde die Erlaubnis erteilt?«
»Natürlich. Unsere Beziehungen mit Deutschland sind nie besser gewesen. Wir haben gehört, es soll auch zu einem gegenseitigen Freundschaftspakt mit Italien kommen. Die Menschen bösen Willens, die unsere beiden Nationen immer auseinanderdividieren wollten, haben demnach wohl ausgespielt.«

McKay hatte von irgendwoher erfahren, daß es Differenzen zwischen den verschiedenen europäischen Ländern gab und daß harte Worte im Zusammenhang mit Adolf Hitler gefallen waren, aber in den Gebieten westlich von Detroit, in denen viele Amerikaner deutscher Abstammung lebten, nahm man das nicht sehr ernst. Er wußte ebenfalls, auch dies nur in groben Umrissen, daß nach seiner Abfahrt aus Detroit Deutschland und Österreich durch eine Art Übereinkunft jetzt vereint waren, aber befand sich aufgrund der bruchstückhaften Informationen, die ihm zugänglich waren, im Glauben, daß dies in dem Teil der Welt allgemein als ein Schritt hin zum Frieden betrachtet wurde.

Die Ponsfords teilten diese Meinung:»Wir können die Franzosen nicht ausstehen. Und Hitler? Hitler mag ja seine Fehler haben, aber die Juden sind doch über Deutschland und Österreich geradezu hergefallen.« Dann sagte Mr. Ponsford:»Ich wäre hoch erfreut, die ›Graf Spee‹ im Hafen liegen zu sehen. Die Deutschen sind eines Tages vielleicht unsere Verbündeten, und ich würde mir gerne einmal ansehen, was sie in die Partnerschaft einbringen.«

Es war bereits Viertel vor neun Uhr am selben Abend, als McKay ans Telefon gerufen wurde.»Hallo, McKay? Hier ist Leckey. Der Gee-Gee läßt fragen, ob Sie wohl herkommen könnten. Ja, jetzt gleich. Gut! Ich hole Sie ab, aber wären Sie wohl so freundlich und warten draußen?«

Als man ihn wenig später in Lord Wrenthams Arbeitszimmer geleitete, sah er sich vier Inselbewohnern gegenüber, alles Weiße, die mit Wrentham an einem Tisch saßen, dazu ein Europäer, Mitte Vierzig und von steifer Haltung, als hätte er einen Ladestock verschluckt. »Botschafter Freundlich, das ist der amerikanische Korrespondent. Er kommt aus dem Landesteil der Vereinigten Staaten, nach dem sie sich erkundigten. Ich wollte, daß sie sich beide einmal kennenlernen. Zum gegenseitigen Gedankenaustausch und ähnlichem.«

Die anschließende Befragung berührte das Thema nicht, denn als der Botschafter erfuhr, daß McKay gerade von Barbados zurückgekehrt war, wollte er wissen, was die Unruhen auf der Insel zu bedeuten hatten, aber ein flüchtiger Blick des Gee-Gee warnte McKay, nicht weiter auf diese für die britische Herrschaft peinliche Angelegenheit einzugehen, und so gab McKay lediglich eine beiläufige Schilderung. Das Gespräch verlief liebenswürdig, berührte eine Vielzahl von Bereichen, aber drang unter Gee-Gees diplomatischer Leitung nicht übermäßig in die Tiefe.

Statt dessen schien der Gee-Gee darauf erpicht, die Gäste mit seiner Tochter bekannt zu machen, und er wies Leckey an: »Schauen Sie doch mal, ob Delia die Diener dazu bewegen kann, uns etwas Kaffee zu kochen.« Als sie kurz darauf frisch gewaschen und gepudert in einem pastellfarbenen Kleid erschien, hinter ihr zwei schwarze Diener, die Tassen und Biskuits herumreichten, schien sie die Verkörperung der jungen englischen Dame aus gutem Hause, deren besorgte Eltern anfingen, nach einem Mann für sie Ausschau zu halten, und als sie McKay mit dem Tablett streifte, zwinkerte sie ihm verstohlen zu.

Er nutzte die kleine Unterbrechung, um eine Frage zu stellen, die ihm schon seine Berufsehre abverlangte: »Darf ich Detroit anrufen und melden, noch bevor es Wirklichkeit wird, daß die ›Graf Spee‹ uns einen Besuch abstattet?«

Lord Wrentham antwortete: »Es war sogar der Vorschlag des Botschafters, daß man Sie einlädt, auch wenn es schon so spät ist.«

»Ich halte diese Höflichkeitsbesuche für eine gute Idee«, sagte McKay. »Sie helfen, Freundschaft zu knüpfen.« Er hatte das Gefühl, er reagierte überschwenglicher, als der Situation angemessen schien, doch Major Leckey sprang ihm zur Seite und übertrumpfte ihn noch in seiner Begeisterung: »Wissen Sie, ich bin sicher, der Name des Botschafters bedeutet so etwas wie Freundschaft. Vielleicht ist das ja ein gutes Zeichen!« Darauf wurde ein Trinkspruch ausgebracht.

Man einigte sich, um zehn Uhr am nächsten Morgen am Dock zu

sein, wenn sich das große Schiff langsam und majestätisch zwischen den beiden Felsbrocken, die wie Wächter die Bucht beschützten, hindurchmanövrieren sollte. Jubelrufe erschallten, und Salutschüsse wurden abgefeuert, als sich das mächtige Schiff der Anlegestelle näherte, nur McKay beteiligte sich nicht an dem lärmenden Empfang, denn Bart Wrentham, der in der freiwilligen Rettungswache der Insel diente, flüsterte ihm ins Ohr: »Das ist kein Ausflugsdampfer. Das ist verdammt noch mal ein hübsches kleines Schlachtschiff!« Tatsächlich war das Schiff riesig, mit seinen Geschützbatterien, die in alle Richtungen zeigten.

Die »Graf Spee« stand unter dem Kommando von Kapitän Vreimark, der nun in steifer Zeremonie an Land gepfiffen wurde, vor den an Achterdeck versammelten Matrosen salutierte, als er von Bord ging, und anschließend die nach Rangordnung aufgestellten Beamten der Inselbehörden begrüßte. Besonders zuvorkommend verhielt er sich Lord Wrentham gegenüber, dem er einmal in Deutschland begegnet war und dem er nun einen jungen deutschen Zivilisten vorstellte, der in einer nicht näher bezeichneten Funktion auf der »Graf Spee« diente. »Exzellenz. Ich habe die Ehre, Ihnen ein besonders geschätztes Mitglied unserer Abordnung vorstellen zu dürfen. Baron Siegfried Sterner.« Der Baron trat einen Schritt vor, warf schneidig die Hacken zusammen, grüßte militärisch und sagte in einwandfreiem Englisch: »Mylord, ich überbringe Ihnen persönliche Grüße von meinem ehemaligen Tennispartner, Baron Gottfried von Cramm, der einmal bei Ihnen gewohnt hat, als er das Endspiel in Wimbledon erreichte.«

»Ja, richtig! Er wohnte sogar drei Jahre bei uns. Hat jedes Jahr das Endspiel erreicht. Aber hatte immer Pech. Das letztemal verlor er gegen einen Amerikaner, Don Budge.«

»Er schickt seine besten Wünsche.« In dem Augenblick entdeckte er Delia in der zweiten Reihe, und in der Annahme, es müsse sich um die Tochter des Gouverneurs handeln, machte er eine angedeutete Verbeugung, die sie erwiderte. Dann schritt er die Reihe weiter ab und kam zu Major Leckey, den er an seiner feschen goldbesetzten Uniform als den Adjutanten des Gouverneurs erkannte. Mit einem deutlich hörbaren Knall der flachen Hand gegen das Hosenbein und zusammengeschlagenen Hacken salutierte er und sagte: »Würden Sie bitte dieses Empfehlungsschreiben überreichen?« Auch wenn der Baron ihn überheblich behandelte, er mußte den Brief annehmen, und als er einen flüchtigen Blick auf den Umschlag warf, sah er, daß er gerichtet war »An das ehrenwerte Fräulein Delia Wrentham«, und aus dem Siegel schloß er, daß er von Baron Gottfried von Cramm stammte.

Die acht Tage im Frühjahr des Jahres 1938, die die »Graf Spee« vor All Saints auf Reede lag, bildeten einen Höhepunkt in der neueren Geschichte der Insel; die Anwesenheit dieses großen, schlanken, blaugrauen Kriegsschiffes degradierte alle früheren Abstecher jener kümmerlichen englischen Zerstörer, die einst so mächtig erschienen waren, zu einer lächerlichen Angelegenheit.

Am Donnerstag wurden alle Inselbewohner, die Lust hatten, eingeladen, an Bord zu kommen, und mehrere tausend folgten der Einladung. Mittels sorgfältig gespannter Seile und geschickt plazierter hölzerner Pfosten wurden die Besucher über das Schiff geleitet, aber die angeblichen »Militärgeheimnisse«, die sie in Augenschein nehmen durften, hätten sie auch auf jeder Ansichtskarte des Schiffes entdecken können. McKay fiel außerdem auf, daß die Deutschen so klug waren, ihren Gästen unauffällig drei verschiedene Rundgänge anzubieten. Weiße wurden hier und da dezent abgelenkt, ihnen wurden die Offiziersquartiere und ein Teil der Kommandobrücke gezeigt. Mischlinge wurden über einen anderen Weg geschleust, sie sahen die Quartiere der Mannschaftsdienstgrade und ein paar kleinere Geschütze; während Schwarzen ein endlos langer, verschlungener Weg zugemutet wurde, bei dem sie nichts sahen, was sie nicht auch von draußen hätten wahrnehmen können.

Als McKay einen Offizier gefunden hatte, der Englisch sprach, erkundigte er sich danach, und der Deutsche gestand offen: »Sie sind Tiere. Ich verstehe nicht, wie ihr Engländer hier noch Luft kriegt, wo die Insel doch so voll von ihnen ist.«

»Ich bin Amerikaner«, sagte McKay, und der Offizier lachte: »Dann wissen Sie ja, wovon ich rede.«

An vier aufeinanderfolgenden Tagen wurde jeweils zu einem festlichen Abendessen geladen. Der Gee-Gee lud die Offiziere zu einem blumengeschmückten Empfang ins Regierungsgebäude, gefolgt von einem Essen für zwanzig Persönlichkeiten, und bei beiden Anlässen ragten aufgrund ihrer beruflichen Stellung drei Männer besonders heraus: Lord Wrentham, groß, schlank, von aufrechter Statur und hübsch anzusehen in seinem offiziellen Ornat mit den drei farbenprächtigen Bändern; Kapitän Vreimark, der typische deutsche Marineoffizier, die

Brust übersät mit Orden, die von seinem jahrelangen Dienst in der Flotte zeugten; und Baron Sterner, jung, gutaussehend und schneidig in seinem festlichen Anzug, auf dessen linker Brust ein Band geheftet war. Der Engländer ist der Beeindruckendste von den dreien, dachte McKay, und am Abend darauf – die Offiziere der »Spee« unterhielten ihre Gäste an Bord des Schiffes – glänzte der Gee-Gee förmlich, denn als er in der Ausgehuniform einer der größten englischen Regimenter auftauchte, machte er eine glänzende Figur.

Am dritten Abend waren es die Beamten von All Saints, die den Deutschen zu Ehren ein großzügiges Buffet aufbauten und sie mit typischer Inselmusik unterhielten, aber der vierte Nachmittag und Abend waren am gelungensten: Eine lange Kolonne von Autos aller Baujahre beförderte die deutschen Offiziere in die nördlich gelegene alte Stadt Tudor, wo man zu einem ländlichen Empfang lud, Reden hielt und Musik gespielt wurde. Anschließend fuhr man weiter zum Cap Galant. Dort waren Zelte zum Schutz gegen mögliche Regengüsse aufgebaut, es wurde ein typisches Inselpicknick veranstaltet, und Calypsosänger traten auf, die zufällig aus Trinidad zu Besuch waren. Diejenigen unter den Deutschen, die Englisch verstanden, mißbilligten die respektlosen Texte der Musiker zu sozialen und politischen Themen. »Das würden wir in Deutschland niemals durchgehen lassen«, sagte ein Offizier zu McKay. »Das kann ich Ihnen versichern.«

Während dieser Tage, die wie im Flug vergingen, fiel McKay auf, daß Delia abwechselnd erschien und dann wieder für eine Zeitlang verschwand, und da er niemanden aus der Gruppe der Offiziellen persönlich kannte, den er hätte fragen können, griff er auf die Ponsfords zurück, die sich liebend gerne an dem Klatsch über die »feinen Leute« beteiligten, der die englische Mittelschicht gewöhnlich in Atem hielt. Mrs. Ponsford, gleich ganz konspirativ, als sie mit McKay ein kaltes Mittagessen einnahm, hatte Vertrauliches mitzuteilen: »Sie nutzt jede Gelegenheit, um diesen hübschen jungen Baron zu sehen, und ich glaube, sie hat sogar ein- oder zweimal die Nacht mit ihm an Bord verbracht.«

»Was wissen wir denn über ihn?« fragte McKay, als sei er der besorgte Onkel. »Ich meine, was wissen wir wirklich?«

»Oh, er ist untadelig«, entgegnete Mr. Ponsford, mindestens ein so eifriges Klatschmaul wie seine Gattin. »Soweit ich weiß, hat der Gee-Gee telefonisch beim Auswärtigen Amt Erkundigungen einziehen lassen.«

749

»Wo wir gerade dabei sind, was soll ich meiner Zeitung über den Zweck des Besuches der ›Spee‹ schreiben? Scheint mir höchst ungewöhnlich.«

»Ganz und gar nicht. Sie tun das, was wir Flagge zeigen nennen. Herr Hitler will allen demonstrieren, daß er so ein Schiff wie die ›Spee‹ besitzt.«

»Glauben Sie, daß der Gee-Gee seine Heimat über dieses riesige Ding informiert?«

»Ich bin sicher. Er ist kein Dummkopf.«

»Wenn er so klug ist, wieso läßt er dann seine Tochter mit diesem unechten Baron anbändeln?«

Mrs. Ponsford mußte lachen, als sie hörte, wie verärgert ihr amerikanischer Freund über den Deutschen war. »Er ist kein unechter Baron, wie Sie sagen. Er ist ein echter Baron aus einer bedeutenden preußischen Militärfamilie. Aber das wollten Sie ja nicht wissen. Der Gee-Gee? Ich glaube, er wird äußerst zufrieden sein, wenn er erfährt, daß seine reizende Tochter nicht irgendeinen Farbigen von der Insel oder einen Amerikaner heiratet.«

Mr. Ponsford fühlte sich bemüßigt, einen plumpen Witz einzustreuen: »Er könnte Ihnen wahrscheinlich nicht einmal sagen, was schlimmer wäre.«

Auf der Suche nach Trost ging McKay rüber zu Boncours Laden, wo er, da er den Franzosen nicht antraf, zum erstenmal ernsthaft darüber nachdachte, was Delia ihm bei ihrem Ausflug zum Cap Galant gesagt hatte. »Stellen Sie sich vor, sie würden eine von Boncours hübschen Verkäuferinnen zum Essen einladen...« Plötzlich musterte er die beiden Mädchen, schlank, geschmeidig und mit dem anmutigsten Lächeln der Welt, und er spürte, wie leicht es sein würde, in ihren Bann zu geraten, und wie schwierig, dagegen etwas zu unternehmen. Tatsächlich, wohin konnte er sie zum Essen ausführen, in welchen gesellschaftlichen Kreisen sollten sie sich bewegen? Und diese beiden Mädchen waren fast weiß. Und wenn er nun in All Saints bliebe und sich sogar in eine dieser liebreizenden Geschöpfe verlieben würde, die um einige Grade dunkler waren als Black Bart? Das würde dann wirklich Probleme bereiten. Als Boncour von Bord der »Spee« zurückkehrte, wo er sich mit deutschen Offizieren getroffen hatte, die ihm Uhren zum Diskontsatz abkaufen wollten, war er nicht in der Stimmung für Klatsch oder frivole Männergespräche. Er führte McKay in sein Büro im Hinterzimmer, das genauso sauber und ordentlich wie die übrigen Geschäftsräume war, ließ sich in einen Sessel fallen, schaute ihn hilflos an und sagte, ohne daß McKay gefragt hätte: »McKay, sie macht einen schrecklichen Fehler. Eine Engländerin, die sich ins Herz des deutschen Nazismus begibt . . .«

»Er ist ein Landedelmann, keine Nazikarikatur. Ihr Vater hat telegrafisch beim Auswärtigen Amt nach seinen Referenzen gefragt.«

Boncour sah überrascht auf: »Ist Ihnen denn nicht klar, welche Position er auf dem Schlachtschiff hat? Er ist der Nazipropagandist.«

»Was ist er?«

»Gauleiter. Parteioffizier, was weiß ich . . . jedenfalls jemand, der der Mannschaft auf die Finger schaut . . . damit sie auf Hitlers Linie bleibt.«

»Sie sind verrückt.«

»McKay, sie wird ihn bald heiraten. Jedenfalls haben sie auf dem Schiff darüber gesprochen. Wird wahrscheinlich eine große Militärzeremonie. Kapitän Vreimark soll die Trauung vornehmen.«

»Oh.« Es stand kein Ausrufungszeichen hinter dem Wort, so wie McKay es aussprach; es klang eher wie das Stöhnen eines Mannes, dem ein überlegener Gegner gerade einen schweren Schlag in die Magengrube versetzt hat. Er war da in Dinge verwickelt, über die er wenig wußte und erst recht keine Kontrolle besaß. »Sollten wir uns nicht besser mit Delia darüber unterhalten? Offen und ehrlich? Alle Karten auf den Tisch legen?«

»Sie kommt hierher. Um sich zu verabschieden.« Die beiden Männer saßen schweigend beieinander und warteten.

Dann hörten sie, wie sie beschwingt den Laden betrat und mit heller Stimme fragte: »Wo ist Étienne?« Und als die Mädchen auf die Hintertür zeigten, trat sie in das Büro ein. »Ach, da seid ihr ja beide! Wie praktisch.«

Boncour weigerte sich, auf ihren neckischen Ton einzugehen. »Delia, du darfst diesen Deutschen nicht heiraten. Er ist ein Nazi. Dein Leben mit seiner Bande wäre die Hölle . . .«

Sie nahm plötzlich eine reservierte Haltung an, dann starrte sie die beiden Männer – Liebhaber und Bewunderer – wütend an und beschloß, dem Unsinn ein Ende zu bereiten: »Siegfried ist genau derjenige, der er nach außen scheint. Ein treuer Repräsentant der deutschen Regierung.«

»Was er scheint?« platzte McKay hervor. »Niemand weiß, wer zum Teufel er ist und was er auf dem Schiff verloren hat.«

Es war jedoch der scharfsinnige, in England ausgebildete Boncour, der die Entwicklung klar voraussah: »Delia, begreifst du denn nicht, was passieren wird? Hitler und Großbritannien werden sich früher oder später unweigerlich zerstreiten.«

Ihre Auseinandersetzung lief ins Leere, denn alle drei, Delia, Étienne und Millard, erkannten das Absurde der Situation – daß ein gewöhnlicher Farbiger von einer unbedeutenden Insel um die Liebe einer adligen Engländerin warb gegen einen deutschen Baron, der offensichtlich in der Gunst des Führers seines Landes stand. Der Kampf war einfach nicht fair, und auch McKays Chancen standen nicht viel besser: Er war bloß ein amerikanischer Schreiberling aus der Provinz, der versuchte, sich mit aller Gewalt einer blaublütigen Familie aufzudrängen.

Es schien so grotesk, daß McKay nicht umhinkonnte zu lachen, doch Boncour war außer sich, denn er kämpfte um sein Leben: »Delia, um Gottes willen, laß dich nicht auf dieses leichtsinnige Abenteuer ein...«

»Leichtsinnig?« Ihre Stimme schwoll an. Er hatte das falsche Wort gebraucht. »Ich bin mein ganzes Leben leichtsinnig gewesen, und es hat mir das eingebracht, was ich wollte – Aufregung und Spaß. Ich werde mich doch jetzt nicht ändern.«

»Aber nicht mit einem hohen Nazibonzen. Eines Tages sind wir vielleicht im Krieg mit Deutschland.«

»Bist du denn ganz von Sinnen? Das ist schon das zweite Mal, daß du das sagst. Deutschland und England haben sich verständigt, und ich will ein Teil dieser Freundschaft sein.« Sie ging nervös in dem überladenen Büro auf und ab, dann sah sie zu McKay hinüber, als könnte sie mit Boncour nichts mehr anfangen. »Als ich das erstemal nach Deutschland kam, war ich hingerissen von der Lebenskraft, dem Gefühl, daß eine neue Welt im Entstehen ist. Jemand hat das die Bewegung der Zukunft genannt, und an die glaube ich auch.«

Boncour fing an zu widersprechen, aber sie schnitt ihm das Wort ab: »Ich muß jetzt gehen. Ich wollte nur, daß ihr beide es aus meinem Mund erfahrt. Es ist so, Siegfried und ich werden heiraten. Übermorgen, auf der ›Spee‹.«

Sie drückte McKay einen Kuß auf die Wange und versuchte dasselbe bei Boncour, aber er wandte sich von ihr ab, und so fügte sie hinzu, als wollte sie ihn noch trauriger machen: »Und für unsere Hochzeitsreise fliegen wir nach Brasilien.«

Die Hochzeit fand um fünf Uhr nachmittags am Tag vor der Abreise der »Spee« statt. Auf dem Achterdeck hatte man eine Art Podium errichtet, über und über mit Inselblüten geschmückt, und auf ihm stand Kapitän Vreimark in seiner Galauniform, strenger und aufrechter als sonst; an seiner Seite drei jüngere Offiziere, ebenfalls mit ernstem Gesichtsausdruck und sehr militärisch, hinter ihnen die Inselkapelle, verstärkt durch Musiker von der »Spee«. Unter einer Geschützbatterie schließlich wartete Delia in einer wehenden pastellfarbenen Robe neben ihrem Vater.

Die Kapelle spielte Mendelssohn, als die hübsche Braut am Arm ihres Vaters auf Baron Sterner zuschritt, und McKay dachte unwillkürlich: Was wird wohl aus ihr? Erst jetzt fiel ihm auf, daß der Mann, der sie am meisten liebte, nicht anwesend war: Étienne. Wo er jetzt steckte, wußte der Amerikaner nicht, aber er war sicher, er saß irgendwo allein und versuchte, die bittere Pille zu schlucken.

Die Braut und ihr gutaussehender Vater rauschten vorbei, hielten kurz inne, um den Baron zu holen, der seine Militäruniform angelegt hatte, dann traten alle drei vor Kapitän Vreimark, der sie begrüßte, eine kurze feierliche Formel verlas, erst auf deutsch, dann auf englisch, und das Paar anschließend für Mann und Frau erklärte. Als sich die Trauzeugen unter den Gästen aufreihten, um die Heiratsurkunde zu unterzeichnen, entdeckte Delia auch McKay und bat Major Leckey, ihn zu holen: »Bitte, bitte, Millard, unterschreiben Sie. Lassen Sie mich wissen, daß alles vergessen und vergeben ist.«

»Sie sollen meinen Segen haben«, antwortete er, und während die Sonne zwischen den steinernen Wächtern über der herrlichen Bucht unterging, hatte er für einen kurzen Augenblick das Gefühl, daß Delia vielleicht doch recht hatte: Vielleicht signalisiert der Besuch des Schiffes tatsächlich eine Einigung zwischen Deutschland und England. Er wußte zuwenig über die neuesten Entwicklungen in Mitteleuropa, um abzuschätzen, wie wenig wahrscheinlich das war, aber brachte trotzdem die Hoffnung als eine Art Segensspruch für Delia zum Ausdruck. Sie war eine außergewöhnliche Person; er hatte sich in sie verliebt und würde es niemals leugnen. Der Gedanke, daß sie sich für den deutschen Baron entschieden hatte, erfüllte ihn mit Abscheu, aber er hatte nun mal verloren und wollte weder darüber trauern noch zulassen, daß der Verlust zu heftig an ihm nagte.

Da es Frauen nicht erlaubt war, an Bord eines deutschen Kriegsschiffes zu reisen, fuhr die Hochzeitsgruppe zusammen mit vielen Inselbe-

753

wohnern zu der provisorischen Startrampe für Wasserflugzeuge in Anse de Soir, wo ein großes schwerfälliges Flugboot der Pan American Airlines extra seinen Abflug verschoben hatte, um das Brautpaar noch mit auf den Flug nach Rio an Bord nehmen zu können. Die Kapelle spielte ein hawaiianisches Abschiedslied, »Aloha Oe«, Kapitän Vreimark und Lord Basil salutierten, Delia gab jedem einen Kuß, und Baron Sterner schaute in die Runde, vollauf zufrieden, daß er die Enkelin eines englischen Grafen zur Frau genommen hatte. McKay, der noch immer bedauerte, daß Étienne Boncour nicht gekommen war, um auf Wiedersehen zu sagen, winkte Delia zu, als sie jetzt ins Flugzeug stieg, und flüsterte: »Viel Glück, kleine Meerjungfrau. Bist mitten in mein Herz gesprungen.« Dann plötzlich mußte er sich von der lärmenden Menschenmenge lösen, denn seine Augen drohten sich mit Tränen zu füllen.

Er kehrte ins Belgrave zurück, nahm ein verspätetes Abendessen ein und war gerade auf dem Weg zu seinem Zimmer im zweiten Stock, als er hinter der Tür der Ponsfords gedämpftes Stimmengewirr vernahm. Da er die beiden selbst nicht heraushörte, dachte er, es stimmte vielleicht irgend etwas nicht, und versuchte spontan, die Tür zu öffnen. Sie war aber verschlossen, und so nahm er einen Anlauf und rannte mit der Schulter dagegen – nur um sich Major Leckey gegenüberzusehen, noch in Uniform, ebenso Mr. Ponsford und Mrs. Ponsford, die einen Revolver auf McKays Kopf gerichtet hielt. An zwei Wänden in einer Ecke des Zimmers waren die Bauteile eines Hochleistungssenders aufgebaut, vor dem ein Farbiger Platz genommen hatte, den er vorher noch nie gesehen hatte. Eine autoritäre Stimme aus London erteilte Instruktionen, die McKay jedoch nicht verstand.

»Schließen Sie die Tür«, befahl Major Leckey in knappem Ton.

»Was soll das?«

»Halten Sie die Klappe!« fuhr Mrs. Ponsford ihn an, ihre Lippen dünn, die Waffe noch immer unverändert auf McKay gerichtet.

Während er allmählich immer mehr Bruchstücke dessen, was gesendet und empfangen wurde, aufschnappte, kam er zu dem Schluß, daß der aufgeblasene, aber gleichzeitig unterwürfige Major Leckey einem geheimen Inselapparat vorstehen mußte, der in direkter Verbindung mit Geheimagenten in London stand. Aus irgendeinem Grund hielten Leckey und seine Mannschaft es für notwendig, an dem Generalgouverneur und seinem offiziellen Kurzwellensender vorbeizuoperieren.

Aus den wenigen Worten, die fielen, ließ sich entnehmen, daß die Ponsfords, seit Jahren bewährte Agenten mit Erfahrung aus den verschiedensten Ländern, von ihrem Hauptquartier hierhergeschickt worden waren, um Leckey bei seiner Operation zu unterstützen, und die Tatsache, daß sie McKay so vollkommen zum Narren gehalten hatten, bewies nur, daß sie auch andere hereingelegt haben mußten.

Mit offenem Mund starrte er die Ponsfords an und setzte Stück für Stück all die kleinen Andeutungen zusammen, die sie über ihren Auftrag gemacht hatten, dem er jedoch nicht auf die Schliche gekommen war: »Sie sagten, sie seien mit dem Grafen von Gore befreundet gewesen. Wahrscheinlich wurden sie genau deswegen auf seine Fährte gesetzt. Anscheinend besaßen sie eine vollständige Akte über Delia, und ich hätte mich eigentlich wundern müssen, daß sie soviel über sie wußten. Sobald sie erfuhren, daß ich Zeitungsreporter bin, setzten sie alles daran, mir weiszumachen, daß sie bloß ein paar lebenslustige vertrottelte alte Engländer sind. Immer tauchten sie zu den passendsten Gelegenheiten an der richtigen Stelle auf. Ich komme mir ziemlich blöd vor, wo sie jetzt die Knarre auf mich richtet, nachdem ich sie als gewöhnliche Klatschbase abgetan hab'.«

»Richten Sie denen aus«, sagte Leckey zu dem Mann vor der Skala, »sobald unser Mann da ist, schicken wir ihnen militärische Einzelheiten. Da unsere kleine Delia wahrscheinlich irgendwo als deutsche Agentin auftaucht, erzählen Sie, Mrs. Ponsford, bitte Näheres über die abscheuliche Hochzeit.« Nachdem die so Angesprochene den Revolver ihrem Mann übergeben hatte, der ihn weiter auf McKay gerichtet hielt, gab sie ihren eisigen, leidenschaftslosen Bericht: »Delia hat sich genauso wie letztes Jahr auf Malta aufgeführt, nur hat sie sich diesmal mit einem ortsansässigen Mulatten, einem Ladeninhaber, eingelassen, hat ihn praktisch in den Ruin getrieben und sich vermutlich auf Vorschlag ihres Vaters alle Mühe gemacht, einem einfältigen amerikanischen Journalisten den Kopf zu verdrehen. Wahrscheinlich sollte er in seinen Artikeln Schönfärberei zugunsten Hitlers betreiben. Heute abend hat sie eurem auf Herz und Nieren überprüften Baron Sterner das Jawort gegeben, dem ehemaligen Tennispartner von dem anderen deutschen Baron, dem anständigen, Gottfried von Cramm, der England seine Hand zur Freundschaft ausgestreckt hat.«

Sie gab das Mikrofon zurück, ließ sich den Revolver aushändigen und übernahm wieder die Bewachung McKays, aber die Nachrichtenübermittlung wurde durch die Ankunft von einem Agenten Leckeys unterbrochen, der die »Graf Spee« beobachtet und Aufnahmen von dem Schiff gemacht hatte und jetzt außer Atem ins Zimmer gestürzt kam. Es war Bart Wrentham aus dem »Waterloo«, und als er McKay erblickte und die Waffe, die auf ihn zielte, platzte er hervor: »Was zum Teufel hat der hier zu suchen?«

»Er kam hereingeschneit«, entgegnete Leckey knapp, »und wir dürfen ihn nicht laufenlassen, bevor die ›Spee‹ nicht abgelegt hat.«

Seinem Freund keine weitere Beachtung schenkend, trat Black Bart vor den Sender und sagte zu dem Funker: »Holen Sie mir Brasilien rein«, worauf er einem Agenten der britischen Admiralität etwa zehn Minuten lang seine professionelle Beurteilung der ungeheuren Feuerkraft des deutschen Schlachtschiffes übermittelte. Dann übernahm wieder Leckey das Mikrofon und sprach in beherrschtem, gefühlskaltem Ton mit London: »Warum hat die ›Graf Spee‹ diesen ungewöhnlichen Besuch gemacht? Aus dem, was Kapitän Vreimark zufällig geäußert hat, aber so, daß wir es hören sollten, wollten sie unseren Gouverneur dazu bewegen, nur Gutes über die deutsch-englische Freundschaft zu berichten. Und weil ihnen bekannt gewesen sein mußte, daß irgendeine Gruppe wie die unsrige versuchen würde, die Kapazität ihrer Schiffe zu bestimmen, luden sie uns sofort ein, es zu besichtigen. Sie wollten uns angst machen, und sie wollten, daß wir euch angst machen. Ihr Spiel ist aufgegangen. Es ist ein furchterregendes Schiff, und ich habe Angst.«

McKay hörte fasziniert zu, aber war nicht auf das gefaßt, was Leckey als nächstes zu berichten hatte: »Lord Wrentham ist ein Gefangener ihrer Propaganda. Er rühmt Hitler, meint, er hätte mitverfolgt, wie die Nazis an die Macht gekommen wären, und jetzt glaubt er, der Führer sei durch nichts mehr aufzuhalten. Er versucht, jeden offiziellen Besucher der Insel davon zu überzeugen, es sei Deutschlands Schicksal, über Mitteleuropa und noch weitere Länder zu herrschen. Er haßt Frankreich, und für Amerika hat er nur Verachtung übrig, aber er ist klug genug, naive amerikanische Journalisten zu verhätscheln und seine wahren Absichten vor ihnen zu verbergen. Wir wissen, daß er ein Arsch ist, aber einer, vor dem man sich in acht nehmen muß, weil er beliebt bei den Leuten ist. All Saints ist ein guter Ort, um ihn von Europa zu isolieren, aber er muß unter dauernder Beobachtung stehen.«

Nachdem die fünf Verschwörer ihre Berichte abgeschickt hatten, nahmen sie ihren Sender schnell auseinander und verstauten die Einzelteile in einer erstaunlich kleinen, handlichen Reisetasche. Dann wandte sich Leckey an die Ponsfords und fragte: »Was sollen wir mit ihm machen?«

»Er hat zuviel mitgehört«, warnten sie. »Außerdem ist er Reporter.«

»Was wollen Sie damit sagen? Daß wir ihn erschießen sollen?«

»Unter anderen Umständen ja. Jedenfalls müssen wir verhindern, daß er gleich an seine Schreibmaschine läuft – bei seinem Wissen.«

»Ich halte ihn für ehrlich«, mischte sich jetzt Black Bart ein. »Lesen Sie doch seine Artikel.«

»Ja«, sagte Leckey, wobei der McKay geringschätzig musterte. »Sehen Sie sich die ruhig mal an. Die reinsten Schmeicheleien. Verliebt sich in so eine Hexe wie Delia, schreibt Lobeshymnen.«

»Also, was sollen wir mit ihm machen?« fragte Mr. Ponsford, und Leckey erwiderte: »Wir müssen ihn hierbehalten, bis die ›Graf Spee‹ unterwegs nach Brasilien ist. Und wir müssen Lord Wrentham im Glauben lassen, daß seine enge Verbindung zum deutschen Gesandten unbemerkt geblieben ist.« Schließlich sprach er McKay direkt an: »Sie bleiben in diesem Zimmer, unter Bewachung, bis morgen früh. Dann werden wir eine Entscheidung treffen.« Dann wandte er sich an Mrs. Ponsford, die noch immer den Revolver bereithielt, und fragte sie: »Können Sie ihn bis morgen bewachen?«, worauf sie nickte.

Die vier Männer, Leckey, Ponsford, Black Bart und der Funker, verließen den Raum, nahmen ihre Sendeausrüstung mit, um sie an einer sichereren Stelle zu verstecken, und wurden für den Rest des Abends nicht mehr gesehen.

Mrs. Ponsford hielt, ohne mit der Wimper zu zucken, den Revoler auf McKay gerichtet und vereitelte alle seine Versuche, sie in eine Unterhaltung zu verstricken. Nur einmal bemerkte sie: »Es kommt Ihnen sicher als ein schmutziges Geschäft vor – aber der Feind ist furchtbar.«

»Sie glauben also, daß es zu einem Krieg in Deutschland kommt?«

»Sie etwa nicht? Nachdem Sie die Aufbauten der ›Spee‹ gesehen haben?«

»Würden Sie mich erschießen, wenn ich versuchte davonzulaufen!«

»Versuchen Sie es doch.«

Er sagte nichts mehr, bis er auf die Toilette mußte. »Gehen Sie vor«, meinte sie und folgte ihm bis in die kleine Kammer. »Nicht daß sie mir aus dem Fenster klettern, wie man es im Kintopp sieht«, warnte sie, aber nach geraumer Zeit protestierte er:»Es ist unmöglich für einen Mann, sein Geschäft zu verrichten, wenn eine Frau mit einem Revoler neben ihm steht und auf seinen Kopf zielt«, worauf sie meinte:»Versuchen Sie's weiter.«

Kurze Zeit später schlug sie vor:»Versuchen Sie es doch mal im Sitzen«, und während er auf dem Beckenrand thronte, drehte sie einen Wasserhahn auf, so daß das Wasser laut klatschend in die Wanne lief, was seine Hemmung schließlich abbaute.

Es war früher Morgen, als er fragte:»Warum haben Sie mir die ganze Zeit was vorgemacht und immer in diesem Gartenpartyton mit mir geredet?« und sie sagte:»Vom ersten Augenblick an dachte ich, wir könnten Sie vielleicht benutzen. Ich habe mich so gegeben, wie Sie es erwartet haben. Ich wollte Sie dazu bringen, mich zu akzeptieren, mir zu vertrauen.«

»Und wieso führt sich Leckey wie der letzte Narr auf?«, worauf sie erklärte:»In den letzten acht Jahren hat er sich einer der schwierigsten Aufgaben gewidmet. Nämlich die wirklichen Narren zu beobachten. Wenn er seine Rolle auch nur eine Minute aufgibt, läuft er in ihre Falle.«

»Trägt er die Verantwortung für Ihre Gruppe?« Aber sie erwiderte: »Das werde ich Ihnen nicht sagen. Es könnte genausogut Bart aus dem ›Waterloo‹ sein oder mein Mann oder auch ich.«

»Aber Leckey gibt die Befehle«, meinte er, worauf sie entgegnete: »Scheint so. Vielleicht ist das das Geheimnis seines andauernden Erfolges.«

Als sich die Dämmerung im Osten auf Pointes Nord und Sud widerspiegelte, kehrten Major Leckey und Bart zurück.»Legen Sie sich schlafen, Mrs. Ponsford«, sagten sie, und sie reichte Bart den Revolver.

Nach wenigen Minuten war sie fest eingeschlafen, und Leckey fragte McKay:»Unter welchen Bedingungen können wir Sie am Leben lassen?« Aber es war Bart, der einen praktischen Vorschlag machte:»Man könnte ihm auseinandersetzen, daß sich sein Amerika genauso schnell im Krieg mit Hitler befinden wird wie wir. Wenn er das erst mal begriffen hat, bringen wir ihn dazu zu schwören, daß er nichts über den gestrigen Abend schreiben wird... oder über unseren blöden Gee-Gee... oder den Nazimann Sterner.«

»Würden Sie denn sein Wort akzeptieren? Bei einer Sache von so entscheidender Bedeutung?«

»Es bleibt uns nichts anderes übrig.«

»Können Sie uns so ein Versprechen geben, McKay?« Millard wollte gerade antworten, als Leckey sagte: »Bevor Sie etwas schwören, was Sie doch nicht einhalten können, denken Sie daran, bevor Sie ein doppeltes Spiel mit uns treiben: Dafür haben wir unsere Leute wie die Ponsfords, die sich eines Nachmittags heimlich still und leise nach Detroit begeben. Sie werden dann leider einen häßlichen Unfall erleiden.«

»Ich glaube, ich kann mir jetzt alles zusammenreimen«, sagte McKay. »Ich bin nicht sicher, ob Sie recht haben, was Deutschland betrifft, aber ich bin sicher, Sie glauben fest daran.« Er strich sich mit der Zunge über die trockenen Lippen. »Ich gebe Ihnen mein Wort.«

»Also nichts über den Gee-Gee als Komplizen der Deutschen, ob er's nun selbst weiß oder nicht? Nichts über Baron Sterner? Nichts über unser Funkgerät? Nichts über mich und Bart – die wir nun mal hierbleiben müssen?«

Man kam zu einer Einigung, bei der McKay schwören mußte, alle wichtigen Aspekte im Zusammenhang mit dem Besuch des Schlachtschiffes aus dem Gedächtnis zu streichen, um die Tarnung von Leckey, Bart Wrentham und den Ponsfords auf keinen Fall zu gefährden. All das schien jedoch plötzlich sehr belanglos zu sein, als von der Straße unter ihrem Fenster plötzlich tumultartiger Lärm zu hören war. Sie liefen nach draußen ins grelle Sonnenlicht und sahen eine Menschenmenge, die sich vor Étienne Boncours Juwelierladen versammelt hatte. »Was ist passiert?« bellte Leckey, und zwei Frauen, vor Angst zitternd, zeigten nur stumm auf den Ladeneingang.

Nachdem sie sich einen Weg durch die raunende Menge gebahnt hatten, betraten die beiden Männer den herrlich eingerichteten Verkaufsraum, in dem die spiegelblanken Verkaufstheken ordentlich aufgereiht standen. Als ihr Blick in das Schaufenster fiel, in dem die teuren Rolex-Armbanduhren auslagen, sahen sie quer darüber gebeugt, Arme und Beine auf groteske Weise verrenkt, den bewegungslosen Körper des Ladenbesitzers. Étienne Boncour hatte sich durch einen Kopfschuß getötet, wobei sein Körper mit solcher Wucht nach vorne geschleudert worden sein mußte, daß er in die Glasvitrine gestürzt war.

McKay versetzte der Anblick seines toten Freundes einen schweren Schlag, doch Major Leckey warf nur einen kurzen berufsmäßigen Blick auf die Szene, nahm sofort seine gewohnte Adjutantenpose ein und rückte die im Morgenlicht glänzende Achselschnur seiner Uniform zurecht. Mit beiden Armen wedelnd, um die gaffenden Zuschauer ausein-anderzutreiben, brüllte er seine Befehle:»Bitte, gehen Sie doch weiter! Kümmern Sie sich um Ihre eigenen Angelegenheiten! Machen Sie doch den Weg frei!« Er drückte die Menschen zur Seite, um Platz für den umgebauten Transporter zu schaffen, der den Toten ins Leichenschau-haus bringen sollte.

13. Kapitel

Der ewige Student

Mit 51 Jahren fing Michael Carmody an sich zu fragen, ob er in seinen Klassen wohl jemals auf den einen intelligenten Schüler treffen würde, der das Unterrichten einigermaßen erträglich machen würde. »Keiner weit und breit«, stöhnte er eines Montagmorgens, als er sich früh in der allwöchentlichen Tretmühle einfand. »Akzeptable Schüler, ja, aber nie das eine große Talent, das sich in den Vordergrund drängt und einen an den jungen Raffael oder den kleinen Mozart erinnert. Wahrscheinlich wird so was heute nicht mehr produziert.«

Aus Irland nach Trinidad eingewandert, war Michael Carmody Lehrer am Queen's Own College in dem hübschen Ort Tunapuna, zwölf Kilometer östlich von der Hauptstadt Port of Spain.

Queen's Own nannte sich nach dem englischen Schulsystem ein College, obwohl es in anderen Teilen des Commonwealth sicher nur als High-School bezeichnet worden wäre. Man ging davon aus, daß jeder einigermaßen intelligente Junge, der sich weiterbilden wollte, anschließend direkt auf eine Universität wechselte. Das Bildungsniveau war allgemein hoch, und die besten Absolventen hatten keinerlei Schwierigkeiten, Stipendien für die führenden Universitäten in England zu ergattern und dort ganz leidliche Ergebnisse zu erzielen; und doch verlor Carmody nicht die Hoffnung, eines Tages noch einen zukünftigen kleinen Isaac Newton in seinem Klassenzimmer wiederzufinden.

Als er an jenem Montag im Jahr 1970 vor sein Pult trat und die Bücher ablegte, die er über das Wochenende mit nach Hause genommen hatte, entdeckte er ein weißes Blatt Papier, auf dem nur die Worte »Master Carmody« standen. Er nahm es auf und fand ein zweites Blatt angeheftet mit einem vierzehnzeiligen Gedicht, arrangiert in der klassischen Form eines Sonetts. Er setzte sich auf seinen Stuhl, lehnte sich zurück, Füße auf dem Pult, las das Sonett, schaute hoch auf die Decke und rief: »Also, so was!«

In den Minuten bevor die Schüler in das Klassenzimmer stürmten, las er das Gedicht noch einmal und kam zu dem Schluß: »Der Autor kann nur Banarjee sein.« Er vergegenwärtigte sich den Jungen, ein zurückhaltender Inder von fünfzehn Jahren, schmal wie ein Elfenbeinstab, mit dunkler Gesichtsfarbe, einem wirren, schwarz schimmerndem Haarschopf und leuchtenden Augen, die er kaum in der Öffentlichkeit zu zeigen wagte. Ranjit Banarjee war außergewöhnlich schüchtern, vor allem in Gegenwart von Mädchen, und obwohl er allem Anschein nach einen Verstand von erstaunlicher Aufnahmefähigkeit und ein breitgefächertes Wissen besaß, brillierte er in keinem der üblichen Schulfächer. Von seinen Lehrern als ein schwieriger Junge, der jedoch den Unterrichtsverlauf nicht stört, eingestuft, bewegte er sich kaum bemerkbar von Klasse zu Klasse, sich immer abseits von seinen Mitschülern haltend – ein Hindu in einer katholischen Schule.

Die Glocke, die den Beginn des Unterrichts ankündigte, läutete, und lärmend betrat die junge Bande den Raum, alles Jungen aus Trinidad – es handelte sich um ein nach Geschlechtern getrenntes katholisches College, das in der Zeit gegründet worden war, als sich die Insel noch in spanischem Besitz befand. Alle möglichen Hautfarben waren vertreten, vom dunkelsten Schwarz der Neger, deren Vorfahren Sklaven gewesen waren, zu den Mulatten halb schwarz, halb weiß, dem hellen Braun der Hindus und Muslimen asiatischer Abstammung, dem zarten Teint der spanischen und französischen Familien, in denen es irgendwann einmal in ferner Vergangenheit schwarze Einflüsse gegeben hatte, bis zu den Weißen wie Carmody, die hauptsächlich von den Britischen Inseln stammten und erst kürzlich herübergekommen waren. Während sie in das Klassenzimmer strömten, dachte der Lehrer: »Ein tropischer Blumenstrauß – und um wieviel erfrischender als das Heer blaßweißer Kinder, das mich jeden Morgen in Dublin begrüßt hat.«

Als er die Aufmerksamkeit seiner Schüler gewonnen hatte, nahm er die beiden Seiten auf, hielt sie hoch und sagte: »Heute morgen habe ich eine Überraschung für euch, und zwar eine sehr angenehme, soviel kann ich euch schon versprechen. Als ich eben ins Klassenzimmer kam, fand ich ein Gedicht auf meinem Pult liegen. Wenn ihr euch anseht, wie die Zeilen gesetzt sind, könnt ihr mir dann sagen, um was für eine Art Gedicht es sich handelt?« Ein Junge meldete sich: »Ein Sonett«, und Carmody fragte weiter: »Woran kann man das erkennen?« Und der Junge erklärte:»Zwei mal vier Zeilen in den ersten Strophen, zwei mal drei Zeilen in den letzten.«

»Sehr schön. Und das Gedicht ist auch sehr schön«, worauf er mit einer für Rezitation besonders geeigneten irisch gefärbten Aussprache das Gedicht vortrug:

Als ihre prächtigen Schiffe sich anschickten,
Den Halbmond der Karibeninseln zu passieren,
Den grimmigen Atlantik nun im Rücken,
War ihr Freude groß, in lieblicher'n Gewässern zu lavieren.

Der Wellengang war sanft, die Winde weich,
Die Sonne strahlte übers blaue Meer,
Grellfarb'ne Vögel am Himmel federgleich
Den stolzen Sieg zu feiern.

Seltene Schätze, die er fand an diesem Tag,
Kolumbus, unbeugsamer Gigant,
Nicht Gold, nicht Silber von der leichten Art,

Die seine Königin so schätzte, nach China ihr Verlangen stand.
Ein neues Land, von ganz gewöhnlich' Boden,
Zwei Kontinente voller Hoffnung, für alle Menschheit.

Leise schloß Carmody seinen Vortrag:»Ich bin sicher, ihr habt alle erraten, wer diese herrlichen Zeilen geschrieben hat«, worauf sich die Jungen fast automatisch zu Ranjit Banarjee umdrehten, dem die verlegene Freude über die ersten Früchte seiner Dichtkunst deutlich anzusehen war.

»So ist es«, sagte Carmody,»unser eben flügge gewordener Dichter heißt Ranjit, ein stiller Junge, aber stille Wasser sind bekanntlich tief.« Und die Mitschüler klatschten Beifall. Er unterbrach sie jedoch und strengte überraschend eine Diskussion an, die niemand vergessen sollte, der daran teilnahm:»Es ist ziemlich viel falsch an diesem Gedicht, und in unserer Begeisterung dürfen wir die Irrtümer nicht übersehen. Schauen wir uns zuerst das Oktett an.«

Nach einer ausführlichen Diskussion über die Regeln der Sonettdichtung hielt Carmody abrupt inne, stützte sich mit den flach aufgelegten Händen auf seinen Schreibtisch und beugte sich vor:»Nun, meine

763

Schüler, was habe ich soeben betrieben?« Als niemand antwortete, denn sie hatten nicht begriffen, worauf er mit seiner harten Kritik hinauswollte, sagte Ranjit mit leiser Stimme: »Pedanterie.«

»Jawohl!« rief Carmody und ließ die Hände mit einem lauten Knall aufmunternd auf die Tischplatte sausen. »Pedanterie. Was haben wir bei der Besprechung der ›Meistersinger‹ über Beckmesser festgestellt? Victor?«

»Er kannte alle Regeln für das Schreiben von Liedern, aber wußte nicht, wie man selbst eins schreibt.«

»Richtig! Unser Ranjit hat alle Regeln gebrochen, aber er hat ein perfektes kleines Sonett komponiert und einem großen Eroberer ein unsterbliches Denkmal gesetzt.« Er lächelte Ranjit beifällig zu und schloß mit der Bemerkung: »Und ich, der ich alle Regeln für Sonette kenne, könnte in hundert Jahren kein vernünftiges Sonett zustande bringen. Ranjit, du bist ein Dichter und ich nicht.«

Nachdem er endlich ein potentielles Genie ausgemacht hatte, entschloß sich Carmody, schnell zu handeln, und bat Ranjit am Nachmittag, als seine Klassenkameraden aufs Kricketfeld stürmten, noch einen Moment im Zimmer zu bleiben. »Ranjit, du bist ein stiller Junge, aber jemand, der große Fähigkeiten besitzt, die es zu entdecken gilt. Welchen Weg willst du in deinem Leben einschlagen, wenn du älter wirst?«

Mit einem unschuldigen Blick sah der Junge zu seinem Lehrer auf, den er mit der Zeit schätzengelernt hatte, und antwortete: »Ich weiß nicht.«

Carmody war irritiert. Er klopfte mit der Faust auf den Tisch: »Verdammt, Junge, du mußt dich doch mit irgend etwas beschäftigen, siehst du das nicht ein? Du kannst die Zeit nicht so vergeuden. Nimm doch nur mal Dawson. Er will Arzt werden, und Ende nächsten Jahres hat er schon hier auf Queen's eine ganze Reihe Kurse absolviert, die er für das erste Jahr an der Universität gut gebrauchen kann. Was hast du bis dahin erreicht? Welche Richtung willst du einschlagen?«

Als Ranjit wieder nur abwehrend antwortete: »Aber ich sagte doch, ich weiß nicht. Es ist alles so verwirrend«, entschied Carmody, die Sache selbst in die Hand zu nehmen. Nachdem er sich die Erlaubnis von seinem Dekan geholt hatte, setzte er den Jungen in seinen kleinen Austin, fuhr nach Port of Spain und bat Ranjit, ihm den Weg zum Portugee Shop seines Großvaters zu zeigen.

»Der Name meines Großvaters ist Sirdar Banarjee. Sirdar ist ein indisches Wort, es bedeutet soviel wie Herzog oder Lord. Er hat sich den Namen selbst gegeben, weil er meinte, das hört sich schön an auf englisch.«

Sirdar war ein geschäftiger, weißhaariger Mann, der sich mit seinem Portugee Shop auf zwei Kundenkreise spezialisiert hatte: An Ortsansässige verkaufte er preiswerte, gut verarbeitete Kleidung, an Touristen teurere Modewaren, wobei er allerdings besonders Wert darauf legte, beide Gruppen zufriedenzustellen. Ungeduldig dem Gast seine Hand reichend, sagte er überschwenglich:»Ranjit hat mir erzählt, Sie seien sein Lieblingslehrer, ein intelligenter Mann. Sie waren auf der Trinity-Universität in Dublin? Also, was kann ich für Sie tun?«

»Ich würde mich mit Ihnen gerne einmal über Ihren Enkel unterhalten?«

»Was hat er angestellt?« fragte Sirdar, dem Jungen einen finsteren Blick zuwerfend.

»Nichts! Im Gegenteil, er macht fast alles richtig. Wir müssen uns einmal ernsthaft über seine Zukunft Gedanken machen.«

»Seine Zukunft? Hier liegt seine Zukunft«, sagte Sirdar und streckte dabei die Arme weit aus, als wollte er den ganzen Laden umfassen.

»Könnten wir vielleicht seine Mutter dazuholen? Es handelt sich um Dinge von großer Wichtigkeit, Mr. Banarjee.«

»Dinge von großer Wichtigkeit werden von Männern ausgehandelt«, entgegnete er, wobei er das vorletzte Wort besonders betonte. Er wies Carmody und Ranjit in sein vollgestopftes Büro, setzte sich hinter den Schreibtisch, breitete die Hände aus und meinte:»Und jetzt sagen Sie mir, wo das Problem liegt, und wenn wir uns gemeinsam anstrengen wie vernünftige Menschen, dann werden wir es schon lösen.«

»In Ihrem Enkel schlummern ungeahnte Talente.«

»Sie meinen schlafen?« Als Carmody nickte, knuffte Sirdar seinen Enkel in die Seite:»Aufwachen!«

»Eigentlich sind Sie derjenige, Mr. Banjaree, der aufwachen muß.«

»Ich? Ja, glauben Sie denn, man könnte so einen Laden wie diesen in Trinidad im Schlaf betreiben?«

»Woher kommt der Name Portugee?« lenkte Carmody nun ab, um den aufgebrachten Mann versöhnlich zu stimmen.

»Als die Inder hierherkamen, das muß um 1850 gewesen sein, da gehörten die meisten Läden ortsansässigen Portugiesen, und da sie im Ruf standen, die besten Angebote zu machen, nannten alle, die einen Laden aufmachten, wie mein Urgroßvater, ihr Geschäft Portugee.«

»Sehr praktisch. Aber ich möchte, daß Sie die Sache, um die es jetzt geht, auch mal von der praktischen Seite sehen.«

»Das wird mich wohl einen Haufen Geld kosten, stimmt's?«

»Ja. Ich will, daß Sie Ranjit auf eine Universität schicken. Er hat es verdient.« – »Eine Universität? Welche denn?«

»Ich bin sicher, er könnte sich bei jeder besseren Anstalt um ein Stipendium bewerben. Ihr Enkel ist außergewöhnlich intelligent. Mr. Banarjee. Er hat es verdient, daß man ihm eine Chance gibt.«

Carmody spürte sofort, daß er wirkungsvolle Worte gefunden hatte: Stipendium, intelligent, bessere Schulen und schließlich Chance. Das Gespräch hatte sich auf einem Niveau abgespielt, das der Großvater akzeptierte und zu schätzen wußte.

»Das Wort Stipendium – hat das die Bedeutung, die ich vermute . . .«

»Daß die Universität die Studiengebühren übernimmt? Ja.«

»Welche Universität, zum Beispiel?«

»Cambridge, Oxford, auch unsere eigene karibische Universität in Jamaika.«

Jetzt mischte sich Ranjit zum erstenmal in die Unterhaltung ein: »Die Columbia-Universität in New York.«

Sirdar lehnte sich zurück und sah grinsend zuerst Carmody, dann Ranjit an: »Sie meinen, der Junge könnte solche Schulen besuchen?«, worauf Carmody mit Eifer entgegnete: »Ja. Wenn Sie ihm finanziell unter die Arme greifen und wenn er alle Anstrengungen unternimmt, ein bestimmtes Ziel zu erreichen.

»Wieso, was gelingt ihm denn nicht?« wollte Sirdar wissen, und als Carmody erklärte, daß Ranjit in kleinen Dingen sehr geschickt war, aber in den großen nichts vorzuweisen hatte, zum Beispiel der Frage, welche Richtung sein Leben nehmen sollte, oder in der Vorbereitung auf einen wichtigen Beitrag, zeigte der alte Geschäftsmann keinerlei Veränderung: »Mir ist schon seit einiger Zeit klar, daß sich Ranjit niemals damit zufriedengegeben hätte, meinen Platz einzunehmen. Ich habe andere Pläne . . . einer seiner Vettern, der noch in der Zuckermühle arbeitet. Der Junge hat Ehrgeiz.« Dann wandte er sich Ranjit selbst zu und sagte: »Die Zeit ist wie eine himmlische Kutsche, die am Firmament vorbeirast. Sie ist so schnell, in der Dämmerung verschwindet sie hinter den Wolken. Sprich mit Master Carmody. Finde heraus, was du willst, und wenn du wirklich begabt bist, wie dein Lehrer sagt, dann werden wir das Geld für dich schon zusammenkriegen. Oxford! Mein Gott.«

766

Auf der Rückfahrt zur Schule legte Carmody dem Jungen dar, was als nächstes zu tun war. »Du hast uns gezeigt, daß du schreiben kannst. Aber du hast noch nicht gezeigt, daß du auch ein Thema von einigem Gewicht richtig anpacken und auch dranbleiben kannst. Wenn du diese Fähigkeit unter Beweis stellst, dann bin ich sicher, kann ich dir ein gutes Stipendium verschaffen. Du mußt wissen, Ranjit, die Universitäten halten immer Ausschau nach wirklich begabten jungen Leuten. Die mittelmäßigen kriegen sie ohnehin zuhauf.«

»Was soll ich Ihrer Meinung nach tun?«

»Meine Meinung interessiert nicht. Ich will nur, daß du dich auf irgendein anspruchsvolles Projekt konzentrierst und mir zeigst, wozu du in der Lage bist.«

Der Junge antwortet nicht, aber vier Tage später fand Carmody erneut ein Blatt Papier auf seinem Schreibtisch, auf dem wie zuvor »Master Carmody« zu lesen war, nur daß diesmal nicht eine einzelne, sondern ein Stoß von neun Seiten angeheftet war. Der Obertitel des Essays lautete: »Lehren meines Großvaters Sirdar«, und noch ehe Carmody die vierte Seite des kleinen Kunstwerks aufgeschlagen hatte – das durch seine typisch indische Themenwahl und die reife Beobachtungsgabe bestach –, murmelte er: »Er kann es! Mein Gott, ich hab's gewußt! Kommt dieser kleine Inder aus dem Nichts daher und schreibt so was!«

»Wer sind die Trinidad-Inder?« 1845 blieb den weißen Plantagenbesitzern nichts anderes übrig, als den Tatsachen ins Auge zu sehen: »Nur weil diese gefühlsbetonten Engländer die Sklaverei für ungesetzlich erklärt haben, dürfen wir keine afrikanischen Neger mehr kaufen, und diejenigen, die schon in unserem Besitz sind, stolzieren herum und brüllen: ›Wir sind frei! Keine Arbeit mehr!‹« Was machten also die Pflanzer? Sie schickten Schiffe nach Kalkutta und importierten Horden von indischen Bauern, die, als sie hier ankamen, hinter vorgehaltener Hand »unsere hellhäutigen Sklaven« genannt und dementsprechend behandelt wurden.

»Mein Vorfahre, der erste Sirdar, kam auf einem der Schiffe, die Hindus nach Trinidad transportierten. Er war ein junger Mann von überdurchschnittlichem Verstand. Welcher Kaste er angehörte, war nicht bekannt. Als er sah, daß die Engländer auf dem Schiff jemanden brauchten, der die Hindus in Schach hielt, verkündete er, er sei früher ›Sirdar‹ einer höheren Kaste gewesen, eine Art Oberverwalter für alle möglichen Dinge. Er verstand es, sich so unentbehrlich zu machen, daß diejenigen, die das Kommando hatten, ihn als ihren Sirdar akzeptierten. Er selbst verliebte sich in den Titel und behielt ihn bei, und seitdem nennen wir Banarjees uns Sirdar.

Später, als sein Portugee Shop eine Menge Geld abwarf, machte er seinen Enkeln gegenüber eine Aussage, die sie ihm hoch anrechneten, aber auch wie ein Geheimnis hüteten: ›Mein Name ist eigentlich nicht Banarjee. Meine Kaste war die niedrigste. Ich komme auch nicht aus Kalkutta. Und Französisch habe ich gelernt, als ich in Réunion im Exil war.‹ Mein Großvater hat mir gesagt, als er die Geschichte von unserem ersten Sirdar, also seinem Großvater, hörte, hätte der alte Mann zum Schluß gesagt: ›Und von allen Kaufleuten, die jemals nach Trinidad gekommen sind, egal, welcher Hautfarbe, bin ich der tüchtigste.‹«

Carmody freute sich darüber, feststellen zu können, daß es Ranjit gelungen war, in zwei kurzen Abschnitten ein klares Bild seiner Vorfahren zu vermitteln, aber einen noch stärkeren Eindruck hinterließ, was der Junge über die Banarjees seines eigenen Jahrhunderts zu sagen hatte:

»Eine der ersten Lektionen, die mir mein Großvater erteilte, war, wie wichtig es ist, die richtige Frau zu finden: ›Ein Inder darf niemals eine Schwarze heiraten. Das wäre undenkbar.‹ Und in all den Jahren seit 1845, als der erste Inder aus Trinidad landete, bis heute ist das auch niemals geschehen, jedenfalls nicht bei den Indern, die wir kennen. Aber er sagt das auch über Chinesinnen und Portugiesinnen und vor allem über weiße Engländerinnen und Französinnen. ›Ein indischer Mann darf nur eine indische Frau heiraten. Das ist das erste und einzige Gesetz vor allen anderen.‹ Es gibt Männer, er selbst gehört zu ihnen, die haben jahrelang gewartet, ehe sie sich verheiratet haben, so lange, bis die richtige indische Frau aus Indien herüberkommen konnte.

Großvater sagt, wenn ein Inder seine Frau wirklich liebt, dann schenkt er ihr als Beweis seiner Liebe Juwelen. Ich habe das Tagebuch eines französischen Reisenden gefunden, der 1871 über die Frau meines Ururgroßvaters schreibt: ›In dem berühmten Portugee Shop in Port of Spain habe ich Madame Banarjee kennengelernt, eine äußerst charmante Frau, die an jedem Handgelenk zwölf bis vierzehn dicke Armreifen aus reinem Gold oder Silber trug. Um den Hals schlangen sich Ketten aus demselben Edelmetall, vor denen große, mit Edelsteinen aus Brasilien besetzte Silberscheiben baumelten, während in einem Nasenloch ein riesiger Diamantenring steckte. Ihr Wert, als sie auf mich zukam, um mich zu begrüßen, muß enorm gewesen sein.‹

Als die Frau meines Ururgroßvaters starb, legte er sie mit all ihrem Gold und Silberschmuck in den Sarg, und ein englischer Beamter protestierte: ›Aber Sie verschleudern ja ein Vermögen.‹ Doch er erwiderte: ›Sie hat mir ein Vermögen eingebracht, und ich will nicht, daß sie eine andere Welt betritt, ärmer als zu dem Zeitpunkt, als sie zu mir kam.‹ Drei Tage später, als die Polizei ihn in seinem Portugee Shop aufsuchte, um ihm mitzuteilen, daß Grabschänder den Sarg ausgegraben und die wertvollen Schmuckstücke aus Gold und Edelsteinen geraubt hätten, sagte er nur: ›Sie gehörten ihr. Sie hat damit gemacht, was sie für das beste hielt.‹ Als dann wenig später ein paar von den Schmuckstücken in den Bazaren von Trinidad auftauchten, notierte er sich genau, wer sie zum Verkauf anbot, und kurz darauf fand man mehrere Tote... nicht auf einmal, sondern einen nach dem anderen.«

Carmody las die Skizzen über das indische Leben mit wachsendem Interesse, überzeugt, daß Ranjit nicht nur Verständnis für sein Erbe aufbrachte, sondern auch die faszinierende Vielschichtigkeit und die Widersprüche des Lebens auf Trinidad begriffen hatte.

»In Trinidad sind drei von vier Indern Hindus, der Rest Moslems, die wiederum Hindus nicht ausstehen können. Hört man von einem indischen Ehemann, der seiner Frau die Nase oder ein Ohr abgetrennt hat, kann man sicher sein, daß er ein Moslem ist, der seine Frau dabei ertappt hat, wie sie einen anderen Mann angesehen hat. Er entstellt sie daraufhin, damit sie nicht mehr schön genug ist, die Aufmerksamkeit anderer Männer zu erregen. Hindus sind da anders. Der Bruder meines Großvaters glaubte einmal, seine Frau würde sich übergebührlich für einen anderen Mann interessieren – und schnitt ihr die Kehle durch. Als man ihn wegen Mordes festnahm, konnte er nicht verstehen, warum man so einen Wirbel veranstaltete, und als der englische Richter das Urteil sprach, Tod durch Erhängen, da schrie er ihn aus voller Kehle an, er solle sich zum Teufel scheren. Ich finde, die Methode des Moslems ist besser, denn so behält der Mann wenigstens seine Frau, ob mit oder ohne Nase, während der Bruder meines Großvaters seine Frau verloren hat und dazu noch sein eigenes Leben.«

Carmody war gespannt zu lesen, was Ranjit über die Begabung der Inder zu sagen hatte, sich überall im Geschäftsleben hervorzutun, in welchen Erdteil die Emigration sie auch geführt hatte, und auch hier enttäuschte der Junge ihn nicht.

»Mein Großvater sagt: ›Da die Weißen das meiste Geld haben, mußt du freundlich zu ihnen sein, egal, wie sie sich aufführen, egal, worüber

769

sie sich beschweren. Wenn sie meinen, der Stoff ist nicht gut, nimm ihn zurück. Und nimm ihn so lange zurück, bis sie zufrieden sind. Aber denk daran, daß es nicht allzuviel Weiße auf der Insel gibt, sei also auch aufmerksam gegenüber den ehemaligen Sklaven, denn obwohl sie nur Pfennigbeträge ausgeben, kannst du dir ein Vermögen verdienen, wenn es dir gelingt, viele Kunden dazu zu bewegen, ihre Pfennige auszugeben. Moslems darf man nicht über den Weg trauen, aber ihr Geld ist genausogut wie anderes. Passagiere, auch wenn sie nur für ein paar Stunden ihr Schiff verlassen, mußt du mit besonderer Zuvorkommenheit bedienen, denn solche Leute kommen rum und erzählen es weiter. Manchmal bekommt man Briefe von Leuten, die man noch nie gesehen hat, nur weil man freundlich zu jemandem war, der uns empfohlen hat. Und diese Briefe enthalten oft große Bestellungen.‹ Großvater empfiehlt mir und all seinen Enkeln: ›Rechtschaffenheit ist alles. Leb so, daß die Leute über dich als von einem Menschen sprechen, von dem sie sagen: Jedes Wort von ihm ist ein Ehrenwort.‹«

Als Carmody diesen Abschnitt las, mußte er schmunzeln, denn er hatte einmal mitbekommen, wie zwei Rechtsanwälte und ein Richter in seinem Club bestätigten:»Dieser Sirdar Banarjee ist der schlimmste Lügner von ganz Trinidad, Tobago und Barbados eingeschlossen.« Jemand, der diese Einschätzung ebenfalls gehört hatte, fügte von seinem Platz aus noch hinzu:»Wenn Sirdar schwört, daß heute Donnerstag ist, schlägt man besser in seinem Kalender nach. Es stellt sich heraus, es ist Freitag, aber er wird stur behaupten, es ist irgendein anderer Wochentag, wenn das zu seinem Vorteil ist.« Carmody war gespannt, was sein bester Schüler darüber wohl sagen würde.

»Da Inder in Trinidad in dem schlechten Ruf stehen, allesamt Lügner zu sein und vor Gericht Meineide zu leisten, wollte ich von meinem Großvater wissen, wie er sich das erklärt, und er sagte mir: ›Sie behaupten, wir Hindus wüßten nicht, was es bedeutet, auf die Bibel zu schwören, und deswegen wären wir Meineidige. So verhält es sich natürlich nicht. Ich weiß sehr wohl, was es bedeutet, Ranjit. Es bedeutet: Gott im Himmel sieht und hört alles, und er will, daß ich die Wahrheit sage. Aber der Richter sitzt hier unten auf der Erde, und meine Aufgabe ist es, ihm das zu sagen, was er wissen muß, um eine richtige Entscheidung zu treffen. Zwischen diesen beiden Personen, die über einem stehen, muß man sich seinen Weg bahnen. Und eine gute Regel, die es dabei zu beachten gilt, die habe ich mir vor Jahren aufgestellt: Alles, was für ein Mitglied der Familie Banarjee gut ist, ist auch gut für die Insel Trinidad. Und das hilft mir dabei, wenn ich herausfinden will, was ich vor Gericht sagen soll.‹ Später faßte er seine Ansicht zu dem, was die Weißen Meineid nennen, noch einmal kurz und knapp zusammen: Gib Gott, was er erwartet, und dem Richter, was er braucht.‹«

Carmody fand Ranjits Essay so gelungen, seine versteckten Anspielungen so geistreich und von solcher Reife, selbst wenn sie vielleicht ganz unbeabsichtigt niedergeschrieben worden waren, daß er beschloß, die Frage nach der weiteren Ausbildung des Jungen vehement anzugehen. Eines Nachmittags, nach Schulschluß, bat er Ranjit, ihn auf einem Spaziergang in die Berge oberhalb von Tunapuna zu begleiten, und oben angekommen, die grünen Felder Trinidads überschauend, sagte er: »Ranjit, dein Großvater ist bereit, für deine weitere Ausbildung zu zahlen, und ich bin überzeugt, ich kann dir ein Stipendium verschaffen, aber zwei wichtige Entscheidungen mußt du selbst treffen. Welche Universität und, wenn du drin bist, welche Studienrichtung? Zunächst die Universität. Oxford oder Cambridge?«

»Ich würde auch gerne auf eine gute Schule in New York gehen.«

»Das wäre ein Fehler.«

»Wieso?«

»Du lebst in der Karibik. Deine Zukunft liegt in diesen englischen Kolonien – ich meine in diesen Ländern hier – zwischen führenden Persönlichkeiten, die auch nach dem englischen Schulsystem erzogen worden sind.«

»Vielleicht ist das System gar nicht mehr so gut. Vielleicht sollte ich eher nach Japan gehen. Wie allen Banarjees fallen mir Sprachen leicht.«

Der Gedanke überraschte Carmody. In seinem Bekanntenkreis, weder in Irland noch hier auf den Inseln, würde nie jemand auf die Idee kommen, nach Japan zu fliegen, nicht mal, um dort Urlaub zu machen, und nun kam dieser junge Bursche daher, eigentlich noch ein unschlüssiges Kind, und trug sich mit dem Gedanken, die wichtigsten Jahre seiner Entwicklung dort zu verbringen. Es war widersinnig.

»Wie wäre es mit der UWI, der University of the West Indies... in Jamaika... für das Grundstudium?« Abrupt hielt er inne. »Du willst doch ein Graduiertenstudium absolvieren, um deinen Doktor zu machen, oder nicht?«

»Na ja, wenn es sich ergibt... vielleicht.«

Verärgert über die Unschlüssigkeit des Jungen, sagte Carmody schroff: »Geh zur UWI, um hier und da mal reinzuschnuppern. Du

kriegst bestimmt die besten Noten, da bin ich sicher. Du kannst dich
dann immer noch entscheiden, wo du weiterstudieren willst. Oxford... dafür reicht deine Qualifikation bestimmt. ... Oder die London School of Economics, wenn du eine politische Ader hast.«
»Ich würde immer noch am liebsten auf die Columbia in New York
gehen.«

»Ranjit, ich habe dir doch schon mal gesagt, der Abschluß einer amerikanischen Universität nützt dir nicht viel, wenn du hier Karriere machen willst, auf einer Insel, die im Grunde englisch ist.« Der Junge
antwortete nicht, und so fragte Carmody: »Du muß mir schon sagen,
was du werden willst.«

»Ein Gelehrter. Wie John Stuart Mill oder John Dewey. Ich möchte
gern mehr wissen, über alles mögliche. Zum Beispiel über die Geschichte und die Völker der Karibik.« Schüchtern ergänzte er: »Ich
kann Französisch und Spanisch lesen.«

Carmody ließ sich diesen unerwarteten Wunsch einen Augenblick
durch den Kopf gehen, schließlich gab er nach: »Du könntest Hervorragendes auf diesen Gebieten leisten, Ranjit. Du könntest deinen Studium nachgehen, und am Ende hättest du das Zeug, dich für eine Richtung zu entscheiden, Schriftstellerei oder Wissenschaft.«

»Wieso steht Schriftstellerei bei Ihnen immer an erster Stelle?«

»Das kann ich dir sagen. Wenn jemand die Chance erhält, ein
Schriftsteller zu werden, und sie nicht wahrnimmt, dann ist er ein ausgemachter Dummkopf.« Unlustig stapfte er weiter, trat gegen ein paar
Steine und blieb dann stehen, um Ranjit ins Gesicht zu sehen: »Hast du
mal irgendeinen von den irischen Schriftstellern gelesen? Yeats, Synge,
›Juno und der Pfau?‹ Du mußt sie mal lesen. Sie haben eine amorphe
Masse genommen und eine Nation daraus geformt. Irgend jemand
wird dasselbe eines Tages auch mit Westindien machen. Und der könntest du sein.«

»Nein. Ich bin derjenige, der ihm die Fakten liefert.«

»In dem Fall gehörst du für die ersten drei Jahre auf die University of
the West Indies in Jamaika.«

»Warum?«

»Weil du dort auf Studenten von den anderen Inseln triffst. Und von
ihnen mehr über das Wesen der Karibik erfährst.«

»Wozu soll das gut sein?«

»Verdammt noch mal!« tobte Carmody jetzt und warf wütend Steine
in das Tal unter ihnen. »Spiel hier doch nicht den Gleichgültigen. Du

hast doch gerade selbst gesagt, du wolltest mehr über die Karibik erfahren. Dein Beitrag, für den du geradezu ideale Voraussetzungen mitbringst, bezieht sich auf diese Region. Du kommst aus Trinidad, du bist Einheimischer einer besonderen Insel, der mit besonderen Fähigkeiten ausgestattet ist. Du bist Hindu und hast daher eine einzigartige Sicht auf die Religionen der anderen Inseln. Du hast ein seltenes Gespür für Worte und die englische Sprache. Und du hast eine Verpflichtung nicht nur dir allein gegenüber.«

Bevor Ranjit antworten konnte, tat der gefühlvolle Ire etwas, dessen sich Lehrer eigentlich immer bewußt sind, das sie aber selten zur Sprache bringen: Er stellte einen Bezug her zwischen sich selbst und dem Jungen. »Ich habe auch etwas in dich investiert, Ranjit, nicht nur du allein. Ein Lehrer trifft in seiner Laufbahn vielleicht nur ein- oder zweimal auf einen vielversprechenden Schüler. Es gibt viele gute Schüler, ja, aber jemand, der Talent hat, wirklich Großes zu leisten... kaum. Du bist meine einzige Chance. Ich habe dir Unterricht gegeben, deine Fortschritte verfolgt, Beurteilungen geschrieben, um dir Stipendien zu verschaffen. Und wofür? Damit du lernst, für den Rest deines Lebens deinen Verstand aufs beste zu gebrauchen. Du kannst es dir nicht leisten, gleichgültig zu sein, denn ich sitze im selben Boot, mache alle Höhen und Tiefen mit. Ich habe mich dir gewidmet, all die Jahre in Trinidad, und jetzt mußt du einen Schritt nach vorn machen.«

Ranjit, der bis zu diesem Augenblick nie vermutet hätte, daß er von Bedeutung war oder die Fähigkeit besitzen sollte, einen Beitrag für die Allgemeinheit zu leisten, der sich nicht einmal als erwachsener Mensch vorstellen konnte, der irgendeiner Arbeit nachging – Ranjit war so erschrocken über das Gesagte, daß er schweigend dasaß, das Kinn auf die Hände gestützt. Zum erstenmal betrachtete er sein Trinidad, sah die Zuckerrohrfelder, auf denen seine Vorfahren Mitte des letzten Jahrhunderts wie die Sklaven geschuftet hatten, und in der Ferne, im Süden, kaum sichtbar für das Auge, die Ölfelder und die Asphaltgruben, von denen der Reichtum der Insel heute herrührte. In seiner Phantasie sah er sich auf einmal als eine Art Referent, der Fakten und Zahlen sammelte, über diese und die anderen Inseln, und der sich ein Urteil bildete und dies weiterreichte. Mit anderen Worten, er begann, sich ernst zu nehmen.

Als Ranjit Banarjee, ein talentierter Hindu von fünfzehn Jahren, von Trinidad nach Jamaika flog, um sich dort an der University of the West

Indies einzuschreiben, war er erstaunt über die Entfernung zwischen beiden Inseln, über 3 000 Kilometer, und als er sich später die Karte der Karibik vornahm und feststellte, daß Barbados im Osten der Inselwelt fast 2 000 Kilometer von Jamaika entfernt lag, sagte er zu einem Erstsemestler, der sich gerade in die Schlange zur Einschreibung einreihte: »Mit Jamaika haben sie sich wirklich den ungünstigsten Ort ausgesucht.« Aber der junge Mann, ein Schwarzer aus All Saints, entgegnete scherzhaft: »Meine Insel wäre die beste Wahl gewesen, All Saints, aber die ist zu klein.« Dann fügte er noch hinzu: »Geographie und Geschichte haben sich in der Karibik noch nie gut verstanden.«

»Was meinst du damit?« Und der junge Schwarze erwiderte: »Wenn Jamaika nur tausend Meilen weiter östlich liegen würde, da, wo man es besser gebrauchen könnte, wäre alles in Ordnung.«

Derartige Gespräche wiederholten sich häufig während Ranjits erstem Wintersemester an der Universität. Wenn ihn auch die Verschiedenartigkeit unter den Studenten nicht sonderlich überraschte – schwarze Jungen wie der aus All Saints, weiße jüdische Mädchen aus New York, Chinesen aus dem westlichen Teil Jamaikas. Französischsprechende aus der Dominikanischen Republik und blendend schöne Mädchen von heller Hautfarbe aus Antigua und Barbados –, so war er doch erstaunt darüber, wie außerordentlich gebildet sie anscheinend alle waren. Sie trugen ein stilles Selbstvertrauen zur Schau, und er sagte sich: Ich wette, sie haben ihre Bücher genauso eifrig studiert wie ich. Und schon in den ersten Tagen des Semesters fand er seine Meinung bestätigt.

Die jungen Leute waren außerordentlich begabt. Alle hatten eine Schule aus der Gruppe der angesehenen Lehranstalten durchlaufen, die England über seine Kolonien verstreut errichtet hatte und bei denen man davon ausgehen konnte, daß sie wenigstens einen so herausragenden Lehrer wie Mr. Carmody am Queen's Own hatten. Ranjit fiel allerdings auch auf, daß es an der Universität keine Studenten aus Kuba gab, der größten karibischen Insel, und anscheinend auch keine aus Guadeloupe oder Martinique.

In der ersten Zeit begegnete Ranjit keinem einzigen indischen Studenten von den anderen Inseln, nur zwei aus Trinidad, und so fand er sich in einer zusammengewürfelten Mischung junger Leute von den verschiedensten Inseln wieder; und als er anfing, ihre Gespräche zu verfolgen, fing er auch an, ein Gespür für das spezifisch Karibische zu entwickeln, das ihn von nun an nicht mehr loslassen sollte. Als etwa ein junger Mann mit starkem holländischen Akzent erzählte, er stamme aus Aruba, wollte Ranjit gleich alles über die Insel erfahren und in welcher Beziehung sie zu den anderen der Dreiergruppe stand, Curaçao und Bonaire. Er war fasziniert, als er hörte, daß Aruba eine eigene Sprache hatte, Papiamento, das sich aus Anlehnungen an afrikanische Sklavendialekte, holländischen und englischen Einschlägen und Brocken aus dem Spanischen zusammensetzte. »Nicht mal hunderttausend Menschen auf der Erde sprechen die Sprache«, erklärte der Student aus Aruba, »aber es erscheinen sogar Zeitungen in der Sprache.«

Als sich Ranjit auf die drei Jahre harter Arbeit einrichtete – zusätzliche Referate während der Semesterferien würden es ihm ermöglichen, das Studium eher abzuschließen –, stellte er fest, daß das eigentlich Anziehende an der University of the West Indies ihr Lehrkörper war, der über solche Persönlichkeiten verfügte, daß er gleich mehrere verschiedene Disziplinen belegte: Völkerkunde, Geschichte und Literatur. Dr. Evelyn Baker zum Beispiel, eine weiße Gastprofessorin der University of Miami, war eine engagierte Soziologin, die während ihres Doktorats Feldstudien auf vier verschiedenen Inseln durchgeführt hatte. Sie besaß umfassende Kenntnisse der sozialen Verhältnisse in der Karibik, die Ranjit sehr bewunderte. Sie war etwa vierzig Jahre alt, Verfasserin zweier Bücher über die Inselwelt und eine strenge Lehrerin, was die Beurteilung der Seminarpapiere betraf, denn sie unterrichtete, als sei jeder Student, der sich in ihren Kursen einfand, fest entschlossen, entweder Soziologie oder Völkerkundler zu werden. Schon früh erkannte sie Ranjits Fähigkeiten und widmete ihm besondere Aufmerksamkeit, so daß sie vor Ende des ersten Semesters sicher war, in diesem aufgeweckten jungen Inder einen neuen Kulturanthropologen für die Region gefunden zu haben, die sie selbst liebgewonnen hatte.

Es war jedoch ein anderer Lehrer, Professor Philipp Carpenter, ein junger kleiner, drahtiger, grämlich aussehender Wissenschaftler aus Barbados, ein Schwarzer zudem, der seinen Doktor an der London School of Economics gemacht hatte, jener Kaderschmiede, aus der zahlreiche einheimische Kolonialführer hervorgegangen waren, der in Ranjit sehr schnell einen für historische Studien begabten jungen Schüler erkannte. »Ich habe deinen Beitrag für die Anthologie gelesen, Banarjee. Bemerkenswerte historische Einsicht, was die Stellung der unterschiedlichen Sindars deiner Familie betrifft. Daraus ließe sich eine größere wissenschaftliche Abhandlung machen. Die Geschichte der Inder in Trinidad... oder der gesamten Karibik. Warum sie in Trinidad zu wirtschaftlichem Erfolg gekommen sind und warum nicht auf Jamaika.« Er machte ein paar Schritte und fragte ihn dann: »Hat man euch Inder jemals als Feldarbeiter auf Barbados eingesetzt? Ich weiß es wirklich nicht. Ich finde, du könntest in der Richtung mal ein bißchen nachforschen, Banarjee. Ein Referat darüber schreiben. Wir sollten mehr darüber erfahren.«

Seine interessanteste Lehrerin war jedoch eine schwarze Professorin aus Antigua, die ihren Magister an der University of Chicago gemacht und im kalifornischen Berkeley habilitiert hatte. Eine Expertin in der Literatur kolonialer Gebiete, hatte Aurelia Hammond über die religiösen Dichter Neuenglands im 17. Jahrhundert und die ersten Romanciers Australiens geforscht. Sie besaß ein einzigartiges Talent, einen Bezug zwischen Literatur und Realität herzustellen und jeder Kolonie, ungeachtet der Knechtschaft, der sie unterworfen gewesen war, oder des Maßes an Freiheit, das sie sich erworben hatte, ihren spezifischen Entwicklungsstand zuzuordnen: »Wenn man liest, was die Dichter und Träumer sagen, dann weiß man, was in der Gesellschaft vor sich geht«, belehrte sie Ranjit. Sie hegte Verachtung für vieles, was sie im karibischen Raum beobachtete, und war nicht abgeneigt, das auch zum Ausdruck zu bringen: »Barbados und All Saints sind im Geiste immer noch englische Kolonien. Guadeloupe und Martinique sollten sich dafür schämen, daß sie sich so haben reinlegen lassen, man macht ihnen immer noch weis, sie seien ein Bestandteil des Mutterlandes Frankreich. Die Dominikanische Republik weiß nicht, was sie will, und Haiti ist eine Schande.« Vor Trinidad dagegen hatte sie Hochachtung. »Die angenehme Mischung aus Schwarzafrikanern, indischen Hindus und ein paar weißen Geschäftsleuten hat gute Chancen, einen neuen Prototyp für die Region zu schaffen.« Aber ihre persönliche Liebe war Jamaika reserviert: »Du kannst dir nicht vorstellen, wie aufgeregt ich damals war, als ich, ein kleines schwarzes Mädchen aus dem bornierten Antigua, an diese Universität kam und eine kreative Umgebung vorfand, in der alles auf einmal passierte, Musik und Kunst und Politik und gesellschaftlicher Wandel, und das auf einer Insel, die vor Energie und Hoffnung nur so überschäumt.«

Beim Lernen waren für Ranjit nicht nur die Professoren entscheidend, auch der Umgang mit anderen Studenten, vor allem der mit einem Jamaikaner, dessen Eltern jetzt in London arbeiteten. »Sie haben mir letztes Jahr den Flug bezahlt, damit ich sie besuchen konnte. Eine herrliche Stadt! Du findest dort Hunderte von Trinidad-Indern, Ranjit.

Du würdest dich ganz wie zu Hause fühlen. Wenn du erst einmals dagewesen bist, wird es zu deiner zweiten Heimat. Solbald ich meinen Abschluß habe, kommt für mich nur das gute alte England in Frage.«

Ranjit vergeudete seine Semesterferien nicht – so wie er überhaupt alles sehr ernst nahm –, und um mehr Material für seine Seminararbeiten zu sammeln, unternahm er Kurzreisen zu einigen karibischen Inseln, die mit Billigflügen von Jamaika aus gut zu erreichen waren. Er besichtigte das alte Cozumel, die großartige Stätte vor der Küste Yucatáns, aber hatte keine besondere Beziehung zu der untergegangenen Kultur der Mayas:»Der alten Ägypter sind um einiges interessanter gewesen, nach dem, was ich gelesen habe.« Zusammen mit zwei Studenten, die beide von unterschiedlichen Inseln kamen, machte er einen kurzen Ausflug nach Haiti und war wie seine Begleiter erschreckt über das, was er dort vorfand:»Ein gewaltiger Unterschied von der Ordnung auf den britisch regierten Inseln«, sagte einer.»Um Gottes willen! Die leben ja auf dem nackten Boden, ein armseliges Möbelstück in einer kleinen Hütte, ein Zimmer für eine achtköpfige Familie.« Jeder schwarze oder farbige Student, der auf einer der anderen Inseln aufgewachsen war, mußte sich die bestürzende Frage stellen, wieso die Schwarzen auf Haiti ihr herrliches Land so schlecht regierten.

Eine der schönsten Reisen, die er mit den bescheidenen Mitteln unternahm, die sein Großvater ihm zur Verfügung stellen konnte, war ein speziell für Studenten gedachter Rundflug zu sieben verschiedenen Inseln, den eine karibische Fluggesellschaft in ihrem Angebot hatte. Er bekam nicht nur kleinere Inseln zu sehen, wie St-Martin, halb holländisch, halb französisch, sondern auch die großen französischen Inseln. Guadeloupe vor allem faszinierte ihn.»Eigentlich sind es zwei Inseln«, betonte der Reiseführer,»durch einen Kanal getrennt, der so schmal ist, daß man fast hinüberspringen kann.« Als die Studenten in Basse Terre zusammenkamen, um ihre Aufzeichnungen zu vergleichen, setzte sich eine besonders anziehende junge Frau aus St-Vincent neben Ranjit. Er war überglücklich, denn von selbst hätte er sich nie an sie herangewagt. Er erfuhr, daß ihr Name Norma Wellington und sie die Nichte des Arztes von St-Vincent war. Sie hatte einen auf die Krankenpflege vorbereitenden Kurs an der University of the West Indies belegt und dachte daran, ihr Hauptstudium im Krankenhausmanagement in den Vereinigten Staaten fortzusetzen. Sie hatte einen scharfen Blick, urteilte emotionslos über die Zustände auf den verschiedenen Inseln und hegte keinerlei nationalistisch geprägte Vorliebe für ihre eigene

Insel. Offensichtlich fand sie diesen jungen Hindustudenten interessant, vielleicht sogar exotisch, denn immer wieder während der Rundfahrt kam sie zwanglos ins Gespräch mit ihm.

Ungewöhnlich schüchtern, was den Kontakt mit Mädchen betraf, hatte Ranjit große Schwierigkeiten, das Geplauder zu übernehmen, in das junge Männer seines Alters fallen, wenn sie versuchen, ihre Freundinnen zu beeindrucken, aber einmal, als er und Norma nebeneinander eine ruhige Straße auf Grenada entlangtrotteten, faßte er sich ein Herz und fragte: »Norma, du bist so schön, wie kommt es, daß du nicht verlobt bist... oder sogar verheiratet?« Aber sie lachte nur amüsiert: »Ach, Ranjit, ich habe noch soviel zu erledigen, bevor ich an solche Dinge denke.«

Dies als eine Zurückweisung deutend, obwohl Norma lediglich die Absicht gehabt hatte, ihm klarzumachen, daß ihre Ausbildung an erster Stelle stand, gab er das aufkeimende Interesse an dem Mädchen auf und fand statt dessen Trost in der gemeinsamen Arbeit mit seinen drei Lehrern.

Professor Hammond, sein Literaturlehrer, sagte zu ihm: »Sie haben Talent zum Schreiben, junger Mann. Jedenfalls wissen Sie, wie man einen Essay aufbaut, und das kann ich nicht gerade von den meisten meiner Studenten sagen.« Dr. Baker, die Soziologin aus Miami, meinte: »Ausgezeichnetes Wahrnehmungsvermögen, Mr. Banarjee. Vielleicht wollen Sie sich während Ihres Studiums ja einmal etwas ausführlicher mit dem Barbados-Syndrom befassen.«

»Was ist denn das?« fragte er, und die Professorin entgegnete: »Der Glaube, man müsse es nur wollen, dann könne man den Fluß der Veränderungen aufhalten.«

Es war jedoch Professor Carpenter, der Ranjit den unmittelbaren Anstoß für die konzentrierte Arbeit an seinem nächsten Projekt gab. Sein Lehrer hatte einen sehr anregenden Vortrag über eine historische Gestalt gehalten, einen Menschen, den er als »den wirkungsvollsten Mann, den Westindien jemals hervorgebracht hat«, bezeichnet, den wichtigsten Architekten der amerikanischen Regierungsform. Sein Vortrag begann mit der anschaulichen Darstellung einer der für Westindien so typischen Hurrikans.

»Im Jahre 1755 erblickte auf der unbedeutenden Insel Nevis ein unehelicher Knabe das Licht der Welt, dessen arme Mutter mit der Versorgung der Familie ohnehin schon überfordert war. In der Hoffnung, ihr Los zu verbessern, zog sie mit ihrem Hausstand auf die dänische

778

Insel St-Croix, wo ihr Sohn am 31. August 1772 zum erstenmal einen Hurrikan erlebte. Eine Woche später verfaßte er eine ungewöhnliche Darstellung des Sturms, die später in der ›Royal Danish American Gazette‹ veröffentlicht wurde.«

Ohne seinen Zuhörern zu eröffnen, wer der Junge war, las der Professor aus dem ersten Abschnitt des Textes vor und hob hervor, daß die Beschreibung sehr lebendig und die geschilderten Fakten wissenschaftlich korrekt waren. Erst dann enthüllte er, wer der Autor war. »Alexander Hamilton hat diese Darstellung geschrieben, als er etwa fünfzehn oder siebzehn war. Wir wissen es nicht genau, denn über sein Alter hat er sich in seinem ganzen Leben immer ausgeschwiegen.« Dann machte sich Carpenter jedoch daran, den langen überspannten Mittelteil der Arbeit zu zerpflücken.

»Nehmen wir doch ruhig einmal seine Behauptung für wahr und glauben ihm, daß er erst fünfzehn Jahre alt war. Aber nun achten Sie mal auf die Schwülstigkeit seiner Schreibweise. ›Meine Gedanken und Gefühle bei jenem schrecklichen und schwermütigen Ereignis werden in der folgenden Abhandlung offenbart.‹ Nach dieser bescheidenen Erklärung macht er sich an die Niederschrift von acht Paragraphen, die der schlimmste höhere theokratische Blödsinn sind, den man je gelesen hat. Ich will Ihnen einige Beispiele nennen:

›Wo bleibt sie jetzt, gemeine Kreatur, all deine strotzende Kraft, all die Entschlossenheit? Dein Zittern? Dein Entsetzen?‹

›Oh! Ohnmächtiger, anmaßender Narr! Wie kannst du es wagen, gegen den Allmächtigen aufzubegehren, wo doch ein Nicken seines Kopfes allein genügt, deine drohende Vernichtung zu vollziehen und dich zu Staub zu zerdrücken?‹

›Schau weiter noch, du erbärmliches Wesen. Sieh dort den Abgrund ewigen Jammerns offenliegen. Dorthin wirst in Kürze du stürzen – der gerechte Lohn deiner Schändlichkeit.‹

›Doch siehe! Der Herr läßt ab, erhört unser Flehen. Die Blitze schwinden. Die Winde sind gestillt... Doch halt, o eingebildeter Sterblicher! Deine Freude kommt zu unrechter Zeit. Ist, ach, deine Sehnsucht so groß, ob deinesgleichen Freude zu jubilieren, in einer Zeit universeller Leiden?‹«

Als er die Aufmerksamkeit des Auditoriums gewonnen hatte, fuhr er mit den schlimmsten Ergüssen Hamiltons fort, Passagen, bei denen seine Studenten in Lachen ausbrachen, doch dann mahnte er sie, sich mit der Kritik zurückzuhalten:

»Es sind die Schlußpassagen dieses außergewöhnlichen Artikels, die uns interessieren, denn wie eine Laterne in der Nacht werfen sie ein Licht auf den zukünftigen Politiker und Ökonomen Hamilton. Er stößt da einen herzerweichenden Hilferuf für die Armen aus, die der Sturm ins Elend gestürzt hat, einen Appell an die Besitzenden, einen gerechten Teil ihres Vermögens aufzuwenden, um den Geschlagenen zu helfen. Zunächst können wir noch recht stolz auf Hamilton sein, wenn er fleht: ›Das Herz, es blutet mir, doch mangelt's mir an Kraft zu trösten. Oh, ihr, in Fülle Schwelgenden, seht die Not der Menschheit, und laßt zur Linderung ihr euren Überfluß zuteil.‹ Hier spricht Hamilton als Mensch, das zukünftige Finanzgenie einer neuen Nation. Die Reichen besteuern, um den Armen beizustehen.«

Er beendete seinen Vortrag mit dem Hinweis, daß Hamilton allein aufgrund dieses Schreibens von einigen älteren Herren eingeladen wurde, auf ihre Kosten nach Amerika zu reisen, wo er – ebenfalls kostenlos – eine Schule in New Jersey besuchte und später das King's College in New York. Mit einem letzten Schnörkel mahnte Professor Carpenter: »Also merken Sie sich, schreiben Sie gute Referate. Man kann nie wissen, was sich für wunderbare Dinge auftun«, worauf sich die Studenten bei ihrem Lehrer mit stürmischem Applaus bedankten.

Die Geschichte Alexander Hamiltons regte Ranjits Phantasie so stark an, daß er tagelang mit der Vorstellung herumlief, er befinde sich mitten in dem Sturm, der um Jamaika herumpeitschte, dann wieder sah er sich als Oberst im amerikanischen Unabhängigkeitskampf, Seite an Seite mit Lafayette und Kościuszko, als redenschwingender Politiker vor der verfassunggebenden Versammlung in Philadelphia und schließlich als Finanzminister, der sein Land, das sich soeben als Nation deklariert hatte, vor dem Untergang rettete.

Wiederholt kehrte er in seinen Tagträumen jedoch zu dem Hurrikan von 1772 zurück und dem jungen Hamilton, gefangen in diesem mächtigen Wirbelsturm, aber sich jede Einzelheit im Geist merkend, und das Ergebnis nahm so lebhaft Gestalt an, daß Ranjit eine geschlagene Woche lang alle Seminare versäumte und in dieser Zeit ein heroisches Epos von 168 Zeilen niederschrieb. Als es fertig war, tippte er das Gedicht mit drei Durchschlägen ab und verteilte es an seine Professoren mit der knappen Erklärung: »Ich war beschäftigt. Bitte entschuldigen Sie mein Fehlen.« Und alle drei lasen das Gedicht in der Überzeugung, Ranjit habe während seiner selbstauferlegten Ferien Themen verarbeitet, die in ihrem Seminar zur Sprache gekommen waren.

Alexander Hamilton gewidmet, der dem Hurrikan von 1772 trotzte
Der Hurrikan, der einst mir meine Heimatinsel raubte,
Trug kein' gesegnet edlen Namen, etwa »Bruce«,
Sein Ursprung lag im Spott allein, im Rassenhaß,
In Ungerechtigkeit und hoffnungsloser Armut.
Die finsteren Verträge, die ach so gute Staaten treffen,
Um ihre besten Söhne ins Exil, ins fremde Land zu treiben . . .«

Die ersten fünfzig Zeilen seines Gedichtes stellten eine Zusammenfassung der Gründe dar, warum sich ein Mann wie Hamilton zu seiner Zeit oder Ranjit in der heutigen dazu genötigt sahen auszuwandern; ein paar der genannten Gründe waren wenig überzeugend, aber die meisten real und von zwangsläufiger Wirkung, und die leidenschaftliche Aufzählung derselben durch diesen jungen Inder aus Trinidad zeigte, wie sehr er gereift war, nachdem er die relative Ruhe, die in Michael Carmodys Klasse in Queen's Own College geherrscht hatte, zwei Jahre zuvor verlassen hatte.

Die folgenden sechzig Zeilen stellten ein phantastisches politisches Gebilde inmitten der Karibik dar, das Hamilton vermutlich veranlaßt hätte, zu Hause zu bleiben, eine utopische Gesellschaft, in der die verschiedenen Rassen und sozialen Klassen bei der Aufteilung ihres natürlichen Reichtums an Zucker, Baumwolle und Bananen friedlich miteinander kooperierten. Die letzten 58 Zeilen dann enthielten bittere Erklärungsversuche, warum diese so wünschenswerte Zusammenarbeit nicht möglich war, weder jetzt noch jemals in der Zukunft.

In diesen Schlußzeilen blickte er resignierend zurück auf die jämmerliche Figur, die die damaligen politischen Führer in der schmerzlichen Zeit von 1958 bis 1961 gemacht hatten, als die britischen Inseln der Karibik kurz vor der Bildung einer Föderation standen, nur um durch die privaten Eitelkeiten dreier Männer enttäuscht zu werden: Alexander Bustamante, der extravagante Führer Jamaikas; Eric Williams, der gebildete, aber selbstgefällige Sprecher Trinidads; und schließlich der sanftmütige ältere Herr aus Barbados, Sir Grantley Adams, der das Amt des Premierministers einer Föderation bekleidete, die nur auf dem Papier existierte, und der den heroischen, aber vergeblichen Versuch unternahm, die Reste zusammenzuhalten. Die sechs letzten Zeilen von Ranjits Gedicht waren eine einzige Klage:

Der Hurrikan kehrt wieder, das Schiff wird weit getrieben,
Doch wer als Hamilton kann sichten neues unverbrauchtes Land,
Das sein Talent, das seine visionäre Kraft gebracht,
Für eine Welt, die sich aus Disziplin, aus Hoffnung, aus sich selbst
heraus errichtet?
Heut treibt uns das Exil in Länder, schlimmer als das unsrige,
Wo Geiz den Menschen beherrscht, Haß um sich greift, der Zwang
regiert und Hoffnung ist dahin.

Wie schon Master Carmody in Trinidad sorgten auch Ranjits drei Professoren dafür, daß sein Gedicht von verschiedenen Leuten gelesen wurde, und sprachen Empfehlungen für eine Reihe von Stipendienfonds aus. Wie in Hamiltons Fall, als kehrte das Gute ebenso wieder wie der Hurrikan, erhielt er daraufhin drei Angebote für Stipendien, die alle zum Doktorgrad führten. Er hatte außerdem die Wahl zwischen drei verschiedenen Spezialgebieten, je nachdem, welcher Professor die Empfehlung an die Adresse der entsprechenden Universität ausgesprochen hatte: Chicago wollte ihn für das Fach Geschichte, Iowa für Kreatives Schreiben und Miami für Soziologie.

Er war hin und her gerissen zwischen den drei Angeboten, neigte mal eher zu dem einen, dann wieder zu einem anderen, aber das erste, das er streichen konnte, war der Studiengang Kreatives Schreiben, denn er hatte noch immer das Gefühl, daß das nicht seine Stärke war. Schreiben an sich fiel ihm offensichtlich nicht schwer, aber es steckte nicht der alles dominierende Zwang dahinter, den er für unbedingt notwendig hielt, wollte man als Schriftsteller eine Karriere machen. »Ich habe ein Faible für Wörter«, erklärte er seiner Literaturprofessorin, die ihm das Stipendium in Iowa besorgt hatte, »aber ehrlich gesagt, bin ich nicht sonderlich von mir überzeugt.« Und aus ihrer eigenen langjährigen Erfahrung antwortete sie in der ihr eigenen saloppen Sprache: »Wenn dir nichts unter den Nägeln brennt, Ranjit, dann hat's keinen Zweck« und wünschte ihm alles Gute. »Vielleicht steckt ja etwas anderes Großes in dir. Du bist ungeheuer integer, Ranjit. Vielleicht brauchen wir genau das in der Karibik, mehr als alles andere.«

Jetzt, im Frühjahr 1973, wo mit dem letzten Sommertrimester auch seine so prägende Zeit an der University of the West Indies zu Ende ging, die Entscheidung über seine Zukunft aber noch nirgendwo in der herrlichen Hügellandschaft Jamaikas versteckt lag, suchte er oft Rat bei Norma Wellington. »Was soll ich machen? Was würdest du an meiner

Stelle tun, Norma?« Sie spazierten in den niedrigen, östlich vom Campus gelegenen Bergen und besprachen seine und ihre Zukunft. »Ich bin an der besten Krankenpflegeschule der Vereinigten Staaten angenommen«, sagte sie, und er fragte: »Wieso sollen die gerade junge Frauen von der University of the West Indies nehmen?« Und sie erklärte: »Weil sich an den amerikanischen Hospitälern herumgesprochen hat, daß Frauen aus der Karibik die besten Krankenschwestern der Welt sind. Wenn man die entlassen würde, könnte die Hälfte der Krankenhäuser im Osten ihre Pforten schließen. Sie wollen mich dort in Krankenhausverwaltung ausbilden. In Boston.«

»Wirst du das Angebot annehmen?«

»Ich weiß es wirklich nicht. So weit von zu Hause entfernt fühle ich mich einfach nicht sicher. Außerdem hat man als Farbige einen schweren Stand in den Staaten.«

Verstrickt in die melancholische Selbstbetrachtung, für die nur der französische Begriff »tristesse« passend schien, schlenderten die beiden jungen Leute, der dunkelhäutige Hindu aus Trinidad und das hübsche hellhäutige Mädchen aus St-Vincent, durch die hügelige Landschaft, die den Campus ihrer Universität umgab, beide daran denkend, daß mit dem Abschluß ihres Studiums auch ihre flüchtige, kaum jemals ausgesprochene Freundschaft ein Ende haben würde. Es wäre ihm nicht möglich gewesen, ein farbiges Mädchen, wie anmutig sie auch sein mochte, zu seinem indischen Freundeskreis oder seiner Familie mitzunehmen, besonders deswegen nicht, weil sie Mitglied der anglikanischen Kirche war, während es für sie ebenso undenkbar war, ihrer Familie einen Hindu vorzustellen, auch wenn er noch so gebildet war.

Sie schritten unter hoch aufragenden Bäumen, als er plötzlich mit einer ungewohnten Dringlichkeit in der Stimme fragte: »Ehrliche Antwort, Norma. Was würdest du tun an meiner Stelle?« Als sie zögerte, fügte er hinzu: »Du kennst mich jetzt über ein Jahr.«

»Was die Wahl zwischen den Universitäten Chicago und Miami betrifft, läge Chicago bei mir mit leichtem Abstand vorn. Als eine Stadt zum Dortleben und Sichwohlfühlen würde ich mich mit großem Abstand für Miami entscheiden.«

»Wieso?« wollte Ranjit wissen, und ihre Antwort, die in klaren, kurzen Sätzen erfolgte, offenbarte, was viele der jungen Inselbewohner dachten, die sich mit der Frage beschäftigt hatten. »Ob man nun damit einverstanden ist oder nicht, auf jeden Fall ist Miami die heimliche Hauptstadt der Karibik. Unser Handel läuft über Miami, nicht über

London. Unser Geld kommt von da. Unsere Musik kommt über die Radiostationen von dort zu uns. Wenn man erstklassige Zahnbehandlung oder ärztliche Versorgung haben will, fliegt man nach Miami; wir erledigen unsere größeren Einkäufe dort, und wenn wir Urlaub machen wollen, fliegen wir nach Miami und nicht nach Paris oder London. Um es kurz zu machen, die meisten Anregungen kommen von dort, wenn man dir also die Möglichkeit gibt, deinen Doktor in Miami zu machen, und du die Chance nicht wahrnimmst, dann muß bei dir was da oben nicht stimmen.« Sie zögerte erneut, denn was sie als nächstes zu sagen hatte, war schmerzlich, vor allem für eine junge Frau, die von einer der besonders englisch geprägten Inseln wie St-Vincent stammte. »Und zwar deswegen nicht, weil ich glaube, daß die Karibik Stück für Stück unter amerikanische Vorherrschaft geraten wird. Also, lerne deinen Feind näher kennen, geh nach Miami.«

Abrupt verlangsamte sie ihren Schritt, blieb neben einem Baum stehen, schaute Ranjit an und sagte: »Es ist schrecklich. Eigentlich ist es wirklich schrecklich.«

»Was meinst du damit?« fragte Ranjit verwirrt.

»Daß du nach Miami gehst und anschließend irgendwo als Lehrer einen Job in Amerika annimmst und nie mehr zurückkehrst, um Trinidad beim Aufbau zu helfen. Bei mir ist es noch schlimmer, denn ich sollte es eigentlich besser wissen. Ich gehe nach Boston, schließe als Klassenerste die Krankenpflegeschule ab und kriege dann von den vier besten Krankenhäusern in den Vereinigten Staaten Angebote, in der Verwaltung mitzuarbeiten. Mein Bruder Maurice wird für DuPont in Delaware arbeiten und käme nie auf den Gedanken, in ein Unternehmen einzusteigen, das vielleicht seine Hilfe in Grenada braucht.« Sie blickte zur Seite und sagte: »Die Vergeudung, die Vergeudung ist das Traurige. Jahr für Jahr wird die Karibik um ihre besten Leute gebracht, und wie zum Teufel soll eine Region überleben, wenn sie das zuläßt?«

Als sie zum Campus zurückkehrten, stand ihnen der Sinn nicht nach einer tragischen Abschiedsszene à la Romeo und Julia; sie waren zwei vernünftige junge Leute, die Haltung zu wahren verstanden, die begriffen hatten, daß sich ihre beiden gegensätzlichen Kulturen nicht vertrugen, und die Unmöglichem nicht nachtrauern wollten. Als sie sich jetzt trennten, gaben sie sich nicht mal einen Kuß, den obwohl Norma das als Geste des Abschieds gerne gesehen hätte, war Ranjit für so etwas zu selbstbewußt.

Drei Tage später, als sie sich zufällig im Flur des Wohnheims begegneten, sagte er: »Miami soll's sein.« Und er wollte schon weitergehen, aber sie packte ihn am Arm und entgegnete: »Ich bin wirklich froh, daß du Miami gewählt hast. Da werden von jetzt ab die entscheidenden Dinge passieren. Ich beneide dich.«

»Komm mich mal im Winter besuchen, wenn es in Boston schneit«, sagte er, und sie erwiderte: »Auf das Angebot komme ich zurück.«

Sein Abschied von Jamaika sollte nicht so friedlich ausfallen wie der von Norma. Zwei Tage vor seinem Abflug nach Trinidad, wo er eine Zwischenlandung geplant hatte, hielt er sich im Stadtzentrum von Kingston auf. Er hatte Freunde zu einem Abschiedsessen in ein billiges Restaurant eingeladen, als es draußen plötzlich zu einem Krawall kam. Eine Horde furchterregender schwarzer Männer mit langen geflochtenen Haarsträhnen, die fast bis zu den Hüften reichten, lief brüllend durch die Straßen und rief unverständliches Zeug. Ein paar trugen Macheten bei sich, mit denen sie wild herumfuchtelten. Andere sprinteten auf jeden weißen Touristen zu, den sie ausmachen konnten, und brüllten ihm ins Gesicht: »Verschwinde, du fettes, weißes Schein!« Und in dem Gedränge sah Ranjit, wie zwei Weiße, ein Mann und eine Frau, verletzt zu Boden stürzten und Blut aus ihren offenen Wunden quoll.

Auf dem Höhepunkt des Tumultes dachte er kurz daran, sich einzumischen und zu rufen: »Sie haben euch doch nichts getan!« Aber die Angst, was die wütenden Schwarzen einem wie ihm antun würden, einem Hindu, der keine privilegierte Stellung auf Jamaika einnahm und dem viele Inselbewohner, ob weiß oder schwarz, Haß entgegenbrachten, hielt ihn zurück.

Unbeweglich blieb er in dem Türrahmen des Restaurants stehen, versuchte, nicht weiter aufzufallen, und als sich die Krawallmacher in einen anderen Stadtbezirk verzogen, erklärten die jamaikanischen Studenten, die mit ihm gegessen hatten: »Das waren unechte Rastafaris. Schläger, die nur die Leute erschrecken wollen.« Doch am nächsten Tag, als er nach Hause flog, war auf der Titelseite der Zeitung von Kingston in riesigen Lettern zu lesen: »Vier Tote bei Rastakrawall.«

»Als ich im Herbst in Miami aus dem Flugzeug stieg«, sagte Banarjee Jahre später, »da weiteten sich gleich meine Lungen, als Reaktion auf all die Aufregung, die mit einem Neuanfang verbunden ist. Es waren die Jahre, als die Exilkubaner die schläfrige Spielwiese für Reiche in eine internationale Metropole verwandelten. Ah! Es war wirklich lebenserfrischend zu der Zeit in Miami.«

Es war ein Glück für Ranjit, daß der junge Schwarze, der während des Flugs neben ihm gesessen hatte, ihn in der Halle verloren herumstehen sah, nicht wissend, an wen er sich wenden sollte, und so sprach er den Inder an:»Hey, Jamaika! Suchst du die Universität?« Und als Ranjit nickte, sagte er:»Komm einfach mit. Meine Freundin wartet draußen in meinem Wagen.« Wenige Minuten später standen sie vor einem Sportwagen, und Ranjit fiel auf, daß die sehr attraktive junge Frau, die auf dem Vordersitz saß, eine Weiße war, und er war überrascht, als sie seinen Fremdenführer innig umarmte, dann herüberrutschte, so daß er hinterm Steuerrad Platz nehmen konnte und vergnügt sagte:»Der Wagen gehört dir, Mister.« Sich nach hinten zu Ranjit hinüberbeugend, erklärte sie ihm:»Wenn man hundert Meter in 10,4 Sekunden schafft und einen Football von hinten über die linke Schulter zu fassen kriegt, dann belohnen dich deine Bewohner mit so einem Auto.« Sie küßte den Fahrer erneut und fügte hinzu:»Und Paul kann beides.«

Dann fragte sie:»Und wo willst du hin?« Und er entgegnete: »Miami University.«

Sie brach in ein scheinbar entsetztes Gekreisch aus, zeigte auf Ranjit und rief:»Das ist hier verboten zu sagen! Ein schmutziger Ausdruck!« Und sie bat Paul, ihn aufzuklären.

»Miami University ist ein völlig nichtssagender Ort, irgendwo in Ohio. Der fabriziert Footballtrainer am Stück. Die Universität hier im Paradies heißt University of Miami, und die bringt Footballspieler hervor. Und wehe, du nennst die Uni bei ihrem alten Namen, Universität für Sonnenbräune, dann kriegste gleich beide Arme gebrochen.«

»Zu Beginn«, erklärte das Mädchen weiter,»war es eine Universität nur für Sprößlinge von Reichen, die es an die Unis im Norden nicht geschafft hatten. Nur Sporttauchen und Tennis. Spötter haben ihr daraufhin den Spitznamen Universität für Sonnenbräune verpaßt. Aber jetzt ist es toll. Gute Professoren, harte Seminare.«

An dieser Stelle unterbrach Paul ihre Erklärungen:»Wo wohnst du, Jamaika?« Ranjit antwortete:»Ich bin aus Trinidad. Ich habe keine Ahnung.« Und der Sportler meinte:»Würde mal schätzen: Dixie Highway, auch als US 1 bekannt. Die Fernstraße, die von Key West bis nach Maine an die kanadische Grenze führt. Trennt die Böcke von den Schafen, und du siehst mir eher wie ein Bock aus.«

»Und das bedeutet?«

»Wenn man Geld und einen Wagen hat, wohnt man westlich von

Dixie auf dem Campus, in einem der neuen Studentenwohnheime. Wenn man kein Geld hat und keinen Wagen, dann sucht man sich ein Zimmer in einer der engen Bruchbuden östlich von Dixie, von da aus kann man zu Fuß zu seinen Seminaren gehen. Ich kenne da 'ne Menge toller Häuser. Da wohnen viele Studenten aus der Karibik. Würde dir gefallen.«

Ranjit fand die Universität genauso aufregend wie die Stadt Miami. Sie befand sich an der Schwelle von der »Universität für Sonnenbräune« zu einer erstklassigen Ausbildungsstätte für die Fächer Ozeanographie, Medizin, Jura, Musik, Lateinamerikanistik und allgemeine Geisteswissenschaften. Sie war dabei, eine große Bibliothek aufzubauen, und bildete einen Anziehungspunkt für engagiertes Lehrpersonal. Der ideale Ort für einen aufgeweckten Studenten wie Ranjit.

Auch wenn er gerade erst achtzehn Jahre alt war, als er sein Studium, das mit dem Doktorgrad enden sollte, aufnahm, war Ranjit so intelligent und legte eine solche Sorgfalt an den Tag, daß er alle Pflichtkurse spielend schaffte und sich kopfüber in die schwersten Fortgeschrittenenseminare stürzte, die auf dem Campus angeboten wurden. Wie bereits vorher an der University of the West Indies genoß er das Privileg, das ganze Jahr über eingeschrieben zu bleiben, Herbst-, Winter- und Sommersemester über, ohne sich Zeit für einen Urlaub zu gönnen. Die Studenten aus dem Norden des Landes stöhnten, wenn der Sommer mit seiner glühenden Hitze und der drückenden Luftfeuchtigkeit näher rückte, aber Ranjit blühte in der Zeit geradezu auf, als würde seine dunkle Haut die Sonnenstrahlen abwehren. »Das kommt, weil es in Miami im Sommer viel kühler ist als in Trinidad«, erklärte er seinen Mitstudenten, die ihn ungläubig anstarrten. »Noch wärmer als hier?« fragte einer. »Ihr müßt ja kochen da unten«, worauf er entgegnete: »Das tun wir auch.«

Die Geschwindigkeit, mit der er sein Studium absolvierte, und die Anerkennung, die ihm dabei von seiten seiner Professoren zuteil wurde, katapultierten ihn jedoch an den Rand eines ganz spezifischen Abgrunds, in den ausländische Studenten nicht selten stürzten. Und Ranjit wäre weiterhin in seliger Ungewißheit auf diese Gefahr zugesteuert, hätte ihn nicht eines Tages im Jahr 1974 ein großer, leichenblasser Doktorand aus Pakistan angesprochen, der ihn beiseite nahm und ihm eine väterliche Warnung gab.

Mehmet Muhammad war bereits Mitte Dreißig, und Ranjit war

schon seit einiger Zeit aufgefallen, wie er in der Bibliothek herumlungerte, sich gegenüber Autoritätspersonen über Gebühr respektvoll verhielt und stets mit einem leichten Grinsen herumlief, das einfach nicht von seinem Gesicht wich, egal, welche Katastrophe der Alltag für ihn bereithielt. Nach dem Namen des Mannes und dessen Ursprung zu urteilen, vermutete Ranjit, er müsse ein Moslem aus Pakistan sein, was auch zutraf, wie sich herausstellte.

»Ich komme aus Lahore. Mein verstorbener Vater war Geldverleiher, im kleinen Stil.« In einem flüsternden, vertraulichen Tonfall fügte er hinzu:»Ich hatte einen Onkel, der mir die ersten sieben Jahre in Miami bezahlt hat. Aber jetzt ist der auch tot.«

»Du bist schon seit sieben Jahren hier?«

»Ja. Laß mal sehen, was für Einwanderungspapiere du hast.«

Ranjit holte sein F1-Formular hervor, das er sich auf dem amerikanischen Konsulat in Trinidad besorgt hatte und das ihn den Status eines Non-Immigrant verlieh, jemand, der nicht vorhatte einzuwandern, was ihm gestattete, in die USA zu reisen, aber nicht, dort zu arbeiten oder sich bei einer eventuellen Bewerbung um die Staatsbürgerschaft die Studienzeit anrechnen zu lassen. Auf dem Flughafen war das I94-Formular in seinen Reisepaß geheftet worden, das Auskunft über die Aufenthaltsdauer gab und Ranjit sowie jeden Beamten, der seine Papiere überprüfte, daran erinnerte, daß sein Aufenthalt nur geduldet war, solange sich sein Status als Student nicht veränderte. Schließlich hatte ihm noch die Universität das I20-Formular ausgehändigt, die Bestätigung, daß er eingetragener Student war, der auf einen Abschluß hinarbeitete, in seinem Fall den Doktor der Soziologie.

»Na ja, die Papiere sind alle in Ordnung. Trotzdem, mein Freund, du sitzt auf einer Zeitbombe.«

»Was soll das heißen?«

»Alle zusammengenommen, besagen diese Papiere nur eins: Du darfst dich legal in den Vereinigten Staaten aufhalten, solange du deinen Status als Student nicht veränderst. Sobald der ausläuft, darfst du wieder abhauen.« Er sprach in jenem bezaubernden irischen Sprachrhythmus, den die Inder und Pakistani vor Jahrhunderten von den ersten Englischlehrern, einer Gruppe notleidender Iren übernommen hatten; er war musikalisch, erinnerte ein wenig an das Elizabethanische Englisch und hatte etwas umwerfend Charmantes. »Das Problem, mein junger Freund, ist folgendes. Wenn du weiter so im Eiltempo durch deine Kurse galoppierst wie jetzt, dann hast du in zwei Jahren deinen

Doktor. Was dann? Du verlierst deine Einstufung als Student und mußt wieder zurück nach Trinidad.« Im schauderte. Er war nie in Trinidad gewesen, wußte kaum etwas über das Land, außer daß es vor Hindus nur so wimmelte. »Aber ich will doch zurück«, betonte Ranjit. »Um mit meinen Leuten zu arbeiten.« Als er den erstaunten Ausdruck auf Muhammads Gesicht sah, fragte er naiv: »Willst du denn nicht zurück nach Pakistan?«

Mehmet sah ihn an, als wäre er ein schwachsinniges Kind, dessen Frage völlig unverständlich, wenn auch verzeihlich war. Langsam, wobei er seine Fingerknöchel anstarrte, formulierte er seine Gegenfrage: »Wer will schon zurück nach Pakistan, wenn er in den Vereinigten Staaten bleiben kann.«

»Warum bleibst du dann nicht hier?« fragte Ranjit, und Mehmet erklärte: »Ich will ja. Zehntausend Pakistani wollen hierbleiben. Aber sobald ich meinen Doktor habe, darf ich wieder nach Hause.«

»Warum ihn dann machen?« wollte Ranjit wissen, und die Doppelzüngigkeit von Mehmets Antwort überraschte ihn: »Ich werde ihn ja nicht machen. Ich sammle alle Scheine, fange an, meine Doktorarbeit zu schreiben, und wechsle, nachdem ich die Hälfte geschafft habe, mein Hauptfach. Vielleicht zu Soziologie.«

»Warum nicht zu Geschichte, bei deinem Hintergrund?«

»Vor drei Jahren stand ich gerade sechs Wochen vor meinem Doktor in asiatischer Geschichte. Konnte gerade noch rechtzeitig überwechseln zu Philosophie.«

»Da könntest du ja ewig hierbleiben. Wer zahlt denn deine Studiengebühren, dein Zimmer?«

»Ich habe noch einen anderen Onkel.«

»Warum machst du das?« Und Mehmet entgegnete: »Weil sich früher oder später schon irgend etwas ergeben wird... ein neues Gesetz... eine Verlängerung der Aufenthaltserlaubnis.«

»Hast du überhaupt die Absicht, jemals wieder nach Hause zurückzukehren?«

»Amerika braucht mich. Und du kannst mir glauben, Banarjee, wenn du nur noch sechs Wochen bis Abschluß dieses Doktors hast und dich mit der Aussicht abfinden mußt, nach Trinidad zurückzukehren, dann wirst du erkennen, daß Amerika dich auch braucht.«

Einige Wochen später, während des Frühjahrssemesters, traf er Mehmet wieder, und der Pakistani hatte gute Nachrichten: »Ich bin an deinem Fachbereich angenommen worden. Soziologie des moslemisch-hinduistischen Konflikts. Könnte dieses Wochenende mit meiner Doktorarbeit anfangen, wenn ich wollte.«

»Und woher nimmst du die Grundkurse, die man bei so einem Wechsel nachweisen muß?« und Mehmet antwortete: »Ich habe sieben Jahre auf diversen Colleges und Universitäten in Bombay verbracht. Ich habe genug Proseminare zusammen, um mich für jedes Graduiertenstudium einzutragen... sogar in Betriebswirtschaft.«

Im Sommer 1976 unterbrach Ranjit seinen Sturmlauf auf den Doktortitel und unternahm eine Reise mit einem der billigen Greyhound-Busse durch die amerikanischen Randstaaten entlang der kanadischen Grenze. Er war hingerissen vom Glacier-Nationalpark und der kühlen Schönheit seiner Berge, aber als ein Mitreisender, der Gefallen an Ranjits Gesellschaft gefunden hatte, den Vorschlag machte, nach Kanada einzureisen, um die Fortsetzung des Parks auf der anderen Seite zu sehen, der dort angeblich in eine noch rauhere Landschaft mündete, wich Ranjit sichtlich ängstlich zurück.

»Was ist los?« fragte der Mitreisende, und Ranjit erklärte: »Wenn ich die Grenze der Vereinigten Staaten überschreite, kann es sein, daß ich Schwierigkeiten bei der Einreise kriege.«

»Verstehe. Bei deiner dunklen Hautfarbe kann ich mir gut vorstellen, daß sich irgend so ein Arsch von Grenzer ein Vergnügen daraus macht, dich zurückzuschicken. Na ja, wir sind nicht alleine auf der Welt, und solche Typen finden sich überall.«

Als sie sich trennten, blieb Ranjit in dem amerikanischen Teil des Parks zurück, und während er am Fuß der Berge entlangtrottete, zu den mit weißen Gipfelhauben versehenen Rockies aufschaute, wurde ihm zum erstenmal klar, daß er mehr und mehr von den Vereinigten Staaten angetan war. Miami vor allem schätzte er besonders, und jetzt war er auch bereit, Norma Wellingtons Einsicht zu akzeptieren: »Es ist praktisch die Hauptstadt der Karibik.« Er gestand sich ein, daß sie recht hatte mit der Behauptung, alle weiterführenden Anstöße, die in der Karibik Fuß gefaßt hätten, wären über Miami gekommen, und er dachte, fast etwas wehmütig: »Die Karibik ist eine wunderschöne kleine Inselgruppe. Aber das wirkliche Leben spielt sich hier ab.« In dem Moment, unter den gewaltigen Gipfeln der Rockies zog er zum erstenmal in Erwägung, für immer in den Vereinigten Staaten zu bleiben. »Hier wird die Entscheidung über die Zukunft der Karibik getroffen. Spanien, England, Frankreich ... sie alle haben ihre Gelegenheit gehabt, aber keinem ist es gelungen, die Oberhoheit zu gewinnen. Jetzt ist Amerika an der Reihe – ob zum Guten oder Schlechten, wir werden sehen.« Fast zynisch fuhr er fort: »Vielleicht dauert es ja nur fünfzig oder sogar 75 Jahre. Und danach?« Er zuckte die Achseln.

Bei seiner Rückkehr nach Miami zum Herbstsemester 1977 war er ein neuer Mensch, entschlossen, sich seinen Platz unter den Akademikern Nordamerikas zu erobern, und ihm wurde die Tatsache bewußt, wie gefährlich nah sein Studienende und damit sein Doktor der Soziologie gerückt war, ohne daß er bislang eine feste Anstellung an einer amerikanischen Universität in der Tasche hatte. Sein Aufenthaltsrecht war bedroht, und so sattelte er hastig auf Geschichte um, und dieses Mal absolvierte er die Pflichtkurse nicht in einem Zug. Er verteilte sie über vier Semester und machte während der Sommermonate ausgiebig Urlaub, unternahm Billigreisen zum Yellowstone-Nationalpark und zum Grand Canyon. Dadurch, daß er seine Arbeit peinlich genau einteilte und mit den Geldmitteln, die ihm sein Großvater schickte, geizte, fühlte er sich sicher, den Anspruch auf Aufenthaltsgenehmigung als Student um drei Jahre verlängern zu können.

Es war der Besuch in einem Friseurgeschäft am Dixie Highway, der 1981 seinem Leben eine dramatische Wende gab. Nachdem es ihm gelungen war, seinen Doktor in Geschichte hinauszuzögern, war er in die persönlich befriedigende Routine eines Gelehrten gerutscht, der in Bibliotheken herumstöberte, ab und zu eine wissenschaftliche Abhandlung verfaßte und als unbezahlter Vertreter einsprang, wenn seine Professoren zu den Jahreshauptversammlungen ihrer Fachgruppen fuhren. Ihm selbst, aber auch seinen Mitstudenten wurde jedesmal deutlich, daß er weit mehr über die Sachthemen der jeweiligen Kurse wußte als die regulären Professoren und um einiges beschlagener war, was die subtilen Wechselbeziehungen der Disziplinen untereinander betraf. Außerdem war es ihm gelungen, seinem typischen Trinidad-Dialekt die Schärfe zu nehmen, so daß seine Aussprache für die amerikanischen Studenten nun völlig verständlich war.

Ranjit mußte warten, weil zwei spanischsprechende Studenten aus ihrem Haarschnitt einen endlosen Akt machten, und als er sich endlich auf den Stuhl setzen konnte, war der Friseur, ein hochgewachsener Mensch, der vermutlich aus dem Norden nach Miami eingewandert war, froh, ihn als nächsten Kunden zu haben. »Wo kommen Sie her, junger Mann? Wahrscheinlich irgend so ein sonnengesegnetes Land da unten.« Als Ranjit antwortete, er käme aus Trinidad, schien der Meister erfreut. »Ist das nicht das Land mit dem Asphaltsee? Das hat mir meine Lehrerin erzählt, als ich in die sechste Klasse ging, und wir Jungen, die gesehen hatten, wie Straßen gebaut wurden und wozu Asphalt dabei verwendet wurde, glaubten, sie hätte uns belogen.«

»Stimmt, das ist Trinidad.«

»Sagen Sie, haben die in Trinidad alle Ihre Hautfarbe?« Aus dem Ton seiner Frage konnte man schließen, daß er keine Vorurteile hatte, er wollte sich nur freundlich erkundigen.

»Ich bin vielleicht eine Ausnahme. Ich bin Hindu.«

»Moment mal. Kommen die nicht aus Indien? Wo es die Kobras gibt und den Gandhi und so?«

»Stimmt. Sie haben schon wieder recht.« Ranjit fing an, das Interesse des Friseurs zu akzeptieren, doch dann hörte er, wie der Mann sagte: »Na fein, da bin ich ja froh, daß Sie nicht wieder so ein verfluchter Kubaner sind.«

Ranjit erstarrte, denn das bunte Treiben im Portugee Shop seines Großvaters, wo Kunden der unterschiedlichsten Hautfarbe derselbe Respekt entgegengebracht werden mußte, hatte ihn Toleranz gelehrt. »Ich mag Kubaner«, sagte er leise.

»Hey, was ist? Ich doch auch«, sagte der Friseur, ehrlich erstaunt. »Sie haben Miami wiederaufgebaut. Das Beste, das uns passieren konnte, sind die Kubaner.«

»Was wollten Sie dann mit ihrer Bemerkung sagen?«

»Die Kubaner als Gruppe, die mag ich. Sehr sogar. Aber der kubanische Gentleman, der auf meinem Stuhl Platz nimmt, den mag ich nicht. Überhaupt nicht.«

»Und wieso nicht?« Als Ranjit seine Frage stellte, hatte er undeutlich mitbekommen, daß ein Mann den Laden betreten hatte und sich auf einen der gewöhnlichen Stühle gesetzt hatte, die dort für wartende Kunden hingestellt worden waren, doch was für ein Mann das war, vermochte er nicht zu sagen.

Der Friseur nahm seine Rede wieder auf. »Sie kommen hier rein, ein netter, freundlicher Hindu, ›Elmer‹, sagen Sie zu mir, ›schneiden Sie mir die Haare‹, und eine Viertelstunde oder zwanzig Minuten später erheben Sie sich wieder aus meinem Stuhl, zahlen und gehen. Aber so ein Kubaner, vor allem die jungen Männer, in Ihrem Alter, viele jedenfalls, die setzen sich hin und verbringen erst mal fünf Minuten damit, mir genau zu beschreiben, wie sie ihr Haar geschnitten haben wollen. Mal wollen sie dies, mal wollen sie das.« Der Meister imitierte dabei den kubanischen Dialekt so gekonnt, daß es offensichtlich war, daß er dieses Klagelied schon oft geprobt hatte.

Er ließ einen Moment von Ranjit ab und wandte sich dem anderen Kunden im Laden zu:»Einer dieser jungen Kubaner, die Sie gerade aus meinem Geschäft haben herauskommen sehen, der hat mir geschlagene fünf oder sechs Minuten seine Anweisungen gegeben. Genauso müßte es sein. Und als ich dann den Spiegel reichte... im Befehlston: ›Gehen Sie mal einen Schritt zurück!‹ Es ist immer dasselbe. ›Könnten Sie hier noch ein bißchen was abschneiden? Und da auch noch ein bißchen? Schneiden Sie die Seiten noch etwas schärfer an.‹ Dann gibt er mir noch zehn Minuten lang Ratschläge und bleibt ingesamt 35 Minuten auf meinem Stuhl sitzen. Die letzte Viertelstunde mit dem Spiegel in der Hand, hier noch ein Stück, da noch ein Stück. Er will keinen einfachen Haarschnitt, er verlangt ein Meisterwerk!«

Endlich hörte er auf zu lamentieren und wandte sich wieder Ranjit zu.»Und wissen Sie auch, warum er das alles macht? Weil für einen Kubaner in Ihrem Alter das Wichtigste auf der ganzen Welt sein Aussehen ist. Weil er im Grunde seines Herzens fest davon überzeugt ist, ohne die Spur eines Zweifels, das, wenn ich ihm heute morgen um halb zehn den perfektesten Haarschnitt verpasse und er phantastisch duftet, wenn er meinen Laden verläßt, irgend so ein Flittchen von der Universität in ihrem Cadillac-Coupé vorbeigedonnert kommt und ihn sieht, völlig von den Socken ist, das Steuer rumreißt und ihn mit süßlicher Stimme anflötet: ›Hey, kann ich dich irgendwohin mitnehmen?‹ Er springt natürlich in ihren Wagen, und der Tag, was sage ich, sein ganzes Leben wird sich zum Besseren kehren.« Mit einem Schwung tat er den letzten Schnitt, gestattete Ranjit einen flüchtigen Blick in den Spiegel und sagte:»So was kann mein Haarschnitt bei einem jungen Kubaner anrichten. Für Sie ist es bloß ein einfacher Haarschnitt. Sie waren ein ganz normaler Irrer, als Sie hier hereinkamen, und sind immer noch ein ganz normaler Irrer, wenn Sie wieder gehen«, sagte er scherzend,»Sie erwarten wenigstens keine Wunder... aber diese Kubaner.«

Als er Ranjit zum Schluß mit der Kleiderbürste über die Jacke fuhr, sagte er warmherzig:»Aber das räume ich ein. Für so einen nett aussehenden Burschen wie Sie wäre es wirklich eine feine Sache, wenn Sie aus meinem Laden kämen, so eine reiche Mieze von der Universität in ihrem Cadillac-Coupé vorbeiführe, das Steuer herumrisse und Sie bitten würde einzusteigen. Weil, wenn Sie sie heirateten, brauchten Sie nicht zurück nach Trinidad, wenn Sie Ihre Ausbildung hier beendet haben.«

Als Ranjit das Geschäft verließ, erhob sich auch der Unbekannte, der zwischendurch eingetreten war, von seinem Stuhl und folgte ihm nach draußen. Der Friseur, enttäuscht, einen Kunden zu verlieren, rief hinter ihm her: »Sind nur noch zwei vor Ihnen!« Und kurz bevor die Tür ins Schloß fiel, röhrte der Mann mit einer rauhen, krächzenden Stimme: »Ich komme zurück.« Das war das erste Zusammentreffen von Ranjit mit Gunter Hudak.

Gunter Hudak war kein Mensch, der leicht zu übersehen war. Um die Vierzig, mit einem gekrümmten, muskulösen Torso, mächtigen Oberarmen und einem hängenden, dunklen Gesicht, von pechschwarzen Haaren umrahmt, machte er auf Ranjit den Eindruck eines Mannes, der es gewohnt war, sich durchzusetzen.

Wieder ertönte die krächzende, nichts Gutes verheißende Stimme: »Kann ich dich mal einen Augenblick sprechen?«

Schon in diesem ersten Augenblick ihrer Begegnung spürte Ranjit, daß er eigentlich nichts mit diesem Mann zu schaffen haben sollte, aber er meinte, vielleicht sei es gefährlicher, ihn zurückzuweisen, und so entgegnete er mit matter Stimme: »Ja.«

»Mein Name ist Gunter Hudak. Deinen kenne ich. Ranjit Banarjee, Jamaika und Trinidad.«

»Woher kennen Sie meinen Namen?«

»Gehört zu meinem Geschäft. Immer wenn ein ausländischer Student, der auf seinen Doktor zugeht, das Hauptfach wechselt, fällt das auf, und ich werde benachrichtigt.« Sein Ton hatte etwas Verschwörerisches, und sein Akzent wies darauf hin, daß er vielleicht auch einmal Ausländer gewesen war.

»Macht es dir etwas aus, wenn ich ein Stück mit dir gehe, Ranjit?« Banarjee machte es etwas aus, aber er hatte Angst, es zuzugeben, der Mann hing wie eine Klette an ihm. »Es gehört zu meinem Geschäft, dich daran zu erinnern, wie recht der Friseur mit seiner Geschichte hatte.«

»Ich habe nichts gegen Kubaner.«

»Ich meine, als er erzählte, wie es dir erspart bleiben würde, zurück nach Trinidad zu gehen, wenn sich irgendeine Amerikanerin in dich verlieben und dich heiraten würde.« Noch bevor Ranjit etwas einwenden konnte, redete er hastig weiter: »Sie heiratet dich. Völlig legal. Du bist ihr Ehemann und erhältst einen gesetzlich abgesicherten Status als

Einwanderer. Nach sechs Monaten läßt sie sich scheiden, und deiner amerikanischen Staatsbürgerschaft steht praktisch nichts mehr im Weg.« Ranjits Arm, den er umfaßt hielt, nicht lockerlassend, raunte er:»Und das alles für lumpige 5 000 Dollar. Amerikanische Staatsbürgerschaft sein Leben lang.«

Ranjit stieß seine Hand beiseite:»Ich bin doch nicht blöd.« Aber Hudak entgegnete krächzend:»Bist du doch, wenn du nicht zuhörst. Brauchst nur in deinem Wohnheim nachzufragen. Erkundige dich mal, wieviel junge Leute in ähnlicher Situation wie du durch Heirat und Scheidung an ihre Staatsbürgerschaft gekommen sind. Und so, wie ich es anstelle, ist es idiotensicher.« Bevor er sich von ihm trennte, steckte er Ranjit ein Stück Papier in die Tasche, dann war er im Verkehrsgewühl des Dixie Highway verschwunden. In der Abgeschiedenheit seines Zimmers entfaltete Ranjit den Zettel und las:»Gunter Hudak, 2119 San Diego, Coral Gables. Ich mache es auch für 4 000 Dollar.«

In den folgenden Monaten begegnete Ranjit Hudak mehr oder weniger zufällig alle zwei Wochen. Wenn die Gelegenheit günstig war und Hudak ihn ansprach, stets mit dieser tiefen krächzenden Stimme, war es immer irgend etwas Bedrohliches, was er ihm mitzuteilen hatte: »Guten Abend, Mr. Banarjee. Schon von den drei Studenten gehört, die letzte Woche in den Iran ausgeflogen wurden? Ihr I94-Formular war abgelaufen.«

Im September 1981 wurde Ranjit in den Gedankengängen über seine Zukunft durch die überraschende Mitteilung seines Mitstudenten aus Pakistan, Mehmet Muhammad, unterbrochen:»Wunderbare Neuigkeiten! Die amerikanische Regierung hat soeben Mathematiklehrer auf die Liste der bevorzugten Berufe gesetzt.«

»Und was hat das zu bedeuten?«

»Na ja, die Regelung ist seit Jahren praktisch Vorschrift: Wenn man in die Vereinigten Staaten einwandern will, hat man fast keine Chance. Die Warteliste ist ellenlang. Aber wenn man von Beruf Schneider ist und will einwandern, dann sagte die Regierung:›Hurra, wir brauchen Schneider.‹ Empfängt dich mit offenen Armen. Sucht dich bewußt aus, weil wir in diesem Land nicht genug Schneider haben.« Ranjit fiel auf, daß er»wir« sagte, wenn er von den Vereinigten Staaten sprach, und noch in derselben Woche ließ sich Mehmet seine Studiennachweise von der Technischen Universität anerkennen, wo er ein neues Studium in einem naturwissenschaftlichen Fach aufnehmen wollte.»Mit meinen

Kursen aus Indien kann ich mich für einen gekürzten Studiengang bewerben«, sagte er zu Ranjit. »Vielleicht kann ich nach einem Jahr meinen Abschluß als Mathematiklehrer machen.« Und schon war er verschwunden.

Ranjit zog genaue Erkundigungen über die erwähnten Ausnahmekategorien ein und erfuhr, daß Mehmet recht hatte. Schneider wurden tatsächlich gebraucht, ebenso Glasbläser für die Herstellung wissenschaftlicher Instrumente und noch eine Menge anderer ungewöhnlicher Berufe. Für keinen von ihnen war er auch nur im entferntesten qualifiziert. Dieser Weg in die Freiheit war also versperrt.

Weiterhin Gunter Hudaks Angebot ausschlagend, trotz der Tatsache, daß der Mann den Preis auf 3 000 Dollar heruntergesetzt hatte, verbrachte er das Herbstsemester 1981 in einer Art dumpfer Euphorie. Bei seiner Doktorarbeit in Geschichte machte er gute Fortschritte, und einer seiner Aufsätze über die Frage, welche Erfahrungen Holland mit seinen karibischen Kolonien gemacht hatte, wurde zur Veröffentlichung in einer wissenschaftlichen Zeitung in Amsterdam freigegeben, was einem jungen Professor, der seinen Doktor in Yale gemacht hatte, den neidvollen, aber freundlich gemeinten Kommentar abrang: »Banarjee, wir sollten den Titel ›Doktor für alles‹ einführen. Sie wären der erste, der ihn verliehen bekäme. Was macht die Doktorarbeit?« Und Ranjit war versucht zu sagen: »Danke der Nachfrage, ich habe das Arbeitstempo sicherheitshalber etwas gedrosselt.«

Noch vor Semesterende war Mehmet zurück, und als Ranjit ihn zufällig auf dem Campus traf, war er genauso aufgeregt wie an dem Tag, als er beschloß, sich an der Technischen Universität einzuschreiben. »Wunderbare Neuigkeiten, Ranjit. Mathematik war doch schwieriger, als ich dachte. Hätte es natürlich schaffen können, aber nicht in einem Jahr. Was glaubst du, was passiert ist?«

»Irgend etwas Verheißungsvolles, da bin ich sicher«, sagte Ranjit.

»Mehr als verheißungsvoll«, schwärmte Mehmet, »die Erlösung! Auf einem Silberteller serviert.«

»Erzähl.«

»Die Regierung hat eine neue Kategorie auf ihre Liste bevorzugter Berufe gesetzt. Krankenpfleger! Ja, es gibt einen bedenklichen Mangel. Ich habe mich in das Fortgeschrittenenprogramm hier an der Universität eingeschrieben, und mit meinen diversen Kursen... ich habe damals viel Naturwissenschaft belegt. Sie meinten, ich könnte

schon im Juni mein Diplom machen. Und wenn ich das erst habe ...
heißt es, Bettpfannen, ich komme!«

Als Ranjit sich die neuen Regeln ansah, stellte sich heraus, daß für
Krankenpfleger tatsächlich ein Bedarf bestand, aber da er keine Neigung zu dieser Art von Arbeit verspürte und sein Doktor in Geschichte
gefährlich nahe rückte, wechselte er das Studienfach und stieg gerade
noch rechtzeitig auf Philosophie um. Natürlich hatte da schon immer
sein Hauptinteresse gelegen, dem Studium der Werte der Menschheit,
die von Bestand waren, und der Strukturen, in denen Menschen ihr
Denken organisierten.

Erleichtert über den in letzter Minute erreichten Aufschub, verbrachte er die meiste Zeit seines ersten Studienjahres 1981/82 mit der
Erkundung des Wertesystems von Miami, und mit jedem Tag, an dem
er tiefer in die komplizierte soziale Struktur dieser Stadt eindrang,
wuchs sein Respekt vor der grandiosen Anpassungsfähigkeit, die sie im
Laufe ihrer Geschichte immer wieder bewiesen hatte. Sie hatte immerhin eine ganze Flut von Kubanern mit relativer Leichtigkeit verkraftet.
Diese machten sich jetzt daran, die politische Kontrolle über die Stadt
und sogar den Staat zu übernehmen, und auch wenn es einigen Angloamerikanern nicht in den Kram paßte, Kubaner konnten jetzt sogar
auch in die wohlhabenderen Wohngebiete direkt am Meer ziehen, zum
Beispiel in das weiter nördlich gelegene Palm Beach.

Die Verbrechensrate allerdings erschreckt ihn, aber eines Abends, als
er von einem Besuch in der Innenstadt heimkehrte, mußte er über sich
selbst lachen: »In Trinidad hat es mich schon immer gestört, wenn
Weiße sich darüber aufregten, daß Inder andere Leute mit dem Messer
aufschlitzten, vor allem ihre Frauen, und jetzt wohne ich in Miami und
finde es abscheulich, daß die Hispanos oft mit einem Messer auf ihre
Frauen und ihre besten Freunde losgehen. Plus ça change, plus c'est la
même chose.« Über die Gefahr durch Drogen allerdings, die weite Teile
des Lebens im südlichen Florida bedrohte, machte er keine Scherze; er
konnte sich nicht vorstellen, wie man seinem Körper überhaupt irgendwelche zerstörerischen Substanzen freiwillig zuführen konnte: Nikotin,
Alkohol, abhängigmachende Medikamente und schon gar nicht Drogen, die direkt in den Blutkreislauf gespritzt wurden.

Miami hatte also auch seine Schattenseiten, aber alles in allem war es
eine zauberhafte Stadt mit seiner kilometerlangen verlockenden Küstenstraße, den herrlichen neuen Hochhäusern, dem beständigen
Charme der Calle Ocho, wie Eight Street auch genannt wurde, denn

hier entfaltete sich im Karneval, bei besonderen Festlichkeiten und im Alltag der Hispanos der volle Flair des karibischen Lebens. »Nicht so lebhaft wie der echte Karneval in Trinidad«, gestand er seinen Freunden, »aber das hier tut es auch.« Doch die Selbsttäuschung mußte aufhören. Er war nicht nach Miami gekommen, um den Karneval zu erleben, sondern um an der Universität das Studium mit einem Doktor abzuschließen, und es ging das Gerücht um, daß die graduierten Studenten, die über eine bestimmte Anzahl von Jahren hinaus das Aufenthaltsrecht in Anspruch genommen hatten, vor ein Ultimatum gestellt werden sollten: »Beenden Sie Ihre Doktorarbeit, oder Sie müssen gehen.« Und er wußte sehr wohl, daß mit den letzten drei Worten eigentlich gemeint war: »Sie müssen das Land verlassen.« Da er sich seit 1973 auf dem Campus herumtrieb und man mittlerweile 1984 schrieb, wußte er auch, daß seine Tage gezählt waren. Gegen Mehmet Muhammad, der seinen Zickzackkurs seit 1967 verfolgt hatte, sagenhafte siebzehn Jahre, war die Universität sogar schon scharf vorgegangen, aber indem er sich wieder einmal schnell in einem anderen ausgenommenen Fachbereich immatrikulierte, diesmal Krankenpflege, blieb ihm ein Rausschmiß erspart.

Mehmet war ein unternehmungslustiger Kerl, und nachdem er sich bei einem der Ärzte des Krankenhauses, in dem er, um Erfahrung im Pflegeberuf zu sammeln, ein freiwilliges Praktikum absolvierte, lieb Kind gemacht hatte, überredete er den Mann, ihm während der Dienstzeit seinen Wagen zu leihen, und lud Ranjit ein, mit ihm an einem der kultiviertesten Abenteuer teilzunehmen, die Miami zu bieten hatte – Schiffe beim Ablegen beobachten. Mehmet setzte sich ans Steuer und lenkte den Wagen des Arztes zunächst mitten in das Verkehrsgewühl auf dem Dixie Highway, eine der belebtesten Hauptverkehrsstraßen Amerikas, auf der sich junge Urlauber, unvernünftige Studenten und die Anarchisten des Straßenverkehrs, die Kubaner, austobten, für die jede rote Ampel eine Aufforderung war – »Los, Beeilung, immer drauflos!« – und die mit hundert Stundenkilometern in die belebtesten Stadtbezirke rasten.

»Kannst du überhaupt fahren?« fragte Ranjit, aber Mehmet entgegnete: »Ich habe es den anderen abgeschaut. Ich bin sicher, es ist nicht so schwierig.«

»Hast du den Führerschein?«

»Nein, aber wer soll uns schon aufhalten?« Und mit einer Selbstsicherheit, die Ranjit erstaunte, stürzte sich der abgemagerte Pakistani mitten in den Verkehr von Miami, überschüttete jeden, der sich weigerte, ihm aus dem Weg zu gehen, mit Flüchen in seiner Heimatsprache und erreichte tatsächlich wie durch ein Wunder die zauberhafte Stelle, wo sich jeden Sonntag nachmittag um fünf eingeweihte Zuschauer in ihren geparkten Wagen versammelten, um die großen Kreuzschiffe der diversen europäischen Schiffahrtsgesellschaften aufs Meer auslaufen zu sehen.

Es gibt keinen zweiten Ort in ganz Amerika, der diesem gleichkommt, denn die Wasserrinne ist hier so unglaublich schmal, daß die Zuschauer an Land die Gesichter der Passagiere entlang der Reling der riesigen weißen Schiffe klar unterscheiden können, wenn diese in einer majestätischen Reihe eins nach dem anderen vorbeidefilieren. Schiffssirenen blasen ihren rauchig-kehligen Ton in die Luft, Musikkapellen spielen, Passagiere jubeln, die Zuschauer in ihren Wagen drücken auf die Hupe, und eine geschlagene Stunde währt diese einzigartige Parade. Mehmet war entzückt:»Wenn ich meine Hand ausstrecke, kann ich das nächste Schiff berühren.« Und Ranjit stimme ihm zu, daß die Illusion wirklich beeindruckend war.

»Da schweben sie vorbei!« rief Mehmet.»Wenn ich mein Krankenpflegediplom habe, werde ich Medizin studieren und mich dann als Arzt auf dem Schiff bewerben, was jetzt gerade vorbeifährt. ›Madame, ich fürchte, Ihr Blinddarm ist geplatzt. Es geht um Leben und Tod. Ich muß sofort operieren.‹ Das Schiff taucht mal unter, mal auf, und vielleicht geht sogar das Licht aus. Schnipp, schnapp. Da haben wir den unheilvollen Blinddarm! Wieder ein Menschenleben gerettet!«

Auch wenn er sich wünschte, in den Vereinigten Staaten bleiben zu wollen, für einen Augenblick überfiel Ranjit Heimweh.»Ich wäre so gern an Bord eines dieser Schiffe. Jamaika, St-Vincent, Trinidad.«

»Ist es auf den Inseln wirklich so schön?«

»Es ist sehr schön.«

Spontan sprang Mehmet aus dem Auto, lief bis zur Böschung des Kanals und rief dem letzten Schiff, das sich nur wenige Zentimeter vor ihm vorbeischob, zu:»Großes Schiff! Anhalten! Anhalten! Nimm meinen Freund Ranjit mit.« Von der Reling über ihm blickten ein paar Passagiere hinunter und winkten dem wild gestikulierenden Pakistani zu.

Was Mehmet das unbarmherzige Schicksal nannte, ließ sich nun nicht länger umgehen, und so kam der traurige Abend, an dem Ranjit in den sauren Apfel beißen mußte. Langsam durch die Straßen östlich vom Dixie Highway entlangschlendernd, kam er schließlich an die Adresse auf dem Stück Papier, das er immer in seinem Portemonnaie aufbewahrt hatte. Er näherte sich dem Haus von der gegenüberliegenden Straßenseite und hatte so Gelegenheit, das durchschnittlich wirkende Gebäude genauer zu mustern. Es war zweistöckig, und er stellte sich alle möglichen schrecklichen Dinge vor, die im Innern passierten, und wollte sich gerade wieder davonstehlen, als ihn von hinten eine starke Hand am rechten Arm packte.»Guten Abend, Banarjee. Ich habe dich schon erwartet. Wir wollen uns ein bißchen unterhalten.« Es war Gunter Hudak.

Er lud Ranjit nicht in sein Haus ein, sondern manövrierte ihn statt dessen durch ein paar Seitenstraßen zu einem Fast-food-Restaurant in der Maynada Street, in der Nähe der Universität. Ohne ihm den Grund zu nennen, warum er ihn an einen solchen Ort führte, schob Hudak ihn in die Schlange der Wartenden und stellte sich hinter ihm auf, bis Ranjit vor der Bestelltheke stand, wo eine freundliche, etwa vierzigjährige Dame ihn fragte:»Was darf es sein?« Ranjit zögerte, aber Hudak kam ihm zuvor:»Whopper, Pommes und einen Vanilleshake.« Sich selbst bestellte er einen Hamburger und einen Erdbeershake.

Als sie auf fest im Boden verankerten Drehstühlen Platz genommen hatten, erklärte Hudak ihm den Grund ihres Kommens:»Meine Schwester arbeitet hier. Was meinst du, wer von denen ist sie wohl?« Und während Ranjit die Gruppe der Mädchen musterte, die die Bestellungen herausgab, stellte sich eine von ihnen, vielleicht auf ein Zeichen ihres Bruders, so hin, daß sie für die Kunden sichtbar war.

Als sie so unter dem hellen sauberen Licht stand, stellte sie für jeden, der sie sah, eine wahre Augenweide dar. Ihr Alter? Schwer zu schätzen. Sie war ein paar Zentimeter größer als Ranjit, hatte die schmale Figur einer Neunzehnjährigen und ein attraktives Gesicht mit regelmäßigen Zügen unter einem gepflegten Schopf brauner Haare. Ihr Gesicht wirkte ebenso beunruhigend wie verlockend, denn es strahlte eine Härte aus, die sich seine Besitzerin im Laufe ihres Lebens erworben hatte und das auch einer Frau von vierzig gehören konnte. Trotzdem war sie eine junge Frau, bei der jeder Mann zweimal hingeschaut hätte, und genau das tat Ranjit jetzt.

»Ich glaube, es ist die da«, sagte er, und Hudak drückte ihm die Hand und beglückwünschte ihn.»Stimmt. Sie ist das Mädchen, das dich heiraten will.« Und jetzt gab er ihr ganz unverfroren ein Zeichen, worauf

800

seine Schwester ihren Arbeitsplatz verließ und in übertrieben affektierter Haltung auf den Tisch zuging, wo ihr Bruder mit seinem neuen Kunden saß.»Hallo«, sagte sie, als sie sich neben Ranjits Stuhl drängte.»Ich bin Molly«, wobei sie auf ihn hinunterblickte und ihre Augen sprühten: Junge, bist du sexy!

Ranjit, der nie zuvor einen solchen Blick empfangen hatte, war zu verwirrt, um etwas antworten zu können, und so fuhr sie fort:»Mein Bruder hat mir interessante Sachen über Sie erzählt, Mr. Banarjee. Es wäre nicht nur ein Vergnügen, ich fände es aufregend. Ein Hinduprinz. Elefanten. Tiger der Tadsch Mahal. Wäre doch wundervoll.« Unbeholfen murmelte Ranjit:»Ich bin weit davon entfernt, ein Hinduprinz zu sein.« Dann versuchte er es mit einer witzigen Bemerkung:»Und ich bin auch weit entfernt von Indien. Bloß ein Portugee Shop auf Trinidad.«

»Bestimmt ein herrlicher Ort«, sagte sie, und als die Glocke läutete, das Zeichen, daß sich zuviel Fritten angesammelt hatten, entschuldigte sie sich.»Wissen Sie, hier wird man gleich gefeuert, wenn man seine Arbeit nicht macht. Mr. Banarjee, wäre mir eine Ehre.« Da kein Wort darüber gefallen war, was sie anstellen sollte, um sich gleich so geehrt zu fühlen, tappte Ranjit im dunkeln, aber kaum standen er und Gunter wieder draußen auf der Straße, als Hudak anfing, auf ihn einzureden. »Also, Banarjee, ich weiß verdammt genau Bescheid. Du mußt irgend etwas tun vor Ende Juni. Das Hauptfach noch einmal wechseln geht nicht mehr. Und deine Doktorarbeit ist auch fertig. Ich kenne die Frau, die sie getippt hat. Wenn du diesmal deinen Abschluß machst, heißt es zurück nach Trinidad. Es sei denn, du heiratest Molly und hältst dich genau an den Plan, den wir besprochen haben. Er ist idiotensicher, es geht schnell, und Molly und ich erledigen unseren Teil für 2500. Entschließ dich. Sofort.«

Es klang wie ein barscher Befehl, der so zwingend vorgebracht wurde, daß Ranjit das Gefühl hatte, es gäbe keine Alternative, und in quälender Verwirrung ging er auf das Angebot ein. Kaum hatte er eingewilligt, verwandelte sich Hudak in einen intelligenten, hartgesottenen Manager, denn er nahm Ranjit zu sich nach Hause, stellte ihn seinen Eltern vor und sagte, sie wollten so lange warten, bis Molly von der Arbeit zurückkäme. Als sie schließlich erschien, verkündete ihr Bruder eine Art Trainingsprogramm:»Jedes Wort, was ich jetzt sage, ist von entscheidender Bedeutung. Von heute abend an müßt ihr so aussehen und so tun, als wäret ihr unsterblich ineinander verliebt.

Leute, die wir später als Zeugen gebrauchen können, müssen euch zusammen sehen. Banarjee, du mußt fünfmal die Woche abends im Restaurant aufkreuzen, mußt sie anhimmeln und sie nach Hause begleiten. Bleibt auf dem Weg unter Straßenlaternen stehen, damit euch ein paar Leute sehen. Dreimal die Woche kommst du zum Mittagessen hierher. Ihr geht in die Kinos auf dem Dixie Highway. Ihr seid leidenschaftlich und total verliebt und zeigt es nach außen.«

Ranjit gab er darüber hinaus Anweisungen, auch an seiner Universität eine Fährte zu legen: Termine mit seinen Professoren, ein Treffen mit einem religiösen Berater über die Probleme der Heirat eines Hindu mit einer Katholikin, zwei Treffen mit Mollys Priester, und, in Anwesenheit Mollys, der Kauf eines Ringes; die datierten Quittungen auf jeden Fall behalten. Durch frühere Vermittlung einer ganzen Reihe solcher Ehen hatte er eine Menge Erfahrung sammeln können, und er wußte, wie man Beweise dafür heranschaffte, daß die Heirat zwischen Banarjee und Molly Hudak ein Akt reiner Liebe war, und er wußte genausogut wie man seine Darsteller dazu brachte, diese Täuschung aufzubauen und auch aufrechtzuerhalten.

Sechs Wochen lang lebte Ranjit in einer doppelten Traumwelt. Seinen Doktor in Philosophie brachte er schleunigst zu einem erfolgreichen Abschluß, gleichzeitig machte er Molly Hudak den Hof. Vier bis fünf Abende in der Woche saß er im Restaurant und starrte sie an, als wäre er verliebt in sie, und nach zwei Wochen war er es tatsächlich, denn sie war wirklich begehrenswert, und manchmal stellte er sich vor, was für einen Spaß sie zusammen haben würden, wenn sie erst einmal Mann und Frau waren – wenn auch nur für kurze Zeit. Getreu seinem Versprechen begleitete er sie jeden Abend nach Hause, aber einen Kuß wollte sie ihm nie gewähren; und als er die 2 000 Dollar hervorholte, auf die sie sich schließlich geeinigt hatten, war es Gunter, der sich die Scheine schnappte, nicht Molly, denn, wie er erklärte: »Nicht der leiseste Verdacht, daß Geld im Spiel ist, darf auf euch fallen, Molly. Wenn die ihre Ermittlungen aufnehmen, wollen die über jeden Penny Bescheid wissen, den du hast.«

»Ermittlungen?« stieß Ranjit hervor, und Hudak erklärte: »Machst du dir kein Bild von. Die gucken sich alles genau an. Die sind wie Bluthunde, aber wir haben Erfahrung darin, wie man seine Spuren verwischt. Von jetzt ab tust du genau das, was ich dir sage.« Er sprach es nie aus, aber die Versuchung, ihn zu warnen, war groß: Ich weiß,

Molly kann man vertrauen. Sie hat das alles schon mal durchgemacht. Aber bei dir, Scheißhindu, mache ich mir Sorgen, ob du das durchhältst.

Die Zeit der Werbung, so seltsam sie auch war, nahm ihren Lauf, wobei Ranjit die Zuschauer des Spektakels davon überzeugen konnte, daß er nicht nur verliebt war, sondern geradezu dankbar, daß eine so junge anziehende Frau wie Molly sich für ihn interessierte. Er brauchte sich dazu nicht zu verstellen, und es kam der Tag, an dem die Hudaks, Ranjit Banarjee und Mehmet Muhammad als sein feingemachter Trauzeuge die Stufen zum Amtsgericht in der Innenstadt von Miami hochschritten, wo in einer amtlichen Zeremonie die Trauung vollzogen wurde.

Der Rest des Tages war die reine Hölle, so schrecklich, daß Ranjit später immer wieder versuchte, sich dem Glauben hinzugeben, es sei nicht geschehen. Das Hochzeitspaar fuhr mit lautem Getöse vor dem Haus der Hudaks vor, 2119 San Diego, damit die Nachbarn später, falls notwendig, bezeugen konnten, daß die Frischvermählten auch tatsächlich zusammenlebten, aber kaum war die Haustür ind Schloß gefallen, als Gunter mit einer drohenden Stimme, wie Ranjit sie noch nie gehört hatte – ein häßliches, krächzendes, zischendes Organ –, die Regeln ihres Zusammenlebens festlegte.

»Banarjee, du wirst in diesem Haus wohnen, bis Molly die Scheidung einreicht, aber schlafen tust du unten im Keller. Als Klo und zum Waschen benutzt du den Bottich. Du wirst auch nicht mit uns an einem Tisch sitzen, niemals, und wenn du meine Schwester auch nur anfaßt, ich sage dir, dann breche ich dir sämtliche Knochen. Hast du kapiert?«

Er rückte mit dem Gesicht so bedrohlich nah an seinen ängstlichen Schwager heran, daß Ranjit einen Schritt zurücktat, aber Gunter drang weiter in ihn ein. »Ob du kapiert hast, verdammter, dreckiger Hindu? Faßt du meine Schwester an, bringe ich dich um.«

Moderne Häuser in Coral Gables sind normalerweise nicht unterkellert, denn das Land ist so flach und liegt so dicht an den Meeresarmen, daß sich in den Kellerräumen Feuchtigkeit und schließlich zentimeterhoch Brackwasser angesammelt hätte. Da Hudaks Haus an einem leichten Hang lag, hatte der Bauherr einen Keller riskiert, der modrig war und stank. Hier hatte Hudak eine Holzpritsche aufgestellt, auf der seine Mutter als Matratzenersatz zwei Decken ausgebreitet hatte, und eine dritte, die als Zudecke gedacht war. In diesem Raum, ohne ausreichende Belüftung, sollte Ranjit schlafen. Eine verrostete Zinkwanne unter einem Kaltwasserhahn diente als Badezimmer, eine große Blechdose als Pissoir, dazu die Anweisung, woanders aufs Klo zu gehen, wenn er Gelegenheit hatte, und niemals, unter keinen Umständen, die Toilette der Hudaks zu benutzen.

Um seine Marter noch zu vergrößern, mußte er mindestens fünfmal die Woche im Restaurant erscheinen, um seine Frau nach Arbeitsschluß nach Hause zu begleiten, und in gewisser Hinsicht war dies der grausamste Teil des Abkommens, denn dann thronte er auf einem der Stühle, beobachtete Molly, wie sie ihre Arbeit verrichtet, wartete dann auf sie, eigentlich eine hüsche junge Frau, die jeder Mann aufrichtig hätte lieben können, und ging schweigend mit ihr nach Hause, denn sie weigerte sich, mit ihm zu sprechen. Einmal, als sie den Dixie Highway entlanggingen, rief er verzweifelt:»Molly, wie hast du dich jemals auf diese schmutzige Masche einlassen können?« Aber sie gab ihm keine Antwort. Sie mußte ihrem Bruder diesen Gefühlsausbruch erzählt haben, denn noch am selben Abend packte Gunter seinen Schwager am Kragen und rammte dessen Kopf ein paarmal gegen die Wohnzimmerwand.»Ich habe dich davor gewarnt, meine Schwester anzufassen.« Und Ranjit keuchte:»Ich habe sie nicht angefaßt.« Aber Hudak wetterte:»Aber du hast sie angebrüllt. Wenn du das noch mal tust, mache ich dich kalt.«

Da es bereits das zweite Mal war, daß Gunter diese Drohung aussprach, mußte Ranjit sie ernst nehmen, und wenn er sich jetzt in seinem finsteren Kellerloch schlafen legte, saß er bei jedem ungewöhnlichen Geräusch gleich hellwach im Bett, denn er fürchtete, nicht ohne Grund, daß die Hudaks die Treppe herunterschleichen und ihn umbringen würden.

Der Horror, den Ranjit durchlebte, wurde für kurze Zeit unterbrochen durch das unerwartete Auftauchen einer vertrauten Freundin, die, wie es bei echten Freunden oft passiert, just in dem Augenblick nach Miami kam, als sie am meisten gebraucht wurde, aber, was ebensooft der Fall ist, mitten in einem außerordentlich peinlichen Moment. Die Freundin war Norma Wellington, jene kluge Person aus St-Vincent, die Ranjit noch von der University of Miami her kannte. Sie war mittlerweile amerikanische Staatsbürgerin, hatte ihr Diplom in Boston gemacht und einen verantwortungsvollen Job in der Verwaltung eines mittelgroßen Chicagoer Hospitals angenommen. Nach Miami hatte sie die Mitgliedschaft in einem vierköpfigen Komitee verschlagen, das über die wech-

804

selseitigen Beziehungen der zahlreichen Krankenhäuser dieser Stadt untereinander beraten sollte. Sie wußte, daß Banarjee, ihr Freund aus Jamaika, hier ansässig war, und hatte ihn über die Universitätsverwaltung aufgespürt und dort erfahren, daß er eine Dauerkabine in der Bibliothek besaß, wo er seine Bücherstapel aufbewahrte, die er momentan benötigte.

Der kleine Raum verfügte über keinen Telefonanschluß, und so führte eine Bibliotheksangestellte Norma zur Tür, und als sie geöffnet wurde, den Blick auf Ranjit freigab, wie er zwischen seinen Bücherstapeln saß, rief sie in aufrichtiger Freude: »Ranjit, ist ja toll.« Die hinter ihr liegenden Jahre und die wichtige Position, die sie jetzt bekleidete, hatten sie auf eine Weise reifen lassen, die er nicht erwartet hatte, und als die Angestellte wieder ging und Norma allein mit diesem Mann von mittlerweile 31 Jahren ließ, trat der Unterschied zwischen beiden voll zutage. Sie war eine erwachsene Frau, die sich im täglichen Arbeitsleben mit anderen erwachsenen Menschen auseinandersetzen mußte, denn sie hatte gelernt, die Jahre, so wie sie ins Land ziehen, zu akzeptieren und gegen Unvermeidliches nicht anzukämpfen – aber sich ihm auch nicht willenlos zu unterwerfen. In Chicago stellte ihre Hautfarbe weder eine Behinderung noch einen Vorteil dar, aber sie war ihr doch behilflich gewesen, keine romantischen Liebesabenteuer mit ihren vorgesetzten Ärzten oder den männlichen Mitgliedern des Personals einzugehen. Norma Wellington war so integriert und anerkannt, wie man es als 29jährige Frau von der winzigen Insel St-Vincent nur sein konnte.

Ranjit dagegen war schon immer ein Mensch ohne großes Selbstvertrauen gewesen, zurückgezogen als Junge, scheu, als der Kontakt zu Mädchen eine wichtige Rolle einzunehmen begann, und im Augenblick – aufgrund seiner unglücklichen Beziehung zu den Hudaks – völlig desorientiert. Während er Norma begrüßte, druckste er verlegen herum, und als er ihr gegenüberstand, wußte er nicht, wie er es anfangen sollte, über sich zu sprechen.

Sie unterhielten sich eine Zeitlang über belanglose Dinge, und dann, ganz allmählich, ohne daß es einer von ihnen hätte erklären können, machte sie leise Andeutungen, daß ihr Kommen nicht allein berufliche Gründe habe. Mit den zurückliegenden Erfahrungen, die sie in der freieren Umgebung von Chicago gemacht hatte, waren alle Vorurteile, die sie in St-Vincent und auf Jamaika angehäuft hatte, wie weggewischt, und sie pfiff auf die angeblich tiefwurzelnden Unterschiede zwischen Hindus und Anglikanern, zwischen Indern und Westindern. Immer wenn sie in Chicago von diesem oder jenem Mann unter Druck gesetzt worden war, sich doch für ihn zu entscheiden, hatte sie ihn mit Ranjit Banarjee verglichen, stets zu Ranjits Gunsten, denn sie hatte ihn als einen gebildeten Menschen in Erinnerung, der ehrlich nach der Wahrheit strebte, wohin sie auch führte, und der ein Herz hatte, das so groß war, daß die gesamte Menschheit darin Platz gefunden hätte. Je mehr sie im Laufe der Jahre an ihn gedacht hatte, desto anziehender wurde er, und desto stärker wurde ihr Verlangen, ihre Freundschaft zu erneuern.

Als der Zweck ihres Besuches überdeutlich wurde, zog sich Ranjit, zitternd vor Angst, zurück:»Mein Gott! Sie ist gekommen, weil sie mich wiedersehen wollte.« Zur gleichen Zeit dachte sie:»Da habe ich so eine weite Anreise in Kauf genommen, und er ist immer noch so schüchtern. Ich muß irgend etwas sagen.« Es war nicht gerade klug, was sie sagte, aber es sprach der starken, ausgeglichenen Frau, die keine Jahre zu verschenken hatte, aus dem Herzen:»Ich wollte dich schon so oft wiedersehen, Ranjit. Unsere Gespräche damals an der Uni... ehrlich, das war das Beste an meiner ganzen Ausbildung.« Als er schwieg, kämpfte sie tapfer weiter:»Ich glaube, damals dachten wir beide, daß Hindu und Anglikaner... daß das unvereinbar wäre, aber seitdem ich in Chicago arbeite...«

»Norma«, platzte er in seiner üblichen Unbeholfenheit hervor,»ich bin verheiratet.«

Ihr Zögern währte nur einen Augenblick, dann rief sie leise und geschickt ihre vorpreschende Kavallerie zurück:»Wie schön, Ranjit! Kann ich euch beide nicht zum Essen einladen.«

Er fand nicht den Mut, ihr die unglückliche Lage zu erklären, in der er sich befand, aber der erbärmliche Ton, mit dem er»Tut mir leid, sie arbeitet« murmelte, ließ so viel erahnen, daß Norma dachte:»Armer Ranjit! Irgend etwas Schreckliches muß passiert sein.« Sie versuchte jedoch nicht herauszufinden, was es war. Statt dessen zog sie sich in ihr eigenes Schneckenhaus zurück und fing an, einen jungen Gynäkologen aus Iowa wieder unter vorteilhafterem Licht zu sehen, aber was sie und Ranjit betraf, wußten beide, daß ein Heiratsantrag geäußert und zurückgewiesen war.

Am selben Abend, seine Gedanken waren durch Normas Besuch in Aufruhr gebracht, entschied Ranjit, daß er das ganze Theater nicht mehr mitmachen konnte, zum Restaurant zu gehen und seine Frau nach Hause zu begleiten, aber nachdem er zweimal den Ansatz gemacht hatte, zum Haus der Hudaks zurückzugehen, machte er kehrt, ging den Dixie Highway entlang und hielt pflichtbewußt seine Verabredung ein, einerseits, weil er Angst hatte, daß Gunter ihm ins Gesicht schlagen würde, wenn er es nicht tat, andererseits, weil er Molly aufrichtig liebte und in ihrer Nähe sein wollte, wie schlecht sie ihn auch behandelte.

Er wollte gerade das Restaurant betreten, als sich ihm ein Mann in den Weg stellte, der ihn gleich in den Schatten drückte, so daß sie vom Restaurant aus nicht gesehen werden konnten. Es war ein Hispano – ein dunkelhäutiger, hübscher Kerl mit schmalem Oberlippenbart und stechendem Blick –, etwa 35 Jahre alt und ein wenig größer als Ranjit. Sein Englisch war gut, aber seine Aussprache war ein herrlicher Singsang, bei dem sich selbst die schlimmste Drohung leicht und luftig anhörte.

»Bist du der Hindu, von dem sie mir erzählt haben?« fragte er drohend.

»Ja, ich bin Inder.«

»Du bist also derjenige, mit dem sie sie diesmal verkuppelt haben?«

Auch wenn ihm bewußt war, daß seine Antwort ihm Ärger einbringen würde, sagte Ranjit mit schwacher Stimme: »Ja.«

»Eine echte Heirat oder wieder nur so eine Scheinehe?« Ranjit hatte das Gefühl, es könne sich dabei um eine Falle handeln. Der Mann sah aus, als käme er aus Kuba, aber er konnte genausogut ein bezahlter Informant der Einwanderungsbehörde sein; was sollte er also auf die Frage antworten? Es war gar nicht nötig, lange über eine geschickte Ausrede nachzudenken, denn plötzlich zückte der Mann eine Messerklinge hervor und hielt sie an Ranjits Kehle: »Ich bin nämlich ihr eigentlicher Ehemann. Wenn du sie anfaßt, bringe ich dich um, da kannst du Gift drauf nehmen. Hol dir deine Staatsbürgerschaft ab, wie die anderen. Dann reich die Scheidung ein, und verschwinde so schnell wie möglich aus Miami. Oder...« Er drückte das Messer noch dichter an den Hals.

»Wer sind Sie?« fragte Ranjit, als sein Angreifer das Messer eingesteckt hatte, und der Mann antwortete: »José Lopez, aus Nicaragua. Ich habe einen guten Job und verdiene 'ne Menge Geld. Und ich will sie wiederhaben, verstanden?«

Erschreckt darüber, wie tief er in diesen Dschungel verstrickt war, und überzeugt, daß sein Gegenspieler die Morddrohung wahr machen würde, versuchte Ranjit, Molly auf dem Nachhauseweg, der ansonsten wieder schweigend verlief, zu warnen:»Ach der«, meinte sie bloß, aber als sie das Haus der Hudaks betraten, sagte Ranjit zu Gunter:»Mollys Ehemann, der aus Nicaragua, hat mich bedroht«, worauf der ausgebuffte Betrüger meinte:»Besser, wir quartieren dich so schnell wie möglich aus.« Am nächsten Morgen reichte Molly beim Amtsgericht Miami die Scheidung ein, mit der Begründung, sie würde mißhandelt.

Wenn von Larry Schwartz die Rede war, dann hieß es bei seinen Kollegen in der Einwanderungsbehörde in Miami nur:»Er ist vielleicht nicht gerade der hellste Kopf, aber er hat einen phantastischen Magen.« Die Beobachtung bezog sich auf seine außergewöhnliche Gabe, die Unterlagen für eine Heirat zu bewerten, bei der begründeter Verdacht bestand, daß es sich nur um eine Scheinehe handelte.»Ich habe es schon zwölfmal miterlebt. Er studiert die Unterlagen, riecht den Betrug, schaut mich an und sagt:›Oh! Ich glaube, ich kriege Magenkrämpfe.‹ Bei neunzehn von zwanzig Fällen – wenn er sich die Sache erst einmal vornimmt, beweist er zum Schluß immer, daß etwas faul daran war. Wie sagt er doch gleich immer?›So faul wie 'ne Schürfkonzession für Nevada.‹«

Wenn Larry bei der Arbeit war, stand ihm auf seinem Schreibtisch ein gefaltetes Pappschild mit drei großen, roten Zahlen gegenüber – 31-323-41 –, die er zu Schulungszwecken benutzte, immer wenn der Behörde neue Angestellte zugewiesen wurden.»Wenn Sie in einem Fall ermitteln, der wie eine Scheinehe aussieht, dann denken Sie immer daran, daß 31 die durchschnittliche Zahl der weiteren Ausländer ist, die der Mann legal nachziehen lassen kann, wenn er erst mal eingebürgert ist. Wenn er sich also illegal hier aufhält, dann tun Sie ihrem Land was Gutes. Lassen Sie ihn draußen. Jetzt zur 323. Das war der schlimmste Fall, und ich war dafür verantwortlich. Ich mußte grünes Licht geben. Ein Typ, der eine Scheinehe eingegangen war. Ich wußte es, aber ich konnte es nicht beweisen. Und die Zahl steht für die Angehörigen, die er an uns vorbei ins Land geschleust hat, seine Brüder, seine Schwestern, ihre jeweiligen Männer und Frauen, deren Kinder und so weiter, bis es 323 Leute waren, ein ganzes Dorf.«

Aber es war die letzte Zahl, die 41, die ihm echte Magenkrämpfe bereitete.»Als wir hier unseren Computer in Betrieb nahmen, konnten wir acht Frauen ausmachen, die über das ganze südliche Florida verstreut lebten und die im Durchschnitt – im Durchschnitt wohlgemerkt–, 41 Scheinehen eingegangen waren.«

»Und wie definieren Sie eine Scheinehe?« wollte der Beamtenanwärter Joe Anderson wissen, und Larry entgegnete:»Wenn eine Amerikanerin, die offiziell Staatsbürgerin unseres Landes ist, einen Ausländer ausschließlich zu dem Zweck heiratet, ihm ein Daueraufenthaltsrecht zu verschaffen, und ohne die Absicht, eine aufrichtige eheliche Beziehung einzugehen, wie das zwischen Mann und Frau üblich ist... dann nennen wir das eine Scheinehe und treten in Aktion.«
»Warum sollte sich eine Frau darauf einlassen?« Und Larry sagte: »Geld. Der Preis scheint sich im Augenblick zwischen 500 und 5000 Dollar zu bewegen.«

Als der Beamte, der die vermutete Scheinehe zuerst entdeckt hatte, Schwartz die ziemlich angeschwollene Akte über die Heirat und die bevorstehende Scheidung von Ranjit Banarjee und Molly Hudak auf den Tisch legte, blätterte Larry mit geübtem Blick in ihr herum und fühlte, wie sich sein Magen beim Lesen einiger Fakten sofort verkrampfte.»Einmal ist sie älter als er, und das ist immer ein erster Hinweis. Aber hier, mein Gott! Die ist ja neun Jahr älter. Nicht daß sie bloß verschiedenen Kirchen angehören, sie ist auch noch Katholikin und er Hindu. Weiter auseinander kann man ja wohl nicht liegen. Außerdem, bei einem Studenten im höheren Semester, der sein Hauptfach dreimal wechselt... Was hatte er für Zensuren vor seinem Bachelor? Nur die besten? Wahrscheinlich eine von diesen Mickymausuniversitäten in der Karibik. Aber Sie können davon ausgehen: Er wechselt sein Hauptfach, weil er gerade verhindern will, seinen Doktor machen zu müssen. Wieviel Fachsemester hat er jetzt schon auf dem Buckel – 1973 bis 1986? Das ist ja keine Ausbildung mehr, der macht ja Karriere!«

Er blätterte immer weiter in den Unterlagen, bis sich sein Magen so verkrampft hatte, daß er in das Zimmer seines Vorgesetzten marschierte, die Akte auf dessen Schreibtisch knallte und sagte:»Sam, die ist so faul wie 'ne Schürfkonzession für Nevada.« Nach einem flüchtigen Blick auf die Bemerkungen, die Schwartz an den Rand gekritzelt hatte, sagte Sam:»Klemm dich dahinter«, und die Untersuchung war eingeleitet.

Spezialagenten, die auf die Beobachtung von Personen angesetzt waren, bei denen berechtigter Verdacht einer Scheinehe bestand, wandten in der Regel zwei Verfahren an, wie Larry dem Neuling Anderson erklärte:»Manche ziehen es vor, das Paar vorzuladen, sie zu befragen, ihnen Angst und Schrecken einzujagen und sie in Widersprüche zu verwickeln, bis sie den Betrug gestehen. Keine schlechte Methode. Funktioniert oft. Ich ziehe allerdings die zweite vor. Lass' das Paar in Ruhe, schau mir bloß ihr Verhalten an, ihre Gewohnheiten am Arbeitsplatz, ihre religiösen Aktivitäten, hör' mir an, was ihre Freunde über sie sagen, alles. Da ist man überrascht, was sich aus diesen einzelnen Pinselstrichen für ein Bild ergibt. Wenn man fertig ist, steht das Wort Schwindel in Riesenlettern quer über das ganze Bild geschrieben. Dann lädt man die beiden vor.«

So verbrachten also Larry Schwartz, 34 Jahre, und sein Assistent Joe Anderson, 27, im Sommer des Jahres 1986 viele Stunden in der Nähe der Universität, von Dixie Highway und dem Viertel, in dem die Banarjees angeblich wohnten. Sie vermieden es sorgfältig, sich mit den Angestellten der Universität zu unterhalten, um Ranjit nicht unabsichtlich zu warnen, auf den sie es ja im Grunde nicht abgesehen hatten.

»Eigentlich sind wir auch nicht hinter der Frau her«, erinnerte Schwartz seinen Kollegen immer wieder, »obwohl sie die Masche wahrscheinlich schon drei-, viermal abgezogen hat.« Mit geballten Fäusten hämmerte er auf seinen Schreibtisch: »Es sind diese widerlichen Zuhälter, die solche Geschäfte einfädeln. Und das Schwein will ich haben.« Dann entspannte er sich und lachte: »Sobald ich meiner Sache ganz sicher bin, daß es dieser Hudak ist . . .«

Wenn er das Haus der Hudaks, eine verkommene Bruchbude unweit der Universität, aus der Entfernung beobachtete, sah er, daß der Inder tatsächlich dort ein und aus ging, aber Larry interessierte sich mehr für einen anderen jungen Mann, der dort das Sagen zu haben schien, und heimlich spionierte er ein paar von den Nachbarn aus. »Wir kommen vom Statistischen Bundesamt. Wie viele Personen wohnen bei Ihnen? Und in dem Haus da drüben?«

»Da, wo der Inder die Tochter geheiratet hat? Fünf. Er, sie, die Eltern und deren Sohn Gunter.«

»Hat Gunter einen festen Arbeitsplatz?«

»Scheint so, als würde er sich auf keinem Job lange halten.«

Nachdem er und Anderson über ein Dutzend ähnlicher Befragungen hinter sich gebracht hatten und keine auffallenden Diskrepanzen zwischen den Fakten und den Dokumenten finden konnten, die als Beweis für die Eheschließung herhalten sollten, fing Schwartz an, einmal das Fast-food-Restaurant genauer unter die Lupe zu nehmen, wo Molly arbeitete, und je öfter er sie sah, desto leichter fiel es ihm, die Behauptung des Inders zu glauben, er habe sich in sie verliebt, als er sein Abendessen in dem Schnellimbiß eingenommen hätte, denn obwohl aus ihrer Geburtsurkunde eindeutig hervorging, daß sie fast vierzig Jahre alt war, war sie eine attraktive, schlanke Frau, die sicher nicht mehr als fünfzig Kilogramm wog. Ihre grüne Uniform und der kesse kleine Hut schienen außerdem wie dafür geschaffen, sie anziehend wirken zu lassen. »Kein Flop«, dachte Larry, als er seinen Hamburger aufgegessen und den Shake ausgetrunken hatte, ohne sich noch einmal nach ihr umgedreht zu haben.

Larry Schwartz war in Boston geboren und hatte sich durch das Nordrevier der Einwanderungsbehörde durchgearbeitet, bevor er seine Versetzung nach Florida erreicht hatte. Er hatte das kalte Wetter so satt und war so dankbar für das warme, daß er schon aus Gewohnheit stets eine leichte Leinenjacke, ein weißes Hemd, aber keine Krawatte trug. Das machte ihn während des Sommers in Florida schon verdächtig, aber richtig wohl fühlte er sich erst mit Mantel, und so war ihm während der paar Male, als er im Schnellrestaurant aß und Molly beobachtete, nicht aufgefallen, daß seitlich neben ihm jemand saß, der ihn selbst beschattete. Es war Gunter Hudak, der von seiner Schwester gewarnt worden war und der intelligenter war, als die Menschen um ihn allgemein annahmen. »Gunter, da ist so ein Kerl in Leinenjacke, der kommt jeden Abend rein.«

»Abends kommen viele Leute rein.«

»Der ist anders.«

Als Gunter sich den Fremden einmal genauer angesehen hatte, kam er jedoch zu dem Schluß, daß er bloß ein einfacher Kunde war, der wahrscheinlich keine Frau hatte und den Laden deswegen so häufig aufsuchte, weil die Salatbar reich gedeckt und nicht teuer war, und er konnte seine Schwester überzeugen, daß sie sich keine Sorgen zu machen brauche.

Als dann eines Abends Schwartz und Gunter, diesmal zufällig, wieder zur selben Zeit im Restaurant saßen, kam ein großer, gut aussehender Hispano rein, bestellte einen Hamburger, ließ Molly nicht aus den Augen und wartete so lange, bis ihre Schicht zu Ende war. Als sie wenig später in ihrer Alltagskleidung auf die Straße trat, holte er sie ein, packte sie am Arm, drängte sie, sich an ihn zu kuscheln, und machte mit zahlreichen kleinen Gesten deutlich, daß sie Verliebte waren. Ihr Bruder war bereits alarmiert, kaum hatte er José Lopez das Restaurant betreten sehen, den Nicaraguaner, der rechtmäßig mit sei-

811

ner Schwester verheiratet war. Sofort hatte er seiner Truppe Bescheid gegeben, die Lopez strikt Anweisung gegeben hatte, sich von Molly fernzuhalten, solange der Hindu noch nicht von ihr geschieden war, denn diese freche Einmischung durchkreuzte ihre Pläne. Was Hudak jedoch noch mehr beunruhigte, war das, was im Innern des Restaurants vor sich ging: Der Mann in der Leinenjacke beobachtete die beiden Verliebten und machte sich Notizen. Als Schwartz aus dem Restaurant trat, wurde er sogleich von zwei Mitgliedern der Hudak-Bande festgehalten. Sie schlugen ihm ins Gesicht, und einer der beiden knurrte wütend: »Wer zum Teufel sind Sie, Mister?«

Schwartz stieß die Antwort hervor, die er bei solchen Gelegenheiten immer gab: »Schadenssachverständiger«, worauf einer der beiden Schläger seine Taschen durchwühlte, während der andere ihn festhielt. Es fand sich nicht ein Hinweis, daß Larry von der Einwanderungsbehörde war, nur zwei Formulare, die bewiesen, daß er in der Versicherungsbranche arbeitete, und nachdem sie ihm noch ein paar weitere Schläge verpaßt hatten, ließen sie ihn laufen. Am gleichen Abend warteten dieselben Gangster, bis Molly von der Arbeit nach Hause kam, paßten sie ab, luden sie zu einer Spazierfahrt in ihrem Wagen ein und beschimpften sie, daß sie sich mit ihrem Mann getroffen hätte. »Die Scheidungspapiere von dem verdammten Inder sind noch nicht durch!«

Sie versprach, keine Gelegenheit zu einem Treffen mit ihrem Mann mehr zu nutzen, bis der Schriftverkehr mit der Einwanderungsbehörde erledigt sei, doch zwei Tage darauf erhielten Mr. und Mrs. Ranjit Banarjee ein Einschreiben von dem leitenden Untersuchungsbeamten Larry Schwartz, und noch am selben Abend fing Gunter Hudak wieder mit seiner Intensivschulung an.

»Es ist mir verdammt ernst damit«, meinte er zu dem Paar, und mit Hilfe eines Mitglieds seiner Bande, das sich mit solchen Situationen bereits auskannte, entwarf er seinen Plan: »Ihr habt die Scheidung eingereicht, und das hat die Bundesbeamten stutzig gemacht. Worauf es jetzt ankommt, ist, daß wir ihnen nachweisen, daß bei eurer Heirat vergangenes Jahr alles rechtmäßig war, obwohl ihr jetzt auseinandergeht.« Sein Komplize, ein finster dreinblickender Mann aus der Gegend von Gainsville, der schon zahlreiche Scheinehen an ausländische Studenten an der Universität von Florida vermittelt hatte, warnte: »Es muß sich echt anhören, und wir sind hier, um euch das beizubringen. Molly hat das alles schon mal durchgemacht, aber du«, er starrte Ranjit verächtlich an, »kannst die ganze Sache vermasseln, wenn du deinen

Text nicht auswendig kannst.«Aus einer von fettigen Fingerabdrücken übersäten Klarsichthülle zog er eine abgegriffene Kopie eines Ausschnitts des Strafgesetzbuches hervor, Titel 8, Absatz 1325, brutal in seiner Aussage und der angedrohten Strafe:

»Heiratsschwindel: Jeder, der absichtlich eine Ehegemeinschaft eingeht zu dem Zweck, Auflagen des Einwanderungsgesetzes zu umgehen, kann mit bis zu fünf Jahren Haft oder 250 000 Dollar bestraft werden.« Als Ranjit klar wurde, daß er eine Viertelmillion Dollar Strafe aufgebrummt bekommen konnte, schrie er außer sich:»Warum habe ich mich bloß darauf eingelassen...?« Aber er konnte seinen Satz nicht vollenden, denn Gunter versetzte ihm einen Schlag und brummte: »Halt die Schnauze, Schwachkopf. Du hast drum gebeten. Du hast mir Geld für die Vermittlung gezahlt.«

Ranjit versuchte, ihm zu erklären, er habe in Unwissenheit von dem Gesetz gehandelt, aber Gunter schlug ihn ein zweites Mal:»Du mußt dich schon selbst schützen, aber du mußt auch deine Frau schützen. Sogar mehr noch, du mußt auch mich beschützen. Und wenn du einen Fehler machst, dreckiger Hindu, dann bist du tot, weil mein Kopf dann nämlich als nächster dran ist.«

Beruhigt, daß Ranjit den Ernst seiner Lage begriffen hatte, schlug er einen versöhnlicheren Ton an:»Wir werden es schon schaffen. Wir haben das schon mal durchgemacht. Wir kennen alle Tricks und werden mit den Fragen schon fertig.« Er sagte ihnen, daß Schwartz – »Eins zu zehn, daß es der Kerl in der Leinenjacke ist?« – sie getrennt verhören würde, Molly in einem Raum, Ranjit in einem anderen.»Und wir haben Erfahrung mit den Fragen, die sie euch stellen, um euch reinzulegen. Also lernt eure Antworten auswendig.« Mit Hilfe einer Liste, die seine Bande schon des öfteren für die Vorbereitung vergangener Verhöre benutzt hatte, hämmerte er ihnen die Antworten ein, die sie beide geben sollten, um ihr erstes und einziges Ehejahr zu beschreiben.

»Haben Sie in einem Bett geschlafen? ... Ja«

»Wer hat auf der rechten Seite gelegen, vom Schlafenden aus gesehen? ... Du«, wobei Molly auf Ranjit zeigte.

»Wer ist zuerst ins Bett gegangen? Wieder Ranjit.«

»Haben Sie dieselbe Toilette benutzt? ... Ja. Und ich will, daß Ranjits Zahnbürste und sein Rasierzeug heute abend da stehen.«

»Wie viele Personen sitzen normalerweise abends zum Essen am Tisch? ... Fünf. Weil er wahrscheinlich weiß, daß ich hier wohne.«

»Wie viele sind sonntags zur Kirche gegangen? Und wo?«

Er bleute ihnen etwa sechzig Fragen ein, und als er das Gefühl hatte, seine Schwester und der Inder beherrschten die jeweiligen Antworten wie am Schnürchen, ging er zu dem Fragenkomplex Geld über. »Haben Sie ihr jemals Geld gegeben?« Und als Ranjit herumdruckste, brüllte er ihn an: »Jetzt hör mal zu, verdammter Hund! Dieser Schwartz kann sehr unangenehm werden. Er hat tausend Tricks drauf. Also noch mal, haben Sie ihr Geld gegeben oder nicht? Die Antwort lautet Nein! Nein! Und nochmals Nein!« »Haben Sie ihr einen Ehering gekauft? Ja! Ja! Und nochmals Ja! Wo ist der Ring jetzt? Und dann sagt ihr beide, daß sie ihn verpfändet hat, als ihr Geld für einen Anzug brauchtet, für dich, Scheißinder!« Dann übergab er ihrer Schwester die Quittung eines Pfandleihers mit dem entsprechenden Datum. »Es macht sich gut, wenn du ein paar Tränen dabei vergießt, Molly, und du mußt ziemlich beschämt dreinschauen, Hindu.«

Als er meinte, jetzt könne nichts mehr schiefgehen, durften sie nach Miami fahren, um sich der Verhörtortur durch diesen Schwartz auszusetzen, wer immer der auch sein mochte, und kaum hatte Molly das Büro betreten, als sie die Leinenjacke, an einem Kleiderständer hängend, wiedererkannte. Schwartz hatte ihr Wiedererkennen bemerkt, und so hatten sie beide gleiche Ausgangschancen, aber nicht ganz, denn er trennte sie nicht, um sie sich beide einzeln vorzuknöpfen, wie sein Bruder vorhergesagt hatte. Statt dessen bot er ihnen zwei bequeme Polsterstühle an und ließ Joe Anderson kommen.

»Das hier ist mein Assistent, Joe. Also, kommen wir zur Sache, Joe. Erzählen Sie doch unseren Gästen hier, was Sie gemacht haben, als Sie sicher sein konnten, daß die beiden und ihr Bruder Gunter das Haus in 2119 San Diego in Coral Gables, unweit der Universität, verlassen hatten.«

Joe, ein kräftiger Kerl, der den Eindruck machte, als könnte er sich verteidigen, wenn ihm jemand ans Zeug wollte, sagte: »Ich ging zur Haustür, klopfte und hielt der Dame, die öffnete, diese richterliche Verfügung unter die Nase.« Er zeigte ihnen das Dokument, einen Durchsuchungsbefehl für 2119 San Diego sowie einen Haftbefehl.

»Und was geschah dann?« fragte Schwartz, und Joe antwortete: »Wir haben das Haus durchsucht, wie Sie angeordnet hatten.«

»Sie meinen das ganze Haus?« Und Joe antwortete wieder: »Nein, nur den Keller, wie Sie sagten.«

Den Banarjees verschlug es den Atem, Ranjit mehr als Molly, denn als Schwartz sagte: »Zeigen Sie ihnen doch, was Sie gefunden haben«, ging Joe in einen anderen Raum und kehrte mit dem ganzen Bettgestell zurück, auf dem Ranjit seit seiner Hochzeit die Nächte verbracht hatte.

Mit gnadenlosen Fragen stürmte Schwartz auf das mittlerweile verwirrte Paar ein, und Gunters sorgfältige Einstudierung war völlig umsonst, denn Schwartz stellte auch nicht eine der erwarteten Fragen. Als sie sich hoffnungslos verfangen und ihre Scheinheirat praktisch zugegeben hatten, gab er Joe ein Zeichen, der jetzt Gunter hereinführte sowie einen der Schläger, der bei dem Übergriff auf ihn dabeigewesen war. Aus einer anderen Akte las er dann die Ergebnisse der sorgfältigen, seit zwei Jahren laufenden Ermittlungen gegen den verbrecherischen Schwindel vor, den die Familie Hudak betrieben hatte.

Im eisigen Tonfall zählte er die Einzelheiten der drei früheren Eheverträge auf, die Molly unterzeichnet hatte, nannte die Summen, die dafür bezahlt worden waren, und die richterlichen Entscheidungen in den Anklagen gegen die unglücklichen Ausländer, die darin verwickelt waren. Als die Tatsachen unwiderlegbar vor ihnen ausgebreitet waren, sagte er zu Gunter und dem Bandenmitglied: »Schlagen Sie nie einem Spezialagenten aufs Maul. Da gibt es harte Gesetze. Es hat mich 320 Dollar gekostet, mir die Zähne wieder in Ordnung bringen zu lassen, und Sie und Ihren Kumpel wird es fünfzehn Jahre kosten«, worauf Gunter von zwei Polizisten abgeführt wurde.

Obgleich Schwartz davon ausgehen konnte, daß die Anklage gegen die Hudaks so hieb- und stichfest war, daß sie in einem späteren Verfahren sicher hinter Gitter landen würden, war er sich bei Molly nicht so sicher. »Ihre nichtrechtmäßigen Ehemänner«, erklärte er seinem Team, »haben wir alle drei des Landes verwiesen, der einzige, der für uns als Zeuge übrigbleibt, ist ihr jetziger Mann, der, und das wissen wir, kein Wort sagen wird.«

»Wir haben den Hindu«, sage Joe, aber Schwartz mahnte zur Vorsicht: »Der kleine Junge ist etwas blauäugig. Außerdem liebt er sie noch. Der würde sie nie belasten.«

Joe protestierte: »Boß, denken Sie doch bloß mal daran, was sie ihm angetan haben: Sie hat ihn im Keller schlafen lassen. Ihr Bruder ihn mindestens zweimal verprügelt. Ich kann Ihnen versprechen, der wird sie hochgehen lassen.«

»Da wäre ich nicht so sicher«, sagte Schwartz, denn sein Magen schickte erneut untrügliche Signale, und als Ranjit zwei Wochen darauf zur Vernehmung vorgeladen wurde, weigerte er sich, gegen Molly auszusagen, die er als seine rechtmäßige Frau betrachtete.

»Dr. Banarjee«, fing der Bezirksrichter an, »treten Sie doch ein Stück näher, damit wir uns einmal unterhalten können, von Mann zu Mann.« Ranjit, ein schmächtiger Inder in einem billigen Anzug, stellte sich vor den Richtersitz und wartete auf die Fragen.

»Wollen Sie immer noch behaupten, daß Ihre Heirat eine Liebesheirat war, keine Geldheirat?«

»Ja.«

»Und lieben Sie Ihre Frau immer noch?«

»Ja.«

»Und wenn ich nun Ihre Ausweisung veranlasse, wollen sie dann zurück nach Trinidad gebracht werden.«

»Ja.«

»Sie werden mit dem heutigen Tag in Gewahrsam genommen und in den Wartebereich der Untersuchungshaftanstalt in der Krome Avenue verlegt, von wo aus man Sie in zwei Tagen zum Flughafen Port of Spain nach Trinidad fliegen wird. Kommen Sie noch ein Stück näher.« Als Ranjit dicht vor ihm stand, sagte der Richter zu ihm, so daß es die anderen nicht hören konnten: »Sie scheinen eine ehrliche Haut zu sein. Es tut mir leid, daß Sie die Vereinigten Staaten so schlecht behandelt haben, aber umgekehrt tut es mir auch leid.«

Im Oktober 1986 verließ Ranjit Banarjee, nachdem seine Heirat wegen Betrugs annulliert worden war, wie in einem dumpfen, schmerzenden Trancezustand die Vereinigten Staaten. Als er seinen Platz in dem Flugzeug der British West Indies nach Trinidad einnahm, reichte ihm die Stewardeß eine Zeitung aus Miami mit der schreienden Schlagzeile: »Eifersüchtiger Nicaraguaner ermordet hübsche Kellnerin.« Es waren auch Fotos abgebildet, ein paar abscheuliche, mit viel Blut, andere, die vor Jahren aufgenommen worden waren, am Tag von Mollys Schulabschluß, als sie wunderschön aussah. Auf der Innenseite waren zwei Bilder ihres Mannes, aber keins von Gunter Hudak, der die Schuld an der ganzen Tragödie trug.

Fünfzehn-, zwanzigmal während des Fluges nahm Ranjit die Zeitung auf, um sich erneut die Titelseite anzusehen und den Artikel auf der Innenseite zu lesen, und als sich das Flugzeug Port of Spain näherte, fragte er die Stewardeß, ob er auch die Zeitungen haben könnte, die die anderen Passagiere auf ihren Sitzen hatten liegenlassen, und sie half ihm, sie einzusammeln. Er faltete sie ehrfürchtig, denn sie enthielten das einzige Bild, das er von der Frau besaß, die er, wenn auch auf seine zurückhaltende Art, geliebt hatte.

In Trinidad empfingen ihn seine Freunde, die von seiner Verhaftung, aber nicht von dem Mord an Molly erfahren hatten, mit Tränen der Dankbarkeit in den Augen, dafür, daß er einer Haftstrafe in Amerika entkommen war. Er hatte einen rechtmäßigen Doktor von der University of Miami, aber es gab keine freien Stellen an der University of the West Indies, auch nicht an ihren Außenstellen in Trinidad, und seine Ausweisung aus den Vereinigten Staaten machte es unmöglich, dort jemals eine Arbeit zu finden. Die örtlichen Colleges und High-Schools betrachteten ihn als für ihre Zwecke hoffnungslos überqualifiziert, und nachdem er ein paar Monate müßig herumgesessen hatte, ohne auch nur irgendeine Arbeit zu finden, egal, was, flog er zurück nach Jamaika und bat das dortige Immatrikulationsbüro, seine Scheine im Fachstudium Geschichte durch die University of the West Indies anerkennen zu lassen. Er schrieb sich erneut in Geschichte ein, um seinen zweiten Doktor zu machen, und obwohl er sich etwas seltsam vorkam, als das Semester seinen Anfang nahm, denn er war um einiges älter als die anderen Studenten, fand der sich bald wieder zurecht und kam gut mit seinen Kommilitonen aus.

Er wurde mit Dr. Banarjee angeredet, und jüngere Studenten, die ihren Abschluß noch vor sich hatten, blickten zu ihm auf, doch die im Lehrbetrieb Angestellten und Wissenschaftler belächelten seine übertriebene Höflichkeit, die zögerliche Art, mit der er Konfrontationen aus dem Weg ging, und den Geruch der Gelehrsamkeit, den er verbreitete.

Ein paar Studenten der Geisteswissenschaften, die ihn gerne mochten, waren bestürzt, als ihm eines Tages kurz vor Seminarbeginn ein Brief ausgehändigt wurde, versehen mit zahlreichen Briefmarken und mehreren Stempeln: »Nicht zustellbar.« Ranjit nahm ihn in die Hand, musterte die Schrift auf dem Umschlag und sagte deutlich vernehmbar: »Sieh mal an.« Doch seine Hände zitterten beim Öffnen, und als er ihn zu Ende gelesen hatte, blieb er kerzengerade im Sonnenlicht stehen, aber seine Knochen schienen dahinzuschmelzen, und schließlich mußte er sich von einem Studenten stützen lassen, der ihn zu einer Sitzbank führte. Dort ließ er sich nieder, ein kleiner, erregter Mann, entschlossen, nicht zu weinen, obwohl ihm Tränen in den Augen standen.

Der Brief stammte von Norma Wellington, die ihm mitteilte, daß sie kürzlich den Chefarzt der chirurgischen Abteilung ihres Krankenhauses in Chicago geheiratet hätte und nun glückliche Mutter zweier Kinder sei, die von seiner an Krebs verstorbenen ersten Frau stammten. Der Brief schweifte etwas ab, aber kam dann zur Sache: »Ranjit, ich habe von der Katastrophe in Miami gehört. Du sollst wissen, daß alle, die Dich von damals kennen, Dich als einen echten kleinen Gentleman schätzen- und liebengelernt haben und daß ich besonders warmherzig für Dich empfinde. Studier weiter, eines Tages wirst du Dein Wissen an die Welt weitergeben. Norma.«

Nachdem er mit seinem zweiten Doktor nach Trinidad zurückgekehrt war, suchte er wieder Bibliotheken auf, stöberte in Geschäftsbüchern alter Handelsfirmen, die im Sklavenimport tätig gewesen waren, und verursachte allgemeine Aufregung, als bekannt wurde, daß mehrere Universitäten in England nachgefragt hatten, ob er bereit sei, als Dozent bei ihnen zu unterrichten. Natürlich war er interessiert, und dreimal unterwarf er sich dem furchtbaren britischen Ritual der von der Universitätsleitung öffentlich bekanntgegebenen Liste der Kandidaten, die in die engere Wahl gekommen und zu einem Vorstellungsgespräch eingeladen worden waren. Natürlich erschienen Fotos der Wissenschaftler in den Zeitungen der Universitätsstadt, die anschließend an die jeweilige Heimatstadt der Bewerber weitergeschickt wurden, und so konnten die Zeitungen in Trinidad stolz verkünden: »Ranjit Banarjee in der engeren Kandidatenwahl von Salisbury.«

Leider kam es nie zu einer Anstellung, aber trotz seines Mißgeschicks grüßten ihn seine indischen Freunde in Port of Spain mit besonderer Ehrfurcht. »Du mußt doch stolz sein, Ranjit. Immerhin Salisbury, darunter machst du's wohl nicht«, worauf er scherzhaft antwortete: »Ich komme mir allmählich wie die indischen Gelehrten in Bombay und Kalkutta vor, die aufgebrachte Briefe an Zeitungsredakteure schreiben und mit ›Ranjit Banarjee, M. A. Oxon (nicht angenommen)‹ signieren. Sie waren in Oxford eingeschrieben, hatten ihr Bestes versucht und ziehen noch aus ihrem Versagen Prestige.« Ranjits Talent, seine Enttäuschung hinter Witzen auf eigene Kosten zu verbergen, verankerte ihn nur noch fester in Trinidad als »unser Gelehrter«.

Der einzige, der sich von Ranjits scheinbarer Gleichgültigkeit nicht täuschen ließ, war sein alter Lehrer Michael Carmody, der ihn jedesmal aufsuchte, wenn wieder einmal bekanntgegeben worden war, daß jemand anderes die Stelle bekommen hatte. »Es muß dir doch bitter aufstoßen, solche Erfahrungen machen zu müssen, aber verlier nicht den Mut. Ich habe neulich gelesen, daß es über tausend gute Universitäten in der Welt gibt. Es findet sich bestimmt eine, die an einem soliden Wissenschaftler wie dir interessiert ist.« Aber Ranjit entgegnete: »Die meisten sind in den Vereinigten Staaten, und selbst wenn die mich haben wollten, dürfte ich nicht einreisen.«

Es war ebenfalls Carmody, der heimlich von einem wohlhabenden indischen Geschäftsmann zum nächsten ging und sie aufklärte: »Es ist eine Schande, wie Trinidad diesen herausragenden Mann behandelt. Sein Vetter gewährt ihm lediglich eine kümmerliche kleine Rente, obwohl der Portugee Shop eigentlich ihm gehört, und der arme Kerl kann sich nicht einmal einen neuen Anzug leisten. Ich möchte Sie bitten, mit Ihren Freunden zu vereinbaren, ihm monatlich eine anständige Geldsumme zukommen zu lassen. Ich selbst möchte mich vorerst mit 200 Pfund an diesem Fonds beteiligen. Sie werden sehen, in den kommenden Jahren werden sie stolz auf den Mann sein. Er ist ein herausragender Geist.«

Er überredete sie außerdem dazu, der University of the West Indies einen Betrag zur Verfügung zu stellen, der in einer ansehnlichen Auflage die Veröffentlichung einer Auswahl von Ranjits wissenschaftlichen Artikeln ermöglichte, einschließlich seiner Bemerkungen zu Prinz Rupert auf Barbados, seines langen Gedichtes über Alexander Hamilton und den Hurrikan sowie seines originellen Essays »Inder auf Trinidad«.

Es war die Verbreitung dieses Werkes, das die Yale University dazu veranlaßte, seine wichtige Studie »Zukunftsperspektiven der Karibik« in ungekürzter Fassung in ihrem angesehenen Verlag zu veröffentlichen. Selbstveständlich brachte das Buch kein Geld ein, und so lebte Ranjit weiter von der Großzügigkeit seiner Familie sowie dem Geld, das Carmody hinter seinem Rücken auftreiben konnte. Gelegentlich kam es vor, daß ältere amerikanische Ehepaare für einen Tagesausflug nach Trinidad ihr Kreuzschiff verließen und sich in dem Portugee Shop nach ihm erkundigten: »Wäre es wohl möglich, einmal Ihren hervorragenden Wissenschaftler Dr. Banarjee kennenzulernen?« Wenn dann der Angestellte sagte: »Er wohnt ganz in der Nähe, ich sage ihm nur eben Bescheid«, kam Ranjit eilends die Treppe hinunter, begrüßte den Professor aus Harvard oder Indiana oder San Diego und führte das Paar in das alte Haus der Banarjees, das noch von seinen Vorfahren errichtet worden war. Dort servierte er Limonade und Pistaziennüsse und unterhielt sich angeregt mit seinen Kollegen.

14. Kapitel

Der Rastafari

Die Menschen, die ihn sahen, verschlug es den Atem, und eine Frau blieb wie angewurzelt stehen und schrie laut:»O mein Gott!« Alle traten beiseite, um ihn durchzulassen, und sie waren gut beraten, es zu tun, denn so jemanden wie ihn hatten sie noch nie auf der Insel All Saints gesehen. Er war etwa 25 Jahre alt, fast 1,90 groß und so dünn wie Storchenbeine. Auch seine Kleidung erregte Aufsehen: auf seinem Kopf eine weiche gold- und grünfarbene Schottenmütze, an den Füßen große flache Ledersandalen, wie die alten römischen Zenturionen sie getragen hatten, mit Schnüren, die über die Hosenbeine geknüpft waren, diese ein schreiendes Violett, alles aber noch übertroffen von einem sehr weit geschnittenen T-Shirt, auf dem ein Bild von Haile Selassie gedruckt war und in kräftigen Buchstaben die drei Schriftzüge »I-man Rasta«, »Tod dem Papst« und »Hölle, Zerstörung, Amerika« zu lesen waren.

Was ihn allerdings besonders wild und grimmig aussehen ließ, waren seine Haare, die seit bestimmt fünf oder sechs Jahren weder geschnitten noch gekämmt worden waren. Der natürliche wirre Haarwuchs, unterstützt durch Schlammauflagen, Öl und Chemikalien, hatte es in lange, mattenartige Strähnen fallen lassen, die, voneinander getrennt und zu fast einen Meter langen Zöpfen geflochten, wie sich windende Vipern bis zur Taille reichten. Mit dieser Haarpracht hatte er sich in eine männliche Medusa verwandelt, deren schreckliche Erscheinung durch den dichten, unbeschnittenen, ebenfalls geflochtenen Bart noch verstärkt wurde. Zu alledem hatte er einen finsteren, durchdringenden Blick und sehr weiße große Zähne, die durch seinen halbgeöffneten Mund schimmerten. Er sah einfach furchterregend aus!

In der Ankunftshalle des Flughafens von All Saints entnahm er einem großen, unförmigen Leinensack seinen Paß, dem zu entnehmen war: Ras-Negus Grimble, geboren 1956, Cockpit Town, Jamaika. Als der Einreisebeamte das las, verschwand er sogleich in einem Hinterzimmer und rief den Polizeichef von Bristol Town an:»Colonel Wrentham? Ein Rastafari aus Jamaika ist gerade angekommen. Die Papiere sind in Ordnung. Er bricht jetzt mit dem Flughafenbus in Ihre Richtung auf.«

Die Passagiere gingen dem Mann ängstlich aus dem Weg, als sie ihre Sitze einnahmen, abgestoßen von seiner wilden Erscheinung und dem fauligen Körpergeruch, aber sobald sich der Bus Richtung Norden entlang der herrlichen Küstenstraße, die während der Fahrt ununterbrochen einen Blick auf das Karibische Meer erlaubte, in Bewegung gesetzt hatte, richtete sich ihre Aufmerksamkeit ohnehin mehr auf die unvergleichliche Landschaft als auf ihren gorgonenhaften Begleiter. Ihm selbst schien nicht aufgefallen zu sein, daß er die meisten Mitreisenden verschreckt hatte, und einmal lehnte er sich seitlich in den Mittelgang, richtete seinen Blick direkt auf zwei Frauen mittleren Alters aus Miami und schenkte ihnen das sanftmütigste und warmherzigste Lächeln, das sie je gesehen hatten – es schien nur aus blinkenden Augen und strahlendweißen Zähnen zu bestehen.»Sistas, I-man noch nie so ein Meer gesehen.«

Obwohl sie mit manchen seiner Worte nicht viel anfangen konnten, ermunterte sie sein freundlicher Ton, und eine von ihnen fragte: »Warum stellen Sie das mit Ihrem Haar an?« Und er entgegnete, ganz so, als hätte er ihre Frage erwartet:»Dreadlocks.« Seine Haarsträhnen wurden in Jamaika als »dreads« bezeichnet, aber auch dieses Wort hatte für die beiden Frauen keinerlei Bedeutung.»Sind Sie ein Prediger?« wollten sie wissen, worauf er antwortete:»I-man Diener Jah, Name mir gehör, Negus, selbe Ras Tafari, König Äthiopien, Herr Allmächtiger, Löwe Juda, Herrscher von Afrika, Welterlöser, Tod dem Papst.«

Es war ein solcher Schwall von Gedanken, daß die beiden Frauen den jungen Mann nur anstarren konnten, aber ihre Neugier war doch geweckt, und er erwies sich im Umgang als so sympathisch, daß sie den Mut fanden, auf die Schlagworte auf seinem T-Shirt zu zeigen und zu fragen:»Warum wünschen Sie dem Papst den Tod.« Und er entgegnete mit dem liebenswürdigsten Lächeln:»Er und Groß-Babylon sterben müssen, alle Menschen frei.«

»Aber was soll ›Hölle, Zerstörung, Amerika‹ bedeuten?« Und es folgte eine Erklärung, die von äußerster Wichtigkeit für ihn zu sein schien, denn sein Lächeln verschwand, und mit einer tiefen, vertraulichen Stimme sagte er:»Amerika Groß-Babylon, Große Hure der Welt, steht so in der Bibel«, worauf er aus seinem Leinensack, in dem alle seine Habseligkeiten verstaut waren, eine Bibel hervorzog und gezielt die Offenbarung, Kapitel 14, Vers 8 aufschlug, den er mit einem apokalyptisch anmutenden Tonfall, so daß es der ganze Bus verstehen konnte, vortrug:»Sie ist gefallen, sie ist gefallen, Babylon, die große Stadt; denn sie hat mit dem Zorneswein ihrer Unzucht getränkt alle Völker.«

Er berauschte sich förmlich an den Worten, denn er erhob sich, stolzierte durch den Bus, zeigte mit dem Finger auf die weißen Passagiere und rief mit dämonischer Stimme:»Papst sein Babylon, Amerika sein Groß-Babylon, Polizei, Sheriff, Richter sein Babylon, die Hure. Alle werden vernichtet. Afrika, Herrscher der Welt. Negus spricht. Ich, ich zugrunde gehen.«

Negus schien entrückt, während er aus dem Text der Offenbarung predigte, aber nachdem er einmal seine Ansichten vorgetragen hatte, die Vernichtung des Papstes, Amerikas und der weißen Rasse, kehrte er an seinen Platz zurück, beugte sich noch einmal zur Seite und flüsterte, wieder mit seinem sanftmütigen und gewinnenden Lächeln:»Sistas, Kaiser Selassie. König von Juda, I-man errette gute Menschen.«

Als der Bus in Bristol Town zum Stehen kam, gelang es dem Fahrer, allerdings auf recht ungeschickte Weise, die Passagiere so lange am Aussteigen zu hindern, bis der schwarze Polizeichef der Insel, Oberst Thomas Wrentham, sein Büro verlassen hatte und unauffällig, so als würde er sich für nichts und niemanden sonderlich interessieren, am Bus entlanggeschlendert kam. Erst als Grimble den Bus verließ, eine halbe Kokosnußschale an einem Bindfaden von seinem Gürtel baumelnd, eine selbstgemachte Laute unterm Arm geklemmt, in der Hand den Reisesack, stellte sich Oberst Wrentham so auf, daß der selbsternannte Rastafari an ihm vorbeimußte.

»Hallo«, sagte der Polizeibeamte leichthin.»Was führt Sie denn nach All Saints?«

»I-man gehe hierhin und dorthin, wohin Jah mich führt.«

»Haben Sie Freunde auf der Insel?«

Der Neuankömmling schüttelte seine mattenartig fallenden, schlangenhaften Locken, lächelte, als wollte er damit alle Bewohner der Insel umfassen, und sagte:»Ich-ich, die Jah lieben, meine Freunde.«

»Schön«, sagte Wrentham und nickte dem Fremden zu, als würde ihn tatsächlich die ganze Insel willkommen heißen, aber kaum war der Rastafari in dem kleinen, direkt am Wasser gelegenen Labyrinth aus billigen Hütten verschwunden, rannte er zurück in sein Büro, wo er gleich mehrere eilige Telefongespräche tätigte.»Tom, geben Sie nach Jamaika durch. Die sollen mir sofort einen ausführlichen Bericht schikken. Ras-Negus Grimble, Alter: 25, Cockpit Town.« Dann rief er einen Lehrer an:»Können Sie sofort zur Polizeistation kommen? Nein, nein, Ihnen wollen wir keinen Ärger machen, aber ich kriege wahrscheinlich bald welchen.« Schließlich bat er noch einen Priester der Church of England:»Canon Tarleton, ich brauche Ihren Rat. Hätten Sie eine Stunde Zeit, mir von Ihrem Wissen etwas abzugeben?«

Als sich der Lehrer, der Funker und der Priester in dem Büro eingefunden hatten, ersterer ein schwarzer Inselbewohner, die anderen beiden weiße Engländer, fing Wrentham gleich ohne die üblichen Höflichkeitsfloskeln an:»Ich stehe vor zwei Problemen, und ich brauche Ihre Hilfe, wenn ich damit fertig werden soll. Erklären Sie mir, was ist ein Rastafari? Und wie soll ich den jungen Rastafari loswerden, der gerade hier gelandet ist.«

»Kommt er aus Jamaika?« wollte der Lehrer wissen.

»Ja. Und er hat ein gültiges Ticket für den Weiterflug nach Trinidad. Ich habe die Fluggesellschaft angerufen. Der Termin ist offen, wir werden ihn also wahrscheinlich eine Zeitlang bei uns haben.«

»Gibt es irgendeine Möglichkeit, ihn einfach abzuschieben?« fragte der Priester.»Ich meine, ihn von der Insel runterzukriegen? Wir haben die Erfahrung gemacht, daß solche Leute fast immer Schwierigkeiten machen.«

Für den Augenblick wollte Wrentham auf den Vorschlag, den Mann auszuweisen, nicht weiter eingehen, denn er wollte die Regierung nicht in sich lang hinziehende juristische Auseinandersetzungen verwickeln, solange es noch eine Chance gab. Um Zeit zu gewinnen, bat er jetzt den Lehrer:»Man hat mir gesagt, Sie hätten sich während Ihres Studiums an der Universität ziemlich tief in diese Rastafari-Bewegung hineingekniet. Erzählen sie uns doch mal, wie hat diese verdammte Sache überhaupt angefangen.«

»Nichts einfacher als das, wenn ich die Feinheiten weglassen darf. In den zwanziger Jahren trat ein jamaikanischer Schwarzer, Marcus Garvey, als Wiedergeburt Johannes des Täufers auf und predigte das Erstarken der schwarzen Rasse, die Rückkehr der Schwarzen nach Afrika und den bevorstehenden Triumph Afrikas über die weißen Nationen. Ziemlich unausgegorenes Zeug. Er ging nach Amerika, brachte dort ein Schiff in seine Gewalt und machte den Vorschlag, alle Schwarzen zurück nach Afrika zu schicken. Er landete wegen Betrugs im Zuchthaus ... verdrehte den Schwarzen den Kopf. Mein Großvater hat jedes Wort geglaubt, das aus Garveys Mund kam; er hat sogar versucht, ein Kontingent Schwarzer zurück nach Yoruba zu verschiffen, wanderte aber am Ende auch ins Gefängnis.«

Der Polizeichef nickte, dann fragte er:»Und wann kommt dieser Haile Selassie ins Bild? War der nicht Kaiser von Abessinien?«

»Ja«, antwortete der Priester.»Nur nennen es die Jamaikaner bei seinem biblischen Namen Äthiopien. Aus einem Grund, der meines Wissens nie erklärt worden ist, außer daß es in der Bibel zahlreiche Hinweise auf Äthiopien gibt und einen auf den Löwen von Juda, die Anrede des Kaisers ... Jedenfalls verfielen die Schwarzen in Jamaika auf die phantastische Idee, Haile Selassie sei die letzte Reinkarnation Gottes. Jah lautete der Name, den sie dafür benutzen, wie in den Psalmen.«

»Haile Selassie ist Gott?«fragte der Polizeichef ungläubig.

Der Kirchenmann zögerte:»Ich schätze, daß diejenigen, die nicht lesen können, glauben, Haile Selassie sei Gott. Die Gebildeteren sehen in ihm eher einen Menschen, wie Jesus einer war, oder Mohammed, ein bevorzugter Empfänger göttlicher Macht. Aber alle glauben, daß er ein Wesen Jahs ist, der die Schwarzen zu einer Weltmacht führt.«

»Aber Selassie ist doch tot«, widersprach Wrentham, und kaum hatte er die Worte geäußert, blickte er geradezu flehentlich seine Berater an:»Er ist doch wirklich gestorben, oder etwa nicht?«

»Ja«, sagte der Lehrer.»Vor ungefähr sechs Jahren.«

»Warum sind dann diese Leute so davon überzeugt, daß er sie erlösen wird?«

Seine Frage, die rhetorisch gemeint war, provozierte eine Entgegnung des anglikanischen Priesters:»Die Christen glauben auch, daß Jesus sie erlöst, obwohl er längst tot ist, und Moslems glauben, daß Mohammed, dessen Tod über tausend Jahre zurückliegt, sie beschützen wird. Und ich vermute, daß die Mormonen und die Anhänger der christlichen Wissenschaft einen ähnlichen Glauben haben.« Als ihm bewußt wurde, daß seine Worte vielleicht als Blasphemie mißverstanden werden konnten, hüstelte er verlegen und schloß seine Ausführungen matt:»Und so glauben die Rastafaris, ihr Negus würde ...«

»Was bedeutet das Wort?« fragte Wrentham. »Der junge Kerl nennt sich nämlich Ras-Negus Grimble.«

»Es bedeutet König«, fiel der Lehrer ein. »Selassie wird häufig einfach nur Negus oder The Negus genannt.« Wieder übernahm der Priester die Leitung des Gesprächs: »Die Rastafari-Bewegung löst bei vielen Unverständnis aus, für manche ist sie einfach nur komisch, aber für viele von uns, die hier auf den Inseln leben, ist sie aus mehreren Gründen eine todernste Angelegenheit. Sie predigt nämlich, daß die Schwarzen eines Tages die Weltherrschaft übernehmen und alle Ungerechtigkeiten gegenüber ihrer Rasse beseitigen werden. Sie lehrt außerdem, daß der Papst vernichtet werden muß.«

»Warum?«

»Sie behaupten, er repräsentiert und beherrscht die Weltmacht, die sie zu Zeiten der Sklaverei brutal unterdrückt hat und heute mit feineren Methoden immer noch unterdrückt. Und die Vereinigten Staaten, als das Zentrum der sichtbaren Macht in diesem Teil der Welt, müssen daher auch vernichtet werden. Diese Dinge sind als Angriffsziele natürlich irgendwie bizarr, und man kann nicht viel gegen sie ausrichten, aber wenn sie mit ihrem Lieblingsfluch daherkommen, dem großen Babylon, dann gibt's nichts mehr zu lachen. Denn sie haben verkündet, daß außer dem Papst und Amerika auch die Polizei auf den Inseln zum großen Babylon gehört, was, wie die Bibel sagt, zerstört werden muß.«

Sie saßen einen Augenblick schweigend beisammen, während sich jeder Vorfälle ins Gedächtnis zurückrief, die sich, über den gesamten karibischen Raum verstreut, zugetragen hatten, bei denen Schwarze einzelne Polizeibeamte angegriffen oder sogar Radiostationen, Rathäuser und andere Symbole repressiver Macht überfallen hatten. Schließlich fragte Wrentham: »Wie sollen wir Ihrer Meinung nach vorgehen? Auf unserer Insel, wo sich, soweit mir bekannt ist, nur ein einziger Rastafari zu Besuch aufhält?«

Der Funker, der bislang nur still dagesessen hatte, platzte heraus: »Man muß mit Ärger rechnen. Ich habe mit Leuten von anderen Inseln gesprochen, und die haben mir erzählt, daß die Rastas eine ziemlich üble Truppe sind.«

Oberst Wrentham war offenbar bestürzt. »Vielleicht sollte ich ihn besser ausfindig machen und ihn von der Insel weisen.«

»Wir wollen nichts übereilen«, warnte der Lehrer. »Wenn er nichts verbrochen hat, könnte er uns verklagen... und das würde er bestimmt tun.«

»Was vielleicht besser ist«, sagte der Pfarrer, »Sie tragen die Sache dem Rechtsausschuß vor.« Dann fügte er noch hinzu: »Aber in der Zwischenzeit würde ich ihn unter strenge Beobachtung stellen.«

»Vielen Dank, meine Herren«, sagte der Polizeichef herzlich, aber als sie gegangen waren, wandte er sich an seinen Beamten: »Die konnten mir auch keinen nützlichen Ratschlag geben.«

Allein in seinem Büro, rief er den Rechtsberater des Premierministers an, der sofort ein paar Warnschüsse abließ: »Jetzt hören Sie mal, Wrentham! Das letzte, was wir auf dieser Insel wollen, ist irgendeine Art religiös motivierter Unruhe. Machen Sie aus diesem Rastafari um Gottes willen keinen Märtyrer. Lassen Sie die Finger von dem!«

»Kann ich ihn denn unter strenge Beobachtung stellen?«

»Wenn Sie sich raushalten, ja. Aber religiöse Erschütterungen können wir wirklich nicht gebrauchen. Bitte gehen Sie äußerst vorsichtig vor.«

Nachdem Thomas Wrentham das Hauptquartier der Polizei den beiden Männern von der Nachtschicht überlassen hatte, machte er sich auf den Heimweg, im Kopf nur einen vagen Plan, wie er mit dem Rastafari umgehen sollte: »Behandle ihn anständig, aber schaff ihn von der Insel runter.«

Wie es seine abendliche Angewohnheit war, schlug er einen Weg ein, der ihn an dem berühmten Café seines Vaters vorbeiführte, dem »Waterloo«, und er schaute kurz nach, ob bei seinem Sohn, der das Haus übernommen hatte, alles in Ordnung war. Lincoln, dreißig Jahre alt und nach dem großen Sklavenbefreier benannt, hatte die Bar in vieler Hinsicht umgebaut, sie für Touristen noch anziehender gemacht, als sie schon vorher gewesen war. Thomas Wrentham lachte in sich hinein, als er an die Probleme zurückdachte, mit denen sich Black Bart seinerzeit herumschlagen mußte: Er hatte sich zwar nicht mit Rastafaris zu beschäftigen, die gab es damals noch nicht. Aber dafür hatte er etwas viel Schlimmeres. Barts eigener Vetter, soundsovielten Grades, Gouverneur Lord Basil Wrentham, war ein enger Freund der Deutschen gewesen. Doch Bart, mit Hilfe eines gerissenen kleinen Engländers namens Leckey, gelang es, ihn hochgehen zu lassen. Der edle Lord war so einfältig – er wußte am Ende nicht mal, was ihn umgehauen hatte.

Der Polizeichef kehrte nicht ein ins »Waterloo«, sah nur, wie sein Sohn ihm durch ein Fenster des hellerleuchteten Cafés zuwinkte, daß alles in Ordnung war, und er winkte zurück, das Zeichen, daß er verstanden hatte.

Als er zu Hause ankam, einem kleinen Bau, den seine Familie bereits seit drei Generationen bewohnte, war er enttäuscht, daß seine Tochter Sally, eine junge Frau von 22 Jahren, das Abendessen nicht mit ihm zusammen einnehmen würde, denn obwohl er die geschickte Art seines Sohnes schätzte, die sich vor allem bewiesen hatte, als er das Café übernahm, hatte er für seine Tochter Sally immer eine besondere Zuneigung empfunden. Sie war klug, eine so gute Schülerin gewesen, daß sie nach Oxford oder Cambridge hätte gehen können, wenn sie bereit gewesen wäre, ihre Studienjahre in England zu verbringen, und ihre Bewegungen und Auftreten besaßen die poetische Anmut, die bestimmte junge Frauen der Inseln so anziehend machten. Sie war, so glaubte ihr Vater, ein Mensch mit ganz besonderen Eigenschaften, und er hatte angefangen darüber zu spekulieren, wen sie eines Tages wohl heiraten würde.

Ihre Stellung im Büro des Premierministers, ihr gutes Gehalt und ihr lebhaftes Interesse an politischen Dingen ließen sie für viele junge Männer attraktiv erscheinen. Ihre möglichen Bewerber boten einen repräsentativen Ausschnitt der gesamten Farbskala; sie reichten von dem weißen jungen Burschen, der von London rübergeschickt worden war, um in der Wirtschaftsverwaltung der Insel auszuhelfen, über einige Braunschattierungen, dunkler und heller als sie selbst, bis zu einem sehr dunkelhäutigen jungen Mann, der sich durchaus als der geeignetste von allen erweisen könnte. Trotz ihrer modernen Einstellung und der Tatsache, daß Unterschiede in der Hautfarbe heutzutage von geringerer Bedeutung auf All Saints waren, war der Polizeichef doch heimlich stolz darauf, daß Sally um einiges hellhäutiger war als er oder sein Vater. Er war schon daran interessiert, zu verfolgen, auf wen sich Sally am Ende nun einlassen würde, aber er war nicht in Sorge, denn fast jeder aus dem Feld, wie er die Gruppe der jungen Schwärmer um sie herum nannte, wäre ein akzeptabler Mann gewesen.

Das Kastensystem, das vor dem Zweiten Weltkrieg vorgeherrscht hatte, als noch strenge Trennlinien bestanden – zwischen der Aristokratie, angesehenen Familien des Landadels, allen anderen Weißen, hellhäutigen Braunen, dunkelhäutigen Braunen und Schwarzen –, hatte sich mit der Erlangung der Unabhängigkeit aufgelöst. London schickte auch keine Angehörigen des Hochadels mehr, die als Generalgouverneure dienten, so daß auch diese Klasse verschwunden war.

827

Familien mit Beziehungen zum niederen Adel im Mutterland England gab es noch, aber im gesellschaftlichen Leben spielten sie kaum noch eine Rolle. Die drei früheren Unterscheidungen innerhalb der Gruppe der Weißen waren zu einer verschmolzen: Sie galten alle als »die Weißen«. Ebenso verhielt es sich mit der schwierig zu kategorisierenden Klasse der »Braunen«. Es gab keine Situation mehr, in der sich die hellhäutigen Braunen gegenüber den dunkelhäutigen als die Herren aufspielen konnten, selbst die beiden Begriffe hörte man nur noch selten. Auf ganz All Saints hieß es jetzt nur noch weiß, braun und schwarz, und ein Besucher, der sich mit den ehemaligen Unterschieden nicht auskannte, hätte es schwer gehabt, allein aus der Beobachtung des alltäglichen Miteinanders der Menschen auf der Insel zu sagen, welche Kategorie dominierte. Der Generalgouverneur wurde noch immer von der Königin ernannt, aber heute war es ein Einheimischer von All Saints, zudem ein Schwarzer. Der Premierminister, eine neue Institution, war, nach den alten Maßstäben, dunkelbraun, der Dritte im Bund der Amtsinhaber, der Polizeichef, dagegen hellbraun.

»Wo steckt Sally?« fragte Wrentham die ältere Frau, die sich seit dem Tod seiner Gattin um das Haus kümmerte, und sie entgegnete: »Sie sagte, ein Treffen der Schwarzen stünde auf der Tagesordnung.«

Thomas lachte, denn in den letzten Monaten hatte sich Sally mehr und mehr mit einer Gruppe lebhafter junger Leute eingelassen, die sich mit einer Frage beschäftigten, die sich viele nachdenkliche Menschen auf allen karibischen Inseln, außer in Kuba, stellten: Inwieweit sollte sich durch das Prinzip der Negritude, der spirituellen Bedeutung des Schwarzseins, das private und politische Leben in der Karibik verändern? Der Polizeichef billigte ausdrücklich die Teilnahme seiner Tochter an diesen Debatten, denn sowohl er selbst als auch sein Vater Black Bart hatten einst fest an die Macht der Schwarzen geglaubt und sich auch entschlossen dafür eingesetzt. Alle Schwarzen und Braunen auf All Saints erzählten sich noch heute bewundernd, wie Black Bart seinerzeit das Problem mit »The Club« gelöst hatte, dem elitär-exklusiven Versammlungsort der Weißen auf einem Hügel hinter dem Regierungsgebäude. Vor 1957, der Einführung einer beschränkten Form der Selbstverwaltung, wurden nur Weiße in die heiligen Hallen des »Clubs« eingelassen, und diese Ausschließlichkeit wurde nicht nur von jedermann akzeptiert, sondern auch allgemein für gut befunden. »Jeder in seiner Gruppe«, hieß es.

Als dann 1964 die vollständige Selbstverwaltung eingeführt wurde und ein weißer Generalgouverneur noch immer als Repräsentant der Königin fungierte, aber ein aus örtlichen Wahlen hervorgegangener schwarzer Premierminister die tatsächliche Macht ausübte, kam Black Bart zu dem Schluß, daß eine Veränderung angesagt sei. An einem lauen Aprilabend, als sich das noch verbliebene weiße Establishment im »Club« versammelte, um sich über die letzten Ungeheuerlichkeiten der neuberufenen braunen und schwarzen Amtsinhaber zu unterhalten, fuhr Bart Wrentham, inzwischen Polizeichef der Insel, in seinem alten Chevrolet den Berg hoch, spazierte gemessenen Schrittes in den »Club« und verkündete mit respektvoller Stimme: »Ich möchte mich um die Mitgliedschaft bewerben.« Ein paar der älteren Mitglieder schnappten nach Luft angesichts einer solchen Dreistigkeit, aber es gab auch andere, die Beifall klatschten, und mehrere der jüngeren »Club«-Mitglieder luden ihn zu einem Drink an die Bar. Die soziale Revolution, die so viele auf All Saints befürchtet hatten, vollzog sich, ohne daß öffentlich ein einziges gemeines Wort fiel oder jemand lauthals beschimpft wurde.

Als erstes nichtweißes Mitglied des »Clubs« zahlte Bart regelmäßig seinen Beitrag, aber drängte sich den anderen Mitgliedern nie auf, außer in den Fällen, wenn er in seiner Position als Polizeichef Würdenträger von den anderen Inseln betreuen mußte. Dann erschien er in seiner geschniegelten, militärisch anmutenden Uniform, stellte seine Gäste den Anwesenden im »Club« vor und ließ sich zum Abendessen in einem stillen Winkel nieder, wo er sich in sorgfältig abgewogener Sprache ungestört über Probleme der Karibik unterhalten konnte.

Bei seinem Tod schickte der »Club« eine offizielle siebenköpfige Delegation zur Beerdigung, und in ihren Leichenreden sprachen die Männer über ihn mit Stolz als ihr erstes farbiges Mitglied und als jemand, der dem »Club« und der Insel hervorragende Dienste geleistet hatte. Sein Sohn Thomas, der gegenwärtige Polizeichef, Regierungskommissar, wie sein Titel lautete, hatte seine vernünftige Einstellung geerbt und sie an seine eigenen Kinder weitergegeben. Zwei Tage zuvor, als seine Tochter ihm mitgeteilt hatte, daß sie vorhabe, sich dieser Diskussionsgruppe über Negritude anzuschließen, hatte er gemeint: »Schön. Dein Großvater hat sich schon mit dem Problem herumgeschlagen, als er in einer Kronkolonie lebte und deren rigide Haltung zu spüren bekam, und in den Jahren der Unabhängigkeit hat er mir beigebracht, wie man damit fertig wird. Deine Aufgabe besteht darin, für die Zukunft vorbereitet zu sein, welche Veränderungen sie auch mit sich bringen mag.«

Während Wrentham, allein am Abendbrottisch sitzend, über diese Dinge nachdachte, ging Sally völlig in der lebhaften Diskussion ihrer Gruppe auf, an der sich etwa sechzehn der klügsten Köpfe unter den jüngeren Verwaltungsbeamten beteiligten, alle schwarz oder braun. Sie sprachen über die Bedeutung eines Buches, das sich sehr wirkungsvoll mit dem Thema Negritude auseinandersetzte. Autor war ein Einheimischer der Insel Martinique, Frantz Fanon. Sein Wert, »Les Damnes de la Terre«, war bereits mehrmals unter verschiedenen Titeln ins Englische übersetzt worden. Die Ausgabe, die der Leiter der Diskussionsrunde heute abend mitgebracht hatte, hieß, »Die Verdammten dieser Erde«, und der aufrüttelnde Appell für gesellschaftliche Veränderungen ließ sich auch auf schwarze Inseln wie All Saints anwenden.

Als die angeregte Diskussion ihren Höhepunkt erreicht hatte, erschien verspätet eine junge hellhäutige Frau namens Laura Shaughnessy, die im Büro des Generalgouverneurs arbeitete und den jungen weißen Engländer mitbrachte, der vor sieben Jahren als Wirtschaftsberater der Inselregierung aus London herübergekommen war. Einige der Gesprächsteilnehmer reagierten verstört, als sie sahen, daß man einen Weißen in ihrer Runde einschleuste, sie fürchteten, der freimütige Austausch ihrer Gedanken würde dadurch gestört werden, aber die junge Frau, die ihn mitgebracht hatte, zerstreute ihre Ängste: »Das ist Harry Keeler. Ihr seid ihm sicher schon mal auf dem Flur begegnet. Ich habe ihn eingeladen, weil er englischer Beamter in Algier war, als dort die Unruhen ausbrachen, und weil er die wirtschaftlichen und sozialen Zustände, auf denen viele von Fanons Ideen basieren, aus erster Hand miterlebt hat.«

Nach dieser Einführung gab Keeler eine kurze Zusammenfassung der Erfahrungen, die er während der antikolonialen Aufstände in Algerien und Tunis gemacht hatte, und stellte sich anschließend den Fragen. Aus den dunkelhäutigen Gesichtern seiner Zuhörer las er deren lebhaftes Interesse an seinen allgemeinen Darstellungen, und so vermied er es, ihnen seine Schlußfolgerungen mundgerecht zu servieren oder sie in irgendeiner Weise abzuschwächen. »Negritude ist eine starke verbindende Kraft im Kampf für die Unabhängigkeit, aber ich bezweifle, daß sie auch eine wirkungsvolle Anleitung darstellt, wenn es darum geht, das neugewonnene Terrain auch zu verwalten.« Man redete wie wild auf ihn ein, nachdem er diesen Satz geäußert hatte, den die meisten seiner Zuhörer nicht hören wollten, aber er ließ sich nicht beirren und wiederholte seine Meinung, daß Frantz Fanon vor fünfzehn Jahren für alle Braunen und Schwarzen auf All Saints sicher ein bewundernswürdiger Führer gewesen wäre, aber was sie jetzt brauchten, sei das Wissen darüber, wie General Motors und Mitsubishi arbeiteten.»Als die karibischen Inseln 1962 eine Föderation ablehnten, da habe ich geweint. Das wäre ihre Chance gewesen, eine lebensfähige Union aller kleineren und größeren englischsprachigen Inseln zu bilden, aber sie haben sie vertan. Das Problem, vor dem wir heute stehen, ist, wie bauen wir eine vernünftige Alternative auf?«

Das löste erneut einen Sturm der Entrüstung aus. Er hörte aufmerksam zu, notierte sich die wichtigsten Punkte und bat dann erneut um das Rederecht. Er achtete streng darauf, nur vom Standpunkt des Wirtschaftswissenschaftlers aus zu sprechen und nur über solche Dinge, die ihn als Experten auswiesen, aber er endete seine Ausführungen mit einem Paukenschlag:»Ich weiß nicht genau, ob Sie verstehen, was ich meine. Wir haben die Diskussion zu kontrovers geführt. So sollte es nicht sein. Vor fünfzehn Jahren wäre ich auf dieser Insel auch ein starker Befürworter von Frantz Fanon gewesen, aus einem einfachen Grund:›Es ist höchste Zeit!‹ Sie und ich haben die Schlacht gewonnen. Ich habe sie in einem afrikanischen Land geschlagen, das für seine Unabhängigkeit gekämpft hat. Aber heute handelt es sich um eine Schlacht ganz anderer Art, und Frantz Fanon ist zu theoretisch, als daß er uns erzählen könnte, welche Schritte wir konkret als nächste tun sollen.«

Seine Worte klangen so wohlüberlegt und ehrlich, daß Sally Wrentham, als er seinen Vortrag beendet hatte, auf ihn zukam, sich als jemand vorstellte, der in seinem Regierungsgebäude arbeitete, und sagte:»Mr. Keeler, was Sie sagen, ergibt Sinn, aus der Sicht eines Weißen, der von oben herabschaut. Aber wie steht es um uns Schwarze, die von unten aufschauen müssen?« Es war ihm aufgefallen, daß sie es vorzog, sich als Schwarze zu bezeichnen, obwohl sie in vielen Gesellschaften, die ihm bekannt waren, als Weiße passieren würde. Ein gutes Zeichen, dachte er.

»Moment mal. Miss Wrentham. Sie haben gesagt, Sie seien die Tochter des Polizeichefs?«

»Ja, das bin ich.«

»Mir scheint,«, sagte er mit charmanter Schüchternheit, als habe er kein Recht auf eine eigene Meinung über etwas, das ihn nur intellektuell, sie aber emotionell betraf,»daß wir weder von oben hinunter noch von unten aufschauen sollten, sondern uns auf Augenhöhe treffen sollten... in der Wirklichkeit.«Das Argument war so überzeugend vorgetragen, daß Sally keine Antwort wußte, und so fügte er noch hinzu:»Früher standen Leute wie ich auf All Saints ganz oben und Schwarze wie Sie ganz unten. Damals wäre Ihre Frage impertinent gewesen. Aber ich glaube, heute gibt es auf dieser Insel kein Oben und kein Unten mehr... nur noch Augen in gleicher Höhe, die denselben Horizont im Blickfeld haben.« Mit den Fingern der rechten Hand schlug er eine imaginäre Brücke vor seinen Augen zu ihren und berührte dabei ihre Wange... es war, als würde ein elektrischer Funke überspringen.

In der ganzen Welt kamen an diesem Abend, während sich die Sonne im Westen zur Ruhe legte, tausende junger Männer in Hunderten verschiedener Länder mit anderen unverheirateten Frauen in Gruppen zusammen, unterhielten sich mit ihnen, und mit beruhigender Häufigkeit geschah es, daß einer unter ihnen mit einem Augenaufschlag eine Frau fand, die intelligent war, die Verständnis hatte, die ihm sympathisch war oder die er einfach nur attraktiv fand; er hielt den Atem an und fand sich in einem Sturm von Gedanken, die er zehn Minuten zuvor nicht einmal geahnt hätte, denn alles hatte sich schlagartig verändert.

»Ihr Interesse an diesen Fragen...?« fing er an, aber sie unterbrach ihn:»Mein Großvater, Black Bart Wrentham haben sie ihn genannt...«

»Ich weiß. Er hat den Kampf für die Unabhängigkeit angeführt. Ein großartiger Mann, wie man mir erzählt hat.«

»Das war er wirklich. Hat sich abgerackert, um ein einträgliches Café aufzubauen, einen Saloon, wenn Sie so wollen, und wurde dann erster Polizeichef unter der neuen Unabhängigkeit. Eine mächtige Gestalt. Starb als Sir Bart Wrentham, weil der Respekt vor seiner Integrität bis nach London reichte.«

»Sie müssen stolz sein, dieser Familie anzugehören.«

»Das bin ich.«

»Und sind Sie in England zur Schule gegangen?« Die Frage verstimmte Sally, denn sie vermutete, daß Keeler sie aus der oberflächlichen Annahme heraus gestellt hatte:»Da Sie offensichtlich zur Oberklasse gehören, müssen Ihre Eltern wohl genug Geld gehabt haben, Sie auf eine Schule nach England schicken zu können.«

Sie war irritiert und wollte ihn gerade zurechtweisen, als die Tür zum Versammlungsraum aufsprang und zwei Männer einließ. Der erste war knapp 1,70 Meter groß, von tiefschwarzer Hautfarbe, und genoß als sensibler Meister der Budgetaufstellung und als Finanzexperte ein hohes Ansehen auf der Insel, aber an diesem Abend schenkte ihm keiner Beachtung, denn im Schlepptau hatte er den Rastafari aus Jamaika mit seinem ausgefransten T-Shirt, »Tod dem Papst. Hölle. Zerstörung. Amerika«, und seiner Kokosnußhälfte, die dauernd gegen die Laute schepperte.

»Darf ich vorstellen, mein Freund Ras-Negus Grimble«, sagte der Finanzmensch, »er hat uns eine Botschaft aus Jamaika zu übermitteln.« Unter den Dreadlocks, die sein bärtiges Gesicht umrahmten, schenkte der Neuankömmling den Anwesenden ein breites heiteres Lächeln, wie Sally es noch nie gesehen hatte, und sagte: »Ich Rasta gekommen, um zu helfen.« Sein Blick streift durch den Raum, und er fügte hinzu: »I-man gekommen in dieses Ich-Land zu helfen, Ich-ich, weil ich entdecken Dinge, die passieren.« Als sie wie auch die anderen Zuhörer durch ihre Mimik verrieten, daß sie nicht in der Lage waren, dem zu folgen, was er sagte, fiel er in ein normales Englisch zurück, mit einem leichten jamaikanischen Akzent, der sich äußerst angenehm anhörte: »Ich bin von Jamaika hierhergekommen, um euch dabei zu helfen, das herauszufinden und das zu erreichen, was eurer Meinung nach jetzt geschehen müßte.«

»Wer hat Sie geschickt?« wollte jemand wissen, und Grimble fiel wieder in seinen Rastafari-Dialekt zurück: »I-man habe Vision. ›Suche Ich-ich auf All Saints, bring I-vine göttliche Hilfe und trete in I-alogue.‹ I-man gekommen.«

»Ich glaube, es ist besser, wenn Sie das in unserer Sprache sagen«, empfahl derselbe Fragesteller, und der Besucher entsprach der Bitte. »Ich wurde I-rected, ich meine angewiesen, hierherzukommen und mit euch in I-alogue zu treten.«

»Meinen Sie vielleicht Dialog?« fragte jetzt ein anderer aus dem Hintergrund, und mit einem breiten Lächeln antwortete er: »Ja! Das meine ich.«

»Und wie lautet Ihre Botschaft?« fragte eine junge Frau, und nachdem er die Kokosschale und die Laute vorsichtig auf den Boden gelegt hatte, rückte sich Ras-Negus einen Stuhl zurecht, nahm anmutig Platz, schlug die Beine übereinander und verschränkte sie zweimal, eine Leistung, die die Anwesenden in Erstaunen versetzte. Noch einmal sein alles umfassendes und alles verzeihendes Lachen aufsetzend, erklärte er: »Rastafari ist der Glaube an den Frieden, die Stille, die Liebe zu allen Menschen . . .«

»Und was hat das mit dem Papst auf sich?«

Ohne den Sprechrhythmus oder seinen Gesichtsausdruck zu verändern, schloß er den Satz:».. außer denen, die böser Absicht sind.«
»Wir haben gehört, daß Ihre Leute in Jamaika Aufstände anzetteln, schwere Gewaltakte begehen.«

Er drehte sich um, schaute seinen Ankläger gütig an und sagte mit tiefer, weicher Stimme:»Es war Babylon, das uns mißbraucht hat, niemals umgekehrt.«

»Aber sagen Sie nicht auch, daß Babylon zerschlagen werden muß?«

»Mit Liebe. So wie Gandhi das große Babylon zerschlagen hat, das sein Volk unterdrückte.«

Jetzt fragte Sally:»Warum sagen Sie so häufig ›Ich‹ – was hat das zu bedeuten?«

Er vollführte fast eine vollständige Drehung auf seinem Stuhl, und einen ausgedehnten Augenblick lang blieb Grimble schweigend sitzen, verschränkte die Beine noch enger und starrte Sally in die Augen, bis sie wie hypnotisiert war von dem rauschenden Bart, der goldgrünen Mütze und den scheußlichen schlangenartigen Haarflechten, die bis zum Schoß reichten, wenn er sich vorbeugte. Dann ertönte die klare, besänftigende Stimme eines jungen Mannes, der sich seiner Sache gänzlich verschrieben hatte:»Die Rastafaris benutzen ihre eigene Sprache. ›Ich‹ ist gerade und groß und schön und stark und ehrlich und sauber. ›Du‹ ist gebeugt und verdreht und hat sich verlaufen und ist häßlich und in keiner Hinsicht gerade. Das reine ›Ich‹ also ist allen menschlichen Wesen gegeben. I-man bedeutet ich. Und wenn du sprechen würdest, dann würdest du I-woman sagen.«

»Und wer ist mit Ich-ich gemeint?«

»Du, ihr dort drüben, alle im Raum, die ganze Welt außerhalb von mir.«

»Das verstehe ich nicht.«

»Wenn ein Rasta ›du‹ sagt, dann sieht er sich nicht von dir getrennt. Er glaubt, daß du und er zusammengehören, du und er und alle anderen in diesem Raum, wir bilden eine Gruppe. Es muß also Ich-ich heißen, denn im Rastafari-Glauben sind alle Menschen gleich. Man kann nicht existieren ohne den anderen. Der Rasta kann nicht existieren ohne euch alle, um ihm in seinem Kampf gegen die Finsternis zu helfen. Also immer Ich-ich, ein unsterbliches Team.«

Sally lief es kalt über den Rücken, so intensiv hatte sie seiner Antwort gelauscht, und sie war erleichtert, als eine andere Frau fragte:»Mir war so, als hätte ich da noch viele andere ›Ichs‹ in dem gehört, was

Sie gesagt haben«, worauf er seinen durchdringenden Blick auf sie niederließ. »Du mußt verstehen. Wir Rastas führen ein reines, einfaches Leben. Nur natürliche Nahrung, die wir aus dieser Kokosschale essen. Kein Fleisch. Jedes Kleidungsstück an meinem Körper muß aus natürlicher Wolle und handgewebt sein. Und so verhält es sich auch mit den Worten. Jedes Wort, das moralisch verwerfliche Elemente oder negative Silben enthält, befreien wir von diesen Teilen und ersetzen sie durch ›I‹, ich, das rein und klar ist.«

»Wie kann eine Silbe moralisch negativ sein?«

Begierig, die Grundlagen der Rastafari-Sprache zu erklären, lehnte er sich vor: »Worte mit der Silbe ›ded‹, wie in ›dedicate‹, widmen, bedeuten Tod. Kein Leben mehr. Das Wort muß daher ›I-dicate‹ lauten. Herrliche Worte, wie zum Beispiel ›divine‹, göttlich, oder ›divide‹ teilen, sein Eigentum mit anderen teilen, enthalten ›die‹, sterben. Sie müssen gereinigt werden, zu ›I-vine‹ und ›I-vide‹ werden.«

»Gehen Sie so etwa das ganze Wörterbuch durch.«

»Ja. Auch so schöne Worte wie ›sincere‹, aufrichtig, und ›sinews‹, Sehne, muß man säubern.«

»Warum?«

»Sie enthalten das Wort ›sin‹, Sünde. Aus ihnen muß ›I-cere‹ und ›I-news‹ werden. Andere Worte, die ›sin‹ enthalten, aber häßlich und grausam sind, wie ›sinister‹, unheilvoll, und ›sinking‹, versinken, bleiben so, wie sie sind. Sie warnen die Welt gleich vor ihrer bösen Absicht.«

»Eine Unterhaltung zwischen den Mitgliedern eurer Gruppe muß ja recht mühsam sein«, gab ein schwarzer Angestellter, der neben Harry Keeler stand, zum besten. Der Rastafari drehte sich mit einem Schwung in seine Richtung, um ihm ins Gesicht sehen zu können, aber ging fälschlicherweise von der Vermutung aus, der da gesprochen habe, sei der Weiße gewesen, der einzige im Raum. Seine Art zu sprechen, als er auf Keeler einredete, gleich noch mehr der eines Predigers als vorher, und obendrein schien ihm das Licht im Raum die Heiligkeit einer Christusgestalt zu verleihen. »Da hast du eine scharfsinnige Beobachtung gemacht, mein Freund. Ein Gespräch mit uns ist oft mühsam und verläuft nur langsam, Gedanken werden nur halb ausgedrückt und nur halb verstanden. Aber wir reden nicht, um uns an oberflächlicher Unterhaltung zu beteiligen. Wenn wir sprechen, offenbaren wir unsere Seele, und solche Worte müssen sorgfältig erwogen und besonders behütet werden.« Seinen Blick durch den Raum schweifen lassend, stimmte er eine Art Rastafari-Gebet an, einen Gesang, der sich aus all den Worten zusammensetzte, die man sich leicht merken konnte, wobei häufig der Name Haile Selassies genannt wurde, ebenso Negus, Jah und der Löwe von Juda, alles verziert mit einem Schwall von Worten, die mit der Silbe »ich« anfingen und bei denen es ihm jedesmal gelang, sie mit Eleganz, Würde und Kraft aus der Masse der anderen herausragen zu lassen.

Sally, die nicht ein Wort verstand, flüsterte ihrer Nachbarin zu: »Wie das Lateinische in der katholischen Messe. Man soll es gar nicht verstehen. Jede Religion hat ihre eigene mystische Sprache.« Doch als er zum Ende kam, hob sie die Hand und fragte: »Teilen Sie uns doch bitte mit, was Sie da eben gesagt haben.« Und er antwortete: »Genau dasselbe, was ich in eurer Sprache auch gesagt habe. Daß Worte wichtig sind und daß wir sie ab und zu säubern müssen ... um sie rein zu halten.«

Diese wortgewaltige, Auge und Ohr gleichermaßen fordernde Einführung in die Rastafari-Bewegung wirkte auf die Runde wie eine bewußtseinserweiternde Droge, aber mit seinem angeborenen Talent, sich in Szene zu setzen, hatte Grimble den wirkungsvollsten Akt bis zum Schluß aufgehoben – er langte nach unten und holte seine Laute hervor.

Es war eine Holzschachtel, rundum verschlossen, mit Ausnahme einer Öffnung, über die vier Saiten liefen. Der Hals bestand aus einer einfachen Holzleiste, in die sieben Heftklammern gedrückt waren, die als Bünde gedacht waren, während eine Metalleiste als Saitenhalter diente. Wenn man an den Saiten zupfte, ergab sich ein überraschend sauberer Klang, und ein Schlag auf die Schachtel rief ein tiefes Echo hervor.

Mit überkreuzten Beinen auf seinem Stuhl sitzend, klimperte er erst ein wenig herum und rüttelte dann sein Publikum mit einem von Bob Marleys packendsten Liedern auf, »Slave Driver«, Sklaventreiber, das von den Tagen in Afrika und den Nächten an Bord der Sklavenschiffe erzählte. Es war eine eingängige Musik, die sich noch eingängigerer Bilder bediente, und nach kurzer Zeit hatte er diese Nachfahren jener Sklaven dazu gebracht, mit ihm einzustimmen: »Sklaventreiber, Sklaventreiber.«

Obgleich Sally von dem Rhythmus, dem Refrain und der bildreichen Beschreibung des Urwalds und des Sklavenschiffes tief bewegt war, war sie doch gleichzeitig eine zu nüchtern denkende Person, um ein hervorstechendes Merkmal der Vorstellung des Rastafaris nicht zu bemerken: Dieser Typ hat drei komplett verschiedene Redeweisen: farbigen jamaikanischen Straßenjargon, Wortelemente und Rastafaris und bei diesen Liedern ein perfektes Englisch. Und er wechselt fast automatisch von einer in die andere.

Nachdem »Slave Driver« zu Ende war, ging der Sänger zu einem von Marleys provozierendsten Hits über, den jemand anders komponierte, aber den sich Marley als Titelsong gewählt hatte, »Four Hundred Years«, vierhundert Jahre. Er hatte einen fast quälenden Rhythmus, die Titelzeile, die auf die Jahre der Sklaverei verwies, wurde unendlich oft wiederholt und enthielt die Aufforderung, diese Knechtschaft nicht zu vergessen. Plötzlich waren alle im Raum, Harry Keeler eingeschlossen, der Marleys Musik schon immer gemocht hatte, ein Sklave geworden, der Arbeit auf einer Zuckerrohrplantage verrichtete.

Als der Abend zu Ende ging, hatte sich ein Dutzend junger Leute um Grimble geschart, denn mit seiner Musik und seiner Bildersprache hatte er ihnen offenbart, daß er noch wenige Jahre zuvor so wie sie gewesen sein mußte, ein ganz normaler Schwarzer mit einem ganz normalen Namen. Ihre Fragen nagelten ihn so fest, daß Sally keine Gelegenheit fand, sich von ihm zu verabschieden, aber er war so groß, daß er ihren Blick einfing und sie sich in die Augen schauten, als sie auf den Ausgang zuging.

Dort wartete bereits Harry Keeler, und als sie näher kam, fragte er sie: »Darf ich Sie nach Hause begleiten?« Und mit dem Wunsch, auf diese Weise die ganze Rastafari-Mystik loszuwerden, antwortete sie erfreut: »O ja, gerne.«

Während sie durch die herrliche Inselnacht spazierten, die Sterne so hell wie Positionslaternen auf fernen Schiffen, sagte sie: »Erstaunlich, was er uns da vorgeführt hat. Was hat das Ihrer Meinung nach zu bedeuten?«

»Ich bezweifle, daß ein Weißer das beurteilen kann.«

»Aber Sie kennen doch die Inseln. Sie kennen die revolutionären Bewegungen, Frantz Fanon und sein Gefolge.«

»Ein mächtiges Gefolge, und ich glaube, sie sind notwendig. Wenn ich ein Schwarzer wäre, ohne akademische Bildung, versteht sich, ich glaube, Bruder Grimble würde auf mich auch einen starken und nachhaltigen Eindruck machen.«

Er machte eine kurze Pause und faßte dann den Abend mit dem

Eingeständnis zusammen:»Schwarze sind wirklich ›Die Verdammten dieser Erde‹, wie Fanon behauptet.«

»Sie glauben also, daß Rastafaris . . .«

»Keine voreiligen Schlüsse! Als kleiner weißer Angestellter, der seine Gemeinde beisammenhalten will, weiß ich auch, daß Rastafaris der festen Meinung sind, die Polizei sei das große Babylon.« Sich ihrem reizenden Gesicht zuwendend, warnte er:»Ich prophezeie, daß Ihr Vater in den anstehenden Wochen als Polizeichef tonnenweise Ärger kriegen wird.«

Irritiert über das, was sie als Herabsetzung schwarzen Gedankentums durch einen Weißen empfand, rückte sie ein Stück von ihm ab. Die beiden hätten in diesen Momenten für jedes beliebige Paar unterschiedlicher Hautfarbe auf jeder beliebigen karibischen Insel stehen können: ein sehr dunkelhäutiger Mann, der ein Mädchen aus Martinique anhimmelte, das hellhäutig war und davon träumte, in der Skala der Farbnuancen weiter aufzurücken; ein Mann aus Kuba, dessen Familie mit Nachdruck und Erfindungsgabe von sich behauptete, direkte Nachfahren der Soldaten von Ponce de Leon zu sein, die ihre Frauen aus Spanien mitgebracht hatten:»Mischehen mit schwarzen Sklaven waren nicht erlaubt.« Gleichzeitig standen sie aber auch für das schüchterne Hindumädchen auf Trinidad, das von einem fast weißen anglikanischen Geschäftsmann aus Port of Spain verehrt wird.

An diesem Winterabend auf All Saints waren es aber Sally, die Tochter des Polizeichefs, die langsam neben Harry herging, dem vielversprechenden jungen Wirtschaftsfachmann aus England, der eines Tages mit einem Universum an Erfahrungen als Algerien, Ghana und der Karibik in sein Mutterland zurückkehren würde. Wie nützlich er der Weltgemeinde war, als er jetzt durch die Nacht schlenderte, und wie wertvoll sie, als Vertreterin der neuerwachten karibischen Schwarzen, die fast alles in ihrer Inselgemeinde erreichen konnte. Zwei junge Menschen mit unendlichen Fähigkeiten, durch vererbte Tabus gehemmt, aber zur selben Zeit durch noch nicht lange zurückliegende Revolutionen befreit, gingen schweigend nebeneinander her, und dann löste sich ihr althergebrachtes Vorurteil gegenüber einem Feind langsam auf, und sie sagte, das Thema wechselnd:»Wer, meinen Sie, bekommt wohl den Vorsitz im Tourismuskomitee?«, worauf er umgehend antwortete:»Ich hoffe nur, daß es ein fähiger Kopf ist. In den kommenden zwölf Jahren hängt alles davon ab, wie die Insel mit dem Tourismus fertig wird.« Er machte ein paar Schritte und blieb dann stehen, um Sally direkt ins Gesicht sehen zu können:»Dringen Sie Ihrem Vater gegenüber darauf, daß wir es uns nicht leisten können, die Insel durch den Konflikt mit den Rastafaris zerstören zu lassen. Erinnern Sie ihn daran, daß der Tourismus auf Jamaika vor ein paar Jahren durch das Auftreten der Rastas fast zum Erliegen kam. Ich habe Zahlen gelesen, aus denen hervorgeht, daß Jamaika Dollar in Millionenhöhe verlorengegangen sind.«

»Müssen wir unsere Seele denn immer gleich an amerikanische Kreuzschiffe verkaufen?«

»Richtigstellung: Nicht ein einziges Kreuzschiff, das hier anlegt, gehört den Amerikanern. England, Holland, Schweden, Franzosen...«

»Aber es sind die amerikanischen Touristen mit ihren amerikanischen Dollars, die sie herbringen.«

»Richtigstellung: Es sind amerikanische Touristinnen.«

»Sie sind ein kluges Kerlchen, Keeler«, sagte sie, und er entgegnete:»Ich versuche mein Bestes.« Und von seinem Fenster aus beobachtete Polizeichef Wrentham, wie seine Tochter dem jungen Wirtschaftler einen Gutenachtkuß gab.

Harry Keeler war einer der beiden einzigen Inselbewohner, die weiß waren; er und Canon Essex Tarleton von der anglikanischen Kirche, alle anderen, vom Generalgouverneur an abwärts, waren entweder braun oder schwarz. Weil er bei seinen früheren Aufenthalten in Afrika nur gute Erfahrungen gemacht hatte, hatte Keeler keine Schwierigkeiten, sich schwarzen Vorgesetzten unterzuordnen.

Seine manchmal radikalen Innovationen im Tourismus hatten zu besseren Ergebnissen geführt als erwartet, und die Insel verfügte nun über einen Flughafen, der immerhin auch mittelgroße Passagierjets abfertigen konnte, ein Touristenhotel der Spitzenklasse im eindrucksvollen Pointe Neuve an der neuen Straße zum Flughafen und ein Angebot von etwa zwei Dutzend Bed-and-breakfast-Übernachtungsmöglichkeiten in York, das wegen der gefährlichen Bergstraße, die es mit Bristol Town verband, zuvor nie in den Genuß des Dollarsegens gekommen war. Keeler hatte erkannt:»Entweder bauen Sie die Haarnadelkurven auf dieser verdammte Straße aus, oder Sie verkünden in aller Öffentlichkeit, daß Sie York ausbluten lassen wollen.« Das hatte ihn in York zu einem Helden gemacht, und viele Touristen berichteten daraufhin, ihr Quartier in den Privathäusern gewöhnlicher schwarzer Familien sei »der Höhepunkt unserer Reise, nicht nur nach All Saints, sondern in

839

die Karibik überhaupt« gewesen. Solche Berichte kamen natürlich nur von den eher robusten Reisenden, die anderen zogen die luxuriösen Herbergen in Pointe Neuve vor.

Keeler war stolz auf seinen Beitrag für den Tourismus auf All Saints: »Wahrscheinlich das von Schwarzen am besten geführte Land der Welt, alle afrikanischen eingeschlossen.« Doch immer wenn er solche Vergleiche anstellte, schreckte er aus zwei Gründen zurück: »Land? Kann man eine Insel mit 110 000 Einwohnern wirklich ein Land nennen? Auch wenn es einen Sitz bei den Vereinten Nationen hat? Und der momentane Aufschwung am seidenen Faden des Tourismus hängt?« Wirtschaftlicher Erfolg im Tourismus, soviel wußte er, unterlag den unbeständigen Gesetzen des Marktes. Er verlangte, daß reiche Amerikaner zufriedengestellt wurden.

Genau das war die Gefahr, die er an jenem Abend erkannt hatte, als er dem ersten Rastafari begegnet war, den die Insel jemals gesehen hatte. »Wer kann schon vergessen, was damals in Jamaika passiert ist, als diese Bande mit ihren scheußlichen Dreadlocks und ihrer wütenden Feindseligkeit anfing, weiße Frauen und ältere Millionäre zu belästigen? Der Tourismus war auf Jahre hinaus vom Tisch. Ungeheure Verluste und ein Wechsel in der Regierung waren die Folge. So einen Aufstand können wir hier nicht gebrauchen!«

Auch wenn ihm diese Vorstellung Sorge bereitete, befand er sich doch in einer Art Hochstimmung, wie er sie seit Jahren nicht mehr erlebt hatte. Sally Wrenthams geistige Fähigkeiten hatten ihn ebenso beeindruckt, wie ihre physische Erscheinung ihn provoziert hatte. Sie hatte Sinn für Humor, Kenntnisse in der Geschichte ihrer Insel und eine vernünftige Einstellung zur Rassenproblematik. Sie glaubte nicht, wie einige andere auf der Insel, daß Schwarze ein überlegeneres Verständnis für die Probleme der Karibik aufbrachten, aber sie würde auch niemals behaupten, sie seien minderwertig. Die stille, wirkungsvolle Art, in der ihr Großvater Black Bart und ihr Vater Thomas ihre weißen Vorgesetzten beeinflußt hatten, bis die Freiheit erlangt war, hatte überzeugend genug bewiesen, daß Schwarze ein Land führen konnten, so daß sie selbst nie auf den Gedanken gekommen wäre, All Saints gegen London oder New York zu tauschen, ein Selbstbewußtsein, das Keeler zu schätzen wußte.

Während er Sally mehr oder weniger ernsthaft umwarb, sagte er sich: Ich würde hier gern mein Leben verbringen. Der Insel zu wirtschaftlicher Autarkie verhelfen und, ja, auch das, später beiseite treten,

840

wenn die Schwarzen, die ich ausgebildet habe, das Management übernehmen. Und wenn ich mich dafür entschieden habe, was wäre da besser, als so eine Frau wie Sally an meiner Seite zu haben?

Während die Zeit seines Werbens um sie voranschritt, ertappte er sich immer wieder dabei, wie er Sally Wrentham schon als seine zukünftige Frau betrachtete. Und so streifte er sich eines Sonntagmorgens sein bestes weißes Hemd über, fuhr zu ihrem Haus und lud sie zu einem ganztägig dauernden Kricketspiel in York ein, dem am äußersten Ende der Bergstraße gelegenen Ort. »Kann ich uns noch schnell etwas zu essen einpacken?« hatte sie gefragt, und er hatte geantwortet: »Das wäre schön.« Und dann waren sie mit seinem Volkswagen losgebraust.

Es machte ihm immer wieder Freude, die malerische Landstraße entlangzufahren, deren neu enthüllte Schönheit das Ergebnis seiner jahrelangen Bemühungen war, und er war glücklich, als Sally sagte: »Du mußt doch zufrieden sein, daß deine neue Straße jetzt von den Leuten angenommen wird. Wenn man bedenkt, daß sie dich eine Zeitlang kaltstellen wollten.«

Das Kricketspiel hatte schon vorher Anlaß zu viel Spekulationen gegeben, den Bristol Town spielte gegen The Rest, und obwohl die Elf aus der Hauptstadt der Gegenmannschaft, die sich aus den besten Spielern aus den übrigen Teilen der Insel zusammensetzte, regelmäßig schlug, sah es dieses Jahr ganz so aus, als hätte The Rest tatsächlich eine Chance. Die Stadt Tudor im Norden schickte zwei Brüder, die als Werfer bereits Rekorde eingeheimst hatten, York hatte mehrere starke Schlagmänner, und außerdem gab es noch zwei wirklich herausragende Spieler aus London, die vorübergehend Dienst auf dem Flughafen taten, um dort eine neue Radaranlage zu installieren, und die für The Rest spielen sollten. Obwohl sie englische Staatsbürger waren, wurde entschieden, daß sie lange genug auf der Insel gearbeitet hatten, um teilnehmen zu können.

In keinem anderen Spiel auf der Welt gehörten Taktik und die unerschrockene Bereitschaft, Risiken einzugehen, so sehr zum Wettkampf dazu wie beim Kricket. Die amerikanischen Touristen, von denen heute wieder ganze Busladungen über die Bergstraße herangekarrt würden, wußten die herrlichen taktischen Manöver des Spiels gar nicht richtig zu schätzen, wie ein gerissener Mannschaftkapitän zuerst zwei schnelle Werfer einsetzte, um das Mittelfeld auszuräumen, dann einen neuen Werfer einschleuste, der einen gedrehten Ball oder einen linksgeworfenen Chinaman plazierte, sich den aufgerauhten Boden zunutze machte und den Dreistab des Schlagmanns einnahm. Sie erkannten auch nicht, wie geschickt der Kapitän seine neun Fänger auf dem Feld verteilte – den Werfer und den Dreistabhüter nicht mitgerechnet –, so daß einer seiner Männer genau da postiert war, wo der achtlose Schlagmann wahrscheinlich einen leichten Fang landen würde.

Wurde Kricket in den frühen dreißiger Jahren, als Lord Wrentham XI. der Karibik einen Besuch abstattete, noch als ein Fimmel abgetan, dann war es jetzt zu einer Leidenschaft geworden. Ein Teil des Aufhebens um das Spiel, das heute auf dem Feld in York ausgetragen werden sollte, rührte daher, daß mehrere ältere Herren das Geschehen aufmerksam verfolgen würden. Sie hatten über die Zusammenstellung der nächsten westindischen Mannschaft zu entscheiden, die gegen England antreten sollte, und würden beobachten, ob die beiden Brüder aus Tudor wirklich so gute Werfer waren und ob sich die berühmten Schlagmänner aus York auch auf einem holprigen Boden verteidigen konnten. Sie würden auch Harry Keelers Spiel verfolgen, der sich als herausragender Fänger einen Namen gemacht hatte, in der Position dessen, der dicht beim Schläger steht, aber auch als verläßlicher Schlagmann für alle Bälle, außer verdrehten Würfen; er war ein Weißer, der seinen britischen jedoch gegen einen Inselpaß eingetauscht hatte, mit der einleuchtenden Begründung:»Wenn ich hier schon den Rest meines Lebens verbringen soll, dann kann ich das auch gleich hinter mich bringen.« Das berechtigte ihn, im westindischen Team zu spielen, in das Spieler von allen Inseln verpflichtet wurden. Er war darauf erpicht, in die Mannschaft aufgenommen zu werden, denn wenn er auch nicht in England leben wollte, als Mitglied der westindischen Auswahlmannschaft zurückzukehren würde ihm gefallen.

Als Keeler und Sally um Viertel vor zehn die Bergstraße hinunter und in die Stadt einfuhren, sahen sie, daß der Touristenbus von Bristol Town schon angekommen war, ebenso sechs weitere Busse aus dem nördlichen Teil der Insel und drei vom Flughafen.»Ich hoffe bloß«, sagte er Sally, als sie den Wagen parkten,»daß um eins kein Flugzeug aus Barbados landet, das Probleme hat und Bodenkontrolle benötigt.«

Nichts auf den britischen Inseln der Karibik war so wichtig wie Kricket. Trinidad, Jamaika und Barbados mochten in wirtschaftlichen Dingen unterschiedlicher Meinung sein, sich nicht über Tarife für den Inselflugverkehr einigen, die Verwaltung ihrer einzigen Universität oder die Frage, ob und in welcher Höhe Steuern auf Benzin aus Trinidad erhoben werden sollte – wenn es aber darum ging, ein westindisches

Team für eine Tournee durch England, Indien, Pakistan oder Australien zusammenzustellen, waren alle Differenzen beiseite geschoben und ließen sich auf geheimnisvolle Weise auch Gelder auftreiben, die für die Reisekosten aufkamen. Lokale Vorurteile trieben die Inseln auseinander, Kricket verband sie wieder miteinander. Das Spiel des heutigen Tages versprach ein herrliches Erlebnis zu werden. Es war Samstag, der Himmel strahlend blau, die Bäume standen in zarter Blüte, der Markt quoll über vor Früchten, Menschen aller Hautfarbe saßen auf den Tribünen oder hatten sich auf dem Rasen niedergelassen – alle waren gefangen von der Aufregung, die ein eintägiges Spiel hervorrief. Kricketpuristen schätzten solche gekürzten und nicht selten gewalttätigen Spiele nicht; sie zogen die prächtigeren Wettkämpfe vor, die sich über zwei, drei, manchmal fünf aufeinanderfolgende Tage hinzogen, denn dann konnten sich die Kapitäne auf kniffeliges Taktieren einlassen, abhängig von Wettervorhersagen und den möglichen Auswirkungen des Wetters auf die Bodenbeschaffenheit. Bei einer Serie von fünf Spielen war es nicht ungewöhnlich, wenn zwei oder sogar vier unentschieden ausgingen. Unter Umständen war ein Unentschieden fast soviel wert wie ein Sieg und manchmal noch spannender, wenn man verfolgte, wie die Männer gegen die Uhr spielten. Ein richtiges fünf Tage währendes Spiel, mit ein bißchen Regen, um Ungewißheit in die Sache zu bringen – das war Kricket vom Feinsten, aber auf den Inseln hatte ein eintägiger Kampf denselben Wert, auch wenn es etwas lärmender dabei zuging.

Keelers Seite war als erste mit dem Schlagen dran, aber weder er noch seine Mitschläger konnten viel ausrichten. Einer von den Werfern aus Tudor trickste Harry mit einem schnell geworfenen abdrehenden Ball aus. Es sah schlecht aus für Bristol Town, als Sally während der Mittagspause ein Eßpaket auspackte, das sich Spieler beider Seiten kameradschaftlich teilten. »Ich glaube, wir haben euren schwachen Punkt erwischt«, warnte einer der Männer aus Tudor. »Es heißt, die beiden Typen vom Flughafen sind kräftige Schlagmänner.«

»Wir werden ja sehen«, entgegnete Harry. »Und wenn es hart auf hart für uns kommt, schickt Sally ein Stoßgebet zum Himmel, damit es regnet.« In dem Fall wäre das Spiel unentschieden, egal, wie schlecht Bristol Town nach der Pause abschneiden würde.

Bristol spielte tatsächlich schlecht; die Brüder aus Tudor erwiesen sich als erstklassige Werfer, die in jeder Auswahlmannschaft geglänzt hätten. Sie erreichten 133 Punke, aber ließen The Rest genug Zeit, das Spiel noch für sich zu entscheiden.

Zuerst schickten sie einen vorsichtigen Schlagmann vor, zusammen mit einem der guten Spieler aus York, und obwohl der Vorsichtige schnell draußen war, holte der erfahrene Spieler zu einem weiten Schlag aus und erzielte eine gute Punktzahl. Als dann aber der nächste Schlagmann an der Reihe war, entwickelte sich eine der dramatischen Spielsituationen, wie sie für das Kricket typisch sind. Um einen Lauf für sich zu entscheiden, mußten beide Schlagmänner losrennen, gleichzeitig, um die Aufstellungslinie zu wechseln, und es konnte passieren, daß ein schlechter Schlagmann zu voreilig entschied. Er versuchte loszurennen, obwohl alles dagegen sprach, und wenn dann sein Gegenüber aus seinem sicheren Feld nur eine Sekunde zu spät schaltete, war er ohne sein eigenes Zutun draußen. Aber auch wenn er allen Anlaß dazu gehabt hätte, in diesem Moment der Enttäuschung ging der gute Spieler nicht gleich mit dem Holz auf seinen unfähigen Partner zu – Kricket war ein Spiel für Gentlemen.

Folgendes war geschehen: Der schlechte Schlagmann war außer Gefahr, der gute draußen. Damit hatte The Rest zwei Spieler innerhalb kurzer Zeit verloren, aber dann kam einer der Radaringenieure vom Flughafen ans Schlagen, und man sah sofort, daß er bereits erstklassigen Kricket zu Hause in England gespielt hatte. Er war sehr gut, und es sah so aus, als könne er einen Satz von hundert Läufen erzielen, wenn Harry Keeler in überragender Form war. Der Ingenieur schlug einen gut plazierten Bodenball, der schnell auf die Spielfeldgrenze zurollte. Entkam er den Feldspielern, gab es vier Punkte, und selbst wenn einer aus der Bristol-Town-Mannschaft ihn einholte, zählten immer noch zwei oder drei Läufe. Der Schlagmann und sein Partner rannten also los, aber Harry, der mit unglaublichem Tempo sprintete, holte den Ball ein, langte nach unten, ohne anzuhalten, schnappte sich mit einer Hand den Ball und warf ihn aus der Bewegung heraus mit ungeheurer Kraft direkt in die aufgehaltenen Hände des Dreistabhüters, der die beiden Querhölzer auf dem Dreistab mit einem deftigen Tritt auf den Boden beförderte. Das Spiel stand kurz vor der Entscheidung. Hatte der Läufer die Linie erreicht, bevor die Querstäbe gefallen waren, oder hatte der Ball ihn geschlagen? Der Schiedsrichter blieb ungerührt stehen. Dann, nach einer dramatischen Pause, signalisierte er dem Läufer: Aus. Auf beiden Seiten brach anerkennender Jubel für Harry Keelers kraftvollen Wurf aus, der den führenden Punkteeintreiber von The Rest ins Aus geschickt hatte.

Doch das nützte Bristol auch nicht mehr viel, denn der andere Flughafentechniker traf auf einen starken Schlagmann aus York, und die Läufe addierten sich in einem Tempo, daß Bristols Schicksal endgültig besiegelt schien. Keeler rafft sich noch einmal zu einem glänzenden Verteidigungsspiel auf, einem Niederwurf parallel zum Boden, den er als Fänger neben dem Schlagmann aus York mit einer Hand auffing, aber dann nahm wieder so ein Hartgesottener seinen Platz ein, und mit Hilfe des punktemachenden Technikers erzielte The Rest die nötigen 134 Punkte noch vor dem Anpfiff.

Ein Besucher aus Barbados, ein älterer schwarzer Herr, der in seiner Jugend einmal mit Sir Benny Castian in England auf Tournee gegangen war, machte sich die Mühe, Keeler nach Beendigung des Spiels aufzusuchen. »Ich bin John Gaveney aus Bridgetown, gehöre zu denen, die über die Auswahlmannschaft entscheiden, und ich muß sagen, wir können einen Weltklassespieler wie Sie gebrauchen«, sagte er, aber bevor Harry in Begeisterungsstürme ausbrechen konnte, ergänzte er: »Das heißt, wenn er auch wirklich zwanzig bis dreißig Läufe zusammenkriegt.«

Harry und Sally gehörten zu den letzten des Kontingents aus Bristol Town, das aus York abreiste, und nachdem um Viertel nach sechs die Dunkelheit anbrach, sich urplötzlich wie ein Vorhang im Theater senkte, hielten sie mit dem Wagen an einem der in den Berg gehauenen Ausweichplätze, um Busse passieren zu lassen, an und küßten sich heftig. Als sie zu Hause ankamen, sagte Sally: »Komm doch mit rein, und iß noch zu Abend.« Und sie stellten fest, daß die Haushälterin für sie und ihren Vater einen Eintopf zubereitet hatte; Gemüse aus dem heimischen Inselanbau, Kartoffeln, die per Schiff aus England eingeführt, und Fleisch, das aus Miami eingeflogen wurde. Nachdem er sich erkundigt hatte, wie das Spiel verlaufen war, sagte Polizeichef Wrentham: »Die Brüder aus Tudor – wenn die einen Tempowechsel hinkriegen, dann kommen sie mit Sicherheit in die Auswahlmannschaft.« Und Sally meinte: »Wenn du Harrys Verteidigung gesehen hättest, würdest du ihn auch aufnehmen.« Nach dem Abendessen sagte Wrentham: »Ich habe noch auf der Polizeiwache zu tun« und ließ das junge Paar alleine. Er war rundum zufrieden: Er hatte eine wunderbare Tochter aufgezogen, um die ein Mann warb, der sich ihrer würdig zeigte.

Die Zeit der jungen Liebe, die, von außen betrachtet, zwei füreinander wie geschaffene Menschen zusammenführte, verlief jedoch nicht ruhig, denn zwei Tage nach dem Kricketspiel machte Laura Shaughnessy aus dem Büro des Generalgouverneurs Sally den Vorschlag:»Komm, wir nehmen uns morgen frei. Der Rastafari will mal die Nordspitze der Insel sehen, und ich habe ihm versprochen, ich würde ihn mit meinem Wagen hinbringen.«

Was für Sally wie ein zwangsloser Ausflug anfing, entwickelte sich zu einem Erlebnis von ungeheurer Bedeutung, ein Tag, an dem all ihre Wertvorstellungen in Frage gestellt wurden. Es war etwas völlig anderes als die Autofahrt mit dem Engländer Keeler zu dem Kricketspiel in dem vornehmen York. Das war im wesentlichen eine Reise zurück nach England gewesen, mit einer Teepause und der gerdezu fanatischen Verfolgung all der kleinen Feinheiten der Etikette während des Spiels.

Diesmal sollte es eine eher brutale Reise in die Wirklichkeit einer neuen schwarzen Republik werden, deren dominierendes afrikanisches Erbe an Dutzenden von Stellen unerwartet zum Vorschein kam. Laura, um einige Schattierungen dunkler als ihre Freundin, fuhr den kleinen Wagen, neben ihr auf dem Beifahrersitz saß die gebückte Gestalt von Ras-Negus Grimble, Sally hatte sich auf dem Rücksitz hingequetscht.

Der Unterschied zwischen beiden Ausflügen wurde sofort deutlich, als Laura statt der Bergstraße Richtung Süden die entgegengesetzte Richtung einschlug, und kaum waren sie außerhalb der Stadt, übernahm der Rastafari das Kommando, als wäre er der junge König und die beiden Frauen seine Mätressen. Er wollte die Geographie des Landes studieren, die Möglichkeiten für die Bewirtschaftung, die Getreidesorten, die angebaut wurden, und wie die kleinen Bauernhöfe zurechtkamen, die verstreut in diesem auf den ersten Blick leeren Teil der Insel lagen. Zweimal befahl er Laura in gebieterischem Ton:»Stopp! Ich will den Bauer da drüben besuchen.« Und als er aus dem Auto stieg und sich mit den Schwarzen unterhielt, die die Hütte bewohnten, schimmerte in seinen Fragen eine solche Autorität durch, daß Sally dachte:»Ich wette, seine Vorfahren haben ihre Felder in Afrika auch so begutachtet.«

Drei Kilometer südlich von Tudor begleitete Sally ihn bei seinem dritten Besuch. Es war ein Bauer, dessen Felder etwas von der Straße ablagen, und sie mußten ein Stück zu Fuß gehen. Während der Unterhaltung nahm das Gespräch plötzlich eine erstaunliche Wendung, als Ras-Negus fragte:»Könntest du auf deinen Feldern landeinwärts auch gutes Ganja anbauen?«

»Ich habe es noch nie versucht.«

»Wenn ich dir erstklassigen Samen besorgte, würdest du es dann probieren?«

»Und wo soll ich den Ganja verkaufen, nehmen wir mal an, ich baue
ihn an?«
»Das große Babylon Amerika ist süchtig nach Ganja. Zahlt einen
sehr guten Preis.«
»Hier auf All Saints bauen wir nicht viel davon an. Wir brauchen es
nicht oft.«
»Das wird sich alles ändern. Denk daran. Ich warne dich. Der große
Gott Haile Selassie hat es gesagt.«
»Während der kurzen Fahrt nach Tudor erkundigte sich Sally genauer: »Wird Ganja normalerweise nicht als Marihuana bezeichnet?«
»Ganja ist ein heiliges Kraut der Rastafaris. Öffnet alle Türen.«
In Tudor war er wie elektrisiert, bewegte sich zwischen den Schwarzen, die überwältigt waren von seinen ungeheuren Locken, seinem
schockierenden Hemd und der gelassenen Sicherheit, die sein Auftreten begleitete. Sally fiel auf, daß er sich von Menschen hellerer Hautfarbe wie sie selbst fernhielt; seine Botschaft richtete sich an den
schwarzen Farmer, den schwarzen Ladenbsitzer, die schwarze Wäsche-
rin, und sie lautete immer gleich: »Überall in der Karibik werden sich
die Schwarzen erheben. Gott ist mit Haile Selassie in Äthiopien zurück
auf die Welt gekommen, um sie für uns zu erobern.«
Als seine Zuhörer mehr über den Spruch auf seinem Hemd wissen
wollten, zeigte er auf das Bild von Haile Selassie und sprach zu ihnen:
»Großer Herrscher. Er hat ganz Afrika erobert.« Er sagte außerdem,
mit dem Löwen sei der aus der Bibel gemeint: »Löwe Juda. Gekommen,
um die Macht in unsere Hände zu legen.« Er erklärte ihnen, daß der
Papst in Rom schon bald vernichtet werden würde, weil er der Geist
Babylons sei, aber das große Babylon sei in Wahrheit Amerika, das
ebenfalls zerstört werden würde. Er prophezeite, daß Königin Elizabeth II. eine schmerzliche Strafe erleiden würde, denn: »Sie ist die
Tochter Königin Elizabeth' I., die ihren Kapitän John Hawkins nach
Afrika geschickt hat, um eure Väter und Mütter als Sklaven hierher zu
verschleppen.«
Als die Leute seine geifernden Phrasen, gemischt mit langen Passa-
gen unverständlichen Rastafari-Gemurmels, nicht mehr hören mochten, senkte er die Stimme und endete feierlich mit den Worten: »Amerika ist das große Babylon in Übersee. Wer ist das große Babylon hier
auf All Saints? Die Polizei.« Immer wenn er das sagte, machte er eine
Pause, schaute seine Zuhörer mit einem wilden Leuchten in den Augen
an und jagte ihnen, wobei er sich seine große Erscheinung, die fürch-

847

terliche Aufmachung seiner Haare und seinen Bart bewußt zunutze machte, Angst ein. Dann senkte er seine Stimme zu einem Flüstern: »Babylon muß zerstört werden. Das steht in der Bibel. Offenbarung.« Er zückte die Bibel hervor und rief: »Kapitel 18, Vers 2, schaut nach, und lest es selbst. ›Und er schreit mit großer Stimme und sprach: Sie ist gefallen, sie ist gefallen, Babylon, die große, und ist eine Behausung der Teufel geworden . . .‹ Und jetzt Vers 21: ›Und ein starker Engel hob einen Stein wie einen großen Mühlstein, warf ihn ins Meer und sprach: So wird im Sturm verworfen die große Stadt Babylon und nicht mehr gefunden werden.‹«

Sally fiel auf, daß er stets davor zurückschreckte, die Revolution auszurufen oder einen direkten Übergriff auf die Polizei anzuzetteln, aber das war der Sinn seiner Worte – und seine Zuhörer wußten es. War die Spannung auf dem Höhepunkt, wurde Ras-Negus jedoch wieder zu dem sanftmütigen Heilsverkünder, den sie bei ihrem ersten Zusammentreffen kennengelernt hatte. Dann strahlte die Wärme seiner Augen und die Ruhe in seinem friedlichen Gesicht, umrahmt von seinem plötzlich an eine Christusfigur erinnernden Bart, eine Liebe aus, die sich an alle Menschen richtete und einer Aufforderung gleichkam, sich seinem Kreuzzug zur Erlösung der Schwarzen auf dieser Erde anzuschließen.

Als ein paar Stadtbewohner Ras-Negus und seine beiden Begleiterinnen einluden, ihr Mittagsmahl mit ihnen einzunehmen, fiel allen auf, daß er nur bestimmte Dinge aß und sie erst in seine Kokosschale legte, bevor er sie zum Mund führte. Ihr Interesse bemerkend, erklärt er: »Keine Konserven. Kein Fleisch. Nur Nahrung, so wie Jah sie uns gibt, frisch vom Feld oder vom Baum geerntet. Auch keine Teller oder Besteck aus Metall. Mit den bloßen Fingern, sie wie Jah sie uns gegeben hat.« Es war nicht immer ein angenehmer Anblick, wenn er seine langen knochigen Finger in eine Schüssel tauchte und sie dann triefend zwischen seinen bärtigen Lippen verschwanden.

Während des Essens nahm er die Gelegenheit wahr, seinen Gastgebern mit den sanftmütigsten Worten die Prinzipien der Rastafaris auseinanderzusetzen, und als einer die Frage stellte: »Stimmt es, daß Ganja bei Ihnen ein heiliges Kraut ist?«, antwortete er: »Es ist das Gras, das Jah auf die Erde geschickt hat, um schwarze Menschen zu erfreuen. Wenn du Ganja rauchst, wie Haile Selassie sagt, kannst du einen Blick in den Himmel werfen.« Und er verließ die Männer, geblendet von seiner Beschreibung, wie das Leben aussehen würde, wenn erst einmal Haile Selassie, die 72. Reinkarnation der höchsten Göttlichkeit, zurückgekehrt sei, um die Herrschaft über die 144 000, die errettet werden sollten, zu übernehmen.

Auf dem Weg nach Cap Galant im Westen der Insel sprach Ras-Negus mit leiser Inbrunst über die Grundsätze der Rastafaris: die Auffassung, daß jede Frau eine Kaiserin sei, daß Kinder eine der größten Segnungen der Erde seien, daß gute Menschen, Männer und Frauen, nur natürliche Nahrung zu sich nehmen und keine konservierten Gifte essen würden, die mit Frachtschiffen auf die Insel gebracht wurden, die dem großen Babylon in Miami gehörten.

Das Geleiere dieser gedämpften und doch so angenehmen Stimme versetzte Sally fast in Trance, aber als sie, um sich wachzuhalten, fragte: »Mr. Grimble...«, unterbrach er sie: »Nicht Mr. Grimble, Ras-Negus, Johannes der Täufer aller leewärts und windwärts gelegenen Inseln.«

»Ras-Negus, was hat das mit diesen 144 000 Erretteten auf sich, von denen Sie geprochen haben?« Und zum erstenmal, da er nur zu ihr sprach, zog er seine ledergebundene Bibel hervor und schlug sie genau bei der Offenbarung, Kapitel 14, auf, aus dem er mit tiefer und weicher Stimme vorlas: »»Und ich sah, und siehe, das Lamm stand auf dem Berg Zion, und mit ihm 144 000, die hatten seinen Namen und den Namen seines Vaters geschrieben an ihrer Stirn... Diese sind erkauft aus den Menschen zu Erstlingen Gott und dem Lamm.«

Die Bibel schließend, sagte er, wobei er Sally anschaute: »Du und ich, wir sollten unsere Leben so leben, daß wir zu den 144 000 gehören.«

»Wollen Sie damit sagen, daß von allen Bewohnern der Erde nur...?«

»Gruppe für Gruppe. Es soll heißen, daß von diesen windwärts gelegenen Inseln vielleicht nur 144 000 gerettet werden.«

»Und von Amerika, das eine riesige Bevölkerungszahl hat?«

»Keiner. Amerika ist Babylon.«

»Als sie in Cap Galant ankamen, fanden sie eine von der Inselverwaltung aus Stein und Holz errichtete geräumige Plattform vor, auf der sich etwa ein Dutzend kleinerer Gruppen niedergelassen hatte, um zu picknicken oder um die schöne Aussicht zu genießen. Die Erscheinung des Schwarzen war so auffallend, daß Ras-Negus sofort die Aufmerksamkeit aller auf sich zog. Wenig später versammelten sich mehrere Neugierige um ihn und forderten ihn auf, sich näher über die Herrlichkeit des Rasta-Glaubens auszulassen. Sally fiel auf, daß er vor dieser Zuhörerschaft das Wort Revolution überhaupt nicht erwähnte, geschweige denn die Bedeutung derselben unterstrich, auch nicht die Vorherrschaft der Schwarzen über die Weißen oder den rituellen Charakter des Ganjarauchens, und ihr wurde klar, daß er viel klüger war, als sie angenommen hatte, denn er spürte instinktiv, wie man seine Ausführungen dem jeweiligen Publikum anpassen mußte. Sie brachte ihm mehr Respekt entgegen, wenn er zu Schwarzen sprach, denn dann wirkte er freimütiger. Aber wie sich sein Publikum auch zusammensetzte, in allem, was er sagte, vermittelte er ein ungeheures Gespür für alles Afrikanische, und Sally dachte: »Dieser Rastafari ist nie dagewesen, aber er verströmt den Geruch der großen Flüsse, die Geräusche der tiefen Urwälder, sogar das Geschnatter der zahllosen gefiederten Vögel. Mein Gott, dieser Mann hat sich selbst zum Sprachrohr Afrikas gemacht!«

Nachdem er eine Zeitlang so gepredigt hatte, trat eine Frau auf ihn zu, die auch bei dem ersten Treffen an jenem Abend teilgenommen hatte, und bat ihn, ein paar Erläuterungen zu dem seltsamen Sprachgebrauch der Rastafaris zu geben. Anscheinend betrachtete er sich auf diesem Gebiet als ein Experte, denn mit wilden Gesten und nicht selten mit unfreiwilliger Komik erklärte er, wie die englische Sprache verändert würde, wenn die Rastafaris die Macht übernommen hätten:

»... Politik ist das Mittel, mit dem die Weißen die Schwarzen unterdrücken. Wir müssen es bei seinem eigentlichen Namen nennen, ›polytricks‹...

›Understand‹, verstehen, ist ein viel zu schönes Wort, um von der negativen Vorstellung ›under‹, unter, verdorben zu werden. Daraus muß ›overstand‹ werden...

›Divine‹, göttlich, hat die edelste Bedeutung, aber durch die erste Silbe, ›die‹, sterben, wird es unsauber. Es muß zu ›I-vine‹ umgeändert werden, wobei alle Göttlichkeit auf das ›I‹ gelegt wird, das unsterbliche Ich...

Gerade habe ich in Tudor die neue Bibliothek gesehen. Ein herrlicher Ort für Kinder, aber sie werden dort mit falschen Informationen korrumpiert, weil in der ersten Silbe von ›library‹ die Silbe ›lie‹, Lüge, liegt. Das Wort muß ›truthbury‹ heißen...

Das Schönste, was ein Rasta sein kann, ist ›dedicated‹, engagiert für seine Sache. Aber durch die erste Silbe ›dead‹, tot, wird dem Wort die ganze Kraft genommen. Wir sagen daher ›livecated‹.«

In dem Stil ging es fort – wie ein Kind, das ein neues Spiel entdeckt hatte, die Wörter in einzelne Segmente zerlegte und diese durch verrückte Verbesserungen ersetzte. Als er sah, wie ein paar Leute bei ihrem Picknick die wohlschmeckendste Nahrung der Insel verzehrten, eine reife Mango mit ihrem saftigen Fruchtfleisch und dem köstlichen Nektar, sagte er:»Man-go, Mensch vergeht, bedeutet, daß ein guter Mensch stirbt. Wir machen daraus ›I-come‹, ich komme.«

Sally konnte nicht ermitteln, ob er irgendwen für seine Religion bekehrt hatte, aber es geschah etwas Seltsames, das zeigte, daß er seinen Besuch auf All Saints als eine Missionsreise betrachtete, denn er fing an, seine angehenden Jünger mit einer klug ausgedachten Strategie zu bearbeiten: Zuerst scharte er sie mit einem Spiel auf seinem Instrument um sich, sang mit klarer Stimme ein von Bob Marleys schönsten Liedern,»One Love«, dann forschte er in ihren Gesichtern, um herauszulesen, wer bereit für seinen nächsten Annäherungsversuch war. Mit einer psychologischen Einsicht, die außergewöhnlich war, wählte er ein halbes Dutzend junger Männer aus, die möglicherweise empfänglich für das waren, was er jetzt vorhatte. Sally und Laura im Gefolge, führte er die kleine Gruppe zu einer etwas abgelegenen Stelle am Kap und holte dort aus seiner Tasche einen ganzen Vorrat bester Marihuanablätter aus der Bergregion Jamaikas hervor.

Sally hatte das berühmt-berüchtigte Gras, dessen Besitz auf All Saints nicht erlaubt war, noch nie vorher gesehen und war überrascht, wie angenehm aromatisch es in seinem natürlichen Zustand war, aber sie war erschreckt, als sie sah, wie Ras-Negus anfing, es zu rauchen. Soviel sie aus Zeitschriften wußte, hatte sie erwartet, er würde das Gras zu einer Art Zigarette drehen, aber das tat er nicht. Er riß einen Streifen von einer Zeitung und formte daraus ein enormes tütenartiges Gebilde, am Mundstück schmal und von mehreren Zentimetern Durchmesser am anderen Ende. Als er die Blätter anzündete und in tiefen Zügen den Rauch einsog, sah er aus, als blase er auf dem Horn des alten Meeresgottes Triton.

Er inhalierte tief, schloß die Augen, ließ den Anschein frommer Güte sein Gesicht umhüllen und reichte dann das seltsame Gebilde an den Mann weiter, der neben ihm stand und beim erstenmal vier tiefe Züge tat. Die Tüte enthielt eine ungeheure Menge Marihuana, so daß sie für etwa zehn Mann reichte, und jetzt kam sie zu Laura, die den Wagen gefahren hatte. Ras-Negus hatte sie offenbar bereits vorher in den Gebrauch des Krautes eingeweiht, denn sie nahm die brennende Zigarre, sog fachmännisch daran, atmete tief ein und streckte sie Sally entgegen.

Als Tochter des Polizeichefs war Sally sehr wohl bewußt, daß auf All Saints sogar schon der Besitz von Marihuana, ganz zu schweigen der Genuß, unter Strafe stand, aber die Erlebnisse des heutigen Tages hatten in ihr ein so großes Interesse an der Rastafari-Bewegung als einer authentischen schwarzen Religion geweckt, daß sie geneigt war, an allen Ritualen teilzunehmen, und so nahm sie das Gras von Laura an.

»Du mußt tiefe Züge machen«, riet Ras-Negus ihr, und als sie seine Anweisung befolgte, spürte sie, wie sich der feine Rauch schleichend in ihren Lungen verteilte, das Herz berührte und anscheinend auch in den Kopf stieg. Die acht tiefen Züge, die sie tat, riefen in ihr eine Art positiver Hochstimmung hervor, und wieder einmal fühlte sie sich Afrika näher.

Es war bereits später Nachmittag, als sie die Heimfahrt antraten, und obwohl Sally noch nicht wieder ganz klar im Kopf war, bekam sie doch deutlich mit, daß Laura überrascht war, als Ras-Negus sich nicht nach vorne setzte, sondern zu ihr auf den Rücksitz kroch. Als er es sich dort bequem gemacht hatte, zündete er eine zweite Marihuanazigarre an, und schon bald war das Wageninnere erfüllt von dem süßlichen Duft. Nach jedem dritten oder vierten Zug, den er tat, drängte er Sally, es ihm gleichzutun, auch Laura auf dem Vordersitz wollte ihren Anteil, und so rumpelte das kleine Auto heimwärts.

Ras-Negus hatte die Droge in große Euphorie versetzt, und er fing an, auf den zufällig aufgeschlagenen Seiten der Bibel Stellen zu suchen, die die Lehren der Rastafaris belegen sollten. Wieder zitierte er zuerst aus der Offenbarung des Johannes: »Und eine der Älteren sprach zu mir: Weine nicht, siehe, der Löwe der Sippe Juda, die Wurzel Davids, hat überdauert...‹« Das zeigte seiner Ansicht nach, daß Haile Selassie, direkter Nachfahre König Davids, in naher Zukunft Afrika übernehmen werde.

»Aber der ist doch tot«, widersprach Sally, doch er konterte: »Sein Geist. Nicht seine Nachfolger, du oder ich. Afrika wird uns gehören.«

Um seine Aussage zu belegen, schlug er den 68. Psalm auf und las die Verse 32 und 33 vor: »»Aus Ägypten werden Gesandte kommen; Äthiopien wird seine Hände ausstrecken zu Gott. Ihr Königreiche auf Erden, singet Gott, lobsinget dem Herrn! Sela.‹« Das bedeutete, so behauptete er, daß das große Babylon Amerika bald unter dem Einfluß Äthiopiens zerfallen werde.

In dem Stil ging es weiter, er durchflog die Bibel, um sich hier und da ein Stückchen herauszupicken, aber kehrte immer wieder zur Offenbarung zurück: »Der Sieg über das große Babylon wird nicht einfach sein. Hör zu, was in Kapitel 19, Vers 19 dazu steht: »Und ich sah das Tier und die Könige auf Erden und ihre Heere versammelt, Krieg zu führen mit dem, der auf dem Pferd saß, und mit seinem Heer.‹« Sally nahm alles nur noch wie durch einen Schleier wahr, bis Ras-Negus aus seinem Lederbeutel ein Foto von Haile Selassie, auf einem weißen Pferd thronend, hervorkramte. Das veranlaßte ihn, Kapitel 20, Vers 11 vorzulesen: »Und ich sah einen großen weißen Thron und den, der darauf saß; und vor seinem Angesicht floh die Erde und der Himmel . . .‹«

Während sie sich ganz dem Zauber seiner magischen Worte und der verführerischen Droge hingab, fühlte sie plötzlich, wie Ras-Negus eine Hand unter ihr Kleid schob, mit der anderen seine Hose öffnete, aber der Klang seiner Stimme war so narkotisierend und seine körperliche Präsenz so fordernd, daß sie nicht den Wunsch verspürte, sich dem zu widersetzen, bis ihr plötzlich bewußt wurde, was dieser entsetzliche Mann mit seinen Medusalocken auf dem engen Rücksitz des fahrenden Wagens mit ihr vorhatte.

Sie schrie nicht, aber sie versuchte, ihn von sich wegzudrücken. Er war jedoch zu stark für sie und nötigte sie, ihre Hand in seiner ausgebeulten Hose zu lassen, bis er sich eine Ersatzbefriedigung verschafft hatte.

Es war erschreckend, aber wiederum nicht abstoßend, denn sein gesamtes Wesen – sein Benehmen, seine sinnenbetäubenden Worte, sein Gefühl für Hingabe – zeugte von einer Welt, die sie vorher noch nie betreten hatte, und seine ungezügelte Vitalität verlieh jenem hübschen Wort Substanz, über das sie und ihre Freunde so häufig diskutiert hatten: Negritude. Erschöpft und bestürzt, als die Wirkung der Droge nachließ, zusammengekauert in einer Ecke des Rücksitzes, betete sie, daß sie möglichst schnell in Bristol Town ankamen. Als Laura den Wagen vor dem Haus des Polizeichefs Wrentham zum Stehen brachte, sprang Sally aus dem Wagen und lief ins Haus, als suche sie dort Zuflucht, denn hier, in der Person ihres tüchtigen Vaters und ihres normalen Bruders, trafen sich das schwarze Afrika und das weiße England in anständiger und allgemein anerkannter Harmonie.

Sally war so erschüttert über ihr Erlebnis mit dem Rastafari und seiner Droge, daß sie sich am nächsten Tag Punkt zwölf zu dem kleinen, hübschen Pfarrhaus begab, das sich in einem Anbau gleich neben der anglikanischen Kirche befand. Sie fragte, ob sie den Priester sprechen könne, und seine weißhaarige Frau antwortete freundlich:»Dafür ist er ja da, mein Kind« und ging sofort los, um ihn zu holen.

Reverend Essex Tarleton war als Junge in England nur ein durchschnittlicher Schüler und auch auf der Universität nicht viel besser gewesen. Während des Theologiestudiums wurde deutlich, daß er niemals einer der führenden Männer seiner Kirche werden würde. Alle, die ihn damals kannten, waren jedoch davon überzeugt, daß es sich bei ihm um einen jungen Mann handelte, der eine deutliche Berufung zum Priesteramt erkennen ließ, und als er 1939 als Kaplan in die Marine ging, waren sie froh, daß er endlich seinen Platz im Leben gefunden hatte. Nachdem er auf diversen Flottenbasen und auch auf mehreren bedeutenden Kriegsschiffen gedient hatte, wurde er nach dem Krieg in eine kleine Gemeinde auf Barbados versetzt, wo er viele Jahre glücklich wirkte. Als die Gemeinde anwuchs, benötigte sie einen jüngeren und tatkräftigeren Menschen, und er wurde auf die weniger stark besiedelte Insel All Saints abgeschoben.

An Samstagen trat er bei Kricketspielen als Schiedsrichter auf, an Sonntagen predigte er in seiner Kirche, aber an allen übrigen Tagen konnten die Gemeindemitglieder mit ihren Sorgen und Nöten zu ihm kommen und sich Rat holen. Er hätte ungläubig dreingeschaut, wenn jemand hervorgehoben hätte, daß er zu den bescheidenen Dienern gehörte, die das britische Commenwealth zusammenhielten, und die jetzt für die Tatsache Verantwortung trugen, daß es auf solchen Inseln wie All Saints emotionale Bindungen gab, die die jungen unabhängigen Nationen noch immer mit England verknüpften. Sie richteten ihre Konten in England ein, schickten die Intelligentesten unter ihren Kindern auf englische Schulen und bezogen ihre Bücher und Zeitschriften aus dem, was selbst die glühendsten schwarzen Patrioten noch immer als das Mutterland bezeichneten. Im Kricket war es ein großes Ereignis, wenn eine ausgezeichnete Auswahlmannschaft aus Australien oder Indien eintraf, aber wenn ein englisches Team anrückte, unterstrichen sich die Inselbewohner das Datum dreimal rot in ihrem Kalender.

»Was führt dich in meine bescheidene Behausung?« fragte der Priester, als er Sally sah, und bot ihr ein Glas Sherry an.

Sie nahm sein Angebot an und erklärte, sie sei ganz konfus wegen

dieser Rastafari-Religion, und kaum hatte sie das Wort ausgespochen, da hielt er inne beim Einschenken und sagte:»Ja, ja, ich weiß. Er hat die Leute ordentlich bequatscht, dieser Bursche aus Jamaika.«
»Und wie er mich bequatscht hat! Klang aber alles recht überzeugend.«
»Nun mal langsam Sally! Du bist doch viel zu vernünftig, um den Unsinn zu glauben.«
»Aber er zitiert so gekonnt aus der Bibel. Das bleibt nicht ohne Wirkung. Sagen Sie, Reverend, haben die Worte der Offenbarung eine Bedeutung?«
Tarleton nippte an seinem Sherry und brach dann in ein herzhaftes Lachen aus.»Sally, ich werde deine Frage beantworten, mit einer Freimütigkeit, die vielleicht schrecklich ist, aber höre mir um Gottes willen zu. Die religiösen Spinner und Verrückten dieser Welt benutzen seit 2 000 Jahren vor allem zwei Bücher aus der Bibel, um alles mögliche zu beweisen. Das Buch Daniel und die Offenbarung des Johannes. Sie richten damit genausoviel Unheil in der Welt an wie jamaikanischer Rum oder holländischer Schnaps.«
»Was meinen Sie damit?«
»Sie sind apokalyptisch. Inspiriertes Gerede. Du und ich, wir könnten uns heute morgen die beiden Bücher vornehmen und fast alles beweisen, was wir wollten.« Er holte seine Bibel hervor und zeigte ihr in der Offenbarung ein buntes Gemisch aus Worten, Symbolen und bewußt unverständlichem Zeug.»Jetzt sag mir bitte, was das bedeuten soll.« Und äußerst geschickt fing er an, jedem Wort und jedem Symbol eine willkürliche Bedeutung zuzuschreiben, bis am Schluß der biblische Beweis vorlag, daß im Jahr 2007 kanadische Truppen sowohl in den Vereinigten Staaten als auch in Mexiko einfallen würden.
»Mit Daniel und der Offenbarung läßt sich alles beweisen.« Er rieb sich das Kinn und mußte plötzlich stillvergnügt in sich hineinlachen, als er an eine groteske Szene zurückdachte, deren Zeuge er geworden war:»Als ich letztes Jahr bei unserem Kirchentreffen in Washington war, habe ich mir diese neue Sorte Radio- und Fernsehprediger angehört. Was sind das doch für gerissene Kerle! Wie hübsch sie sich in der Glotze ausmachen! Und die Hälfte schwadronierte über irgendeine unverständliche Stelle aus der Offenbarung.«
»Dann ist das also alles Blödsinn, was die Rastafaris sagen?«
»Das Wort hast du gebraucht, nicht ich. Aber ohne dir eine direkte Antwort zu geben, denn man soll eine Religion nie schlechtmachen mit

Hilfe einer anderen, schaue ich aus dem Fenster und nicke mit dem Kopf.«

Sally, erleichtert darüber, ihre Vermutungen bestätigt zu finden, wechselte jetzt das Thema:»Würden Sie mal im 4. Buch Mose bei Kapitel 5, Vers 6 nachschlagen. Ich erinnere mich an die Stelle, denn als er sie mir vorlas, hörte es sich wie eine Rechtfertigung für seine komische Haarpracht an. Sagen Sie, haben Sie diesen Rastafari schon mal gesehen?«

»Ja, neulich abend in der Dämmerung. Er hat mich fast zu Tode erschreckt.« Er suchte die Stelle, und als er sie gefunden hatte, sagte er:»Tut mir leid, aber hier steht nichts, was irgend etwas mit Haaren zu tun haben könnte.«

»Probieren Sie mal Kapitel 6, Vers 5«, schlug sie vor,»vielleicht habe ich die beiden Zahlen vertauscht.«

»Aha!« lachte er wieder.»Die berühmte Stelle, mit der die aufsässigen jungen Männer in London seinerzeit versuchten, ihre Eltern davon zu überzeugen, daß nach der Bibel lange Haare für Männer vorgeschrieben seien.: ›Solange die Zeit seines Gelübdes währt, soll kein Schermesser über sein Haupt fahren. Bis die Zeit um ist, für die er sich dem Herrn geweiht hat, ist er heilig und soll das Haar auf seinem Haupt frei wachsen lassen.« Er schlug die Bibel zu, wandte sich Sally zu und schmunzelte:»Das ist natürlich eine Rechtfertigung für diese... wie nennen sie diese abscheulichen Dinger? Dreadlocks?«

»Ja.«

»Aber ich bitte dich. Man kann wirklich Schreckliches anrichten, wenn man sich bloß einen kurzen Abschnitt aus der Bibel aussucht und damit allein irgendeine Lehre begründet. Als die jungen Mods, wie sie zu Hause genannt werden, diese berühmte Stelle ihren Erziehern an den Kopf warfen, da fingen unsere Kirchenlehrer an, die Bibel noch nach anderen strengen Hinweisen zu durchforsten, die über den Haarschnitt des Mannes gemacht wurden, und im 3. Buch Mose, dem großartigen Buch der Gesetze, stießen sie in Kapitel 14, Vers 8 und 9 auf diese Zeilen: ›Der aber, der sich reinigt, soll seine Kleider waschen und alle seine Haare abscheren und sich mit Wasser abwaschen, so ist er rein... Und am siebenten Tage soll er all seine Haare abscheren auf dem Kopf, am Bart, an den Augenbrauen, daß alle Haare geschoren seien, und soll seine Kleider waschen...‹ Dein Rastafari sollte sich die Ermahnungen mal zu Herzen nehmen, vor allem die übers Waschen.«

Sally nahm die Bibel auf, las die Passagen und lachte, aber der Reverend war noch nicht fertig: »Aber wie so oft bei der Bibel war es der gute alte Paulus, der im 1. Korintherbrief die Sache ein für allemal entschied. Ich hoffe, ich finde die Stelle, die damals in aller Munde war, als die ersten jungen Männer mit langen Haaren auf den Straßen auftauchten. Ah ja, Kapitel 11, Vers 14: ›Lehrt euch nicht auch die Natur selbst, daß es einem Manne eine Unehre ist, so er langes Haar trägt...‹«

Nachdem Sally auch diese Stelle selbst noch einmal nachgelesen hatte, sagte der alte Kirchenmann mitfühlend: »Ein Priester meines Alters hat ein Dutzend Sekten kommen und gehen sehen, und diejenigen, die sich auf verkürzte Stellen aus dem Propheten Daniel und der Offenbarung stützen, sind die fragwürdigsten. Ihr Irrtum ist nur zu verständlich. Die Menschen werden unruhig, wenn man sie mit den Unterwerfung fordernden Lehren der katholischen Kirche oder der amerikanischen Baptisten konfrontiert. Sie sind nicht bereit, sich Glaubensgrundsätzen, die sich über zwanzig Jahrhunderte hindurch herauskristallisiert haben, zu beugen. Und so kommen sie dazu, sich ihre eigenen Untergangsreligionen zurückzuzimmern, wo es nur Feuer und Hölle und goldene Triumphwagen und 144 000 von diesem oder jenem gibt, und ich vermute, daß sie auf lange Sicht kein Unheil anrichten. Aber auf kurze Sicht – da können sie eine Menge zerstören.«

Als sie gerade aufbrechen wollte, sagte er noch: »Ich habe von seinen Prophezeiungen, was Äthiopien betrifft, gehört, und es lassen sich Zitate finden, die seine wilden Träumereien bestätigen, aber bei Zephania, einem kleinen, wenig bekannten Buch, das sich fast am Ende des Alten Testaments versteckt, äußert sich ein wahrer Prophet über das Äthiopien von deinem Rastafari: ›Heilig wird über ihnen der HERR sein; denn er wird alle Götter auf Erden vertilgen...‹«

Er brachte sie zur Tür und verabschiedete sich mit den tröstlichen Worten: »Sally, wir beide könnten uns eine wunderbare neue Religion zusammenstoppeln, aber wir würden dazu nur die edelsten Teile verwenden, das 5. Buch Mose, die Psalter, das Evangelium nach Lukas und die Paulusbriefe. Doch diese Religion hat schon jemand anderes für uns in die Welt gesetzt. Sie nennt sich das Christentum.«

In den Wochen, die auf die Fahrt in den nördlichen Teil der Insel folgten, geriet der Rastafari ohne sein eigenes Zutun in Bristol Town unter einen schwerwiegenden Verdacht. Harry Keeler, verantwortlich für das Management des Inseltourismus, war besorgt, als eine recht korpulente

857

weiße Frau aus New York, die mit einem skandinavischen Kreuzschiff angelegt und an Land gegangen war, mitten auf der Straße von einem großen Schwarzen angegriffen wurde, der ihr mit lauter und drohender Stimme zurief:»Verschwinde nach Hause, du fettes, weißes Schwein.« Als sie sich soweit wieder gefangen hatte und ihn entgeistert anstarrte, fügte er noch hinzu:»Wir wollen euch fetten Schweine nicht auf der Insel haben.«

Der Zwischenfall rief allgemeine Empörung hervor, denn man hatte sofort begriffen, welcher Schaden der Haupteinnahmequelle von All Saints dadurch drohte; und als die Nachricht Keelers Büro erreichte, zog dieser voreilig den Schluß, der schwarze Angreifer könne nur der Rastafari gewesen sein. Schon bei den ersten oberflächlichen Befragungen erwies sich das jedoch als unwahr, der Täter wurde von mehreren aufgebrachten Inselbewohnern identifiziert, und er bestritt, in irgendeiner Beziehung zu dem Rastafari zu stehen.

Keeler handelte umgehend, und ohne sich Zustimmung von irgendeiner Seite zu holen, suchte er eilig das Kreuzschiff»Tropic Sands«aus Oslo auf, um sich mit großen Worten bei dem Kapitän, dem Reiseleiter und allen anderen Offiziellen, die er finden konnte, zu entschuldigen. »Solche Dinge passieren normalerweise nicht auf All Saints. Das war eine schändliche Ausnahme, und wir werden das nicht hinnehmen. Das können Sie Ihren Leuten versprechen.«

Als ein Offizier ihn auf die Krankenstation führte, auf der der Touristin aus New York Beruhigungstabletten verabreicht worden waren und wo sie sich jetzt ausruhte, konnte er vieles wiedergutmachen, indem er ein paar schnelle Entscheidungen traf:»Meine Dame, ich kann mir vorstellen, was für ein Schrecken das für Sie war. Von einem Fremden angegriffen und angepöbelt zu werden. Sie haben meine volle Sympathie, und ich bin zutiefst verärgert, denn so etwas dürfen wir hier auf unserer Insel nicht dulden. Darf ich Ihnen ein Angebot zur Versöhnung machen? Die Bewohner dieser Insel werden die gesamten Kosten Ihrer Schiffsreise übernehmen, und weil die ›Tropic Sands‹ erst um elf Uhr heute abend ablegt, lädt der Generalgouverneur Sie und eine Begleitung Ihrer Wahl zu einem Essen im Regierungsgebäude ein, um sieben Uhr. Ich werde Sie mit einem Taxi abholen.« Nachdem er so Frieden mit der gekränkten Frau geschlossen hatte, suchte er noch einmal den Kapitän auf, lud auch ihn zu dem Abendessen ein und ging dann an Land, um von dort umgehend den Generalgouverneur anzurufen, ihn von seinem Plan in Kenntnis zu setzen und ihn im voraus für das, was er als eine »einseitige Entscheidung« bezeichnete, um Entschuldigung zu bitten.

Das Abendessen war ein voller Erfolg. Die Frau war eine gewisse Mrs. Gottwald, die in einer großen Synagoge in Brooklyn für die Freizeitgestaltung der Gemeinde zuständig war und auch die Kreuzfahrt durch die Karibik auf der »Tropic Sands« organisiert und insgesamt 47 Passagiere auf das Schiff gebracht hatte. Plötzlich wurde sie zu einer wichtigen Person, nicht nur für das Schiff, auch für die Insel, und sie erwies sich als eine ausgezeichnet informierte Gesprächspartnerin.

»Leute wie ich«, erklärte sie, »und es gibt viele, die darüber entscheiden, wo Reisegruppen ihren Urlaub verbringen, reagieren äußerst« – sie betonte das Wort – »sensibel auf Berichte in der Presse. Nach diesen Flugzeugentführungen zum Beispiel war das Mittelmeer für uns gestorben. Wir konnten unsere Kreuzfahrten ja nicht zu Schleuderpreisen anbieten. Keiner fährt mehr nach Haiti, armes Land. Und die häßlichen Unruhen auf Jamaika haben auch dort den Tourismus eine Zeitlang lahmgelegt. Aber jetzt sind wir wieder da. Trotzdem legen wir nur an der Nordküste der Insel an, niemals in einer so gebeutelten Stadt wie Kingston.«

Und Kapitän Bergstrom meinte: »Auf die Dauer bringt es unserer Schiffsgesellschaft mehr Gewinn, eine unbewohnte Insel zu kaufen oder zu mieten oder einen entlegenen Küstenstreifen auf Haiti oder Jamaika und dort ein eigenes kleines Urlaubsparadies zu bauen. Umgeben von einem hohen Palisadenzaun, kriegt man nur die Schwarzen zu Gesicht, die Zugang haben oder zum Personal gehören ...«

Seine Beschreibung verriet, wie wenig er von dieser neuen Entwicklung hielt, aber es blieb Mrs. Gottwald überlassen, diese Möglichkeit als Lösung der Tourismusprobleme auszuschlagen: »Ich würde meine Leute nie an so einen abgeschlossenen Ort bringen. Und ich glaube, sie wollen es auch gar nicht. Sie wollen eine gelungene Mischung wie auf Ihrer herrlichen Hauptstraße. Sie wollen Schwarze und Braune sehen und kennenlernen. Sonst bleiben sie zu Hause.«

Das rief wohlwollende Zustimmung hervor, vor allem bei dem schwarzen Gouverneur, aber dann fügte sie eine Warnung an, die ihrer Ansicht nach alle Inseln, die ihr Tourismusgeschäft aufrechterhalten wollten, beherzigen sollten: »Ich werde nie vergessen, was vor ein paar Jahren auf der amerikanischen Jungferninsel St-Croix passierte. Ich war an dem Tag gerade in St-Thomas, zusammen mit meiner Gruppe, wir waren damals sechzig oder siebzig Leute, und wir hatten furchtbare

Angst, als sich in der Hafengegend und dann auch auf dem Schiff die Nachricht verbreitete, schwarze Schlägertrupps hätten mit Maschinengewehren die Gäste in dem vornehmen Rockefeller-Golfclub auf St-Croix angegriffen. Überall lagen Tote. Das war natürlich das Aus für die Jungferninseln als Reiseziel. Heute verkaufen wir nicht einmal mehr Tagesausflüge nach St-Croix.«

An dieser Stelle ergriff der Gouverneur das Wort:»Ich hoffe sehr, Mrs. Gottwald, und ich beziehe Sie da mit ein, Kapitän Bergstrom, daß wir mit Ihrer Hilfe rechnen können, öffentliches Aufsehen zu vermeiden.« Er war Stipendiat in Oxford gewesen und sprach mit einem anmutigen Akzent, dem schönsten der Welt: reines Oxfordenglisch, aufgeweicht durch die Sonne der Karibik.»Ich sehe ein, wenn sich so ein Vorfall wie heute wiederholt, muß die Nachricht natürlich weitergegeben werden; und wir fühlen uns moralisch verpflichtet, dafür zu sorgen, daß das auch geschieht, auch wenn wir wissen, daß wir damit unserer Insel schaden. Aber ich verspreche Ihnen, daß wir so etwas nicht noch einmal zulassen werden . . .«

Kapitän Bergstrom stieß ein kurzes Lachen hervor und hob sein Glas:»Sie haben einen enormen Vorteil gegenüber uns, Gouverneur. Unsere Schiffe müssen irgendwo anlegen. Jetzt, wo das Mittelmeer für uns erst mal geschlossen bleibt und der Orient zu weit weg ist, bleiben uns von den erstklassigen Regionen für amerikanische Reisende wie Mrs. Gottwald und ihrer Guppe nur noch drei zur Auswahl: Alaska im Sommer, Mexiko und der Panamakanal für die Zwischensaison und Ihre Karibik im Winter.«

Als sich die Gruppe vom Tisch erhob, sagte der Gouverneur:»Mr. Keeler, Sie haben mir einen außerordentlichen Gefallen erwiesen, als Sie diese beiden Experten zum Essen einluden. Ich habe eine Menge gelernt. Und ich hoffe, daß Sie gut zugehört haben und Maßnahmen zum Schutz unserer Gäste und unseres guten Namens ergreifen werden.«

Am nächsten Morgen um sieben Uhr stand Keeler im Büro des Polizeichefs Thomas Wrentham.»Haben Sie den Schuldigen verhaftet?«

»Das war kein Problem.«

»Hat ihn schon jemand verhört?«

»Ich selbst.«

»Und? Das Ergebnis?«

»Ich vermute, Sie wollen wissen, ob er in irgendeiner Weise unter dem Einfluß des Rastafaris gestanden hat.«

»Genau.«

»Wenn er glaubwürdig ist, und auf mich wirkt er so, dann hat er den Fremden nicht mal gesehen.«

»Hatte er Marihuana geraucht?«

»Marihuana ist auf dieser Insel kein Problem, wie Sie wissen.«

»Aber wenn der Rastafari weiter seinen Glauben predigt, wird es eins.«

»Da haben Sie recht, aber in diesem Fall trifft es wahrscheinlich nicht zu.«

»Warum um alles in der Welt fällt er dann eine weiße Frau an und wirft ihr lauter provozierende Dinge an den Kopf?«

Wrentham lehnte sich zurück und dachte einen Moment über die Frage nach. »Manchmal liegt es einfach in der Luft«, stellte er fest. »Als Gerücht von anderen Inseln, Radiosendungen über Terrorismus, ein Artikel in ›Time‹ oder ›Newsweek‹...«

»Und wie wär's mit dem Besuch eines Rastafaris?« schlug Keeler vor, und der Polizeibeamte entgegnete: »Heutzutage, auf einer Insel wie dieser, ist das meistens der Auslöser«, holte aus der Schublade seines Schreibtisches den Bericht seines Kollegen in Jamaika und reichte ihn Keeler mit den Worten: »Schauen Sie mal rein.«

»Unsere Nachforschungen über Ras-Negus Grimbles Werdegang haben ergeben, daß sein Großvater ein englischer Matrose war, der 1887 im Alter von 39 Jahren in Kingston von Bord gesprungen ist. Er ließ sich mit einer schwarzen Frau ein und hatte drei Kinder mit ihr. Ein Sohn heiratete wieder eine Schwarze und nannte seinen Erstgeborenen Hastings Grimble, seit dieser Haile-Selassie-Geschichte unter dem Namen Ras-Negus bekannt.

Als junger Mann geriet er in den Dunstkreis des berühmten jamaikanischen Reggae-Sängers Bob Marley und seiner Band ›The Wailers‹. Bei verschiedenen Auftritten sprang er schon mal als Ersatzsänger ein, aber übernahm auf Dauer in der Gruppe keine führende Rolle. Wir haben den starken Verdacht, daß er die Marley-Truppe mit Gras versorgt hat, und vermutlich steckt er auch hinter einer Operation, die jamaikanisches Gras in großem Stil auf dem amerikanischen Markt verkauft. Es ist uns bekannt, daß kleine schnelle Flugzeuge im Hochland unweit seines Heimatdorfes Cockpit Town runtergegangen sind, aber es ist meinen Leuten bis heute nicht gelungen, die Mannschaft oder Grimble dingfest zu machen, der ihnen das Zeug geliefert hat, soviel steht fest.

861

Wir haben den Verdacht, daß er Jamaika aus einem ganz einfachen Grund verlassen hat: Wir waren ihm zu dicht auf den Fersen. Wenn er seine Operation auf eure Insel verlegt hat, dann macht euch auf große Marihuanatransaktionen gefaßt. Er predigt aber auch Rassenkriege, und wir glauben, daß er bei der traurigen Angelegenheit, die unsere Insel vor ein paar Jahren so erschüttert hat, vor allem bei den häßlicheren Zwischenfällen, seine Hände im Spiel hatte. Seht euch also vor. Was seine tiefe Verstrickung in diese religiösen Vorstellungen betrifft, versichert uns unser Informant, daß er es wirklich ernst meint. Er glaubt tatsächlich, Haile Selassie sei die Wiedergeburt Gottvaters und daß die Schwarzen bald ganz Afrika und den größten Teil der übrigen Welt beherrschen werden.

Vermerk: Er predigt es nicht nur, er ist der absoluten Überzeugung, daß die Polizei das große Babylon ist, das vernichtet werden muß. Ist mir ein Rätsel, woher er seine Ideen nimmt, aber Freunde meinten, sie stammten aus der Offenbarung in der Bibel. Egal, wo er und seine Freunde auch auftauchen, kann sich die Polizei auf einigen Ärger gefaßt machen. Mein Rat: Schafft ihn euch vom Hals.«

Als Keeler ihm die Unterlagen zurückgab, fragte Wrentham: »Welchen Eindruck haben Sie?« Und der Engländer antwortete: »Ich bin in zweierlei Hinsicht besorgt. Dieser Zwischenfall gestern mit Mrs. Gottwald hätte eine verheerende Wirkung auf unsere Tourismusbranche haben können – und wird sie auch haben, sollte sich so etwas noch einmal wiederholen. Und zweitens deutete sich an, daß die böse Hand des Rastafaris an vielen Stellen überraschend gleichzeitig auftaucht.«

»Was sollen wir Ihrer Meinung nach tun?«

»Ihn abschieben.«

»Das ist nicht so einfach. Es gibt da jetzt neue Gesetze. Wir brauchen eine gerichtliche Zustimmung, und ein schwarzer Richter gibt so etwas nicht gern, wenn es sich gegen einen schwarzen Bruder richtet. Erinnert zu sehr an die alten Zeiten, als die Weißen bestimmten, wer hier leben durfte.«

»Dann lassen Sie uns doch mal sehen, ob wir nicht irgendeine Verbindung zwischen dem Mann von gestern und dem Rastafari herstellen können. Wenn ja, gehen Sie aufs Gericht und beantragen die Ausweisung. Sagen Sie doch dem Richter, er soll mich vorladen, um zu bestätigen, daß die Tourismusbranche einpacken kann, wenn wir den Kerl weiter frei rumlaufen lassen. Das müßte reichen.«

Drei Monate zogen ins Land, während deren weder Wrentham noch Harry Keeler irgendeine Idee hatten, auf welche Weise dem schwierigen Rastafari beizukommen war. In der Zwischenzeit hatte das Problem eine dramatische Wendung genommen und Kreise gezogen, in die nun auch Reverend Tarleton und seine Frau verwickelt wurden. Eines Donnerstagmorgens saßen sie beide in ihrem Pfarrhaus und versuchten vergeblich, eine junge Frau aus ihrer Kirchengemeinde zu trösten, die völlig aufgelöst war. Es war Laura Shaughnessy, die hübsche Enkelin eines abenteuerlustigen Iren, der im vergangenen Jahrhundert auf die Insel gekommen war, sich im Streit von der katholischen Kirche losgesagt hatte, zur anglikanischen Staatskirche übergewechselt war und eine Schwarze zur Frau genommen hatte, aus deren Ehe eine bunte Schar Kinder und Enkelkinder hervorgegangen war, die seinem Namen alle Ehre machten.

Als bewährte Angestellte im Büro des Gouverneurs hatte Laura zahlreiche Bewerber, und manchmal spekulierten die Tarletons schon, wen sie am Ende wohl heiraten würde. Mrs. Tarleton fand, Laura nehme ein bißchen zu voreilig die Einladungen der jungen Offiziere von den Kreuzschiffen an, aus dem einfachen Grund, weil »solche Affären ja doch zu nichts führten«, aber ihr Mann verteidigte sie: »Sie ist doch noch ein junges Mädchen, dazu ein ausgemacht hübsches, die ihren Weg noch nicht gefunden hat. Paß auf, sie wird den Besten von allen heiraten.« Und als klar war, daß Harry Keeler sehr wahrscheinlich auf der Insel bleiben würde, prophezeite er: »Ich wäre nicht überrascht, wenn sich Laura ihn angelt. Ein ideales Paar, die beiden.«

Das war nicht geschehen, und jetzt saß Laura tränenüberströmt vor den beiden älteren Herrschaften. Sie war schwanger, verspürte nicht den geringsten Wunsch, den betreffenden Mann zu heiraten, und fühlte eine einsame Verzweiflung, wenn sie an die Alternativen dachte, die sich ihr jetzt auftaten. Aber sie war zu guten Menschen gekommen, um sich Rat zu holen, denn Mrs. Tarleton sagte zuversichtlich: »Bitte vergiß eins nicht, Gott hat immer gewollt, daß du eines Tages Kinder kriegst; vielleicht nicht auf diese Weise, aber du bist jetzt Teil eines heiligen Entwicklungsprozesses, einer der herrlichsten der Welt, und es gilt, Freude und Erfüllung darin zu finden.«

»Aber...«

»Das kommt erst später, Laura. Glaub mir, und jetzt spreche ich als Frau, die selbst Kinder und Urenkel hat, Gott lächelt dir in diesem Augenblick zu. Du bereitest ihm Freude, wenn du fruchtbar bist. Ach, Essex, könntest du nicht ein Gebet für uns sprechen?«

Die Hände mit seiner Frau und Laura gemeinsam zum Gebet faltend, bat er Gott, das Kind in ihrem Leib zu segnen und es zu einem schöpferischen Leben zu führen. Er sprach von den Freuden der Mutterschaft, trotz der momentanen Schwierigkeiten, und er versicherte Laura, daß sie bei Gott, den Tarletons und allen vernünftigen Menschen in diesem Augenblick Unterstützung finde. Und dann, noch immer die Hand der jungen Frau haltend:»Du sollst wissen, Laura, meine Frau und ich haben in der Vergangenheit schon oft so mit jemandem dagesessen wie heute mit dir. Es ist nicht das Ende der Welt. Es ist ein Problem, dem man ins Auge blicken muß, und wie bei allen ähnlichen Problemen gibt es vernünftige Lösungen.«

Beide Tarletons erklärten ihr, daß ihr verschiedene Möglichkeiten offenständen. Sie könne das Kind hier auf All Saints austragen, den Klatsch einfach ignorieren und so lange warten, bis er sich gelegt hätte, was nach kurzer Zeit der Fall sein würde. Diese Möglichkeit würde die Suche nach einem Ehemann aus dem Ort für sie erschweren, in solchen Fällen müßten die Frauen in der Hierarchie der Hautfarben fast immer unterhalb ihres Standes heiraten.»Aber sie finden immer einen Mann, wenn es sich um anständige Mädchen handelt«, sagte Mrs. Tarleton, und ihr Mann fügte noch hinzu:»Und das bist ja.«

Oder sie könne das tun, was viele andere vor ihr auch getan hätten – All Saints sofort verlassen, sich eine Arbeit suchen, irgendeine, was sie gerade finde, in Trinidad, Barbados oder auf Jamaika, Zurückhaltung üben, das Kind zur Welt bringen, es zur Adoption freigeben und zwei Jahre später nach Hause zurückkommen, heiraten und sich niederlassen.»Du kannst dir nicht vorstellen, wie viele Frauen das schon so gemacht haben«, sagte Mrs. Tarleton.»Und drei sitzen jetzt im Vorstand des Gemeinderats. Und weißt du, warum? Weil sie von Anfang an unter Gottes Segen standen, so wie du unter seinem Segen stehst.«

Sie diskutierten noch weitere Möglichkeiten, aber am Ende kehrte der Priester zu der einen zurück, die seinem religiösen Glauben am nächsten stand.»Ohne Zweifel, Laura, den besten Weg, den du einschlagen kannst, den Gott dir vorgezeichnet hat, ist die Ehe mit dem jungen Mann. Heirate ihn, und gründe eine christliche . . .«

Sie schnitt ihm das Wort ab:»Unmöglich.«

»Warum?« fragten beide Tarletons wie aus einem Mund, und sie entgegnete bitter:»Weil er mich nicht heiraten würde, und ich würde ihn auch niemals heiraten.«

»Wer ist der Vater? Ich rede mit ihm.«

»Der Rastafari.«

»O mein Gott!« rief Tarleton, denn erst gestern war ihm von seiner Kirche in Jamaika eine Akte über Ras-Negus Grimble zugestellt worden, und die Worte darin waren ihm noch im Gedächtnis haftengeblieben:

»Wir sind froh, daß Sie sich bei uns nach Ihrem Besucher erkundigen, denn wir haben einige Informationen für Sie. Vor ein paar Jahren ging er eine kurze Freundschaft mit unserem berühmten Reggaesänger Bob Marley ein. Beide reihten einfach Stellen aus verschiedenen Bibeltexten aneinander, zum Beispiel aus der Schöpfungsgeschichte, wo es heißt: ›Er aber schuf Mann und Frau. Und Gott segnete sie und sprach zu ihnen: Seid fruchtbar und mehret euch.‹ Mit Hilfe solcher Zitate konstruierten sie eine Lehrmeinung, die sie dann überall predigten: ›Rasta-Mann muß so viele Kinder haben wie möglich und muß Rasta-Frau dabei behilflich sein, damit auch sie das will.‹ Man weiß, daß Marley zwölf Frauen geschwängert hat. Ihr augenblicklicher Gast, Ras-Negus, steht nicht viel schlechter da, wir wissen von acht Kindern, die er in die Welt gesetzt hat, ohne jemals verheiratet gewesen zu sein. Als er einmal darauf angesprochen wurde, antwortete er einem unserer Sozialarbeiter in meiner Gegenwart: ›Gott hat mir befohlen, Kinder zu haben. Dazu bin ich da. Und Sie sind dazu da, sich um sie zu kümmern.«

Seine Frau anblickend, fragte Tarleton: »Sollen wir ihr den Brief zeigen?« Und sie entgegnete: »Ich finde, wir sind dazu verpflichtet.« Ohne Kommentar reichte er Laura den Brief und beobachtete ihr hübsches Gesicht, dessen Ausdruck sich beim Lesen von Entsetzen in Wut verwandelte.

Dann faltete Laura den Bogen langsam und ordentlich zusammen, tippte mit einer Ecke ein paarmal gegen die obere Zahnreihe und fragte mit sehr leiser Stimme: »Sie sind ein Mann Gottes. Können Sie mich irgendwohin schicken, wo ich eine Abtreibung vornehmen lassen kann?«

Keiner der beiden Tarletons schreckte vor der Verantwortung zurück, die mit dieser furchtbaren Frage zum Ausdruck kam. Statt dessen ergriff der Priester Lauras Hand und sagte: »Es wäre besser, Laura, wenn du das Kind austragen würdest. Aber zweimal in meinem Leben habe ich mich gezwungen gesehen, einen anderen Rat zu geben. Einmal, als ein Mädchen von ihrem Vater schwanger war, und das zweitemal, als eine Vierzehnjährige von ihrem geisteskranken Bruder schwanger war. Und heute ist es das dritte Mal, denn du bist vom Teufel geschwängert worden. Hier ist eine Adresse in Port of Spain auf Trinidad. Und jetzt wollen wir ein Gebet sprechen.«

Diesmal knieten sie nieder, und er sprach die einfachen Worte:»Gott im Himmel, der du unserer Zusammenkunft von Anfang an beigewohnt hast, vergib uns dreien, daß wir von deiner Lehre abweichen, aber wir sehen uns einem gänzlich neuen Problem gegenüber und versuchen ehrlich, unser Bestes zu tun, Segne deine Dienerin Laura. Sie ist ein guter Mensch und hat noch ein Leben voller großartiger Möglichkeiten vor sich. Bitte, segne auch meine Frau und mich, die wir uns dieses Problem nicht ausgesucht haben und die die wir uns mit einer Lösung nicht leichtgetan haben.«

Als Laura sich erhob und aufbrach, gaben ihr beide Tarletons zum Abschied einen Kuß.»Wenn du Geld für den Flug nach Trinidad brauchst, sag es nur, wir können dir aushelfen«, aber sie antwortete: »Danke, ich komme zurecht.«

Die Anwesenheit des Rastafaris stellte noch eine andere Person vor ein Dilemma – Lincoln Wrentham, acht Jahre älter als seine Schwester Sally und Besitzer des»Waterloo«. Während der ersten Wochen seines Aufenthaltes auf All Saints hatte er Grimble nur flüchtig wahrgenommen, ein- oder zweimal beobachtet, wie sich die große, unverwechselbare Gestalt verstohlen in den Seitenstraßen bewegte, und nach dem Zwischenfall mit der amerikanischen Touristin von der»Tropic Sands« gehört, daß es möglicherweise die Lehren des Rastafaris waren, die die Sache ausgelöst hatten. Als Geschäftsmann, dessen Gewinn weitgehend vom unaufhörlichen Strom der amerikanischen Reisegruppen abhing, war er so besorgt, daß er Harry Keeler um ein Treffen bat und Maßnahmen verlangte.»Sie müssen irgend etwas gegen diesen Kerl unternehmen.«

Harry nickte, aber meinte auch:»Ist das nicht eher die Aufgabe Ihres Vaters als meine?«, was Lincoln einsehen mußte, und so suchte er das Büro seines Vaters auf und war froh, als er dort erfuhr, daß die Polizei ein wachsames Auge auf den Jamaikaner hatte.»Noch mal Propaganda, noch mal Ärger, und er ist runter von der Insel«, versicherte der Polizeichef seinem Sohn, und damit war die Sache vorerst erledigt. Aber kurze Zeit später, als Lincoln wieder hinter der Theke in seiner Bar stand, hörte er zufällig das Gespräch zweier Gäste mit, die sich über den Rastafari unterhielten.»Ich glaube, der geht mit Sally aus, der Kleinen

866

aus dem Büro des Premierministers«, sagte der eine, aber als Lincoln näher kam, um besser lauschen zu können, fiel kein Wort mehr über seine Schwester.

Er fühlte sich so verunsichert, daß er wieder zur Polizeistation ging und seiner Vater fragte, was er über Sallys Umgang mit dem Mann wüßte, aber Thomas Wrentham versicherte ihm erneut: »Nein, Sally ist zu mehreren Veranstaltungen gegangen, Kricketspielen und dergleichen, immer mit dem jungen Harry Keeler, und darüber bin ich ganz froh. Der Rastafari? Sally ist nicht der Typ, sich mit so einem abzugeben.«

Damit endeten Lincolns Nachforschungen, doch zur gleichen Zeit, während sie sich darüber unterhielten, war Sally von Ras-Negus völlig in Anspruch genommen, nicht als seine Partnerin im Bett, wie ihre Freundin Laura Shaughnessy, sondern als jemand, der sich dafür interessierte, Tiefe und Bedeutung seiner Visionen seiner künftigen Welt der Schwarzen auszuleuchten, vor allem der Schwarzen der Karibik.

Gewöhnlich traf sie sich mit ihm nach der Arbeit. Manchmal unterhielten sie sich bis spät in die Nacht, manchmal schloß sie bloß die Augen und hörte sich seine Interpretation eines Reggaesongs von Bob Marley an, wobei das Dröhnen seiner Schläge auf eine leere Schachtel wie eine Trommel in ihrem Ohr wiederklang. Fast immer jedoch, ob ihre Zusammenkünfte nun mit einem Gespräch oder mit Musik eingeleitet wurden, sangen sie am Ende gemeinsam »Four Hundred Years«. Jedesmal versuchte er, mit ihr zu schlafen, aber nach ihrem Erlebnis auf dem Rücksitz von Lauras Wagen jedesmal ebenso vergeblich. Was sie so anziehend fand und sie immer wieder zu ihm zurückkehren ließ, waren seine außergewöhnliche Vitalität in allen Fragen des Lebens und seine Überzeugung, daß Schwarze ihre Dinge selbst regeln könnten, und die Gewißheit, mit der er behauptete, die Herrschaft der weißen Rasse sei am Ende. Seine durch das Leben auf Jamaika geprägten Erfahrungen versperrten ihm die Sicht auf die Tatsache, daß die Hälfte der Erdbevölkerung weder von schwarzer, wie in der Karibik, noch von weißer, wie in England oder Amerika, sondern von gelber Hautfarbe wie in Asien war. Und doch verlieh ihm die Intensität seiner Gedanken, auch wenn sie sich nur auf die kleine Welt der Karibik bezog, Autorität, und daran wollte Sally teilhaben.

So begann sie – ohne sich jemals bewußt dafür entschieden zu haben –, ein gefährliches Spiel zu spielen, gleichwohl ohne böse Absicht. Wenn sie sich während der Bürostunden über den Weg liefen und bei den Veranstaltungen, die sie im Laufe der Woche in ihrer Freizeit gemeinsam besuchten, machte sie Harry Keeler Mut, an dem sie so stark interessiert war, daß sie ernsthaft in Erwägung zog, ihn zu heiraten, aber nachts oder an späten Abenden, wenn Harry in Regierungsangelegenheiten unterwegs war, suchte sie das Gespräch mit dem Rastafari. Seine ständigen sexuellen Avancen wies sie mühelos zurück, und nachdem sie ihm einmal deutlich erklärt hatte, worin ihr Interesse bestand, fand sie seine Vorschläge zur Lösung der Probleme der Insel vernünftig und erfrischend, solange sie nicht mit Religion oder Sex zu tun hatten.

Eines Morgens beim Anziehen kam ihr der Gedanke, es würde vielleicht etwas helfen, wenn sie und Laura Shaughnessy den Rastafari zu einer Spazierfahrt zum südlichen Ende der Insel einluden, so wie sie auch die Nordspitze besucht hatten, aber als sie Laura aufsuchte, um sie zu der Einladung an Ras-Negus zu überreden, erfuhr sie, daß ihre Freundin die Insel verlassen hatte und einen längeren Besuch bei Verwandten entweder in Jamaika oder Barbados plante.

Sie fuhr gleich weiter, um Grimble abzuholen, und als sie vor dem winzigen Haus parkte, in dem er bei der Familie einer seiner Freundinnen Unterschlupf gefunden hatte, stellte sich zu ihrem Erstaunen heraus, daß er keinen Führerschein besaß. Bei dem Versuch, sein Unvermögen zu erklären, fiel er zurück in seinen jamaikanischen Straßenjargon, und Sally dachte »es berührt ihn tief. Er ist wieder wie ein Kind.«

»Damals, lange her, wir hatten nichts. Mutter immer arbeiten, nichts verdienen. Ich nie Arbeit, Autofahren, nicht gelernt.«

»Ist schon in Ordnung«, sagte sie, »Ich werde fahren.« Und sie lenkte den Wagen auf die neue Verbindungsstraße zwischen York und dem Flughafen. Auf den ersten paar Metern mußte sie ihm gleich eine Abfuhr erteilen, als er versuchte, seine Hand wieder unter ihr Kleid zu schieben: »Heben Sie sich das für die anderen auf, Grimble!« Dann aber leitete sie das lange Gespräch ein, daß sie bis zu ihrer Rückkehr nach Bristol Town fast ohne jede Unterbrechung führten.

»Was meinen Sie, Grimble, wie wird es der Karibik ergehen?« Als er seine Antwort mit bestimmten unverständlichen Zitaten aus der Offenbarung eröffnete, schnitt sie ihm das Wort ab: »Bitte nicht wieder diesen Unsinn! Wir wissen beide, daß Amerika in 200 Jahren immer noch da ist, wo es jetzt ist und irgendwie funktionieren wird, daß irgendein Papst in Rom sitzt und mehr oder weniger Macht ausübt und daß es auch unsere Inseln noch geben wird, hauptsächlich bevölkert von Schwarzen und vielleicht einer halben Million aus Asien impor-

tierter Inder. Was ich wissen will, Grimble, ist: Was für eine Welt werden wir Schwarzen hier vorfinden?«
»Mir gefällt Grimble nicht«, widersprach er in gereiztem Ton. »Ich heiße Ras-Negus.«
Sie entschuldigte sich: »Es tut mir leid, lieber Freund. Ein Mensch hat das Recht, bei dem Namen genannt zu werden, der ihm zusagt. Aber bitte, Ihre Zukunftsprognose.«
»Früher gingen viele Schwarze von allen Inseln auf die Zuckerrohrfelder von Kuba arbeiten, halfen beim Bau des Panamakanals, lebten in den Urwaldgebieten Mittelamerikas, schlugen Blauholz, um damit zu färben, und Mahagoniholz, um sich damit ihre Hütten zu bauen. Die meisten sind nie zurückgekehrt. Später gingen die jungen Männer nach New York oder London, arbeiteten hart und schickten viel Geld nach Hause. Aber wie ihre Vorfahren kamen auch sie nie zurück. Auf den Inseln blieb alles im Gleichgewicht. Kinder wurden geboren, die Männer gingen fort, es gab Platz für alle. Aber heute ...«
»Ras-Negus, wie alt sind Sie?« wollte Sally wissen, und er antwortete: »25«, worauf sie entgegnete: »Sie sind ein intelligenter und begabter junger Mann. Das habe ich gleich beim erstenmal erkannt. Wenn Sie in der Zeit gelebt hätten, über die Sie eben sprachen, dann hätten Sie Jamaika auch verlassen und sich in das Abenteuer Panama gestürzt oder wären nach London gegangen.«
»Wenn sie heute irgend etwas Großes in Brasilien planten«, gab er zu, »würde ich morgen aufbrechen«, aber mit dieser ausweichenden Antwort gab sie sich nicht zufrieden. »Da wird nichts Großes geplant in Brasilien und auch nicht in Kuba oder Amerika. Und wenn, dann würden sie zu Tausenden aus Mittelamerika einfallen und sich die Jobs schnappen.«
»Wahrscheinlich hast du recht. London ist schon dicht, hat zu viele Arbeitslose. Nach Trinidad kann ich auch nicht, die lassen mich nicht rein.«
»Was bleibt übrig?«
»Bob Marley ... Jesus der Karibik. Großer Mann. Er ist nach Afrika gegangen ...« Offenbar verleiteten ihn die Erinnerungen an Marley wieder dazu, in sein jamaikanisches Wortgewäsch zurückzufallen, dem sie nicht folgen konnte, und als sie protestierte, sagte er: »Tief beeindruckt. Schönes Land, Afrika. Er hat mir gesagt, als er zurückkam: ›Vielleicht besser, wir alle nach Afrika. Wie Marcus Garvey gesagt hat. Ich meine, alle aus Jamaika. Auf und davon.‹ Langsam glaube ich auch, das wäre das beste.«

»Wissen Sie überhaupt, wieviel Schiffe man dafür benötigte, große Schiffe, um ganz Jamaika nach Afrika zu transportieren?«

»Atomkraft. Kernkraft. Vielleicht damit.«

Als sie den Flughafen in der äußersten Südspitze der Insel erreichten, unterbrach sie das Gespräch und machte einen Vorschlag, dem er sofort zustimmte. »Schauen wir doch mal, was es in der Cafeteria zu essen gibt. Ich lade Sie zu einem Sandwich ein.« Sie ließen sich an der Theke nieder, und verwundert hörte sie, wie er sich nicht nur ein Schinken-Sandwich bestellte, sondern auch eine Terrine mit Chili, eine Portion Fritten, ein Stück Schokoladenkuchen und ein großes Glas Milch. »Ich dachte, Sie äßen nur natürliche Lebensmittel«, neckte sie ihn, und er erklärte: »Heute ist ein Fest, mit einer schönen Frau«, aber ihr fiel auf, daß er trotzdem alle Speisen in die Kokosnußschale legte, bevor er sie aß. Er machte keine Anstalten, für das, was er ein Fest nannte, auch zu zahlen, denn wie üblich hatte er kein Geld bei sich, und er aß, als wäre er ausgehungert, und als Sally ihr opulentes Sandwich nicht schaffte, schlang er auch das noch in sich hinein.

Auf der Fahrt Richtung Norden machten sie noch einmal an dem Luxushotel in Pointe Neuve halt, wo sie ihn zu einem Glas Limonade einlud, aber anschließend kehrte sie zu ihrer Ausgangsfrage zurück: »Also, was meinen Sie, was wird aus uns, in der Karibik?« Und nachdem alle anderen Möglichkeiten ausgeschlossen waren, sagte er nachdenklich: »Die Bevölkerung wächst. Das ist sicher. Die Menschen werden nach Trinidad gehen, ob die uns da nun wollen oder nicht. Vielleicht auch nach Venezuela oder Kolumbien. Und sicher nach Kuba, vielleicht sogar in die Vereinigten Staaten, wie unsere Leute aus Haiti.«

»Glauben Sie, diese Länder würden uns reinlassen?« Und er erwiderte umgehend: »Wehe, wenn nicht. Es bleibt ihnen nichts anderes übrig.«

»Ich glaube, da werden Sie sich aber umsehen. Es bleibt ihnen nämlich wohl noch etwas anderes übrig. Zum Beispiel könnten sie Wachposten entlang der Küste aufstellen.«

»Ja, das wäre eine Möglichkeit. Aber soviel ich weiß, lassen sich Kubaner oder Haitianer von den bewaffneten Wachen in Florida auch nicht abhalten.«

»Was haben Sie und Bob Marley sich denn noch ausgedacht?«

»Marley kein Politiker. Er die direkte Stimme Jahs. Ganz sicher.«

»Ich möchte es trotzdem wissen, Ras-Negus. Also, was noch?«

Als sie diese Frage stellte, fuhren sie gerade langsam durch das herrliche Küstenvorland, eine einzigartige Welt, Sonne, sich im Wind wiegende Palmen und unerwartete Ausblicke auf Morne de Jour im Norden, und plötzlich rief Grimble laut: »Unsere Inseln sind so wunderschön. Wir dürfen sie nicht aufgeben!« Sally fiel auf, daß er jetzt auf einmal perfektes Englisch sprach.

»Natürlich nicht«, warf sie ein. »Aber was können wir tun, damit sie uns erhalten bleiben?«

»Weißt du, was Kommunismus ist?«

»Ich weiß nur, daß er in Kuba anscheinend nicht funktioniert. Wieso?«

»Ich weiß nicht. Ich frage mich, ob wir hier auf unseren Inseln nicht irgend etwas Neues brauchen. Wie früher, da waren es Zucker und Tabak. Selbst das, wovon wir heute leben, wird eines Tages verschwunden sein... für immer. Bauxit in Jamaika, zum Beispiel. Als ich klein war, wollten alle Männer in meinem Dorf eine Arbeit in den Bauxitminen. Große Frachtschiffe legten an der Nordküste Jamaikas an, luden den abgebauten Bauxit ein und brachten ihn nach Philadelphia zu den Aluminiumfabriken, wo Pfannen und solche Sachen daraus hergestellt wurden. Das ist jetzt alles weg. Und wenn man Farmer war, dann will man nicht in der Bauxitindustrie arbeiten. Dann hat man Bananen angebaut, die Berghänge waren voll davon. In denselben Frachthäfen, wo Bauxit verladen wurde, legten auch die Schiffe an, die unsere Bananen nach Liverpool transportierten. Das ist jetzt auch vorbei. Früher hatten alle Arbeit, alle waren glücklich. Und jetzt gibt es das alles nicht mehr.«

In einer Geste der Verzweiflung rang er die Hände, zupfte an seiner Laute und begann, das Lied »Four Hundred Years« zu singen, in das sie einstimmte. So kamen sie schließlich zu der landschaftlich reizvollen Anhöhe Pointe Sud, einer der steinernen Wächter der Baie de Soleil, von der aus sie verfolgen konnten, wie Schiffe, aus dem Karibischen Meer kommend, in die Bucht einliefen, im Hintergrund die glitzernde Silhouette von Bristol Town, das sonnenbeschienene Dach des Regierungsgebäudes hoch oben auf seinem Berg und dahinter, gerade noch erkennbar, »The Club«. Es war ein Anblick, der jedem Bewohner von All Saints das Herz erfreute, und sogar Fremde von anderen Inseln, wie Grimble, wußten die unvergleichliche Schönheit der Szene zu schätzen.

Als Sally den Wagen auf einem befestigten Parkplatz oben auf dem Gipfel abstellte, von dem aus sie sowohl die Stadt im Osten als auch das Meer im Westen überschauen konnten, fragte sie noch einmal, ihren

Gedankenfluß wiederaufnehmend:»Wenn nun Kommunismus nicht die Antwort ist, und ich nehme an, er ist es nicht – wie lautet die Antwort dann?«

Der Rastafari hatte alle Möglichkeiten ausgeschöpft – Negritude, die Rastafari-Bewegung und den Kommunismus. Mehr hatte er den karibischen Inseln nicht anzubieten, deren Bewohner sich noch nicht zutrauten, in der komplexen modernen Welt, in der sie nun einmal lebten, ihre Entscheidung für eine Sache zu treffen und auch dabei zu bleiben. Niemand in der Karibik besaß das Vermögen, das einst die Japaner auf den Weltmarkt rief:»Wir können bessere Autos bauen als die aus Detroit!« Oder die Koreaner, die sich ein Jahrzehnt später gesagt hatten:»Wir können besseren und billigeren Stahl produzieren als die Japaner!« Unter den Einwohnern der Karibik fand sich kein schwarzer Industrieller oder Ingenieur, der in der Lage war, denselben Weg wie Taiwan einzuschlagen, das sich mit einem gewaltigen Satz in die vorderste Reihe des Weltmarktes gedrängt hatte.

Sally, enttäuscht darüber, wie sehr sich dieser begabte junge Mann in seiner Naivität verlor, versuchte, ihr Gespräch wieder in vernünftigere Bahnen zu lenken:»Wir könnten doch zum Beispiel Fertigungsbetriebe ansiedeln, für Großunternehmen in England und Amerika produzieren.«

»Sie sind Babylon. Sie müssen zerschlagen werden.«

Sally wurde schlagartig wütend und hielt ihren Zorn auch nicht zurück:»Grimble! Hören Sie endlich auf, so einen Unsinn daherzureden, verdammt noch mal! Gebrauchen Sie doch mal Ihren Verstand. Meinen Sie nicht, mein Vorschlag hätte Chancen? Kleider zusammennähen oder Einzelteile von Maschinen zusammenbauen?«

»Jamaika hatte seinen Bauxit. Die Firmen sind abgezogen. Jetzt bleibt uns nichts mehr.«

»Aber wir haben die Menschen. Tüchtige, begabte Menschen, die alles mögliche lernen könnten.«

»Wir hatten nur Bananen, aber jetzt haben wir gar nichts mehr.«

Sie überlegte, ob die karibischen Inseln nicht in die hochautomatisierte Montageindustrie einsteigen könnten, Frauen einstellen, die dann nur die erforderlichen Maschinen zu bedienen brauchten, aber Ras-Negus sagte, die Frauen, die er kenne, könnten sich für die Arbeit in abgeschlossenen Räumen nicht begeistern.»Sie sind lieber draußen, an der frischen Luft.«

Diese selbstgefällige und geringschätzige Zurückweisung ihres Vorschlags ärgerte Sally. »Alle Bälle, die bei den großen amerikanischen Baseball-Ligaspielen benutzt werden, kommen aus Haiti und werden dort von Frauen hergestellt. Wieso könnten wir nicht auch so einen Industriezweig aufbauen?« »Stolze schwarze Frauen verrichten keine Sklavenarbeit für den weißen Mann. Niemals.«

Dann stellte sie die Frage, die sich viele nachdenkliche Bürger auf den Inseln stellten: »Könnten wir nicht unsere Hotels ausbauen, die Strandgebiete erweitern und noch mehr Touristen anlocken. Sie würden uns eine Menge Dollars und Pfund und Bolivars einbringen.«

Diesen Vorschlag wies er wiederum mit der barschen Bemerkung zurück: »Stolze schwarze Männer sind nicht die Diener für diese fetten weißen Schweine...« Sie explodierte: »Jetzt bin ich's aber leid! Das waren genau die Worte, die der Verrückte gerufen hat, als er die weiße Jüdin belästigte. ›Großes, fettes Schwein.‹ Du bist nur auf diese Insel gekommen, um Ärger zu machen. Du solltest dich schämen. Ich will nichts mehr mit dir zu tun haben.« Und dann fügte sie noch hinzu: »Wenn ich das meinem Vater erzähle, wird er dich festnehmen.« Abrupt stieg sie aus dem Auto aus.

Zögerlich folgte er ihr bis zu dem Felsvorsprung, auf dem sie sich niedergelassen hatte. Langsam legte sich ihre Erregung, und sie verspürte auch keine Lust mehr, ihre Befragung fortzusetzen, denn sie sah ein, daß sie zu nichts führte. Sie hatte die Tiefen seines Intellekts ausgelotet und fand sie extrem seicht, aber als sie jetzt zusammensaßen und er begann, über die Werte zu sprechen, die er verkörperte, mußte sie sich eingestehen, daß er es war, der im Einklang stand mit der grundlegenden ursprünglichen Wirklichkeit der karibischen Inseln, nicht sie. Ihre Sorge galt der Alltagspolitik und der Bewältigung der wirtschaftlichen und sozialen Probleme der nächsten Zukunft, während er auf eine ursprüngliche Weise in Verbindung mit Afrika stand, den Zuckerrohrplantagen früherer Zeiten, dem Kampf um die Freiheit, den Ausdrucksformen von Negritude. Ihr wurde bewußt, daß sie sich hier bei hellichtem Tage, erfrischt durch eine leichte Brise, die vom Meer herüberwehte, in genau demselben Zustand wiederfand wie an jenem Abend vor wenigen Wochen auf dem Rücksitz von Laura Shaughnessys Wagen, umgeben von Marihuanaschwaden. Hinter ihrer strengen Analyse der Situation der Karibik vor wenigen Minuten steckte bestenfalls eine metallisch glänzende Wirklichkeit, hinter den Worten des Rastafaris dagegen eine betörende Schönheit, und sie fragte sich, ob er

873

durch Musik, Marihuana und Träumerei dem Verständnis der Karibik nicht näher gekommen war als sie.

Ras-Negus war nachdenklich geworden und fiel wieder in seine furchbare Mischung aus Rastafaris-Slang, alten afrikanischen und neu zusammengesetzten englischen Worten zurück, aber Sally verstand seine Botschaft. »Die Menschen der Karibik sind anders. Ihr Vorleben in Afrika hat sie so werden lassen, von Anfang an. Die schrecklichen Jahre auf den Zuckerrohrplantagen haben den Unterschied zwischen ihnen und den Weißen noch verstärkt. Wir denken anders. Wir bewerten die Dinge andes. Wir leben anders. Und wir müssen auch unseren Lebensunterhalt auf andere Weise verdienen. Der weiße Mann kann uns nichts beibringen. Wir bauen uns ein gutes Leben auf und haben das Geld, um uns seine Radios, seine Fernseher, seine Videos und seine Autos zu kaufen.«

Und nach einer Weile fuhr er fort: »Wir werden also ein einfaches Leben führen. Nur Schwarze, die mit anderen Schwarzen zusammenleben und arbeiten. Wir werden alle Inseln vereinen, sogar Kuba und Martinique, und der übrigen Welt sagen: ›Das ist unsere kleine Welt. Wir leben hier nach unseren Vorstellungen. Mischt euch nicht ein!‹«

Sally mußte nun aber die schreckliche, vielleicht nicht zu beantwortende Frage stellen: »Und wo sollen wir das Geld zum Leben hernehmen?«

Er wußte jedoch auch auf diese Frage eine Antwort, und die erstaunte sie, denn sie wurde mit einer so gewaltigen poetischen Kraft und solcher Bildhaftigkeit vorgetragen, daß sie ihm seine ehrliche Überzeugung von dem, was er sagte, zugestehen mußte. »Als wir frei in Afrika lebten, haben wir doch auch von etwas existiert, oder nicht? Als wir mit diesen fürchterlichen Sklavenschiffen hierher verfrachtet wurden, haben die meisten doch überlebt, oder nicht? Und als unsere Vorväter wie Tiere schufteten, von Sonnenaufgang bis Sonnenuntergang auf den Zuckerrohrfeldern, ist es uns gelungen, menschliche Wesen zu bleiben, oder nicht? Wie zum Teufel könnten wir hier heute stehen, wenn unsere schwarzen Vorfahren nicht einen so starken Lebenswillen gehabt hätten? Ich habe denselben Willen, Sally, und ich glaube, du auch.«

Dann folgte der einmalige Augenblick, den sie niemals vergessen würde, was auch immer aus Ras-Negus und seinen wirren Träumereien werden sollte. Eine Gruppe früherer Besucher hatte sich hier zu einem Picknick niedergelassen und, um auf einem Feuerchen ihr Brot zu toasten und ihr Teewasser zu kochen, die Gegend nach kleinen Ästen und Zweigen abgesucht. Jemand hatte ein Stück Holz angeschleppt, das für das Feuer scheinbar zu lang gewesen war, und so war es dort liegengeblieben, bis Ras-Negus es fand.

Es wurde ihm klar, daß das Gespräch mit Sally zu Ende war, und so nahm er fast automatisch das Stück Holz vom Boden auf, wog es in der Hand und stellte fest, daß es zwar dünn wie ein Besenstiel war, in jeder anderen Hinsicht aber an einen Kricketschläger erinnerte. Die Länge, das Gewicht und wie es sich in der Hand anfühlte, alles stimmte. Nachdem er ihn ein paarmal ziellos hin und her geschwungen hatte, nahm er die Haltung eines Schlagmanns vor seiner Aufstellungslinie an, und als er einen imaginären Ball wegschleuderte – einen Effetball, der auf den Nebenschlagmann zielte, ein gedrehter Bodenball, ein Grundlienentrefer, wie sie der große Larwood landen konnte, dem Schlagmann direkt an den Kopf–, fing er an, über das wahre Westindien zu sprechen. »Mein erstes Kricketspiel habe ich in Kingston gesehen. Da war ich neun. Mein Onkel nahm mich mit aufs Feld. Und zum erstenmal sah ich die Spieler in ihrer sauberen weißen Wäsche, den Schiedsrichter in seinem Kittel, die buntgemischte Zuschauermenge, und ich war völlig fasziniert!

Soll ich dir sagen, worin unsere Inseln am besten sind? Kricket. 1975, als ich neunzehn war, holten sie sich die besten Nationalmannschaften und hielten ihre Weltmeisterschaft in England ab: Sri Lanka, Neuseeland, Pakistan, Südafrika, Indien und die sogenannten großen drei, Australien, England und wir. Es gab zwei Kategorien. Ein-Tages-Spiele und K.-O.-Spiele. Und wer hat wohl gewonnen? Westindien! Die empörten Verlierer in London, Delhi und Sydney riefen: ›Protest! Der Dreistab war nicht ausgerichtet!‹ Vier Jahre später wurden dieselben Spiele noch mal ausgetragen, und wer hat diesmal gewonnen, wieder gegen die Weltbesten? Westindien. Weltmeister, zweimal hintereinander.«

Jeweils die typische Haltung der großen Schlagmänner einnehmend, rasselte er die Namen der von jung und alt in Westindien verehrten Spieler herunter: »Sir Frank Worrell, von meiner Insel, Jamaika, wahrscheinlich der schönste Mann, der jemals auf dem Kricketfeld gestanden hat. Ich habe ein Foto von ihm, wie er in Lords vom Feld abtritt, nachdem er die englischen Würfe abgeschmettert hat. Erhobenen Hauptes, den Schläger hinterherziehend, ein zuversichtliches Grinsen im Gesicht – ein junger Gott.

Dann Sir Gary Sobers«, rief er, wobei er eine Serie wilder Hiebe gegen einen unsichtbaren Ball vollführte. »Von Kritikern aus der ganzen Welt als das größte Allroundtalent im Kricket bezeichnet, das jemals gelebt hat. Phantastischer Schlagmann, großartiger Werfer, mit seinen katzenartigen Bewegungen wahrscheinlich der Beste im Aufstellen der Mannschaft auf dem Feld. Er stammte aus Barbados und erlebte einen kometenhaften Aufstieg zum Ruhm.«

Er hielt inne, brach in ein Lachen aus, schwang den Schläger wieder ein paarmal hin und her und sagte: »Und nicht zu vergessen Sir Benny Castian von deiner Insel. Der kleine rundliche Bursche, den alle so liebten. Für ihn war Kricket der Schlüssel zum menschlichen Herzen.«

In den nächsten Minuten führte er ein unvergeßliches Ballett auf; in seinem geborgtem Ruhm den Schläger schwingend, durchlebte er von neuem die Zeit, als seine schwarzen Brüder Weltmeister gewesen waren, und stellte die Frage, wann diese glorreiche Zeit wohl wiederkehren würde. Vorbeifahrende Autos hielten mitten auf der Straße an, um sich diesen großgewachsenen Rastafari mit wehenden Locken anzusehen, der, angetan mit grüngoldener Mütze, flatterndem bemaltem Hemd und weiter Hose, in seiner Tanzdarbietung die eine Sache verkörperte, in der sich die Inseln ausgezeichnet hatten. Einer der Autofahrer, die auf der Straße angehalten hatten, erkannte Sally Wrentham, die, auf einem Felsbrocken sitzend, dem Tanz zuschaute. Er raste zurück nach Bristol Town und informierte ihren Bruder.

Seinen Tanz an die Götter des Kricket vollführend, rief Ras-Negus Sally zu: »Und nicht zu vergessen, das waren alles Schwarze, keine Weißen, die jedes neue Spiel meisterten und Weltmeister wurden. Wenn wir es einmal geschafft haben, dann können wir es auch ein zweites Mal schaffen. Auf jedem Feld, in jedem Bereich. Du willst, daß unsere Frauen lernen, was die japanischen Frauen über den Bau von Fernsehgeräten wissen? Sie haben das Zeug dazu. Sie können es. Wir können alles, wir Schwarze.«

Er tanzte ein Stück seitwärts von ihr weg, gab weiterhin vor, der große Sir Benny zu sein, aber dann warf er den Schläger fort und ging zurück zum Auto. »Ich meine es ernst. Du und ich, wir können alles machen. Alles mögliche.« Dann fügte er noch hinzu: »Du mit deinem Verstand mußt mir sagen, was. Ich mit meinem Herz sage dir, wie.«

Es war schon spät, als Sally Ras-Negus vor seiner Unterkunft absetzte und dann weiter nach Hause fuhr. Als sie in ihre Seitenstraße einbog,

wurde sie von einer jungen Frau angehalten, die in ihrem Büro arbeitete und in ihrer Straße wohnte. »Ich habe auf dich gewartet, Sally.«
»Wir haben eine lange Spazierfahrt unternommen, zum Pointe Sud. Wir haben uns festgequatscht, und jetzt habe ich ihn nach Hause gebracht.«
»Wen?«
»Den Rastafari. Er steckt voller Ideen.«
Die junge Frau verzog die Stirn. »Das habe ich befürchtet. Dein Bruder ist vorbeigekommen und hat nach dir gefragt. Ich habe ihm gesagt, ich wüßte nicht, wo du steckst und mit wem du unterwegs bist. Ein paar Stunden später kam sogar dein Vater, und der war ziemlich wütend.«
»Was hast du ihm gesagt?«
»Dasselbe.« Sie zögerte einen Moment, tat dann mit einem Achselzucken kund, daß sie nur widerwillig eine Entscheidung getroffen habe: »Es ist wohl besser, wenn ich es dir sage, Sally.«
»Was? Waren sie wirklich sauer auf mich?«
»Es ist etwas anderes. Wegen Laura.«
»Ein Unfall?«
»Es sieht so aus, als sei sie nach Trinidad gefahren und nicht nach Barbados.«
»Warum sollte sie uns belügen? Welchen Grund sollte sie dazu haben?«
»Um eine Abtreibung vornehmen zu lassen.«
»O mein Gott. Wer ist der Vater?«
»Dein Rastafari.«
Sally schnappte nach Luft. Worte und Bilder rasten wie ein Wirbelsturm durch ihren Kopf. Arme Laura... was für eine schreckliche Reise für sie... sollten wir eine Sammlung für sie veranstalten... kein Wunder, daß ihr Bruder und Vater wütend waren, sie mußten denken... arme Laura... hat sie denn nicht erkannt, was für ein armseliger Ersatz er in Wahrheit ist, für einen wirklichen Mann...
»Alles in Ordnung?« fragte die Frau besorgt, und Sally entgegnete: »Ich glaube, ich muß ein bißchen spazieren. Mir über ein paar Dinge klarwerden.« Und die Frau sagte: »Alles Gute. Als sie mich ausfragten, sahen sie wie zwei Haie aus.«
Sally brauchte etwas Zeit, um sich über die wie ein Sturm über sie hereingebrochenen Eröffnungen klarzuwerden, und machte daher einen kleinen Rundgang. Während sie mit gesenktem Kopf durch die

laue Aprilnacht ging, versuchte sie, etwas Ordnung in ihre abschweifenden Gedanken zu bringen: »Arme Laura. Wir müssen alles unternehmen, um ihr zu helfen. Was sie sich wohl an dem Abend damals auf der Rückfahrt von unserem kleinen Ausflug gedacht hat, als der Rastafari zu mir auf den Rücksitz kam und zudringlich wurde? Ob sie da schon schwanger war? O mein Gott.«

Dann dachte sie über ihre eigene Situation nach: »Auf mich hat er sich gar nicht erst eingelassen... jedenfalls nicht in dem Sinne. Da habe ich schon für gesorgt, sobald ich bei klarem Verstand war. Aber wenn das stimmt, warum habe ich ihn dann heute aufgesucht, wollte mit ihm reden? Weil er eine lebenswichtige Botschaft hat... Ich mag sie vielleicht nicht hören, und mich betrifft sie vielleicht auch nicht, aber anderen könnte sie sehr viel bedeuten.«

Schließlich kam sie zu dem wichtigsten Punkt ihrer Überlegungen: »Auf jeden Fall weiß er, was ein Schwarzer ist. Er denkt wie ein Schwarzer. Er hat Weitblick, ob es einem nun gefällt oder nicht, er hat ihn.«

Mißtrauisch gegenüber voreiligen Schlußfolgerungen, erkannte sie, daß sie selbst dabei zu gut wegkam. Eine junge Frau, deren Denken so folgerichtig war, wie sie es von sich erwartete, sollte vernünftig sein, gerecht zu ihren Mitmenschen und sich der großen sozialen Probleme bewußt sein. Doch dann drängten sich zwei andere Gedanken in den Vordergrund, und als sie sich mit ihnen herumschlug, war sie nicht mehr die Heilige von vorher. Wenn sie so sehr an Harry Keeler interessiert war, wie es schien, warum hatte sie sich dann überhaupt auf den Rastafari eingelassen? War ihre Verbindung zu dem Weißen so brüchig oder so grundlegend falsch, daß gleich der erste lebenssprühende Schwarze, ungeachtet seiner Erscheinung, eine Bedrohung ihrer Beziehung darstellte? Als sie sich diese Fragen stellte, bog sie um eine Straßenecke und konnte im Licht des aufgehenden Mondes in der Ferne die Landspitze von Pointe Sud erkennen, wo Ras-Negus zu Ehren seiner großen Krickethelden den Tanz aufgeführt hatte, und sie blieb eine Weile stehen, um Luft zu holen und zu versuchen, ihre Aufmerksamkeit auf beide Männer zu richten. Es gelang ihr nicht.

Ihre letzte Frage berührte ihr Zuhause. Wenn sie den Verdacht hatte, daß Ras-Negus es gewesen war, der die Beschimpfung »Du fettes, weißes Schwein!« auf der Insel eingeführt und sie abends in den Barrios an sympathisierende Zuhörer weitergegeben hatte, wo sie sich in dem Mann festgesetzt hatte, der später die Frau aus New York überfallen hatte. war sie dann nicht verpflichtet, diese Tatsache ihrem Vater zu melden, der für die Sicherheit auf der Insel verantwortlich war, oder Harry Keeler, der den Touristenstrom nach All Saints organisierte?

Sie biß sich auf die Unterlippe, spazierte weiter, bereit, sich der zu erwartenden Zurechtweisung zu stellen, doch als sie um die letzte Ecke bog, ihr Haus sich bedrohlich aus dem Schatten der anderen abzeichnete, verlangsamte sie deutlich ihren Schritt, tat einen tiefen Atemzug und flüsterte sich selbst zu: »Na los, Maikäferchen. Flieg heimwärts. Du hast mit dem Feuer gespielt, und jetzt steht dein Haus in Flammen.«

Als sie die Haustür öffnete, brüllte sie niemand an oder wollte von ihr wissen, wo sie gesteckt habe. Statt dessen sah sie vier ernsthafte Männer im Wohnzimmer versammelt: ihren Vater, ihren Bruder, Harry Keeler, ihren Freund, und Tarleton, ihren Priester. Alle vier erhoben sich vom Tisch, als sie das Zimmer betrat. Sie blieb eine Weile stehen, setzte sich dann hin und schaute ihren Vater an, bis der zu ihr sagte: »Sally, wir haben uns schreckliche Sorgen gemacht.«

»Ich habe mit dem Rastafari eine Spazierfahrt zum Flughafen gemacht.«

»Ich weiß. Jemand, der dich in Pointe Sud gesehen hat, hat in Lincolns Café Bescheid gesagt.«

»Es war bloß ein Ausflug. Wir wollten uns nur über ein paar Dinge unterhalten.«

»Wenn du uns das gesagt hättest«, unterbrach Lincoln, »hätten wir dich vorher warnen können.«

»Wovor?«

»Tarleton und Vater haben beide offizielle Schreiben aus Jamaika bekommen... über deinen Rastafari.«

»Es ist nicht *mein* Rastafari.«

»Na, Gott sei Dank«, sagte Lincoln und gab zu verstehen, sein Vater sollte ihr den Brief überreichen, den langen, von der jamaikanischen Polizei, der einzeln aufzählte, wann und wo Ras-Negus schon überall mit dem Gesetz in Konflikt geraten war, und als Sally den Brief zu Ende gelesen hatte, war jegliche Farbe aus ihrem Gesicht gewichen. Einzeln betrachtet, konnte sie jeden Anklagepunkt, der gegen Ras-Negus vorgebracht wurde, Glauben schenken, denn er selbst hatte ihr gegenüber Andeutungen gemacht, die sie stützten, aber sie hatte sich nie die Mühe gemacht, eines ans andere zu reihen, so daß sich ein unverkennbarer Gesamteindruck ergeben hätte. Die jamaikanische Polizei hatte genau das aber getan, und was dabei herausgekommen war, machte einen häßlichen Eindruck.

Als sie sahen, wie geschockt sie war, überfielen die Männer sie unnachgiebig mit ihren Fragen: »Hast du jemals gesehen, daß er Marihuana dabeihatte?« Ja, in Cap Galant. »Weißt du, ob er irgendwann mal mit einer Person aus All Saints über Marihuana gesprochen hat?« Ja, mit einem Bauern südlich von Tudor. Bei dieser Auskunft tauschten ihr Bruder und ihr Vater bedeutungsvolle Blicke aus, und Lincoln sagte: »Wir glauben, daß sich genau dort die Landebahn befindet.« Die nächste Frage betraf wieder ihr Zuhause. »Hat er dir gegenüber jemals über die Polizei als das große Babylon gesprochen?« Ja, viele Male. »Und hat er auch geäußert, daß dieses spezifische Babylon vernichtet werden muß?« Ja, oft.

Als sie dann auch noch die Frage stellten: »Hat er mal erwähnt, daß er der Polizei hier Ärger machen wolle?«, schwieg sie, denn sie hatte das Gefühl, ihr Verdacht, was seine Schimpfkanonade gegen die »fetten weißen Schweine« betraf, bezog sich darauf und auf nichts sonst. Die zufällige Übereinstimmung der Worte jedoch reichte nicht aus, einen Mann zu verurteilen.

Jetzt wandte man sich heikleren Fragen zu, an denen sich nun auch der Priester beteiligte. Die Männer wollten von ihr wissen, wie weit sie sich privat mit dem Rastafari eingelassen habe, und zuerst glaubte sie noch, sie könnte damit fertig werden, indem sie einfach gestand, daß sie Teile seiner Ansichten über die Zukunft der Schwarzen erfrischend neu und herausfordernd finde, aber sie ließen nicht locker. Was ihr Bruder in Wahrheit wissen wollte, war: »Wart ihr beide in irgendeiner Weise intim miteinander?«

Sie blieb unnachgiebig. Die Frage ihres Bruders war unangebracht, und sie hatte nicht die Absicht, sich diesem Verhör zu unterwerfen. Der weitere Verlauf des Abends hätte sicherlich eine häßliche Wendung genommen, wenn nicht in diesem Augenblick das Telefon geläutet hätte. Es war für ihren Vater, und nach sechs- oder siebenmaligem kurzen zustimmendem Knurren, wobei kein einziges Wort fiel, knallte er den Hörer auf die Gabel und sagte: »Sie haben die Piste gefunden. Oben bei Tudor.« Bevor er zur Tür eilte, Lincoln mit sich nahm, wandte sich der Polizeichef an den Priester: »Tarleton, ich glaube, es ist besser, wenn Sie ihr auch den anderen Brief zeigen.« Und als draußen der Motor aufheulte und der Wagen davonraste, holte der Reverend den Brief seines Kollegen aus Jamaika hervor, der über das sittliche

Verhalten des Rastafaris berichtete, und überreichte ihn schweigend Sally. Keeler stand neben ihr und beobachtete sie beim Lesen.

Das Schreiben – es erklärte Lauras Schwangerschaft und ihre Bereitschaft, in Trinidad eine Abtreibung vornehmen zu lassen – löste bei Sally Benommenheit und Ekel aus. Beim zweiten Lesen verstand sie endlich auch, warum diese vier Männer bei ihrer Rückkehr von dem Ausflug auf sie gewartet hatten.

»Tut mir wirklich leid«, sagte Keeler und rückte mit seinem Stuhl näher an sie heran. »Wahrscheinlich hast du das mit Laura Shaughnessy schon gehört? Habe ich mir gedacht.«

Sie musterte die beiden weißen Männer, die offensichtlich nur ihr Bestes wollten, und sagte: »Eins will ich klarstellen. Ich hatte keine Liebesaffäre mit dem Rastafari. Er hat ein paar Annäherungsversuche unternommen, ja, aber die habe ich gleich abgewimmelt. Er sollte sich nicht zum Clown machen.« Sie hielt inne. Es war ihr bewußt, daß das Gesagte nur zum Teil stimmte, dann fügte sie hinzu: »Aber wie ich schon sagte, ich fand ihn intellektuell anregend. Es könnte sein, daß er die Zukunft repräsentiert.«

»Gott behüte«, rief Tarleton. Sally lehnte sich zurück, völlig entspannt, und entgegnete, fast provozierend: »Und was die Frage betrifft, die Sie so berührt. Nein, ich bin nicht schwanger. Das ist ganz unmöglich.«

Die Befragung wäre noch weiter fortgesetzt worden, wenn nicht wieder das Telefon dazwischengeläutet hätte. Keeler hob ab. Diesmal folgte ein knapper Befehl: »Keeler? Hier ist Lincoln. Wir sind an der Nordspitze der Insel. Wir haben die Landespiste für die Marihuanaladungen gefunden und ein zweisitziges Flugzeug beschlagnahmt. Der Pilot und der Typ, der sich um die Piste kümmert, legen nahe, daß sie was mit dem Rastafari zu tun haben. Wir müssen ausschwärmen und den Schurken fassen. Sofort!«

Keeler packte Sally am Handgelenk: »Ich brauche Ihre Hilfe, wenn wir ihn aufspüren wollen.« Aber sie hatte nicht verstanden. »Wen?« fragte sie, und er entgegnete: »Ihren Rastafari natürlich.« Sie holten sich noch drei Polizeibeamte dazu, die ihnen bei der Suche helfen sollten, aber trotz Sallys kundiger Führung hatten sie kein Glück.

Wie die meisten intelligenteren Marihuanaschmuggler, die führenden Köpfe, die die Routen festlegen und die Anbauer aussuchen, sorgte Grimble dafür, bei den Operationen selbst nie anwesend zu sein. Kein Polizist durfte ihn jemals auf einem geheimen Landeplatz sichten oder gar in der Nähe eines Flugzeugs, und er hatte sich angewöhnt, nie drei Nächte hintereinander an einem Ort zu verbringen. Als Sally die beiden Polizeibeamten und Keeler zu der Hütte führte, an der sie Ras-Negus noch am selben Abend abgesetzt hatte, konnten sie daher auch nichts entdekken. Er war längst ausgeflogen.

Sie erinnerte sich an ein anderes Haus, von dem sie ihn einmal abgeholt hatte, um sich die Nacht mit Gesprächen und Reggaemusik um die Ohren zu schlagen, aber die Bewohner richteten den Polizeibeamten aus: »Wir haben ihn seit zwei Wochen nicht mehr gesehen.« Schließlich fiel ihr noch eine dritte Adresse ein, aber auch das Haus war leer, und damit waren ihre Anhaltspunkte erschöpft. Die Männer hatten oben im Norden handfeste Beweise für den Drogenschmuggel in der Hand, aber der Anführer der Operation hielt sich irgendwo versteckt und lachte sich ins Fäustchen über Babylons Mißerfolg, aber nachdem sie über eine Stunde die Stellen abgesucht hatten, an denen Grimble Unterschlupf gefunden haben konnte, erzählte ein zehnjähriger Junge der Polizei: »Sie suchen einen Mann mit langen Haaren? Vielleicht steckt er bei Betsy Rose.«

Betsy Rose von den Jungferninseln war als Hausmädchen nach All Saints gekommen, aber hatte sich mit der Dame des Hauses verkracht, da ihr Mann Vergnügen daran fand, mit seiner Angestellten das Bett zu teilen. Betsy Rose wurde entlassen, wechselte von einer Stelle zur nächsten und landete zu guter Letzt bei einem Seemann, den ihre zahlreichen männlichen Besucher nicht interessierten. Als die Polizei das Haus stürmte, fanden sie Betsy Rose im Bett mit Ras-Negus Grimble.

Zuerst wollte Keeler Sally den häßlichen Anblick, wie der Rastafari aus dem Bett gescheucht wurde, ersparen, doch dann hatte er eine bessere Idee: »Vielleicht solltest du mal sehen, wie dein Held in Wirklichkeit aussieht.« Er führte sie in das Innere des Hauses, wo die Beamten die Laken zurückschlugen und den langbeinigen Mann aus dem Bett zerrten. Als er auf die Füße kam, nackt, sah er aus, als bestünde er nur aus einer Haarpracht, denn die Dreadlocks reichten bis zur Hüfte.

Es war ein abstoßender Anblick, und Sally dachte: »Soviel ist also von der inneren Beseeltheit der Negritude übriggeblieben.« Während sie zuschaute, wie er ungeschickt mit seiner Hose hantierte, Keeler ihn dabei am linken Arm festhielt, überkam sie Mitleid mit dem armen Kerl: »Großspurige Reden, süße Gesänge, und doch läßt er sich am Ende von den Weißen einfangen. Nicht viel anders als in Afrika vor 400 Jahren.« Und im Kopf klangen die Worte des Bob-Marley-Liedes nach.

Keeler und Sally kehrten allein zum Polizeirevier zurück, wo der Premierminister bereits wartete. »Gute Nachrichten«, sagte Keeler, »der Rastafari ist hinter Schloß und Riegel.«

»Wo?«

»Eingesperrt in einem kleinen Verschlag am Anse de Jour. Was sollen wir mit ihm machen?«

Nachdem er sorgfältig um sich geschaut hatte, um sicherzugehen, daß niemand in der Nähe stand und zuhörte, brummte der Premier: »Das beste, wir würden ihn erschießen... in etwa sechs Wochen, wenn keiner mehr an ihn denkt. Aber ich bin sicher, es gibt eine elegantere Lösung. Irgendwelche Vorschläge?«

»Ich würde sagen, wir schaffen ihn uns mit der ersten Maschine vom Hals.«

»Und wohin?«

»Egal, wohin.«

»Also gut. Bezahlen Sie seinen Flug, und stecken Sie ihn ins Flugzeug.«

»Bei seiner Landung damals hat uns die Fluggesellschaft mitgeteilt, er hätte für einen Rückflug im voraus bezahlt«, warf Keeler ein, aber ein Beamter unterbrach: »Das hat er, aber dann hat er sein Ticket gleich am ersten Tag zu Bargeld gemacht. Jetzt ist er völlig pleite.«

»Wir müssen ihm also ein Ticket kaufen. Na ja, das ist es wert«, sagte der Premier. »Können Sie mir versprechen, daß er keine Brüche oder Prellungen hat? Keine verdächtigen Wunden?«

»Nichts dergleichen«, versicherte ihm ein Polizist. »Nicht mal 'n Loch in der Hose. Rein gar nichts.«

»Ich will Ihnen glauben, aber wenn er aufs Rollfeld geht, will ich, daß sich ein paar Leute am Flughafen einfinden, die später vor Gericht bezeugen können, daß er das Land ohne eine Schramme am Bein verlassen hat, wenn er vorhat, einen Prozeß gegen uns anzustrengen. Noch sicherer wäre es, wenn wir Fotos hätten.« Gerade wollte er nach Hause aufbrechen, um sich noch ein paar Stunden Schlaf vor Sonnenaufgang zu gönnen, da fügte er noch hinzu: »Holen Sie sich Tarleton und auch seine Frau. Priester machen sich immer gut als Zeugen.«

Kaum war er verschwunden, riß Keeler das Heft an sich: »Sally, geh nach Hause und hol deine Kamera.« Und als sie zurückgekehrt war, sah sie bereits den wartenden Polizeiwagen mit drei Beamten. Er fuhr gerade an, da folgte Keeler in einem zweiten Wagen, in dem der Reverend und seine Frau saßen. Sally stieg zu ihnen, und gemeinsam legten sie

883

die kurze Fahrt zu der Hütte zurück, wo dem Rastamann Handschellen angelegt wurden und er auf den Rücksitz des Polizeiwagens verfrachtet wurde.

Die Tarletons hatten noch nicht erfahren, wie sie den Rastafari aufgestöbert hatten, und so bestürmten sie Sally mit Fragen. »Wir haben in drei verschiedenen Hütten nachgesehen«, sagte Sally, »aber konnten nichts finden, bis wir einen kleinen Jungen trafen, der meinte, er wäre vielleicht bei Betsy Rose.«

»Wer ist Betsy Rose?« rief Mrs. Tarleton vom Rücksitz nach vorn, und ihr Mann antwortete: »Eine unglückliche Frau, die auf die schiefe Bahn geraten ist.«

»Sind Sie froh, daß Sie den Unhold gefaßt haben?« fragte Mrs. Tarleton, und Sally schämte sich, ihnen die Einzelheiten der Verhaftung zu erzählen. »Es wurde höchste Zeit, daß sie ihn von der Insel werfen.« Aber dann fühlte sie sich doch genötigt hinzuzufügen: »Irgendwie tat er mir leid, als sie ihn in Handschellen abführten. Er ist ein freier Geist, wissen Sie.«

»Das hört sich an, als wären Sie ein bißchen in ihn verliebt gewesen«, bemerkte Mrs. Tarleton mit der charmanten Offenheit, die englische Pfarrersfrauen oft an sich haben, aber Sally lachte: »Nein, weder heute noch gestern. Er hatte Interessantes zu sagen; Dinge, die wir uns alle einmal anhören sollten. Aber damit hatte es sich auch schon.«

Sie versuchte zu erklären, daß Ras-Negus, einmal abgesehen davon, wie er sich Frauen gegenüber verhielt, die authentische schwarze Stimme verkörpere, mit allen Beschränkungen hinsichtlich seiner Bildung und seines Geschichtswissens. Sie gestand ein, daß seine Spielerei mit der englischen Sprache, die Schöpfung neuer Wörter wie »overstand«, als dem üblichen »understand« überlegen, kindisch sei und seine Annahme von Haile Selassie als eine Reinkarnation Gottes blanker Unsinn.

»Was bleibt denn da noch übrig?« fragte Mrs. Tarleton, und Sally antwortete: »Er spricht die Enttäuschung der ehemaligen Sklaven an... und das betrifft mich und viele andere auf dieser Insel. Er spricht unser afrikanisches Erbe an, das ich oft stark in mir fühle, und das, worüber gute Menschen wie Sie niemals reden. Bei Ihnen heißt es immer nur England, England, England... aber was haben wir in England verloren? Er spricht dieses magische Wort an, das wir alle zu definieren versuchen und für uns begreiflich zu machen: Negritude. Er hat mir in zehn Minuten mehr über Negritude beigebracht, als Sie drei zusammen je in zehn Jahren gekonnt hätten. Weil er weiß, wovon er spricht, und worüber Sie nie Bescheid wissen können, und wenn Sie noch so verständnisvoll sind in Ihrem Bemühen zu begreifen.«

Es fiel ihr auf, daß die Tarletons es vorgezogen hatten, nicht zu antworten, und sie sah auch, daß Harry neben ihr angespannt auf seinem Fahrersitz saß, daß seine Hände das Steuer krampfhaft umfaßt hielten, und so ließ sie leise ihre Hand auf sein Knie gleiten und lächelte ihm zu, als wollte sie ihm versichern, daß er die Dinge, die Ras-Negus intuitiv erfaßte, zwar nie verstehen würde, aber er ihre Anerkennung dafür verdient habe, daß er sich wenigstens bemühte.

Als sie zum Flughafen kamen, bot sich ihr ein Anblick, der sie in Lachen ausbrechen ließ. Ihr Vater und ihr Bruder führten den Rastafari in einer Verkleidung in die Abflughalle, die seine Mitgliedschaft in der Selassie-Sekte vollkommen versteckte. Die langen Dreadlocks waren hochgerafft und unter einen Turban gestopft, so daß er wie ein Sikh aussah. Sein Bart steckte in dem Ausschnitt eines Ponchos, das auch sein Hemd verdeckte und damit die Rastafari-Losungen, die für den Tod des Papstes plädierten, und statt der Sandalen trug er übergroße billige Turnschuhe. Jegliche Würde, die ihm seine ehemalige Rastafari-Kostümierung verliehen hatte, wurde durch diese billige schlotternde Alltagskleidung genommen. Seine ganze Erscheinung gemahnte an eine schmutzige langhaarige Promenadenmischung, die man eben aus einem Unwetter von draußen ins Haus zerrte, und Sally dachte: »Da hast du nun acht Kinder auf Jamaika gezeugt und hier wahrscheinlich auch noch mal zwei oder noch mehr, und jetzt guck dich mal an.«

Doch dann vernahm sie das dröhnende Lachen der Tarletons und auch Keelers, und die Aussicht, daß Ras-Negus unter dem Hohngeschrei der Weißen All Saints verlassen sollte, diese Aussicht mochte sie nicht ertragen. Entschlossen, eine Geste zu vollführen, die ihre weißen Freunde mit der Erkenntnis schockieren würde, daß sie sich der Sache der Schwarzen auch weiterhin verpflichtet fühlte, lief sie auf das Abfertigungstor zu, warf die Arme um den Hals des Rastafaris und gab ihm einen Kuß. »Danke für alles, was du mir beigebracht hast«, flüsterte sie. Sie trat einen Schritt zurück und schaute zu, wie er seine Reisetasche aufnahm, die Laute unter den Arm klemmte und wie ein gehorsames Kind dem Polizeibeamten folgte, der seine Handschellen löste und ihn zu der wartenden Maschine auf dem Rollfeld eskortierte.

15. Kapitel

Die Zwillinge

Dr. Steve Calderon? Miami? Vorsitzender des Wahlkomitees ›Win with Reagan‹ 1984? Hier ist das Weiße Haus. Der Präsident möchte Sie sprechen.«

»Wer ist dran?« wollte Kate wissen, als sie die Überraschung auf dem Gesicht ihres Mannes sah, das nervöse Trommeln mit den Fingerspitzen. »Hat die Bank den Kreditantrag für die Klinikerweiterung abgelehnt?« fragte sie stirnrunzelnd.

»Du kommst nicht drauf – nicht in hundert Jahren«, preßte er aus einem Mundwinkel hervor. Dann richtete er sich angespannt auf, hielt den Hörer für einen Augenblick ein Stück von seinem Ohr entfernt, und jetzt hörten beide die heisere Stimme, die ihnen vom Fernsehen und aus dem Radio so vertraut war. »Steve Calderon? Ich will hier nicht den alten Politikerschwindel ablassen und sagen, ich könnte mich noch sehr gut an Sie erinnern. Aber man hat mir gesagt, Sie hätten der Partei bei den letzten Wahlen gute Dienste geleistet. Ich hoffe, Sie stehen dann im November auch George Bush zur Verfügung.«

»Der wird einen überwältigenden Wahlsieg in Florida erleben. Wir Kubaner vergessen nicht, wer uns geholfen hat, als wir darauf angewiesen waren.«

»Dr. Calderon, ein paar von meinen Leuten würden Sie gerne einmal sprechen, morgen, in meinem Büro, um zwei Uhr nachmittags.«

»Ich werde dort sein«, antwortete Steve, ohne einen Moment zu zögern. Doch dann folgte eine Warnung des Präsidenten: »Sprechen Sie zu niemandem darüber. Das ist von größter Wichtigkeit.«

»Also gut, Mr. Präsident. Ich werde mit niemandem darüber sprechen.«

»Und?« fragte Kate, kaum hatte er aufgelegt. »Was hat das alles zu bedeuten?«

886

»Du hast doch gehört. Ich soll mit niemandem darüber sprechen . . .«
Aber sie entgegnete: »Ich bin doch nicht einfach irgendwer.«
Sie hatte recht. Wie immer. Obwohl Steve die Fünfzig bereits überschritten hatte, liebte er Kate noch immer so wie an jenem Tag vor jetzt
fast dreißig Jahren, als sie um Mitternacht in einem abgedunkelten
Wagen dreißig Kilometer westlich aus Havanna rausgefahren waren,
um ein kleines Boot zu besteigen, mit dem sie Castros Kuba entkommen wollten. Sie war damals seine Stütze gewesen und hatte ihm versichert: »Du wirst schon irgendwo Arbeit finden, Estéfano. Ärzte werden überall gebraucht.« Als er noch im letzten Augenblick von Angst
gepackt wurde, war sie es, die nicht zugelassen hatte, daß er schwankte:
»Dieses Boot! Ob überfüllt oder nicht, es muß dieses Boot sein!« Damals schien es, als ob allein ihr Wille das zerbrechliche Gefährt Richtung Norden, nach Florida, in die Freiheit angetrieben hatte.

Ihre Tapferkeit ließ auch während jener ersten schrecklichen Jahre in
Miami nicht nach, als es ihm unmöglich war, seine Befähigung als Arzt
nachzuweisen. Für Schwestern war es einfacher, in ihrem Beruf bestätigt zu werden, und so konnte Kate, nachdem sie sich aufgrund ihrer
Verläßlichkeit und Aufmerksamkeit auch in kleinen Dingen einen ausgezeichneten Ruf erworben hatte, die Krankenhausverwaltung dazu
überreden, ihrem Mann eine Stelle als Reinigungskraft auf ihrer Station zu geben. Drei Jahre trug er geduldig Arbeitsjeans und mußte mit
ansehen, wie junge Amerikaner, die weniger Berufserfahrung besaßen
als er, Entscheidungen über Leben und Tod trafen. Da sie mehr verdiente als er, bezahlte sie die Kurse, in denen er seine Fähigkeiten als
Arzt demonstrieren konnte, und am Ende konnte sie erleben, wie er die
Urkunde entgegennahm, die ihm seine Niederlassung als Arzt in Amerika ermöglichte.

Als er seine Praxis auf der Straße eröffnete, die später nur Calle
Ocho hieß, Southwest Eight Street, in der Innenstadt von Miami, war
es wieder ihr Geld, mit der die Miete gezahlt wurde, und in den ersten
drei Jahren arbeitete sie als Arzthelferin, um Personalkosten zu sparen.
Sie hatte ihm immer wieder Mut gemacht, unerschrocken nach vorne
zu blicken, bis Steve erst Chef seiner eigenen Klinik wurde, vier Mitar-
beiter unter ihm, dann Vorstandsmitglied einer der ersten kubanischen
Banken und schließlich deren Präsident.

Ihr Mann war keineswegs bloß der passive Teil bei diesem spektaku-
lären Aufstieg, sie beiden waren Beweis dafür, was ein gebildetes kubanisches Paar in der neuen Heimat erreichen konnte. Er war ein ausge-

zeichneter Arzt mit sicherem Auftreten und von gewinnendem Wesen: groß, leicht übergewichtig, ergrautes Haar an den Schläfen, mit einem herzlichen Lachen und der Angewohnheit, jeden Patienten auf spanisch zu beruhigen:»Also, Mrs. Espinosa, ich bin mir über die Diagnose in ihrem Fall zwar noch nicht hundertprozentig im klaren, aber ich weiß, was weiter zu tun ist, um Klarheit zu gewinnen, und dann wollen wir doch mal sehen, ob wir ihnen nicht helfen können.« Er erzielte so gute Ergebnisse, daß die Patienten von ihm als von einem Freund sprachen. Sehr bald behandelte er auch weiße Amerikaner, und an manchen Tagen kamen so viele, daß sein Wartezimmer vor Menschen überquoll.

Bis zu seinem 48. Lebensjahr war Steve Calderon sowohl ein erstklassiger Arzt als auch Vorstandsvorsitzender einer Bank gewesen, aber als eine der größten Nationalbanken seine kleinere aufkaufte – wobei er selbst einen enormen Gewinn erzielte –, wechselte er ganz in den Beruf des Bankiers. Die Calderons konnten es sich leisten, daß Kate ihren Schwesterndienst quittierte und nun als Vizepräsidentin der Bank Frauen in der spanischen Gemeinde überredete, Konten bei ihr zu eröffnen. Außerdem überwachte sie die Fertigstellung des Erweiterungsbaus ihrer Klinik, an der ihr Mann auch weiterhin finanziell beteiligt war, aber nicht mehr operierte.

Die Calderons wurden wiederholt und zu Recht als Beispiel dafür hingestellt, wie relativ schnell sich die Kubaner der ersten Einwanderungswelle von 1959 in das Leben in Florida integriert hatten. In ihrem Fall kam hinzu, daß sie die oberste Sprosse der sozialen Stufenleiter erklommen hatten, denn Dr. Steve, wie er auch genannt wurde, war zu einem wichtigen Faktor im gesellschaftlichen, politischen und Geschäftsleben von Miami geworden. Und da die Kubaner stark mit den Republikanern sympathisierten und der Meinung waren, daß John F. Kennedy und Jimmy Carter sie in entscheidenden Krisenmomenten im Stich gelassen hatten, daß die Demokraten allgemein dazu tendierten, zu sanft mit dem kommunistischen Regime umzugehen. Vielleicht sogar selbst versteckte Kommunisten waren, war es ganz natürlich für die Calderons, sich der Republikanischen Partei anzuschließen, wo beide wichtige Positionen bekleideten, Kate als Vorsitzende für Frauenvereinigung »Women for a Strong Republic« (»Frauen für eine starke Republik«) und Steve als Leiter der Wahlkampagne »Win with Reagan« (»Mit Reagan gewinnen«). Bemerkenswerterweise vermieden beide Organisationen das Wort Kuba oder kubanisch in ihrem Namen, um nicht alteingesessene Einwohner Floridas zu verprellen.

Als Kate ihren Mann mit aufgeräumter Entschlossenheit anblickte und fragte, nachdem dieser den Hörer aufgelegt hatte:»Und? Was war?«, erwartete sie daher, daß er ihr berichtete, was der Präsident gesagt hatte, aber er wehrte ab:»Du hast doch gehört, was ich versprochen habe.« Aber sie blieb hartnäckig:»Du brauchst mir nur eins zu sagen. Kuba?« Und er entgegnete:»Da ich nichts Genaues weiß, bin ich nur auf Vermutungen angewiesen. Wahrscheinlich hat es mit Kuba zu tun.«

Jetzt wurde sie hellwach, schmiegte sich an ihn und warnte:»Steve, du darfst dich unter keinen Umständen, egal, welchen, in diese Sache mit Kuba einmischen. Das Problem rührt zuviel böses Blut auf.« Aber er entgegnete bloß, nachdem er ihre Hände in die seinen genommen hatte:»Ich weiß.«

Er wußte, wovon er sprach, denn wenn eine Serie erst kürzlich zurückliegender Ereignisse ihn nicht schon daran erinnert hätte, wie gefährlich die Sache war, dann gewiß der unangenehme Besuch des skrupellosen Máximo Quiroz.

Eine ganze Reihe von Zwischenfällen war repräsentativ für den enormen Druck, unter dem die kubanische Gemeinde in Miami stand. Als ein hochrangiger Militäroffizier dem Castro-Regime abschwor und unter großer Gefahren für sich selbst mit einem kleinen Flugzeug von Kuba nach Key West flog, war die amerikanische Regierung zunächst hoch erfreut, einen Mann in den Händen zu haben, der sie möglicherweise mit wichtigen Informationen beliefern konnte, doch noch ehe das Jubelgeschrei erlahmte, warnten Experten in Washington:»Schafft ihn so schnell wie möglich raus aus Florida! Sein Leben ist in Gefahr! Diese Fanatiker werden argumentieren: ›Wenn er so lange bei Castro ausgehalten hat, dann muß er bei der Schweinebucht dabei gewesen sein. Der Kerl wird umgebracht!‹« Der Kubaner wurde auf dem schnellsten Wege außer Landes gebracht, und vier Tage später erfuhr das FBI, daß die Quiros-Gruppe einen Mordanschlag auf ihn geplant hatte, wenn er es gewagt hätte, Miami zu betreten.

Máximo Quiroz stellte für die Calderons ein Problem besonderer Art dar, denn 1898, als Kuba die Unabhängigkeit von Spanien errang, waren die beiden Urgroßväter von Steve Calderon und Quiroz, die aus der selben Familie stammten, durch eine Freundschaft verbunden, die sich in den nachfolgenden Generationen fortsetzte und auf die Familien ausweitete, so daß Steve und Máximo, zwei junge Männer von Intelligenz und Entschlossenheit, 1959 gemeinsam den Plan faßten, aus Kuba in die Freiheit zu fliehen. In Miami jedoch hatten sich ihre Wege auf dramatische Weise getrennt. Steve und seine Frau gingen den Weg der vollkommenen Integration in die Elite Miamis, während Máximo sich zum lärmenden Anführer jener Kubaner aufschwang, die sich sagten: »Zum Teufel mit Amerika und der amerikanischen Lebensweise, wir wollen zurück in ein freies Kuba.« Und er hatte sich derart in seine Vorstellungen verstiegen, daß er sich als einer der ersten Freiwilligen für die Invasion in der Schweinebucht meldete und als letzter den Rückzug aus dem Fiasko antrat. In weiser Voraussicht hielt das FBI ihn ständig im Auge, denn aus kubanischen Kreisen verlautete: »Wenn man von einem Flüchtling erwarten kann, sich in ein kleines Schlauchboot zu setzen, nach Havanna zu paddeln und dort zu versuchen, Castro zu ermorden, dann von Máximo Quiroz.«

Noch im Juli dieses Jahres, 1988, als ein paar gutherzige Menschen behinderte Kinder aus Kuba einluden, damit sie an der internationalen Behindertenolympiade in Notre-Dame teilnehmen konnten, trommelte Quiroz seine patriotischen Gesinnungsgenossen zusammen, fiel über den Flughafen her und ließ gemeinen Spott gegen die Kinder los, die mit weit aufgerissenen Augen auf das Geschehen blickten. Diese Aktion wirbelte eine Menge Staub auf, viele waren befremdet. Manchmal allerdings stießen seine Aktionen in der Bevölkerung auch auf Sympathie: im August zum Beispiel, am Eröffnungstag der Panamerikanischen Spiele in Indianapolis, als er ein Flugzeug, das normalerweise für Schädlingsbekämpfung eingesetzt wurde, im Tiefflug über das Stadion fliegen ließ, hinten angebunden ein großes Banner mit der Aufschrift: »Kubaner! Wählt die Freiheit!«, während unten am Boden seine freiwilligen Helfer Tausende von Flugblättern verteilten, auf denen in Spanisch erklärt wurde, wie sich die Mitglieder der gewaltigen kubanischen Delegation am besten absetzen und in Amerika um politisches Asyl bitten konnten. Wieder stellte das FBI ihn unter Beobachtung.

Beunruhigender wirkte auf die Calderons der Fall eines im Exil in Miami lebenden kubanischen Künstlers, der einer Einladung seines Heimatlandes gefolgt war, seine Werke in einer Sammelausstellung zusammen mit Kunst aus allen spanischsprechenden Ländern der westlichen Hemisphäre zu zeigen. Der Mann hatte das Pech, den zweiten Preis zu gewinnen, und war bei der Übergabe eines Schecks mit Castro fotografiert worden, der einen Arm um seine Schulter gelegt hatte. Nachdem das Bild in einer der Zeitungen in Miami abgedruckt worden war, hatte jemand Feuer in seinem Atelier gelegt, und als die Feuer-

890

wehrleute in der Glut herum stocherten, fanden sie unweit des Hauses an einer Mauer die Warnung gepinselt:»Keine Verbrüderung mit Tyrannen!« Auch wenn es ihm nicht nachgewiesen werden konnte, herrschte allgemein der Verdacht, daß Quiroz der Brandstifter war.

An den Bombenanschlag auf den Tabakladen, der auch kubanische Zigarren im Angebot hatte, war er ganz sicher nicht verwickelt, denn zu der Zeit war er gerade auf Propagandatour in Chicago, und dennoch, die Kubaner auf der Calle Ocho raunten sich wissend zu:»Wenn man nicht dafür ist, auf Havanna eine Atombombe zu werfen, gilt man bei Quiroz und seinen Typen schon als Kommunist.«

Die Calderons, denen die Spannungen nur zu bewußt waren, hatten seit dem ersten Tag ihres Aufenthaltes in den Vereinigten Staaten immer nur eine einfache Regel befolgt:»Wir sind gegen dieses Ungeheuer Castro und wünschen ihm alles erdenklich Schlechte, aber wir sind bereit, ihn auf seiner Insel verfaulen zu lassen.« Nie sagten sie ein einziges gutes Wort über Castro oder die Demokratische Partei und behielten so ihre Glaubwürdigkeit, aber sie ließen sich auch nie zu dem geradezu krankhaften Haß herab, der Quiroz zu seinen abscheulichen Anschlägen trieb, und auch wenn sie entfernt mit ihm verwandt waren, hielten sie sich doch von ihm fern.»Máximo spielt sich als Richter über die kubanische Orthodoxie auf«, hatte Kate ihren Mann einmal während einer Anti-Castro-Demonstration gewarnt,»also gib acht. Soll er sein Steckenpferd reiten, aber laß uns deswegen nicht von unserem vernünftigeren Weg abkommen.«

Am Abend vor dem Abflug ihres Mannes nach Washington wiederholte sie daher ihre Warnung:»Steve, laß dich auf nichts ein, was irgendwie mit Kuba im Zusammenhang steht. Laß Castro in Ruhe. Bleib lieber bei deiner Arbeit hier zu Hause.« Und er stimmte ihr bei:»Ich habe genausoviel Angst vor Máximo wie du.« Und mit diesem Versprechen gingen sie zu Bett.

Am nächsten Tag, es war ein heißer Septembermorgen, fuhr Kate ihren Mann zum Flughafen von Miami, auf dem es wie immer von Menschen wimmelte. Er buchte seinen Flug bei Eastern Airways, landete mittags in Washington, nahm ein hastiges Essen ein und ließ sich anschließend im Weißen Haus anmelden, wo die Wachen ihn und seinen Koffer mit besonderer Sorgfalt inspizierten. Der Präsident selbst nahm an der Sitzung nicht teil, aber er ließ sich Zeit, die einzelnen Teilnehmer zu begrüßen, und zu Calderon sagte er:»Ah, ja. Jetzt erinnere ich mich. Sie saßen diesem großen Galadiner in Miami vor. Ich hoffe, wir können wieder mit ihrer Unterstützung rechnen.« Damit war er auch schon wieder verschwunden, rief ihm aber noch über die Schulter zu: »Wir sehen uns dann, wenn Sie fertig sind.«

An dem Gespräch waren nur sechs Personen beteiligt; zwei vom Außenministerium, zwei vom Nationalen Sicherheitsrat, ein Mitglied des politischen Beraterteams des Präsidenten und Steve. Seine Vermutung bestätigte sich, das Thema drehte sich um Kuba. Der Mann aus dem Außenministerium begann: »Es gibt hartnäckige Gerüchte bei unseren Freunden aus Lateinamerika, daß Fidel Castro versessen auf irgend eine Geste von unserer Seite wartet – wirtschaftliche Kredite, ein Zeichen der politischen Entspannung, irgend etwas, wir wissen es nicht.«

»Haben wir von ihm selbst denn auch solche Hinweise erhalten?« wollte Steve wissen, und einer der Herren vom Sicherheitsrat antwortete: »Eigentlich nur vage Andeutungen. Nichts Substantielles.«

Der Ministerialbeamte setzte erneut an: »Alles in allem sind wir zu dem Schluß gekommen, daß es vielleicht das vernünftigste wäre, ein Signal zu geben – nichts Auffälliges, nichts, was man in den Abendnachrichten erwähnen müßte, nur ein Zeichen, daß wir, wie soll ich sagen, auf dem selben Spielfeld stehen. – Er ist ein begeisterter Baseballfan, müssen sie verstehen.« Er lachte leise über seinen gelungenen Scherz.

»An was hatten sie gedacht?« fragte Steve. Und einer der Sicherheitsbeamten fuhr fort: »Wie Tom schon sagte, nichts Spektakuläres«, worauf er einen Hefter öffnete, in dem sich ein Stoß Blätter befand. »Es heißt hier, Sie seien ein Vetter von Domingo Calderon Amador, einem von Castros Beratern, und seltsamerweise auch sein Schwager.«

»Da haben Sie beide Male recht. Sein Großvater und mein Großvater waren Brüder, und wir beide haben Zwillingsschwestern geheiratet.«

»Lassen Sie mich das klarstellen«, und wieder schaute er in den Unterlagen nach: »Ihre Frau Caterina ist also die Zwillingsschwester seiner Frau, Plácida. Sind Sie am selben Tag getraut worden?«

»Zwei Jahre später. Ich fühlte mich zu Kate hingezogen, weil Plácida so attraktiv war. Großartige Frauen, beide.«

»Wenn Sie nun einfach mal so einen Abstecher nach Kuba machen würden . . . um ihren Vetter wiederzusehen . . . und ihre beiden Frauen Kindheitserinnerungen austauschen zu lassen . . .«

»Das wäre doch ganz normal, oder nicht?« fragte der Vertreter des Außenministeriums.

»Eigentlich ja. Nur haben Domingo und ich uns seit meiner Flucht mit

892

Kate aus Kuba 1959 nicht mehr gesehen, wie Sie wahrscheinlich wissen. Warum sollte ich also urplötzlich dieses Interesse haben?«
»Das haben wir uns auch gefragt. Aber hier kommen nun ihre Frauen ins Spiel. Die Gründe wären rein sentimentaler Natur. Die frühere enge Beziehung zwischen dem Zwillingspaar. Gibt es etwas Natürlicheres?«

»Und der eigentliche Grund für die Reise . . .«, mischte sich jetzt der Vertreter des Sicherheitsrates ein, »Sie sollen vor ihrem einflußreichen Vetter in leisen Tönen, eher zufällig durchblicken lassen, daß Sie, als Sie 1984 bei der Wahlkampagne für Reagan mitgemacht hätten und so weiter, und so weiter . . . wenn die Zeit jemals reif für eine Aufweichung der starren Haltung gegenüber Kuba sei . . . und so weiter, und so weiter, na ja, dann wäre das jetzt.«

Wieder unterbrach der Herr aus dem Außenministerium: »Und wenn Sie Ihren Vetter dazu bewegen könnten, was doch wohl im Rahmen des Möglichen ist, Sie dem großen Castro vorzustellen . . . nun ja, es wäre von Vorteil für uns, wenn Sie den Mann persönlich kennenlernen würden.«

»Was soll ich ihm sagen?« fragte Steve, worauf der Mann aus dem Sicherheitsrat, der so gerne »und so weiter« sagte, gleich warnend einfiel: »Nichts Definitives, weil Sie nichts Definitives wissen. Die Unterhaltung muß ganz zwanglos wirken. Erwähnen Sie bloß mal beiläufig, daß Sie aus Gesprächen mit Beratern des Präsidenten den Eindruck gewonnen hätten, die Zeit sei reif für . . . und so weiter, und so weiter, Sie wissen schon. Das ist alles, mehr nicht, und fügen Sie noch hinzu, da gäbe es wohl keine Zweifel. Sagen Sie einfach: ›Es kann natürlich sein, daß sich aus dem Stimmungswandel nichts ergibt, und vielleicht überbetone ich ihn auch‹ und so weiter, und so weiter. Aber teilen Sie ihm ruhig mit, daß Sie ganz persönlich meinen, an der Sache wäre etwas dran.«

»Ist denn was dran?« wollte Steve wissen, worauf sich der junge Mann aus dem Präsidentenstab, der offensichtlich gegen dieses Treffen und die hier unterbreiteten Vorschläge war, bemüßigt fühlte einzugreifen, und er tat dies mit schneidender Kälte und nachdrücklich: »Verstehen Sie doch, Mr. Calderon, das Weiße Haus hat seine Politik oder seine Haltung nicht geändert. Wir sehen in Fidel Castro noch immer eine kommunistische Bedrohung, und wir bedauern, was er da in Nicaragua versucht. Wenn sich ein Gespräch mit ihm arrangieren läßt, dann sind sie verpflichtet, das auch klipp und klar zu sagen.«

»Das ist im großen und ganzen auch mein Standpunkt«, entgegnete
Steve. Aber der Mann aus dem Außenministerium sagte ruhig: »Na-
türlich würden wir uns nicht mit ihnen hier treffen, wenn sich die
Dinge im Hauptquartier nicht ein wenig geändert hätten, stimmt's,
Terrence?« Und der Präsidentenberater antwortete: »Natürlich. Ich
wollte nur vermeiden, daß Dr. Calderon da irgendwelche frommen
Sprüche in Kuba abläßt. Castro ist und bleibt unser Feind.« Der Mann
aus dem Ministerium hatte das letzte Wort: »Wenn Ihr Signal verstan-
den wird, dann wundern sie sich nicht, wenn in ein paar Monaten ihr
Vetter nach Miami kommt, damit seine Frau einen Gegenbesuch bei
Ihrer Frau machen kann und er Ihnen die Antwort zukommen lassen
kann.«

Steve spürte, daß er jetzt etwas sagen mußte: »Sie wissen sicherlich,
daß es für einen Kubaner, der in Miami lebt, außerordentlich gefährlich
ist, in irgendeiner Weise mit Castro oder Kuba in Verbindung zu stehen. Es gibt da ziemlich erhitzte Gemüter in Miami.«

Drei der Beteiligten hielten das für eine Übertreibung und brachten
das auch zum Ausdruck, aber den beiden Mitgliedern des Sicherheitsrates lag umfangreiches Beweismaterial vor, das Steves Ansicht bestätigte, und einer räumte ein: »Gefährlich, ja, aber nicht verhängnisvoll.
Außerdem gibt es keinen Grund, warum irgend jemand in Miami von
Ihrer Reise erfahren sollte.«

Steves berechtigte Befürchtungen wurden durch diese leicht daher-
gesagte Versicherung nicht zerstreut, denn derjenige, der sie aussprach,
kannte die Verhältnisse in Miami nicht, aber als gegen Ende der Sitzung der Präsident auftauchte und die Frage stellte: »Nun, alles in die
Wege geleitet?«, fühlte sich Steve genötigt zu antworten: »Schon unterwegs.« Die letzten zehn Minuten wurden damit verbracht, die wesentlichen Entscheidungen über die Planung des Unternehmens zu
treffen und Steve daran zu erinnern, daß sein Auftrag genau umrissen
war: »Sie sollen Kontakt mit ihrem Vetter herstellen. Mehr nicht. Nur
wenn er es arrangieren kann, Ihnen eine Begegnung mit Castro zu
ermöglichen, dann nutzen Sie die Gelegenheit ... Aber erwecken Sie
nicht den Eindruck, als seien Sie besonders erpicht darauf.«

Während des Rückfluges dachte Steve über die seltsame Beziehung
nach, die ihn mit den Vereinigten Staaten verband, deren Staatsbürgerschaft er angenommen hatte, aber vor allem über seine schwierige Situation in Miami, der Hauptstadt der kubanischen Immigranten. Schon
in den ersten wenigen Wochen nach der Übernahme durch Castro hatte

er ziemlich genau vorausgesehen, was mit Kuba passieren würde, daß das Land dem Kommunismus in die Hände fallen und diese Bewegung unausweichlich und unumkehrbar sein würde. Ferner war ihm klargeworden, daß in einem solchen Land für ihn kein Platz sein würde, daß seine politischen Vorstellungen fest in den Ideen von Freiheit und Demokratie verwurzelt waren.

Er und Kate waren unter den ersten gewesen, die Kuba verlassen hatten, lange vor der Massenauswanderung von 1961, und nie hatten sie ihre Entscheidung bereut, denn wie Kate damals sagte: »In Kuba weiß jedes Kind, daß sich dein Zweig der Familie Calderon immer dafür ausgesprochen hat, Kuba an die Vereinigten Staaten anzuschließen – seit 1880, um genau zu sein. Vielleicht ist es daher besser, wenn wir jetzt sofort gehen, ehe es zu spät ist und wir nicht mehr rauskönnen.«

Vom ersten Augenblick an, seit ihrer Landung in Key West, waren beide Calderons zufrieden mit ihrer Wahl gewesen auch in der dunkelsten Zeit, als Steve sich noch nicht als Arzt in Amerika niederlassen konnte. Sie waren das erste verheiratete Paar aus der urspünglichen Immigrantengruppe, die amerikanische Staatsbürger wurden, und hatten nicht einmal, auch in den verständlichen Momenten des Heimwehs, ernsthaft erwogen, nach Kuba zurückzukehren. Sie vergeudeten keine Zeit, irgendwelchen Spekulationen nachzuhängen, von dem Tag zu träumen, an dem Castro sterben und alle Kubaner in Miami die Freiheit haben würden, zurück ins Land zu strömen. Für sie war Kuba eher historisch, eine Insel, auf der ihre Vorfahren fast ein halbes Jahrtausend gelebt und es zu Reichtum gebracht hatten und auf der sie selbst glückliche Zeiten verbracht hatten. Trotzdem gehörte das der Vergangenheit an. Es war Erinnerung, es wirkte nicht mehr wie ein Magnet.

»Zwei winzige Präpositionen«, grübelte Steve. »Die fassen alles zusammen. Da unten habe ich immer gesagt: Ich lebe auf der Insel Kuba. Aber hier oben sage ich: Ich lebe in den Vereinigten Staaten. Ich habe eine farbenfrohe kleine Insel gegen einen riesigen Kontinent eingetauscht, dann weitet sich auch der Geist, um den Herausfoderungen einer gößeren Gemeinschaft begegnen zu können.«

Gleichwohl hätte er seine kubanische Herkunft niemals verleugnet, wie das manche Einwanderer taten, und 1972 sogar die Initiative unterstützt, die Dade County in Miami offiziell als zweisprachiges Verwaltungsgebiet erklärt haben wollte. 1980 allerdings starteten aufgebrachte weiße Angloamerikaner, die sich durch die kubanischen Einwanderungsströme an die Wand gedrückt fühlten, einen Gegenangriff

895

und führten wieder Englisch als die einzige Amtssprache ein. »Das ganze spanische Zeugs kann uns gestohlen bleiben«, wie sich ein Gegner ausdrückte. Steve, nicht bereit, das, was er als einen schweren Rückschlag empfand, einfach zu akzeptieren, nahm den Kampf wieder auf, um wenigstens Miami als zweisprachige Stadt zu etablieren, und an dem Tag, als sein Gesetzesentwurf von einer überwältigenden Mehrheit angenommen wurde, daß die Stadt in Zukunft ihre Geschäfte sowohl in Englisch als auch Spanisch abwickeln konnte, stellte er einen Ausschuß zusammen, der sich für das Stadtviertel Klein-Havanna spanische Straßennamen ausdenken sollte. Sein mutiges Auftreten in den Konflikten, in denen er immer für die Interessen der spanischen Gemeinde warb, machte ihn zu einem Helden für die Kubaner, obwohl er bei einer späteren Kampagne für die Wiedereinführung der Zweisprachigkeit in Dade County unterlegen war.

Aber auch bei den weißen Angloamerikanern hatte er sich durch eine Äußerung beliebt gemacht, die er auf einer Pressekonferenz am Tag der Entscheidung für die Vorherrschaft der englischen Sprache getan hatte: »Das Volk hat gesprochen. Wir müssen diese Entscheidung im Geist guter Nachbarschaft akzeptieren und jetzt so schnell wie möglich Englisch lernen.« Doch dann hatte er mit einem Augenzwinkern in die Kameras hinzugefügt: »Natürlich haben diejenigen hier, die Spanisch können, einen ungeheuren Vorteil, weil wir alle wissen, daß Miami dazu prädestiniert ist, eine spanische Stadt zu werden.«

Er hatte außerdem sein Geschick als Kommunalpolitiker bewiesen, als die schwarzen Einwohner Miamis ihren Unmut darüber zum Ausdruck brachten, daß die Jobs, die sie traditionell belegt hatten – Reinigungskräfte, Nachtwächter, Lagerarbeiter, Aushilfen in Kaufhäusern –, jetzt besser ausgebildete Kubaner an sich rissen. Die Schwarzen wurden dadurch arbeitslos und auch nicht mehr vermittelbar. Als die politischen Führer der Schwarzen sich mit Regierungsvertretern an einen Tisch setzten, um für eine gerechtere Verteilung der Arbeit zu plädieren, hörte Calderon einen Älteren klagen: »Wir Schwarze sind seit über 400 Jahren in Florida ansässig, und in der Zeit haben wir mit den Weißen bestimmte Vereinbarungen erzielt. Wenn wir heute die Jobs behalten wollen, die uns schon immer zugestanden haben, dann müssen wir Spanisch lernen, und das kann man in unserem Alter nicht mehr. Ihre Leute haben uns unsere Stadt aus der Hand gerissen!«

Der Gefahren bewußt, die diese Entwicklung mit sich brachte, hatte Steve auf der Stelle zwei schwarze Krankenhelfer in seiner Klinik eingestellt, trotz der Tatsache, daß Hispanos besser für diese Arbeit geeignet waren. Er sprach sich auch in der Öffentlichkeit für die Notwendigkeit aus, den Arbeitsmarkt für die Schwarzen offenzuhalten, und er konnte eine Gruppe wohlhabender kubanischer Privat- und Geschäftsleute dazu überreden, eine Abendschule zu gründen, in der Schwarze Spanisch lernen konnten, aber diese Wohltätigkeitseinrichtung wurde wieder geschlossen, als die schwarzen Anführer protestierten: »Sehen Sie, es beweist nur, was wir schon immer gesagt haben. Miami verwandelt sich in eine spanische Stadt, wo für den schwarzen Arbeiter kein Platz mehr ist, wenn er nicht Ihre Sprache lernt.« Und dann folgte die übliche Klage: »Dabei sind wir seit über 400 Jahren hier ansässig.«

Die Flugroute von Washington, D. C., nach Florida führt über Virginia, dann über einen kleinen Ort nahe Wilmington, North Carolina, wo die Maschinen Kurs auf den Atlantik nehmen und dann in gerade Linie über Wasser Miami anfliegen, aber Dr. Caldron genoß die herrliche Aussicht nicht, denn er war völlig in Gedanken versunken. Er empfand große Sympathie für die Schwarzen in Miami. Es schien, als entglitte ihnen der Boden unter den Füßen. Keine Sympathie jedoch empfand er für die weißen Angloamerikaner, die sich über die kubanische Invasion beklagten. Sie hatten seiner Meinung nach kaum etwas für ihre Stadt getan, als sie noch fest in ihrem Besitz war, und das, was Miami in den letzten Jahrzehnten zu einer wahren Metropole gemacht hatte, verdankte sie zu neunzig Prozent seinen kubanischen Landsleuten.

Und für die englischsprechenden Einwohner der Stadt, die nach Norden abwanderten, Richtung Palm Beach, um den Kubanern zu entkommen, für die hatte er nur Verachtung übrig. Dahinter verbarg sich die Angst der Angloamerikaner, sie könnten sich in der spanischen Stadt, zu der sich Miami unweigerlich entwickelte, nicht mehr zurechtfinden. »Sie können sich auch nicht mit dem Gedanken abfinden, daß wir jetzt eine von Katholiken beherrschte Stadt sind und eine von Grund auf republikanische. Sie scheinen überhaupt nichts an uns und unserem neuen Lebensstil zu mögen.« Und verbittert schüttelte er den Kopf, als er sich den beleidigenden Aufkleber ins Gedächtnis zurückrief, der jetzt häufig zu sehen war: »Würde der letzte Amerikaner, der Miami verläßt, bitte so freundlich sein und die Fahne mitbringen?«

Doch dann, die Hände vorne am Sitzgurt verschränkt, dachte er darüber nach, wie gespalten sein eigenes Verhältnis zu den Neuankömmlingen war. Die ersten Ausreisewellen von 1959 und 1961 brachten die besten Einwanderer, die jemals amerikanischen Boden betreten hatten. Innerhalb einer so kurzen Zeitspanne zwei Gruppen außergewöhnlicher, bewundernswerter Menschen aufzunehmen wäre für jedes Land ein Segen gewesen, der einem selten zuteil wird.»Nicht einer aus unserer Gruppe ist heute ohne Arbeit. Nicht einer, dessen Kinder keine Ausbildung haben. Und nicht einer, soweit ich weiß, der nichts Erspartes auf der Bank hat.« Er lachte leise:»Und keiner, der nicht republikanisch wählt. Wir sind über Nacht achtbare amerikanische Staatsbürger geworden, und es ist lächerlich, wenn uns die Angloamerikaner zurückweisen.«

Dann stöhnte er auf. Er konnte es den Angloamerikanern andererseits nicht übelnehmen, wenn sie den Bootsflüchtlingen aus Mariel Verachtung entgegenbrachten, die 1980 rüberkamen, als Castro die kubanischen Gefängnisse öffnete und 125 000 Verbrecher nach Norden verschiffte. Sie hatten die Fortschritte, die die Kubaner in Miami erzielt hatten, um ein Dutzend Jahre zurückgeworfen. Düster starrte er auf den grauen Ozean unter ihm und vergegenwärtigte sich die zweite Fluchtwelle kubanischer Immigranten – die Drogenschmuggler und Straßenräuber, die Autodiebe, Zuhälter und Hehler... und die Ungebildeten.

Widerwillig gestand er sich ein, daß ihn seit längerem eine häßliche Frage quälte: Ist der eigentliche Grund, warum wir die Bootsflüchtlinge aus Mariel hassen, nicht die Tatsache, daß die meisten Schwarze sind und wir bloß nicht wahrhaben wollen, daß Massen von Kubanern dieser Generation Schwarze sind, nicht Weiße wie in unserer ersten Gruppe? Sie wirkte wie ein bohrender Schmerz, diese Rassendiskriminierung, mit der sich Kuba seit 400 Jahren herumplagte; die Menschen, die in der guten alten Zeit die Hotels betrieben, in der die Touristen abstiegen, waren Weiße, jedenfalls die meisten. Auch die, die Regierungsverantwortung trugen, die Diplomaten, die in Paris und Washington glänzten, die millionenschweren Zuckerbarone – alles Weiße. Die Masse der Menschen dagegen, draußen auf den Feldern, in den Bergen, diejenigen, die die Arbeit verrichteten und die Mehrheit stellten, sie waren Schwarze, Nachfahren der von den Zuckerbaronen aus Afrika importierten Sklaven. Kuba, grübelte er, das heißt, das obere Drittel ist weiß, das untere Drittel schwarz und das in der Mitte gemischt. Er verzog das Gesicht: Ich habe die Schwarzen schon in Kuba nie gemocht, und hier mag ich sie auch nicht. Es sind Gauner, nichts anderes. Kein Wunder, daß die Amerikaner anfangen, alle Kubaner zu fürchten. Wenn man nur die Zeitungsberichte über Verbrechen von den ehemaligen Mariel-Insassen liest, könnte man glauben, der wichtigste Beitrag, den wir Kubaner für die Stadt geleistet haben, wäre die Ausweitung der öffentlichen Korruption – nach mittelamerikanischem Muster.

Unwillkürlich zuckte er zusammen, als er an die zahllosen Verbrechen dachte, die noch nicht lange zurücklagen und die alle Schlagzeilen gemacht hatten. Da waren die Polizeioffiziere, weiße spanischsprechende Kubaner, die sich zu einer verschworenen Bande zusammengeschlossen und aus Geldgier selbst schreckliche Straftaten verübt hatten. Zwei Kubaner aus Mariel, Besitzer einer Firma für Aluminiumverkleidung, hatten einem Angloamerikaner derartige Pfuscharbeit geliefert, daß dieser einen Preisnachlaß forderte, was die beiden Firmenbesitzer so in Rage versetzt hatte, daß sie das Haus ihres Kunden stürmten, ihn zusammenschlugen und dann mit ihrem Wagen seine Frau überfahren hatten und ihr linkes Bein dabei so stark verletzten, daß es amputiert werden mußte. Die Liste ließ sich endlos fortsetzen, es waren verbrecherische Praktiken, die so ungeheuerlich waren, daß er verstehen konnte, warum Angloamerikaner in letzter Zeit anfingen, auch anständige Kubaner abzulehnen. Um diesen negativen Tendenzen entgegenzuwirken, hatte er mit Unterstützung anderer führender Persönlichkeiten unter den Kubanern einen inoffiziellen Klub gegründet und ihm den Namen »Dos Patrias« (»Zwei Heimatländer«) gegeben, was sich einmal auf die emotionale Heimat bezog, die viele Kubaner zurückgelassen hatten, und die rechtliche, der sie sich für ihr restliches Leben anvertraut hatten. Es war ein Klub ohne irgendwelche Vorschriften, ohne regelmäßige Sitzungen oder feste Mitgliedschaft, eigentlich bloß eine Zusammenkunft intelligenter Menschen, die genau verfolgten, wohin sich ihr Gemeinwesen entwickelte, und die nichts anderes im Sinn hatten, als es nicht vom rechten Weg abkommen zu lassen. Alle Teilnehmer dieser zwanglosen Zusammenkünfte waren Hispanos, also spanischsprechende Einwanderer, zu 95 Prozent Kubaner, und die meisten waren aufgeklärte Menschen wie Calderon. Und alle gingen von zwei grundsätzlichen Tatsachen aus: Miami war dazu bestimmt, eine spanische Stadt zu werden; und es würde eine lebendigere Stadt, wenn die Angloamerikaner, die sie aufgebaut hatten, dazu gebracht werden konnten zu bleiben.

Die Patrias, wie sie sich nannten, machten es sich zur Aufgabe, dafür zu sorgen, daß Miami eine Stadt blieb, in er sich auch Angloamerikaner weiterhin wohl fühlen konnten, und nach einer Versammlung sagte Steve:»Ich kann mir eine Stadt vorstellen, die zu drei Vierteln spanisch ist und zu einem Viertel schwarz und angloamerikanisch. Aber den Ort so zu gestalten, daß sich die guten Angloamerikaner dort auch wohl fühlen, das wird nicht einfach sein.«

Steve fröstelte, als er sich an den traurigen Besuch zurückerinnerte, den ihm die Hazlitts erst kürzlich abgestattet hatten, und er fragte sich, ob die Schlacht nicht schon längst verloren war. Norman Hazlitt war ein Mensch, der jeder Gemeinschaft, in der er wirkte, Ehre gemacht hätte: Ungewöhnlich erfolgreich als Geschäftsmann, unterhielt er gute Beziehungen zu den Gewerkschaften, war die treibende Kraft im Aufbau einer starken presbyterianischen Kirchengemeinde, hatte jahrzehntelang die Pfadfinder unterstützt und die Ortsgruppe der Republikaner auch in den Jahren am Leben erhalten, als sie kaum noch Wahlen gewannen. Seine Frau Clara war die geschickteste Spendeneintreiberin für das Krankenhaus und der Finanzengel für das »Zentrum für mißhandelte Frauen«. Unter den Wohltätigkeitsvereinen Miamis machte der Spruch die Runde:»Wenn wir das Geld nirgendwo sonst auftreiben, versuchen wir es bei den Hazlitts.«

Vor drei Monaten nun war Steve aufgefallen, daß die Hazlitts zum erstenmal ihr Mißfallen über die Art und Weise zum Ausdruck brachten, wie die Kubaner die Geschicke der Gemeinde übernahmen. Besonders beunruhigt waren sie über eine religiöse Sekte, die »Santeria«. Diese Gruppe rückte ins Licht der Öffentlichkeit, als ein forscher junger Priester dieser Sekte ein Haus am äußersten Rand des Viertels kaufte, in dem die Hazlitts und andere Millionäre ihr Dominzil hatten, und dort lebhafte Gottesdienste abhielt, bei denen vornehmlich schwarze Kirchgänger wunderschöne harmonische Gesänge aufführten und nach katholischen Riten Gebete verrichteten, denn mit dieser Glaubensgemeinschaft hatte sie schon daheim in Kuba einiges verbunden. Probleme tauchten auf, weil ihre Rituale auch stark von traditionellen afrikanischen Voodookulten beeinflußt waren, wozu vor allem der Höhepunkt ihrer Messe zählte, die Schlachtung eines lebenden Huhns und anderer Tiere, wobei das Blut auf die Mitglieder der Gemeinde spritzte.

Mrs. Hazlitt, Mitglied des Tierschutzvereins, war geschockt, als sie erfuhr, daß in einer Kirche in ihrer Nachbarschaft derartige Rituale vollzogen wurden, und versuchte mit Unterstützung gleichgesinnter Frauen aus den Gemeinden der Episkopalen, Baptisten und Presbyterianer, diesem, wie sie es nannten, »wilden Treiben, das eher in den Dschungel paßt als in eine zivilisierte Umgebung«, Einhalt zu gebieten.

In der öffentlichen Diskussion, die dann einsetzte, fielen zwei unglücklich formulierte Äußerungen, die das Ehepaar Hazlitt von der kubanischen Gemeinde in der Stadt entfremdete und zu einem Streit führten. Einer der Sektenanhänger hatte einen Sohn, der gerade sein Jurastudium abgeschlossen hatte und der in dem engagierten Kampf der angloamerikanischen Gemeinde, ein Verbot der Blutopfer zu erwirken, einen Angriff auf die Freiheit der Religionsausübung sah. Mit viel Geschick führte er zur Verteidigung der Opferungen ein Gesetz nach dem anderen an, wobei er die Praktiken der Santeria-Sekte mit solch tiefer Ernsthaftigkeit behandelte, die sonst nur etablierteren Religionen wie dem Katholizismus oder den Mormonen zugestanden wurde. Das brachte die Amerikanerinnen so auf, daß sie der Presse mitteilten: »Aber das sind doch ›echte‹ Religionen«, was bei vielen wiederum einen Sturm der Entrüstung auslöste, die lauthals vorbrachten, daß die Santeria-Sekte genauso »echt« sei.

Die Frauen versuchten daraufhin, eine Verfügung auf Bezirksebene zu erwirken, aber der junge Rechtsanwalt vereitelte auch das. Sie wollten nun die Opferungen als eine Gefahr für die Gesundheit verbieten lassen, aber er bemühte wieder das Gesetz, sie abzuschmettern. Schließlich beriefen sie sich auf »das höhere Gesetz des gesunden Menschenverstandes«, aber er brachte zwei Religionswissenschaftler bei, die den Beweis lieferten, daß sich jedes Dogma der Santeria-Sekte direkt auf das Alte Testament zurückführen lasse.

Den Coup in dieser Auseinandersetzung landete der junge Rechtsanwalt jedoch während eines Radiointerviews. »Katholiken und Protestanten essen die Hostie und trinken den Wein und geben vor, es handele sich um das geopferte Fleisch und das geopferte Blut Jesu Christi. Sie tun damit genau dasselbe, was wir in unserem Santeria-Glauben tun, nur haben wir den Mut, unser Huhn auch zu töten.« Danach war jedes vernünftige Gespräch unmöglich geworden, und als sich schließlich auch noch die amerikanische Menschenrechtsvereinigung in die Auseinandersetzung einmischte, mußten die Hazlitts einsehen, daß ihre Seite verloren hatte.

Eine extrem konservative Protestantin aus der Gruppe um Mrs. Hazlitt jedoch – nicht Mrs. Hazlitt selbst, die klüger war – feuerte eine letzte Salve ab, und die war grausam und brutal: »Wenn die Santeria-Anhänger für ihre Opferungen erst Tauben nehmen, dann Hühner, dann Truthähne und Ziegen, wann, so frage ich mich, fangen sie an, Menschen umzubringen?« Ein Schaudern ging nach diesem maßlos übertriebenen und völlig unangebrachten Schlag durch die ganze Gemeinde, und die Hazlitts sagten sich: »Der gesunde Verstand unterliegt, Santeria kann triumphieren.«

Vor zwei Wochen nun hatten sich die beiden Hazlitts mit der traurigen Nachricht in der Residenz der Calderons eingefunden: »Wir verlassen Miami. Wir halten es hier nicht mehr aus.«

»Ich bitte Sie!« flehte Steve. »Die Santerias können Sie vergessen. Die leben am anderen Ende der Stadt und verhalten sich ruhig.«

»Die haben wir längst vergessen. Aber letzte Woche haben wir es dann doch mit der Angst zu tun bekommen. Ich meine den Brandanschlag auf die Fernsehstation.«

»Sie meinen den Fall Frei?« fragte Steve und mußte einen Schwall von Bitterkeit über sich ergehen lassen, denn dieser Noriberto Frei, ein kleiner karrierebewußter Angestellter der Stadtverwaltung, entschlossen, seinen Aufstieg zu forcieren, hatte die Grenzen des Anstands und der Vernunft deutlich überschritten.

Eigentlich ein einnehmender junger Mann, gehörte Frei weder zu der ersten Gruppe der Auswanderer nach Castros Machtübernahme noch zu den Männern aus Mariel. Er selbst stellte sich stets als Betriebswissenschaftler mit Harvard-Abschluß vor, obwohl er niemals in Neuengland gewesen war, und als Weltenbummler, obwohl er nie über North Carolina hinausgekommen war, und war in eine ganze Reihe dunkler Geschäfte verwickelt. Seine öffentlichen Erklärungen dazu zeugten von einer seltenen Unverfrorenheit und gediegener Erfindungsgabe. »Es stimmt, ich bin als vereidigter Wirtschaftsprüfer aufgetreten, aber ich habe nie behauptet, ich hätte die notwendigen Examen abgelegt. Es stimmt, ich habe neun Verwandte auf hochdotierte Posten gehievt, aber es hatte sich gezeigt, daß sie unter den Bewerbern die am besten geeigneten waren. Es stimmt, die Herren, die die Eigentumswohnanlage auf dem Boden errichtet haben, der im Entwicklungsplan eigentlich für Einfamilienhäuser ausgezeichnet war, haben mir die Nutzung des großen Apartments im zwölften Stock überlassen, aber es existieren keine Unterlagen, die mich als den Besitzer ausweisen. Und jetzt noch zu den 97 000 Dollar, von denen die Zeitung behauptet, daß sie fehlen. Dazu kann ich folgendes erklären . . .«

»Es betrifft gar nicht so sehr seine teuflischen Machenschaften«, sagte Norman Hazlitt. »Sondern die Tatsache, daß die kubanische Gemeinde seine Auftritte auch noch verteidigt... ihn zu einem Helden hochstilisiert. Ihr gebt uns damit ein Zeichen, laut und deutlich, und wir haben es verstanden.«

»Das Ganze ist sehr bedauerlich«, räumte Calderon ein.

Das war es tatsächlich. Norbert Frei hatte sich mit Hilfe seines Charmes und seiner Redegewandtheit ein kleines Imperium aufgebaut und übte damit hinterrücks beträchtliche Macht aus. Als er jedoch in einen weiteren Skandal verwickelt wurde, brachte eine örtliche Fernsehstation eine satirische Sendung über Freis Eskapaden, in der am Ende die Frage gestellt wurde: Was kommt als nächstes?

»Das war die richtige Kritik, die dieser Schurke verdient hat«, sagte Hazlitt, und Steve stimmte ihm bei.

Am selben Abend jedoch, als der Beitrag ausgestrahlt wurde, marschierten die Anhänger Freis, allesamt Kubaner, zu Hunderten zu dem Fernsehsender, nannten die Moderatoren Kommunisten und hätten das Gebäude in Brand gesteckt, wenn die Polizei nicht eingegriffen hätte.

»Das war ziemlich erbärmlich«, gab Calderon zu.

Die Hazlitts waren jedoch nicht gekommen, um sich darüber zu beklagen. Statt dessen zogen sie eine Ausgabe der heutigen Zeitung hervor und machten auf ein für die Verhältnisse in Miami typisches Foto aufmerksam, das sich über die ganze Titelseite erstreckte: ein siegesgewisser Noriberto Frei, ein Champagnerglas schwenkend, umgeben von einem Dutzend triumphierender Anhänger, die meisten Hispanos, die ihm zuprosteten, weil er den Anglos, wie sie ihre Widersacher kurz nannten, wieder einmal eins ausgewischt hatte. »Siebenmal haben sie jetzt schon versucht, mich zu kriegen«, wurde er zitiert, »aber zu mehr als dieser wirkungslosen Vendetta in dem verfluchten Sender hat's dann wohl nicht mehr gereicht. Ich kann nur feststellen, ich werde weitermachen.«

»Und ob der weitermacht«, gestand Hazlitt seine Angst ein. »Er und seine Methoden haben sich durchgesetzt. Siegreich kann er jetzt solchen Leuten wie mir den Krieg erklären: Maul halten oder raus.«

Nun griff Clara ein und legte ihre zitternde Hand auf Steve Calderons Arm: »Sie wissen am besten, Steve«, sagte sie, »daß Norman und ich keine Rassisten sind.«

»Himmel, nein! Wer hat mir denn damals das Geld geliehen, um meine Klinik aufzubauen?« Er beugte sich zu ihr herunter und gab ihr einen Kuß auf die Wange, aber diese Geste beruhigte sie keineswegs. »Ich kann es nicht haben, wenn ich in einen Laden komme, in dem ich seit über vierzig Jahren Kunde bin, und feststellen muß, daß die Verkäuferinnen nicht nur kein Englisch sprechen können, sondern mich obendrein beleidigen, weil ich sie auf englisch anspreche. Ich kann nicht mal mehr zu meinem alten Friseur, weil die neuen Ladeninhaber nur Kubaner einstellen, die kein Englisch können. Überall dasselbe, wohin ich auch komme.« Sich zu Steve wendend, sagte sie im anklagenden Ton: »Ihre Leute haben uns unsere Stadt weggenommen.«

Als er wieder versuchte, sie zu beruhigen und sagte, Miami hätte Leute wie die Hazlitts jetzt nötiger als je zuvor, ballte sie die Faust und entgegnete: »Es bleibt ja nicht mehr bei bloßen Beschimpfungen. Wir haben Angst... blanke Angst. Erzähl ihm, was uns vor zwei Tagen passiert ist, Norman«, worauf ihm sein ehemaliger Geldgeber von einer der zahlreichen bedrückenden Begebenheiten berichtete, wie sie jetzt tagtäglich auf Miamis Straßen passierten. »Clara und ich fuhren Dixie Highway entlang, hielten uns an die Geschwindigkeitsbeschränkung. Ein eiliger Fahrer hinter uns wollte vorbei, hupte uns wütend an, ließ es dann drauf ankommen, drängte sich rechts an uns vorbei und fluchte wild. Sein Überholmanöver brachte ihn hinter einen Wagen, der noch langsamer fuhr als wir, und jetzt hörte sich sein Hupkonzert wie ein wahres Wutgeheul an. Diesmal konnte er sich nicht rechts vorbeiquetschen, und so holte er auf und rammte den langsamen Wagen dreimal und stellte sich an einer Ampel neben ihn. Ohne einen Ton langte er nach dem Handschuhfach, zückte eine Pistole und erschoß den Fahrer... keine zwei Meter vor uns.«

»Bevor wir etwas unternehmen konnten, raste der Mörder bei Rot über die Ampel und war verschwunden«, fügte Clara noch hinzu.

»Haben sie der Polizei Angaben über den Wagen machen können? Das Nummernschild?«

»Wir hatten Angst. Er kommt vielleicht zurück und bringt uns auch noch um.«

»War er Spanier?«

»Es muß einer gewesen sein.« Bevor Steve sie darauf aufmerksam machen konnte, was für eine schmähliche Unterstellung das war, sagte Hazlitt: »Wir haben heute morgen das Haus verkauft... und meine Anteile will ich so bald wie möglich abstoßen.«

Calderons Flugzeug passierte jetzt einen Punkt nördlich von Palm Beach, und während des Anflugs dachte er ausschließlich daran, was vor ihm lag – ein mögliches Treffen mit Castro. Es war ihm bewußt: Solange die Einwanderer seiner Generation in Südflorida lebten, würde der Haß auf diesen Menschen niemals nachlassen. Die Veteranen der Schweinebucht-Invasion wie Máximo Quiroz würden die Verbitterung am Leben erhalten. Aber es war ihm auch bewußt, daß es eine größere Wirklichkeit gab: Der Rest der Vereinigten Staaten war bereit, Castro seinen Kurs verfolgen zu lassen, ihn international weiterhin zu isolieren und, wenn er einmal abgetreten war, die Versöhnung mit Kuba voranzutreiben.

Sein Gesicht verzog sich zu einem höhnischen Lachen:»Sollte Castro morgen von der politischen Bühne verschwinden, ich würde mich nicht wundern, wenn nicht einmal Máximo und seine Gefolgsleute zurückgingen. Sie wissen, wie gut sie es hier in Miami haben, und das wollen sie nicht so schnell aufgeben. Nicht mal zwei Prozent würden zurückgehen. Na ja, vielleicht ein bißchen zu tief gegriffen – es gibt so etwas wie Heimweh.« Das Flugzeug setzte zum Landeanflug an.»Sagen wir fünf Prozent. Aber von den Kindern, die hier geboren sind und amerikanische Schulen und Colleges besucht haben, würden nur ein Prozent gehen... höchstens.«

Zu Hause dann nahm das Problem, um das es die ganze Zeit ging, eine völlig andere Richtung, denn seine Frau überraschte ihn an der Wohnungstür mit der Nachricht, daß mehrere Anrufer, die ihren Namen nicht genannt hatten, ihn hatten sprechen wollen, und noch während sie erzählte, klingelte das Telefon. Calderon hob ab und hörte am anderen Ende eine Stimme, die er nicht erkannte, in den Hörer knurren:»Wehe, Sie fahren nach Kuba.« Offenbar hatte jemand aus der Runde in Washington einen Verbindungsmann hier in Miami gewarnt, daß Kontakte zu Castro hergestellt werden sollten und sich daraus für die kubanische Gemeinde möglicherweise schädliche Zugeständnisse ergeben könnten.

»Wer war dran?« wollte Kate wissen, und er log:»Jemand wollte meine Hilfe bei einem Widerspruch gegen eine Baugenehmigung.« Dann lenkte sie die Unterhaltung auf ein anderes Thema:»Nun? Was war mit deiner Sitzung in Washington? Ging es um Kuba?« Er nickte, und sie erinnerte ihn an das Versprechen, das er ihr gestern gegeben hatte. Er nahm die Sache auf die leichte Schulter, aber unterbreitete seiner Frau schießlich doch den Vorschlag:»Wie wär's mit einer Reise nach Havanna, um deine Schwester zu besuchen?« Sie gab ihm einen Kuß.»Also dazu lasse ich mich gern überreden... wenn die Politik draußen bleibt.« Und er stimmte zu.

Wieder schellte das Telefon, und eine andere Stimme, auch diesmal nicht zu erkennen, drohte finster:»Wir warnen Sie, Calderon. Fahren Sie nicht nach Kuba.«

Diesmal zitterten seine Hände, als er den Hörer auflegte, und er drehte sich um, damit es seine Frau nicht sah. Er hatte Angst, und das zu Recht, denn zehn Jahre zuvor, 1978, hatte einer der besten Ärzte seiner Klinik, Fermin Sanchez, eine Gruppe von 75 Exulanten gegründet, die nach Havanna flog, um dort mit Castro über eine Normalisierung der Beziehungen zwischen Kuba und den Vereinigten Staaten zu verhandeln. Die Nachricht über dieses Treffen schlug bei der Flüchtlingsgemeinde wie eine Bombe ein, und kurz nach der Rückkehr der Gruppe wurden zwei Mitglieder ermordet, einem anderen beide Beine abgeschossen, sechs Kleinunternehmern wurden die Geschäftsräume in die Luft gejagt, und alle wurden mit wüsten Anrufen bedroht:»Verräter, auch du wirst sterben!«

Einmal hatte Steve einen Anruf entgegengenommen, der eigentlich für Dr. Sanchez bestimmt war.»Oh, Dr. Calderon! Bestellen Sie doch Dr. Sanchez, ich würde mich gerne weiter von ihm behandeln lassen, aber ich habe Angst, sie werfen eine Bombe in seine Praxis, wenn ich gerade im Wartezimmer sitze.«

»Wer hat Ihnen denn das erzählt?«

»Ich habe einen Anruf erhalten.«

Mit der Zeit hatte sich der Zorn gelegt, aber Steve wußte, daß auch er verdächtig war, denn er hatte Sanchez eingestellt. Es war starker Druck ausgeübt worden, ihn zu entlassen, aber er hatte sich standhaft geweigert, und schließlich waren die wütenden Proteste verstummt.

Wenn jemals zwei Städte dazu prädestiniert waren, sich enger zusammenzuschließen, jede die andere ergänzend, dann waren es Miami, am äußersten Rand eines großen Kontinents thronend, bemüht, seinen angelsächsischen Charakter zu wahren, und Havanna, im Zipfel einer herrlichen Insel gelegen und entschlossen, sein spanisches Erbe zu schützen. Nur 380 Kilometer auseinander, eine Entfernung, die sich mit einem Flugzeug in einer knappen dreiviertel Stunde zurücklegen ließ, hätten sich beide Städte einer symbiotischen Beziehung erfreuen können: Die Einwohner Miamis würden Richtung Süden fliegen, nicht nur um der Erholung willen, sondern auch um dort einen Einblick in die Karibik und die spanische Lebensweise zu gewinnen; und die Kubaner in die entgegengesetzte Richtung, um die Einkaufsmöglichkeiten in Miami zu nutzen, die bessere medizinische Versorgung und die Bildungseinrichtungen. Das revolutionäre Kuba jedoch verwarf den Gedanken an solche Arrangements, und Castro machte jegliche Verbindung zwischen den beiden natürlichen Nachbarn unmöglich – was beiden Seiten zum schweren Nachteil gereichte.

Im Sommer des Jahres 1988, als ein normaler Reiserverkehr zwischen beiden Ländern noch immer verboten war, gab es für einen Amerikaner nur drei Möglichkeiten, nach Kuba zu gelangen: Entweder flog er nach Mexiko, besorgte sich dort heimlich ein Visum und erwischte einen Flug nach Havanna; oder er flog nach Montreal und wickelte von dort die Reisevorbereitungen ab; oder er nutzte bei komplizierteren Angelegenheiten, die geheim bleiben mußten, einen dritten Weg, meldete sich um Mitternacht am Flughafen in Miami und trug sich für einen Charterflug ein, der jeden Tag in den frühen Morgenstunden solche Passagiere hin- und herflog, die nach Übereinkunft beider Länder unbedingt ausgetauscht werden mußten. Die Öffentlichkeit nahm kaum Notiz von diesen Flügen, denn beide Länder wußten, daß sie absolut notwendig waren.

Was den Flug von Dr. Calderon und seiner Frau nach Havanna betraf, hatte das Außenministerium entschieden, daß Geheimhaltung am besten bei dem Umweg über Kanada gewährleistet war. Zum Glück war für Ende August in Toronto ein großer medizinischer Kongreß geplant, an dem Ärzte aus Kanada und den Vereinigten Staaten teilnehmen sollten. Es wurden Vorkehrungen getroffen, daß auch an Dr. Calderon eine offizielle Einladung erging, was sich bei den Ärzten in Miami und Umgebung, die ebenfalls eingeladen worden waren, schnell herumsprach. Die Calderons sollten schon frühzeitig auf dem Kongreß erscheinen, mit so vielen anderen Gästen aus Florida wie möglich zusammentreffen, die ersten beiden Tage über an Arbeitssitzungen teilnehmen und dann heimlich verschwinden, vorgeblich, um eine Rundfahrt durch Neuschottland zu unternehmen.

Bevor dieser Plan jedoch in die Tat umgesetzt werden konnte, erhielt Steve im Hauptsitz seiner Bank Besuch von einem Mann, den er eigentlich gar nicht empfangen hätte, wenn er nicht so völlig unerwartet gekommen wäre. Es war ein Kubaner, Ende Vierzig von mittlerer Größe und robuster Gestalt mit pechschwarzen, nach vorne über die Stirn gekämmten Haaren und einem gequälten Gesichtsausdruck. Der unerwünschte Gast war Máximo Quiroz.

Er war Hauptwidersacher der Vermittlergruppe »Dos Patrias«, die Calderon ins Leben gerufen hatte, um der kubanischen Gemeinde in

Miami mit nüchternem Rat zur Seite zu stehen, denn Quiroz legte es in allen Bereichen, die die spanischsprechende Bevölkerung anging, auf Konfrontation an. Er träumte nicht bloß davon, in Kuba einzufallen, sondern auch alle Angloamerikaner aus Miami zu vertreiben. »Ich wäre froh, wenn sie bis auf den letzten Mann nach Norden ziehen und die Stadt denen überließen, die wissen, was hier zu tun ist.« Besonnenere Leute wie Calderon konnten Quiroz nicht ausstehen, sie sahen in ihm einen unverantwortlichen Agitator, der den aufrührerischen Konsequenzen gegenüber, die seine politischen Handlungen auslösten, völlig gleichgültig war.

Dr. Calderon versuchte, verständnisvoll und geduldig zu erscheinen. »Nun, Máximo, alter Freund, was gibt's Neues?«

»Nur Schlechtes. Rußland führt tonnenweise Waffen nach Kuba aus, die nicht mal ausgepackt werden, sondern gleich weiter nach Nicaragua gehen.« Er beklagte sich darüber, daß widersprüchliche Signale aus dem Kongreß die Contras, die er leidenschaftlich unterstützte, verunsichert hätten.

»Was hast du denn bei deinem Besuch in Managua letzten Monat beobachten können?« fragte Calderon, und seine Frage war nicht bloß höfliche Konversation, denn auch er war begeisterter Anhänger der Contras.

»Feste Entschlossenheit, das Land zurückzuerobern. Unsicherheit, wo die Waffen in Zukunft herkommen sollen.« Er fügte hinzu, sollte Calderon wirklich interessiert sein, könnte er, Máximo, ein Treffen mit führenden Contras arrangieren, die alle in Miami lebten, aber obwohl Steve mit den Contras sympathisierte und sie finanziell unterstützte, wollte er nicht zu tief in die Sache verwickelt werden.

»Was führt dich an einem so schönen Morgen zu mir?« fragte Steve jetzt, worauf Quiroz zu einer langatmigen Darstellung der Verbindung zwischen den beiden Familienzweigen der Calderons und der Quiroz ausholte. »Du weißt«, sagte er auf spanisch, denn er hatte sich geweigert, sich mehr als nur die Grundkenntnisse der englischen Sprache anzueignen, da er ohnehin davon ausging, daß er nach Kuba zurückkehren würde, »daß der Name deines Urgroßvaters Calderon y Quiroz war und daß seine Mutter die Schwester meines Urgroßvaters war. Wir sind also verwandt, vergiß das nicht, und es ist nicht gut, wenn du dich den Dingen widersetzt, die ich versuche zu erreichen.«

»Was willst du denn erreichen?« unterbrach Steve und setzte eine finstere Miene auf.

»Kuba zurückerobern, und wenn das nicht möglich ist, weil das die Russen nicht zulassen, dann uns wenigstens hier in Miami einen Platz sichern.«

»Mußt du dazu die Angloamerikaner beleidigen?«

»Ja!« sagte er trotzig. »Ich werde nie vergessen, wie sie uns beleidigt haben, als wir 1959 hier ankamen. Ihre Tage sind gezählt.«

Entnervt von solchem Gerede, stand Calderon auf, schritt durch sein Büro und drehte sich dann zu Quiroz um: »Máximo, selbstverständlich darfst du für ein von russischer Vorherrschaft freies Kuba kämpfen, aber du darfst deswegen nicht unser schönes Südflorida an den Rand des Ruins treiben, weil wir anderen nämlich unser restliches Leben hier verbringen wollen.« Er hielt plötzlich inne, starrte seinen Vetter an und fragte: »Übrigens, hast du dich jemals um die amerikanische Staatsbürgerschaft bemüht?«

»Meine Heimat ist Kuba.«

»Dann verleg deine Antrengungen in Gottes Namen nach da unten, und richte nicht unser Miami zugrunde.«

»Wodurch richte ich denn Schaden an...?«

»Indem du die Frage der Zweisprachigkeit wieder aufrührst.«

»Ach ja? Deine reichen angloamerikanischen Freunde sollten sich besser mit der Tatsache abfinden, daß Miami eine spanische Stadt wird. Es kommen ja nicht nur Kubaner. Dazu noch die ganzen Leute aus Mittelamerika – todas la gente en América Central –, die hier leben wollen, und sie müssen die Freiheit haben, hier ihr Spanisch sprechen zu können.«

»Máximo«, sagte Steve fast flehentlich, »siehst du denn nicht ein, daß diese ganze Kampagne, noch mal aufgewärmt, die Anglos...«

»Ich will sie demütigen, so wie du und ich gedemütigt wurden, als wir in diese Stadt kamen.«

»Ich habe mich nie demütigen lassen«, beharrte Steve, aber Quiroz wütete: »Und ob du dich hast demütigen lassen, Jahr für Jahr, aber du hast es nicht wahrhaben wollen!« Steve sah ein, daß es hoffnungslos war, daß weder die Wahrheit noch die Logik gegen diesen schwierigen Menschen ankamen. »Ich weiß nicht, warum ich mich überhaupt mit dir abgebe, Máximo«, sagte er, und sein Besucher grinste ihn höhnisch an. »O doch, das weißt du sehr genau. Du hörst mir zu, weil du weißt, daß ich ein echter kubanischer Patriot bin... ein Held... jemand, der uns nach Kuba zurückführen wird.« Quiroz konnte es sich leisten, arrogant aufzutreten, denn er wußte, er galt als Vorwurf in den Augen jener amerikanisierter Kubaner, die sich leicht mit der Anpassung an eine neue Heimat taten und genauso leicht der alten den Rücken zukehrten.

Vor wenigen Monaten hatte die Patrias-Gruppe – als deutlich wurde, daß die Spannung zwischen Quiroz und Calderon zunahm – eines ihrer aufrichtigsten Mitglieder zu Steve geschickt, um ihm ins Gewissen zu reden.

»Er ist ein schwieriger Mensch, und ich bin Mitglied bei Patrias geworden, weil ich seine extremen Aktionen hier in Miami nicht schätze, aber er ist auch ein Mann, der wirklichen Mut bewiesen hat. Ich muß es wissen. Als er 1961 zu mir nach Miami kam und mir zuraunte: ›Wir fallen in Kuba ein, bringen den Schweinehund Castro um und befreien unsere Heimat wieder‹, da bin ich aufgesprungen und habe ihm spontan meine Hilfe angeboten.

Wir beide waren die ersten in der Schweinebucht und die letzten, die wieder abzogen. Ja, er blieb so lange zurück und feuerte auf die Kommunisten, daß wir gefangengenommen und auf große Lastwagen verladen, Türen fest verriegelt, und mit Schimpf und Schande nach Havanna gebracht wurden, wo sich die Castro-Hunde an unserer Schmach weiden konnten.

Die Fahrt auf dem verschlossenen Lastwagen dauerte acht Stunden. Die Sonne prallte auf das Dach. Wir bekamen keine Luft mehr, und nach kurzer Zeit waren ein paar von unseren Leuten erstickt. Jetzt bewies Máximo, daß er wirklich ein Held war, denn er sagte, wir sollten mit unseren Gürtelschnallen an der Wand kratzen, versuchen, ein Loch aufzureißen, und nach einer Stunde, ohne Ergebnis, brüllte er: ›Fester kratzen, oder ihr verreckt!‹ Und er war der erste, der ein Loch fertig hatte, und die kühle Luft, die durch sein Loch hereinströmte, hat uns das Leben gerettet. Heute lebt Máximo nur für eine Sache: eines Tages zurück nach Kuba zu gehen und mit Castro aufzuräumen.«

»Wird auch nur ein Kubaner aus Miami bereit sein, sich ihm anzuschließen?«˙ hatte Steve ruhig gefragt, und die Antwort dieses vernünftig erscheinenden Menschen kam wie aus der Pistole geschossen: »Ich und mit mir Zehntausende.«

Als Steve seinem Widersacher jetzt auf der anderen Seite des Schreibtisches ins Auge blickte, mußte er zugeben, daß dieser unangenehme Bursche sehr tapfer war. Er wußte auch, daß Máximo aus einem bestimmten Grund gekommen war, und so fragte er: »Warum wolltest du mich sprechen?« Quiroz merkte, daß jetzt der Zeitpunkt für ein offenes Gespräch gekommen war, und, den finsteren Gesichtsausdruck noch verstärkt, brummte er: »Ich habe gehört, du willst Castro einen Besuch abstatten.«

Steve verspürte den starken Wunsch zu fragen: »Wer hat dir das gesagt?« Aber er wollte sich nicht gleich in Lügen verstricken, und so antwortete er: »Ich habe nicht die Absicht, Castro zu besuchen, überhaupt nicht.«

»Warum fährst du dann nach Kuba?«

»Wer redet denn davon?«

»Wir wissen Bescheid. Wir haben Freunde in hohen Positionen, die nur davon träumen, Kuba wieder frei zu sehen.«

»Wenn ich fahren sollte«, sagte Steve, »dann würde ich meine Frau mitnehmen, und der Zweck der Reise wäre, deinen und meinen Vetter einmal wiederzusehen, Roberto Calderon.« Er machte eine Pause. »Bestimmt weißt du, daß seine Frau und meine Frau Zwillingsschwestern sind.«

»Ich weiß. Aber das kann wohl kaum der Grund für einen Menschen wie dich sein, nach Kuba zu fahren. Bei deinem Familienhintergrund, wo ihr doch immer den Vereinigten Staaten den Vorzug gegeben habt, da wäre Kuba ja schön verrückt, wenn sie euch reinließen.«

»Die Zeiten haben sich geändert, Máximo.«

»Nicht, was Castro betrifft. Ich muß dich warnen, Estéfano. Wehe, du läßt dich bei diesem Verbrecher in Havanna blicken.« Der Gebrauch seines alten spanischen Namens erweckte angenehme Erinnerungen in Steve, er erhob sich, umarmte seinen gefährlichen Vetter und sagte: »Eines Tages, Máximo, werden wir alle Havanna besuchen können und lange bleiben. Die Dinge werden sich ändern, glaub mir.« Und Quiroz, durch diese Geste des guten Willens entwaffnet, antwortete mißtrauisch: »Für mich wird es kein Besuch sein. Castro wird dann tot sein, und ich werde heimkehren, um dort für immer zu bleiben ... als Sieger.« Schnell gewann er seine gewohnte Fassung wieder: »Estéfano, ich warne dich noch einmal. Fahr nicht nach Kuba. Mach diesem Mörder keine Konzessionen.«

»Ich habe nicht die Absicht ...«

»Du hast doch schon ein Ticket nach Toronto. Ich weiß, was in Toronto geplant ist. Von da aus reist du heimlich nach Kuba ein.«

Verblüfft darüber, wie genau Máximo über seine Schritte informiert war, sagte Steve: »Wenn du soviel weißt, dann weißt du auch, daß ich da oben an einem medizinischen Kongreß teilnehmen werde.«

Quiroz erhob sich jetzt aus seinem Stuhl und ging auf die Tür zu. »Estéfano«, brummte er, »wenn du nach Kuba fährst und mit Castro zusammentriffst, dann bist du ernsthaft in Gefahr. Ich warne dich, fahr nicht.«

Als Steve ihn den Flur entlangstapfen hörte, lehnte er sich in seinen Sessel zurück und grübelte darüber, wer aus der Runde in Washington seinen Verbündeten in Miami etwas über die neue Taktik der Regierung gegenüber Kuba und seine eigene Verstrickung darin wohl verraten hatte.

In Toronto nahmen Steve und Kate beide an dem medizinischen Kongreß teil, und er ergriff zweimal das Wort, um seine Anwesenheit zu dokumentieren. Am dritten Tag mieteten sie einen Wagen, und da sie jedem möglichen späteren Beweis für ihre Fahrt nach Kuba aus dem Wege gehen wollten, richteten sie es so ein, daß sie zunächst dabei gesehen wurden, wie sie Richtung Osten nach Neuschottland aufbrachen. Unterwegs bogen sie nach Montreal ab, parkten ihren Wagen am Flughafen und buchten einen Flug nach Mexiko, wo sie in eine kleinere Maschine umstiegen, die sie auf dem kürzesten Weg nach Havanna brachte.

Auf der Busfahrt in die Innenstadt gab es genügend freie Plätze, so daß die Calderons beide am Fenster sitzen konnten, Kate vorne und Steve hinter ihr, und die Kommentare, die sie zu dem machten, was sie draußen sahen, zeugten von ihrer anhaltenden Überraschung. »Auf jeden Fall ist es sauberer als früher«, sagte Kate, und Steve entgegnete: »Weniger Uniformen als zu Batistas Zeiten.«

Sie fragte: »Wo sind die ganzen Affen geblieben, die früher die Straße bevölkerten?« Und er warf zurück: »Und die auf Hochglanz polierten amerikanischen Straßenkreuzer?«

Es war ein neues Kuba, das sie sahen, und in gewisser Hinsicht ein besseres, auf den ersten Blick, aber er zögerte, nun gleich alles gutzuheißen. »Man darf nicht vergessen, daß sich in den letzten 25 Jahren in fast jeder Stadt auf der Erde die Dinge zum Besseren hin verändert haben. Das ist kein besonderes Verdienst des Kommunismus.« Für die letzte Bemerkung rutschte er auf seinem Sitz nach vorn und flüsterte sie Kate ins Ohr.

Als sie jedoch in den eigentlichen Stadtbezirk einfuhren, war er geschockt, als sich zwei Aspekte eröffneten, die ihm als Besitzer mehrerer außergewöhnlich gepflegter Gebäude in Miami regelrecht Kummer bereiteten: der grauenhafte Verfall ganzer Häuserzeilen, von denen einzelne bereits abrißreif waren, und die mangelnde Bereitschaft der Besitzer, sich um die Häuser zu kümmern, der Bewohner, das Gras zu schneiden und die Bürgersteige vor den Häusern oder Geschäften zu fegen.»Die Stadt ist eine einzige Müllkippe. Man bräuchte Millionen Liter Farbe.« Kate überhörte seine Klagen, sie traf ihre eigenen Urteile:»Sieh doch, alle tragen anständige Kleidung. Und ihre Gesichtszüge wirken irgendwie entspannt. Kommt mir nicht gerade wie eine Diktatur vor.« Aber Steve warnte:»Warte, bis du einen Blick hinter die Kulissen geworfen hast.«

Die Fahrt endete vor dem Portal eines großen Hotels, aber sie betraten es nicht gleich, sondern blieben noch einen Augenblick auf der Straße stehen, während Steve zu dem Portier auf spanisch sagte:»Diese fünf Koffer, bitte. Wir melden uns in einer Minute an.« Sie taten ein paar tiefe Atemzüge in der sanften tropischen Luft, und Kate rief begeistert:»Ist es dir auch aufgefallen? Keine Bettler.« Steve bemerkte, daß der Lärm auf den Straßen nicht mehr so penetrant wie früher war, und in diesem Augenblick wurde deutlich, daß die beiden Heimkehrer zufrieden waren, vielleicht gegen ihre Überzeugung, darüber, daß das Land, in dem sie geboren und aufgewachsen waren, es zu einem bescheidenen Wohlstand gebracht hatte.

Allein in ihrem Hotelzimmer, musterte Steve zustimmend das Blumengesteck, das sie erwartete.»Ich geb's nur ungern zu, aber ich bin stolz auf die alte Heimat. Ob Müllkippe oder nicht, ich fühle mich hier zu Hause.« Mit ausgebreiteten Armen lief Kate auf ihren Mann zu und flüsterte:»Ich hatte unrecht, als ich dir riet, nicht hierherzukommen. Was wir bis jetzt von Havanna gesehen haben, wenn es auch nur ein Bruchteil ist, finde ich hinreißend. Komm, wir überraschen Plácida gleich mit einem Anruf und sagen ihr, daß wir hier sind.« Und in der folgenden Dreiviertelstunde erfuhren sie etwas mehr über die Verhältnisse in Kuba, denn die Anmeldung eines einfachen Anrufs konnte sich zu einem wahren Hindernislauf entwickeln. Man trat in Verhandlung mit einem Telegrafenamt, dessen Leitungen ständig überlastet waren, und erst nach endlosen Wartezeiten wurde der Anruf durchgestellt. Als Kates Bemühungen endlich erfolgreich waren, warteten sie gespannt auf ihrem Zimmer, und überraschend schnell kam der Anruf von der Rezeption:»Sie werden im Foyer erwartet.«

Es war ein bewegender Augenblick, als sich die beiden Zwillinge gegenüberstanden, denn in all den Jahren seit 1959 hatten sie sich gegenseitig nur auf Fotos gesehen, und beide, sie und ihre Männer, waren verblüfft, wie ähnlich sie sich immer noch waren. Rötliches, hochgestecktes Haar, blendendweiße Zähne, weder über- noch untergewichtig und mit dem spitzbübischen guten Humor, den sie sich über die Wechselfälle des Lebens erhalten hatten, erschien Plácida als die vorbildliche Kubanerin und Kate als die typische, in Miami lebende Spanierin, die sich an die amerikanische Lebensweise gewöhnt hatte. Sie bildeten ein auffallendes Paar, und die gegenseitige Zuneigung, die bereits in diesem ersten Augenblick ihres Wiedersehens deutlich wurde, war so entwaffnend, daß die beiden Männer einen Schritt zurücktraten, um ihnen die Möglichkeit zu geben, ihren Gefühlen freien Lauf zu lassen.

Wie ihre Ehefrauen verkörperten auch die beiden Männer ihr jeweiliges Land: Roberto als der 52jährige Kubaner, der ein wichtiges Amt bekleidete, mit einer Kleidung und einem äußeren Wesen, das der spanischen Art sehr nahe kam; Estéfano als der entwurzelte Kubaner, Puertoricaner oder Mexikaner, der in den Vereinigten Staaten in seinem Beruf Bedeutung erlangt hatte. Beide freuten sich aufrichtig, den anderen nach so langer Trennung wiederzusehen, aber da Roberto als Mitglied der Regierung jedem Amerikaner mißtraute, verlangte er genauere Informationen, warum sein Vetter nach Kuba gekommen war, worauf ihm Estéfano drei Gründe nannte: »Um euch wiederzusehen. Um die alte Zuckermühle wiederzusehen, aber am meisten, um Caterina die Möglichkeit zu geben, sich wieder einmal mit Plácida auszutauschen.« Diese Angaben beruhigten Roberto: »Ihr müßt das Hotel verlassen und zu uns ziehen.« Und seine Frau unterstützte diese Anregung, indem sie sagte: »Ich helfe Caterina beim Packen, und dann fahren wir sofort zu uns.«

Die ehemalige Zuckermühle der Calderons hatte seit langem ihren Betrieb eingestellt, und nach der Revolution von 1959 wurden die ausgedehnten Ländereien enteignet und in kleinere Parzellen für die Bauern eingeteilt. Roberto, selbst ein glühender Anhänger der Revolution, hatte man vier der gedrungenen, steinernen ehemaligen Wohngebäude überlassen, die durch herrliche Säulengänge miteinander verbunden waren, wie man sie aus alten Klöstern kannte. Durch die Errichtung einer niedrigen Steinmauer, um die Anlage als ein Ganzes erscheinen zu lassen, waren verschiedene Innenhöfe entstanden, die immer mit Blumen übersät waren. Das hatte den Effekt, daß man sich an das alte Spanien erinnert fühlte, eine nicht überraschende Wirkung, denn die

Plantage war fast fünf Jahrhunderte hindurch im Besitz von Familien rein spanischen Blutes gewesen.

Plácida Calderon hatte die zahlreichen kleinen Räume im alten Stil eingerichtet und dekoriert, und als die beiden Gäste durch das schlichte, aber bezaubernde Haus geführt wurden, rief Steve plötzlich:»Hei! Ihr habt ja einen Palast aus dem alten Schuppen gemacht.« Kate lief auf eines der kleinen Häuser zu, lehnte sich gegen die Wand und sagte:»Plácida! Weißt du noch? Hier hat mich Estéfano zum erstenmal geküßt, und du hast dich so mit mir gefreut, als ich es dir erzählte.«

In diesen wunderbaren Momenten der Erinnerung fand eine schwerwiegende Veränderung mit den Calderons aus Miami statt, und der Grund dafür war einfach.»Es tut gut, wieder Estéfano genannt zu werden und daran erinnert zu werden, daß mein Nachname eigentlich Calderon ist mit Betonung auf der letzten Silbe, gefolgt vom Mädchennamen meiner Mutter, Arevalo. Ich fühle mich, als wäre ich wieder ein ganzer Mensch.« Und während seines Aufenthalts auf der Insel wurde er wieder zu einem Cubano, argwöhnisch, neugierig, umsichtig und sich seines spanischen Erbes lebhaft bewußt. Er sprach das Wort in der alten Betonung aus, Ku-bahn-no. Und Caterina, die mit dem Kopf nickte, während er sprach, denn sie empfand dieselbe Freude darüber, erinnerte ihn:»Und es heißt La Habana.«

Sie waren betroffen und in gewissem Sinn dankbar, als sie erfuhren, daß in zwei Häusern der Anlage insgesamt sieben Mitglieder der Familie Calderon eine ständige Bleibe gefunden hatten. Die Männer arbeiteten im Regierungsbüro für Roberto, die Frauen unterstützten Plácida bei ihren sozialen Aufgaben. Der Sitz der Calderons bildete ein warmherziges, liebevolles Zentrum, in dem jeder an jedem Interesse hatte, und das Paar aus Miami war erfreut, ein Teil dieser Gruppe zu sein. Die folgende Woche war eine Woche voller neuer Erkenntnisse, voller Verwirrung, aber auch voller Freude. Erstere waren das Ergebnis einiger Ausflüge in die nähere Umgebung mit Robertos russischem Lada-Sportwagen, der Caterina wie eine kleine Schachtel vorkam, aber auf Estéfano den Eindruck eines solide gebauten Wagens machte. Sie besuchten Orte, die den beiden Calderons aus Miami vor Jahren einmal vertraut gewesen waren, und riefen immer und immer wieder erstaunt:»Sieh mal, wie es jetzt aussieht!«, was entweder ihre Überraschung darüber widerspiegelte, wie sehr sich alls verbessert hatte oder wie stark alles dem Verfall preisgegeben war. Oft stellte sich ein stechender Schmerz über die verlorenen Jahre ein, wenn die Zwillinge an einer Stelle standen, die einmal von großer Bedeutung für sie gewesen war – das Haus eines längst verstorbenen Freundes oder eines Onkels, der einfach verschwunden war –, und sie umklammerten ihre Hände, wenn sie sich an glücklichere Tage erinnerten, als sie jung gewesen waren und sich aufmachten, die Rätsel der Liebe, der Ehe und des Schicksals zu lösen.

Damals waren sie alle gläubige Katholiken gewesen, und eines Nachmittags, als sich die vier mit einem Glas Rum in der äußersten Ecke eines der Innenhöfe, wo die Sonne sie nicht erreichen konnte, niedergelassen hatten, sagte Caterina:»Ich bin erstaunt, Plácida, daß du dich von unserem katholischen Ursprung abgewendet hast.«

»In Kuba gibt sich heute keiner mehr groß mit dem Katholizismus ab«, sagte ihre Schwester.»Weil die Kirche auf dieser Insel nie eine rühmliche Rolle gespielt hat. Kannst du dich noch an Pater Oquende erinnern, der den Reichen in den Hintern kroch? Er und seine Sorte sind ein für allemal verschwunden, und ich kann nur sagen: Gott sei Dank sind wir die los.«

»Das ist ja witzig«, sagte Caterina.»Wer als Kubaner nach Miami zieht und von den Angloamerikanern eingeschüchtert ist, der wird noch katholischer als vorher. Estéfano und ich besuchen jeden Sonntag die Messe, aber ich glaube, er macht das eher aus geschäftlichen Gründen. Er würde schweren Schaden nehmen in Miami, wenn das Gerücht umginge, er sei kein strenger Katholik.«

»Hier ist es genau umgekehrt. Roberto würde sich innerhalb der Partei sofort verdächtig machen, wenn er beim Besuch einer Messe gesehen würde. Wart ihr da, als der Papst Miami besuchte?«

»Ja. Sein Besuch war eine sensationelle Stärkung des katholischen Glaubens. Estéfano und ich waren sehr stolz, daß man uns als die Vertreter der kubanischen Gemeinde wählte, die ihm vorgestellt wurden.«

Als Plácida leise schniefte, fragte Estéfano leicht irritiert:»Wenn Castro die Kirche und die Vergangenheit so zurückgedrängt hat, an was glaubt ihr denn dann?« Und Roberto entgegnete mit Überzeugung:»Wir kümmern uns nicht sonderlich um das Vergangene. Unser Blick ist auf die Zukunft geheftet.«

»Und wie soll die Zukunft aussehen? Fortwährende Abhängigkeit von Rußland?«

»Moment mal, ihr zwei ›Norteaméricanos‹. Ihr haltet euch in Puerto Rico einen Schweinestall und ermuntert Haiti, in den Wunden herumzustochern...«

916

»Während Rußland euch Waffen liefert? Wer steht denn besser da?«
»Du hast den entscheidenden Punkt nicht begriffen, Estéfano, wirklich, glaub mir. Rußland schickt uns tatsächlich Waffen, und wir begrüßen das, aber was viel wichtiger ist, Rußland kauft unseren Zucker zu drei Cent über dem Weltmarktpreis, und das reicht, damit unsere Wirtschaft prosperiert.« Bevor Steve etwas dagegensetzten konnte, fügte sein Vetter hinzu:»Wenn ihr Amerikaner klug wäret, dann würdet ihr karibischen Zucker zu diesem Preis kaufen, und die ganze Gegend würde aufblühen; wie damals, als unsere Väter noch Kinder waren. Aber die Bundesstaaten, in denen bei euch Zuckerrohr angebaut wird, lassen das nicht zu, und so müßt ihr zusehen, wie die Karibik vor eurer eigenen Haustür auf eine Revolution zusteuert – oder den Ruin.«

In dem Stil gingen ihre Diskussionen weiter. Estéfano stellte Fragen, und Roberto antwortete mit einer leidenschaftlichen Verteidigung der Politik Castros und erhob im Anschluß daran noch stärkere Vorwürfe gegen die Vereinigten Staaten. Ihre Unterhaltung wurde ein wechselseitiger Dialog zwischen beiden Ländern:

»Was ist mit den Kubanern in Angola?«

»Sie kämpfen, um die Freiheit der ehemaligen Sklaven Portugals zu verteidigen. Und was haben eure Söldner in Nicaragua verloren?«

»Was hat es mit dem geringen Angebot von Konsumgütern in kommunistischen Ländern auf sich?«

»Siehst du hier irgend jemand in Kuba, der Hunger leidet? Nachdem, was ich gelesen hab', leiden in den Vereinigten Staaten 25 Prozent an den Folgen von Unterernährung, weil Lebensmittel so teuer sind.«

»Was ist mit der hohen Zahl politischer Gefangener, die Castro in Gefängnisse eingesperrt hat?«

»Die Vereinigten Staaten und Südafrika sind die beiden einzigen sogenannten zivilisierten Länder, in denen immer noch Menschen wegen geringer Vergehen an den Galgen kommen.«

»Als ich Kuba verließ, gab es ein halbes Dutzend wunderbarer Zeitungen und Zeitschriften, zum Beispiel die Wochenzeitung ›Bohemia‹ und die Tageszeitung ›Marina‹, aber jetzt kann ich nur schmierige kommunistische Propagandablättchen entdecken wie das ›Granma‹.«

»Wir wissen, daß in Amerika die Presse das Werkzeug der Wallstreet ist, aber so etwas werden wir in Kuba nicht zulassen. Wir schätzen die Redefreiheit... als Garant der Revolution.«

Nach einem weiteren dieser ergebnislosen Schlagabtausche zog sich das Paar aus Miami auf sein Zimmer zurück, wo Estéfano bemerkte:

»Junge, Junge. Der ist ja voll auf Castro-Linie.« Aber Caterina entgegnete:»Vielleicht ist das in diesem Land das einzig Richtige.« Und dann fügte sie hinzu:»Mir gefällt es hier immer noch. Es herrschen hier keine rumänischen Verhältnisse, wie unsere Zeitungen manchmal behaupten.«

Wenige Tage später, während eines Picknicks auf einem Hügel, von dem aus man auf Havanna herunterblickte, führten die beiden Männer eine Diskussion über die lang anhaltende Einmischung Amerikas in die Angelegenheiten Kubas, und Estéfano meinte:»Nachdem die Spanier während des Krieges von 1898 aus dem Land vertrieben worden waren, gingen unsere Großväter verschiedene Wege. Mein Großvater wollte, daß Kuba ein Staat innerhalb der amerikanischen Union wird, deiner entwickelte sich zu einem glühenden kubanischen Patrioten.«

»Dasselbe wie bei uns beiden«, stellte Roberto fest, und Estéfano stimmte ihm zu:»Ja, mehr oder weniger. Ich will nicht, daß Kuba ein Bundesstaat wird, aber ich wäre dafür, daß es zusammen mit Amerika die Führung in der Karibik übernimmt.«

Roberto mußte plötzlich lachen, und als Caterina fragte:»Was ist daran so komisch?«, erklärte er:»Ich mußte gerade daran denken, was euer siegreicher General Leonard Wood 1898 zu uns sagte, als er zum provisorischen Gouverneur von Kuba ernannt wurde: ›Kuba kann zu einem bedeutenden Bestandteil der Vereinigten Staaten heranwachsen, wenn es die Änderungen vornimmt, die zu einer stabilen Gesellschaft führen. Der traditionellen spanischen Lebensweise muß abgeschworen werden und gestandene, ehrliche, amerikanische Lebensmuster übernommen werden.‹«

»Wieso lachst du darüber«, sagte Estéfano.»Ich weiß noch, daß man mir immer erzählt hat, mein Großvater hätte 1929 gesagt: ›Sieh dich doch in der Karibik um. Jeder, der nur ein bißchen Verstand hat, ist für den Anschluß an die Vereinigten Staaten. Wir sind dafür. Santo Domingo ist dafür. Einige Leute auf Barbados sind schon immer dafür gewesen, und sogar die paar Mexikaner in Yucatán haben die Yankees gebeten, ihr Land zu übernehmen.‹ Er sagte, er könne Amerikas Weigerung, die Führung in dem Gebiet zu übernehmen, einfach nicht verstehen, und als ihn jemand darauf aufmerksam machte, daß die französischen Inseln da wohl auch ein Wörtchen mitzureden hätten, meinte er bloß: ›Die zählen doch nicht.‹«

In seinen leidenschaftlichen Patriotismus zurückfallend, ließ Roberto sich zu der Äußerung hinreißen:»Kuba ist ein freies Land und wird

918

immer Distanz zu den Vereinigten Staaten wahren. Wir bauen eine
neue Welt mit neuen Hoffnungen auf. Estéfano! Es wäre die Erfüllung
deines Lebens, wenn du hierherkämest und uns dabei helfen würdest.«
Die beiden Männer blieben bei ihren verschiedenen Standpunkten,
begrüßten aber die Art und Weise, wie ihre bewunderten Frauen die
warmherzige, von viel Lachen begleitete schwesterliche Freundschaft
neu aufleben ließen, die sie bereits als Zwillinge in den Jahren vor Caterinas Flucht gepflegt hatten.

Eines Morgens unterbreitete Plácida den Vorschlag: »Geht ihr Männer
mal euren Dingen nach. Caterina und ich fahren in die Stadt.« Es
wurde eine Reise in die Vergangenheit, denn die beiden Frauen gingen
die engen Straßen und Wege nach, über die sie schon als Schulmädchen
spaziert waren, sahen sich die Schaufenster an, wie sie es damals getan
hatten, stießen dabei zufällig auf diesen Eckladen oder jenes Geschäft,
in dem sie über ein Vierteljahrhundert vorher Stammkundinnen gewesen waren, und trafen in manch glücklichen Fällen sogar auf dasselbe
Personal, das sie auch früher bedient hatte. Woran Caterina am meisten Gefallen fand, das waren die einzigartigen Gerüche von Havanna:
gerösteter Chicorée, Ananas, der Duft, der aus einem Café an der Ecke
strömte, das Aroma frischgebackenen Brotes, der feine Duft des
schlichten, kleinen Textiliengeschäftes, das Stoffe und Nadeln verkaufte. Das waren, gestand sie ihrer Schwester, Gerüche, die ihre Erinnerung quälten, und sie war überglücklich, sie wieder erlebt zu haben.
Während sie geschwind durch die vertrauten Gassen der Altstadt
huschten, wo sich die Giebel der in die engen Straßen hineingequetsch-
ten Häuser über ihnen fast berührten, gewann Caterina den Eindruck,
daß sich das Kuba, das sie einst so gut gekannt hatte, das eigentliche
Kuba, in keiner Hinsicht entscheidend verändert hatte – außer daß es
nicht gelungen war, ein bißchen neue Farbe aufzutragen. Und sie war
erleichtert über diese Erkenntnis, denn es sagte etwas über die Beständigkeit menschlicher Werte aus – unabhängig von den politischen
Strukturen, in denen sie sich behaupten mußten. Doch dann fielen ihr
allmählich auch die Veränderungen auf, die Castro durchgesetzt hatte:
eine einzige Zeitung, wo es früher ein halbes Dutzend gegeben hatte,
jede eine andere Überzeugung vertretend; Buchhandlungen ohne ein
einziges amerikanisches Buch, die man sonst überall sah, statt dessen
ausschließlich Bücher russischer Autoren und über russische Belange.
Die frühere Leichtigkeit von La Habana war verschwunden, aber

ebenso die völlig entstellten Krüppel, die auf allen öffentlichen Plätzen gebettelt hatten. Auch die entspannte Atmosphäre der Stadt war dahin, denn Kuba hatte sich in eine Gesellschaft verwandelt, in der Effektivität gefragt war. Was Caterina jedoch am meisten im Zentrum vermißte, das waren die Scharen von Touristen, die das Stadtbild überfluteten, als La Habana bei Touristen als »beliebtes Freudenhaus der Welt« galt. In einer engen Straße, an die sich Caterina nicht mehr erinnern konnte, sagte Plácida: »Vor Castro stand hier ein Bordell neben dem anderen.« Und Caterina fragte: »Was ist aus den Mädchen geworden?« Und Plácida erklärte: »Heute arbeiten sie in Fabriken oder fahren Traktor.«

Freiwillige Abenteuerreisen in die Vergangenheit bergen auch immer die Gefahr von Rückschlägen, denn früher oder später lüften sich in zufälligen und unvorhergesehenen Momenten die Schleier des Vergessens und präsentieren die ungeschminkte Wirklichkeit. Genau das geschah, als Plácida ihre Schwester auf die Galiano führte, eine Straße, die sie früher gerne mit ihrer Mutter entlanggegangen war. Sie bildete den Mittelpunkt in La Habana, eine herrliche, von Menschen wimmelnde Einkaufsstraße, berühmt für die Dekorationen auf den Bürgersteigen: wellenförmige grüne und gelbe Linien, die in den Straßenbelag eingelassen waren. Ihre Mutter pflegte ständig mit ihr zu schimpfen: »Caterina! Du sollst den Linien nicht nachgehen! Immer rennst du in die Leute hinein, die dir entgegenkommen. Bleib hier bei mir.«

Zu ihrem Kummer stellte sie fest, daß diese Linien, lyrisch und Erinnerungen an Kolonialzeiten wachrufend, seit den Tagen der Revolution mit Beton übergossen waren, der so öde und farblos wirkte, daß sie fast weinte: »O Plácida! Das gemalte Lied, es ist nicht mehr da!« Als sie sich dann auf der berühmten ehemaligen Prachtstraße umsah, auf der einst so freudige Geschäftigkeit geherrscht hatte, auf der in den Schaufenstern verlockende Waren aus allen Teilen der Welt gelegen hatten, da begann ihr bewußt zu werden, wie reizlos das neue Habana war. »Wo sind die kleinen Läden, die sich hier früher Wand an Wand drängten? Die Geschäfte voll mit all den herrlichen Dingen, von denen wir immer geträumt haben?«

Sie waren verschwunden. Galiano, früher die prächtigste Straße Lateinamerikas, an die nicht einmal Mexico City oder Buenos Aires heranreichte, lag nun kahl und freudlos vor ihr, so daß Caterina, den Tränen nahe, sagte: »Laß uns von hier weg, Plácida. Diese Leere zerreißt mir das Herz.« Und schnell gingen sie weiter bis zu der berühmten Ecke, wo die Galiano auf die Querstraße San Rafael trifft, die sie jetzt hinunterspazierten. Aber auch sie hatte man aller ihrer glitzernden Geschäfte beraubt. Die wenigen Läden boten alle nur bescheidenste Auslagen, wenn überhaupt, und als das Gerücht die Runde machte:»Sanchez hat heute Schuhe im Angebot!«, konnte Caterina mitverfolgen, wie Frauen den Laden bestürmten, nur um sich am Ende einer Schlange wiederzufinden, die fünfzig Meter auf San Rafael entlanglief.»Und wenn man schließlich im Laden steht«, sagte Plácida,»stellt sich heraus, daß es nur eine Sorte Schuhe gibt, und die nur in vier Größen.«

»Was machst du denn dann?« fragte Caterina, und ihre Schwester entgegnete:»Man schnappt sich, was übrig ist, selbst wenn es nicht paßt, zu groß oder zu klein ist, und tauscht mit seinem Nachbarn, der vielleicht deine Größe erwischt hat.«

Caterina blieb auf halber Höhe der Schlange stehen und fragte:»Heißt das, die einzige Möglichkeit, an Schuhe zu kommen, besteht darin, sich anzustellen?« Und ihre Schwester antwortete:»Wir können von Glück reden, wenn Sanchez überhaupt etwas hat. Wenn ich Zeit hätte, würde ich mich anstellen und kaufen, was gerade da ist.«

»Ist das bei allen Waren so?«

»Ja. Strenge Rationierung.»Ich bin befugt, ein Paar Schuhe im Jahr zu kaufen... über Bezugsschein... muß mich aber dafür eintragen lassen.« Sie zögerte, wartete, bis Caterina an der Schlange vorbei war, und flüsterte:»Seit einem halben Jahr gibt's kein Toilettenpapier, keine Zahnpasta und kein Make-up.«

»Aber du trägst doch Make-up.«

»Wir sprechen uns mit Freunden in Mexiko ab, die uns was rüberschmuggeln, wenn sie zu Besuch kommen. Wir horten die Sachen, wissen das zu schätzen.«

»Aber ihr habt doch Toilettenpapier in eurem Badezimmer. Wie kommt das?« Es folgte dieselbe Erklärung:»Geschmuggelt. Aus Mexiko.«

Caterina war über diese traurigen Enthüllungen so betroffen, daß sie ihre Schwester am Arm faßte und rief:»Los, raus hier!« Sie überquerte eilig die Straße, ihre Schwester versuchte, Schritt zu halten. Sicher auf der anderen Seite angekommen, suchten die beiden Zwillinge Deckung in dem riesigen Kaufhaus, das früher ihr Lieblingsgeschäft gewesen war – Fin de Siglo, gegründet 1880. Auch das entpuppte sich als ein schrecklicher Irrtum, denn das Kaufhaus, auf dessen Etagen sich einst Verkaufsstände neben Kiosken und Regalen gedrängt hatten, vollgestopft mit Waren aus New York, London, Rio und Tokio, war jetzt fast vollkommen leer. Von den ersten zwanzig Ständen, an denen Caterina vorbeikam, lagen sechzehn verlassen – es gab nicht das geringste zu kaufen –, und die restlichen vier boten nur jeder eine einzige Ware an, die zudem knapp und von schlechter Qualität war.

»Mein Gott! Was ist passiert?« fragte Caterina, und Plácida sagte: »Es ist überall so.« Sie besuchten noch zwei andere Etagen, die man nur über Treppen erreichen konnte, da weder Fahrstuhl noch Rolltreppe funktionierte, aber hier bot sich derselbe Anblick wie vor dem Schuhgeschäft: Vor den wenigen Ständen, die etwas zu verkaufen hatten, standen lange Schlangen von Frauen, ihre Bezugsscheine fest in der Hand.

Sie kamen an einen Stand, der in seiner Auslage drei bunte Kleider für zehn- bis elfjährige Mädchen ausgestellt hatte, und Caterina machte den Vorschlag, doch eins für die Tochter der Haushaltsgehilfin zu kaufen, die bei Plácida angestellt war, aber die Verkäuferin fuhr sie schroff an: »Sie können hier nichts ohne Bezugsschein kaufen, und die hier sind sowieso unverkäuflich.«

»Warum haben Sie sie dann ausgestellt?« und die Verkäuferin erklärte: »Damit man schon mal sieht, was vielleicht im Angebot ist, sollte die neue Warenladung jemals ankommen.« Und zum Erstaunen der Verkäuferin wie auch Plácidas brach Caterina in Tränen aus. Als sie versuchten, sie zu trösten, schluchzte sie: »Ein kleines elfjähriges Mädchen! Sie hat ein Recht auf ein hübsches Kleidchen ab und zu. Damit sie weiß, daß sie ein Mädchen ist... um richtig heranzureifen.« Sie bedeckte ihr Gesicht mit den Händen und weinte um die kleinen Mädchen Kubas, denen diese wesentliche Erfahrung vorenthalten wurde.

Plácida jedoch wußte den Tag zu retten. »Wollen wir doch mal sehen, was in dem Kaufhaus los ist, in dem Mama früher unsere Kleidchen immer gekauft hat.« Und als die Zwillinge das ehemals blühende Geschäft betraten, kam eine ältere Verkäuferin, der Plácida ein Zeichen gegeben hatte, auf sie zugelaufen und rief: »Die Cespedes-Zwillinge! Sie habe ich ja seit Jahrzehnten nicht mehr zusammen gesehen.« Sie zeigte ihnen die paar Kleider, die ihre Schneiderinnen aus den knappen Beständen lieferbarer Stoffe genäht hatten.

Caterina hatte nicht die Absicht gehabt, sich etwas Neues zum Anziehen zu kaufen, aber als ihr die vier herrlichen luftigen, mit Spitzen besetzten Sommerkleider vorgeführt wurden, übten sie fast eine betäubende Wirkung auf sie aus. Anschließend zeigte ihnen die Verkäuferin noch das Kleid, wonach sich Plácida vorher telefonisch erkundigt hatte, eine zarte tropische Kreation, rehfarben und übersät mit spanisch anmutenden Verzierungen. Caterina war entzückt, und als die Dame dann noch ein zweites, völlig identisches Stück für Plácida hervorholte, schauten sich die beiden bloß an und riefen:»Los, das machen wir!« Wie kleine alberne Schulmädchen verschwanden sie in den Umkleidekabinen, zogen sich hastig um und kamen als echte Zwillinge wieder hervor. Es waren noch kleine Änderungen nötig, die nicht lange dauern würden, und so schlug die Verkäuferin vor, die beiden sollten in der Zwischenzeit etwas essen gehen und dann wiederkommen. Sie bezahlten die Kleider und suchten ein Restaurant auf, das sie zum erstenmal betreten hatten, als sie sechzehn waren und allein unterwegs in der großen Stadt. An jenem Tag hatten ihnen Männer zugelächelt, und auch heute war es so – die Zwillinge nahmen die Komplimente gerne entgegen und nickten freundlich zurück.

Sie nahmen ein Mittagessen zu sich, das Caterina in ihre Jugend zurückversetzte: ein kleines Stück geröstetes Fleisch mit einem knusprigen Rand, eine Portion schwarze Bohnen und weißen Reis, dicke Pisangscheiben, der groben, süßen Banane, die in rohem Zustand nicht zum Verzehr geeignet ist, aber gebraten köstlich schmeckt; einen dürftigen Salat aus den wenigen in Kuba erhältlichen Früchten und einen spanischen Käsekuchen, reich an gebranntem Zucker.

»Ah!« stöhnte Caterina, als das feine, vertraute Aroma ihren Gaumen verführte.»Ich wünschte, ich könnte jeden Tag so zu Mittag essen.« Und es war dieses Geständnis, das bei ihrer Schwester Überlegungen in Gang setzte, die sie lange beschäftigten.

Als sie in das Bekleidungsgeschäft zurückkehrten und ihre Neuerwerbungen anprobierten, standen sie wie identische Abbilder vor dem Spiegel. Sie schienen zehn, fünfzehn Jahre jünger, obwohl beide Mütter von drei Kindern und Großmütter von vier Enkeln waren, beide der Inbegriff davon, wie begehrlich eine spanische Frau noch immer sein konnte, wenn sie mit Würde alterte und ihr ein feinsinniger Humor verliehen war. Es waren schöne Frauen mit ihren neuen Kleidern, und beide wußten von ihrer Schönheit.

Vorsichtig packten sie ihre Neuerwerbungen ein und kehrten zur Mühle zurück, wo sie verabredeten, Plácida sollte als erste mit dem neuen Kleid zum Abendessen auftauchen, und nachdem es gebührlich bewundert war, Caterina wie zufällig erscheinen – und sich dann beide in dem Torbogen, der zu einer der Veranden führte, aufstellen, um sich die Zustimmung ihrer Männer abzuholen. Der Plan funktionierte so perfekt, daß die Cespedes-Zwillinge für einen Augenblick wieder die Teenager von früher waren und in der alten Mühle auf ihre 24jährigen Freunde warteten. Es war ein wunderbarer Moment, den alle zu würdigen wußten und der den Weg zu den erstaunlichen Gesprächen ebnete, die am selben Abend in den beiden Schlafzimmern geführt wurden, Gespräche, die belegten, daß einer der beharrlichsten aller spanischen Charakterzüge noch immer nicht seine Kraft verloren hatte.

Im Schlafzimmer der Calderons aus Miami sagte Caterina, als sie ihr neues Kleid ablegte und es sorgfältig auf einen Bügel hängte: »Wäre das nicht wunderbar, wenn Plácida und Roberto zu uns nach Miami ziehen würden?« und fing an, Mittel und Wege auszusinnen, wie man am schnellsten ein mietfreies Haus für sie auftreiben könnte, eine Stellung für Roberto und Arbeit für die Kinder. »Notfalls könnten wir ja solange für sie aufkommen«, meinte sie, »bis Roberto etwas Passendes gefunden hat, und der ist so gescheit, das würde nicht lange dauern.«

In jeder durchschnittlichen amerikanischen Familie würde der Vorschlag der Frau, ihr Mann solle die finanzielle Unterstützung der Familie ihrer Schwester übernehmen, eine Ehekrise auslösen, der Mann würde toben und schreien: »Ich? Wieso ausgerechnet ich?« Doch Estéfano, an spanische Sitten gewöhnt, akzeptierte ihn, fügte sich in das Unvermeidliche, denn er wußte, wie wichtig es war, eine Familie zusammenzuhalten oder sie wieder zusammenzubringen, war sie einmal auseinandergerissen. Ohne zu zögern, bot er sich daher an: »Wir könnten es uns sogar leisten, sie ein paar Jahre bei uns aufzunehmen. Aber es wäre einfacher, wenn er Englisch spräche.«

Zur selben Zeit äußerte Plácida im ehelichen Schlafzimmer der in Kuba ansässigen Calderons: »Roberto, ich glaube, daß Estéfano Heimweh nach Kuba hat. Was hat er schon von seinem ganzen Geld? Er würde gerne zurückkehren und seine letzten Jahrzehnte im Kreis seiner Familie verbringen. Und ich weiß, daß Caterina es auch gerne würde.«

»Woher weißt du das?«

»Sie hat da so etwas beim Mittagessen angedeutet. Geld und Glitter bedeuten ihr nicht viel im Leben, glaub mir. Und Miami auch nicht.«

»Was hätte Estéfano schon zu bieten?« aber sie entgegnete: »Er findet sicher leicht eine Anstellung als Arzt in unserem Gesundheitssystem. Er hat immer noch seine alte Zulassung aus Kuba und die neue aus Amerika, und mit seiner Erfahrung wäre er bei uns willkommen. »Wäre er bereit, sein gutes Leben in Miami aufzugeben?« »Ja, das wäre er. Und Caterina auch, davon bin ich überzeugt. Sie vermißt mich und den Rest ihrer Familie.« In den Gesprächen dieser Nacht und den folgenden kam das Paar aus Miami nie auf den Gedanken, daß sie je nach Kuba übersiedeln könnten, aber auch die Calderons aus Havanna erwogen nie die Möglichkeit, daß sie nach Amerika auswandern konnten; aber daß die Familie wieder zusammenwachsen sollte, auf die eine oder andere Weise, darin stimmten beide Seiten überein.

Es fing mit einer List an, die Plácida sich ausgedacht hatte, um die Calderons aus Miami an ihr reiches kubanisches Erbe zu gemahnen, aber es wurde ein Tag voller schmerzhafter, ja quälender Erinnerungen. »Schauen wir uns doch mal an, was unsere Familie früher dargestellt hat«, sagte sie eines Abends, und als die anderen einverstanden waren, meinte selbst Roberto: »Ich werde mir einen Tag in der Bankzentrale freinehmen.« So wurde der Plan gefaßt, am nächsten Morgen in aller Frühe La Habana zu verlassen und Richtung Westen zu fahren, zur ehemaligen Kaffeeplantage der Calderons, Molino de Flores, der Blumenmühle.

Das Paar aus Miami hatte die alte Stätte ein paarmal vor der Revolution besucht, aber vollkommen vergessen, wie majestätisch die Anlage war und welchen ehrenvollen Platz sie in der Geschichte Kubas einnahm. Sie waren überwältigt, als sie vor den Ruinen des Haupthauses standen, das in den 1840er Jahren, als Reisende aus der ganzen Welt zu Besuch kamen, prachtvoll ausgesehen haben mußte. »Es ist Platz genug da«, erklärte Estéfano, »um ein ganzes Fußballfeld verschwinden zu lassen.« Die Reihe der sieben, sich über drei Stockwerke erstreckenden Steinbögen wirkte erhaben und ehrfürchtig, obwohl es an einigen Seitenwänden angefangen hatte zu bröckeln. Eine würdevolle Vornehmheit umhüllte den Ort, und die Calderóns aus Miami glaubten Plácida, als sie erläuterte: »Zu manchen Zeiten haben hier vier Familien der Calderon-Sippe gleichzeitig gewohnt, also vierzig bis fünfzig Menschen.«

Sie kehrten sich von den mächtigen Ruinen ab, alle Fassaden von klassischer Ausgewogenheit wie bei einem französischen Schloß, und begaben sich zu dem Ort, der früher einmal der Stolz der ganzen Anlage gewesen war: sechs nebeneinandergelegene Zisternen, die so riesig waren, daß sie das Wasser für die gesamte Kaffeeplantage liefern konnten.

»Als ich noch ein Junge war«, erinnerte sich Roberto, »erzählte mir Vater, daß es bei einem Hurrikan nur einmal sintflutartig zu regnen brauchte, um die sechs Wasserspeicher innerhalb eines Nachmittags aufzufüllen.« Als Caterina einen der riesigen Behälter betrat, warnte er: »Paß auf, da nisten Fledermäuse drin!« Und sie entgegnete: »Die fliegen doch nicht bei Tageslicht.« Aber kaum hatte sie einen Schritt ins Innere getan, trat sie auf der Stelle lachend einen hastigen Rückzug an: »Aber in dunklen Höhlen!« Und ihr flog ein ganzer Schwarm dieser Tiere entgegen.

»Da liegt es«, sagte Plácida und zeigte auf einen seltsamen Bau, auf einem hohen Berg westlich der Wasserspeicher gelegen. »Dort ist es passiert.« Und als sie ausreichend hochgeklettert waren, sahen sie vor sich den großen, dumpf vor sich hin brütenden Ort, der in der kubanischen Geschichte eine bedeutende Rolle gespielt hatte.

Die Calderons standen den Überresten eines Eisenzauns gegenüber, der einmal ein riesiges Areal eingefaßt hatte. »Hier spielten sie ihr Spiel um Leben und Tod«, wie sich Plácida ausdrückte. Es war die berüchtigte Baracke von Molino de Flores, ein Sträflingslager, in dem die Sklaven der Plantage hausen mußten, noch über ein halbes Jahrhundert nachdem ihren Brüdern und Schwestern auf den britischen Inseln längst die Freiheit gegeben worden war, dreißig grausame Jahre, nachdem die Vereinigten Staaten ihre Sklaven freigelassen hatten. Innerhalb dieser Einzäunung, bewacht von einem wuchtigen Eingangstor, das noch immer stand, hatten früher die über 800 Sklaven der Familie Calderon unter so furchtbaren Umständen gelebt, daß 1884, als die spanischen Gouverneure auf Kuba noch immer das Argument ins Feld führten, die Freiheit der Sklaven bedeute den Untergang Kubas, die Sklaven ebendieser Baracke zum Aufstand riefen.

»Alle 800 Sklaven«, erzählte Plácida, »drängten gegen dieses eine Tor, das sie gefangenhielt. Aber oben in diesem Turm«, und alle blickten zu dem Wachturm auf, der neben dem gewaltigen Eisentor finster in die Höhe ragte, »warteten sechs von unseren Leuten. Jeder mit vier Gewehren und genügend Sklaven, um nachzuladen. Als die Aufständischen anfingen, das Tor zu stürmen, zielten die Männer oben auf dem Turm direkt auf die Köpfe der Rebellierenden... ein Gewehr nach dem anderen... jedes unzählige Male nachgeladen...

fortwährender Beschuß, bis über drei Dutzend Sklaven hingemordet waren, genau hier, an dieser Stelle, wo wir jetzt stehen.«

»Das kann ich nicht glauben«, widersprach Caterina, aber Roberto sprang seiner Frau bei: »Nachdem uns Castro die Freiheit gebracht hat, erschienen viele Bücher. Erinnerungen wurden ausgegraben. Und 1884, zwei Jahre bevor die Sklaverei auf der gesamten Insel abgeschafft wurde, setzten unsere Sklaven ihrem Dasein als Gefangene ein Ende.«

»Aber du hast doch eben gesagt, sie wären von dem Gewehrfeuer zurückgehalten worden«, worauf alle den feindseligen Turm anstarrten, an dem jeder Stein noch an seinem Platz war.

»Ja, in jener Nacht wurden viele getötet. Aber am nächsten Morgen überraschte der Held unserer Familie, ein junger Träumer namens Elizondo, der an der Niederwerfung des Aufstands nicht beteiligt gewesen war, indem er aus dem Haus trat, den Turm bestieg und auf die Leichen hinunterstarrte, die dort noch herumlagen, denn die anderen Sklaven wußten, wenn sie sich dem Tor näherten, würden auch sie erschossen. Er starrte über eine Stunde auf die Toten nieder und sprach mit niemandem.«

»Was hat er dann getan?« fragte Caterina, und ihre Schwester antwortete langsam und mit offensichtlichem Stolz in der Stimme: »Er stieg vom Turm hinunter, rief nach dem Aufseher, der in dem Haus nebenan wohnte, und sagte: ›Gib mir die Schlüssel.‹ Und als er sie in der Hand hielt, ging er zum Tor, schloß es auf, öffnete die Flügel und rief den zu Tode Verängstigten zu: ›Ab heute seid ihr keine Sklaven mehr. Ihr habt euch die Freiheit verdient. Kommt, bestattet eure Toten!‹ Dann spazierte er davon und ließ das Tor angelehnt. Nach diesem Tag wurde es nie mehr verschlossen.«

»Zwei Jahre später«, sagte Roberto, »folgte ganz Kuba seinem Beispiel, aber Elizondo bezahlte einen furchtbaren Preis für seine Vorreiterrolle. Seine beherzte Tat brandmarkte ihn als einen Verräter Spaniens, so daß er während der Unruhen in den Jahren vor der großen Revolution von 1898, in die dann auch die ›Norteaméricanos‹ verwikkelt waren, von spanischen Offizieren erschossen wurde, die an seiner Loyalität zweifelten.«

Die zweite Familienstätte, an die Plácida sie führte, war mit glücklicheren Erinnerungen verbunden, denn sie fuhr mit ihnen in eine Region, die wohlhabenden Familien um die Jahrhundertwende als Sommerresidenz gedient hatte, wenn die drückende Hitze in La Habana unerträglich geworden war. El Cerro wurde die Gegend genannt, der Hügel, weil sie auf einer Anhöhe gelegen war, und entlang der einzigen Durchfahrtsstraße erstreckten sich über drei Kilometer die herrlichsten Sommerhäuser, die es in der Karibik gab. In manchen Abschnitten standen dicht an dicht ein Dutzend Landhäuser auf der einen Seite, gegenüber fünfzehn ebenso üppigen auf der anderen, und jedes der 27 Häuser bot zur Stirnseite hin sieben oder acht der schönsten Marmorsäulen, die man sich vorstellen konnte. Aus allen Stadtvierteln La Habanas kamen Menschen angereist, um zu bewundern, was ein Dichter einmal »den Wald aus Marmorbäumen, der die Verstecke der Reichen schützt«, genannt hatte. Ein Gast aus Spanien meinte, nachdem er die Säulenreihe abgefahren war: »Es ist mir egal, wer die Zuckermühlen besitzt, wenn ich nur das alleinige Recht hätte, ihnen die Säulen für ihre kleinen Paläste zu verkaufen.«

Die vier Calderons hatten El Cerro in ihrer Jugend gekannt, als immer mehr Menschen ihren Besitz aufgaben, und schon damals war ihnen bewußt, daß einige Häuser anfingen zu verfallen, doch erst jetzt sahen sie, wie weit die Zerstörung fortgeschritten war. »Mein Gott!« rief Plácida. »Graf Zaragón wäre entsetzt! Seht euch nur die beiden Löwen an, auf die er immer so stolz war.« Da standen die beiden Löwen, die einmal von seiner Nobilität gekündigt hatten, die Köpfe abgeschlagen, die Pfoten zerbröckelt und das ehemalig märchenhafte Haus, das sie vorgeblich schützten, lag hinter ihnen in Ruinen.

»Oh! Pérez Espinals! Da haben wir immer gespielt. Sieh doch! Die Mauern fallen ja ein!« Caterina zeigte auf etwas, was früher einmal eine herrschaftliche Villa gewesen war, stattlich, erfüllt von sommerlichen Stimmen, die jetzt verschwunden waren, und die Verwüstung war so gewaltig, daß sie nervös fragte: »Was werden wir wohl zu sehen kriegen, wenn wir vor unseren Schwänen stehen?« Sie fürchtete sich fast davor, den Ort zu betreten, der früher den Calderons gehört hatte. Roberto, hinterm Steuer ihres Wagens erinnerte sie jedoch: »Ich weiß gar nicht, was du hast. Es stehen doch noch viele Säulen. Von der Straße ist noch viel übriggeblieben!« Und er hatte recht, denn ein Fremder, der die Straße entlangfuhr, sah noch immer Hunderte prächtiger, in militärischer Schlachtordnung aufgestellter Marmorsäulen, stumme Bewacher der Häuser hinter ihnen, von denen einige längst verschwunden waren.

An einer Reihe von zehn besonders hübschen Säulen machte Roberto halt und erklärte: »Schon vor der Revolution von 1959 sahen die

Besitzer ein, daß sie sich den Unterhalt ihrer Residenzen nicht mehr leisten konnten, und da niemand das Geld hatte, sie zu übernehmen, gab man sie dem Verfall preis. Wo früher eine einzige Familie gelebt hatte, drängten sich jetzt achtzehn oder zwanzig Familien, bezahlten keine Miete und ließen den Besitz verkommen. Sieh doch nur!« An den wenigen intakten Häusern erkannten Caterina und ihr Mann Anzeichen, daß zahlreiche Familien sie besetzt haben mußten. Bevor irgend jemand eine Bemerkung machen konnte, rief Plácida plötzlich: »Unsere Schwäne!« und wies auf die rechte Seite der alten Prachtstraße, wo sich eine der auffallenderen Residenzen erhob, die Außenwände noch in gutem Zustand, die Säulen noch intakt.

Was diesen Ort so einprägsam machte, waren die zwischen den Säulen und entlang des gesamten Verandasockels postierten Schwäne, Flügel an Flügel, 48 gußeiserne kleine Kunstwerke, jedes knapp einen Meter hoch und nur etwa zehn Zentimeter breit, aber in Form und Farbe derart, daß es im Auge des Betrachters eine wahre Erschütterung auslöste. Jeder Schwan stand aufrecht wie ein Eiszapfen – mit anliegenden Flügeln, Schnabel und Kopf nach unten gerichtet und eng an den Körper gepreßt. Drei Farben herrschten vor: Gold für die Beine, Blendendweiß der Kopf und der Rumpf und ein leuchtendes Rot für den Schnabel.

Der Anblick der Schwäne allein hätte gereicht, sich unvergeßlich ins Gedächtnis einzuprägen, aber um die Beine eines jeden Vogels wand sich eine tödliche, in einem geheimnisvollen Schwarz angemalte Schlange empor, die der Künstler so in das Geflecht eingearbeitet hatte, daß sich ihr Kopf, ebenfalls rot, nur wenige Zentimeter vor dem Schnabel des Schwans befand. So waren die 48 Schwäne alle in einen tödlichen Zweikampf verwickelt, und niemand, der diese Reihe miteinander ringender Tiere jemals gesehen hatte, konnte sie fortan vergessen.

»Ein ›Olé!‹ für unsere Schwäne«, sagte Plácida, als Roberto aus dem Auto stieg, um ihre Freundschaft mit den vertrauten Vögeln zu erneuern. »Nicht eine Schlange hat es jemals bis in unser Haus geschafft«, prahlte Roberto und tätschelte den gesenkten Kopf eines Schwans. »Treu bis in den Tod, aber hiervor haben sie den Ort auch nicht bewahren können.« Und er zeigte auf das, was sich den Calderons hinter dem Säulengang und der Veranda als Anblick darbot: das Eingangsportal lose in der Angel hängend, der weit ausladende Treppenaufgang in Trümmern, die Innentüren, hinter denen jetzt unzählige Familien lebten, das ganze tragische Ausmaß des Verfalls, der allen Nachbarresi-

929

denzen entlang der Straße drohte. Plácida streichelte die Schwäne, die sie als Kind so geliebt hatte, flüsterte ihnen zu:»Ihr habt uns soviel besser gedient als wir euch« und lief zum Wagen, wo sie mit gesenktem Kopf auf dem Rücksitz Platz nahm, nicht länger bereit, sich die Trümmer anzusehen, die ihre Kindheit eingeholt hatten.

Vielleicht weil er in den vergangenen 29 Jahren unter einer Diktatur gelebt hatte, war Roberto Calderon der erste, dem auffiel, daß ihm und seinem Schwager, wohin sie auch fuhren, ständig in gebührendem Abstand mindestens ein Wagen folgte, manchmal sogar zwei, dessen Insassen sie offenbar beobachteten. Es irritierte ihn so sehr, daß er eines Morgens, als sie nach Havanna reinfuhren und wieder beschattet wurden, seinen russischen Wagen einer genauen Inspektion unterzog – vielleicht hatte man ihm ja eine Wanze eingebaut – und dann fragte: »Sag mal, Estéfano, bist du im Geheimauftrag hier? Oder irgend etwas in der Richtung?«

»Nein! Warum fragst du?« Und sein Vetter entgegnete:»Weil der erste Wagen hinter uns vom Büro der amerikanischen Vertretung ist und der zweite, wenn mich nicht alles täuscht, von unserer Polizei.« Als sie in La Habana einfuhren, blieben die Verfolger hinter ihnen, bis die Calderons einen Parkplatz gefunden hatten und in Robertos Büro gingen.

Auf der Rückfahrt wurden sie wieder verfolgt, diesmal nur von dem Polizeiwagen, ein Erlebnis, das die Calderons ermutigte, die Frage anzusprechen, die scheinbar alle Kubaner in Miami leidenschaftlich bewegte:»Roberto, wie steht es eigentlich um die bürgerlichen Freiheiten auf dieser Insel?« Und Roberto antwortete umgehend und offensichtlich mit Überzeugung:»Genauso wie in den Vereinigten Staaten. Es gibt Gerichte und gute Anwälte, Zeitungen, eine öffentliche Debatte. Wir leben in einem freien Land.«

Estéfano hatte das Gefühl, daß dies der passende Moment war, seine eigentliche Meinung über Castro und die kommunistische Führung darzulegen.»Du kannst noch soviel dagegenhalten, Roberto, für mich wird Castro immer ein Ungeheuer bleiben und seine Bewegung eine Absage an die menschliche Würde. Ich sehe eher solche Menschen wie ihr beide als die wirklichen Repräsentanten der Insel, ich glaube also, daß sich Annährung in irgendeiner Form entwickeln muß. Ich möchte noch den Tag erleben, an dem ich ungehindert nach Havanna fliegen kann und ihr mit mir zurück in die Vereinigten Staaten.«

»Meinst du... um auszuwandern?« Roberto fragte mit so deutlichem Widerwillen in der Stimme, daß sein Vetter einsah, daß dies doch nicht der rechte Augenblick war, das heikle Thema anzurühren: »Nein, nein! Ich meine bloß frei hin- und herreisen.« Als er die magischen Worte aussprach, nach denen viele Menschen in der Welt Sehnsucht verspürten – »frei reisen« –, versuchten sich die vier Calderons vorzustellen, was für eine reiche Erfahrung es bedeuten würde, ohne Umstände und Visa zwischen ihren beiden Schwesterstädten Miami und La Habana hin- und herreisen zu können.

Schließlich meinte Estéfano: »Ich glaube, wenn ihr Cubanos die Vorteile der Demokratie sehen würdet, wie sie für uns alle in Miami existieren, dann würdet ihr eure Politik hier unten auch ändern.« Roberto und seine Frau lachten bloß, und Plácida machte die für sie untypische politische Bemerkung: »Wir glauben, daß uns die übrigen Inseln der Karibik eines Tages auf dem Weg zu einer starken sozialistischen Regierung folgen werden. Wir sind sicher, daß Puerto Rico und Santo Domingo es uns gleichtun, und dann zieht wahrscheinlich der Rest nach. Jamaika hat schon fast nachgezogen, vor ein paar Jahren.«

Das war zuviel für Estéfano: »Kein Land, das noch alle Sinne beisammenhat, würde sich freiwillig mit Castro verbünden, wenn man die Zustände auf dieser Insel bedenkt.«

»Was meinst du damit?«

»Das kann ich euch genau sagen, was ich damit meine. Eine Diktatur, die ihrem Volk nur wenig Annehmlichkeiten gönnt. In den Geschäften nichts zu kaufen. Kein Toilettenpapier. Keine Zahnpasta. Keine Kinderkleidung. Keine vernünftigen Autos. Keine neuen Häuser als Ersatz für die verfallenen in El Cerro. Und für junge Männer nur die Freiheit, nach Angola zu fliegen und im Dschungelkrieg zu krepieren.«

Diesmal zog es Plácida vor zu antworten, und sie tat es mit Nachdruck und machte Estéfano auf einen Artikel im »Granma« aufmerksam. »Er handelt von den Erfahrungen, die ein junger Kubaner in Miami gemacht hat, im Zusammenhang mit der Gesundheitsversorgung. Er hatte bloß einen kleinen Asthmaanfall. Und jetzt hör dir mal an, was solche Ärzte wie du, Estéfano, den Menschen in eurem Land antun.« Sie las einen schier unglaublichen Bericht vor, belegt durch Kopien von den Rechnungen der Ärzte, Gutachter, Schwestern und Diagnostiker, nach denen sich der zweitägige Krankenhausaufenthalt – wegen einer im Grunde trivialen Angelegenheit – auf sage und schreibe

7 800 Dollar belief. Von den beiden bedrängt, mußte Estéfano als Arzt zugeben, daß der Bericht durchaus der Wahrheit entsprechen konnte. »Der Mann, dem hier das Haus um die Ecke gehört«, fuhr Plácida fort, »mußte sich einer Herzoperation unterziehen. Neunzehn Tage Krankenhaus, es war ein Notfall. Gesamtkosten? Nicht einen Peso. Und die Zahnbehandlung für seine Frau? Nicht einen Peso. Beste medizinische Versorgung für seine drei Kinder – und nicht einen Peso.« Verbittert schloß sie: »Es mangelt vielleicht an weißer Tünche, die ihr so vermißt, aber wir haben das beste Gesundheitssystem der Welt und die besten Schulen für unsere Kinder. Und beides umsonst. Und das will was heißen.«

Alle vier an der Diskussion Beteiligte spürten, daß sie gefährlichen Boden betreten hatten, und so griff Roberto, wie immer der Schlichter in solchen Situationen, eine Frage auf, die schon lange an ihm nagte: »Nehmen wir zum Beispiel so einen Flüchtling wie unseren Vetter Quiroz. Keine besonderen Fähigkeiten, soweit ich mich erinnere. Wie verdient der sich seinen Lebensunterhalt in Miami?« Und Estéfano erklärte: »Du darfst eines nicht vergessen, Roberto. In unserer Stadt ist eine Unmenge kubanisches Geld im Umlauf. Zum Teil erarbeitetes Einkommen wie zum Beispiel das Geld, das meine Bank verwaltet, zum Teil auch Geld aus dem Drogenhandel. Aber es ist nun mal da und steht zur Verfügung.«

»Und wie schlagen sich solche Nichtsnutze wie Quiroz durch?«

»Die Leute, die Castro hassen, und das sind 99 Prozent, sorgen dafür, daß solche Burschen wie Quiroz am Leben bleiben.« Sie haben einen Dummen in ihm gefunden, der ihre Arbeit macht, Castro aus dem Sattel zu heben.«

»Wäre er bereit, noch mal so eine Invasion wie die in der Schweinebucht anzuführen?«

»Lieber heute als morgen, wenn die amerikanische Regierung ihn ließe.«

Der letzte Satz hatte eine lange Pause zur Folge, nach der Roberto überraschend meinte: »Estéfano, wirklich, wenn du dir doch abgewöhnen würdest, das Wort ›amerikanisch‹ in den Mund zu nehmen, als hättest du es von uns anderen gestohlen. Sag doch ›Norteamericano‹, weil – wir Kubaner und Mexikaner und Uruguayer sind auch Amerikaner.«

Bis jetzt – am Anfang ihrer zweiten Woche in Kuba – war der Besuch genau so verlaufen, wie er gedacht war, als ein angenehmes Familientreffen. Estéfano war jedoch die ganze Zeit über unsicher, wie er Roberto wegen einer Unterredung mit Castro angehen sollte. »Ich kann Roberto nicht einfach mir nichts, dir nichts fragen: ›Kann ich mal euren Führer sprechen?‹« sagte er eines Abends zu Caterina. »Aber du könntest deiner Schwester mal einen Wink geben, zum Beispiel mal fallenlassen: ›Irgendeine Möglichkeit, Castro mal aus der Nähe zu sehen? Als Bestätigung, daß er wirklich existiert?‹« Aber sie hielt ihm vor: »Ich würde mich sicherer fühlen, wenn wir ihn überhaupt nicht sähen. Dann gibt's wenigstens keine Gerüchte, wenn wir nach Miami zurückfliegen.«

Schließlich schnitt Estéfano das Thema doch in Anwesenheit Robertos an und sagte eher beiläufig. »Wenn ich schon mal hier bin, würde ich Castro ja gerne mal kennenlernen.« Und sein Vetter antwortete: »Ich werde sehen, was sich machen läßt. Er ist eigentlich ganz offen Besuchern gegenüber.« Dann erklärte er weiter, daß Castro die Angewohnheit habe, mögliche Besucher tagelang im ungewissen zu lassen, nur um sie dann plötzlich ohne Vorwarnung zu mitternächtlicher Stunde zu sich zu bestellen, und so vermied es Estéfano Abend für Abend, sich früh schlafen zu legen.

Dienstagabend war es dann soweit. Ein ranghoher Beamter aus Castros Büro sprach an der Zuckermühle vor und meldete Roberto, wenn er mit seinem Vetter um elf Uhr zum Präsidentenpalast käme, wäre Fidel Castro bereit, sich mit ihm über kubanische Angelegenheiten in Florida zu unterhalten, und ohne sich zu verraten, daß er auf genau eine solche Einladung gewartet hatte, entgegnete Estéfano: »Ich würde mich geehrt fühlen.«

Da er nicht wußte, ob bei einer Einladung zu dieser Stunde auch ein Essen mit eingeschlossen war, informierte Estéfano seine Frau von dem bevorstehenden Besuch und nahm nur leichte Kost zu sich. »Um mich in jeder Hinsicht abzusichern. Wenn es ein Essen mit vielen Gängen gibt, dann kann ich es noch reinstopfen. Und wenn nicht, werde ich auch nicht verhungern.«

Um Viertel nach zehn fuhr ein Wagen mit Chauffeur in Begleitung eines Polizeikonvois vor, und dann traten sie die Fahrt durch eine mondhelle Septembernacht an. Estéfano versicherte seinem Vetter: »Keine Sorge. Ich werde ihm genau das sagen, was ich dir auch gesagt habe. Ich bin gegen seine Politik, aber ich freue mich auf den Tag, wenn es zwischen unseren Ländern wieder einen freien Austausch gibt.«

»Ich bin sicher, daß er das gerne hören wird.«

»Aber zu unseren Bedingungen, nicht seinen.«

»Seit fast dreißig Jahren versucht dein Land, ihm vorzuschreiben, was er zu tun hat, und immer seid ihr gescheitert, kläglich. Vielleicht wird es langsam Zeit, mal eine andere Taktik auszuprobieren.« Estéfano mußte lachen:»Vielleicht, ja. Aber auch nicht zu euren Bedingungen.«

Als die beiden Männer die großzügige, weite Empfangshalle betraten, wurde unmißverständlich deutlich gemacht, daß Robertos Rolle lediglich darin bestehen sollte, seinen Vetter vorzustellen und sich dann bis zum Ende des Gesprächs im Hintergrund zu halten, eine Absprache, die ihn offensichtlich nicht überraschte. Sie mußten zwei Stunden in dem Vorzimmer warten, als endlich die Tür zu Castros Privaträumen mit einem Knall aufgestoßen wurde und sich ein stattlicher bärtiger Mann in zerknitterter Armeekleidung zu ihnen vorschob, beide Hände ausgestreckt, die eine Estéfano reichte, die andere Roberto. »Ein herzliches Willkommen den beiden Söhnen unseres großen Patrioten Calderon y Quiroz.« Damit nahm er Estéfano warmherzig an die Hand, führte ihn in sein Privatquartier und ließ Roberto allein in der Halle zurück.

Mit einem kräftigen Fußtritt knallte er die Tür zu, zeigte auf einen Stuhl für seinen amerikanischen Gast und ließ sich selbst auf seinen eigenen fallen. Er war voller rastloser Energie, sprang von einem Thema zum nächsten, wobei seine unruhigen Hände mit einer dicken, nicht angezündeten Zigarre in der Luft herumwedelten.

»Eine Versuchung und eine Verpflichtung«, sagte er, auf die Zigarre deutend. »Die Ärzte haben mir gesagt: ›Fidel, du wirst zehn Jahre früher sterben, wenn du weiterrauchst‹, also habe ich aufgehört. Aber dann haben mich unsere Zigarrenhersteller gemahnt: ›Fidel, du und deine Zigarre, das ist die beste Werbung für kubanische Zigarren, und daher kommen unsere Deviseneinnahmen. Bitte rauch weiter.‹ Und so beherzige ich also beide Ratschläge«, worauf er die dicke kalte Zigarre in seinen Mund steckte.

Sie unterhielten sich fünf Stunden, unterbrachen das Gespräch nur einmal kurz für einen kleinen Imbiß, Suppe, Sandwiches mit Hühnerfleisch und eine ungewöhnliche Nachspeise. »Warnen Sie als Arzt Ihre Patienten auch vor zuviel Zucker, so wie unsere Ärzte?«

Zu Estéfanos Überraschung stellte er diese und andere beiläufige Fragen auf englisch, und Estéfano antwortete auch in der Sprache, aber als er zum Schluß seiner Erklärung kam, daß er während seiner Zeit als

934

praktizierender Arzt seine Patienten vor den Gefahren des Zuckers immer gewarnt hätte, sprang Castro von seinem Stuhl auf, drohte mit dem Finger und rief auf spanisch:»Dann lassen Sie das bleiben! Wir Kubaner wollen, daß Sie soviel Zucker wie möglich essen und ihn nur von uns kaufen.«

Als sie sich ernsteren Themen zuwandten, traf Steve bei Castro auf ein erstaunlich breites Wissen über alles, was mit Amerika zusammenhing, aber er spürte auch, daß der Diktator manche Themen nur streifte, um sich als liebenswürdiger Mensch darzustellen: der absichtlich benutzte Baseballjargon (»Warum verlieren die Red Sox eigentlich immer die großen Serienspiele?«), das Insiderwissen aus dem amerikanischen Showgeschäft (»Wie werden die denn in Georgia damit fertig, daß ein Schwarzer wie Bill Cosby die Fernsehstationen dominiert?«), die Kenntnis komplizierter Sachverhalte (»Wie werden sich Nord- und Südkorea bei den Olympischen Spielen verhalten?«) und ein Dutzend anderer Fragen, die als kleine Sticheleien gegen Amerikaner zu verstehen waren (»Hat Ihre Regierung irgendeinen von diesen Verrückten verhaftet, die unsere Athleten in Indianapolis abwerben wollten?«).

Calderon, sich darüber im klaren, daß diese Art angenehmen Geplauders nur ein Vorspiel war, wartete darauf, daß endlich über Politik gesprochen würde, und war vorbereitet, als Castro endlich einen Schwall von Fragen losließ, die allesamt die Haltung der Kubaner in Miami zu den Zuständen in Haiti, Santo Domingo, Puerto Rico und Kuba selbst betrafen. Vor allem zwei Probleme, über die er Estéfano geradezu unverschämt eindringlich ausfragte, schienen ihm Sorgen zu bereiten:»Wenn Manley die anstehenden Wahlen in Jamaika gewinnt, wird dann der Antiamerikanismus auf der Insel zu neuem Leben erwachen?« Und:»Was hört man so in Miami über die Rassenunruhen auf Trinidad?«

Er wollte außerdem wissen, wie die Kubaner in Miami auf die amerikanische Invasion in Grenada reagiert hatten«, und war nicht weiter überrascht zu erfahren:»Unter unseren Leuten habe ich nicht eine gegenteilige Meinung gehört, nur laute Zustimmung.« Irritiert zeigte er sich, als er erfahren mußte:»Die meisten von uns waren überzeugt, daß kommunistisch unterwanderte Kubaner in Grenada die Macht übernehmen würden.«

»Unsinn!« sagte er, wobei er einen vulgären kubanischen Ausdruck benutzte. Dann lehnte er sich zurück, drehte seine Zigarre zwischen Daumen und Zeigefinger, rief einen Kellner, er möge noch zwei Getränke bringen, und fragte:»Nun, Doktor Calderon...« Und Estéfano fiel auf, daß er immer die offizielle Anrede Doktor benutzte, wenn er ein neues Thema erörtert wissen wollte:»Erklären Sie doch einmal mit ihren eigenen Worten, denn ich weiß, daß Sie in dieser Angelegenheit ein beschlagener Mann sind, was das Wort ›Hispano‹ in den verschiedenen Teilen der Vereinigten Staaten für eine Bedeutung hat.« Castro deklamierte die erhabenen Silben »Los Estados Unidos« mit einem gewissen Respekt, als wollte er, wenn schon nicht die Politik, so doch die Größe des Nachbarn im Norden honorieren.

Wieder vertieften sich die beiden Kubaner in ein langes Gespräch, in dem Estéfano seine Erfahrungen schilderte, die er mit den unterschiedlichen spanischsprechenden Einwanderergruppen in Amerika gemacht hatte.»Ich bin damals als spanischstämmiger Bankier und später als Vorsitzender der Kampagne für die Wahl und dann die Wiederwahl Reagans viel herumgekommen.« Hier konnte er sich ein leises Lachen nicht verkneifen:»Die weißen Angloamerikaner, die die Kampagne initiierten, haben sich wahrscheinlich gesagt: ›Calderon spricht Spanisch. Außerdem trägt er einen sauberen blauen Anzug. Wir wollen ihn landesweit einsetzen, um sie alle auf Linie zu bringen.‹ Und so haben sie mich nach New York geschickt, nach Kalifornien und nach Texas.«

Castro lehnte sich vor, glänzende Augen über dem Bart.»Und? War es eine Katastrophe?«

»Schlimmer. In New York hatten sich die Puertoricaner versammelt, und bei denen stehen andere Dinge auf der Tagesordnung. Ich konnte mich vor denen überhaupt nicht verständlich machen, und eine Orientierungshilfe war ich denen ganz sicher nicht. Die sind sehr wohl in der Lage, sich selbst zu artikulieren.«

»Kalifornien?«

»Ich möchte Sie nicht beleidigen, Señor Presidente, aber diese heißblütigen Mexikaner wissen nicht mal, daß Sie hier in Kuba das Kommando führen. Ist denen völlig gleichgültig, denn sie haben ihre eigenen Probleme mit Mexiko. Meine und deren Vorstellungen von Politik sind so verschieden wie Tag und Nacht. Es war der absolute Reinfall.«

»Texas?«

»Oberflächlich betrachtet dasselbe wie in Kalifornien, aber die Mexikaner dort unterscheiden sich grundsätzlich von den anderen. Vor allem die in Los Angeles, die sind gebildeter, haben mehr politische Macht. In Texas sind sie Landarbeiter. Ich würde sagen, die hinken zwei Generationen hinter denen in Kalifornien her.«

Lange Zeit verbrachten sie mit der Erörterung der Unterschiede zwischen den vier hispanischen Gruppen, so wie Estéfano sie definierte: die Kubaner in Miami, die Puertoricaner in New York, die gebildeteren Mexikaner in Kalifornien und die weniger privilegierten Landarbeiter in Texas. Zum Schluß hob er einen Punkt noch deutlich hervor:»Jeder, der meint, er könnte sie alle in einen Topf werfen und eine einzige zusammenhängende hispanische Minderheitengruppe formen, die man mal hierhin, mal dorthin schiebt, der hat sich getäuscht.« Er sah Castro direkt an und sagte:»Ich kann Ihnen nur raten, versuchen Sie erst gar nicht, diesen Weg einzuschlagen. Es ist aussichtslos.«

»Alle streng katholisch?«

»Ja.«

»Alle Republikaner?«

»Was die Kalifornier und die Texaner betrifft, bin ich mir nicht so sicher, aber die wahrscheinlich auch.« Dann kam er auf den springenden Punkt zu sprechen.»Sie dürfen eins nicht vergessen Señor Presidente. Die Kubaner, die Sie damals mit dem ersten Schwung nach Miami geschickt haben, waren alle gebildete, gutsituierte, politisch gemäßigte Leute. Sie hatten es nicht schwer, sich den amerikanischen Lebensumständen anzupassen. Es waren keine ungebildeten Landarbeiter.« Er zögerte und fügte dann hinzu:»In Kalifornien und Texas konnte ich manchmal gar nicht glauben, daß sie überhaupt Hispanos waren. Sie glichen in keiner Weise irgendwelchen Menschen, denen ich hier oder später in Florida begegnet bin.«

Mittlerweile war drei Uhr längst vorbei, und Estéfano mußte sich immer daran erinnern, daß es auf die Schmeicheleien Castros nicht hereinzufallen galt:»Er ist derjenige, der mir mein Land gestohlen hat, der viele meiner Freunde auf dem Gewissen hat, andere in fürchterlichen Gefängnissen eingesperrt hält und der alles Erdenkliche getan hat, die Vereinigten Staaten zu kompromittieren!« Er empfand keine Zuneigung für Castro, nicht einmal sonderlichen Respekt, aber er spürte die immense Kraft seines Charismas, und als der Diktator an einer Stelle besonders überzeugend bekundete, den Vereinigten Staaten gegenüber nie irgendwelche Feindseligkeit empfunden zu haben, dachte Calderon:»Jetzt weiß ich, wie sich ein Vogel fühlt, wenn die Kobra mit ihren Verführungskünsten spielt. Der Hund ist faszinierend.«

Am Ende einer langen Rede darüber, wie sich die Vereinigten Staaten in Mittelamerika seiner Meinung verhalten sollten, lehnte sich Castro vor, musterte seinen Gast und fragte in liebenswürdigstem Tonfall:»Dr. Calderon, wieso meinten Sie, der Sohn eines Volkshelden, damals das Land verlassen zu müssen?«Und nach einer freimütigen Diskussion über verpaßte Chancen fragte Castro – es war Viertel nach vier Uhr–:»Unter welchen Bedingungen würden Sie zurückkehren?«

Estéfano fühlte sich jetzt frei und auch verpflichtet, mehrere Dinge klarzustellen:»Bei so einem Urgroßvater wie dem alten Baltazar Calderon werde ich Kuba immer lieben und ehren. Es ist mein Blut. Die Tatsache, daß ich geflohen bin, beweist, daß ich nicht gerade begeistert über Ihre Machtübernahme war, aber wie Sie wahrscheinlich aus den Berichten Ihrer Berater wissen, bin ich auch nie fanatischer ›Anticastroist‹ gewesen. Und da Ihre Insel nun mal vor der Haustür der Vereinigten Staaten liegt, bin ich überzeugt, daß irgendeine Art von Versöhnung stattfinden wird, wahrscheinlich noch vor Ablauf dieses Jahrhunderts.«

»Denken noch andere in Ihrem Land so?«

»Ein paar von meinen besonneneren Freunden in Washington zum Beispiel . . . mit denen ich während der Reagan-Kampagne zusammengearbeitet habe.«

Castro, der aus diesem einzigen Satz sofort den Grund erkannte, warum Calderon nach Kuba geschickt worden war, schaute an die Decke und fing wieder an, mit seiner Zigarre herumzuwedeln. Dann sagte er, als hätte er nicht wahrgenommen, was Steve ihm soeben eröffnet hatte:»Die Ärzte haben mir versichert: ›Wenn Sie aufhören, diese Dinger zu paffen, werden Sie die Jahrhundertwende noch erleben‹.«

»Wann sind Sie geboren?«

»1927.«

»Sie sind nur fünf Jahre älter als ich, und ich rechne auf jeden Fall damit, sie noch zu erleben.«

»Sie sind also hierhergekommen, um in jemandes Namen zu sprechen, Dr. Calderon?«

»Meine Frau ist hierhergekommen, um ihre Zwillingsschwester zu besuchen. Sehr gefühlsbetontes Wiedersehen, das kann ich Ihnen sagen.«

»Roberto Calderon ist ein wertvoller Mensch. Er kennt sich aus.« Wieder folgten die üblichen Pirouetten seiner Zigarre – und dann:»Wissen Sie, Doktor, sollten sie sich jemals dazu entschließen, zu uns zu kommen und eine wirklich gute Klinik aufzubauen – ich habe viel über die Klinik gehört, die Sie in Miami leiten–, dann wären Sie sehr willkommen, und wir stellen auch das Gebäude.«

»Ich fühle mich geehrt.«

»Sagen Sie, wenn ab morgen alle Restriktionen wegfallen würden, und ich meine wirklich alle, wieviel Prozent von Ihren Kubanern, schätzen Sie, würden auf unsere Insel zurückkehren?«

»Von meiner ersten Gruppe 98 Prozent, um die alten Stätten zu sehen, die sie immer noch lieben. Um für immer hierzubleiben und alles aufzugeben, was sie sich in Florida aufgebaut haben, zwei Prozent.«

»Und von den Mariel-Insassen?«

»Ein größerer Prozentsatz. Die Männer, die scharf darauf sind, ihre verbrecherische Laufbahn wiederaufzunehmen. Aber die werden Sie natürlich nicht haben wollen.«

»Und von den Kindern, die dort geboren sind?«

»Nicht eins von 10 000. High-School, Fernsehen, ihr eigener Freundeskreis – unwiderstehlich für junge Menschen.«

»Sie sind also eine verlorene Generation . . . für uns meine ich.«

»Ich glaube ja.«

»Sie haben meine Frage nicht beantwortet. Unter welchen Bedingungen würden Sie und Ihre Frau zurückkehren?«

Estéfano überlegte, wie er diese Frage beantworten konnte, ohne beleidigend zu wirken, und sagte schließlich: »Wenn man sich einen Arm bricht, sieht es anfangs so aus, als würde er niemals wieder heilen. Man gipst ihn ein, legt ihn mit einer Schiene still, läßt ihn zusammenwachsen und sechs Wochen später – ein Wunder! Er ist sogar stärker als vorher, weil sich die kleinen Knochensplitter ineinander verzahnt haben. Mit dem Emigranten ist es dasselbe. Während der ersten sechs Monate fern der Heimat macht sich Trostlosigkeit im Gemüt breit. Aber dann beginnt das Zusammenwachsen, und sehr bald ist die Beziehung zu dem neuen Land überwältigend stark.«

»In Ihrem Fall zu stark, um noch einmal gebrochen zu werden?«

»Ja.«

Castro legte einen Arm um Estéfanos Schulter und sagte, als er ihn zur Tür begleitete: »Bestellen Sie dem Herrn, der Sie geschickt hat, wenn sich jemals wieder freundschaftliche Beziehungen zwischen unseren beiden Ländern ergeben, dann hätte ich Sie gern als den ersten Botschafter hier in La Habana.«

An ihrem letzten Abend in Kuba fühlte sich das Paar aus Miami verpflichtet, das Unvermeidliche noch einmal zu diskutieren, und es war Caterina, die das Thema anschnitt: »Ihr sollt wissen, wenn ihr beide jemals den Wunsch verspüren solltet, nach Amerika auszuwandern –

Estéfano und ich sind darauf eingestellt. Es wäre uns sogar eine Ehre, eine Wohnung für euch aufzutreiben... euch und euren Kindern zu helfen, auf die Beine zu kommen. Wir würden uns freuen, wenn sie bei uns wären.«

»Das können wir nicht...«

Caterina brach in Tränen aus. »Es war so schön, wieder mit euch zusammenzusein. Wir sind eine Familie, Plácida, und wir sollten nicht an verschiedenen Orten leben. Bitte, bitte, laßt euch das durch den Kopf gehen, was ich eben gesagt habe. Und denkt daran, Estéfano ist derselben Meinung. Ihr könnt bei uns wohnen... zwei Jahre... drei Jahre, bis ihr euch niedergelassen habt, meinst du nicht auch, Estéfano, das wäre das einzig Richtige?«

»Roberto weiß, daß es richtiger wäre. Wir wären überglücklich, wenn ihr bei uns bleiben würdet, und ich rede jetzt nicht nur von euch beiden. Eure Kinder könnten in Amerika ein gutes Leben aufbauen. Wir würden ihnen auch dabei helfen.«

Plácida ging in ihrer Antwort jedoch mit keinem Wort auf das Angebot ihrer Schwester ein. Statt dessen legte sie ihre Hand auf Caterinas Arm und sagte tief bewegt: »Du hast recht, wir müssen zusammenbleiben, wo wir doch jetzt erlebt haben, wie schön es sein kann... Aber wir sollten hier zusammensein, wo wir alle hingehören. Und Roberto hat da so ein paar Ideen. Wir könnten euch ohne weiteres zwei von diesen kleinen Häusern überlassen, und heute kam El Maximo Líder in mein Büro, um noch einmal zu bestätigen, was er gestern abend gesagt hat. Du könntest eine Klinik mitten in Havanna bekommen. Komm zurück nach Hause, Estéfano, und hilf beim Aufbau deiner Heimat.«

Als die beiden Paare auseinandergingen, war allen vieren bewußt, daß weder die eine noch die andere Familie jemals umziehen würde, aber alle waren zutiefst überzeugt, daß sie mit ihren gegenseitigen Angeboten ausschließlich im Interesse ihrer Angehörigen gehandelt hatten. Estéfano und Caterina hielten es für gewiß, daß die Calderons aus Kuba in dem Miami, wie sie es kannten, ihr Glück machen würden, während Roberto und Plácida keinen Zweifel hegten, daß jeder Kubaner mit Selbstachtung dauerhaftes Glück nur in seiner Heimat und bei der Arbeit für die Revolution finden würde. Mit diesen Überzeugungen gingen sie zu Bett. Keiner der vier konnte jedoch einschlafen, und während Estéfano wach lag und versuchte, eine Einschätzung dessen vorzunehmen, was im Verlauf des außergewöhnlichen Besuchs bei Castro alles gesagt worden war, merkte er plötzlich, daß Caterina weinte, und als er sie tröstete, sagte sie:»Ich hätte nie hierherkommen sollen. In Miami konnte ich mich darüber hinwegtäuschen, wie sehr ich sie vermißt habe... Plácida und Roberto... und die Kinder... und diese alte Mühle... und, sagen wir es ehrlich, Kuba.« Dann fügte sie noch hinzu:»Ich bin eine Kubanerin, und ich kann dir sagen, Supermärkte und Fernsehserien habe ich verdammt satt.«

Auch wenn sie noch soviel Heimweh hatten, jeder Schritt der Calderons aus Miami mußte sorgfältig erwogen werden, damit mögliche Gegner nichts von Estéfanos Besuch bei Castro erfuhren. Sie trafen daher alle nötigen Vorkehrungen für einen Flug nach Mexico City und einen schnellen Transfer zu einem Privatjet, der sie zum Miami International Airport bringen sollte.

Es müssen die traurigsten Menschen in Kuba gewesen sein, die sich am nächsten Tag am Flughafen Lebewohl sagten, jedem war klar, daß sie sich vielleicht das letztemal sahen – obwohl sie sich, in den Schwesterstädten Miami und La Habana lebend, geographisch so nahe waren, aber unendlich fern in der politischen Landschaft und ihren Ansichten über die Zukunft. Der Abschied verlief stumm, die beiden Männer waren mit den Formalitäten beschäftigt, während ihre Frauen etwas beiseite standen und Tränen vergossen. Plötzlich brach es aus Estéfano hervor:»Mein Gott! Was für ein hübsches Zwillingspaar haben wir da geheiratet, Roberto.« Und die beiden Männer warfen einen liebenden Blick auf die beiden Frauen.

Mit Tränen in den Augen küßte Estéfano Plácida zum Abschied, schüttelte Roberto die Hand und sagte:»Ich hoffe, wir können etwas erreichen.« Aber sicher war er sich dessen nicht, und als sich die Maschine in die Lüfte hob, schlug er mit der rechten Faust in die linke Handfläche und blickte auf das herrliche Land unter ihm. Kuba, von seinen spanischen Kolonialherren mißbraucht, von den raubenden und mordenden Verbrechern, die es während der ersten fünfzig Jahre nach der Unabhängigkeit regiert hatten, schlecht behandelt und jetzt von der Revolution eines Castro, die unweigerlich hatte folgen müssen, so schlecht geführt.»Kuba! Kuba!« sagte er, als die Insel langsam aus seinem Blickfeld verschwand.»Du hast mehr als das verdient, was man dir zugestanden hat.«

Während er sich mit diesen Gedanken quälte, hielt Caterina ihre Augen unverwandt auf die Insel unter ihr gerichtet, bis sich auch die letzten Umrisse im Dunst aufgelöst hatten. Dann seufzte sie, griff den Arm ihres Mannes und flüsterte:»Es war richtig, daß du darauf bestanden hast hierherzukommen. Was für eine herrliche Stadt, und wie wunderschön die alte Mühle war. «Als jedoch Miami erkennbar wurde, drückte sie seine Hand und sagte:»Hier ist es besser.« Und beide wußten, daß unter ihnen die Welt wartete, die sie wirklich wollten.

Von seinem Fenster aus bewunderte Steve die prächtige Skyline mit ihren überragenden Hochhäusern, deren phantasievolle Gestaltung die Bucht schmückte, die Inseln und die Wasserstraßen – das alles machte sie zu einer der schönsten Städte Amerikas. Sich vorbeugend, sagte er: »Jetzt weiß ich, wie sich Augustus gefühlt haben muß, als er ausrief: ›Rom war eine Stadt aus Steinen, als ich kam, hinterlassen werde ich eine Stadt aus Marmor.‹ Wir Kubaner haben in Miami damals ein verschlafenes Nest mit kleinen verhuschten Gebäuden vorgefunden, und hinterlassen werden wir eine Stadt aus Türmen.«

Voller Stolz zeigte er auf die Bauten, bei deren Finanzierung seine Bank beteiligt gewesen war mit dem Geld, das seine kubanischen Geschäftspartner verdient und angelegt hatten. »Das da, die beiden, und das da drüben. Alle nach 1959 errichtet. In gerade dreißig Jahren. Es ist ein Wunder, und ich bin stolz darauf. Ich Miami verlassen? Niemals.«

Und Kate flüsterte: »Ich auch nicht.« Doch dann fügte sie hinzu: »Wenn sich die Schranke doch einmal hebt und sich George Bush für deinen Einsatz im Herbst dankbar erweisen will, dann wäre es doch schön, wenn er dich zu seinem ersten Botschafter in Kuba ernennt.«

Kaum waren die letzten Worte ausgesprochen, da fühlte sie Steves eisenharte Umklammerung und vernahm sein ängstliches Flüstern: »Das darfst du nicht einmal denken! Wenn die Leute erfahren, daß auch nur die leiseste Möglichkeit besteht...«

Als die Maschine fast unbemerkt auf einem abgelegenen Teil des Flughafens gelandet war, trat ein Assistent Dr. Calderons mit aschfahlem Gesicht auf ihn zu: »Schlechte Nachrichten, Sir«, sagte er mit zitternder Stimme, »Ihr neuer Klinikanbau, der halb fertiggestellt ist... sie haben ihn gestern nacht in die Luft gesprengt... bis auf die Grundmauern abgebrannt.«

Während der rasanten Autofahrt zur Calle Ocho verfolgte sie ein vedächtiger Wagen, holte auf und stellte sich vor einer Ampel neben sie, als plötzlich das Fenster heruntergekurbelt und vier Kugeln auf die Calderons abgefeuert wurden. Sie verfehlten den Arzt, aber trafen seine Frau dreimal, und noch bevor der Wagen zum nächsten Krankenhaus fahren konnte, war sie tot.

16. Kapitel

Das goldene Meer

Es war an einem klaren Januarmorgen des Jahres 1989, als sich Teresa Vaval einer ganzen Reihe wichtiger Ereignisse und Entscheidungen gegenübersah: Sie erhielt ihren Doktortitel in Sozioanthropologie von der Universität Harvard; die Universität in Wellesley hatte ihr bereits eine Stelle angeboten, mit dem ausdrücklichen Angebot, sich dort zu habilitieren; ihr Vater erhielt Bescheid, daß er und seine Familie das Daueraufenthaltsrecht in den Vereinigten Staaten erhalten würden, die sie sieben Jahre zuvor, nach einem vorübergehenden Aufenthalt in Kanada, betreten hatten; und Dennis Krey, Dozent für Literatur in Yale, hatte endlich seinen ganzen Mut zusammengenommen und seine in Concord, New Hampshire, lebenden Eltern davon in Kenntnis gesetzt, daß er und Tessa, wie sie von ihren Freunden im College genannt wurde, heiraten wollten. Als sei das alles noch nicht genug, hatte eine schwedische Schiffahrtsgesellschaft angerufen und ihr die Leitung eines Seminars an Bord eines ihrer Kreuzfahrtschiffe angeboten, der »S. S. Galante«, die am 30. Januar von Cap-Haïtien auf Haiti ablegen sollte. 137 Studenten hatten sich für das vierzehntägige Seminar angemeldet, das unter dem Titel »Kreuz- und Traumfahrt ins Paradies« angeboten wurde. »Wir machen die Kreuzfahrt, Sie machen die Traumfahrt«, hatte der Repräsentant der Gesellschaft gescherzt, als er Teresa berichtete, sie sei diejenige mit den höchsten akademischen Auszeichnungen unter den sechs Lehrbeauftragten, die sich beworben hätten.

Eigentlich konnte ihr nichts Besseres passieren, auch wenn sich alles gleichzeitig ereignete. Vor allem freute sie die Nachricht, die ihren Vater betraf, denn er war einer der herausragendsten Männer Haitis gewesen, Nachfahre jenes General Vaval, der in den neunziger Jahren des 18. Jahrhunderts, als sich Haiti seine Unabhängigkeit erstritt, eine entscheidende Rolle gespielt hatte. Seither waren die Vavals durch alle Generationen hindurch aufrechte Verteidiger der Freiheit auf Haiti gewesen, hatten dabei nicht selten ihr Leben aufs Spiel gesetzt, manche waren sogar öffentlich hingerichtet worden, aber ihr Mut blieb ungebrochen. Als »Papa Doc« Duvalier, Haitis selbsternannter Präsident auf Lebenszeit, in den siebziger Jahren seine Todesschwadronen, die Tonton Macoutes, ausschickte, um Terror auf Zeitungsredakteure und Schriftsteller auszuüben, viele dabei zu Tode folterte, war ihr Vater eines Abends nach Hause gekommen und hatte gesagt: »Es ist hoffnungslos! Gestern abend haben sie den Redakteur Gambrelle umgebracht. Wir werden mit dem nächsten Schiff, das einen Versuch zur Flucht unternimmt, das Land verlassen.«

Um der Aufmerksamkeit der tödlichen Macoutes zu entgehen, waren sie in drei Gruppen von Port-au-Prince aufgebrochen und trafen erst wieder im Seehafen St-Marc zusammen, wo sie ein kleines, zerbrechliches Boot bestiegen und sich mitten in der Nacht auf die Fahrt über den Atlantik begaben, ein Wagnis, das der neunjährigen Thérèse, wie sie damals gerufen wurde, als irrsinniges Unterfangen erschienen sein mußte. Es waren Tage, die sie am liebsten aus dem Gedächtnis streichen würde, an die sie sich aber immer erinnerte. Ihr Verlobter Dennis Krey mußte viele Male eindringlich nachfragen, bevor sie bereit war, darüber zu reden. »Vier Menschen an Deck, wo nur Platz für einen war. Kein Proviant oder Wasser. Die es nicht durchstanden, wurden über Bord geworfen. Wir haben gesehen, wie sich die Haie auf sie gestürzt haben. Meine Mutter sagte: ›Wenn du weiter deine Hand ins Wasser hältst, wird sie dir der Hai bei seinem nächsten Angriff wegschnappen.‹ Wenn abends die Dämmerung anbrach, bekam ich regelmäßig fürchterliche Angst, aber unser Vater tröstete uns mit Worten, hinter denen sich nur seine eigene Angst verbarg. ›Denkt immer daran, daß Vavak in einem Kanu geflohen ist, das noch viel kleiner als unseres war, aber er hat es geschafft.‹ Wir wären zusammengebrochen, allesamt, wenn uns mein Vater nicht immer wieder leise versichert hätte: ›Wir werden leben. Es wäre feige zu sterben.‹ Und wir haben überlebt.

Nach elf Tagen auf See nahm uns ein herrliches kanadisches Schiff auf und brachte uns nach Quebec, wo alle Französisch sprachen, und es gab wieder etwas zu essen und neue Hoffnung.«

Sie fragte sich, ob Dennis diese Geschichte jemals seinen Eltern erzählt hatte, und wenn ja, ob es irgend etwas geändert hatte. Die Kreys waren traditionsbwußte Amerikaner aus Neuengland, und Tessa war

944

eine Schwarze. Allerdings gehörte sie zu jenen aufsehenerregenden jungen Haitianerinnen von hellerer Hautfarbe und außergewöhnlich eleganter Haltung, die immer so aussahen, als beträten sie gerade ein Café an einem Pariser Boulevard. Sie war groß, schlank und mit regelmäßigen Gesichtszügen gesegnet, die bei jeder Gelegenheit zu einem Lachen bereit waren. Sie hatte sich nie darüber Gedanken gemacht, was in dem kalten Land Kanada wohl einmal aus ihr werden würde, denn es fanden sich immer junge Männer, die mit ihr ausgehen wollten, und als sie nach Boston umzog, gehörte sie zu den beliebtesten Mädchen am Radcliffe College. Es überraschte sie nicht sonderlich, als Krey ihr einen Heiratsantrag machte; drei oder vier andere weiße Männer hatten es vor ihm probiert, denn vor dem Hintergrund eines Menschen, der in Neuengland groß geworden war, wirkte sie geradezu spektakulär: groß, stark, mit einem Gesicht, das an einen Sonnenaufgang erinnerte, und strahlendweißen Zähnen.

Als seine Eltern die beiden jedoch in Harvard besuchten, um dabeizusein, wie sie ihr Diplom überreicht bekam, und um anschließend als Ehrengäste an der Verlobungsfeier ihres Sohnes teilzunehmen, spürte Tessa eine gewisse Reserviertheit. Sie wußte sehr wohl, daß seine Eltern weiterreichende Pläne mit ihrem Sohn gehabt hatten als die Ehe mit einer Haitianerin, aber mit der subtilen Art, mit der die Kreys ihr Mißfallen zum Ausdruck brachten, hatte sie nicht gerechnet. Richter Adolphus Krey, ein hochgewachsener, strenger Mensch in den Sechzigern, schaute auf sie herab, als würde er denken: »Trotz dieses schrecklichen Fehlers, den Dennis begeht, werden wir ihn nicht enterben, denn er ist nun mal unser Sohn.« Die Kühle, die sich über den restlichen Tag senkte, verstärkte sich noch, bis Tessa vor sich hin murmelte: »Scheint alles zu einem einzigen Eisblock zu erstarren.«

Mrs. Krey reagierte etwas anders. Als sie Tessa zum erstanmal sah, verkrampfte sie förmlich, so daß sie ihre Lippen kaum zu einem flüchtigen Lächeln auseinanderbekam, doch als Dennis erklärte, Tessas Vater, Hyacinthe Vaval, könnte leider nicht zum Mittagessen bleiben, und auch den Grund dafür angab, war sie wie gebannt. »Er ist von Präsident Bush zu einer Besprechung nach Washington gerufen worden. Die neue Regierung ist der Auffassung, es sei genau der richtige Mann, der als Präsident für Haiti in Frage käme, sollte die geschundene Insel jemals wieder zur Ruhe kommen.«

»Als Präsident?« fragte Mrs. Krey, doch Tessa dämpfte den aufkommenden Enthusiasmus: »Es wäre schön verrückt, wenn er das anneh-

945

men würde. Wahrscheinlich würde er auch umgebracht – wie mein Ururgroßvater, der im letzten Jahrhundert versucht hat, die Insel zu regieren.«

Mrs. Krey, die die Bemerkung als respektlos empfand, starrte mißbilligend und warnte ihre zukünftige Schwiegertochter:»Wissen Sie, in Concord müssen sich die jungen Frauen von auswärts erst ihre Sporen verdienen«, aber Tessa entgegnete barsch:»Wir haben nicht vor, in Concord zu wohnen. Dennis wird eine neue Stellung am Trinity College antreten, und ich werde dasselbe in Wellesley tun.«

»Aber ich hoffe, Sie werden ihre Sommerurlaube in Concord verbringen.«

»Vielleicht später. In den ersten Jahren werden wir sicher regelmäßig einmal nach Europa fahren... dort unseren Studien nachgehen und dergleichen mehr.« Als Dennis ihre Pläne für das nächste Jahr bestätigte, sagte Richter Krey steif:»Wir meinen, es wäre vernünftiger, wenn unsere Freunde in Concord deine Frau einmal kennenlernen könnten... sich an sie gewöhnen könnten.«

Die versteckte Andeutung dieser für Krey bezeichnenden Bemerkung war zu bitter, als daß Tessa sie unkommentiert hinnehmen wollte, und mit dem spitzbübischen Humor, den sie oft benutzte, um derartige Äußerungen zu entlarven, brach sie in ein hinreißendes Lachen aus und sagte:»Wirklich, Sie erinnern mich an den jüdischen Studenten in Harvard, der seine Mutter in New York anrief, um ihr mitzuteilen: ›Mom! Weißt du, was! Ich werde die süße kleine Japanerin heiraten, die du beim Spiel gegen Princeton kennengelernt hast.‹ Und nach einer Pause sagte seine Mutter: ›Schön, mein Junge. Wenn du sie mitbringst, könnt ihr mein großes Zimmer im ersten Stock haben.‹ Erfreut, daß seine Mutter die Sache so leicht aufnahm, meinte er: ›Nein, Mom, das ist nicht nötig.‹ Und sie antwortete: ›Es steht dann sowieso leer, weil ich nämlich aus dem Fenster gesprungen bin, mit dem Kopf zuerst... wenn du mir dieses Flittchen ins Haus bringst.‹«

Sie ließ die schreckliche Stille, die folgte, zehn Sekunden in der Luft schweben, dann lachte sie und legte eine Hand auf Richter Kreys Unterarm.»Unsere Hochzeit ist nicht so weltbewegend, wie das in Concord vielleicht erscheint. Dennis und ich werden immer in einer Umgebung leben, für die der Anblick eines gemischten Paares schon lange nichts Ungewöhnliches mehr ist. Ich glaube, wir repräsentieren den Trend der Zukunft... und das geht andere wenig oder gar nichts an.«

Richter Krey, die Vertrautheit ihrer Berührung ablehnend, entzog sich ihr steif, griff zurück auf seine Neuengland-Korrektheit und meinte: »Zum Glück ist Cambridge nicht der Nabel der Welt«, worauf man sich zum gemeinsamen Mittagessen niederließ, was eine festliche Angelegenheit hätte sein sollen, das aber schmerzlich angespannt verlief. Als die beiden Kreys ihre Heimreise nach Concord antraten, zurück in ihre Geborgenheit flüchteten, ließen sie keinen Zweifel daran, daß Tessa in der aufrechten Stadt in Neuengland mit einem eisigen Empfang zu rechnen hätte. Dennis verstärkte noch ihre Unsicherheit, indem er ihr, kaum waren sie abgereist, vorhielt: »Du hättest den Witz mit dem jüdischen Jungen und seiner japanischen Braut nicht erzählen sollen. Hättest du dir doch denken können, daß meiner Familie das peinlich sein würde.«

Irgendwie ernüchtert, legte Tessa ihr Doktordimplom beiseite und stürzte sich in die Vorbereitungen für die Kreuzfahrt durch die Karibik. Die schwedischen Angestellten der Gesellschaft, die die »Galante« gechartert hatten, waren sich bewußt, daß sie über ihre beeindruckenden akademischen Zeugnisse hinaus außerdem eine Schwarze war, betrachteten gerade diese Tatsache als einen Vorzug. »Sie sind eine gutaussehende schwarze Wissenschaftlerin und werden über die neuen schwarzen Republiken in dem Gebiet sprechen, was bei uns als ›euer Meer‹ firmiert. Außerdem haben Sie einen wunderschönen französischen Akzent, legen Sie ihn nicht ab. Ein doppelter Vorzug.«
Es war eine günstige Fügung, daß die Tour in Cap-Haïtien beginnen sollte – wohin die Passagiere von drei wichtigen Flughäfen aus eingeflogen wurden –, denn so hatte sie Gelegenheit vor Reisebeginn noch zwei Wochen nach Port-au-Prince zu fahren und zu sehen, welche Veränderungen sich seit jener finsteren Nacht ergeben hatten, als sich die Familie Vaval aus St-Marc abgesetzt hatte, um in Kanada die Freiheit zu finden. Als sie Dennis von ihren Plänen in Kenntnis setzte, war er nicht gerade angetan. »Gegen die Idee mit der Kreuzfahrt habe ich nichts einzuwenden, eine gute Gelegenheit, deine alten Kontakte in dem Gebiet wiederaufzunehmen, aber ich hatte gehofft, wir hätten noch etwas Zeit für uns beide, bevor ihr ablegt.« Aber sie erwiderte: »Für einen Haitianer ist es immer wichtig zu wissen, was gerade in seiner Heimat vor sich geht. Außerdem, wir heiraten doch sowieso wie geplant Ende Juli.«
Der Flug von Boston nach Port-au-Prince war mehr als bloß die Überwindung einer bestimmten Entfernung; denn obwohl sie die Reise

als junge Frau von 25 Jahren antrat, Berufskarriere und Ehe vor sich hatte – als die landete, war sie wieder das unbeholfene, spindeldürre Kind, das aus seinem Heimatland floh und das keine genauen Kenntnisse darüber besaß, was für ein bedeutender Mensch sein Vater gewesen war, noch welche entscheidende Rolle seine Familie in der Geschichte Haitis gespielt hatte. Später hatte sie erfahren, daß einer ihrer Vorfahren dem Land Mitte des 18. Jahrhunderts drei Jahre als Präsident gedient hatte, ein verantwortungsbewußter Ausgleich für die unerträglichen Generale, Mörder und Psychopathen, die der schwarzen Republik in den 185 Jahren ihrer Unabhängigkeit vorgestanden hatten. Seine Amtszeit endete vor einem Erschießungskommando, das der Generalstab befehligte, der sich bereits auf die nächste Machtübernahme vorbereitete, aber sein Martyrium beflügelte auch weiterhin die Hoffnung, daß Haiti eines Tages doch noch lernen würde, sich selbst zu verwalten. »Der gute Präsident Vaval«, wie er im Volksmund genannt wurde, und sein Großvater war »jener kluge Vaval, der die Yankees zurückgehalten hat«, als Anfang des 19. Jahrhunderts amerikanische Truppen in das Land einfielen. Er regierte etwa zwanzig Jahre.

Sie wußte eine Menge über die beiden Duvaliers, die viele gute Menschen auf dem Gewissen hatten, und sie erinnerte sich daran, daß ihr Vater die grausamen Tonton Macoutes »die Nazis der Neuen Welt« genannt hatte. Zu Hause hatte man ihr stets zwei Dinge eingebleut: »Wenn der Sklave Vavak nicht all seinen Mut zusammengenommen hätte, als er aus St. John floh, wär' heute keiner von uns am Leben, und wenn wir nicht aus Haiti geflohen wären, wären wir auch tot.«

Haiti war in ihren Augen daher nicht die romantische Insel, die sie als Kind für ihre Farbenpracht, ihre Musik und die wunderbaren Menschen geliebt hatte, sondern auch das abschreckende Gefängnis, dem nur wenige Glückliche entkommen waren. Im Gegensatz dazu betrachtete sie Kanada heute als eines der menschenfreundlichsten Länder auf der Welt und die Vereinigten Staaten als den Wohltäter, der ihr praktisch umsonst eine akademische Ausbildung ermöglicht hatte. Sie befand sich in der richtigen Verfassung, um das Land, in dem sie geboren war, neu zu beurteilen – und was sie vorfand, entsetzte sie. Die Revolution von 1986, die »Baby Doc« Duvalier und sein abscheuliches Gefolge von Dieben und Mördern aus dem Land vertrieben hatte, hatte keine mutigen Führer wie ihren Vater hervorgebracht, und es gab keinerlei Anzeichen, daß die anhaltende Orientierungslosigkeit einmal ein Ende haben würde.

In Port-au-Prince, wo sie eine kranke Mischung aus Hunger und Sinnlosigkeit vorfand, gab ihr nur eines Hoffnung: Wenn sie sich mit jungen Leuten unterhielt und ihnen erklärte wer sie war, wurde sie von den meisten begeistert empfangen.»O Thérèse. Ich hoffe inständig, Ihr Vater kommt zurück und bewirbt sich um die Präsidentschaft.« Diese Zeichen der Hoffnung wurden jedoch weggewischt, wenn ältere, klügere Menschen ihr zuflüsterten:»Wenn er in den Staaten festen Fuß fassen kann, dann warne ihn, er sollte nie mehr zurückkehren. Dieses Land ist rettungslos verloren.« Nach mehreren solcher bedrückenden Tage bestieg sie einen klapprigen Bus Richtung Norden in die ländliche Gegend, wo die Vavals über mehrere Generationen eine blühende Farm betrieben hatten. Sie erinnerte sich noch gut an die Farm – das prächtige Haus der Besitzer, die auf bloßer Erde errichteten Hütten der Landarbeiter –, und sie war entsetzt, als offenbar wurde, daß sich während ihrer Abwesenheit die Situation in keiner Hinsicht verbessert hatte. Die Armen Haitis vegetierten noch immer dahin, bewohnten erbärmliche Unterkünfte, waren unternährt und in Lumpen gekleidet.

Als sie das Haupthaus betrat, stellte sie fest, daß es noch immer keine Elektrizität gab, Wasser noch immer mit der Handpumpe geschöpft werden mußte, und die Räume, in denen früher ihre siebenköpfige Familie bequem untergekommen war, beherbergten jetzt fünf Familien, die sich wie Kaninchen in einem engen Käfig drängten. Deprimiert ließ sie sich auf einer Bank nieder, ein provisorisch über zwei Steine gelegtes Holzbrett, blickte in alle Richtungen und streifte dabei die jämmerlichen Zeichen menschlichen Lebens: vom oftmaligen Reinigen ausgebleichte und zerschlissene Wäschestücke, die von einer ausgefransten Leine baumelten, verstreut umherliegende schrottreife Maschinenteile, Hütten, die aussahen, als würden sie jeden Augenblick zusammenfallen, dreißigjährige Frauen, die unablässig wie Sklaven schufteten und aussahen wie sechzig. Armut und Verzweiflung zeichnete heute das Land aus, das früher einmal zu den reichsten der Welt gehört hatte.

Unausweichlich drängte sich ihr dann wieder die furchtbare Frage auf, die ihr schon vor der Reise durch die Karibik im Kopf herumgeschwirrt war: Wenn Haiti eine seit 1804 ausschließlich von Schwarzen regierte, unabhängige, selbstverwaltete Republik war und sie so erbärmlich wenig für die Menschen erreicht hatte – was sagte das über die Befähigung der Schwarzen aus, eine Regierung zu führen? Während sie noch zwischen den Träumen ihrer Kindheit saß, fühlte sie sich plötzlich von der Wirklichkeit überwältigt. Sie stand auf, ballte die

949

Faust und rief in den wolkenlosen Himmel:»Was zum Teufel stimmt mit meinem Land nicht?«

An den Tagen, die auf diesen deprimierenden Abstecher zu ihrem alten Zuhause folgten, traf sie mehrere politische Führer in Port-au-Prince, die sich noch gut an ihren Vater erinnerten, und sie freuten sich, als sie erfuhren, daß sie in Wellesley unterrichten sollte.»Ein gutes College, hört man. Ausgezeichneter Ruf.« Sie unterließ es, ihnen von ihrer bevorstehenden Heirat mit einem Weißen aus New Hampshire zu erzählen, denn sie wußten genug, um sich denken zu können, daß damit beträchtliche Konflikte verbunden waren. Statt dessen befragte sie sie über die Zukunft Haitis und war entzückt, sie in der vertrauten, so farbenfrohen und ausdrucksstarken Sprache reden zu hören, jener reizenden Mischung aus geschliffenem Französisch und breitem Kreolisch. Ihre Botschaft klang nicht ermutigend, denn sie sahen kaum Hoffnung für ihr Land.»Was produzieren wir schon, wonach die Welt verlangt?« stellte einer die rhetorische Frage.»Nur ein einziges Produkt: Alle Bälle, die bei den großen amerikanischen Baseballspielen verwendet werden, werden hier zusammengenäht. Sollten die Taiwaner jemals lernen, die Hüllen selbst zusammenzunähen, ist das unser Untergang.«

Sie meinten, die politische Situation sei so trostlos, daß sich die seit 200 Jahren gefestigten Strukturen wahrscheinlich fortsetzen würden. »Ein selbstherrlicher Diktator nach dem anderen und jeder General mit noch mehr Lametta und weniger Grips als sein Vorgänger.«

Ein Mann, der sich besonders gut auszukennen schien, machte den Vorschlag, sie sollte sich ein Auto mieten, er und zwei Freunde, die für die Regierung arbeiteten, wollten ihr etwas in den Bergen nördlich der Stadt zeigen, etwas, das für das Land von entscheidender Wichtigkeit sei. Bereits tief in die ehemals waldreiche Bergregion vorgedrungen, in der ihr Vorfahr General Vaval so erfolgreich gegen Napoleons Invasionstruppen aufgetreten war, machte der junge Mann auf die grausame Verwüstung aufmerksam, die im ländlichen Haiti um sich gegriffen hatte. So weit das Auge reichte, waren alle Hügel und Täler von ihrem Baumbestand befreit. Jeder Quadratmeter war von den Holzkohleproduzenten kahlrasiert worden, jedes noch so kümmerliche Pflänzchen ausgerissen, und die nackten, versandeten Hänge nicht einmal mit frischen Sätzlingen aufgeforstet worden, um die verlorene Pracht wiederherzustellen.

»Sehen Sie, wie die Wasserrinnen alle ins Meer führen? Sintflutartige Regenbäche stürzen runter und nehmen den Boden mit.«

Sie machen ja eine Wüste daraus«, rief Tessa fast vor Schmerz auf.
»Nein. Viel schlimmer. Es ist bereits eine Steppe, und wenn die Regen-
und Windverhältnisse so bleiben wie bisher, wird man das niemals wieder rückgängig machen können.

Sie hatte die Adresse eines Onkels mitgebracht, der nicht mit ins Exil
gegangen war, und so packte sie ihre Habseligkeiten, bestieg wieder
einen der beängstigend überfüllten Busse, der sie in den Norden von
St-Marc brachte, jenem Seehafen, wo Napoleons polnisches Bataillon
die Überreste eines schwarzen Regiments massakriert hatte. War sie
schon entsetzt über die Verhältnisse in dem Dorf nördlich der Hauptstadt gewesen, dann verschlug es ihr die Sprache, als sie jetzt sehen
mußte, wie ihre Verwandten lebten. Sie hatten keine der Annehmlichkeiten, die ein Leben in der Stadt zu bieten hatte, es gab keine Möglichkeit für Nebenverdienste, die das Leben in Armut wenigstens erträglich
gemacht hätten. Sie lebten wie viele Haitianer in einer einzigen Hütte
auf dem bloßen Erdboden, ansonsten gab es nur zwei flache Bettgestelle
ohne Matratze, zwei klapprige Stühle, einen wackligen Tisch, ein paar
Nägel an den Wänden, um die wenigen Kleidungsstücke, die die Familie noch hatte, aufzunehmen. Diese Nachkommen von Generalen und
Präsidenten lebten ungefähr auf der Stufe, auf der ihr Vorfahre Vaval
vor 250 Jahren gelebt hatte, als Sklave auf der dänischen Insel St. John.

Angesichts dieser unvorstellbaren Erniedrigung, verursacht durch
die endlose Folge von Diktatoren, die sich selbst bereicherten und ihr
Volk verarmen ließen, öffnete sie spontan ihre Brieftasche, in der sie
ihr Geld aufbewahrte, und gab ihren Verwandten die ersparte Summe,
die sie eigentlich für den Kauf von Büchern auf den während der
Kreuzfahrt anzulaufenden Inseln vorgesehen hatte. »Bitte nehmt es,
Vater würde darauf bestehen.«

»Wie bist du an soviel Geld gekommen?« wollten sie wissen, und sie
antwortete: »In Kanada hat jeder Arbeit. Es ist ein wunderbares Land,
wirklich.« Und sie erklärte, daß die meisten Länder für ihr Volk sorgten. »Nach dem College habe ich zwei Jahre im Friedenskorps gedient.
In Afrika . . . wahrscheinlich weil ich Schwarze bin. Erstklassige Erfahrung, und wenn ich ehrlich sein soll: Ein so armes Land wie Haiti habe
ich noch nicht gesehen!«

Diese Einschätzung berührte ihren Onkel so sehr, daß er zu einem
windschiefen Holzregal an der Wand ging und mit einem großen,
hübsch eingebundenen, in Frankreich gedruckten Buch zurückkam.

»Jeder mußte sechs Stück davon kaufen, ziemlich teuer.« Tessa schlug das Buch auf und sah auf dem Innendeckel die Fotografie von »Papa Doc« und die Bildunterschrift: »Das wahre Antlitz Haitis, dargestellt von dem verehrten Oberhaupt unseres Landes: die Würde, der Stolz, die Weisheit des Denkers, die Macht des Eroberers.« Was ihr jedoch die Kehle zuschnürte, war ein Bild von fünfzehn jungen schwarzen Männern in glänzend blauen Uniformen, darunter befand sich der zynische Text: »Die verehrten Tonton Macoutes übernehmen gütigerweise die Verantwortung für den Fortbestand der Freiheiten, die wir alle genießen.«

Zitternd vor Wut, schleuderte sie das abscheuliche Buch auf den Boden, trat es mit dem Fuß in eine Ecke des Raums und rief: »Sie morden nicht nur Menschen, sie morden auch die Wahrheit! Sie haben nicht die geringste Scham. Sollen sie doch in der ewigen Hölle schmoren.«

»Was sollen wir denn machen?« fragte ihr Onkel, aber sie hatte nur den einen Vorschlag anzubieten: »Schnappt euch ein Boot, egal, was für ein Boot... so wie dein Bruder damals, und verschwindet von hier.«

»Zu spät«, sagte ihr Onkel. Sie brach in Tränen aus, denn sie wußte, daß er recht hatte. Für diese Familie war alles zu spät.

Für jüngere Haitianer gab es noch eine Chance, und sie gedachten, sie auch zu nutzen. Eines Nachmittags, als sie nach St-Marc gefahren war, um ein paar Besorgungen für ihren Onkel zu machen, entdeckte sie in der seichten Bucht ein winziges Boot. »Es gehört auf einen See, aber nicht aufs Meer«, dachte sie noch, aber als sie in der Dämmerung wieder daran vorbeikam, sah sie, wie etwa vierzig Schwarze das zerbrechlich aussehende Gefährt bestiegen und Kurs auf den Atlantischen Ozean nahmen. Aufgewühlt von dem entsetzlichen Gedanken, sie könnten vorhaben, mit dieser Nußschale die amerikanische Küste zu erreichen, ging sie die Uferpromenade entlang, fragte ein paar Leute und erfuhr, daß die Flüchtlinge in dem überladenen Boot und mit unzureichend Proviant lieber ihr Leben auf hoher See riskierten als noch einen Tag länger in Haiti bleiben wollten. Sie sank auf die Knie, am Rand des Karibischen Meers, und betete: »Geliebter Gott, schick ein Schiff aus Kanada, und errette sie.« Im selben Augenblick hatte sie aufgehört, die schicke Intellektuelle aus Cambridge zu sein, die zum Mittagessen bevorzugt Perrier trank und Musik von Vivaldi hörte, und wurde wieder eine schwarze Frau aus Haiti, die gegen alle Widrigkeiten ankämpfte, um ein menschenwürdiges Leben zu führen.

Als sie, noch über die Flüchtlinge und deren tragisches Schicksal nachdenkend, Lebensmittel bei ihrem Onkel ablieferte, erwartete sie eine außergewöhnliche Nachricht, die ein Läufer aus einem kleinen Dorf überbracht hatte. Du Mort, sechs Kilometer in die Berge hinein gelegen. »Ein Zombie, seit elf Jahren tot, ist zum Leben erwacht.«

Das Wort Zombie störte sie. Sowohl in Quebec als auch in Boston waren ihr auch an sich wohlmeinende Freunde, wenn sie hörten, sie stamme aus Haiti, mit ihren Fragen nach Zombies immer wieder auf die Nerven gegangen, als seien sie das einzige Wahrzeichen ihrer Heimat. Meistens hatte sie die Fragen mit einem Lachen abgetan, aber einige waren auch ernst gemeint, vor allem in Harvard.

Den Wissenschaftlern antwortete sie stets wahrheitsgemäß: »Ich habe in meiner Kindheit immer wieder Märchen gehört, die von Zombies handeln. Und ich hatte Angst. Ein Zombie, hat man uns beigebracht, ist ein toter Mensch, der zum Leben erweckt wird und dann bis in alle Ewigkeit als Sklave gebraucht wird.« Befragt, ob sie jemals von einem authentischen Fall gehört habe, war sie immer versucht, mit einem Anflug, das Ganze ins Lächerliche zu ziehen, die Antwort zu geben: »Nein! Hat man in Ihrer Familie jemals einen von den Riesen oder Geistern zu Gesicht bekommen, von denen es in Ihren Märchen nur so wimmelt?« Sie war sich jetzt doch nicht ganz sicher, denn ein Verwandter, Onkel René, der später von den Tonton Macoutes erschossen worden war, hatte geschworen, als Junge gesehen zu haben, wie ein Zombie, seit Tagen tot, ins Leben zurückgekehrt war und einer wohlhabenden Familie anschließend als Sklave gedient hatte. Aber wie immer hatte sich dieses Wunder zufällig in einem anderen Dorf zugetragen, das weitab lag.

Diesmal jedoch lag das Dorf nur sechs Kilometer entfernt, und Tessa befand sich in dem für sie realen Jahr 1989, sie konnte sich also selbst auf den Weg machen und erkunden, was an der haarsträubenden Sache dran war. Sie mietete eins der beiden Taxis der Stadt, steckte ihr Notizbuch ein, ein paar Medikamente und fuhr los zu dem Ort, wo der angebliche Zombie gesichtet worden war.

Das Dorf umfaßte etwa dreißig auf dem Lehmboden errichtete Hütten, die verstreut um einen hübschen öffentlichen Platz herumlagen, an dessen einer Seite sich ein kleiner Markt befand, farbenfrohe Buden, in denen Händler Fleisch und Fisch anboten, Obst, Gemüse, Stickarbeiten und Tongeschirr. Unweit der Dorfpumpe hockte eine junge schwarze Frau, sie mochte gegen dreißig Jahre alt sein, war von passablem Äußeren und hatte feine, sanfte Gesichtszüge – nur wirkte sie vollkommen leblos. Ihre Augen spiegelten keinerlei Erkennen der Dinge um sie herum wider, sie reagierte nicht auf Fragen, und wenn sich ihr jemand näherte, zuckte sie erschreckt zurück. Wenn jemand zu Recht als »lebender Toter« bezeichnet werden konnte, dann diese unglückliche Person.

Tessa fühlte sich sofort zu ihr hingezogen. »Wer ist sie?« hörte sie sich um, und mehrere Zuschauer hielten gleich Antworten und Erklärungen parat. »Ihr Name ist Lalique Hébert. Ihr Grabstein steht am Dorfrand, dort trüben.« Ein paar Dorfbewohner führten Tessa zu dem verwilderten Friedhof, wo ein flacher Grabstein aus Leichtbeton deutlich anzeigte, daß sich in der Erde darunter die sterblichen Überreste einer gewissen »Lalique Hébert, 1961–1978« befanden.

Als sich Tessa erkundigte: »Ist das dieselbe Person?« rief einer der Umstehenden lebhaft: »Ja! Ja! Ich kenne ihre Schwester.« Und jemand anders sagte: »Ich kannte ihre Eltern.« Und als sie fragte: »Ist jemand bei ihrer Beerdigung dabeigewesen«, antwortete jemand: »Ja, der da war Sargträger.« Der Bezeichnete, ein Mann in den Fünfzigern, trat vor uns und schien bereit, sich ausfragen zu lassen.

»Sie haben den Sarg getragen?«

»Ja.«

»Haben Sie die Leiche mit eigenen Augen gesehen?«

»Wir alle haben sie gesehen.« Eine Gruppe Frauen trat an das Grab und bestätigte, daß sie Lalique Hébert zu Hause tot im Sarg haben liegen sehen und sie dann geholfen hätten, sie hierher zu ihrem Grab zu tragen.

»Sind Sie sicher, daß sie tot war?«

»Ja! Wir haben sie gesehen. Doktor hat Papiere unterschrieben.«

Eine schnelle Überprüfung der Kirchenbücher ergab, daß Lalique Hébert, siebzehn Jahre alt, Tochter der Gemeindemitglieder Jules und Marie Hébert, im Juni 1978 bestattet worden war, nachdem zwei Tage zuvor ein Dr. Malárie den Tod bescheinigt hatte.

»Wo kann ich diesen Dr. Malárie finden?«, fragte Tessa, aber der Verwalter der Kirchenbücher antwortete: »Er ist vor drei Jahren gestorben.«

Sie ging wieder zurück zu dem Platz, wo Lalique noch immer neben der Pumpe hockte, in einer Haltung, die bei jedem normalen Menschen die Beine hätte steif werden lassen. »Hallo, Lalique.« Keine Antwort.

»Lalique, sieh mich an... ich möchte dir helfen.« Nicht mal einen Blick aufwärts. Dann hatte Tessa eine gute Idee. »Lalique, weißt du noch, wie es war, als du tot warst, in deinem Sarg?«

Unendlich langsam hob die teilnahmslose Frau ihr hübsches, sanftmütiges Gesicht, schwarz wie Ebenholz, um sich die Fragerin anzusehen. Zuerst waren ihre Augen schreckerfüllt, als würde Tessa sie an die Frau erinnern, die sie während ihrer Existenz als Zombie mißbraucht hatte, doch als sie auf ihre langsame dumpfe Art erkannte, daß diese Frau vor ihr viel jünger war und nicht dieses brutale Grinsen ihrer langjährigen Herrin hatte, verschwand der Schrecken aus ihren Augen, und sie antwortete: »Lange Zeit im Grab. Männer gekommen. Ich aufgestanden.« Die Arme nach oben gereckt erhob sie sich, bis sie fest auf dem Boden stand und Tessa direkt in die Augen sehen konnte. Dann fiel sie plötzlich wieder in ihre Hockstellung zusammen, scheinbar leblos wie zuvor.

In einiger Aufregung schaute sich Tessa nach jemandem um, den sie um Rat fragen konnte, als zwei Frauen auf sie zukamen. »Was werden sie mit dem Mädchen machen?« fragte sie, und eine der beiden Frauen antwortete: »Nichts. Sie ist tot. Sie ist zurückgekommen. Sie lebt...« Beide vollführten unverständliche Gesten mit den Händen.

»Wo hat sie letzte Nacht geschlafen?« Und wieder erhielt sie eine unbestimmte Antwort. »Vielleicht hier geschlafen. Vielleicht an der Wand gelehnt.« Als Tessa Erstaunen zeigte, erklärte eine der Frauen: »Nicht gut, wenn Zombie im Dorf. Sie vielleicht aus Rache zurückgekommen. Jemand hier wird vielleicht sehr viel Ärger bekommen.«

»Was wird passieren?« wollte sie wissen, und diesmal antworteten beide Frauen gleichzeitig: »Wenn sie versucht zu bleiben, Leute sie aus dem Dorf vertreiben.«

»Wohin? Wohin soll sie gehen?« Und die Frauen, die für ihr gesamtes Dorf zu sprechen schienen, entgegneten: »Wer weiß? Zombies gehen überallhin. Sie nicht essen brauchen... nicht schlafen... nicht trinken. Missy, sie nicht so sein wie du oder ich.«

Verzweifelt kehrte sich Tessa von den rauhen, eher praktisch denkenden Frauen ab und wandte sich wieder Lalique zu. »Ich bin dein Freund, Lalique. Kann ich dich irgendwohin nehmen, dir irgendwie helfen?«

Der Zombie würdigt sie nicht einmal eines Blickes, und Tessa blieb keine andere Wahl, als ihr Taxi zu besteigen, doch während der Fahrt dachte sie an die vielen einsamen Tage in Quebec zurück, als sie ausge-

955

stoßen von allen in der kalten und scheinbar menschenfeindlichen Stadt ankam. »Fahrer!« sagte sie plötzlich zu ihrem Chauffeur. »Kehren Sie um!«

Als sie wieder auf dem Marktplatz stand, sah sie, daß sich Lalique von der Pumpe nicht fortbewegt hatte. Sie lief auf sie zu, als sei sie ihre verlorene Tochter, bückte sich, umklammerte die Hände, zog sie hoch, daß sie auf die Füße kam, und führte sie zu dem wartenden Taxi. »Wir fahren nach Hause, Lalique«, sagte sie, und als sie im Wagen saßen, nahm sie das verschreckte Mädchen in die Arme und fing an, ein altes haitianisches Wiegenlied zu singen:

»Vogel über den Fluten, ho, ho!
Du hier auf meinem Schoß, ha, ha!
Vogel hoch oben im Baum, ho, ho!
Bienlein sticht dir ins Herz, ha, ha!«

Zum erstenmal seit vielen Jahren klammerte sich Lalique Hébert, unzweifelbar ein echter Zombie, an einen anderen Menschen und schlief ein.

Am nächsten Morgen wurde Tessa in aller Frühe zum einzigen öffentlichen Telefon des Dorfes gerufen, und die offenbar besorgte Stimme eines Mannes fragte: »Sind Sie die junge Frau aus Harvard? Ja? Stimmt es, daß Sie nach Du Mort gefahren sind und ein Mädchen, die als Zombie herumläuft, zu sich nach Hause genommen haben?« Als Tessa auf alle Fragen mit Ja antwortete, stellte er sich vor: »Ich bin Dr. Briant aus St-Marc. Ich habe mich im Auftrag der Regierung auf Zombie-Erscheinungen spezialisiert und muß Ihre Lalique sofort sehen.«

»Kommen Sie, Sie wissen, wo mein Dorf liegt.«

»Ich komme sofort. Sorgen Sie dafür, daß dem Mädchen kein Haar gekrümmt wird.«

»Muß man damit rechnen?«

Kurze Zeit später traf Dr. Briant ein. Er war ein dunkelhäutiger Arzt in den Fünfzigern, der sein Examen an einer nordamerikanischen Universität abgelegt hatte, ein großgewachsener Mensch mit einer einnehmenden Art. »Ich war wirklich fasziniert, als ich hörte, daß es einer noch relativ jungen Frau nach elf Jahren gelungen ist zu entkommen. Sagen Sie, wieso hielten Sie es für erforderlich, sie aus ihrem Dorf zu holen? Kann sie sich mitteilen?«

»Nein. Ich glaube, sie ist schwachsinnig.«

956

»Sagen Sie das nicht«, korrigierte Briant sie. »Das wird immer von diesen unglücklichen Existenzen behauptet.« Und als Tessa ihn zu Lalique brachte, die seit Jahren zum erstenmal wieder in einem richtigen Bett geschlafen hatte, sprach er in einem freundlichen und beruhigenden Tonfall auf sie ein: »Lalique, ich bin dein Freund. Möchtest du etwas Salz?«

Für einen Moment schien der Zombie belebter als in den Stunden zusammen mit Thérèse, und als der Arzt eine kleine Dose Salz aus seiner Tasche hervorzog und etwas auf seine Handfläche streute, begrub sie ihr Gesicht darin und leckte wie ein Hund das Salz auf.

»Fürchterliche Sitte. Jeder, der sich so einer erbarmungswürdigen Gestalt bemächtigt . . . na ja, man glaubt, wenn man ihnen Salz vorenthält, verharren sie in diesem hypnotisierten Zustand. Möchtest du noch mehr Salz, Lalique?« Wieder schluckte sie die wertvolle Substanz herunter, die man ihr so lange verweigert hatte.

»Wer hat sie so lange gefangengehalten?«

»Das werden wir wohl nie herausfinden. Wir werden auch niemals erfahren, wer sie in diesen Zustand versetzt und sie lebendig begraben hat.« Nachdem er Lalique erneut eine sorgfältig dosierte Portion Salz gereicht hatte, fragte er: »Sie haben also ihr Grab gesehen?« Tessa nickte. »Wir müssen sofort hinfahren. Es zusammen mit dem Totengräber fotografieren, wenn wir ihn auftreiben können. Und allen Zeugen.«

Die beiden jungen Frauen kletterten in den klapprigen alten Wagen von Dr. Briant, der die sechs Kilometer bis Du Mort in einem rasanten Tempo zurücklegte und eine Sensation auslöste, als er in dem Dorf mit einer Kamera auftauchte und die Bewohner mit strengen Anweisungen überraschte. »Bringen Sie mich zum Friedhof. Schaffen Sie mir den Totengräber her. Holen Sie mir das Register aus der Kirche, damit ich die Eintragung bei Tageslicht fotografieren kann. Und alle, die diese junge Frau vor elf Jahren gekannt haben, sollen sich aufstellen. Mademoiselle Vaval, bitte notieren Sie sich die Namen.«

Innerhalb von nur einer Stunde entstand ein überzeugender, anschaulicher, mündlicher Bericht der Ereignisse von 1978, die aus der siebzehnjährigen Lalique Hébert einen Zombie hatten werden lassen. Aus langjähriger Erfahrung damit vertraut, welche Fragen zu stellen waren, deckte Dr. Briant folgende Geschichte auf: Lalique war die zweite von drei Töchtern gewesen, ein eigenwilliges Mädchen, das aus Du Mort aufbrechen und in Port-au-Prince als Sekretärin hatte arbei-

957

ten wollen. Im Streit um einen jungen Mann zog sie die Eifersucht ihrer älteren Schwester und die offene Feindschaft ihrer Mutter auf sich. »Wahrscheinlich waren es die eigene Mutter und ihre Schwester«, gestand eine alte Frau, »die sie ermorden ließen. Ich war dabei, als der Leiche das Totenhemd angelegt wurde.« Dr. Briant verzog keine Miene. »Sie haben sicher einen Voodoopriester bezahlt, der sie getötet hat, stimmt's?« Und zwei Frauen bestätigten das Gesagte. »Ja. Er stammte nicht aus diesem Dorf, aber sein Zauber hat gewirkt.«

Anschließend sprach er mit dem Totengräber, heute ein alter Mann, der sich aber noch gut an die Beerdigung des hübschen Mädchens erinnerte. »Juni... vielleicht Juli? Keine schweren Stürme. Ich habe gleich da drüben gegraben, wo Sie den Grabstein sehen. Sie können noch den Namen lesen: Lalique Hébert.«

Der alte Mann hatte mehr zu erzählen, denn die Rückkehr eines Zombie in die Gemeinschaft, wo er gelebt hatte, und an den Ort, wo er bestattet worden war, blieb ein geheimnisvolles Rätsel, doch Dr. Briant fuhr ihm über den Mund: »Für das Grab dieser jungen Frau hier haben Sie aber nicht tief gegraben... einen halben Meter vielleicht?«

»Ja. Woher wissen Sie das?«

»Sagen Sie, haben Sie vorher schon mal so eine flache Grube ausgehoben?«

»Ja, einmal. Für einen Mann, den keiner mochte.«

»Und was ist geschehen?«

Der Totengräber blickte sich auf dem Friedhof um und flüsterte schließlich: »Sie scheinen Bescheid zu wissen.« Und Briant antwortete: »Ich weiß Bescheid. Aber ich will, daß Sie es ihr sagen.« Der alte Mann drehte sich zu Tessa um. »Er wurde auch ein Zombie.« Dr. Briant wandte sich jetzt an Lalique, die noch immer bewegungslos und ohne erkennbaren Ausdruck neben ihrem eigenen Grab stand, und versuchte, ihr begreiflich zu machen, was geschehen war. »Hier ist es Lalique. Darf ich dir deinen Namen vorlesen, wenn ich mit dem Finger auf die Buchstaben zeige?« Tessa drehte Lalique so, daß sie jetzt direkt vor ihrem Grab stand, und beugte sogar ihren Kopf nach unten, damit sie einen Blick in die finstere Grube warf, aber sie widersetzte sich. Plötzlich, mit einer Gebärde, die so unerwartet kam, daß Tessa und Dr. Briant völlig überrascht waren, klammerte sie sich in einer leidenschaftlichen Umarmung an Tessa fest und verfiel in ein Jammern, das weit über den Friedhof hallte: »Lalique! Lalique!«

Während der Heimfahrt saßen die beiden Frauen auf dem Rücksitz, und wie zuvor hielt sich der zitternde Zombie an Tessa fest und fiel auf der Stelle in einen tiefen Schlaf.

Dr. Briant blieb zwei Tage im Haus der Vavals und erzielte kleinere Fortschritte darin, den Zombie zurück in die Gegenwart zu holen, doch seine beruhigenden Worte erreichten nur wenig im Vergleich zu seinem Salz. Nach der jahrelangen Entbehrung verlangte es sie danach stärker als nach Nahrung, Schlaf oder liebevoller Zuneigung. Während der beiden Tage ließ der Arzt Tessa an seinem reichhaltigen Erfahrungsschatz teilnehmen. »Zombies sind eine Realität auf Haiti. Ihre Lalique zum Beispiel wurde ermordet. Sie war sozusagen klinisch tot, und dem Arzt, der den Totenschein ausgestellt hat, ist kein Vorwurf zu machen. Sie wurde beerdigt, wie Sie gesehen haben, und in der zweiten Nacht aus dem Grab geholt und wieder zum Leben erweckt. Ich bin sicher, ihre Mutter und ihre Schwester haben sie anschließend an jemanden verkauft, der sie in diesem Zombiezustand ließ und sie als Sklavin benutzte. Irgendwie muß ihr die Flucht geglückt sein, und mit sicherem Instinkt hat sie den Weg in ihr Heimatdorf gefunden. Und wenn Sie sie nicht gerettet hätten, wäre sie jetzt vielleicht tot. Zum zweitenmal ermordet. Diesmal wirklich.«

»Ich kann nicht mehr folgen.«

»Alles, was ich gesagt habe, ist wahr, nachprüfbar. Sie ist für mich der vierte Fall, der ganz unbestreitbar ist, aber ich konnte noch nie so hervorragende Aufnahmen beibringen.«

Als Tessa fragte, wie all das möglich sei, sagte er: »Kommen Sie, gehen wir ein Stück die Landstraße spazieren. Mit den Bäumen und den alten Feldern um uns herum hört sich das, was ich Ihnen zu sagen habe, schon viel plausibler an.«

Auf Haiti habe es schon immer eingeborene Totenbeschwörer gegeben, Priester, heilige Männer, oder das, was wissenschaftlich korrekt als Schamane bezeichnet wird und was die Haitianer mit dem Begriff »Bocors«, Voodoopriester, belegen. Man findet sie in vielen Gesellschaften, aber in Haiti schienen sie eine besondere Macht zu besitzen, denn von alten weisen Männern, die die Kunst schon in Afrika ausgeübt hätten, hätten sie das Wissen um geheime, starke Gifte und Rauschmittel geerbt, die, in bestimmten Verbindungen eingenommen, eine vorübergehende Blockade der Lebensfunktionen herbeiführten. »Wie bei Äther oder Chloroform, nur sind die Substanzen stärker und lösen eine seltsame Wirkung aus. Wie diese Mischung zusammengesetzt ist? Ich arbeite seit Jahren daran, aber habe bis jetzt erst zwei Voodoopriester getroffen, die sich ernsthaft mit mir darüber unterhalten haben, und ich bin sicher, sie haben mir nur die Hälfte verraten.«

Er fand einen gefällten Baum und lud Tessa ein, neben ihm Platz zu nehmen. »Ich weiß, daß sie ein Pulver verwenden, das aus dem getrockneten Kadaver einer Giftkröte gewonnen wird. Ich habe mal einen an das medizinische Labor der Johns-Hopkins-Universität geschickt, und die haben zurückgeschrieben: ›Wir wissen seit mehreren Jahrzehnten von dieser Kröte. Sie ist das Lieblingstier der Giftmischer, aber Ihre Haiti-Variante ist unglaublich. Förmlich ein Griftschrank von mindestens sechzehn wirkungsvollen Giften.‹ Unsere Voodoopriester verwenden aber auch gern den Kugelfisch. Vielleicht kennen Sie ihn aus Japan, wo er ›Fugu‹ heißt. Ich habe es nie überprüfen können, aber man hat mir gesagt, daß sie außerdem eine giftige Gurkenart kennen, dazu ein Gewürz vom Orinoco und eine bestimmte Schlange aus dem Amazonasdschungel.«

»Hört sich an, als handelte es sich um eine Mischung, die jedes Pferd umhauen würde.«

»Das würde sie auch. Aber das ist nicht der Sinn der Angelegenheit. Der Voodoopriester ist außerordentlich geschickt darin, genau die richtige Menge zu dosieren, um sein Opfer in eine Art Scheintod zu versetzen. Die Leiche wird mit aller gebührenden Feierlichkeit beigesetzt, und zwei Tage später, um Mitternacht, gräbt der Priester sie wieder aus, gibt ihr von da an kein Salz mehr und hat so einen Zombie.«

»Kann jeder die Dienste eines solchen Priesters in Anspruch nehmen?«

»Das weiß ich wirklich nicht. Es gibt sogar eine ganze Menge anderer Dinge, die ich nicht weiß. Zum Beispiel wie häufig das vorkommt.« Doch dann festigte sich seine Stimme, und mit großem Nachdruck fügte er hinzu: »Aber daß es vorkommt, auch heute noch, im Jahre 1989, daran habe ich keinerlei Zweifel« und zog aus seiner Brieftasche die Fotos von drei lebenden Zombies, die für tot erklärt, beerdigt und wieder ausgegraben worden waren.

»Sie leben in meinem Haus in St-Marc. Die Regierung kommt für ihren Unterhalt auf. Und es ist wichtig, daß Ihre junge Freundin Lalique auch bei mir einzieht. Die Regierung verlangt es so.«

»Mich interessiert der Zombiemacher«, bohrte Tessa nach. »Wie wird man einer?«

960

»Meist ist er der direkte Nachfahre irgendeines berühmten Medizinmannes in Afrika. Nur muß er sehr geschickt mit den Dosierungen umgehen können. Zuviel von seinem magischen Pülverchen, und sein Opfer stirbt. Zuwenig, und es verharrt nicht in der Starre, sondern erwacht zu früh und erstickt in seinem Grab. Es muß genau die richtige Menge sein.« Und er zeigte auf Lalique, die wieder in ihrer alten Stellung neben einem Baumstumpf hockte.

Anscheinend hatte sich ihre Entdeckung und ihr Aufenthaltsort in der Hauptstadt herumgesprochen, denn in Dr. Briants Praxis in St-Marc war eine dringliche Nachricht abgegeben und anschließend gleich an Tessas Heimatdorf weitergeleitet worden. »Sofort Vormundschaft über Lalique erlangen. Keine Öffentlichkeit.«

So wurde am selben Nachmittag die verwirrte junge Frau – siebzehn Jahre lang ein ganz normales Mädchen, zwei Tage tot, elf Jahre als Zombie und für den Rest ihres Lebens wieder normal – aus Tessas Obhut entlassen. »Es kann noch drei bis vier Jahre dauern, bevor sie wieder ganz ins Leben zurückgekehrt ist«, sagte Briant, als er Lalique in den Wagen half. »Salz wird uns dabei behilflich sein. Vitamine sind vonnöten. Kontakt zu anderen. Wie ein menschliches Leben, das noch einmal geboren wird.«

Als das Auto in der Ferne verschwunden war, blieb eine verwirrte Tessa Vaval zurück. In Port-au-Prince war sie erschrocken über die politischen Zustände gewesen, in den Dörfern im Norden über die ungebrochene Armut und Verzweiflung und jetzt, hier, über die schier unlösbaren geheimnisvollen Rätsel ihrer Heimat. Haiti war eine Insel, die sich nicht aus der Distanz heraus betrachten ließ, eine Insel, die junge aufstrebende Studenten in Harvard niemals begreifen würden. Ja, sie mußte sich eingestehen, daß sogar jemand wie sie, die hier geboren war, ihr intuitives Verständnis verlieren konnte, wenn er ins Ausland ging, in eine fremde Gesellschaft: »Lieber Himmel! Ich weiß nichts über Haiti. Ich habe mich und andere betrogen, was diese Insel betrifft, und meine Ignoranz erschrickt mich.«

In diesem Augenblick verirrte sich zum erstenmal ein verrückter Gedanke in ihrem Kopf: »Vielleicht sollte ich mein Leben hier verbringen, versuchen, die Verhältnisse für die Menschen zu verbessern, in die Geheimnisse des Landes einzudringen und irgendwann einmal, in ferner Zukunft, ein Buch über Haiti schreiben – aus der Sicht meiner Familie, wie sie dieses Land seit Generationen erlebt hat?«

Zwei Tage schlug sie sich mit dieser Vorstellung herum, mit Bildern, die quälend waren und doch der Wirklichkeit entsprangen: Zombies verfolgten sie, kahlgeschlagene Berge und Bauern, die schlimmer als Sklaven lebten, denn sie hatten nichts zu essen, und unaufhörlich leuchtete in flammenden roten Lettern die eine Frage vor ihren Augen auf:»Soll das alles sein, was von einer schwarzen Republik nach 200 Jahren Selbstverwaltung übriggeblieben ist?« Sie fühlte sich so stark heimgesucht von diesen Bildern, daß sie nach St-Marc fuhr und Dr. Briant aufsuchte und die drei Zombies, die bei ihm wohnten. Außer sich vor Freude, als sie sah, daß Lalique schon nach den wenigen Tagen in seiner Obhut von den lebenden Toten zurückzukehren schien, setzte sie sich Braints Rat aus und sagte:»Ich habe dieses furchtbare Bedürfnis, alles aufzugeben. Die Berufung nach Wellesley... die Heiratspläne mit meinem weißen Freund. Ich werde die Verlobung kündigen. Mein Leben ist hier, in dem Haiti meiner Väter.« Zitternd vor Erregung, fragte sie:»Hätten Sie Verwendung für mich, bei der Arbeit an den anstehenden Problemen?«

Es war ihr Glück, daß sie ausgerechnet auf den einen Mann in Haiti traf, der am ehesten befähigt war, genau diese Situation, in der sie sich befand, nachvollziehen zu können:»Als ich ungefähr in Ihrem Alter war«, sagte er leise,»stand ich vor demselben Dilemma. Ich hatte mein Medizinerexamen bestanden, machte einen fliegenden Start in einem guten Job in den Staaten, warf dann aber alles hin, weil es mich zurück nach Haiti zog. Ich wollte die Welt retten. Hab' versucht, in Port-au-Prince eine fortschrittliche Arztpraxis zu eröffnen. Duvalier hat es nicht zugelassen. Seine Gefolgsleute kontrollierten die medizinische Versorgung und wollten keine Einmischung durch solche Leute wie mich. Ich war erfüllt von dem, wovon man eben erfüllt ist, wenn man 25 ist. Außerdem war mir klar, daß Haiti unbedingt brauchte, was ich zu geben hatte, also ließ ich nicht locker.« Er machte eine Pause, lachte über sich selbst und fragte fast mitleidig:»Dr. Vaval, sind Sie jemals von den Tonton Macoutes verhört worden? Haben Sie jemals mit ansehen müssen, wie Ihr Büro in Stücke geschlagen wird? Und Sie selbst blutüberstömt in einer Ecke liegen, Ihre Fallbeschreibungen in Fetzen gerissen und wie Konfetti über Sie gestreut?«

Er führte sie zu einem Kiosk, wo sie gekühlte Getränke bestellten, und er schloß:»Die Tontons sind noch immer mitten unter uns. Dieselben Männer, derselbe Auftrag, bloß unter anderm Namen, aber ihre Verhöre verlaufen nach demselben Ritual. Als junge Frau mit Ihren

Idealen und bei dem Namen ... in deren Händen würden Sie nicht mal zehn Minuten überstehen.« »Und wie haben Sie überlebt?« erkundigte sie sich, denn ihr war aufgefallen, daß er ein außergewöhnlicher Mensch war. »Ich habe mich arrangiert. Ich habe meine Klinik, auch wenn sie noch so bescheiden ist. Ich schreibe meine Artikel. Das ›New England Medical Journal‹ druckt gerade einen über tropische Krankheiten.« Er schaute sich um. »Und ich beobachte weiter meine Zombies, und in zwanzig Jahren, wenn die Tontons nichts dagegen haben, werde ich meine Aufzeichnungen veröffentlichen, wahrscheinlich in Deutschland.« Gelassen, wie man als Fünfzigjähriger nur sein kann, wenn das Leben an einem vorbeigegangen ist, sagte er: »Also, Madame, Professor der Karibik, fahren Sie nach Cap-Haïtien und gehen Sie auf Ihr Schiff...« Dann plötzlich warf er ihr einen wilden Blick zu und flüsterte mit gebrochener Stimme: »Und machen Sie, daß Sie wegkommen aus Haiti!«

Die 137 College-Studenten, die an dem Seminar teilnehmen wollten, hatten vorher einen zweiwöchigen Einführungskurs absolviert, in dem Lehrbeauftragte von drei verschiedenen Universitäten sie intensiv auf die Kreuzfahrt vorbereiteten und mit Lehrmaterial und Karten ausstatteten. Dann waren sie nach Cap-Haïtien geflogen, um dort an Bord des schwedischen Kreuzfahrtschiffes »Galante« zu gehen, aber hatten noch einen freien Tag, für dessen Gestaltung Tessa verantwortlich war.
   Als sie ihren Studenten gegenüberstand – zwei Drittel Weiße, ein Drittel Schwarze, wobei insgesamt sechs verschiedene Nationen vertreten waren –, verspürte sie jene besondere, das Selbstwertgefühl steigernde Empfindung, die allen guten Lehrern zu Anfang eines jeden Semesters vertraut ist, wenn sie zum erstenmal die jungen Menschen vor sich haben, die sie das Studienjahr über unterrichten werden: »Sie sehen so intelligent aus! So bereitwillig zu lernen! Wenn ich sie nur weiterbringen kann!« Sie phantasierte, daß dieser junge Mann eines Tages vielleicht Redakteur bei der »New York Times« sein würde, jenes Mädchen eine geschätzte Ärztin in Massachusetts, der Typ dahinten Chirurg in Chicago und die kleine Aufmüpfige neben ihm sicher eine landesweit bekannte Politikerin. In die freundlichen Gesichter der jungen Menschen aus Colorado und Vermount und Oregon blickend, redete sie sich gut zu: »Und wenn nur ein Gramm Pulver in ihnen steckt, ich werde es in Brand setzen.«

Tessa hatte mehrere Jeeps gemietet, die sie landeinwärts zu der sagenhaften Bergfeste fahren sollten, erbaut von einem der schwarzen Generale Toussaint L'Ouvertures, unter dem ihr Vorfahre, César Vaval, gedient hatte. Henri Cristiophe, ein hitziges Temperament, hatte dort Anfang des 18. Jahrhunderts ohne praktische Erfahrung und ohne die Hilfe eines Architekten eines der bedrückendsten Bauwerke der Welt errichtet. Tessa mußte lachen, als sie dort ankamen, denn die örtlichen Bauern hatten es über die Jahre verstanden, noch jede Regierung vom Bau einer Straße bis zum Gipfel abzuhalten. Wollte man Christophes wunderliche Festung auf dem Berg besichtigen, blieb einem nichts anderes übrig, als einen der bereitgestellten Esel zu mieten, zu einem saftigen Preis, und den Weg auf die Weise zu erklimmen, wie es ihre Vorfahren seit 1820 getan hatten.

Der anstrengende Ritt wurde allerdings gebührend belohnt, denn in schwindelnder Höhe traten die Studenten aus dem Regenwald hervor und sahen über sich eine geheimnisvoll drohende Steinmasse lauern, erschreckend hoch aufragend, mit Türmen und Wällen. Als sie sich mühsam bis zum Gipfel vorgekämpft hatten, sagte Tessa: »Wahrscheinlich das beeindruckendste Gebäude, das ein Schwarzer jemals ohne die Hilfe von Weißen errichtet hat.« Die Frage eines Studenten nahm ihrer Äußerung jedoch die ganze Wirkung: »Errichtet zu welchem Zweck?« Denn darauf hatte Tessa keine Antwort: »Das hat man nie gewußt . . . damals nicht und heute nicht.«

Tief beeindruckt von der Gewalt dieses klobigen Bauwerks, rückte sie etwas ab von der Studentengruppe und stand allein am äußersten Ende der Brustwehr, von wo aus sie auf das grüne Mysterium dieses unberührten Winkels Haitis blicken konnte. Sie fühlte geradezu körperlich eine schmerzliche Identifikation mit diesem Land, und sie hörte Stimmen von Haitianern, die sie während ihres Aufenthalts hier kennengelernt hatte und sie bei ihrem richtigen Namen riefen, Thérèse, was in ihrem Ohr als zwei Silben von betörender Schönheit widerhallte.

Sich wieder ihren Studenten zuwendend, sagte sie zögernd: »Sie sagen Dr. Teresa zu mir, aber eigentlich heiße ich Thérèse . . . klingt melodiöser und weiblicher, finden Sie nicht?« Es war, als hätte sie auf dem Berggipfel eine zweite Taufe erlebt.

Bei ihrer Rückkehr nach Cap-Haïtien sah sich Thérèse einer tragischen Szene gegenüber. An der Uferpromenade hatte sich um einen Kutter der amerikanischen Küstenwache ein lärmender Menschenauflauf gebildet; 32 der insgesamt vierzig Flüchtlinge, die sie bei ihrer Abfahrt in St-Marc beobachtet hatte, wurden den örtlichen Behörden übergeben.

Wie vorherzusehen, hatte das lecke Boot nur wenige Seemeilen auf seinem Kurs Richtung Norden durchgehalten, und als sich Thérèse unter die Überlebenden mischte, bekam sie auch den jämmerlichen Ausgang ihrer traurigen Geschichte zu hören.

»Zu viele im Boot... die Wellen spülten über Deck... Haie folgten uns...«

»Das Boot hätte den Hafen nie verlassen dürfen.«

»Wir wären alle untergegangen, wenn uns die Amerikaner nicht gerettet hätten.«

Thérèse fragte sich, ob das Wort Rettung hier angebracht war, denn die Unglücklichen waren nicht nur zurück an ihrem alten Ort, von dem sie hatten fliehen wollen, sie waren sogar noch schlechter dran als vorher, denn jetzt wurden sie in Polizeilisten als Flüchtlinge geführt, die es versucht hatten, das Land illegal zu verlassen. Als sie die Männer, Frauen und Kinder zusammengekauert am Kai zurückließ, spürte sie eine tiefe Beklommenheit, die durch die Erniedrigung, die sie schon sehr bald erfahren sollte, nur noch vergrößert wurde.

Als es Zeit wurde, an Bord der »Galante« zu gehen, stellte sich heraus, daß die schwedische Mannschaft mit dem Schiff nicht Cap-Haïtien, einen typischen, vor Aktivitäten und Menschen brodelnden schwarzen Hafen angesteuert hatte, sondern eine saubere, ordentliche Enklave ein paar Kilometer ostwärts, wo die Gesellschaft ein großes tropisches Areal von paradiesischer Schönheit gemietet hatte – kleine Hügel, weiße Sandstrände–, alles umschlossen von einem hohen, stabilen Zaun. In diesem von der allgemeinen Öffentlichkeit Haitis abgeschirmten Gelände hatten die Schweden ein reibungslos funktionierendes Ferienunternehmen installiert. Über hundert Angestellte sorgten dafür, daß die Strände makellos sauber blieben und sich auf dem gesamten Gelände kein Müll ansammelte. Gepflegte Gärten boten karibische Blütenpracht im Überfluß an, Bäume wiegten sich im Passatwind und präsentierten ihre süßen Schätze: Kokosnüsse, Brotfrüchte, Mangos, Limonen und Papayas. Für kaufwillige Urlauber standen hübsche, in kleinen Gruppen arrangierte, versteckt zwischen den Bäumen liegende Kioske bereit, auf einer planierten Fläche luden sieben überdachte Tennisplätze zum Spiel ein, während an einem neunlöchrigen Golfplatz mit alleeartigen Fairways und Bunkern, die mit strahlendweißem Sand gefüllt waren, die Schiffspassagiere ihre Künste unter Beweis stellen konnten. Um diesem abgelegenen Ort noch mehr den Chrakter eines Garten Eden zu geben, schlängelte sich ein beachtlicher und klarer Wasserlauf durch die Enklave und ergoß sich in den Atlantik.

Vor fast 500 Jahren hatten die drei Karavellen von Christoph Kolumbus auf ihrer ersten Entdeckungsreise an dieser Stelle Anker geworfen, damit die Mannschaften vor der langen Heimreise nach Spanien ihre Wasservorräte noch einmal nachfüllen konnten, und die Matrosen hatten den Ort beschrieben als ein »wahres Paradies, mit allem gesegnet, was wir brauchen, frisches Wasser und saftige Früchte«. Und so war es auch heute noch, befand Thérèse, nachdem sie die Örtlichkeiten ausführlich inspiziert hatte, aber mit einem erschreckendem Makel, auf den sie ihre Studenten aufmerksam machte: »Es ist perfekt. Nur das Weiße aus Cleveland oder Phoenix hierherkommen, sich an den Tropen erfreuen, die Schönheiten Haitis entdecken können, ohne Kontakt zu den Schwarzen aufnehmen zu müssen, die die Bevölkerungsmehrheit in der Karibik stellen.« Sie sprach mit einiger Verbitterung darüber, wie geschickt sich dieses Paradies und seine wohlhabenden Bewohner von den Realitäten Haitis, mochten sie noch so häßlich sein, abgeschirmt hätten. »Ist das die Erfahrung, die der klassische Reisende gesucht hat?« fragte sie. »Ich meine die unerschrockenen Seelen, die aus London, Paris oder einer der deutschen Städte aufgebrochen sind, um fremde Länder zu erkunden, und ebenso fremde Menschen? Ich glaube nicht. Wenn sich diese Ansammlung von Tennisplätzen und Golfplätzen in nichts von Shaker Heights oder Westchester County unterscheidet, wozu dann der ganze Aufwand?«

Trotzdem mußte sie lachen, als ein junger Kerl aus Tulsa einwarf: »Seit wann gibt's Kokosnußpalmen in Shaker Heights?« Als die Offiziere der »Galante« ihre bitteren Bemerkungen hörten, bat einer von ihnen, sich an die Studenten wenden zu dürfen. »Alle kritischen Punkte, die Dr. Vaval aufgezählt hat, sind zutreffend. Unsere Gesellschaft würde viel Zeit und Geld sparen, wenn wir weiter in Port-au-Prince anlegen könnten. Interessante Stadt. Spannende Geschichte. Gutes Essen und Menschen, die es kennenzulernen lohnt.«

»Warum haben Sie dann den Halt aus dem Programm gestrichen?« fragte ein Student, und der Offizier antwortete knapp: »Aus einer ganzen Reihe zwingender Gründe, und wenn Sie sie abwägen, dann warten Sie, bis ich Ihnen den letzten genannt habe, der ragt nämlich heraus. Zunächst einmal war durch die Verbrechensrate der Stadt das Leben unserer Passagiere bedroht. Zweitens war die Wirtschaft so am Boden, daß ganze Bettlerhorden jeden verfolgt haben, der Fuß an Land gesetzt hätte, vor allem Frauen. Drittens ließ die Diskrepanz zwischen dem Reichtum unserer Passagiere und der unglaublichen Armut an Land die Haitianer neidisch werden. Und am Ende feindselig.« Er machte eine kurze Pause und musterte die versammelten Studenten, bevor er ihnen das letzte zwingende Argument nannte: »Schließlich haben die Berichte über Aids, das hier angeblich weit verbreitet sein soll, in den vergangenen Jahren für eine schlechte Publicity gesorgt und unsere Passagiere aufgerüttelt. Aus all den genannten Gründen bekamen die Leute Angst, nach Haiti zu reisen. Und als wir trotzdem wie geplant hier weiter Station machten, sagten sie uns klipp und klar: ›Wenn ihr einen Besuch in Port-au-Prince unbedingt in eurem Programm beibehalten wollt, dann fahren wir nicht mehr mit euch.‹ Ohne viel Reden oder irgendwelche Ausschüsse initiierten sie einen Boykott, und uns war klar, daß es töricht gewesen wäre, sich dem zu widersetzen.«

Im Anschluß ließ er die jungen Leute Einsicht in seine persönlichen Ansichten über Reisen in die Karibik nehmen, ein Gebiet, auf dem er sich zu einem der führenden Experten entwickelt hatte. »Viele Inseln in dieser Region werden doch nur durch die Dollars am Leben erhalten, die die Touristen hierherbringen. Diese Dollars lassen sich leicht verdienen, ohne jeden Verlust von Selbstachtung. Wenn wir Schweden hier nicht ›Le Paradis‹ gebaut und das Areal vor dem Unheil einer Stadt wie Port-au-Prince bewahrt hätten, wäre Haiti die Dollars der Touristen los. Ein für allemal. So wie es sich heute darstellt, pumpen unsere Schiffe einen nicht versiegenden Strom harter Devisen in die schwarze Republik, aber das können wir nur, wenn wir diesen Zaun beibehalten, den Dr. Vaval zu Recht verurteilt.« Wieder machte er eine Pause, schaute Thérèse an und sagte: »Sie sind noch jung, aber Sie müssen die Welt so sehen, wie sie nun mal ist. Haiti hat die Wahl: kein Zaun, keine Dollars – oder ein Zaun, der keinem weh tut, aber viel Geld einbringt.« Sein Gesicht verzog sich zu einem breiten Lachen: »Dr. Vavals Job ist es, Ihnen eine Welt vorzustellen, in der Zäune nicht erlaubt sind, und wir wünschen ihr alles Gute bei diesem Unterfangen. Mein Job besteht darin, solche Zäune zu nutzen und unaufhörlich Schritte einzuleiten, um sie schließlich doch überflüssig zu machen. Und in ›Le Paradis‹ geschieht genau das.« Nachdem er gegangen war, sagte Thérèse jedoch zu den jungen Leuten: »Dieser Zaun ist ein scheußliches Schandmal, denn er hindert die Reichen, die Probleme der Armen zu sehen, und, glauben Sie mir, immer, wo das der Fall ist, egal, wo auf der Welt, braut sich etwas zusammen.«

Als die Gruppe endlich an Bord der »Galante« ging – ein Schiff von 18 000 Tonnen, 167 Meter lang, 765 normale Passagiere, dazu ihre 137 Studenten und die 418 Mann Besatzung, wobei die Offiziere alle Schweden waren, die Kellner und Küchenhilfen Italiener, die gemeinen Matrosen Indonesier und, versteckt im untersten Deck, in der Waschküche, die Chinesen –, fiel Thérèse auf, daß ihre Gruppe im Vergleich zu den anderen nur wenig Raum in dem Schiff zugewiesen worden war, sie belegten etwa ein Sechstel der Fläche. Aber sie brachte Farbe in das Leben an Bord, vor allem wenn sie sich am Swimmingpool versammelte. Ältere Passagiere zerstreuten ihre Bedenken: »Es ist ein Glück für uns, auch junge Leute während der Kreuzfahrt um uns zu haben.« Und Thérèse sagte zu sich selbst: »Die nächsten beiden Wochen sind genau das, was ich jetzt brauche.«

Am ersten Abend, als sie in ihrer Kabine saß und versuchte, über den Makel hinwegzukommen, einer schwarzen Nation anzugehören, die Touristen nur mit Furcht besuchten, erhielt sie Besuch von einigen Studenten: »Diskussionsgruppe achtern. Nicht versäumen. Es geht um Ideen und Gedankenspiele.« Und erpicht, ihrer düsteren Stimmung zu entkommen, ließ sie sich von ihnen in einen Raum bringen, wo einer der anderen Dozenten seinen Studenten dabei behilflich war, sich eine eigene, ausgewogene Meinung über die Karibik zu bilden. Es ging um Musik.

»Die Vereinigten Staaten können sich zweifellos glücklich schätzen, zu beiden Seiten ihres Landes zwei jeweils herrliche Inselgruppen zu haben, Hawaii im Westen, die Karibik im Osten. Keine ist der anderen überlegen, denn auf seltsame Art und Weise ergänzen sich die beiden, aber trotzdem gibt es entscheidende Unterschiede. Was beliebte Titel betrifft, gewinnt Hawaii haushoch. Was für ein bunter Melodienreigen: ›Aloa Oe‹, ›The Wedding Song‹, ›The War Chant‹, ›Beyond the Reef‹. Suchen Sie sich Ihr Lieblingsstück aus. Die Reihe der Aspiranten scheint unendlich. Die Karibik hat dagegen nur eine geringe Anzahl vergleichbarer Melodien zu bieten. Sagen Sie doch mal ehrlich, gibt es irgendein Lied, das für diese Region steht? ›Yellow Bird‹ ist herrlich, aber steht ziemlich allein auf weiter Flur. ›Island in the Sun‹ ist eingängig, aber doch recht flach. ›Mary Ann‹ ist eins von diesen Wegwerfliedern mit nur sieben Noten, aber ein Ohrwurm. Dann gibt's noch ein paar Calypsostücke, die von bleibendem Wert sind. Und das wär's dann auch schon.«

Nun folgte eine hitzig geführte Diskussion, in der einige Studenten den Reggae der Rastafaris auf Jamaika als typisch karibische Musik verteidigten, wieder andere führten Merengues und Zouks, Tanzlieder von den französischen Inseln, an, aber bevor das abendliche Konzert seinen Anfang nahm, mußten die Studenten ihrem Dozenten beipflichten, daß sie zwar ein Dutzend Melodien aus Hawaii aus dem Gedächtnis vorsingen konnten, aber kaum einer ein paar Takte von einem karibischen Song auswendig konnte.

Ach Thérèse mußte einräumen, daß er recht hatte, verlor aber dann bei einem zu Herzen gehenden karibischen Lied doch die Fassung. Professionelle Gesangskünstler boten erst das gewöhnliche Potpourri von Liedern dar, die seit vierzig Jahren populär waren, dann jedoch betraten zwei unverwechselbare Gestalten die Bühne: eine schlanke, junge Sopranistin von goldgelber Hautfarbe mit einem betörenden Lächeln und einer kraftvollen, aber doch weichen Stimme und ein sehr großer Bariton, ganz in feierlichem Schwarz und mit einem Zylinder angetan. Seine Stimme klang volltönend und ausdrucksvoll, als sie ihr Duett ankündigten: »Wir möchten Ihnen ein Lied von den Inseln darbringen... das überall hier spielen könnte... es handelt von einer Einheimischen und einem amerikanischen Missionar aus Boston.« Ein kleines sechsköpfiges Orchester setzte ein, gleichzeitig schlugen die elf Musiker einer Steelband als Begleitung zur Sopranstimme auf ihre ausgedienten Ölfässer, worauf die beiden Melodien nach genauem Timing und variierenden Rhythmen in ein sinnträchtiges Ganzes einer verschlungenen, bezaubernden Schönheit mündeten.

Er präsentierte mit tiefer, mächtiger Stimme »The Battle Hymn of the Republic«, die Schlachthymne der Republik, während sie in zarteren Tönnen »Yellow Bird« sang, und kaum hatten sie ihren Einsatz gefunden, flüsterte Thérèse: »Mein Gott, das ist etwas ganz Besonderes«, denn beides, die Sänger und die Worte der Lieder, sprachen ihre ganz persönliche Befindlichkeit an:

Er tritt mit den Füßen den Wein –
Gelber Vogel –
Wo die Früchte des Zorns hoch hängen –
Im Bananenbaum.

Der kontrastreiche Eindruck, den beide hervorriefen, und die wundervolle Verschmelzung ihrer Stimmen lösten in Thérèse genau die Wirkung aus, die die Sänger beabsichtigt hatten: Das Mädchen stand für alle Inselbewohner und der Mann für alle weißen Missionare und Eroberer. Die Rivalität hatte nie aufgehört. Während sie noch gespannt den Worten des Mannes lauschte, Worte voll Feuer, Pathetik und Tod, riß es sie fast vom Stuhl:»Mein Gott! Das ist ja Richter Adolphus Krey! Und er hält mir, dem schwarzen Inselmädchen, eine Strafpredigt!« Damit war die Projektion gelungen: Der wütende Bariton war ihr angehender Schwiegervater, die Sopranistin sie selbst.

Ausgelöst hat er den schicksalhaften Blitzschlag –
Gelber Vogel –
Des schrecklich schneidenden Schwertes –
Du bist allein, wie ich.

Als das Duett in einem tosenden Beifall ausklang, war Thérèse wie gelähmt, aber sie mußte lächeln, als die Studenten ihr zugestanden:»Wenigstens ein gutes Lied, das Ihre Karibik zu bieten hat!« Zurück in ihrer Kabine – die Worte und Melodien des Konzerts wirbelten ihr noch im Kopf herum wie ein Inselhurrikan –, hatte sie das Gefühl, daß sie Dennis schreiben und ihm eigentlich von den Erlebnissen in Haiti erzählen sollte, aber das unversöhnliche Bildnis von seinem Vater, Richter Krey, der die Blitzschläge in der »Battle Hymn« auf die Erde schleudert, als wolle er seinen Sohn vor den Frauen der Insel beschützen, war so überwältigend, daß sie weder schreiben noch einschlafen konnte.

Immer wieder verfolgten sie Bilder, die sie nicht aus ihrem Gedächtnis verbannen konnte: Laliques Rückkehr von den Toten; Henri Christophe, der jene irrsinnige Festung baute statt Straßen und Schulen; das verabscheuungswürdige Porträt eines höhnisch grinsenden, allwissenden »Papa Doc«; aber vor allem der Gesichtsausdruck ihres Onkels, als er sagte, es sei zu spät, dem Gefängnis der Armut zu entkommen. Als sie in Boston das Flugzeug bestiegen hatte, war sie mit der Erwartung aufgebrochen, durch Haiti reisen zu können, ohne sich eindringlicher mit dem Land beschäftigen zu müssen, Freunden und Verwandten guten Tag zu sagen, ihnen hier und da ein wenig Geld zuzustecken und anschließend als derselbe Mensch wieder abzureisen, der sie bei der Landung gewesen war.

Sie hatte nicht geahnt, daß Haiti ein Ort war, der einem die Seele zerreißen konnte, vor allem wenn es sich um die Seele einer gebildeten schwarzen Frau handelte. Sie stand auf, machte einen zweiten Versuch, an Dennis Krey zu schreiben, aber auch er scheiterte, denn der zweiwöchige Aufenthalt in den finsteren Nebeln Haitis hatte sie in einen anderen Menschen verwandelt, und das auf ein, zwei Seiten in einem Brief zu erklären war unmöglich.

Am Morgen des nächsten Tages näherte sich die »Galante« der Hauptstadt Puerto Ricos, San Juan, und Thérèse stand mit ihren Studenten an der Reling, als die Stimmen von ein paar Borinqueños, wie die Einwohner der Insel genannt wurden, über das Megaphon des Schiffes erschollen und verkündeten: »Schauen Sie! Dort drüben, der Landvorsprung! Die Festung El Murro mit ihrem in die Mauer gesetzten Rundturm. Wir lieben diesen Anblick, denn er bedeutet, daß wir zu Hause sind.« Es gab mehrere dieser kleinen eingemauerten Türme, die aus den strategisch verwundbaren Ecken herausragten, und ihr Blick war noch immer auf diese im Sonnenaufgang schimmernden Gemäuer gerichtet, als ein Hafenboot an der »Galante« beidrehte, dem ein geschäftig aussehender junger Mann vom Außenministerium entstieg: frisch gebügelter, blauer Tropenanzug und zur Fliege gebundene, gedämpft rote Krawatte, die ihm ein würdevolles Aussehen verliehen, das Diplomaten so häufig bevorzugen. Er kletterte die ausgeworfene Strickleiter hoch und lief schnurstracks auf den Schiffsaufzug zu, während sich die Studenten darüber den Kopf zerbrachen, welchen Auftrag der junge Mann wohl erfüllte.

»Wahrscheinlich eine Drogenrazzia bei den Mannschaften an Unterdeck.«

»Nein, er will den Kapitän zum Tee in den Gouverneurspalast einladen.«

»Er ist Gehirnchirurg. Notoperation. Jetzt holt er den Patienten ab.«

Sie waren jedoch überrascht, als er auf Professor Vaval zuging und sich vorstellte: »John Swayling, Mitglied im Ausschuß zur Vorbereitung der 500-Jahr-Feier. Wir haben schon auf Sie gewartet. Dr. Vaval, ungeduldig. Wir brauchen Ihre Hilfe, dringend.«

»Was gibt's, Doc?« fragte ein Student, respektlos eine Comicfigur immitierend. Thérèse schmunzelte und sagte: »Die Bundespolizei ist hinter mir her. Also, Leute, schaut euch die Sehenswürdigkeiten an, wenn ihr an Land geht.« Und damit eilten sie und der Angestellte des Außenministeriums unter Deck, kletterten die Strickleiter in das Hafenboot hinunter und fuhren auf den Teil der Stadt zu, den der Fremdenführer durch das Megaphon als »Altstadt« bezeichnet hatte.

Auf der Fahrt zur Anlegestelle beschrieb Mr. Swayling, was es mit seinem Auftrag auf sich hatte:»Es werden Repräsentanten aus über vierzig Ländern hier eintreffen. Um den 500. Geburtstag unseres kleinen Christoph vorzubereiten. Ich drücke mich so salopp aus, weil jeder den alten Knaben für seine Belange vereinnahmen will ... und uns vorschreiben will, wie wir die Feier zu gestalten haben.«

»Das kann ja heiter werden«, meinte Thérèse.»Spanien, Italien, Portugal, die Vereinigten Staaten.«

»Nur weiter so! Mexiko, Peru, Venezuela, ganz zu schweigen von Hispaniola, Jamaika und Puerto Rico.«

»Wird ein bißchen eng, was?«

»Ist es schon.«

»Wo wir gerade von Puerto Rico reden. Wie ist denn so die Stimmung auf der Insel? Ich meine, was den zukünftigen Status betrifft.«

»Es hat gerade wieder eine Volksabstimmung gegeben ... die letzte einer ganzen Serie ... aber ergebnislos wie immer. Für die Beibehaltung des Commenwealth-Status: 46 Prozent. Für den Beitritt in die USA als der 51. Staat: 44 Prozent. Vollständige Unabhängigkeit: sechs Prozent.«

»Das macht zusammen 96. Was sagt der Rest?«

»Interessiert doch keinen. Lächerliche vier Prozent.«

Sie entstiegen dem Boot, und Swayling führte Thérèse zu einem wartenden Wagen mit Fahrer, und als sie durch die erwachende Stadt brausten, sagte er schwärmerisch:»Eine wunderbare Stadt. Ich wünsche, ich könnte hier für immer bleiben.«

»Ich kenne mich gut aus in der Karibik. Was finden Sie denn an diesem Ort so großartig?«

»Das spanische Erbe. Die herrlichen alten Bauten. Und die Frauen.« Es folgte ein Augenblick Schweigen, offensichtlich wartete er darauf, daß sie etwas sagte, doch als sie nicht reagierte, fügte er hinzu:»Ich bin allein zwei Dutzend begegnet, die ich gerne näher kennenlernen würde.«

»Junge Farbige etwa?«

»Alle Hautfarben, die Sie sich vorstellen können. Warum fragen Sie?«

»Weil ich mit einem jungen Mann verlobt bin, der in Ihrem Alter ist und der weiß ist wie Sie. Ich könnte mir denken, daß es da unweigerlich zu Problemen kommen wird.«

»Ich bin mit einer Weißen verheiratet, und da gibt es auch Probleme genug.«

»Na gut. Also, was hat es mit dieser Konferenz auf sich?«

Bevor er jedoch antworten konnte, bog der Wagen in einen prächtigen

Boulevard, gesäumt von soliden alten Häusern, die bis auf das 16. und 17. Jahrhundert zurückdatierten, als sich Spanien noch ganz auf die dicken Mauern von El Murro verließ, um die mit den Schätzen Perus und Mexikos beladenen und sich auf ihrer Heimfahrt nach Sevilla befindenden Galeonen zu beschützen. »Hawkins und Drake haben beide versucht, sich an der Festung dort drüben vorbeizulavieren, und beide sind gescheitert. Soweit ich weiß, ist Hawkins bei dem Versuch umgekommen, und Drake soll sich Verletzungen zugezogen haben, an denen er kurze Zeit später starb. Eine harte Nuß, die sie sich da ausgesucht hatten.«

»Das Gebiet sieht ziemlich spanisch aus. Wirklich ungewöhnlich.« Aber der junge Mann erklärte: »Damit haben Sie genau den wunden Punkt auf dieser Insel berührt. Wie Sie sehen, sind sie dabei, alle Überbleibsel der amerikanischen Interventionen zu vernichten. Früher standen da drüben mal Kasernen der US-Armee und an dieser Ecke ein amerikanisches Gebäude. Alles niedergerissen, als wollten sie jegliche Erinnerungen an den amerikanischen Einfluß auslöschen. Es werden riesige Summen für die Restaurierung ausgegeben, damit San Juan wieder wie eine spanische Stadt aussieht.«

»Sie ist immerhin sehr viel länger spanisch als amerikanisch gewesen«, entgegnete Thérèse.

»Ja, aber gleichzeitig wollen die Borinqueños ja hundertprozentige Spanier sein. Man kriegt nirgendwo eine Unterschrift oder einen Stempel, wenn man Amerikaner ist... nur das Spanische zählt... Was wollte ich doch gerade sagen?«

»Ich glaube, Sie wollten darauf hinaus, mir mitzuteilen, daß sie gefühlsmäßig spanisch, wirtschaftlich aber amerikanisch sein wollen – wenn es so etwas gibt.«

»Genau.« Gemeinsam bestaunten sie, wie hervorragend die Restaurierung in eine spanische Stadt gelungen war, wenigstens in diesem Teil von San Juan, und es waren diese Überlegungen, die schließlich in ein Gespräch über die wichtige Aufgabe mündete, die die amerikanische Regierung ihr zugedacht hatte. »Wir haben die Hoffnung, Dr. Vaval, daß Sie als Wissenschaftlerin von Rang unsere Vertretung übernehmen, wenn sich heute die schwarzen Führer versammeln, die sich bestimmt lautstark zu Wort melden werden.«

»Worum geht es?«

»Eine unglückliche Angelegenheit, die eigentlich lächerlich ist, wirklich, wenn es nicht so wichtig wäre«, entgegnete er, doch bevor er weiter ausholen konnte, war der Wagen vor dem Eingang zur Casa Blanca vorgefahren, der prachtvollen Villa im Besitz der Nachfahren von Ponce de León, der Repräsentanten der spanischen Gesellschaft und des spanischen Einflusses auf die Insel. Sie trohnte auf einem kleinen Hügel, der sowohl die herrliche Bucht El Murro als auch die Hauptgebäude der Kolonialzeit beherrschte. Als die Amerikaner 1898 die Insel in Besitz nahmen, entschieden sie sich für Casa Blanca als Residenz des Militärkommandanten, doch nach 1967 wurde alles getilgt, was darauf hindeutete, daß die Amerikaner einst ihren Fuß auf dieses Gebiet gesetzt hatten, und Casa Blanca wurde wieder zu einer spanischen Villa.

Es war ein beeindruckendes Gebäude mit massiven weißen Wänden, kühlen Innenhöfen, durch herrlich geschnitzte Holzspindeln geschützte Fenster und mit blutroten Kacheln der unterschiedlichsten Formen auf den Fußböden. Es war ein nobles Haus, und es atmete die Geschichte und Werte Spaniens, aber Thérèse war es nicht vergönnt, das alles zu genießen, denn obwohl es gerade erst sieben Uhr morgens war, warteten bereits vier Vertreter der amerikanischen Delegation darauf, sie kurz in die bevorstehenden Ereignisse des Tages einzuweihen.

»Es wäre alles sehr amüsant«, hob der Vorsitzende an, »wenn es nicht so gefühlvoll abliefe. Spanien und die Vereinigten Staaten werden das meiste Geld für die Kolumbus-Feiern beisteuern, die ja eigentlich eine wunderbare Sache werden sollen.«

»Also die beiden Länder kriegen sich sicher nicht in die Wolle«, meinte Thérèse, worauf die Delegierten in lautes Lachen ausbrachen.

»Oh, sind Sie naiv. Köstlich! Spanien und die Vereinigten Staaten springen sich gegenseitig an die Gurgel. Spanien will, daß hier der spanische Beitrag zur Neuen Welt gefeiert wird.«

»Ich kann darin nichts Schlechtes entdecken.«

»Aber der Kongreß, der die Mitglieder unserer Delegation bestimmt hat...«

»Ich dachte, Sie seien die Mitglieder.«

»Nein. Wir gehören nur zum Mitarbeiterstab. Die Mitglieder sind verärgert wieder abgereist.«

»Warum?«

»Die italienische Fraktion im Kongreß, und die ist sehr stark, hat eine hundertprozentige italienische Delegation hierhergeschickt. Leute aus New York, Boston, Chicago, San Francisco und so weiter, politische Profis, die entschlossen waren, die Kolumbus-Feiern zu mißbrauchen und zu zeigen, daß es Italien gewesen ist, das die Neue Welt entdeckt hat. Wenn man ihre Pläne hört, könnte man meinen, an Bord der drei Schiffe sei nicht ein einziger Spanier gewesen.«

»Hat sich Kolumbus selbst als Italiener gesehen?«

»Er hat nie auch nur ein Wort in der Sprache zu Papier gebracht, soweit wir feststellen konnten. Technisch gesehen, war er hundertprozentig Spanier.«

»Und was ist nun passiert?«

»Die anderen Länder haben schändlich gelacht und wollten der amerikanisch-italienischen Delegation keinen Sitz erteilen.«

»Hat das zur Lösung beigetragen?«

»Na ja, jedenfalls sind sie so unsere Delegation losgeworden und vielleicht auch die Mittel, die der Kongreß bereit gewesen wäre zu bewilligen. Aber die spanischsprechenden Länder meinten: ›Gott sei Dank. Wir werden doch nicht die Geschichte pervertieren, nur um einem amerikanischen Kongreß zu gefallen.‹«

»Die Spanier haben also gesiegt?«

»Nicht so richtig, denn als sie die Führung übernahmen, um die Gedenkfeier zu einer großen spanischen Fiesta umzumodeln und an die Tatsache zu erinnern, daß Königin Isabella . . .«

Ein Berater der Kommission, ein berühmter Wissenschaftler aus Stanford, unterbrach: »Der ganze Unmut entbrannte um den unglücklich gewählten Begriff ›entdecken‹. Die Länder Mittel- und Südamerikas, vor allem Mexiko und Peru, hatten indianische Delegationen geschickt, die jetzt aufstanden und riefen: ›Moment mal! Niemand hat hier irgend etwas entdeckt, weder die Italiener noch die Spanier. Wir sind immer schon vorher dagewesen und haben uns eigentlich ganz wohl gefühlt. Wer immer Kolumbus auch gewesen sein mag, er hat uns besucht, er hat uns nicht ›entdeckt‹. Wir wollen also mit der Feier nur an diesen wichtigen Besuch erinnern.«

»An dem Argument ist etwas dran«, sagte Thérèse, und der Vorsitzende, seine ganze Aufmerksamkeit ihr zuwendend, fuhr fort: »Und hier nun kommen Sie ins Spiel. Denn nachdem die Italiener, die Spanier und die Indianer fertig waren, ihre Ansprüche anzumelden, wiesen die schwarzen Führer der Karibik darauf hin, zu Recht, wie ich meine, daß es in der Karibik ganz allgemein seit 300 Jahren die Schwarzen gewesen sind, die wirklich etwas geleistet haben, Zuckerrohr angebaut, den Zucker hergestellt, Rum gebrannt, Tabak gepflanzt und sich auf den Baumwollfeldern zu Tode geschuftet. Die Wortführer bestanden

975

darauf: ›Es sollte eine Gedenkfeier für die Schwarzen sein und daran erinnern, was die Schwarzen aus Afrika auf den Inseln aufgebaut haben, die Kolumbus entdeckt hat.‹ Und da unserer Delegation kein Schwarzer angehörte, mit dem sie sich hätten verständigen können, ließen sie uns einfach links liegen.«

Es ging jetzt auf 8.30 Uhr zu, die Zeit, die für den Anfang der Plenarsitzung festgelegt war, und die Männer gaben Thérèse letzte Anweisungen mit auf den Weg. Sie antwortete: »Ja, meine Vorfahren waren Sklaven auf St. John und später verwickelt in Haitis Kampf um die Freiheit. Sie können davon ausgehen, wenn ich an den früheren Versammlungen teilgenommen hätte, hätte ich sicher die schwarzen Wortführer unterstützt.«

»Ausgezeichnet. Vertreten Sie uns, so gut Sie können.«

»Irgendwelche besonderen Instruktionen?«

»Verbünden, zuhören, ermutigen. Und am wichtigsten: Lassen Sie sie wissen, daß sie einen Freund in Amerika haben. Wir hoffen, Sie können die verfahrene Situation noch retten.«

Es war ein Tag, der alle Herrlichkeit der Tropen enthüllte und den sie in einem Gebäude verbrachte, in dem aus jedem Stein die Geschichte früherer Zeiten sprach, als Männer guten Willens in diesem weißen Haus beisammensaßen und darüber brüteten, wie die englischen Freibeuter Drake und Morgan zu schlagen wären, Admiral Vernon in Cartagena zuvorzukommen war und sich mit Hilfe der Handelsflotte, genannt Barlovento, die der südlichen Route entlang der windwärts gelegenen Inseln folgte, frische Sklavenkontigente aus Afrika importieren ließen. Auf den mit Kacheln ausgelegten Boden fiel nicht ein Schatten der Vergangenheit, der daran erinnert hätte, daß Puerto Rico von diesen Hallen aus auch einmal von amerikanischen Militäroffizieren verwaltet worden war oder daß die Insel heute faktisch ein integrierter Teil der Vereinigten Staaten war. Hier herrschte Spanien. Wenigstens gefühlsmäßig.

Thérèse hatte den Eindruck, daß sie nur wenig für ihr Land erreichte, denn die Delegierten von den karibischen Inseln sprachen so häufig und mit solchem Nachdruck, daß sie kaum zu Wort kam, aber die Mitglieder des amerikanischen Mitarbeiterstabes versicherten ihr: »Ihre Anwesenheit wirkt wie zwei Bataillone. Es spricht sich herum. Sie erkennen an, daß wir uns bemüht haben, Sie hierherzuholen. Setzen Sie sich in der Mittagspause zu ihnen, und teilen Sie ihnen mit, was Sie denken.«

Sie hielt sich an diesen Rat, und als sie sich mit diesen intelligenten Frauen und Männern aus Barbados und Antigua, Jamaika und Guadeloupe unterhielt, spürte sie eine Verwandtschaft der Interessen und Ansichten, die etwas tief in ihrem innersten Bewußtsein, aber auch in dem der anderen ansprach. An vielen Stellen rief sie dazwischen: »Ich weiß genau, was Sie meinen!« Und ihre Begeisterung war so echt, daß man sie fragte, was sie in den Vereinigten Staaten verloren habe, und zu ihrer Überraschung hörte sie sich über ihren Ruf nach Wellesley reden.

»Ist das ein bedeutendes College?« wollte ein Schwarzer aus Trinidad wissen, und eine junge Frau aus St. Kitts antwortete: »Eine Universität, und zwar eine der angesehensten. In vieler Hinsicht mit Yale zu vergleichen.«

Thérèse konnte sich später nicht mehr daran erinnern, wie sie dazu kam, eher beiläufig zu erwähnen, daß sie mit einem Weißen verlobt war, aber als sie ein streitsüchtiger Delegierter aus St. Lucia fragte: »Heißt das, Sie wollen sich von Ihrem schwarzen Erbe lösen?« erwiderte sie scharf: »Der Titel des Seminars lautet: ›Schwarze Gesellschaften in der Karibik.‹ Und es wird mich Ihnen nur näherbringen.«

Nachdem sie der Vorsitzende ermutigt hatte, bat sie am Nachmittag um das Wort: »Die Vereinigten Staaten würden jede Ausstellung oder Gedenkfeier mit Wohlwollen betrachten, die den bedeutenden Einfluß unterstreicht, den die afrikanischen Sklaven und deren Nachfahren, zu denen ich mich auch rechne, auf die karibische Kultur, auf die Wirtschaft und die Regierung ausgeübt haben.«

Anschließend wandte sich die Gruppe der heiklen Frage zu, wie man die amerikanisch-italienische Delegation zurück an den Konferenztisch bringen konnte, ohne sich ihren Vorstellungen zu unterwerfen, aber da Thérèse zurück zur »Galante« mußte, bevor diese zu den amerikanischen Jungferninseln auslief, erfuhr sie auch nicht, ob dieser Versöhnungsversuch Erfolg hatte oder nicht.

Am selben Abend trat der Kapitän vor Beginn der abendlichen Filmvorführung vor die Leinwand und verkündete: »Wir haben eine außergewöhnliche Gruppe von Professoren bei uns an Bord, und wenn die vier sich jetzt zu mir gesellen würden, werde ich sie einzeln vorstellen und ein paar interessante Dinge zu jedem sagen.« Als sie neben ihm standen, Selbstbewußtsein ausstrahlend, sagte er: »Zunächst zu Professor Vaval. Sie ist nicht nur eine charmante junge Frau, wie Sie sicher schon festgestellt haben, sondern auch eine berühmte Haitianerin. Einer ihrer Vorfahren, General Vaval, half, Napoleon zu schlagen, ein anderer hat dem Land als Präsident gedient, wieder ein anderer war lange Zeit ein beliebter Führer während der amerikanischen Besatzung. Sie können ihr also jedes Wort abnehmen, was sie sagt.« Dann schob er Dr. Carlos Ledesma vor.

»Dieser berühmte Wissenschaftler ist nicht nur einer der hellsten Köpfe Kolumbiens, sondern auch ein Nachfahre eines großen spanischen Führers, der über vierzig Jahre und noch länger seinen Zweikampf mit Sir Francis Drake ausgetragen hat und dabei öfter überals unterlegen war. Andere Ledesmas haben sich durch ihre Herrschaft über Cartagena, wo wir unsere Kreuzfahrt beenden werden, ausgezeichnet. Einer von diesen hat sich als Held in der Schlacht gegen ›Old Grog‹ Vernon hervorgetan, über den Sie im Laufe der Fahrt noch einiges mehr erfahren werden.«

Jetzt trat Senator Maxim Lanzerac aus Guadeloupe vor. »Dieser ausgezeichnete Politiker wir Ihnen in den kommenden Tagen mehr über einen allerliebsten Zeitgenossen erzählen, der damals mit einer süßen kleinen Maschine aus Frankreich herübergesegelt kam, die die Menschen um einen Kopf kürzer machte. Und einer der ersten, die dran glauben mußten, war ein Royalist namens Lanzerac, Vorfahre unseres Redners hier, der heute dafür sorgt, daß solche Dinge nicht wieder passieren.« Er endete seine Vorstellung mit der reizvollen Bemerkung: »Wir segeln also nicht nur in der Karibik, wir haben sie bereits an Bord.«

Als sich der vierte Gastdozent neben den Kapitän stellte, fiel Thérèse auf, daß sie nicht einmal gewußt hatte, daß er überhaupt an Bord war oder daß er irgend etwas mit der schwimmenden Universität zu tun hatte. Es war ein Weißer, Mitte Sechzig, grauhaarig, leicht vornübergebeugt und mit dem entspannten, angenehmen Gesicht eines Menschen, der sich an der im Geschäftsleben und an Universitäten üblichen aggressiven Konkurrenz nie beteiligt hatte. Anscheinend hatte er bereits früh im Leben eine ihm genehme Stufe erreicht und sich mit ihr zufriedengegeben. »Das ist Master Carmody, ein herausragender Gelehrter vom Queens Own College aus Trinidad, und er wird uns insgesamt sechs Vorträge über seine faszinierende Insel halten, vier davon vor unserem Abstecher dorthin. Hören Sie aufmerksam zu, denn er wird uns mit dieser Insel bekannt machen, einer Insel, die einzigartig ist in der Karibik, zur einen Hälfte von Schwarzen, zur anderen von Indern bewohnt.«

Nach Beendigung der kleinen Reden, schritt Thérèse durch den Salon, um sich dem ihr bisher unbekannten Mann vorzustellen, und als sie dessen zauberhafte Stimme hörte, sagte sie: »Sie müssen Ire sein, stimmt's?« Und er entgegnete: »Das ist lange her.«

»Ich hoffe, Sie lassen mich als Gasthörer bei Ihren Vorträgen zu. Ich unterrichte karibische Geschichte, und mein Wissen über Trinidad ist völlig unzulänglich.«

»Eigentlich sind es keine richtigen Vorträge. Eher Gedankensplitter und Betrachtungen.«

»Genau das setzt Lernen ein. Das Rohmaterial, die Daten und Fakten über die Insel, habe ich bereits, mir fehlen genau solche Gedanken und Betrachtungen, wie Sie sie anstellen.« Den Rest des Abends verbrachten sie auf angenehme Weise mit einem Gespräch beim Rumpunsch, »discussing a rum punch«, wie er das mit einem alten englischen Ausdruck bezeichnete.

Der nächste Tag, der 1. Februar, ein Mittwoch, war für Thérèse ein Tag, an dem sie ein unangenehmes Erlebnis sehr betroffen machte. Als sie in Charlotte Amalie, der Hauptstadt der amerikanischen Jungferninseln, von Bord ging, fiel eine Fahrradbande Jugendlicher über sie her, wobei der Anführer sie mit dem Lenker zu Boden warf, der zweite flink seinen Arm vorstreckte, ihr die Handtasche entriß und in Windeseile verschwunden war. Geld und Papiere, glücklicherweise nicht der Reisepaß, waren weg.

Ein paar Mitreisende, die Zeuge des dreisten Raubüberfalls geworden waren, gingen mit ihr zu einem Polizeibeamten, um die Sache zu melden, aber dieser zuckte nur mit den Schultern: »So was passiert immer wieder. Wir haben praktisch keine Möglichkeit, das zu unterbinden.« Und er fuhr fort: »Die Regierung hat die jungen Strolche auf den Knien gebeten, doch das Geschäft mit den Touristen nicht zu zerstören, und es zeigte sogar eine gewisse Wirkung. Aller Wahrscheinlichkeit nach werden sich diejenigen, die Ihnen die Handtasche geklaut haben, Ma'am, das Geld rausholen und die Tasche mit den Papieren irgendwohin werfen, wo wir sie dann finden werden. Wenn das der Fall ist, bringen wir sie Ihnen zurück, bevor Sie ablegen.«

Nach dieser häßlichen Einführung in die Jungferninseln lieh sie sich etwas Geld von einem Passagier, der sich der kleinen Gruppe angeschlossen hatte, mit der sie der nahegelegenen Insel St. John einen Besuch abstatten wollte, wo die Rockefellers ihren riesigen Besitz hatten. Sie nahmen sich ein Taxis zum anderen Ende von St. Thomas, der

979

Hauptinsel, wo eine Fähre bereitstand, um sie auf die kleinere Insel überzusetzen.

Hier erwartete sie ein denkwürdiges Erlebnis. Ein Taxi fuhr sie zur Nordspitze der Insel, wo die Regierung weder Kosten noch Mühe gescheut hatte, etwa ein Duzend der wichtigsten Gebäude jener alten dänischen Zuckerrohrplantage ausgraben und restaurieren zu lassen, auf der einst der Sklave Vavak geschuftet hatte. »Lunaberg« lautete der Name der Plantage, und während Thérèse ihre Schützlinge durch die Ruinen führte, fielen ihr die alten Legenden wieder ein – von ihrem Ahnherrn Vavak, der der grausamen Exekution seiner Kameraden hatte beiwohnen müssen und dann die Flucht nach Haiti angetreten hatte.

Aus der obersten Erhebung des Plateaus, wo früher die Hauptgebäude gestanden hatten, ergriff sie das Gefühl, als kenne sie jede Mühle, jede Senkgrube und jeden Vorratsschuppen aus eigenem Erleben. Mit erstaunlicher Genauigkeit erläuterte sie der Reisegruppe, wie der Herstellungsprozeß für Zucker ablief: von der Aussaat der Zuckerrohrsetzlinge über das Schneiden und Mahlen bis zur Gewinnung der dickflüssigen Säfte und ihrer anschließenden Raffinierung, bis die beiden Endprodukte vorlagen, Muskovade für die Herstellung von Zucker und Melasse für die Herstellung von Rum.

Damit jedoch war die Instruktion noch nicht beendet, noch lange nicht, und als sich die Gruppe auf Bänke niederließ, von denen aus man eine gute Aussicht auf den Hügel hatte, fing Thérèse an, über die immensen Vermögen zu erzählen, die die Zuckerrohrpflanzer mit ihren Plantagen auf Barbados, Jamaika, Guadeloupe und Haiti scheffelten, von dem Leben das sie in Paris, London oder Kopenhagen führten, und von der Bedeutung, die Zucker früher einmal gehabt hatte. Nach einer farbigen Schilderung dieses Lebens wurde sie ernst und sprach über die Mühsal, die das Leben der Sklaven ausmachte, und als sie deren Alltag genauer schilderte, zeigte sie wie zufällig auf die Stelle, wo die bescheidene Hütte ihres Vorfahren Vavak gestanden hatte, aus der er 256 Jahre zuvor in die Freiheit geflüchtet war. Sie schilderte die Erfahrungen des Sklavenlebens so anschaulich, daß die Zuhörer sie nach Beendigung ihres vorbereiteten Textes noch eine halbe Stunde in den Ruinen festhielten und alle möglichen Fragen über den Zuckeranbau auf den Inseln stellten. In diesem Zusammenhang äußerte sie zum erstenmal eines der grundlegenden Dinge über die Karibik: »Die eine Frucht, für deren Anbau wir und unsere Region am besten geeignet sind« – unbewußt hatte sie »wir« gesagt, als würde sie sich mit den Inseln und ihren Bewohnern identifizieren –, »ist Zuckerrohr. Auf allen Inseln ist das das vornehmste Produkt, Zucker, Zucker, Zucker. Kuba, Haiti, Jamaika, Trinidad . . . und alle anderen. Aber was ist passiert? Warum können wir unseren Zucker nicht mehr verkaufen? Warum liegen unsere Felder brach?«

Die Studenten fingen an zu raten, fanden auch ein halbes Dutzend möglicher Erklärungen, von denen aber keine den wirklichen Grund auch nur im entferntesten traf. »Deutsche Chemiker, die haben unsere Zuckerindustrie zum Erliegen gebracht.« Als geborene Lehrerin ersuchte Thérèse ihre Zuhörer, das Rätsel zu lösen. Es gelang ihnen nicht, und so erklärte sie: »Ich glaube, es war um 1850, da fanden deutsche Chemiker heraus – kluge Jungs, muß man ihnen lassen –, daß man aus Zuckerrohr zwar exzellenten Zucker gewinnen kann, aber daß es einen viel besseren gibt, der sich außerdem weit weniger aufwendig herstellen läßt, nämlich aus Rüben, nicht den roten Rüben, die man einlegt, sondern diesen großen weißen Köpfen, die randvoll sind mit Zucker. Damit war unsere Frucht natürlich erledigt und auch die Einnahmen daraus. Bislang haben wir nichts Vergleichbares gefunden.«

Ein paar Männer aus der Gruppe unterbreiteten geniale Vorschläge für neue Industriezweige, bekamen aber zu hören, daß man die meisten bereits ausprobiert hatte und alle Versuche katastrophal geendet hätten, und so bot Thérèse am Ende der Diskussion eine eigene Lösung an: »Die Industrienationen der Welt, vor allem die Vereinigten Staaten, weil die vor unserer Haustür liegen, sollten sich zusammentun und unseren Zucker zu einem Preis kaufen, der ein wenig über dem Weltmarktpreis liegt. Ein paar Cents pro Pfund würden ausreichen, um all den Inseln, die Sie noch sehen werden, eine wirtschaftliche Blüte zu ermöglichen . . . sie vor der Revolution oder noch Schlimmerem zu bewahren.«

»Ist denn heutzutage jemand bereit, das zu zahlen?«, wollte einer wissen, und sie entgegnete: »Die Sowjetunion kauft Kuba seinen Zucker über dem Weltmarktpreis ab, und Kuba floriert. Frankreich macht dasselbe in seinen beiden großen Kolonien Guadeloupe und Martinique. Nur die Vereinigten Staaten weigern sich. Die Zuckerrübenindustrie in Colorado und anderen Bundesstaaten sperrt sich dagegen.« Sie zögerte einen Augenblick, fuhr dann aber fort: »Und so taumeln wir einer Katastrophe entgegen, von der niemand vorhersagen kann, wann sie eintrifft, die jedoch unausweichlich kommen wird. Wir sind eine Flotte herrlicher Inseln, aber wir treiben verloren unter der Sonne.«

Ihre düstere Vorhersage schwebte noch in der Luft, als sie sich umdrehte, um von der Hochebene herunterzusteigen, wo Vavak unter der fürchterlichen Behandlung der Dänen gelitten hatte, und Richtung Norden und Osten erblickte sie jene wunderschönen kleine Eilande der britischen Jungferninseln, Great Thatch, Little Thatch, Tortola und die übrigen. »Vavak muß sie tausendmal gesehen und sich wohl jedesmal gefragt haben, was dahinter liegt«, sprach sie zu sich selbst, »aber in unserer Familie wurden sie nie erwähnt. Mein Gott, wie herrlich sie sind, eine Perlenkette.« Und wie es einem in der Karibik oft widerfuhr, verdrängte die Schönheit des Augenblicks die Häßlichkeit des Vergangenen.

Doch nicht ganz, denn als sich die Gruppe in ihre Taxen drängte, um die Fähre noch zu kriegen, die sie zurück nach St. Thomas und der »Galante« bringen sollten, sahen sie sich wieder einer jener kleinen billigen Gaunereien gegenüber, die erfahrene Karibikreisende bloß irritieren, Neulinge aber verängstigen. »Lunaberg« lag an der äußersten Nordspitze von St. John, die Anlegestelle der Fähre am gegenüberliegenden Ende, und bevor sie losgefahren waren, hatten sie sich mit den Taxifahrern auf einen Preis geeinigt, 27 Dollar, reichlich hoch, wie Thérèse fand, aber alle waren davon ausgegangen, daß damit Hin- und Rückfahrt abgedeckt sei, doch die Fahrer brachten ihre Passagiere nur zu einer Wegestation, weit entfernt von der Anlegestelle und meinten: »Sie müssen hier aussteigen.«

»Aber wir müssen die Fähre kriegen!« protestierte Thérèse, aber sie lachten bloß: »Die Fahrt endet immer hier.«

»Und wie sollen wir zur Anlagestelle kommen?«

»Vielleicht fährt er Sie ja«, sagte einer der Männer und zeigte auf einen Komplizen, der sich bereit erklärte, sie zur Fähre zu bringen, mit drei Fahrten, je 27 Dollar. Bevor sie gegen diesen Wucher etwas sagen konnten, hatten sich die anderen Fahrer schon aus dem Staub gemacht, so daß sie den Zuschlag zahlen mußten, wenn sie zur Ablegezeit ihres Kreuzschiffes nicht zu spät kommen wollten.

Als die wütenden Passagiere den Schiffsoffizieren erzählten, wie übel man ihnen mitgespielt hatte, nahm ein junger Schwede sie beiseite und sagte: »Solche kleinen Betrügereien begegnet man immer wieder in der Karibik, wo Sie auch hinkommen. Sie wollen die Dollars der Touristen, auf der anderen Seite behandeln sie sie wie der letzte Dreck. Ach, übrigens, Mrs. Vaval, die Polizei hat Ihre Handtasche und Ihre Papiere aufgefunden.« Sie war so erleichtert, als man ihr die Kreditkarten wieder aushändigte, daß sie den Dieben geradezu dankbar war: »Es war anständig von ihnen, die Papiere zurückzubringen.« Und der Offizier meinte: »Wir haben Grund zu der Annahme, daß der Bruder des Polizisten der Dieb ist. War es ein kleiner, dunkler Bursche mit Oberlippenbart?« Thérèse brauchte nicht lange zu überlegen: »Ja, ich habe ihn genau gesehen.« Der Offizier grinste: »Wenn der sich eine Handtasche unter den Nagel reißt, kriegen wir die Papiere immer zurück. Sein Bruder sorgt schon dafür. Aber sehen Sie sich vor, auf den anderen Inseln kann es schlimmer sein.«

Der Leistungsnachweis, den sich die Studenten mit der Teilnahme an dem Seminar erwerben konnten, war nicht leicht verdient: »Außer dem zweiwöchigen Vorbereitungskurs in Miami und einem sechzigseitigen Bericht, der vier Wochen nach Ende der Kreuzfahrt abzugeben war, wurde ihnen von jedem Kursleiter eine unterschiedlich lange Leseliste überreicht. Thérèse hatte auf ihre Liste vier sehr verschiedene Bücher gesetzt, die sie ausgewählt hatte, weil sie ihrer Meinung nach einen hohen Qualitätsanspruch stellten und in gutem Englisch geschrieben waren: Germán Arciniegas Buch über die Karibik aus der Sicht eines spanischen Gelehrten von 1946, »Die Karibik, Meer der Neuen Welt«; eine kürzlich an der Universität Yale erschienene Publikation »Die Zukunftsaussichten der Karibik«, verfaßt von einem einheimischen Kenner der Materie, einem gewissen Ranjit Banarjee von der University of the West Indies; Alec Waughs 1955 erschienener, flott geschriebener Roman »Island in the Sun«; und ein seltenes Buch, das heute sicher kaum jemand mehr las, »Die Engländer in Westindien« von 1887, verfaßt von einem der obszönsten und voreingenommensten Historiker, die jemals zur Feder gegriffen hatten, James Anthony Froude. Als literarischer Sachwalter und Biograph von Thomas Carlyle hatte er das dem Rassismus nicht ferne Gedankengut dieses griesgrämigen alten Herrn übernommen und es bösartig auf die Verhältnisse in der Karibik übertragen. »Seine Ansichten«, warnte Thérèse ihre Studenten, als sie mehrere Ausgaben seines Werkes in das für die Studenten reservierte Bücherregal der Schiffsbibliothek stellte, »sind ungeheuerlich, viele sogar wirklich empörend, aber es ist mal ganz erfrischend zu erfahren, was damals in den sogenannten guten alten Zeiten, gebildete, kultivierte Gentlemen von diesem Teil der Welt gehalten haben. Lesen Sie es, und haben Sie Ihren Spaß daran, aber bitte spucken Sie nicht auf die Seiten oder schleudern es nicht über Bord, wenn es zu grotesk wird.«

Nach einer solchen Einführung vertieften sich die Studenten in das Buch, und immer wieder während der folgenden Tage hörte Thérèse wütende Schreie aus der Bibliothek, wenn ein Student nach dem anderen den Abgesang Bruder Froudes studierte, der Sklaven verachtete, alle Menschen mit einem Tropfen schwarzen Blutes im Körper, Katholiken, Baptisten, Inder, Freidenker und mit besonderer Hingabe Iren und Haitianer. Ein Student faßte Froudes scheinbaren Grundgedanken so zusammen: »Die Engländer haben bewiesen, daß sie eine große und nützliche Rolle als Herrscher über Menschen spielen können, die ihre eigene Überlegenheit vor ihnen anerkennen.«

Als Michael Carmody vom dem Spetakel hörte, der um Froudes abscheuliche Äußerungen über die Iren gemacht wurde, fragte er einen der Studenten: »Wie kann ein einziges Buch soviel Wutanfälle provozieren?« Aber nachdem er einen Blick in das geworfen hatte, was Froude von sich gab, wollte er wissen: »Welche Bücher hat Ihre Professorin Ihnen denn noch zu lesen aufgegeben?« Und war hoch erfreut, auch das Werk eines seines früheren Lieblingsschülers darunter zu finden. Er suchte sie daraufhin im ganzen Schiff und fand sie auf dem Sonnendeck. »Darf ich mir einen Stuhl holen?« fragte er, und sie nickte. Er setzte sich neben sie. »Wie haben Sie von Ranjit Banarjees Buch erfahren?« Und sie erklärte: »Die Universität Yale hat bei Dozenten aus der Karibik ziemlich Werbung für das Buch gemacht, zu Recht, wie ich meine. Es ist eine gute Arbeit, und ich suchte etwas von einem Jamaikaner Geschriebenes.«

»Er kommt aus Trinidad.«

»Ich bin sicher, auf dem Klappentext stand University of the West Indies.«

»Vielleicht ›studiert an der University of the West Indies‹, aber aufgewachsen ist er in Trinidad.«

»Das bedingt wahrscheinlich seinen Weitblick. Es ist ein Buch, was den jungen Leuten die Augen öffnen kann.«

»Ja, das stimmt. Und wenn wir für den Karneval in Trinidad anlegen, dann müssen Sie ihn kennenlernen.«

»Wo unterrichtet er?« Thérèse fiel auf, daß bei dieser Frage ein leichter Ausdruck des Mißfallens über Camodys Gesicht huschte, als habe er sich zu irgendeinem Zeitpunkt mit dem Autor überworfen. Nachdem er ungebührlich lange gezögert hatte, antwortete der Ire: »Eine unglückliche Geschichte. Er gehört keiner Universität an.«

»High-School?«

»Auch nicht. Es geht ihm wie vielen Indern, die sich habilitiert haben – hervorragende Ausbildung, aber nicht in der Lage, irgendwo eine offene Stelle zu besetzen.« Thérèse spürte, daß er mehr sagen wollte, und wieder drängte sich ihr der Verdacht auf, er selbst sei möglicherweise schuld daran, daß Banarjee eine Stelle verloren hatte, aber da Carmody offensichtlich entschlossen war, darüber Stillschweigen zu bewahren, beendete sie die Unterhaltung matt: »Jedenfalls hat er das beste Buch geschrieben, was mir seit Jahren in die Finger geraten ist.«

Als sich Carmody von seinem Stuhl erhob, sagte er: »Ich muß Ihnen mein Kompliment machen. Ein Student, der Ihre vier Bücher wirklich verdaut hat, der hat einen guten Zugang zu dem Thema Karibik. Aber jetzt will ich mehr über die französische Sichtweise erfahren.« Und er bat sie, ihn zu Senator Lanzeracs erstem Vortrag zu begleiten. Der Senator sprach vorzüglich Englisch, aber mit einem faszinierenden französischen Akzent, den er äußerst wirkungsvoll einzusetzen verstand.

»Zunächst muß man wissen, daß meine Insel eine französische Insel ist, seit vielen, vielen Jahren, und eigentlich aus zwei Inseln besteht, durch einen Meeresarm voneinander getrennt, der so schmal ist, daß man fast hinüberspringen kann. Nach 300 Jahren Kolonialstatus wurde die Insel 1946 integrierter Bestandteil des Mutterlandes Frankreich und erhielt zwei Senatoren und drei Abgeordnete mit Sitz und Stimme in Paris, wo auch alle anderen zusammenkommen, die über die Geschicke Frankreichs entscheiden. Wir sind daher in keiner Weise mit Barbados zu vergleichen, Trinidad oder Jamaika, die nur noch, man könnte sagen, in emotioneller Hinsicht zu England gehören, aber kein eigentlicher Teil des Mutterlandes mehr sind. Wir sind auch nicht mit Puerto Rico zu vergleichen, das im Grunde eine Kolonie der Vereinigten Staaten ist, noch mit Kuba, einem freien, unabhängigen Land. Wir sind einzigartig.

Wenn ich hier ›wir‹ sage, dann meine ich natürlich die beiden herrlichen Schwesterinseln Martinique und Guadeloupe. Sie sind die Gentlemen, wir die Geschäftsleute, aber gemeinsam bilden wir ein starkes Team.«

Jemand, der sich in Geographie auskannte, stellte die Frage, die in dem Moment viele im Raum bewegte: »Wenn Sie sich Martinique so nahe und verbunden fühlten, warum haben Sie dann zugelassen, daß die Insel in der Mitte, Domenica, in englischem Besitz verblieb?«

Lanzerac lachte kurz auf und sagte: »Aha! Sie sind also derjenige, der die unangenehmen Fragen stellt, dann will ich Ihnen auch eine unangenehme Antwort geben. Wir haben viele Male versucht, Domenica einzunehmen, und sind jedesmal gescheitert. Wollen Sie wissen, warum? Nicht weil die englischen Waffen besser waren als unsere, sondern weil diese verfluchten Kariben, grimmige Kannibalen, unsere Männer gefressen haben, sobald sie versuchten zu landen.«

»Wie konnte es dann den Engländern gelingen?« beharrte der Frager, und Lanzerac entgegnete:»Weil die Kariben auch vernünftige Menschen waren, wie die meisten heute – sie hatten ein Faible für die französische Küche und verachteten die englische.«

Ein Professor aus Chicago, der auf dem Kreuzschiff seinen Urlaub verbrachte und auch zuhörte, fragte:»Ich habe ein paar hochinteressante Berichte über einen gewissen Victor Hugues gelesen, der irgendwann um 1790 über Ihre Insel hergefallen sein muß. Werden Sie uns noch Näheres über den erzählen?«

»Und ob ich das werde. Morgen vormittag, wenn wir in Pointe-à-Pitre anlegen, der Hauptstadt der östlich gelegenen Insel, werde ich dort einen kurzen Vortrag über diesen berüchtigten Hugues halten, der meinen Vorfahren, Paul Lanzerac, um einen Kopf kürzer gemacht hat und alles darangesetzt hat, seiner Frau, Eugénie Lanzerac, dasselbe anzutun. Meine Familie hat für diesen Herrn nichts übrig, das müssen Sie verstehen, aber seine Biographie ist packend, und Sie finden sie vielleicht ganz lehrreich.«

Während des Abendessens unterhielt sich Thérèse mit ihm.»Dieser Hugues hat doch auch die Sklaven auf Guadeloupe befreit, oder nicht?« Und Lanzerac rief begeistert:»Das kann man wohl sagen! Ein Freudenfest für ihn. Mit ihm war ein neuer Tag in der Weltgeschichte angebrochen. Sein Motto: Tötet alle Weißen, befreit alle Sklaven.«

»Meiner Ansicht nach«, antwortete Thérèse mit einem Anflug von Humor in der Stimme,»kann der Mensch so schlecht nicht gewesen sein.« Und Lanzerac stimmte ihr umgehend zu:»Ein prächtiger Bursche – auf dem Papier. Aber als Napoleon die Wiedereinführung der Sklaverei durchsetzte, wer war da wohl sein glühendster Anhänger?« Höhnisch grinsend, zeigte er mit dem Finger auf Thérèse und gab sich die Antwort selbst:»Ihr Hugues-Knabe. Und, wenn ich mich vor einer Kollegin so ausdrücken darf... er war ein echtes Schwein.«

Sie blieben zwei Tage in Grande-Terre, und Lanzerac hatte sofort eine Idee, wie man den Besuch besonders wertvoll machen konnte: Er hielt sein Seminar auf dem kleinen Rund neben dem Kiosk mitten auf dem herrlichen Marktplatz von Pointe-à-Pitre ab, und während er sprach, umgeben von den hübschen alten Häusern, die seine Vorfahren bewohnt hatten, ließ er die wilde Zeit eines Victor Hugues wieder auferstehen. »Er stellte seine Guillotine genau hier auf, wo Sie jetzt stehen, und zerrte dann meinen berühmten Urahn Lanzerac aus dem Haus da drüben. Vorher war mein Großvater aus seinem eigenen Haus vertrieben worden, weil er eine junge Farbige geheiratet hatte.« Später meinte ein Student zu Thérèse: »Ein einziger Morgen auf dem Marktplatz von Pointe-à-Pitre wiegt ein ganzes Seminar in der Bibliothek auf.«

Am Abend des zweiten Tages machte sie den Vorschlag, sie und Senator Lanzerac sollten draußen an Land ein Streitgespräch für die Studenten führen, zu dem auch die Einwohner eingeladen werden sollten, und da er fließend Französisch sprach, sah er das als eine hervorragende Gelegenheit, gleich eine Art Wahlkampf zu betreiben. Der Gemeindesaal war bis auf den letzten Stuhl voll, als die Veranstaltung begann, ein Dolmetscher übersetzte im Flüsterton für die Studenten.

Lanzerac nutzte das Forum als eine Plattform, von der aus er die Vorzüge des Verwaltungssystems in Guadeloupe pries: »Wenn Sie sich einmal alle Regierungsformen anschauen, die heute in der Karibik existieren – und ich beziehe da Venezuela und Kolumbien ebenso mit ein wie die Mischformen der mittelamerikanischen Länder und Kuba–, dann steht es mit den französischen Inseln am besten. 1946 integrativer Bestandteil des Mutterlandes Frankreich zu werden, so als lägen wir gleich jenseits der Rhône, hat uns bei der Bewältigung einiger schwieriger ökonomischer Probleme geholfen. Außerdem haben wir pragmatische Lösungen für unsere Rassenprobleme entwickelt, und wir erfreuen uns uneingeschränkter Freiheit. Bei uns gibt es keine religiösen Unruhen, keine Aufstände in den Straßen.«

»Können Sie Ihren jungen Leuten auch eine gute Ausbildung gewähren?« wollte eine Studentin wissen, und Lanzerac gab die Antwort, die man in Pointe-à-Pitre seit über 200 Jahren zu hören bekam: »Die Intelligenten unter den Schülern schicken wir zur Ausbildung zurück ins Mutterland. Ich zum Beispiel bin in einem kleinen Bergdorf an der italienischen Grenze zur Schule gegangen, Barcelonette, wenn Sie sich mal die Mühe machen wollen, es auf der Karte zu suchen.«

»Und warum schicken Sie sie weg?« beharrte der Fragesteller, und Lanzerac entgegnete: »Weil es uns an Frankreich bindet.«

»Sehen Sie sich denn selbst als Franzosen oder als Guadeloupaner?«

Und er antwortete: »Als Franzose. Ich bin französischer Staatsbürger.« Dann folgte ein entwaffnendes Lächeln: »Wenn mein Vater allerdings damals nicht eine hübsche Kreolin mit goldfarbener Haut geheiratet hätte, würde ich hier natürlich nicht in den Senat gewählt werden.« Unter schwerem Beschuß von seiten der Studenten verteidigte er seine These, die beste Verwaltungsform für die karibischen Inseln sei trotz aller Bedenken die französische. »Wir offerieren einen gewissen Lebensstil, der zu den Inseln paßt, wir spüren tief in uns eine Liebe zur Freiheit, aber haben auch den Wunsch, selbst etwas aus uns zu machen. Wir sind pragmatische Menschen. Wir werden mit Rassenproblemen besser fertig als die Engländer oder Amerikaner...«

»Wie steht es mit den Spaniern?« wollte jemand wissen, und er antwortete ironisch, aber wahrheitsgemäß: »Die guten, alten Spanier – sie kriegen überhaupt nichts in den Griff, ob es nun Rassenprobleme sind oder andere. Sie donnern die Straße der Zivilisation hinab wie ein Auto mit losen Kotflügeln. Aber das muß man ihnen lassen, alle Achtung, ihr Ziel erreichen sie anscheinend immer zur selben Zeit wie wir oder die Engländer.«

Er unterstrich, was andere bereits über die Karibik geäußert hatten: Vermutlich wäre es besser gewesen, wenn alle karibischen Inseln unter der Herrschaft eines einzigen europäischen Staates gestanden hätten, anstatt in die Hände vieler zu fallen, aber er räumte auch ein, daß aufgrund der laxen Handhabung des Hoheitsrechts von seiten der Spanier eine Streuung der Interessensphären unausweichlich wurde.

Bevor diese grobe Verallgemeinerung zviel Anklang bei den Studenten finden konnte, stellte Thérèse eine heikle Frage: »Hätte eine bindende Glaubensgemeinschaft der Region vielleicht geholfen?« Und er entgegnete: »Ganz sicher. Der Karibik, Europa, ja, der ganzen Welt.«

»Der Katholizismus vielleicht?« Und er sagte: »Genau der! Im großen und ganzen ist es die für den Bestand eines Nationalstaates unkomplizierteste Religion.«

Thérèse ließ nicht locker: »Denken Sie dabei an die ›großen Errungenschaften‹ in Haiti? Das Land ist auch katholisch.« und Lanzerac antwortete mit einem sauren Lächeln: »Mal hat der Katholizismus Erfolg, mal auch nicht. In Haiti hatte er keinen, das gestehe ich Ihnen zu.«

Am Morgen des letzten Tages mietete sich die Gruppe Pferde, und Lanzerac und Thérèse führten die Studenten auf einen langen Ausritt Richtung Osten, wobei sie dem Weg folgten, den Paul Lanzerac und Solange Vauclain 1794 gegangen waren, vor Ausbruch des Terrors, und sie riefen sich laut ein paar Dinge auf französisch zu, so wie Paul und Solange es damals während ihres waghalsigen Ritts getan haben mußten. Der Himmel, die Erde und die Erinnerungen, alles schien so französisch geprägt, daß Thérèse – auch wenn Frankreich in Haiti ein Chaos hinterlassen hatte – mit einemmal fast davon überzeugt war, es wäre vielleicht besser für die Karibik gewesen, wenn das zivilisierte Europa alle Inseln zu einem Bestandteil des Mutterlandes Frankreich gemacht hätte. Als sie am Abend auf die »Galante« zurückkehrten, stellte sie Lanzerac jedoch die Frage: »Haben Sie mal davon gehört, was für ungeheure Schulden Frankreich Haiti aufgebürdet hat, als es der Insel 1804 die Unabhängigkeit garantierte?« Und er entgegnete: »Nein, nie von gehört.« Und sie fuhr fort: »Ein Historiker auf Haiti hat es ans Tageslicht gebracht: ›Im 19. Jahrhundert haben wir die meiste Energie damit vergeudet, unsere Schulden an Frankreich zurückzuzahlen, worauf unser Land in seinen Sozialleistungen so weit zurückfiel, daß wir das nie wieder aufholen konnten.‹« Lanzerac meinte dazu nur: »Wenn ich zurück in Paris bin, werde ich mir einen Bericht darüber anfertigen lassen.«

Während die »Galante« von Guadeloupe aus ihren Kurs Richtung Süden verfolgte, trat ein Frauenkomitee, das sich inoffiziell unter den Studenten gebildet hatte, an Thérèse mit der berechtigten Beschwerde heran: »Wo wir auch anlegen, immer geht es um Männer. Ihr Vorfahre Vavak, der Mörder Hugues. Gab es denn überhaupt keine Frauen auf den Inseln?«

Thérèse fand es erfreulich, daß diese Frage ausgerechnet in diesem günstigen Moment gestellt wurde, denn im Westen, rot leuchtend im Sonnenuntergang, erhoben sich die majestätischen Gipfel von Martinique, der zweiten französischen Insel, und sie wandte sich an die Frauen: »Holen Sie die anderen her, und ich werde Ihnen von zwei Mädchen berichten, etwas jünger als Sie, die sich an einem Tag im Jahr 1770 auf den Weg machten und eine Höhle entdeckten.« Als ein paar männliche Studenten vorbeikamen, bat sie sie zuzuhören, und so saßen bei Anbruch der Nacht fast alle ihre Schüler im Schneidersitz vor ihr oder standen an Deck, von wo aus sie mithören konnten, was sie sagte.

»Vor 200 Jahren lebte auf der Insel dort drüben ein verträumtes Mädchen. Ihr Name klingt wie ein Gedicht, Marie Joséphe Rose Tascher de la Pagerie, und ihre liebste Freundin war ein Mädchen, das noch entschiedener ihren Tagträumen nachhing als Marie, Aimée Dubec de Rivery. Eines Nachmittags nahmen die beiden ihren ganzen Mut zusammen und kletterten auf einen Berg in der Nähe ihres Heimatortes, um eine Zauberin aufzusuchen, die dort in einer Höhle lebte. Es muß eine geheimnisvolle Begegnung gewesen sein, mit Beschwörungen und Ritualen, die junge Mädchen schon beeindrucken können, aber plötzlich hielt die Zauberin mitten in ihrem Tun inne, starrte die beiden mit offenem Mund an und sagte mit mächtiger Stimme, wie sie die beiden noch nie vernommen hatten: ›Ihr werdet eines Tages Königinnen sein! Ihr werdet in Palästen leben, umgeben von einem prachtvollen Hofstaat. Ihr werdet über Länder herrschen, und Männer werden vor euch auf die Knie fallen, denn ihr werdet königliche Macht besitzen.‹ Die seltsame Stimme brach ab. Die Zauberin fiel wieder in ihren üblichen Tonfall, und als die beiden Mädchen sie fragten, was es mit der Unterbrechung auf sich gehabt hatte, gab sie vor, nicht zu wissen, was sie gesagt habe, versicherte ihnen jedoch gleichzeitig: ›Was immer es auch war, es war die Wahrheit. Denn das war nicht ich, die da gesprochen hat. Aber da die Altehrwürdigen durch mich gesprochen haben, könnt ihr euch auf das Gesagte verlassen.‹

Als die beiden durchaus für solche Eindrücke empfänglichen Mädchen heimkehrten, schauten sie sich an und prusteten los vor Lachen. ›Du, eine Königin! Paläste und rauschende Feste!‹ Die Vorstellung war so lächerlich, daß sie niemandem von dem Besuch erzählten, aber in den Jahren darauf, Tausende von Meilen voneinander getrennt, müssen sie wohl oft an diese seltsame Begegnung in der Höhle zurückgedacht haben.«

»Was ist aus den beiden geworden?«

»Sagt Ihnen der Name Beauharnais irgend etwas?« Als niemand reagierte, fuhr sie fort: »Rose Tascher heiratete einen hübschen jungen Edelmann, Alexandre de Beauharnais, als er zu Besuch auf der Insel weilte, und er nahm sie mit zurück nach Frankreich. Er selbst brachte es nicht sehr weit im Leben und kam während der Revolutionswirren aufs Schafott, hinterließ so eine Witwe, und es waren gefährliche Zeiten.«

»Was ist mit ihr passiert«, fragte eine Studentin, und alle beugten sich vor, um den Schluß dieser spannenden Geschichte nicht zu verpassen.

»Sie nannte sich fortan Joséphine, machte sich einen Namen in Paris, landete im Gefängnis und stand ebenfalls kurz vor der Hinrichtung, als sie die Aufmerksamkeit eines jungen Offiziers mit strahlender Zukunft erregte. Sein Name? Napoleon Bonaparte. Er verliebte sich leidenschaftlich in sie, heiratete sie und wurde, wie die Alte in der Höhle vorhergesagt hatte, seine Kaiserin.«

Schweigen breitete sich aus, während die jungen Leute die langsam im Meer versinkende Insel verfolgten.»Und was wurde aus Aimée?«

»Das französische Schiff, auf dem sie sich befand, wurde im Mittelmeer von algerischen Piraten überfallen. Sie wurde nach Konstantinopel verschleppt und dort als Sklavin verkauft. Einer der Eunuchen des Sultans, auf der Suche nach Ersatzfrauen für den königlichen Harem, entdeckte sie und kaufte sie für seinen Herrn. Sie war so außerordentlich bezaubernd, so klug und so geistreich, daß sie den Sultan zu ihrem Sklaven machte, der ihr fast aus der Hand aß und sie zur Herrscherin machte.« Einigen Frauen in der Gruppe verschlug es den Atem, und Thérèse schloß:»Ja, ja, auf den Inseln kann man schon romantische Erlebnisse haben... vor allem auf den französischen Inseln.«

Eine junge Frau, schon verträumt vor sich hin blickend, fragte:»Ist an dem, was Sie uns da erzählt haben, vielleicht doch etwas Wahres dran?« Und Thérèse entgegnete:»Wie schon die alte Frau meinte: ›Alles, was ich gesagt habe, entspricht der Wahrheit.‹«

Fast so, als wollten die Organisatoren der Kreuzfahrt den Touristen in schneller Folge erst die Vorzüge der Franzosen und dann die der Engländer in der Karibik vorführen, machte die»Galante« einen leichten Bogen, um als nächstes Ziel die friedliche, freundliche Insel Barbados anzulaufen, bevorzugt vor allem von streßgeplagten Kanadiern, die täglich zwei, drei Großraumflugzeuge nach Bridgetown schickten. Ein Repräsentant der schwedischen Schiffahrtslinie drückte sich Thérèse gegenüber so aus:»Wenn man die kanadischen Flughäfen für eine Woche schließen würde, bedeutete das den Untergang von Barbados.«

Für diesen drei Tage währenden Abschnitt der Reise kam ein speziell geschulter Referent an Bord. Es war Major Reginald Oldmixon. Nachkomme einer berühmten royalistischen Familie, die nach der Enthauptung Karls I., 1649, einen Aufstand angeführt hatte, um das Königtum von Gottes Gnaden wieder als Staatsform einzuführen, und bei seinem ersten Auftritt vor den Passagieren entschuldigte er sich:»Barbados hat einen schwarzen Generalgouverneur, einen fähigen schwarzen Premierminister, einen schwarzen obersten Justizbeamten, und die leitenden Posten in den meisten Ministerien sind ebenfalls von Schwarzen besetzt. Ich würde meine Insel wahrscheinlich besser repräsentieren,

991

wenn ich schwarzer Hautfarbe wäre, aber ich rede nun mal gerne, und meine Familie ist hier ansässig, lange bevor sich ein paar Länder in Nordamerika dazu entschlossen, sich zusammenzutun und sich Vereinigte Staaten zu nennen. Ich kenne mich also ein wenig aus in meiner schönen alten Heimat.« Er lachte und fuhr dann fort: »Und um eins klarzustellen, mein direkter Vorgesetzter ist ein Schwarzer, der mich außerdem beim Tennis schlägt.«

Er war ein voller Erfolg bei den jüngeren Passagieren, vor allem bei Thérèses Studenten, denn er besaß lebhafte Phantasie, einen Hang, sich bereitwillig für Scherze herzugeben, und wußte viel zu erzählen: »Mein Job ist es, Sie für Barbados zu interessieren und alles so zu gestalten, daß Sie sich auf unserer herrlichen Insel auch wohl fühlen. Im Volksmund hat sie schon immer ›Klein-England‹ geheißen, und wir sind stolz, daß ihr dieser Name zu Recht verliehen wurde. Als die Gauner seinerzeit in der Heimat unseren König einen Kopf kürzer machten, hieß es bei uns auf Barbados: ›So etwas tut man einfach nicht!‹, worauf wir dem gesamten Empire, soweit es damals schon bestand, den Krieg erklärten. Wir denken noch immer so. Wenn die Engländer überschnappen, auf Barbados findet man immer Zuflucht. Bevölkerung: 260 000, vergleichbar mit einer amerikanischen Kleinstadt. Fläche 430 Quadratkilometer, entsprechend einer Ihrer größeren Counties, und der Lebensstandard gehört mit zu den höchsten der Welt.«

Als die »Galante« in Bridgetown anlegte, dem reizvoll gelegenen Hafen an der Westküste der Insel, waren alle an Bord darauf eingestimmt, Barbados ins Herz zu schließen, und als sich die Busse mit den regulären Passagieren in Bewegung setzten, entdeckten die Teilnehmer eine Insel, die sie wahrlich nicht enttäuschte. Der Übergang von Zuckerrohranbau zu gemischten Betrieben hatte sich leicht, fast elegant vollzogen, und da Barbados nie über freies Land verfügt hatte, auch nicht zu dem Zeitpunkt, als das Ende der Sklaverei kam, gab es für die verärgerten Freigelassenen keine Zufluchtsmöglichkeiten wie es sie auf anderen Inseln gegeben hatte – den Schwarzen blieb nichts anderes übrig, als zu bleiben und mit ihren früheren Herren ins reine zu kommen. Es war zu den üblichen Aufständen gekommen, von denen einige böse geendet hatten, aber sie hatten nicht weiter vor sich hin geschwelt oder im Untergrund gegärt, so daß sich Barbados, nachdem sie einmal ausgetragen waren, der ausgeglichensten Rassenbeziehungen in der Karibik rühmen konnte.

»Das Geheimnis«, gestand ein schwarzer Busfahrer seinen Passagieren, die mit weit aufgerissenen Augen friedlichen Inselbewohnern bei der Arbeit zuschauten, »besteht darin, daß jeder die Absicht hat, sein Glück zu machen, nach England zu gehen und dort wie ein feiner Pinkel zu leben.« Stolz fügte er hinzu: »Außerdem hat unsere kleine Insel den größten Kricketspieler hervorgebracht, den die Welt jemals erlebt hat, den großen Sir Gary Sobers, und, glauben Sie mir, so etwas zählt.«

Die Studenten trafen auch mit mehreren Regierungsbeamten zusammen, die ihnen während eines lehrreichen Seminars viel Wissenswertes über die Insel erzählten. Die beiden Hauptreferenten waren Major Oldmixon und ein schwarzer Geschichtsprofessor von der dortigen Zweigniederlassung der Universitiy of the West Indies. Das Thema: der 1959 gestartete, vergebliche Versuch, alle britischen Inseln in einer Konföderation zu einigen – mit einer gemeinsamen Staatsbürgerschaft, einem einheitlichen Geldsystem, einer Bundesregierung und einem gemeinsamen Ziel. Oldmixon sprach als erster, und an manchen Stellen zeigte er sich so tief bewegt von der Tragödie, an der er mitgewirkt hatte, daß sich seine Augen fast mit Tränen füllten:

»Von jedem Oldmixon, der in unseren 350 Jahre weit zurückreichenden Annalen auftaucht, wissen wir, daß er für eine Föderation der karibischen Inseln gewesen ist, die zu Großbritannien gehören, und dazu haben wir gewöhnlich auch Gebiete auf dem benachbarten Festland gerechnet, Britisch-Guyana und Britisch-Honduras. Einer meiner Vorfahren zu Lebzeiten Napoleons, Admiral Hector Oldmixon, war sogar so begeistert von der Idee, daß er die französische Insel Guadeloupe einnahm, um sie ebenfalls dem Verband einzuverleiben. Er hat sie, leider, nur eine Woche halten können.

Im Laufe der Jahre hat es eine ganze Reihe von vergeblichen Versuchen gegeben, die Insel in einer vernünftigen Föderation zusammenzuschließen, und von Anfang an war klar, daß die treibende Kraft von den drei Inseln Barbados, Trinidad und Jamaika ausgehen müsse. Sie hatten das meiste Geld, die meisten Bewohner, von dort kamen die fortschrittlichsten Ideen, dort fand sich auch das meiste Talent. So wurde das Ganze ein nervenaufreibendes Puzzlespiel mit drei Teilen. Wenn sich Barbados und Jamaika geeinigt hatten, zog sich Trinidad zurück. Und wenn Trinidad und Barbados friedensbereit waren, spielte Jamaika die Schwierige. Und die kleinen Inseln? Sie haben immer von Föderation geträumt und wären auch bereit gewesen, wirkliche Konzessionen zu machen.

Im Januar 1958 war schließlich alles soweit, und ob Sie es glauben oder nicht, nach behutsamem Drängen von seiten der Engländer erhielt die Föderation ihre Vollmachten. Man einigte sich darauf, wo die Hauptstadt zu errichten sei, ein herrliches Stück Land auf Trinidad, und im März des Jahres sollten die Wahlen stattfinden. Die Verteilung der Sitze zeigte die Bedeutung der jeweiligen Insel an: Jamaika hatte 31, Trinidad fünfzehn und Barbados fünf. Eine großartige Idee, wie ich meine, ein großartiges Potential – aber an dieser Stelle übergebe ich das Wort an Professor Charles, der Ihnen sagen wird, was passiert ist.«

Der schwarze Professor erzählte den traurigen Rest dieser Geschichte regionaler Aufbruchstimmung und nationaler Verzweiflung, in der die persönlichen Ambitionen einiger weniger egoistischer Politiker die Hoffnung von vielen Menschen zunichte machten:

»Am Ende stellte es sich als ein Hahnenkampf zwischen zwei schwarzen Führern dar, beide Absolventen englischer Universitäten: Manley, der starke Mann aus Jamaika, Williams, der aufgeblasene Gockel aus Trinidad; und dann war da noch der gute alte Sir Grantley Adams aus Barbados, der immer versuchte, zwischen den beiden Übergrößen zu vermitteln. O Eitelkeit, o Eitelkeit! Versöhnungen wurden ausgeschlagen, falsche Entscheidungen durchgedrückt. Und so blieb dieser große Plan, der dieses Fleckchen Erde wahrscheinlich gerettet hätte, das ganze Jahr 1958 über in der Schwebe, aber dennoch, Prinzessin Margaret von England kam angereist und eröffnete die Föderation. Oldmixon und ich standen in der Menge und jubelten ihr zu.

Was ist schiefgegangen? Aus den unerfindlichsten Gründen drohte Manley mit dem Austritt Jamaikas, und so mußte William reagieren und mit dem Austritt Trinidads drohen. Damit war unsere kleine Welt in Gefahr, und 1960 flogen uns schon die Fetzen um die Ohren. Leute wie Oldmixon und auch ich schlugen uns tapfer, um wenigstens das Konzept zu retten, aber im September 1961 führte Jamaika eine Volksabstimmung durch, und das Ergebnis lautete: 256 000 für den Austritt, 217 000 für den Verbleib – und damit war das Kartenhaus zusammengebrochen.«

Oldmixon räusperte sich und ergänzte dann: »Seine Familie und auch meine haben noch versucht, die Föderation der neun zustande zu bringen – ohne Jamaika und Trinidad –, aber ohne das mächtige Jamaika war nichts mehr drin.«

Auch der Professor bedauerte die Entwicklung, aber aus anderen Erwägungen: »Die Geographie war gegen uns. Wenn der liebe Gott das verfluchte Jamaika nur tausend Kilometer weiter östlich plaziert hätte, läge es im Zentrum der Föderation. Was kann man machen? Vielleicht haben die Grundlagen für eine Föderation nie wirklich existiert, vielleicht sind diese Inseln auch nicht in der Lage, sich jemals zu irgendeiner Form von Föderation zusammenzuschließen.«

»Könnte nicht jemand anders die Führung übernehmen und die Inseln unter einem neuen Banner organisieren?« wollte ein Student wissen, und er antwortete: »Darüber wird schon spekuliert. Es ist wahrscheinlich, daß sich die Verhältnisse in Kuba eines Tages stabilisieren, sagen wir, 2020, wenn Castro von der politischen Bühne abgetreten ist, und mit stabilisieren meine ich eine Form ökonomische und sozialer Struktur, die für uns alle akzeptabel ist. Kuba könnte dann die Führung übernehmen und die Vorherrschaft anstreben in einem Staatengebilde, das auch Venezuela, Kolumbien, Mittelamerika und Yucatán einschließt, nachdem Mexiko als Nation auseinandergefallen ist, womit man rechnen muß.«

Bevor irgend jemand auf diesen Gedanken eingehen konnte, fügte er noch hinzu: »Ich glaube, Kuba könnte ohne weiteres Hispaniola und Puerto Rico einnehmen, das gesamte Mittelamerika. Die englischen und französischen Inseln folgen später, aber Wirtschaftswachstum und die unmittelbare Nähe bewirken Wunder.«

»Sind Sie Marxist?« fragte einer der intelligenteren Studenten, und er lachte: »Oldmixon und ich sind als Reaktionäre verschrien. Aber ich rechne mit einer gewissen Bewegung unter den Ländern, neuen Bündnissen, und ich empfehle Ihnen, dasselbe zu tun, denn so können Sie sich gedanklich schon auf die Veränderungen einstellen, die sich eines schönen Septembermorgens vor Ihrer Haustür abspielen werden.«

Niemand unter den Studenten konnte sich eine kubanische Hegemonie vorstellen, die sich über den gesamten karibischen Raum und die angrenzenden Küstenregionen erstreckte, aber ein junger Mann fragte: »Wieso keine amerikanische Vormachtstellung mit Miami als Mittelpunkt.« Und der Professor antwortete: »Junger Mann, werfen Sie doch einmal einen Blick auf Ihre Landkarte. Den Gedanken, den Sie da äußern, hatte ich bereits vor vierzig Jahren, und wie Sie sehen, muß ich damals recht jung gewesen sein. Mit einer Vormachtstellung der Amerikaner landet Jamaika automatisch in einer Sackgasse. Miami liegt zu weit westlich.« Aber der junge Mann brannte vor Eifer und fragte: »Professor, darf ich Ihnen etwas an den Kopf werfen?« Und der schwarze Dozent lachte stillvergnügt in sich hinein: »Meine Studenten tun das laufend, warum sollten Sie das nicht auch dürfen.« Und der junge Mann fuhr fort: »Vielleicht sollten Sie mal wieder einen Blick auf Ihre Landkarte werfen. Miami ist östlich von Kuba, halb so weit entfernt, wie die Insel lang ist, und ideal gelegen in bezug auf Mittelamerika und die relevanten Küstengebiete Südamerikas.« Der Professor lachte wieder und sagte: »Betrachten wir mal die Nord-Süd-Achse. Dann fallen Sie mit Ihrem Miami gänzlich aus dem Rahmen, Kuba dagegen bildet die riesige nördliche Grenze der Karibik.« Der junge Mann gab nicht auf: »Wie New York und Washington, die auch am Rand des Einzugsbereichs liegen, oder wie Sydney in Australien. Wir leben im Zeitalter der Düsenflugzeuge, wissen Sie«, worauf der Professor nur noch sagen konnte: »Ich wünschte, Sie würden auf meine Universität überwechseln.«

Als Thérèse ihren Studenten beim Ablegen aus Barbados eine gute Nacht wünschte, warnte sie sie gleichzeitig: »Ich werde Sie morgen früh eine halbe Stunde vor der Dämmerung aus den Federn holen.« Ein allgemeines Stöhnen und Protest waren die Folge, aber sie wurde ungeduldig: »Meine Lieben! Es gehört zu den schönsten Reiseerlebnissen überhaupt, sich kurz vor Sonnenaufgang in einem kleinen Boot einer tropischen Insel zu nähern. Überall Finsternis, aber das Gespür, daß irgend etwas kurz bevorsteht. Dann, in der Ferne, ein Lichtschimmer, eine Art Pulsieren in der Luft, und weil wir uns in den Tropen befinden, wo sich Sonnenaufgang und Sonnenuntergang nicht quälend lang hinziehen, sondern rasch vollziehen, erscheint mit einemmal der große Ball. Licht flutet überall! Und dann, weit vor uns, die Umrisse einer Insel mitten im gewaltigen Ozean. Das Licht wird stärker, die Umrisse werden deutlicher, und mit dem Näherkommen des Schiffes lassen sich Palmen erkennen, Berge und die kleinen Zeichen, daß die Insel von Menschen bewohnt ist. Also, versäumen Sie dieses Abenteuer nicht, das sich Ihnen vielleicht nur ein einziges Mal im Leben bietet.«

»Ist es wirklich so aufregend, wie Sie beschreiben?« fragte ein Mädchen, und Thérèse antwortete: »Es ist keine gewöhnliche Insel, die wir morgen anlaufen, Marcia. Es ist All Saints. Es gibt keinen anderen Hafen in der Karibik, der sich mit dem vergleichen läßt.«

Als sich mit unheimlicher Plötzlichkeit am nächsten Morgen die bronzene Sonne in den Himmel schob, entdeckten die schläfrigen Studenten mit Rufen des Erstaunens zuerst die beiden Pointes, die den Eingang zur Bucht bewachten, im Hintergrund die beiden Mornes, dann die weißen Strände und schließlich die roten Ziegeldächer und

Türme von Bristol Town, wobei jedes seine Pracht auf so vollkommene Weise entfaltete, daß die meisten Zuschauer diesen Sonnenaufgang niemals vergessen sollten.

Der Höhepunkt dieses Morgens kam eher zufällig, denn als sich die Studenten an Land drängten, entdeckte eine junge Frau von der University of Indiana eine große, mit federndem Gang schreitende Gestalt, die sie aus einem der Bücher wiedererkannte, die sie während der Kreuzfahrt gelesen hatte, und mit wildem Aufschrei wandte sie sich an die hinter ihr Stehenden:»Hei, Leute! Das muß ein Rastafari sein!« Alle liefen zu dem schlaksigen schwarzen Mann, angetan mit einem wallenden Kleid, auf dem Kopf eine goldgrüne überweite Schottenmütze, unter der lange, mattenartige, Schulter und Rücken bedeckende Strähnen zerzausten Haares hervorkamen.»Das sind Dreadlocks!« rief das Mädchen, und schon hatten die Studenten den Fremden umringt, der an die Pier gekommen war, um Touristen wie sie zu bekehren.

Sein Name, behauptete er wenigstens, sei Ras-Negus Grimble und er sei vor einigen Jahren aus Jamaika nach All Saints gekommen.»Als ich zum erstenmal hier, Behörden mich rausgeworfen. Aber All Saints mir gefallen, viel besser als Jamaika. Also bin ich zurückgekommen, habe versprochen, brav zu sein. Behörden jetzt reifer, sie akzeptieren mich.« Er sprach mit einem reizenden weichen Akzent, warf gelegentlich ein Wort aus der Rasta-Sprache ein, das niemand verstand, und als die Studenten Thérèse die Gangway hinunterkommen sahen, riefen sie ihr zu:»Professor! Wir sind hier!« Sie gesellte sich zu ihnen und sagte, so daß es der Mann hören konnte:»Ich bin froh, daß Sie einem Rastafari begegnet sind. Sie haben großen Einfluß in Jamaika, und ich befürchtete schon, Sie würden sie versäumen.«

Da es noch sehr früh am Morgen war, lud sie den Rastafari ein, mit ihnen Kaffee zu trinken, und als sie ihn fragte, wo man denn hier einen kleinen Imbiß zu sich nehmen könnte, sagte er:»Die Touristen gehen immer ins ›Waterloo‹.« Er führte sie zu einer Bar, wo Thérèse laut rief, als sie plötzlich an etwas Angenehmes erinnert wurde:»Wrentham! Ich habe einen Brief für einen gewissen Sir Lincoln Wrentham.«

Sie erkundigte sich bei dem Barbesitzer, wo sie den Adressaten finden würde, und der junge gutaussehende Schwarze antwortete:»Geben Sie mir den Brief. Der Junge soll ihn rüber ins Gomminthaus bringen.« Worauf sie fragte:»Wenn ich ihm einen Dollar gebe, kann er dann noch zwei andere Briefe für mich abgeben?« Und der junge Mann antwortete:»Er kann alle auf einmal wegbringen, und es kostet Sie nichts.« Und so gingen die Briefe los, einer an Millard McKay, einen berühmten Schriftsteller, der über karibische Themen schrieb, und der zweite an Harry Keeler, einen Engländer, der sich All Saints seit langem verbunden fühlte.

In der Zwischenzeit hatte der Rastafari, der sich in Gegenwart junger Leute immer wohl fühlte, seine Laute geholt, auf der er nun Lieder von Bob Marley spielte, und zwei Studenten, die zu Hause Schallplatten von Bob Marley besaßen, baten ihn, »Four Hundred Years« zu singen, ein Lied über die Sklaven, die aus Afrika in die Karibik verschleppt worden waren. Mehrere Schwarze, die sich ebenfalls in der Bar aufhielten, gesellten sich zu dem improvisierten Konzert dazu, aber Thérèse wollte, daß ihre Studenten mehr über die Rastafaris erfuhren als nur ihre Musik, und so griff sie ein: »Mr. Grimble, wollen Sie meinen jungen Studenten nicht etwas über Ihre interessante Religion erzählen?« Und er fragte: »Sister, was wissen Sie denn selbst über uns?« Aber sie antwortete spröde: »Ich weiß eine ganze Menge, aber es wäre doch viel interessanter, wenn wir es aus Ihrem Munde erfahren würden.« Sie lächelte. »Außerdem, alles, was ich weiß, habe ich aus Büchern, und das könnte doch falsch sein.« Er lachte zurück.

Seine Geschichte faszinierte die Amerikaner: Marcus Garvey und seine Vision von einer Rückkehr der Schwarzen nach Afrika; der Kaiser Haile Selassie als die neue, auf die Welt hinabgestiegene Reinkarnation Gottvaters; die Rituale, Bräuche, die geheimnisvolle Sprache, die Idee einer schwarzen Hegemonie in der Karibik und nicht zuletzt die Musik. An dieser Stelle seines Stegreifvortrags nahm er wieder seine Laute zur Hand, sang ein paar der eingängigen Protestlieder, forderte die hübscheste unter Thérèses Studentinnen auf, sich neben ihn zu setzen, und ging dann über zu Liebesliedern, die er nur für sie zu singen schien.

In diesem Augenblick betrat ein stattlicher weißer Mann in den Siebzigern das Café und fragte nach Professor Vaval, worauf Thérèse sich erhob und auf ihn zueilte. »Sind Sie der Schriftsteller Millard McKay?« Und als er das bejahte, führte sie ihn zu einem Sitzplatz zwischen ihren Studenten und sagte zu ihnen: »Das ist der amerikanische Schriftsteller, dessen Bücher ihr gelesen habt. Er ist damals als Journalist hierhergekommen. Wann war das noch mal?«

»Ich bin Ende der dreißiger Jahre aus Detroit hierhergekommen. Habe damals eine Artikelserie für meine Zeitung verfaßt, die erste dieser Art von Serien in Amerika überhaupt. Ein Verleger aus New York, der hier seinen Urlaub machte, bekam sie in die Hände und bat mich, sie zu einem Buch zusammenzustellen, was sich so gut verkaufte, daß ich hierhergezogen bin, eine Einheimische geheiratet habe und mir seitdem meinen Lebensunterhalt damit verdiene, über die Karibik zu schreiben.«

Mit offensichtlicher Begeisterung und Respekt sagte Thérèse: »Leute, dieser Mann ist bester Anschauungsunterricht. Er hatte bereits fünfzig, was sage ich, hundert lange Artikel geschrieben, bis er eines Tages auf das Thema stieß, das seinem Talent angemessen schien. Und worüber, meinen Sie, handelte wohl dieser weltberühmte Essay?«

Ihre Vorschläge deckten in etwa alles ab, was es an interessanten Themen in der Karibik zu finden gab, trotzdem kamen sie nicht einmal annähernd darauf. »›Wie ißt man eine Mango?‹ eroberte die Welt der Zeitschriften und Bücher, und witziger, zitierbarer und genauer hätte es gar nicht ausfallen können.« McKay schmunzelte wohlwollend. Das Weiß seines Haupthaares rundete seine getönte Hautfarbe ab, und Thérèse legte ihre Hand in die seine, als sie eine knappe Zusammenfassung seines Glückstreffers gab: »Er fing ganz wahrheitsgetreu an, daß nämlich die karibische Mango wahrscheinlich die bezauberndste Frucht der Welt sei, ein wenig kleiner als die Warzenmelone, mit einer dicken, farbig abwechslungsreichen Schale und einem großen Innenkern. Wie viele von Ihnen haben jemals eine Mango gekostet? Sie schmeckt wie eine Mischung aus Ananas und Pfirsich – mit einem winzigen Schuß Terpentin.«

Keiner meldete sich, und die Studenten verstanden nicht, warum sie so ein Aufhebens um eine Frucht machte, von der sie noch nie gehört hatten, doch jetzt kam sie zu dem Herzstück seines Essays. »Mr. McKay als amerikanischer Reporter wußte, daß er diese ›Königin der Früchte‹ einmal probieren sollte. Seine schwarze Haushälterin hatte ihm eine geschenkt, aber er wußte nicht, wie man sie aß, und er erzählt von seinen abenteuerlichen Versuchen, das Problem in den Griff zu kriegen, bis ihn schließlich die Haushälterin erlöste. ›Ziehen Sie Ihr Hemd aus‹, befahl sie, ›und auch Ihr Unterhemd. Jetzt beugen Sie sich weit über das Spülbecken und können sich der Mango widmen.‹ Was er dann auch tat, wobei ihm der goldgelbe Saft über Brustkorb und Arme lief. Als er es später beschrieb, klang es so, als hätte sich die Mühe gelohnt.«

Einer der männlichen Studenten fragte den Barkeeper: »Haben Sie zufällig Mangos im Haus?« Aber der Schwarze antwortete: »Ist noch nicht die Jahreszeit dafür«, worauf Thérèse lachte und sich zu McKay drehte:»Was sagte doch Ihre Haushälterin gleich:›Mangos mögen Sex, wenn's geht, schmierig... aber was ist schöner?‹«

Thérèse ließ die Studenten allein, während sie mit den anderen Referenten zum Mittagessen ins Gomminthaus ging, doch als sie am frühen Nachmittag zurückkehrte, saßen sie noch immer mit dem Rastafari Grimble und drei seiner gelockten Jünger zusammen, die abwechselnd ihre religiösen Doktrinen predigten, Gras rauchten und Lieder aus Jamaika sangen. Thérèse nickte ihnen bloß zu, setzte sich an die Bar und bestellte sich eine Cola, bis Millard McKay wiederkam und sie zum Tee in sein Haus einlud. Das freundliche Cottage, das er bewohnte, stand inmitten einer überwältigenden Blumenpracht und bot einen weiten Blick über die herrliche Bucht. Thérèse war einigermaßen überrascht, als sich herausstellte, daß seine Frau eine Farbige war, etwas hellhäutiger als sie selbst und wesentlich älter, aber äußerst charmant. Im Innern wartete der andere Mann, den sie noch hatte kennenlernen wollen, Harry Keeler, der für die Inselregierung arbeitete, sowie seine Frau Sally, ebenfalls eine Farbige.»Ich habe gehört, Sie haben mit meinem Bruder Lincoln zu Mittag gegessen«, sagte Mrs. Keeler.»Er ist erst vor kurzem zum Gee-Gee ernannt worden und ist vernarrt in den ganzen Pomp.«

Nach einer flüchtigen Unterhaltung über die ökonomischen Verhältnisse auf den verschiedenen Inseln – Thema Nummer eins, wohin man auch kam, folgerte Thérèse – musterte sie die beiden Paare und fragte geradeheraus:»Aus eigener Erfahrung – sagen Sie mir, sind gemischte Ehen kompliziert?« Als Rechtfertigung ihrer aufdringlichen Frage fügte sie schnell hinzu:»Ich bin mit einem weißen Mann verlobt. Er ist liberal eingestellt, aber ich wäre Ihnen dankbar, wenn Sie mir einige Tips geben könnten.«

Sie waren bereit, darüber zu reden, alle vier, und Mrs. McKay sagte humorvoll:»Also um die Wahrheit zu sagen, mein Amerikaner hat sich erst in die Insel verliebt und dann in mich, aber als er erst ein Auge auf mich geworfen hatte, ließ ich nicht locker.« Und Mrs. Keeler sagte:»Dieser übervorsichtige Engländer hat lange vor sich hin gebrütet und sich mit der Frage gequält:›Werde ich jemals glücklich mit einer schwarzen Frau an meiner Seite?‹ Und so redete ich ihm eines Abends zu und sagte:›Den Sprung ins Wasser mußt du schon wagen. Aber es ist angewärmt.‹«

Dann fuhr Mrs. McKay wieder fort:»Als Millard und ich heirateten, war es noch zu früh. Ich meine, wir waren Außenseiter, aber als sich sein Buch gut verkaufte und er zu ein wenig Ruhm und auch Geld kam, beeilten sich alle, unsere Ehe zu akzeptieren. Danach hatten wir freie Bahn.« Und Mrs. Keeler meinte:»Ich glaube, wir haben es hier in All Saints ein klein wenig einfacher gehabt, als Sie es in den Vereinigten Staaten hätten. In der Beziehung sind wir ein bißchen weiter als sie, wo mein Bruder doch Gee-Gee ist und das gesamte Kabinett schwarz.«

McKac, ein weiser alter Mann, der Alec Waugh für eine seiner Figuren in einem geistreichen Roman als Vorbild gedient hatte, wollte nun wissen:»Warum stellen Sie uns diese Fragen? Haben Sie Zweifel?« Und Thérèses»Nein!« folgte so schnell, daß jeder ahnte, daß sie doch Zweifel hatte.

Alle aber vertraten die Meinung, da beide, sie und Dennis, bereits gute Stellen als Lehrer hätten und in den Norden ziehen würden, seien die Aussichten auf Erfolg gut.»Wenn ich nachdenke«, sagte Mrs. Keeler,»ich glaube, ich kenne keinen einzigen Fall hier auf der Insel, bei dem die Heirat aus Gründen der unterschiedlichen Rassenzugehörigkeit gescheitert ist. So was kommt einfach nicht vor.« Aber Thérèse entgegnete:»Mag sein, aber Sie haben die Rassenfrage geklärt. Wir in den Staaten haben das nicht.«

Bevor sie sich daranmachte, zurück zur Angelegestelle aufzubrechen, bedankte sie sich noch bei ihren Gastgebern dafür, daß sie sie mit ihren Problemen hatte belästigen dürfen, und Harry Keeler antwortete:»In diesen Fragen gibt es nur eine vernünftige Faustregel: Machen, was einem unter den Fingernägeln brennt, und sich nicht um die anderen scheren.«

Als sich das Gelächter gelegt hatte, spürte McKay, daß er Thérèse nur ungern gehen ließ. Er nahm sie beiseite und sagte:»Sie können wirklich von Glück sagen, daß Ihr Schiff in Trinidad haltmacht. Die meisten tun das nämlich nicht, und Karibikreisende wissen daher oft gar nicht, was ihnen da entgeht.«

»Der einzige Grund, warum wir da anlegen, ist das Versprechen, mit der die Schiffahrtslinie viele Studenten geködert hat, daß sie sich den Karneval dort ansehen könnten. Sie haben uns gesagt, der sei phantastisch.«

»Es gibt noch weitaus mehr Dinge als den Karneval«, sagte der Schriftsteller. Er war 77 und bereit, seine Ansichten jedem weiterzuvermitteln, der ernsthaftes Interesse an dem Teil der Welt zeigte, den er zu seinem eigenen erkoren hatte. Er drängte sie geradezu in einen Stuhl und fuhr fort:»Mein Leben als erwachsener Mensch hat in Tri-

nidad seinen Anfang genommen. Ich kam als unerfahrener Zeitungs-
redakteur aus Detroit hierher, lernte die Insel ganz gut kennen, verliebte mich in die englische Lebensweise und schloß daraus, daß ich die
Karibik verstanden hätte. Dann verschlug es mich nach Trinidad,
eigentlich durch Zufall, aber die Insel hat mir den Rest gegeben... ihre
Farbenpracht... die Hindus... die herrliche Poesie ihrer jungen
Frauen. Ich verfaßte eine ganze Serie von Artikeln über die Insel, und
mein Chefredakteur kabelte zurück: ›Haben Sie sich am Ende doch verliebt? Wer ist sie?‹ Er hatte ganz recht. Sie war eine von den goldfarbenen Trinidadmädchen, ihr Gang war ein Gedicht, sie hatte feurige Augen, aus denen nicht die geringste Scheu sprach, wenn sie Männer ansahen. Wir verlebten drei grandiose Tage. Ich wollte meinen Job an den
Nagel hängen, für immer in Trinidad bleiben und diese himmlische
junge Frau heiraten.«

Er seufzte, und Thérèse, aufgrund ihrer eigenen Situation zur Zeit
über Gebühr interessiert daran zu erfahren, wer wen heiratete und unter welchen Umständen, zeigte auf Mrs. McKay und fragte:»Offensichtlich haben Sie das Mädchen doch nicht geheiratet?«

»Nein«, entgegnete er wehmütig und lachte über sich selbst.»Ich
fand heraus, daß sie in so einem Massagesalon arbeitete. Daß sie dort
Männer empfing und nebenher ihr eigenes kleines lukratives Gewerbe
betrieb. Ich war erschüttert. Floh nach Barbados und fand mich mitten
in einer wütenden Revolution wieder. Wenn ich hier in All Saints geblieben wäre, hätte ich mich sicher zu einem sentimentalen alten Narren entwickelt, der im fremden Land von Geldsendungen aus der Heimat lebt.«

»Eine harte Lektion, aber Sie haben was daraus gelernt, das muß
man sagen. Ihre Bücher über die Karibik sind sehr einfühlsam.«

»Es gibt da einen Knaben in Trinidad, der ist noch besser. Ich bin
dem 19. Jahrhundert verhaftet, er steht im 21.«

»Wer ist dieses Genie?«

»Der Junge heißt Banarjee.«

Sie lachte erstaunt, mit der Freude derjenigen, die gleiche gegenseitige Vorlieben entdecken.»Ich benutze sein in Yale erschienenes Buch
in meinem Seminar an Bord der ›Galante‹.« Plötzlich ergriff er tiefbe-
wegt ihre Hände:»Es ist so aufregend für mich, jemanden kennenzulernen, der sein Wissen an die jüngere Generation vermittelt. Oh, wie
gerne wäre ich noch mal vierzig und würde an einer Universität unterrichten. Was Ihr Problem mit einer Heirat über die Rassenschranken

betrifft – verschwenden sie keinen Gedanken daran. Sie haben die Sache schon im Griff.« Er gab ihr einen Kuß auf die Wange und sagte zum Abschied:»Möge Gott Sie segnen.«

Während die »Galante« südwärts steuerte, Kurs auf den Karneval in Trinidad nahm, vermischten sich Thérèses Gefühle zu einem einzigen Wirrwarr. Als sie unter einem klaren Sternenhimmel an Deck spazierte, dachte sie, wie treffend es ihre Situation beschrieb, daß das Schiff die Bequemlichkeit und die Ordnung der französischen und englischen Inseln hinter sich ließ und das turbulente Trinidad und das alte spanische Festland in Cartagena anfuhr, denn ihr Leben schien einen ähnlichen Kurs zu nehmen:»Ich sehe die Karibik in einem ganz anderen Licht. Vorher hatte ich mir als Wissenschaftlerin einen Begriff davon gemacht, jetzt fühle ich sie als Mensch.«

Einige der gelehrten Vorträge hatten einen tiefen Eindruck in ihr hinterlassen, vor allem Carmodys Referat über den Lebensalltag auf Trinidad und die Spekulationen des schwarzen Professors, daß Kuba eines Tages vielleicht seine Vorherrschaft auf den ganzen karibischen Raum ausdehnen könnte. Auch die erneute Lektüre von Banarjees Werk über die Inseln, die anschauliche Beschreibung der Gebräuche und Wertvorstellungen in der Karibik, hatte sie überrascht, und es fiel ihr ein, daß sowohl Carmody als auch McKay den Autor aus unterschiedlichen Gründen priesen:»Wenn ich Professor werden will, dann sollte ich diesen Menschen wohl einmal kennenlernen, denn er weiß etwas, was ich nicht weiß.«

Am nächsten Morgen, während das Schiff am Kai von Trinidad beidrehte und sich die Studenten die Gangway hinunterdrängten, um sich in den Karnevalstaumel zu stürzen, blieb sie oben an Deck stehen, wartete auf Michael Carmody und fragte ihn, als er auftauchte, ganz direkt:»Ihr Freund Banarjee – anscheinend hält man große Stücke auf ihn. Gibt's eine Möglichkeit, ihn mal kennenzulernen?«

»Das Einfachste von der Welt. Er war mal mein Schüler. Wohnt nicht weit von hier.«

Als sie den Kai hinunterschauten, sammelte sich gerade eine Horde junger Inselbewohner auf dem Platz, Mädchen wie Jungen, alle in derselben, extravagant geschnittenen, goldblauen Festuniform, bevor sie sich zum Marsch durch die Straßenzüge in Bewegung setzten, und als sich ihnen noch sechzehn ältere Menschen in ausladenden, durch eine Mechanik in ihren Einzelteilen beweglichen, vielfarbenen Kostümen anschlossen, herrschte völliges Chaos. Das Durcheinander ging seinem Höhepunkt entgegen, als eine sechzehnköpfige Kapelle aufmarschierte, die mit ihren aus Ölfässern hergestellten Marimbas eine höllische Musik erzeugte.

Mit stockender Stimme, die ihre Befürchtung verriet, sie werde den Gelehrten heute nicht mehr zu sehen bekommen, sagte Thérèse: »Vermutlich wird er sich an der Ausgelassenheit beteiligen.« Doch Carmody versicherte ihr: »Ich bezweifle, daß sich ein Mann wie er um solche Dinge kümmert.«

Sie stiegen die Gangway hinab in den Sog der feiernden Menge und fanden sich mitten zwischen zwei Gruppen junger Leute wieder, die eine als Mäuse, die andere als Astronauten verkleidet. »Wer kommt für die Kostüme auf?« wollte Thérèse wissen, und Carmody sagte: »Die Eltern der Kinder. Es ist Karneval, und das gibt's nur einmal im Jahr.«

Thérèse, immer aufmerksamer das Dröhnen der Steelbands verfolgend, konnte kaum noch etwas verstehen, als Carmody ihr zurief: »Dr. Banarjee wohnt in einem berühmten alten Haus. Es gehört seit über hundert Jahren seiner Familie.«

»Lebt er dort mit ihr zusammen?«

»Alle möglichen Leute kümmern sich um ihn. Er ist nicht verheiratet.«

Irgend etwas an dem Tonfall, in dem der Ire das sagte, gefiel Thérèse nicht, und mitten in dem heillosen Durcheinander um sie herum blieb sie stehen und packte Carmody am Arm. »Sie verbergen etwas vor mir. Ist er vielleicht nicht ganz normal, ich meine ein komischer Kauz oder so etwas? Jemand, vor dem man Angst haben muß?«

Carmody schien überrascht. »Er ist einer der nettesten und freundlichsten Menschen in der ganzen Karibik. Und beinahe ein Genie.«

»Wenn er nicht als Professor unterrichtet, wie verdient er sich dann seinen Lebensunterhalt?«

»Hier wohnt er – übrigens wird es hier allgemein nur als Haus Sirdar bezeichnet«, sagte Carmody, froh darüber, sich der Beantwortung ihrer Frage dadurch entzogen zu haben, und zeigte auf ein schönes altes Gebäude, das nicht in den Straßenzug zu passen schien. »Hier haben schon viele Inder ihre Laufbahn begonnen.« Er stieg die drei Stufen zur Haustür hoch und klopfte.

Als Banarjee erschien, machte er den Eindruck eines Mannes, der sich in Bahnen bewegte, die er für den Rest seines Lebens nicht mehr verlassen würde. Obwohl erst Mitte Dreißig, hielt er sich nicht mehr so aufrecht wie früher als junger Student; er schlurfte über den Gang, ein wenig nach vorn gebeugt, wie jemand, der etwas auf dem Boden sucht, das er dort verloren hat, und das Feuer jugendlicher Begeisterung war eindeutig erloschen. Sein Haar hatte noch immer das tiefe, anziehende Schwarz ohne eine Spur von Grau, und wenn er lachte, was er mechanisch zu tun pflegte, strahlten seine Zähne so weiß wie ehedem. Er sah aus, dachte Thérèse, als sie ihn zum erstenmal sah, wie einer der achtunggebietenden indischen Buchhalter, wie sie in zahllosen englischen Romanen über Indien auftauchen, aber er gefiel ihr.

Carmody ergriff das Wort als erster: »Ranjit, ich wollte Ihnen eine sehr intelligente junge Frau vorstellen, Dr. Thérèse Vaval, angehende Professorin in Wellesley. Sie benutzt Ihr Buch als Pflichtlektüre in ihrem Seminar.« Bevor Ranjit etwas auf die Vorstellung erwidern konnte, beeilte sich Thérèse, den Grund für ihr Eindringen zu erklären: »Sie haben wichtige Beiträge zu dem Themenkomplex geleistet, den ich unterrichten werde. Karibische Geschichte, karibisches Gedankengut. Ich selbst komme aus Haiti, wissen Sie.«

»Da müssen Sie eine sehr, sehr glückliche Frau sein«, rief Banarjee ohne jede Spur von Neid und klatschte dabei in die Hände. »Das habe ich mein ganzes Leben unterrichten wollen. Hatte leider nie die Gelegenheit dazu.«

Es kam so überzeugend, das Thérèse schnell erwiderte: »Aber, Dr. Banarjee, Sie sind doch unser aller Lehrer.«

Erfreut über die Anerkennung von seiten einer Kollegin, legte Ranjit die Zurückhaltung ab, die ihn gewöhnlich hemmte, und rief mit der jungenhaften Begeisterung, die indische Männer aller Altersstufen gelegentlich überfallen kann: »Master Carmody! Dr. Vaval! Wir werden der Gunst dieses Tages mit einer kleinen Feier gedenken.« Er verschwand eilig und kam mit einer Kanne Limonade und einer bauchigen, mit Pistazien gefüllten Schüssel zurück. Carmody lehnte dankend ab: »Ich habe versprochen, heute den ganzen Tag im College zu bleiben. Ich muß noch etwas arbeiten. Sie müssen mich entschuldigen.«

»Aber Sie kommen doch zurück zum Schiff?« fragte Thérèse besorgt, denn sie hatte angefangen, diesen empfindsamen Mann ins Herz zu schließen.

»Natürlich! Ich muß ja noch zwei Vorlesungen halten und die Zensuren an die Studenten verteilen.« Als er sich anschickte zu gehen, fügte er noch hinzu: »Ich lasse Sie hier in guten Händen zurück.«

Sie waren jetzt allein, und Banarjee fragte: »Jetzt müssen Sie mir aber erst mal erzählen, wie Sie von Haiti nach Cambridge, Massachusetts, gekommen sind. Zuallererst, wie sind Sie den Fängen der Tonton Macoutes entgangen?«

Die Worte, die sie für ihre Antwort wählte, klangen in der heißen Luft Trinidads wie widerhallende Glasglocken, ein Abriß dreier Jahrhunderte karibischer Geschichte: »Wir konnten nur unter großen Gefahren fliehen – mit einem kleinen Boot, ohne ausreichend Proviant. Weiter nördlich wurden wir dann von einem kanadischen Frachtschiff gesichtet, das uns nach Quebec brachte. Ich war damals neun Jahre alt.«

»Ist Ihr Vater vielleicht zufällig Hyacinthe Vaval?«

»Ja, ja, aber die Flucht hat bei ihm Narben hinterlassen.«

»Da waren Sie also, ein neunjähriges schwarzes Mädchen aus Haiti, in Quebec. Wie haben Sie es bis nach Cambridge geschafft?«

»Na ja, erstens konnte ich ja schon Französisch. Und die Kanadier haben hinter ihrem kalten Äußeren ein weiches Herz aus Gold. Sie haben mich angenommen. Meine Lehrer...« Sie machte eine Pause. »Jeder hätte eigentlich einen Orden verdient.«

»Ich hatte auch solche Lehrer«, sagte Barnarjee, aber er wollte noch mehr über ihren Weg erfahren. Sie gab ihm die Antwort, die intelligente junge Menschen oft gaben: »Meine Lehrer wollten, daß ich weitermache. Ich war das einzige schwarze Mädchen, das ihnen vielversprechend erschien. Also wandten sie sich an das Radcliffe College an der Harvard-Universität.«

Banarjee schnippte mit den Fingern. »Genau wie bei mir. Erst auf dem kleinen College hier in Trinidad. Dann auf der Inseluniversität in Jamaika.«

Nach diesem Anfang gingen die beiden Wissenschaftler über zu einem raschen, leidenschaftslosen Austausch von Ideen, Gedanken, Vorstellungen über die Zukunft ihrer Inseln und die Chancen der Dritten Welt. Beide verfügten über das nötige Allgemeinwissen, das die Grundlage für das Verständnis des anderen bildete, und beide respektierten das jeweilige Fachwissen des anderen, das er selbst auf dessen Gebiet nicht vorweisen konnte. Thérèse bombardierte ihn mit Fragen über Trinidad, und er wollte nähere Einzelheiten über die katastrophale Entwicklung auf Haiti erfahren.

Ohne daß er sie danach gefragt hätte, berichtete sie von dem seltsamen Erlebnis mit Lalique Hébert, dem Zombie, aber er schien nicht sonderlich überrascht: »»Es gibt mehr Dinge auf der Welt, als sich deine Philosophie erträumt, Horaz‹«, zitierte er.

Sie setzten ihre zwanglose Unterhaltung fort mit einer Beurteilung der letzten politischen Veränderungen, die in Jamaika und Haiti stattgefunden hatten, und er fragte:»Wird Haiti jemals wieder zu normalen politischen Zuständen zurückkehren?« Und sie antwortete freimütig:»Vater will zurückkehren und versuchen zu retten, was zu retten ist.«

»Und Sie?« fragte er weiter, und sie entgegnete:»Nach meinem zweiwöchigen Aufenthalt jetzt habe ich ihn davor gewarnt zurückzukehren. Eine Flucht mit einem kleinen Boot, ohne Schutz und Nahrung, überlebt man nicht zweimal.«

»Sind die Macoutes noch aktiv?«

»Sie tauchen in allen möglichen Ländern auf, in unterschiedlicher Form. Wenn die Menschen nicht wachsam sind...«

»Sagen Sie mal, Dr. Vaval. Wie verkraften Sie das seelisch, Haiti den Rücken zu kehren und Zuflucht in den Vereinigten Staaten zu suchen?«

Sie erhob sich von ihrem Stuhl, wanderte auf dem Balkon des gefälligen Hauses umher und gestand:»Die Kreuzfahrt hat mich sehr auf die Probe gestellt... meine Inseln wiederzusehen... meine Kultur... mein Volk, das in einer tödlichen Sackgasse gefangen ist. Als ich in Miami abflog, sah ich mich als Amerikanerin, als jemand, der sich der amerikanischen Lebensweise völlig angepaßt hat. Ich hatte einen tollen Job, die Zukunft stand mir offen...« Sie hielt mitten im Satz inne, denn eigentlich ging es diesen Fremden ja gar nichts an.»... und ein reizender Mann wartete nur darauf, mich zu heiraten.« Das war nur die halbe Wahrheit, aber was sie dann sagte, stimmte.»Die zwei Wochen Haiti jedoch, als ich mein Volk wiedersah und die gräßliche Armut...« Wieder unterbrach sie und bat um ein Taschentuch. Dann fragte sie ihren Gastgeber:»Professor Banarjee, Sie kennen die Karibik. Wie haben die Sklaven in Ihrem Trinidad und meinem Haiti nur den Mut zum Überleben aufgebracht. Oder früher, die Indianerstämme?«

»Die Arawaks haben sich schlicht geweigert. Sie machten den Spaniern leichtes Spiel. Sie starben. Sie starben einfach.«

»Ich sehe keine Anzeichen, daß Ihr Volk oder auch meins sich damit zufriedengibt. Mein Gott! Haitianer zu sein und zu leben, bloß zu leben. Ein Akt, der unglaublichen Mut erfordert.« Er wußte nichts auf ihre Worte zu erwidern, die wie glühende, der Schmiede geraubte Schwerter zustießen. Es hatte Tage in Amerika gegeben, da hätte er sich am liebsten aufgegeben, aber er hatte weitergelebt. Es war auch nicht leicht gewesen, die Jahre zu überstehen, als er gezwungen war, seinen Stolz herunterzuschlucken und durch die Straßen von Port of Spain zu gehen und Menschen zuzunicken, von denen er wußte, daß sie über sein Scheitern unterrichtet waren.

Während der folgenden spannungsvollen Stille, einem vollkommenen Augenblick stummen Kommunizierens, spürten beide, daß jetzt der Moment gekommen war, wo einer den Vorschlag hätte machen müssen:»Warum gehen wir nicht zusammen essen und schauen uns das Karnevalstreiben an?« Aber sie war dazu zu schüchtern, denn sie hatte das Gefühl, es gehörte sich auch heute noch nicht für die Frauen auf den Inseln, Initiative zu ergreifen, schon gar nicht in einem fremden Land und sicher nicht in der Gesellschaft, aus der Banarjee stammte. Und er konnte es aus einem anderen schmerzlichen Grund nicht: Er besaß kein Geld, und der kostbare Augenblick des Erkennens wäre verstrichen, wenn er ihr nicht eröffnet hätte:»Dr. Vaval, es wäre mir eine Ehre, Sie an solch einem Festtag wie heute zum Essen einladen zu können, aber ich habe...«, worauf sie eine Spur zu schnell antwortete:»Ich bitte Sie, Professor, das macht nichts. Wir zahlen getrennt.« Und er gestand ihr:»Der Unterhalt, den mir meine Familie...« Er brach beinahe zusammen, so daß er den Satz nicht vollenden und erklären konnte, daß der bescheidene Unterhalt in bestimmten Abständen gezahlt wurde und daß...

Mit einer Liebenswürdigkeit, die alle Haitianer im Umgang mit Menschen auszeichnet, denen sie Achtung entgegenbringen, sagte Thérèse, ohne peinlich berührt zu sein:»Professor, Ihre Bücher haben Licht auf ein paar dunkle Stellen in meinem Leben geworfen. Ich würde mich tief geehrt fühlen, wenn Sie mir die Pracht dessen zeigen, was unser Reiseführer als ›eine der größten Attraktionen der Welt‹ bezeichnet.«

Er nickte zustimmend, und gemeinsam verließen sie das Haus, schlenderten durch die Straßen und mischten sich unter die lärmende Menge. Sie fanden zwei freie Plätze in einem nicht zu teuren Restaurant, wo sie zu essen und zu trinken bestellten, und bestaunten die vorbeiziehenden Menschen in ihren kostbaren Kostümen und Masken. Als eine Steelband in dem Zug auftauchte, erklärte er ihr, daß man die weiche musikalische Klangqualität der Ölfässer erst kurz nach dem Zweiten Weltkrieg entdeckt hatte.

Mit größtem Vergnügen hörte sie einer Band zu, die einen berühmten Calypsosänger begleitete, Lord of all Creation, der in gnadenlosen Spottreimen über die Größen der Weltpolitik herzog, Ronald Reagan, Margaret Thatcher, Michail Gorbatschow und mehrere lokale politische Gestalten, die sie nicht kannte. Der Höhepunkt des bereits vorgeschrittenen Abends kam jedoch, als sie plötzlich eine vertraute Stimme vernahm, die über das Wirrwarr hinweg rief:»Ranjit! Thérèse! Ich hatte gehofft, ich würde Sie hier draußen finden!« Es war Michael Carmody, zurück von seinem Arbeitstag am College.

Ranjit versuchte angestrengt, ihn zu einem Drink zu überreden und zum Bleiben zu bewegen, und als er zögerte, spürte Thérèse instinktiv, was in diesem Moment zu tun war.»Wollen Sie uns nicht die Ehre erweisen?« fragte sie galant und winkte nach einem Jungen, um eine Runde Drinks zu bestellen. Ein Abend voller Jubel und Trubel hatte seinen Anfang genommen.

Thérèse mußte feststellen, daß Carmody mit seinen Erzählungen über den Karneval in Trinidad nicht übertrieben hatte, denn die Grellkostümierten zogen zu Tausenden an ihnen vorbei, der Lärm war ohrenbetäubend, die Calypsos frivol und witzig, die Steelbands pulsierend, zum Mittanzen auffordernd, das Essen scharf gewürzt, und die Rumgetränke nahmen kein Ende. Sogar Ranjit, sonst abstinent, gestattete seinen Freunden, ihm zweimal einen großen Punsch aus Obstsaft, Sodawasser und einem kräftigen Schuß schwarzen Trevelyan-Rum zu spendieren.

Um vier Uhr morgens, als die noch immer umherziehenden Musikgruppen vor neuerwachter Energie geradezu barsten, rief Carmody, den beiden über den Lärm hinweg zu:»Kommen Sie. Gehen wir an Bord, und beenden wir den Festtag mit einem Frühstück bei Sonnenaufgang am Oberdeck.«

Sie folgten seinem Vorschlag und aßen frischgebratene Spiegeleier, während sie die Nachtschwärmer unter ihnen beobachteten und der ausgelassenen Musik lauschten.

Um neun Uhr fand das Fest schließlich ein Ende, und es wurde Zeit für Banarjee, Abschied zu nehmen, doch als Thérèse ihn zur Gangway begleitete, sagte sie:»Wir ruhen uns bis ein, zwei Uhr aus, dann komme ich vorbei, und wir stürzen uns wieder in die Nacht.«

»Einverstanden«, sagte Ranjit. Den Nachmittag verbrachten sie bei ihm zu Hause auf der Veranda mit Limonade und eingehenden Gesprächen über die verschiedensten Themen: die Unterschiede zwischen den einzelnen Besatzernationen, die aktuelle Rolle Kubas und des Marxismus, die Weigerung der Vereinigten Staaten, die regionale Führung zu übernehmen, und die nachhaltige Wirkung der Sklaverei auf die Schwarzen von heute. Als Thérèse ihn einmal fragte: »Wie kommt es, daß Sie zwei Doktortitel haben? Ich habe es in dem biographischen Anhang zu einem Ihrer Essays gelesen«, wich er einer klaren Antwort aus, denn er fürchtete, sie würde seine Eskapaden, um den Studienabschluß nicht zu früh machen zu müssen, ablehnen. Dann drehte sich die Diskussion um ein Thema, das bei jeder ernsthaften Beschäftigung mit der Karibik irgendwann zur Sprache kam. Thérèse formulierte es so: »Wie sollen unsere herrlichen Inseln bloß ihren Lebensunterhalt verdienen?«

Sie hob hervor, daß Jamaika seine Bauxitindustrie verlorengegangen sei und den Bauern der Markt für ihre Bananen in Europa versperrt war. Er schnitt eine weitaus dringlichere Frage an: »Die einzige Feldfrucht, die wir besser als alle anderen produzieren könnten, Zucker, dürfen wir nicht mehr anbauen. Es ist zum Verzweifeln. Die Vereinigten Staaten wollen sie uns nicht abnehmen und treiben die Inseln so in den Bankrott, dabei stehen wir direkt vor deren Haustür.«

Den beiden Wissenschaftlern fiel aber auch keine Lösung dieses Grundproblems ein, und Thérèse machte den Vorschlag: »Der Tourismus ist vielleicht in der Lage, eine begrenzte Anzahl Einheimischer zu ernähren. Doch der Rest wird zwangsläufig nach England oder Amerika auswandern.« Aber er meinte: »Das werden die Länder auf die Dauer nicht dulden.« Und sie beendeten ihr Gespräch in tiefer Hoffnungslosigkeit.

Als die Dämmerung anbrach, lud sie ihn zum Abendessen ein, und jetzt bekam der Karneval eine ganz besondere, sehr persönliche Bedeutung, denn die intensive Beschäftigung mit den Problemen der Karibik hatte sie einander nähergebracht. Sie versuchte, den anderen Passagieren von der »Galante« möglichst nicht über den Weg zu laufen, und war erleichtert, als auch Carmody nicht wiederauftauchte. Einmal wurden sie in eine lärmende Gruppe gräßlich gekleideter Schwarzer gerissen, und Thérèse ließ sich von den Männern in die Luft werfen und küssen, als sie sie wieder sanft auf den Boden absetzten. An einer Straßenecke packten sie ein paar als spanische Konquistadoren verkleidete Studenten am Oberarm und rannten mit ihr fort, und als Ranjit sie durch die Menge fliehen sah, ihr hellhäutiges haitianisches Gesicht rotglühend, dachte er bei sich: »Wer hätte jemals gedacht, daß ich heute abend mit der schönsten Frau des Karnevals ausgehe?« Die Studenten brachten sie ihm wieder zurück, und er war glücklich, als sie seine Hand ergriff, so, als wäre sie heimgekehrt.

Es war Karneval, eine Mischung aus überlieferten afrikanischen Riten, den vorösterlichen Mysterien der katholischen Kirche und den stattlichen Umzügen des alten England. Karneval, das war feurige Musik und sanfte Gesänge, das Hämmern der Steelbands und das Wimmern von Bob Marleys »Four Hundred Years«, das Essen, das Trinken, der Tanz und die Trunkenheit, schwarzgekleidete Priester, die wohlwollend zuschauten, und die Mannschaften der drei Kreuzschiffe, die ausgelassen tobten und die willigen Mädchen küßten. Karneval in Trinidad! »Mardi gras in New Orleans macht sich dagegen wie ein Picknickausflug mit der Sonntagsschule aus«, meinte ein Matrose. Und Ranjit sagte: »Das gilt auch für Calle Ocho in Miami.«

Die »Galante« sollte laut Plan um acht Uhr am kommenden Morgen ablegen, und als die Sirene das Signal gab, sagte Thérèse: »Ich muß jetzt gehen.« Aber dann verriet sie, was ihr Herz hinausschrie: »Mein Gott, ich will diese Insel nicht verlassen!«

Ranjit, aufgerüttelt wie seit dem Mord an Molly Hudak nicht mehr, versuchte, den Abschied hinauszuzögern. Er hatte nicht mehr den schlurfenden gebückten Gang, hatte seine Schüchternheit abgelegt; er hielt sich aufrecht und hörte genau zu, als sie zu ihm, an der Gangway stehend, sagte: »O Ranjit, das waren zwei wundervolle Tage. Ein Seminar über die Bedeutung unserer Karibik.« Und mit einer Direktheit, die sie überraschte, fügte er hinzu: »Und unser beider Leben.« Dann ertönte die tiefe, heisere Schiffssirene zum letztenmal, und sie mußten sich trennen.

Die schwedische Schiffahrtsgesellschaft hatte bei der Planung dieser ungewöhnlichen sommerlichen Studienkreuzfahrt nach dem Aufenthalt in Trinidad Vorkehrungen für eine gemächliche Fahrt Richtung Westen getroffen, um den Lehrern die Möglichkeit zu geben, ihre Studenten gründlich auf den Besuch Cartagenas vorzubereiten, der nicht nur der letzte Halt sein sollte, sondern auch so etwas wie der historische Höhepunkt. Der Plan war gut, und während des ersten Tages auf See wurde viel Arbeit geleistet, in Vorträgen und Diskussionsrunden. Einer von Thérèses Studenten sprach das aus, was alle dachten: »Wer immer diese Idee mit der Kreuzfahrt gehabt hat – es ist eine tolle Sache.«

Am Abend vor der Einfahrt der »Galante« in den historischen Hafen von Cartagena hielt Professor Ledesma das schönste Referat der ganzen Kreuzfahrt. Unterstützt durch anschauliche Dias, erläuterte er, daß seine Geburtsstadt früher die Königin der Karibik gewesen war und sich schwer mit Silber und Gold beladene Schiffe in dem geräumigen Hafen versammelt hätten, um hier Vorbereitungen für die gefährliche Weiterfahrt nach Havanna und Sevilla zu treffen. Er sprach auch über die großen Männer, die seinen Hafen häufig mit Kriegsschiffen angegriffen hätten: Drake, Morgan, die wütenden französischen Piraten und Sir John Hawkins, vielleicht der beste Seemann von allen. Dann sagte er:»Aber ich möchte ihre Aufmerksamkeit vor allem auf einen zähen kleinen Spanier lenken, der einem meiner Vorfahren bei der Verteidigung der Stadt gegen eine gewaltige englische Armada geholfen hat.«

Zunächst holte er einige Zeichnungen aus der Zeit um 1741 heran, um die schreckenerregende Übermacht der englischen Invasionsstreitkraft zu zeigen.»Jetzt stellen Sie sich einmal die beiden Spanier vor, die dieser mächtigen Flotte gegenüberstehen. Mein Vorfahr, Gouverneur Ledesma, muß ungefähr so wie ich ausgesehen haben, den können wir also vergessen. Aber zur Seite stand ihm ein Mann, den man auf keinen Fall vergessen sollte, Marinegeneral Blas de Lezo, seit langem im Dienst ... und was für ein Dienst! Er hatte in 23 Seeschlachten tapfer gekämpft, immer mitten im Kampfgewühl. Im Verlauf einer Schlacht vor Gibraltar verlor er sein linkes Bein. Vor Toulon wurde sein linkes Auge geblendet, und während einer großen Verteidigungsschlacht um Barcelona verlor er seinen rechten Arm!« Während er die Verstümmelungen aufzählte, imitierte er mit dem linken Arm ein Fleischermesser, was so dramatisch wirkte, daß er selbst zu dem verkrüppelten alten Mann wurde, der die Stadt verteidigte.

»Hat er auch den Sieg davongetragen?« fragte ein Student, und Ledesma sagte:»Sie werden es nicht glauben, aber es ist ihm gelungen, die gesamte britische Armada mit einer Handvoll Männer zurückzuhalten. Er verhinderte, daß die Schiffe vor Anker gingen und die englischen Soldaten die Stadt stürmten. Wie heißt es doch beim Boxen: ›Sie haben ihm kein Haar gekrümmt.‹ Aber das ist nicht ganz wahr. In den Kampfhandlungen zog er sich zwei schwere Verletzungen zu, und unser Siegesgeläut war kaum verstummt, da mußten die Glocken seinen Tod verkünden.«

Als er mit seinem Vortrag am Ende war, scharten sich die Studenten um ihn, und ihre Unterhaltung dauerte bis nach Mitternacht, doch am nächsten Morgen war Ledesma schon früh wieder auf, denn er hatte die Aufsicht für diesen Tag übernommen, von dem jeder hoffte, er würde ein ganz besonderes Erlebnis werden. Die Regierung von Kolumbien, durch Berichte über unkontrollierten Kokainhandel in den landeinwärts gelegenen Städten schwer angeschlagen, hatte sich große Mühe gegeben, den Passagieren der »Galante«, vor allem den Studenten, einen erlebnisreichen Aufenthalt in Cartagena zu ermöglichen; kleine Boote für Rundfahrten durch die unvergleichlichen Hafenanlagen wurden zur Verfügung gestellt, Militärhubschrauber standen bereit, um Geographie- oder Geschichtsstudenten die Möglichkeit zu geben, das Gebiet einmal als Ganzes erfassen zu können, und Ledesma persönlich übernahm die Führung der ehemaligen Befestigungsanlagen, auf denen einst ein Vorfahr gleichen Namens Sir Francis Drake bei seinen nächtlichen Spaziergängen begleitet hatte.

Thérèse, die für diesen Tag keine Aufgaben übernommen hatte, war unter den ersten, die einen Rundflug mit dem Hubschrauber machten, und der junge Marineoffizier, der die Maschine steuerte, wies ihr den Platz neben sich zu, von wo aus sie eine unvergleichliche Sicht hatte und besser einzuschätzen vermochte, wie die Stadt die zahlreichen Übergriffe hatte überstehen können. Tief unter ihr lag der in der Sonne glitzernde Hafen mit seinen beiden Einfahrten, Boca Grande und Boca Chica, erstere heute durch einen Fahrdamm markiert, erbaut auf den Gerippen der zahllosen Wracks jener Schiffe, die dort in der Vergangenheit versenkt worden waren, um Freinde am Eindringen zu hindern. Einen stärkeren Eindruck hinterließ jedoch die Aussicht, die sich ihr bot, als der Helikopter nordwärts flog, denn hier erst war deutlich zu erkennen, daß Cartagena auf einer Insel thronte, im Norden und Osten geschützt durch ein undurchdringliches Sumpfgebiet, im Westen und Süden durch das Karibische Meer, so daß ein möglicher Feind von keiner Richtung her einen leichten Angriff führen konnte. Sie stand für sich allein, eine festgemauerte Stadt mit einem einzigartigen Menschenschlag, der sich weder durch die aus Porto Bello hereinströmenden Gold- und Silberflotten hatte korrumpieren noch durch den schweren Beschuß durch die englische Flotte zerstören lassen. Eine freistehende Stadt innerhalb einer Mauer.

Nach Beendigung des Rundflugs schlenderte sie allein durch die engen Straßen der Altstadt, und nachdem sie sich ihren Weg gebahnt hatte, durch etwas, was man kaum als Gasse bezeichnen konnte, denn die Häuserfronten schienen sich zu berühren, stand sie plötzlich in der

Mitte eine Platzes, der so wunderschön gelegen war, daß sie laut ausrief:»Oh, was für ein Kleinod!«

Zwei breite, sich in der Mitte kreuzende Wege teilten den Platz in vier gleich große Flächen, jede mit einem plätschernden Brunnen geschmückt, im Zentrum eine prächtige Statue von Simón Bolívar. Der Platz war auf allen Seiten von stattlichen Gebäuden umgeben, jedes verschiedenfarbig angestrichen, so daß die ganze Anlage eher wie ein hübsches Gemälde denn als ein Werk der Architektur wirkte. Ihr erster Gedanke im Herzen dieses eingemauerten Kunstwerkes war:»Viel strenger im Vergleich mit dem großen freien Platz in Pointe-à-Pitre. Dieser hier wirkt spanisch, der andere französisch, aber beide prägen sich dem Betrachter ein.«

Auf der im Schatten liegenden Seite des Platzes machte sie einen majestätischen Bau aus, der sich wie ein meisterhafter Schauspieler versteckt hielt, um seinen großen Auftritt nicht zu verpassen: Groß und imposant wie eine Kathedrale, die Fassade geschmückt mit prächtigen Ornamenten und Skulpturen, umgab die Mauern der Hauch von Macht und Mysterien. Als sie den Platz überquerte, um sich den Bau näher anzusehen, zeigte sich, daß es sich um die ehemalige kirchliche Amtsstelle handelte, von der aus die Richter der Heiligen Inquisition in dem Zeitraum von 1610 bis 1811 über die religiöse Strenggläubigkeit und die private Moral der Stadt gewacht hatten, und sie erzitterte bei dem Gedanken an all die Angst und den Schmerz, deren Zeuge diese Mauern geworden waren.

Als sie durch die Einfahrt schritt, sah sie, daß es heute ein Museum war, und aus dem in Vitrinen geschickt arrangierten Material und den zugehörigen Erläuterungen erfuhr sie, daß die Inquisition in Cartagena nicht übermäßig gewütet hatte, denn im Verlauf ihrer 200jährigen Diktatur hatte sie nur fünf Todesurteile gefällt, was in England oder Amerika zur damaligen Zeit sicher als äußerst mild gegolten hätte, und bei lebendigem Leib verbrannt waren nur zwei der fünf Verurteilten worden, beide abtrünnige Kirchenmänner.

Sie war erleichtert darüber, aber gleichzeitig betrübt, als sie einen detaillierten Bericht über den ersten großen Ketzerprozeß von 1611 las, in dessen Verlauf, während einer Feier auf dem Platz, den sie eben verlassen hatte, neunzehn Männer und Frauen von ihrer Strafe erfahren hatten. Mit verhängnisvoller Häufigkeit tauchte dort der gefürchtete Satz»a los remos de galera por vida sin sueldo« auf, lebenslänglich an die Ruderpinne einer Galeere verbannt. Nicht selten auch hatte es den Befehl gegeben, die persönliche Gefängniskleidung des Verurteilten, »sambenito«, mit Namen versehen für immer in der örtlichen Kathedrale auszustellen, so daß alle an die Schande der Familie erinnert wurden.

Die Nationalität der Opfer und die Härte der Strafe sprachen für den religiösen Haß, der alle spanischen Kolonien entstellt hatte: »Juan Mercader, ein französischer Hausierer, der sich über eine päpstliche Bulle lustig gemacht hatte, die zu einem Kreuzzug aufrief; Marco Pacio, ein Italiener, der behauptete, das sechste Gebot zu brechen sei keine Sünde; Juan Albert, Deutscher, der sich ebenfalls über die päpstliche Bulle erhob.« In Cartagena war jeder verdächtig gewesen, der nicht Spanier war.

Die Verbrechen, die einheimische Sünder begangen hatten, zeigten deutlich, wovor sich die Kirche fürchtete: Man wurde verurteilt, weil man nicht an das Fegefeuer glaubte; weil man einen sechzehnjährigen Pakt mit einem Teufel namens Buciraco eingegangen war; weil man mit Bohnen die Zukunft vorhergesagt hatte; weil man böse Geister beschworen hatte; und weil man Tote aus ihren Gräbern zum Leben erweckt hatte.

Diese düsteren Berichte zu lesen ließ Thérèse daran zweifeln, daß jemals eine Chance für das Paradies auf Erden bestanden hatte, von dem Senator Lanzerac träumte, »eine Karibik unter einer Nation, einer Sprache, einer Religion«. »Hätten sich nicht umgehend resolute Stimmen erhoben und gebrüllt: ›Wir ertragen diese Dominierung nicht länger!‹« fragte sie sich. »Und hätte das nicht Aufstände und Umwälzungen zur Folge gehabt? So daß wir nach einer Zeit genau da gelandet wären, wo wir heute stehen: viele Nationen, viele Gesetze?«

Zurück auf der »Galante«, suchte sie sofort ihre Kabine auf, nahm sich die Schreibmappe mit dem Briefpapier der Gesellschaft, legte sie auf die Knie und fing an, einen seit langem überfälligen Brief an Dennis Krey nach Concord zu schreiben. Sie setzte gleich zweimal an, aber die Erlebnisse des Tages hatten sie so aufgewühlt, daß sie sich nicht zu konzentrieren vermochte. Sie zerknüllte die Papierbögen, ging an Deck, um die Gesellschaft von Professor Ledesma zu suchen, und als sie ihn aufgestöbert hatte, sagte sie: »Wollen wir ein bißchen spazierengehen vor dem Abendessen? Es stehen einige wichtige Entscheidungen an.«

»Auf diese Einladung habe ich gewartet, seitdem wir an Bord gegangen sind«, freute er sich, und wenig später wanderten sie über die Festungswälle und durch kleine Seitenstraßen auf das Stadtzentrum zu, wo sie ihn auf den Platz führte, der sie so nachhaltig beeindruckt hatte. Auf einer Bank gegenüber dem mächtigen Inquisitionsgebäude sitzend, sprach Ledesma über die unvergänglichen Werte, die eine Gesellschaft nähren und sie lebensfähig halten. Das spanische, behauptete er, sei eines der beständigsten Wertesysteme – wie der Islam, das Christentum oder das Judentum –, aber als Thérèse wissen wollte: »Warum ist die spanische Kultur dann nicht in der Lage, in Mittel- und Südamerika stabile Regierungen hervorzubringen?«, parierte er: »Stabilität wird allgemein überschätzt. Lebendigkeit, Bewegung, sich an jedem einzelnen Tag zu erfreuen, darauf kommt es in Wahrheit an.«

Nicht bereit, ihm dieses nach ihrem Empfinden oberflächliche Urteil durchgehen zu lassen, rief Thérèse zornig: »Professor Ledesma! In dieser Woche sind schon wieder zwei Richter und drei politische Führer in Bogotá von gedungenen Mördern des Medellín-Kokainkartells erschossen worden. Ist das vielleicht das, was Sie unter der blühenden spanischen Kultur verstehen?«

»Einer der Richter war mein Vetter«, murmelte Ledesma. »Ich gestehe, daß wir schlimme Zeiten durchmachen, aber schlägt sich Ihr Amerika nicht mit denselben Problemen herum?«

Um ihre schwierige Unterhaltung zu untermauern, holte Thérèse aus ihrer Handtasche ein kleines Buch hervor, das sich vom Standpunkt der Philosophie aus mit diesem Thema auseinandersetzte. »Das hier hat ein außergewöhnlicher französischer Wissenschaftler geschrieben, der weder der spanischen noch der englischen Sache verhaftet ist, man kann also eine gewisse Unparteilichkeit erwarten.«

Und er las: »Hätten 1586 Sir Francis Drake oder 1741 Admiral Vernon ihre Lage vorteilhafter genutzt und sich nicht mit der bloßen Einnahme von Cartagena zufriedengegeben, sondern es in dauerhaften Besitz überführt, wäre die Geschichte der Karibik, Mittelamerikas, Südamerikas, ja, vielleicht der gesamten Welt völlig anders verlaufen. Den weitläufigen Hafen von Cartagena fest in englischer Hand, hätte die spanische Silberflotte aus Peru niemals gewagt, ihren Reichtum nach Porto Bello zu transportieren, und diese Nabelschnur gekappt, wäre auch die zwischen Mexiko und Havanna unhaltbar geworden. Keine einzige mit Gold und Silber beladene Galeone hätte mehr den Atlantik nach Sevilla überquert, und Spaniens mehr schlecht als recht zusammengehaltenes Reich in der Neuen Welt wäre auseinandergefallen. Statt dessen hätte sich eine englische Kolonisierung ergeben, so daß sich weite Landesteile wie Argentinien, Chile und Brasilien zu stabilen Nationen fortentwickelt hätten, Kanada, Australien und Neuseeland vergleichbar, vielleicht zum Besseren der Welt.«

Sie schloß das Buch mit bedächtigen Bewegungen, ganz so, als befände sie sich in einem ihrer Seminare, und fragte Ledesma:»Nun, was sollen wir als gute Katholiken dazu sagen?« Aber er entgegnete mit Nachdruck:»Eine Regierung nach englischem Muster muß nicht unbedingt ein Segen für die Welt sein.« Und er fuhr fort mit Worten, die auch schon der erste Ledesma in Cartagena benutzt haben könnte.»Zu erleben, wie seine Familie wächst und gedeiht, einem Glauben anzugehören, der Trost spendet, seinen Geist ungebunden in die höchsten Höhen emporschwingen zu lassen, vor poetischer Kraft bersten – das sind die beständigen Tugenden.« Er legte eine Pause ein, schaute Thérèse an und fragte:»Haben es die Menschen in Gary, Indiana, denn so gut wie wir hier in Cartagena?«

»Ihre Argumente wirken überzeugend, was die spanischen Sitten betrifft«, sagte Thérèse,»aber sie gelten nicht für die spanische Regierungsform.« Und er schnaubte:»Ihr jungen, von der englischen Sichtweise der Geschichte infizierten Wissenschaftler solltet eine grundlegende Tatsache nicht vergessen. Wir Spanier haben die Neue Welt von 1492 bis 1898 beherrscht, als ihr uns Kuba und Puerto Rico genommen habt. Vier Jahrhunderte ruhmreicher Errungenschaften. England hat sein Reich nur von 1630 bis 1950 zusammenhalten können, erbärmlich kurz im Vergleich dazu. Und ihr feigen Amerikaner hattet Angst, die Last zu übernehmen, die wir abgelegt hatten, Sie haben also kein Recht, mir Vorhaltungen zu machen. Wir waren außerordentlich erfolgreich. Und eines Tages werden wir es wieder sein. Darauf können Sie sich verlassen.«

Thérèse verspürte wenig Neigung, noch mehr Erklärungsversuche anzubieten, die den älteren Herrn möglicherweise nur noch mehr erzürnt hätten, und so schaute sie über den hübschen Platz hinweg, und die Traurigkeit, die mit dem Verschwinden alter Werte einhergeht, packte sie plötzlich so stark, daß sie den Kopf senkte, eine Geste, die Ledesma sofort auffiel.»Was haben Sie, Dr. Vaval? Was ist passiert, daß Sie nicht widersprechen?« Und sie entgegnete:»Diese Kreuzfahrt. Diese Sicht auf ein Gebiet, in dem mein Volk versklavt gelebt hat, triumphiert hat und wieder verzweifelt ist. Das hat einen gewaltigen Eindruck auf mich gemacht.«

»Desorientiert?«

»Sehr.«

»Deshalb gehen wir auf Reisen. Da kann man sich darüber klarwerden.« Er betrachtete die herrlichen Schattenmuster, die die Spätnachmittagssonne auf die Fassade des Inquisitionsgebäudes warf, und stellte dann die Frage: »Es ist ein privates Problem, nicht wahr? Ihr Verlobter, vermute ich mal.«

»Ja. Ich stehe kurz davor, einen Mann zu heiraten, der in Concord, Neuengland, aufgewachsen ist und dieses Neuengland sein ganzes Leben mit sich herumschleppen wird. Es ist mir im Moment sogar unmöglich, ihm zu schreiben.«

Er bückte sich tief, nahm ein paar Kieselsteine auf und warf sie mit der rechten Hand in die Luft. »Meine Familie lebt seit viereinhalb Jahrhunderten hier, und es ist ein Zeichen des Glaubens auf unserer Seite, daß man uns in der ganzen Zeit nie wegen Ketzerei angeklagt hat oder einer von uns einen ehelichen Bund mit einem Inder oder einer Schwarzen eingegangen ist. So bin ich nun mal erzogen worden, und, glauben Sie mir, wenn ich einen Sohn im heiratsfähigen Alter hätte und Sie würden auf der Bildfläche erscheinen, würde ich ihn zum Weiterstudium nach Salamanca schicken, wo er sich eine Spanierin zur Frau nehmen soll. So sind wir nun mal.«

»Meine Familie denkt genauso darüber. Wir wissen, was es heißt, Afrikaner zu sein. Aber meine helle Haut ist der beste Beweis dafür, daß sie irgendwo vom Weg abgekommen sind.« Sie lachte über das Absurde ihrer Situation. »Gehen wir ein Stück spazieren, bis dort drüben, wo die Beobachtungsposten standen.« Und als sie die kleine Anhöhe erklommen hatten, fuhr er fort: »Hier haben wir in der Finsternis unseren Dienst verrichet, Miss Vaval, auf das Karibische Meer hinausgestarrt, nach dem Feind, den Piraten oder dem Hurrikan Ausschau gehalten, und keine drei Jahre an einem Stück konnten wir uns in Ruhe zurücklehnen. Diese ehrenvolle Aufgabe kann noch heute jedem zuteil werden, einem guten Mann oder einer guten Frau. Also, erklimmen Sie den Wachturm, halten Sie Ausschau nach dem Feind, und setzen Sie das Signal!«

Es waren anregende Stunden, die sie mit Professor Ledesma verbrachte, und als er sich an jenem Abend von ihr verabschiedete, denn das Schiff sollte früh am nächsten Morgen aus dem Hafen auslaufen, ergriff sie seine rechte Hand und führte sie an ihre Lippen. »Ich bin wirklich froh, daß Sie sich für diese Kreuzfahrt entschieden haben«, bedankte sie sich, und er meinte zum Abschied: »Der erste Ledesma behauptete, die Karibik sei ein spanisches Meer. Sie sind ein Beweis, daß die Schwarzen seitdem hier viel Gutes geleistet haben, aber die Farbe des Meeres hat sich dadurch nicht verändert. Es ist noch immer golden.« Mit diesen angemessenen Worten wollte er sich gerade von ihr abwenden, als sie plötzlich ausrief:»Professor, warten Sie einen Moment. Ich möchte Sie bitten, einen Brief für mich aufzugeben.« Sie rannte in ihre Kabine, schnappte sich einen Bogen Papier und kritzelte: »Lieber Dennis. Es wäre ein großer Fehler, wenn Du mich heiraten würdest, und für mich würde es auch nicht stimmen, wenn ich Dich heiratete. Ich habe soeben die Welt entdeckt, zu der ich gehöre. Also, mach es gut. In Liebe und mit Bedauern, Thérèse.«

Während der Überfahrt nach Miami war Thérèse unruhig und verwirrt; sie blieb für sich, ging sogar ihren Studenten aus dem Weg, stand oft stundenlang an der Reling und starrte aufs Meer, ihre wiederentdeckte Karibik, als würde sie die herrlichen Wellen zum letztenmal sehen. Sich die Zweifel ins Gedächtnis zurückrufend, die sie am Vorabend ihrer Ankunft in Trinidad gepackt hatten, dachte sie jetzt:»Diese erstaunliche Kreuzfahrt ist wirklich ein Wendepunkt in meinem Leben. Sie hat mich mit dem Haiti bekannt gemacht, wie es wirklich ist, und sie hat mir den Mut gegeben, Dennis Krey zu schreiben und meine Verlobung mit ihm zu lösen. Und jetzt stehe ich kurz davor, ein neues Leben in Wellesley zu beginnen. Das alles hat sich auf diesem Scheideweg entschieden. Ich habe zur rechten Zeit das Richtige getan. Also bleib auch dabei.« Doch plötzlich ließ ihr anmaßendes Selbstvertrauen nach, denn aus den vorbeirauschenden Wellentälern tauchte als Bild der eigentliche Grund für ihr Angstgefühl auf. Ranjit Banarjees ernstes Gesicht, umgeben von den lebensprühenden Karnevalsszenen, und im Flüsterton sagte sie:»Seine Bekanntschaft zu machen, das war wie die Einfahrt in eine stille Bucht, nach langem Herumirren in unruhigem Gewässer.« Und plötzlich, frohlockend, warf sie ihre Arme zur Seite, als gälte es, die ganze Karibik zu umfassen:»Du bist meine See! Dein Volk ist mein Volk!«

Dann vernahm sie eine männliche Stimme.»Sprechen Sie mit sich selbst?« Es war Michael Carmody, und als sie nichts erwiderte, sagte er:»Setzen wir uns doch. Wir müssen uns einmal unterhalten. Sie haben Probleme, Dr. Vaval. Das ist jedem deutlich geworden, der Sie seit Beginn der Reise beobachtet hat.«

»Was denken Sie eigentlich, wer Sie sind . . .?« entfuhr es ihr. Aber sie spürte gleich, daß dieser Ton falsch war. »Es tut mir leid. Für Sie ist diese Kreuzfahrt sicher ein Arbeitsurlaub gewesen, mich hat sie eher in einen Mahlstrom geworfen.«

»Sie brauchen sich nicht zu entschuldigen. Nach dem zu urteilen, was ich in Haiti gesehen habe, muß die Reise für Sie mit einem Schock begonnen haben.«

»Das stimmt«, antwortete sie, und er entgegnete hastig: »Sie hatten recht. Ich war anmaßend, aber Sie werden noch die Erfahrung machen, daß das eine typische Angewohnheit von Lehrern ist, wenn sie befürchten müssen, daß die Zeit davonläuft.«

»Was meinen Sie damit?«

»Als ich damals nach Trinidad kam, war ich in Ihrem Alter und hatte genausowenig Geld wie Sie, als Sie in Kanada strandeten. Ich habe mein ganzes Leben in Trinidad, alle meine Träume, damit verbracht, ich würde eine Tages dem jungen begabten Schüler über den Weg laufen, für den sich alle meine Opfer gelohnt hätten . . .«

»Unterrichten ist nie ein Opfer.«

»Professor Vaval, Sie wissen, daß Leute wie Sie oder ich ein weitaus großzügigeres Gehalt einstreichen könnten, wenn wir unsere Energie in die Wirtschaft einbringen oder den Beruf des Anwalts wählen würden.«

»Ja, aber uns interessiert nicht allein das Geld.«

»Es tut gut, das aus Ihrem Mund zu hören, denn das macht es mir leichter, das loszuwerden, was ich Ihnen zu sagen habe.« Er führte die gefalteten Hände an den Mund, zögerte einen Moment und fuhr fort: »Wir suchen ständig danach, diesen einen herausragenden Geist zu entdecken, vergeuden Jahre damit, und schließlich fangen wir an zu verzweifeln . . .« Er hatte Schwierigkeiten fortzufahren, doch dann sprudelten die Worte nur so hervor. »Für mich war Ranjit Banarjee so ein Junge. Er schrieb himmlische Sonette, brillante Essays. Ihm lag die Welt zu Füßen.«

»Wenn er alles so schnell begriffen hat, wie Sie sagen, was hat ihn dann aus der Bahn geworfen?«

»Bei der Herausbildung seines phantastisch begabten Verstandes lief überhaupt nichts falsch. Er wird jetzt noch mit jedem Jahr besser. Aber in seinem Privatleben liegt alles schief.«

»Wollen Sie es mir erzählen?«

Er überlegte einen Moment, sagte dann: »Nein. Aber soviel will ich

Ihnen verraten. In dem Augenblick, als ich Ihre Stimme an Bord der ›Galante‹ zum erstenmal vernahm und erfuhr, daß Sie nicht verheiratet sind, da kam es über mich: Das ist sie! Sie könnte es schaffen!« Thérèse lachte, dann erklärte sie: »O Master Carmody, auf dem College haben wir Mädchen immer zusammengehockt und uns Schauermärchen erzählt, die immer damit endeten: Also Mädels, da haben wir es wieder. Heiratet bloß keinen seelischen Krüppel. Gebt euch lieber ein bißchen mehr Mühe und sucht euch einen richtigen Mann.«

»Dr. Vaval, glauben Sie mir, dieser Mann ist kein Krüppel. Er braucht jemanden, der seine Seele befreit. Jemanden, der ihm dabei hilft, der zu werden, der er sein könnte.«

»Ich glaube, das läßt sich von jedem Mann sagen«, erwiderte sie nüchtern.

»Bei ihm ist es etwas anderes. Bei ihm lohnt sich die Mühe.« Während sie noch darüber nachgrübelte, wurde er ganz direkt: »An dem zweiten Abend während des Karnevals, als ich Sie und Ranjit zusammen an einem Tisch sitzen sah, da hatte ich den Eindruck, Sie hätten sich in dem Moment auch gelöst gefühlt.«

»Sie hätten sich zu uns setzen sollen.«

»Es war deutlich zu sehen, daß Sie lieber allein sein wollten. Und jetzt sehe ich deutlich, daß Sie lieber wieder in Trinidad wären.«

Thérèse biß sich auf die Fingerknöchel, blickte aufs Meer hinaus, verfolgte die vor Freude Pirouetten drehenden weißen Schaumkronen auf den Wellen, aber sie fühlte bloß Traurigkeit darüber, daß sie dieses Meer ihrer Wahl wieder verließ. Sie würde seine Erhabenheit vermissen, das bunte Gemisch der Menschen, die hier leben, aber besonders jenen Mann in Trinidad, der sich hier noch besser auskannte als sie. Wieder ertönte die Stimme des erfahrenen Lehrers, als spräche er zu einem Schüler, der Schwierigkeiten in Mathematik hatte, außer daß es in diesem Fall um Angelegenheiten des Herzens ging: »Dr. Vaval, da Sie aus Haiti sind, muß ich annehmen, daß Sie katholisch sind. Er dagegen ist Hindu. Ich bin selbst Katholik und mit den Verhältnissen in Trinidad sehr vertraut, ich muß Sie anstandshalber warnen, daß solche Unterschiede in der Regel unüberwindbar sind. Und doch scheint mir, daß bei Ihnen und Ranjit die Ähnlichkeiten viel stärker sind als die Unterschiede, habe ich nicht recht?« Und sie antwortete flüsternd: »Ja.«

Carmody, Mitte Sechzig und sich dessen bewußt, daß seine Zeit als Lehrer dem Ende zuging, ohne daß er sein Werk vollendet hätte – seinen einzigen brillanten Studenten auf den Weg zu bringen –, nahm Thérèses Hände in die seinen und sagte: »Sie werden ebenfalls älter, Liebes. 25 ist man nicht bis an sein Lebensende, und 35 löst bei uns allen eine gewisse Panik aus, vor allem bei Frauen. Habe ich selbst mit ansehen müssen. Hier stehen also zwei Leben auf dem Spiel, seins und Ihres... und ich habe das Gefühl, daß die Lasten gleich verteilt sind.«

Als sie nichts darauf erwiderte, aber ihre Hände in den seinen liegen ließ, fuhr er fort: »Ein Lehrer, der seinen Studenten Ratgeber sein soll, trifft immer auf zwei Sorten von Menschen, diejenigen, die die fundamentalen Wahrheiten selbst herausfinden, angespornt durch ihr eigenes stilles Herumstochern, und diejenigen, die man mit einfachen und manchmal auch brutalen Worten darauf stoßen muß: ›Francis Xavier, ändern Sie Ihr Verhalten, oder ich muß Sie von der Schule feuern.‹«

»Und Sie meinen, ich gehöre zur letzten Gruppe?«

»Ich weiß es. Hiermit befehle ich Ihnen also: Wenn die ›Galante‹ morgen in Miami anlegt, dann schnappen wir uns ein Taxi, fahren raus zum Flughafen und buchen einen Flug nach Trinidad. Sie werden dort gebraucht.«

Alarmiert von der Ungeheuerlichkeit dieses Schrittes, den sie da zu tun gedachte, fragte sie in einem plötzlichen Anfall von Angst: »Wäre das nicht Wahnsinn, einfach zurückzufliegen... ich kenne ihn doch erst zwei Tage?« Aber der Erfahrenere antwortete: »Liebe ist die Selbstoffenbarung zweier Seelen. Manchmal erfolgt sie durch blinden Zufall in einem Augenblick an einem einzigen Tag, manchmal durch ein langsames Erwachen im Laufe von Jahren. Gott erkennt unseren Zeitplan nicht an.«

Als Thérèse die Stufen vor Sirdars Haus erklomm und an seine Wohnungstür klopfte, waren ihre ersten Worte direkt und eindringlich: »Tausend Magneten haben mich zurückgezogen, Ranjit. Deine Ideen, deine Fähigkeiten, aber vor allem die Tatsache, daß du mich brauchst, die eingeforenen Schleusen wieder zu öffnen.«

Als er nichts darauf erwiderte, sprach sie über ihre eigenen zugefrorenen Schleusen, ihre Verlobung mit Dennis Krey und die Verwirrung, die der Besuch in Haiti in ihr ausgelöst hatte. Sein leises Lächeln verriet ihr, daß er wußte, es waren nur vorgeschobene Gründe, die sie aufzählte, und so berichtete sie von ihrem Gespräch mit Carmody und wie er darauf bestand, daß sie zurückflog, da sonst ihr ganzes Leben in Gefahr sei. Erst in diesem Moment wurde ihm bewußt, daß das Leben sie genauso verletzt hatte wie ihn selbst, und so war er, nachdem sie sich geräuspert und gefragt hatte: »Also gut. Jetzt erzähl mir, was dir widerfahren ist«, bereit, darüber zu sprechen.

Er nahm seinen ganzen Mut zusammen, strich mit der Zunge über die trockenen Lippen und fing an: »Als du nach dem Karneval wieder gefahren bist, mußte ich erfahren, was Leiden bedeutet. Ich trieb mich so lange am Kai herum, bis dein Schiff nicht mehr zu sehen war, und murmelte vor mich hin: ›Da fährt sie fort. Der einzige Lichtblick in meinem Leben.‹ Und wenn ich daran dachte, daß ich dich nie wiedersehen würde, wurde ich tieftraurig... ich konnte nicht mehr arbeiten... Bücher zu lesen war eine Qual. Da habe ich entdeckt, was Liebe ist.

»Ich habe dasselbe empfunden, als das Schiff ablegte, Ranjit. Aber du hast meine Frage noch nicht beantwortet: Wer bist du? Warum bist du hier, und warum bist du allein?«

Angst lähmte ihn fast, als er sich fragte, wieviel er ihr erzählen sollte, wieviel er wagen würde, ihr zu erzählen, ohne sie zu verschrekken und sie vielleicht sogar wieder fortzujagen. Er sah keinen anderen Ausweg und platzte heraus: »Ich hatte in mir diesen überwältigenden Drang, Wissenschaftler in den Vereinigten Staaten zu werden, aber meine Aufenthaltserlaubnis lief aus. Ich mußte irgend etwas unternehmen. Und so ermöglichte mir ein Mann, der sich sein Geld damit verdiente, ausländischen Studenten zu helfen, eine Heirat mit seiner Schwester. Ein hübsches Mädchen, die wie neunzehn aussah, aber in Wirklichkeit neununddreißig war. Sie hatte schon einen Mann, einen Nicaraguaner, und war bereits drei Scheinehen eingegangen... eine Schande, aber ich habe mitgemacht.«

Thérèse bebte. Sie fragte sich, was als nächstes kommen würde, und die einzelnen Offenbarungen erschütterten den Raum wie die Windböen eines Hurrikans. »Ein Bett im Keller... mich geschlagen... ihr Mann mit einem Messer an meiner Kehle... das Verhör bei der Einwanderungsbehörde... die Ausweisung.« Als er sah, daß sie stumpf dasaß, hörte er auf zu reden, kramte zwischen seinen Notizbüchern und hielt ihr dann die Titelseite einer Zeitung aus Miami hin, datiert vom Tag seiner Abreise aus der Stadt. »Eifersüchtiger Nicaraguaner ermordet...«

Jetzt verlangte sie nur noch eins zu wissen, und sie fragte erstaunlich offen: »Gilt die Ausweisung bis an dein Lebensende?« Und er entgegnete: »Ich glaube ja.« Aber sie erwiderte mit fester Stimme: »Ich glaube nicht. Und ich werde mir irgend etwas einfallen lassen... damit du wieder in die Vereinigten Staaten einreisen kannst.« Als sei plötzlich ein Damm gebrochen, warf sie die Hände vors Gesicht, und an den Zuckungen ihrer Schulter sah er, daß sie leise vor sich hinweinte. Schließlich senkte sie die Hände wieder und sah ihm in die Augen. »Wir haben uns noch nie geküßt . . . und hier sitze ich und mache dir einen Heiratsantrag.«

Er eilte nicht auf sie zu, was jeder normale Mann in so einer Situation gemacht hätte, sondern blieb schüchtern neben ihr stehen und sagte mit leiser Stimme: »Ich war fast zwei Jahre mit Molly Hudak verheiratet, und ich durfte sie nur einmal küssen, bei unserer Hochzeit, als der Beamte ganz mechanisch seine Formel herunterleierte: ›Sie dürfen sie jetzt küssen.‹ Offensichtlich bin ich kein großer Küsser.« Damit war der Bann gebrochen, denn jetzt kam sie mit weit ausgebreiteten Armen auf ihn zu, aber er wich zurück und fragte: »Thérèse, willst du meine Frau werden?« Beide bewegten sich jetzt aufeinander zu, umarmten und küßten sich, und sie flüsterte: »Wir sind Kinder dieser goldenen See. Unser Schicksal liegt darin, ihr dabei zu helfen, den richtigen Weg zu finden. Und das werden wir von jetzt ab gemeinsam tun.«